Walter Kaufmann

Die Zeit berühren

Mosaik eines Lebens auf drei Kontinenten

2009 • Verlag Wiljo Heinen, Berlin

Die Zeit berühren

Ein jegliches hat seine Zeit

Die Zeit berühren

Pfandleihe

New York 1964

Mir fehlte sie sofort, ich hätte meine Schreibmaschine auf keinen Fall in Berlin zurücklassen dürfen. Und noch in der Stunde meines Einzugs in das kleine New Yorker Hotel am Central Park machte ich mich auf die Suche nach Ersatz. Es war schon spät, schon dunkel, ein kalter Februarabend, und der kleine Mann in der Pfandleihe auf der 7. Avenue war gerade dabei, den Laden zu schließen. Ich klopfte an die Scheibe, er blickte auf und mußte die Dringlichkeit gespürt, ja Vertrauen in mich gefaßt haben, denn er ließ mich ein. Ja, Schreibmaschinen seien vorhanden, zum Verkauf, zum Verleih – woher ich denn käme, und ob ich ein Schreiber sei. Aus Übersee, antwortete ich ihm, und ja, ich lebte vom Schreiben.

»Wird man sich doch nicht trennen von der Schreibmaschine, wenn man muß davon leben«, sagte er.

Er sprach amerikanisch mit jiddischem Tonfall, und gleich war er mir nah. Näher noch als die Zeitungsverkäuferin im Hotel-Foyer, der Portier im Empfang, die Telefonistin, der schwarze Fahrstuhlführer, die alle ein paar anteilnehmende Worte parat gehabt hatten, ein Lächeln auch, das nicht mehr wollte als ein Gegenlächeln. Keine vier Stunden war ich in der Stadt, und schon fühlte ich mich angekommen, angenommen, hier, in der Pfandleihe von Samuel Cohen, sogar ein wenig geborgen.

»Es war ein Fehler«, gab ich zu.

»Wird man ihn müssen gutmachen, den Fehler«, sagte der Pfandleiher.

Er schien plötzlich Zeit zu haben. Sorgfältig schloß er die kleine Pforte wieder auf, die durch die Theke ins Innere des Ladens führte, dessen Regale gefüllt waren mit Hausrat, den die Besitzer für ein paar Dollars umgesetzt hatten – auch Schreibmaschinen.

»Werden alle haben ihre Geschichten«, sagte Samuel Cohen nachdenklich. »Arme Schreiber, verzweifelte Schreiber, Schreiber ohne Hoffnung – und Sie, Sie haben Hoffnung?«

Ich war siebenunddreißig damals, kein Anfänger mehr, aber meine Träume waren noch jung. Bald würde ich etwas schreiben, das ganz meins war und mir den Durchbruch brachte, den großen Erfolg.

»Muß man haben, Mr. Cohen«, sagte ich.

»Singer«, sagte er, »Malamud, Bellow, Miller und Mailer, und jetzt der junge Roth – alles Schreiber, alles Juden, und alle werden gehabt haben die Hoffnung. Ist schwer, aber Sie dürfen nicht verlieren die Hoffnung. Werde ich Ihnen lassen *diese* Maschine.«

Mir schien es wie ein Wunder, als er unter all den Maschinen die Schwester meiner zurückgelassenen herausgriff, eine Hermes Baby, grau und schadlos und gut in Pflege.

»Ein Dollar pro Tag – Sie werden das können zahlen?«

»Werde ich und will ich«, sagte ich und legte dreißig Dollar auf die Theke.

»Sie haben ein Gesicht, ein gutes Ponem«, sagte er. »Werde ich Ihnen wünschen Glück und nicht verlangen Pfand.«

Er fragte nicht, wo genau ich wohnte, ließ sich keine Unterlagen zeigen, und obwohl dreißig Tage später die Arbeit an »Manhattan Sinfonie« noch nicht getan war, ging ich pünktlich zur Pfandleihe und legte ihm die Hermes Baby auf die Theke.

»Sind Sie geworden fertig?« frage er. Ich verneinte. »Was bringen Sie zurück die Maschine, wenn Sie sind nicht fertig?«

»Daß Sie nicht denken, Sie haben gemacht einen Fehler«, erklärte ich lächelnd.

Ihm schien mein Tonfall zu gefallen, denn er lächelte zurück.

Y. M. C. A.

Melbourne 1942

Gerade achtzehn war ich, als ich an jenem Tag mit nur den paar Pfund, die mir von meinem Obstpflückerlohn übrig geblieben waren, auf der Straße stand – ein Soldat von vierzehn Tagen, im Grunde nicht einmal das, denn ich hatte mich unmittelbar nach der Einmusterung von meiner Einheit abgesetzt. Helen hieß die Frau. Sie war schlank und schön, mit braunen Augen und rötlichem Haar, und – wie das Lied geht – ich hatte mich an sie verloren. Es traf mich hart, als sie mich am Tag der Heimkehr ihres Ehemannes verstieß. Nun war ich ohne Bleibe. Meine Einheit, so stellte es sich heraus, hatte den Standort gewechselt, war fort ins ferne Queensland, und dort, wo unsere Zelte gestanden hatten, war wieder ein Rennplatz und kein Unterkommen. Ich fuhr in die Stadt, es war Nacht inzwischen, und ließ mich im Strom der Menschen aus dem Bahnhof treiben – Soldaten überall, australische, amerikanische, und unter ihnen keiner, den ich etwas anging oder der gar fragte, Bruderherz, wo warst du? Glück im Unglück, daß auch die Militärpolizei mich übersah. Obdachlos unter Brükken schlafen, davon hatte ich gehört. Irgendwo, weit ab in Sandringham, stand ein Haus, das mir fortan verschlossen war. Es war Winter in Melbourne. Kalter Juniregen nieselte vom Himmel. Ziellos überquerte ich die Yarra Brücke hinterm Bahnhof, tauchte ein ins Dunkel der St. Kilda Road, das auch das Dunkel der Huren war, und daß ich mein Geld in der Tasche ließ, hatte nicht nur mit der Erinnerung an die Tage in jenem Haus zu tun. Ich dachte an Kommendes, an das was mir bevorstand, falls die Militärpolizei mich fing. Absent Without Leave. Wo unterschlüpfen, wo ein Bett finden für die Nacht? Bläulich im Regen blinkten die Leuchtbuchstaben über dem grauen Gebäude am Fluß. Mir war, als winkten sie, riefen mich. Y.M.C.A. Young Men's Christian Association. Ich war Soldat, keiner würde fragen, ob ich Christ sei. Warum auch? Die junge Frau im Empfang lächelte nur bedauernd. Die Amerikaner seien in der Stadt, sagte sie, und alle Zimmer belegt. Trotzdem ging ich nicht. Ich spürte, sie sann nach einem Ausweg. Durch die Scheibe der Glastür sah ich naß unterm Regen die Straße. Laternen spiegelten sich in der Nässe. Ich hörte die Frau sagen: »In der Bibliothek im vierten Stock steht ein Ledersofa.« Wir fuhren im Fahrstuhl, gingen den Gang entlang zu der Tür mit der Aufschrift. Leise klirrten die Schlüssel, als sie aufschloß, und klirrten leise, als sie die Tür von draußen versperrte. Es roch staubig drinnen, die Luft war abgestanden, aber im Lichtschein, der durch das Fenster fiel, sah ich längs der rechten Wand gegenüber den Regalen das Sofa. Ich zog die Stiefel aus, legte mich lang, die Hände unterm Kopf. Das Leder fühlte sich kalt an, blieb lange kalt, und es dauerte, bis ich einschlief – Helen, dachte ich. Sie fehlte mir.

Kinderheim

Bayern 1931

Schon grünten die Wiesen rings ums Haus, der Krokus blühte, doch stellenweise lag noch Schnee. Schien die Sonne, mußten wir mittags in Decken gehüllt auf Liegestühlen ruhen – was wir haßten. Denn zu den Regeln des Kinderheims gehörte absolutes Schweigen während dieser Zeit. So blickten wir stumm den Wolken nach, wie sie über die Bergspitzen trieben, machten zuweilen auch stürzende Lawinen aus und dachten an verschüttete Bergsteiger und Bernhardinerhunde, die lange suchten. Der Heimleiter war ein hagerer Mann mit wettergegerbter Haut und dunklen Augen, und wenn er mit knochiger Hand zuschlug, hinterließ das Striemen. Selbst erlebte ich das nicht, was mit meinen jungen Jahren zu tun haben mußte – denn folgsam war ich selten, und ich nahm übel. Ich nahm dem Heimleiter die zwei mittäglichen Schweigestunden übel und daß er meine von zu Hause hergeschickte Schokolade so mager einteilte, kaum ein Riegel fiel wöchentlich dabei ab. Das Aufstehen vor Morgengrauen nahm ich ihm übel und das Pflichtturnen in rauher Kälte und besonders und immer, daß das Tor im eisernen Zaun des Geländes verschlossen blieb und meinen Drang in die Weite bremste. Für mich war der Heimleiter eine Unperson. Auch begriff er mich nicht, stand mir selbst nach dem Vorfall in der Blockhütte nicht bei. In seinem Verständnis war nichts weiter geschehen, als daß ich für Versäumnisse beim Bettenbauen und Ordnunghalten eingesperrt worden war – tat das weh, war das schädlich?

Mir war es die sträflichste aller Strafen – Freiheitsberaubung. Und als dann noch die Fensterklappen geschlossen wurden und ich im Dunkeln saß, hatte mich Panik ergriffen und Furcht. Mir war, als sei ich für alle Zeiten in die finsterste Finsternis verbannt. Und ich verabscheute den Heimleiter, als er das abtat und von einer Bagatelle von zehn Minuten redete. Was eine Bagatelle war, konnte ich mit meinen sieben Jahren nur erahnen, doch zehn Minuten wußte ich einzuordnen – mir war die Zeit endlos erschienen.

»Lüge«, schrie ich und stampfte mit dem Fuß. »Das tut mir keiner mehr an.«

»Was du nicht sagst!«

»Ja«, schrie ich, und meine Stimme überschlug sich. »Ich will nach Hause.«

Caulfield

Melbourne 1950

Der Name schien wie geschaffen für die schöne, braune Stute – Lady Pirouette. In der umzäunten Enklave, von wo aus die Jockeys die Pferde zum Start ritten, sah ich sie tänzeln, und ich, der ohne jeden Hang zum Glücksspiel war, spürte plötzlich die Lust, all mein Geld auf ihren Sieg zu setzen – Nummer Sieben, Lady Pirouette. Doch dann kriegte mich Frank Hardy zu fassen, mit dem ich zur Rennbahn gekommen war, er, der nun wirklich sein Leben lang ein Spieler gewesen, der Droge Rennsport süchtig verfallen, und der immer aufs Ganze ging. Er tat Lady Pirouette verächtlich ab – Sandwich Lad, ein schwarzer Hengst mit der Nummer Drei, sei der heiße Tip für den Healesville Handicap. Seitlich von Lady Pirouette bäumte sich gerade ein Pferd unter seinem Jockey auf, ging hoch und preschte dann auf der Trainingsbahn im jähen Galopp davon. »Das ist er«, rief Hardy, und obwohl mich der Anblick des fliehenden Pferdes beeindruckte, behielt ich auch weiterhin Lady Pirouette im Sinn. Ich sah sie vor mir, leichtfüßig und flink, mit wachem Blick, wachen Reaktionen, und daß ich dann doch mein Geld auf Sandwich Lad setzte, zeigte, wie sehr ich Sklave der Vorsicht und wie wenig ich Spieler war. Doch schon als ich Jim O'Leary, dem Buchmacher, das Geld gab, ich ihn den Schein zu all den anderen in die Ledertasche werfen sah, bereute ich. Mir war, als hätte ich Lady Pirouette verraten. Und als ich sehr bald nach dem Startschuß durch die Lautsprecher ihren Namen gellen hörte, immer wieder Lady

Pirouette, fühlte ich mich bestraft. Von der Tribüne her, über die Köpfe der Menge, konnte ich weit draußen auf der Gegengeraden den Pulk der Pferde ausmachen, die Silhouetten der Jockeys auf gestreckten Pferderücken, doch nicht bis sie in die Zielgerade gebogen waren, erkannte ich, daß die braune Stute mit der Nummer Sieben das Feld führte und jetzt in rasantem Galopp dem Ziel zustrebte. Ich sah den Jockey über ihren Hals gebeugt die Peitsche brauchen, und mir war als flöge Lady Pirouette wie auf Schwingen dahin, und während hinter dem Pulk der schwarze Hengst Meter um Meter zurückfiel und abgeschlagen auf der Strecke blieb, ging Lady Pirouette mit drei Längen Vorsprung durchs Ziel.

Frank Hardy schwieg, als wir uns nach dem Rennen zusammenfanden. Verschlossenen Gesichts klaubte er eine Zigarette aus der Hemdtasche und strich blind ein Streichholz an. Die Flamme erlosch im Wind und, die kalte Zigarette zwischen den Lippen, fluchte er leise: »Black Satan!«

»Du sagst es«, bestätigte ich ihm, »und es war mir eine Lehre.«

»So«, sagte er. »Wie teuer war denn die?«

Ich wußte, in seinen Augen war der Verlust von fünf Pfund eine Lappalie, trotzdem bekannte ich mich dazu und stellte mit Erstaunen fest, daß er mich ernst nahm.

»Fünf Pfund – die könnte ich jetzt brauchen«, hörte ich ihn sagen.

Er sagte es bitter, fügte nichts weiter hinzu, und dann verließen wir den Rennplatz. Nie hatte ich ihn so schweigsam erlebt, und er blieb es, bis wir uns trennten. Als ich ihn am folgenden Tag besuchen wollte, fiel mir sofort das Schild auf, das über dem Gartenzaun seines Hauses angebracht war – EMERGENCY SALE, Zwangsverkauf. Der Grundstücksmakler, der die Tür öffnete, wollte mir über seinen Verbleib keine Auskunft geben.

Woolloomolloo

Sydney 1950

Maria war vor Kriegsbeginn aus Ungarn geflüchtet und auf abenteuerlichen Wegen nach Australien gelangt, und mir, dem um Jahre Jüngeren, schien es, als habe sie unendlich mehr Leben gelebt als ich. Es zeichnete sich in ihren Augen ab, ihrem Lächeln, ihren Bewegungen – die versprachen Erfahrung, das spürte ich. Wir begegneten uns in ihrem kleinen Laden am Hafen von Woolloomolloo, wo sie selbstgefertigte Broschen, Ohrringe und anderen Schmuck verkaufte, und daß sie für mich, den Kohlentrimmer eines Südseefrachters, vorzeitig den Laden schloß, nahm sich wie ein Wunder aus.

Zusammen gingen wir den Weg vom Hafen die Steinstufen hinauf nach Potts Point, und als sie die Tür ihrer kleinen Wohnung hinter uns zumachte, sie den Vorhang zuzog vor dem Fenster mit dem Blick zum Meer, war schon erfühlt, was wir uns geben und füreinander sein würden. Von ihrem langen, dunklen Haar ging ein betörender Duft aus, und später war mir, als schwebe dieser Duft im Raum. Er verlor sich nicht, und als sie sich am Morgen über mich beugte und ihr Haar seiden über mein Gesicht glitt, war es, als hätte sich der Duft in der Nacht gesammelt. Ich atmete ihn und begehrte sie. Noch ehe sich im Vorhang das erste Licht des Morgens zeigte, klang von unten im Hafen das Tuten einer Schiffssirene zu uns hoch – es mußte der Ruf der Fiona sein, meines Frachters, der planmäßig auslief – Mann von Bord. Ich durfte nicht fehlen. Maria blieb, wo sie lag, und in der Hast meines Aufbruchs fragte sie nicht nach einem Wiedersehen. Ich küßte sie und ging, und schrieb ihr von fernen Häfen – Maria Ronai, Schmuckladen am Kai von Woolloomolloo, Sydney. Ob meine Briefe sie erreichten? Mich erreichte keine Zeile von ihr. Und spürte ich auch, so lange ich es trug, das Kettchen, das sie mir zum Abschied zusteckte, fremd auf meiner Haut – der Duft ihres Haares blieb mir.

St. Vincent Place

Melbourne 1949

Es ließ sich gut an – Bill Harvey, dem ich die Wohnung vermittelt hatte, zeigte sich erkenntlich, indem er einmal die Woche mit seinem kleinen Ford zum Markt fuhr und auch sonst den Großteil aller Besorgungen machte, und Henry Higgins, der zu meiner Überraschung mit eingezogen war – was wußte ich damals von Männern, die anders waren –, kochte für uns in der Gemeinschaftsküche und hielt das Haus sauber. Von dem Tag an, als er seufzend klagte, Frauenarbeit sei nie getan, nannte ich ihn für mich Henriette. Wir tangierten uns nicht. Die Wohnung der beiden lag zum Hinterhof und meine zum Platz mit den rund ums Jahr blühenden St. Vincent Gardens. Das Haus war alt, aber gut in Schuß, weiträumig, mit großen Fenstern, war renoviert ehe wir einzogen, und außen und innen weiß. Oben, in der Wohnung mit der Veranda, lebte der Hauswirt mit seiner Mutter, und anzurechnen war ihm, daß er keinen Anstoß an Bill und Henry nahm. Er akzeptierte sie und wie sie waren und honorierte Henrys Mühen, indem er den beiden die Miete herabsetzte. Nichts also störte den Lauf der Dinge, bis ich Bill eine Wochenendarbeit anbot – von montags bis freitags war er Buchhalter einer Sportwarenfirma, nun fuhr er mich samstags und sonntags in seinem Auto von Kirche zu Kirche, wo ich für Elite-Fotos mit einer Leica Hochzeitsbilder machte. Henry vermißte Bill und war eifersüchtig, ließ gleich das Kochen und vernachlässigte das Haus. Bald mußte der Hauswirt die Arbeit tun, und natürlich erhöhte er die Miete wieder. Henry bemerkte das schadenfroh; auch sonst hatte er sich verändert – er war hämisch geworden, spitz, und weil niemand mehr kochte, magerte er ab. Bill aß in Restaurants und fehlte jetzt nicht nur an den Wochenenden, ich selbst, der in der Stadtbibliothek an einem Buch schrieb, ging während der Woche für billiges Geld in der Kochschule essen, und an den Wochenenden zu Chung Wah, dem Chinesen. Meine Wohnung am St. Vincent Place war zu einer Schlafstätte reduziert, und fortan sah ich Henry so gut wie nie. Der Augenblick, als ich ihn in der Dämmerung auf den Stufen der Stadtbibliothek sitzen sah, blieb mir haften. Henry weinte. Er saß dort, zusammengekauert, und weinte. Natürlich ließ ich mich aufhalten, natürlich fragte ich ihn nach seinem Kummer – aber er antwortete nicht gleich. »Was zahlen Sie Bill, daß er Sie an den Wochenenden zu den Kirchen fährt?« fragte er schließlich. Ich sagte es ihm. Er putzte sich die Nase, wischte sich mit dem Handrücken die Augen und nahm dann aus seiner Brieftasche eine Fünfpfundnote. »Nehmen Sie das, ich bitte Sie, und mieten Sie sich jemand anders – und jeden Freitag komme ich mit dem Geld.«

Das schlug ich aus, suchte mir aber einen neuen Fahrer. Bald glänzte das Haus am St. Vincent Place wieder von innen, wie zuvor aßen wir zu dritt in der Gemeinschaftsküche, doch erst als sich meine Freundin bei uns einlud und wir zu viert aßen, war Henry ganz der alte. Er sang beim Servieren, warf uns allen freundliche Blicke zu und wirkte gelöst wie in den Tagen, als er mit Bill Harvey eingezogen war.

Albury

Australien 1943

Plötzlich, wie seltsam, trug mir der Wind die Klänge erhabener Musik zu. Zwischen sanften braunen Hügeln und über Steppengras, wo Känguruhs weideten, war ich an jenem Sommertag in Alburys Hinterland zu den Ufern des Murray gelangt, und dort, im Schatten der Trauerweiden, erkannte ich, was ich hörte – Beethovens Eroica. Ich ging den Klängen nach, sie führten mich zu einem Pfad, der vom Fluß durch Unterholz in eine Lichtung mündete. Da sah ich ihn mit dem Rücken gegen den Stamm eines Eukalyptusbaumes vor einem schlichten Holzhaus sitzen, neben sich eines jener alten Grammophone mit Trichter und Handkurbel, ein »Die-Stimme-seines-Herrn«-Grammophon – selbst der kleine Hund fehlte nicht. Nur daß dieser Hund nicht wie der auf dem Firmenzeichen war, sondern ein Spitz. Der junge Mann war blaß für einen Australier vom Lande, mit schmalen Schultern, langarmig und langbeinig, und wie er da saß, wirkte er kränklich, überaus sensibel, verletzlich auch – Augen voller Sanftheit, ein zu weicher Mund und Haar so seidig, jeder Windhauch bewegte es. Er sprach mit sanfter Stimme. Was er zur Begrüßung sagte, hat sich mir eingeprägt, auch, wie er es sagte. Sein Name sei Colin Cartwright, und es bedeutete ihm viel, daß ich kannte, was er da auf dem Grammophon spielte. Noch mehr bedeutete es ihm, daß ich aus dem Land der Geburt jenes großen Tonmeisters stammte, dazu noch im Rheinland nicht weit von Bonn aufgewachsen war. Von Hitlerdeutschland schien er nur begrenzte Vorstellungen zu haben – man hatte dort zum Krieg gerüstet und nun war er ausgebrochen. Von den Verfolgungen, die dem Krieg vorangegangen waren, konnte wenig zu ihm gedrungen sein. War nicht auch Menuhin Jude und Bruno Walter, und musizierten sie nicht noch in Deutschland? Nicht mehr, schon lange nicht – er nahm das zur Kenntnis und es stimmte ihn bedenklich. Als ich erfuhr, daß er zuweilen an der Lokalzeitung als Korrektor aushalf, wunderte ich mich über seine Weltfremdheit. Begriff er denn nicht, was er da korrigierte? Doch schon, versicherte er, aber vom Weltgeschehen sei da nicht viel zu finden und es verlange ihn auch nicht danach. Was er erführe, genüge ihm und ich, der an dem Schicksal meiner Eltern litt, an den Nachrichten von Verschleppung und Mord, und jeder Kunde vom Verlauf des Krieges nachging, brachte dafür wenig Verständnis auf. Gleichzeitig aber erweckte seine Hingabe an deutsche Musik Sehnsucht in mir, Vorstellungen von einem Deutschland, das ich nie gekannt hatte. Es tat mir gut, wie er die Namen Bach, Beethoven, Brahms sprach, und später, als ich erfuhr, daß er unheilbar krank sei, verstand ich sehr wohl, warum er Einsichten über den Ort des Schreckens, der Deutschland in jenen Jahren war, nicht in sich aufkommen ließ. Bach, Beethoven, Brahms – seit jener Begegnung traf ich niemand mehr, dem jene Musik ein solcher Born von Hoffnung war. Denke ich an Colin Cartwright, höre ich, wie damals an den Ufern des Murray, Beethovens Eroica und folge im Geiste dem Pfad, der mich zu ihm führte.

Warren Street

New York 1961

Ich hatte es wissen wollen, und so war ich an jenem Morgen noch vor Tagesanbruch zur Warren Street aufgebrochen. Ich kam zu spät. Vor mir hatten sich schon viele auf den Weg gemacht, Schwarze zumeist, waren die ausgehöhlten Steinstufen hinauf durch den Eingang gelangt, und sie alle belagerten jetzt das triste, mehrstöckige Haus, streunten durch die Korridore, die dunkel gefliest und schlecht beleuchtet waren, hockten auf Bänken unter den Tafeln mit Stellenangeboten und warteten. Über allen lastete das Schweigen, die Männer blickten einander kaum an – und wenn irgendwer von mir Notiz nahm, dann mißtrauisch. Was will der hier, wo kommt der her? Eine Stunde später wußte ich, was ich geahnt hatte – als Weißer galt ich mehr. Ich hätte nur zu lügen, hätte dem Arbeitsvermittler, der mich, Zigarre zwischen den Lippen, mit einem Kopfnicken herbeiwinkte, nur zu bestätigen brauchen, daß ich als Tellerwäscher erfahren sei, und ich wäre dem Schwarzen, der sich dazugedrängt hatte, auf jeden Fall vorgezogen worden.

Als ich, vorbei an den Polizisten, wieder auf die Straße trat, hatte es zu schneien begonnen. Schneidender Wind wirbelte mir den Schnee ins Gesicht, und obwohl es nun hell war, machte ich nur verschwommen die sich nähernden Gestalten in dem weißen Wirbel aus – bald würden auch sie, wie zuvor die anderen, mit suchendem Blick die Stellenangebote prüfen und dann in stumpfer Ergebenheit gegen die Wände der Korridore gelehnt oder auf den Bänken warten. Tellerwäscher, Fabrikhilfsarbeiter, Packer ...

Als ich wenige Tage später in frostiger Nacht in dem zerlumpten Obdachlosen, der auf dem Rost vor dem Warenhaus in der aufsteigenden Warmluft lag, den Mann erkannte, der den mir angebotenen Posten ergattert hatte, fragte ich ihn, wie es kam, daß er schon wieder auf der Straße gelandet war. Er spuckte aus, als ich ihn ansprach, und verscheuchte mich.

Dandenongs

Melbourne 1949

Ich ertrug sie nicht. Keine Woche ertrug ich die Einsamkeit jenseits der Stadt in den Hügeln. Meine Gedanken zogen Kreise, und ich sah mich in einen Strudel von Ansätzen gerissen – schreibe ich dies so, jenes anders? Formulierungen kamen und gingen, bis nichts mehr ging und meine Abgeschiedenheit wie eine Strafe auf mich wirkte. Bald würde ich dem Ort den Rücken kehren, wo mir das Lachen der Kukaburras in den Zweigen der Bäume wie irre Laute klang und mich die Schwärme bunter Sittiche erschreckten, wenn sie plötzlich mit rauschendem Gefieder in den wolkenlosen Himmel stiegen. Nachts, wenn der Mond schien, die Vögel und alle Tiere schwiegen und nur die Grillen tausend und abertausendfach zirpten, empfand ich die Einsamkeit stärker als am Tag. Ich floh. Zur Stadt zurückgekehrt, unter dem Gewölbe der großen Bibliothek, wo ringsum an den grünen Tischen im Lichtschein der Lampen die Leute Bücher lasen, hoffte ich auf eine Wende. Aber noch immer brachte ich nur Ansätze zustande, füllte meine Kladde mit Versuchen, bis ich erkennen mußte, daß was ich schreiben wollte noch unklar war. Aber ich harrte aus, kehrte täglich zur Bibliothek zurück und mied die Außenwelt, mied den Hafen, wo vier Schauerleute aus der Gang, zu der ich gehörte, meinen Teil der Arbeit taten, damit ich frei sei für das Schreiben. Sie waren es, Tim O'Leary, Jim Warren, Harry McIntosh und Larry Jenkins, die eine ausrangierte Straßenbahn gefunden und erstanden, sie entrostet, mit einer dem Busch angepaßten Tarnfarbe gestrichen und innen so umgebaut hatten, daß man dort an einem Stehpult schreiben, auf einer Liege schlafen und rund um einen Tisch auf Bänken sitzen konnte. Regale für Konserven und Getränke hatten sie eingebaut, einen Holzkohlenherd und zwei Wassertanks, deren Inhalt bei sparsamer Nutzung drei Wochen reichen würde. Und als das getan war und sie die Straßenbahn hinter einem Trekker vom Hafen quer durch die Stadt über kurvenreiche Straßen hoch in die Dandenongs geschleppt und auf einem Plateau mit weiter Sicht aufgebaut hatten, erklärten sie, dies sei nur in zweiter Linie ihre Wochenendbleibe, vorrangig gehöre sie mir. Drei Wochen lang sollte ich fürs erste hier bleiben und dann, in Abständen, immer wieder drei, bis das Buch, an das sie glaubten, geschrieben wäre. Ich aber hatte nicht durchgehalten und würde sie, um das nicht eingestehen zu müssen, weitere zehn Tage zu meiden haben – und das, unter den Umständen, schien mir eine lange Zeit.

Hafen

Rio de Janeiro 1962

Es gab Huren die Menge am Hafen, Frauen aller Hautfarben, und nicht wenige dabei, die Blickfänge waren – seidene Kleider, bunt und eng, daß Busen und Schenkel sich abhoben, Schmuck im Haar, Münder und Augen kraß geschminkt. Eingeprägt aber hat sich mir von allen die Unansehnlichste, ein Mulattenmädchen knabenhaft in Jeans, knabenhaft die Gestalt, schwach nur hoben sich die Brustwarzen im schwarzen Turnhemd ab. Sie bewegte sich linkisch, es war, als wüßte sie nicht wohin mit den Armen, die lang waren, und wenn sie da unten am Pier gegen einen Pfosten lehnte, rauchend, fast immer rauchend, hätte man sie für einen Halbwüchsigen halten können, einen Jungen von sechzehn, siebzehn Jahren. Über dem kurzen krausen Haar trug sie die Wollmütze eines Matrosen, der Hans hieß, so hörten wir, und daß er vor Tagen schon fort war, nach Hamburg auf der Santa Isabel. So stand sie also allabendlich an dem Pfosten und wartete, daß einer von unserem Schiff sie nahm. Doch keiner hörte auch nur mehr als flüchtig hin, wenn sie leise mit ihrer dunklen Stimme rief: »Komm, Seemann, komm!« Die Worte mochte ihr dieser Hans beigebracht haben, oder einer wie er, und sie kannte auch andere – ob sie wußte, wie obszön die waren? Sie rief sie, aber es verfing nicht. Die Männer ließen sie stehen, und manchmal nur, wenn sie bittend die Geste des Rauchens machte, steckte ihr einer von uns Zigaretten zu, hin und wieder auch etwas Eßbares, ein Stück Käse, ein

Stück Wurst, Brot. Doch mit aufs Schiff brachte sie keiner in der langen Hafenliegezeit – am Ende auch Davidoff nicht, unser Eisbär, der Kühlmaschinist. Wohin er mit ihr verschwand in jener Nacht, behielt er für sich – irgendwohin. Es war nach Mitternacht, als wir alle an Bord gingen, nach einer heißen Tanznacht in der Florida Bar am Hafen, heiß auch für Davidoff, und anzunehmen war, daß es ihm reichte, wie es uns allen reichte, so kurz vor dem Auslaufen nach Europa. Wir sahen das Mulattenmädchen an ihrem Stammplatz stehen und uns mit einer Zigarettenschachtel zuwinken, als böte sie davon an. Nur Davidoff merkte auf, löste sich von uns und ging zu ihr hin. Sie klopfte zwei Zigaretten auf der Schachtel fest, gab Davidoff eine, und dann standen sie beide da und rauchten. Wir zogen weiter, kletterten das Fallreep hoch, und wer von uns, zum Pier hinunterblickend, Davidoff und das Mädchen im Dunkel untertauchen sah, wird sich gefragt haben, ob er es schaffen würde, vor dem Auslaufen wieder an Bord zu sein. Er schaffte es. Er kam barfuß das Fallreep hoch, nur in Jeans und ohne Hemd – und lachte. Wir blickten uns an und sagten nichts. Als das Schiff sich löste vom Pier, langsam im Schlepptau Fahrt machte, sahen wir das Mulattenmädchen unten am Pfosten stehen – im ersten grauen Licht des Morgens stand sie da und winkte uns nach. Wir winkten zurück. Besonders Davidoff.

Badeanstalt

Duisburg 1929

Langzeitgedächtnis – sechzig Jahre zurück, und ich hänge an der Angel im Becken der Badeanstalt, fünf Jahre alt und furchtsam, mir tönt es in den Ohren, Widerhall von den Fliesen, »Eins, zwei – drei", aber ich enttäusche den Bademeister, strample wie ein junger Hund und schlucke Chlorwasser. Mir ist übel von dem Wasser und ich will ins Trockene, soll aber weiter mit dem Gurt um den Bauch gehorchen. »Eins, zweieiei, drei!« Ich kann den Mann nur hören, nicht sehen, das aber reicht – ich sehe ihn mit den Ohren. Die Brüllstimme ist mächtig, und Herr Nowak hat einen mächtigen Brustkorb, Kraftarme, seine starken Beine und sein Hintern sitzen prall in der weißen Hose. Zehn Minuten an der Angel dehnen sich für mich zu zehn mal zehn Minuten aus, und noch schrecklicher ist mir der Gedanke, daß ich es gleich, sehr gleich ohne die Angel wagen muß. »Eins, zwei ...« Kopf hoch, das Kreuz durchdrükken, und bei »drei!« Arme und Beine strecken. Das Wasser trägt, ich fühle, daß es trägt. Oder ist es der Gurt, immer nur der Gurt? »So, und jetzt an den Beckenrand«, höre ich den Mann, »festklammern am Beckenrand«, und klick! Ab ist der Gurt von der Angel, und ich hänge frei am Rand, und was, wenn ich loslasse! Die Arme schmerzen schnell, aber ich halte fest, und wieder strample ich wie ein junger Hund, und was Herr Nowak da brüllt, dringt nicht in mich, und dann passiert es – ich gleite ab! Strampelnd gleite ich ab, und unter Wasser jetzt ist mir, als fülle sich mein

Kopf mit Wasser, ich komme nicht mehr hoch und statt mit Luft füllen sich Nase und Schlund mit diesem ekligen Wasser, und panikartig spüre ich ein AUS, ich sinke und sterbe und gebe mich auf, auch noch als ein Ruck im Gurt das Sinken anhält und ich hochgehievt werde aus dem Wasser, das mir aus Mund und Nase rinnt.

Dunkelkammer

Melbourne 1948

Vierundzwanzig war ich, young man about town, Hochzeitsfotograf, der Samstag für Samstag kreuz und quer die Stadt bereiste – Toorak, Malvern, Richmond, Collingwood, Fitzroy, wohin immer mich neuerdings der Chef in dem eigens dafür gemieteten Taxi schickte. Auf den Fahrten begleitete mich damals eine junge Frau, Irene McKenzie, die wochentags in einer Radiofabrik am Fließband arbeitete, Samstags aber frei und niemanden verpflichtet war. Verhalten, schweigsam saß sie im Taxi und sah den Hochzeiten zu, sah zu, wie ich die Jungvermählten unterm Konfettiregen ablichtete, strahlende Paare auf den Stufen der Kirchen, und selten sagte sie mehr dazu als »schön, zu schön!« So verstrichen für sie jene Nachmittage, von Kirche zu Kirche, Hochzeit zu Hochzeit, und da sie stets pünktlich um dreizehn Uhr im Flur vor der Dunkelkammer zur Stelle war, mußten ihr die Ausflüge zu einem Bedürfnis geworden sein. Andeutungen, die sie schon bald nach unserer Begegnung über ein Krebsleiden und dessen Folgen gemacht hatte, ließen in mir nie mehr als freundschaftliche Gefühle aufkommen. Dabei war sie eine schöne Frau. Braune Augen belebten ihr blasses Gesicht, das von dichtem dunklem Haar umrahmt war, ihr Mund und ihre Stirn waren wohlgeformt, nur ihr Ausdruck blieb freudlos, selbst wenn sie lächelte. Harsche oder gar gehässige Worte über andere kamen ihr nicht über die Lippen, immer suchte sie in ihren Mitmenschen nur Gutes. Auf Freundlichkeiten aber, Anerkennendes über ihr Aussehen, reagierte sie bitter. »Laß es gut sein«, wehrte sie dann ab, »wer will mich schon. Welcher Mann will eine solche Frau.«

Sie litt, das war deutlich, – wie auch nicht, nach einer so schweren Operation, die sie körperlich entstellt hatte, und ich, der davon wußte, hatte es mir gleich angewöhnt, nie schöne Worte zu machen. Dafür war sie mir dankbar und unsere Ausflüge blieben ungetrübt.

Allmählich weitete sie diese Ausflüge aus, trennte sie sich auch nach den Hochzeiten nicht von mir, sondern wartete auf einem Stuhl in der Dunkelkammer, bis meine Arbeit dort getan war. Im rötlichen Schein der Lampe, schwach umrissen nur und kaum zu sehen, überwand sie ihre Hemmungen, war sie gesprächiger, klang ihre Stimme heller und froher. An jenem Spätnachmittag aber schwieg sie beharrlich, sagte kein Wort, bis ich schon glaubte, sie gekränkt zu haben. Spannung lag im Raum. Plötzlich war mir, als spürte ich ihre Nähe. Lautlos war sie mit ihrem Stuhl an meinen Arbeitstisch gerückt, saß nun neben mir im Dunkel – und berührte mich. Verstört ließ ich den Film, der mir um den Hals hing, zu Boden gleiten und, mehr aus Mitleid als anderen Gefühlen, zog ich sie zu mir herüber, gab sie aber sogleich wieder frei. Ein Zittern ging durch ihren Körper, das spürte ich noch, und dann begrub sie ihr Gesicht in den Händen.

»Wie konnte ich glauben, du würdest es auch nur einen Augenblick vergessen«, hörte ich sie sagen.

»Was vergessen?«

»Als ob du das nicht wüßtest«, flüsterte sie heftig, und sagte nichts weiter, bis wir die Dunkelkammer verließen und auseinander gingen. Am folgenden Samstag fehlte sie. In der Dunkelkammertür aber steckte ein Zettel: »Leb wohl auch weiter – Irene McKenzie.«

Telefonzelle

San Francisco 1972

Wir waren uns auf der Cable Car begegnet, jenem Museumsstück einer Straßenbahn mit Trittbrettern und offenen Abteilen, die gemächlich von den Höhen der Stadt in die Tiefe gleitet und dabei Schaulustigen eine prächtige, ständig wechselnde Sicht auf Straßen, Häuser, die Bucht und das Meer bietet. Ich aber sah nur sie – jung, blond und von jener natürlichen Frische, die einen an Sonne, Wind und Wellen denken läßt und an gemeinsame Stunden am Strand. Ich sprach sie an, und wohl auch, weil ich fremd war und von weither kam, hörte sie geduldig hin. Ein wenig spöttisch wurde sie erst, als ich ihr sagte, was mich in diese Stadt geführt und worüber ich zu berichten hatte.

»Und da fällt Ihnen nichts besseres ein, als wie die Touristen Cable Car zu fahren!«

»Weil ich Sie suchte«, sagte ich ihr. »Dazu kommt, ich wohne im Chinesenviertel, und da fahren wir ja hin.«

»Sie, nicht ich«, erwiderte sie schnell. »Ich hab anderswo zu tun.«

»Was wohl?«

»So fragt man Leute aus.«

Die Straßenbahn hatte angehalten. Leicht berührte sie meinen Arm und sprang übers Trittbrett auf die Straße.

»So long, stranger.«

»Werden wir uns wiedersehen?«

Sie stutzte einen Augenblick, wies dann lachend die Straße hinunter auf eine Telefonzelle mit chinesischem Dach.

»Um sieben rufe ich Sie dort an.«

Da lachte auch ich – ein Scherz das, eine lockere kalifornische Absage. Wo in der Welt telefonierte man auf diese Weise miteinander! Und doch, im Chinesenviertel angelangt, besah ich mir die Telefonzelle von innen und fand tatsächlich auf der Wählscheibe eine Nummer. Skeptisch noch immer, vergaß ich sie alsbald. Die junge Frau aber mit den lachenden Augen ging mir nicht aus dem Sinn und als der Abend kam, stand ich zur verabredeten Zeit vor der Telefonzelle. Irgendwo schlug eine Uhr sieben Mal.

Nichts rührte sich. Ich wartete. In fünf Minuten, das versprach ich mir, würde ich es aufgeben.

Ein greiser Chinese, gebückt und runzlig, schlurfte auf mich zu. »You wait for call?« fragte er schrill.

»No«, versicherte ich ihm in dem Augenblick, als es läutete – wahrhaftig, in der Zelle läutete es. Ich riß die Tür auf, den Hörer von der Gabel.

»Hallo stranger«, hörte ich sie rufen, und sicher klang meine Antwort weniger selbstsicher als erleichtert. »Stranger no more«.

Gefängniszelle

San Quentin 1973

Hinter Gittern nun schon das zwölfte Jahr, grauhaarig und alt vor seiner Zeit, ein Greis von fünfzig, hatte er jedesmal, wenn ihm wegen guter Führung und Bestarbeit in der Tischlerei vorzeitige Entlassung versprochen worden war, gegen irgendwelche Regeln verstoßen, um die Haftzeit zu verlängern. Er wollte seine achtzehn Jahre bis zum letzten Tag absitzen, denn er fühlte sich schuldig.

»Reden Sie mit ihm, er wird es Ihnen beichten«, hatte mir der Gefängnisdirektor versichert. »Darauf wartet er bloß.«

So redeten wir also miteinander, Julio Martinez und ich, und ist mir auch der Ablauf des Geständnisses nicht mehr deutlich, so doch der Tonfall – er sprach gedämpft mit starkem mexikanischem Akzent, und er schaffte es, daß ich mir vorstellte, wie er in jener Nacht nach Hause gekommen war, müde von der Plackerei auf dem Feld und der Arbeit an dem Schuppen, den der Boß unter Flutlicht hatte bauen lassen. Lang nach Mitternacht war es, und die Frau fehlte. Das Haus, eine Holzbaracke am Dorfrand, war verwaist. Er suchte sie, rief nach ihr, und dann streckte er sich auf der Pritsche aus und wartete. Wo mochte sie sein? Nie zuvor war sie ohne seine Billigung weg gewesen, immer hatte sie bereit gestanden mit einem Bottich heißen Wassers, daß er sich wusch, und mit warmem Essen auf dem Herd. Eine Stunde verstrich und eine weitere. Maria blieb verschollen. Es nutzte nichts, daß er über die

Arbeit nachdachte, die morgen anlag und wie er die Männer dazu bringen konnte, gegen die Doppelschichten anzugehen, die ihnen aufgezwungen waren, die Hungerlöhne, die Ausbeutung. Wer würde mithalten, wenn er zum Streik aufrief, wer sie unterstützen, falls es dazu kam. Es nutzte nichts, daß er dem nachgrübelte. Wo war Maria? Die Knochen schmerzten ihn, das Kreuz, und mehr als nur die Stiefel von den Füßen ziehen, brachte er nicht zustande. Er war geschafft. Schlaflos lag er da und starrte vor sich hin. Nichts regte sich. Schon war es drei und erst im ersten grauen Licht des Morgens bewegte sich die Tür. Die Frau trat ein, leise trat sie ein, und er erkannte, daß ihr Haar wirr und die Bluse überm Busen zerrissen war. Argwohn durchfuhr ihn. Weibsstück, dachte er, Hure – wo verdammt, hast du dich rumgetrieben, und noch ehe er das laut herausschrie, war er auf den Beinen, stand er vor ihr und – schlug zu. Sie schrie und fiel, prallte mit dem Kopf gegen die Tischkante und blieb liegen. Reglos blieb sie liegen und war tot. Er riß sie an sich, sie hing in seinen Armen wie eine Puppe, schlaff die Arme, der Körper, der Busen entblößt in der Bluse. »Maria«, hauchte er, »Maria« – und noch ehe die Hähne krähten, stellte er sich der Polizei auf dem Revier.

»Und was hörte ich da – was verdammt, hörte ich da?« fragte er mich.

Ich schwieg. Er würde es schon sagen.

»Herumgetrieben«, sagte er dumpf, und es war, als erinnere er sich an ein gestriges und kein zwölf Jahre altes Geschehen. »Nichts davon, und auch mit keinem Kerl hatte sie sich eingelassen. Was ihr zustieß, stieß ihr auf der Demonstration zu, die Bullen hatten sie so zugerichtet, weil sie das Transparent nicht losließ. Und dann war sie verhaftet, vor Morgengrauen aber wieder auf die Straße geworfen worden.

So war das – und ich bin schuldig, und werde es sein bis in den Tod. Jesus!«

»Jesus«, sagte auch ich, aber es war ihm kein Trost, und er blickte noch ins Leere, als ich schon aufbrach.

Schulweg

Duissern 1930

Ich erinnere den Grund nicht, warum ich mich, ein Kind noch, sechs Jahre alt, zur Mittagszeit jenes Tages zum zweiten Mal auf den Weg zur Schule machen mußte. Daß ich dort nicht ankam, weiß ich noch genau.

Erstaunt war ich auf halbem Weg stehen geblieben. Was trieb der Mann dort oben auf dem Dach der leerstehenden Fabrik, die unser Hauptquartier, Versteck, Spielplatz der Kinder aus der Gegend war, was hatte all die Menschen, Frauen, Männer und Kinder, in den Hof gelockt, warum starrten sie zu ihm hinauf? Ich sah genauer hin und erkannte, daß der Mann kein Schornsteinfeger sein konnte, war er auch schwarz gekleidet, und daß sich vom Fabrikdach zur Ruine des Quergebäudes gegenüber, hoch über den Köpfen der Leute, ein Drahtseil spannte. Ich hörte den dumpfen, rhythmischen Schlag eines Tamburins und blechernes Klirren, und dann zwängte sich aus der Menge eine hagere Frau mit pechschwarzem Haar, wohl eine Zigeunerin, die zu den Klängen des Tamburins tanzte, daß ihre Röcke flogen. Dabei rief sie etwas, das ich nicht verstand, und wies nach oben. Wieder warf ich den Kopf in den Nakken und sah den schwarz gekleideten Mann zu einer Stange greifen und prüfend einen Fuß auf das Seil setzen, bis es heftig zu wippen begann.

Im Hof drehte sich noch immer die Frau zum Takt des Tamburins im Kreis. Als endlich die Menge zu einem regelrechten Auflauf angeschwollen war, bestieg der Mann mit großer Vorsicht das Seil. Mir war, als hielte er sich beim Vorwärtsschreiten an der jetzt quer zum Körper gehaltenen Stange fest. Auf halbem Weg über dem Hof strauchelte er. Mir stockte der Atem, ich spürte ein Sausen im Kopf, hörte es aufstöhnen in der Menge und schloß die Augen. Als ich sie wieder öffnete, sah ich ihn mit nur einem Fuß auf dem Seil schwanken. Ich wandte mich ab, wollte seinen Sturz in die Tiefe nicht erleben, und nur dem erleichterten Raunen der Menge entnahm ich, daß er sich zum Dach des Quergebäudes gerettet hatte. Dort stand er jetzt mit ausgebreiteten Armen wie ein großer schwarzer Vogel.

Die Zigeunerin hatte aufgehört, das Tamburin zu schlagen, drängte sich jetzt sammelnd durch die Menge, die sich aufzulösen begann und lichter wurde, bis nur noch wenige übrig blieben. Ich sah sie das im Tamburin gesammelte Geld zählen und als sie fertig war, hörte ich sie aufschreien – ein empörter, schriller Aufschrei war es.

»Vier Mark siebzehn – mehr ist sein Leben wohl nicht wert!«

Die Groschen, die ich spenden konnte, ehe ich bedrückt die Schule Schule sein ließ und nach Hause zurücklief, hatten die Summe auf keine fünf Mark gebracht – genau waren es vier Mark und siebenundvierzig Pfennig.

Bahnwärterhaus

Rheinland 1938

Die Eltern wollten, daß ich von Duisburg nach Köln eine Fahrkarte löse und mein Fahrrad per Zug befördere, und als ich dann die Brodski Brüder, David und Schlomo, am Zielbahnhof traf, waren sie erschöpft von der langen Strecke, die sie ohne mich geradelt waren. Auf dem gemeinsamen Weg rheinaufwärts legten sie schon nach kurzer Zeit eine Rast ein, entfachten hinter der Uferböschung ein Feuer, und während sie sich dort ausruhten, sollte ich auf Quartiersuche gehen.

Eine Bäuerin, die ich ansprach, wollte uns ihre Scheune nicht lassen, sollten wir doch sonstwo schlafen, und ich hatte das Gefühl, sie witterte etwas. Als sich ähnliches mehrfach wiederholte, ich wieder geringschätzig abgewiesen wurde, kam ich mir gebrandmarkt vor. Mir war, als läge Bedrohung in der Luft. Mißmutig kehrte ich zu David und Schlomo zurück, löffelte schweigend die Suppe, die sie gekocht hatten, und brauchte nichts zu erklären. »Werden wir müssen schlafen im Wald«, sagte Schlomo, und das machte mich nicht gesprächiger. Sein jiddischer Tonfall und wie er und sein Bruder die Worte verdrehten, störte mich plötzlich. Immer noch schwieg ich, und dann spülten sie das Kochgeschirr, packten es weg und löschten das Feuer. Wir radelten weiter. Gegen Abend wurde es kalt und wir froren. Der Wind pfiff, die Dynamos surrten, und das Licht der Scheinwerfer irrte über dem schmalen Flußweg. Wir bogen rechts ab auf ein Wäldchen zu, und ich hoffte sehr, dort nicht übernachten zu müssen. Aber wo sonst?

Die beiden, David und Schlomo, das war gewiß, würden schon ihrer Sprache wegen nicht mehr ausrichten als ich.

»Redet nicht so verquer«, bat ich sie, »sonst landen wir nirgends und erfrieren im Wald.«

Schlomo zog die Schultern ein und betrachtete mich über die Achsel. »Wer wird reden«, fragte er. »Du wirst reden.«

Der Eisenbahner, der im Fenster des Bahnwärterhauses lehnte, sah mich lange an. »Keine Bleibe, was«, meinte er. »Drei obdachlose Judenjungen.«

Dabei hatten die Brodskis noch kein Wort gesagt. Ich spürte, daß sie mir etwas vorwarfen, fand sie im Recht und trat einen Schritt zurück.

»Wird keinen Sinn haben, hier um Quartier zu bitten«, meinte ich zu dem Eisenbahner.

Statt einer Antwort sagte er das von den drei Affen, von denen einer nichts hört, der zweite nichts sieht, der dritte nichts sagt.

»Könnt ihr es so halten?« fragte er.

Es war warm im Bahnwärterhaus, im Kanonenofen brannte knackend das Holz, und wir schliefen fest auf dem harten Boden, hörten weder den Streckenmelder noch das Rattern der Züge. Es war schon hell, als uns der Eisenbahner mit dampfendem Muckefuck weckte.

Wir tranken die Becher leer und dankten ihm.

»Drei Affen«, warnte er uns. »Ihr wißt Bescheid.«

»Werden wir es nicht wissen«, sagte Schlomo achselzuckend und stieß uns dabei an.

Der Mann stutzte. »Was soll das heißen?«

»Von uns erfährt keiner was«, versprach ich schnell.

»Besser auch«, sagte der Mann, »und nun ab mit euch.«

Er sammelte die Becher ein. Und dann radelten wir nach Köln zurück.

Wallstraße

Berlin 1979

Es war behaglich in der Wohnküche, Gespräche flossen dort leichter, dieses aber kam nur zustande, weil wir unter vier Augen waren – und es hat mich erschüttert.

War ich auch Deutschen meiner Generation stets mit Vorsicht begegnet, Johannes R. nicht. Seiner Offenheit, seines freundlichen Wesens wegen hatten sich die Grenzen zwischen uns schnell aufgehoben. Ich mochte ihn, war ihm zugetan, auch vom Äußeren war er mir angenehm – ein mittelgroßer Mann mit dichtem grauen Haar, hoher Stirn und buschigen Brauen über tiefliegenden blauen Augen, die aufmerksam, dabei nicht ohne Schalk, in die Welt blickten. Er galt als ein Graphiker, der mit sparsamsten Strichen zum Wesentlichsten vorzudringen verstand und allen Büchern, die er ausstattete, einen besonderen Glanz verlieh. Zu einem Zusammenwirken zwischen uns aber war es nie gekommen. In seinen Zeichnungen lag meist etwas Humoriges, oft auch Komisches, das zu meinen Arbeiten nicht passen wollte. Im Leben aber paßten wir gut zusammen, waren gleichermaßen gesellig und den Künsten aufgeschlossen. Auch liebten wir beide das Meer und verbrachten manch gemeinsame Woche dort.

Natürlich war er, wie fast alle Männer seines Jahrgangs, im Krieg gewesen. Nie aber hatte ich ihn mir im Einsatz vorstellen können, und seine Erinnerungen an Franzosenmädchen und norwegische Bauernfamilien, die ihn, den jungen Soldaten, wie einen Sohn aufgenommen hatten, waren mir glaubhaft erschienen – er wird auch damals schon gesellig gewesen und mochte sehr wohl in die Haut eines Franzosen geschlüpft sein, der Zivilkleider und eine Baskenmütze trug, oder in die eines rustikalen Norwegers in Kordhosen und kariertem Hemd.

An jenem Abend aber, Angesicht zu Angesicht in der Wohnküche, sah ich ihn plötzlich breitbeinig in Stiefeln vor mir, Johannes R. in Wehrmachtsuniform, neunzehn Jahre jung und mit der Maschinenpistole im Anschlag – und zwanzig Meter vor ihm stürzen Männer, Frauen und Kinder in die Gräben von Babi Jar.

Warum beichtet er, preßt er sich, aschfahl im Gesicht, jene grauenvollen Erinnerungen von der Seele, und warum hat er in all den Jahren geschwiegen?

Die Fragen stehen mir in den Augen und er erkennt sie.

»Weil ich nicht länger schweigen kann«, beteuert er. »Und du sollst wissen, ich war nicht freiwillig dort, es war Befehl. Aber keiner konnte mir befehlen, daß ich irgendwen töte. Glaub mir das! Meine Kugeln gingen über die Köpfe.«

Wenige Wochen später verstarb Johannes R. an Krebs im Krankenhaus – und hat meine Zweifel an seinen Worten mit in den Tod genommen.

Herz Jesu Fehrbelliner

Berlin 1989

Freitagabend war es, dunkel längst im November, als ich vor einem plötzlichen Regenguß Zuflucht suchte. Ich sah mich um, im matten Licht glänzten milchig die Fenster der Herz Jesu Kirche, schwach hörte ich Orgelklänge und Gesang, und als ich eintrat, mich leise dem Altar näherte, war ich einbezogen in die Messe. Der Pfarrer bemerkte mich gleich und seine Blicke blieben wohlwollend, auch als ich mich nicht bekreuzigte, nicht betend niederkniete, und es mochte sein, daß er meinetwegen Worte von der Güte und Gerechtigkeit des Herrn gegen jedermann in seine Predigt fügte. Was er noch sagte, drang nicht in mich ein. Zu beziehungslos schien es mir zu den Ereignissen, die das Land erschütterten. Als die Gebete gebetet, die Lieder gesungen waren und ich den Pfarrer den goldenen Kelch hoch emporheben sah und wie er den alten Frauen und Männern, die zur Heiligen Kommunion gekommen waren, vom Leibe Jesu gab, war er mir fremd und fern. Längst hatte er mir seine Anteilnahme entzogen und wie von weither nur berührte mich jetzt die Messe. Bald schon verebbten die Orgelklänge unter dem hohen, steinernen Gewölbe, und ehe noch der Kirchendiener die Kerzen gelöscht und den Kelch fortgetragen hatte, war die kleine Schar der Gläubigen gegangen.

Ich aber blieb. Gebannt vom Anblick einer jungen Frau, die noch immer inbrünstig betete, blieb ich halb verborgen von einem Pfeiler in der Kirche zurück. Sie war eine schöne

Frau mit blondem, hochgestecktem Haar über wohlgeformter Stirn, ihr Mund war wohlgeformt, und ihre Augen, die jetzt sehr dunkel wirkten, blickten nach innen. Lange hielt sie die Augen mit den Händen verdeckt und senkte dabei den Kopf. Jetzt aber kniete sie aufrecht und mit erhobenem Kopf, die gefalteten Hände vor die Brust gepreßt. Und weil die Zeiten waren, wie sie waren, sah ich unter den Tausenden, die seit dem Sommer außer Landes geflohen waren, einen ihr nahestehenden Menschen, die Tochter, den Sohn, den Mann, glaubte zu ahnen, daß sie sich selbst mit dem Aufbruch ins Ungewisse trug.

Weit hinter uns waren die Schritte des Kirchendieners zu hören und daß eine Tür ins Schloß fiel, und weil ich fürchtete, sie würde aufblicken und mich sehen, ging ich schnell davon. Sie abzupassen und zu befragen, verbot sich, und doch ist mir, als wüßte ich, was sie so insbrünstig beten ließ.

Knokke

Belgien 1929

Die Anrede »kleiner Mann« war mir schon vor meinem fünften Jahr geläufig, und spätestens seit jenem Sommer, als ich in Madonnas Obhut war, hielt ich ihn für treffend. Sie war achtzehn, zierlich, mit großen braunen Augen und braunem Haar, war mein Kindermädchen und ich nannte sie Donna. Ich wollte nicht, daß man sie für mein Kindermädchen hielt – hätte aber nicht sagen können, für was sonst. Ich fand sie schön und es paßte mir, daß ich erkrankte und sie mich, während die Eltern sich am Strand oder auf der Promenade des Seebads ergingen, im Hotelzimmer betreuen mußte.

Draußen strahlte die Sommersonne. Ich lag im Bett bei der offenen Verandatür und sonnte mich. Das Fieber plagte mich weniger als daß da ein Gitter war zwischen mir und Donna, ein Dutzend weiße Holzlatten, und ich wünschte sehr, sie möge das Gitter herunterklappen. Sie tat es nicht und sicher entging ihr, daß ich deswegen schmollte.

Bald hörte ich nicht mehr hin, mochte sie auch noch so anheimelnd aus dem Märchenbuch lesen, mir ihr französischer Tonfall noch so melodisch in den Ohren klingen. Ich wollte das Gitter entfernt haben. Wie aber sollte ich das begründen? Verstohlen probierte ich, ob sich ein Fuß zwischen die Latten zwingen ließ. Es schmerzte, doch es gelang. Und mit dem Fuß berührte ich Madonnas Knie. Weil sie es duldete, hörte ich bald gar nichts mehr, gingen mir die Märchen völlig verloren. Wonniglich ließ ich meinen

Fuß, wohin ich ihn geschoben hatte, und spürte ihre samtweiche Haut überm Strumpf. Die Zeit verging wie im Fluge. Ich wünschte, Donna würde ewig auf dem Stuhl bei meinem Bett bleiben.

Als zur Mittagszeit die Zimmertür sich öffnete und die Mutter eintrat, klappte Madonna das Märchenbuch zu, als wäre sie bei etwas ertappt worden. Ich wollte meinen Fuß retten und fand mich im Gitter gefangen. Madonna war errötet, das aber hatte nur ich bemerkt. Sie wirkte sehr kühl, als sie der Mutter half, mich aus dem Gitter zu befreien – erst die Ferse, dann den ganzen Fuß.

»Was du bloß anstellst«, sagte die Mutter.

Ich aber antwortete nicht und war dankbar, daß auch Madonna schwieg.

Gorkistraße

Moskau 1955

Moskau, Hotel Moskwa am Roten Platz, mit der Stalinbüste im Foyer, viel Marmor und Plüsch, geräumig und wohnlich aber das Zimmer mit der Aussicht auf den Kreml und die Kathedrale – und rührend besorgt die Dolmetscherin Mariam, ein zierliches Wesen mit schwarzem Kraushaar und dunklen Augen. War ihr nach zwei Wochen eifrigster Bemühungen abzuschlagen, daß sie sich diesen Montag freinahm? Ihr Mann verreise für lange Zeit ins Ausland und sie wolle ihn zum Zug bringen. »Tun Sie das getrost«, sagte ich ihr, ohnehin hätte ich eigene Pläne für den Tag und käme zurecht.

An Rubel mangelte es nicht, ich hatte im Rundfunk gesprochen, in Zeitungen veröffentlicht, der Taxifahrer aber war weder mit Geld noch guten Worten zu bewegen, mich zu der Adresse zu befördern, die laut Auskunft in der Rezeption weit außerhalb der Stadt lag. Er gab mir meinen mit kyrillischen Buchstaben beschriebenen Zettel wieder und zeigte in die Gorkistraße. Für die kurze Strecke lohne es sich nicht, den Motor anzulassen. Verwundert machte ich mich auf den Weg und noch verwunderter nahm ich wahr, daß ich mich jetzt in Begleitung eines jungen Mannes befand, schmächtig, mit schütterem Haar und flinken Augen, der sich als Tolja vorstellte und mir seine Hilfe anbot. Gleichzeitig sei auch ihm geholfen, denn er wolle sich in Englisch üben.

Warum nicht, dachte ich, und zusammen hielten wir in der Gorkistraße nach dem Mietshaus Ausschau, in dem die

Tochter eines russischen Musikers leben sollte, der vor Jahren in Australien Asyl gesucht hatte. Wortreich wies uns ein altes Mütterchen den Weg durch ein Labyrinth von Gängen bis hin zu einer Tür, an die wir klopften. Ein blasses Mädchen im Trauerkleid öffnete vorsichtig die Tür und ja, sie sei Sonja Rabinowa, die Tochter Maxim Rabinows. Sichtlich verunsichert ließ sie uns ein und führte uns zu dem Eckchen in einem Zimmer, das für sie abgetrennt war. Kleidungsstücke hingen an Haken, eine Liege und ein Stuhl füllten den Raum. Sie bot mir den Stuhl an, nahm selbst auf der Liege Platz, während Tolja mit dem Rücken zur Trennwand wartete. Nur allmählich begann sie mich über ihren Vater zu befragen, erst in Russisch, was Tolja übersetzte, dann in stockend aus dem Gedächtnis geholtem Englisch, und immer richtete sie sich an uns beide – wie dankbar sie sei, daß wir ihr die Grüße brachten, wir uns die Zeit dafür genommen hätten. Natürlich habe sie den Vater nie vergessen können, sei froh, daß es ihm gut ging und wenn doch nur die Mutter das alles vor ihrem Tod noch hätte erfahren können. »Sie hat ihm nie verziehen«, sagte sie, noch immer ihre Worte an uns beide richtend, und dann entschuldigte sie sich, daß sie nichts anzubieten habe, uns nicht bewirten könne, aber leider – wir sähen ja. Als ich ihr vorschlug, mich zurück zum Hotel zu begleiten, dort lägen noch Fotos und auch ein Brief ihres Vaters, willigte sie mit einem Blick auf Tolja ein, und es schien ihr unumgänglich, daß er mitkam.

Mich störte er inzwischen. Mir war, als verängstige er sie, schüchtere er sie ein, wußte aber nicht, wie wir uns ihm entziehen sollten, und es wunderte mich nicht wenig, als er sich erbot, im Hotel-Foyer zu warten, während ich Sonja die Fotos und den Brief gab. Wieder warf sie ihm diesen Blick zu und ich spürte, daß sie mich nur unwillig nach oben begleitete. Während ich nach dem Brief und den Fotos suchte, läutete das Zimmertelefon und Tolja meldete, daß im Speisesaal das Essen bereit stünde. Ich lud Sonja dazu ein, sie aber lehnte verstört ab. Nein, nein, das ginge nicht. Schnell noch dankte sie mir für meine Mühe – und floh.

Mir wollte das Essen nicht schmecken, nicht im Beisein von Tolja, der sich dazu eingeladen hatte. Wie kam er dazu, fragte ich mich, und als er wieder seine Sprachübungen anführte und die günstige Gelegenheit dafür, schnitt ich ihm das Wort ab.

Er atmete tief und blickte bekümmert. Womit er mich verstimmt hätte, er habe doch nur sein Bestes getan, und dann beklagte er die Kluft zwischen unseren Welten, die so tief sei, daß sich selbst Gleichgesinnte nicht mehr verstünden – und Gleichgesinnte, das seien wir doch wohl.

Was sollte ich dazu sagen? Als Gast im Lande meinte ich, mich den Gepflogenheiten fügen zu müssen. Als aber am folgenden Tag Mariam fehlte und ich herausbekam, daß sie wegen Pflichtverletzung entlassen worden war, wuchs sich mein Unmut gegen Tolja zu Zorn aus, und der legte sich selbst dann nicht, als mir Boris Polewoi in die Hand versprach, daß Mariam wieder eingestellt werden würde.

Er hat Wort gehalten. Aber Tolja und alle Toljas blieben mir seitdem ein Greuel.

Maramures

Rumänien 1969

Unten im Hof wurden Stimmen laut und vom Fenster aus sahen wir den Mann seine Frau hart ins Gesicht schlagen. Er war Bauer wie alle im Dorf, Parteisekretär, und wie alle im Dorf schmuck in weißer Tracht und schwarzem Hut, jetzt, in den Feiertagen des späten Oktober. Er schlug zu mit schwieliger Hand und die Frau schrie, und als er zum Fenster hochblickte, ahnten wir, daß er sie bestrafte, weil sie uns über seinen Kopf das Zimmer überlassen hatte. Wir sahen ihn im Haus verschwinden, hörten ihn die Treppe hochpoltern, er brach ins Zimmer ein, griff sich unsere Koffer und trug sie nach unten. Wir fanden sie vor der Haustür wieder und mußten sehen, wo wir blieben. Bert fiel die Kirche ein, mir nichts Besseres, und es zeigte sich, der Pfarrer sprach deutsch, und weil es ihm in deutschen Landen wohl ergangen war, ließ er uns in der Sakristei ein Lager aufschlagen, zwei Matten unterm Kruzifix. Es dunkelte schon, als wir hinausgingen, um uns umzusehen, und das Dorf schlief. Die Häuser schimmerten weiß in der Nacht und nur fernab, hinterm Dorf, brannte einsam ein Licht. Es war kalt und wir schritten schnell aus auf der Landstraße, und bald schon war zu erkennen, daß das Licht aus einem kleinen Holzhaus drang. Drinnen ging es laut zu, grölender Gesang war zu hören, und als wir eintraten, packten uns die Bauern und luden uns ein zu süßlichem Schnaps, der schnell zu Kopf stieg. Der Wirt goß die Becher randvoll und eine Weile hielten wir mit. »Deutsche

Soldaten, gute Soldaten«, brüllten die Bauern, und obwohl Bert in der Wehrmacht gewesen war, paßte ihm das so wenig wie mir. Bald schon kippten wir jede neue Lage heimlich auf den Lehmboden – von denen hier wollten wir uns nicht unter die Theke saufen lassen. Ihr Lob der deutschen Soldaten hatte uns wortkarg gemacht.

Und dann, in all dem Krach, sagte plötzlich Bert: »Dreh dich um, da steht ein Mensch.« Im Türrahmen sah ich einen Mann, hochgewachsen, verhärmt und mit gebeugten Schultern. Die Kleider schlotterten ihm am Leib. Unter der tief in die Stirn gezogenen Schirmmütze blickten dunkle Augen. Die gebogene Nase wirkte groß in dem zerfurchten Gesicht. In der Hand trug er eine Laterne, die unruhige Schatten warf. »Versuch es«, sagte Bert. »Sprich mit ihm«, und ich bat ihn zu uns in dürftigem Jiddisch. Das ließ ihn aufhorchen, doch es dauerte, bis er antwortete: »Wenn Sie können Jiddisch, werden Sie da müssen fragen?« Er bestätigte, daß er im Lager gewesen war, von den Nazis verschleppt wie alle Juden im Dorf. Fünfundzwanzig Jahre schon mache er seitdem den Nachtwächter hier.

Die Bauern hatten sich abgewandt, sie verstanden ihn nicht, und überhaupt, warum zum Teufel gaben sich die zwei Deutschen mit diesem Juden ab.

»Heiß ich Nathan«, sagte der Mann. »Bin ich alt, siebzig Jahre, was bleibt mir noch vom Leben. Hab ich gewartet all die Jahr, und ist sie gekommen die Frau, sind sie zurückgekommen die Söhne? Keiner ist gekommen, allein bin ich im Dorf. Muß ich sterben, will ich sterben in Israel.«

Sein gutes Recht, dachte ich, und daß es von Maramures nach Bukarest nicht weiter war als von dort nach Tel Aviv.

»Ist nicht weit«, sagte er, als habe er meine Gedanken erraten. »Hab ich gespart und werd ich haben das Geld. Aber werden sie mich lassen fahren?«

Er sah uns an, erkannte, daß wir nicht helfen konnten, und dann nahm er wortlos die Laterne und ging hinaus auf die Straße. Wir blickten ihm nach, bis das Licht nur noch ein ferner Punkt im Dunkel war, und dann gingen auch wir.

Tortola

Karibik 1987

Für die paar Whiskys und gute Worte über meine Jahre zur See hatte mich am Hafen von St. John der Kapitän gegen alle Regeln auf dem Küstenfrachter versteckt, und nur eine Stunde nach dem regulären Fährschiff legten wir bei der Insel von Tortola an. Bis dahin hatte ich wenig gesehen, die Bullaugen des Laderaums, den ich nicht verlassen durfte, lagen nur knapp über der Wasserlinie, jetzt aber, an Land, sah ich viel – Strand und Palmen und grüne Berge im goldenen Licht der Mittagssonne. Es war heiß und außer der Mannschaft regte sich niemand am Pier, der kleine Hafen lag verlassen, und vor mir der einsame Schwarze an der Sperre, ein schmächtiges Kerlchen ganz in Weiß, mußte mit dem Fährschiff gekommen und seitdem hier aufgehalten worden sein. Es sah aus, als würde auch ich aufgehalten werden, denn noch immer beschäftigte sich der Grenzbeamte mit ihm. Der Schwarze plädierte und plädierte, allmählich aber wurde er leiser, seine Gestik verhaltener. Er schien sich zu fügen und bereit, ein Schiff abzupassen, das ihn zurückbefördern würde, wo er hergekommen war. Doch dann besann sich der Beamte. Er machte einen Eintragung in den Paß des Mannes und belehrte ihn. Der nahm das mit gebeugtem Kopf hin. »Und lassen Sie sich sagen«, schloß der Beamte, »Tortola ist nicht für Leute wie Sie, und sollten wir Sie noch mal erwischen, werden Sie grau sein, ehe Sie die Sonne wiedersehen.«

»Yes Sir!« sagte der Schwarze.

Der Beamte setzte seinen Stempel unter den Vermerk im Paß. Der Mann ging und ich rückte vor. Bald fand auch ich mich auf dem sandgelben, öden Platz vor den Güterschuppen am Hafen. Der Weg in die Berge führte am Polizeirevier vorbei zu einer Reihe von Läden und dem Postamt. Die Sonne stand steil im wolkenlosen Himmel und es war, als tauchte ich in eine Glut. Der Schwarze irrte auf dem Platz umher wie ein Insekt unter einer Glocke. Im Schatten einer Palme parkte ein Taxi und ich verhandelte mit dem Fahrer über den Preis zu Raymonds Gasthaus, und als der Schwarze erklärte, er wolle auch dorthin, halbierte der Fahrer die Summe. Ich war schon eingestiegen, da pfiff es plötzlich schrill über den Platz. Jäh wandte sich der Schwarze um, und dann sahen wir zwei Uniformierte vom Polizeirevier auf uns zukommen. Der Schwarze erstarrte, blickte flehentlich zum Fahrer, der schüttelte den Kopf und ließ den Motor nicht an. Schon waren die Uniformierten am Taxi. Einer packte den Schwarzen, und noch ehe er seinen Paß zeigen konnte, war er festgenommen. Die Handschellen blinkten in der Sonne, als sie ihn abführten. Der Fahrer schwieg, ich schwieg, und beide sahen wir den Mann zwischen den Polizisten im Revier verschwinden. Von hinten sah er noch schmächtiger aus, irgendwie geschrumpft, und es war, als schleiften sie eine Stoffpuppe durch die Tür.

»Pech«, sagte der Fahrer und setzte den Preis neu fest.

»Eine freundliche Insel«, ließ ich ihn wissen.

»Mag sein, oder auch nicht«, sagte er. »Kommt immer drauf an, was einer hier einschleppt.«

»Zum Beispiel?«

»Mann«, sagte der Fahrer, »fragen Sie das nicht. Ist nie gut, wenn einer zuviel fragt.«

Und in zehn Tagen auf Tortola in der Sonne erfuhr ich nicht, warum sie den Schwarzen eingesperrt hatten – ging es um Rauschgift oder was sonst?

Bahnhof Friedrichstraße

Berlin 1956

Der S-Bahn-Zug hielt lange, länger als normal, und zweimal schon hatten wir die Ansage durch die Halle tönen hören: »Letzter Bahnhof im Demokratischen Sektor.« Niemand sprach, die Fahrgäste blickten unruhig, und dann sahen wir die beiden Blauuniformierten durch den Wagen gehen. Sie mußten sich durchzwängen und in der Stille klangen ihre Stimmen laut. Stumm hielten die Leute ihre Ausweise hin, und irgendwo raunte jemand »die Schinder«, doch wer das raunte, war nicht auszumachen. Noch standen die Türen offen, noch rollte der Zug nicht und jetzt zwängten sich zwei Koffer schleppende Männer nach draußen und tauchten in die Menge auf dem Bahnsteig unter.

Die Frau mit dem Kinderwagen bei der vorderen Tür wirkte versunken und in sich gekehrt. Es war, als gingen sie die Vorgänge nichts an. Mechanisch wippte sie den Kinderkorb und strich dabei mit der Hand übers Deckbett. Ebenso mechanisch holte sie ihren Ausweis aus der Handtasche und streckte ihn zur Kontrolle vor. Sie war nicht mehr jung, konnte die Mutter eines Babys kaum sein. Auch dem Blauuniformierten fiel das auf. Ich sah, wie er stutzte, ihren Ausweis genauer prüfte als die anderen, ihn durchblätterte und dann beschlagnahmte.

»Bitte kommen Sie mit.«

Die Frau reagierte nicht. Es war, als verstünde sie nichts. Sie wippte den Korb und starrte ins Leere. Im fahlen Licht des Wagens sah sie blaß aus, blasser jetzt, wie mir schien, und ihr Gesicht wirkte versteinert.

»Bitte kommen Sie mit.«

Wieder raunte es »Schinder« von irgendwo. Zu erkennen war noch immer nicht, wer das sagte. Die Frau blieb stehen und hielt den Kinderwagen, als wolle man ihn ihr entreißen.

»Verlassen Sie den Zug!«

Die Frau drehte den Kopf weg, zog die Schultern ein, sie wehrte sich, ihr ganzer Körper wehrte sich, kein Wort aber kam ihr über die Lippen. Ich sah den Uniformierten in den Kinderwagen greifen, und dann hörte ich, hörten wir alle die Frau schreien. Ihr Schrei gellte durch den Wagen.

»Hände weg!«

Noch stand der Zug. Und dann sahen wir den Uniformierten etwas weißes, gefiedertes aus dem Kinderwagen zerren. Die Gans, die er am Hals hochhielt, baumelte schwer in seiner Hand.

»Verlassen Sie den Zug!«

Als wir endlich fuhren, sah ich, wie alle, zum Bahnsteig hinaus.

Langsam glitten wir vorbei an der Frau mit dem Kinderwagen und dem Mann in der Uniform, und schon nach wenigen Metern waren sie nicht mehr zu erkennen.

Truppentransporter Dunera

Nach Australien 1940

Unten, in den Laderäumen des Schiffes, das uns über die Meere von Liverpool nach Australien brachte, sahen wir keine Sonne. Wir hausten im Zwielicht der Notlampen, und die Luft war schal, verbraucht vom Atem zweitausend Internierter. Als nach zwei Wochen die Posten einen von uns an Deck holten, und er nicht wiederkam, schätzten wir ihn glücklich. Er war ein stiller junger Mann aus Wien, mit blauen Augen, blondem Kraushaar, und daß er Sänger war, ein Schlagersänger, der sich Ray Martin nannte, bedeutete mir nichts. Ich hatte den Namen nie nennen und ihn nie singen hören. Für mich war er nicht mehr und nicht weniger als einer, der unser Schicksal geteilt hatte – die Stürme der Biskaya, den Angriff des deutschen U-Boots, und ich gönnte ihm sein Glück und vergaß ihn. Was er da oben trieb und was ihm das einbrachte, ging mich nichts an. Er fehlte und das genügte mir. Dann aber kam es anders.

Als die Posten zum ersten Mal nach all den Wochen über uns die Luken öffneten, vor Takoradi war es, an der südafrikanischen Küste, wir endlich freier atmeten und die Sonne sahen, hörten wir ihn singen. Oben an Deck sang er für die Soldaten, die uns angebrüllt, geschlagen und beraubt hatten – auch mich.

South of the border, down Mexico way – er sang, klangrein und melodisch, und das Lied, ein Schlager jener Zeit, drang in uns ein. Sehnsuchtsvoll hörten wir hin, und das Lied trug uns fort von dem Schiff in andere Welten, trug mich zurück zu einer Nacht im Zelt und dem Mädchen mit dem Kofferradio im Zelt, jener Schönen, die ich bewunderte und nicht zu berühren wagte – South of the border, down Mexico way. Er sang, Ray Martin aus Wien, und seine helle, schöne Stimme klang uns im Ohr.

Plötzlich schlägt einer mit dem Blechnapf gegen einen Stahlträger, dann ein zweiter, ein dritter, ein vierter, bald tun es viele, bald ist da keiner mehr, der nicht mit Blechgeschirr auf Stahl schlägt. Unzählige Blechnäpfe hämmern auf Stahl, das Schiff dröhnt, und der Lärm übertönt die Stimme des Sängers. Wir schlagen auf Stahl, schlagen und schlagen, und urplötzlich wird es dunkel über uns, dunkel am hellichten Tag, und wir ahnen, alle ahnen wir, daß fortan die Soldaten die Luken nicht wieder öffnen und wir ins Zwielicht der Notlampen verdammt bleiben werden bis hin zu australischen Küsten.

Prinz-Albrecht-Straße

Duisburg 1989

Da steht er, und ich erkenne ihn gleich, obwohl er Arbeitskleidung trägt, Overalls und Gummistiefel, und man ihn für den Gärtner halten könnte. Auch der undurchdringliche Blick, mit dem er mich, vom Laubharken aufblickend, durch die goldumfaßten Brillengläser mustert, ist mir noch wach in Erinnerung. So musterte er mich an jenem Novembertag vor dreißig Jahren, als ich ins Haus gelangt war und auf die Möbel zeigte, die Bilder an den Wänden, und ihm den Spottpreis vorhielt, den im Krieg sein Schwiegervater meinem Vater für das Haus und alles, was dazu gehörte, angeboten hatte – ein paar lumpige Tausender, die dann in die braune Staatskasse geflossen, ehe die Eltern nach Auschwitz verschleppt worden waren.

Zorn packt mich wie damals und er spürt es und wie damals glaube ich in seinen Augen einen Schatten von Furcht zu erkennen, die dann in kalten Trotz umschlägt. Er weiß sich im Recht, fühlt sich eingebettet in eine Ordnung, der ich heute so wenig wie damals beikommen kann. Ich merke, daß er mich abtut, und in der Art, wie er sich wieder seiner Arbeit zuwendet, liegt etwas Verächtliches, Höhnisches. Langsam setze ich das Auto, in dem ich gekommen bin, von der Bordsteinkante ab und fahre davon.

Im Geiste sehe ich ihn weiter im Vorgarten des Elternhauses Laub harken, sehe ihn Körbe füllen, bis das letzte Blatt verschwunden ist und er nach getaner Arbeit ins Haus zurückkehrt. Ich sehe ihn die Gummistiefel abstreifen, die Overalls, ihn in Socken die Treppe nehmen und ins Badezimmer verschwinden, sehe ihn dort, ein nackter Mann, weißhäutig und blaß, die Goldbrille vor den Augen. Er legt die Brille ab, tastet sich zur Dusche vor, wäscht sich, trocknet sich ab, kleidet sich an im Schlafzimmer der Eltern. Bald schon sitzt er beim Sonntagsbraten im Eßzimmer und später am Nachmittag wird er im Biedermeierzimmer den Kaffee zu sich nehmen.

Um diese Zeit, noch ist es Tag, doch trüb schon und diesig jetzt im November, stehe ich wieder vor dem Elternhaus – was treibt mich noch einmal hierher, warum widerstehe ich dem nicht? Es wird, das schwöre ich mir, das letzte Mal sein, und gegen die Mauer des Vorgartens gelehnt, bin ich von der Vorstellung besessen, daß meine Gegenwart durch das Gestein ins Haus dringt. Gleich werden sich die Gardinen rühren, wird er sich hinter dem Fenster zeigen, mich hier stehen sehen und es wird ihn treffen. Nichts aber regt sich im Haus. Sonntäglich still liegt die Straße da, bis nach einer Weile aus dem stetig sinkenden Nebel ein Auto sich nähert. Es parkt gegenüber dem Haus, die Scheinwerfer gehen aus und zwei Männer und eine Frau überqueren die Straße. Sie plaudern lachend, verstummen als sie mich sehen und mustern mich befremdet – was will der dort? Das frage ich mich nun selbst, und ich wende mich ab, tauche unter im Nebel – wie ein Täter, der den Tatort flieht.

Rheindampfer

Düsseldorf 1989

Wie hieß das Schiff, dort unten am Kai vor der Altstadt – war es Diana? Ich weiß nur, es war geräumig wie die anderen, ein Fahrgastschiff mit großen Fenstern, durch die ich Männer an Tischen sitzen sah. Es war spätnachmittags am Sonntag, und sie saßen da, tranken Bier aus Büchsen, rauchten und der Rauch lag im Raum wie eine Wolke. Irgendwo lief bunt ein Fernseher und eine Gruppe von Männern starrte stumm auf die Bilder. Sollte ich mich als Reporter ausgeben? Mir schien es einfacher zu behaupten, daß ich unter den hier Beherbergten einen Verwandten suchte, einen Karl Rademacher aus Plauen. Die Frau vom Roten Kreuz, die am Eingang Dienst tat, nahm das auch hin und schickte mich ins Büro zu dem Mann, der die Kartei führte. Karl Rademacher, wann soll der eingetroffen sein – seit dem 9. November oder davor über Prag oder Budapest? Ich entschied mich für einen Tag im November und mein lockeres Rheinländisch, Sprache meiner Kindheit, machte ihn zugänglich. Bereitwillig blätterte er die Kartei durch. Nein, einen Karl Rademacher gäbe es nicht. Doch Moment mal, in einem Abstellraum unter Deck sei noch ein zweiter Karteikasten, der mit den Abgängen. Ob ich kurz warten wolle?

Während er dorthin verschwand, ging ich durchs Schiff. Die Frau hinterm Eingang blickte fragend auf. Gleich würde ich es erfahren, sagte ich ihr, und da ließ sie mich in den Gemeinschaftsraum. Es war warm drinnen und die Luft stickig. Kurzerhand setzte ich mich an den Tisch neben der Flügeltür. Der Mann dort mit der Bierbüchse war älter als die meisten ringsum, vierzig etwa, mit kleinen Augen im runden Gesicht. Meine Frage nach Karl Rademacher überforderte ihn.

»Kenne hier keinen und will auch nicht«, sagte er in breitem Sächsisch, und bald hatte ich heraus, daß er aus Radeberg stammte, Fleischer war und er sich, seit die Mutter tödlich verunglückt war, niemandem und nichts zugehörig fühlte – auch Radeberg nicht. Von dort war er verschwunden, sobald das möglich wurde, und nun sei er schon drei Wochen auf dem Schiff und bei den letzten paar Mark vom Begrüßungsgeld.

»Und dann?« fragte ich.

Mit klobiger Hand beschrieb er einen Kreis. »Immer so weiter«, sagte er.

Dabei meinte er seine tägliche Arbeitssuche in der Umgebung, von Fleischerei zu Fleischerei und zurück auf das Schiff, wo er in der Viermannkajüte seine Koje hatte und es Essen gab.

»McDonald's«, sagte er. »Pappteller und Plaste.«

»Lebt sich doch einigermaßen«, entgegnete ich.

»Schon richtig«, sagte er. »Bloß Krach ist auch viel, und Schlägereien. Kommt immer auch mal die Polizei, wegen Ladendiebstahl und so. Kann ja nicht ausbleiben. Aber ich halt mich da raus.«

Ich sagte ihm das von dem zweiten Karteikasten und woher ich das wüßte. »Müssen ja auch Abgänge gewesen sein.«

»Abgänge sind«, sagte er. »Bloß ich bin noch hier.«

Er sagte es stumpf, mit wenig Hoffnung, und flüchtig tauchte auch Radeberg auf – wie von sehr fern aus einer anderen Welt.

»Hat ja keinen Sinn«, sagte er. »Die Mutter tot, die Wohnung weg. Was soll ich da?«

Ich schwieg, und hätte auch geschwiegen, wären wir nicht durch den Karteiverwalter vom Roten Kreuz unterbrochen worden.

»Einen Karl Rademacher aus Plauen hat es hier nie gegeben.«

»Na dann«, sagte ich zu dem Fleischer aus Radeberg.

»Na dann«, sagte auch er.

Wir gaben uns die Hand und ich ging.

Verlagshaus

Rostock 1964

»Diese Frau da mitten im Roman – so untypisch«, sagte der Verlagsleiter, »nichts fehlte, würde man sie streichen.« Und dann zitierte er Shdanow. »Typische Menschen in typischen Umständen.« Er schlug vor, das Kapitel noch einmal zu überprüfen, so wie es im Lektorat redigiert worden sei, also »ohne diese Verrückte, die Protestzettel an Bäume klebt.« Danach hieße es nur noch, die Kürzung abzuzeichnen und der Roman wäre im Plan.

Ich war die Auseinandersetzungen leid und bereit nachzugeben. Zwei Jahre hatte ich an dem Buch gearbeitet, ich wollte es verlegt sehen, und die Frau, die sich dagegen auflehnte, seit jenem 13. August von ihrem bei der Großmutter in Westberlin gebliebenen Töchterchen getrennt zu sein, gehörte tatsächlich zu den Randfiguren. Sie schien entbehrlich. Auch wenn ich ihren Alleingang mit den Zetteln an Bäumen, für den sie belangt und verhaftet worden war, tilgte, bliebe der eigentliche Handlungsablauf intakt.

Wie lange würde ich brauchen, das Kapitel durchzugehen? fragte der Verlagsleiter. Ich sagte es ihm, er wies mir ein Zimmer zu, wo ich ungestört sein würde, und eine halbe Stunde später trafen wir uns wieder.

»Nun«, forderte er sanft. »Wie haben wir uns entschieden?«

Ich schwieg. Obwohl er meinen Widerstand spürte, blieb er zugänglich. Er lächelte, und lächelnd ließ er mich wissen, er verstünde, daß ich mich gegen den Eingriff sträubte. Und wieder zitierte er, Rowohlt diesmal, einen Verleger, den er schätzte.

»Wenn ein Manuskript ohne den Autor gekürzt wird, wird es nicht kürzer, sondern länger.«

Ich atmete auf. Er schien ein Einsehen gehabt zu haben. Schon wähnte ich den Roman samt der gestrichenen Seiten im Plan, und es traf mich hart, als ich sein Lächeln schwinden sah.

»Wir sind also übereingekommen, daß wir nicht übereinkommen können«, hörte ich ihn sagen.

»So wird es sein.«

»Meine Hochachtung«, sagte er. »Ein Autor mit Prinzipien.«

Zwei Jahre vergeblicher Mühe wegen drei lumpiger Seiten, dachte ich. Doch es gab kein Zurück. Mir ging das mausgraue Mädchen durch den Kopf, das ich am Morgen auf der Plattform des Zuges nach Rostock verstohlen hatte rauchen sehen, die glimmende Zigarette zwischen Daumen und Zeigefinger in der hohlen Hand. Knast? hatte ich sie gefragt und erstaunt hatte sie zurückgefragt, woher ich das wisse. Ich hatte ihr geantwortet, daß so nur rauche, wer nicht dabei erwischt werden wollte, und dann hatte sie zugegeben, heute erst aus dem Werkhof entlassen worden zu sein, auch den Grund für ihre Maßregelung hatte sie gesagt – das Ansprechen von Männern auf Bahnhöfen.

»Es muß an mir liegen, daß ich immer wieder an untypische Menschen in untypischen Umständen gerate«, sagte ich dem Verleger. »Da war dieses Mädchen auf dem Zug ...«

Aber er hörte nicht mehr hin. Ihn drängten Termine, und kurze Zeit später hatte ich mein Manuskript zurück und war auf dem Weg zum Rostocker Bahnhof.

Suvastrand

Fidschi 1954

Weitab in der Sichel des Strandes war eine Gestalt erkennbar, ein Mann, der mit dem Rücken gegen den Stamm einer Palme lehnte. Still lehnte er dort und blickte hinaus aufs Meer, und verharrte still wie zuvor, nachdem er sich gesetzt hatte, die Arme um die Knie verschränkt. Beim Näherkommen dämpfte ich die Schritte. Er sah erst zu mir auf, als mein Schatten über ihn fiel. Nur seine hochgezogenen Brauen verrieten die Spur von Unwillen. Wir begrüßten uns und dann schwiegen wir. Er kam meiner Vorstellung von Jesus nah – ein Dreißigjähriger von schlankem Wuchs mit Haar, das bis zur Schulter reichte, die Stirn gewölbt und hoch, der Blick der Augen stetig und sinnlich der Mund. Wie er da nachsinnend saß, wölbten sich sanft die Lippen. Er war barfuß, zerschlissen die Jeans und rissig an den Knien, dem Khakihemd, das ihm offen über der Brust hing, fehlten die Ärmel.

»Es wird Wind aufkommen und in der Nacht ein Sturm«, hörte ich ihn sagen.

Da sah auch ich hinaus aufs Meer, das glatt war wie ein Spiegel, wolkenlos erstreckte sich der Himmel am Horizont, und schwach wie ein stehendes Gewässer floß das Meer über den Sand. Nicht ein Hauch bewegte die Palmblätter. Es war schwül schon am Morgen, jetzt war es schwüler, und die Sonne stach.

»Joseph Conrad«, sagte ich.

Er wiegte versonnen den Kopf und befragte die Bemerkung nicht.

»Oft gibt es solche Prophezeiungen in Conrads Erzählungen – ein erfahrener Seemann«, fuhr ich fort.

Dem stimmte er zu und wieder behauptete er, es würde stürmen in der Nacht. Ich wähnte, daß auch er ein erfahrener Seemann war.

»Das ist lange her, zehn Jahre.«

»Und seitdem nur noch ein Leben auf Suva?«

»Die Inseln sind mein Leben«, sagte er.

Mir wollte nicht in den Sinn, wie einer sich früh schon so entscheiden konnte.

»Mit zwanzig bestimmte der Krieg mein Leben«, sagte ich ihm.

»Das kommt vom Hingehen«, erwiderte er. »Ich ging nicht hin und werde es nie tun. Krieg ist Sünde, und was haben mir die Koreaner angetan, daß ich sie morde.«

»Dort ist kein Krieg mehr«, erklärte ich ihm. »Der Waffenstillstand liegt schon ein Jahr zurück.«

»Also ist Frieden.«

Ich nickte. Da blickte er wieder zum Meer hinaus, das ruhig war noch immer, ein weites stilles Wasser unter der Sonne.

»Und doch wird es stürmen heut Nacht.«

Ich begriff, was er mir sagen wollte und warum er lebte, wie er lebte.

Zirkus

Köln 1932

Schon die Anreise war voller Spannung, allein im D-Zug nach Köln, acht Jahre alt und mit dem Taschengeld von zwei Fünfmarkstücken im Brustbeutel. Um zwölf war ich am Duisburger Hauptbahnhof, obwohl ich nur eine Stunde zu fahren und erst spätnachmittags anzukommen brauchte – Sarrasani, Kindervorstellung im Zirkus, mit Tünnes und Schäl, mit Tigern, die durch brennende Reifen sprangen, wild brüllenden Löwen, rasanten Pferden und Elefanten, die nichts vergaßen und sich zu rächen verstanden für Unrecht, das Jahre zurücklag. Auf rollenden Rädern im Abteil durchlebte ich, was ich zu sehen erhoffte – den Mann, der Feuer spie und Schwerter schluckte, das Trio am fliegenden Trapez, die Menschenpyramide, den Seiltänzer und die Jongleure. Ich hörte die Zirkusmusik und das Knallen der Peitschen, das Hop-Hop der Artisten, wenn sie im Sägemehl Rad schlugen, und ich roch den Geruch unterm Zirkuszelt. Für das Erlebnis Zirkus wäre ich nicht bloß nach Köln, sondern quer durch Deutschland gereist.

Mit klopfendem Herzen, fürchtend, die besten Plätze könnten schon vergeben sein, stand ich Schlange vor der Kasse und empfand es als Triumph, als ich eine Logenkarte erstand. Lang vor der Zeit belegte ich meinen Platz. Als endlich die Lichter aufflammten und der Zirkusdirektor hoch auf weißem Roß in die Arena ritt, gab ich mich der Erfüllung meiner Träume hin. Ich jubelte mit Tünnes und Schäl, bangte für das Trio am Trapez, den Seiltänzer hoch überm Netz, und sah mich auf dem Rücken eines galoppierenden Pferdes, eines mächtigen Elefanten, und wenn der Löwe fauchend die Tatzen gegen den Dompteur hob, steigerte sich meine Bewunderung ins Grenzenlose.

Sarrasani. Jene Vorstellung in Köln im achten Jahr meines Lebens übertraf alle Erwartungen. Ich hatte Löwen und Tiger erwartet, Pferde, Elefanten und Artisten, nur sie nicht, die Seejungfer Annabella mit den strahlenden Augen und dem langen dunklen Haar. Es faszinierte mich, daß sie von der Hüfte abwärts ein Fisch und keine Frau war. Wie ein Fisch würde sie durch das Becken gleiten, in das die Arena jetzt verwandelt war, und als sie sich von der Plattform in die Tiefe fallen ließ, ich sie anmutig ins Wasser tauchen sah, war ich bezaubert.

Sie tauchte ein und schwamm im Kreis, und immer wenn sie lächelnd den Kopf hob, war mir, als täte sie das nur für mich. Weiß und lieblich zeichneten sich ihre Brüste unterm Wasser ab und ihr Haar floß überm Wasser wie ein Schleier. Nie würde ich sie vergessen können, und in jener Nacht noch und in den Nächten die folgten, glitt Annabella, die Seejungfer aus dem Zirkus in Köln, durch meine Träume.

Flughafen

San Francisco 1960

Nie zuvor hatte irgendwer meine Schuhe geputzt, von Kind an besorgte ich das selbst – im Duisburger Elternhaus, im englischen Internat, im australischen Lager, in der australischen Armee und später auch sonstwo in der Welt. Ich war bekannt für gewienertes Leder, blankes Schuhwerk, und ich kam mir seltsam vor, sehr fehl am Platz, als ich an jenem Morgen, kurz nach der Landung in San Francisco, meiner ersten Berührung mit Amerika, auf hohem Stuhl sitzend, auf den Schwarzen herunterblickte, der für billiges Geld meine Stiefel bearbeitete. Es war sehr früh noch, erst sieben, und ich war wohl sein erster Kunde. Er ließ sich Zeit, und ich hatte Zeit, und während er mit Schuhcreme, Lappen und Bürsten zu Werke ging, ein wahrhafter Jongleur seines Fachs, stellte er Fragen.

»Where are you from, Sir, and where are you headed?«

Auch dieses Sir, das er untertänig wiederholte, gab mir ein ungutes Gefühl. Er war alt genug, mein Vater zu sein, ein ergrauter Mann in zerschlissener Kleidung, die ihm am Leibe schlotterte. Ich wünschte, er möge schneller zurande kommen, damit ich meiner Wege gehen konnte. Wie lange sollte ich hier noch vor aller Augen sitzen und mich von ihm bedienen lassen. Mir war bald, als säße ich am Pranger, und da meine Stiefel längst makellos glänzten, versuchte ich, ihm klarzumachen, daß es gut sei.

»Leave off, it's fine!«

Er aber werkelte weiter – helle Creme, braune Creme, heftiges Bürsten und noch heftigeres Wienern mit knallendem

Lappen. Ja, er knallte die gefalteten Lappen über das Leder, und am Ende gab er noch einen Spritzer Wasser dazu. Das Morgenlicht spiegelte sich in meinen Stiefeln.

»Leave off, it's fine!«

Er betrachtete seine Leistung und gab mir Recht. Zu mir aufblickend hielt er die Hand hin und kassierte den Lohn.

»Thank your, Sir.«

Ich stieg vom Stuhl und setzte mich auf eine Bank nahbei, um die Zeit abzuwarten bis zur Weiterfahrt im Bus nach Squaw Valley. Lange saß ich dort, ein Fremder in Kalifornien, und achtete auf die Kunden des schwarzen Schuhputzers – es waren nur zwei in mehr als einer Stunde, der Verdienst eines Dollars, aber angesprochen hatte er an die fünfzig Leute.

»Shoeshine, Mr. President, Sir!«

»Shoeshine, Mr. Governor, Sir!«

»Shoeshine, Sir Bank Manager!«

Oh, er gab ihnen allen einen Titel, hob sie samt und sonders über sich, die möglichen Kunden, und nie seitdem ist mir aus dem Sinn gegangen, wie er mir seine Dienste angeboten hatte, jener alte Mann vor dem Busbahnhof dort draußen am Flugplatz von San Francisco.

»Shoeshine, Boss – just half a dollar, Sir!«

Stadtwald

Duisburg 1939

Es hatte geschneit im Januar, heftiger als in vergangenen Jahren, und dort, wo der Weg in den Wald mündete, war er verweht. Ich sank ein beim Gehen. Unter den Bäumen aber kam ich besser vorwärts und ich erreichte das Waldhäuschen vor der Zeit. Noch war es nicht vier, doch es dämmerte schon, und die Krähe, die zwischen den Bäumen davonflog, verlor sich schnell in der Dämmerung. Ich hörte Zweige unter der Schneelast brechen und auch wie der Schnee fiel – ein Flüstern im Wald. Darüber hinaus war es still, und ich lauschte in die Stille. Bald fürchtete ich, Ruth würde nicht kommen. Es stimmte mich traurig, denn wir würden uns nicht wiedersehen. Innerlich war ich schon weit fort, war auf dem Weg nach England, und in weniger als zweimal zwölf Stunden würde es so weit sein. Immer hatten wir uns im Wald getroffen, das zurückliegende Jahr hindurch bis hin zu dem Tag der Vandalen im November. Danach war sie fortgeblieben. Zum Jahreswechsel aber schrieb sie mir eine Karte mit der Ansicht von Tannen im Schnee, und wünschte mir Glück und, daß ich sie erwarten solle, heute um Vier.

Gemessen an der zunehmenden Dunkelheit ging es auf fünf zu, und immer noch fehlte sie. Ich harrte aus, doch ehe ich in der Ferne Schritte hörte, hatte ich sie schon aufgegeben. Jetzt stand sie vor mir, im dunklen, von der Mutter ausgeborgten Mantel, ihr schwarzes Haar verborgen unterm Wollschal, und ihr Gesicht war weiß wie der Schnee.

An der Art wie sie mich ansah, spürte ich, daß sie schlimme Nachricht hatte.

»Danke, daß du gewartet hast.«

Ich schwieg.

»Es ging nicht anders – ich mußte zum Arzt, ganz unerwartet mußte ich wieder zum Arzt.«

Das brauchte keine Erklärung. Sie hustete heftig, krümmte sich beim Husten und wandte sich ab. Sie hielt sich das Taschentuch vor den Mund, sah hinein, und atmete schwer.

Sie entzog sich mir, als ich sie berührte, drehte den Kopf weg, als ich sie küssen wollte.

»Das sollst du nicht tun, nie mehr.«

»Ruth«, sagte ich. »Ich reise morgen ab.«

»Ich weiß. Und leb wohl – du.«

Sie sah mich an und wirkte sehr reif dabei, als hätte sie schon viel und lang gelebt und war doch erst fünfzehn, wie ich selbst. Sie lächelte, als verzeihe sie mir etwas.

»Du wirst fahren und ich bleibe hier.«

Ich begriff sie nicht. Es war doch alles längst geregelt – Amerika, die Überfahrt Ende Januar, zusammen mit ihrer Schwester.

»Naomi fährt. Ich bleibe«, sagte sie.

Sie erklärte den Grund nicht, sagte nicht, daß es an der Krankheit lag, ihr wegen der Krankheit die Einreise verweigert war, doch ich wußte Bescheid. Wieder hustete sie, wieder verfärbte sich ihr Taschentuch.

»Ich vergeß dich nicht, Ruth«, versprach ich ihr. »Du hörst von mir.«

»Ja, flüsterte sie. »Schreib mir, wie es in England ist.«

Küstenfrachter

Sydney 1951

Die Kessel des schrottreifen »SS Aeon« unter Druck zu halten kostete Kraft, und zu Beginn jeder Wache schuftete Curly Connors, der kleine drahtige Heizer, dem ich als Trimmer zugeteilt war, aus Leibeskräften. Er schuftete und ließ dabei alle Flüche ab, die er in langer Seefahrt gelernt hatte. Nicht wenige davon galten mir, dem Neuen, der ihn aus den Bunkern mit Kohle zu versorgen hatte und von Wache zu Wache länger dafür brauchte. Connors ertrug es nicht, wenn ihm die Kohle knapp wurde, und einmal, als er bei der letzten Schaufel und ich noch nicht in Sicht war, schleuderte er sein Brecheisen derart wuchtig gegen die Bordwand, daß es zurückprallte und ihn am Bein traf. Ich hörte ihn brüllen und für den Rest der Wache sah ich zu, daß mein Schubkarren zwischen ihm und mir blieb.

Es ging hart zu zwischen uns. An Deck die Matrosen fragten sich bald, wann mir die Geduld reißen und ich Connors mit der Schaufel den Schädel spalten würde. Ich aber ließ ihm seine Wut und seine Flüche – er war bessere Trimmer als mich gewöhnt, geübte Kerle, auf die er sich verlassen konnte, und mir blieb nichts weiter als die Zähne zusammenzubeißen und bis zur Rückkehr nach Sydney durchzuhalten.

Doch es kam anders. Schon in Brisbane, auf halbem Rückweg, teilte mich der Zweite Ingenieur Lofty Clarks Mitternachtswache zu. Lofty, wie Connors ein erfahrener Heizer, war hochgewachsen, breitschultrig und sanft, trug auf der Brust ein Kreuz und fluchte nie. Er arbeitete stetig, behielt mühelos die Kontrolle über den Kesseldruck, und fehlte ihm Kohle, kroch er selbst in die Bunker und schaufelte die Karren voll. Das spornte mich zu doppeltem Einsatz an und ich bemühte mich, ihm stets den Nachschub zu sichern – und war ihm dankbar, daß er es hinnahm, wenn mir das nicht gelang. Er schien nur beschwichtigende Worte zu kennen und spätestens als ich erfuhr, daß er seit eh und je freiwillig die Mitternachtswache bediente, sagte ich mir, er wird sich dafür hergegeben haben, mich zu übernehmen. Lofty wölbte bloß die Lippen, als ich ihn danach fragte, und mehr als »laß es gut sein« war ihm nicht zu entlocken.

Erst in einer Hafenkneipe von Newcastle, wo wir angelegt hatten, bot sich die Gelegenheit, Curly Connors zu stellen. Wortlos trank er sein Bier weiter und grinste bloß. Ich zerbrach ein Streichholz und schnippte ihm die Stücke ins Gesicht.

»Wisch das Grinsen weg«, sagte ich leise.

»Donnerwetter«, entgegnete er, »der Neue muckt auf.«

Ich spürte, ihm gefiel geradezu, daß ich ihn anging.

»Wenn Curly Connors was nicht paßt, dann sagt er's«, ließ er mich wissen. »Und sagt es dem, den's betrifft. Warum sollte ich dich abgeschoben haben, Bruderherz. Könnte doch sein, daß du anderswie bei Lofty gelandet bist.«

»Hast es ihm eingeredet.«

»Eingeredet«, sagte Connors, und wieder grinste er. »Der hat dich mir weggeholt. Lofty holt sich doch immer die Schwächsten. Ist halt ein Heiliger, der Kerl.«

Haus am Stadtrand

Berlin 1956

Häuser haben Seelen – dieses, weiß getüncht und mit großen Fenstern zur baumreichen Straße, hatte die Seele eines untersetzten, glatzköpfigen Mannes in brauner Uniform, dessen Foto ich in einer Schublade fand, die zu einem Schrank gehörte, den es im Haus nicht mehr gab. Außer einer eichenen Truhe voller Gerümpel gab es dort bei meinem Einzug keine Möbel mehr, und daß ich die Schublade nicht gleich auf den Sperrmüll warf, hatte mit ihrem Inhalt zu tun. Sie war voller Naziinsignien, Hakenkreuzabzeichen, Blut-und-Boden-Dolchen, Ordensbändern.

Frau Lenz, die mir bei der Beschaffung neuer Möbel und beim Einrichten half, verstand sehr wohl, warum ich als erstes das sonnenrunde, schmiedeeiserne Hakenkreuz aus dem Gitter vor dem oberen Fenster schlug.

»Daß das bis heute da hing«, sagte sie kopfschüttelnd. Als ich aber die Schublade in den Mülleimer entleeren wollte, hielt sie mich am Arm fest.

»Nicht doch! Für sowas zahlen die Amis schwere Dollars – Souvenir, Souvenir.«

Sie war eine dralle Frau und lachte gern. Jetzt aber klang ihr Lachen gezwungen. Wohl schien ihr nicht dabei, als sie den Schubladeninhalt in ihren Einkaufskorb verschwinden ließ. Ich verwehrte es ihr nicht – sie war mir unentbehrlich. Und hatte sie sich nicht mehr als kritisch über den früheren Hausbesitzer ausgelassen?

»Wo der hin ist, gehört er hin«, wiederholte sie auch

heute, wurde aber gleich darauf wieder versöhnlerisch. »Doch tierlieb war er. Das immerhin.«

»Tierlieb?«

»Sie werden's merken, wenn Sie erst Post kriegen«, erklärte sie und verwies auf den Briefkasten.

Ich ging zum Gartentor und sah ihn mir an. Säuberlich unter Zellophan war auf dem Deckel ein Kärtchen angebracht – ACHTUNG, VOGELNEST. BITTE KEINE POST EINWERFEN. MIT DANK UND DEUTSCHEM GRUSS – MAX PETER WULFF.

Ganymed

Berlin 1958

Wein bei Kerzenlicht und ein kleines Gastmahl – daß es einst einen Verleger gab, der das Erscheinen eines meiner Bücher so mit mir feierte! Nicht in Australien, England oder Holland geschah das und seitdem auch in Berlin nicht wieder, noch später in Rostock oder Halle. Der das an jenem Abend für gut und richtig hielt, hieß Bruno Peterson und irrte ich mich auch, als ich glaubte, die Schergen der Gestapo hätten ihm das eine Auge blind geschlagen, sehr wohl hätte es so sein können. Denn nach dem Reichstagsbrand hatten ihn die Nazis ins Columbia-Haus gezerrt und dort gefoltert, hatten ihn danach durch ihre Lager geschleift. Nach seiner Flucht aus Deutschland hatte er sich in Prag und Paris in den Widerstand eingereiht, und 1945, in die Heimat zurückgekehrt, beim Wiederaufbau geholfen.

Ich war voll Achtung für ihn, und wir kamen uns nah während der Feier im Ganymed – er hatte beim Grübeln über die Zukunft der Menschheit nicht die Menschen vergessen.

Wein bei Kerzenlicht und ein kleines Gastmahl. Ich sehe noch, wie er sich mit einem Taschentuch das tränende Auge wischt und mir dabei zulächelt, um in mir keine Befangenheit aufkommen zu lassen. Liebevoll strich er über den Schutzumschlag meines Buches, schlug es auf, blätterte darin und dann hob er das Glas.

»Auf deinen Erstling in deutschen Landen.«

»Danke, Bruno.«

Im Dämmerlicht des Ganymed, im Schein der Kerzen, wirkte er noch schmächtiger, feingliedrig geradezu, und ich dachte, bei allem, das er durchlebt hat, ist er geblieben, der er war.

Out of Bendigo

Australien 1945

Ich kann die Entfernung zwischen Bendigo und Melbourne nur andeuten – eine lange Strecke über staubige Landstraßen, und die Sonne schien heiß an jenem Dezembertag. Ich fuhr bedächtig, hart am linken Straßenrand, denn oft war mir die Sicht genommen in einer Wolke von Staub, wenn die Lastwagen vorbeizogen und sich in der Ferne verloren. Das kleine Auto schwankte im Luftzug der Laster, ich spürte, wie leicht es war, leicht abzudrängen in die Böschung, doch der Motor lief stetig und die Lenkung gehorchte. Mit der Zeit wurden wir eins, das Auto und ich, und ich freute mich daran und daß ich es hatte kaufen können für so billiges Geld. Fünfzig australische Pfund war ein Spottpreis in einer Zeit rarer Autos, und zehn von seinen siebzehn Lebensjahren hatte es aufgebockt in einer Scheune gestanden. Für mich war es erst sieben Jahre alt und so gut wie neu. Zwar waren die Reifen so, daß ich sie würde ersetzen müssen, doch nicht gleich – wann regnete es schon im australischen Sommer. Jetzt, in der Trockenheit, hatte ich kaum Mühe, in der Spur bleiben. Es war mein erstes Auto und ich liebte es auf Anhieb.

Der Farmer, der es mir verkaufte, liebte es auch. Aber er war alt, litt an der Gicht, und zehn Jahre lang hatte er sich nicht mehr hineinzwängen können in den Schalensitz hinterm Steuer. Und nun war es meins, war mein Auto und überschrieben auf mich. Es war ein Austin 7, gebaut wie eine Schachtel, aber mit Speichenrädern, und wenn der

Wind pfiff, pfiff es in den Speichen. Es war gelb lackiert und ich taufte es Kanarienvogel nicht allein der Farbe wegen, sondern auch, weil es zwitscherte. Der Fahrersitz zwitscherte und auch das Fahrwerk, wohl weil es lange nicht geschmiert worden war, doch das würde sich beheben lassen – wenn es nur durchhielt, ich schadlos in Melbourne ankam.

Und ich kam an. Trotz Hitze und Staub und etlicher Hügel, die das Auto zwitschernd bezwang, und es war ein Segen gewesen, daß die Winker gehorchten, links und rechts heraussprangen wie kleine Flügel, wenn ich vor dem Abbiegen den Hebel bediente. Ich kam an und parkte in der Park Street von Parkville vor dem Haus, in dem ich damals wohnte.

Es war gut, es dort stehen zu sehen nach der langen Reise, fünf Stunden hatte ich gebraucht und es dämmerte schon, und mein Auto leuchtete gelb im Dämmerlicht. Ich dachte an die Touren, die ich machen würde, morgen und morgen und morgen, zum Strand von St. Kilda und Sandringham und in die Hügel von Healesville, und ich fühlte mich gut dabei und freier als je zuvor in meinem Leben, einundzwanzig Jahre alt und schon auf mehr als nur zwei Rädern.

Und noch heute sehe ich mich in der Nacht nach jenem Tag auf dem Balkon stehen und hinunterblicken auf die Straße, wo im Schein der Laterne ein Auto stand, das ich längst getauft hatte und das nur mir gehörte.

Ist da nicht begreiflich, daß ich nicht erzählen mag, wie es mir nur Wochen später abhanden kam?

Dichtertreffen

Weimar 1965

Lang hätte sie nicht an der Autobahnzufahrt ausharren müssen, denn sie war jung und schön, daß aber ich und kein anderer anhielt, war dennoch ein Glück für sie. Als sie heraus hatte, mit wem sie da fuhr, zeigte sie sich erfreut – auf dem Weg zu diesem Schriftstellertreffen in Weimar sei ich, phantastisch, da wolle auch sie hin, und ob ich Miguel Angel Asturias kenne.

Mehr als der Name war mir nicht geläufig, andere Literaturen stehen mir näher als die südamerikanischen, sie aber hatte im Verlauf ihrer Sprachstudien alle seine Bücher gelesen, schwärmte für ihn, bewunderte ihn, und würde sich glücklich schätzen, ihm zu begegnen, und sei es auch noch so flüchtig. Könnte ich das vermitteln?

Ich hatte mich um australische und nordamerikanische Gäste zu kümmern, sprach kein spanisches Wort und sah mich außerstande, ihr entgegenzukommen. Sie verübelte es mir nicht, bat mich nur, mich in Weimar in das von den Delegierten belegte Hotel begleiten zu dürfen, weil sie anders dorthin keinen Zugang finden würde. Das sagte ich ihr zu, und dann verlor ich sie im Foyer aus den Augen. Hätte mich nicht im Verlauf des späteren Empfangs jemand auf Asturias aufmerksam gemacht, eine rustikale Erscheinung in den Sechzigern mit sprechenden dunklen Augen, sinnlichem Mund und energischem Kinn, sie wäre mir kaum wieder in den Sinn gekommen. Jetzt aber fiel sie mir auf. Keine zwei Handbreiten trennten sie von Asturias und sie blickte ihn bewundernd an. Ihre Stimmen gingen unter im allgemeinen Gewirr, ihre Gestik aber, dieses eigentümliche Umkehren der Hände und Zusammenlegen der Fingerspitzen, ließ vermuten, daß sie Spanisch sprachen. Er betrachtete sie wohlgefällig und hörte ihren Antworten aufmerksam zu. Sie schienen sich zu begreifen, und offensichtlich war ihr das Glück von der Autobahnzufahrt weiterhin hold geblieben – irgendwann aber, zu später Stunde, mußte es umgeschlagen haben.

Ich hatte mich längst zurückgezogen, schlief längst, als ich durch ein leises Klopfen an der Zimmertür erwachte. Ich öffnete, dort stand sie, und was sie mit gedämpfter Stimme von sich gab, brauchte keine Erklärung. Natürlich war das Hotel ausgebucht und kein Zimmer frei, und offenbar hatte sie Asturias so zugänglich nicht gestimmt, daß er ihr offerierte, um was sie mich jetzt bat.

Ich ließ sie ein. Lächelnd wies ich auf das zweite Bett im Zimmer, und ehe ich noch das Licht ausgeschaltet hatte, war sie darin verschwunden. Im Schein der Straßenlaterne, der durch den Fenstervorhang drang, sah ich ihr dunkles Haar auf weißem Kissen. Sie lag sehr still und bald atmete sie tief. Und da sie bis zu meiner Abreise am Morgen nicht erwacht war, junge Leute schlafen fest, erfuhr ich nie, wovon sie träumte – wenn überhaupt, dann wohl von einem Guatemalteken mit dem Gesicht eines indianischen Bauern.

Lautoka

Fidschi 1950

Was sich Singhs Resthouse nannte, nicht weit vom Hafen am Strand, war ein Schuppen unter Palmen, offen ringsum und mit einem aufgebockten Brett in der Mitte, hinter dem der Inder lauwarmes Bier ausschenkte und eine milchige Flüssigkeit, die zu Kopf stieg und Kawa hieß. Wir hatten alle getrunken, doch in Stimmung war keiner. Frauen fehlten und der Inder wußte nichts und sagte nichts. Als ich weit unten am Ufer eine Frau gehen sah, langsam, mit wiegendem Gang, dunkel umrissen vor der sinkenden Sonne, setzte ich mich wortlos ab. Sie blieb stehen, als ich sie ansprach, schüttelte aber zu allem den Kopf. Sie verstand mich nicht. Sie war eine junge Mulattin mit dunklem Haar bis zur Schulter, schön anzusehen, und ich blickte sie an, und beide schwiegen wir. Ich spürte, wie mir mein Lächeln zur Grimasse geriet, und da gab ich es auf und ging zurück in den Schuppen. Die Männer dort sahen mich an und keiner begriff mich. Einer machte mit dem Daumen ein Zeichen, daß ich die Frau herholen sollte. Er gab mir einen Stoß, aber ich rührte mich nicht. Ich blieb. Doch die Frau wollte mir nicht aus dem Sinn. Ich verfluchte mich. Schließlich zahlte ich die Lage, die noch ausstand, goß dem letzten Schnaps ein Bier nach, klopfte grußlos auf das Brett mit den Flaschen, und machte mich davon. Ich fand die Frau nicht, weder am Strand noch am Hafen – ich suchte nach ihr, aber ich fand sie nicht. Da ging ich an Bord. Lange saß ich auf einem Poller an Deck und starrte in die Nacht. Erst als ich Stimmen hörte, zog ich mich nach achtern in meine Kammer zurück. Wach lag ich in der Koje, kein Schlaf wollte sich einstellen. Ich sah die Frau wie ich sie gesehen hatte, am Strand am Meer, umrissen vor dem roten Himmel, sah sie langsam mit wiegendem Gang zwischen den Palmen dem Blick entschwinden.

Wie von weither hörte ich auf Deck jemand sagen: »War die ganze Zeit kein Wort aus ihr herauszukriegen, weiß nicht mal wie sie heißt. Aber ein Weib war das – zum Teufel, was für ein Weib!«

Und ich biß mir in die Lippe, daß es schmerzte.

Maroochydore Mooloolaba

Australien 1942

Fernab am nördlichen Pazifik lag der Umschlagplatz für Kriegsgut, das zu entladen meine Einheit abkommandiert war. Nur ich fehlte. Ich fehlte, seit ich mich wegen der Frau Helen Carter am Tag nach der Einmusterung abgesetzt hatte. Ich brauchte sechs Wochen, bis ich von Melbourne nach Mooloolaba gelangte. Quer durch Victoria und New South Wales bis hin nach Queensland hatte ich trampen müssen, auf Lastern und Güterzügen, und war dabei stetig vorangekommen – einem versprengten Soldaten half damals jeder in Australien.

Wo meine Einheit lag, hatte ich von dem Posten vor dem Rennplatz erfahren, auf dem wir stationiert gewesen waren, und daß es weit war dorthin, »verdammt weit«. Doch mich schreckte die Entfernung nicht – Maroochydore Mooloolaba, das klang verheißungsvoll und so hatte es jedem geklungen, der mich mitnahm, und als ich dann montagmorgens, unbemerkt vom Posten, ins Lager zog, links eine Baracke, rechts die Zelte und dazwischen der Appellplatz, empfand ich es wie eine Heimkehr. Was mir an Strafe bevorstand, würde kaum glimpflich ausfallen, aber ich würde sie packen – ich hatte gelebt, hatte erlebt, und wenn alles ausgestanden war, würde ich wieder dazugehören, Soldat unter Soldaten sein. Schon jetzt war ich kein Landstreicher mehr, der in Scheunen schlief und im Ungewissen lebte.

Damit war es vorbei gewesen, als ich es am Sonntagmorgen im Hafen von Brisbane auf ein Postboot schaffte, das auf dem Weg nach Bundaberg war und in der Nacht noch in Maroochydore Mooloolaba Station machte. Man hatte mich am späten Morgen mit einem Becher Kaffee geweckt, und so kam es, daß ich das Lager erst erreichte, als meine Einheit schon zur Arbeit ausgerückt war. Die Zelte standen leer und der Appellplatz lag verlassen da. Nichts rührte sich ringsum. Nur aus der Baracke drangen Stimmen und das Klappern von Schreibmaschinen. Ich hockte mich in den Schatten der Baracke, drehte mir aus einem Rest von Tabak eine Zigarette, und hatte noch nicht ausgeraucht, da scheuchte mich eine barsche Stimme auf.

»He, Sie – mal herkommen!«

Es war ein Sergeant, der sich da bemerkbar machte. Ich sprang auf und ging zu ihm hin. Breitbeinig stand er vor mir in seinen blanken Stiefeln, die Daumen unterm Ledergürtel, das Gesicht überschattet vom breitkrempigen Hut, und musterte mich.

»Was, zum Teufel, treiben Sie da zur Arbeitszeit?«

Ich nahm Haltung an und erklärte, warum ich nicht eingeteilt und wo ich die letzten Wochen geblieben war.

»Blanker Wahnsinn«, sagte er, seinen Ohren nicht trauend. »Und glauben Sie bloß nicht, es ist damit getan, wenn Sie das alles wegbeichten. Mann Gottes, wo leben Sie eigentlich!«

Ich schwieg, es war ja keine Frage, und machte mich aufs Schlimmste gefaßt – Handschellen, Kriegsgericht und für ein paar Monate in den Bau. Ich nahm den Armeehut vom Kopf und hielt ihn ihm hin. Er reagierte nicht, betrachtete mich nur weiter wie eine Erscheinung und rieb sich dabei die Hakennase. Er wirkte jetzt nachdenklich, und als er endlich wieder sprach, war ich es, der seinen Ohren nicht traute.

»Hut auf – und mal zugehört! Ich habe Sie nicht gesehen, und wie Sie ungeschoren am Posten vorbei ins Lager gekommen sind, will ich jetzt nicht wissen. Hauptsache, daß Sie morgen mit den anderen zur Hafenarbeit abrükken – ist das klar!«

»Ja, Sir.«

»Sergeant Guthrie William McPherson«, korrigierte er mich schroff, »merken Sie sich das.« Er sah mich hart an. »Mann Gottes, mehr Glück als Verstand!«

Ich begriff, daß ich ihm bei der Einmusterung durch die Lappen gegangen war, er mich nie vermißt und so auch nicht als vermißt gemeldet hatte.

»Werde mir wegen Ihnen keine Laus in den Pelz setzen«, ließ er mich wissen. Aus der Brusttasche holte er eine Liste und ging sie durch. »Mann Gottes, hatten Sie ein Glück!«

Auch wenn er es verbarg, es seinem Ton nicht anzumerken war, mir entging nicht, daß er sich in Bedrängnis fühlte.

»Von mir erfährt keiner was«, sagte ich.

»Das«, entgegnete er leise, aber bedrohlich, »will ich Ihnen auch geraten haben. Und jetzt ab mit Ihnen, mir aus den Augen!«

Ich verschwand und suchte mir Platz in einem Zelt. Am nächsten Morgen reihte ich mich zur Arbeit ein, und es brauchte Sergeant McPhersons verschwörerische Blikke nicht, daß ich den Mund hielt und zu keinem ein Wort über meine letzten sechs Wochen sagte – er schwieg und ich schwieg, und das war gut für uns beide.

Cumana

Venezuela 1988

Perez, der Indianer, sah auf meinen Fuß, dann übers Wasser dem Kanu nach, und wieder auf meinen Fuß. Die Wunde war tief und blutete. Die Sandale war voll Blut. Der Indianer blickte übers Wasser. Sein Ausdruck zeigte keine Regung. Er hielt die Hände um den Mund und stieß einen schrillen Schrei aus. Das Kanu entfernte sich weiter über den See. Auch sein zweiter Schrei bewirkte nichts. Schon war das Kanu nur schwach auszumachen, die Ruderer nicht mehr erkennbar. Noch immer zeigte der Indianer keine Regung. Er schwieg. Er wußte von der Schärfe der Felsenkanten in der Uferböschung und hatte mich abrutschen sehen. Was gab es noch zu sagen. Er wies auf einen Baumstumpf, daß ich mich setze, und verschwand im Mangrovendickicht. Eine Weile hörte ich ihn. Als ich ihn nicht mehr hörte, erschrak ich. Ich überlegte, wann frühestens man nach mir suchen würde – nicht eher als in vier Tagen, sagte ich mir, vorher würde mich keiner vermissen. Die Wunde begann zu verkrusten und blutete erst wieder, als ich aufstand und zu gehen probierte. Ich setzte mich zurück auf den Baumstumpf. Wo blieb Perez? Ich verfluchte ihn. Als er aus dem Mangrovendickicht auftauchte, er mich hart musterte, begriff ich, daß er ahnte, was ich gedacht hatte. Seine Augen blickten kalt, er kniete nieder, knüpfte die Riemen der Sandale auf und nahm sie mir vom Fuß. Die Wurzeln, nach denen er gesucht hatte, waren wie Zunder und er zerrieb sie mühelos zwischen den Handballen. Das Puder streute er über die Wunde. Bald lag die Wunde wie in einem Gipsverband unter einer harten Schicht Puder, und ehe noch die Sonne höher stand, machte er mit umgekehrter Hand eine Geste – steh auf, es ist Zeit! Beim Gehen spürte ich fast keinen Schmerz. Am Ufer wusch ich das Blut aus der Sandale, trocknete das Leder und schnallte die Sandale fest. Wieder probierte ich ein paar Schritte. Perez schwieg dazu.

Er wies in die Berge und gab das Zeichen zum Aufbruch. Wir folgten dem Ufer bis hin zu einem Pfad, der in die Höhe führte. Perez ging stetig und ich hielt Schritt mit ihm, und erst, als wir nach zwei Stunden unter einem Felsvorsprung rasteten, der wie ein Dach war überm Pfad, brach er sein Schweigen: »How goes it?«

Ich machte ihm deutlich, daß ich es schaffen würde, und weitere zwei Stunden später, in dem Indianerdorf, wo wir nächtigen sollten, sagte ich ihm, ich traute mir auch die kommenden drei Tage Fußmarsch zu, den Rückweg ins Tal und rund um den See.

Ich spürte die Wunde heilen, sie suppte nicht unter der Puderkruste, eiterte nicht, und ich war zuversichtlich, bis zu den Wasserfällen durchhalten zu können, von wo wir aufgebrochen waren. Das sagte ich Perez, und verglichen mit seiner Antwort war es eine Rede.

»Gut«, erwiderte er.

Er war ein wortkarger Indianer.

Bahnhof Friedrichstraße

Berlin 1964

Wir standen auf dem Fernbahnsteig, es war Nacht und die Dezemberkälte rauh, und wir drängten dem Zug entgegen, als er einlief. Vom Wachturm her schallte es: »Zurücktreten. Treten Sie zurück!« und da wagte sich keiner wieder über die weiße Linie längs der Bahnsteigkante. Es wagte sich auch keiner über den Querstrich, der einen Teil des Bahnsteigs abtrennte. Dort wachte ein Posten mit Hund, und der Hund zerrte hechelnd an der Leine, und hell in der rauhen Luft stand der Hundeatem. Wir warteten hinter den Markierungen, und unter all den Reisenden war ich der jüngste und wohl der einzige, der kein Rentner und noch gefragt war im Land. Der Zug wartete leer und leuchtend auf dem Gleis, und wir warteten draußen und sahen die Posten mit ihren Hunden durch den Zug gehen, und Zöllner mit Stablampen und Leitern, und hörten es kläffen unterm Zug, und ich machte den Hund aus, der an langer Leine unterm Zug entlangkrauchte, und hörte die Stiefel des Postens an der anderen Seite über den Schotter knirschen. Blickten wir hoch, sahen wir den Posten im Turm, und wir verteilten uns längs des Zuges und achteten auf die weiße Linie, und harrten der Aufforderung einzusteigen. Längst war die Abfahrzeit heran, und es war kälter geworden auf dem Bahnsteig und noch immer schritten uns die Posten ab wie Gefangene. Zur Treppe blickend, sah ich die alte Frau, die sich mit ihrem Koffer mühevoll hochquälte, und Panik stand ihr im Blick, als sie den Zug sah, und jetzt schleppte sie den Koffer so schnell sie konnte, und erschrak, als der Posten, der jung genug war, um ihr Enkel zu sein, sie anbrüllte: »Treten Sie zurück!« Sie gehorchte und der Posten befahl: »Den Koffer weg. Weg da mit dem Koffer!« Die Frau zerrte den Koffer zu sich hin und stand dann wie versteinert hinter der weißen Linie. Nun waren wir alle gemaßregelt, jeder von uns, und wütend versprach ich mir, das schreibst du auf. Im Zug, lang noch nach der Abfahrt, verfolgte mich der Vorfall, hörte ich die Hunde, sah ich die Posten und die alte Frau.

Nuweiba

Golf von Elat 1976

Er war vom Mosesberg durch den Sinai nach Nuweiba getrampt und wieder bei uns im Grashüttendorf an der Küste. Wir alle mochten ihn, den Australier, der sich Gene nannte und Eugene Farrell hieß, und merklich bedauerten es die Frauen, als er sich nach kurzem »Hi – there!«, kürzester Begrüßung, wieder auf die Ladefläche des Lasters schwang, der ihn gebracht hatte und auf dem Weg nach Port Said war. Dort oben stand er jetzt, langbeinig und braun in der Sonne, und mit lachenden Augen, die strahlend blau wirkten im gebräunten Gesicht, warf er seine Habseligkeiten über die Seitenwand, weil er, wie er uns zurief, das Zeug nicht mehr brauchte, die Wolldecke nicht, den Teekessel, den Bergstock, die Bergstiefel, und nicht den Leinensack mit Tee und Gewürzen – keine Lagerfeuer mehr, das große Abenteuer war vorbei und in Port Said ein Frachter zu besteigen, der ihn heimwärts bringen würde über die Meere, »Queensland, here I come!« Lachend winkte er uns zu, den Safarihut im Nacken über dem langen, von der Sonne gebleichten Haar, und weil niemand sonst nach Port Said wollte, startete der Lastwagenfahrer und fuhr los. Ich sah Gene zur Taucherbrille greifen, die ihm um den Hals hing, er streifte sie sich über den Kopf und warf sie mir im hohen Bogen zu. Ich fing sie auf, und wußte nicht, wozu – nie je war ich getaucht, an pazifischen Küsten nicht, noch am Golf, doch schon verschwand der Laster in einer Wolke Staub und Gene war fort. Er war fort – und in der Nacht am Strand unter sternenklarem Himmel dachte ich an ihn, dem ich das Erlebnis Unterwasserwelt verdankte, eine nie zuvor erfahrene Pracht von Korallenriffen im Sonnenlicht, ein Zauber von Farben, Formen, Mustern, und alle in fließender Bewegung wie im Traum. Was da lebte unter Wasser, schwebte, schwamm, fächerte, tauchte und tanzte, war ein Wagnis von Blau in Gold, Braun in Weiß, Rot in Grün, war gestreift, gepunktet, sternförmig und rund, war schlangenschlank, käferartig und spinnengleich. Seepferdchen sah ich, Federsterne, Zebrafische, Löwenfische und hundert Arten mehr, Schwärme bunter Fische, die zwischen Korallen und Pflanzen auf und nieder glitten – und mit lässiger Geste hatte Gene mir das beschert.

Ich saß am Strand und dachte an ihn, und dachte, seine Taucherbrille von Hand zu Hand gehen zu lassen, sie zurückzulassen in Nuweiba, um zu teilen, was ein Geschenk der Natur an alle war.

Camp Pell

Melbourne 1945

Wir standen zur Postausgabe im Karree um Sergeant McPherson – die Briefe waren alphabetisch sortiert und bis Jablonski an der Reihe war, der Briefmarken sammelte und täglich Sendungen aus aller Welt empfing, hätte ich nicht hinzuhören brauchen. Aber ich hörte hin. Seit jenem erregenden Bescheid aus Adelaide wartete ich auf die Zeitschrift mit meiner ersten zum Druck akzeptierten Geschichte. Schon fast ein Jahr hatte ich mich gedulden müssen, und doch war ich in all der Zeit bei jeder Postausgabe mit wachen Sinnen dabei.

So auch heute, einem regnerischen Junimorgen im Melbourner Camp Pell, wo wir zur Entlassung stationiert waren. Gleich fiel mir der große, braune Umschlag auf, den Sergeant McPherson unterm Arm hielt, um beim Briefeverteilen die Hände frei zu behalten. Ich hörte ihn Namen von Auer bis Immelmann rufen, auch Jablonskis, und meine Hoffnung steigerte sich. Nachdem mit dem Namen Zadek die Postausgabe beendet war, traten alle ab. Nur ich blieb – und wirklich, diesmal hatte ich nicht vergeblich gehofft. Stumm, doch innerlich aufgewühlt, nahm ich die Sendung in dem großen Umschlag in Empfang, machte kehrt und verschwand über den Appellplatz in mein Zelt. Das war leer, und ungestört vollzog ich die heilige Handlung, riß den Umschlag auf, stutzte erschrocken bei der Mitteilung, die er enthielt, gottlob nur die Erklärung für die verzögerte Auslieferung der Zeitschrift – und dann, endlich, hielt ich die Zeitschrift in den Händen, ein dickes Heft mit dem Titel »Angry Penguins«, dessen Verzeichnis klangvolle Namen wie Sargeson, Cowan, Farrell und Marshall auflistete, und dazwischen auch meinen. Zornige Pinguine! Bei dem Anblick meiner Erzählung im Druck, groß mein Name über dem Titel »Menschenjagd«, fühlte ich alles andere als Zorn. Ich war stolz, glücklich, dankbar.

In der Einheit behielt ich die Veröffentlichung für mich, wer von den Männern würde nachempfinden können, was ich empfand – ich zehrte davon, daß die Erzählung gedruckt war und lebte und es kam einer Liebeserklärung gleich, als ich sie Barbara zu lesen gab.

Bunce Court

England 1939

Anfangs schien es mir geradezu gespenstisch, daß mir keiner antwortete, wenn ich versuchte, mich auf Deutsch mitzuteilen – zwar lebten sie alle schon seit Jahren in England, stolze Schüler dieses renommierten Internats, das im Bayrischen gegründet und in den frühen Dreißigern nach Kent verlegt worden war, aber sie stammten aus dem Land, woher auch ich stammte, und trugen deutsche Namen: Erwin, Kurt, Fritz, Werner, Lutz und andere mehr. Natürlich begriff ich, warum Deutsch verpönt war, nicht aber, daß sie sich derart rigoros an die Regeln hielten. Schließlich war es mit meinem Englisch nicht weit her, es machte mir Mühe und ich glaubte, Nachsicht erwarten zu dürfen. Doch selbst Rolf Maron, mein Zimmernachbar im Boys House, stellte sich taub, sprach ich ihn in schlichtem Rheinländisch an. Er tat, als verstünde er mich nicht, und war aus Düsseldorf, unweit von Duisburg und, anders als die anderen, erst knappe achtzehn Monate im Internat. Sein Englisch aber war längst impeccable – auch eines jener erlesenen Worte, das ich von ihm lernte, und im Grunde bewunderte ich seine Zielstrebigkeit. Fünfzehn Jahre alt wie ich, bis zum zwölften Jahr in deutschen Schulen, sprach er Englisch wie die Engländer, schrieb fehlerlose Aufsätze in Englisch und bereicherte seinen Wortschatz täglich. Das Oxford Dictionary war seine Bibel, englische Kreuzworträtsel löste er mühelos, und wollte ich ihn zum Freund, würde ich mich üben und es ihm nachtun müssen.

»German is for the Germans«, pflegte er zu sagen, »and we are outcasts and don't belong.«

Das war eine Feststellung, über die ich nicht nachzusinnen brauchte. Sie stimmte – wir waren Verstoßene und gehörten nicht mehr zu den Deutschen. Aber mußten wir deshalb unsere Muttersprache preisgeben? Mir wollte das nicht einleuchten. In der Art, wie sie sich alle sperrten und mich mieden, wenn ich Deutsch sprach, lag etwas Zwanghaftes, ja Widernatürliches, und ich empfand es als ein Segen, daß mich Recha Melchinger, die Näherin im Internat, unterm Dach ihrer kleinen Wohnung sprechen ließ, wie mir der Schnabel gewachsen war. Sie war ein fraulich-mütterliches Wesen und ich schüttete ihr mit Zuneigung mein Herz aus, und eher von ihr als den Mitschülern nahm ich an, daß es zu meinem Vorteil war, Englisch so schnell wie möglich zu meistern.

Ich nahm das auch von Mr. Anthony Leighton an, unserem Englischlehrer, der Recha Melchinger anders als ich zugetan, der alleinstehend und wohl ihr Geliebter war, und des öfteren bei ihr auftauchte – ein hagerer Mann mit schulterlangem Haar und immer in demselben lässigen Kordanzug. Er begriff mein Dilemma, schätzte Heine, liebte Rilke, bewunderte Kleist, und zog keine Gleichung zwischen dem Deutsch der Dichter und dem der Nazis. Er ließ mich reden wie ich wollte, obwohl auch er nie anders als in Englisch antwortete. Mochte auch Recha Melchinger mir zuliebe die Regeln des Internats brechen, er nicht, und ich erinnere mich, wie peinlich es ihn berührte, als ich bei einem gemeinsamen Spaziergang im Park, bei dem ich auch ein paar deutsche Worte fallen ließ, von der Direktorin des Internats schrill ermahnt wurde. »English, Walter Kaufmann, please!« Sie hatte im Fenster ihres Büros im Hauptgebäude gelehnt – eine fast blinde, aber sehr hellhörige Frau.

Mit der Zeit steckte ich auf, fügte mich ihren Regeln, begann ich selbst mit Recha Melchinger englisch zu sprechen und, angeleitet von Mr. Leighton, nicht zuletzt auch von dem emsig-klugen Rolf Maron aus Düsseldorf, war ich bald auf dem Weg ins Herz der englischen Sprache, zu Charles Lamb und zu Charles Dickens, gingen mir die Oden von Wordsworth bald so nah wie die Strophen in Rilkes Stunden-Buch.

Internierungslager Hay

Australien 1940

Fast spielerisch verfaßte er Verse über unser Barackenkätzchen – seine Anmut, wie es lebte, lugte, jagte, es aus dem Nichts herbeisprang, wenn es mich »milk and meat« rufen hörte. Milch und Fleisch brachte ich täglich aus der Lagerküche mit. Er war ein Jongleur mit Worten, das gehörte wohl zum Dichten, und ich bewunderte seine Fertigkeit. Auch äußerlich war er, wie ich mir, jugendlich-romantisch, einen Dichter vorstellte – schlank und feingliedrig. Beredte Hände begleiteten sein Reden und er wußte zu wirken, wenn er einen aus seinen tiefblauen, von dunklen Wimpern überschatteten Augen ansah. Nie gab er sich als einer von vielen, blieb stets der University Don aus Oxford, der seine Bildung nicht leugnen konnte, noch leugnen wollte.

Hatte ihn auch mit der Internierung die Vergangenheit eingeholt, so nannte er sich doch weiterhin George Raven und ließ seinen Geburtsnamen Georg Rabe nicht gelten. George Raven hatte er in Oxford geheißen und dabei sollte es bleiben. Denn nach Oxford würde er zurückkehren. Es war nur eine Frage der Zeit. Unvermindert ausgerichtet auf seine akademische Zukunft, verließ ihn das Selbstvertrauen nie. Und auch dafür bewunderte ich ihn. Es erfüllte mich mit Stolz, als er sich meiner annahm, er mich ermutigte, ihm meine Träume, Ängste, Sehnsüchte zu offenbaren, und bald beschäftigte er über lange Strecken meine Gedanken. Ich las, was er mir zu lesen empfahl, Auden und Spender und Isherwood, auch T.S.Eliot, den er mir mehr vom Klang der Worte her als durch deren Sinn nahegebracht hatte. Ich hörte ihn rezitieren, sah ihn vor mir – das schmale, kluge Gesicht mit der sanft gebogenen Nase, und wie er beim Sprechen das lange Haar aus der Stirn warf. Täglich hoffte ich, daß er auf mich wartete, mich zur abendlichen Stunde erwartete, damit ich mich mitteilen, ihm zuhören konnte. Er weckte Empfindungen, die später nur Frauen in mir weckten, und wenn er mich wie von ungefähr berührte, spürte ich eine zunehmend starke innere Berührung. Ich wollte Dichter sein wie er, und heimlich setzte ich dem, was er schrieb, Eigenes entgegen. Das ahnte er wohl, doch ehe ich noch bereit war, ihm meine Versuche zu zeigen, bewahrheitete sich, was er vorausgesehen hatte – der Dekan von Oxford setzte seine Entlassung aus der Internierung durch und berief ihn in die Fakultät.

Mich traf die Nachricht wie das Ende einer Liebe. Ich war froh für ihn, doch der Verlust berührte mich derart, daß ich stumm vom Rand seiner Koje aufstand und zurück zu meiner ging. Das Kätzchen, unser Barackenkätzchen, sprang mir auf die Brust, als ich dort lag. Ich setzte es ab und beachtete es nicht. Lang lag ich wach.

Als am nächsten Morgen das Lagertor geöffnet wurde, George Raven am Posten vorbei hinaustrat in die Freiheit und ich ohne ihn zurückblieb, empfand ich, wie seit langem nicht, die Stacheldrahtzäune als das, was sie waren, wurde die Wüste von Hay wieder zur Wüste, brannte die Sonne grausam vom Himmel, und nur das Gedicht, das ich an diesem Tag schrieb, vermochte mir etwas von dem zurückzugeben, das ich verloren hatte.

Rundfahrt

Istanbul 1968

Sie reichte mir ein Köpfchen über die Hüfte, das siebenjährige Töchterchen, dunkelhaarig, mit dunklen Augen, redelustig – und wissensdurstig. Wo ist Istanbul und wie weit weg von Varna? An Bord des Passagierdampfers, ein betagtes Schiff mit steilen Aufbauten, mußte ich ihre Fragen einschränken. Die fünfzehnte und letzte überforderte mich. »Papa, warum liegt da einer in deinem Bett?« Sie meinte die untere Koje in unserer Viermannkabine, wo tatsächlich einer lag, der dort nicht hingehörte. Auch den Purser überforderte die Frage – eine Doppelbuchung, wie es schien, und so kam es, daß wir beide, lang nachdem die Bandmusik verklungen und das Tanzvergnügen zu Ende war, im Blauen Salon übernachteten. Bis heute meint sie, er sei rot gewesen, mit roten Ledersofas, sicher ist, daß die Umquartierung ein Vorteil war. Wir lagen bequem und, anders als in der stickigen Kabine unter Deck, erreichte uns hier durch die offenen Fenster eine frische Brise. Beide schliefen wir blendend und am Morgen war die Tochter guter Dinge und derart wach, daß sie im Touristenbus den türkischen Reiseleiter mit Fragen überfiel. Was er über das Marmarameer, das Goldene Hörn, den Bosporus, die Hagia Sophia, den Sultanspalast und die Blaue Moschee zu sagen wußte, befriedigte sie nicht. Sie wollte erfahren, wer das erklärte, und ob auch er eine Tochter habe. Als er das bedauernd verneinte, erbarmte sie sich seiner – »armer Reiseleiter«, sagte sie und bot ihm ihre Gesellschaft für die Dauer der Rundfahrt an. Über ihren Namen zeigte er sich erfreut. Sie sei wohl jüdisch, er sei es auch, und ob sie es gern hätte, wenn er ab sofort als ihr Onkel Uno fungiere. Sie nickte zufrieden und beide kamen überein, daß ihre Bekanntschaft erweitert werden müsse.

»Hast du schon eine türkische Hochzeit erlebt?«

Nachmittags die Hochzeitsfeier auf den Wiesen unter der Hagia Sophia erwies sich als ein Fest mit Tänzen und Gesang. Es gefiel ihr, Onkel Unos Versprechen eines Volkstanzerlebnisses spät abends im Hof der Kirche erschien ihr noch verlockender, und als sie erfuhr, was ein Basar ist, billigte sie den Vorschlag, inzwischen mit dem Papa dort hinzugehen.

Es überschattete meinen Tag, als sie im Gewimmel des Basars verlorenging – mein Töchterchen war fort. In Panik lief ich hin und her, rief nach ihr, suchte sie vor und zwischen den Ständen und fand sie rein zufällig im Innern eines Juwelierladens. Gebannt vom Glitzerzeug stand sie da und sah sich satt – und was ich ihr vorhielt, drang gar nicht in sie ein.

»Aber Papa, hier war ich doch die ganze Zeit.«

Danach nahm ich sie fest bei der Hand, doch in der Weinstube, einer verräucherten Spelunke voll Krach und Wonne, wo Onkel Uno uns treffen sollte, befreite sie sich. Kaum hatte ich mich umgesehen und für uns beide Getränke bestellt, fehlte sie erneut, und meine Vorstellungen von Entführung und frenetischem Suchen zerstoben erst, als sie wieder auftauchte – mit einer Hochzeitspuppe im Arm.

»Woher hast du die?«

»Die hat mir ein Onkel geschenkt«, erwiderte sie unschuldig.

Wahrlich, sie sammelte Onkels an jenem Tag – und verlor sie auch wieder. Sie verlor Onkel Uno, als sie im Hof der

Kirche die türkischen Tanzgruppen mit der Feststellung abtat: »Das können die Russen besser.« Da stand Onkel Uno schweigend auf und ging.

Das bedrückte sie ein wenig, doch ihr Wissensdurst versiegte nicht.

»Was machen wir jetzt?« forderte sie, bestritt, daß sie müde sei und weigerte sich, an Bord zu gehen und in der Kabinenkoje dem kommenden Morgen entgegenzuschlafen.

So geschah es, daß sie um Mitternacht neben mir auf einem Schemel im Dunkel einer Hafenbar saß, die mir Seeleute wegen des Bauchtanzes empfohlen hatten. Sie saß da beim Orangensaft, während oben auf der Bühne die Frauen zu orientalischen Klängen orgiastisch tanzten. Sie staunte mit großen Augen und vergnügte sich.

»Besser als Hochzeiten und Volkstanz, Papa«, meinte sie. »Findest du nicht auch?«

Und das war in jener Nacht ihre letzte Frage.

Festspiele

Warschau 1955

Der Tag geht mir nicht aus dem Sinn und nicht der Augenblick, als leise der Schlüssel ins Schloß geschoben, leise die Tür aufgestoßen wurde und leise Borowski eintrat – und nichts hatte ich gehört, und alles hatte sie gehört, den Schlüssel, die Tür, die Schritte, und war hochgeschreckt aus meinen Armen, war vom Bett quer durchs Zimmer zum Fenster gehuscht, und stand nun da, verhüllt im Vorhang, den sie sich um den Körper geworfen hatte, und starrte entsetzt auf Borowski.

Auch ich starrte auf Borowski, und fühlte mich betrogen, verraten, hintergangen, war voll Abscheu gegen ihn und seine Gelüste, mich und Renia zu ertappen, und ich sagte »verschwinde!« und er sagte, »das ist meine Wohnung!« und ich sagte so drohend »verschwinde!«, daß er fluchend ging. »In zehn Minuten seid ihr hier weg«, hörten wir ihn in seinem gebrochenen Deutsch durch die Tür rufen, und hörten im Flur seine Schritte verhallen.

Danach gingen wir durch die Straßen von Warschau, Renia und ich, keine zehn Minuten hatten wir gebraucht, um aus dem Haus zu kommen, und sahen uns nicht an, sahen auch nicht, wohin wir gingen, gerieten auf die Marszalkowska und hinunter zum Fluß, wo wir oft gewesen, und blieben auch dort nicht, und gingen weiter, und irgendwo in Muranow, wo einst das Ghetto stand, kehrten wir ein in eine Teestube, und sie wollte nur Tee und ich trank Wodka zum Tee, trank einen Becher leer und fühlte mich danach nicht weniger betrogen und wußte nicht, wie ich es gut machen sollte an Renia.

Ich liebte sie, die Festspiele waren erst durch sie zu einer Anreihung von Höhepunkten für mich geworden, zusammen erlebte Konzerte, Theaterstücke, Museen, Galerien, sie tanzen sehen auf der großen Bühne des Kulturpalastes und auf sie warten am Garderobeneingang, und dann zusammen das nächtliche Warschau durchstreifen, sie neunzehn, eine schöne, junge Polin, blond und mit dunklen Augen, und nicht nur auf der Bühne beim Tanz zeigte sie dieses gewinnende Lächeln, und weil sie auf liebliche Art schön war, weit jünger wirkte als neunzehn, drängte ich nicht, bedrängte ich sie nicht. Wir berührten uns, wir küßten uns, erfuhren und erahnten viel von einander und die Nutzung der Wohnung war nicht geplant, war Borowskis Angebot gewesen – »wenn ihr allein sein wollt, tagsüber kannst du den Schlüssel haben.«

Es war noch früh am Nachmittag gewesen und irgendwie schicksalsergeben war Renia mitgekommen, aber die Wohnung war uns fremd geblieben, es war anders als an den Ufern der Weichsel und in den Gärten der Stadt, die sie kannte und die sie mir zeigen wollte, und schicksalsergeben ließ sie zu, daß ich sie entkleidete, nicht aber, daß ich sie betrachtete, und floh unter die Decken des Betts. Ich saß am Rand und streichelte ihr Haar, küßte ihre Augen und spürte, daß sie ruhiger wurde und ihre Ängste schwanden, und legte mich zu ihr, hielt sie in den Armen, und es war weit noch bis dorthin, als leise der Schlüssel, leise die Tür, leise die Schritte ...

Jetzt saßen wir in der Teestube und der Wodka wusch meine Abscheu gegen Borowski nicht weg, und ich sah Renia an und sagte: »Verzeih mir – verzeih, was passiert ist«, und sie antwortete: »Was gibt es zu verzeihen. Alles ist gut.«

Volksschule

Duisburg 1930

In unseren Augen, den Augen Sechsjähriger, war Fräulein Meier sehr alt. Hager und hochgewachsen, ihr Haar straff gekämmt und im Nacken verknotet, und stets in dunklen, bis zum Hals geschlossenen Kleidern, wirkte sie streng. Ein Blick von ihr genügte, um Ruhe zu bewirken, ein Wort von ihr und wir merkten auf. A wie Anton, B wie Berta, C wie Cecilie. Sofort beugten wir uns über unsere Schiefertafeln und kratzten mit den Griffeln die Buchstaben über die Zeilen. Näherte sich Fräulein Meier zwischen den Bankreihen, sah sie mir gar über die Schulter, überkam mich ein Unbehagen. Sie war mir fremd und fern. Immer ging sie sehr gerade durch die Klasse, und auch von hinten, allein schon an den Bewegungen ihres Haarknotens, war zu erkennen, wohin sie blickte. Berührte der Knoten den Kragen, ahnten alle, daß sie erhobenen Kopfes neue Aufgaben plante, und machten sich darauf gefaßt. Tief im Innern fand ich sie zum Fürchten.

Besonders auch, als ich an jenem Sommermorgen die Schulpause überschritt. Wie konnte das passieren? Ich hatte den Schulhof verlassen und war bis zur Schutthalde vorgedrungen, einen langen Fünfminutenweg, und während ich gedankenverloren durch das trockene Gras streunte, zwischen Blechbüchsen und Pappkartons, war die Zeit an mir vorbeigeglitten wie Sand im Stundenglas. Bestürzt rannte ich zurück, bis endlich die graue Festung der Schule wieder vor mir aufragte, zwängte das große eiserne Tor einen Spalt weit auf und schlüpfte hindurch. Mir war heiß, das Hemd klebte mir am Leib, und mein Herz klopfte, als ich über den leeren Hof in die Schule lief, die Treppe hoch und den Gang entlang bis hin zur Klassentür. A wie Anton, B wie Berta, C wie Cecilie, hörte ich den Chor der Kinder und sah sie alle gebeugt über den Schiefertafeln – nur ich fehlte.

Leise öffnete ich die Tür. Ein Raunen drang mir entgegen, und vierzig Gesichter wandten sich mir zu. Fräulein Meier stand den Rücken gekehrt zwischen Pult und Fenster und ihr Haarknoten bewegte sich schnell – nach wem, wenn nicht mir, hielt sie Ausschau.

»Hier bin ich«, rief ich.

Da drehte sie sich um und kam geraden Schritts auf mich zu.

»Wo warst du?«

Ich sagte es ihr.

»Was wolltest du dort?«

»Ich habe eine Eidechse besucht.«

Ich sah die Eidechse schmal und braun auf dem Pappkarton in der Sonne sitzen, so als warte sie auf mich, und sah sie schnellfüßig fliehen, als mein Schatten über sie fiel.

»Aber sie blieb nicht lang«, fügte ich hinzu.

Jetzt, vor Fräulein Meier, wagte ich nicht, zu ihr aufzublicken, und meine Schritte zu ihr hin waren Stolperschritte. Ich spürte ihre Hand in meinem Nacken, und erst als sie mir das Haar zauste, schwanden meine Ängste.

Krim

Sowjetunion 1986

Foros – hieß so jener Küstenort am Kap Sarytsch auf der Krim? Ich erinnere nur, daß er weit hinter Alupka, weit hinter Simeis lag und das Fahrgastschiff spätnachmittags dort anlegte. Außer mir war nur ein junger Mann an Land gegangen, der eilig und ohne Abschied verschwand. Während der Reise war er zugänglich gewesen, wir hatten uns leidlich verständigen können und ich hatte gehofft, er würde mich eine Weile noch begleiten. Doch er floh, als hätte er sich auf eine dringende Verpflichtung besonnen. Ich sah ihn den Pier entlanglaufen, die Stufen nehmen, die den Abhang hoch zu einem Park führten, und zwischen grünem Laub und leuchtenden Hibiskusblüten verlor ich ihn aus dem Blick.

Bald hatte auch das Schiff wieder abgelegt und war jenseits der Felsen verschwunden, die schroff und dunkel über die blauen Wasser des Meeres ragten. Ich ließ mir Zeit, die Zeit drängte nicht, erst in zwei Stunden würde ich wieder an Bord gehen und die Rückreise nach Jalta antreten können. Sanft schlugen die Wellen gegen die Bohlen unterm Pier. Das Meer rauschte und die Luft war lau. Im Park, wo es kühler war als unter der Sonne, saß ich lang auf einer Bank und sah hinaus aufs Meer. Und weil dies ein Ort zum Verweilen war, kehrte ich nach kurzem Fußweg hierher zurück – Foros, falls es Foros war, hatte sich als wenig einladend erwiesen, keine Gaststätte hatte ich entdekken und niemand befragen können auf der Landstraße, die kurvenreich in den Bergen verlief. Und als ich dann, weit draußen im Meer, wieder das Fahrgastschiff ausmachte, ging ich langsam den Weg aus dem Park und die Steinstufen hinunter zum Pier.

Auf halber Höhe hielt ich jäh inne – längs des schmalen Strandes auf der anderen Seite des Piers war über einem Gerüst eine lange, sehr lange Plane gespannt und darunter, all das entdeckte ich erst jetzt, lagen Menschen reglos auf Pritschen. Es mochten an die hundert sein, Schwerkranke offenbar, und sie lagen dort und regten sich nicht. Lautlos, wie in einem Stummfilm, bewegten sich Pfleger und Ärzte in weißen Kitteln und weißen Hauben zwischen den Pritschen, und ein hoher Drahtzaun bis zum Wasser versperrte den Zugang.

Plötzlich war die Idylle keine Idylle mehr, der Ort, wohin es mich verschlagen hatte, wirkte düster jetzt unter der Sonne. Ich roch die Gerüche von Karbol und Jod. Reglos, gespenstisch reglos, lagen die Kranken unter grauen Dekken, und mir war, als verfärbe sich die Landschaft, als verblasse der Himmel über Pier und Meer – woher kamen sie alle und woran litten sie?

Es gab niemand, der mir Auskunft hätte geben können, auch später auf dem Schiff fand sich keiner. Mit der Zeit aber hat sich in mir die Vermutung verhärtet, daß jener junge Mann so eilig verschwand, um nicht erklären zu müssen, daß sie alle die Opfer von Tschernobyl waren.

Bukarest

Rumänien 1969

Was eigentlich war ihnen geblieben, nachdem er gleichzeitig mit der Haftentlassung aus Bukarest verbannt worden war – das Foto dort auf dem Kaminsims war nicht seins, nicht das von Janos. Ein sowjetischer Offizier, hochgewachsen, sehr männlich, blickte ernst, gedankenvoll in die Weite. Elena sah, wo ich hinsah, und schwieg. Das Feuer loderte im Kamin, das Holz knackte in den Flammen und machte die Stille im Raum stiller, spürbarer. Ich wandte den Blick von dem Foto ab. Doch die vorangegangene Zweisamkeit stellte sich nicht wieder her, wir waren nicht länger Übersetzerin und Autor, alles floh ins Private jetzt, da sie von dem Foto sprach und was es ihr bedeutete.

»Und ich liebe ihn noch«, fügte sie leise hinzu.

Neun Jahre waren es her, daß Jegor Kusmitschow jäh von seinem Posten abberufen und in die Heimat zurückbeordert worden war – ging es an, daß ein Major der sowjetischen Stadtkommandantur sich mit einer Rumänin einließ, deren Mann wegen seiner Verbindungen zum Budapester Petöfiklub verhaftet, verurteilt und schließlich nach Maramures an der ukrainischen Grenze verbannt worden war? Und warum hatte er sich für die Rückkehr eines solchen Mannes nach Bukarest verwendet. Aus Liebe zu dieser Rumänin? Was sonst steckte noch dahinter. Kurzum, nicht lang nach dem Vorfall gab es keinen Major Kusmitschow in Bukarest mehr.

Als mir zehn Tage zuvor Elena von der Verhaftung und Verbannung ihres Mannes erzählt hatte, drängte es mich nach Maramures, hatte ich die Reise dorthin auch durchgesetzt und früh, sehr früh am Morgen nach der Ankunft war ich schon auf dem Weg zu der Dorfschule, an der Janos unterrichten sollte. Gut eine Stunde vor Schulbeginn hatten sich weder Lehrer noch Schüler eingefunden, das Haus aber, ein schlichtes Steinhaus im Hof, stand offen und drinnen war ich auf einen Mann gestoßen, der auf Händen und Knien die Dielen schrubbte und mich aus klugen dunklen Augen durch eine Nickelbrille musterte, dabei die Lippen wölbte, als wolle er etwas sagen. Doch er schwieg. Augenblicklich ahnte ich, wen ich da vor mir hatte. Als ich es aussprach, drehte der Mann mir abrupt den Rücken und es frommte nichts, daß ich mich auf Elena berief und mein Kommen zu erklären versuchte. Der Mann schrubbte weiter die Dielen und sah mich nicht wieder an. Mir blieb keine Wahl als zu gehen. Draußen noch hörte ich das Kratzen der Bürste und den Eimer scheppern, und es klang mir wie eine zusätzliche Abfuhr.

In Elenas Wohnung jetzt, das Foto Jegor Kusmitschows vor Augen, glaubte ich eine Erklärung für jenes Verhalten gefunden zu haben, doch als ich das Elena andeutete, schüttelte sie den Kopf.

»Nein, mit Jegor und mir hatte das nichts zu tun. Als Jegor sich für Janos einsetzte, war unsere Ehe schon keine mehr – vier Jahre Haft, dann die Verbannung. Es sagt schon genug, daß Janos die Dielen scheuert. Ihm war der Mund verschlossen, er durfte nicht reden. Davor hätte ich dich warnen müssen. Hätte ich es nur getan.«

»Schon gut. Es war mir eine Erfahrung.«

Sie sah mich an. »Erfahrung«, sagte sie bitter. »Sammel du nur deine Erfahrungen.«

Ich wartete, daß sie weitersprach, und bald erfuhr ich, und wieder hörte ich sie bitter das Wort Erfahrung sagen, daß sie vor Wochen erst zu einem Übersetzerseminar nach Leningrad gereist war.

»Und weil das Jegors Stadt ist, lebte alles wieder in mir auf – wie wir uns begegneten, das Fieber, das uns packte und was wir uns gaben. Ich konnte nicht anders als mich zu seiner Wohnung durchzufragen und an der Tür zu läuten – obwohl ich doch wußte, daß er eine Frau hat. Und es öffnete auch eine Frau und die fiel mir ins Wort, kaum daß ich etwas gesagt hatte – ein Jegor Kusmitschow lebe hier nicht. Und hätte nicht ein weißer Spitz durch den Türspalt gelugt, müde und lahm, doch unverkennbar Jegors kleiner Spitz aus der Bukarester Zeit, ich hätte mich abweisen lassen. So aber bat ich um Einlaß für nur einen Augenblick. Da zerrte sie den Hund weg und ehe sie mir die Tür ins Gesicht stieß, schrie sie: »Suchen Sie ihn in Sibirien, ja in Sibirien. Und jetzt scheren Sie sich weg. Sie sind das Unglück meines Lebens.«

Einen Augenblick lang wünschte ich, das Foto auf dem Sims nie bemerkt und ihr das Sprechen über jenen Mann erspart zu haben, dann aber ging mir auf, daß es sie erleichtert hatte und besser als Schweigen war.

San Juan

Puerto Rico 1986

Schräg stand die Sonne überm Meer. Fernab die Palmen in der Sichel der Bucht zeichneten sich dunkel gegen die sinkende Sonne ab. Sanft rauschend schlugen die Wellen ans Ufer, rollten aus über den weiten Strand, und das Wasser war klar bis in die Tiefe. In den seichteren Stellen, die rotbraun schimmerten unter der Sonne, waren die huschenden Schatten schwärmender Fische erkennbar. Die Luft war lau, erwärmt noch von der Glut des Tages, und wohltuend war die Brise vom Meer.

Olga wies einladend zum Wasser und zögernd fragte ich: »Du und ich – wir beide«, und wandte den Blick ab, daß sie sich entkleidete. Kühl spülten die Wellen über uns, erfrischend kühl, und nach wenigen Schritten schon war das Meer tief. Ich schwamm vorweg und weit hinaus. Jenseits der Brandung ruhten wir auf dem Wasser und blickten hoch in den jetzt vielfarbenen, noch immer wolkenlosen Himmel.

Später lagen wir, wo der Sand noch warm war und trokken, unter einer Palme, deren gekrümmter Stamm wie von Stürmen verformt schien. Meinen Kopf in ihrem Schoß hörte ich, was sie von ihren jungen Jahren in New York erzählte, die auch meine New Yorker Jahre waren, die Harlem- und Hoboken-Zeit, die Greenwich Village-Zeit, und als sie vom Filmore East sprach und dem Village Gate, wo sie gekellnert hatte, um als Kunststudentin durchzukommen, fragte ich mich, wie ich sie hatte übersehen können – sie mußte sehr schön gewesen sein, sie war schön noch heute, wohlgeformt in ihrer Üppigkeit, zuweilen verträumt, dann wieder wach und anteilnehmend der Ausdruck ihrer dunklen Augen unter der hohen gewölbten Stirn, die silbernen Strähnen im Haar ein Kontrast zu ihrer über die Jahre bewahrten Jugendlichkeit, die auch in ihrer Stimme, ihrem Lachen lag.

»Bob Dylan im Village Gate«, sagte ich, und zählte sie auf, die Dylan-Songs von damals, und sie nickte nachdenklich und ihre Augen blickten in eine andere Zeit. »Was wäre gewesen, hätten wir uns in jenen Jahren getroffen?«

»Nichts.«

»Das sagst du so.«

»Nichts«, wiederholte sie. »Eine junge puertorikanische Kellnerin im Village Gate – fremd in der Stadt und dunkelhäutig, die war verloren, machte sie auch nur eine Ausnahme.«

»Für keinen?«

Abrupt entzog sie sich mir. »Hör zu«, sagte sie. »Hier, unter dieser Sonne, bin ich zu Hause. Damals aber, in der Steinwüste der Gringos, wäre jedes Ja eine Niederlage gewesen, war jedes Nein ein Sieg. Du hättest mich nicht bekommen.«

Rot sank die Sonne ins Meer. Ein kühler Wind blies über den Strand.

»Komm«, sagte sie, und dann gingen wir den langen Weg zurück, sie schweigend mit wiegendem Gang, barfuß im Sand, und mir war, als entferne sie sich mir mit jedem Schritt. Sie spürte, daß ich sie anblickte und wandte sich mir zu.

»Gib mir Zeit«, sagte sie. »Wenn du mich jetzt bedrängst, bleibt alles anders, wird nichts mehr so sein wie es begann.«

Tortola

Karibik 1987

Er mußte von der Jacht, die in der Bucht vor Anker lag, in dem Schlauchboot übergesetzt haben. Das hatte ich von der Hütte aus nicht sehen können. Erst als ich auf den Strand hinaustrat, bemerkte ich ihn. Er saß reglos im Schatten einer Palme und blickte aufs Meer – ein Mann ganz in Weiß, mit hellem, von der Sonne gebleichtem Haar, das in die Stirn fiel und ihn jünger wirken ließ als er wohl war. Ich schätzte ihn auf fünfzig, und als wir ins Gespräch kamen, erwies sich, daß er vor kurzem seinen fünfzigsten Geburtstag auf einer der kleinen, Tortola vorgelagerten Inseln verbracht hatte – verbracht, nicht gefeiert. Zu feiern hätte es zu der Zeit schon nichts mehr gegeben. Denn was er als Krönung seiner Laufbahn geplant hatte, sei zunichte gemacht. Und doch gebe es für ihn kein Zurück zu dem Architektenbüro in Philadelphia mehr, noch zu seiner Familie dort, von der er sich entfremdet und die er verlassen hatte.

Er sprach mit abgewandtem Gesicht, den Blick weiter auf die Bucht gerichtet. »Vorbei und aus«, hörte ich ihn sagen.

Er wies in die Ferne, wo seine Pläne gescheitert waren. Im Dunst, der den Horizont verschleierte, lag die Insel – ich konnte sie mir vorstellen. Ich kannte die nahen Inseln. Sie alle waren paradiesisch wie Tortola, mit Bergen, Buchten und weißen Stränden unter Palmen.

Dort lebe er schon seit mehr als einem Jahr, sagte er. Er liebe die Insel, und als er den Auftrag annahm, dort ein

Hotel zu bauen, war er zugleich entschlossen, es in die Landschaft einzubetten.

»Vorbei und aus«, wiederholte er dumpf.

Es war, so erfuhr ich, nicht einmal bis zur Verkleidung des Betonkerns gekommen, der nun, weit sichbar schon vom Meer, die Landschaft verschandelte. Was geblieben war, nachdem plötzlich die Bauarbeiter abgezogen, die Materiallieferungen gestoppt worden waren, es fortan das Projekt nur noch auf dem Papier gab, war ein monströses Gebilde, grau und massig im Grün des Berges.

»Und all das wegen einer Frau.« Er hielt inne und es war, als sehe er sie vor sich. »Eine Inselschönheit – halb Spanierin, halb Afrikanerin, und so betörend, daß einem die Sinne vergingen, Maria mit Namen, Mara Maria, und war erst achtzehn als sie auftauchte, keiner wußte woher.«

Wieder hielt er inne, und wenn ich auch im nächsten Satz erfuhr, daß es sein Auftraggeber war, der dieser Frau bis hin zu totalem Desinteresse an seinem bisherigen Leben verfiel, so schien mir doch, daß auch er von ihr besessen war. Die eifersüchtige Bitterkeit, mit der er sich ausließ, bestätigte den Eindruck.

»Kein Narr so närrisch wie ein alter Narr«, sagte er. »Dennis F. Dobson – Sie hätten ihn sehen sollen, wie er da am Strand mit Maria saß.« Er lachte auf. »Das Haar so grau, die Hautfalten im Nacken. Schlimm, wenn ein Mann sich zum Narren macht. Wäre es Ihnen denkbar, daß Sie im biblischen Alter alles aufgäben für eine Frau?«

»Mag sein, er überlegt es sich.«

»Er trennte sich auch von seiner Familie.«

»Das taten Sie doch damals auch.«

»Er aber geht auf die Siebzig zu – Maria könnte seine Enkelin sein.«

Ich schwieg.

»Vorbei und aus«, hörte ich ihn wieder sagen. Doch mir schien, daß er jetzt weniger an das Scheitern des Auftrags dachte als an Mara Maria.

Lautoka

Fidschi 1954

In größeren, später auch kleineren Abständen kam mir wieder und wieder jener Traum – und immer weniger scheint mir, daß alles wirklich so war.

Ken ist unruhig. Wir haben Musik vernommen. Gitarrenklänge und weiche Stimmen, und es zieht ihn dort hin.

Wir trennen uns.

Ich habe das Tralala satt, seit May verschollen ist – ich nannte sie May, wir waren uns im Mai begegnet, und ich begehrte sie und keine andere auf Fidschi.

Die Luft ist lau. Der Abend naht. Noch steht die Sonne schräg überm Meer. Die Wellen rauschen. Schon erkenne ich den Freund nur noch als eine dunkle, sich schnell entfernende Gestalt am Saum des Wassers. Ich gehe in die andere Richtung und bald höre ich auch die Musik nicht länger.

Vom Strand führt ein Pfad durchs Mangrovendickicht und ich folge dem Pfad. Der Boden ist weich wie Moos und meine Schritte sind lautlos. Es raschelt. Ein Minah-Vogel schreit und flattert davon. Ich gehe wie durch einen Tunnel und es dauert, bis ich vor mir ein Stück Himmel erkenne.

Wirklichkeit oder Traum?

Der Pfad mündet am Strand einer Lagune. Palmen säumen den Strand und das stille Wasser ist rot gefärbt vom Licht der sinkenden Sonne. Eine Wolke steht tief und im aufkommenden Abendwind zieht sie langsam unter der

Sonne dahin. Der rote Ball spiegelt sich im Wasser. Ich sehe bis auf den Grund, erkenne Pflanzen und Schwärme silbriger Fische in den seichteren Stellen. Der Sand unter meinen Füßen ist weicher noch als der Boden im Dikkicht. Er rieselt im Wind wie Wellen. Die Sonne sinkt und im schwindenden Licht schwinden auch die Pflanzen und Fische. Tiefblau wie der Himmel ist jetzt das Wasser. Die Kronen der Palmen wiegen sich im Wind. Es wird kühler und es dunkelt schnell. Ich aber warte, und bleibe, bis die Sterne golden im Himmel leuchten und die Sichel des Mondes im Wasser der Lagune schwimmt.

Traum oder Wirklichkeit?

Damals fühlte ich mich verloren und seltsam verwaist – May blieb auch in dieser Nacht fort. Und wohl erst im nachhinein offenbarte sich mir, was ich gesehen hatte, in seiner ganzen Schönheit.

Melbourne

Australien 1987

Mir gefiel sie in ihrer quicklebendigen Aufgeschlossenheit, dabei erkannte ich sehr wohl, daß sie auf die Männer unterschiedlich wirken mußte – eine grazile Person, mädchenhaft, mit kurzem blondem Haar, und fast immer in diesen zerschlissenen, hautengen Jeans und T-Shirt. So wirkte sie animierend, das Provokante in ihr kam zum Tragen. Freche Chansons zur Gitarre paßten zu ihr. So zierlich sie auch war, ihre Stimme füllte Hafenbars, Roadhäuser, Studentencafes. Ihres Nachnamens wegen riefen viele sie Pete, was sie hinnahm, ihr aber nicht gefiel, denn Pete war ein Männername und sie hieß Shirley, Shirley Peters, und bis zuletzt blieb mir unklar, warum sie mir ohne Umschweife für die Dauer meiner Tage in Melbourne ein Zimmer unter ihrem Dach und auch sonst ihre Hilfe angeboten hatte – gewiß, meine Freunde von damals würde sie schon aufspüren, diese zwei Schriftsteller, von denen ich ihr erzählt hatte.

Sie hielt Wort, drehte jeden Stein um, wie die Australier sagen, bis sie die Adressen der beiden zutage gefördert und ein Treffen arrangiert hatte, mit Frank Hardy in St. Kilda, mit Lance Loughrey in Fitzroy. Natürlich würde sie mich in ihrem Holden dorthin fahren – wegen der Neugier und überhaupt, vorausgesetzt ich riskierte es mit ihr und dem alten Vehikel.

Nun, sie hatte mich gewarnt. Die Fahrt war ein Wagnis. Kaum hatte sie den Holden auf Touren, fuhr sie wie der Teufel, flog förmlich über die Kreuzungen, und jedesmal wenn sie in diesem ihr eigenen Roulettespiel gewonnen hatte, pfiff sie keß und rief: »Wer zögert, ist verloren!« Unser Ziel erreicht zu haben war ein größeres Wunder, als daß wir es vor der Zeit erreichten.

Der Treffpunkt, den Frank Hardy ausgemacht hatte, erwies sich als ein gediegenes, recht vornehmes Strandlokal. Shirley betrat es mit fröhlichem Selbstbewußtsein, das durch das Aufsehen, das sie erregte, alles andere als gebrochen wurde. Beim Vorbeigehen an dem weißen Piano, das mitten im Raum auf einem Podium stand, öffnete sie flüchtig den Deckel und stimmte ein paar Takte an – und was ihr dabei vorschwebte, war unschwer zu ahnen. An dem für uns reservierten Tisch wählte sie den Platz mit der Sicht zur Bucht und schickte sich ins Warten.

Frank kam erheblich zu spät, doch mehr als seine Unpünktlichkeit störte mich, daß er Shirley nach kurzer Musterung aus den Augenwinkeln fragte: »Na, Mädchen, wovon leben wir denn so?«

Sie warf den Kopf in den Nacken. »Von Männern«, sagte sie und ließ sich Zeit ehe sie hinzufügte: »Die mir zuhören, wenn ich singe und Gitarre spiele.«

»Womöglich auch Klavier?« fragte Frank mit einem Blick zum Podium.

Sie sah ihn verächtlich an, stand auf und durchquerte den Raum. Hatten Frank und ich seit der Begrüßung kaum ein Wort gewechselt, so fand sich auch jetzt, da Shirley zu spielen begann, keine Gelegenheit zum sprechen. Es war kein guter Anfang, und es half wenig, als sie das Lied vom Surabaya-Johnny anstimmte und den Refrain »Nimm doch die Pfeife aus dem Maul, du Hund!« wie eine Herausforderung sang. Frank begriff, wer gemeint war, und als er sie später nach dem Preis für die Darbietung fragte, wunderte es mich nicht, daß sie ihm eine stattliche Summe entgegenschleuderte. Frank legte lächelnd die fünfzig Dollar auf den Tisch. Sofort rief sie den Kellner und steckte ihm das Geld zu.

»Für die Zeche hier«, sagte sie, und dann verließ sie uns.

»Großartig«, sagte ich zu Frank, »jetzt kann ich zusehen, wie ich weiterkomme.«

Durch das Fenster sah ich Shirley über die Strandpromenade zu ihrem Auto gehen. Da stand auch ich auf, eilte ihr nach, um sie abzufangen, ehe sie davonfuhr. Sie öffnete den Wagenschlag zum Beifahrersitz.

»Ich hoffe, dein anderer Freund ist besser drauf«

»Es tut mir leid, Shirley.«

Ich stieg zu. Kaum hatte ich die Tür geschlossen, fuhr sie mit kreischenden Reifen ab.

»Wie kommt der Kerl dazu, mich zur Hure zu stempeln?«

»Hat er das?«

»Etwa nicht?« gab sie wütend zurück.

Das Wunder von zuvor wiederholte sich – auch in Fitzroy kamen wir an, auch diesmal weit vor der verabredeten Zeit. In der Bildergalerie, die auch ein Café war, spielte eine Band. Das hob Shirleys Stimmung. Ihr Ärger schien verflogen. Sie lebte auf, und daß sie mehr auf die Musik als auf die Bilder achtete, war an ihren rhythmischen Schritten und der Art zu merken, wie sie ihren Autoschlüssel um den Zeigefinger schwang.

Sie tanzte schon, ehe sie von dem Mann, dessen Aufmerksamkeit sie sofort erregt hatte, dazu aufgefordert wurde. Es war ein Hüne ganz in Leder und von dem Tisch aus, der für das Treffen reserviert war, sah ich bald nur noch ihre wirbelnden Füße. Mehr sah ich erst wieder, als sie auf dem Podium zu der Musik, die die Band gerade spielte, zu singen begann – sie war wie verwandelt, ganz die Sängerin jetzt und voller Spannkraft. Unter ihr, zwischen den tanzenden Paaren, stand der Hüne und lauschte, und selbst nachdem die Musik verklungen und sie verstummt war, stand er noch immer ergriffen da. Sie sprang auf die Tanzfläche, nahm seine Hand und führte ihn weg. Mir warf sie beim Vorbeigehen die Schlüssel ihres Autos zu.

»Komm gut heim, und grüß deinen Freund – falls er noch auftaucht.«

Durch das Fenster zur Straße sah ich sie Augenblicke später gegen den Rücken des Hünen gepreßt auf seinem schweren Motorrad winkend davonfahren.

Melbourne

Australien 1949

»Pack sie da rein, Geoff«, rief Tom McIntyre, nachdem er mit einem kräftigen Ruck eine der Kisten in die Ecke befördert und so Platz zwischen dem Pfosten und der Bordwand geschafft hatte. Da hieb auch ich den Schauerhaken in die Kiste und paßte sie in die Lücke ein. Es war Millimeterarbeit – der Vormann verstand sein Handwerk, hatte Augenmaß. »Good on you, Tom!«

Er reagierte nicht. Seit Tagen schon, seit ich ihm hier unten im Bauch des Frachters als Ersatzmann zugeteilt worden war, beschäftigte ihn, mit wem er es zu tun hatte – Geoffrey Cumberlege wollte ihm nicht schmecken. Der Name paßte nicht zu mir, war kein Name, den er mir abnahm. Mochte ich auch wie die meisten Schauerleute selbstgedrehte Zigaretten rauchen, einen breitkrempigen Hut tragen und ein Schweißtuch um den Hals, mit einem abgewetzten Gladstone Bag am Schulterriemen zur Hafenarbeit antreten und diese Arbeit nicht schlechter als die anderen machen, nichts davon überzeugte ihn. Ich blieb ihm verdächtig, ein von irgendwoher aus welchem Grund auch immer in die Gewerkschaft Eingeschleuster, und bis er nicht Bescheid wußte, würde er mir mißtrauen.

»Kein Rauchen unter Deck«, warnte er scharf, als ich eine Pause dazu nutzen wollte. »Ist dir das vielleicht neu?«

Es war mir nicht neu – die Regel aber wurde häufig umgangen. Ahnend, warum er mich aufs Korn nahm, schwieg ich und löschte die Zigarette. Irgendwann, dachte ich, werde ich es ihm sagen müssen, anders wird er keine Ruhe geben.

Diese Schicht und die nächste noch hielt ich durch, hielt sein Mißtrauen aus, seine Wortkargheit, die rauhen Rüffel, wenn etwas nicht nach seinem Willen ging. Spätestens aber, als die gesamte Gang von mir abzurücken begann, entschloß ich mich, reinen Wein einzuschenken – selbst wenn ich danach mit noch größeren Schwierigkeiten zu rechnen haben würde.

»Ich hab's satt, mit den Fliegen zu trinken«, sagte ich vor dem Aufbruch ins arbeitsfreie Wochenende zu Tom McIntyre. »Trinkst du einen mit mir?«

Er sah mich an, schwieg, nickte dann aber. Sein Gesicht lag im Schatten. Doch ich wußte, was er dachte – wußte auch, was er dachte, als er in der Kneipe mit undurchdringlicher Miene das Bier nahm, das ich vor ihn hingestellt hatte. Er trank und wartete ab, daß ich sprach.

»Ich trete an unter der Nummer und dem Namen von einem, der mal in der Gewerkschaft war«, sagte ich geradeheraus, und dann nannte ich ihm meinen wirklichen Namen.

Ein Lächeln stahl sich in seine Augen. »Auf der Flucht?« fragte er. Er wirkte erleichtert. Es war, als glaubte er, der Sache auf den Grund gekommen zu sein – vor der Polizei auf der Flucht, das begriff er.

Ich mußte ihn enttäuschen.

»Hatte keine Wahl«, sagte ich, und erinnerte ihn daran, daß die Melbourner Gewerkschaftsbosse seit langem schon keine Linken duldeten. »Mein Name steht auf der schwarzen Liste.«

Das stimmte ihn nachdenklich. Ich merkte, er hätte es lieber nicht gewußt.

»Du lebst gefährlich«, sagte er. »Falsche Nummer, falscher Name – rundum gefährlich.«

Offensichtlich rang er mit sich, drängte auf eine Entscheidung zu.

»Du mußt tun, was du mußt«, sagte ich ihm.

»Geoffrey Cumberlege«, sagte er. »War das auch so einer?« Ich nickte. »Bloß, daß der nie auf die Liste kam.« Er schwieg, reagierte nicht, bis ich ihn dazu aufforderte. »Schon gut«, sagte er kurzentschlossen, wandte sich an den Barmann und bestellte zwei neue Bier. Er hob sein Glas und wieder war da dieses Lächeln.

»Ab heute trinkt Geoff Cumberlege nicht mehr mit den Fliegen", sagte er und stieß an.

Karl-Marx-Allee

Berlin 1962

Eggers hatte die Leiter zum Obergeschoß der Atelierwohnung schon flach gelegt – für da oben war demnächst keine weitere Arbeit geplant, zu inspizieren gab es auch nichts mehr, und überhaupt, es war längst Feierabend. Die Brigade war fort, nur er, der Brigadier, war geblieben, um mir Rede und Antwort zu stehen für das Interview, das sich die Zeitung hatte einfallen lassen. EIN HELD DER ARBEIT ERZÄHLT. Was gab es da noch zu erzählen? Von der Qualität der Malerarbeiten hatte ich mich selbst überzeugen können, und daß sie etliche Verbesserungsvorschläge gemacht und auch angewandt hatten, mußte ich ihm glauben. Schließlich war die Brigade nicht nur für Qualität, sondern auch für vorfristige Planerfüllung ausgezeichnet worden. Schreib deinen Artikel, Schreiber, und laß mich meiner Wege ziehen! Es war Eggers anzusehen, daß er genug hatte, des Geredes überdrüssig war. Mir ging es nicht besser. Wer würde lesen wollen, was es, rein technisch, mit diesen Verbesserungsvorschlägen auf sich hatte; es war schon fraglich, ob es außerhalb des Baugewerbes irgendwen interessierte, wie die Brigade Eggers zu diesem staatlichen Orden gekommen war. Mit einer human interest story aber, einer Geschichte von menschlichem Interesse, hatte die Zeitung wenig im Sinn. Der Held der Arbeit sollte von der Arbeit erzählen und nichts sonst. Das hatte Eggers getan. Aber reichte das?

»Ich würde Sie gern auf ein Stündchen nach Hause begleiten«, sagte ich zu ihm. »Vielleicht ein Bier in der

Kneipe nebenan und dann ein kurzer Besuch bei Ihnen – ein Blick ins Häusliche, wie ein Brigadier so lebt.«

Eggers zögerte. Er sah mich an. »Fall da aus dem Rahmen, würde ich sagen.«

»Wieso?«

»So fragt man Leute aus«, sagte er, und schwieg dann.

Ich hätte es nie erfahren ohne dieses Bier in der Kneipe, auf das er sich schlecht und recht eingelassen hatte. Nicht daß der Alkohol ihm die Zunge löste, es war die besorgte Frage eines Kumpels: »Wie steht's um die Frau, Kurt?«

»Beschissen«, entfuhr es Eggers. »Nicht einmal die Untersuchungshaft wurde ihr angerechnet. An den vierzehn Monaten, die sie ihr aufgebrummt haben, war nicht zu rütteln.«

Das war nicht für meine Ohren bestimmt. Doch konnte ich auch nicht so tun, als hätte ich nichts gehört. Ich sah Eggers fragend an.

»Ja«, sagte er schroff zu mir. »Vierzehn Monate für ein paar Zettel an Bäumen – bringen Sie das in Ihrem Artikel und ich gebe Ihnen meine Prämie. Jeden Pfennig davon. Bloß, das schaffen Sie nie. So macht man hier keine Zeitung.«

»Was für Zettel an Bäumen?«

Eggers blickte auf seinen Kumpel. »Soll ich's ihm sagen?«

»Gib's ihm«, sagte der Mann, und nicht lange später wußte ich, wie es zu den Zetteln und der Haftstrafe gekommen war.

Und Eggers hatte Recht. In meinen Artikel von dem Held der Arbeit, der erzählt, war das nicht hineinzubringen – weder für diese noch irgendeine Zeitung im Land. Wer würde drucken, daß eine junge Mutter durch die Mauer vom 13. August von ihrem Töchterchen getrennt worden war und die Großmutter sich weigerte, das Kind von West-Berlin nach Ost-Berlin zu bringen. Wer würde drucken, daß die Anträge der Frau, ihr Töchterchen holen zu dürfen, behördlich abgewiesen worden waren und sie sogar vom Büro Ulbricht, an das sie sich gewandt hatte, abschlägigen Bescheid bekommen hatte – was alles sie derart aufbrachte, daß es zu den von ihr selbst verfaßten Zetteln an Bäumen kam: Unsere Brigaden sind nicht faul, sie hau'n dem Ulbricht eine aufs Maul!

»Wer wird das bringen«, gab ich Eggers recht. »Ist schon ein Wunder, daß es danach noch zu dieser Auszeichnung gekommen ist.«

»Da hat die eine Hand nicht gewußt, was die andere tut«, sagte Eggers. »Und außerdem stimmt ja – faul ist auch die Brigade Eggers nicht.«

Er lachte, auch der Kumpel neben ihm lachte hart auf. Mir aber war nicht zum Lachen – daß diese Zeitungsarbeit scheitern würde, war die geringste der Kalamitäten. Eine Mauer quer durch die Familie und vierzehn Monate für ein paar Zettel an Bäumen. Im Vergleich dazu war der vertane Auftrag ein Nichts.

Am Stadtrand

Berlin 1978

»Auch Tiere können traurig sein«, sagte sie.

Der Tag war sonnig, ein Sommertag mit blauem Himmel, lauen Winden, und irgendwie schien es eine seltsame Feststellung an einem so schönen Tag – sie war erst acht, neigte nicht gerade zum Frohsinn, aber auch nicht zur Schwermut.

Was sie sagte, ließ mich aufhorchen. Ich gab ihr recht, fragte sie aber, wie sie darauf kam.

Sie schwieg, richtete ihre großen hellen Augen auf mich. Ihr Blick schien nach innen gerichtet.

»Ist was mit deiner Katze?«

Sie schüttelte den Kopf.

»Was hast du?«

»Papa«, sagte sie. »Hast du schon einmal ein Tier überfahren?

Ich überflog die Jahre, die ich Auto fuhr, es waren dreiunddreißig, und sicher war es vorgekommen, daß ich nachts, irgendwann, irgendwo, den dumpfen Aufprall wahrgenommen hatte – was hab ich da überfahren, eine Katze, einen Fuchs?

»Mag sein«, gab ich zu.

»Das weißt du nicht genau?« hielt sie mir vor. »So etwas weißt du nicht genau?«

Ihre Stimme hatte den ihr eigenen dunklen Ton verloren, klang heller, erregter.

»Das ist Mord«, sagte sie.

»Nun übertreib mal nicht.«

»Fahr mich bitte zum Schwimmbad, Papa!«

Zwar wunderte mich der jähe Wechsel – war sie nicht gerade von dort nach Hause geradelt? Doch ich willigte ein.

»Also gut. Pack deine Sachen wieder zusammen.«

»Brauch ich keine. Fahr mich bloß hin.«

Wir machten uns auf den Weg, und als wir die holprige Straße hinunterfuhren, die durch das Wäldchen zum Schwimmbad führt, blickte sie angestrengt hinaus – ich folgte ihrem Blick, und beide sahen wir jetzt die Nebelkrähe am Straßenrand. Sie stand reglos vor dem zermalmten Vogelkörper auf dem Pflaster, dessen an Kopf und Schwanz schwarzes, sonst graues Gefieder die gleiche Art erkennen ließ.

»Halt an, Papa.«

Nur wenige Meter von der Krähe brachte ich das Auto zum Stehen. Der Vogel floh nicht, auch nicht, als zwei Autos hinter mir ausscherten und vorbeifuhren. Es war, als sei er erstarrt – und ich begriff: Die Krähe trauerte.

»Wann mag das passiert sein?« fragte ich meine Tochter.

Sie sagte nichts, und ohnehin war unschwer auszurechnen, daß wenigstens zwei Stunden verstrichen sein mußten – und all die Zeit war die Krähe nicht von der Stelle gewichen.

»Sie leidet«, sagte die Tochter.

Ich nickte – das Wort traf, und mir war, als hätte ich es nie zuvor von ihr gehört. Noch immer verharrte die Krähe. Nur ihr schwarzer Kopf bewegte sich. Sie beäugte den Vogelkörper, der da zwischen den Flügeln auf dem Pflaster klebte.

»Sie gehörten zusammen«, sagte die Tochter, und was in ihr vorging, verrieten ihre Augen.

Prinz-Albrecht-Straße

Duisburg 1936

War ich nach dem Onkel benannt, oder war es Zufall, daß den Eltern dessen Name einfiel? Ich erfuhr es nie. Denn Onkel Walter, Mutters jüngster Bruder, lebte jenseits der Familie. Man sprach selten über ihn, und nur einmal im Jahr kam er zu Besuch – wenn in Raffelberg das große Galopprennen lief. Dann fuhr er eigens in seinem schwarzen Mercedes von Stuttgart den langen Weg bis Duisburg.

Onkel Walter hatte mit Autos zu tun, rund um die Welt gründete er Verkaufsfilialen. Ich mochte ihn, ihm haftete der Hauch des Weitgereisten an, und es machte ihn nicht älter, daß sein Haar allmählich ergraute. Sein Gesicht war stets sonnverbrannt, und wenn er lächelte, strahlten die Zähne. Mochte er auch am Stock gehen, sein künstliches Bein nachziehen, immer schien er alles andere als behindert. Er wirkte forsch, ja geradezu sportlich.

Am Tag des großen Rennens konnte man ihn zum Mittagessen erwarten und daß er bald darauf verschwand und erst gegen Abend wiederkam – ob jeweils reicher oder ärmer, war seinem Verhalten nie anzumerken, immer zeigte er sich gelassen, und daß er mir stets eine Silbermünze in die Hand drückte, ein schweres Fünfmarkstück, gehörte zum Ritual. Das ganze Jahr fühlte ich mich bereichert, und ich brach das Geld erst an, wenn die Zeit verflossen und dem alten Fünfmarkstück ein neues hinzugefügt war.

Oh, es waren schon besondere Besuche.

Und dann, 1936, ich war inzwischen zwölf, verkündete der Onkel, daß er nicht wiederkommen werde: »In diesem Deutschland hält mich nichts mehr – ich setze mich ab.« Die Mutter ließ den Kopf sinken und schwieg. »Sorg dich nicht«, ermunterte er sie. »Du hörst von mir.«

Am Abend, zurückgekehrt vom Raffelberger Rennen, wirkte er weniger gelassen als die anderen Male. Er schob mir das Fünfmarkstück zu und strich mir nachdenklich über den Kopf.

»Hast du viel Geld verloren?« fragte ich.

»Nein.«

»Was ist mit dir?«

»Nichts«, sagte der Onkel.

Ich wandte mich ab und ließ das Geldstück unbeachtet.

»Hör mir mal zu«, sagte der Onkel.

Ich setzte mich.

»Es war ein guter Tag und wie geschaffen für Pferderennen. Nichts ging daneben, wenn auch den Großen Preis ein krasser Außenseiter gewann. Zum Sieg gehört eben immer auch das Glück des Augenblicks.«

»Warum erzählst du mir das?«

»Denk mal nach!«

»Wirst du durchkommen, Onkel Walter?«

Der Onkel sah jetzt entschlossen aus und voller Spannkraft. »Werde ich«, versprach er. »Bin ich doch immer – mal abgesehen davon, daß mich der Krieg ein Bein gekostet hat. Aber das Glück des Augenblicks hat mich auch damals nicht verlassen. Und es wird auch dich nicht verlassen, das merke dir.«

»Wie kannst du das wissen?«

»Weil du beschaffen bist wie ich. Das spüre ich.«

»Was ist passiert in Raffelberg?« fragte ich.

»Sag mal«, forderte der Onkel, »was würdest du tun,

wenn du am Eingang zum Rennplatz ein Schild fändest: Juden unerwünscht?«

Ich zögerte nicht: »Eine Karte lösen und wie du dagegen halten.«

»Eben«, sagte der Onkel. »Dagegen halten, sich nie besiegt fühlen. Dann hat man auch das Glück des Augenblicks.«

Ich nickte und war jetzt sicher, daß der Onkel durchkommen würde. Der ja – Onkel Walter würde durchkommen.

Ein jegliches
hat seine Zeit

Australisches Echo

Dieser eine Augenblick Zeit

Da steht er nun im Licht des schwindenden Tages – Luke Murphy, schmächtig, braungebrannt, Strandgänger wohl noch immer, das Haar schlohweiß geworden in all den Jahren, das Bärtchen modisch gestutzt, und wie er sich kleidet zeigt, er will die Jahre zurückdrängen: enge Jeans, Spangenschuhe mit erhöhten Absätzen, ein Kettchen im offenen Hemd. Und ehe wir noch die paar Schritte von der Haustür meines Melbourner Gastwirts zu seinem zerbeulten Volkswagenbus gemacht haben, hat er die Brücke zu unserer gemeinsamen Vergangenheit geschlagen, zu jener Nachkriegszeit, als wir beide allwöchentlich von Kirche zu Kirche zogen, um mit Hochzeitsfotos unseren Lebensunterhalt einzubringen, der mit den Geschichten, die wir schrieben, nicht einzubringen war – »Weißt du noch? Löcher in den Schuhsohlen, aber Bügelfalten in den Hosen und blütenweiße Hemden.«

Und schon ist er wie eh und je im Erzählen. Irland taucht auf, er war kürzlich in Irland, das mußte sein, koste es, was es wolle, der Kreis mußte geschlossen werden, ehe ihn die Spannkraft für ein solches Unternehmen verließ – von Melbourne nach Belfast, wo er geboren ist, und was er von dort zurückgebracht hat, ist nichts Heutiges. Es wurde eine Reise in die Kindheit. Wie war das doch, als ihn die Mutter zum Krämerladen schickte und er die Pfundnote verlor? Eine Tragödie. Mehr als ein halbes Jahrhundert später hat er noch einmal den Weg abgesteckt, den er damals auf der Suche nach dieser Pfundnote gegangen ist. Das rußige kleine Reihenhäuschen jener Zeit gab es noch, den Krämerladen in der Falls Road auch, und alles war wieder wach in ihm – Angst, Schrecken, Verzweiflung. Ein furchtbarer Verlust, an dem Mutter, Brüder, die Schwestern, besonders aber er zu leiden hatten, bis plötzlich, wundersame Fügung, die Pfundnote wieder aufgetaucht war.

Vom Steuer des Busses wirft Luke mir einen Blick zu.

Als Kind hatte er sehr wohl an den Windstoß geglaubt, der den Geldschein über die Kirchhofmauer getragen haben sollte, wo ihn der Pfarrer fand. Und das Mädchen, das der Familie das Geld zurückgebracht hatte, war ihm nicht wie der Sendbote des Pfarrers vorgekommen, sondern eher wie der Sendbote Gottes.

In South Melbourne lenkt er das Fahrzeug in eine Parklücke, und ehe wir noch aussteigen, sagt er: »Wunder meiner Kindheit – diese Mauer aus Backstein und hoch wie ein Haus! Nicht einmal ein Wirbelwind hätte die Pfundnote über solch ein Hindernis geweht. Wie also soll ich heute die Geschichte schreiben?« Er gibt sich selbst die Antwort – der Leser, nicht jenes verwirrt-verzweifelte Belfaster Kind, wird erkennen, dass der Pfarrer das Geld aus eigener Tasche opferte.

Irische Geschichten!

Er hat sie alle parat jetzt nach der großen Reise, die Schleusen der Erinnerung sind geöffnet, und wenn er sparsam lebt, er, wie zeitlebens gewohnt, Früchte und Gemüse auf dem Victoria-Markt kauft, im Ausverkauf spätnachmittags, wird die Rente reichen, wird er Zeit haben fürs Schreiben – keine Hochzeitsfotos wird er mehr zu machen, kein Taxi mehr zu fahren brauchen. Schreiben, schreiben, schreiben.

»Ich trink nicht mehr, weißt du. Damit ist's vorbei!«

Ach, der Alkohol – das Kreuz seines Lebens! Und er berichtet, was ihn in all den Jahren die Trinksucht gekostet hat: die Frau, die Tochter, das kleine Haus in Malvern. Die Töchter und das Häuschen sind auf den Fotos zu sehen, die er aus der Brieftasche zieht. Kathleen, schön und schlank und siebzehn Jahre, hat heute Geburtstag, doch er wird sie nicht besuchen können, denn bis zum nächsten, gerichtlich festgelegten Treffen sind es noch zehn Tage.

»Schade, Luke!«

Er winkt ab. Ach was, die Töchter bleiben ihm, lieben ihn, und von der Frau fühlt er sich befreit. »Sie hat mich nie verstanden. Jedes ihrer Worte wuchs sich am Ende zu einem Vorwurf aus, bis ich's leid war und mit nichts als einem Köfferchen verschwand.«

Und wohin?

Seine Unterkunft, er nennt sie Bungalow, im Hinterhof eines Reihenhäuschens beim Hafen ist kaum mehr als ein Verschlag – Tisch, Stuhl, Bett, Schrank, und dazwischen, wie er sagt, kaum Platz für eine Katze.

»Besser als 'ne Parkbank«, meint er, »oder unter Brükken.«

Und wieder offenbart er sich, vergegenwärtigt mir jene Nacht, als ihn die Polizei im Park auflas, volltrunken war er und wie betäubt vom Alkohol, und ihn zusammen mit anderen in eine Zelle warf.

»Da lag ich also, bis ich allmählich zu Bewußtsein kam und es dumpf in mir zu bohren anfing – wer bist du, wo kommst du her, wie bist du hier gelandet? Und hatte keine Antwort darauf, stieß immer nur ins Leere. Weißt du, wie furchtbar das ist! Und dann höre ich irgendwo in der Zelle jemand was von einem Mädchen sagen, ein Kind noch, das im Park vergewaltigt worden ist, und dass sie den Kerl noch suchen. Im Park. In welchem Park? Und mit einem

Beben in der Seele, mit Angst und Schrecken frage ich mich, kann ich das gewesen sein, ich, ich selbst? Das frage ich mich, und das Beben in mir legt sich erst, als sich herumspricht, dass sie den Kerl endlich haben. Und da schwöre ich mir, nie, nie wieder im Leben auch nur einen Tropfen anzurühren. Und so hab ich's bis heute gehalten. Schreiben, schreiben, schreiben. Nur dafür lebe ich noch.«

Er merkt, dass ich ihn mustere – die Spangenschuhe, das Kettchen am Hals.

»Talmi«, sagt er und legt die Hand aufs Herz. »Das Echte steckt tiefer.«

Nenn mich Mo

Das war in Münster, im Westfälischen, und gerade hatte der Richter die Verhandlung eröffnet, als die Tür zum Gerichtssaal aufflog und laut gegen die Wand schlug. Im Rahmen zeigte sich ein bärtiger Mann mit zwei prallen Aktentaschen, ein fülliger, dunkelhäutiger Kerl mit dichtem Kraushaar, das ihm in die Stirn fiel. Er trug Jeans und eine Militärkutte und, als sei das nicht auffällig genug, ließ er polternd seine Taschen fallen und klopfte seine Kutte nach etwas ab. Er wirkte alles andere als von der Zeitung, mußte es aber sein, denn der Gerichtsdiener ließ ihn nach einem Blick auf den Ausweis ein.

Der Mann nickte ungerührt, griff sich seine Taschen und ging schwerfällig wie ein Ringer zur Pressebank. Dort hielt er mir die Hand hin und nahm neben mir Platz.

»Nenn mich Mo«, sagte er.

Schon pochte der Richter mit dem Hammer aufs Pult. Der Gerichtsdiener forderte Ruhe, was meinen Nebenmann nicht beirrte.

»Woher und für welches Blatt?« wollte er wissen.

Ich raunte es ihm zu.

»Ostberlin«, wiederholte er vernehmlich und legte mir die Hand auf die Schulter. »Sieh einer an!«

Der Richter blickte zornig auf, und während er die Verhandlung in Gang brachte, zog der Mann namens Mo eine Kladde aus einer der Aktentaschen und machte sich mit mehrfarbigen Stiften an die Arbeit – in Rot, in Grün, in Blau. Er schrieb unentwegt, und wie auch immer er auf den Richter gewirkt haben mußte, Fleiß war ihm nicht abzusprechen. Keiner der Presseleute zeigte sich aufmerksamer, auch ich nicht, zumal mir später am Nachmittag ein Treffen mit dem Angeklagten in Aussicht stand und ich nur Stichworte zu notieren brauchte: Studentendemonstration mit Todesopfer – Universitätsprofessor bezichtigt Polizei vorsetzlichen Mordes – riskiert Verleumdungsklage – Beweggründe dafür genau herausfinden.

»Wäre gern dabei«, sagte Mo, als er während der Gerichtspause von der Verabredung erfuhr, »werden uns bestimmt nicht in die Quere kommen – grundverschieden unsere Zeitungen.«

Das sah ich auch so und nannte ihm Zeit und Ort. Er aber verfehlte die Verabredung, weil er beim Verlassen des Gerichts wegen Klärung eines Sachverhalts auf ein Polizeirevier gebracht worden war.

»Freiheit, die ich meine«, sagte er, als er, lang nachdem der Professor schon gegangen war, in der Gaststätte auftauchte.

Trotz des Lächelns, das er sich mir zuliebe aufzwang, wirkte er aufgebracht, aus den Fugen geradezu – der struppige Bart, das wirre Haupthaar, der Ausdruck seiner dunklen Augen, und wie er da stand in der zerschlissenen Kutte, den verwaschenen Jeans: von Kopf bis Fuß trotziger Bürgerschreck. Er setzte die Aktentaschen ab, wischte sich Bart und Gesicht mit einem übergroßen karierten Schnauztuch, und dann bestellte er zwei Bier.

»Wirst du mit mir teilen, was unser Mann zu sagen hatte?« fragte er, alles andere als fordernd.

»Kein Problem.«

»Danke«, erwiderte er, und wie schon im Gerichtssaal legte er mir die Hand auf die Schulter. »Geht schließlich um die Sache.«

Das bestätigte ich ihm.

»Na also«, sagte er und versicherte mich seiner Freundschaft.

Bis zum Prozeßende sahen wir uns mehrfach, und auch später in Berlin begegneten wir uns. Inzwischen hatte ich längst erkannt, daß sich unter Mo's wüstem Äußeren ein liebenswerter Mensch verbarg, einer mit Herz für die Schwachen – besonders aber auch für deren Verfechter. Nicht zufällig hatte er jenen Prozeß in Münster aufgegriffen, und es ehrte ihn, wie er seine Reportage angelegt hatte.

Auf der Suche nach weiteren Publikationen von ihm entdeckte ich in einer Reihe linker Blätter ähnlich streitbare Berichte. Der sich da, wo immer er auftauchte, schlicht als Mo vorstellte, war mehr, als er vorgab, war ein genauer Beobachter und gewissenhafter Reporter mit Namen Moriscos.

Moriscos – unaufgefordert hatte er mir von seiner maurischen Herkunft erzählt, sie bis weit in die Vergangenheit hinein verfolgt, als seine Urväter aus Spanien vertrieben worden waren. Auch wie sein Vater nach Österreich gelangt war, erfuhr ich, und von dessen Heirat mit einer offenbar recht lebenstüchtigen Frau aus Graz. »Sie hatte es nicht leicht mit uns Berbern«, sagte er lächelnd, und spielte damit auf das nomadenhafte Leben des Vaters und das eigene an. Zu Besitztum oder Geld seien sie nie gekommen, er so wenig wie der Vater, stets habe er von der Hand in den Mund gelebt und sich wie die Blätter, für die er schrieb, schlecht und recht über Wasser gehalten. Ein Berberleben eben, aber mit österreichischem Paß, weil in Graz gebürtig, mit dem er mühelos durch die Welt kam. Daß er unbeschadet Länder bereiste, in denen mit tödlicher Gewalt geherrscht wurde, schrieb ich jener Paarung von Furchtlosigkeit und Schlichtheit zu, die er an den Tag legte, dieser kindlich-offenen Art, die so entwaffnend war wie seine Großherzigkeit. Wo er hinkam, teilte er mit Freuden und erwartete dabei auf der Gegenseite nur, daß man ihn akzeptierte, so wie er war. Ich erlebte, wie er in Restaurants leere Tische ignorierte, sich gesellig zu Fremden setzte und es durch seine ungezwungene Art sehr bald schaffte, mehr als nur oberflächlichen Kontakt herzustellen, wobei seine Stimme und der Ausdruck seiner Augen keine unwesentliche Rolle spielten. Ich selbst hatte ja deren Wirkung verspürt und ihn zunehmend angenommen. Und dabei war ich mir sicher, er würde zu der Freundschaft stehen, die er gleich anfangs angeboten hatte – wie es sich dann auch ein Jahrzehnt später im fernen Australien erwies.

Aus purer Freundschaft hatte sich Mo in der Ruine eines alten Chevrolets, der nicht jünger als die Vehikel war, die er in Europa fuhr, auf die Zweitagereise von Sydney nach Melbourne gemacht – über Berg und Tal und staubige Landstraßen, entlang endloser Zäune vor weidenden Schafherden, durch Niederungen von Mulgagestrüpp und Eukalyptusbäumen, auf hügelige Landschaften zu, wo in der Ferne Känguruhs grasten, weit hinter sich jetzt die Blauen Berge von Neusüdwales, vor sich die Ausläufer der Australischen Alpen, durch Wagga Wagga und Albury und etliche Dörfer war er gefahren über eine Strecke, die ich von meiner Jugend her kannte, und niemals hätte ich sie ihm zugemutet nur um mich aufzusuchen. Doch Mo hatte die Strapaze auf sich genommen und war unbeschadet, wie wohl stets vor jedem von ihm gesuchten Haus in Orten rund um die Welt, vor der Pension, in der ich wohnte, eingetroffen.

Drei Tage zuvor war ich in einem obskuren linken Blatt namens Eureka, das in Sydney erschien, auf eine Reportage über den Teufelskreis gestoßen, in den junge Schwarze am Rand der Städte unweigerlich gerieten, Menschen, die entwurzelt waren, losgelöst von ihren Stämmen, und arbeitslos verkamen, dem Alkohol, dem Rauschgift verfallen, der Prostitution und dem Diebstahl – und die alle vor dem Richter und in Gefängnissen gelandet waren. Ich traute meinen Augen nicht, als ich las, von wem die Arbeit stammte – Moriscos. Ich sah ihn in Kutte und Jeans, beladen mit zwei Aktentaschen durch La Perouse wandern, draußen am Rand von Sydney, wo die Aborigines hausen, sah ihn das Leben der Schwarzen teilen – und dabei hergeben, was er besaß. Mo auf dem fünften Kontinent – darum also hatte ich seit langem nichts mehr von ihm gehört, es hatte ihn, Nomade, der er war, und Experte in Sachen billigster No-show Tickets, bis ans andere Ende der Welt verschlagen, so wie es auch mich in diesem Jahr hierher verschlagen hatte. Und wie er, war auch ich mit dem Schicksal der Aborigines befaßt, einem im besonderen, dem von Ricki Vincenti, einem australischen Mischlingskind, das einst ins heutige Chemnitz gelangt war und später wieder nach Australien – eine anrührende Asylgeschichte, die zwölf Jahre zurücklag und deren Ausgang ich nachgehen wollte.

Die mögliche Wiederbegegnung mit Mo schien mir in dem Augenblick nicht weniger abenteuerlich als meine Suche nach Ricki, und kurzentschlossen wählte ich die Nummer jenes linken Blattes in Sydney. Nein, Mo – auch hier also nannte man ihn so – war nicht im Haus, doch falls ich eine Telefonnummer hinterlassen wollte, man würde zusehen, daß er zurückrief, und keine zwei Stunden später redeten wir miteinander.

»Mo, old boy, how come, how come?«

Ich sprach Englisch, und prompt antwortete er in Englisch – welche eine Überraschung es sei und was er für mich tun könne.

»Nichts eigentlich«, antwortete ich ihm, besann mich dann aber und erwähnte mein Vorhaben auf den Spuren von Ricki Vincenti. Ob er da Hinweise hätte oder in La Perouse Auskünfte erhalten könne?

»Will see, will see«, sagte Mo, und keine weiteren zwei Stunden waren vergangen, da hatte er wieder angerufen: »Ich mach mich noch heute auf den Weg zu dir.«

Ich protestierte. Er aber legte unbeirrt die Stunde fest, in der er vorfahren würde. »Be ready for me. I'll be there!«

Und so kam es, dass ich am Spätnachmittag des übernächsten Tages eine Autohupe krächzen hörte und einen gealterten, ergrauten Mo, füllig noch immer, wie eh und je in Kutte und Jeans die Straße überqueren und die Stufen meiner Melbourner Pension hochkommen sah. Er schleppte zwei Aktentaschen, und er schleppte sich selbst, sichtlich angegriffen von der langen Fahrt – und, wie sich zeigte, von der Nachricht, die er zu überbringen hatte.

»Der, den du suchst, ist tot.«

Ich sah Mo an. »Was sagst du da?«

»Sie haben ihn ermordet. Deinen Ricki Vincenti haben die Gefängnisbullen ermordet. Ein Fluchtversuch, wie ich höre. Mehr weiß ich nicht. Ist ja auch erst ein paar Tage her und weit weg im Westen passiert – warst du je in Perth?«

Ich schüttelte den Kopf.

»Du wirst dorthin fliegen müssen.«

Ich nickte.

Ich dachte an den langen Flug, und dass Mo nun allein die beschwerliche Strecke nach Sydney würde zurückfahren müssen.

»Warum bloß hast du nicht einfach angerufen?« fragte ich ihn.

»Sind wir Freunde oder nicht?«

Erst da begrüßten wir uns wie Freunde, lagen wir uns in den Armen.

»Natürlich bin ich froh – ist doch klar!«

Er schob seine zwei Aktentaschen in die Zimmerekke, ging zum Waschbecken und erfrischte sich. Beim Abtrocknen sah er sich um und entdeckte das Sofa. Er ließ das Handtuch fallen und ging dorthin. »Erst schlaf ich mal«, sagte er und, schon ausgestreckt und halb eingeschlafen, fügte er hinzu: »Denk an Münster – so was bindet doch, oder?«

Die Kinderlose

In mehr als vierzig Jahren war das australische Grenzstädtchen vor den Hügeln am Fluß geschäftiger geworden und reicher, die neuen Häuser schmucker, die Fassaden bunter und die Main Street voll glitzernder Autos. Nur das Rathaus, die Post, das Hotel bei der Post und das Mechanics Institute mit dem kleinen Kino um die Ecke erinnerten noch an die Zeit im Krieg, meine Soldatenzeit in Albury, und immer auch die Landschaft in der Ferne.

Der Beamte aber hinterm Schalter des Polizeireviers erklärte auf Anhieb, daß Colin Cartwright verzogen und Schwester Norwood verstorben war. Er mußte alteingesessen sein, altersgleich mit mir, und daß er ungefragt hinzufügte, Schwester Norwoods Tochter Eve lebe noch am Ort, gab mir zu denken – wußte er mehr als er sich anmerken ließ? Ungefragt auch gab er mir die Anschrift und beschrieb den Weg.

»Die Main Street hoch bis zum Ende, dann links ab am Fluß.«

Links war der Weg staubig und ausgehöhlt, und schneller als im Schrittempo ließ sich dort nicht fahren. Das Haus lag tief im Schatten eines mächtigen Eukalyptusbaumes, auch der Hof, und das schlafende Kätzchen in der Kuhle vorm Haus war grau wie der Schatten. Es schreckte auf und huschte davon. Und nichts regte sich, als ich an den Rahmen der Tür mit dem Fliegendraht pochte.

Es war um die Mittagszeit, heiß im australischen November, erträglich nur im Schatten, und ich wartete lang, bis ich im Haus Schritte hörte und ein verstörtes »Who's there?« Hinterm Fliegendraht machte ich die Umrisse einer fülligen Frau in geblümtem Kleid aus – und wollte nicht glauben, daß es Eve sein könnte. Eve war zart und schlank gewesen und stets auf schlichte Kleider bedacht.

»Bist du's, Eve?«

Die Frau blieb hinter der Tür im Halbdunkel. Ich spürte ihre Verunsicherung und daß ich störte.

»Who's there?« fragte sie wieder, rührte sich aber nicht, öffnete nicht, als ich meinen Namen nannte.

Sie hielt die Hand über die Brauen und es dauerte, bis sie dumpf erklärte, daß es ihr draußen zu hell sei, zu schmerzhaft für die Augen. Mehr sagte sie nicht. Es war, als hätte sie verdrängt, daß wir uns je geliebt hatten im Krieg. Ich konnte nicht einmal sicher sein, daß sie meinen Namen noch erinnerte. Ging es an, daß sie sogar den verdrängt hatte – es schien möglich. Die Trennung damals war bitter gewesen. Neunzehn Jahre jung, war ich vor der Verantwortung für ein Kind zurückgeschreckt und sie hatte mich abgewiesen, als ich sie später im Krankenhaus aufsuchen wollte. Lang, sehr lang noch hatte ich mich danach mit Schuld getragen, mir vorgeworfen, daß ich sie im Stich ließ – was alles mußte sie mit sich selbst auszumachen gehabt und verwunden haben, ehe die Mutter ihr beistand und schließlich den Arzt fand, der ihr half.

»Komm«, hörte ich sie sagen. »Die Tür ist offen.« Und dann saßen wir in der Stube, sie mit dem Rücken zum Fenster in der halbdunklen Ecke, und schwiegen. Ich suchte in dem blassen verquollenen Gesicht nach der Eve von einst und fand sie nicht. »Auch du bist nicht jünger geworden, aber ich hätte dich erkannt«, sagte sie.

»Wirklich?«

»Ja«, sagte sie, »schon weil man dir ansieht, daß es dir gut geht und du hast, was du wolltest. Ich wußte immer, daß es so sein würde.«

»Es ging mir nicht immer gut und längst nicht alles habe ich erreicht.«

»Du hast Familie«, sagte sie. »Ohne Frau und Kinder wirst du nicht sein.«

Einsamkeit sprach aus ihren Worten und Bitterkeit, und ich ahnte, was sie bald bestätigte, daß sie unverheiratet und kinderlos geblieben war, sie all die Jahre nur für die Mutter gelebt hatte.

»Die Augen«, sagte sie. »Was bloß in letzter Zeit mit meinen Augen ist. Ich vertrage kein Licht.«

Es war, als wolle sie nicht nur von etwas anderem, sondern überhaupt nicht mehr sprechen – und ich bereute, gekommen zu sein, und sie all dem ausgesetzt zu haben. Ich hätte es lassen sollen.

»Aber es geht schon«, fuhr sie gefaßter und mit Haltung fort. »Ich muß ja nicht nach draußen – im Haus gibt's genug zu tun. Und ich hör auch immer, wenn einer kommt. Hab ja auch dich gehört.«

Als ich aufstand, um zu gehen, hielt sie mich nicht zurück. »Du«, sagte sie, »daß ich damals so war und dir alle Schuld gab – ich wußte es nicht besser. Wenn man jung ist, begreift man vieles nicht, ist man in allem so absolut.«

Ich wollte ihr danken, daß sie das sagte, aber sie wehrte ab – mit einem Lächeln sogar, und da durfte ich mir sagen, daß sie mich nur ihrer Augen wegen nicht vors Haus begleitete. Vielleicht hatte sie mir längst verziehen, und lang noch hinter Albury, auf der Weiterfahrt nach Sydney, hielt ich mich daran, kamen mir die Zweifel nicht, die mir später kamen.

Zweimal Ricki

Damals hieß Chemnitz noch Karl-Marx-Stadt, und als ich mein Auto vor dem alten Mietshaus mit der bröckelnden Fassade parkte, dachte ich, wie schon so oft zuvor, warum, in Gottes Namen, hat sich Joan O'Leary nicht ein einziges Mal gemeldet! Wen, wenn nicht mich, hatte sie denn um Hilfe ersucht, als es um Asylrecht für sie und ihr schwarzes Pflegekind ging, und wer hatte sich in Berlin um eine Arbeitsstelle und einen Krippenplatz bemüht? Das war kein einfaches Unterfangen gewesen – schließlich ging es um ein australisches Aborigine-kind und dessen Pflegemutter, die keiner kannte. Nur durch Zufall und nach dreimal zwölf Monaten hatte ich erfahren, daß die Frau dann das Asylrecht anderswie erwirkt, in Karl-Marx-Stadt eine Wohnung zugewiesen bekommen und dort in einer Fabrik als Kranfahrerin zu arbeiten begonnen hatte.

Nun war es Spätherbst, November, und es dämmerte längst. Die Straßenlaternen spendeten dürftiges Licht, das nicht weit reichte. Im obersten Stockwerk des Mietshauses, in dem sie wohnte, war nur ein Fenster schwach erleuchtet, wie von einem Notlicht. Womöglich war Joan O'Leary gar nicht von der Arbeit zurück und das Kind noch im Kindergarten. Trotzdem zögerte ich nicht, stieg aus, fand das Mietshaus unverschlossen und, so weit, so gut, an einem der Briefkästen den Namen Joan O'Leary.

Im Treppenhaus fragte mich ein alter Mann in breitem Sächsisch, zu wem ich wollte, und als ich es ihm sagte, sah er mich merkwürdig an.

»Die mit dem Buschbaby im Beiwagen«, meinte er, was mich stutzig machte, bis ich mitbekam, dass er den Beiwagen des Motorrads meinte, das Joan O'Leary offenbar fuhr.

»Lederkappe, Lederjacke, und so rollt die mit dem Buschbaby in die Stadt. Wenn das Motorrad nicht im Hof steht, sind die zwei noch weg.«

Ich öffnete das Treppenhausfenster, und in dem diffusen Licht sahen wir unten im Hof ein Motorrad mit Beiwagen. Noch immer ließ mich der Alte nicht fort. Ob ich Englisch spräche, wollte er wissen, Deutsch könne die nämlich noch immer keins.

»Da kann das Buschbaby mehr.«

Eine gutwilligere Beschreibung für den Jungen wollte ihm offenbar nicht einfallen.

»Und wild ist der. Ist der wild!«

Das traf zu – der Kleine, der auf mein Klingeln hin die Tür aufriß, rannte mich fast um. Er war hellhäutiger als Aboriginekinder normalerweise sind, ein hübsches Kerlchen mit dunklem Haar und strahlenden, kohlschwarzen Augen, das jetzt kraftvoll meine Beine umklammerte.

»Ein Mann«, rief er, und was folgte klang so sächsisch wie die Sprechweise des Alten. »Ein fremder Onkel.«

Ich hob ihn hoch. Er aber boxte mich so wild gegen die Brust, daß ich ihn wieder auf die Füße stellte. Sofort rannte er in die Wohnung und zerrte Joan O'Leary zur Tür – und nicht lange danach wußte ich, warum sie sich nie gemeldet hatte. Schon bei der Visaerteilung in Belgrad sei ihr mitgeteilt worden, es wäre zwecklos, sich weiterhin auf mich zu berufen, weil ich inzwischen nicht mehr in Berlin, sondern im Ausland tätig sei. Natürlich versöhnte mich die Erklärung – ich war zu der Zeit tatsächlich im Ausland, allerdings nur vorübergehend.

Von dem Tag an blieben wir nicht nur in Verbindung, ich wurde sogar eine Art Pate von Ricki, Pate eines Findlings, der zwar Joan O'Learys Pflegekind, rechtlich aber unter staatlicher Vormundschaft war. Drei Jahre später jedoch brach unsere Verbindung ab. Joan O'Leary, so erfuhr ich, hatte von einem Tag zum anderen Karl-Marx-Stadt verlassen – ihr Pflegerecht war aufgehoben worden und die australischen Behörden hatten Ricki gegen ihren Willen von Westberlin aus in die Heimat zurückbefördert – und dorthin war sie ihm gefolgt.

Und nach zwölf Jahren, der Unterstützung eines Verlages gewiß, machte ich mich auf die Suche nach Ricki, weil ich wissen wollte, was aus dem inzwischen Neunzehnjährigen geworden war. Ich erfuhr Erschütterndes, und mit dem Zeitungsbericht über seine Erschießung bei einem Gefängnisausbruch in Westaustralien reiste ich zunächst nach Perth und dann in die Goldgräberstadt Kalgoorlie zu der jungen Schwarzen, die ihm ein Kind geboren und ohne die er, so die Zeitung, keinen Tag länger hatte leben wollen.

In der sandigen Ebene jenseits des Förderturms der Goldgrube wirbelte Wind eine Wolke von Staub auf, und erst als Wind und Staub sich legten, sah ich die gesuchte Hütte, ein hölzerner Unterschlupf, dessen Tür und Fenster gegen den Staub mit nassen Lappen verhangen waren. Bald trat eine junge Schwarze ins Freie, schlank und hochgewachsen in einem Baumwollkleid, das ihr um die Beine wehte. Sie sah mich erst, als ich schon nah war, warf sich das strähnige braune Haar aus der Stirn und musterte mich schweigend aus großen dunklen Augen.

Sie verstand mich sehr wohl, als ich fragte, ob sie Sheryl Koori sei, und das Lächeln, das sie mir schenkte, als ich über Ricki zu sprechen begann, ließ mich ahnen, dass sie noch nichts über den tragischen Gefängnisausbruch wußte. Ich besann mich sofort, erwähnte ihn nicht und wies mit weit ausholender Geste in die Ferne, um anzudeuten, ich käme von weither. Deutschland anzusprechen, Karl-Marx-Stadt gar, begriff ich als sinnlos, und als ich, noch immer gestenreich, den Ricki von damals beschrieb, jenes Pflegekind, wegen dem ich nun hier stünde, schien sie zu glauben, ich spräche von ihrem Kind. Bereitwillig wies sie durch die Tür in die Hütte, und ich folgte ihr zu der Ecke, wo ein mit Leinen ausgelegtes Körbchen stand, in dem sich ein Wesen regte, das wohlgeformt, rundlich und so dunkelhäutig war wie die Mutter.

»Ricki«, sagte sie mit verhaltenem Stolz – und da wußte ich, ich würde den Tod des Vaters nicht einmal andeuten dürfen.

Inzwischen war das Baby wach geworden, hatte zu schreien begonnen, und die Mutter hob es hoch, wiegte es sanft, dann öffnete sie ihr Kleid und stillte es.

Hatte ich angezweifelt, dass Ricki, der für nichts als Ladendiebstahl einsaß, nur der beiden wegen den Fluchtversuch unternommen hatte, beim Anblick der stillenden Mutter wollte ich es fast glauben – dies war sein Zuhause, hier in Kalgoorlie gab es eine Familie, die ihn brauchte, hatte er Verpflichtungen und Geborgenheit, an diesen Ort und zu dieser Frau war er nach ungeheuerem Umweg heimgekehrt, und sie hatte die Hütte zu einem Heim für ihn gemacht.

All das ging mir durch den Kopf, und als ich mich umsah, war ich mir gewiß. An der Wand die Pritsche war mit einer Decke überzogen, der Spind mit Packpapier ausgelegt, gehobelte Holzkisten, zu Schemeln gemacht, standen vor dem aufgebockten Brett, das als Tisch diente. Der Fußboden war gewischt – es war sauber durchweg, und es roch sauber.

Nach dem Stillen wickelte Sheryl Koori das Baby und legte es dann in sein Körbchen zurück. Die nassen Lappen trug sie nach draußen, spülte sie gründlich und hing sie zum Trocknen auf. Von wie weit her mochte sie all die Kanister voll Wasser geschleppt haben, fragte ich mich, und obwohl ich keine Vorstellung von ihrem kommenden Absturz in die Prostitution, in die Krankheit haben konnte, oder von der Isolation in einer Zelle, in der ich sie Wochen später angekettet finden sollte, überkam mich doch die Angst, dass es schlimm um sie bestellt sein würde, sobald sie die furchtbare Wahrheit erfuhr und es keine Hoffnung mehr auf Rickis Rückkehr gab.

»Ricki«, sagte ich, ihr Lächeln erwidernd, »zweimal Ricki!«

Und wieder versuchte ich, gestenreich den Ricki von einst zu beschreiben, den ungestümen, wilden und später so begabten, den sie im Karl-Marx-Städter Kindergarten van Goghchen getauft hatten, weil er mit wenigen Pinselstrichen die schönsten Bilder malen konnte, versuchte, ihr begreiflich zu machen, dass ihr Ricki dort im Körbchen sich bestimmt einst so begabt wie der Vater erweisen würde.

Sie nickte dazu, doch ihre Augen blickten starr – mir war, als spürte sie längst etwas von dem Unheil, das mich zu ihr geführt hatte. Auch die Art, wie sie das Geld nahm, das ich ihr anbot, wies darauf hin. Sie nahm es schnell und so, als sei sie sich ihrer Not sehr wohl bewußt, versteckte sie die Scheine zwischen zwei Brettern im Spind.

Danach war es, als täte sie mich ab. Ihre Gedanken richteten sich wieder nach innen. Offensichtlich schickte sie sich wieder ins Warten auf Rickis Vater, und da ging ich. Sie nahm das Baby aus dem Körbchen und folgte mir zur Tür, wo sie einen Augenblick, das Kind im Arm, reglos verharrte, ehe sie nach drinnen verschwand.

Bernie warnt

Gestern, in Berlin, fragte ich einen australischen Journalisten nach Bernie – Bernie May, wie er sich schon vor Kriegsende genannt hatte, und erfuhr, er sei tot. Das berührte mich. Ich war Bernie zugetan gewesen. Verwundert jedoch war ich nicht. Während meiner jüngsten Australienreise vor drei Jahren hatte ich ihn in einem erschreckenden Zustand erlebt. Bernie tot – da würde es auch mit jenen berühmt-berüchtigten Melbourner Flugblättern ein Ende haben, diesen BERNIE CAUTIONS, die anfangs monatlich, später wöchentlich von ihm in Umlauf gebracht worden waren.

»Als Sie ihn damals aufsuchten«, sagte der Australier, »war deren Ende schon abzusehen.«

Das hatte ich geahnt. Andererseits konnte Bernie sich auch wieder gefangen und weitergemacht haben – über seine Pläne war mit ihm nicht zu reden gewesen. Er hatte mich, kaum daß ich den Fuß in der Haustür hatte, zur Umkehr gedrängt. Und obwohl mich jetzt vorrangig die Gründe dafür beschäftigten, gingen mir auch Bernies Anfänge durch den Kopf, sein erstes BERNIE CAUTIONS.

Es war während unserer gemeinsamen Armeezeit im australischen Tocumwal entstanden, Ende Juli 44, nach dem Attentat auf Hitler. Bernie, junger Soldat von zweiundzwanzig, geistig rege und vielseitig interessiert, dabei körperlich alles andere als ein Schwächling, tagsüber gewandter Lastwagenfahrer, nachts intensiver Kurzwellenhörer, hatte zur Warnung für uns alle ein Flugblatt ans

Schwarze Brett geheftet – da Hitler nicht zur Strecke gebracht worden sei, müsse mit verschärftem Terror in ganz Deutschland und gesteigerter Kriegsführung gerechnet werden.

Im Geiste sah ich Bernie im Armeezelt mit seiner Schreibmaschine hinter einer Kiste hocken, neben sich den Rundfunkempfänger, Kopfhörer über den Ohren, gespannt mitschreibend, was ihm vom fernen Europa aus dem Äther zuflog, und ich erinnerte, wie er fortan so manche Nachtstunde geopfert hatte, um noch am Morgen ein neues BERNIE CAUTIONS vorlegen zu können – Vorteile versprach er sich dafür nie, es genügte ihm, daß wir seine Mühe zu schätzen wußten. Und klang auch so manches von ihm wie Unkenrufe, fast immer behielt er recht.

Nach dem Krieg sollte sehr bald ein weit größerer Kreis ähnliche Erfahrung mit ihm machen. In Melbourne, wo Bernie für ein Fuhrunternehmen zu arbeiten begonnen hatte, wurden seine Flugblätter von Mal zu Mal gefragter, war BERNIE CAUTIONS besonders unter Arbeitern und kleinen Angestellten zu einem geflügelten Wort geworden.

Nicht länger jetzt analysierte er das große Weltgeschehen, sondern den australischen Alltag, wobei er gegen Mietwucher und den Betrug mit Schlüsselgeldern ebenso anschrieb wie gegen Manipulationen im Geschäft mit Boxern, Ringkämpfern und Rennpferden, er gegen Verschwörungen zwischen Buchmachern und Rennstallbesitzern zu Felde zog, die Ränke verschiedenster Versicherungsgesellschaften aufs Korn nahm, auch etliche pharmazeutische Produkte, Geld schindende Ärzte und Betrügereien im Gebrauchtwagenhandel. Bald legten Gewerkschaftssekretäre seine Flugblätter den Betriebszeitungen bei und luden ihn zu Diskussionsrunden ein, und in meiner Zeit als Hafenarbeiter und Seemann erlebte ich ihn auf mehr als einer Versammlung – Bernie May in dunklem Nadelstreifenanzug, gestärktem Hemd mit Krawatte, sein widerspenstiges dunkles Haar straff aus der Stirn gekämmt, die Augen prüfend auf die Versammelten gerichtet, unverblümt in der Rede und bar jeder falschen Rhetorik. Fragte ihn einer, warum er sich derart einsetze und wovon eigentlich er lebe, war seine Antwort nicht minder unverblümt: »Aus Prinzip, und dabei lebe ich von dem, was die Gewerkschaften, also jeder einzelne von Ihnen, mir zukommen läßt.« Natürlich wäre das nicht immer so gewesen, lange Durststrecken als Lastwagenfahrer habe er durchstehen müssen, von Melbourne quer durchs ganze Land – und sähe er auch längst nicht mehr wie ein Trucker aus, dann nur, weil er anders nicht erfahren würde, was alles er erfahre. Das leuchtete ein und festigte das Vertrauen in ihn.

Als ich Mitte der fünfziger Jahre Australien verließ, war BERNIE CAUTIONS längst zum Fanal gegen jede Art von Betrug und Bernie May, inzwischen landesweit bekannt, zu einer Art von Volksheld geworden.

Vor drei Jahren wie gesagt, also mehr als drei Jahrzehnte nach unserer letzten Begegnung, hatte ich Bernie Mays Melbourner Adresse erkundet und mich auf den Weg nach St. Kilda gemacht – was vom Stadtzentrum aus nur eine kurze Strecke ist, doch in dem Augenblick, als ich durch sein Gartentor ging, war mir, als hätte es mich in eine Oase verschlagen. Es war windstill hinter der hohen Hecke, sonnig, und das Rauschen der Autoreifen auf dem Asphalt der Strandpromenade ging in das Rauschen der hohen Meereswellen ein. Das Haus, ein kleiner Ziegelbau mit weißen Fensterläden, leuchtete rot in der Sonne, Blüten dufteten, Bienen summten, und weil ich zunächst die Lage erkunden wollte, folgte ich dem Kiesweg rund ums Haus. Ich kam nicht weit. Ein erregtes »Halt, wer da!« ließ mich zurückschrecken, und im Spalt des Vorhangs sah ich einen bewaffneten Mann, den ich als Bernie nicht erkennen konnte. Ich rief meinen Namen und erklärte ängstlich mein Kommen.

»Bernie, bist du das – Bernie May!«

»Den Führerschein auf die Fensterbank«, forderte drinnen der Mann. »Aber hurtig!«

Ich zögerte nicht, und augenblicklich öffnete der Mann das Fenster ein Stück, und mein Führerschein verschwand. Erst unter der Haustür erhielt ich ihn zurück. Selbst jetzt war mein Gegenüber nur schwer als Bernie zu erkennen – ein hagerer Alter, barfuß im Pyjama, mit eingefallenen Wangen, grauen Schläfen, übernächtigten Augen, die mich mißtrauisch musterten.

»Was bringt dich her?«

»Mensch, Bernie«, rief ich.

Inzwischen hatten sich meine Augen an das trübe Licht der Diele gewöhnt, und ich blickte auf eine Verwüstung – zertrümmerte Möbel, eine zerschmetterte Lampe, ein zerschmettertes Telefon am abgerissenen Draht, Glasscherben auf dem Kachelboden. Ich sah Bernies blutverkrusteten linken Fuß, und ehe ich noch einen Schritt nach drinnen getan hatte, hörte ich ihn sagen: »Besser du kehrst um und kommst nicht wieder.«

Fast klang das, als sei ich an der Verwüstung schuld, und wieder sagte ich: »Mensch, Bernie.«

Er schwieg.

»Wer hat das angerichtet?«

Er schwieg.

»Ich hole die Polizei.«

Noch immer hielt er sein Gewehr im Anschlag. Er blickte irre.

»Warum sagst du nichts?«

»Weiß selbst, wo die Polizei ist.«

Ein Sonnenstreifen vom kleinen Fenster neben der Tür ließ die Klinge eines Messers aufblitzen, das im Holzrahmen des zersplitterten Wandspiegels steckte. Ich sah genauer hin und erkannte, dort war ein Flugblatt aufgespießt – BERNIE CAUTIONS. Um mehr zu lesen hätte ich eindringen müssen. Er hielt mich zurück.

»Besser, du verschwindest, ehe die wiederkommen.«

Er drängte mich nach draußen, und erst auf dem Polizeirevier erfuhr ich, was es mit seinem jüngsten Flugblatt auf sich hatte – der Beamte schob es mir hin.

»Loan sharks are savage«, sagte er.

»Kann man wohl sagen«, bestätigte ich ihm. »Fahren Sie zu Bernie Mays Haus und Sie werden erleben, wie bestialisch Zinshaie sein können.«

»Noch liegt hier keine Anzeige vor.«

»Die erstatte ich«, ließ ich ihn wissen. »Damit nicht noch mehr passiert.«

Er winkte ab, als ich ihm die Adresse aufschreiben wollte.

»Uns bekannt«, sagte er. »Nur geholfen ist ihm damit auch nicht.«

Vater der Mörderin

Als plötzlich aus dem Blau des Himmels der Sandsturm aufkam, ein gelber Streifen am Horizont, der breiter und breiter wurde, und zusehends schneller über der weiten Ödnis, und wir diesseits der rostigen, stillgelegten Geleise unters Dach des alten Bahnhofs flohen, verlor ich ihn aus den Augen – Mendel Gloger war fort. Ich fand ihn nicht mehr. Und gab ihn auf. Der Sandsturm hielt uns in Atem. Er brauste wild übers Bahnhofsdach, der Sand prasselte aufs Blech, schlug gegen die Fenster, durch die nichts zu sehen war als wirbelnder Sand. Es war eine Erlösung, als dann wie aus Eimern der Regen niederschüttete.

Der Sandsturm war der Anfang vom Ende des Picknicks gewesen, der Regenguß das endgültige Aus, und wir, an die zweihundert Internierte von einst, die wir uns in diesem Landstrich zusammengefunden hatten, auf den Tag genau fünfzig Jahre nach unserer Ankunft, stoben grußlos auseinander – entflohen der Enge der gedrängt vollen Bahnhofshalle durch den Regen in die Busse und Autos, die uns von den umliegenden Motels hergebracht hatten.

Im Bus sagte jemand zu mir: »Hab dich mit Mendel gesehen. Wie geht's ihm?«

Da erst schweiften meine Gedanken zu ihm zurück. Fünfzig Jahre lang war mir sein Gesicht vertraut geblieben, vertrauter bei weitem als die Gesichter all der anderen von damals, ein herzförmiges Gesicht mit Wölbungen an beiden Seiten der Stirn, mit tiefliegenden Augen, einem sinnlichen

Mund mit vollen Lippen und weichem Kinn. Die blauen Augen mit dem sanften Blick waren es, die mich gleich hatten aufmerken lassen, und wie er dort gedankenverloren abseits des Trubels stand, und obwohl ich mich an seinen Namen nicht und auch nicht daran erinneren konnte, was uns eigentlich verbunden hatte, war ich auf ihn zugegangen. Er aber erinnerte sich der Umstände gut, und in seiner Sprache war immer noch jener jiddische Tonfall, wie damals zuckte er resigniert die Schultern, gütig lächelnd wie damals, und wieder war ich ihm zugetan, über sechzig jetzt und nicht sechzehn, als er der erfahrene, um nicht zu sagen weise Gefährte war.

»Hab nur herausbekommen, daß er in Sydney allein mit seinem Enkelkind lebt«, sagte ich zu dem Mann im Bus. »Zu mehr ließ uns der Sandsturm keine Zeit.«

»Von dessen Mutter hat er nichts gesagt, die seit acht Jahren schon wegen Mord weit weg in Darwin im Gefängnis sitzt?« fragte der Mann. »Furchtbar für Mendel – die Tochter im Gefängnis.«

Er schwieg und ich schwieg, während ich versuchte, mich in Mendels Lage zu versetzen.

»Wo er wohl geblieben ist, als wir im Bahnhof Zuflucht suchten?«

Das fragten wir uns jetzt beide. Seit jenem Prozeß in Darwin, der Schlagzeilen im ganzen Land machte, hätte Mendel sehr zurückgezogen gelebt, meinte der Mann. Es sei schon ein Wunder gewesen, daß er überhaupt zu dem Treffen gekommen war.

»Ich werde ihn suchen«, sagte ich mehr zu mir selbst als zu ihm.

Und ich fand ihn auch, verlor ihn aber so jäh wie nach der ersten Begegnung.

Auch diesmal hielt er sich abseits vom Trubel, dort auf dem Pier unter der Hafenbrücke von Sydney, wo wir vor einem halben Jahrhundert nach gefahrvoller Reise aus England gelandet waren. Es war unmittelbar vor Beginn der Gedenkstunde, als ich ihn fand, die Festredner saßen schon auf dem Podium, und ich konnte ihm nur sagen: »Mendel, stimmt das, was ich über deine Tochter Sarah höre?«

Mendel sah mich an. »Er war der Vater ihres Kindes – ein Schwarzer, ein Aboriginal aus Darwin«, erklärte er leise.

»Und den hat sie umgebracht?«

Mendel senkte den Blick. »Ja«, sagte er.

Hier wurden wir getrennt. Dringlich bat uns ein Ordner, das Gespräch einzustellen und unsere Plätze einzunehmen. Ich konnte Mendel nur noch um ein späteres Treffen bitten. Er willigte ein, doch es kam wie in Hay – als ich ihn nach der Gedenkstunde suchte, war er verschwunden. Erst nach einer Woche gelang es mir, seine Anschrift zu erfahren.

Er wohnte in einem verfallenen Holzhaus am Hafen, und als ich durch die Tür trat, fielen mir im Flur ein Bündel und ein mit Bindfäden verschnürter Pappkoffer auf.

»Sarahs Sachen«, sagte Mendel. »Die hat man mir geschickt, als sie aus dem Gefängnis in eine Nervenklinik kam.«

Er sprach verhalten wie immer, in gekrümmter Stellung, die rechte Schulter leicht angehoben, abwesend lächelnd und so gedankenverloren wie meist.

»Hoffte, du würdest sie in Darwin besuchen können. Doch daraus wird nichts.«

Er führte mich durch ein von sperrigen Möbeln verstelltes Wohnzimmer, wo auch eine Staffelei stand und ein unfertiges Bild von Port Darwin an der Wand lehnte, zur Veranda hinaus und dort setzten wir uns in die sonnige Ecke. Er fragte mich, was er mir anbieten könne, und ich bat ihn um Branntwein, falls der vorhanden sei. Er sagte: »Branntwein und Milch, wie die Schwarzen es mögen?«

Das Getränk erwies sich als wohltuend offenbar auch für ihn, denn er lebte auf dort draußen in der Sonne, und ohne daß ich ihn drängen mußte, begann er von Sarah zu erzählen.

»Man sagt, daß sie unter Drogeneinfluß war – wie auch immer, er muß sie geschlagen und ihr später den Marihuanarauch direkt in den Mund geblasen haben. Eine Art Vergewaltigung. Sie riß sich los, rannte in die Stadt und kam mit einem Gewehr wieder. Und schoß ihn durch die Stirn. Danach stellte sie sich der Polizei. Im Prozeß ließ sie Unzurechnungsfähigkeit nicht gelten, wehrte sich gegen mildernde Umstände, bekannte sich zur Tat und nahm die Strafe als gegeben hin. Lebenslänglich. Es wurden acht Jahre daraus, und die Einweisung in die Nervenklinik wird sie härter treffen als damals die Strafe – ein zerbrochenes Leben.«

Er war nachdenklich geworden und es dauerte, bis ich mehr über die Tochter erfuhr – wie es ihr zu eng geworden war zu Hause, als sich ihre Begabung bestätigte und sie Malerin wurde, es sie fortzog in die Weite, dorthin, wo die Aboriginals ihre kräftigen Bilder schufen vom durstenden Land, das braun war und rissig unter der Sonne und den mächtigen Felsen rot im Abendlicht, und es sie schließlich vom Landesinneren nach Norden zog, zu den Regenwäldern und dem grünen Dschungel um Darwin, wo der Einfluß der schwarzen Kunst so stark blieb wie zuvor, aber auch andere Einflüsse auf sie eindrangen – in jener Kommune von Künstlern aus Malaia, Indonesien, Japan, den Inseln vor Darwin, unter denen auch der Vater ihres Kindes war, den es wie sie in die Gruppe verschlagen hatte. Es war eine lange Geschichte, die Mendel erzählte, und ich verfolgte sie zurück bis zu der Stunde, als ihm seine australische Frau die Tochter Sarah gebar und dabei starb.

Vom Wohnzimmer her waren Schritte zu hören, und als ich aufblickte, sah ich ein dunkelhäutiges Mädchen mit großen schwarzen Augen und strähnigem dunklen Haar. Sie ließ den Schulranzen fallen, lief auf Mendel zu, umarmte und küßte ihn. Er drückte sie an sich.

»Ist Mama da?« rief das Mädchen.

Mendel wiegte den Kopf. »Noch nicht.«

»Wie lange noch?«

»Du«, sagte Mendel leise, »Mama kommt nicht.« Und mildernd fügte er hinzu: »Heute nicht. Morgen nicht. Sehr lange nicht.«

Ein Australier in Berlin

Wie war das zu erklären – diese Zurückhaltung Tom Lloyds schon bei der Begrüßung in Tempelhof, damals im fünfundfünfziger Jahr, und warum wollte er, wie er gleich sagte, »keinen wie immer gearteten Aufwand«? Er mußte doch wissen, daß man ihn als Führer der australischen Seeleute gerade in Ostberlin mit offenen Armen empfangen würde. Er aber erklärte rundweg, daß er niemanden vertrete, die Reise von Glasgow aus eigenem Antrieb und auf eigene Kosten gemacht habe – und überhaupt, binnen zwei Tagen müsse er wieder an Bord dieses Frachters sein, Zeit genug für eine Rundfahrt durch Ostberlin, für die ja wohl kein Visum nötig sei. Das bestätigte ich ihm.

»Also miete mich hier irgendwo in der Nähe ein – und auf geht's.«

Es nutzte nichts, daß ich ihn zu mir einlud, und als ich ihn fragte, warum er so urplötzlich zu seinen Anfängen zurückgekehrt sei und wieder zur See fuhr, antwortete er lakonisch: »Zwanzig Jahre im Büro sind eine lange Zeit. Also musterte ich an. Tut mir gut wie eine Badekur.«

Er sah wettergebräunt aus, sein kurzgeschnittenes Haar zeigte keine Spur von Grau, er wirkte weit jünger als fünfzig – nur in die Augen stahl sich zuweilen ein Ausdruck von nachlassender Spannkraft. Trotzdem blieb mir unvorstellbar, daß er nur aus Gesundheitsgründen seinen Posten niedergelegt haben sollte.

»Hast nie viel im Büro gehockt, warst immer mehr am Hafen und auf Schiffen«, erinnerte ich ihn.

»Soll das ein Verhör werden?«

»Sind wir Freunde oder nicht?« fragte ich zurück.

»Sonst wäre ich nicht hier«, betonte er.

Wie die meisten Fremden in jener Zeit wollte auch er die Nachwirkungen des Krieges sehen, zerbombte und zerschossene Gebäude, wovon es damals nicht wenige in der Umgebung der Friedrichstraße gab. Obwohl er in seinem Sommeranzug und dünnen Regenmantel unzweckmäßig gekleidet war, es war ein naßkalter Novembertag, bestand er darauf, daß wir zu dem Bunker, in dem Hitler umgekommen sein sollte, zu Fuß gingen. Als wir den Kanal überquerten, peitschte uns der Wind den Regen ins Gesicht.

»Hundewetter! Aber gesehen haben muß man das.«

Ich widersprach ihm nicht.

»Ist was?« fragte er und lenkte dann ein: »Später bestimmst du die Tour.«

Reichstagsgebäude, Brandenburger Tor, Nazibunker – nach einer Stunde waren wir wieder am Bahnhof, durchnäßt, durchgefroren, und warteten mit vielen anderen auf ein Taxi. Zu den in sowjetischem Stil erbauten Wohnblökken in der Stalinallee vermerkte er: »Hauptsache, die Leute wohnen gut«, das Stalindenkmal aber bedachte er mit nur zwei Worten: »Bloody pomp!«

Mir fiel ein, daß nach seiner letzten Wiederwahl die Seeleute für eine Bronzebüste von ihm gesammelt hatten, er aber das Geld der Familie eines tödlich verunglückten Seemanns hatte zukommen lassen – nicht aber verhindern konnte er, daß bei einem Protest gegen die Ursachen des Unfalls ein Bild von ihm durch die Melbourner Innenstadt getragen wurde. Ich wollte ihn daran erinnern, da wechselte er abrupt das Thema.

»Mag sein, du hast es eines Tages satt und kommst wieder nach Australien.«

Ich bezweifelte das.

»In Australien sehen wir dich also nicht mehr.«

Das schien mir zu absolut, und ich sagte es ihm. Das machte ihn nachdenklich, und bald sollte mir aufgehen, daß er über die wahren Gründe, wieder zur See zu fahren, geschwiegen hätte, wäre er nicht der Kellnerin in der kleinen Gaststätte am Treptower Park, in die wir dann einkehrten, auf Anhieb sympathisch gewesen. Sie war eine junge Frau von üppiger Schönheit, mit mandelförmigen Augen und dichtem schwarzen Haar, und mir war unverständlich, warum er brüsk forderte, sie ihm vom Hals zu halten.

»Was ist in dich gefahren, Tom?«

Inzwischen hatte auch der Gaststättenleiter seine vernichtenden Blicke bemerkt. Er stellte die Frau zur Rede, daß sie errötete, nahm ihr das Tablett mit den Getränken weg und bediente uns selbst. Ehe er etwas sagen konnte, winkte Tom Lloyd ab.

»Laß uns zahlen und gehen«, bat er mich und kippte den Schnaps in sich hinein. »Kommst du nun wieder nach Australien oder nicht?«

Offensichtlich hatte er seine Berliner Reise ausschließlich in der Hoffnung angetreten, sich über etwas auszusprechen, das nicht bis nach Australien dringen durfte.

»Lange nicht, womöglich Jahrzehnte nicht«, versicherte ich ihm.

Sein Argwohn legte sich. Er sei mir eine Erklärung schuldig, meinte er und deutete auf die Kellnerin.

»Sie hat alles wieder aufgewühlt. Sie könnte eine Schwester von Leona sein. Augen, Haar, Stimme und wie sie sich bewegt – kaum zu glauben!«

Er schien nicht weiterreden zu wollen. Beim Gaststättenleiter bestellte ich zwei weitere Kognak.

»Fällt schwer«, fuhr er fort, »weil alles noch zu frisch ist.«

»Keiner zwingt dich, Tom.«

»Eine Schwester von Leona? Mein Gott!« Er schüttelte den Kopf. »Leona war schöner – eine Inselschönheit, verstehst du. Du bist auf Java gewesen, du weißt Bescheid ...

Hättest sehen sollen, was für ein Aufsehen sie an jenem Morgen erregte – das Büro war gerade voller Seeleute, und alle musterten sie. Ich aber ließ sie gar nicht erst zu Wort kommen, sagte ihr, ich hätte zu tun – was konnte eine solche Frau schon von mir wollen!«

Er hielt inne und trank den zweiten Kognak.

»Sie aber kam wieder, als das Büro leer war – und diesmal gab es kein Zurück. Seit Jahren schon hätte sie mich bewundert, und nun sei die Zeit reif, könne nichts und niemand sie davon abhalten, mir zu danken – in ganz Australien hätte sich keiner mehr für Indonesien eingesetzt als ich.«

Schon wahr, dachte ich, denn ich hatte selbst erlebt, wie er in australischen Häfen zum Boykott holländischer Frachter aufgerufen und so verhindert hatte, daß sie mit ihrer Ladung von Waffen nach Indonesien ausliefen – vor Hafenarbeitern hatte er gesprochen, zu den Mannschaften von Schleppern, und am Ende waren die Frachter an den Piers verrottet.

»Leona«, fuhr er fort, »war in Djakarta geboren, die Mutter Javanesin, der Vater Holländer, und flüchtete ihre Familie auch vor Sukarno nach Australien, so sei sie doch im tiefsten Inneren Indonesierin und ihr Herz auf den Inseln geblieben – Indonesien sei ihre Heimat, und darum müßte ich doch verstehen, daß sie mich bewundere, für das, was ich getan habe. Sie wirkte aufrichtig, wirklich aufrichtig – aber da, ja schon da war ich von ihr selbst weit mehr eingenommen als von ihren Beteuerungen.«

Wieder verriet sein Blick eine innere Unruhe; ein Ton von Verzweiflung lag in seiner Stimme.

»Am Ende schlug ich jede Vorsicht, jede Überlegung in den Wind; und weil mir damals ein vierzehntägiger Urlaub zustand, zwei ganze Wochen, die ich zu Hause verbringen wollte ...« Wieder hielt er inne. »Kurzum, schon am nächsten Tag setzte ich mich mit Leona nach Surfers Paradise in Queensland ab.« Unverwandt sah er mich an, dann fügte er hinzu: »Alle Taue waren gekappt und das Schiff frei auf See. Und verdammt, es wurde eine Heirat ohne Ring – die beste Zeit, die ich je mit einem Weib hatte."

Soviel ich wußte, war Tom Lloyds Ehe kinderlos geblieben, seine Frau seit vielen Jahren leidend – was gab es da zu sagen.

»Hör zu«, beschwor er mich. »Hör jetzt zu – in den zwei Wochen dort draußen erzählte ich Leona, die ganz Ohr und scheinbar voller Verständnis war, von den harten Lebenserfahrungen, die mich zum Kommunisten machten und was das für mich bedeutete, und daß ich mich bei der Partei beraten hatte, ehe wir am Hafen, in den Docks, auf den Schiffen und den Schleppern zum Boykott aufriefen – sie sollte wissen, daß ich ohne die Partei niemals der geworden wäre, den sie so bewunderte. Und daß ich stolz darauf war, dazu zu gehören. Glaub mir das, oder du wirst nie verstehen, wie ich mich so verrennen konnte. Nicht daß es besondere Geheimnisse waren, die ich preisgab, aber...«

Er verstummte kurz und sein Blick verriet die innere Qual. Als ich ihm ein frisch gefülltes Kognakglas zuschob, stieß er es beiseite und rührte es nicht an, bis wir aufbrachen.

»Kurz nach unserer Rückkehr aus Queensland«, fuhr er fort, »erschien im Melbourne Herald eine Artikelserie, Lügen versetzt mit Tatsachen, die nur von mir kommen konnten – Einzelheiten über Gewerkschaftsbeschlüsse und genaue Zitate. Und der Boykott, dem Indonesien so viel verdankte, wurde als eine Verschwörung hingestellt und ich selbst als ein Bauer im Schachspiel der Partei. Keine Silbe stand da über meine Verbundenheit – was ich tat, hätte ich unter Druck getan, und der Boykott sei nur ein Mittel zu dem Zweck gewesen, in den Häfen von Australien Chaos zu stiften.

Aber wie ein Ertrinkender an ein Floß klammerte ich mich an die Hoffnung, daß meine öffentlichen Erklärungen die Quelle jener Artikel waren, aus dem Zusammenhang gerissene Zitate aus Reden, die ich irgendwo gehalten hatte. Denn ich wollte an Leona glauben, wollte etwas retten von dem, was wir gemeinsam hatten. Mit jeder Fortsetzung der Serie aber hörte ich wieder und wieder, was ich nur ihr erzählt hatte – am sonnigen Strand von Surfers Paradise, im Boot auf der Lagune, im Hotelzimmer, im Bett, morgens, mittags und nachts. Und da riß ich mich zusammen und machte reinen Tisch vor dem Gremium der Gewerkschaft.«

»Und was kam dabei heraus?«

»Was dabei herauskam«, wiederholte er leise. »Daß ich dem Sturm trotzen und auf meinem Posten bleiben sollte.«

Er lachte bitter. »Man wollte das Vertrauen der Seeleute nicht untergraben.« Er strich sich über die Augen, preßte die Lippen zusammen. »Alles falsch – man hätte auf der nächsten Generalversammlung rundum Klarheit schaffen sollen – Vertrauen gegen Vertrauen! Die Männer hätten entscheiden und ich unter Umständen die Konsequenzen ziehen müssen. So aber blieb das Gefühl in mir, daß ich das Recht verspielt hatte, auf meinem Posten zu bleiben. Ich ließ nach in der Arbeit, machte Fehler, wurde weniger wirksam. Da lehnte ich mich gegen den Beschluß auf und trotzte dem Sturm auf die einzige Art, die mir geblieben war. Ich ging wieder zur See.«

Wir verließen die Gaststätte. Grußlos, ohne einen Blick auf die Kellnerin, ging Tom Lloyd in die Kälte hinaus. Auf der Straße zog er den Gürtel des Regenmantels fester und schlug den Kragen hoch.

Ich begleitete ihn noch bis zum Hotel. Dort trennten wir uns.

»Ich ruf dich an.«

Er reagierte nicht, wandte sich ab und ging schnell die Stufen hoch und durch die Tür.

Als ich am nächsten Morgen den Empfangschef in der Leitung hatte und nach Tom Lloyd verlangte, erfuhr ich, daß er plötzlich und ohne eine Nachricht zu hinterlassen abgereist war.

Verwandte und Bekannte

Der Gaukler

Er war zwölf, wir anderen zehn. Er war der Kleinste der Klasse, und auch der Dümmste? Das hätte ich nie behauptet, so sah ich ihn nicht. Mochte er auch schlecht rechnen können, er konnte radschlagen; schlecht schreiben können, er konnte schattenboxen; schlechte Diktate vorlegen, er konnte Vogelstimmen nachahmen, daß man, bei geschlossenen Augen, die Vögel sah. Zweimal schon war er sitzengeblieben, was ihn nicht verdroß. Nichts verdroß ihn. Ich wünschte, ich wäre ihm schon früher begegnet, mit sechs, als ich eingeschult wurde, und hätte ihn nicht bei meinem Wechsel aufs Gymnasium aus den Augen verloren.

Natürlich hatte ich damals nur gespürt, was mir heute klar ist – daß nämlich Sigi Loewenthal einzigartig ausgerichtet auf die Darstellerei war, wie Mozart auf die Musik. Radschlagen, Schattenboxen, Vogelstimmen imitieren, das waren nur drei Angebote aus einem weit gefächerten Repertoire. Sigi konnte mimisch glauben machen, er spiele Violine, fahre Rollschuh, erklimme einen Berg, und wenn er vorführte, er sei eingesperrt in einer Gefängniszelle, sah man die Gitterstäbe; man sah, ob er am vermeintlichen Mittagstisch Huhn aß oder Eiscreme, und dabei hatte er nicht einmal einen Tisch parat, höchstens einen Stuhl. Den Tisch stellte man sich vor, festlich gedeckt, und auch, daß Sigi genoß, was er aß – oder besser, was er vorgab zu essen.

Mir schien er eine Art Charlie Chaplin zu sein, nicht bloß wegen gewisser Ähnlichkeiten, sondern seiner Vielseitigkeit wegen – er war ein Clown und ein Jongleur mit Reifen, Keulen und Bällen, dazu ein Pantomime erster Güte, der den Schulhof zum Spektakel machen konnte und die gesamte Schülerschar mit seinen Darbietungen zu verblüffen verstand.

Ich fand, er hätte Klassen überspringen, nicht sitzenbleiben dürfen, und nur weil ich als Gymnasiast – Gymnasiast, was war das im Vergleich zu Sigis Können! – von ihm getrennt worden war, erfuhr ich nicht, daß er lange vor mir nach England und dort auf eine Ausbildungsstätte für angehende Varietekünstler gelangt war und sich seitdem Sid Lionvale nannte – was aber nicht verhindern konnte, daß man ihn im zweiten Kriegsjahr festnahm und in ein Internierungslager bei Liverpool abschob.

Unsere Wiederbegegnung dort bleibt mir unvergeßlich – das Internierungslager war auf dem Gelände einer leerstehenden Kaserne eingerichtet, und als ich auf den Kasernenhof hinaustrete, sehe ich eine Schar Internierter im Winkel der beiden haushohen, mit Scherben und Stacheldraht abgesicherten Ziegelmauern versammelt. Vom Wachturm blickt ein Soldat herunter, und daß er die Leute nicht auseinandertreibt, hat Gründe. Er hat Spaß an der Sache. Das Gewehr locker auf der Turmbrüstung, lacht er lauthals, und als ich mich endlich nach vorn durchgezwängt habe, sehe ich gerade noch, wie sich einer, der selbst noch auf der Seifenkiste, auf der er steht, klein wirkt, die Schellenkappe vom Kopf reißt, sie läutend umherschwenkt und dann zum Refrain eines Spottlieds ansetzt, das ich in der Folgezeit noch oft hören werde: »It serves you right, you so and so, why weren't you a naturalized Eskimo!« Sigi Loewenthal – unverkennbar ist das Sigi Loewenthal, noch immer der Kleinste unter vielen, die dunklen Haare jetzt so kurz geschoren, daß sein

Kopf und Gesicht rund wirken, die Ohren auch, und die Augen. Er winkt ringsum. Er verbeugt sich, die Schellenkappe schwenkend, springt von der Seifenkiste, und als der Applaus nicht endet, sogar der Soldat im Wachturm mithält und auf zwei Fingern pfeift, schlägt er einen Rückwärtssalto und landet wieder auf der Kiste. »Warum, ach, warum bin ich kein Eskimo – wir alle nicht, oiweh!« Lachend entläßt er seine Zuschauer. Die Menge verliert sich im Hof, und ich stehe vor ihm.

»Sigi!«

»Sid Lionvale – so heiße ich.«

»Was soll das«, entgegne ich.

Da erkennt auch er mich, und wir umarmen uns. Es ist, als umarmte ich ein Wesen von einem anderen Stern – Sigi mit Schellenkappe, in hautengem, bis zum Hals durchgeknöpftem zweifarbigem Hemd, schwarz die eine Hälfte, weiß die andere, und in trikotartigen schwarzen Beinkleidern.

»Noch immer jedermanns Gaukler.«

»Meine Bestimmung«, bestätigt er. »Keine Tragödie ohne Narren – wie bei Shakespeare.«

»Ja, ja – entweder Narr oder Eskimo.«

»Arsch«, sagt er. »Arsch, Arsch – ein J im deutschen Paß und trotzdem hinter Stacheldraht. Der letzte Arsch.«

»Du sagst es, Sigi.«

»Sid«, wiederholt er. »Sid Lionvale – willst du mich nicht verärgern, merkst du dir das besser gleich.«

Ich merkte es mir, aber wozu – unser Wiedersehen währte nicht lange. Was ritt mich, warum bloß meldete ich mich freiwillig nach Übersee – zumal ich doch Sid erblassen sah, als er seinen Namen auf der Transportliste fand, die im Kasernenhof ans Brett genagelt worden war.

»Du stehst nicht drauf – aber ich!«

»Mir wär's egal.«

»Bist du des Wahnsinns«, rief er. »Mich kriegt da keiner hin – Kanada, Amerika, Australien, was auch immer. Ich will zurück nach London und ins Variete – ich will hier raus!«

Ich zuckte die Schultern. Getrennt von den Eltern, auf mich allein gestellt, war mir gleich, wohin es mich verschlug – zur Internatsschule, wo ich gern geblieben wäre, konnte ich nicht zurück, weil sie in einem Sperrgebiet in Kent lag. Aus dem hatte man mich entfernt und in diese Kaserne verfrachtet – warum dann nicht auch nach Übersee!

»Wenn's dir nützt, melde ich mich an deiner Stelle«, bot ich Sid an.

»Untersteh dich! Das laß meine Sache sein.«

Und in der Tat – in dreimal drei Vorstellungen zwischen den Ziegelmauern des Kasernenhofs schaffte er den Namen Sigfried Loewenthal von der Liste. Wir erlebten ihn als Jongleur und musikalischen Clown – er schlug Rad und warf Bälle, unterm Schellenhut sang er wieder und wieder das Spottlied vom Eskimo: »It's wonderful, it's marvellous!« und ahmte pantomimisch die britischen Wachmannschaften nach, ihren Kommandanten, einen beleibten Mann mit der sonoren Stimme eines Sir Fallstaff. Wie es dem kleinen, drahtigen Sid gelang, sich anscheinend zu zweifacher Höhe und Breite aufzublasen, er plötzlich wie Major Miles daher schritt und in breitem Liverpoolisch einen imaginären Trupp von Soldaten befehligte, war ein Gaudium.

Die Soldaten auf den Wachtürmen bogen sich vor Lachen, die Sergeanten McCormack und O'Brien nicht minder, und hielt sich auch Lieutenant Masters zurück, mit dem Augenblick, als Major Miles auf den Wachturm stieg und sich von dem Kerlchen mit der Igelfrisur dort unten verkörpert sah, war die Wende für Sigi-Sid-Loewenthal-Lionvale gekommen.

»Hold on, hold on!« rief Major Miles und ordnete an, daß »the clown down there« ihm vorgeführt werde. »Bringt ihn in die Schreibstube.«

Wir befürchteten Schlimmes. Ich befürchtete Schlimmes – und war erleichtert, als Sid sehr bald und offenbar zufrieden wieder auftauchte.

»Was gab's, Sid?«

»Sagte ich's nicht – schon zu Shakespeares Zeiten hatte der Narr seine Freiheit. Eben kein Preuße, dieser Major Miles.«

»Erzähl schon!«

»Meine nächsten Vorstellungen finden im Saal statt«, erklärte er. »Ab morgen spiel ich im Offizierskasino. By special request, wenn du das kapierst.«

»Sieh mal an!«

»Richtig. Ab morgen spielt der Zivilinternierte Loewenthal alias Lionvale für seine Durchlaucht Major Anthony Alwyn Miles und –« er hielt inne. »Auf der Transportliste ist jetzt ein weißer Fleck.«

Drei Tage später fand ich mich auf hoher See, und Sigi Loewenthal blieb eine gefahrvolle Reise durch verminte Gewässer und die Verbannung in australische Wüste erspart.

Loyal American

Wohl kaum hätte ich meinen Vetter Edgar in dem Gedränge bemerkt, und sicher nicht erkannt – Krieg war, Soldaten überall, und durch die Bahnhofshalle von Sydney schob sich eine Gruppe Walking Wounded, verwundeter amerikanischer GIs, darunter ein hochgewachsener Korporal mit Nickelbrille und Kopfverband, den linken Arm in der Schlinge, und rätselhaft bleibt, wie er mich im Vorbeigehen hatte erkennen können. Ich steckte in australischer Uniform, trug den breitkrempigen Armeehut, und als Edgar und ich uns das letzte Mal gesehen hatten, das war in Duisburg, war ich fünfzehn und er fünfundzwanzig. Ich wußte mit diesem Amerikaner, der da plötzlich meinen Namen rief, rein gar nichts anzufangen.

»Ich bin's – Edgar.«

Wir gingen aufeinander zu, ich sprachlos-verwirrt, er überlegen lächelnd, wie es seine Art war, und dieses Lächeln erst versetzte mich in die Vergangenheit – Edgar, tatsächlich! Wir umarmten uns, er ungelenk wegen des Arms; und weil er ja weiter mußte, nicht aufgehalten werden durfte, hielt ich Schritt mit ihm.

»Wo bist du verwundet worden, wohin bringen sie euch?«

Er antwortete nicht, aus Vorsicht oder wegen eines Befehls, fragte statt dessen, ob ich übers Rote Kreuz oder sonstwie Nachricht von meinen Eltern hätte, und als er von deren Verschleppung nach Theresienstadt hörte, verdunkelte sich sein Ausdruck.

»Bleibt nur zu hoffen –«

Ich vollendete den Satz nicht. Er nickte. Beide vermieden wir das Wort Auschwitz, und als wir zur Plattform hochstiegen, wurde auch schon die Abfahrt des Lazarettzuges angekündigt.

Ein junger Sanitäter half Edgar beim Einsteigen, und er blieb oben in der Tür, bis der Zug anrollte. Ein Schaffner warf die Tür zu. Edgar winkte durchs Fenster, und ich winkte ihm nach, und schon als der Zug, weiß leuchtend mit roten Kreuzen, aus dem Bahnhof und meinem Blickfeld glitt, schien mir die Begegnung unwirklich, eine Art mentaler Fata Morgana, das blieb auch so, bis sich mir zwanzig Jahre später die Gelegenheit bot, Edgar aufzusuchen.

Das war in New York, wohin mich unmittelbar nach dem Kennedy-Mord eine Zeitung entsandt hatte.

»Well now, what a surprise!«

Seit Tagen schon hatte sich die Hoteltelefonistin um Verbindung mit ihm bemüht – zu viele Gersons, auch Edgar Gersons, waren im Manhattan Directory aufgelistet. Endlich aber war es ihr gelungen, konnte ich Edgar von meiner Ankunft berichten. Nein, nicht aus Australien war ich angereist, sondern aus Ostberlin, und ich erklärte ihm die Zusammenhänge. In seiner Antwort war Zurückhaltung zu spüren, ein kühlerer Ton.

»Ein Treffen – warum nicht«, hörte ich ihn sagen. »Am besten in meiner Praxis.« Es folgte eine Pause, in der er seinen Kalender konsultierte. »Sagen wir morgen um elf Uhr fünfundvierzig. Paßt das?«

»Ich werde es so einrichten.«

Madison Avenue – die Bürogebäude zu beiden Seiten der Straßenschlucht ragten in die Wolken, es war ein kalter, windiger Morgen, und ich schritt schnell aus bis hin zu dem Haus, an dessen Marmorfassade die gesuchte Nummer in goldenen Ziffern prangte. Ein Schild in der geräumigen Halle verwies auf die Expreßfahrstühle zur Rechten und, geräuschlos, swift as an arrow, wurde ich weich landend zum zweiundsiebzigsten Stockwerk hochgetragen, wo die Tür sich auf einen in sanftes Licht getauchten Vorraum öffnete, der dick ausgelegt war und dessen pastellfarbene Wände erlesene Gemälde zierten. Eine dezent geschminkte Dame, blond und ganz in Schwarz, die hinter dem Empfangstisch Dienst tat, bat mich höflich, in einem der Ledersessel Platz zu nehmen, da leider, »sorry to say«, Mr. Gerson noch anderswo verhindert sei. Sie zeigte sich informiert über mein Kommen, auch über mein Woher, »Berlin, how interesting«, und wie fast alle Amerikaner, denen ich derzeit begegnet war, fragte sie, was man in Europa zu dem entsetzlichen Ereignis in Dallas meinte. Ehe ich aber darauf antworten konnte, lenkten sie zwei der vor ihr aufgereihten Telefone durch gleichzeitiges Läuten ab.

Im Ledersessel bei gedämpfter Musik aus unsichtbaren Lautsprechern, der Lektüre von Zeitschriften, die voll Widersprüchlichem über das Attentat waren, Moscow Connection, Cuban Connection, ein besessener Einzeltäter, floh unbemerkt die Zeit. In regelmäßigen Abständen öffnete sich die Fahrstuhltür, und wie schon auf dem Bahnhof in Sydney erkannte ich den ergrauten Fünfzigjährigen in dem tadellosen Nadelstreifenanzug, der mit ausgestreckter Hand auf mich zukam, vornehmlich an seinem überlegenen Lächeln. Edgar warf das Haar aus der Stirn, wobei die Narbe des Streifschusses sichtbar wurde.

»Welcome in America, in these most tragic times«, sagte er.

Sehr bald aber, wir saßen uns inzwischen in seinem nobel eingerichteten Sprechzimmer gegenüber, machte er deutlich, daß seine Begrüßung nur eine Floskel war. Das Lächeln gefror ihm auf den Lippen und so, als hätte er seit meinem gestrigen Anruf jegliche Familienbande gekappt, wurde er unversehens zum Anwalt und ich zum Angeklagten. Mich durch die randlose Brille eindringlich musternd, lehnte er sich vor und bediente das Tonbandgerät auf seinem Schreibtisch. Ich sah auf die rotierenden Spulen und dann auf ihn.

»Was soll das, Edgar?«

»Schlimme Zeiten, es liegt was in der Luft«, antwortete er. »Darum safety first – alertness. Wachsamkeit.«

Allein schon, daß er plötzlich amerikanische mit deutschen Redewendungen mischte, reichte mir. Beherrschte ich nicht wie er beide Sprachen fließend – und zu all dem noch das Tonbandgerät! Längst war mir aufgegangen, warum er mich in seine Praxis und nicht zu sich nach Hause gebeten hatte.

»Stell bitte das Tonband ab.«

»Was hast du zu verbergen?«

»Stell es ab, Edgar.«

Noch immer sah er mich unentwegt an, Anwaltsblick hinter blitzenden Brillengläsern, und dann machte er seinen Bedenken über fahrlässige Einreisekontrollen am New Yorker Kennedy Airport Luft.

»Solltest du dort dein Ostberliner Domizil und die Zeitung verschwiegen haben, in deren Auftrag du hier bist, gut möglich mit australischem Paß, werde ich die Informationen nachzuliefern wissen. Du verstehst, daß das meine Pflicht ist.«

»Erspar mir das zu kommentieren.«

»Gern. Was sollen mir deine Kommentare – solange noch offen ist, ob es da nicht auch andere Aufträge gibt.«

Ich schob den Kaffee von mir, der inzwischen serviert worden war, stand auf und ging zur Tür. Dort aber besann ich mich, und da Edgar mir jetzt fremder als jeder Fremde war, feindlich fremd, kamen mir Worte, von denen ich hoffte, daß sie das Tonbandgerät aufzeichnen würde.

»Wie sehr sie doch dem Geiste gleichen, den sie meinen zu vertreiben.«

Ich hörte Edgar das Gerät abschalten, sah ihn zum Telefon greifen und eine Nummer wählen, doch was er in die Muschel rief, drang schon nicht mehr zu mir – ich war hinausgegangen und hatte die Tür hinter mir geschlossen.

Monique

Ich hörte die Eltern Städte wie Stuttgart nennen, München, Hamburg und Berlin, wo Monique schon aufgetreten sei, sah die Bilder eines Bühnenfotografen von einer zarten jungen Tänzerin mit hoher Stirn, dunklen Augen und straff zurückgekämmtem Haar, und als das Ballett, dem sie angehörte, ein Gastspiel in Duisburg gab, stand für mich fest, das würde ich erleben – trotz JUDEN UNERWÜNSCHT!, und am selben Abend noch löste ich eine Karte für hoch oben im vierten Rang.

Für Monique nahm ich gern das Risiko auf mich – ohnehin war ich mir als Zwölfjähriger des vollen Risikos nicht bewußt. Wirklich bewußt aber war ich mir jenes Gefühls aus fernen Kinderjahren, das seinen Ursprung in Moniques Zärtlichkeiten hatte. War ich der Cousine auch lange nicht begegnet, was im Elternhaus über sie gesagt wurde, nahm ich mit wachen Sinnen auf, und wußte natürlich, daß sie schon seit langem nicht mehr Gerson hieß, sondern von Langenfeldt, und ihre Heirat mit einem Adligen, eine heimliche, wie ich hörte, weckte romanhafte Vorstellungen in mir.

Jetzt, umgeben von Tschaikowskis melodischen Klängen, entrückt in andere Welten, vermochte ich in der Dunkelhaarigen im Corps de Ballet dort unten, in dem Schwarm anmutig über die Bühne gleitender Tänzerinnen, Monique nur zu vermuten – war sie es überhaupt, und wenn sie es war, wie würden wir zusammenfinden? Mich ernüchterte der Gedanke, daß ich es nicht einmal wagen durfte, mich in den Gängen zu zeigen, geschweige denn Monique nach der Vorstellung aufzusuchen.

Vor den Eltern verheimlichte ich den Theaterbesuch, gab vor, die Zeit bei einem Schulfreund verbracht zu haben, aber wissen wollte ich doch, wie es kam, daß Monique überall in Deutschland auftreten durfte, auch im Stadttheater von Duisburg, wo Juden selbst als Besucher unerwünscht waren. Die Erklärung, Monique verdanke ihren Sonderstatus dem Einfluß ihres Mannes, leuchtete mir zwar ein, gleichzeitig aber stieß ich mich daran, fühlte ich mich auch deshalb von ihr entfremdet, weil sie sich während des gesamten Gastspiels nicht einmal bei uns gemeldet hatte – warum bloß! Immer seltener dachte ich an sie, und als ich drei Jahre später nach England auswanderte, hatte ich sie so gut wie ganz aus dem Bewußtsein verdrängt. Als mir aber gänzlich unerwartet ihr Besuch im Internat angekündigt wurde, kam wieder das ursprüngliche Gefühl in mir auf, und ich sah dem Tag erwartungsvoll entgegen.

Sie kam an einem Sonntag, Tag der offenen Tür, und Angesicht zu Angesicht mit ihr überkamen mich völlig neue Empfindungen – sie war die Cousine nicht länger und ich nicht der kleine Cousin. Nahezu sechzehn inzwischen, sah ich sie anders, erschien sie mir auf gänzlich neue Weise schön. Noch immer trug sie ihr Haar streng zurückgekämmt, verrieten ihre Bewegungen und wie sie die Füße setzte die Tänzerin. Sie eilte auf mich zu, und das Schmiegsame, Weiche, ungeheuer Weibliche in ihrer Umarmung, der Duft ihres Haares, ihrer Haut betörten mich. Wie sie sich mir gab, fühlte ich mich über mein Alter hinausgetragen. Ich bemühte mich um Männlichkeit, war galant zu ihr, zuvorkommend, kannte und erkannte mich selbst kaum noch. Und nur für die kurze Spanne Zeit, als sie von meinen Eltern sprach, die sie kürzlich noch gesehen hatte und von denen sie mir Grüße brachte, ließ ich mich gehen.

Während wir durch den Schulpark und die anliegenden Wiesen schritten, sah ich mich als ihr Begleiter und hoffte, daß, wer immer uns zusammen bemerkte, es auch so sah. Als es sich ergab, daß ich ihr über einen Graben helfen mußte, verwirrte und erregte mich die Berührung. Es dauerte, bis wieder ein normales Gespräch möglich wurde und ich sie fragen konnte, wie sie aus Deutschland geflohen war. Als ich erfuhr, es sei der Intervention ihres Mannes zu verdanken gewesen – »das immerhin tat er noch für mich« –, und sie hinzufügte, daß er ihr Mann nicht mehr sei, er unter dem Druck seiner Familie die Trennung vollzogen und die Scheidung bewirkt hatte, drängte es mich spontan, ihr zur Seite zu stehen.

»Ich hab etwas gespart«, sagte ich. »Und hier im Internat brauche ich kein Geld.«

Sie sah mich liebevoll an. »Aber nein doch. Wo denkst du hin? Für mich ist gesorgt.«

»Tanzt du wieder?«

»Das nicht – noch nicht.«

»Wovon also lebst du?«

Nichts begehrte ich sehnlicher in dem Augenblick, als daß sie mich brauche, und mir war, wie wenn sich über mir der Himmel verdüstere, als sie einen Engländer ins Gespräch brachte, einen Choreographen, bei dem sie lebe und dessen Haushalt sie führe.

»Tatsächlich«, sagte ich schroff. »Du führst seinen Haushalt.«

Ihr Lächeln verriet mir, daß sie meine Bitterkeit nicht wahrgenommen hatte – oder nicht wahrnehmen wollte.

»Recht gut sogar«, sagte sie. »Denn weißt du, ich liebe ihn und hoffe ihn zu heiraten. Sollte das wahr werden, würdest du dann zur Hochzeit kommen – du wärest der einzige aus der Familie. Wir sind ja alle so verstreut.«

Ihre Bitte drängte meine Aufwallung von Gefühlen ins Absurde, gar Lächerliche, erstickte sie im Keim.

»Und wenn dieser Engländer erfährt, mit wem du verheiratet warst – einem Achim von Langenfeldt?«

»Das muß er nicht erfahren. Das weiß er.«

»Aber doch wohl nicht, daß der Mann ein Förderer der SS war – wenn ihn das erreicht...«

Ich hielt inne. Sie aber mußte meine Worte wie eine Drohung empfunden haben, denn sie wandte sich brüsk ab, ging schweigend über die Wiesen und vor mir her durch den Park. Ich folgte ihr und verwünschte mich für meine Bemerkung.

»Er wird das nicht erfahren«, rief ich ihr nach. »Von mir nicht!«

Sie ging jetzt so schnell, daß ich Mühe hatte, mit ihr Schritt zu halten, und selbst am Tor, das zum Schulpark hinaus auf die Straße führte, drehte sie sich nicht nach mir um.

»Monique, so hör doch – laß mich wissen, wann die Hochzeit ist! Ich komme bestimmt.«

Sie zeigte nicht, daß sie mich gehört hatte. Ich sah sie ein Taxi abpassen, das gerade anfuhr, sie stieg ein, und das Taxi trug sie fort. Und von der Hochzeit erfuhr ich erst durch ein Foto in Town & Country – Monique in schlichtem Tweedkostüm, ein eng anliegendes Hütchen mit Feder auf dem Kopf, in der Linken das Bukett, die Rechte sanft auf dem Arm eines Mannes, der sich zu ihr herabbeugte.

Ich riß das Blatt mit dem Foto aus dem Heft, faltete es zusammen, um es in einem Buch zu verwahren.

Als ich es aber Wochen später dort nicht fand, ließ mich das kalt, spürte ich nichts mehr von jener Gefühlsaufwallung, die mich überkommen hatte. Monique war wieder die Cousine und ich noch keine sechzehn Jahre alt.

Verwandlung in Israel

Auch für den jüngeren der beiden Söhne meines Onkels, den damals sechzehnjährigen, blieb ich der »kleine Vetter aus Dingsda«, zu kindlich, zu verspielt, zu verträumt, und das machte mir zu schaffen. Ich bewunderte Arnold allein schon dafür, wie er die Schülermütze aufsetzte, schräg aus der Stirn – und verlieh ihm nicht auch seine abgewetzte Lederjacke etwas Verwegenes, der harte Schlag seiner benagelten Bundschuhe? Und keiner trug Knickerbocker derart stilgerecht. Wenn er nach dem Unterricht auf seinem Sportrad vom Schulhof radelte, standen die Mädchen schon am Tor: Arnold, Arnold, Arnold! Er schwenkte die Mütze und jagte davon, und wollten die Mädchen ihn Wiedersehen, mußten sie zum Hockeyplatz, zum Tennisplatz: Arnold war dort der stürmische Champion. Sommers, in weißer Tenniskluft, wirkte er südländisch – braune Haut, dunkle Augen, dunkles Haar, und obwohl ich ihn nie in den Bergen erlebte, die Fotos, die ich von ihm als Bergsteiger und Skiläufer sah, ließen mich an Luis Trenker denken. Für mich war er der junge Trenker.

Ich kam ihm nie näher, er war nicht einzuholen – nach jeder meiner Versetzungen, von Sexta zu Quinta, Quinta zu Quarta, Quarta zu Untertertia, war natürlich auch er ein Stück weiter – und ehe er zur obersten Klasse des Gymnasiums avancieren sollte, verschwand er aus meinem Leben. Arnold, hoch zu Roß, ritt aus meinem Leben, und vermutlich sah er mich nicht einmal bei dem Holzstapel im Walde stehen, hörte er mich nicht rufen, noch meinen erschreckten Schrei, als der braune Wallach vor dem Hindernis scheute, sich wiehernd aufbäumte, dann aber, von Arnolds Peitsche und Sporen angetrieben, den mächtigen Sprung über den Stapel tat, weit in den sandigen Weg hinein. Noch einmal rief ich Arnold nach. Er drehte sich nicht um. Ich sah ihn zwischen den Bäumen davonpreschen, die Böschung hinunter zum Tal und jenseits des Tals in die Weite.

Daß er sich an diesem Tag mehr als nur aus meinem Blickfeld entfernte, es meine letzte Begegnung mit ihm in Deutschland war, erfuhr ich erst später, und Wochen sollten vergehen, ehe mich jene Bildpostkarte vom Karmelberg in Haifa erreichte, Zypressen am Berghang und unten das Meer, auf der nur fünf Worte geschrieben standen: »Chasak, kleiner Vetter, Gruß Arnold.«

Chasak, das wußte ich, war gleichbedeutend mit stark bleiben, und stark allemal waren die Vorstellungen, die ich mir von ihm machte. Ich sah ihn hoch zu Roß in bergigem Gelände, und als ich erfuhr, er sei Landarbeiter auf einem Kibbuz geworden, stellte ich ihn mir als Siedler vor, in Khaki, braungebrannt in der Wüste und mit geschultertem Gewehr hoch auf dem Sitz eines Traktors. Hätte man mir damals ein Leben in Palästina versprochen, ich wäre allein schon aus Bewunderung für Arnold freudig darauf zugegangen.

Vierundvierzig Jahre später, mehr als drei Jahrzehnte nach der Gründung des Staates Israel, war Arnold unter dem Namen von einst nicht zu finden. Erst weitreichende Erkundungen in Tel Aviv und Haifa brachten mich auf eine Ortschaft namens Ramat Hadar, wo ein Ariel Gershon leben sollte, der einst auf einem Kibbuz war und Arnold Gerson geheißen hatte. Ich traf in der Siedlung zur Dämmerung ein, ließ mich von dem Busfahrer unterweisen, und gelangte bald zu dem gesuchten Haus. Die Luft war mild, getränkt von Blütenduft, und als ich an die Tür klopfte, schlug kurz ein Hund an. Der Mann, der erst nach meinem zweiten Pochen öffnete, zeigte sich befremdet – ich hatte ihn beim Gebet gestört, der Gebetsschal lag noch um seine Schultern. Ich schätzte ihn weit älter als Arnolds Jahre, fand nichts in seinem Aussehen oder seiner Art, das mich an ihn erinnerte, und erst als er sich mit einem müden Lächeln entsann, daß es mich gegeben hatte, den kleinen Vetter aus Dingsda, schwanden meine Zweifel.

Er ließ mich ein, wies mir einen Stuhl im düsteren, karg möblierten Wohnzimmer zu und widmete sich nebenan erneut dem Gebet. Im Lampenschein sah ich ihn mit der Faust sanft gegen das Herz schlagen, hörte die Litanei des Kaddisch, und es dauerte, bis er den Schal ablegte und zusammenfaltete.

Auf meinen Besuch reagierte er weiterhin abwesend, und was ich ihm auf seine wenigen Fragen antwortete, schien kaum zu verfangen – Australien, in der Tat, danach wieder Deutschland, und am Ende Israel. Ohne spürbare Gastlichkeit entnahm er der Glasvitrine eine Karaffe und schenkte Wein in nur ein Glas. Ob er bemerkte, daß ich es stehen ließ? Denn jetzt war von oben eine klagende Frauenstimme zu hören, die – so viel Hebräisch verstand ich – nach Tee verlangte. Wortlos stand er auf.

»Chanah«, sagte er. »Sie kränkelt seit Jahren – seit Amnon im Sinai…«

Er sprach nicht weiter, ging hinaus, um den Tee aufzubrühen und überließ mich mir selbst.

Hatte ich in dem gebeugten, ergrauten Mann mit den müden Augen nichts entdecken können, das meinen Vorstellungen von Arnold dem Siedler entsprach, dem Pionier, der er gewesen sein mußte – plötzlich war mir, als stünde just der im Raum. Mein Blick war auf vier unter Glas gerahmte Fotos gefallen, die im Lampenschein, der von nebenan ins Zimmer sickerte, halbwegs erkennbar waren – Arnold hoch zu Roß in bergigem Gelände; mit geschultertem Gewehr auf dem Sitz eines Traktors; Arnold Ausschau haltend auf einem Wachtum und tanzend im Kreis junger Juden. So hatte ich ihn seit jener Karte aus Haifa stets im Sinn – gebräunt von der Sonne, körperlich gestählt, mit dunklem krausen Haar. Was, fragte ich mich, mochte geschehen sein, daß in dem über Sechzigjährigen nichts mehr daran erinnerte.

Hätte ich, als er wiederkam, von den Fotos geschwiegen, ich hätte wohl kaum erfahren, daß sie nicht Ariel Gershon zeigten, den jungen Landarbeiter von einst, sondern Amnon, dessen Sohn.

»Er kam nach mir, Amnon kam ganz nach mir, war ganz mein Sohn. Und –« er hielt inne, »heute jährt sich der Tag seines Todes zum zehnten Mal. Er fiel im Sinaifeldzug am Suezkanal.«

Er sah mich an, dann wandte er den Blick ab. Es war, als glaubte er, ich könne die Tragweite von all dem nicht ermessen.

»Am Tag der Feuereinstellung, im August, am letzten Tag des Krieges«, sagte er, nun nicht länger in diesem dumpfen Flüsterton. »Hast du Söhne?« Ich schüttelte den Kopf.

»Dann wirst du es nicht nachfühlen«, fügte er fast anklagend hinzu. »Du nicht – Australien, dann wieder in diesem verruchten Deutschland, und schließlich in Israel – einer, der so lange zögert, wie wird der mit dem Herzen gekommen sein. Unser Sohn – Amnon, mein Licht, der Sinn meines Lebens, mein großer Stolz, und er fiel, als die

Waffen schon schwiegen, weit weg von uns in der Wüste – am letzten Tag des Krieges.« Wieder hielt er inne, und es war wie das Echo seiner Gedanken, als er hinzufügte: »Bist gekommen, aber zu spät.«

Wieder war von oben die klagende Frauenstimme zu hören. Diesmal verstand ich nichts, und als er sich anschickte, das Zimmer zu verlassen, stand auch ich auf.

»Du willst schon gehen?«

Es war eine Feststellung, keine Frage, und er hielt mich nicht zurück, als ich lebwohl sagte und das Haus verließ. Draußen schlug wieder der Hund an, grimmiger als zuvor, und ich tauchte in die Nacht. Und ging ich auch ohne Zögern und jeden Gedanken an Umkehr auf die Bushaltestelle an der Kreuzung zu, mich schmerzte, wie die Suche nach den Bindungen von einst geendet hatte.

Suche nach der Herkunft

Ich liebte Hilde, unsere Hausgehilfin, doch einmal, da war ich acht, geriet ich so sehr mit ihr in Streit, daß sie rief: »Nun aber genug! Du hast mir gar nichts zu sagen – Adoptivkind, du!«

Ich verstummte. Etwas Unheimliches lag in dem Wort, dessen Bedeutung ich nicht verstand. Ich bedrängte meine Eltern, die sich aber auf nichts weiter einließen als »Später, Junge, wenn du älter bist«. Das stimmte mich nachdenklich, noch nachdenklicher stimmte mich, daß die Mutter mit Hilde über lange Zeit zürnte.

Es dauerte, bis die Sache in mir abklang. Verdrängen ließ sie sich nicht. Einmal vernommen, wirkte das Wort Adoptivkind in mir nach, und als ich, sieben Jahre waren inzwischen vergangen, mit einer Gruppe jüdischer Kinder den Nazis entkommen konnte, sagte ich beim Abschied auf dem Bahnsteig zur Mutter: »Brauchst nicht traurig sein – ich bin doch gar nicht dein Kind!«

Sie wird die Bemerkung bis zu ihrem tragischen Ende in Auschwitz nicht verwunden haben – dabei wollte ich doch nur, daß sie mir das Gegenteil beteuerte. Inzwischen aber weiß ich, daß sie das nicht konnte. Urkunden, die nach meiner Rückkehr aus Australien an mich gelangten, bestätigten, daß ich knapp vier Jahre nach meiner Geburt in Berlin von einem Ehepaar in Duisburg adoptiert worden war.

»Ein Junge mit dem Namen hier in der Mulackstraße? Nicht daß ich wüßte!« Der kleine Mann in Schiebermütze und Lederjacke, der sich als Alfons Hinze vorgestellt hatte, Angestellter in einer Zoohandlung am Alexanderplatz, beäugte mich mißtrauisch. »Dabei hab ich mein Leben lang hier gewohnt.«

Nicht lang genug, sagte ich mir. Er war noch nicht einmal geboren damals. Trotzdem führte ich ihn zu dem Haus, dessen Nummer in der Urkunde vermerkt war – eine jener vielen Kriegsruinen, die es Mitte der Fünfziger noch in Berlin gab. Nur der Keller schien noch bewohnbar zu sein. Rötliches Licht schimmerte schwach durch den Vorhang des dicht über dem Bürgersteig liegenden Fensters.

»Muß vor meiner Zeit gewesen sein«, sagte Hinze. »Die da wohnt, wohnt da schon ewig – und kennt auch jeden. Fragen wir sie doch.« Schon wollte er an die Scheibe klopfen, da besann er sich. »Ist zwar nicht mehr die Jüngste, schafft aber noch immer an. Besser ist, wir warten.«

Nieselregen fiel. Mich fröstelte in der kalten Novembernacht und dem viel zu leichten australischen Mantel. Ich zog die Schultern ein, schlug den Kragen hoch, schob die Hände in die Taschen.

»Gehen wir eine Weile in die Mulackritze«, schlug Hinze vor. »Dort kommt sie immer mal hin – bestimmt auch heute.«

Wir waren erst beim zweiten Bier, als eine vollbusige Frau, die trotz ihres schlohweißen Haars kaum älter als fünfzig wirkte, die Kneipe betrat und an einem Ecktisch Platz nahm, an dem schon ein vierschrötiger Mann saß, den sie offensichtlich kannte. Reichlich aufgetragene Schminke gab ihrem Gesicht eine unnatürliche Röte, Ringe glitzerten an sämtlichen Fingern, und als sie ihren Mantel hinter sich auf die Bank gleiten ließ, war es, als zöge sie sich aus. Die durchsichtige Bluse, auf der Perlenketten glänzten, enthüllte die fleischigen Arme und die Wölbungen des Busens.

»Wäre richtig nett, wenn Sie mal herkämen«, bat Hinze höflich. Mit einem kurzen Seitenblick holte er mein Einverständnis ein und wandte sich dann an den Wirt. »Eine Lage für drei!«

Mit ein paar Worten besänftigte die Frau den Mann an ihrem Tisch und setzte sich dann zu uns. Sie musterte mich.

»Auf Ihr Wohl!« rief Hinze.

»Das war's wohl?« fragte die Frau. Sie wartete. Hinze aber wirkte plötzlich befangen. »Das ist sie«, sagte er zu mir. »Erklären Sie's ihr selbst.«

Ich nickte und ging dann die Sache behutsam an. Vor dreißig Jahren, sagte ich ihr, habe in ihrem Haus mal ein Kind gelebt, nach dem ich jetzt suchte.

»Wie soll das geheißen haben?« fragte sie.

Als ich nicht gleich antwortete, trank sie ihr Glas leer und stand auf.

»Jetzt oder nie!« sagte Hinze zu mir.

»Richtig«, sagte die Frau.

»In der Adoptionsurkunde steht der Name Schmeidler – Jizchak Schmeidler«, erklärte ich ihr.

Die Frau setzte sich wieder. Es war, als könne sie stehend nicht ertragen, was sie da gehört hatte. Einen Augenblick lang schwieg sie, dann fragte sie: »Sind das etwa Sie?«

Ich nickte. Da breitete sie impulsiv die Arme aus und preßte mich an sich. »Mein Jizchak!«

Der Geruch ihres Körpers, vermischt mit einem süßlichen Parfüm, machte, daß ich mich augenblicklich von ihr befreite. Ich sah sie an, und dabei durchfuhr es mich: Könnte das deine Mutter sein?

Als hätte ich sie befragt, hob sie abwehrend die Hände.

»Rachelas kleiner Jizchak!«

Also doch – ihre Worte bestätigten die Adoptionsurkunde: Eine Rachela Schmeidler hatte mich zur Welt gebracht, die um Jahre jünger gewesen sein mußte als die Frau da vor mir, siebzehnjährig zur Zeit meiner Geburt und ledig, eine Verkäuferin bei Tietz. Womöglich hatte sie sich damals der Älteren anvertraut. Als ich der Frau das sagte, wurde ihr Ausdruck mütterlich.

»Ohne mich wäre Rachela nie zurechtgekommen«, sagte sie. »Ein Balg am Hals, dazu die Stellung bei Tietz, und sie ganz allein in der Fremde. Eine Jüdin aus Polen. Klar hat sie mich gebraucht!«

»Und der Vater des Kindes, wo war der?«

»Männer«, erwiderte sie verächtlich, »die Männer!«

»Könnte es sein, daß es mein wirklicher Vater war, der mich später adoptierte?«

»Was weiß ich«, entgegnete sie unwirsch. »Die Pest hab ich ihm gewünscht, weil er uns den Jizchak genommen hat – dich weggenommen hat. Fast vier Jahre warst du bei uns. Und dann auf einmal weg. Das war auch für mich schlimm, nicht bloß für Rachela.«

Sie schwieg lange.

»Kannst mich ruhig Herta nennen«, bot sie an. »Herta Nowack. Bist schließlich der Jizchak. Unser Jizchak!«

Es war, als könnte sie es noch immer nicht fassen.

»So heiße ich längst nicht mehr.«

»Aber damals«, rief sie, »als du bei mir in Verwahrung warst, da hast du so geheißen.«

Erinnerungen – mein Gott, ganz vage und verschwommen sah ich mich in einer Kellerwohnung auf der Fensterbank mit Geranien, sah Füße, die draußen auf dem Bürgersteig an mir vorbeigingen.

»Und was ist aus meiner Mutter geworden?«

»Sie war schön«, rief die Frau, »Rachela war schön – dunkle Augen, dunkles Haar. Sie war schön!«

Schärfer wiederholte ich meine Frage: »Was wurde aus ihr?«

»Oh.« Die Frau blickte verstört von mir weg. »Es ist ihr nichts passiert – gar nichts!«

»Nichts passiert«, hörte ich da plötzlich den Mann vom Ecktisch rufen. »Was redest du da, Herta!«

»Ich vertrage die Wahrheit«, versicherte ich der Frau. »Sagen Sie ruhig die Wahrheit.«

»Wir haben Rachela retten können«, beteuerte sie.

Da hielt es den Mann am Ecktisch nicht länger. Er schob seinen Stuhl zurück, kam mit schweren Schritten auf mich zu und reichte mir die Hand.

»Du bist der Jizchak«, sagte er, »aber ich bin der, der immer die Prügel gekriegt hat, weil ich aussah wie ein Jud.«

Ich sah ihn an – krauses Haar, dunkle Augen, gebogene Nase. So sehr ich auch nachsann, er blieb mir fremd.

»Sie kannten mich und meine Mutter?«

»Aber ja«, sagte er. »Und was die Herta da erzählt, ist gesponnen. Wolltest doch die Wahrheit hören – oder?« Er wandte sich an die Frau. »Große Hamburger«, sagte er. »So war's doch, Herta! Also, warum sagst du's ihm nicht?«

»Nein!« schrie die Frau.

»Vom jüdischen Friedhof gingen doch die Transporte ab«, meldete sich Hinze. »Von dort hat man doch die Juden ...«

»Hab's begriffen«, unterbrach ich ihn dumpf und dachte an meine verschollenen Eltern.

»Woran denkst du?« fragte mich leise die Frau.

»Zwei Mütter«, sagte ich. »Ermordet beide.«

»Mein Gott«, rief sie aus, und als sie weitersprach, war es wie ein Echo auf meine Gedanken: »Was waren das bloß für Zeiten!«

Kindheitsecho

Onkel Schirmchen

In jener Zeit, als noch die Lektorin Marion Konrad meine Arbeiten betreute, wurde ich wieder an Onkel Schirmchen erinnert, den in sich gekehrten, stillen alten Mann mit den dunklen Augen und der gebogenen Nase, der in den Tagen meiner Kindheit regelmäßig am Elternhaus vorbeigekommen war – außer am Samstag, dem jüdischen Feiertag. Ich hatte ihn Onkel Schirmchen genannt, weil er selbst bei trockenem Wetter nicht ohne Regenschirm das Haus verließ. Lautlos kam er daher in seinen Galoschen, und brauchte er den Schirm nur als Gehstock, war stets bis hin zur Straßenecke, wo er abbog, das rhythmische Klopfen der Metallspitze auf dem Pflaster zu hören.

Mit der Erinnerung waren mir, wie schon vor Jahren im polnischen Land, Mutmaßungen über Onkel Schirmchens Schicksal gekommen – sicher war auch er ein Opfer seiner Zeit geworden, hatte auch ihn die Hand des Todes berührt, wie sie den Alten berührte, den mir Marion Konrad geschildert hatte.

Dieser war, wie Onkel Schirmchen, Buchhalter gewesen, nur daß er nicht zu Fuß zur Arbeit, sondern mit dem Fahrrad dorthin gelangt war – winters wie sommers war er durch ein Wäldchen am Stadtrand gefahren, dann in die Stadt hinein bis hin zum Büro. Dort putzte er pünktlich über seinem Pult die Lampe, schaltete sie an, und, nachdem er schwarze Ärmelschoner übergestreift, seine Bleistifte gespitzt, die Federn in den Federhaltern geprüft hatte, ging er an die Arbeit und richtete sich bis hin zum Feierabend kaum je vom Hauptbuch auf.

Dann aber, an einem Wintermorgen im Krieg, hatte niemand die Lampe geputzt, war das kleine Büro verwaist geblieben. Der Buchhalter war nicht gekommen und blieb seitdem der Arbeit fern. Eine kalte Totenhand, die Hand eines am Baum erhängten Soldaten, hatte im dunklen Wäldchen sein Gesicht gestreift, als er, über den Lenker des Fahrrads gebeugt, daran vorbeifuhr – das hatte ihn derart aus dem seelischen Gleichgewicht gebracht, daß er für ein normales Leben untauglich blieb.

»Guten Morgen, Onkel Schirmchen.«

»Guten Morgen, mein Junge.«

»Wird es heute regnen, Onkel Schirmchen?«

»Aber nein, heute wird ein sonniger Tag.«

»Warum trägst du dann diesen großen, schwarzen Schirm mit dir herum?«

»Hab ich dir schon die Geschichte von der Schnecke erzählt, die ihr Haus verlor?«

»Hast du nicht.«

»Es ist eine traurige Geschichte, denn am Ende ist die Schnecke gestorben.«

»Wirst du sterben, wenn du deinen Schirm verlierst?«

»Die Sonne schien auf die kleine Schnecke herab, bis ihre Haut ganz trocken wurde. Da kroch sie unter ein Blatt. Dort aber war es kalt, und die Schnecke fror. Also kroch sie wieder heraus, um sich aufzuwärmen. Plötzlich aber verschwand die Sonne hinter den Wolken, ein Wind kam auf, und ringsum wurde es kälter noch als unter dem Blatt, so kalt, die Schnecke mußte niesen. Da gibt's nichts zu lachen, mein Junge. So eine Erkältung kann schlimm ausgehen. Die Schnecke kriegte Fieber und starb.«

»Aber Onkel Schirmchen, du hast doch meine Frage nicht beantwortet. Wirst du sterben, wenn du deinen Schirm verlierst?"

»Wer weiß.«

»Warum sagst du das? Mein Vater ist nicht gestorben, als er einmal seinen Schirm verlor. Den Schirm haben wir sogar wiedergefunden – in einem Haus, wo ein Haufen Schirme lag, die die Leute irgendwo vergessen hatten.«

»Na also, mein Junge. Dann brauchst du dir über mich auch keine Sorgen zu machen.«

In Auschwitz an jenem grau-kalten Novembertag, gefahrlos in Auschwitz, im Auto angereist und nicht in einem Viehwagen verschleppt, nicht angetrieben von Flüchen und Peitschen, Zeuge bloß und kein Opfer, wehrte sich alles in mir, die großen Öfen mit dem Tod meiner Eltern zusammenzubringen, sperrte ich mich gegen die Vorstellung, daß sie, vom Gas vernichtet, auf jenen rostigen Karren zu den Öfen gebracht worden waren. Ich sah die Galgen und die Folterkammern, wo sie – nicht der Vater, nicht die Mutter! – an Stangen gehangen und ausgepeitscht worden waren. Draußen spannte sich der Stacheldraht endlos lang und rostig zwischen den Zementpfosten, ich sah die Wachtürme und die Baracken, sah den Schornstein über dem Dach des Krematoriums und, fernab, die kahle Pappel unter dem bleiernen Himmel.

Von der Rampe her, wo damals die Viehwagen zum Stehen gekommen waren, hatte ich den metallisch harten Zusammenprall von Puffern hören können und wieder und wieder den schrillen Pfiff einer Lokomotive. Schwarzer Rauch strich über das öde Land und verdunkelte den Nebel, in den die Lokomotive verschwand. Allein und unbehelligt, den warmen Mantel über der Schulter, war ich von der

Rampe gestiegen, hatte ich den Torbogen mit der Schrift ARBEIT MACHT FREI durchschritten – und es war, als dröhnte mir das Wort MACHT in den Ohren.

Es hatte zu regnen begonnen. Eiskalt fiel der Regen, weichte den Boden auf und machte ihn glitschig. Dem Regen zu entkommen ging ich schneller jetzt über den Platz, wo sie einst in solchem Wetter gestanden hatten – nein, nicht meine Eltern! – stumm und starr in angstvollem Schweigen, bis der Morgenappell ein Ende hatte und sie hinaus durch das Tor zur Arbeit zogen.

Vor dem Regen in jenen Bunker geflüchtet, war ich einem düsteren Gang gefolgt, vorbei an fensterlosen Zellen, in die damals die Häftlinge gepfercht worden waren, zwanzig Menschen, wo kaum Platz für vier war. Gegen die rauhen, naßkalten Wände gepreßt, hatten sie Tage und Nächte ausharren müssen, immer stehend, die Münder zum Atmen gegen die faustgroßen Löcher in der Decke gerichtet, bis dieses Atmen nur noch die letzte Abwehr gegen den Tod gewesen war – Auschwitz.

Als ich aus dem Bunker in die hereingebrochene Dunkelheit trat, hinaus in die Nacht und den nassen Nebel, sagte ich mir, daß ich schon nach kurzer Zeit in dieser Hölle den Tod gesucht und gefunden hätte, und inbrünstig hoffte ich, daß mein Vater, meine Mutter ihrem Leben ein Ende hatten setzen können, ehe man sie zu diesem Bunker schleppte, daß ihr Lebenswille erloschen war, ehe sie die abgewetzten Steinstufen hinunter in die Vernichtungszelle gestoßen wurden, wo durch Rohre das Gas einströmte.

Ja, trotz des Wissens um die Wahrheit, eines Jahrzehnts des Lebens mit der Wahrheit, hatte ich mich auch weiterhin gegen diese Ortschaft als Stätte des Todes meiner Eltern gesperrt. Doch als ich die Haufen von Schuhen sah, die Prothesen, all die künstlichen Arme und Beine, die Gebisse,

Berge von Haaren, die Puppen, die Kinderkleider und die Bekleidung von Männern und Frauen, und ich zu der Ecke gelangte, wo die Regenschirme lagen, ein Berg von Regenschirmen, da war mir aus ferner Vergangenheit die Erinnerung an Onkel Schirmchen gekommen.

»Wirst du sterben, wenn du deinen Schirm verlierst?« hörte ich mich, den Fünfjährigen, fragen.

Und wie von weither die Antwort: »Wer weiß.«

»Mir ist«, hatte ich damals zu Marion Konrad gesagt, »als stamme die Geschichte des kleinen Buchhalters mit den Ärmelschonern, der allmorgendlich im Kontor seine Lampe geputzt hatte, aus einem Buch von Gogol – dieser Schicksalsweg durch das Wäldchen, die Berührung durch die Totenhand, die ihn vollends aus der Bahn wirft – Gogol!«

Sie schüttelte den Kopf.

»Würden Sie dem tragischen Tod Ihrer Eltern etwas hinzudichten wollen?« fragte sie mit leiser Eindringlichkeit. »Es ist gewesen, so wie ich es geschildert habe – glauben Sie mir. Der Mann war mein Vater.«

Katzenkäte

Als ich damals auf der Brücke des MS Zinnowitz anheuerte, es war ein Wochenende und das Seefahrtsamt nicht besetzt, bemerkte ich gleich die Ähnlichkeit des Kapitäns mit unserer Käte, der jungen Frau, die bis hin zu meinem sechsten Lebensjahr alle möglichen Nadelarbeiten im Elternhaus gemacht hatte. Für mich war sie die Katzenkäte noch lange, nachdem ich begriffen hatte, daß sie die kleine Porzellankatze, die immer auf der Nähmaschine stand, überhaupt nicht dazu bringen konnte, mich zu kratzen und zu beißen, falls ich dem Schwungrad und der sausenden Nadel zu nahe kam.

Obwohl Kapitän Behling ein angestammter Mecklenburger und Käte aus dem Rheinland war, verstärkte sich mein Eindruck, daß die beiden verwandt sein mußten – die blauen Augen, das blonde Haar, die Form der Ohren, der Stirn, besonders aber, wie er lächelte und sich beim Sprechen mit den Fingerspitzen über die Wölbungen der Stirn strich. Und daß er, wie sich herausstellte, im Herbst 35 geboren war, gewann für mich zusätzliche Bedeutung.

Kapitän Behling war gesellig, man traf ihn nicht nur auf der Brücke, sondern oft auch auf dem Peildeck, wo wir während der Freiwache unser Bier tranken und in einer Tonne Heringe räucherten. So wurden wir näher bekannt, und gegen Ende der Heimreise fragte ich ihn unumwunden nach seiner Herkunft – stammte seine Mutter womöglich aus Duisburg?

Er schüttelte verwundert den Kopf.

»Die ist eine waschechte Mecklenburgerin und zeitlebens nicht aus Wustrow weggekommen.«

»Dann wird sie auch nicht Käte heißen.«

»Allerdings nicht«, erwiderte er lachend. »Sie heißt Marita, und wir nannten sie Rita. Und nun Schluß damit – versuchen Sie bloß nicht, mir einen neuen Stammbaum anzudichten. Wir könnten das verübeln, meine Mutter und ich.«

Dann aber, Jahre später, ich hatte die Seefahrt längst aufgegeben, wurde ich eines frühen Sommermorgens vom Schrillen der Klingel in meiner Berliner Wohnung geweckt. Beim Öffnen erkannte ich nicht gleich, wer mich da schon so zeitig heimsuchte.

»Alle Mann an Deck!«

»Mal sachte«, erwiderte ich.

»Erkennen Sie Ihren Käptn nicht, Kapitän Behling?«

Sein Ausdruck war plötzlich ernst, und ich begriff, daß er nicht ohne besonderen Anlaß aufgetaucht war. Ich ließ ihn ein und setzte in der Küche den Kessel auf.

»Kaffee und ein paar Eier in die Pfanne?«

»Keine Umstände. Ein Kaffee reicht.«

»Wo brennt's denn?«

»Die Zeit«, sagte er. »Ich muß heute schon wieder an Bord sein.«

Er wirkte verstört, verflogen war die selbstsichere Gelassenheit, die ich an ihm kannte. Kaum hatte er Platz genommen, war er schon wieder auf dem Sprung.

»Wie wär's mit einem Schuß Whisky in den Kaffee?«

Er winkte ab, setzte sich wieder, versuchte ein Lächeln, das mich, wie damals an Bord, an Käte erinnerte, und schlug vor, daß wir uns duzten.

Ich nickte.

»Danke«, sagte er und fragte: »Was weißt du über jene Käte, die du auf der Zinnowitz erwähnt hast? Kannst du mir sagen, wie alt sie 1935 war?«

Ich sah ihn an – diese Ähnlichkeit, dachte ich, frappierend!

»1935«, drängte er. »Red schon, erinnerst du dich nicht, wie alt sie damals war?«

»Als sie erstmals bei uns anfing, soll sie sechzehn gewesen sein – also war sie 1935 vierundzwanzig Jahre alt.«

»Denk weiter nach. In welchem Monat wurde sie geboren?«

Zwar konnte ich mich an Geschenke erinnern – Bettwäsche, ein Dutzend Handtücher, ein Porzellanservice, Briefumschläge mit Geldbeträgen. Doch das waren Weihnachtsgeschenke gewesen. Wann sie Geburtstag hatte, konnte ich nicht sagen.

»Aber ihren Familiennamen – weißt du den noch?«

»Nein, für mich war sie immer nur Käte.«

»Denk nach. Sagt dir der Name Schulze nichts?«

Ich schüttelte den Kopf.

»Schulze«, betonte er noch einmal. »Das ist doch kein Name, der schwer zu merken ist.«

»Ich hab ein Gedächtnis für Gesichter, aber nicht für Namen.«

»Aber du bist sicher, ihr Vorname war Käte?«

»Ganz sicher.«

»Also gut – meine leibliche Mutter hieß Käte Schulze. Sie war vierundzwanzig und unverheiratet, als ich geboren wurde. Und laut offiziellem Bescheid starb sie an Typhus im KZ, in Ravensbrück.«

Er hielt inne, trank seinen Kaffee aus und stellte die Tasse ab, daß es klirrte.

»Ravensbrück«, wiederholte er. »Und war meine Mutter.«

Aus einer Innentasche seiner Jacke holte er ein vergilbtes Papier, eine in Duisburg ausgestellte Adoptionsurkunde, aus der hervorging, daß die Frau, die er stets für seine Mutter gehalten hatte und die, wie er traurig hinzufügte, in der vergangenen Woche gestorben war, ihn nur an Kindes Statt angenommen hatte.

»Dabei hätte ich mir eine bessere Mutter nicht wünschen können. Aber lassen wir das. Darum geht es jetzt nicht. In der Truhe, in der ich die Adoptionspapiere fand, steckte auch dieser Bescheid aus Ravensbrück. Deswegen bin ich hier. Ich will alles wissen, was du über Käte weißt. Jede Einzelheit.«

Um Zeit zu gewinnen, reinigte ich lange meine Pfeife, stopfte sie mit Tabak, zündete sie an. Jede Einzelheit! Ich dachte an Käte und wie ich sie liebgewonnen hatte mit der Zeit, und besonders erinnerte ich jenen Sonntag im Frühling, an dem sie mich ganz unerwartet zu einem Waldspaziergang abgeholt hatte. Es hatte geregnet, nun schien die Sonne, die Baumknospen glänzten, und in den Lichtungen das Gras leuchtete grün in der Sonne. Die Luft war rein, der Himmel hoch und blau, und mir gefiel, daß ich Käte ganz für mich hatte. Sie hatte mich bei der Hand genommen, und als ich zu ihr aufblickte, war ich plötzlich verwirrt von dem merkwürdig traurigen Ausdruck in ihren Augen.

»Es hat mich tief getroffen, als ich erfuhr, daß sie nie mehr kommen würde«, sagte ich zu Kapitän Behling.

»Wann war das?«

»Ehe ich eingeschult wurde. Ich war noch nicht sechs.«

»Mein Gott!« rief er aus. »Ich kann mich auf nichts besinnen, das so weit zurückliegt – außer an Krieg, und wie da ein Bomber in der Luft auseinanderbrach und der Pilot an einem Fallschirm heruntersegelte und wir Kinder unterm Flakfeuer übers Feld rannten und den Piloten mit zerfetztem Leib an einem Baum hängen sahen.«

»Du vergißt«, sagte ich, »daß Käte Abschied nahm. Es war eine Trennung für immer – auch wenn ich sie sechs Jahre später noch einmal sah. Da war ich elf.«

»Erzähl davon.«

»Es war eine aufregende Begegnung, und was ich damals erlebte, paßt zu Ravensbrück. Käte war hochschwanger, als sie bei uns auftauchte – das war 1935. Das weiß ich genau wegen der Farbe meiner Schülermütze.

Diese Mützen bedeuteten uns viel, und ich trug eine rote. Quinta. Kätes Schwangerschaft war nicht zu übersehen, und natürlich trug ich ihr den Koffer bis zur Straßenbahnhaltestelle.«

»Was für einen Koffer?«

»Sie wollte ein paar Sachen holen, die wir nicht mehr brauchten.«

»Und dann?«

Und dann – wie seltsam, daß sich nach all der Zeit aufklärte, was damals unerklärlich schien. Käte, einen Aufschrei unterdrückend, als sie den Mann sah, der schnell über die Straße auf sie zukam, das Hemd blutbefleckt unter der offenen Lederjacke. Der Mann sprach nicht, er zerrte die eine Seite seiner Lederjacke über den Blutfleck, und der Ausdruck seiner Augen verriet, daß sie in größter Gefahr waren. Käte rief ihm zu, daß ein Lodenmantel in dem Koffer sei, und der Mann griff den Koffer und trug ihn über die Straße in einen Hauseingang. Dort riß er den Deckel auf, schlüpfte schnell in den Mantel, der locker an ihm herabhing und nur bis zu den Knien reichte. Aber er bedeckte das Hemd.

»So war das«, sagte ich zu Kapitän Behling. »Daß sie wortlos verschwanden und einen Koffer voll guter Sachen einfach liegen ließen, gab mir sehr zu denken.«

»Und du hast nie wieder etwas von Käte gehört?«

»Ich will dir was sagen«, antwortete ich. »Einen Tag nachdem Käte wieder bei uns aufgetaucht war, wurde Vater zur Gestapo bestellt. Als er Tage später wiederkam, war er verändert – schweigsam, in sich gekehrt. Er ging gebeugt, mit vorgezogenen Schultern, und sein linker Arm hing schlaff herunter. Sein Anzug sah aus, als hätte er darin geschlafen.«

»Du meinst, sie hatten ihn wegen Käte geholt?«

»Sie hatten ihn vorgeladen«, antwortete ich nur. »Und er hat nie erklärt warum. Für mich blieb Käte verschollen, und in meinem Beisein haben die Eltern nie wieder ein Wort über sie gesagt.«

Die größere Gefährdung

Nacht war und Krieg, auf den Meeren lauerte der Tod, und gefährdet wie alle Schiffe damals war auch die Dunera, ein Truppentransporter, der durch die aufgepeitschten Wogen der Irischen See einem uns unbekannten Ziel zusteuerte. Wie viele wir waren, wußte keiner genau, tausend, zweitausend, Internierte alle, den Briten ausgeliefert und zusammengepfercht im Bauch des Schiffes, bei Einbruch der Dunkelheit hingestreckt unter Tischen und Bänken, unter Niedergängen, in den Gängen, einige wenige von uns in Hängematten, die in dem Seegang heftig schwankten.

Unaufhörlich schlingerte das Schiff, sackte ab, kam wieder hoch, und plötzlich dröhnte es in den Stahlwänden, als hätten wir ein Riff gerammt. Dem ersten Schlag folgte ein zweiter, das Schiff bebte, Tische und Bänke rissen aus den Verankerungen und fielen krachend um, und lang nachdem das Dröhnen abgeklungen war, schlugen die Hängematten gegen Pfeiler und so hart gegeneinander, daß einige der darin Liegenden auf Tischkanten und die umgestürzten Bänke geschleudert wurden, und auf die Körper von Schicksalsgefährten, die am Boden lagen. Man hörte Stöhnen, Flüche, Hilfeschreie, und als zu all dem noch die Notlampen erloschen, war in der Dunkelheit die Panik wie die Panik vor dem Untergang.

Ich blieb, wo ich lag, den Kopf in der Armbeuge. Erst allmählich richtete ich mich vorsichtig auf, und als sich meine Augen der Dunkelheit angepaßt hatten, erkannte ich ein Menschenknäuel auf jene helleren Flecke im Dunkel zudrängen, wo die Niedergänge ins Freie führten. Als endlich die Lampen wieder angingen, war zu sehen, daß oberhalb der Niedergänge Soldaten der Wachmannschaft den Weg versperrten. Schon peitschten Schüsse ins Dunkel. Ich ließ mich zur Seite fallen, die Arme schützend überm Kopf, und so verharrte ich, bis die Wachposten Ruhe gaben, ihr »git back, git back, yer bastards!« verstummt war, sie die Niedergänge leergebrüllt und leergeschossen hatten. Noch immer schlingerte das Schiff, und als es wieder in die Tiefe sackte, tiefer und tiefer, war mir, als würde es sinken. Dann aber hob es sich wieder, trug uns nach oben, und in der Erleichterung schienen mir jene dumpfen Detonationen, die jetzt hörbar wurden, weniger bedrohlich zu sein als das zweimalige Krachen gegen den Schiffsrumpf. Wir waren noch einmal davongekommen, dem Untergang entronnen – ich lebte ...

Obwohl seit dem Tag, als wir uns ewige Freundschaft schworen, fünf Jahrzehnte vergangen sind, erkenne ich Fritz sogleich – der untersetzte Mann mit dem dichten graublonden Haar muß es sein. Ich sehe ihn in der Bar die Rechnung begleichen, dann suchend um sich blicken, und als ich ihm zuwinke, kommt er schnell durchs Hotelfoyer auf mich zu, streckt mir die Hand entgegen und scheint noch voll der Vorfreude zu sein, die er am Telefon hatte spüren lassen. Es sieht aus, als kümmere es ihn nicht, daß ich in dem Roman, auf den er gestoßen ist, jenem Hitlerjungen, der in der Pogromnacht die Fenster eines jüdischen Hauses zertrümmert, sein Aussehen und einen dem seinen ähnlichen Namen gab.

»Daß du noch lebst«, sagt er mit unerwartet tiefer, dabei rauher Stimme, »alles überlebt hast.«

Froh, in seiner Heimatstadt Hamburg unser Treffen zustande gebracht zu haben, nimmt er mich beim Arm und führt mich aus dem Hotel zu seinem am Alsterufer geparkten Auto. Das Tageslicht deckt auf, daß sein Haar eher grau als blond ist, die Haut verwittert, zerfurcht am Hals und im Gesicht. Er wirkt abgearbeitet, verbraucht, und als ich erfahre, daß er Baumeister wurde, stelle ich ihn mir auf Baustellen in Wind und Wetter vor, Helm auf dem Kopf, den Jackenkragen hochgeschlagen. Es scheint berufsbedingt, daß er die Stimme kaum senkt, im Auto nicht und selbst nicht, als wir uns im Wohnzimmer seiner Vorortvilla gegenübersitzen.

»Dein Roman hat viel wachgerufen in mir«, sagt er. »Und wüßte nicht jeder, daß ich damals im November schon nicht mehr in Duisburg lebte, müßte ich dir diesen Hitlerjungen übelnehmen – die äußere Ähnlichkeit, der Name!«

Also doch, denke ich, schweige aber, damit er ungehindert fortfahren kann, seine damalige Abwesenheit zu erklären – vom Herbst 1936 bis nach Kriegsanfang sei er in einem weit von Duisburg entfernten Internat gewesen.

»Kurz nachdem wir uns das letzte Mal sahen, glaubte ich, du bist gar nicht mehr im Land«, sagt er und beschreibt, wie er beobachtet hatte, daß Möbelkisten mit der Aufschrift Tel Aviv aus unserem Haus getragen wurden.

»Die gehörten unseren Untermietern«, kläre ich ihn auf, und weil in mir ständig der Tag gegenwärtig ist, an dem wir unsere Freundschaft durch Blut besiegelten, kann ich nicht umhin, ihm vorzuhalten, daß er sich damals mühelos nach mir hätte erkundigen können.

Er senkt den Blick. Dann sagt er: »Was glaubst du wäre passiert, hätte man mich an eurer Tür gesehen?«

Ihn verunsichert mein Schweigen.

»Jedenfalls war ich in der Kristallnacht nicht in Duisburg«, wiederholt er.

Da setze ich dann doch an, ihm etwas über Romane zu sagen und daß selbst Biographien nicht selten von Erfundenem durchsetzt seien.

Er hört nicht hin.

»In dem Jahr«, erklärt er, »war für mich schon alles vorbestimmt. Wenn ich auch noch nichts ahnte, die da oben wußten Bescheid.«

Die Internatsschule sei eine Spezialschule gewesen, in der sie vor allem zu funktionieren lernten – daß ihn Englisch wenig interessierte, hätte ihn weder von diesen Intensivkursen befreit, noch später von der Pflicht, mit Kopfhörern über den Ohren britische Funksprüche abzuhören.

»Von wegen Vorbereitung auf den Beruf eigener Wahl«, sagte er. »Der Krieg war noch kein Jahr alt, da fand ich mich auf einem U-Boot wieder. Funker Frantzen im freiwilligen Einsatz für den Führer.« Er lacht bitter auf. »Nicht lange Kerle brauchten die, sondern kurze – Unterwasserabenteuer, die ich nie wollte, und wie sie dir immerhin erspart geblieben sind.«

»Das Schiff, auf dem ich damals nach Australien gelangt bin«, erwiderte ich, »wurde um ein Haar versenkt.«

Jäh blickt er auf, fragt nach dem Zeitpunkt und dem Namen des Schiffes.

»Dunera«, wiederholte er dumpf. »Die Dunera!«

Was folgt, mündet in einen Schlußakkord – dieses Schiff vergesse er sein Lebtag nicht, die Dunera liege ihm für immer auf der Seele, weil sie fast zu seinem Verhängnis wurde; er und kein anderer sei es gewesen, der das Schiff im Atlantik ortete, seine Funksprüche auffing und anhand der auf der Spezialschule erworbenen Fähigkeiten dechiffrierte.

»Du mußt wissen, dort hatten sie es längst geschafft, den britischen Geheimcode zu knacken.«

Und, sagt er weiter, wären die Kreiselkompasse ihrer Torpedos nicht fehlerhaft gewesen, Sabotage womöglich, beide hätten die Dunera getroffen. So aber explodierten sie erst bei Grundberührung.

»Euer Glück!«

Am Ende seien sie es gewesen, die um ein Haar auf der Strecke blieben – und er schildert, wie die Unterwasserbomben der Dunera ihr U-Boot leck schlugen, manövrierunfähig machten, sie erst nach sechzehn Stunden purer Hölle die französische Küste erreichten, ausgepowert, mehr tot als lebendig, nur knapp dem nassen Grab entronnen.

»Mach dich mal schlau über die Verlustziffern deutscher U-Boot-Fahrer im Krieg.« Er wink ab, besinnt sich anders. »Was verlange ich da«, sagt er. »Als ob wir es besser verdient hätten damals – die paar Fensterscheiben, die du einem wie mir in deinem Roman angelastet hast, sind eine Bagatelle, verglichen mit dem, was du mir tatsächlich anlasten könntest.«

Vor meinem inneren Auge sehe ich, wie Curt die Klinge des Messers in die Flamme der Kerze hält, wir waren beide erst zwölf damals, und er sich dann mit der Schneide die Haut am Arm aufritzt. Wieder hält er die Klinge in die Flamme, dann reicht er mir das Messer. Wir kreuzen die Arme, legen Wunde auf Wunde, sein Blut vermischt sich mit meinem.

»Hast du begriffen, warum ich dir vorwarf, dich mit der Entdeckung dieser Kisten für Tel Aviv zufrieden gegeben zu haben?«

»Was soll das jetzt?«

»Ich war nicht verschwunden, war noch im Lande und rechnete mit dir – so war das.«

Er sieht mich an. Offensichtlich sind seine Gedanken noch auf See.

»Denk nicht mehr an die Dunera«, sage ich ihm. »Meine größte Gefährdung liegt viel weiter zurück.«

Er scheint mich nicht begreifen zu wollen.

»Fritz«, sage ich. »Ich meine die Zeit, als du es schon nicht mehr wagtest, nach mir zu fragen.«

Ein Tag im November

Es war zwei Uhr nachts – ein trüber, naßkalter Novembermorgen. Angeleuchtet vom Licht der Bogenlampen schwebten Nebelschwaden tief vor den zwei Ausgängen des Bahnhofstunnels, und war ich auch siebzehn Jahre nicht mehr in Duisburg gewesen, ging ich doch unbeirrt in die Richtung, wo meiner Erinnerung nach immer die Taxis gewartet hatten. Meine Sicherheit aber war Schein. Ich fühlte meinen Herzschlag bis in den Hals. Duisburg – wen kannte ich noch hier, wer würde die Zeit überlebt haben? Im Zug hatte ich nur Hilde im Sinn gehabt, Bezugsperson meiner Kindheit, die mir über lange Zeit so nah gestanden hatte wie die Mutter, zuweilen sogar näher, wenn ich mich ihr, die ich nie bloß als Hausangestellte empfunden hatte, mit meinen Nöten anvertraute. Nur mit ihr, wenn überhaupt mit jemand, würde ich die Brücke zu meiner Vergangenheit schlagen können.

Verschwommen im Nebel machte ich die Taxis aus und daß der Fahrer der ersten in der Reihe erwartungsvoll zu mir hinblickte. Ich bat ihn, mich zu einer nahen Pension zu fahren. Er wirkte enttäuscht, und ich versprach ihm, das später am Morgen wieder wettzumachen, dann brauche ich ihn für länger. Er nickte erleichtert und fuhr mich zu einer kleinen Pension, deren Wirt mir trotz der frühen Stunde, er war im Pyjama zur Tür gekommen, bereitwillig ein Zimmer zuwies. Übermüdet von der Reise und der Anspannung legte ich mich schlafen.

Mit der Dämmerung setzte Regen ein, schlug prasselnd ans Fenster und weckte mich. Noch vor dem Weckruf war ich im Bad, hatte mich angekleidet und suchte den Frühstücksraum auf. Beim Tee blätterte ich die Morgenzeitung durch. Was da berichtet wurde, ließ mich unberührt. Mir war, als sei Deutsch eine fremde Sprache. Zur vereinbarten Zeit meldete sich der Taxifahrer. Er war rasiert, aber seine Augen blickten müde.

»War wohl eine Zumutung«, fragte ich ihn.

»Wir fahren, wenn wir gebraucht werden. Und Sie sagten, es sprängen ein paar Stunden raus.«

Ich nannte ihm die Adresse in Hamborn. Im Regen fuhren wir los. Es war warm im Wagen, das Radio lief, nach einer Weile aber stellte der Fahrer die Musik ab. Wann ich das letzte Mal in Duisburg gewesen sei, wollte er wissen.

»Lange nicht«, sagte ich bloß.

In der Innenstadt hatte sich viel verändert – eine Fußgängerzone, schmucke neue Läden, ein neues Kaufhaus, moderne Bürogebäude, Banken. Spuren des Krieges zeigten sich erst im Fabrikviertel, wo es nach Rauch roch und der Rauch niedrig im Regen über zerbombte Reihenhäuser und die Mauerreste zusammengefallener Mietshäuser strich. Von weither gellte eine Sirene, war ein Stampfen und Krachen zu hören. Wo das Taxi anhielt, erstreckte sich ein Schuttplatz – nichts mehr war übrig von der Schlosserei, in der Gerhart, den Hilde hatte heiraten wollen, gearbeitet hatte. Im mittleren der drei Ziegelhäuser war Hilde zu Hause – war sie es noch? Die Häuser hatten den Krieg überstanden, wenn auch mit notdürftig geflickten Dächern. Das Regenwasser floß die Fassaden herunter und als Rinnsal unter den Zäunen weg in die Gosse.

Der Fahrer versprach zu warten. Ich stieg aus, überquerte die Pflasterstraße zum mittleren Haus und läutete.

Beim Anblick der Frau, die öffnete, war mir, als hätte ich mich in der Tür geirrt – das Haar mit grauen Strähnen durchzogen, stumpf blickende, tief umschattete Augen und Kummerfalten bis in die Mundwinkel. War das Hilde? Sie stand da und hielt sich mit abgearbeiteten Händen den Morgenmantel zu.

»Ich kaufe nichts«, sagte sie.

»Hilde Küpper – da bin ich doch richtig hier?«

»Ich brauche nichts.«

Aus meiner Brieftasche zog ich ein Foto, auf dem wir beide zu sehen waren – Hilde servierend auf der Frühstücksterrasse.

Sie nahm das Foto und betrachtete es lange. Die Hand zitterte. Eine Träne fiel auf das Foto. Sie wischte die Träne am Ärmel ab.

»Daß du noch lebst.«

Verängstigt plötzlich, alle Rührung zurückdrängend, zog sie mich ins Haus.

»Ob dich einer kommen sah?«

»Was wäre dabei?«

»Mein Mann«, sagte sie.

»Gerhart kennt mich doch.«

Sie bedeckte das Gesicht mit den Händen. »Gerhart ist nicht mein Mann. Den haben die Nazis erschlagen.«

Sie sprach nicht weiter, ging vor mir her in die Stube und winkte mir, ihr zu folgen. Noch immer schien sie verängstigt und von Furcht besessen. Wie damals schon verstellten dunkle Möbel den Raum, ließen die Vorhänge nur spärliches Licht ein. Kurz hob sie einen Vorhang an und spähte auf die Straße. Ich fühlte mich fremd und fehl am Platz, und es dauerte, bis sich meine Augen an das Dämmerlicht gewöhnt hatten, ich auf dem Kaminsims das Foto ihrer Eltern im Trauerflor sah. Auf einem anderen blickte ein kleiner blonder Junge zu einem jungen, hageren Mann in Wehrmachtsuniform auf.

»Gut, daß der Junge auf Arbeit ist, wenn er dich gesehen und dem Vater erzählt hätte –«

Sie stellte keine Fragen über mein Woher und Wohin, sah mich immer nur aus gehetzten Augen an.

»Daß du noch lebst.«

Jetzt war noch deutlicher – die Hilde von einst gab es nicht mehr. Ich nahm das Foto von dem Soldaten in die Hand.

»Bald wird er die Uniform wieder anziehen«, sagte sie. »Dann hab ich endlich Ruhe.«

Ich schwieg.

»Hätte Gerhart überlebt, o Gott, wenn sie mir den Gerhart nicht erschlagen hätten«, sagte sie, »für ihn hätte ich alles ausgehalten – die Bombennächte, die Plackerei in der Waffenfabrik, und später das Offizierskasino von den Engländern.«

»Offizierskasino?«

»Ja«, sagte sie. »Schwarzer Rock und weiße Schürze. Und Englisch habe ich auch gelernt – keep your hands off me, please Sir!«

Ihre Stimme klang bitter, und es war, als bestätige sie, was ich im stillen dachte. Auch an ihre Zeit mit Gerhart mußte ich denken – wie schön sie damals war, ruhig und ausgeglichen im Wesen.

»Und hast am Ende diesen Mann genommen«, sagte ich.

Wieder streifte mich ihr gehetzter Blick. »Geh jetzt lieber. Wenn Karl plötzlich kommt und dich hier sieht –«

Sie riß den Morgenrock auf und enthüllte den Bluterguß über der Brust.

»Und sogar geheiratet«, fügte ich leise hinzu.

»Weißt du, wie es nach dem Krieg hier aussah?« rief sie. »Was weißt du schon – Frauen überall; konnte froh sein, daß ich überhaupt noch einen fand. Aber jetzt, ach wäre er doch endlich, wo er hin will. Du hörst richtig – bei den Franzosen in der Fremdenlegion, und mir wär's recht. Algerien ist weit weg!«

Ich ging. Ihr Lächeln beim Abschied war trauriger als Tränen. Wieder gellte die Sirene durch den Regen, und ehe ich noch zur Gartenpforte gelangte, fiel hinter mir die Haustür ins Schloß.

Ich blickte zurück. Im Fenster wurde der Vorhang angehoben. Ich winkte, wandte mich ab und ging dann schnell über die Straße zu dem wartenden Taxi.

Die Schuld der Schwachen

Es stimmte – selbst elf Jahre nach dem Krieg noch war die Fläche um den Schacht zum Kohlenkeller des Duisburger Realgymnasiums mit hundertachtundachtzig Terrazzoplatten ausgelegt. Vier weniger als acht mal vierundzwanzig. Das kann ich versichern, denn nach dem Besuch bei Studienrat Talbert ging ich hin und zählte sie.

Nieselregen fiel auch an jenem grauen Novembernachmittag, und während ich auf dem verlassenen Schulhof die mit nassem Kohlenstaub bedeckten Platten zusammenrechnete, war mir, als sei ich nicht allein. Ich glaubte Moritz Traugott zu sehen, wie er unbeholfen über eben diese Fläche tappte, in seinen kurzen, viel zu engen Hosen. Der Blick seiner sanften Augen glitt über die Platten, die weichen Lippen bewegten sich dabei, und nichts in dem kindlich arglosen Gesicht verriet seine ungewöhnlichen Fähigkeiten – damals, als sie ihn zwangen, die genaue Anzahl der Platten zu errechnen, war er längst zu einem mathematischen Genie herangereift, das astronomische Ziffern meistern konnte …

Zwanzig Jahre später nun stand ich hier, und dabei sah ich nicht nur, was mit Moritz Traugott geschehen war, mir klang auch in den Ohren, was Dr. Talbert, mein ehemaliger Mathematiklehrer, von seiner Mitschuld an Moritz Traugotts Tod gesagt hatte: »Ich bin es müde, diese Schuld noch länger zu tragen, will nicht an sie erinnert sein – es ist eine sinnlose Qual, die nichts rückgängig machen und nichts ändern kann.«

Zwei Jahrzehnte – der Verfall Studienrat Talberts hatte mich nicht überrascht, schon in meiner Schulzeit war er hager und grau gewesen. Als ich ihm nach all den Jahren wieder in seinem Arbeitszimmer gegenübersaß, wurde ich an die ersten Anzeichen dieses Verfalls erinnert. Man konnte sie schon an jenem Wintermorgen wahrnehmen, als er zum ersten Mal den Unterricht mit dem Hitlergruß eröffnet hatte. Die Reaktion der Klasse reichte damals von Unglauben bis zu fröhlichem Triumph – und jetzt, im nachhinein, war mir, als hätte ich auch etwas von Talberts Verzweiflung gespürt, einen inneren Zwiespalt.

Aber er hatte Heil Hitler gerufen, Talbert hatte die rechte Hand gehoben. Da eine Umkehr nun nicht mehr möglich war, änderte sich auch seine Haltung zu Moritz Traugott, und natürlich auch sein Verhalten zu mir. Er übte keine Nachsicht mehr bei meinen mangelhaften Leistungen, verweigerte mir den Privatunterricht, den er mir bislang gegeben hatte, und ließ mich nicht mehr in sein Haus. So mußte ich dreimal wöchentlich nach Mülheim fahren, um bei Saul Pinkus, der inzwischen Mathematik studierte, Gleichungen und Formeln zu pauken.

»Daß du dich an mich erinnerst und dir die Mühe gemacht hast, herzukommen«, sagte Dr. Talbert nachdenklich. »Nach all der Zeit.«

Er schien sich seiner damaligen Haltung noch bewußt zu sein, und so beeilte ich mich, ihm zu versichern, daß es andere Lehrer gebe, die ich niemals aufsuchen würde.

Dr. Talbert nickte. »Ich hatte mich nicht leichten Herzens von dir abgewandt oder dir böswillig mein Haus verschlossen«, sagte er. »Ich mußte es!«

»Ich weiß.«

»Wachholz«, sagte er, »wir wurden alle von ihm überwacht: Dr. Schirdeacker, Dr. Lehmann, Dr. Reinicke, ich – alle...«

»Ich weiß.«

»Er war unsere Nemesis. Er hat Dr. Karsten auf dem Gewissen. Nach dem, was wir nach dem Krieg erfuhren, starb Dr. Karsten in Dachau.«

Und wer hat Moritz Traugott auf dem Gewissen? dachte ich. Nur Wachholz? Wenn Sie zu Moritz gehalten, ihn nicht dem Spott der anderen überlassen hätten, vielleicht wäre er heute noch am Leben – er hätte sich, wie Sie einst vorauszusagen wagten, zu einem zweiten Albert Einstein entwickeln können!

Bei diesem Gedanken forschte ich nach dem gerahmten Foto von Albert Einstein, das hier früher an der Wand hing, in diesem Arbeitszimmer. Die Stelle war leer. Kein Wunder also, daß er noch immer nicht Moritz Traugott erwähnte.

»Saul Pinkus«, sagte Dr. Talbert, als hätten sich meine Gedanken an seinen Nachfolger auf ihn übertragen, »was ist nur aus Saul geworden?«

»Amerika«, sagte ich, »die Pinkus-Familie emigrierte nach Amerika. Saul hat in Princeton eine Dozentur für Mathematik und Philosophie.«

»Wirklich?« sagte Dr. Talbert. »Wie gut, daß ich das weiß! Es ist traurig, wenn man an die vielen hervorragenden Geister denkt, die wir in jenen Jahren verloren haben. Ich meine die vielen begabten Menschen, die weggingen.«

»Weggehen mußten!«

»Ja, natürlich.«

»Oder umgebracht wurden, ehe sie weggehen konnten.«

»Ja, ja, natürlich.«

Als aber Dr. Talbert noch immer nicht von Moritz Traugott sprach, brachte ich die Rede noch einmal auf

Wachholz – Dr. Hinrich Wachholz, der einzige Lehrer des Realgymnasiums, der keine Gelegenheit ausließ, die braune Uniform zu tragen, und der von Anfang an zur Eröffnung jeder Unterrichtsstunde »Heil Hitler!« gebrüllt, als erster Rassenkunde betrieben und mich regelmäßig vor die Tür gesetzt hatte.

»Was ist aus ihm geworden?«

Dr. Talberts Schultern strafften sich, und, eben noch gebeugt, richtete er sich wie in Abwehr hinter seinem Schreibtisch auf.

»Wachholz unterrichtet wieder.«

»Das heißt, es gab eine Zeit, in der er das nicht tat?«

»So ist es. Doch heute wäre mir wohler, wenn ich mich da nicht eingemischt hätte.«

Aufgrund seiner Aussagen vor dem Entnazifizierungsausschuß, fuhr er nach kurzem Zögern fort, sei Wachholz einige Jahre vom Dienst suspendiert worden. Längst aber hätte er seine Stelle wieder – wie eh und je.

Ich sah ihn an.

»Du wirst es gleich begreifen«, sagte Dr. Talbert, zog ein Schubfach auf und holte ein Blatt hervor, auf dem der Satz stand: »TALBERT – UNSERE ZEIT KOMMT, UND WIR KRIEGEN SIE NOCH!« Die Drohung trug die Unterschrift von Dr. Hinrich Wachholz, in roter Tinte groß über den Stempel OBERSTUDIENRAT geschrieben.

»Dies kam vor vierzehn Tagen mit der Post.«

Dr. Talbert legte das Blatt wieder in das Schubfach.

»Zwei Wochen! Da werden Sie doch schon einiges unternommen haben«, sagte ich.

Er wandte sich mir zu. »Für einen wie dich wäre es leichter. Du könntest sehr wohl noch etwas tun. Ich aber ... verzeih!«

»Ich verstehe.«

»Du hast nicht teil an der Schuld«, sagte er. »Ich aber…« Wieder unterbrach er sich. »Ach, ich bin es müde, diese Schuld noch länger zu tragen, will nicht an sie erinnert sein – es ist eine sinnlose Qual.«

Dies aber war Moritz Traugott widerfahren, auf dem Schulhof des Duisburger Realgymnasiums, unter der kalten Wintersonne jenes Jahres.

Die Frage nach der Summe der Terrazzoplatten war kindisch, er würde sie auf Anhieb nennen können – es war, als fragte man Rittlinger, den Besten in Geographie, ob Rom die Hauptstadt Italiens sei, oder Thorsten, der in Zoologie glänzte, ob der Wal zu den Säugetieren gehöre. Moritz Traugott wußte nur zu gut, daß er wieder gedemütigt werden sollte. Seit Dr. Talbert ihm keine Aufmerksamkeit mehr schenkte, war er wehrlos. Es schmerzte ihn, wie schnell seine Mitschüler vergaßen, daß sie früher gern seine Hilfe genutzt hatten bei Aufgaben, die wirklich welche waren. Diese aber hatte keinerlei Sinn, bedeutete eine Beleidigung für ihn. Gestern hatten sie ihn gefragt, wieviel Pfähle, wenn man sie in einem Abstand von einem halben Meter setzte, für einen zehn Meter langen Zaun benötigt würden. Und vorgestern? Und davor? Jeden Tag dieser Spott – wie lange noch?

Moritz Traugotts Gesicht verschloß sich vor der höhnenden Menge.

»Hundertzweiundneunzig Stück«, sagte er mit leiser Stimme.

Doch die Schüler ließen ihn nicht los. »Falsch«, brüllten sie. »Falsch, du mathematisches Genie, du Rechenwunder!«

Moritz blickte auf und runzelte die Stirn. Als er sich umwandte, um die rechtwinklige Fläche um den Kohlenschacht noch einmal abzuschätzen, begriff er, daß die Zahl der Terrazzoplatten tatsächlich nicht mit seiner Rechnung übereinstimmen konnte – er hatte die Falltür übersehen. Angenommen, das Quadrat dieser Tür entspräche einer Fläche von vier Platten, dann waren es nur hundertachtundachtzig insgesamt. Aber er machte keine Anstalten, sich zu berichtigen – es war sinnlos!

»Zweistein«, brüllten sie, »du berechnest die Lichtgeschwindigkeit, kriegst raus, wie schnell die Planeten die Sonne umkreisen und bist schon bei ein paar Terrazzoplatten aufgeschmissen. Am besten, du zählst sie einzeln nach, oder du schaffst es nie.«

Sie packten ihn und zwangen ihn, quer über die mit Kohlenstaub bedeckte Fläche zu gehen.

»Zähl, Zweistein, zähl sie ab!«

Das Blut war Moritz Traugott zu Kopf gestiegen, selbst seine Hände und die nackten Knie schienen rot anzulaufen. Die Hände wie in Abwehr erhoben, tappte er über die Platten auf die Falltür zu, der er sich offenbar nicht mehr bewußt war.

»Zähl weiter, Zweistein!«

Und dann geschah es. Es war geplant und geschah: Unter ihm die Falltür sprang mit einem hallenden Schlag auf, und Moritz Traugott stürzte. Sein Kopf schlug gegen die stählerne Kante des offenen Quadrats. Dann war er verschwunden. Als sie ihn vom Keller auf den Schulhof trugen, hatte er das Bewußtsein nicht wiedererlangt. Er blieb auf dem Weg zum Krankenhaus bewußtlos, und im Krankenhaus starb er.

Und es stimmte – selbst elf Jahre nach jenem zerstörerischen Krieg, der die Stadt Duisburg so wenig verschont hatte wie andere deutsche Städte, war die Fläche um den

Schacht zum Kohlenkeller des Gymnasiums noch immer mit hundertachtundachtzig Terrazzoplatten ausgelegt. Ich kann es versichern, denn nach dem Besuch bei Studienrat Talbert ging ich hin und zählte sie.

Die Zuwiderhandelnde

Ihr Haar, wie eh und je straff aus der Stirn gekämmt und im Nacken zu einem Knoten geflochten, war mit grauen Strähnen durchzogen, die Haut welk und gelblich geworden. Wie sie da hager und steif in der Tür zu ihrer Etagenwohnung stand, war ich an den mehr als zwei Jahrzehnte zurückliegenden Nachmittag erinnert, als Fräulein Dieffenbach mir den Zugang zum Vater verweigert, sie sich, Bürovorsteherin, die sie war, das Recht genommen hatte, die Mitteilung des Lateinlehrers zu lesen und mich mit den Worten abzuweisen: »Verwerflich, verwerflich – der Sohn eines Rechtsanwalts betrügt bei der Klassenarbeit!« Die Stunden, in denen ich mich in der Innenstadt hatte herumtreiben müssen, ehe ich den Vater vor dem Bürogebäude abfangen konnte, hatte ich ihr nie verziehen – mich einen ganzen Nachmittag dem Vater nicht anvertrauen zu können, war fast so einschneidend gewesen wie die Schmach, mit einer Mitteilung an ihn aus der Schule verwiesen worden zu sein.

Nur der besonderen Umstände wegen hatte ich mich nach all den Jahren dazu durchgerungen, Fräulein Dieffenbach aufzusuchen – was wohl hatte ihr der Vater noch zur Verwahrung geben können? Am Telefon hatte sie die Verschleppung der Eltern mit dem Wort Abreise umschrieben! Grund genug, wie mir jetzt schien, keinen Augenblick länger als notwendig bei ihr zu verweilen.

»All die Jahre in die Pflicht genommen«, sagte sie und sah mich dabei vorwurfsvoll durch ihre dicken Brillengläser an. Sie zwang sich ein Lächeln ab. »Daß Sie mich richtig verstehen«, fuhr sie fort und sprach dann von den Gefahren einer Hausdurchsuchung, denen sie unter den Nazis ausgesetzt gewesen sei. »Die Schreibmaschine wäre zu erklären gewesen, immerhin war ich Ihres Vaters Bürokraft. Über die Urkundenmappe aber wäre man schnell darauf gekommen, woher die Krawattennadel und die Manschettenknöpfe stammten. Und was dann?«

Ich schwieg. Von der Diele her strömte mir der Geruch von Bohnerwachs und Möbelpolitur entgegen. Auch war da ein ständiges Rauschen hinter der Toilettentür zu hören. Mir war, als müsse von dort augenblicklich jemand zwischen dem Kleiderständer mit den langen dunklen Frauenmänteln und dem Garderobenschränkchen auftauchen. Fräulein Dieffenbach schien das Rauschen nicht zu stören.

»Die ganzen Jahre lag das Etui in meinem Wäscheschrank – gottlob, daß das nun ein Ende hat.«

Sie wandte sich ab, um zu holen, was zu holen war, und als sie mir das Etui aushändigte, sah ich im Geist den Vater die Nadel aus der Krawatte ziehen, die Manschettenknöpfe aus den Ärmeln entfernen, hörte ich ihn zu Fräulein Dieffenbach sagen: Es muß ja nicht alles und jedes in die falschen Hände geraten.

»Es war nämlich durchaus ungesetzlich«, sagte sie, »Wertgegenstände von Juden in Verwahrung zu nehmen. Glauben Sie mir, sehr oft habe ich mich gefragt, ob ich die Urkundenmappe nicht einfach vernichten und die Wertsachen verkaufen sollte. Dann aber erinnerte ich mich an Sie – im Ausland irgendwo, und vielleicht kommt er zurück. Womit ich ja dann recht behielt.« Wieder zwang sie sich gequält ein Lächeln ab. »Gottlob, das ist nun vorbei.«

»Gottlob«, bestätigte ich ihr.

Es war, wie ich es schon auf dem Weg zu ihr geahnt hatte – wir würden uns wie eh und je fremd bleiben. Ich steckte das Etui weg, nahm die Urkundenmappe und auch die Schreibmaschine in Empfang, die in einem Koffer steckte, und noch ehe ich damit den Treppenabsatz erreicht hatte, schloß Fräulein Dieffenbach die Tür.

Als ich von der Straße her einen Blick nach oben warf, sah ich sie kurz hinter der Gardine stehen, dann schnell im Zimmer verschwinden.

Der Mann, der aus dem Nebel kam

»Warum ziehst du deinen Mantel nicht aus?«

Georg Brehr, zehn Jahre alt und so wortkarg wie sein Vater, der damals schon im dritten Jahr erwerbslos war, schüttelte nur den Kopf und zog sich zur Küchentür zurück.

»Heute nicht«, sagte er meiner Mutter. »Tun Sie mir heute das Essen einfach in 'nen Topf.«

Ganz offensichtlich wollte er schnell weg, meine Mutter hielt ihn zurück – aufgewärmt schmecke das Essen doch gar nicht, er solle ruhig bleiben, und den Mantel könne er anbehalten. Da erst tat Knut wieder ein paar Schritte nach vorn und setzte sich an den Tisch. Der Mantel öffnete sich dabei, und ich ahnte, warum er ihn nicht hatte ablegen wollen. Der lederne Gürtel mit dem Koppel fehlte – hatte er ihn zu Geld gemacht, oder für Stullen eingetauscht, wie damals den Pullover? Durch die Schlaufen seiner Hosen war jetzt ein Strick gezogen.

Auch ein Vierteljahrhundert später hatte ich wenig Mühe, den Pfad zu entdecken, der quer durch den Duisburger Stadtwald ins Tal und zu der Siedlung führt, wo Georg damals wohnte. Was aber sprach dafür, daß ich ihn finden würde? Schon zögerte ich, weiterzugehen. Nichts mehr schien mir vertraut und zu dem Bild vom Dörnerhof zu passen, das ich in Erinnerung hatte.

Zwar waren in den Schwaden dichten Nebels die Umrisse jener umgebauten Eisenbahnwaggons zu erkennen, doch darüber ragte jetzt ein massiger Betonklotz, der im Krieg ein Luftschutzbunker gewesen sein mußte. Lichtschimmer drangen durch die Öffnungen im Bunker, aber nichts war zu hören, kein menschlicher Laut. Nur das heisere Bellen eines Hundes klang von irgendwo durch den Nebel. Je näher ich der Siedlung kam, desto lauter wurde das Bellen. Es klang bedrohlich. Ich machte kehrt und ging so lautlos wie möglich den Pfad zurück. Ich kam nicht weit. Aus dem Nebel tauchte ein Mann auf und versperrte mir den Weg.

»Wer sind Sie? Was suchen Sie hier?«

Er musterte mich argwöhnisch aus zusammengekniffenen Augen. Feuchte Haarsträhnen hingen ihm ins Gesicht.

»Georg Brehr«, er wiederholte den Namen, den ich ihm genannt hatte, »was wollen Sie von dem?«

Lautlos wie ein Wolf auf der Fährte glitt ein Hund aus dem Nebel, ein räudiges Tier, das dürr war und die Zähne fletschte. Ich ließ den Hund nicht aus den Augen und rührte mich erst, als der Mann ihn mit einem Tritt verscheucht hatte. Jaulend verschwand das Tier.

»Mal raus mit der Sprache. Was wollen Sie von dem?«

Er zeigte keine Regung, als ich es erklärte. Um so mehr verblüffte mich, als er sich plötzlich zu erkennen gab. Ich wollte ihm das nicht glauben. Nichts an ihm erinnerte an den Georg von damals. Er spürte mein Mißtrauen.

»Warum sollte ich lügen? Was brächte das ein?«

»Du bist es also und lebst noch hier?«

Er lachte auf. »Scheinst zu vergessen, daß zwischendurch Krieg war. Da kommt so manch einer rum. Oder auch um.« Wieder lachte er.

»Bin noch nicht lang zurück.« Er wies in die Ferne. »Gefangenschaft – zehn Jahre beim Russen. Kapiert?«

Bilder von in Scheunen verbrannten Frauen und Kindern, von erhängten Geiseln in verwüsteten Dörfern taten sich vor mir auf – noch unheimlicher jetzt war mir die Begegnung, und um mich zu vergewissern, daß er wirklich Georg Brehr war, fragte ich ihn nach seinen Eltern und der Schwester.

»Vater, Mutter, Schwester!« Er spuckte aus. »Ich brauche keinen – dort wie hier.«

Er wies in die Richtung der Siedlung, und ich folgte ihm zu dem Eisenbahnwaggon, in dem er hauste. Eine Kerosinlampe, die an einem Haken im Fenster hing, warf spärliches Licht über Stuhl und Tisch. Das Licht hob ein Feldbett mit einer Armeedecke aus dem Dunkel und ein Regal aus Kistenbrettern. Schwaches Holzfeuer glimmte in dem Kanonenofen in der Ecke. Es war kalt im Wagen.

»Wie im Lager«, sagte er. »Nur daß ich jetzt nicht mehr malochen brauch.« Er klatschte ein Bündel Banknoten auf den Tisch. »Fünfhundert Märker bar auf die Hand. Sind die weg, gibt's mehr. Für Heimkehrer ist gesorgt – haben ja schließlich die Knochen hingehalten und die Dreckarbeit gemacht.«

Dreckarbeit, dachte ich. Ich konnte sie mir vorstellen. »Wo kein Kläger, da kein Richter«, sagte ich nur.

Schneller als ich zurückweichen konnte, riß er ein Küchenmesser vom Tisch und hielt es mir an die Kehle. Ich spürte die Schneide auf der Haut.

»Das hätten deine letzten Worte sein können«, flüsterte er. »Hau ab und sei froh, daß ich dich leben laß.«

Er stieß mich weg, daß ich gegen die Tür taumelte. Die Tür flog auf, und ich floh hinaus in den Nebel.

Männer

Takahara

Aus dem Kiefernwäldchen führte der Weg an der Tempelmauer vorbei und um den Turm auf der Höhe zum Garten der Steine, er aber sah nichts und erklärte nichts. Takahara schien blind für die Pracht von Kyoto, die mir zu zeigen er sich erboten hatte. Spürbar drängte es ihn zur Universität zurück, und ich wußte, er durchdachte beim Gehen, was er den Studenten in der Gedenkstunde sagen würde – dies war im März 53, einen Tag nach Stalins Tod. Ich kannte Takahara, es würden keinen Phrasen sein, sondern empfundene Worte der Trauer. Takahara trauerte um Stalin wie um einen Vater.

Obwohl unsere Lebensläufe sich glichen, wir beide nahezu dreißig waren, links seit langem, war Stalin für mich eher ein Symbol gewesen als ein Mensch von Fleisch und Blut – Vorsicht! Hatte es nicht auch eine Zeit gegeben, da hing ein Bild von Väterchen Stalin mit der Pfeife an meiner Arbeitszimmerwand in Sydney, hing dort, bis Olga Kaplan aus Minsk es vom Haken nahm: »Laß das, dafür weißt du zu wenig!«

Doch nicht jener Warnung wegen entzog ich mich der Gedenkstunde, sondern weil ich kein Japanisch verstand. Takahara aber, schon im schwarzen Anzug, blütenweißem Hemd, schwarzer Krawatte, ganz in Trauer, sah mich lange an. Ich spürte, meine Verweigerung war für ihn wie eine Gotteslästerung – Stalin war tot, der große Stalin war tot, Väterchen Stalin! Schweigend durchquerte er den Garten der

Steine, in sich versunken, mal hier, mal dort verweilend, und es war, als hätte für ihn die Gedenkstunde schon begonnen.

»Wirf es mir nicht vor«, sagte ich ihm, »was nützte es, wo ich doch kein Wort verstehe.«

Er war zu höflich, zu sehr mein Freund, zu sehr von japanischer Art, als daß er Vorhaltungen geäußert hätte. Sein Ausdruck blieb reglos, undurchdringlich, ich konnte nur ahnen, was er dachte. Trotzdem blieb ich bei meinem Entschluß, und nachdem wir uns getrennt hatten, ging ich lange noch durch die Gassen und Gärten der Stadt – und sah Takahara erst Tage später unweit von Tokio wieder, dort wo sie den Flugplatz ausdehnten, eine zusätzliche Rollbahn bauten für amerikanische Jagd- und Bombenflugzeuge, und die Bauern sich vor die Baufahrzeuge auf den Boden warfen, der ihnen genommen war, von dem sie lebten, und wo bald in Scharen die Polizisten mit Knüppeln und Tränengas anrückten. Dort sah ich Takahara in Parka und Jeans, mit roter Armbinde am linken Arm, und wie die Bauern hatte er sich vor die Fahrzeuge geworfen, um sie aufzuhalten. Ich sah, wie Polizisten sich auf ihn stürzten, ihn auf die Füße rissen und abführten.

»Takahara«, rief ich, »Takahara!«

Doch mein Rufen ging unter im Dröhnen der Motoren. Er sah und hörte mich nicht, und ehe sie ihn in das Polizeifahrzeug stießen, wandte er sich, die Faust zum Gruß erhoben, den Bauern zu, die noch immer mit ihren Leibern die Rollbahn blockierten.

Wir hatten, seit ich in Berlin lebte und nicht mehr in Australien, den Kontakt zueinander verloren – vergessen aber hatte ich Takahara nicht. Und als mich nach dreißig Jahren mein Weg wieder nach Japan führte, ich abermals in Kyoto bei einer Gruppe Literaten zu Gast war, die sich den deutschen Klassikern zu Ehren Freunde von Weimar nannte, fragte ich nach ihm – sie würden ihn doch kennen, den langjährigen Kollegen.

Meine Frage löste Schweigen aus. Mit undurchdringlichen Mienen saßen sie rund um den schweren Tisch der Bibliothek und vermieden, mich anzusehen. Manch einer blickte durch die hohen Fenster in den Garten hinaus zu den Hügeln unterm Himmel, andere schienen plötzlich nur für die Bücher in den Regalen ein Auge zu haben.

Ich konnte es nur hinnehmen, daß sie schwiegen.

»Er war mein Freund«, fügte ich leise hinzu, »der einfühlsame Übersetzer eines meiner Romane.«

Ich nannte den Titel in der Hoffnung, größeres Entgegenkommen auszulösen – und wirklich, daß mir am Ende die Auskunft nicht verwehrt wurde, hatte mit der in dem Roman beschriebenen Folterung eines Kommunisten in einem Gestapokeller zu tun.

Der greise Gelehrte, den sie bestimmt hatten, mir zu antworten, betrachtete mich aufmerksam, ehe er den letzten Aufschrei des Gefolterten zitierte.

»Stalin bricht Hitler das Genick«, sagte er verhalten, in vorzüglichem Deutsch, und leise fügte er hinzu: »Aber auch das Genick unzähliger Getreuer hat Stalin gebrochen – auch Takaharas.«

Auch Takaharas?

Im Geiste sah ich den Freund im Garten der Steine, sah ihn wie damals, schlank, hochgewachsen für einen Japaner, mit ernstem Ausdruck und einem nachsichtigen Lächeln um die Lippen, als er sich von mir trennte und über die geschwungene Brücke, die zum anderen Ufer des Teiches führte, meinen Blicken entschwand.

Takahara ein Opfer Stalins, er, der Redner jener Gedenkstunde?

Der Greis nahm meinen Widerspruch lächelnd hin – und erst als ich erfuhr, daß Takahara sich nach den Enthüllungen Chrustschows auf jenem Parteitag von allem und jedem zurückgezogen hatte, er danach wie ein Einsiedler lebte, begriff ich, daß es ihm um ein Gleichnis ging, als er derart von Takahara sprach.

Takahara lebte, in Abgeschiedenheit zwar, aber er lebte, und hatte er auch seine Tätigkeit an der Universität aufgegeben, Übersetzer war er geblieben, allerdings nicht länger von Gegenwärtigem, sondern der Poesie und Prosa vergangener Epochen – Kleist, Büchner, Lenz, auch Goethe.

»Besonders ihn«, betonte der Gelehrte, »des Dr. Faustus wegen und dessen Bund mit dem Teufel.«

Takaharas Abkehr von der eigenen Gläubigkeit hätte sein Zerwürfnis mit sich selbst heraufbeschworen und zu einer geistigen Zersplitterung geführt, die nur in der Gemeinschaft mit anderen zu lindern gewesen wäre.

»Er aber öffnet die Tür für keinen, verwehrt uns allen das Haus. Es ist, als hätte er die Abgeschiedenheit wie ein Dornenkleid übergeworfen – und glauben Sie mir, sollten Sie zu ihm vorzudringen versuchen, wird er sich auch Ihnen verweigern, wie er sich uns allen verweigert hat. Erkennen Sie nun, daß auch er ein Opfer Stalins ist?«

Das war keine Frage, und, wohl spürend, daß nichts hinzuzufügen blieb, richtete der Gelehrte den Blick durch die Fenster zum Garten, über den sich wie ein Schleier die Dämmerung senkte.

Die große Zeit des Sweet Willie Wine

Carl Braden parkte den Ford im Schatten der Bäume, wir stiegen aus und gingen langsam in der Mittagsglut über den staubigen Platz, vorbei an den zwei Zapfsäulen und dann die Holztreppe hoch zu dem Laden. Die Tür mit dem Fliegendraht jaulte beim Öffnen und fiel hart hinter uns zu. Beim Öffnen der zweiten Tür schepperte eine Glokke. Es dauerte, bis sich die Frau von John McFerren zeigte, eine füllige Schwarze, und als sie uns sah, schrie sie auf, schlug die Hände vors Gesicht und floh in die Küche zurück. Noch hatte Carl kein Wort gesagt, wir blickten uns an, er begriff, daß sie ihn nicht erkannt haben konnte und rief ihr Beschwichtigendes hinterher, und natürlich auch seinen Namen und daß wir zusammengehörten. Zögernd kam die Frau wieder zum Vorschein, und es brauchte eine Weile, ehe wir den Grund ihrer Panik erfuhren und warum ihr Mann für keinen zu sprechen war – »auch nicht für dich, Carl.«

Es war die Zeit des Attentats auf Martin Luther King, weswegen mich die Zeitung von Berlin nach Memphis geschickt hatte, und erst kürzlich war ein Fremder in dieser Ortschaft von Fayette County aufgetaucht, der wie wir seinen Wagen zwischen den Bäumen geparkt, dann schnellen Schritts über den Platz auf den Laden zugegangen war und – High Noon in Tennessee – barsch nach John McFerren gefragt hatte. Die Hände über den Knäufen der Pistolen, die unter der offenen Lederweste im Gürtel steckten, hatte er seinen Auftritt unverblümt begründet: »Ihr Mann weiß zu viel. Also, wo verdammt, steckt er?«

Das alles schilderte uns die Frau, und wie danach ihr Mann über den Hinterhof hatte fliehen können und seitdem untergetaucht war. Offensichtlich hatte sie sich nicht nur an Carl als den Mann erinnert, der vor etlichen Jahren, als es ihnen schlecht ging, mit einer Fuhre Lebensmittel von Kentucky angereist war und ihnen bei der Gelegenheit eine zinslose Anleihe zum Kauf eines Ladens samt Tankstelle in Aussicht gestellt hatte, es beschämte sie auch, ihn nicht gleich erkannt zu haben – sie würde ihm zeigen müssen, daß es ihr leid tat und sie ihm vertraute.

Ihr Mann, fuhr sie fort, hielt sich verborgen, weil ihm klargeworden sei, daß er tatsächlich zu viel wußte – sieben Stunden vor dem Tod von Martin Luther King hatte er in einem Lagerhaus bei Memphis durch eine offene Bürotür ein Telefonat mitangehört: »Schieß den Nigger vom Balkon, dann verschwinde aus Memphis und hol dir deine 50 000 Dollar in New Orleans.« Da sei er auf schnellstem Weg beim FBI vorstellig geworden, um dort das Gehörte zu Protokoll zu geben. Und wie sich zeigte, war der Weg zum FBI ein Weg zuviel gewesen. Der vom Balkon abgeschossen werden sollte, war abgeschossen worden – Martin Luther King war tot! Wenig später wäre auch er tot gewesen, gäbe es keinen John McFerren in Fayette County mehr.

»Schieß den Nigger vom Balkon, dann verschwinde aus Memphis und hol dir deine 50 000 Dollar in New Orleans.«

Der lange Arm des FBI – in Wirklichkeit war er weit länger noch, als Carl und ich damals ahnten. Er hatte nicht bloß bis zu jenem Fremden gereicht, der nur einen Tag nach dem Mord in Memphis im Laden aufgetaucht war, um John McFerren zu töten, sondern auch – das allerdings erfuhr ich erst ein Vierteljahrhundert später – bis hin zu Sweet Willie Wine.

Sweet Willie Wine war damals der Anführer einer Straßengang in Memphis gewesen, die sich The Invaders nannte, ein hochgewachsener, breitschultriger junger Schwarzer mit mächtigem Haarschopf und immer in diesem bunten afrikanischen Hemd, dem Deshiki, dabei großmäulig, mit lockerem Messer und unterm Hemd den Colt am Gürtel, einen Trommelrevolver, den die Mädchen spüren sollten, wenn er mit ihnen tanzte – Sweet Willie Wine! Vor dem Mord an Martin Luther King hatte er sich besonders aufrührerisch gebärdet – Hoch die linke Faust, right on, up the revolution! – und jedem, der es hören wollte, in den Ohren gelegen, es ginge nicht an, daß einer wie King im Holiday Inn wohne, diesem Hotel der Weißen. »Der muß da raus, schon wegen der streikenden Müllfahrer muß er da raus, das sind alles Schwarze und würden auf ihn spukken, wüßten sie, wo er wohnt.« Überall und jedem hatte Sweet Willie Wine das kundgetan, sein Gerede war in ganz Memphis zu hören gewesen, besonders im schwarzen Teil der Stadt, und war zu Martin Luther Kings engsten Vertrauten gedrungen. Und prompt war Martin Luther King vom Holiday Inn ins Lorraine Motel von Memphis umgezogen, das einem Schwarzen gehörte. Und auf einem Balkon des Lorraine Motel, der über dem Parkplatz lag und von weither sichtbar war, hatte ihn die tödliche Kugel getroffen.

Sweet Willie Wine und der lange Arm des FBI.

Jetzt und heute, all die Jahre nach Martin Luther Kings Tod, streicht ein Schwarzer durch die Kneipen von Memphis, ein abgerissener, ergrauter Mann in löchrigen Turnschuhen und zerschlissenen Jeans, und kaum hat er sich einen Whisky erbettelt, lebt es in ihm auf, sagt er, wer er war, wird er wieder zum Anführer jener Straßengang von Memphis, und steigt ihm der Whisky zu Kopf, läßt er von den Zeiten hören, die seine besten waren, die große Zeit, als er beim FBI hoch im Kurs stand und auch, so behauptet er, bei der CIA. Beide hätten oft und viel gezahlt, für das, was er wußte, und für das, was er tat.

Was das denn gewesen sei, wird man ihn fragen, und hinter hohler Hand wird er erzählen, wie damals seine Straßengang in den Stadtteilen der Weißen die überfüllten, von den streikenden Müllfahrern zurückgelassenen Mülltonnen umkippte – »hat mächtig Furore gemacht und die Bullen auf den Plan gerufen!« Und dabei wird er durchblicken lassen, daß das der Zweck der Übung gewesen war, noch wird er einen Hehl daraus machen, wie er, Sweet Willie Wine, es schaffte, Martin Luther King vom Holiday Inn ins Lorraine Motel zu locken – direkt in die Schußlinie. Einen Haufen guter Dollars hätte ihm das eingebracht, und wenn ihm danach sei, könne er so oder ähnlich noch immer eine Masse Geld verdienen.

»Yeah, man«, sagt Sweet Willie Wine, »damn right«, und langt nach seinem Whisky.

Späte Entdeckung

Als ich sie am Strand näherkommen sah, hochgewachsen, sportlich im schlichten weißen Kleid, das dunkle Haar vom Wind verweht, die Haut von der Sonne gebräunt, südländischer wirkend als manche Bulgarin, sagte ich zu Paul Wiens: »Das ist Hedwig«, und Paul setzte lächelnd seine Leica ans Auge, drehte an der Linse, löste den Verschluß – und es hat Gründe, daß ich die Aufnahme erst nach vierunddreißig Jahren zu sehen bekam.

Hedwig winkte und ging weiter, wir waren für später am Tag verabredet, und sie wollte mir Zeit lassen mit Paul, den ich unseretwegen vernachlässigt hatte, und da sie am gleichen Abend noch ins Ruhrgebiet abreiste, woher sie kam, gab es zwischen ihm und ihr keine weitere Begegnung.

Wie gesagt, ich hatte Paul vernachlässigt.

Wir waren ein Team gewesen, waren zu zweit in den Balkan entsandt worden, ein kultureller Austausch Bulgarien–DDR, und nach Ausflügen zu Kolchosen, Fabriken, ländlichen Rosenhainen, Neubaugebieten bei Sofia und Sanatorien im nahen Gebirge, zu Werften und Hafenanlagen in Warna, hatte man uns in ein Heim am Meer eingewiesen, wo uns Treffen mit Künstlern, vornehmlich Dichtern, erwarteten – wofür ich, dem jedes nicht deutsche, nicht englische Wort übersetzt werden mußte, weit weniger geeignet war als der in vielen Sprachen, auch der russischen, versierte Paul Wiens. Schon bald nachdem wir uns in dem Heim eingerichtet hatten, sah er es mir nach, daß ich mich zeitweilig absetzte – die Sonne strahlte, die Strände von Warna bis Drushba luden ein, die Parkanlagen am Meer mit ihrem saftigen Grün und ihrer Blumenpracht waren ein Fest fürs Auge.

Es geschah sehr spontan, daß Hedwig und ich uns kennenlernten – ein Blick, ein Lächeln, ein paar dahingeworfene Worte auf der Parkbank. Ehe ich sie ansprach, hatte ich sie für eine Einheimische gehalten, allein schon, weil ich mit angehört hatte, wie fließend sie Bulgarisch sprach. Ohne Umschweife aber ließ sie mich wissen, daß sie Deutsche sei und woher sie käme, und sehr bald stellte sich im Gespräch ein Gefühl langen Vertrautseins ein. Darum besann ich mich auch darauf, Paul gegenüber zu behaupten, es handele sich um eine Wiederbegegnung mit einer Freundin vergangener Zeiten.

»Schicksal. Purer Zufall. Eine kleine Welt.«

Er nahm das gelassen hin, meinte sogar, bei den Künstlerbegegnungen, den Dichtertreffen sei ich nicht wirklich vonnöten, das mache er schon, zumal wir ja das Hauptprogramm unserer Reise gemeinsam hinter uns gebracht hätten.

»Zieh los und vergnüg dich mit – wie hieß sie doch gleich?«

»Mahle, Hedwig Mahle.«

»Eine Slawistin, sagst du? Aus Essen? Sieh mal an.«

Ein wenig stutzig schien ihn das zu machen. Doch er fragte nichts weiter. Und einzusehen war, daß er hellhörig wurde, als ich später eine Istanbulreise anführte, einen kurzen Zweitagesabstecher, den Hedwig vorgeschlagen hatte und für den sie die notwendigen Tickets und behördlichen Stempel besorgen wollte – was in meinem Fall kaum aufwendig war.

»Kaum aufwendig«, bestätigte Paul. »Nur, woher nimmst du die Devisen?«

Es war eine zu erwartende Frage – wir hatten keine Westmark mit auf die Reise genommen, wir brauchten ja keine, und als ich Hedwig darauf hinwies, hatte sie abgewinkt: »Wir mögen uns doch, passen zusammen – Ost, West, was soll's. Irgendwann revanchierst du dich, und Schluß. Laß dich einladen. Ich tu's gern.«

»Nun«, sagte Paul. »Ob das nicht das Ganze erheblich belastet?«

»Mag sein«, gab ich zu. »Der springende Punkt ist, belastet es dich?«

»Ach was, ach was«, erwiderte er leichthin. »Nur tu mir nicht an, daß du wegbleibst. Zusammen zurückkommen sollten wir schon.«

»Aber ja«, versicherte ich ihm. »Da rennst du offene Türen ein.«

Das Foto!

Auf Seite 18, halbwegs durch die Stasi-Akte, die ich angefordert hatte und die mir in Lichtenberg zur Einsicht vorgelegt worden war, stieß ich auf einen dort abgehefteten, unverschlossenen Umschlag, der das Negativ eines Kleinbildfilms enthielt und den dazugehörigen Abzug. Verschwommen im Vordergrund saß ich am Cafetisch beim Strand von Warna, und dahinter, deutlich abgehoben gegen Himmel und Meer, winkte Hedwig. Auf Glanzpapier zur Postkarte vergrößert, war das Foto am Rand mit einer Kennziffer versehen: XI-00I/1959 – und Schuft war das harmloseste der Worte, die ich für Paul hatte.

Es kam schlimmer. Beim Umblättern fand ich einen Brief von Hedwig abgeheftet, in steiler, ein wenig strenger Schrift verfaßte Zeilen vom gleichen Jahr:

»Lieber!

Es beunruhigt mich ein wenig, Dir aus Essen in den Osten zu schreiben, aber Du hattest keine Bedenken, und darüber bin ich froh, denn ich möchte es ausklingen und nicht abrupt enden lassen zwischen uns. Du sollst wissen, ich begreife den Weg, den Du gegangen bist – muß ihn deswegen nicht billigen. Für mich wäre er undenkbar. Aber das hatten wir ja alles. Gerade weil Du nicht versucht hast, mich zu beeinflussen, bin ich nachdenklich geworden. Und toleranter. Dir gegenüber sowieso. Ich will hier nicht schwärmerisch werden und mehr vortäuschen als gewesen ist. Liebe – ein zu großes Wort. Doch Gefühl war schon dabei. Es tat gut, Dich zu spüren, mit Worten, ohne Worte, und keine unserer gemeinsamen Stunden möchte ich missen. Eigentlich war es bedeutungslos, daß es mit Istanbul nicht klappte. Die sozialistische Schlamperei (jetzt schimpf nicht!) hat uns zwei unvergeßliche, mir unvergeßliche, Sommertage am Goldenen Sand beschert, und Nächte! Und solltest Du so bereichert wie ich heimgekehrt sein, wäre ich froh. Über einen Brief von Dir würde ich mich freuen, werde aber Verständnis dafür haben, wenn er ausbleibt – der Graben ist tief, und Dein Schweigen wird mir Hinweis sein, mich nicht wieder zu melden. Leb wohl, Deine Hedwig.«

Ich sah mich um – hinter mir, neben mir waren die Leute in ihre Akten vertieft, und die beiden Angestellten der Behörde vorn am Tisch im Gespräch. Leicht hätte ich das Foto in meiner Hemdtasche verschwinden lassen können. Ich tat es nicht. Ich würde es auch so in Erinnerung behalten – eine junge Frau, winkend am Meeresstrand.

Paul, dachte ich, und Worte umreißen den Zorn nicht, den ich empfand, als ich auf den Bericht eines Ltn. Brandt stieß, der an die Hauptabteilung 11/5 des Ministeriums für

Staatssicherheit der DDR gerichtet war und Informationen enthielt, die ich nur Paul anvertraut hatte:

»Am Goldenen Sand von Warna traf K. mit einer Slawistin namens Hedwig Mahle aus Essen zusammen.

(Foto der oben Genannten beigefügt)

Er gab vor, die o. G. sei eine Jugendbekanntschaft und das Treffen rein zufällig gewesen.

Eine geplante Istanbulreise, die sie gemeinsam machen wollten, kam nur deswegen nicht zustande, weil die Rezeption des Hotels, in dem die Mahle in der fraglichen Zeit wohnte, sie nicht informiert hatte, daß an besagtem Tag das Schiff nicht von Warna, sondern von Nessebar auslaufen würde.

Bezeichnenderweise hatte die Mahle für die Kosten der gemeinsamen Reise aufkommen wollen.

Es scheint angeraten, die o. G. an ihrem Wohnort Essen und ihre Briefverbindungen mit Bürgern der DDR zu überprüfen.

Um Kenntnisnahme wird gebeten.

Brandt
Ltn.«

Ich faßte mich an den Kopf. Wie und wem mußte Paul seine Kenntnisse weitergeleitet haben, daß ein solcher Bericht dabei herauskam – allein die Sprache war ein Hohn auf Pauls Versicherung, die gemeinsame Reise habe uns zu Gefährten, ja geradezu zu Freunden gemacht. Ich sah mich in seinem Zimmer im bulgarischen Schriftstellerheim auf der breiten Fensterbank hocken, während er langgestreckt auf dem Bett lag und, kettenrauchend, Ringe zur Decke blies; sah ihn, scheinbar gedankenverloren, am Schreibtisch jenes Zimmers Muster auf ein Blatt malen, so daß ich fürchtete, er höre gar nicht zu. Umsonst gefürchtet, und geschenkt auch die wohlmeinenden Worte, mit denen er sich in ruhigem, beruhigendem Ton an mich gewendet hatte. Was hatte ihm die Täuschung gebracht, wie kam er sich beim Weitergeben seiner Kenntnisse vor – als Kundschafter, Kämpfer, Verfechter der gerechten Sache? Täuschung mithin auch seine Ratschläge an mich, sein freimütiges Gehabe, und gleichzeitig fragte ich mich, ob wohl auch seine ketzerischen Reden, seine provokanten Einwürfe und konträren Ansichten bei Versammlungen Täuschungen waren. Ließ man die beiseite, blieb wenig mehr als ein halbwegs eigenwilliger Dichter, ein kleiner Mann mit welker Haut und quälendem Raucherhusten. Ich erinnerte mich seiner Ehen und der Verantwortung für zahlreiche Kinder – hatte er aus Geldnot gehandelt? Oder glaubte er, den eigenen Ansprüchen nur durch eine Tätigkeit gerecht werden zu können, die ihm Privilegien verschaffte und einen Grad von Macht über andere?

Mir war plötzlich, als werte mein Zorn ihn auf, als verschwendete ich Kraft an einen, der im Grunde bedauernswert war: All die Jahre in Diensten eines zunehmend verkommenden, am Ende seelenlosen Apparats – der Ruhm des Dichters, auf den er gehofft haben mochte, überschattet von einem Nachruhm der traurigen Art.

Frauen

Für Delia

Schon die zweite Woche lagen wir vor Anker in der Bahia Chica und warteten auf einen Liegeplatz in der Reparaturwerft – die Schiffsschraube hatte bei Ebbe im Rio de la Plata Grundberührung gehabt, und der Zeitpunkt der Heimreise lag in den Sternen. Die Mannschaft murrte, es zog sie immer seltener zu den Huren von Pocitos, die Luft war raus aus dem Spaß, und daß ich mich noch immer mit gewohnter Regelmäßigkeit vom Schiff zum Pier übersetzen ließ, brachte mir sonderbare Blicke ein. Sie wußten ja nichts von Delia und sollten es auch nicht erfahren. Mochten sie ruhig glauben, daß ich es mit den Huren trieb und mich jedesmal in dem Viertel mit den roten Laternen und den Frauen in den erleuchteten Fenstern verlor. Vermutlich war ich der einzige an Bord, der es mit dem Auslaufen nicht eilig hatte.

Es war mehr als bloß Zufall, daß ich einer Frau wie Delia schon am Tag der Ankunft begegnet war. Wie in anderen Hafenstädten gab es auch in Montevideo Kunstgalerien und Museen, und ich war ein Seemann mit Doppelleben, verschmähte weder die Hafenkneipen noch die Ziele von Touristen. Die Frau mit den braunen Augen und dem rötlichen Haar hatte mich augenblicklich von den Gemalden abgelenkt, und da sie offensichtlich verstand, als ich sagte: »You divert me« und dabei lächelte, war ich ermutigt, sie ins Gespräch zu ziehen. Gemeinsam sahen wir uns die Ausstellung an, und obwohl ich kaum zu hoffen wagte, daß sie einwilligen würde, lud ich sie in ein nahegelegenes Café ein, das Ausblick über die Bucht bot.

Das war der Anfang und dort auch, in diesem Café von Bella Vista, nahmen wir Abschied – und die drei Wochen dazwischen waren für uns eine Zeit der Erfüllung. Wir sahen uns, so oft wir konnten, offenbarten einander, was uns wichtig, Teil unseres Wesens war, ein Leben in Uruguay und Brasilien, ein europäisches, australisches Leben – beide waren wir weit herumgekommen, ich als Flüchtling, Seemann, Schreibender, sie als Sängerin. Das Lied »Felicidade«, das sie für mich sang, wird mir erinnerlich bleiben, wenn andere lang vergessen sind, und auch unsere Nächte bleiben mir, mögen sich auch die Orte unserer Leidenschaft verwischen, aber daß in einem dieser Motelzimmer überm Bett ein Spiegel hing und ich eine wunderbare Lust beim Anblick ihres Spiegelbilds empfand, sie über mir mit ihren schönen Brüsten und zugleich auch das Bild ihres Rückens, die Wölbungen ihres Hinterns, das vergesse ich nicht. Ich weiß, daß ich zu Delia von meiner Ehe sprach, sie wollte es so, und sie anfangs auch von ihrer. Wie sie sich in all der Zeit von ihrem Mann hatte befreien, unsere Nächte hatte möglich machen können, behielt sie für sich. Mir sollte genügen, daß sie die Verabredungen einhielt und wir unsere gemeinsamen Stunden erlebten wie ein überirdisches Geschenk. Dabei verschlossen wir uns der Welt nicht, nahmen teil an den Ereignissen um uns her. Es war damals eine politisch bewegte Zeit, die Bereitschaft aber, mit der wir uns einer Kundgebung der Künstler für Kuba anschlossen, hatte nicht wenig mit dem Auftrieb zu tun, den wir durch unsere Liebe erfuhren. Noch heute sehe ich uns Hand in Hand im Strom der Demonstranten durch Pueblo Victoria ziehen und im Dunst von ätzendem Tränengas in eine Seitengasse fliehen, und daß wir in dem Hauseingang von der Polizei unbehelligt blieben, ihre

Knüppel uns nicht trafen, ist der Tarnkappe unserer Liebe zuzuschreiben – wir waren ein Liebespaar. Die Nacht nach der Kundgebung, unsere letzte in Montevideo, war auch die Nacht, in der wir beglückender denn je zueinander fanden.

Als dann die Zeit heran war, daß unser Schiff auslief, versprach sie, mir nach Rio de Janeiro nachzureisen – und sie hielt Wort. Doch nicht auf die brasilianische Zeit sind jetzt meine Gedanken gerichtet, sondern auf unsere letzte Begegnung in einem anderen Jahrzehnt.

Herbstliches Berlin, da war ich längst kein Seemann mehr und meine Ehe in Scherben, und Delia wußte davon, und sicher trug auch das dazu bei, daß sie ihre lang geplante Europareise wahrmachte. Ihre italienische Karte aber kam schon zu spät, zu spät auch die venezianischen Grüße und die Ankündigung ihres Besuches – eine andere Frau war in mein Leben getreten, eine Sängerin, schön wie Delia, und wohin sollte ich ihr Nachricht davon geben, wie sie warnen? Ich sah Delia am Bahnhof von Venedig die Zugkarte lösen, zählte die Tage und die Stunden bis zu ihrer Ankunft, und als es läutete an der Tür meiner Wohnung nahe der Großen Hamburger, wußte ich, wer gekommen war.

Sie stand unter der Tür, begehrenswert wie eh und je, schlank, mit braunen Augen, rötlichem Haar, die Jahre hatten ihrer Schönheit nichts angetan, stand lächelnd, erwartungsvoll. Durch mein Schweigen aber, und weil ich sie nicht in die Arme nahm, war schon alles gesagt.

»Du bist nicht allein.«

Ich nickte.

»Läßt mich hoffen und bist nicht allein.«

»Komm herein, Delia.«

Ich nahm ihren Koffer und trug ihn in den Flur. Sie folgte mir, legte ihren Mantel nicht ab, nur die Handschuhe streifte sie von den Fingern, zog aber ihre Hand zurück, noch ehe ich sie berühren konnte.

»Wohin hätte ich dir nach deiner Nachricht aus Venedig schreiben sollen?«

»Nach Montevideo aber hast du mir geschrieben.«

»Das ist lange her, Delia.«

»Kaum sieben Wochen – ist das lang? Ich wäre nicht hier, hättest du nicht geschrieben.«

»Es ist, wie es ist«, sagte ich.

Aus dem Zimmer nebenan war ein Hüsteln zu hören, ein Rascheln. Ich tat unbeteiligt.

»Stell sie mir vor. Ich will sie sehen«, sagte Delia.

»Was brächte das?«

»Bitte!«

»Sie muß sich sammeln für die kommende Vorstellung – das verstehst du doch.«

»Eine Sängerin?«

Sie war nicht um die halbe Welt gereist, das zu erfahren – oder gar um eine andere auszustechen. Plötzlich war nicht Delia die andere, sondern die Frau, nach der sie fragte. Es war verwirrend, und ich schwieg.

»Warum zögerst du? Stell sie mir vor. Später dann bestellst du mir ein Zimmer irgendwo und das Taxi gleich dazu.«

Ich sah mich im Taxi neben Delia wie all die Male in Montevideo, sah mich in der Hotelrezeption den Schlüssel empfangen, sie auf ihr Zimmer begleiten, sah uns im Bett unterm Spiegel.

»O nein«, hörte ich sie sagen. »Das nun nicht mehr. Ganz sicher nicht.«

Ich blickte sie an. Sie legte ihren Seidenschal fester um den Hals, zog den Mantelkragen zusammen. Da zwang ich mir Vernunft auf. Ich griff zum Telefon, und als das

Hotelzimmer und das Taxi bestellt waren, begleitete ich sie zur Tür. Sie streifte die Handschuhe über.

»Hilf mir mit dem Koffer nach unten.«

Dort wartete schon das Taxi. Sie stieg ein ohne noch ein weiteres Wort und blickte nicht wieder in meine Richtung, bis das Taxi sie forttrug.

Messers Schneide

Sechs Stunden waren wir in der Hitze des Tages über flimmernde Autobahnen quer durch Tennessee gefahren. Nun, an der Grenze von Mississippi, dem Ziel schon nahe, durften wir getrost eine Rast einlegen. In der Dämmerung blinkte uns ein Lichterkranz entgegen, er kreiste um grellblaue Leuchtbuchstaben, die in kurzen Abständen aufflammten. Drei Wörter, die mich die Fahrt verlangsamen und in die Auffahrt zu dem Road House einbiegen ließen: SUSI LENZ PRESENTS.

»For crying out loud«, sagte ich zu Carl.

Carl schob den Hut in den Nacken und sah durch die Windschutzscheibe nach oben.

»Girlie Show vermutlich«, antwortete er gleichgültig.

Sollte ich ihm erzählen, daß ich den Namen mit einem Mädchen aus meinen Duisburger Jahren in Verbindung brachte? Er würde es für absurd halten, ein Hirngespinst.

»Nehmen wir ein Auge voll«, schlug ich vor.

»Wenn's sein muß«, erwiderte Carl.

Es dauerte, bis wir auf dem weiträumigen Parkplatz eine Lücke fanden. Kein Wind ging, Benzin- und Dieselgestank verpestete die Luft, und zum Road House mußten wir uns durch Autoreihen zwängen. Hoch vor uns sahen wir wieder die Leuchtbuchstaben. Was eigentlich Susi Lenz zu bieten hatte, wurde erst klar, als wir die Beschriftung der Zugmaschine und dreier Wohnwagen lasen, die am Eingang abgestellt waren: FAN DANCERS WITHOUT FANS.

»Girlie Show. Sagte ich doch«, meinte Carl. Absurder als absurd, dachte ich, und doch ...

Ich war zwölf und Susi Lenz vierzehn, als sie erstmals mit ihrer Mutter bei meinen Eltern auftauchte – ein zierlich-schlankes Wesen, modisch ausgestattet vom väterlichen Konfektionshaus Lenz & Co in Essen. Über dem Kragen ihres speziell für sie angefertigten Kleides zeigte sich ihr Gesicht wie eine blasse Blüte. Stets schien mir ihre Haut ausnehmend blaß im Kontrast zu ihren dunklen Augen, Wimpern, Brauen, dem dunklen Pagenschnitt. Sie war mir als eine Begabung gepriesen worden, tanzen könne sie, singen, Klavier spielen. Doch davon erlebte ich nichts, wollte auch nichts davon erleben, nicht bloß, weil ich als zwei Jahre Jüngerer keinen Stellenwert für sie hatte, im Grunde Luft für sie war, besonders aber, weil ich ihr vornehmes Gehabe unerträglich fand. Trafen wir uns zufällig im Treppenhaus, hauchte sie mir ein flüchtiges »Guten Tag« hin, und ich reagierte entsprechend. Sie kam ja nicht meinetwegen, das gleich gar nicht, sondern zu den Bridgenachmittagen, die meine Mutter allmonatlich arrangierte. Im Biedermeierzimmer und nirgends sonst verbrachte sie ihre Zeit, und es überraschte mich nicht wenig, als sie eines Nachmittags in meinem Mansardenzimmer auftauchte, wo sich gerade ein paar Jungen von der Straße versammelt hatten, darunter Werner Kolb, der Schwarm aller Mädchen der Umgebung.

Susi musterte Werner, als wäre er ein Angebot, über das nachzudenken sich lohne, und die Selbstsicherheit, die Werner gewöhnlich an den Tag legte, schwand unter ihrem Blick. Sie setzte sich zu uns, und als beschlossen wurde, daß zwei aus unserem Kreis in einem Nebenraum warten sollten, bis wir anderen uns ein Rätsel für sie ausgedacht hätten, schlug sie sich selbst und Werner vor. Wir sahen uns an, doch ihr Wunsch wurde angenommen, und es kam, wie es kommen mußte – Susi eroberte Werner. Wie total sie ihn erobert hatte, ahnten wir, als hinter der verschlossenen Tür eindringliches Flüstern zu hören war, ein Rascheln, ein Balgen und Susis gurrendes Lachen. Als wir uns auf ein Rätsel geeinigt hatten und die beiden riefen, erschienen sie nicht. Da riß Hans Kolb, Werners Bruder, die Tür auf, und wir sahen Susi rittlings über Werner, ihr Kleid hochgestreift bis an die Schenkel, ihren Kopf an seinem Hals vergraben. Jäh richtete sie sich auf, und die Blicke, die sie uns zuwarf, wechselten von wütend zu verächtlich. Dann sprang sie hoch, ordnete ihr Kleid, knöpfte es Knopf für Knopf bis zum Hals zu, und für einen kurzen Augenblick setzte sie ein Füßchen auf Werners Brust. Es verschlug mir die Sprache, verschlug uns allen die Sprache, und noch lange nachdem sie erhobenen Hauptes das Zimmer verlassen hatte, sagte keiner ein Wort.

Tatsächlich, die Frau am Klavier, das mitten im Saal auf einem Podium stand, war nicht irgendeine, es war die Susi Lenz. Ich war dessen gewiß, nicht bloß wegen des vom Pagenschnitt umrahmten Gesichts – Pagenschnitt noch immer! –, sondern auch des kühlen Lächelns wegen, des verächtlichen Ausdrucks, der dem Publikum wie auch der Musik gelten mochte, die sie spielte. Die Männer aber, die rücklings an der Bar lehnten, einen Fuß unten auf der Stange, oder, ihr zugewandt, ringsum an den Tischen saßen, begleiteten ihre Darbietung mit zufriedenen Zurufen und Applaus, und ihr Hut, der Zylinder auf dem Klavier, füllte sich mit Silberdollars und Dollarscheinen, für die sie spielte, was gefragt war.

Ich ließ Carl an der Bar und ging zum Podium. Sie hatte eine Pause eingelegt und war dabei, eine Zigarette in ihre lange Zigarettenspitze zu stecken. Ich gab ihr Feuer. Ihr Lächeln blieb kühl. Sie sah durch mich hindurch, auch nachdem ich um Songs von Kurt Weill gebeten und dafür einige Dollars in den Hut geworfen hatte. Immerhin, was sie zu spielen begann, schien ihr zuzusagen, klang weniger routiniert. Ich ging zur Bar zurück, winkte dem Barmann, bestellte Drinks für Carl und mich und erkundigte mich bei ihm nach der Frau am Klavier.

»Some Kraut«, sagte er bloß und wechselte das Thema.

»Wann tanzen hier die Puppen?«

Er gab mir Bescheid. Ich blickte auf die Uhr und sagte zu Carl: »Nicht mehr lange, dann geht es los.« Und wie zuvor erwiderte er: »Wenn's sein muß.«

Nicht, daß Carl prüde war, das war ihm nicht nachzusagen, und verstehen konnte ich, daß ihm die Sache mit den Käfigen auf Anhieb mißfiel. Zu lauten Klavierakkorden und angestrahlt von grellem Licht waren in jeder Saalecke an massiven Stahlstangen Käfige zur Decke gezogen und oben verankert worden. In jedem dieser Käfige aber bewegte sich, starr lächelnd, eine junge Frau. Was sie vorführten, glich bald verzweifelten Befreiungsversuchen eher als irgendwelchen Tänzen. Sie wanden und drehten sich, und als nicht nur sie, sonder auch die Käfige sich zu drehen begannen, schneller und schneller, hörten wir sie kreischen. Unten johlten die Männer, oben kreischten die Frauen, und jetzt fielen aus den noch immer wirbelnden Käfigen Fächer herab, um die sich die Gäste lachend stritten.

Susi Lenz hämmerte in die Tasten. Als die Klänge endlich wieder zum Stillstand kamen, sah man die Tänzerinnen erschöpft und nackt an den Gitterstäben hängen – FAN DANCERS WITHOUT FANS. Die Vorstellung hatte nur Minuten gedauert, die Käfige waren nur kurz in Bewegung, doch so schnell, daß die Frauen wie nach wilder Jagd zur Strecke gebrachte Tiere wirkten.

Carl sah mich an und sagte: »Das langt.«

Vier Tänzerinnen, die, noch hinter Fächern, neben den inzwischen wieder am Boden stehenden Käfigen auf ihren Auftritt warteten, wollte er nicht mehr erleben.

Kopfschüttelnd blickte er ihren Vorgängerinnen nach, wie sie mit fliegendem Haar davonhuschten, barfüßig und nackt im Dunkel verschwanden. »Come on and be done with it«, forderte er mich auf. Da erst erklärte ich ihm, warum ich just hier hatte einkehren wollen und was mich zum Bleiben zwang.

»For crying out loud«, rief jetzt er. »Warum erfahre ich das erst jetzt? Ist doch begreiflich, daß du mit der reden mußt.«

Erst als die Scheinwerfer erloschen, die Käfige weggeschafft, die Tänzerinnen verschwunden waren und Susi Lenz im abklingenden Applaus das Podium verlassen hatte, ergab sich Gelegenheit dazu. Den Zylinder schwenkend, noch einmal abkassierend, was abzukassieren sich bot, schritt sie von Tisch zu Tisch und kam auch zur Bar. Während sie mir den Hut hinhielt, sagte ich leise: »Susi Lenz aus dem Hause Lenz & Co in Essen!« Jäh zog sie den Hut zurück und trat noch einen Schritt vor. Dabei fiel das Licht der Bar auf sie. Ich sah ihre erstaunten, jetzt weit offenen Augen, sah, wie sich ihre Hände am Zylinderrand verkrampften, schlanke Finger voller Ringe, sogar das Grau im Haaransatz sah ich, und, umrahmt vom Pagenschnitt, das bleiche, maskenhaft anmutende Gesicht. Unterm Kinn zog sich quer über den Hals eine lange dünne Narbe.

Sie sagte meinen Namen. Ich nickte.

»Was, in Gottes Namen, hat dich hierher verschlagen?«

»Das könnte ich auch dich fragen.«

»Wie das Leben so spielt«, antwortete sie.

»Susi Lenz presents.«

»So steht's in der Leuchtschrift.«

»Schon lange in dem Gewerbe?«

»Kenn's schon nicht mehr anders – zehn Jahre, zwölf.«

»Ziemlich gewagt, das mit den Käfigen.«

»Aber gefragt«, gab sie zurück.

»Mag sein.«

»Du«, sagte sie, »predige mir nichts vor. Hab genug von dem einen, der das nicht lassen konnte – mein Mann, wie's das Schicksal wollte.«

Sie strich sich über die Narbe. Es war, als wäre wie damals eine Tür aufgerissen und eine Szene offenbart worden, die mich verstummen ließ – Susi im Streit mit ihrem Mann, sie höhnisch, verächtlich, ihn am Ende nicht bloß mit Worten provozierend, sondern auch mit eindeutigen Gesten.

»Ein Prediger mit Messer. Das paßt so wenig zusammen wie die Käfige zu der Tochter aus gutem Haus.«

»Aus gutem Haus – daß ich nicht lache! Wann war das, wo war das? Erzähl mir nichts von guten Häusern!« Sie griff einen Silberdollar aus dem Hut und warf ihn auf die Theke. »Barmann, einen Drink für den Blauäugigen hier.«

Mit einer verächtlichen Geste drehte sie sich weg und ging ohne weitere Worte mit ihrem Hut die Bar entlang, Dollars sammelnd, durchquerte den Saal zum Hinterausgang, wo sie verschwand.

Der Barmann brachte den Drink. »Auf Messers Schneide«, sagte er. »Der eine schafft's, der nächste nicht.«

Ich zahlte, was wir schuldeten, trank das Glas leer, nickte Carl zu, dann gingen wir.

Draußen, vor dem Haupteingang, koppelte gerade einer von Susis Männern die Zugmaschine vor die Wohnwagen, kletterte ins Fahrerhaus, der Motor heulte auf, die Räder griffen, und der Zug verschwand im Dunkel.

Auf dem Parkplatz setzte ich den Ford in Gang, lenkte ihn zur Autobahn, und dann fuhren auch wir in die Nacht.

Das letzte Angebot

Wir begegneten uns in New Orleans, in jenem Frühling, der schon ahnen ließ, daß ein heißer Sommer folgen würde. Abigail war ihrem Mann entronnen, der dem Ghettodasein in New York erlegen und rauschsüchtig geworden war. Er hatte sie geschlagen und getreten. In seiner Ohnmacht, das Leben zu meistern, den Widrigkeiten zu trotzen, hatte er alles mit Füßen getreten, was für sie Bedeutung hatte. Nur die Kraft zur Flucht war ihr geblieben. Doch wer in New York wollte eine Schauspielerin, die ihre Auftritte verfehlt hatte, weil ihr Mann sie schlug? Und als sie erfuhr, daß in New Orleans ein Theater gegründet worden war, von Schwarzen für Schwarze, raffte sie sich auf und fuhr dorthin. Natürlich ließ sie ihren dreijährigen Sohn Jerry nicht zurück.

Das Theater engagierte sie. Man fand ein Zimmer für sie, eine Fürsorge für das Kind – niemand fragte nach ihrem Woher. Sie bewährte sich in den verschiedensten Rollen. Bald aber fiel der Schatten ihrer Vergangenheit wieder auf sie: Sie hatte ihr Kind von einem Bundesstaat in den anderen entführt, von New York nach Louisiana, und dagegen gab es Gesetze. Und es gab einen Kläger. So brutal war ihr Mann in den schlimmsten Stunden der Ehe nicht. Er rächte sich, erwirkte eine gerichtliche Verfügung, die sie zwang, mit dem Kind nach New York zurückzukehren.

»Und so eine Verfügung ist unanfechtbar?« fragte ich.

»Es würde mehr kosten, als ich aufbringen kann.«

Sie sah schon keinen Ausweg mehr und wollte innerhalb dieser Woche die Arbeit am Theater aufgeben und abreisen. Irgendwo in Manhattan hätte sie noch eine Bleibe.

»Von einer Bleibe allein kann keiner leben«, bemerkte ich.

»Meinen Sie?« sagte sie bitter. »Jedenfalls hat mein Mann dafür gesorgt, daß mir die paar Bühnen verschlossen bleiben, die es in New York noch für mich gibt.«

»Vielleicht sehen Sie das zu schwarz.«

»Ich sehe nicht schwarz. Ich bin schwarz«, fuhr sie mir ins Wort. »Und darum bleibt mir nur noch das Zimmer und das Telefon.«

Ich sah sie an.

»Begreifen Sie nicht? Ein Call-Girl-Ring wird meine Nummer nutzen. Aber ich verhandle auch direkt. Was bieten Sie?« Sie wartete. »Nennen Sie einen Preis. Es ist doch noch nicht so lange her, daß schwarze Frauen in diesem Land versteigert wurden.«

Sie musterte sich kurz im Spiegel der Glastür zum Flur, und ihre Hände glitten über ihren schlanken Körper.

»Noch bin ich jung, noch schön genug, daß sich Angebote finden – und dann räche ich mich für das, was mir die Männer angetan haben.«

»Wer da wohl am Ende das meiste drangibt?« fragte ich.

»Die Männer«, sagte sie und sah mich herausfordernd an. »Na los, was bieten Sie?«

»Einen Arm voll Rosen«, sagte ich, um dem Gespräch eine Wende zu geben.

Sie stieß die Glastür auf, Verachtung in den Augen. »Rosen kann man nicht essen«, sagte sie. »Davon werden mein Junge und ich nicht satt.«

Monate später, in New York, suchte ich ihren Namen im

Telefonbuch, und als ich ihre Stimme hörte, wußte ich, daß sie es wirklich war. »Wer ist dort?«

Ich sagte es ihr.

»Ach, der Mann mit den Rosen.«

Ich fragte nach ihr und dem Jungen.

»Wir verhungern nicht. Die Miete ist bezahlt.«

Wäre es ihr gelungen, ein Engagement am Theater zu finden, sie hätte es mir sofort gesagt. Und darum war mir klar, woher das Geld kam. Ich sprach vom Wetter.

»Schön, nicht wahr«, bestätigte sie. »Wenig später hätten Sie uns nicht erreicht. Wir waren schon auf dem Weg zum Park.«

»Und abends – sind Sie dann zu Hause?«

Sie zögerte. Ich wartete.

»Sie haben die Rosen wohl schon gekauft?« fragte sie schließlich.

»Ein ganzer Arm voll steht bereit. So waren wir doch verblieben.«

Ihre Stimme klang jetzt freundlicher. »Wie es der Zufall will, heute abend habe ich nichts vor. Der Junge wird bei seinem Vater sein, und ich bin gegen sieben wieder hier. Stellen Sie die Rosen ins Wasser.«

Ich verschwieg, daß ich sie noch nicht gekauft hatte. Das holte ich erst fünf Stunden später nach, auf dem Weg zu ihr.

Ich erinnere mich nicht, was aus den Rosen wurde – ließ ich sie auf dem Flur vor ihrer Tür fallen oder in dem Streifenwagen, hatte ich die Blumen noch auf dem Polizeirevier? Obwohl mir alles andere grell vor Augen steht, werde ich nie sagen können, was aus den Rosen wurde. Mit Bestimmtheit weiß ich nur, daß sie beim Verhör keine Rolle spielten.

Die Polizei hielt mich bis nach Mitternacht fest, bis sie überzeugt war, daß meine Aussagen stimmten. Doch selbst dann hätte man mich kaum auf freien Fuß gesetzt, wenn der Zeitpunkt ihres Todes ungewiß gewesen wäre – sie mußte geraume Zeit vor meinem Besuch ermordet worden sein. Nein, die Rosen wurden nie erwähnt. Die Polizei war auf Namen erpicht, auf Beziehungen, die sie hatte – in New Orleans, in New York. Ich aber konnte nur den Namen des Theaters und den ihres Mannes bestätigen. Doch was sie mich von unserer einzigen Begegnung wiederholen ließen, schien für sie von Bedeutung zu sein.

»Also – ihre Telefonnummer war für Geld zu haben.«

»Vermutlich.«

»Und Sie machten ihr ein Angebot?«

Das stritt ich ab.

»Und sie wollte sich rächen – an wem?«

»An allen Männern.«

»New York ist voller Männer.«

»Ich kenne keine Namen.«

»Das verfängt nicht mehr«, fuhren sie mich an. »Wir wollen Namen wissen.«

»So springen Sie mit mir nicht um«, wehrte ich mich. »Ich bin freiwillig hier.«

»Das wissen wir zu schätzen«, sagte der Polizist mit dem Tonbandgerät. Sein Ausdruck blieb hart. »Trotzdem, bevor wir Sie gehen lassen, das ganze Lied noch mal. Aber Note für Note – von dem Augenblick an, als Sie das Haus betraten, bis zu Ihrem Anruf bei uns.«

Und er drückte auf die Taste. Die Spulen drehten sich wieder. Ich wischte mir die Stirn, holte tief Luft. Meine Aussagen, die das Gerät jetzt festhielt, begannen und endeten mit einem Seufzer.

Noch einmal beschrieb ich den Blick des Portiers, der mich wie vor einer Leprakranken warnen sollte. Vergeblich hatte ich danach versucht, mehr zu erfahren, und dann war ich die Treppe hinaufgelaufen und den Flur entlang, bis zur Tür ihrer Wohnung. Nichts hatte sich gerührt, als ich immer wieder klingelte, schließlich hatte ich an der Tür gerüttelt, und die hatte zu meiner Verwunderung nachgegeben. Da war ich eingetreten – und vor dem Anblick zurückgeschreckt. Eine Blutlache, und sie auf dem Teppich mit dem Hinterkopf in dieser Lache von Blut, ihre Bluse zerrissen, ihre Brüste, ihre Schenkel nackt, der Rock hochgeschoben bis zu den Hüften.

»Okay – und dann verschwanden Sie und riefen uns an.

»So war das.«

»Und, abgesehen von dem Portier, bemerkte Sie niemand?«

»Niemand.«

»Und Sie hörten kein Kreischen oder Hilfeschreie?«

»Es war totenstill im Haus.«

»Aber der Portier sagt, da war noch ein Kreischen, als Sie die Treppe rauf rannten.«

»Das muß in ihm nachgeklungen haben. Anders ist das nicht zu erklären.«

»Vielleicht«, sagte einer der Polizisten, und er beobachtete mich genau. »Sonst wäre auch nicht zu begreifen, wie siebzehn Menschen bezeugen konnten, daß sie eine halbe Stunde lang um Hilfe schrie.«

»Wieso half ihr denn niemand?«

Die vier Polizisten wechselten Blicke. Der mit dem Tonbandgerät zuckte die Achseln und stoppte die Spulen.

»Unter uns«, sagte er mir, »in dieser Stadt rennen die Leute sofort los, wenn sie Hilfeschreie hören – nur allzuoft in die falsche Richtung.«

Herbst unseres Lebens

Ich saß am Bettrand in der Morgensonne, die hell vom Meer auf die Spuren unserer Nacht fiel – Gläser, Blechteller voller Nußschalen, die Karaffe mit dem Rest vom Rotwein, Evitas Kleid, mein Hemd und meine Jeans achtlos über die Werkzeugkiste geworfen, die zwischen ihren beiden noch unvollendeten Skulpturen stand, saß da und wußte, mit dem frühen Abflug von San Juan und der zeitigen Ankunft auf einer jener abgelegenen, vielgepriesenen Karibikinseln würde es nichts werden – sie schien den Plan verworfen zu haben.

So war sie, ganz unabhängige Frau, sich selbst genügend, im Leben und in der Liebe erfahren, und alles andere als auf Beständigkeit aus oder gar eine Zweitehe – das Ehejoch, wie sie es nannte, hatte sie abgeworfen. Ihr Schlaf war tief, entspannt, katzengleich, und erst das hellere Tageslicht weckte sie. Sie sah mich lächelnd an, und als ich sie an unser Vorhaben erinnerte, winkte sie ab, streckte sich verführerisch und breitete die Arme aus – »Komm noch mal her, komm her zu mir!« Ich reagierte nicht. Hatte mir ihre Leichtfertigkeit gegenüber Abmachungen und in Sachen Pünktlichkeit fast schon imponiert, jetzt irritierte sie mich als etwas, dem man sich auf die Dauer nicht aussetzen durfte. Mein Unmut verzahnte sich mit meinen Gefühlen für sie, das Pendel schwang, wie schon mehrfach in unseren zwölf puertorikanischen Tagen, zur Schattenseite hin. Es war abgemacht gewesen, daß wir in ihrem Atelier nicht blieben, wir übers Wochenende dem Touristentrubel der Altstadt von San Juan nach Virgin Gorda oder Tortola ausweichen wollten. Ich sah zur Uhr, überlegte, griff kurzerhand zum Telefon, ließ mir weitere Flüge nach St. John nennen und machte zwei Plätze auf der Elf-Uhr-Maschine fest.

»Steh auf, Evita, steh endlich auf!«

Sie lachte. »Preuße du – mein Preuße.«

Ich fand das weniger zum Lachen als lächerlich, fühlte mich so wenig als Preuße wie sie, trotz ihres Familiennamens, Deutsche war – mochte der Vater auch deutscher Herkunft sein, sich seit seiner Einwanderung den Namen Aleman zugelegt und ihr Deutsch beigebracht haben. Ihren Mangel an Zeitgefühl, diesen Hang, den Augenblick auszukosten, schuldete sie ihrer puertorikanischen Mutter, der sie auch äußerlich ähnelte – dunkel die schrägen indianischen Augen, dunkel das Haar, die Haut, sehr fraulich der Busen und schmal die Hüften, dazu lebhaft im Wesen, in der Art, wie sie sich gab; und waren der Mutter keinesfalls sechzig, so waren ihr die vierzig Jahre nicht anzumerken.

»Evita – es war abgemacht.«

Als sie sich noch immer nicht rührte, zog ich ihr das Laken weg. Ihre Augen blickten böse und, nun gar nicht in diesem wohlklingenden Deutsch, in dem sie sonst mit mir sprach, sondern in hartem Spanisch verwünschte sie mich.

Auf der Ramblas, Prachtstraße im katalonischen Barcelona, verschlägt es mir den Atem, als ich erkenne, wer da in einer kleinen Galerie, die Plastiken und Skulpturen ausstellt, in angeregter Unterhaltung hell lachend das Haar zurückwirft – sieben Jahre war kein Lebenszeichen zwischen Evita und mir gewechselt worden, und nun brachten uns eine Kunstausstellung und ein Schriftstellertreffen zusammen – soll ich weitergehen, unbemerkt in der Menge untertauchen und fortan die Ramblas meiden?

Besser so. Dann aber stehe ich doch in der Tür und warte, daß auch sie mich erkennt.

»Du – wo in aller Welt kommst du her?«

Langsam kommt sie mir entgegen. Ihre Augen blicken jetzt ernst. Sie ist schön wie eh und je. Mir ist, als hätten ihr die Jahre nichts und mir, dem inzwischen Graugewordenen, viel angetan – die Silbersträhnen in ihrem Haar altern sie kaum.

»Daß wir uns Wiedersehen würden, war uns vorbestimmt.«

Ich schweige. Bilder stehen mir vor Augen – old fiascos.

Als damals das kleine Flugzeug in der Mittagsglut auf St. John landete, hatte ich Evita in ein Taxi gedrängt, hatte den Fahrer zur Eile angetrieben – zum Hafen, zum Hafen! Mit schnellstens erstandenen Billets waren wir den Pier entlang gehastet, von Anlegeplatz zu Anlegeplatz, und die Leinen waren schon los, das Schiff lag schon quer im Wasser, ehe wir es erreichten. Ich winkte, gestikulierte. Noch einmal legte das Schiff achtern an, die Matrosen hievten uns an Bord wie Schiffbrüchige, der Mann am Poller warf uns unsere Taschen nach, und als wir auf Virgin Gorda festmachten, brannte noch immer die Sonne, und auf dem Pier in der Sonne warf ich Evita meine Tasche hin und machte mich auf die Suche nach Unterkunft. Als ich lange, sehr lange später wiederkam, sah ich Evita nirgends, sie war fort, und wie ein Omen mutete es mich an, daß sie hinter einem Pfosten meine Tasche abgestellt hatte – nimm was deins ist und vergiß mich! Aufgebracht, war ich von da an blind für alles um mich her, blind für die Schönheit der Insel, blieb ich taub in der Nacht für die Reggae-Klänge am Strand, gleichgültig gegen die singenden, tanzenden schwarzen Männer mit ihrem Troß von Frauen. Und weil der Nachthimmel sternenklar und mondhell gewesen war, schien es mir wie ein Alptraum, als sich in der Dämmerung der Regen wie ein Wasserfall über die Hütte ergoß, die für uns beide bestimmt gewesen war. Tropfen sickerten durchs Dach und fielen mir aufs Gesicht, und ich drehte mich weg und schrie nach Evita. Sie aber blieb auch am kommenden Tag verschollen und in der unendlich langen Nacht, die folgte. Ruhiger wurde ich erst bei dem Entschluß, Evita aufzugeben und mich mit dem nächsten Schiff abzusetzen. Doch noch am Pier hielt ich Ausschau nach ihr, bis es Zeit war, an Bord zu gehen, und während die Matrosen das Fallreep einholten, drängte ich mich zur Reling durch und starrte landwärts, Erleichterung spürte ich erst, als das Schiff mich weit übers Meer fortgetragen hatte und hinter mir in der Abendsonne die Insel verschwunden war.

»Du wirst dir Zeit nehmen für uns, irgendwann in diesen Tagen?« frage ich.

»Irgendwann«, sagt sie. »Warum nicht hier und jetzt?«

»Du warst nicht frei«, hörte ich sie sagen, und wußte sofort, sie meinte das nicht doppelsinnig. »Innerlich unfrei. Und immer schien dir die Ferne begehrenswerter als die Nähe.«

Die Zeit, die wir zusammen verbrachten, war uns zerronnen wie Sand im Stundenglas. Ich hätte nicht sagen können, wie lange wir schon auf der Parkbank im Schatten der Bäume saßen, hier auf der Ramblas von Barcelona. Hatte ich auch etwas von dem Feuer unserer puertorikanischen Tage und Nächte in mir bewahrt, wie schroff ich am Ende Evita abgetan hatte, war die bestimmende Erinnerung.

»War da nicht gleich dieses Gefühl des langen Vertrautseins?« fragte sie. »So war das doch, und auch im Bett stimmte alles. Das kannst du doch nicht vergessen haben! Was bloß drängte dich an jenem Wochenende in die Ferne, warum wünschtest du dich plötzlich auf eine ferne Insel? Wir hätten bleiben sollen, bleiben müssen. Der Becher war nicht ausgekostet.«

»Virgin Gorda – die Perle der Karibik!« Ich lachte freudlos und sagte: »So groß ist diese Insel nicht. Ich wäre zu finden gewesen. In zweimal vierundzwanzig Stunden wäre ich zu finden gewesen.«

»Ich brauchte dich nicht zu finden. Ich war am Pier, und mir schien es das böseste aller Zeichen, daß du nicht so sehr mich wie deine Tasche suchtest. Als du die hattest, gabst du mich auf.«

»Du willst am Pier gewesen sein!«

»So war es. Dir aber fehlte bloß deine Tasche, und die wiederzuhaben, schien dir zu genügen.«

»Das kann nicht sein. So kann das nicht gewesen sein.«

»Ich war am Pier«, betonte sie noch einmal. »Und du sahst an mir vorbei – da ließ ich dich gehen.«

Unmut stieg in mir auf, es war wie damals, als ich an ihrem Bettrand auf den Aufbruch wartete und das immer angestrengtere Warten jede andere Regung verdrängte.

»Es hat nicht sollen sein – damals nicht und jetzt nicht«, sagte ich, und als wir aufstanden von der Parkbank, wir uns den Weg durch die Menge bahnten, vorbei an den Vogelhändlern, den Straßensängern, den Gauklern, den wahrsagenden Zigeunerinnen, und wir innehielten, um einem kleinen Chaplin-Imitator mit steifem Hut und schlotternden Hosen zuzusehen, wie er Liebespaare aus der Menge zog und ihnen gestenreich aus Draht gefertigte Herzen an Blusen und Jacken steckte, da ging uns auf, daß er uns geflissentlich übersah.

»Wir zählen nicht dazu – nicht mehr«, sagte ich zu Evita.

Sie verstand mich sogleich. Ihr Blick verriet einen Anflug von Bitterkeit.

»Herbst unseres Lebens«, sagte sie.

Die Agentin

Regierung der Deutschen Demokratischen Republik Ministerium für Staatssicherheit — *Geheim*

Potsdam, den 6. 3. 64
Rie/Ma
Tgb. Nr. VIII/282/64

Ermittlungsbericht

Nach einer unüberprüften Information erzählte im vergangenen Jahr der Schriftsteller Hermann Treffz aus Kleinmachnow einem IM der HV A, daß K. vor 2–3 Jahren »einer amerikanischen Agentin aufgesessen ist, mit der er 1 oder 2 Mal nach Moskau geflogen ist.«

(Graupner)
– Leutnant –

Wäre es nur so gewesen – und ja, es war geplant, daß Maxine und ich zusammen nach Moskau und von dort durch die Ukraine und zur Krim reisen sollten. Mit ihr, der jungen Amerikanerin russischer Herkunft, wäre ich dem Leben ganz anders auf die Spur gekommen, als unter der Obhut offizieller Dolmetscher. Ihre Briefe, die mich aus östlicher Ferne erreichten, zeugten von Einsichten, die durch weitverzweigte Begegnungen gewonnen waren, und immer wieder hatte ich bedauert, daß mein Antrag auf ein sowjetisches Visum im Sumpf der Bürokratie versackt war und ich ihre Erfahrungen nicht hatte teilen können.

Maxine war kontaktfreudig. Das hatte ich an mir selbst erfahren, als sie mich an jenem Sommertag in Brüssel, wo ich mich zu Verlagsbesprechungen aufhielt, um Auskunft anging und wir uns – vier Augen sehen mehr als zwei – auf die Suche nach der sowjetischen Botschaft machten. Was hätten wir nicht alles in Moskau entdeckt, oder in all den Orten, die sie auf dem Weg zur Krim besuchte. Aber es hatte nicht sein sollen, ich blieb zurück, und der Sommer ging zur Neige, ehe ich sie in Berlin-Schönefeld erwarten durfte, wo die Genehmigung für eine zeitweilige Einreise in die DDR, die ich für sie beantragt hatte, hinterlegt war.

Maxine – eine amerikanische Agentin?

Wie kam es dann, daß ihr in Brüssel derart reibungslos eine Studienreise auf den Spuren von Tschechow gewährt worden war – keine zehn Minuten hatte ich vor dem Botschaftsgebäude auf sie warten müssen? Und hätte ich mich nicht päpstlicher als der Papst gezeigt, wenn ich die Bedenken der ostdeutschen Behörden nicht mit dem Hinweis entkräftet hätte, daß sich eine amerikanische Theaterwissenschaftlerin nach einer Sowjetreise doch sehr wohl auch in Ost-Berlin aufhalten könnte?

Es ließ sich gut an in Berlin.

Die neue Theaterspielzeit hatte begonnen, und Maxine und ich erlebten Brecht im Berliner Ensemble, Moliere in der Volksbühne, Gorki im Theater mit seinem Namen, pralle Inszenierungen, die für sie nacherlebbar waren, auch wenn ihr die Dialoge entgingen, und darüber hinaus wird sie das Berliner Leben hinter der Mauer wie ein Drama vor eigentümlicher Kulisse empfunden haben.

Ich hatte über einen befreundeten olympischen Kanuten in einer Wassersportschule in Grünau ein Apartment für sie belegen können, zwei geräumige Zimmer mit Seeblick, und da der Herbst sommerlich blieb, sonnig mit klarem Himmel, verbrachten wir nicht wenige meiner freien Stunden auf dem Wasser, lebten sorglos und losgelöst vom Alltag den Abenden entgegen, die wir gemeinsam verbrachten. Aus der spontanen Zuneigung von Brüssel war durch gemeinsame Theaterbesuche und Lust aufs Leben eine Zweisamkeit geworden, die der Romantik nicht entbehrte, sogar den Wunsch nach gemeinsamer Zukunft aufkommen ließ, nicht aber den Glauben daran – im Grund trennten uns Welten.

Und weil das so war, wir uns kaum je befreien konnten von der Gewißheit endgültiger Trennung – sie würde in Manhattan verankert bleiben, ich im östlichen Berlin –, geschah es, daß der mißliche Ablauf einer Havarie eher als geplant die Trennung herbeiführen konnte.

Weit fort vom Ufer, inmitten Grünauer Gewässer, war an jenem Spätnachmittag die Schraube des Motorboots, das uns zur Verfügung gestellt worden war, auf etwas Hartes unter Wasser gestoßen. Jäh heulte der Motor auf, raste, und nachdem ich ihn abgestellt und mich vergewissert hatte, daß – zum Teufel! – die Flügel der Schraube weggerissen waren, wußte ich, was uns bevorstand. Nur ein kurzes Hilfsruder fand sich im Boot, und während Maxine mal die Finger der einen, mal der anderen Hand im Wasser kühlte, sie wie eine von Tschechows zerbrechlichen Frauen unser Mißgeschick beklagte, tatenlose Schöne unterm Sonnenschirm, mühte ich mich ab, uns beide ans Ufer zu bringen. Ich sah sie nachsichtig lächeln – dann weniger nachsichtig und schließlich ungehalten werden, weil immer mehr Zeit verstrich, ohne daß wir merkliche Fortschritte machten. Als es dämmerte, kam kühl ein Wind auf, der uns abtrieb und alle Hoffnung, die Anlegestelle der Sportschule zu erreichen, schwinden ließ, und am Ende durften wir froh sein, irgendwo, weit ab vom Schuß, im Schilf gelandet zu sein. Es scherte mich dann auch wenig, wie sie in langem Rock und feinen Schuhen ans Trockene kam.

»Help me trough this thicket! And get me to a phone.«

Ich sah sie an – allen Ernstes, sie hatte, weil ihr zum Sterben kalt war, nach einem Telefon verlangt.

»Truly, I won't live unless I get into a taxi and warm up in a hurry.«

Mehr noch als zuvor ging mir auf, daß sie von dem Augenblick, als ich zu rudern anfing, bis hin zur kläglichen Landung nur an sich selbst gedacht hatte, und da war mir, als sei ich durch sie, diese Carmen aus Manhattan, auf einen endlosen Dornenpfad gelockt worden – mit ihrem rabenschwarzen Haar, ihren leuchtenden dunklen Augen und der grazilen Gestalt kam sie tatsächlich meiner Vorstellung von jener spanischen Carmen nah.

»Nichts dringlicher jetzt als ein Taxi?«

»Yes, indeed«, sagte sie. Das Boot schien ihr gleichgültig zu sein. »Man wird doch versichert sein oder nicht?« Und daß die Nutzung des Bootes ein besonderes Entgegenkommen gewesen war, wollte ihr auch jetzt kaum in den Kopf. »Get me to a phone.«

Ich zuckte nur sprachlos die Schultern, und als sie fortfuhr, daß nichts passiert sei, was ein paar Dollars nicht richten könnten, sie habe es in Rußland nicht anders gehalten, und seien wir im Grunde nicht noch immer in Rußland, sie also weiterhin nichts anderes verlangte als auf schnellstem Weg in »unser Apartment« gebracht zu werden, sagte ich kurzentschlossen: »Not our apartment. Your apartment.«

Keine Briefe waren danach von Maxine zu erwarten gewesen, sie blieb für mich verschollen bis – horch auf diese Stimme, wessen Stimme ist das, die dir da aus dem Äther zufliegt? Ich richtete die Antenne des Kurzwellenempfängers, bediente die Feinabstimmung und war nun sicher: Jene Sprecherin von Radio Belgrad war unverkennbar Maxine; der dunkle Ton, dieser Brooklynakzent, vermischt mit einem Hauch jiddisch-russischer Sprachmelodie – Maxine!

Was sie ansagte, entging mir, ich hörte nur die Stimme, und in dieser Nacht noch schrieb ich nach Belgrad, warf den Brief zur mitternächtlichen Stunde in den Postkasten, und wieder zur mitternächtlichen Stunde, zehn Tage später, läutete das Telefon.

»Hallo – is that you, pet?«

Das Wort verriet sie – ich hatte es nie gemocht, dieses aus dem Gälischen stammende, von den Amerikanern adoptierte Wort für Schoßkind, Schätzchen.

»Thank you for your letter.«

»Maxine – wie in aller Welt hat es dich dorthin verschlagen?«

»Sitzt du gut?«

Ich sagte ihr, ich stünde in der Diele, worauf sie sich, obwohl uns inzwischen an die zwanzig Monate trennten, an das zweite Telefon in meinem Wohnzimmer erinnerte.

»Sit down in the livingroom«, hörte ich sie sagen, und daß wir Zeit hätten, viel Zeit, denn nicht sie zahle das Gespräch, sondern Marschall Tito.

Hinterher war mir, als hätten wir bis zum Morgengrauen miteinander gesprochen – eine rückhaltlose Offenbarung. Was sie sagte, schob sich vor die Vorstellungen, die ich von ihrem Berufsleben hatte, deckte diese zu, bis von der Theaterwissenschaftlerin wenig blieb. Jene Reise auf den Spuren von Tschechow war ein Vorwand gewesen. Ureigentlich – und es wunderte mich, daß sie am Telefon nicht den geringsten Hehl daraus machte – war sie in Moskau, in der Ukraine und auf der Krim Zeitungsmeldungen auf der Spur gewesen, Lokalnachrichten in Provinzblättern, Enthüllungen über die Versorgungslage, über Engpässe, Mißstände, bürokratische Hemmnisse. Sie hatte Gerichtsfälle registriert, Vergehen und deren Ahndungen, Aufrufe zur Wachsamkeit gegenüber Diebstählen am Arbeitsplatz, in Fabriken und auf Kolchosen, und ein Mosaik von sowjetischem Alltag zusammengefügt, wie es über die »Prawda« oder die »Iswestija« nicht zu haben gewesen wäre – und all das im Auftrag einer Abteilung des State Department, das sie beschäftigt und natürlich auch ihre Reise finanziert hatte.

»Und das beichtest du so einfach in die Leitung nach Ostberlin?«

»Nichts wird mich daran hindern«, sagte sie, »auch dieses verdächtige Knacken in der Leitung nicht! Denn ich will es loswerden, bin froh, es dir endlich sagen zu können, und –«, einen Augenblick lang zögerte sie doch, »merk dir, pet, ich hab da keine Rücksichten mehr zu nehmen. Das State Department hat mich von einem Tag zum anderen entlassen, dort bleibt mein Name für alle Zeiten auf der schwarzen Liste – für die bin ich eine Aussätzige, no less!«

Ich hatte geschwiegen, und in die Pause hinein hatte sie gefragt: »Soll ich auflegen?«

»Nein, nein – sprich nur weiter.«

»Willst du nicht hören, warum alles so kam?«

»Sag es.«

»Wegen uns, wegen unserer Tage in Berlin.«

Ich wollte es genauer wissen, und sie fuhr fort, daß sie von Anbeginn beschattet, unsere Begegnung in Brüssel registriert worden sei, wie auch unsere gemeinsame Suche nach der Botschaft und daß ich vor dem Gebäude auf sie gewartet hatte. Irgendwie mußte man in Washington auch Kunde von meinem Antrag auf ein sowjetisches Visum bekommen haben, unser gemeinsames Vorhaben jedenfalls war bekannt, und natürlich wußte man von ihrem Aufenthalt in Berlin.

»Den warf man mir besonders vor – was ich mir an den zehn Fingern hätte abzählen können.«

»Ziemlich kurzsichtig für eine Agentin.«

»Agentin – wie du redest! Ich kam ohne jeden Auftrag nach Berlin, nur wegen dir, wegen uns. Das darfst du ruhig glauben. Wäre ich sonst hier?«

»Du«, hatte ich gesagt, »das durchschau ich nicht. Da bin ich überfragt.«

»Dann sag ich's dir. Ich wäre nicht hier. Nie und niemals.«

»Du kamst ja auch mühelos nach Moskau und weiter. Warum solltest du es da nicht bis nach Belgrad und zu diesem Posten geschafft haben.«

»Komm her, und ich kläre dich auf. Du bist eingeladen.«

Wieder schwieg ich.

»Im Ernst. Komm nur. So sehen wir uns endlich wieder.«

»Und wer garantiert mir, daß ich in kein Labyrinth gerate?«

Ich hatte sie lachen hören, und das Lachen hallte wie in einem Korridor, und lang noch nach jenem Knacken in der Leitung, das wieder zu hören war, lang auch nach dem Ende des Gesprächs, hallte ihr Lachen in mir nach.

Preisverleihung

Weltfahrten der Literatur

Von Paul Gerhard Klussmann

Laudatio anläßlich der Verleihung des Literaturpreises der Ruhr-Region an Walter Kaufmann, 1993

Walter Kaufmann ist ein Schriftsteller von internationalem Rang. Die Auszeichnung des Internationalen sei dabei in mehrfachem Sinn verstanden: Einen internationalen Horizont gewinnt Walter Kaufmann schon früh durch sein Lebensschicksal und durch die innere Umpolung der Fluchterfahrung in Reiselust. Internationalität erreicht er mit seinen literarischen Anfängen, die dem englischen Sprach- und Literaturbereich zugehören. Auch der erste Literaturpreis galt nicht dem deutschen Autor, sondern dem englischschreibenden Erzähler: Es war der Mary-Gilmore-Preis, benannt nach der zuletzt in Sydney lebenden Lyrikerin, in deren Werk das Soziale im Brennpunkt des Schreibens stand. So darf man vermuten, daß die frühe Ehrung auch einem jungen Schriftsteller galt, der das Soziale immer im Blick hat. Seine Internationalität vermochte Walter Kaufmann auch gegen die Abschottungspolitik der DDR zu bewahren, in welchem Lande er seit 1956 wie vor ihm andere Rückkehrer aus dem Exü seinen festen Wohnsitz genommen hatte. Ein bedeutender Teil seines Werks ist Reisereportage und Reiseliteratur. Er folgt mit der Wahl dieser Gattung den großen Vorbildern von Goethe, Chamisso, Heine und Fontane; und er verbindet sich durch solche Texte der Reiseerfahrungen mit den Zeitgenossen Wolfgang

Koeppen, Alfred Andersch und Heinrich Böll. Zielpunkte seiner Reisen waren Amerika, Irland und Israel, die Titel der Bücher lauten »Begegnung mit Amerika heute« (1965), »Hoffnung unter Glas« (1966), »Gerücht vom Ende der Welt« (1969), »Unterwegs zu Angela« (1973), alles Inspirationen der Reisen über den Ozean; dann »Wir lachen, weil wir weinen« (1977) und »Irische Reise« (1979) als Nordirlandberichte; schließlich »Drei Reisen ins gelobte Land« (1980), neu und erweitert erschienen 1985 unter dem Titel »Reisen ins gelobte Land«, ein Buch, das vorausschauend die Verhältnisse im Staat Israel beurteilt und durch die gegenwärtige Politik der israelischen Regierung sich bestätigt fühlen kann. Nicht zuletzt aber spreche ich von Internationalität im Hinblick auf die zahlreichen Übersetzungen einzelner Werke in verschiedene Sprachen und im Blick auf die wiederholte Wahl zum Generalsekretär des deutschen P. E. N.-Zentrums (Ost).

Nun mag es verwundern, daß die Rühmung eines Autors, der den Preis einer Region erhält, das Moment der Internationalität an den Anfang stellt und so entschieden betont. Es begründet sich eine solche Darstellung dadurch, daß in den Texten Walter Kaufmanns alles Regionale in einem weltbürgerlichen Horizont erscheint, und dies trifft gerade auch auf die romanhafte Gestaltung der Duisburg-Erlebnisse in dem Buch »Stimmen im Sturm« zu, denn dieser »Roman für alle«, wie es programmatisch im Untertitel heißt, ist zuerst in englischer Sprache in Melbourne (Australien) erschienen unter dem Titel »Voices in the Storm«. Was fasziniert und fesselt uns heute noch an diesem Buch? Es sind die authentisch verarbeiteten Kindheits- und Jugenderfahrungen Walter Kaufmanns aus politisch bewegten Tagen, wie er sie gemacht hat als Kind einer jüdischen Mutter, geboren 1924 in Berlin. Dann kam er durch seine

Adoptionseltern, die später im KZ ermordet wurden, nach Duisburg, wo er Schulzeit und Jugend zubrachte und die Stadt unseres Reviers als ein Zuhause kennenlernte, aber bald auch als den Ort, in dem er das Wüten der Nazihorden und schließlich noch die Schrecken des Novembers 1938 (»Reichskristallnacht«) erlebte, ehe ihm 1939 ein jüdischer Kindertransport die Flucht nach England ermöglichte, die bald durch eine Deportationsanweisung bis ins ferne Australien führte, so daß sich am Ende die Weltreise zu einer höchst ambivalenten ersten Erfahrung entwickelte.

In Australien arbeitete Walter Kaufmann als Obstpflükker, Soldat und Seemann, und aus diesem Milieu ergaben sich die Anstöße und Motive für die literarischen Versuche in englischer Sprache: kurze und einfache Geschichten von schlichten Menschen in einem exotischen Milieu. Die Wahl der Gattung Kurzgeschichte, einem Trend jener Zeit folgend, ist für Walter Kaufmanns Werk bis hin zu den jüngsten Arbeiten bestimmend geblieben, auch dann, wenn die weiträumige Romanform oder die Reiseliteratur noch andere Erzählmittel und -verfahren forderte. So etwa in dem Roman »Stimmen im Sturm«, dem Duisburg-Roman, der mit einer Vielzahl genau gezeichneter Figuren operiert, in denen noch heute Zeitgenossen jener Jahre von 1930 bis 1938 sich wiederzuerkennen vermögen, obgleich, wie ich schon andeutete, der Roman aus einer großen räumlichen Distanz zur Region geschrieben ist – der Autor benutzte Kartenmaterial, um seine Erinnerung zu stimulieren – und obwohl der bewußt gestaltende Erzähler die authentischen Erinnerungen in ein erdichtetes Bild der Begebenheiten übersetzt hat. Wir erleben die Kämpfe zwischen den Braunen und der Arbeiterschaft, wir nehmen teil an Gewerkschaftsversammlungen unter hartem politischen Druck, wir durchschauen die Verführungen der nationalsozialistischen

Parolen und Machenschaften, wir machen spannungsreiche und bedrängende Erfahrungen mit den Aktionen im Untergrund. Sehr oft wechselt die Perspektive, so daß der aufklärerische Effekt des Romans beträchtlich ist. Historisches gewinnt im Romangeschehen anschauliche Aktualität und Einprägsamkeit, vor allem auch durch die Kinder- und Jugendperspektive, die mit einem Teil der Figuren gegeben ist. Man wünschte diesem Roman viele junge Leser unserer Tage. Natürlich könnte man kritisch nach der Modernität der Erzählmittel fragen. Da gibt es keinen Modernismus und keine postmoderne Dekonstruktion, sondern eine Form des realistischen Erzählens, die in der großen angelsächsischen und deutschen Tradition des 19. Jahrhunderts wurzelt, im poetischen, bürgerlichen und sozialen Realismus, jenem Konzept des Schreibens, das unser Wahrnehmungsvermögen für das Soziale entschieden gefördert hat. Alle Momente der Erinnerung sind im Roman »Stimmen im Sturm« aber verdichtet und konzentrierend verändert durch die sprachliche, stilistische und gattungsmäßige Prägung der Prosa, wie sie vom Muster der Shortstory bedingt ist. Kurz: »Stimmen im Sturm« ist ein lesenswerter Stadtroman, mit historischer, lokaler und individueller Erfahrung gesättigt und wahrhaft auszeichnungswürdig.

Von den Reisebüchern war schon die Rede. Auch ihre Prosa ist realistisch, aber mitbestimmt durch moderne Mittel der Reportage, durch die Sensibilität für die Sprache der Menschen in den anderen Ländern: Es sind Bücher mit einem offenen Welthorizont, dessen Linien das zeitkritische und das soziale Engagement bestimmen.

Wer das reiche Erzählwerk Walter Kaufmanns durchblättert und den Blick aufs Ruhrgebiet richtet, findet vieles, bei dem er verweilen kann aus Interesse an der literarischen Gestaltung von Erfahrungen der Region. Aus großer zeitlicher Distanz, aber aus größerer räumlicher Nähe als beim Roman sind die Jugenderlebnisse des Autors in seinem autobiographischen Erzähltext »Jenseits der Kindheit« (1985) geschildert. Trotz mancher literarischer Mittel der Distanzierung ist das erlebende und fühlende und immer auch urteilende Ich in jedem Abschnitt ganz da und vermittelt, wie ich vermute, gerade dem jüngeren Leser Eindrücke von großer Anschaulichkeit und aufklärerischer Wirkung durch klare Parteinahme.

Die Fluchterfahrung, die Abreise aus Duisburg möchte ich hier zitieren, weil sie mich beim ersten Lesen nicht nur durch die Vertrautheit mit der Region, sondern durch eben diese Kunst der Verknüpfung des zeitgeschichtlich Objektiven und des ganz Persönlichen und Intimen beeindruckt hat: »Der Zug fährt aus dem Bahnhof in den trüben Januarnachmittag – Duisburg, Krefeld, Venlo an der Grenze, Duisburg, Krefeld, Venlo an der Grenze – schneller die Räder drehen sich schneller, eine Rauchfahne zieht über den entschwindenden Bahnsteig, ›Mutter, Mutti!‹. Sie taucht im Dunkel der Halle unter, nur ihr vertrautes weißes Gesicht hebt sich noch undeutlich aus der Menge ab, dann wird es vom Rauch eingehüllt ... Als Stefan zum letzten Male vor seiner Mutter stand, sagte er: ›Sei froh, daß ich wegfahre‹, und dann nichts mehr – der endgültige Abschied, dem soviel Ungewißheit vorausgegangen war, bedeutete eine so große Erleichterung, daß im Augenblick alle anderen Gefühle zurücktraten. Er nahm seinen Koffer und stieg mit einem fremden Lächeln auf den Lippen in den Zug, und er rief: ›Leb wohl, Mutti!‹ ohne Tränen in den Augen. Duisburg, Krefeld, Venlo an der Grenze ... Ich habe schon vor langer Zeit zu lernen begonnen, mich von etwas zu trennen: von meinen bunten Wellensittichen, von meinem Hund, meinen Fischen, die sich zwischen den Scherben des

Aquariums auf dem Teppich zu Tode zappelten. Sie haben Leon Jüchen ermordet, Louis Meier ist nach Honduras geflohen – Honduras? – und David Hertz nach Palästina. Unser Sternchen wurde nach Polen verschleppt, Miriam! Und was tun sie Vater in Dachau an? Mutter, sei froh, daß ich wegfahre ... Duisburg, Krefeld, Venlo an der Grenze, der Rhythmus der Räder.«

Der Abschiedsschmerz des Kindes, das die Endgültigkeit der Trennung ahnt, ist gebrochen durch das Wissen um die bösen politischen Verhältnisse, um das Schicksal der Juden in Nazi-Deutschland. So wird das Rollen der Räder des westwärts fahrenden Zuges – lautmalerisch und rhythmisch in dem Refrain der Namen dargestellt – zu einem doppelten Zeichen: Abschied von Heimat und Elternhaus und Hoffnung auf den Hort der Ferne. In der Zerstörung der Dinge und Tötung der Lebewesen, an denen das Herz des Kindes hängt, ist das Leid des Ich faßbar; in den Namen der jüdischen Freunde und im Andenken an den Vater ist das Schicksal der deutschen Juden erfahrbar: Ermordung oder Emigration in ungekannte Länder; also wieder auf engstem Raum verwoben die Spannung zwischen dem Ichgefühl des Verlusts und der historischen Erfahrung der Emigration und des Massenmords.

Die beiden neuen Bücher von Walter Kaufmann sind Sammlungen von Erzählungen und Kurzgeschichten, in denen die Spannweite zwischen Region und weiter Welt, zwischen Vertrautem und Fremdem, zwischen kleinen Verhältnissen und exotischen Abenteuern, zwischen sozialer und künstlerisch-literarischer Erfahrung sich immer aufs neue klar und zugleich überraschend zeigt. »Am Kai der Hoffnung« heißt der eine Band, der ältere und neuere Erzählungen in unterschiedlichen Abschnitten zu einem bunten und reichen Mosaik versammelt. Der Titel bezeichnet den letzten Abschnitt der Sammlung und weist auf heitere und günstigere Aspekte der menschlichen Zukunft hin. In den anderen Abschnitten wird der ganze Bezirk des Menschlichen ausgeschritten, und zwar in einem fernen und anderen Weltsektor. Die Abschnittstitel zeigen die Zonen und Erfahrungen an: »Ruf der Inseln«, »Fernfahrten«, »Unter australischer Sonne«. Das Erzählen gewinnt hier eine farbige Lebendigkeit und Leuchtkraft, wie wir sie in der Gegenwartsliteratur nur selten kennen. Vor allem wird im Fremden die Grunderfahrung des Menschen geschildert, so daß trotz der Ferne, trotz allem Anderssein fast innige Beziehungen zu den beschriebenen Menschen und Begebenheiten entstehen.

Dieser Befund gilt als allgemeines Urteil auch von dem vorausgehenden Band: »Die Zeit berühren« (1992). Noch fesselnder, prägnanter und eindrucksstärker erscheinen mir viele Kurzgeschichten aus diesem Buch, weil hier die Kürze ein Formprinzip ist und mit einer äußersten Strenge gehandhabt wird. Es sind in der Tat Geschichten, die nicht nur bis ins letzte durchgeformt, sondern geschliffen sind und die sich gerade in der nicht-chronologischen und nicht regional bestimmten Abfolge zu einer wunderbaren Komposition des Kostbaren zusammenfügen. Die Ruhr-Region bekommt ihren Platz mitten in der weiten Welt, steht zwischen Melbourne, Sydney, New York und Moskau. – Wenn der Dichter Ernst Meister noch unter uns weilte, er würde, dessen bin ich sicher, diese dichte und durchgeformte Prosa des Buches »Die Zeit berühren« mögen und unserem Urteil, Walter Kaufmann den Literaturpreis der Ruhr-Region zuzuerkennen, uneingeschränkt zustimmen. Uns fesselt schon die Eingangserzählung von der Volksschullehrerin Fräulein Meier (Duisburg 1930), die dem die Pause ausweitenden Jungen eine Art der Belehrung und Strafe erteilt, welche plötzlich Angst und Distanz zwischen Kind und Lehrer lösen.

Man darf auch bei einer Laudatio, die nur Sachverhalte und Urteile vorzutragen hat, ein persönliches Interesse am Werk artikulieren, und da sind es – für einen Literarhistoriker vielleicht verständlich – nicht selten jene Geschichten, in denen der Autor von Arbeits- und Werkerfahrungen und vom Erlebnis des Abschlusses eines Projekts spricht: »Pfandleihe«, New York 1964, ist eine solche Geschichte, in der das Ich spät ein Pfandleihgeschäft erreicht, um eine Schreibmaschine zu leihen, und plötzlich in der fremden Welt durch die Sprache – das Jiddische – ins Vertrauteste gerät, so daß es sich in die Nähe anderer jüdischer Schriftsteller gerückt sieht und Hilfsbereitschaft erfährt, wobei ihm dann der Glückszufall ein Schwestermodell der eigenen Schreibmaschine zuführt. Über das Objekt der Ausleihe und das Gespräch mit dem jüdischen Inhaber der Pfandleihe in einer vertrauten Sondersprache vermittelt sich eine ungewöhnliche menschliche Begegnung, auf die das Ich mit freundlicher Zuverlässigkeit und mit der Wahl der vertrauten Sprechweise antwortet. – »Ganymed«, die Geschichte vom menschlichen Verleger, einer, der von den Nazis gefoltert wurde und seine Menschlichkeit dennoch bewahrt hat, sie bewahrend, indem er dem jungen Autor ein ehrendes Gastmahl aus Anlaß des ersten Buchs in deutschen Landen ausrichtet. Nur eine Seite Prosa, aber welch ein Text, jeder Satz trifft, jeder schreitet fort, jeder bleibt nur beim Wesentlichen.

Wir ehren Walter Kaufmann nicht mit einem Gastmahl, sondern mit einem Gastgeschenk der Region, in der er einmal in böser Zeit zu Hause war. Wir danken Walter Kaufmann, daß er in seinem Werk die Region und ihre Menschen in einen offenen Welthorizont gestellt hat, der Region und Ferne wunderbar verbindet. Intemationalität und Regionalität schließen sich nicht aus, wie man sieht, und wir wünschen uns, daß der Schriftsteller Walter Kaufmann bei seinen weiteren Weltfahrten in der Literatur bisweilen die Ruhr-Region wieder kreuzt.

Neuauflage von »Die Zeit berühren« (1992)
und »Ein jegliches hat seine Zeit« (1994)
in einem Band

Verlagsanschrift:
Verlag Wiljo Heinen
Franz-Mehring-Platz 1
10243 Berlin

www.verlag-wh.de

Umschlag-Grafik: Angela Brunner

Umschlag und Typographie: Wiljo Heinen
Gesetzt aus der Sabon.
Druck und Weiterverarbeitung: AJS Spaustuvé, Litauen
Printed in the EU.

ISBN 978-3-939828-36-5

Bibliografische Information der Deutschen Nationalbibliothek
Die Deutsche Nationalbibliothek verzeichnet diese Publikation in der Deutschen Nationalbibliografie; detaillierte bibliografische Daten sind im Internet über http://dnb.d-nb.de abrufbar.

Le premier jour

suivi de

La première nuit

DU MÊME AUTEUR
CHEZ POCKET

ET SI C'ÉTAIT VRAI...
OÙ ES-TU ?
SEPT JOURS POUR UNE ÉTERNITÉ...
LA PROCHAINE FOIS
VOUS REVOIR
MES AMIS MES AMOURS
LES ENFANTS DE LA LIBERTÉ
TOUTES CES CHOSES QU'ON NE S'EST PAS DITES
LE PREMIER JOUR
LA PREMIÈRE NUIT
LE VOLEUR D'OMBRES
L'ÉTRANGE VOYAGE DE MONSIEUR DALDRY

ET SI C'ÉTAIT VRAI... *suivi de* VOUS REVOIR
LE PREMIER JOUR *suivi de* LA PREMIÈRE NUIT

SEPT JOURS POUR UNE ÉTERNITÉ
EN BANDE-DESSINÉE

MARC LEVY

LE PREMIER JOUR

suivi de

LA PREMIÈRE NUIT

ROBERT LAFFONT

MIXTE
Issu de sources responsables
FSC
www.fsc.org
FSC® C003309

Le papier de cet ouvrage est composé de fibres naturelles, renouvelables, recyclables et fabriquées à partir de bois provenant de forêts plantées et cultivées durablement pour la fabrication du papier.

ISBN : 978-2-266-23502-0

SOMMAIRE

Le premier jour

« Nous sommes tous des poussières d'étoiles. »
André BRAHIC

À Pauline et à Louis

Prologue

— Où commence l'aube ?

J'avais tout juste dix ans lorsque, bravant ma timidité maladive, je posai cette question. Le professeur de sciences se retourna, l'air abattu, haussa les épaules et continua de recopier le devoir du jour sur le tableau noir, comme si je n'avais pas existé. Je baissai la tête vers mon pupitre d'écolier, feignant d'ignorer les regards cruels et moqueurs de mes camarades qui n'étaient pourtant pas plus instruits que moi sur la question. Où commence l'aube ? Où s'achève le jour ? Pourquoi des millions d'étoiles illuminent-elles la voûte céleste sans que nous ne puissions voir ou connaître les mondes auxquels elles appartiennent ? Comment tout a commencé ?

Chaque nuit, au cours de mon enfance, aussitôt mes parents endormis, je me relevais pour aller à pas de loup jusqu'à la fenêtre, je collais mon visage aux persiennes et scrutais le ciel.

Je m'appelle Adrianos, mais voilà longtemps que l'on m'appelle Adrian, sauf dans le village où ma mère est née. Je suis astrophysicien, spécialiste des étoiles extrasolaires. Mon bureau se situe à Gower Court, dans l'enceinte de la London University, département d'astronomie ; mais je n'y suis presque jamais. La Terre est ronde, l'espace courbe et, pour tenter de percer les mystères de l'Univers, il faut aimer se déplacer, parcourir sans cesse la planète, vers les contrées les plus désertes, à la recherche du meilleur point d'observation, de l'obscurité totale, loin des grandes villes. J'imagine que ce qui me poussait depuis tant d'années à renoncer à vivre comme la plupart des gens, avec maison, femme et enfants, était l'espoir de trouver un jour une réponse à la question qui n'a jamais cessé d'occuper mes rêves : Où commence l'aube ?

Si j'entame aujourd'hui la rédaction de ce journal, c'est avec un autre espoir, celui que quelqu'un trouve un jour ces pages et, avec elles, le courage d'en raconter l'histoire.

L'humilité la plus sincère pour un scientifique est d'accepter que rien n'est impossible. Je comprends aujourd'hui combien j'étais loin de cette humilité jusqu'au soir où je rencontrai Keira.

Ce qu'il m'est arrivé de vivre ces derniers mois a repoussé à l'infini le champ de mes connaissances et bouleversé tout ce que je croyais savoir de la naissance du monde.

Premier cahier

Le soleil se levait à la pointe est de l'Afrique. Le site archéologique de la vallée de l'Omo aurait déjà dû s'éclairer des premières lueurs orangées de l'aube, mais ce matin-là ne ressemblait à aucun autre. Assise sur un muret de terre sèche, serrant sa timbale de café pour se réchauffer les mains, Keira scrutait la ligne d'horizon encore obscure. Quelques gouttes de pluie ricochèrent sur le sol aride, soulevant de-ci de-là des particules de poussière. Accourant dans sa direction, un jeune garçon la rejoignit.

— Tu es déjà levé ? demanda Keira en frictionnant la chevelure du petit bonhomme.

Harry hocha la tête.

— Combien de fois t'ai-je dit de ne pas courir quand tu entres dans l'aire de fouilles ? Si tu trébuchais, tu risquerais d'anéantir plusieurs semaines de travail. Ce que tu pourrais briser est irremplaçable. Tu vois ces allées délimitées par des cordelettes ? Eh bien, imagine que c'est un grand magasin de porcelaine à ciel ouvert. Je sais que ce n'est pas le terrain de jeux idéal pour un garçon de ton âge, mais je n'ai rien de mieux à t'offrir.

— C'est pas mon terrain de jeux, c'est le tien ! Et puis ton magasin, on dirait plutôt un vieux cimetière.

Harry pointa du doigt le front nuageux qui avançait vers eux.

— Qu'est-ce que c'est ? demanda le garçon.

— Je n'ai jamais vu un ciel comme ça, mais cela ne présage rien de bon.

— Ce serait chouette s'il pleuvait !

— Ce serait une catastrophe, tu veux dire. File chercher le chef d'équipe, je préfère mettre la zone de recherches à l'abri.

Le jeune garçon s'élança avant de s'immobiliser à quelques pas de Keira.

— Cette fois tu as une bonne raison de courir. Fonce ! ordonna-t-elle en agitant la main.

Au loin, le ciel s'obscurcissait toujours plus, une bourrasque arracha le pan de toile qui protégeait un cairn[1].

— Il ne manquait plus que ça, marmonna Keira en descendant de son muret.

Elle emprunta le sentier qui menait au campement et retrouva à mi-chemin le chef d'équipe qui venait à sa rencontre.

— Si la pluie doit arriver, il faut recouvrir le plus de parcelles possible. Renforcez les carroyages[2], mobilisez tous nos hommes, au besoin demandez de l'aide au village.

— Ce n'est pas la pluie, répondit le chef d'équipe résigné, et nous ne pouvons rien y faire, les villageois s'enfuient déjà.

Une gigantesque tempête de poussière entraînée par le Shamal avançait vers eux. En temps normal ce vent puissant, qui traverse le désert d'Arabie Saoudite, emprunte la direction du golfe d'Oman, à l'est, mais nous n'étions plus en des temps normaux et la course du vent destructeur avait viré vers l'ouest. Devant le regard inquiet de Keira, le chef d'équipe poursuivit ses explications.

— Je viens d'entendre l'alerte diffusée à la radio, la tempête a déjà balayé l'Érythrée, elle a franchi la frontière et arrive droit sur nous. Rien ne lui résiste. La seule chose à faire est de fuir vers les sommets et nous mettre à l'abri dans les cavernes.

1. Tas de pierres.
2. Système de quadrillage du terrain de fouilles mis en place afin de situer les découvertes avec précision.

Keira protesta, on ne pouvait pas abandonner ainsi le site.

— Mademoiselle Keira, ces ossements qui vous tiennent tant à cœur sont restés enfouis ici durant des millénaires ; nous creuserons à nouveau, je vous le promets, mais encore faut-il être en vie pour cela. Ne perdons pas de temps, il ne nous en reste plus beaucoup.

— Où est Harry ?

— Aucune idée, répondit le chef d'équipe en regardant autour de lui, je ne l'ai pas vu ce matin.

— Il n'est pas venu vous prévenir ?

— Non, comme je vous l'ai dit, j'ai entendu les nouvelles à la radio, donné l'ordre d'évacuation et je suis venu aussitôt vous chercher.

Maintenant, le ciel était noir. À quelques kilomètres d'eux, le nuage de sable avançait comme une immense vague entre ciel et terre.

Keira laissa tomber sa timbale de café et se mit à courir. Elle quitta le chemin pour dévaler la colline jusqu'à la rive du fleuve, en contrebas. Garder les yeux ouverts devenait presque impossible. La poussière soulevée par le vent griffait son visage et, dès qu'elle criait le nom d'Harry, elle avalait du sable et croyait étouffer. Mais elle ne renonça pas. À travers le voile gris de plus en plus épais, elle réussit à discerner la tente où le jeune garçon venait la réveiller chaque matin pour aller découvrir avec elle le lever du soleil en haut de la colline.

Elle repoussa la toile, sa tente était vide. Le campement avait pris l'allure d'une ville fantôme, sans âme qui vive. Au loin, on pouvait encore apercevoir les villageois escalader les coteaux pour atteindre les grottes situées près des sommets. Keira inspecta les tentes voisines, criant sans relâche le prénom du petit garçon, mais seul le grondement de la tempête répondait à ses appels. Le chef d'équipe l'empoigna et l'entraîna presque de force. Keira regardait vers les hauteurs.

— Trop tard ! cria-t-il à travers l'étoffe qui couvrait son visage.

Il prit Keira sous son épaule et la guida vers la rive du fleuve.

— Courez, bon sang ! Courez.

— Harry !

— Il a sûrement trouvé refuge quelque part, taisez-vous et accrochez-vous à moi.

Un raz de marée de poussière les poursuivait, gagnant sans cesse du terrain. En aval, le fleuve s'enfonçait entre deux hautes parois rocheuses, le chef d'équipe repéra une anfractuosité et y entraîna Keira précipitamment.

— Là ! dit-il en la poussant vers le fond.

Il s'en était fallu d'un instant. Charriant terre, caillasses et débris arrachés à la végétation, la vague déferlante dépassait la hauteur de leur abri de fortune. À l'intérieur, Keira et son chef d'équipe se recroquevillèrent sur le sol.

La grotte fut plongée dans une obscurité totale. Le grondement de la tempête était assourdissant. Les parois se mirent à trembler et ils se demandèrent si tout allait s'effondrer et les ensevelir à jamais.

— On retrouvera peut-être nos ossements dans dix millions d'années ; ton humérus contre mon tibia, tes clavicules près de mes omoplates. Les paléontologues décréteront que nous étions un couple d'agriculteurs, ou toi un pêcheur du fleuve et moi son épouse, enterrés ici. Évidemment, l'absence d'offrandes dans notre sépulture ne nous attirera guère de considération. Nous serons classés dans la catégorie des squelettes de schmocks et nous passerons le reste de l'éternité au fond d'une boîte en carton sur les rayonnages d'un musée quelconque !

— Ce n'est vraiment pas le moment de faire de l'humour, et ce n'est pas drôle, râla le chef d'équipe. Et puis c'est quoi des schmocks ?

— Des gens comme moi, qui travaillent sans compter les heures pour faire des choses dont finalement tout le monde se fiche et qui voient leurs efforts anéantis en quelques secondes, sans pouvoir rien y faire.

— Eh bien, mieux vaut être deux schmocks en vie que deux schmocks morts.

— C'est un point de vue !

Le grondement dura encore d'interminables minutes. Si des pans de terre se décrochaient de temps à autre, leur abri semblait tenir bon.

La lumière du jour pénétra à nouveau la grotte, la tempête s'éloignait. Le chef d'équipe se redressa et tendit la main à Keira pour l'aider à se relever, mais elle refusa cette main.

— Tu voudras bien refermer la porte en sortant ? dit-elle. Je vais rester ici, je ne suis pas certaine de vouloir voir ce qui nous attend.

Le chef d'équipe la regarda, dépité.

— Harry ! s'écria Keira en se précipitant au-dehors.

Tout n'était que désolation. Les arbustes qui bordaient la berge du fleuve avaient été décapités ; la rive, d'ordinaire ocre, avait pris la couleur marron de la terre qui la recouvrait désormais. Le fleuve emportait des amas de boue vers le delta, situé à des kilomètres de là. Plus une seule tente ne tenait debout dans le campement. Le village de huttes n'avait pas plus résisté aux assauts du vent. Les habitations déplacées sur des dizaines de mètres s'étaient disloquées contre les rochers et les troncs d'arbres. En haut de la colline, les villageois quittaient leurs abris pour découvrir ce qui était advenu de leur bétail, de leurs cultures. Une femme de la vallée de l'Omo pleurait, serrant ses enfants dans ses bras ; un peu plus loin, les membres d'une autre tribu se regroupaient. Aucune trace d'Harry. Keira regarda tout autour d'elle, trois cadavres gisaient sur la berge. Un haut-le-cœur la gagna.

— Il doit être caché dans une grotte, ne vous inquiétez pas, nous le retrouverons, dit le chef d'équipe en la forçant à détourner le regard.

Keira s'accrocha à son bras et ils remontèrent ensemble la colline. Sur le plateau où se trouvait le terrain de fouilles, le carroyage avait totalement disparu, le sol était jonché de débris, la tempête avait tout détruit. Keira se baissa pour ramasser une lunette de terrain. Elle l'épousseta machinalement mais les verres de l'appareil étaient irrémédiablement endommagés. Un peu plus loin, le trépied d'un théodolite gisait pattes en l'air. Soudain au milieu de cette dévastation, apparut la frimousse effarée du jeune Harry.

Keira courut à sa rencontre et le prit dans ses bras. La chose n'était pas habituelle ; si elle savait exprimer par des mots son affection envers ceux qui avaient su l'apprivoiser, jamais elle ne s'abandonnait au moindre geste de tendresse. Mais, cette fois, elle serrait Harry si fort qu'il chercha presque à se libérer de son étreinte.

— Tu m'as fait une de ces peurs, dit-elle en essuyant la terre collée au visage du garçon.

— C'est moi qui t'ai fait peur ? Après tout ce qui vient d'arriver, c'est moi qui t'ai fait peur ? répéta Harry déconcerté.

Keira ne répondit pas. Elle redressa la tête et contempla ce qui restait de son travail : rien. Même le muret de terre sèche sur lequel elle s'asseyait encore ce matin s'était effondré, balayé par le Shamal. En quelques minutes, elle avait tout perdu.

— Dis donc, il en a pris un sacré coup ton magasin, dit Harry.

— ... mon magasin de porcelaine, murmura Keira.

Harry glissa sa main dans celle de Keira. Il s'attendait à ce qu'elle se défile ; comme toujours, elle ferait un pas en avant, prétextant avoir vu quelque chose d'important, de si important qu'il fallait vérifier tout de suite de quoi il s'agissait ; et puis, plus tard, elle effleurerait la chevelure du garçon, pour s'excuser de n'avoir pas su être tendre. Cette fois, la main de Keira retint celle qui s'offrait sans malice et ses doigts se resserrèrent sur la paume d'Harry.

— C'est fichu, dit-elle presque sans voix.

— Tu peux recreuser, non ?

— Ce n'est plus possible.

— T'as qu'à aller plus profond, protesta l'enfant.

— Même plus profond ce serait foutu quand même.

— Qu'est-ce qui va arriver alors ?

Keira s'assit en tailleur sur la terre désolée ; Harry l'imita, respectant le silence de la jeune femme.

— Tu vas me laisser, tu vas partir c'est ça ?

— Je n'ai plus de travail.

— Tu pourrais aider à reconstruire le village. Tout est cassé. Les gens d'ici vous ont bien aidés, eux.

— Oui, j'imagine que nous pourrions faire cela pendant quelques jours, quelques semaines tout au plus, mais ensuite, tu as raison, nous devrons partir.

— Pourquoi ? Tu es heureuse ici, non ?

— Plus que je ne l'ai jamais été.

— Alors tu dois rester ! affirma le jeune garçon.

Le chef d'équipe les rejoignit, Keira regarda Harry et lui fit comprendre qu'il devait maintenant les laisser seuls. Harry s'éloigna de quelques pas.

— Ne va pas à la rivière ! dit-elle au jeune garçon.

— Qu'est-ce que ça peut bien te faire, puisque tu vas t'en aller !

— Harry ! implora Keira.

Mais le jeune garçon filait déjà dans la direction qu'elle venait précisément de lui interdire.

— Vous abandonnez le chantier ? demanda le chef d'équipe étonné.

— Je pense que nous n'aurons bientôt plus d'autre choix.

— Pourquoi se décourager, il suffit de se remettre à la tâche. Ce ne sont pas les bonnes volontés qui manquent.

— Hélas, ce n'est pas seulement une question de volonté mais de moyens. Nous n'avions déjà presque plus d'argent pour payer les hommes. Mon seul espoir était de faire une découverte rapidement pour que l'on renouvelle nos crédits. J'ai bien peur que, désormais, nous soyons tous au chômage technique.

— Et le petit ? Qu'est-ce que vous comptez en faire ?

— Je ne sais pas, répondit Keira, abattue.

— Vous êtes sa seule attache depuis que sa mère est morte. Pourquoi ne pas l'emmener avec vous ?

— Je n'en aurais pas l'autorisation. Il serait aussitôt arrêté à la frontière, on le retiendrait des semaines dans un camp avant de le reconduire ici.

— Et dire que chez vous, on pense que nous sommes des sauvages !

— Vous ne pourriez pas vous occuper de lui ?

— J'ai déjà du mal à faire vivre ma famille, je doute que ma femme accepte une nouvelle bouche à nourrir. Et puis Harry est un Mursi, il appartient aux peuples de l'Omo, nous sommes Amhara, tout cela est trop difficile. C'est vous qui avez changé son prénom, Keira, qui lui avez appris votre langue ces trois dernières années, vous l'avez pour ainsi dire adopté. Vous en êtes responsable. Il ne peut pas être abandonné deux fois, il ne s'en remettrait pas.

— Vous vouliez que je l'appelle comment ? Il fallait bien lui donner un prénom, il ne parlait pas quand je l'ai recueilli !

— Au lieu de se disputer, la première chose à faire serait de le chercher ; vu la tête qu'il faisait en partant tout à l'heure, je doute qu'il réapparaisse de sitôt.

Les collègues de Keira se regroupaient autour du terrain de fouilles. L'atmosphère était lourde. Chacun constatait l'importance des dégâts. Tous se retournèrent vers Keira, attendant ses instructions.

— Ne me regardez pas comme ça, je ne suis pas votre mère ! s'emporta l'archéologue.

— Nous avons perdu toutes nos affaires, protesta un membre de l'équipe.

— Il y a des morts au village, j'ai vu trois corps dans la rivière, répondit Keira, je me fous royalement de ton sac de couchage.

— Il faut s'occuper d'enterrer les cadavres au plus vite, suggéra un autre. Nous n'avons pas besoin qu'une épidémie de choléra vienne s'ajouter à nos problèmes.

— Des volontaires ? demanda Keira, dubitative.

Personne ne leva la main.

— Alors allons-y tous, intima Keira.

— Il serait préférable d'attendre que leurs familles viennent les chercher, nous devons respecter les traditions.

— Le Shamal s'est bien gardé de respecter quoi que ce soit, agissons avant que l'eau ne soit contaminée, insista Keira.

Le cortège se mit en marche.

La triste besogne occupa le reste de la journée. On retira les corps de la rivière, on creusa des tombes à bonne distance de la berge, toutes furent recouvertes d'un petit monticule de pierres. Chacun priait à sa façon, selon sa croyance, pensant à ceux qu'il avait côtoyés ces trois dernières années. À la tombée du jour, les archéologues se regroupèrent autour d'un feu. Les nuits étaient fraîches et il ne restait rien pour se protéger du froid. L'un prenait la relève de veille pendant que les autres dormaient près du brasier.

Le lendemain, l'équipe porta secours aux villageois. Les enfants avaient été regroupés. Les femmes âgées de la tribu veillaient sur eux, les plus jeunes ramassaient tout ce qui servirait à reconstruire les habitations. Ici, la question de l'entraide ne se posait pas, elle était évidente ; tout le monde était à l'œuvre, chacun savait naturellement quoi faire. Certains taillaient le bois, d'autres assemblaient les branches pour rebâtir les huttes, d'autres encore couraient dans les champs, s'efforçant de rassembler chèvres et vaches que la tempête n'avait pas tuées.

La deuxième nuit, les villageois accueillirent l'équipe d'archéologues et partagèrent avec eux leur maigre repas. En dépit de la tristesse, du deuil qui commençait à peine, on dansa et chanta pour remercier les dieux d'avoir épargné ceux qui étaient encore en vie.

Les jours suivants furent identiques. Deux semaines plus tard, si la nature portait encore les marques du drame, le village avait presque repris une apparence normale.

Le chef de la tribu remercia les archéologues. Keira lui demanda à être reçue en privé. Même si les regards des villageois montraient qu'ils n'appréciaient guère qu'une étrangère entre dans sa hutte, le chef accepta l'entretien, par reconnaissance. Après avoir écouté la requête de son invitée, il jura que si Harry réapparaissait, il veillerait sur lui jusqu'au retour de Keira ; en échange, elle avait fait la promesse de revenir. Le chef lui fit comprendre que l'entrevue était terminée. Il sourit, Harry avait beau se cacher, il ne devait pas être loin ; ces dernières nuits, un drôle d'animal était venu dérober des vivres pendant que le village dormait et les empreintes du rôdeur ressemblaient sacrément à celles d'un jeune garçon.

Au neuvième jour après la tempête, Keira réunit son équipe et annonça qu'il était temps de quitter l'Afrique. La radio avait été détruite, ils ne pouvaient compter que sur eux-mêmes. Deux possibilités s'offraient à eux : marcher vers la petite ville de Turmi, de là, avec un peu de chance, ils trouveraient un véhicule qui les conduirait plus au nord, jusqu'à la capitale. Atteindre Turmi serait périlleux, il n'y avait pas à proprement parler de route, il faudrait escalader pour franchir certains passages. Autre option, descendre le fleuve vers la vallée basse ; en quelques jours, ils gagneraient le lac Turkana. En le traversant, ils arriveraient côté kenyan à Lodwar où se trouvait un petit aérodrome. Des avions de fortune faisaient régulièrement la navette pour ravitailler la région ; un pilote finirait bien par accepter de les prendre à son bord.

— Le lac Turkana, épatant comme idée ! s'exclama un collaborateur.

— Tu préfères grimper vers les montagnes ? demanda Keira, très agacée.

— Quatorze mille, c'est à peu près le nombre de crocodiles qui grouillent dans ton lac salvateur. Il fait une chaleur torride dans la journée, et les orages y sont les plus violents du continent africain. Avec le peu d'équipement qu'il nous reste, autant se suicider tout de suite, nous gagnerons du temps et nous souffrirons moins !

Il n'y avait pas de solution miracle. L'archéologue proposa un vote à main levée. La direction du lac fut adoptée à l'unanimité, moins une voix. Le chef d'équipe aurait bien voulu les accompagner, mais il lui fallait remonter vers le nord rejoindre sa famille. Aidés des villageois, ils commencèrent à réunir quelques provisions, le départ était programmé pour le lendemain aux premières heures du jour.

Keira ne dormit pas de la nuit. Elle se retourna cent fois sur sa paillasse. Dès qu'elle fermait les yeux, le visage d'Harry lui apparaissait. Elle repensait au jour où, rentrant d'une excursion à dix kilomètres du campement, elle l'avait rencontré. Harry était seul, abandonné devant une case. Personne en vue, et cet enfant qui la regardait fixement, muré dans son silence. Que fallait-il faire ? Continuer son chemin comme si de rien n'était ? Elle s'était assise à côté de lui, il n'avait rien dit. Passant la tête par l'ouverture de sa piteuse habitation, elle avait découvert que sa mère venait d'y mourir. Elle avait interrogé le petit garçon pour savoir s'il avait de la famille, un endroit où elle pourrait le conduire, mais il se taisait ; pas une plainte, juste ce regard vif et persistant. Keira était restée de longues heures à côté de lui, sans dire un mot. Puis elle s'était levée et avait repris sa route. En chemin, elle avait bien cru deviner qu'il la suivait à distance et se cachait dès qu'elle se retournait. Mais à l'approche du campement, nulle trace de lui sur la piste derrière elle. Elle avait d'abord pensé qu'il avait rebroussé chemin. Le lendemain, quand le chef d'équipe lui annonça qu'on avait volé de la nourriture, Keira s'était sentie soulagée.

Il fallut de longues semaines pour que l'un et l'autre finissent par se revoir. Keira avait donné l'ordre qu'on laisse toujours la nuit près de sa tente, un repas et de quoi boire. Et, chaque soir, le chef d'équipe protestait : c'était là un bon moyen d'attirer les prédateurs ; mais celui que Keira voulait apprivoiser n'avait rien d'un animal sauvage, juste un enfant esseulé et apeuré.

Plus le temps passait et plus les pensées de Keira étaient occupées par le comportement insolite de l'enfant. Le soir, sous sa tente, elle guettait les bruits de pas de celui qu'elle avait déjà prénommé « Harry ». Pourquoi ce prénom ? Elle n'en savait rien, il lui était venu dans ses rêves. Une nuit, Keira avait pris le risque d'attendre devant la caisse où le repas de l'enfant avait été déposé. Cette fois, elle avait dressé un couvert, et le tout avait fini par prendre l'allure d'une table de souper, plantée au milieu de nulle part.

Harry était apparu sur la sente qui grimpait depuis la rivière. Épaules et tête hautes, son allure était fière. Lorsqu'il était arrivé, Keira l'avait salué de la main et avait commencé à manger. Il avait hésité et puis s'était assis face à elle. Ils partagèrent ainsi ce premier dîner à la belle étoile et Keira entreprit d'enseigner à Harry ses premiers mots de vocabulaire. L'enfant n'en répétait aucun, mais le lendemain, au moment du repas, il récita tous ceux entendus la veille, sans jamais se tromper.

Ce n'est que plus tard dans le mois qu'Harry se montra en pleine journée. Keira creusait délicatement la terre, espérant enfin découvrir quelque chose, le jeune garçon s'approcha. Le moment qui suivit fut des plus singuliers. Sans se soucier qu'Harry la comprenne, Keira lui expliqua chacun de ses gestes, pourquoi il était si important pour elle de chercher sans relâche ces minuscules fragments fossilisés, comment chacun d'eux témoignerait peut-être de la manière dont l'homme était apparu sur notre planète.

Harry revint le lendemain à la même heure, et passa cette fois tout l'après-midi en compagnie de l'archéologue. Il fit de même les jours suivants, arrivant toujours avec une ponctualité déconcertante – Harry n'avait pas de montre. Les semaines passèrent et sans que personne ne s'en rende vraiment compte, le petit garçon ne quitta plus le campement. Avant chaque repas, midi et soir, il subissait sans rechigner la corvée du cours de vocabulaire que lui dispensait Keira.

Ce soir, elle aurait voulu entendre encore une fois ses pas, comme lorsqu'il rôdait autour de sa tente en attendant qu'elle l'autorise à y entrer. Elle lui aurait raconté une légende africaine, elle en connaissait beaucoup.

Comment prendre la route demain, sans même l'avoir revu ? Un départ sans un mot, c'est pire qu'un abandon, le silence est une trahison. Keira prit dans sa main le cadeau qu'Harry lui avait fait un jour. Au bout d'une cordelette en cuir qui ne quittait jamais le tour de son cou pendait un étrange objet. Triangulaire, il était lisse et dur comme l'ébène ; il en empruntait la couleur, mais avait-il vraiment été taillé dans ce bois ? Keira n'en savait rien. L'objet ne ressemblait à aucune parure tribale ; même le chef du village n'avait pu en définir l'origine. Lorsque Keira le lui avait montré, le vieil homme avait hoché la tête, il ignorait de quoi il s'agissait, peut-être ne devrait-elle pas le garder sur elle. Mais c'était un cadeau d'Harry... Quand Keira l'avait interrogé sur sa provenance, le garçon avait expliqué l'avoir trouvé un jour sur l'îlot situé au milieu du lac Turkana. C'est en descendant avec son père dans le cratère d'un ancien volcan éteint depuis des siècles, là où la terre regorge d'un limon fertile, qu'il avait trouvé ce trésor.

Keira le replaça sur sa poitrine et ferma les yeux, cherchant ce sommeil qui ne venait pas.

Au petit matin, elle rassembla son paquetage et réveilla ses collègues. Un long voyage les attendait. Après avoir avalé un petit déjeuner frugal, l'équipage se mit en route. Les pêcheurs leur avaient offert deux pirogues, chacune pouvait accueillir quatre personnes. En différents endroits, il faudrait rejoindre la terre ferme, porter les embarcations pour contourner des chutes.

Les villageois s'étaient réunis sur la berge. Seul un petit homme manquait à l'appel. Le chef d'équipe serra Keira dans ses bras, il avait bien du mal à cacher son émotion. Puis on embarqua à bord des canoës ; les enfants entrèrent dans l'eau pour les aider à s'éloigner de la rive, et le courant fit le reste, les entraînant doucement.

Au cours des premiers miles parcourus, on voyait des mains s'agiter depuis les champs voisins. Keira restait silencieuse, guettant celui qu'elle espérait encore voir. Lorsque le fleuve bifurqua avant de se perdre entre deux hautes parois rocheuses, ses derniers espoirs s'évanouirent. On était déjà bien trop loin.

— C'est peut-être mieux comme ça, souffla Michel, un collègue français de Keira, celui avec lequel elle s'entendait le mieux.

Elle aurait voulu lui répondre, mais sa gorge était nouée.

— Il retournera à sa vie, poursuivit Michel. Ne t'en fais pas. Tu n'as rien à regretter ; sans toi Harry serait probablement mort de faim, et puis le chef du village t'a promis de s'occuper de lui.

Et soudain, tandis que le fleuve s'enfonçait un peu plus, la silhouette d'Harry apparut sur une minuscule grève. Keira se leva si brusquement que l'embarcation manqua de chavirer. Michel rétablit l'équilibre, ses deux autres collègues râlaient. Keira n'écoutait pas leurs remontrances, elle n'avait d'yeux que pour le jeune garçon qui se tenait accroupi et la regardait de loin.

— Je reviendrai Harry, je te le jure ! cria-t-elle.

L'enfant ne répondit pas. Avait-il seulement entendu ?

— Je t'ai cherché partout, hurla-t-elle, du plus fort qu'elle le pouvait. Je ne voulais pas partir sans te revoir. Tu vas me manquer petit bonhomme, dit-elle en sanglots. Tu vas tellement me manquer. Je te jure que je reviendrai, il faut que tu me croies, tu m'entends ? Je t'en supplie Harry, fais-moi un geste, un petit signe de rien du tout pour me dire que tu m'entends.

Mais l'enfant ne fit aucun geste, pas le moindre signe. Sa silhouette disparut bientôt dans le tournant du fleuve ; la jeune archéologue ne vit jamais la main du jeune garçon qui lui offrait un adieu fragile.

*

Plateau d'Atacama, Chili

Impossible de fermer l'œil de la nuit. Chaque fois que je crois enfin sentir le sommeil me gagner, je me redresse d'un bond sur ma couchette avec cette terrible sensation d'étouffement qui ne me quitte pas. Erwan, un collègue australien habitué des hautes altitudes, a renoncé à dormir depuis son arrivée. Il pratique le yoga et il s'en sort à peu près. Même si je me suis amusé, à l'époque où je fréquentais vaguement une danseuse, à me rendre deux fois par semaine dans une salle spécialisée de Sloane Avenue, ma maîtrise de cette discipline est nettement insuffisante pour permettre à mon organisme de compenser ainsi les effets d'une telle hauteur. À cinq mille mètres au-dessus du niveau de la mer, la pression en oxygène chute de quarante pour cent. Au bout de quelques jours, le mal des montagnes se fait sentir ; le sang s'épaissit, la tête est lourde, la raison perd de sa logique, l'écriture devient maladroite, et le moindre effort physique brûle votre énergie de façon disproportionnée. Les plus anciens à travailler ici nous recommandent d'absorber le maximum de glucose possible. Pour les amoureux de douceurs, cet endroit pourrait être un véritable paradis : aucun risque de prendre du poids, à peine ingéré, le sucre est métabolisé par l'organisme. Seul hic, à cinq mille mètres au-dessus du niveau de la mer, on perd tout appétit. Je me nourris presque exclusivement de tablettes de chocolat.

Le plateau d'Atacama est un endroit hors du temps. Une vaste plaine aride, cernée de montagnes ; s'il n'était pas si difficile d'y respirer, on se croirait au milieu de n'importe quel désert de pierres. Mais ici, nous sommes sur l'un des toits du monde ; sauf qu'il n'existe presque plus rien du monde autour de nous. Aucune végétation, aucune vie animale, juste des cailloux et de la poussière, vieille de vingt millions d'années. L'air que l'on respire péniblement est le plus sec de la planète, cinquante fois plus encore que dans la vallée de la Mort. Les cimes qui nous entourent ont beau culminer à plus de six mille mètres, elles sont dépourvues de neige. C'est justement pour cette raison que nous travaillons là. Parce qu'il n'y a pas la moindre humidité, ce site était le meilleur endroit pour accueillir le plus vaste projet d'astronomie que la terre ait jamais vu naître. Un pari presque impossible : implanter soixante-quatre antennes télescopiques, chacune de la taille d'un immeuble de dix étages, toutes reliées entre elles. Une fois leur construction achevée, elles seront connectées à un ordinateur capable d'effectuer seize milliards d'opérations à la seconde. Pourquoi ? Afin de sortir de l'obscurité, de photographier les plus lointaines galaxies, de découvrir ces espaces qui nous sont aujourd'hui encore invisibles, et de peut-être capter des images des premiers instants de l'Univers.

Il y a trois ans, j'ai rejoint l'Organisation européenne des recherches astronomiques et suis parti vivre au Chili.

D'ordinaire, mon lieu de travail est à cent kilomètres d'ici, à l'observatoire de La Silla. Cette région se situe sur l'une des plus grandes failles sismiques du globe, là où deux continents se rejoignent. Deux masses à la puissance colossale qui, en se poussant l'une l'autre, donnèrent jadis naissance à la cordillère des Andes. Au cours d'une nuit récente, la terre a tremblé. Il n'y a pas eu de blessé mais Naco et Sinfoni – chacun de nos télescopes porte un nom – doivent subir des travaux de maintenance.

Profitant de cette inactivité forcée, le directeur du centre nous a donné, à Erwan et moi, la mission de superviser la mise en œuvre de la troisième antenne géante du site d'Atacama. Voilà pourquoi je respire si mal en ce moment, à cause d'un stupide tremblement de terre qui m'a conduit ici, à cinq mille mètres d'altitude.

Il y a quinze ans à peine, les astronomes débattaient encore de l'existence de planètes hors de notre système solaire. Je l'ai dit, l'humilité pour un scientifique est d'accepter que rien ne soit impossible. Cent soixante-dix planètes furent découvertes dans la dernière décennie. Toutes trop différentes, trop massives, trop proches ou trop éloignées de leurs soleils pour être comparées à la Terre et donner l'espoir qu'une forme de vie proche de celle que nous connaissons ait pu s'y développer... jusqu'à la découverte que mes collègues firent peu de temps après mon arrivée au Chili.

Grâce au télescope danois installé sur le site de La Silla, ils virent une autre « Terre », située à vingt-cinq mille années-lumière de la nôtre.

À peine cinq fois plus grande, elle effectue une révolution complète autour de son soleil en dix années de notre temps. Mais qui pourrait affirmer que le temps sur cette planète, si proche et si lointaine à la fois, s'écoule pour former des minutes et des heures semblables aux nôtres ? Et même si cette planète est trois fois plus éloignée de son soleil, même si la température y est plus froide, elle semble réunir les conditions nécessaires à la naissance de la vie.

Cette découverte n'était apparemment pas assez sensationnelle pour faire la une des journaux et elle passa presque inaperçue.

Ces derniers mois, notre travail avait été retardé par divers pannes et avatars, et la fin d'année s'annonçait difficile pour moi. En l'absence de résultats probants, mes jours au Chili étaient comptés. Pourtant, en dépit de mes difficultés d'acclimatation aux hautes altitudes, je n'avais aucune envie de rejoindre Londres. Je n'aurais troqué pour rien au monde les grands espaces chiliens et mes tablettes de chocolat contre la petite fenêtre de mon bureau étroit et le bœuf-haricots blancs que sert le pub au coin de Gower Court.

Déjà trois semaines que nous sommes montés sur le site d'Atacama et mon corps ne s'accommode toujours pas du manque d'oxygène. Lorsque le centre sera opérationnel, les bâtiments seront pressurisés, mais en attendant il nous faut vivre dans ces conditions difficiles. Erwan trouve que j'ai une mine épouvantable, il veut que je regagne le camp de base. « Tu vas finir par tomber vraiment malade, me répète-t-il depuis deux jours, et si tu fais un accident vasculaire cérébral, il sera trop tard pour regretter ton imprudence. »

Son point de vue n'est pas dénué de fondement, mais renoncer maintenant serait compromettre toutes mes chances de participer à la fabuleuse aventure qui se prépare ici. Pouvoir disposer d'équipements aussi puissants, avoir été admis au sein de cette équipe c'est un rêve éveillé.

À la nuit tombée, nous avons quitté notre bungalow. Une demi-heure de marche pour atteindre l'emplacement de la troisième antenne télescopique du site. Erwan s'occupe des réglages, j'assure le relevé des ondes que nous recevons. Ces ondes qui ont traversé l'espace arrivent d'univers si lointains que nous étions incapables d'en imaginer seulement l'existence il y a dix ans. Pas plus que je ne suis capable d'imaginer aujourd'hui l'étendue des découvertes que nous ferons lorsque les soixante paraboles seront toutes interconnectées et reliées à l'ordinateur central.

— Tu obtiens quelque chose ? me demande Erwan, perché sur la passerelle métallique qui longe le second étage de l'antenne.

Je suis certain de lui avoir répondu, mais mon collègue réitère sa demande. Peut-être n'ai-je pas parlé assez fort ? L'air est sec et le son voyage mal.

— Adrian, est-ce que tu reçois un signal bon sang ? Je ne vais pas rester en équilibre pendant des heures.

J'ai un mal fou à articuler, le froid sans doute. Il fait terriblement froid, je peine à sentir l'extrémité de mes doigts. Mes lèvres sont engourdies.

— Adrian ? Tu m'entends ?

Bien sûr que j'entends Erwan, pourquoi lui ne m'entend-il pas ? J'entends aussi ses pas, il redescend de son perchoir.

— Mais qu'est-ce que tu fiches à la fin ? maugrée-t-il en s'approchant de moi.

Il fait une drôle de tête, et soudain abandonne ses outils pour courir dans ma direction. Il se rapproche et je vois son visage se tendre, son expression trahir l'inquiétude.

— Adrian, ton nez ! Tu pisses le sang !

Il me soulève et m'aide à me relever ; je ne m'étais pas rendu compte que j'étais assis par terre. Erwan décroche son talkie-walkie et appelle à l'aide. J'essaie de l'en empêcher, il n'y a aucune raison de déranger les autres, c'est juste un coup de fatigue, mais mes mains ne répondent plus, je suis incapable de coordonner le moindre mouvement.

— La base, la base, ici Erwan à l'antenne numéro 3, répondez, Mayday, Mayday ! ne cesse de répéter mon collègue.

Je souris, le mot « Mayday » ne s'utilise que dans l'aviation, mais ce n'est pas le moment de jouer au donneur de leçons, surtout qu'un stupide fou rire me gagne.

Et plus je ris, plus cela inquiète Erwan, lui qui me reproche toujours de ne pas prendre la vie suffisamment à la légère, c'est un comble.

J'entends crachouiller dans son talkie-walkie une voix qui m'est familière, mais je ne peux lui associer aucun nom. Erwan explique que je ne me sens pas bien, ce n'est pas vrai, je n'ai jamais été aussi heureux, tout est beau ici, même Erwan qui a pourtant le visage bien buriné. Ce soir, je ne sais pas si c'est la couleur particulière de ce clair de lune, mais je lui trouve plutôt belle allure. Et puis bientôt je ne lui trouve plus rien du tout, sa voix d'abord ouatée ne parvient plus à mes oreilles, comme s'il jouait à ce jeu que font les gamins en articulant des mots sans les prononcer. Son visage devient flou, je suis en train de perdre connaissance.

Erwan est resté à mes côtés, comme un frère. Il n'a pas cessé de me secouer, a même réussi à me réveiller. Je lui en ai un peu voulu sur le coup, depuis tout ce temps que je n'arrivais pas à dormir, ce n'était pas très généreux de sa part. Une jeep est arrivée dix minutes après son appel. Des collègues s'étaient rhabillés à la hâte et ils m'ont ramené aux baraquements. Le médecin a ordonné mon évacuation immédiate. C'en était fini de mes projets à Atacama. Un hélicoptère m'a rapatrié vers l'hôpital de San Pedro, dans la vallée. Ils m'ont laissé sortir après trois jours passés sous inhalateur d'oxygène. Erwan est venu me rendre visite accompagné du directeur du centre de recherches, désolé de devoir laisser partir « un scientifique de mon acabit ». J'ai pris ce compliment comme un lot de consolation, quelques mots rassurants à mettre dans mes bagages avant de retrouver mon bureau de l'université, sa petite fenêtre sur rue, le pub à l'angle de Gower Court et son terrible bœuf-haricots blancs. Là-bas, il me faudrait ignorer les regards moqueurs de mes collègues londoniens. On ne se débarrasse jamais tout à fait de ses souvenirs d'enfance. Ils vous poursuivent comme des fantômes, hantent votre vie d'adulte.

En costume cravate, en blouse de scientifique ou en habit de clown, l'enfant que l'on a été reste à jamais en soi.

*

Pas question d'emprunter la route bolivienne, ses lacets grimpent jusqu'à quatre mille mètres. Un vol me conduisit de San Pedro jusqu'en Argentine et, de là, je redécollais en direction de Londres. Alors qu'à travers le hublot je voyais s'éloigner la cordillère des Andes, j'ai haï ce voyage, furieux de ce qui m'arrivait. Si j'avais su ce qui m'attendait, mes états d'âme auraient probablement été différents.

*

Londres

Le crachin qui tombe sur la ville me rappelle où je suis. Le taxi s'engage sur l'autoroute M1, et il me suffit de fermer les yeux pour que reviennent l'odeur des vieilles boiseries qui ornent le hall de l'université, celle des planchers cirés et même des cartables en cuir de mes confrères, de leurs trench-coats détrempés.

Impossible de repasser chez moi, je n'ai jamais pu retrouver la clé de mon appartement en faisant mes valises au Chili. Je crois me souvenir que je dispose d'un double dans le tiroir de mon bureau ; j'attendrai la soirée pour retrouver la poussière qui a dû envahir mon logement depuis mon départ.

Il est midi passé quand j'arrive devant les bâtiments administratifs de l'Académie. Un dernier soupir et j'entre dans l'immeuble où je vais bientôt reprendre mes fonctions.

— Adrian ! Quelle heureuse surprise de vous voir ici !

Walter Glencorse, responsable du personnel enseignant. L'individu devait guetter mon arrivée depuis sa fenêtre et je l'imagine volontiers dévalant l'escalier, ralentissant l'allure et s'arrêtant devant le grand miroir du premier étage afin de rabattre les minces cheveux blonds qui garnissent encore son crâne.

— Cher Walter ! La surprise est tout aussi réciproque.

— À ceci près mon ami, que je ne suis pas parti au Pérou et qu'il est plus habituel de me voir dans l'enceinte de nos murs que de vous y rencontrer.

— J'étais au Chili, Walter.

— Le Chili, bien sûr, bien sûr, où avais-je la tête ? Et cette histoire d'altitude... j'ai entendu parler du regrettable incident qui vous est arrivé. Quel dommage, n'est-ce pas ?

Walter fait partie de ces individus capables d'afficher une sincère expression de mansuétude tandis qu'en leur for intérieur un horrible gnome en survêtement rose se tord de rire à vos dépens ; il est l'un des rares sujets de notre royaume dont la seule vision pourrait certainement convaincre les chèvres et vaches d'Angleterre à renoncer à leurs gras pâturages pour devenir carnivores.

— Je vous ai réservé mon déjeuner, vous êtes mon invité, dit-il en posant les mains sur ses hanches.

Pour que Walter débourse spontanément quelques livres sterling, il fallait qu'il soit mandaté par l'Académie ou qu'il ait quelque chose de très important à me demander. Le temps de déposer ma valise au vestiaire – il était inutile de grimper jusqu'à mon bureau pour découvrir le capharnaûm qui devait m'y attendre –, je ressortis dans la rue, cette fois en compagnie de l'ineffable Walter.

Dès que nous fûmes installés à une table du pub, Walter commanda d'office deux menus du jour, deux verres d'un mauvais vin rouge – c'était donc l'Académie qui régalait – et se pencha vers moi, comme s'il redoutait que nos voisins entendent la conversation qui allait suivre.

— Quelle chance vous avez, vivre une telle aventure, cela a dû être incroyable... Et j'imagine combien il devait être passionnant de travailler sur le site d'Atacama.

Tiens, non seulement Walter ne s'était cette fois pas trompé de pays, mais il se souvenait même de l'endroit où je me trouvais encore la semaine dernière. La seule évocation du lieu me transporta vers l'immensité des paysages chiliens, la magnificence des levers de lune au beau milieu de l'après-midi, la pureté des nuits et la brillance incomparable de la voûte céleste.

— Vous m'écoutez Adrian ?

J'avouai à mon hôte avoir momentanément perdu le fil de sa conversation.

— Je comprends et c'est tout à fait normal ; entre votre récent coup de fatigue et ce long voyage, je ne vous laisse guère le temps de recouvrer vos esprits, je vous prie de m'en excuser Adrian.

— Bon, Walter, arrêtons ces salamalecs entre nous ! En effet, je me suis payé un petit malaise à cinq mille mètres, quelques jours d'hôpital sur un lit conçu par un fakir particulièrement vicelard, je viens d'enchaîner vingt-cinq heures en avion avec les genoux dans le menton, alors allons droit au but. Je suis rétrogradé dans mes fonctions ? Interdit de séjour au laboratoire ? Viré de l'Académie, c'est ça ?

— Mais quelle idée Adrian ! Cet accident aurait pu arriver à n'importe lequel d'entre nous. Bien au contraire, tout le monde ici est admiratif du travail que vous avez accompli à Atacama.

— Arrêtez de répéter ce nom toutes les deux phrases s'il vous plaît et dites-moi ce qui justifie que vous m'offriez cet horrible plat du jour.

— Nous avons un petit service à vous demander.

— Nous ?

— Oui, enfin, l'Académie dont vous êtes un membre éminent, Adrian, reprit aussitôt Walter.

— Quel genre de service ?

— Du genre qui vous permettrait de repartir au Chili dans quelques mois.

Cette fois, Walter avait réussi à capter mon attention.

— C'est assez délicat, Adrian, parce qu'il s'agit d'un problème d'argent, chuchota Walter.

— Quel argent ?

— Celui dont l'Académie aurait bien besoin pour poursuivre ses travaux, payer ses chercheurs, son loyer, sans oublier la réfection de la toiture qui se délite un peu plus chaque jour. S'il continue à pleuvoir ainsi, je vais bientôt devoir chausser des bottes en caoutchouc pour rédiger mes rapports d'activité.

— C'était un risque à courir en vous installant au dernier étage, le seul à jouir d'un peu de lumière. Je ne suis ni héritier d'une grande fortune ni couvreur, Walter. Alors en quoi mes qualités pourraient-elles servir à l'Académie ?

— Justement, ce n'est pas en tant que membre de l'Académie que vous pouvez nous rendre service, mais en tant qu'astrophysicien émérite.

— Qui travaille quand même pour l'Académie ?

— Bien entendu ! Mais pas forcément dans le cadre de la mission que nous voudrions vous confier.

Je hélai la serveuse, lui rendis cet horrible bœuf-haricots blancs et commandai deux verres d'un très bon vin du Kent ainsi que deux assiettes de chester ; Walter ne pipa mot.

— Walter, expliquez-moi exactement ce que vous attendez de moi, sinon, une fois ce fromage avalé, je passe au pudding-bourbon, et à vos frais bien entendu.

Walter se livra. Les comptes de l'Académie étaient aussi secs que l'air du plateau d'Atacama. Aucun espoir de rallonge budgétaire en vue ; le temps que les services de l'État en acceptent la demande, Walter aurait pu pêcher à la truite dans son bureau.

— Il serait inconvenant que notre prestigieuse institution fasse appel à des dons ; la presse l'apprendrait tôt ou tard et en rapporterait le scandaleux écho, reprit-il.

Dans deux mois, une certaine Fondation Walsh organiserait une cérémonie. Comme chaque année, elle remettrait une dotation à celui ou à celle qui présenterait devant son jury le projet de recherche jugé le plus prometteur.

— Quel est le montant de cette généreuse donation ? demandais-je.

— Deux millions de livres sterling.

— C'est en effet très généreux ! Mais je ne vois toujours pas en quoi je pourrais me rendre utile.

— Vos travaux, Adrian ! Vous pourriez les présenter et gagner ce prix… que vous nous remettriez de votre plein gré. Il est évident que la presse verrait là le geste d'un gentleman désintéressé et reconnaissant envers l'institution qui soutient ses recherches depuis si longtemps. Votre honneur en sortirait grandi, celui de l'Académie sauf, et la situation financière de notre département presque équilibrée.

— En ce qui concerne l'intérêt éventuel que je porte à l'argent, dis-je en faisant signe à la serveuse de remplir à nouveau mon verre, il suffit de visiter le deux-pièces dans lequel j'habite pour n'avoir aucun doute à ce sujet ; en revanche, quand vous dites « reconnaissant envers l'institution qui soutient ses travaux » je voudrais bien savoir à quoi vous faites allusion ? Au bureau miteux que j'occupe ? aux fournitures et ouvrages dont je fais l'acquisition sur mes deniers personnels, lassé que mes demandes n'aboutissent jamais ?

— Il y a eu votre expédition chilienne, nous vous avons soutenu à ce que je sache !

— Soutenu ? Vous parlez bien de la mission que j'ai dû entreprendre dans le cadre d'un congé sans solde ?

— Nous avons soutenu votre candidature.

— Walter, ne soyez pas aussi anglais, s'il vous plaît ! Vous n'avez jamais cru à mes recherches !

— Découvrir l'étoile originelle, mère de toutes les constellations, vous avouerez que c'est un peu ambitieux et hasardeux comme projet.

— Aussi hasardeux que de présenter ce même projet devant la Fondation Walsh, non ?

— Nécessité fait loi, disait saint Bernard.

— Et cela vous arrangerait bien que je me colle un tonnelet sous le cou, j'imagine ?

— Bon, laissez tomber Adrian. Je leur avais bien dit que vous ne seriez pas d'accord. Vous avez toujours rejeté toute autorité, ce n'est pas un petit épisode de carence en oxygène qui pouvait vous changer à ce point.

— Parce que vous n'êtes pas le seul à avoir eu cette idée tordue ?

— Non, le conseil d'administration s'est réuni et je me suis contenté de proposer des noms de chercheurs susceptibles d'avoir une chance de gagner ces deux millions de livres sterling.

— Qui sont les autres candidats ?

— Je n'en ai pas trouvé…

Walter demanda l'addition.

— C'est moi qui vous invite, Walter. Cela ne réparera pas le toit de l'Académie, mais vous pourrez toujours vous acheter des bottes.

Je réglai la note et nous quittâmes le pub, la pluie avait cessé.

— Vous savez, je n'ai aucune animosité à votre égard, Adrian.

— Mais moi non plus, Walter.

— Je suis certain qu'en y mettant un peu du nôtre, nous pourrions très bien nous entendre.

— Si vous le dites.

Le reste de notre courte promenade se fit en silence. Nos pas réglés l'un sur l'autre, nous remontâmes Gower Court ; le gardien nous fit un signe depuis sa guérite. En entrant dans le hall du bâtiment principal, je saluai Walter et me dirigeai vers l'aile où se trouvait mon bureau. Walter se retourna sur la première marche du grand escalier et me remercia du déjeuner. Une heure plus tard, je m'évertuais encore à essayer d'entrer dans cette pièce sordide où je travaillais. L'humidité avait dû faire jouer le chambranle de la porte et j'avais beau tirer ou pousser, rien n'y faisait. Épuisé, je finis par renoncer et rebroussai chemin ; après tout, il devait y avoir suffisamment de rangement qui m'attendait chez moi et je n'aurais pas assez du reste de l'après-midi pour en venir à bout.

*

Paris

Keira ouvrit les yeux et regarda vers la fenêtre. Les toits détrempés miroitaient dans la lumière d'une éclaircie. L'archéologue s'étira de tout son long, repoussa le drap et quitta son lit. Les placards de la kitchenette étaient vides, à part un sachet de thé qu'elle trouva dans une vieille boîte en métal. La pendulette du four affichait 17 heures, celle au mur 11 h 15. Le vieux réveil sur sa table de nuit indiquait 14 h 20. Elle prit le téléphone et appela sa sœur.

— Quelle heure est-il ?

— Bonjour Keira !

— Bonjour Jeanne, quelle heure est-il ?

— Bientôt 14 heures.

— Si tard ?

— Je suis venue te chercher à l'aéroport avant-hier soir Keira !

— J'ai dormi trente-six heures ?

— Cela dépend de l'heure à laquelle tu t'es couchée.

— Tu es occupée ?

— Je suis à mon bureau, au musée, et je travaille. Rejoins-moi quai Branly, je t'emmènerai déjeuner.

— Jeanne ?

Sa sœur avait déjà raccroché.

En sortant de la salle de bains, Keira fouilla la penderie de la chambre à la recherche de vêtements propres. Il ne restait rien de ses affaires de voyage, le Shamal avait tout emporté. Elle dénicha un jean usé « mais qui tenait encore la route », un polo bleu « pas si moche finalement » et une vieille veste en cuir qui ajouterait un petit effet « vintage » à son allure. Habillée, elle sécha ses cheveux, se maquilla à la va-vite devant le miroir de l'entrée et referma la porte de son studio. Une fois dans la rue, elle monta dans un autobus et se fraya un passage jusqu'à la vitre. Les enseignes des magasins, les trottoirs bondés, les embouteillages… l'effervescence de la capitale était enivrante après ces longs mois passés loin de tout. Abandonnant l'autobus, trop étouffant à son goût, Keira marcha le long du quai et fit une courte halte pour regarder s'écouler le fleuve. Ce n'étaient pas les rives de l'Omo, mais les ponts de Paris, c'était bien joli tout de même.

En arrivant devant le musée des Arts et Civilisations d'Afrique, d'Asie, d'Océanie et des Amériques, elle fut surprise par le jardin vertical. Le bâtiment était encore en travaux quand elle avait quitté Paris, la flore luxuriante qui recouvrait la façade du musée semblait une véritable prouesse technique.

— Fascinant, n'est-ce pas ? demanda Jeanne.

Keira sursauta.

— Je ne t'avais pas vue arriver.

— Moi si, répondit sa sœur en désignant la fenêtre de son bureau. Je te guettais. C'est fou cette végétation, non ?

— Là où je vivais, nous avions déjà du mal à faire pousser les légumes à l'horizontale, alors le long des murs… que veux-tu que je te dise… ?

— Ne commence pas à faire ta mauvaise tête. Suis-moi.

Jeanne conduisit Keira à l'intérieur du musée. En haut d'une rampe, qui montait en spirale comme un long ruban, le visiteur découvrait un immense plateau suggérant les grands espaces géographiques d'où provenaient les trois mille cinq cents objets présentés. Carrefour des civilisations, des croyances, des modes de vie, des différentes façons de penser, ce musée permettait, en quelques pas, de passer de l'Océanie à l'Asie, des Amériques à l'Afrique. Keira s'immobilisa devant une collection de textiles africains.

— Si tu aimes cet endroit, tu auras tout le loisir de revenir voir ta sœur et ce, autant de fois que tu le souhaites ; je te ferai faire un pass. Maintenant, oublie ton Éthiopie deux secondes et viens, insista Jeanne en tirant Keira par le bras.

Assise à une table du restaurant panoramique, Jeanne commanda deux thés à la menthe et des pâtisseries orientales.

— Quels sont tes projets ? demanda Jeanne. Tu vas rester un peu à Paris ?

— Ma première grande mission est un échec dans toute sa splendeur. Nous avons perdu notre matériel, l'équipe que je dirigeais était au bord de l'épuisement, pas terrible le *trackrecord* comme disent nos amis anglais. Je doute fort que l'on me donne l'occasion de repartir de sitôt.

— Ce qui est arrivé là-bas n'est pas de ta faute, que je sache.

— Je fais un métier où seuls les résultats comptent. Trois années de travail sans rien trouver de vraiment concluant... J'ai plus de détracteurs que d'alliés. Ce qui est franchement dégueulasse, parce que je suis certaine que nous étions près du but. Si nous avions eu plus de temps, nous aurions fini par trouver.

Keira se tut. Une femme, d'origine somalienne, pensa-t-elle en regardant les motifs et couleurs de la robe qu'elle portait, s'assit à une table voisine. Le petit garçon qui tenait sa maman par la main vit que Keira l'observait et lui fit un clin d'œil.

— Combien de temps vas-tu encore passer à retourner de la terre et du sable ? Cinq, dix ans, toute ta vie ?

— Bon, Jeanne, tu m'as beaucoup manqué, mais pas suffisamment pour que je supporte tes leçons à deux balles de grande sœur, répondit Keira sans pouvoir détourner son regard du petit garçon qui dévorait une glace.

— Tu ne veux pas avoir d'enfant un jour ? reprit Jeanne.

— Je t'en prie, ne recommence pas avec ta ritournelle sur l'horloge biologique. Libérez nos ovaires ! s'exclama Keira.

— Ne me fais pas ton numéro habituel, ça me rendrait service, je travaille ici, chuchota Jeanne. Tu penses que cela ne te concerne pas, que tu peux défier le temps ?

— Je me fiche bien du tic-tac de ta satanée pendule Jeanne, je ne peux pas avoir d'enfant.

La sœur de Keira reposa son verre de thé sur la table.

— Je suis désolée, murmura-t-elle. Pourquoi ne me l'avais-tu pas dit ? Qu'est-ce que tu as ?

— Rassure-toi, rien d'héréditaire.

— Pourquoi tu ne peux pas avoir d'enfant ? insista Jeanne.

— Parce que je n'ai pas d'homme dans ma vie ! C'est une bonne raison non ? Bon, ce n'est pas que ta conversation soit ennuyeuse, quoique... mais il faut que j'aille faire des courses. Mon réfrigérateur est si vide qu'on peut entendre l'écho résonner à l'intérieur.

— Inutile, ce soir, tu dînes et tu dors à la maison, affirma Jeanne.

— En quel honneur ?

— Parce que moi non plus je n'ai plus d'homme dans ma vie et j'ai envie de te voir.

Elles passèrent le reste de l'après-midi ensemble. Jeanne offrit à sa sœur une visite guidée du musée. Connaissant l'amour que Keira portait au continent africain, elle insista pour la présenter à l'un de ses amis qui travaillait à la Société savante des africanistes. Ivory paraissait avoir soixante-dix ans. En réalité, il comptait bien plus d'années que cela, probablement plus de quatre-vingts, mais il tenait son âge aussi secret que s'il s'était agi d'un trésor. De peur probablement qu'on le force à prendre une retraite dont il ne voulait pas entendre parler.

L'ethnologue accueillit ses visiteuses dans le petit bureau qu'il occupait au fond d'un couloir. Il interrogea Keira sur les derniers mois qu'elle avait passés en

Éthiopie. Soudain, le regard du vieil homme fut attiré par le bijou qu'elle portait autour du cou.

— Où avez-vous acheté cette si jolie pierre ? demanda-t-il.

— Je ne l'ai pas achetée, c'est un cadeau.

— Vous en a-t-on donné la provenance ?

— Non, c'est juste une babiole qu'un petit garçon a trouvée dans la terre et qu'il m'a offerte. Pourquoi ?

— Vous me permettez de regarder ce présent de plus près, mon acuité visuelle n'est plus ce qu'elle était.

Keira fit passer le lacet au-dessus de sa tête et tendit le collier au savant.

— Comme c'est étrange, je n'en ai jamais vu de la sorte. Je serais bien incapable de vous dire quelle tribu a su lui donner cette apparence. Le travail semble si parfait.

— Je sais, moi aussi je me suis interrogée. Pour tout vous dire, je crois qu'il s'agit simplement d'un morceau de bois poli par les vents et les eaux du fleuve.

— Possible, murmura l'homme qui semblait pourtant en douter. Et si l'on essayait d'en apprendre un peu plus ?

— Oui, si vous voulez, répondit Keira hésitante. Je ne suis pas sûre que le résultat soit d'un grand intérêt.

— Peut-être, dit le vieil homme, peut-être pas. Revenez me voir demain, dit-il en restituant le collier à sa propriétaire, nous essaierons ensemble de répondre au moins à cette question. Je suis ravi d'avoir fait votre connaissance. Je peux enfin mettre un visage sur la sœur dont Jeanne me parle si souvent. Alors à demain ? ajouta-t-il en les raccompagnant à la porte de son bureau.

*

Londres

J'habite à Londres dans une ruelle où d'anciens garages à carrioles et écuries furent reconvertis en maisonnettes. S'il n'est pas toujours facile de marcher sans trébucher sur les vieux pavés de guingois, le lieu a le charme du temps qui s'est arrêté. Le cottage voisin du mien fut celui d'Agatha Christie. Ce n'est qu'en arrivant devant ma porte que je me suis souvenu que je n'avais pas mes clés. Le ciel s'était obscurci et il se mit à tomber une averse à vous tremper jusqu'aux os. Ma voisine fermait ses fenêtres, elle m'aperçut et me salua. J'en profitai pour lui demander si elle m'autoriserait une fois encore – ce n'était hélas ! pas la première – à passer par son jardin. Elle m'ouvrit très gentiment, et, enjambant la palissade, j'atterris à l'arrière de ma maison. Si la porte de derrière n'avait pas été réparée, et je ne voyais pas par quel miracle elle l'aurait été, il suffirait d'un petit coup sec sur la poignée pour rentrer enfin chez moi.

J'étais éreinté, je ne décolérais toujours pas d'être en Angleterre, mais l'idée de retrouver ma maison, mes rares objets chinés dans les marchés aux puces de la capitale et de passer une soirée tranquille me procurait une certaine joie.

Cette tranquillité ne fut que de courte durée, on sonna à la porte. Ne pouvant toujours pas l'ouvrir, même depuis l'intérieur, je grimpai au premier et découvris, en contrebas dans la ruelle, Walter, ruisselant de pluie et sensiblement éméché.

— Vous n'avez pas le droit de me laisser tomber, Adrian !

— Mais je ne vous ai jamais porté à ce que je sache, Walter !

— Ce n'est pas le moment de faire des jeux de mots vaseux, toute ma carrière est entre vos mains, cria-t-il de plus belle.

Ma voisine rouvrit sa fenêtre et se proposa de faire également entrer mon invité par son jardin. Cette aimable contribution la ravissait, ajouta-t-elle, si l'on pouvait éviter ainsi de réveiller tout le voisinage.

— Je suis désolé de m'imposer ainsi, dit-il en débarquant dans mon salon, mais je n'ai pas le choix. Dites donc, pour un deux-pièces, c'est plutôt pas mal !

— Une pièce au rez-de-chaussée, une à l'étage !

— Oui, enfin ce n'était pas l'idée que je me faisais d'un modeste deux-pièces. Et vous avez pu vous offrir ce petit cottage avec votre salaire ?

— Vous n'êtes pas venu à cette heure-ci pour évaluer mon patrimoine, Walter ?

— Non, je suis désolé. Il faut vraiment que vous m'aidiez, Adrian.

— Si vous venez encore me parler de ce projet absurde avec votre Fondation Walsh, vous perdez votre temps.

— Vous voulez savoir pourquoi personne n'a jamais soutenu vos travaux à l'Académie ? Parce que vous êtes un épouvantable solitaire, vous ne travaillez que pour vous, vous ne vous intégrez à aucun groupe.

— Eh bien, je suis ravi que vous m'ayez cerné avec autant de précision, et quel portrait flatteur ! Voulez-vous bien cesser d'ouvrir tous mes placards, il doit y avoir du whisky à côté de la cheminée, si c'est ce que vous cherchez.

Walter ne mit pas longtemps à dénicher la bouteille, il prit deux verres sur une étagère et s'allongea sur le canapé.

— C'est drôlement cosy chez vous !

— Je vous fais visiter, peut-être ?

— Ne vous moquez pas, Adrian. Vous croyez que je viendrais ainsi m'humilier devant vous si j'avais une autre solution ?

— Je ne vois pas en quoi boire mon whisky est humiliant, c'est un quinze ans d'âge !

— Adrian, vous êtes mon seul espoir, faut-il que je vous supplie ? reprit mon invité – que je n'avais d'ailleurs pas invité – en se mettant à genoux.

— Je vous en prie Walter, pas de ça. De toute façon, je n'ai aucune chance de remporter ce prix. Alors pourquoi vous donner tant de mal ?

— Bien sûr que vous avez toutes vos chances, votre projet est le plus passionnant et le plus ambitieux que j'aie pu lire depuis que je suis entré à l'Académie.

— Si vous croyez m'amadouer avec des flatteries aussi pathétiques, vous pouvez garder cette bouteille et aller la finir chez vous. J'ai vraiment envie d'aller me coucher, Walter.

— Je ne vous flatte pas, j'ai vraiment lu votre thèse, Adrian, elle est parfaitement… documentée.

L'état de mon collègue faisait pitié. Je ne l'avais jamais vu ainsi, lui d'ordinaire si distant, presque hautain. Le pire dans tout ça était qu'il me semblait sincère. J'avais consacré ces dix dernières années à chercher dans de lointaines galaxies une planète semblable à la nôtre, et il n'y avait pas grand monde pour soutenir mes travaux à l'Académie. Ce revirement, bien qu'opportuniste, m'amusait quand même.

— Supposons que je remporte cette dotation…

À peine avais-je dit cela que Walter joignit ses mains comme s'il s'apprêtait à réciter une prière.

— Rassurez-moi, Walter, vous êtes bourré ?

— Complètement Adrian, mais poursuivez, je vous en supplie.

— Êtes-vous encore assez lucide pour répondre à quelques questions simples ?

— Certainement, si vous ne tardez pas trop à me les poser.

— Supposons que j'aie une chance infime de remporter ce prix et qu'en parfait gentleman je le reverse aussitôt à l'Académie. Quelle partie de cette somme notre conseil serait-il prêt à allouer à mes recherches ?

Walter toussota.

— Est-ce qu'un quart vous semblerait une offre raisonnable ? Bien entendu, nous mettrions un nouveau bureau à votre disposition, une assistante à temps plein, et si vous le souhaitez quelques collègues pourraient être dégagés de leurs occupations et rattachés à vos travaux.

— Surtout pas !

— Alors, aucun collègue… et pour l'assistante ?

Je resservis le verre de Walter. La pluie redoublait, il n'aurait pas été humain de le laisser repartir par ce temps et surtout dans l'état dans lequel il était.

— Foutu pour foutu, je vais aller vous chercher une couverture et vous dormirez sur le canapé.

— Je ne veux pas m'imposer…

— C'est déjà fait.

— Et pour la Fondation ?

— Quand doit avoir lieu cette cérémonie ?

— Dans deux mois.

— Et le délai limite des dépôts de candidatures ?

— Trois semaines.

— Pour l'assistante, j'y réfléchirai, mais commencez par faire rouvrir la porte de mon bureau.

— À la première heure, et je tiens le mien à votre entière disposition.

— Vous êtes en train de m'embarquer dans une drôle d'histoire, Walter.

— Ne croyez pas cela. La Fondation Walsh a toujours primé les projets les plus originaux, les membres de son comité apprécient tout ce qui est, comment dire, très à l'avant-garde.

Sortant de la bouche de Walter, je doutais que cette dernière réflexion fût aussi bienveillante qu'elle pouvait le paraître. Mais l'homme était acculé et le temps n'était pas aux reproches. Il me fallait prendre une décision au plus vite. Bien sûr, la probabilité de gagner ce prix me semblait infinitésimale, mais j'étais prêt à faire n'importe quoi pour retourner à Atacama, alors qu'avais-je à perdre ?

— C'est d'accord Walter. Je prends le risque de me ridiculiser en public, mais à une seule condition : si nous gagnons, vous me promettez de me mettre dans un avion pour Santiago dans les trente jours qui suivent.

— Je vous accompagnerai personnellement à l'aéroport, Adrian, je vous en fais la promesse.

— Alors, dans ce cas, marché conclu !

Walter bondit du canapé, vacilla et se rassit aussitôt.

— Assez trinqué pour ce soir. Prenez ce plaid, il vous tiendra chaud pendant la nuit. Quant à moi, je vais me coucher.

Walter me héla alors que je montais l'escalier.

— Adrian ? Puis-je vous demander ce qui était « foutu pour foutu » ?

— Ma soirée, Walter !

*

Paris

Keira s'était endormie dans le lit de sa sœur. Une bouteille d'un honnête vin, un plateau-repas, des mots déliés au fil de la soirée, un vieux film en noir et blanc qui passait sur une chaîne du câble, la ronde des claquettes emmenée par Gene Kelly fut le dernier souvenir de la nuit. Quand la lumière du jour la réveilla, le vin de la veille, qui n'était peut-être pas si honnête que cela, vint battre jusqu'à ses tempes.

— Nous avons beaucoup picolé ? demanda Keira en entrant dans la cuisine.

— Oui ! répondit Jeanne en grimaçant. Je t'ai préparé du café.

Jeanne s'assit à la table et fixa le miroir accroché au mur, le visage de sa sœur et le sien s'y reflétaient.

— Qu'est-ce que tu as à me regarder comme cela ? demanda Keira.

— Rien.

— Tu me fixes dans un miroir alors que je suis assise en face de toi, et rien ?

— C'est un peu comme lorsque tu es à l'autre bout du monde. J'ai perdu l'habitude de t'avoir près de moi. Il y a des photos de toi un peu partout dans cet appartement, j'en ai même une qui traîne dans un tiroir de mon bureau au musée. Il m'arrive quotidiennement de te dire bonsoir ou bonjour ; dans des moments un peu plus difficiles, je te tiens de longues conversations, jusqu'à ce que je me rende compte que ce ne sont pas des conversations mais des monologues. Pourquoi tu n'appelles jamais ? Si au moins tu te donnais cette peine, je te sentirais peut-être moins lointaine. Merde, je suis ta sœur Keira !

— Bon, Jeanne, je t'arrête tout de suite. Un des rares avantages du célibat est de ne pas avoir à souffrir de scènes de ménage ; alors, s'il te plaît, pas entre nous ! Il n'y a pas vraiment de cabines téléphoniques dans la vallée de l'Omo, pas de réseau cellulaire, juste une liaison satellite qui marche quand elle le veut. Chaque fois que je me suis rendue à Jimma, je t'ai appelée.

— Tous les deux mois ? Et quels moments de complicité ! « Tu vas bien ?... La ligne n'est pas terrible... Quand rentres-tu ?... Je n'en sais rien, le plus tard possible, on fouille toujours, et toi le musée, ton jules ?... Mon jules s'appelle Jérôme, depuis trois ans, tu pourrais t'en souvenir !... » J'étais séparée de lui, mais je n'avais ni le temps ni l'envie de te le dire et puis, à quoi bon, deux trois mots de plus et tu raccrochais.

— Ta sœur est mal élevée, Jeanne, elle a tout d'une sale égoïste, n'est-ce pas ? Mais tu es en partie responsable, puisque tu es l'aînée et que tu as toujours été mon modèle.

— Laisse tomber, Keira.

— Bien sûr que je laisse tomber, je ne rentrerai pas dans ton jeu !

— Quel jeu ?

— Laquelle de nous deux réussira à culpabiliser l'autre ! Je suis face à toi, pas en photo, pas dans ce miroir, alors regarde-moi et parle-moi.

Jeanne se leva, mais Keira la rattrapa brusquement par le poignet, la forçant à se rasseoir.

— Tu me fais mal, idiote.

— Je suis paléoanthropologue, je ne travaille pas dans un musée, je n'ai pas eu le temps de connaître un Pierre, un Antoine, ou un Jérôme depuis des années ; je n'ai pas d'enfant ; j'ai la chance insolente de faire un métier difficile et que j'aime, de vivre une passion qui n'a rien de coupable. Si tu t'emmerdes dans ta vie, ne me balance pas tes regrets à la figure, si je te manque, trouve une façon plus douce de me le dire.

— Tu me manques, Keira, bredouilla Jeanne en quittant la cuisine.

Keira contempla son reflet dans le miroir.

— Je suis vraiment la reine des connes, murmura-t-elle.

Et depuis la salle de bains attenante, séparée par une fine cloison, Jeanne sourit en se brossant les dents.

Au début de l'après-midi, Keira traversa le quai Branly pour rejoindre sa sœur au musée ; avant de la retrouver dans son bureau, elle décida de s'offrir une visite de l'exposition permanente. Elle admirait un masque, espérant en deviner la provenance, quand une voix lui souffla à l'oreille :

— C'est un masque malinké. Il vient du Mali. Ce n'est pas une pièce particulièrement ancienne, mais elle est très belle.

Keira sursauta avant de reconnaître cet Ivory qui l'avait accueillie la veille.

— Je crains que votre sœur ne soit toujours en réunion. J'ai cherché à la joindre il y a quelques instants, mais l'on m'a fait savoir qu'elle serait occupée pendant encore une bonne heure.

— « On » vous a fait savoir ?

— Les musées sont des microcosmes, avec leurs hiérarchies entre départements, divisions, domaines de compétences. L'homme est un étrange animal, il a besoin de vivre en société et il ne peut s'empêcher de la segmenter. C'est probablement ce qui nous reste d'instinct grégaire. Créer des espaces communautaires pour se rassurer de nos peurs. Mais je dois vous ennuyer avec mes bavardages. Vous devez savoir tout cela mieux que moi, n'est-ce pas ?

— Vous êtes un drôle de bonhomme, répliqua Keira.

— Probablement, répondit Ivory en riant de bon cœur. Et si nous allions discuter de tout cela autour d'un rafraîchissement dans le jardin. L'air est doux, autant en profiter.

— Discuter de quoi ?

— Eh bien de ce qu'est un drôle de bonhomme ? J'allais vous interroger sur cette question.

Ivory entraîna Keira vers le café situé dans le patio du musée. Au milieu de l'après-midi, les tables étaient presque toutes inoccupées. Keira choisit la plus éloignée de la grande sculpture de tête Moaï.

— Avez-vous découvert quelque chose d'important le long des rives de l'Omo ? reprit Ivory.

— J'ai trouvé un petit garçon de dix ans qui avait perdu ses parents. D'un point de vue archéologique, c'est assez limité.

— Mais, du point de vue de cet enfant, j'imagine que c'était bien plus important que quelques ossements enfouis sous la terre. Je crois savoir qu'une vilaine météo a ruiné vos travaux et vous a chassée de votre lieu de fouilles.

— Une tempête, assez puissante pour me ramener jusqu'ici !

— Très inhabituel pour la région. Jamais le Shamal n'avait viré vers l'ouest.

— Comment êtes-vous au courant de tout cela ? J'imagine que cela n'a pas fait la une des quotidiens ?

— Non, j'en conviens, c'est votre sœur qui m'a parlé de vos mésaventures. Je suis de nature curieuse, parfois un peu trop, il m'a suffi de pianoter sur le clavier de mon ordinateur.

— Que pourrais-je bien vous raconter de plus pour satisfaire votre curiosité ?

— Que cherchiez-vous vraiment dans la vallée de l'Omo ?

— Monsieur Ivory, si je vous le disais, j'aurais statistiquement plus de chance que vous vous moquiez de moi, que de vous intéresser à mes travaux.

— Mademoiselle Keira, si les statistiques avaient gouverné ma vie, j'aurais étudié les mathématiques et non l'anthropologie. Tentez donc votre chance.

Keira dévisagea son interlocuteur. Ce vieil homme avait un regard captivant.

— Je cherchais les grands-parents de Toumaï » et d'*Ardipithecus Kadabba*. Certains jours, j'imaginais même découvrir les arrière-grands-parents de ses arrière-grands-parents.

— Rien que cela ? Vous voulez trouver le plus vieux squelette que l'on puisse apparenter au genre humain ? L'homme zéro !

— N'est-ce pas ce que nous cherchons tous, pourquoi m'interdirais-je ce rêve ?

— Et pourquoi dans la vallée de l'Omo ?

— L'instinct féminin peut-être !

— Chez une chasseuse de fossiles ? Sérieusement !

— Touchée ! répondit Keira. À la fin du vingtième siècle, nous étions convaincus que Lucy[1], une jeune femme morte il y a un peu plus de trois millions d'années était la mère de l'humanité. Au cours de la dernière décennie, ce n'est pas à vous que je vais l'apprendre, des paléoanthropologues ont découvert des ossements d'hominidés vieux de huit millions d'années. La communauté scientifique continue de débattre, pour ne pas dire de se battre sur les différentes lignées que l'on doit, ou non, rattacher à l'espèce humaine. Que nos ancêtres fussent bipèdes ou quadrupèdes, ce n'est pas ce qui compte pour moi. Je ne crois même pas que ce soit le véritable débat sur l'origine de l'homme. Tous ne pensent qu'à la mécanique du squelette, au mode de vie, à l'alimentation.

Une serveuse s'approcha, Ivory la congédia d'un geste de la main.

1. Lucy fut découverte le 30 novembre 1974 à Hadar, sur les bords de la rivière Awash, dans le cadre d'un projet regroupant une trentaine de chercheurs éthiopiens, américains et français, dirigé par Donald Johanson, Maurice Taïeb et Yves Coppens. Le squelette fut baptisé Lucy car ses découvreurs fredonnaient à longueur de journée la chanson des Beatles « Lucy in the Sky with Diamonds ».

— Voilà qui est bien présomptueux, et qu'est-ce qui définirait l'origine de l'homme selon vous ?

— La pensée, les sentiments, la raison ! Ce qui fait que nous sommes différents des autres espèces n'est pas d'être végétariens ou carnivores, ni le degré d'agilité acquis dans notre façon de marcher. Nous cherchons à savoir d'où nous venons sans vouloir regarder ce que nous sommes aujourd'hui : des prédateurs d'une extrême complexité et d'une incroyable diversité, capables d'aimer, de tuer, de construire et de s'autodétruire, de résister à l'instinct de survie qui régit le comportement de toutes les autres espèces animales. Nous sommes doués d'une intelligence extrême, d'un savoir en perpétuelle évolution et pourtant parfois si ignorants. Mais nous devrions commander nos boissons, c'est la seconde fois que notre serveuse tente sa chance.

Ivory demanda deux thés et se pencha vers Keira.

— Vous ne m'avez toujours pas dit pourquoi la vallée de l'Omo, ni ce que vous y cherchiez vraiment d'ailleurs.

— Que nous soyons européens, asiatiques ou africains, quelle que soit la couleur de notre peau, nous portons tous un gène identique ; nous sommes des milliards, chacun différent des autres et, pourtant, nous descendons tous d'un seul être. Comment est-il apparu sur la Terre, et pourquoi ? C'est lui que je cherche, le premier homme ! Et je suis prête à croire qu'il a bien plus de dix ou vingt millions d'années.

— En plein Paléogène ? Vous avez perdu la tête !

— Vous voyez, j'avais raison pour les statistiques, et maintenant c'est moi qui vous ennuie avec mes histoires.

— J'ai dit que vous aviez perdu la tête, pas la raison !

— C'est très délicat de votre part. Et vous, Ivory, quelles recherches faites-vous ?

— Je suis arrivé à un âge où l'on fait semblant et où tout le monde autour de vous fait mine de ne pas s'en rendre compte. Je ne recherche plus rien, je suis entré dans l'âge où l'on préfère ranger ses dossiers plutôt que d'en ouvrir de nouveaux. Mais ne faites pas cette tête, si vous connaissiez vraiment mon âge, vous verriez que je tire plutôt bien mon épingle du jeu. Ne tentez même pas de me le demander, c'est un secret que j'emporterai dans la tombe.

À son tour, Keira se pencha vers Ivory, découvrant le collier qu'elle portait autour du cou.

— Vous ne les faites pas !

— C'est gentil de me le dire, mais je le sais ! Voulez-vous que nous en apprenions plus sur cet étrange objet ?

— Je vous l'ai dit, c'est juste un cadeau offert par un petit garçon.

— Mais, hier, vous me disiez aussi que vous seriez tentée d'en connaître la véritable provenance.

— En effet, pourquoi pas ?

— Nous pourrions commencer par essayer de le dater ? S'il s'agit bien d'un morceau de bois, une simple analyse au carbone 14 devrait nous renseigner.

— À condition qu'il n'ait pas plus de cinquante mille années.

— Vous l'imaginez aussi ancien que cela ?

— Depuis que j'ai fait votre connaissance, Ivory, je deviens méfiante sur les questions d'âge.

— Je préfère prendre cela pour un compliment, répondit le vieux savant en se levant. Suivez-moi.

— Vous n'allez pas me dire qu'il y a un accélérateur de particules caché dans les sous-sols du musée ?

— Non, je ne vous le dirai pas, répondit Ivory en riant.

— Et vous n'avez pas non plus un vieil ami à Saclay qui va bouleverser le programme de recherches du Commissariat à l'énergie atomique, juste pour étudier mon collier ?

— Non plus, et j'en suis bien désolé, je vous l'assure.

— Alors, où allons-nous ?

— Dans mon bureau, où voulez-vous que nous allions ?

Keira suivit Ivory jusqu'aux ascenseurs. Elle s'apprêtait à l'interroger, mais celui-ci ne lui en laissa pas le temps.

— Si vous attendiez que nous soyons confortablement installés, dit-il avant même qu'elle ait prononcé un mot, je vous promets que vous vous épargneriez beaucoup de questions inutiles.

La cabine s'éleva vers le troisième étage.

Ivory prit place derrière son bureau et invita Keira à s'asseoir dans un fauteuil. Elle se releva aussitôt pour voir de plus près ce qu'il pouvait bien taper sur le clavier de son ordinateur.

— Internet ! Depuis que j'ai découvert ce truc-là, j'en suis dingue. Si vous saviez le nombre d'heures que j'y passe ! Heureusement que je suis veuf, sinon, je crois que ce hobby aurait tué ma femme, ou plutôt c'est elle qui m'aurait tué. Savez-vous que sur la « sphère » – c'est un mot très « in » que mes étudiants m'ont appris – bref, sur la sphère ou la toile – cela se dit aussi – on ne cherche plus une information, on la « googlelise » ! Ce n'est pas hilarant ? J'adore ce nouveau vocabulaire, et le plus drôle c'est que lorsqu'un terme m'échappe, eh bien, je le tape aussi sur Internet et, hop, j'en obtiens aussitôt le sens. Je vous le dis, on trouve presque tout, même des laboratoires privés qui pratiquent des analyses au carbone 14, épatant non ?

— Quel âge avez-vous vraiment, Ivory ?

— Je le réinvente chaque jour, Keira, l'important est de ne pas se laisser aller.

Ivory imprima une liste d'adresses et l'agita fièrement devant les yeux de son invitée.

— Nous n'avons plus qu'à passer quelques appels pour trouver ceux qui accepteront de traiter notre demande à un prix convenable et dans des délais raisonnables, conclut-il.

Keira regarda sa montre.

— Votre sœur ! s'exclama Ivory. Je crois qu'elle doit être libérée de sa réunion depuis un bon moment maintenant. Allez la rejoindre, je m'occupe de tout.

— Non, je reste, dit Keira gênée, je ne peux pas vous laisser faire ce travail tout seul.

— Mais si, j'insiste, après tout, je me pique autant à ce jeu que vous, peut-être même plus encore. Allez rejoindre Jeanne et revenez me voir demain. Nous en saurons plus.

Keira remercia le professeur.

— Accepteriez-vous de me confier votre collier pour la soirée ? Je vais en prélever un infime fragment qui servira à l'analyser. Je vous promets d'agir avec le doigté d'un chirurgien, il n'y paraîtra rien.

— Bien sûr, mais j'ai déjà essayé plusieurs fois et je n'ai jamais réussi ne serait-ce qu'à l'égratigner.

— Aviez-vous une pointe en diamant comme celle-ci ? demanda Ivory en sortant fièrement de son tiroir l'outil de découpe.

— Vous êtes décidément plein de ressources, Ivory ! Non, je n'avais pas un tel scalpel.

Keira hésita un instant et abandonna le collier sur le bureau d'Ivory. Ce dernier dénoua délicatement le lacet en cuir qui enserrait l'objet triangulaire et rendit la cordelette à sa propriétaire.

— À demain, Keira, passez quand vous voudrez, je serai là.

*

Londres

— Non, non, non Adrian ! Votre propos endormirait jusqu'au public d'un concert d'AC/DC.

— Qu'est-ce que AC/DC vient faire là-dedans ?

— Absolument rien, mais c'est le seul groupe de hard-rock dont je connaisse le nom. Ce n'est pas un prix que le comité de la Fondation va distribuer, mais une balle dans la tête à ceux qui vous écouteront encore... afin d'abréger leurs souffrances !

— Bon, cette fois, je crois que j'ai bien compris, Walter ! Si mon texte est si rébarbatif, eh bien, trouvez-vous un autre orateur.

— Qui rêverait lui aussi de retourner au Chili ? Désolé, je n'ai pas le temps.

Je tournai la page de mon cahier et toussotai avant de reprendre la lecture.

— Vous allez voir, dis-je à Walter, la suite est bien plus intéressante, vous n'aurez pas le loisir de vous ennuyer.

Mais, à l'énoncé de la troisième phrase, Walter parodia un ronflement.

— Soporifique ! s'exclama-t-il en ouvrant l'œil droit. Parfaitement assommant !

— Vous voulez dire que je suis chiant ? !

— Voilà, chiant, c'est tout à fait cela. Vos étoiles extraordinaires ne sont que de simples combinaisons de chiffres et de lettres impossibles à retenir. Qu'est-ce que vous voulez que les membres du jury aient à faire de X321 et de ZL254, nous ne sommes pas dans un épisode de *Star Trek*, mon pauvre ami ! Quant à vos galaxies lointaines, vous nous en définissez les distances en années-lumière ! Qui sait compter en années-lumière, je vous le demande ? Votre charmante voisine ? Votre dentiste ? Votre maman peut-être ? C'est ridicule. Personne ne peut survivre à une telle indigestion de chiffres.

— Mais merde à la fin, qu'est-ce que vous voulez que je fasse ? Que je baptise mes constellations, tomates, poireaux et pommes de terre pour que votre mère comprenne mes travaux ?

— Vous ne me croirez sans doute pas, mais elle vous a lu.

— Votre mère a lu ma thèse ?

— Absolument !

— J'en suis très flatté.

— Elle est horriblement insomniaque. Plus aucun médicament n'y faisait, et j'ai eu l'idée de lui rapporter un exemplaire broché de votre œuvre. Il faudrait que vous vous remettiez à écrire, elle va bientôt être en manque !

— Mais qu'attendez-vous de moi, à la fin !

— Que vous nous parliez de vos recherches en des termes accessibles à des êtres normaux. Ce que cette manie des mots savants est agaçante à la fin. Regardez, en médecine par exemple, pourquoi un tel charabia ? Être malade ne suffit pas ? A-t-on besoin d'entendre que nous avons une dysplasie de la hanche, le mot déformation ne convient pas ?

— Je suis désolé d'apprendre que vos os vous font souffrir, mon cher Walter.

— Oui, eh bien, ne le soyez pas, je ne parlais pas de moi. C'est mon chien qui souffre d'une « dysplasie ».

— Vous avez un chien ?

— Oui, un charmant jack russell. Il est chez ma mère ; et si elle lui a fait la lecture des dernières pages de votre thèse, ils doivent dormir profondément tous les deux.

J'avais envie d'étrangler Walter, mais je me suis lâchement contenté de le dévisager. Sa patience me déconcertait, sa volonté aussi. Sans que je ne sache vraiment comment, ma langue s'est déliée et, pour la première fois depuis mon enfance, je me suis entendu dire à voix haute : « Où commence l'aube ? »…

Au petit matin, Walter ne dormait toujours pas.

*

Paris

Keira n'arrivait pas à trouver le sommeil. De peur de réveiller sa sœur, elle avait quitté la chambre pour aller s'installer sur le canapé du salon. Combien de fois avait-elle maudit la dureté de son lit de camp ? Et pourtant, comme il lui manquait ! Elle se releva et avança jusqu'à la fenêtre. Ici, pas de nuit étoilée, juste une rangée de réverbères qui luisaient dans la rue déserte. Il était 5 heures du matin, à cinq mille huit cents kilomètres de là, dans la vallée de l'Omo, le jour était déjà levé et Keira cherchait à deviner ce qu'Harry pouvait bien faire. Elle retourna sur le canapé et, perdue dans ses pensées, elle s'endormit enfin.

Au milieu de la matinée, un appel du professeur Ivory la tira de ses rêves.

— J'ai deux nouvelles à vous annoncer.

— Commencez par la mauvaise ! répondit Keira en s'étirant.

— Vous aviez raison, même avec ce diamant dont j'étais si fier, je n'ai pas réussi à prélever le moindre fragment de votre bijou.

— Je vous l'avais dit. Et la bonne ?

— Un laboratoire en Allemagne peut traiter notre demande dans le courant de la semaine.

— Cela va coûter cher ?

— Ne vous en souciez pas pour l'instant, ce sera là une petite contribution de ma part.

— C'est hors de question Ivory, et puis il n'y a aucune raison.

— Mon Dieu, soupira le vieil homme, pourquoi faut-il trouver une raison à chaque chose. Le plaisir de la découverte n'est-il pas suffisant ? Vous voulez un prétexte, alors en voici un, votre objet mystérieux m'a tenu en éveil presque toute la nuit et, croyez-moi, pour un vieil homme qui bâille d'ennui à longueur de journée, cela vaut bien plus que la modique somme réclamée par ce laboratoire.

— Moitié-moitié alors, c'est cela ou rien !

— Alors moitié-moitié ! Vous acceptez donc que je leur envoie votre précieux objet, il faudra que vous vous en sépariez quelque temps.

Keira n'y avait pas pensé et l'idée de ne plus porter son pendentif la contraria, mais le professeur semblait si enthousiaste, si heureux de relever un nouveau défi que Keira ne trouva pas le courage de se défiler.

— Je pense pouvoir vous le rendre au plus tard mercredi. Je l'enverrai par courrier express. En attendant, je vais me replonger dans mes vieux livres afin de voir si une quelconque iconographie révélerait un objet comparable.

— Vous êtes sûr que tout ce mal que vous vous donnez en vaut bien la peine ? demanda Keira.

— Mais de quel mal parlez-vous, enfin ? Je ne vois là que du bien ! Je vous laisse, pour une fois, grâce à vous, un vrai travail m'attend !

— Merci Ivory, dit Keira en raccrochant.

La semaine passa. Keira renouait avec ses collègues et amis qu'elle n'avait pas revus depuis fort longtemps. Chaque soirée était l'occasion d'un repas entre copains dans un petit restaurant de la capitale, ou dans l'appartement de sa sœur. Les conversations tournaient souvent autour des mêmes sujets, la plupart du temps étrangers à Keira, qui s'ennuyait. Jeanne lui en avait même fait le reproche, alors qu'elles sortaient d'un dîner un peu plus bavard que les précédents.

— Ne viens plus si ces soirées t'emmerdent autant, avait sermonné Jeanne.

— Mais je ne me suis pas emmerdée !

— Eh bien le jour où tu t'ennuies vraiment, préviens-moi, que je me prépare au spectacle. À table, tu avais l'air d'un morse échoué sur la banquise.

— Mais bon sang, Jeanne, comment fais-tu pour supporter ce genre de conversations !

— Cela s'appelle avoir une vie sociale.

— Ça, une vie sociale ? éclata de rire Keira en hélant un taxi. Ce type qui reprenait toutes les banalités lues dans la presse pour nous imposer un discours à n'en plus finir sur la crise ? Son voisin qui se nourrit de résultats sportifs comme les singes se régalent de bananes ? La psy en herbe avec ses lieux communs sur l'infidélité ? L'avocat et ses vingt minutes sur la recrudescence de la criminalité en milieu urbain parce qu'on lui a volé son scooter ? Trois heures de cynisme absolu ! Théories et contre-théories du désespoir humain, c'est pathétique !

— Tu n'aimes personne, Keira ! avait dit Jeanne alors que le taxi les déposait en bas de chez elle.

La dispute s'était achevée un peu plus tard dans la nuit. Et pourtant, le lendemain, Keira accompagna sa sœur à une autre soirée. Peut-être parce que la solitude dans laquelle elle avait vécu ces derniers temps était plus profonde qu'elle ne voulait l'admettre.

C'est au cours du week-end suivant, en traversant le jardin des Tuileries, alors qu'une averse s'apprêtait à tomber, qu'elle croisa Max. Tous deux couraient dans l'allée centrale, tentant de rejoindre la grille de l'entrée de Castiglione, avant que l'ondée éclate. Essoufflé, Max s'était arrêté devant l'escalier, au pied du socle où deux lions en bronze s'attaquent à un rhinocéros ; de l'autre côté des marches, Keira avait pris appui sur celui où deux lionnes déchiquettent un sanglier agonisant.

— Max ? C'est toi ?

Bel homme, Max n'en était pas moins terriblement myope ; derrière ses lunettes embuées, tout n'était que brouillard, mais il aurait reconnu la voix de Keira parmi cent autres.

— Tu es à Paris ? demanda-t-il surpris en essuyant ses verres.

— Oui, comme tu le vois.

— Maintenant, je le vois ! dit-il en reposant la monture sur son nez. Tu es là depuis longtemps ?

— Dans le parc ? Une petite demi-heure, répondit Keira gênée.

Max l'observa attentivement.

— Je suis à Paris depuis quelques jours, finit-elle par concéder.

Un grondement dans le ciel les convainquit tous deux d'aller trouver refuge sous les arcades de la rue de Rivoli. Une pluie diluvienne se mit à tomber.

— Tu ne comptais pas m'appeler ? interrogea Max.

— Bien sûr que si.

— Alors pourquoi ne l'as-tu pas fait ? Pardonne-moi, je te bombarde de questions idiotes. Si tu avais eu envie que nous nous voyions, tu m'aurais téléphoné.

— Je ne savais pas vraiment comment m'y prendre.

— Alors, tu as eu raison, il suffisait d'attendre que la providence nous mette sur le même chemin…

— Je suis contente de te voir, interrompit Keira.

— Moi aussi je suis content de te voir.

Max lui proposa d'aller prendre un verre au bar de l'hôtel Meurice.

— Tu es là pour combien de temps ? Et voilà que je recommence avec mes questions !

— Ce n'est pas très grave, répondit Keira. Je viens d'enchaîner six soirées où les gens ne parlaient que de politique, de grèves, d'affaires et de petits ragots. Personne ne semble plus s'intéresser à personne, j'ai fini par penser que j'étais invisible ; je me serais pendue avec ma serviette de table pour que quelqu'un me demande comment j'allais et prenne le temps d'écouter la réponse.

— Comment vas-tu ?

— Comme un lion en cage.

— Et tu es dans cette cage depuis combien de temps, au moins une petite semaine ?

— Un peu plus.

— Tu restes ou tu repars ?

Keira parla à Max de ses péripéties éthiopiennes et de son retour forcé. L'espoir de trouver le moyen de financer une nouvelle expédition lui semblait bien mince. À 20 heures, elle s'éclipsa pour téléphoner à Jeanne et la prévenir qu'elle rentrerait tard.

Max et elle dînèrent au Meurice et chacun raconta ce qu'il avait fait de sa vie au cours de ces trente-six derniers mois où ils ne s'étaient plus revus. Après le départ de Keira et leur séparation, Max avait fini par abandonner son poste d'enseignant en archéologie à la Sorbonne, pour reprendre l'imprimerie de son père décédé d'un cancer l'an passé.

— Tu es imprimeur maintenant ?

— La bonne phrase était : « Je suis désolée pour ton papa », répliqua Max en souriant.

— Mais, mon Max, tu me connais, je ne dis jamais la phrase qu'il faut. Je suis désolée pour ton papa... je croyais me souvenir que vous ne vous entendiez pas bien.

— Nous avions fini par nous réconcilier... à l'hôpital de Villejuif.

— Pourquoi avoir quitté ton poste, tu adorais ton métier ?

— J'adorais surtout les excuses qu'il me donnait.

— Quelles excuses ? Tu étais un très bon prof.

— Je n'ai jamais eu cette folie qui t'anime et t'entraîne sur le terrain.

— Et l'imprimerie, c'est mieux ?

— Au moins, je regarde la vérité en face. Je ne prétends plus attendre la mission qui m'aurait permis de faire la découverte du siècle. J'en ai eu assez de mes bobards.

J'étais un archéologue d'amphithéâtre juste bon à séduire les étudiantes.

— Dis donc, j'ai fait partie du club ! ironisa Keira.

— Tu as été plus que cela, et tu le sais très bien. Je suis un aventurier des faubourgs de Paris. Maintenant, au moins, je suis lucide. Et toi, tu as trouvé ce que tu cherchais là-bas ?

— Si tu parles de mes fouilles, non, juste quelques sédiments qui me convainquent que j'étais sur la bonne piste, que je ne me trompe pas. Mais ce que j'ai découvert, c'est un mode de vie qui me convient.

— Donc, tu vas repartir…

— Vérité pour vérité, j'ai envie de passer la nuit avec toi Max, et pourquoi pas celle de demain. Mais lundi j'aurai envie d'être seule, et les jours suivants aussi. Si je peux repartir, je le ferai aussitôt que possible. Quand ? Je n'en sais rien. D'ici là, il faut que je trouve du travail.

— Avant de me proposer de coucher avec toi, tu pourrais au moins me demander si j'ai quelqu'un dans ma vie ?

— Si c'était le cas, tu l'aurais appelée, il est minuit passé.

— Si c'était le cas, je n'aurais pas dîné avec toi. Tu as des pistes pour trouver du boulot ?

— Non, pour l'instant aucune, je n'ai pas beaucoup d'amis dans le métier.

— Je pourrais griffonner sur cette nappe, en deux minutes, une liste de chercheurs qui seraient ravis d'accueillir quelqu'un comme toi dans leur équipe.

— Je ne veux pas contribuer à la découverte d'un autre. J'ai déjà fait mes années de stages, je veux mener mon propre projet.

— Tu veux venir travailler à l'imprimerie en attendant ?

— Je garde de bons souvenirs de mes années à tes côtés à la Sorbonne, mais j'avais vingt-deux ans. Les rotatives, ce n'est pas vraiment mon truc. Et puis je ne crois pas que ce serait une bonne idée, répondit Keira en souriant. Mais merci de ta proposition.

Au petit matin, Jeanne trouva le sofa du salon, vide. Elle regarda son téléphone portable, sa sœur ne lui avait pas laissé de message.

*

Londres

La date fatidique où les dossiers de candidatures devaient être déposés auprès de la Fondation Walsh approchait. Le grand oral se tiendrait dans un peu moins de deux mois. Je passais mes matinées chez moi, communiquant avec des confrères aux quatre coins du globe et répondant à mes mails, en priorité à ceux que je recevais de temps à autre de mes collègues d'Atacama. Walter venait me chercher vers midi et nous nous rendions au pub où je lui résumais l'avancement de mon dossier. Puis les après-midi se poursuivaient dans la grande bibliothèque de l'Académie à compulser des ouvrages que j'avais pourtant déjà lus maintes fois, pendant que Walter parcourait mes notes. Le soir, il m'arrivait d'aller me distraire en flânant du côté de Primrose Hill et je m'évadais le week-end, sillonnant les allées du marché aux puces de Camden Lock. Chaque jour, je reprenais goût à ma vie londonienne, aux quartiers de ma ville, nouant une certaine complicité avec Walter.

*

Paris

Le mercredi, Ivory reçut les résultats du laboratoire situé près de Dortmund, en Allemagne. Il prit en notes le rapport d'analyses que son interlocuteur lui dictait et demanda à ce dernier de bien vouloir expédier l'objet qu'il lui avait confié à un autre laboratoire, dans la périphérie de Los Angeles. Après avoir raccroché, il hésita un long moment et passa un autre appel, depuis son portable cette fois. On le fit patienter avant de le mettre en relation.

— Cela fait bien longtemps !

— Nous n'avions pas vraiment de raison de nous reparler, dit Ivory. Je viens de vous envoyer un courrier électronique, prenez-en connaissance aussitôt que vous le pourrez, j'ai de bonnes raisons de croire que vous ne tarderez pas à vouloir me joindre.

Ivory raccrocha et regarda sa montre. La communication avait duré moins de quarante secondes. Il quitta son bureau, ferma la porte à clé et descendit au rez-de-chaussée. Il profita de ce qu'un groupe d'étudiants avait envahi le hall du musée pour se faufiler discrètement hors de l'établissement.

Remontant le quai Branly, il traversa la Seine, ouvrit son téléphone portable, en ôta la puce et la jeta dans le fleuve. Puis il se rendit à la brasserie de l'Aima, emprunta les escaliers menant vers le sous-sol, entra dans la cabine téléphonique et attendit que la sonnerie retentisse.

— Comment cet objet est-il arrivé entre vos mains ?

— Les plus grandes découvertes sont souvent le fruit du hasard, certains appellent cela le destin, d'autres, la chance.

— Qui vous l'a remis ?

— Peu importe et je préfère garder cela secret.

— Ivory, vous rouvrez un dossier clos depuis fort longtemps, et le rapport que vous m'avez communiqué ne prouve pas grand-chose.

— Rien ne vous obligeait à me rappeler aussi vite.

— Qu'est-ce que vous voulez ?

— J'ai fait expédier l'objet en Californie pour une série de tests complémentaires, mais il faudra que le coût des analyses vous soit facturé directement. Ce n'est plus dans mes moyens.

— Et le propriétaire de cet objet, est-il au courant ?

— Non, il n'a pas la moindre idée de ce dont il s'agit, et bien entendu je ne compte pas lui en dire plus.

— Quand espérez-vous en savoir plus ?

— Je devrais recevoir les premiers résultats dans quelques jours.

— Recontactez-nous si cela en vaut la peine et envoyez-moi la facture, nous la réglerons. Au revoir Ivory.

Le professeur raccrocha le combiné, il resta quelques instants dans la cabine, se demandant s'il avait pris la bonne décision. Il paya sa consommation au comptoir et repartit vers le musée.

*

Keira avait frappé à la porte du bureau. Sans réponse, elle était redescendue s'informer à l'accueil. L'hôtesse lui confirma avoir vu le professeur. Peut-être le trouverait-elle au café ? Keira parcourut le jardin du regard. Sa sœur déjeunait en compagnie d'un collègue, elle quitta sa table pour venir à sa rencontre.

— Tu aurais pu m'appeler.

— Oui, j'aurais pu. Tu as vu Ivory ? Je n'arrive pas à le trouver.

— J'ai parlé avec lui ce matin, mais je ne passe pas mon temps à le surveiller et puis le musée est grand. Où as-tu disparu ces deux derniers jours ?

— Jeanne, tu fais attendre la personne avec qui tu déjeunes, tu pourrais peut-être remettre ton interrogatoire à plus tard.

— Je me suis inquiétée, c'est tout.

— Eh bien, tu vois, je suis en parfaite santé, tu n'as plus aucune raison de t'en faire.

— Tu dînes avec moi ce soir ?

— Je ne sais pas, il n'est que midi.

— Pourquoi es-tu pressée comme ça ?

— Ivory m'a laissé un message, il m'a demandé de passer le voir et il n'est pas là.

— Eh bien il est ailleurs, je te l'ai dit, le musée est grand, il doit être quelque part dans les étages. C'est si urgent ?

— Je crois que ton copain est en train de manger ton dessert.

Jeanne jeta un œil vers son collègue qui l'attendait patiemment en feuilletant une revue, quand elle se retourna, sa sœur avait disparu.

Keira traversa le premier étage, puis le second et, prise d'un doute, elle rebroussa chemin vers le bureau d'Ivory. Cette fois la porte était ouverte et le professeur assis dans son fauteuil. Il leva la tête.

— Ah vous voilà, c'est gentil d'être venue.

— Je suis passée tout à l'heure, je vous ai cherché partout, mais vous n'étiez nulle part.

— Vous n'avez pas essayé les toilettes pour hommes, j'espère ?

— Non, répondit Keira confuse.

— Alors ceci explique cela. Installez-vous, j'ai des informations à vous communiquer.

L'analyse au carbone 14 n'avait rien donné : soit le cadeau d'Harry avait plus de cinquante mille ans soit l'objet n'était pas organique, et donc ce n'était pas de l'ébène.

— Quand le récupérerons-nous ? demanda Keira.

— Le laboratoire nous le réexpédiera dès demain, d'ici deux jours au plus vous pourrez à nouveau l'accrocher autour de votre cou.

— Je veux que vous me disiez ce que je vous dois, ma quote-part, vous vous souvenez, nous nous étions mis d'accord.

— Les résultats n'étant pas probants, le laboratoire ne nous a rien fait payer. Les frais d'expédition s'élèvent à une centaine d'euros.

Keira déposa la moitié de la somme sur le bureau du professeur.

— Le mystère reste entier. Après tout, il s'agit peut-être d'une simple pierre volcanique ? reprit-elle.

— Aussi lisse et satinée ? J'en doute, et puis la lave fossile reste friable.

— Alors disons que c'est juste un pendentif.

— Je crois que c'est une sage décision, je vous appellerai dès que j'en aurai repris possession.

Keira quitta Ivory et décida d'aller retrouver sa sœur.

— Pourquoi tu ne me dis pas que tu as revu Max ? demanda Jeanne dès que Keira entra dans son bureau.

— Puisque tu le sais déjà, pourquoi te le dire ?

— Vous allez vous remettre ensemble ?

— Nous avons passé une soirée tous les deux et je suis rentrée dormir chez moi, si c'est ce que tu veux savoir.

— Et dimanche tu es restée seule dans ton studio ?

— Je l'ai croisé par hasard, nous sommes allés nous promener. Comment sais-tu que nous nous sommes revus ? Il t'a appelée ?

— Max, m'appeler ? Tu plaisantes, il est trop fier pour ça. Après ton départ il n'a plus jamais donné de ses nouvelles, et je crois même qu'il s'est fait un devoir d'éviter toutes les soirées où il aurait pu me rencontrer. Nous ne nous sommes plus parlé depuis votre rupture.

— Alors, comment as-tu su ?

— C'est une amie qui vous a vus à l'hôtel Meurice ; vous roucouliez, paraît-il, comme deux amants illégitimes.

— Paris est vraiment un petit village ! Eh bien non, nous ne sommes pas amants ; juste deux anciennes connaissances qui se retrouvaient le temps d'une discussion. Je ne sais pas qui est cette amie si bavarde, mais je la déteste.

— La cousine de Max, elle ne t'aime pas non plus. Je peux te demander ce que tu fabriques avec Ivory ?

— J'aime bien la compagnie des profs, ça aussi tu devrais le savoir, non ?

— Je ne me souviens pas qu'Ivory ait enseigné ?

— Tu m'ennuies avec tes questions, Jeanne.

— Alors pour ne pas t'ennuyer plus, je ne te dirai pas qu'on a livré des fleurs pour toi ce matin à la maison. La carte qui accompagnait le bouquet est dans mon sac, si cela t'intéresse.

Keira s'empara de la petite enveloppe, la décacheta et tira légèrement sur le bristol. Elle sourit et rangea le mot dans sa poche.

— Je ne dînerai pas avec toi, ce soir, je te laisse avec tes amies si bien intentionnées.

— Keira, fais attention à Max, il a mis des mois à tourner la page, ne rouvre pas des plaies si c'est pour repartir ensuite, puisque tu vas repartir, n'est-ce pas ?

— Très fort, la question qui tue planquée au beau milieu de la leçon de morale. Là, je dois dire que, dans ton rôle de grande sœur, tu excelles. Max a quinze ans de plus que moi, tu crois qu'il peut gérer sa vie et ses émotions tout seul ou tu veux que je lui propose tes services ? La sœur de la garce comme chaperon, on ne peut pas rêver mieux, non ?

— Pourquoi tu m'en veux comme ça ?

— Parce que tu juges tout, tout le temps.

— Sors, Keira, va t'amuser, j'ai du boulot et tu as entièrement raison, tu n'as plus l'âge pour que je joue à la grande sœur. De toute façon, mes conseils, tu n'en as jamais rien eu à faire. Essaie juste de ne pas le laisser encore une fois en petits morceaux, ce serait méchant et inutile pour ta réputation.

— Parce que j'ai une réputation ?

— Après ton départ, les langues se sont déliées et elles n'étaient pas très aimables à ton égard.

— Si tu savais ce que je m'en moque, j'étais bien trop loin pour les entendre, tes mauvaises langues.

— Peut-être, mais pas moi, et j'étais là pour prendre ta défense.

— Mais de quoi se mêlent tous ces gens dans ta petite vie sociale, Jeanne ? Qui sont ces bons amis qui cancanent, ragotent et médisent ?

— Ceux qui consolaient Max, j'imagine ! Ah, une dernière chose, au cas où tu te demanderais à nouveau si tu as été une petite peste avec ta sœur, la réponse est oui !

Keira quitta le bureau de Jeanne en claquant la porte. Quelques instants plus tard, elle remontait le quai Branly vers le pont de l'Alma. Traversant le fleuve, elle s'accouda au parapet et regarda une péniche qui filait vers la passerelle Debilly. Elle prit son téléphone portable et appela Jeanne.

— On ne va pas se disputer chaque fois que l'on se voit. Je viendrai te chercher demain, nous irons déjeuner, rien que toi et moi. Je te raconterai tout de mon aventure éthiopienne, bien qu'il n'y ait plus grand-chose à en dire ; et toi tu me dévoileras tout de ta vie pendant ces trois dernières années. Je te laisserai même me réexpliquer pourquoi Jérôme et toi vous êtes séparés. C'était bien Jérôme son prénom, hein ?

*

Londres

Walter ne disait rien, mais il était difficile de ne pas voir qu'il se décourageait de jour en jour. Lui expliquer mes travaux était aussi irréaliste que d'espérer lui apprendre à parler le chinois en quelques jours. L'astronomie, la cosmologie étudient des espaces si vastes que les unités utilisées pour mesurer sur terre le temps, la vitesse, les distances y sont inopérantes. Il a fallu en inventer d'autres, multiples de multiples, équations inextricables. Notre science n'est faite que de probabilités et d'incertitudes, puisque nous avançons à tâtons, incapables d'imaginer les véritables limites de cet Univers dont nous faisons partie.

Depuis deux semaines, je n'avais pas réussi à formuler une phrase sans que Walter tique sur un terme dont il ne comprenait pas le sens, un raisonnement dont la portée lui échappait.

— Walter, une fois pour toutes, l'Univers est-il plat ou courbe ?

— Courbe, probablement. Enfin, si j'ai bien compris votre propos, l'Univers serait en mouvement permanent et il se dilaterait tel un tissu que l'on étire, entraînant les galaxies accrochées à ses fibres.

— C'est un peu schématique mais c'est une façon de résumer la théorie de l'Univers expansionniste.

Walter laissa tomber sa tête dans ses mains. À cette heure avancée de la soirée, la salle de la grande bibliothèque était déserte. Seules nos deux tables étaient encore éclairées.

— Adrian, je ne suis qu'un humble gestionnaire mais, tout de même, mon quotidien se passe dans l'enceinte de l'Académie des sciences. Et pourtant, je ne comprends rien à ce que vous me dites.

Je remarquai sur une table une revue qu'un lecteur avait dû oublier de ranger. Un très beau paysage du Devon figurait sur la couverture.

— Je crois que j'ai une idée pour éclaircir les vôtres, dis-je à Walter.

— Je vous écoute ?

— Vous m'avez assez entendu comme ça et j'ai trouvé bien mieux que des mots pour vous enseigner quelques notions solides sur le cosmos. Il est temps de passer de la théorie à la pratique. Suivez-moi !

J'ai entraîné mon acolyte par le bras et nous avons traversé ensemble le hall de la bibliothèque d'un pas soutenu. Une fois dans la rue, je hélai un taxi et lui demandai de nous déposer au plus vite à mon domicile. En arrivant, j'emmenai cette fois Walter non vers la porte de ma maison, mais vers celle d'un petit box attenant.

— C'est une salle de jeu clandestine qui se trouve derrière ce rideau de fer ? me demanda Walter l'œil goguenard.

— Désolé de vous décevoir, c'est juste un garage, répondis-je en soulevant le hayon.

Walter laissa échapper un sifflement. Bien que sa cote soit inférieure à celle d'une citadine moderne, ma vieille MG de 1962 provoquait souvent ce genre de réaction.

— Nous allons en balade ? demanda Walter enthousiaste.

— Si elle veut bien démarrer, dis-je en faisant tourner la clé de contact.

Quelques coups d'accélérateur et le moteur vrombit presque au quart de tour.

— Montez et ne cherchez pas votre ceinture de sécurité, il n'y en a pas !

Une demi-heure plus tard, nous quittions la périphérie de Londres.

— Où allons-nous ? demanda Walter en essayant de maîtriser sur son front la seule mèche de cheveux rebelle qu'il possédait encore.

— Au bord de la mer, nous y serons dans trois heures.

Et, pendant que nous filions à bonne allure sous un beau ciel étoilé, je pensais au plateau d'Atacama que je n'avais cessé de rêver rejoindre et réalisais en même temps combien l'Angleterre m'avait manqué alors que j'étais là-bas.

— Comment avez-vous fait pour que cette petite merveille conserve une telle forme après l'avoir abandonnée trois ans dans un garage ?

— Je l'ai confiée à un mécanicien pendant mon absence et je viens juste de la récupérer.

— Il s'en est bien occupé, reprit Walter. Vous n'auriez pas une paire de ciseaux dans la boîte à gants ?

— Non, pourquoi ?

— Pour rien ! répondit Walter en passant la main sur son crâne.

À minuit nous avons dépassé Cambridge et nous sommes arrivés à destination deux heures plus tard. Je garai la MG le long d'une plage de Sheringham et demandai à Walter de bien vouloir me suivre jusqu'au rivage et de s'asseoir sur le sable.

— Nous avons parcouru toute cette route juste pour faire des pâtés ? demanda-t-il.

— Si le cœur vous en dit, je n'ai rien contre, mais ce n'est pas le but de notre visite.

— Dommage !

— Que voyez-vous, Walter ?

— Du sable !

— Relevez les yeux et dites-moi ce que vous voyez ?

— La mer, que voulez-vous que je voie d'autre au bord de la mer ?

— À l'horizon, que voyez-vous ?

— Absolument rien, il fait nuit noire !

— Vous ne voyez pas la lumière du phare à l'entrée du port de Kristiansand ?

— Il y a une île au large par ici ? Je ne m'en souvenais pas.

— Kristiansand est en Norvège, Walter.

— Vous êtes ridicule, Adrian, j'ai une bonne vue mais de là à voir les côtes norvégiennes, tout de même ! Vous ne voulez pas non plus que je vous détaille la couleur du pompon de béret du gardien de votre phare !

— Kristiansand n'est qu'à sept cent trente kilomètres. Nous sommes en pleine nuit, la lumière voyage à la vitesse de 299 792 kilomètres à la seconde, celle de ce phare ne mettrait que deux millièmes de seconde et demi à nous parvenir.

— Vous avez bien fait de ne pas oublier le demi, j'aurais pu perdre le fil de votre raisonnement !

— Mais vous ne voyez pas la lumière du phare de Kristiansand ?

— Vous oui ? demanda Walter inquiet.

— Non, personne ne peut la voir. Et pourtant elle est là, juste devant nous, cachée par la courbure de la Terre, comme derrière une colline invisible.

— Adrian, seriez-vous en train de m'expliquer que nous avons roulé pendant trois cents kilomètres pour venir vérifier de visu que je ne pouvais apercevoir le phare de Kristiansand en Norvège depuis la côte Est de notre très chère Angleterre ? Si c'est le cas, je vous promets que je vous aurais cru sur parole si vous aviez pris la peine de me le suggérer à la bibliothèque tout à l'heure.

— Vous m'avez demandé en quoi il était important de comprendre que l'Univers était courbe, la réponse est devant vous Walter. Si sur cette mer flottaient de mile en mile une myriade d'objets réfléchissants, vous les verriez tous illuminés par la lumière qui émane du phare de Kristiansand, sans pourtant jamais voir ce même phare ; mais, avec beaucoup de patience et de calculs, vous devineriez qu'il existe et finiriez par trouver sa position exacte.

Walter me regarda comme si une folie soudaine m'avait gagné. Il resta bouche bée puis se laissa tomber en arrière pour scruter la voûte étoilée.

— Bien ! finit-il par lâcher après un long épisode contemplatif. Si j'ai bien compris, les étoiles que nous voyons au-dessus de nous sont encore du bon côté de la colline. Et celle que vous cherchez se trouve évidemment sur l'autre versant.

— Rien ne dit qu'il n'y ait qu'une seule colline, Walter.

— Vous suggérez que non content d'être courbe, votre Univers jouerait de l'accordéon ?

— Ou qu'il est comme un océan parcouru par des hautes vagues.

Walter mit ses mains derrière la nuque et se tut quelques instants.

— Combien d'étoiles y a-t-il au-dessus de nos têtes ? demanda-t-il avec la voix d'un enfant émerveillé.

— Avec un ciel tel que celui-ci, vous pouvez voir les cinq mille plus proches de nous.

— Elles sont si nombreuses ? demanda Walter songeur.

— Il y en a beaucoup plus encore ; mais nos yeux ne peuvent voir au-delà de mille années-lumière d'ici.

— Je ne pensais pas avoir une aussi bonne vue ! La copine de votre gardien de phare en Norvège a intérêt à ne pas se balader en petite tenue à sa fenêtre !

— Ce n'est pas votre acuité visuelle qui est en jeu, Walter, un nuage de poussières cosmiques nous masque la plus grande partie des centaines de milliards d'étoiles qui sont dans notre galaxie.

— Il y a au-dessus de nous des centaines de milliards d'étoiles ?

— Si vous voulez vraiment avoir le vertige, je peux vous dire qu'il y a dans l'Univers plusieurs centaines de milliards de galaxies. Notre Voie lactée n'est que l'une d'entre elles et chacune recèle des centaines de milliards d'étoiles.

— C'est impossible à concevoir.

— Alors, imaginez que si l'on comptait tous les grains de sable de la planète, nous approcherions à peine du nombre probable d'étoiles contenues dans l'Univers.

Walter se redressa, il saisit une poignée de sable entre ses mains et en laissa filer les grains à travers ses doigts. Dans un silence que seul le ressac venait troubler, nous contemplions le ciel, comme deux gamins éblouis par cette immensité.

— Vous croyez qu'il y a de la vie quelque part là-haut ? demanda-t-il sur un ton grave.

— Cent milliards de galaxies qui contiennent chacune cent milliards d'étoiles et presque autant de systèmes solaires ? La probabilité que nous soyons seuls est quasi nulle. Je ne crois pas pour autant aux petits hommes verts. La vie existe certainement, mais sous quelles formes ? De la simple bactérie à des êtres peut-être encore plus avancés dans le processus de leur évolution que nous le sommes. Qui sait ?

— Je vous envie, Adrian.

— Vous m'enviez ? C'est ce ciel étoilé qui vous fait soudain rêver à mon plateau chilien dont je vous ai rebattu les oreilles ?

— Non, ce sont vos rêves que j'envie. Ma vie à moi n'est faite que de chiffres, de petites économies, de budgets rognés par-ci par-là, et vous, vous maniez des nombres qui pulvériseraient ma calculette de bureau, et ces nombres infinis continuent d'animer en vous vos rêves de gosse. Alors, je vous envie. Je suis heureux que nous soyons venus ici. Peu importe que nous remportions ou pas ce prix, j'ai déjà beaucoup gagné ce soir. Et si vous nous trouviez un endroit sympathique où aller passer le week-end, pour mon prochain cours d'astronomie ?

Nous sommes restés ainsi bras croisés derrière nos têtes, allongés sur le sable de cette plage de Sheringham jusqu'au lever du jour.

*

Paris

Keira et Jeanne s'étaient rabibochées au cours d'un déjeuner qui s'était prolongé une bonne partie de l'après-midi. Jeanne avait accepté de raconter sa séparation avec Jérôme. Lors d'un dîner chez des amis, voyant son compagnon très affairé auprès de sa voisine de table, Jeanne avait ouvert les yeux. Sur le chemin du retour, elle avait prononcé cette phrase courte qui en dit pourtant long : « Il faut qu'on parle. »

Jérôme avait nié en bloc avoir porté un quelconque intérêt à cette femme dont il avait déjà oublié le prénom. Là n'était pas le problème, c'était elle qu'elle aurait voulu qu'il séduise ce soir-là, mais Jérôme ne lui avait pas adressé un regard du dîner. Ils avaient débattu toute la nuit et s'étaient quittés au petit matin. Un mois plus tard, Jeanne apprenait que Jérôme s'installait chez celle qui avait été un certain soir sa voisine de table. Depuis, Jeanne se demandait si l'on anticipe son destin ou si, au contraire, parfois, on le provoque.

Elle avait interrogé Keira sur ses intentions à l'égard de Max, sa sœur lui répondit qu'elle n'en avait aucune.

Après trois années passées en Éthiopie, l'idée de se laisser porter par la vie, sans calcul et sans retenue n'était pas pour lui déplaire. La jeune archéologue était éprise de liberté et elle ne se sentait pas prête à changer.

Au cours du repas, son téléphone avait vibré maintes fois. Peut-être était-ce justement Max qui cherchait à la joindre. Devant l'insistance des appels, Keira finit par décrocher.

— J'espère que je ne vous dérange pas ?

— Non, bien sûr, avait répondu Keira à Ivory.

— En nous renvoyant votre pendentif, le laboratoire allemand s'est trompé d'adresse. Je vous rassure, le colis n'est pas égaré, il leur a été retourné. Ils vont nous le réexpédier sans tarder. Je suis confus, mais je crains que vous ne récupériez votre précieux objet avant lundi, j'espère que vous ne m'en tiendrez pas rigueur ?

— Mais non, vous n'y êtes pour rien, c'est moi qui suis désolée de tout ce temps que je vous fais perdre.

— Ne le soyez pas, je me suis bien amusé, même si nos recherches n'ont abouti à rien. Je devrais le recevoir lundi en fin de matinée, venez le chercher à mon bureau, je vous emmènerai déjeuner pour me faire pardonner.

Dès la communication coupée, Ivory replia le rapport d'analyses que le laboratoire de la banlieue de Los Angeles lui avait adressé par courriel une heure plus tôt. Il le rangea dans la poche de son veston.

Assis à l'arrière du taxi qui le conduisait vers l'esplanade de la tour Eiffel, le vieux professeur regarda les taches brunes sur ses mains et soupira.

— Qu'est-ce que tu as encore besoin à ton âge de te mêler de ce genre de choses. Tu n'auras même pas le temps de connaître le mot de la fin. Tout cela est-il bien utile ?

— Pardon, monsieur ? avait questionné le chauffeur en regardant son passager dans le rétroviseur.

— Rien, désolé, je parlais tout seul.

— Oh, ne vous excusez pas, ça m'arrive souvent ; dans le temps on discutait avec les passagers, mais de nos jours la clientèle aime qu'on lui fiche la paix. Alors on met la radio, ça tient compagnie.

— Vous pouvez allumer votre poste si vous le souhaitez, avait conclu Ivory en adressant un sourire à son chauffeur.

La file qui s'étirait au pied de l'ascenseur ne comptait qu'une vingtaine de visiteurs.

Ivory entra dans le restaurant au premier étage. Il balaya la salle du regard, indiqua à l'hôtesse d'accueil que son convive était déjà là et alla s'installer à la table où un homme en complet bleu marine l'attendait.

— Pourquoi n'avez-vous pas fait envoyer les résultats directement à Chicago ?

— Pour ne pas alerter les Américains.

— Alors pourquoi nous alerter, nous ?

— Parce qu'il y a trente ans, vous, les Français, avez su être plus modérés ; et puis je vous connais depuis longtemps, Paris, vous êtes un homme discret.

— Je vous écoute, poursuivit l'homme au complet bleu sur un ton peu affable.

— La datation au carbone 14 n'ayant rien donné, j'ai fait procéder à une analyse par simulation optique, je vous en épargne les détails c'est terriblement technique et vous n'y comprendriez pas grand-chose, mais les résultats sont assez surprenants.

— Qu'avez-vous obtenu ?

— Rien, justement.

— Vous n'avez obtenu aucun résultat et vous provoquez ce rendez-vous ? Vous avez perdu la tête ?

— Je préfère le contact direct au téléphone ; et il serait préférable que vous écoutiez ce que j'ai à vous dire. Que cet objet ne réagisse pas à cette méthode de datation est un premier mystère ; que cela laisse supposer qu'il ait au moins quatre cents millions d'années en est un encore plus grand.

— Est-il comparable à celui que nous connaissons ?

— Sa forme n'est pas tout à fait identique, et je ne peux rien vous certifier en ce qui concerne sa composition puisque nous n'avons jamais pu déterminer celle de l'objet que nous détenons.

— Mais vous pensez qu'ils appartiennent à la même famille.

— Deux est un chiffre un peu faible pour parler d'une famille, mais ils pourraient être parents.

— Nous pensions tous que celui dont nous disposons était unique en son genre.

— Pas moi, je ne l'ai jamais cru, c'est pour cela que vous m'avez tous mis à l'écart. Vous comprenez mieux maintenant pourquoi j'ai provoqué notre rencontre.

— N'y a-t-il pas d'autres procédés d'analyse qui nous permettraient d'en apprendre plus ?

— Une datation à l'uranium, mais il est trop tard pour la pratiquer.

— Ivory, vous croyez sincèrement que ces deux objets sont liés d'une quelconque manière, ou poursuivez-vous une chimère personnelle ? Nous savons tous que cette découverte vous tenait à cœur et que la suppression du budget qui vous était alloué n'était pas sans rapport à l'époque avec votre décision de nous quitter.

— J'ai depuis longtemps passé l'âge de jouer à ce genre de jeu et vous êtes encore loin d'avoir atteint celui qui vous autoriserait à porter de telles accusations à mon sujet.

— Si je comprends bien ce que vous me dites, la seule similarité entre les deux objets est leur absence totale de réaction aux tests qu'ils ont subis.

Ivory repoussa sa chaise, prêt à quitter la table.

— À vous d'établir le rapport comme bon vous semble. J'ai accompli mon devoir. Aussitôt pris connaissance de l'existence d'un possible second exemplaire, j'ai réussi un véritable tour de passe-passe pour me le procurer, fait les examens que je jugeais utiles et vous ai averti. Désormais, il vous appartient de décider de la suite des événements ; comme vous me l'avez justement rappelé, j'ai pris ma retraite depuis longtemps.

— Restez assis, Ivory, nous n'avons pas terminé cette conversation. Quand pourrons-nous récupérer l'objet ?

— Il n'est pas question que vous le récupériez. Je le restituerai dès lundi à sa propriétaire.

— Je croyais que c'était un homme qui vous l'avait confié.

— Je ne vous ai jamais dit ça, et, de toute façon, cela importe peu.

— Je doute que notre bureau voie cela d'un très bon œil. Vous rendez-vous compte de la valeur de cet objet si vos prévisions sont avérées. C'est une pure folie que de le laisser circuler dans la nature.

— Décidément, la psychologie n'est toujours pas le fort de notre organisation. Pour le moment, sa propriétaire ne se doute de rien, et il n'y a aucune raison que cela change. Elle porte cette pierre autour du cou, difficile de trouver un endroit où l'objet soit plus anonyme et mieux en sécurité. Nous ne voulons attirer l'attention de personne et surtout éviter une nouvelle bataille entre nos bureaux pour savoir qui de Genève, Madrid, Francfort, vous ou je ne sais qui encore cherchera à mettre la main sur ce second exemplaire. En attendant de savoir s'il s'agit bien d'un second exemplaire, et il est bien trop tôt pour le dire, cet objet va très vite retourner auprès de sa jeune propriétaire.

— Et si elle le perdait ?

— Croyez-vous vraiment qu'il serait plus en sécurité chez nous ?

— « *Fair enough* », comme diraient nos amis Anglais. Nous pouvons considérer que le tour de cou de cette femme est une sorte de territoire neutre.

— Je suis certain qu'elle serait flattée de l'apprendre !

L'homme au complet bleu qui se faisait appeler Paris regarda par la fenêtre. Les toits de Paris s'étendaient à perte de vue.

— Votre raisonnement ne tient pas debout professeur. Comment en apprendre plus, si ce pendentif n'est pas en notre possession ?

— Par moments, je me demande vraiment si je n'ai pas pris ma retraite trop tôt. Vous n'avez rien appris de ce que je me suis donné tant de mal à vous enseigner. Si l'objet est véritablement cousin de celui que nous détenons, les tests ne nous enseigneront rien de plus.

— La technique a tout de même beaucoup progressé ces dernières années.

— La seule chose qui ait progressé, c'est la connaissance du contexte qui nous préoccupe.

— Cessez vos leçons, nous nous connaissons depuis trop longtemps ! Qu'est-ce que vous avez vraiment en tête ?

— La propriétaire est une archéologue, une très bonne archéologue. Une sauvageonne, déterminée et audacieuse. Elle se moque de la hiérarchie, elle est convaincue d'avoir plus de talent que ses pairs et n'en fait qu'à sa tête, pourquoi ne pas la laisser travailler pour nous ?

— Vous auriez fait un directeur des ressources humaines très convaincant ! Avec un tel profil, vous voudriez que nous la recrutions ?

— Ai-je dit cela ? Elle vient de passer trois années en Éthiopie à fouiller la terre dans des conditions difficiles, et je suis prêt à parier que si une sale tempête ne l'en avait pas chassée, elle aurait peut-être fini par trouver ce qu'elle était partie chercher.

— Et qu'est-ce qui vous fait croire qu'elle aurait fini par atteindre son but ?

— Elle a un atout précieux.

— Lequel ?

— La chance !

— Elle a gagné au Loto ?

— Mieux quc cela ; elle n'a pas eu à faire le moindre effort, cet objet est venu à elle, on le lui a offert.

— Cela ne plaide pas en faveur de ses compétences. Et puis, je ne vois pas comment elle serait plus apte à lever le voile sur un mystère que nous n'avons pas élucidé avec tous les moyens dont nous disposions.

— Ce n'est pas une question de moyens, mais de passion. Donnons-lui simplement une bonne raison de s'intéresser à cet objet qu'elle porte autour du cou.

— Vous suggérez que nous téléguidions un électron fibre ?

— Si nous le téléguidons, votre électron ne sera libre qu'en apparence.

— Et c'est vous qui tiendrez les commandes ?

— Non, vous savez bien que jamais le comité n'accepterait cela. Mais je peux amorcer le processus, créer l'intérêt chez notre candidate, développer ce qu'il faut d'appétit en elle. Quant au reste, vous prendrez le relais.

— C'est une approche intéressante. Je sais qu'elle soulèvera certaines réticences, mais je peux la défendre auprès d'un comité restreint, après tout, nos ressources ne seront pas sollicitées outre mesure.

— J'impose toutefois une règle non négociable, et prévenez votre comité restreint que je veillerai à ce que personne n'y déroge ; à aucun moment, la sécurité de cette jeune femme ne doit être compromise, j'exige une entente unanime de tous les responsables de bureaux, et je dis bien de tous.

— Si vous aviez vu votre tête, Ivory ! On aurait dit un vieil espion. Lisez les journaux, la guerre froide est terminée depuis longtemps. Nous sommes en pleine entente cordiale. Franchement, pour qui nous prenez-vous ? Et puis, il ne s'agit que d'une pierre, certes au passé intrigant, mais une pierre tout de même.

— Si nous avions la conviction qu'il ne s'agit que d'un simple caillou, nous ne serions pas là tous les deux à jouer aux vieux conspirateurs, comme vous le dites ; ne me prenez pas pour plus gaga que je ne le suis.

— Donnant-donnant. Supposons que je fasse de mon mieux pour les convaincre que cette approche est la bonne, comment leur laisser entendre que votre protégée sera capable de nous en apprendre plus, alors que nos efforts sont restés vains jusque-là ?

Ivory comprit que, pour convaincre son interlocuteur, il faudrait lui lâcher un peu plus d'informations qu'il n'aurait souhaité le faire.

— Vous avez tous cru que l'objet que vous possédez était unique en son genre. Un second apparaît soudainement. S'ils sont de la même « famille », comme vous le disiez spontanément tout à l'heure, alors pourquoi croire encore qu'il n'en existerait que deux ?

— Vous suggérez que…

— Que la famille soit plus grande ? Je l'ai toujours pensé. Et je pense aussi que plus nous nous donnerons de chances de découvrir d'autres spécimens et plus nous serons à même de comprendre de quoi il en retourne. Ce que vous détenez dans vos coffres n'est qu'un fragment, réunissez les morceaux manquants et vous verrez que la réalité est encore plus lourde de conséquences que tout ce que vous avez bien voulu supposer.

— Et vous proposez qu'une telle responsabilité incombe à cette jeune femme que vous qualifiez vous-même d'incontrôlable ?

— N'exagérons pas tout de même. Oubliez son caractère, c'est de son savoir et de son talent dont nous avons le plus besoin.

— Je n'aime pas ça, Ivory, ce dossier était clos depuis des années et il aurait dû le rester. Nous y avons déjà consacré beaucoup d'argent pour rien.

— Faux ! Nous avons consacré beaucoup d'argent pour que personne ne sache rien, ce n'est pas pareil. Combien de temps croyez-vous pouvoir garder le secret autour de cet objet si vous n'êtes plus les seuls à pouvoir en deviner le sens ?

— À condition qu'une pareille chose arrive !

— Êtes-vous disposé à en prendre le risque ?

— Je ne sais pas, Ivory. J'établirai mon rapport, ils décideront et je reviendrai vers vous dans les prochains jours.

— Vous avez jusqu'à lundi.

Ivory salua son hôte et se leva. Juste avant de quitter la table, il se pencha et souffla à l'oreille de Paris :

— Saluez-les bien pour moi, dites-leur surtout que c'est le dernier service que je leur rends, et transmettez mes sincères inimitiés à qui vous savez.

— Je n'y manquerai pas.

*

Kent

— Adrian, j'ai une confidence à vous faire.
— Walter, il est très tard, vous êtes complètement ivre !
— Justement, c'est maintenant ou jamais.
— Je vous aurai prévenu, quoi que vous vous apprêtiez à me révéler, retenez-vous. Vous êtes dans un tel état, je suis sûr que vous le regretterez demain.
— Mais non, taisez-vous donc et écoutez-moi, je vais essayer de dire ça d'une seule traite. Voilà, je suis amoureux.
— En soi, c'est une bonne nouvelle, pourquoi ce ton si grave ?
— Parce que la principale intéressée l'ignore.
— Cela complique en effet les choses. De qui s'agit-il ?
— Je préfère ne pas le dire.
— Comme vous voudrez.
— Il s'agit de Miss Jenkins.
— La réceptionniste de notre Académie ?
— Elle-même, cela fait quatre ans que j'en suis raide dingue.
— Et elle ne se doute de rien ?
— C'est-à-dire qu'avec ce redoutable instinct qu'ont les femmes, peut-être l'a-t-elle soupçonné une fois ou deux. Mais je crois que je cache bien mon jeu. Enfin, suffisamment pour pouvoir passer devant son bureau chaque matin, sans avoir à rougir de ma situation ridicule.

— Quatre ans, Walter ?

— Quarante-huit mois, le compte y est, j'en ai fêté l'anniversaire quelques jours avant que vous ne reveniez de votre Chili. Ne regrettez rien, il n'y a pas eu de fête.

— Mais pourquoi ne lui avez-vous rien dit ?

— Parce que je suis un lâche, reprit Walter en hoquetant. Un horrible lâche. Et vous voulez que je vous dise ce qu'il y a de plus pathétique dans tout cela ?

— Je n'en suis pas certain, non !

— Eh bien, depuis tout ce temps, je lui suis fidèle.

— En effet !

— Vous vous rendez compte d'une telle absurdité. Des hommes mariés qui ont la chance de vivre auprès de celles qu'ils aiment trouvent le moyen de les tromper et moi, je suis fidèle à une femme qui ne sait même pas que j'ai le béguin pour elle. Et, s'il vous plaît, ne me répétez pas « en effet » !

— Je ne comptais pas le faire. Pourquoi ne pas tout lui avouer, après tout ce temps, qu'est-ce que vous risquez ?

— Pour que la romance s'arrête ? Vous êtes dingue ! Si elle m'éconduit, je ne pourrai plus penser à elle de cette façon-là ; l'observer comme je le fais en catimini deviendrait une indélicatesse intolérable. Pourquoi me regardez-vous comme ça, Adrian ?

— Pour rien, je me demandais juste si demain, lorsque vous aurez dessoûlé, et vu ce que vous avez ingurgité ce soir, cela n'arrivera pas avant le milieu de l'après-midi, vous me raconterez cette histoire de la même façon.

— Je n'invente rien, Adrian, je vous le jure, je suis follement épris de Miss Jenkins ; mais la distance entre elle et moi est comparable à celles de votre Univers, avec ses drôles de collines qui empêchent de voir de l'autre côté. Miss Jenkins se trouve dans le phare de Kristiansand, cria Walter en pointant le doigt vers l'est, et moi, échoué tel un cachalot sur la côte anglaise ! dit-il en tapant du poing sur le sable.

— Walter, je visualise assez bien ce que vous me décrivez, mais la distance qui sépare votre bureau de celui de Miss Jenkins se compte en marches d'escalier, et non en années-lumière.

— Et la théorie de la relativité, vous croyez que votre copain Einstein en a le monopole ? Pour moi, chacune de ces marches est aussi lointaine qu'une de vos galaxies !

— Je crois qu'il est temps que je vous raccompagne à l'hôtel, Walter.

— Non, nous allons poursuivre cette soirée, et vous, vos explications. Je ne me souviendrai probablement de rien demain mais ce n'est pas grave. Nous passons un bon moment et c'est tout ce qui compte.

Sous ses airs débonnaires qui auraient pu prêter à rire, Walter me faisait plutôt de la peine. Moi qui croyais avoir connu la solitude sur le plateau d'Atacama... Était-il possible d'imaginer un exil plus douloureux que celui qui consiste à passer ses journées trois étages au-dessus de la femme qu'on aime, sans jamais trouver la force de lui en faire l'aveu ?

— Walter, voudriez-vous que j'essaie d'organiser un dîner avec Miss Jenkins en votre présence ?

— Non, je crois qu'après tout ce temps je n'aurai pas le courage de lui parler. Enfin, auriez-vous tout de même la gentillesse de me refaire cette proposition demain... En fin d'après-midi.

*

Paris

Keira était en retard, elle avait enfilé un jean, passé un pull, à peine pris le temps de remettre de l'ordre dans ses cheveux, restait à dégotter son trousseau de clés. Elle n'avait pas beaucoup dormi ce week-end et la morne lumière du jour n'avait pas réussi à la tirer de son sommeil. Trouver un taxi à Paris le matin relève de l'exploit. Elle marcha jusqu'au boulevard de Sébastopol, descendit vers la Seine en regardant son poignet à chaque carrefour, elle avait oublié sa montre. Une voiture s'engouffra dans le couloir de bus et s'arrêta à sa hauteur. Le conducteur se pencha pour abaisser la vitre et appela Keira par son prénom.

— Tu veux que je te dépose quelque part ?

— Max ?

— J'ai changé tant que ça depuis hier ?

— Non, mais je ne m'attendais pas à te voir par ici.

— Rassure-toi, je ne te suis pas, c'est un quartier où l'on trouve encore pas mal d'imprimeries et la mienne se situe dans la rue juste derrière toi.

— Si tu es proche de ton bureau, je ne veux pas te déranger.

— Qui te dit que je n'en partais pas, de mon bureau ? Allez, monte, je vois un bus dans mon rétroviseur et je vais me faire klaxonner.

Keira ne se fit pas prier, elle ouvrit la portière et s'assit à côté de Max.

— Quai Branly, au musée des Arts et Civilisations, et dépêchez-vous, je suis très en retard.

— J'ai droit à un baiser quand même ?

Mais, comme Max l'avait prédit, un coup de klaxon les fit sursauter, l'autobus les collait au pare-chocs. Max passa la première et se dégagea du couloir au plus vite. La circulation était dense, Keira trépignait d'impatience, regardant sans cesse la montre au tableau de bord.

— Tu as l'air bien pressée ?

— J'ai rendez-vous pour déjeuner... il y a un quart d'heure.

— Si c'est un homme, je suis sûr qu'il t'attendra.

— Oui, c'est un homme et ne commence pas, il a deux fois ton âge.

— Tu as toujours apprécié la maturité.

— Si c'était le cas, nous ne serions pas sortis ensemble !

— 1-0, balle au centre. Qui est-ce ?

— Un professeur.

— Qu'est-ce qu'il enseigne ?

— Tiens, c'est drôle, remarqua Keira, je ne lui ai pas demandé.

— Sans vouloir être indiscret, tu traverses tout Paris sous la pluie pour déjeuner avec un professeur et tu ne sais pas ce qu'il enseigne ?

— En fait, cela n'a pas grande importance ; il est à la retraite.

— Et pourquoi déjeunez-vous ensemble ?

— C'est une longue histoire, concentre-toi sur la route et sors-nous de ce bouchon. C'est au sujet de mon pendentif, une pierre qu'Harry m'a offerte. Je me suis longuement interrogée sur sa provenance. Ce professeur pense qu'elle est très ancienne. Nous avons essayé d'en déterminer l'origine mais nous avons fait chou blanc.

— Harry ?

— Max, tu m'enquiquines avec tes questions, Harry a le quart de ton âge ! Et il habite en Éthiopie.

— C'est un peu jeune pour un concurrent sérieux. Cette pierre très ancienne, tu me la montres ?

— Je ne l'ai plus, je vais justement la récupérer.

— Si tu le souhaites, j'ai un ami, grand spécialiste en pierres anciennes, je peux lui demander de l'étudier.

— Je ne pense pas que cela vaille vraiment la peine de déranger ton ami. Je crois surtout que ce vieux professeur s'ennuie, et qu'il a trouvé un prétexte pour se distraire un peu.

— Si tu changes d'avis, n'hésite pas. Voilà, les quais sont dégagés, nous y serons dans dix minutes. Et où le jeune Harry a-t-il trouvé cette pierre ?

— Sur un petit îlot volcanique au milieu du lac Turkana.

— C'est peut-être une scorie ?

— Non, l'objet est infrangible ; je n'ai même pas pu y faire un trou. Pour l'accrocher autour de mon cou, il a fallu que je l'enserre avec une lanière, et je dois dire que la façon dont il a été poli est assez remarquable de perfection.

— Tu m'intrigues. Je te propose la chose suivante, dînons ce soir tous les deux et je regarderai ton mystérieux pendentif. J'ai raccroché depuis quelques années, mais j'ai encore de beaux restes.

— Bien tenté, mon Max, pourquoi pas ? Mais ce soir, je reste en tête à tête avec ma sœur. Nous avons du temps à rattraper toutes les deux ; depuis que je suis rentrée, je n'ai cessé de passer mes nerfs sur elle. J'ai deux, trois réflexions déplacées à me faire pardonner, ou plutôt douze ou treize, voire une bonne trentaine.

— Mon offre reste valable pour tous les autres soirs de la semaine. Tiens, nous voilà devant ton musée. Tu n'es presque pas en retard, la montre de ma voiture avance d'un bon quart d'heure…

Keira embrassa Max sur le front et sortit précipitamment. Il aurait voulu lui dire de l'appeler dans l'après-midi, mais elle courait déjà sur le trottoir.

— Je suis désolée de vous avoir fait attendre, s'excusa Keira haletante en poussant la porte. Ivory ?

La pièce était inoccupée. Le regard de Keira fut attiré par une feuille de papier sous la lampe de bureau. Les lignes d'écriture étaient raturées, mais Keira pouvait deviner une série de chiffres, « lac Turkana », et son prénom. Au bas de la feuille, un croquis représentait habilement son pendentif. Keira n'aurait pas dû passer de l'autre côté de la table de travail, encore moins s'asseoir sur le fauteuil du professeur et, probablement, n'aurait-elle pas dû non plus ouvrir le tiroir qui se trouvait devant elle. Mais il n'était pas fermé à clé et on ne pouvait pas être archéologue sans être curieuse de nature. Elle y trouva un vieux cahier en cuir à la couverture craquelée. Elle le posa sur le bureau et découvrit, en première page, un autre dessin, plus ancien, celui d'un objet qui d'une certaine façon ressemblait à celui qu'elle portait autour du cou. Un bruit de pas la fit sursauter. Elle rangea à la hâte le désordre qu'elle avait mis et eut juste le temps de se cacher sous la table, quelqu'un venait d'entrer. Recroquevillée comme une enfant indiscrète, Keira s'efforça de contenir sa respiration. Un homme se tenait debout à quelques centimètres d'elle, l'étoffe de son pantalon l'effleura. Puis la lumière s'éteignit, la silhouette retourna vers la porte, un bruit de clé dans la serrure et le silence se fit dans le bureau du vieux professeur.

Il fallut quelques minutes à Keira pour retrouver son calme. Elle quitta sa cachette, avança jusqu'à la porte et tourna la poignée. Coup de chance, depuis l'intérieur, la béquille commandait le verrou. Libre, elle bondit dans le couloir, dévala la rampe qui menait au rez-de-chaussée, dérapa et s'étala de tout son long. Une main généreuse vint à son secours. Keira releva la tête et, lorsqu'elle découvrit le visage d'Ivory, elle poussa un cri qui résonna dans tout le hall.

— Vous vous êtes fait si mal que cela ? demanda le professeur en s'agenouillant.

— Non ! j'ai juste eu peur.

Les visiteurs qui s'étaient arrêtés pour assister à la scène s'égaillèrent. L'incident était clos.

— Avec une telle glissade, je comprends ! Vous auriez pu vous briser les os. Qu'est-ce qui vous faisait courir comme ça ? Vous êtes un peu en retard, mais ce n'était pas la peine de risquer de vous tuer pour autant.

— Je suis désolée, s'excusa Keira en se relevant.

— Et où donc étiez-vous ? J'avais laissé des consignes à l'accueil pour que vous me rejoigniez dans les jardins.

— Je suis montée directement vous chercher à votre bureau, la porte était fermée à clé et j'ai eu la mauvaise idée de courir pour venir vous rejoindre ici.

— Voilà le genre de mésaventures qui arrivent lorsque l'on se fait attendre. Suivez-moi, je meurs de faim, à mon âge, on prend ses repas à heures fixes.

Et, pour la seconde fois de sa journée, Keira se sentit comme une petite fille prise en faute.

Ils s'installèrent à la même table que la dernière fois. Ivory, visiblement de mauvaise humeur, avait le nez plongé dans le menu.

— Ils pourraient varier leur cuisine de temps à autre, c'est toujours la même chose. Je vous conseille l'agneau, c'est encore ce qu'il y a de meilleur. Deux souris d'agneau, ordonna Ivory à la serveuse.

Le professeur déplia sa serviette et fixa longuement Keira.

— Avant que j'oublie, dit-il en sortant le pendentif de la poche de son veston, je vous rends ce qui vous appartient.

Keira prit l'objet dans sa main et le regarda longuement. Elle ôta la lanière de cuir du tour de son cou et entoura le pendentif en croisant le lien deux fois par-devant, une fois par-derrière, exactement comme Harry le lui avait appris.

— Je dois avouer qu'il est plus en valeur ici, s'exclama Ivory qui souriait pour la première fois.

— Merci, répondit Keira, un peu gênée.

— Ce n'est quand même pas moi qui vous fais rougir j'espère ? Alors, pourquoi étiez-vous en retard ?

— Je suis confuse, professeur, je pourrais inventer toutes sortes d'excuses, mais la vérité est que je ne me suis pas réveillée. C'est aussi bête que cela.

— Qu'est-ce que je vous envie, répondit Ivory en éclatant de rire, je n'ai pas réussi à faire une grasse matinée depuis au moins vingt ans. Vieillir n'a rien de drôle, et, comme si cela ne suffisait pas, les journées s'allongent. Bon, trêve de bavardages, je ne suis pas là pour vous enquiquiner avec mes problèmes de sommeil. Mais j'aime bien ça, les gens qui disent la vérité ; cette fois vous êtes pardonnée, je vais arrêter de prendre cet air fâché qui vous met mal à l'aise !

— Vous le faisiez exprès ?

— Absolument !

— Les résultats n'ont donc rien donné ? demanda Keira en jouant avec son pendentif.

— Hélas, non.

— Donc vous n'avez pas la moindre idée de l'âge de cet objet ?

— Non..., répondit le professeur en fuyant le regard de Keira.

— Je peux vous poser une question ?

— Vous venez de le faire, posez plutôt celle qui vous intéresse.

— Vous étiez professeur de quoi ?

— De religions ! Enfin, pas au sens où vous l'imaginez. J'ai consacré ma vie à essayer de comprendre à quels moments de son évolution l'homme s'est décidé à croire en une force supérieure et à la baptiser « Dieu ». Savez-vous qu'il y a environ cent mille ans, près de Nazareth, des *Homo sapiens* inhumèrent, et probablement pour la première fois dans l'histoire de l'humanité, la dépouille d'une femme d'une vingtaine d'années ? À ses pieds reposait aussi celle d'un enfant de six ans. Ceux qui découvrirent cette sépulture trouvèrent également autour des deux squelettes, quantité d'ocre rouge. Sur un site, non loin de là, une autre équipe d'archéologues mit au jour une trentaine de sépultures semblables. Tous les corps étaient disposés en position fœtale, tous recouverts d'ocre, chaque tombe était garnie d'objets rituels. Ce sont peut-être là les signes les plus anciens de religiosité. À la peine qui accompagnait la perte d'un proche était-il venu se greffer une impérieuse nécessité d'honorer la mort ? Est-ce à cet instant précis qu'est née la croyance en un autre monde où les défunts continueraient d'exister ?

« Il y a tant et tant de théories à ce sujet, que nous ne saurons sans doute jamais à quel moment de son évolution l'homme s'est mis vraiment à croire en un dieu. Aussi fasciné qu'apeuré par son environnement, il a commencé par diviniser une force qui le dépassait. Il fallait bien que l'homme donne un sens au mystère de l'aube et du crépuscule, à celui des étoiles qui se lèvent dans le ciel au-dessus de lui, à la magie des changements de saison, des paysages qui se métamorphosent, tout comme son corps se transforme au fil du temps, jusqu'à finir par le contraindre à rendre son dernier souffle de vie. Comme il est fascinant de constater que dans près de cent soixante pays où furent découvertes des œuvres rupestres, toutes comportaient des similitudes. L'usage de la couleur rouge omniprésente, tel un symbole absolu de contact avec les autres mondes. Pourquoi les humains représentés, et ce, quel que fût l'endroit du monde où ils vivaient, sont tous dessinés dans la position de l'orant, bras levés vers le ciel, figés dans la même gestuelle ? Voyez-vous Keira, mes travaux ne furent pas si éloignés des vôtres. Je partage votre point de vue. J'aime l'angle sous lequel vous entreprenez vos recherches. Le premier homme est-il vraiment celui qui s'est dressé pour marcher debout ? Est-il celui qui a décidé de tailler le bois et la pierre pour s'en faire des outils ? Le premier qui a pleuré la mort d'un proche, prenant conscience que sa propre fin était inéluctable ? Le premier à croire en une force qui lui était supérieure ou, peut-être, le premier à exprimer ses sentiments ? Avec quels mots, quels gestes, quelles offrandes, le premier humain a-t-il dit qu'il aimait ? Et à qui s'adressait-il, à ses parents, à sa femme, à sa progéniture, ou à un dieu ?

Les doigts de Keira abandonnèrent le pendentif, elle posa ses deux mains sur la table et regarda longuement le professeur.

— Nous ne connaîtrons probablement jamais la réponse.

— Qu'en savez-vous ? Tout n'est qu'une question de patience, de détermination et d'ouverture d'esprit. Il suffit parfois de regarder au plus près pour voir ce qui au loin nous échappe.

— Pourquoi me dites-vous cela ?

— Vous avez passé trois années de votre vie à fouiller la terre à la recherche de quelques os fossilisés, qui vous permettraient de percer le mystère de l'origine de l'humanité. Il aura fallu que nous nous rencontrions et que je pique votre curiosité pour que vous commenciez seulement à regarder attentivement cet objet insolite que vous portez autour du cou.

— Quelle drôle de comparaison ! Il n'y a aucun rapport entre cette pierre et...

— Ce n'est pas de la roche, ce n'est pas du bois, et nous sommes incapables de dire de quoi il est fait. Mais sa perfection nous conduit à douter que la nature l'ait ainsi façonné ! Vous trouvez toujours ma comparaison si drôle que cela ?

— Qu'est-ce que vous êtes en train de me dire ? demanda Keira en serrant son collier entre ses doigts.

— Et si ce que vous cherchez depuis toutes ces années se trouvait tout simplement pendu à votre cou ? Depuis votre retour en France, vous rêvez à chaque seconde de retourner dans la vallée de l'Omo, n'est-ce pas ?

— C'est aussi visible que ça ?

— La vallée de l'Omo est sur votre poitrine, jeune fille. Tout du moins, peut-être l'un des plus grands des mystères qu'elle recelait.

Keira hésita un instant et partit dans un grand éclat de rire.

— Ivory, vous avez vraiment failli m'avoir ! Vous étiez si convaincant, j'en avais la chair de poule. Je sais qu'à vos yeux je ne suis qu'une jeune archéologue qui arrive en retard à ses rendez-vous, mais quand même ! Nous n'avons aucun élément qui nous permette de croire que cet objet ait une réelle valeur scientifique.

— Je vous repose ma question, cet objet est bien plus vieux que tout ce que nous imaginions, aucune technique moderne n'a réussi à en prélever le moindre fragment, pas plus qu'à le dater de façon certaine, comment expliquez-vous qu'il ait été poli de façon aussi remarquable ?

— Je reconnais que c'est intrigant, confia Keira.

— Je suis heureux que vous vous posiez cette question chère Keira, comme j'ai été heureux de faire votre connaissance. Voyez-vous, depuis mon petit bureau à l'étage, l'espoir de faire une dernière découverte était, vous en conviendrez, assez faible. Et pourtant, grâce à vous, moi aussi j'ai fait mentir les statistiques.

— Alors, j'en suis ravie, dit Keira.

— Je ne parlais pas de cet objet. L'identifier vous appartient.

— Mais alors de quelle découverte parliez-vous ?

— Eh bien, d'avoir rencontré une sacrée bonne femme !

Ivory se leva et quitta la table. Keira le regarda s'éloigner, il se retourna une dernière fois et adressa un petit geste de la main à sa nouvelle amie.

*

Londres

Il ne nous restait guère plus d'une semaine pour remettre notre dossier de candidature. Ce projet avait fini par accaparer tout mon temps. Nous avions pris l'habitude de nous retrouver avec Walter en fin de journée, à la bibliothèque de l'Académie où je lui présentais la synthèse de mes travaux de la journée ; après lui avoir répété mon texte – nous nous disputions souvent – nous allions dîner dans un petit restaurant indien du quartier. La serveuse avait un sérieux décolleté et ni Walter ni moi n'y étions insensibles. Après ces dîners durant lesquels la serveuse en question ne nous adressait jamais le moindre regard, nous poursuivions nos conversations en allant marcher le long de la Tamise. Même quand la pluie était au rendez-vous, nous ne renoncions pas à cette promenade nocturne.

Mais, ce soir-là, j'avais réservé une surprise à mon acolyte. Ma MG faisant un caprice de vieille dame depuis le week-end précédent, un taxi nous déposa à la gare d'Euston, non loin de celle de King's Cross. Nous étions en retard et plutôt que de répondre à la vingtième interrogation de Walter – « Mais où allons-nous ? » –, je l'entraînai dans une course effrénée vers le quai d'où partait notre train. Le convoi commençait à s'ébranler, je poussai Walter sur la plate-forme du wagon de queue et trouvai juste le temps de m'y hisser à mon tour. Déjà les rails crissaient sous les boggies.

La banlieue de Londres céda la place à la campagne anglaise qui, à son tour, s'effaça devant la banlieue de Manchester.

— Manchester ? Qu'est-ce que nous venons faire à Manchester à 10 heures du soir ? demanda Walter.

— Qui vous dit que nous sommes arrivés à destination ?

— Le fait que le contrôleur vienne d'annoncer : « Terminus tout le monde descend », par exemple !

— Et les correspondances, mon cher Walter ? Allez, prenez votre sacoche et venez, nous avons à peine dix minutes devant nous.

Nouvelle course à travers les souterrains de la gare et nous voilà tous deux embarqués dans l'omnibus qui filait cette fois vers le sud.

La petite station de Holmes Chapel n'accueillit que nous ce soir-là, et le chef de gare eut vite fait de libérer d'un coup de sifflet le convoi d'où nous venions de descendre. La rame disparaissait déjà. Je regardai ma montre, guettant la voiture qui devait venir nous chercher. De toute évidence, celui que j'attendais était en retard.

— Bien, il est maintenant 10 h 30, j'ai avalé pour tout dîner cet infâme sandwich au concombre et à la dinde lyophilisée que vous avez eu la générosité de m'offrir, nous sommes en rase campagne, et ici ce mot prend tout son sens. Allez-vous me dire oui ou non ce que nous fichons dans ce trou perdu ?

— Non !

Walter fulminait et je dois avouer que je prenais un certain plaisir à le voir enrager. Enfin apparut, sur la petite route qui longeait la gare, un vieux break Hillman de 1957 que je reconnus aussitôt ; Martyn n'avait donc pas oublié le rendez-vous que je lui avais fixé la veille par téléphone.

— Désolé, dit-il en descendant par le hayon arrière. Je suis horriblement en retard, mais nous étions tous concentrés sur ce qui vous amène ce soir et je n'ai pu me libérer plus tôt. Montez vite, si vous ne voulez pas rater l'événement ! Je suis obligé de vous faire passer par là, ajouta mon vieil ami et collègue, en désignant le hayon. Les satanées portières de cette voiture ne s'ouvrent plus depuis que leurs poignées me sont restées dans les mains et il n'y a plus beaucoup de pièces détachées en circulation.

La voiture n'était plus qu'un tas de tôle rouillée, le pare-brise était fêlé sur toute sa longueur. Walter demanda d'une voix fébrile si nous allions loin. Quelques brèves présentations d'usage et Martyn s'engouffra le premier dans l'habitacle, enjambant la banquette arrière. Une fois derrière son volant, il demanda à Walter d'avoir la bienveillance de tirer de toutes ses forces sur le hayon pour le refermer, mais pas trop fort quand même. Nous quittâmes la petite gare et nous élançâmes sur les routes cahoteuses du comté de Macclesfield.

Walter dut renoncer à s'accrocher à la dragonne, le dernier rivet qui la retenait venait de céder. Je le vis hésiter un instant et la mettre dans sa poche.

— Je crois que ça y est, dit-il alors que le break se déportait dans une longue courbe, la dinde et le concombre sont mariés jusqu'à la fin des temps.

— Pardonnez-moi de conduire si vite, mais il ne faut rater cela sous aucun prétexte. Accrochez-vous, nous serons bientôt à destination.

— Et à quoi voulez-vous que je m'accroche ? cria Walter en brandissant la dragonne. Et puis où allons-nous enfin ?

Martyn me regarda étonné, mais je lui fis signe de ne rien dire. Walter me foudroyait du regard à la sortie de chaque virage ; il cessa de râler quand apparut soudain devant nous l'immense antenne télescopique de l'observatoire de Jodrell.

— La vache ! siffla Walter, je n'en avais jamais vu une d'aussi près.

L'observatoire de Jodrell dépendait du département d'Astronomie de l'université de Manchester. J'y avais passé quelques mois au cours de mes études et m'étais ainsi lié d'amitié avec Martyn qui avait poursuivi sa carrière ici, ayant épousé pendant ses années en faculté une certaine Éléonor Atwell, héritière des laiteries régionales du même nom. Éléonor avait quitté Martyn après cinq années d'une union qui semblait idyllique. Elle alla s'installer à Londres avec le meilleur ami de Martyn, lui-même héritier d'une fortune issue du monde de la finance qui semblait encore, en ces temps, plus solide que celui des laitages. Bien sûr, Martyn et moi n'abordions jamais ce sujet délicat. L'observatoire de Jodrell était unique en son genre. Une gigantesque parabole de soixante-seize mètres de diamètre en composait le principal élément. Fichée au-dessus d'un berceau de métal qui culminait à soixante-dix-sept mètres du sol, le radiotélescope était le troisième plus grand du monde dans son genre. Trois autres télescopes de tailles inférieures complétaient le site. Jodrell appartenait à un réseau complexe d'antennes situées sur le territoire anglais, toutes interconnectées afin de croiser la multitude d'informations en provenance de l'espace. Le réseau avait été baptisé Merlin. Hélas, pas du tout en hommage au sorcier enchanteur, mais parce que les initiales d'une série de noms savants en composaient l'acronyme. La mission principale des astronomes qui travaillaient à Jodrell consistait à traquer météorites, quasars, pulsars, lentilles gravitationnelles aux confins des galaxies et, plus encore, à détecter les trous noirs qui se formèrent lorsqu'est né l'Univers.

— Nous allons voir un trou noir ? s'exclama Walter débordant soudain d'enthousiasme.

Martyn sourit et s'abstint de répondre à la question.

— Comment était-ce à Atacama ? me demanda-t-il pendant que Walter tentait laborieusement de sortir de la voiture.

— Passionnant, une équipe extraordinaire, répondis-je avec une nostalgie que mon vieux collègue ressentit aussitôt.

— Pourquoi ne viens-tu pas nous rejoindre ? Nos moyens ne sont pas aussi importants, mais tu sais ici aussi l'équipe est pleine de qualités.

— Je n'en doute pas, Martyn, et je ne me serais jamais permis de te laisser entendre que mes collègues d'Atacama surpassent en quoi que ce soit tes confrères de Jodrell. L'air du Chili me manque, la solitude des hauts plateaux, la pureté des nuits. Mais pour l'instant nous sommes là et je t'en remercie.

— Alors, râla Walter qui attendait sur la pelouse, on va le voir ce trou noir, oui ou non ?

— En quelque sorte, dis-je en sortant à mon tour du break alors que Martyn ne pouvait refréner un éclat de rire.

Les collègues de Martyn nous accueillirent et se remirent rapidement à l'ouvrage. Walter espérait glisser son œil dans l'objectif d'une lunette gigantesque, il fut déçu quand je lui annonçai qu'il devrait se contenter de regarder les images sur les écrans d'ordinateurs de la salle où nous nous trouvions. L'excitation ambiante était palpable. Tous les scientifiques réunis avaient les yeux rivés sur leurs pupitres. Par instants, on pouvait entendre dans le lointain, les grincements de l'antenne qui pivotait de quelques millimètres sur ses gigantesques axes métalliques. Puis le silence revenait et chacun à sa façon écoutait ces signaux qui nous parvenaient depuis l'origine des temps.

Pour libérer les collègues de Martyn, j'entraînai Walter, qui les harcelait de questions, à l'extérieur du bâtiment.

— Pourquoi sont-ils aussi fébriles ? chuchota-t-il.

— Ici vous pouvez parler normalement sans crainte de les déranger. Ce soir ils espèrent tous apercevoir la naissance d'un trou noir. C'est un événement rare dans la vie d'un radioastronome.

— Vous allez parler des trous noirs devant les membres de la commission ?

— Bien sûr.

— Alors allez-y, je vous écoute.

— Le trou noir représente l'ultime inconnu pour un astronome, même la lumière ne s'en échappe pas.

— Alors comment savez-vous qu'ils existent ?

— Ils se forment lors de l'ultime implosion d'une étoile massive, bien plus grande que notre soleil. La dépouille de cette étoile est tellement lourde qu'aucune forme naturelle ne peut l'empêcher de s'écrouler sous son propre poids. Lorsque de la matière s'approche d'un trou noir, elle entre en résonnance et sonne comme une cloche. Ce son qui nous parvient est un *si* bémol. Cinquante-sept octaves sous le *do* médium. Imaginiez-vous que l'on pouvait écouter de la musique émise au plus profond de l'univers ?

— Cela semble à peine croyable, souffla Walter.

— Il y a encore plus incroyable. Autour du trou noir, le temps et l'espace se déforment, le déroulement du temps ralentit. Un homme qui voyagerait jusqu'à la périphérie d'un trou noir sans y être avalé reviendrait sur terre bien plus jeune que ceux qu'il a laissés derrière lui au moment de son départ.

Lorsque nous sommes retournés dans la salle où mes confrères guettaient l'apparition du phénomène tant attendu, Walter n'était plus tout à fait le même. Il fixait les écrans sur lesquels s'imprimaient de minuscules points, témoins d'époques lointaines où l'homme n'existait pas encore. À 3 h 07 du matin, la pièce où nous nous trouvions fut secouée d'un immense hourra qui fit trembler les murs. Martyn, d'ordinaire si flegmatique, fit un tel bond qu'il faillit tomber en arrière. La preuve qui s'affichait sur les écrans était irréfutable ; demain la communauté des astronomes du monde entier se réjouirait de la découverte de mes collègues anglais, et je songeai à mes amis sur le plateau d'Atacama qui auraient peut-être une pensée pour moi.

Walter était fasciné par ce que je lui avais appris sur la déformation du temps. Le lendemain, alors que Martyn nous reconduisait vers la petite gare de Holmes Chapel, il expliqua à Walter que son rêve absolu était d'identifier un jour un trou de ver. À peine remis de la découverte de l'existence des trous noirs, Walter crut d'abord à une plaisanterie avant de supplier Martyn de lui donner plus d'informations. Martyn avait un mal fou à maintenir son vieux break en trajectoire rectiligne, aussi, je pris le relais et expliquai à Walter que les trous de ver étaient des raccourcis dans l'espace-temps, comme des portes entre deux points de l'Univers et que si nous réussissions un jour à établir la preuve de leur existence, alors peut-être ferions-nous les premiers pas vers la possibilité de voyager dans l'espace plus vite que la lumière.

Sur le quai de la gare, Walter serra Martyn dans ses bras en lui affirmant, non sans une certaine émotion, qu'il faisait un métier formidable. Puis il sortit la dragonne de sa poche et la restitua solennellement à son propriétaire.

Et dans le train de Londres, alors que Manchester s'éloignait, Walter me confia que si les membres de la Fondation Walsh ne sélectionnaient pas notre projet, ce serait à son sens une terrible injustice.

*

Paris

Comme elle l'avait juré à Max, Keira passa toutes les soirées de la semaine à partager des moments complices avec sa sœur.

— Tu penses souvent à papa ?

Keira passa la tête à travers la porte de la cuisine et vit Jeanne qui contemplait une tasse en porcelaine.

— Il buvait son café dedans tous les matins, dit Jeanne en versant une tisane dans la tasse avant de l'offrir à Keira. C'est idiot, chaque fois que je la vois dans ce placard, cela me fiche le bourdon.

Keira observait sa sœur en silence.

— Et, chaque fois que je m'en sers, j'ai l'impression qu'il est là, en face de moi et qu'il me sourit. C'est ridicule, non ?

— Non. Confidence pour confidence, j'ai gardé une de ses chemises ; je la porte de temps en temps et j'ai la même sensation que toi. Dès que je l'enfile, c'est comme s'il passait la journée avec moi.

— Tu crois qu'il serait fier de nous ?

— Deux filles célibataires, sans enfants et qui se retrouvent à partager le même appartement à la trentaine passée ? Je pense que si le paradis existe, c'est le toboggan vers l'enfer dès qu'il jette un œil ici-bas pour voir ce que nous sommes devenues.

— Papa me manque, Keira, tu ne peux pas savoir à quel point, et maman aussi.

— Tu veux bien changer de sujet de conversation, Jeanne ?

— Tu vas vraiment repartir en Éthiopie ?

— Je n'en sais rien. Je ne sais même pas ce que je ferai la semaine prochaine. Et il faudrait que je me débrouille pour trouver quelque chose très vite, sinon tu vas bientôt devoir m'entretenir.

— Ce que je vais te dire va te paraître égoïste, mais je voudrais tellement que tu restes. Papa et maman nous manquent, mais c'était dans l'ordre des choses, et puis je veux croire qu'ils sont réunis ; mais nous, nous sommes en vie, et, que tu sois si loin, c'est trop de temps perdu.

— Je sais Jeanne, mais tôt ou tard tu rencontreras un autre Jérôme, et le bon cette fois. Tu auras des enfants, et tante Keira viendra leur rendre visite en rentrant de mission, avec plein de belles histoires à leur raconter. Et puis tu es ma sœur, même quand je suis loin, je pense à toi. Je te promets que si je repars, j'appellerai plus souvent et pas seulement pour échanger des banalités.

— Tu as raison, changeons de conversation, je n'avais pas le droit de te dire ça. Je veux que tu vives là où tu es la plus heureuse. Bon, soyons pragmatiques et mettons mes états d'âme de côté. Qu'est-ce qu'il te faudrait pour retourner dans ta vallée de l'Omo ?

— Une équipe, du matériel, de quoi payer la première et de quoi acquérir le second, autant dire une broutille !

— Combien ?

— Bien au-delà de ton plan épargne-logement, ma grande sœur.

— Pourquoi tu n'essaies pas de te faire financer par le secteur privé ?

— Parce que les archéologues se promènent rarement devant les caméras de télévision avec des tee-shirts qui vantent des marques de lessives, de boissons gazeuses ou de je ne sais quelles banques. Du coup les mécènes se font rares, pour ne pas dire inexistants. Remarque, c'est une idée, on pourrait tenter d'organiser un rallye. Un genre de course en sac de pommes de terre, avec des truelles à la main. Le premier qui réussit à déterrer un os gagne un an d'abonnement à une revue canine.

— Ne tourne pas tout en dérision, ce n'est pas complètement idiot ce que je te dis. C'est fatigant, dès qu'on émet une idée, la première réponse est toujours : « Ce n'est pas possible » ! Si tu présentais tes travaux à certaines fondations, tu aurais peut-être des opportunités ? Qu'est-ce que tu en sais ?

— Tout le monde se moque de mes recherches, Jeanne. Qui serait prêt à miser le moindre euro sur moi ?

— Je crois que tu ne te fais pas assez confiance. Tu viens de passer trois ans sur le terrain, tu as noirci des pages de rapports. Je l'ai lue, ta thèse, et, si j'en avais les moyens, je financerais immédiatement ta prochaine expédition.

— Mais tu es ma sœur ! C'est gentil Jeanne, mais ton hypothèse est peu probable. Merci quand même, tu m'as fait rêver pendant trente bonnes secondes.

— Au lieu de perdre ton temps toute la journée, tu ferais mieux d'aller sur Internet recenser les organismes susceptibles, en France comme en Europe, de s'intéresser à ce que tu fais.

— Je ne perds pas mon temps !

— Qu'est-ce que tu fricotais avec Ivory au musée ces derniers jours ?

— C'est un drôle de type, non ? Il s'est passionné pour mon pendentif et je dois avouer qu'il a réussi à m'intriguer. Nous avons essayé de le dater, sans résultat. Il reste néanmoins convaincu que ce caillou est très ancien, et rien ne prouve qu'il ait tort ou raison.

— Son instinct ?

— Avec tout le respect que j'ai pour lui, ce n'est pas suffisant.

— C'est vrai que cet objet est assez particulier. J'ai un ami gemmologue, veux-tu que je lui demande de jeter un coup d'œil ?

— Ce n'est pas une pierre, pas non plus du bois fossilisé.

— Alors qu'est-ce que c'est ?

— Nous l'ignorons.

— Fais voir ? demanda Jeanne soudainement excitée.

Keira ôta le collier et le tendit à sa sœur.

— Et si c'était un fragment de météorite ?

— Tu as déjà entendu parler d'une météorite aussi douce que la peau d'un bébé ?

— Je ne peux pas dire que je sois experte en la matière, mais j'imagine que nous sommes loin d'avoir découvert tout ce qui nous arrive de l'espace.

— C'est une hypothèse, répondit Keira en retrouvant ses reflexes d'archéologue. Je me souviens d'avoir lu quelque part qu'il en tombait près de cinquante mille par an sur la Terre.

— Interroge un spécialiste !

— Quel genre de spécialiste ?

— Le boucher du coin, andouille, un type qui s'occupe de ça, un astronome ou un astrophysicien, je ne sais pas, moi.

— Bien sûr, ma Jeanne, je vais aller chercher mon agenda et je vais regarder à la page « copains astronomes ». Je me demande bien lequel d'entre eux je pourrais appeler en premier !

Résolue à ne pas se disputer, Jeanne ne releva pas la pique de sa sœur. Elle se dirigea vers le petit bureau dans l'entrée de son appartement et s'installa devant l'ordinateur.

— Qu'est-ce que tu fais ? demanda Keira.

— Je travaille pour toi ! Je commence dès ce soir, et toi demain, tu ne bouges pas d'ici. Tu restes rivée à cet écran et, quand je reviens, je veux trouver une liste de toutes les organisations qui soutiennent la recherche en archéologie, paléontologie, géologie, y compris celles qui œuvrent au développement durable en Afrique, c'est un ordre !

*

Zurich

Un seul bureau était encore occupé au dernier étage de l'immeuble du Crédit national suisse. Un homme élégant achevait la lecture des courriers électroniques reçus pendant son absence. Il était arrivé le matin même de Milan, sa journée ne lui avait guère laissé de répit. Réunions et lectures de dossiers s'étaient succédé. Il consulta sa montre, s'il ne tardait pas, il pourrait rentrer chez lui profiter de la fin de sa soirée. Il fit pivoter son fauteuil, appuya sur une touche du téléphone et attendit que son chauffeur réponde à l'appel.

— Préparez la voiture, je serai en bas dans cinq minutes.

Il resserra le nœud de sa cravate, mit de l'ordre sur sa table de travail, quand il remarqua sur l'écran de son ordinateur une icône de couleur témoignant qu'un mémo avait échappé à son attention. Il le lut et l'effaça aussitôt. Il prit un petit carnet noir dans la poche intérieure de son veston, en feuilleta les pages, ajusta ses lunettes pour lire le numéro qu'il cherchait et décrocha son téléphone.

— Je viens de lire votre message, qui d'autre est au courant ?

— Paris, New York et vous, monsieur.

— Quand a eu lieu cette rencontre ?

— Avant-hier.

— Retrouvez-moi dans une demi-heure sur l'esplanade de l'École polytechnique.

— Cela va m'être difficile, j'entre à l'Opéra.
— Qu'est-ce que l'on y joue, ce soir ?
— Puccini, *Madame Butterfly*.
— Eh bien, elle attendra. À tout à l'heure.

L'homme rappela son chauffeur pour annuler l'ordre qu'il venait de lui donner et le libéra pour le reste de la nuit. Il avait finalement plus de travail qu'il ne l'avait pensé, il resterait tard au bureau. Inutile de venir le chercher demain à son domicile, il dormirait probablement en ville. Aussitôt la communication terminée, il se rendit à la fenêtre et écarta les lamelles des stores pour regarder la rue en contrebas. Lorsqu'il vit sa voiture sortir du parking et traverser Paradeplatz, il abandonna son poste d'observation, attrapa son par-dessus au porte-manteau et sortit en fermant la porte à clé.

À cette heure tardive, un seul ascenseur permettait de quitter le bâtiment. Dans le hall, le gardien le salua et libéra la commande qui verrouillait la porte à tambour centrale.

Une fois dehors, l'homme se fraya un chemin dans la foule toujours dense qui envahissait la place principale de Zurich. Il se dirigea vers Bahnhofstrasse et grimpa à bord du premier tramway qui passait. Installé à l'arrière du wagon, il céda sa place, à la station suivante, à une femme âgée qui ne trouvait pas de siège.

Le grincement des pantographes qui glissaient le long des caténaires se fit entendre lorsque le tram abandonna la grande artère commerçante et bifurqua pour traverser le pont qui enjambait la rivière. Une fois sur la rive opposée, l'homme descendit de la rame et se mit à marcher en direction de la station du funiculaire.

Le Polybahn, avec sa couleur rouge flamboyant, est une drôle de machine ; surgissant comme par enchantement au milieu de la façade d'un petit immeuble, il grimpe le long d'une côte ardue, traverse la frondaison des marronniers pour resurgir sur le haut de la colline. L'homme ne s'attarda guère sur le panorama qu'offre la terrasse de l'École polytechnique surplombant la ville. Il traversa la grande dalle d'un pas toujours égal, contourna la coupole de l'Institut des sciences, descendit les escaliers qui conduisaient aux colonnades. Son rendez-vous l'attendait déjà.

— Je suis désolé d'avoir compromis votre soirée, mais cela ne pouvait pas attendre demain.

— Je comprends, monsieur, répondit son interlocuteur.

— Marchons, l'air me fera le plus grand bien, j'ai passé la journée enfermé dans un bureau. Pourquoi Paris a-t-il été averti avant nous ?

— Ivory l'a contacté directement.

— Une rencontre a vraiment eu lieu ?

L'homme acquiesça d'un signe de tête et précisa que le rendez-vous s'était tenu au premier étage de la tour Eiffel.

— Vous avez une photo ?

— Du déjeuner ? demanda l'homme étonné.

— Mais non voyons, de l'objet.

— Ivory n'en a communiqué aucune et la pièce qui nous intéresse avait quitté le laboratoire de Los Angeles avant que nous puissions intervenir.

— Ivory pense que cet objet est du même genre que celui que nous possédons ?

— Il a toujours été persuadé qu'il en existait plusieurs, mais comme vous le savez, monsieur, il est seul à le croire.

— Ou le seul à avoir le culot de le dire à haute voix. Ivory est un vieux fou, mais particulièrement intelligent, et espiègle. Il peut poursuivre une vieille lubie ou nous jouer un tour afin de se moquer de nous.

— Quel serait son intérêt ?

— Une revanche qu'il guette depuis longtemps… il a un affreux caractère.

— Et dans l'hypothèse contraire ?

— Dans ce cas, certaines mesures s'imposent. Nous devons à tout prix récupérer cet objet.

— Selon Paris, Ivory l'aurait restitué à sa propriétaire.

— Savons-nous qui est cette femme ?

— Pas encore, il n'a rien voulu nous révéler.

— Il est encore plus dingue que je l'imaginais, mais cela me convainc d'autant plus qu'il est sérieux. Vous verrez que dans quelques jours il se débrouillera pour que nous découvrions son identité, tous en même temps.

— Pourquoi pensez-vous cela ?

— Parce que, en agissant de la sorte, il nous contraint à réveiller la cellule, et à nous réunir. Je vous ai fait perdre assez de temps comme cela, retournez à votre opéra, je m'occuperai de la suite à donner à cette fâcheuse affaire.

— Le deuxième acte ne débute que dans une demi-heure, dites-moi comment vous comptez procéder ?

— Je vais prendre la route dès ce soir et le rencontrer aux premières heures du matin pour le convaincre de mettre un terme à son manège.

— Vous allez passer la frontière au milieu de la nuit ? Votre déplacement risque de ne pas passer inaperçu.

— Ivory a un tour d'avance sur nous. Je ne le laisserai pas mener la danse. Il faut que je le ramène à la raison.

— Vous êtes en état de rouler pendant sept heures ?

— Non, probablement pas, répondit l'homme en passant la main sur son visage fatigué.

— Ma voiture est garée à deux rues d'ici, laissez-moi venir avec vous, nous conduirons à tour de rôle.

— Je vous remercie, c'est très généreux de votre part, un passeport diplomatique risque déjà d'éveiller l'attention à la frontière, deux, ce serait jouer avec le feu inutilement. En revanche, si vous acceptiez de me confier les clés de votre véhicule, vous me feriez gagner un temps précieux. J'ai congédié mon chauffeur pour la soirée.

Le coupé sport de son collègue n'était en effet pas très loin. Jörg Gerlstein s'installa derrière le volant, recula le siège pour en adapter la position à la longueur de ses jambes et enclencha le contact.

Penché à la portière, son interlocuteur l'invita à ouvrir la boîte à gants.

— Si la fatigue devenait trop pesante, vous trouverez quelques CD. Ils appartiennent à ma fille, elle a seize ans et je vous promets que la musique qu'elle écoute réveillerait un mort.

À 21 h 10, le coupé s'engageait sur Universität-Strasse, remontant vers le nord.

L'autoroute était dégagée. Jörg Gerlstein aurait dû se rabattre sur la file de gauche pour emprunter la bretelle qui filait en direction de Mulhouse, il préféra poursuivre sa route vers le nord. En passant par l'Allemagne, le voyage serait plus long, mais Gerlstein pourrait entrer en France sans présenter ses papiers. Paris ne saurait rien de sa visite.

À minuit, il arriva dans la banlieue de Karlsruhe, une demi-heure plus tard, il emprunta la sortie de Baden-Baden. Si ses calculs étaient exacts, il arriverait à Thionville à 2 h 30 du matin et rejoindrait l'île Saint-Louis vers 6 heures.

Les phares éclairaient la route en lacets, le moteur ronronnait joliment, répondant à la moindre sollicitation de l'accélérateur. À 1 h 40, la voiture fit une légère embardée sur la droite. Gerlstein reprit rapidement le contrôle du véhicule et ouvrit la vitre en grand. L'air frais qui fouetta son visage vint effacer la fatigue qui pesait jusque sur sa nuque. Il se pencha pour ouvrir la boîte à gants et chercha à tâtons les disques de la fille de son collègue, ceux qui devaient le tenir en éveil jusqu'à destination. Il n'eut jamais le loisir d'en écouter le premier morceau. Le pneu avant droit mordit le bas-côté de la chaussée avant de s'enfoncer dans un trou, le coupé chassa de l'arrière et partit en toupie. L'instant d'après, il rebondit sur un rocher et finit sa course en s'écrasant contre un pin centenaire. La décélération brutale de 75 à 0 kilomètre à l'heure en moins d'une seconde propulsa en avant le cerveau de Gerlstein qui percuta la boîte crânienne sous l'effet d'une poussée de trois tonnes. À l'intérieur de son thorax, son cœur subit le même sort, veines et artères se déchirèrent aussitôt.

L'alerte fut donnée par un routier qui avait aperçu dans ses phares la carcasse de la voiture, il était 5 heures du matin. La gendarmerie nationale trouva le cadavre de Gerlstein baignant dans une mare de sang. Le capitaine en charge n'eut pas besoin d'attendre l'avis d'un médecin légiste pour prononcer la mort du conducteur dont la pâleur et la froideur ne laissaient planer aucun doute.

À 10 heures du matin, un communiqué de l'AFP annonçait le décès d'un diplomate helvète, administrateur du Crédit national suisse, victime d'un accident de la route au milieu de la nuit sur les routes de l'est de la France. Les analyses n'avaient révélé aucune trace d'alcool dans le sang et les causes du drame étaient probablement imputables à un endormissement au volant. La nouvelle fut brièvement reprise par des sites d'information en continu. Ivory en prit connaissance vers midi sur l'écran de son ordinateur, alors même qu'il se préparait à aller déjeuner. Fou de rage, il renonça à son repas, transféra le contenu de ses tiroirs dans sa sacoche et quitta son bureau en veillant à en laisser la porte ouverte. Il quitta le musée et se dirigea vers l'une des rares cabines téléphoniques que l'on trouvait encore sur la rive droite de la Seine.

De là, il appela immédiatement Keira et lui demanda s'il était possible qu'ils se voient dans l'heure.

— Vous avez une voix bizarre, Ivory.

— Je viens de perdre un ami très cher.

— Je suis sincèrement désolée, mais quel rapport avec moi ?

— Aucun, je vous rassure. Je vais partir en congé, la mort de cet ami me rappelle combien la vie est précaire, j'en ai un peu assez de croupir au musée ces derniers temps, je vais finir par faire partie de leurs collections. Il est temps pour moi d'entreprendre ce petit voyage dont je rêve depuis tant d'années.

— Et où allez-vous ?

— Justement, si nous discutions de tout cela autour d'un bon chocolat chaud ? Angelina, rue de Rivoli, quand pourriez-vous m'y retrouver ?

Keira était en route vers l'hôtel Meurice où elle avait donné rendez-vous à Max pour un déjeuner tardif. Elle regarda sa montre et assura au professeur qu'elle le rejoindrait d'ici un quart d'heure.

*

Jeanne profitait d'un moment de détente pour mettre en œuvre une idée qui la préoccupait depuis qu'elle avait pris, la veille, un café avec Ivory. Enfant, Keira lui disait déjà : « Plus tard je serai fouilleuse de trésors. » Contrairement à elle, sa petite sœur avait toujours su ce qu'elle voulait faire de sa vie. Même si Jeanne détestait la distance qu'imposait le métier de Keira, elle ferait tout ce qui était en son pouvoir pour l'aider à retourner en Éthiopie.

*

Ivory était installé à une table au fond de la salle. Il fit un signe de la main à Keira qui le rejoignit.

— J'ai pris la liberté de commander deux gâteaux aux marrons. Ils sont excellents ici, vous aimez les marrons, j'espère ?

— Oui, avait répondu Keira, mais je n'ai pas encore déjeuné et je suis attendue.

Ivory fit une moue d'enfant déçu.

— Vous ne m'avez pas demandé de vous retrouver ici pour me faire goûter un gâteau ?

— Non, en effet. Je voulais vous voir avant de partir.

— Pourquoi une telle précipitation ?

— La mort de cet ami, je vous en ai parlé, n'est-ce pas ?

— Comment est-il… ?

— Un accident de voiture. Il se serait endormi au volant, et le pire, c'est que j'ai le sentiment qu'il avait pris la route pour venir me rendre visite.

— Sans vous en avertir ?

— C'est généralement l'usage lorsque l'on veut faire une surprise.

— Vous étiez si proches ?

— J'avais de l'estime pour lui, mais je ne l'aimais pas beaucoup, un type très suffisant, parfois même méprisant.

— Je ne comprends pas Ivory, vous m'avez dit qu'il s'agissait d'un ami.

— Je ne me suis jamais réjoui de la mort de quelqu'un, ami, ennemi, qui peut jurer de cela de nos jours ? C'est l'une des choses les plus difficiles dans la vie que de reconnaître ses amis.

— Ivory, qu'est-ce que vous me voulez exactement ? demanda Keira en regardant sa montre.

— Annulez ou tout du moins retardez votre déjeuner, il faut vraiment que je vous parle !

— Mais de quoi à la fin ?

— J'ai toutes les raisons de penser que cet homme qui s'est tué cette nuit a pris la route à cause de votre pendentif. Keira, vous pourrez choisir d'oublier tout ce que j'ai à vous dire. Vous aurez la liberté de penser que je suis un vieux fou qui s'ennuie et pimente sa vie d'affabulations grotesques, mais je dois vous avouer maintenant que je ne vous ai pas tout dit au sujet de votre collier.

— Qu'est-ce que vous ne m'avez pas dit ?

La serveuse déposa sur la table deux magnifiques pâtisseries généreusement décorées de filaments de crème. Ivory attendit qu'elle s'éloigne avant de poursuivre.

— Il en existe un autre.

— Un autre quoi ?

— Un autre fragment, aussi parfaitement taillé et lisse que le vôtre. Et même si sa forme diffère légèrement, aucun examen, aucune analyse n'a permis de le dater, lui non plus.

— Vous l'avez vu ?

— Je l'ai même eu entre les mains, il y a fort longtemps. J'avais votre âge, c'est vous dire.

— Et où se trouve cet objet jumeau ?

Ivory ne répondit pas et plongea sa cuillère dans son gâteau.

— Pourquoi accordez-vous tant d'importance à cette pierre ? reprit Keira.

— Je vous l'ai déjà dit, il ne s'agit pas d'une pierre, mais probablement d'un alliage de métaux. Peu importe, là n'est pas la question. Connaissez-vous la légende de Tikkun Olamu ?

— Non, je n'en ai jamais entendu parler.

— Ce n'est pas à proprement parler une légende, mais plutôt un récit biblique que l'on trouve dans l'Ancien Testament. Le plus intéressant avec les Écritures sacrées n'est pas toujours ce qu'elles nous disent, leurs interprétations sont subjectives et souvent déformées par les hommes au travers des âges ; non, le plus passionnant est de comprendre pourquoi elles ont été écrites, sous l'impulsion de quel événement.

— Et dans le cas de Tikkun Olamu ?

— Cette écriture nous apprend qu'il y a de cela longtemps le monde aurait été dissocié en plusieurs morceaux et qu'il serait du devoir de chacun d'en retrouver les pièces afin de les rassembler. Ce n'est que lorsque l'homme aura accompli cette mission que le monde dans lequel il vit sera parfait.

— Quel rapport entre cette légende et mon collier ?

— Tout dépend de la signification que l'on donne au mot « monde ». Mais imaginez un instant que votre pendentif soit l'un des fragments de ce monde ?

Keira regarda fixement le professeur.

— Cet ami, mort cette nuit, venait m'ordonner de ne rien vous révéler, et probablement cherchait-il aussi un moyen de vous dérober votre pendentif.

— Vous suggérez qu'il a été assassiné ?

— Keira, que vous décidiez ou non d'accorder de l'importance à cet objet, je vous supplie d'y veiller avec beaucoup d'attention. Il n'est pas impossible que l'on essaie de vous le prendre.

— Qui ça, « on » ?

— Cela n'a aucune importance. Concentrez-vous sur ce que je suis en train de vous dire.

— Mais je ne comprends rien à ce que vous me dites, Ivory. Cette pierre, enfin ce pendentif, je l'ai depuis deux ans et personne n'y portait le moindre intérêt. Alors pourquoi maintenant ?

— Parce que j'ai commis une imprudence, un péché d'orgueil… pour leur prouver que j'avais raison.

— Raison sur quoi ?

— Je vous ai confié qu'il en existait un presque semblable au vôtre, je suis convaincu que ce n'est pas le seul. Personne n'a jamais voulu me croire et l'apparition de votre pendentif fut, pour le vieillard que je suis, une trop belle occasion de prouver que j'avais raison.

— Soit, admettons qu'il existe plusieurs objets comme le mien et qu'ils aient un quelconque lien avec votre légende invraisemblable, qu'est-ce que cela peut bien faire ?

— C'est à vous d'en décider, à vous de chercher. Vous êtes jeune, vous aurez peut-être le temps de trouver.

— Trouver quoi, Ivory ?

— Selon vous, que pourrait bien être un monde parfait ?

— Je ne sais pas, un monde libre ?

— C'est une excellente réponse ma chère Keira. Trouvez ce qui empêche les hommes d'accéder à la liberté, cherchez ce qui est la cause de toutes les guerres, alors vous finirez peut-être par comprendre.

Le vieux professeur se leva et laissa quelques billets sur la table.

— Vous partez ? demanda Keira stupéfaite.

— Un déjeuner vous attend, je vous ai dit tout ce que je savais. Il faut que je prépare ma valise, j'ai un avion ce soir. J'ai été sincèrement enchanté de faire votre connaissance. Vous avez beaucoup plus de talent que vous ne le supposez. Je vous souhaite une longue et heureuse route ; plus encore, je vous souhaite d'être heureuse. Finalement, le bonheur, n'est-ce pas ce après quoi nous courons tous sans être jamais vraiment capables de le reconnaître ?

Le vieux professeur quitta la salle et adressa un dernier signe de la main à Keira.

La serveuse encaissa l'addition qu'Ivory avait réglée.

— Je crois que ceci est à vous, dit la jeune femme en tendant à Keira un petit mot qui se trouvait sous la coupelle.

Keira sursauta et déplia le bout de papier.

Je sais que vous ne renoncerez pas, j'aurais aimé vous accompagner dans cette aventure, avec le temps j'aurais pu vous prouver que j'étais un ami. Je serai toujours près de vous. Votre dévoué, Ivory.

En sortant rue de Rivoli, Keira ne prêta aucune attention à la grosse cylindrée garée devant les grilles du jardin des Tuileries, juste en face du salon de thé, pas plus qu'au motard qui la visait dans la mire de son objectif, elle était bien trop loin pour entendre le moteur de l'appareil photo qui la mitraillait. À cinquante mètres de là, Ivory, installé à l'arrière d'un taxi, sourit et dit au chauffeur qu'il pouvait maintenant démarrer.

*

Londres

Nous avions adressé notre dossier aux membres de la commission Walsh. J'avais cacheté l'enveloppe et Walter, qui craignait probablement que je renonce au dernier moment, me l'avait presque arrachée des mains, m'assurant qu'il préférait la poster lui-même.

Si notre candidature était sélectionnée – nous attendions chaque jour la réponse – notre grand oral aurait lieu dans un mois. Depuis qu'il avait déposé le pli dans la boîte aux lettres en face de l'entrée de l'Académie, Walter ne quittait plus sa fenêtre.

— Vous n'allez quand même pas prendre le facteur en filature ?

— Et pourquoi pas ? me répondit-il nerveux.

— Je vous rappelle, Walter, que c'est moi qui vais devoir parler en public, ne soyez pas aussi égoïste et laissez-moi au moins le bénéfice du stress.

— Vous ? Stressé ? J'aimerais bien voir ça !

Les dés étant jetés, les soirées passées avec Walter s'espacèrent. Chacun reprit le cours de sa vie, et j'avoue que sa compagnie me manquait. Je passais mes après-midi à l'Académie, vaquant à quelques travaux pour occuper mon temps, attendant que l'on veuille bien me confier une classe dès la rentrée prochaine. À la fin d'une journée d'ennui où la pluie n'avait cessé de tomber, j'avais entraîné Walter dans le quartier français. Je cherchais un livre de l'un de mes éminents confrères français, le réputé

Jean-Pierre Luminet, et cet ouvrage n'était disponible que dans une charmante librairie située sur Bute Street.

En quittant la French Bookshop, Walter avait tenu à tout prix à ce que nous allions dans une brasserie qui, selon lui, servait les meilleures huîtres de Londres. Je n'avais pas cherché à discuter et nous nous étions attablés non loin de deux jeunes femmes attirantes. Walter ne leur prêtait aucune attention, contrairement à moi.

— Ne soyez pas aussi vulgaire, Adrian !

— Pardon ?

— Vous croyez que je ne vous vois pas ? Vous êtes tellement discret que le personnel a déjà fait ses paris.

— Ses paris sur quoi ?

— Sur vos chances de vous faire rabrouer par ces deux jeunes femmes, maladroit que vous êtes.

— Je n'ai pas la moindre idée de ce dont vous me parlez, Walter.

— Et hypocrite en plus ! Avez-vous déjà vraiment aimé, Adrian ?

— C'est une question plutôt intime.

— Je vous ai bien confié quelques secrets, à votre tour.

L'amitié ne se construit pas sans preuves de confiance, les confidences en sont ; j'avouais à Walter avoir été épris d'une jeune femme avec qui j'avais flirté un été. C'était il y a très longtemps, je finissais à peine mes études.

— Qu'est-ce qui vous a séparés l'un de l'autre ?

— Elle !

— Pourquoi ?

— Mais enfin, Walter, en quoi cela vous intéresse-t-il ?

— J'ai envie de mieux vous connaître. Avouez que nous sommes en train de bâtir une belle camaraderie, il est important que je sache ce genre de choses. Nous n'allons pas parler éternellement d'astrophysique et encore moins du temps qu'il fait. C'est vous qui m'avez supplié de ne pas être aussi anglais, n'est-ce pas ?

— Qu'est-ce que vous voulez savoir ?

— Eh bien, son prénom pour commencer ?

— Et ensuite ?

— Pourquoi vous a-t-elle quitté ?

— J'imagine que nous étions trop jeunes.
— Foutaise ! J'aurais dû parier que vous alliez me sortir une excuse aussi pathétique.
— Mais qu'est-ce que vous en savez, vous n'étiez pas là, que je sache !
— Je voudrais que vous ayez l'honnêteté de me donner les véritables raisons de votre rupture avec...
— Cette jeune femme ?
— Joli prénom !
— Jolie fille.
— Alors ?
— Alors quoi, Walter ? rétorquai-je sur un ton qui ne cherchait plus à masquer mon exaspération.
— Eh bien tout ! Comment vous vous êtes rencontrés, comment vous vous êtes quittés et ce qui s'est passé entre ces deux moments.
— Son père était anglais, sa mère française. Elle avait toujours vécu à Paris où ses parents étaient déjà installés à la naissance de sa sœur aînée. Un divorce, et son père rentra en Angleterre. Elle était venue lui rendre visite, profitant d'un programme d'échange universitaire qui lui fit passer un trimestre à la Royal Academy de Londres. J'y assurais à l'époque des vacations de surveillant afin d'améliorer mes fins de mois et financer ma thèse.
— Un pion qui drague une étudiante... je ne vous félicite pas.
— Eh bien alors j'arrête de vous raconter !
— Mais non, je plaisantais, j'adore cette histoire, continuez !
— Nous nous sommes vus la première fois dans l'amphithéâtre où elle passait un examen, ainsi qu'une bonne centaine d'autres étudiants. Elle était assise en bordure de l'allée que j'arpentais, faisant mon inspection, quand je l'ai vue déplier une antisèche.
— Elle trichait ?
— Je n'en sais rien, je n'ai jamais pu lire ce qui était inscrit sur ce bout de papier.
— Vous ne le lui avez pas confisqué ?
— Pas eu le temps !

— Comment ça ?

— Elle a vu que je l'avais surprise, elle m'a regardé droit dans les yeux et, sans se presser, elle l'a mis dans sa bouche, l'a mâché et l'a avalé.

— Je ne vous crois pas !

— Vous avez tort. Je ne sais pas ce qui m'a pris, j'aurais dû lui retirer sa copie et la faire sortir de la salle, mais je me suis mis à rire et c'est moi qui ai dû quitter l'amphithéâtre, un comble non ?

— Et ensuite ?

— Ensuite, quand elle me croisait à la bibliothèque ou dans un couloir, elle me dévisageait et se foutait ouvertement de moi. Un beau jour, je l'ai saisie par le bras et je l'ai entraînée à l'écart de ses amis.

— Ne me dites pas que vous avez négocié votre silence ?

— Vous me prenez pour qui ? C'est elle qui a négocié !

— Pardon ?

— Elle m'a dit textuellement, alors que je lui posais la question, que si je ne l'invitais pas à déjeuner, elle ne me dirait jamais pourquoi elle riait en me voyant. Alors je l'ai invitée à déjeuner.

— Et qu'est-ce qui s'est passé ?

— Le déjeuner s'est poursuivi par une promenade et, en fin d'après-midi elle m'a quitté soudainement. Plus aucune nouvelle d'elle, mais une semaine plus tard, alors que je travaillais sur ma thèse à la bibliothèque, une jeune femme s'installe en face de moi. Je ne lui prête aucune attention, jusqu'à ce que ses bruits de mastication finissent vraiment par me déranger ; je lève la tête pour demander à cette personne d'être plus discrète avec son chewing-gum, c'était elle, en train d'avaler une troisième feuille de papier. Je lui avouais ma surprise, je pensais ne plus la revoir ! Elle m'a répondu que si je ne comprenais pas qu'elle était là pour moi, autant qu'elle reparte tout de suite, et définitivement cette fois.

— J'adore cette jeune femme ! Et ensuite, qu'est-il arrivé ?

— Nous avons passé la soirée et une grande partie de l'été ensemble. Un très bel été, je dois dire.

— Et la séparation ?

— Si nous gardions cet épisode pour un autre soir, Walter ?

— C'est votre seule histoire d'amour ?

— Bien sûr que non, il y a eu Tara, hollandaise et thésarde en astrophysique, avec laquelle j'ai vécu presque un an. Nous nous entendions très bien, mais elle parlait à peine l'anglais et mon hollandais laissant plus qu'à désirer, nous avons eu beaucoup de mal à communiquer. Ensuite il y a eu Jane, une charmante doctoresse, très vieille Écosse et obnubilée par l'idée d'officialiser notre relation. Le jour où elle m'a présenté à ses parents, je n'ai eu d'autre choix que de mettre un terme à notre aventure. Sarah Apleton, elle, travaillait dans une boulangerie, une poitrine de rêve, des hanches dignes d'un Botticelli mais des horaires de travail impossibles. Elle se levait quand je me couchais et réciproquement. Et puis, deux ans plus tard, j'ai épousé une collègue de travail, Elizabeth Atkins, mais ça n'a pas marché non plus.

— Vous avez été marié ?

— Oui, pendant seize jours ! Mon ex-femme et moi nous sommes quittés en revenant de voyage de noces.

— Vous en avez pris du temps pour vous apercevoir que vous n'étiez pas faits l'un pour l'autre !

— Si on partait en voyage de noces avant la cérémonie de mariage, je vous assure que les tribunaux y gagneraient beaucoup en paperasseries inutiles.

Cette fois, j'avais séché Walter et lui avait enlevé toute envie d'en apprendre plus sur mon passé sentimental. Il n'y avait d'ailleurs pas grand-chose à savoir, sinon que ma vie professionnelle avait pris le pas sur le reste et que j'avais parcouru le monde ces quinze dernières années, sans vraiment me soucier de me poser quelque part et encore moins de faire une véritable rencontre. Vivre une histoire d'amour n'était pas au centre de mes préoccupations.

— Et vous ne vous êtes jamais revus ?

— Si, j'ai croisé Elizabeth dans deux-trois cocktails organisés par l'Académie des sciences. Mon ex-épouse était en compagnie de son nouveau mari. Je vous ai dit que son nouveau mari était également mon ancien meilleur ami ?

— Non, ça vous ne me l'avez pas dit. Je ne parlais pas d'elle, mais de votre jeune étudiante, la première de cette liste digne d'un Casanova.

— Pourquoi elle ?

— Comme ça !

— Nous ne nous sommes jamais revus.

— Adrian, si vous me confiez pourquoi elle vous a quitté, l'addition est pour moi !

Je commandai douze huîtres supplémentaires au serveur qui passait près de notre table.

— À la fin de son trimestre d'échange universitaire, elle est rentrée finir ses études en France. Les distances finissent souvent par faner les plus jolies relations. Un mois après son départ, elle est revenue rendre visite à son père ; après avoir pris un autocar, un ferry et enfin un train, le voyage qui avait duré dix heures l'avait éreintée. Le dernier dimanche que nous avons passé ensemble ne fut pas idyllique. Le soir, quand je l'ai raccompagnée à la gare, elle m'a avoué qu'il valait mieux en rester là. Nous ne garderions ainsi que de beaux souvenirs. J'ai lu dans son regard qu'il était inutile de lutter, la flamme était déjà soufflée. Elle s'était éloignée de moi, et pas seulement géographiquement. Voilà Walter, vous savez tout maintenant et je ne vois vraiment pas pourquoi vous souriez aussi bêtement.

— Pour rien, répondit mon acolyte.

— Je vous raconte comment je me suis fait plaquer et vous vous marrez, pour rien ?

— Non, vous venez de me raconter une ravissante histoire et, si je n'avais pas insisté, vous m'auriez juré corps et âme que tout ça n'était que du passé, n'est-ce pas ?

— Évidemment ! Je ne sais même pas si je serais capable de la reconnaître. C'était il y a quinze ans, Walter, et l'histoire en question n'a duré que deux mois ! Comment pourrait-il en être autrement ?

— Bien sûr Adrian, comment ? Mais alors, répondez à cette petite question : comment avez-vous pu me raconter cette aventure anodine, enterrée depuis quinze ans, sans jamais avoir réussi à prononcer une seule fois le nom de cette jeune femme ? Depuis que je me suis confié à vous au sujet de Miss Jenkins, je me sentais, comment dire, un peu ridicule, eh bien, maintenant, plus du tout !

Nos deux voisines avaient quitté leur table sans même que nous nous en soyons rendu compte. Je me souviens que, ce soir-là, Walter et moi avions fait la fermeture de la brasserie, que nous avions bu suffisamment de vin pour que je refuse son invitation et partage l'addition avec lui.

Le lendemain alors que nous arrivions tous deux à l'Académie avec une sacrée gueule de bois, nous avons appris par un courrier que notre candidature avait été retenue.

Walter était si malade, qu'il ne put même pas pousser un cri de joie digne de ce nom.

*

Paris

Keira fit tourner la clé dans la serrure le plus lentement possible. Au dernier tour, le verrou faisait un bruit terrible. Elle referma la porte de l'appartement avec autant de précautions et parcourut le couloir à pas de loup. La lumière de l'aube éclairait déjà le petit bureau de sa sœur. Sur une coupelle l'attendait une enveloppe à son nom, timbrée d'Angleterre. Intriguée, Keira la décacheta et découvrit une lettre qui l'informait qu'en dépit de son dépôt tardif son dossier de candidature avait retenu l'attention des membres du comité de sélection. Keira était attendue le 28 du mois à Londres, afin de présenter ses travaux devant le grand jury de la Fondation Walsh.

— Qu'est-ce que c'est que ce truc ? avait-elle murmuré en remettant la lettre dans l'enveloppe.

Jeanne apparut en chemise de nuit, les cheveux en bataille ; elle s'étira en bâillant.

— Comment va Max ?

— Tu devrais aller te recoucher, Jeanne, il est très tôt !

— Ou tard, c'est selon. La soirée fut bonne ?

— Non, pas vraiment.

— Alors pourquoi as-tu passé la nuit avec lui ?

— Parce que j'avais froid.

— Sale hiver, hein ?

— Bon ça suffit, Jeanne, je vais aller me coucher.

— J'ai un cadeau pour toi.

— Un cadeau ? demanda Keira.

Et Jeanne tendit une enveloppe à sa sœur.

— Qu'est-ce que c'est ?

— Ouvre, tu verras.

Keira trouva un billet d'Eurostar ainsi qu'un bon d'hôtel prépayé pour deux nuits au Regency Inn.

— Ce n'est pas un quatre-étoiles, mais Jérôme m'y avait emmenée et c'est charmant.

— Et ce cadeau a-t-il un rapport avec la lettre que j'ai trouvée dans l'entrée ?

— Oui, d'une certaine façon, mais j'ai prolongé ton séjour pour que tu puisses profiter un peu de Londres. Tu ne dois rater le musée d'Histoire naturelle sous aucun prétexte, la nouvelle Tate Gallery est magique, et il faudra que tu ailles bruncher sans faute chez Amoul, c'est sur Formosa Street. Qu'est-ce que j'ai aimé cet endroit, c'est tellement mignon, leurs pâtisseries, leurs salades, et le poulet au citron…

— Jeanne, il est 6 heures du matin, le poulet au citron là, maintenant, je ne suis pas très sûre…

— Tu vas me dire merci à un moment donné ou je te fais avaler ce billet de train ?

— Et toi, tu vas m'expliquer le contenu de cette lettre et ce que tu manigances, ou c'est moi qui te fais manger ton billet !

— Prépare-moi un thé, une tartine avec du miel, je te retrouve dans la cuisine dans cinq minutes, et c'est un ordre de ta grande sœur qui va se laver les dents, ouste !

Keira avait récupéré la convocation de la Fondation Walsh et l'avait déposée bien en évidence devant la tasse fumante et la tartine grillée.

— Il faut bien que l'une de nous deux croie en toi ! avait bougonné Jeanne en entrant dans la cuisine. J'ai fait ce que tu aurais dû faire si tu t'accordais plus de mérite. J'ai fouiné sur Internet et établi une liste de toutes les organisations susceptibles de financer tes travaux d'archéologie. Je te l'accorde, elles ne sont pas nombreuses. Même à Bruxelles ils n'en ont rien à faire. Enfin, sauf si tu as envie de consacrer deux ans à remplir des kilomètres de formulaires.

— Tu as écrit au Parlement européen pour ta petite sœur ?

— J'ai écrit à tout le monde ! Et puis hier, cette lettre est arrivée pour toi. Je ne sais pas si leur réponse est positive ou négative, mais, au moins, ils ont pris la peine de répondre.

— Jeanne ?

— D'accord, j'ai ouvert l'enveloppe et je l'ai refermée juste après. Mais avec le mal que je me suis donné, j'estime que cela me concerne aussi un peu.

— Et à partir de quelle documentation cette fondation a-t-elle retenu ma candidature ?

— Telle que je te connais, ça va te rendre hystérique, mais je m'en fiche totalement. C'est ta thèse que j'ai envoyée chaque fois. Je l'avais dans mon ordinateur, pourquoi s'en priver ? Après tout, tu l'as publiée, non ?

— Si je comprends bien, tu t'es fait passer pour moi, tu as envoyé mon travail à toute une série d'organisations inconnues et...

— Et je te donne l'espoir de retourner un jour dans ta fichue vallée de l'Omo ! Tu ne vas pas râler en plus ?

Keira se leva et serra Jeanne dans ses bras.

— Je t'adore, tu es la reine des emmerdeuses, plus têtue qu'un âne, mais tu es la sœur que je n'échangerais pour aucune autre au monde !

— Tu es sûre que tu vas bien ? demanda Jeanne en regardant Keira de plus près.

— On ne peut mieux !

Keira s'assit à la table de la cuisine et relut une troisième fois la convocation.

— Je dois présenter mes travaux à l'oral ! Mais qu'est-ce que je vais bien pouvoir leur raconter ?

— Justement, tu as peu de temps pour rédiger ton projet et l'apprendre par cœur. Il faudra que tu t'adresses aux membres du jury en les regardant droit dans les yeux ; en lisant ton texte, tu manquerais de conviction. Tu seras brillante, je le sais.

Keira se leva d'un bond et commença à faire les cent pas dans la cuisine.

— Ne commence pas à te laisser gagner par le trac. Si tu veux, en rentrant le soir, je ferai le jury et tu répéteras devant moi.

— Accompagne-moi à Londres, seule, je n'y arriverai jamais.

— Impossible, j'ai beaucoup trop de travail.

— Je t'en supplie Jeanne, viens.

— Keira, je n'en ai pas les moyens, entre ton billet de train et l'hôtel, j'ai mis mon compte en banque à sec.

— Il n'y a aucune raison pour que tu me payes ce voyage, je vais trouver un moyen.

— Keira, tu es ma petite sœur et cela suffit pour que je te donne un petit coup de pouce. Ne discute pas et fais-moi juste le plaisir de remporter ce prix.

— De combien s'agit-il ?

— Deux millions de livres sterling.

— Ce qui représente en euros ? demanda Keira les yeux écarquillés.

— De quoi financer les salaires d'une équipe internationale au grand complet, les voyages de chacun, l'achat et l'affrètement du matériel dont tu rêves pour retourner toute la terre de la vallée de l'Omo.

— Je ne gagnerai jamais ! C'est impossible.

— Va dormir quelques heures, prends une bonne douche à ton réveil et mets-toi aussitôt au boulot. Pense aussi à dire à ton Max que tu ne pourras plus le voir avant un bon bout de temps. Ne me regarde pas comme ça. Je n'ai pas organisé tout ça pour t'éloigner de lui. Contrairement à ce que tu peux penser, je ne suis pas machiavélique à ce point.

— L'idée ne m'avait même pas effleurée.

— Oh ! que si ! File maintenant.

Au cours des jours qui suivirent, Keira resta cloîtrée dans l'appartement de sa sœur, passant le plus clair de son temps devant l'ordinateur, peaufinant ses théories, les documentant d'articles publiés par ses confrères archéologues du monde entier.

Comme elle le lui avait promis, chaque soir en revenant du musée, Jeanne s'attelait à faire répéter sa sœur. Que son discours manque de conviction, qu'elle bafouille ou s'aventure dans des explications trop techniques au goût de Jeanne, celle-ci lui faisait reprendre son exposé depuis le début. Et les premières soirées furent toutes ponctuées de disputes entre les deux sœurs.

Keira connut très vite son texte, restait à y mettre le ton juste pour captiver son auditoire.

Dès que Jeanne quittait l'appartement le matin, Keira se mettait à réciter, faisant les cent pas dans le salon. La gardienne de l'immeuble, qui par une fin de matinée déposa un livre commandé par Keira, fut mise à contribution. Confortablement installée dans le canapé, une tasse de thé à la main, Mme Hereira écouta le résumé complet de l'histoire de notre planète, de l'âge Précambrien à la période du Crétacé qui vit apparaître les premières plantes à fleurs, toute une génération d'insectes, de nouvelles espèces de poissons, les ammonites, comme les éponges, et plein d'espèces de dinosaures qui s'étaient décidés à évoluer désormais sur la terre ferme. Mme Hereira fut heureuse d'apprendre que c'est à cette époque qu'apparurent dans les océans les premiers requins ressemblant à ceux que l'on voit aujourd'hui. Pourtant, le plus fascinant n'était pas là, mais plutôt dans l'apparition des premiers mammifères développant leur progéniture dans des poches placentaires, ainsi que les humains le feraient bien plus tard.

Mme Hereira s'assoupit en pleine ère tertiaire, quelque part entre le Paléocène et l'Éocène. Quand elle rouvrit l'œil, elle demanda, un peu gênée, si elle avait dormi longtemps. Keira la rassura, son petit roupillon n'avait duré que trente millions d'années ! Et le soir, elle se garda bien de parler à Jeanne de la visite qu'elle avait eue dans la journée, et encore moins de la réaction de son tout premier public.

Le mercredi suivant, Jeanne s'excusa auprès de sa sœur, elle avait un dîner et ne pouvait se dérober. Keira était épuisée, et l'idée d'échapper à la séance de répétition l'enchantait. Elle supplia Jeanne de ne surtout pas s'en faire, et promit de répéter son texte, exactement comme si cette dernière avait été présente. Dès que Keira vit sa sœur monter dans son taxi, elle se prépara une assiette de fromage, sauta sur le canapé du salon et alluma la télévision. Un orage approchait, le ciel de Paris avait viré au noir, Keira enroula un plaid autour de ses épaules.

Le premier coup de tonnerre fut d'une telle violence qu'il la fit sursauter. Le deuxième grondement fut suivi d'une coupure de courant générale. Keira chercha un briquet dans la pénombre, sans succès. Elle se leva et avança à la fenêtre. La foudre frappa le paratonnerre d'un immeuble à quelques pâtés de maisons. L'archéologue avait acquis sur le terrain une expérience qui lui faisait tout connaître des orages, de leurs dangers, mais celui-ci était d'une rare intensité. Elle aurait dû s'éloigner de la vitre, elle recula juste d'un pas et sa main se posa machinalement sur son collier. Si le pendentif était bien fait d'un alliage de métaux, comme le pensait Ivory, il était inutile de tenter le diable en le gardant sur soi. Alors qu'elle l'ôtait, un éclair déchira le ciel. La foudre irradia la pièce où se trouvait Keira, et soudain, sur le mur, se dessinèrent des millions de petits points lumineux projetés par le pendentif qu'elle tenait du bout des doigts. L'image surprenante resta imprimée quelques secondes, avant de s'effacer. Tremblante, Keira s'agenouilla pour récupérer le collier qu'elle avait laissé tomber, elle attrapa la cordelette et se releva pour regarder par la fenêtre. La vitre était fendue. Plusieurs autres coups de tonnerre se succédèrent, l'orage s'éloigna enfin. On pouvait encore voir le ciel s'illuminer dans le lointain, une lourde pluie se mit à tomber.

Recroquevillée sur le canapé, Keira avait du mal à recouvrer son calme. Sa main continuait de trembler. Elle avait beau se rassurer, se dire qu'elle avait été victime d'une illusion d'optique, rien ne la raisonnait vraiment et un certain mal-être la gagnait. Le courant fut rétabli. Keira regarda attentivement son pendentif, elle en caressa la surface, il était tiède. Elle l'approcha d'une ampoule, mais aucun trou, aussi petit soit-il, n'était visible à l'œil nu.

Elle se blottit sous le plaid et chercha à comprendre l'étrange phénomène qui venait de se produire. Une heure plus tard, elle entendit tourner le verrou de la porte d'entrée. Jeanne rentrait.

— Tu ne dors pas ? Tu as vu cet orage, quelle folie ! J'ai les pieds trempés. Je vais me faire une tisane, tu en veux une ? Pourquoi tu ne dis rien ? Tu vas bien ?

— Oui, je crois, répondit Keira.

— Ne me dis pas que toi, la grande archéologue, tu as eu peur de l'orage ?

— Bien sûr que non.

— Alors pourquoi es-tu pâle comme un linge ?

— Je suis juste fatiguée, je t'attendais pour aller me coucher.

Keira embrassa Jeanne et fila vers la chambre, mais sa sœur la rappela.

— Je ne sais pas si je dois te le dire... Max était à ce dîner.

— Non, tu n'avais pas besoin de me le dire ; à demain Jeanne.

Seule dans la chambre, Keira s'approcha de la fenêtre. Si le courant avait été rétabli dans les immeubles, les rues étaient toujours plongées dans l'obscurité. Les nuages avaient disparu, la voûte céleste apparaissait plus éclatante que jamais. Keira chercha la Grande Ourse. Quand elle était enfant, son père s'amusait à lui faire repérer dans le ciel telle étoile ou telle constellation ; Cassiopée, Antarès et Céphée étaient ses préférées. Keira reconnut la forme du Cygne, de la Lyre et d'Hercule, et c'est pendant que son regard se portait vers la couronne boréale à la recherche du Bouvier qu'elle écarquilla les yeux pour la seconde fois de la soirée.

— C'est impossible, murmura-t-elle le visage collé à la vitre.

Elle ouvrit précipitamment la fenêtre, avança sur le balcon et tendit le cou, comme si ces quelques centimètres pouvaient la rapprocher des étoiles.

— Mais, non, ça ne peut pas être ça, c'est complètement fou ! Ou alors c'est moi qui suis en train de devenir folle.

— En tout cas si tu commences à parler toute seule, tu es sur la bonne voie.

Keira sursauta, Jeanne se tenait juste à côté d'elle ; elle s'accouda à la rambarde et alluma une cigarette.

— Tu fumes maintenant ?

— Ça m'arrive. Je suis désolée pour tout à l'heure, j'aurais dû me taire. Mais cela m'a tellement énervée de le voir faire le beau. Tu m'écoutes ?

— Oui, oui, répondit Keira d'une voix absente.

— Alors c'est vrai cette histoire que les hommes de Neandertal étaient tous bisexuels ?

— C'est possible, répondit Keira en continuant de fixer les étoiles.

— Et qu'ils se nourrissaient principalement de lait de dinosaure, mais qu'il leur fallait apprendre à les traire ?

— Probablement…

— Keira !

Keira sursauta.

— Quoi ?

— Tu n'écoutes pas un mot de ce que je te dis. Qu'est-ce qui te tracasse ?

— Rien, je t'assure, rentrons, il fait froid, répondit l'archéologue en retournant dans la chambre.

Les deux sœurs se couchèrent dans le grand lit de Jeanne.

— Tu n'étais pas sérieuse au sujet des hommes de Neandertal ? demanda Jeanne.

— Qu'est-ce qu'ils ont les hommes de Neandertal ?

— Rien, oublie. Essayons de dormir, répondit Jeanne en se retournant.

— Alors arrête de bouger tout le temps !

Un court instant de silence et Keira se retourna dans le lit.

— Jeanne ?
— Quoi encore ?
— Merci pour tout ce que tu fais.
— Tu dis ça pour que je culpabilise deux fois plus au sujet de Max ?
— Un peu.

Le lendemain, dès que Jeanne quitta l'appartement, Keira se précipita devant l'ordinateur, mais, ce matin-là, ses recherches l'éloignèrent de ses travaux habituels. Elle se mit en quête des cartes du ciel accessibles sur Internet. Pendant qu'elle travaillait, chaque lettre qu'elle frappait sur son clavier s'inscrivait simultanément sur l'écran d'un ordinateur situé à des centaines de kilomètres de là, chaque information qu'elle consultait, chaque site qu'elle visitait étaient enregistrés. À la fin de la semaine, un opérateur installé derrière son bureau à Amsterdam avait imprimé un dossier sur le travail qu'elle avait accompli. Il relut le dernier feuillet sorti de son imprimante et composa un numéro de téléphone.

— Je pense, monsieur, que vous voudrez consulter le rapport que je viens de terminer.
— À quel sujet ? demanda son interlocuteur.
— L'archéologue française.
— Rejoignez-moi tout de suite dans mon bureau, annonça la voix dans le combiné, avant de raccrocher.

*

Londres

— Vous vous sentez comment ?

— Mieux que vous, Walter.

Nous étions à la veille du jour tant attendu. Le grand oral se tenait dans la banlieue Est de la ville et Walter avait décidé de ne pas faire confiance aux transports en commun et encore moins à ma vieille voiture. En ce qui concernait les premiers, je pouvais comprendre son appréhension. Il était hélas fréquent que les métros restent rivés à leurs rails et les trains à l'arrêt, sans qu'aucune autre explication ne soit donnée, à part la ritournelle sur la vétusté du matériel qui entraînait des pannes à répétition. Nous allions donc, sur décision ferme et non discutable de Walter, nous installer dans un hôtel des Dock Lands. De là, il nous suffirait de traverser la rue pour nous présenter devant les membres de la Fondation. La cérémonie se déroulait dans une salle de conférences en haut d'une tour, au 1, Cabot Square.

Ironie du sort, nous nous trouvions tout près de la commune de Greenwich et de son célèbre observatoire. Mais, de ce côté de la Tamise, le quartier gagné sur les eaux du fleuve n'était que modernité, les immeubles de verre et d'acier rivalisaient de hauteur, le béton avait coulé par tonnes. En fin d'après-midi, j'avais réussi à convaincre mon ami d'aller nous promener du côté de l'île aux Chiens, et de là, nous entrâmes sous le dôme de verre qui surplombe l'entrée du tunnel de Greenwich. À quinze mètres de profondeur, nous avons ainsi traversé la Tamise à pied, pour resurgir en face de la silhouette calcinée du *Cutty Sark*. Le vieux clipper, dernier survivant de la flotte commerciale du dix-neuvième siècle avait triste allure depuis qu'un incendie l'avait ravagé quelques mois auparavant. Devant nous s'étendait le parc du musée de la Marine, le somptueux bâtiment de la maison de la reine et en haut de la colline, le vieil observatoire où je conduisais Walter.

— Ce fut le premier bâtiment en Angleterre destiné exclusivement à abriter des instruments scientifiques, dis-je à Walter.

Je voyais bien qu'il était ailleurs ; il était anxieux et mes efforts pour le distraire semblaient vains, mais il était encore trop tôt pour que je renonce. Nous entrâmes sous la coupole et je redécouvris, émerveillé, les vieux appareils d'astronomie avec lesquels Flamsteed avait établi ses célèbres tables des étoiles au dix-neuvième siècle.

Je savais Walter passionné par tout ce qui touche au temps, aussi ne manquai-je pas de lui indiquer la grande ligne en acier qui striait le sol devant lui.

— Voici le point de départ des longitudes, tel qu'il fut déterminé en 1851 et adopté lors d'une conférence internationale en 1884. Et si nous attendons la tombée de la nuit, vous verrez se dresser dans le ciel un puissant laser vert. C'est la seule touche de modernité qui ait été apportée ici depuis près de deux siècles.

— Ce grand faisceau que je vois tous les soirs au-dessus de la ville, c'est donc cela ? demanda Walter qui semblait enfin s'intéresser à ma conversation.

— Exactement. Il symbolise le méridien d'origine, même si, depuis, les scientifiques ont déplacé ce dernier d'une centaine de mètres. Mais c'est là aussi que se situe le temps universel, le midi de Greenwich qui a servi pendant longtemps de point de référence pour calculer l'heure qu'il est en tout point de la planète. Chaque fois que nous nous déplaçons de quinze degrés vers l'ouest, nous reculons d'une heure et lorsque nous faisons de même en allant vers l'est, nous avançons d'une heure. C'est d'ici même que partent tous les fuseaux horaires.

— Adrian, tout cela est passionnant mais, demain soir, je vous en prie, ne vous écartez pas de votre sujet, supplia Walter.

Las, j'abandonnai mes explications et entraînai mon ami vers le parc. La température était clémente et le grand air lui ferait le plus grand bien. Walter et moi passâmes la fin de notre soirée dans un pub voisin. Il m'interdit toute boisson alcoolisée et j'eus la terrifiante sensation d'être retombé en pleine adolescence. À 10 heures, nous étions de retour dans nos chambres respectives, Walter eut même le culot de me téléphoner pour me défendre de veiller trop tard devant la télévision.

*

Paris

Keira avait bouclé la petite valise qu'elle emporterait avec elle et Jeanne l'accompagna gare du Nord, elle avait pris une matinée de congé pour l'occasion. Les deux sœurs quittèrent l'appartement et montèrent à bord d'un bus.

— Tu me promets de m'appeler pour me dire que tu es bien arrivée ?

— Mais, Jeanne, je traverse juste la Manche et je ne t'ai jamais appelée d'où que ce soit pour te dire que j'étais bien arrivée !

— Eh bien, cette fois, je te le demande. Tu me raconteras ton voyage, si l'hôtel est agréable, si tu aimes ta chambre, comment tu trouves la ville…

— Tu veux aussi que je te raconte mes deux heures quarante de train ? Tu as mille fois plus le trac que moi, hein ? Avoue-le, tu es terrorisée par ce que je vais vivre ce soir !

— J'ai l'impression que c'est moi qui me présente à ce grand oral. Je n'ai pas fermé l'œil de la nuit.

— Tu sais que nous n'avons probablement aucune chance de gagner ce prix ?

— Ne recommence pas à être négative, tu dois y croire !

— Puisque tu le dis. J'aurais dû rester un jour de plus en Angleterre et aller rendre visite à papa.

— La Cornouailles, c'est un peu loin, et puis nous irons un jour toutes les deux.

— Si je gagne, je ferai le crochet et je lui dirai que tu n'as pas pu venir parce que tu avais trop de travail.

— Tu es vraiment une sale peste ! répliqua Jeanne en donnant un coup de coude à sa sœur.

L'autobus ralentit et commença de se ranger le long du parvis. Keira attrapa son bagage et embrassa Jeanne.

— Promis, je te téléphonerai avant d'entrer en scène.

Keira descendit sur le trottoir et attendit que l'autobus s'éloigne, Jeanne avait collé son visage à la vitre.

Il n'y avait pas grand monde gare du Nord ce matin-là. L'heure d'affluence était passée depuis longtemps et peu de trains se trouvaient à quai. Les passagers qui voyageaient vers l'Angleterre empruntaient l'escalator qui conduit au poste frontière. Keira passa le filtre des douanes, celui de la sécurité, et à peine s'était-elle installée dans l'immense salle d'attente que les portes d'embarquement s'ouvrirent.

Elle dormit pendant presque toute la durée du trajet. Quand elle se réveilla, une voix annonçait déjà dans les haut-parleurs l'arrivée imminente en gare de Saint-Pancras.

Un taxi noir la conduisit à travers Londres jusqu'à son hôtel. Séduite par la ville, c'est elle qui colla son visage à la vitre.

Sa chambre était telle que Jeanne la lui avait décrite, petite et pleine de charme. Elle abandonna sa valise au pied du lit, regarda l'heure sur la pendulette de la table de nuit et décida qu'elle avait encore le temps de faire une promenade dans le quartier.

Remontant à pied Old Brompton Road, elle entra dans Bute Street et ne résista pas à l'appel de la vitrine de la librairie française du quartier.

Elle y flâna un long moment, finit par acquérir un livre sur l'Éthiopie qu'elle fut surprise de découvrir dans les rayonnages et s'installa à la terrasse d'une petite épicerie italienne, située sur le trottoir d'en face. Revigorée par un bon café, elle se décida à retourner à son hôtel. Le grand oral commençait à 18 heures précises et le chauffeur du taxi qui l'avait conduite depuis la gare l'avait prévenue qu'il faudrait une bonne heure de transport pour rejoindre les Dock Lands.

Elle arriva devant le 1, Cabot Square avec trente minutes d'avance. Plusieurs personnes entraient déjà dans le hall de la tour. Leurs tenues impeccables laissaient supposer qu'elles allaient toutes au même endroit. La désinvolture qu'affichait Keira jusqu'à présent l'abandonna et elle sentit son estomac se nouer. Deux hommes en costume sombre avançaient sur le parvis. Keira fronça les sourcils, l'un des deux avait un visage familier.

Elle fut distraite par la sonnerie de son téléphone portable. Elle le chercha au fond de ses poches et reconnut le numéro de Jeanne qui s'affichait à l'écran.

— Je te jure que j'allais t'appeler, j'étais justement en train de composer ton numéro.

— Menteuse !

— Je suis devant l'immeuble et, pour tout te dire, je n'ai qu'une envie, c'est de ficher le camp d'ici. Les examens de passage, ça n'a jamais été mon truc.

— Avec tout le temps que nous y avons consacré, tu vas aller au bout de cette aventure. Tu seras brillante, et au pire que peut-il t'arriver, que tu ne gagnes pas ce prix ? Ce ne sera pas la fin du monde.

— Tu as raison, mais j'ai le trac Jeanne, je ne sais pas pourquoi, je n'avais pas connu ça depuis…

— Ne cherche pas, tu n'as jamais eu le trac de ta vie !

— Tu as une voix étrange.

— Je ne devrais pas t'en parler, enfin, pas maintenant, mais j'ai été cambriolée.

— Quand ? demanda Keira affolée.

— Ce matin, pendant que je t'accompagnais à la gare. Rassure-toi, rien n'a été volé, enfin, je ne crois pas ; juste l'appartement qui est sens dessus dessous et Mme Hereira qui l'est encore plus.

— Ne reste pas seule ce soir, viens me rejoindre, saute dans un train !

— Mais non, j'attends le serrurier et puis, s'ils n'ont rien volé, pourquoi prendraient-ils le risque de revenir ?

— Peut-être parce qu'ils ont été dérangés ?

— Crois-moi, vu l'état du salon et de la chambre, ils ont pris tout leur temps, et je n'aurai pas assez de la nuit pour remettre l'appartement en ordre.

— Jeanne, je suis désolée, dit Keira en regardant sa montre, mais il faut vraiment que je te laisse. Je te rappellerai dès que…

— Raccroche tout de suite et file, tu vas être en retard. Tu as raccroché ?

— Non !

— Qu'est-ce que tu attends, file je te dis !

Keira coupa son téléphone et entra dans le hall de l'immeuble. Un vigile l'invita à prendre l'un des ascenseurs. La Fondation Walsh se réunissait au dernier étage. Il était 18 heures. Les portes de la cabine s'ouvrirent, une hôtesse conduisit Keira à travers un long couloir. La salle, déjà comble, était bien plus grande qu'elle ne l'avait imaginé.

Une centaine de sièges formaient un hémicycle autour d'une grande estrade. Au premier rang, les membres du jury assis chacun devant une table écoutaient attentivement celui qui présentait déjà ses travaux, s'adressant à l'assemblée à l'aide d'un micro. Le cœur de Keira s'emballa sans retenue, elle repéra la seule chaise encore libre au quatrième rang et se fraya un chemin pour aller s'y asseoir. L'homme qui avait pris le premier la parole défendait un projet de recherche en biogénétique. Son exposé dura le temps des quinze minutes réglementaires et fut accueilli par une salve d'applaudissements.

Le deuxième candidat présenta un prototype d'appareil qui permettait de réaliser des sondages aquifères à moindre coût, ainsi qu'un procédé de purification d'eaux saumâtres fonctionnant à l'énergie solaire. L'eau serait l'or bleu du vingt et unième siècle, l'enjeu le plus précieux pour l'homme ; en bien des endroits de la planète, sa survie en dépendrait. Le manque d'eau potable serait à l'origine des prochaines guerres, des grands déplacements de populations. L'exposé finit par être plus politique que technique.

Le troisième intervenant fit un discours brillant sur les énergies alternatives. Un peu trop brillant au goût de la présidente de la Fondation, qui échangea quelques mots avec son voisin pendant que l'orateur parlait.

*

— Cela va bientôt être à nous, me chuchota Walter. Vous allez être épatant.

— Nous n'avons aucune chance.

— Si vous plaisez autant aux membres du jury qu'à cette jeune femme, c'est dans la poche.

— Quelle jeune femme ?

— Celle qui vous dévisage depuis qu'elle est entrée dans la salle. Là, insista-t-il en bougeant légèrement la tête, au quatrième rang sur notre gauche. Mais surtout ne vous retournez pas maintenant, maladroit que vous êtes !

Bien évidemment, je m'étais retourné et je n'avais vu aucune jeune femme me regarder.

— Vous hallucinez, mon pauvre Walter.

— Elle vous dévorait des yeux. Mais, grâce à votre discrétion légendaire, elle est rentrée dans sa coquille comme un bernard-l'ermite.

Je jetai un nouveau coup d'œil, la seule chose remarquable au quatrième rang était une chaise vide.

— Vous le faites exprès ! tempêta Walter. À ce point-là, cela relève du cas désespéré.

— Mais enfin, Walter, vous devenez complètement abruti !

On appela mon nom, mon tour était venu.

— Je m'efforçais juste de vous distraire, de vous faire évacuer votre stress, pour que vous ne perdiez pas vos moyens, et je trouve que j'y suis plutôt bien arrivé. Allez, maintenant, soyez parfait c'est tout ce que je vous demande.

Je réunis mes notes et me levai, Walter se pencha à mon oreille.

— Quant à la jeune femme, je n'ai rien inventé, bonne chance, mon ami, conclut-il en me donnant une joyeuse tape sur l'épaule.

Ce moment restera comme l'un des pires souvenirs de ma vie. Le microphone cessa de fonctionner. Un technicien grimpa sur l'estrade pour essayer de le réparer, en vain. On allait en installer un autre, mais il fallait que l'on retrouve la clé d'un local technique. Je voulais en finir au plus vite et décidai de m'en passer ; les membres du jury étaient assis au premier rang et ma voix devait porter assez fort pour qu'ils m'entendent. Walter avait deviné mon impatience et me fit de grands signes pour me faire comprendre que ce n'était pas une bonne idée, j'ignorai ses mimiques suppliantes et me lançai.

Mon exposé fut laborieux. Je tentais d'expliquer à mon auditoire que l'avenir de l'humanité ne dépendait pas seulement de la connaissance que nous avions de notre planète et de ses océans, mais aussi de ce que nous apprendrions de l'espace. À l'image des premiers navigateurs qui entreprirent de faire le tour du monde alors que l'on croyait encore que la Terre était plate, il nous fallait partir à la découverte des galaxies lointaines. Comment envisager notre futur sans savoir comment tout avait commencé un jour. Deux questions confrontent l'homme aux limites de son intelligence, deux questions auxquelles même le plus savant d'entre nous ne peut répondre : qu'est-ce que l'infiniment petit ou l'infiniment grand et qu'est-ce que l'instant zéro, le moment où tout a commencé ? Et quiconque se prête au jeu de ces deux questions est incapable d'imaginer la moindre hypothèse.

Lorsqu'il croyait que la Terre était plate, l'homme ne pouvait rien concevoir de son monde au-delà de la ligne d'horizon qu'il percevait. De peur de disparaître dans le néant, il craignait le grand large. Mais, lorsqu'il décida d'avancer vers l'horizon, c'est l'horizon qui recula, et plus l'homme avança, plus il comprit l'étendue du monde auquel il appartenait.

À notre tour d'explorer l'Univers, d'interpréter, bien au-delà des galaxies que nous connaissions, la multitude d'informations qui nous parviennent d'espaces et de temps reculés. Dans quelques mois, les Américains lanceraient le télescope spatial le plus puissant qui ait jamais existé. Il permettrait peut-être de voir, d'entendre et d'apprendre comment l'Univers s'était formé, si d'autres vies étaient apparues sur des planètes semblables à la nôtre. Il fallait être de l'aventure.

Je crois que Walter avait raison, une jeune femme me regardait bizarrement depuis le quatrième rang. Son visage me disait quelque chose. Cela faisait au moins une personne dans la salle qui avait l'air captivée par mon discours. Mais le moment n'était pas à la séduction et, après cette courte hésitation, je conclus mon exposé.

La lumière du premier jour voyage depuis le fond de l'Univers, elle se dirige vers nous. Saurons-nous la capter, l'interpréter, comprendrons-nous enfin comment tout a commencé ?

Silence de mort. Personne ne bougeait. Le calvaire du bonhomme de neige qui fond lentement au soleil était le mien ; j'étais ce bonhomme de neige, jusqu'à ce que Walter frappe dans ses mains. Je regroupais mes notes quand la présidente du jury se leva et applaudit à son tour, les membres du comité se joignirent à elle et la salle enchaîna ; je remerciai tout le monde et quittai l'estrade.

Walter m'accueillit, avec une longue accolade.

— Vous avez été…

— Pathétique ou épouvantable ? Je vous laisse le choix. Je vous avais prévenu, nous n'avions aucune chance.

— Voulez-vous vous taire ! Si vous ne m'aviez pas interrompu, je vous aurais dit que vous avez été passionnant. L'auditoire n'a pas bronché, pas même une quinte de toux dans la salle !

— Normal, ils étaient tous morts au bout de cinq minutes !

C'est en me rasseyant que je vis la jeune femme du quatrième rang se lever et grimper sur l'estrade. Voilà pourquoi elle me dévisageait, nous étions en compétition et elle avait observé tout ce qu'il lui fallait éviter de faire.

Le micro ne fonctionnait toujours pas, mais sa voix claire portait jusqu'au fond de la salle. Elle releva la tête, son regard portait ailleurs, comme vers un pays lointain. Elle nous parla de l'Afrique, d'une terre ocre que ses mains fouillaient sans relâche. Elle expliqua que l'homme ne serait jamais libre d'aller où il le souhaitait tant qu'il n'aurait pas appris d'où il venait. Son projet était, d'une certaine façon, le plus ambitieux de tous, il ne s'agissait là ni de science ni de technologies pointues, mais d'accomplir un rêve, le sien.

« Qui sont nos pères ? » furent ses premiers mots. Et dire que je rêvais de savoir où commençait l'aube !

Elle captiva l'assemblée dès le début de son exposé. Exposé n'est pas le bon mot, c'était une histoire qu'elle nous racontait. Walter était conquis, comme l'étaient les membres du jury et chacun de nous dans la salle. Elle parla de la vallée de l'Omo, j'aurais été bien incapable de décrire les montagnes d'Atacama aussi joliment qu'elle dessinait devant nous les rives du fleuve éthiopien. Par instants, il me semblait presque entendre le clapotis de l'eau, sentir le souffle du vent qui charriait la poussière, les morsures du soleil. Le temps d'un récit, j'aurais pu abandonner mon métier pour embrasser le sien ; appartenir à son équipe, creuser le sol aride à ses côtés. Elle sortit de sa poche un étrange objet qu'elle posa délicatement au creux de sa main avant de tendre le bras vers l'assemblée pour que chacun puisse le voir.

— C'est le fragment d'un crâne. Je l'ai trouvé à quinze mètres sous la terre, au fond d'une grotte. Il a quinze millions d'années. C'est un minuscule fragment d'humanité. Si je pouvais creuser plus profond, plus loin, plus longtemps, peut-être pourrais-je revenir devant vous, et vous dire, enfin, qui était le premier homme.

La salle n'eut pas besoin des encouragements de Walter pour ovationner la jeune femme à la fin de son exposé.

Il restait encore dix candidats et je n'aurais pas voulu être de ceux qui se présenteraient après elle.

À 21 h 30, le jury se retira pour délibérer. La salle se vidait et le calme de Walter me déconcertait. Je le soupçonnais d'avoir abandonné tout espoir nous concernant.

— Cette fois, je crois que nous avons mérité une bonne bière, me dit-il en me prenant par le bras.

Mon estomac était trop noué pour ça ; j'avais fini par me prendre au jeu, et j'attendais que les minutes passent, incapable de me détendre.

— Adrian, et vos belles leçons sur la relativité du temps, qu'en faites-vous ? L'heure à venir va nous sembler rudement longue. Venez, allons prendre l'air et occupons-nous l'esprit !

Sur le parvis glacial, quelques candidats aussi inquiets que nous grillaient une cigarette, se réchauffant en sautillant sur place. Aucune trace de la jeune femme du quatrième rang, elle s'était volatilisée. Walter avait raison, le temps s'était arrêté et l'attente me parut durer une éternité. Attablé au bar du Marriott, je consultai sans cesse ma montre. Vint enfin le moment de regagner la grande salle où le jury annoncerait sa décision.

L'inconnue du quatrième rang avait repris sa place, elle ne m'adressa pas le moindre regard. La présidente de la Fondation entra, suivie des membres du jury. Elle monta sur l'estrade et félicita l'ensemble des candidats pour l'excellence de leurs dossiers. La délibération avait été difficile, affirma-t-elle et avait nécessité plusieurs tours de vote. Une mention spéciale fut décernée à celui qui avait présenté un projet d'assainissement d'eau, mais la récompense revenait au premier orateur, elle contribuerait à financer ses recherches en biogénétique. Walter encaissa le coup sans broncher. Il me tapota l'épaule et m'assura avec beaucoup de sollicitude que nous n'avions rien à nous reprocher, nous avions fait de notre mieux. La présidente du jury interrompit les applaudissements.

Comme elle l'avait annoncé, le jury avait eu beaucoup de difficultés à trancher. Exceptionnellement, la dotation serait partagée cette année entre deux candidats, plus exactement entre un candidat et une candidate.

L'inconnue du quatrième rang était la seule femme à s'être présentée devant les membres de la Fondation. Elle se leva, chancelante, alors que la présidente lui souriait et dans le fracas des applaudissements, je n'entendis pas son nom.

On assista à quelques accolades sur la scène et les participants, comme leur entourage, commencèrent à quitter les lieux.

— Vous m'offrirez quand même cette paire de bottes pour patauger dans mon bureau ? me demanda Walter.

— Une promesse est une promesse. Je suis désolé de vous avoir déçu.

— Notre dossier a déjà eu le mérite d'être sélectionné... non seulement vous méritiez ce prix, mais j'ai été très fier de vous accompagner dans cette aventure tout au long de ces dernières semaines.

Nous fûmes interrompus par la présidente du jury qui me tendit la main.

— Julia Walsh. Je suis ravie de faire votre connaissance.

À ses côtés se tenait un grand gaillard à la carrure solide. Son accent ne laissait planer aucun doute sur ses origines allemandes.

— Votre projet est passionnant, reprit l'héritière de la Fondation Walsh, c'était mon préféré. La décision s'est jouée à une voix près. J'aurais tellement aimé que vous remportiez ce prix. Représentez-vous l'an prochain, la composition du jury sera différente, je suis certaine que vous aurez toutes vos chances. La lumière du premier jour vous attendra bien une année de plus, n'est-ce pas ?

Elle me salua courtoisement et repartit aussitôt accompagnée de son ami, un certain Thomas.

— Eh bien, vous voyez, s'exclama Walter, nous n'avons vraiment rien à regretter !

Je ne répondis pas, Walter tapa violement du poing dans sa main.

— Pourquoi est-elle venue nous dire cela ? grommela-t-il. « À une voix près », c'est insupportable ! J'aurais mille fois préféré qu'elle nous annonce que nous étions totalement hors course, mais à une voix près ! Vous vous rendez compte de la cruauté de la chose ? Je vais passer les prochaines années de ma vie à travailler dans une mare, à une voix près ! Je voudrais bien connaître celui qui a fait basculer le vote pour lui tordre le cou.

Walter était furieux, et je ne savais pas comment le calmer. Son visage rougit, sa respiration se fit haletante.

— Walter, il faut vous reprendre, vous allez nous faire un malaise.

— Comment peut-on dire à quelqu'un que son sort s'est joué à une voix près ? Ce n'est qu'un jeu pour eux ? Comment peut-on oser dire cela ? hurla-t-il.

— Je crois qu'elle voulait simplement nous encourager et nous inciter à tenter notre chance une nouvelle fois.

— Dans un an ? La belle affaire ! Adrian, je vais rentrer chez moi, pardonnez-moi de vous abandonner ainsi, mais je risque d'être infréquentable ce soir. Nous nous retrouverons demain à l'Académie ; si j'ai dessoûlé d'ici là.

Walter tourna les talons et s'éloigna d'un pas pressé. Je me retrouvai seul au milieu de cette salle, il ne me restait plus qu'à me diriger vers la sortie.

J'entendis tinter la sonnette de l'ascenseur au bout du couloir, je pressai le pas pour entrer dans la cabine avant que les portes ne se referment. À l'intérieur, la lauréate m'adressa son plus joli regard.

Elle tenait son dossier sous le bras. Je m'attendais à lire sur son visage le bonheur que devait lui procurer sa victoire. Elle se contenta de me regarder, un léger sourire aux lèvres. J'entendais résonner dans ma tête la voix de Walter qui, s'il avait été là, m'aurait probablement dit, quelle que soit ma façon de me présenter, « Maladroit que vous êtes ! ».

— Toutes mes félicitations ! balbutiai-je humblement.

La jeune femme ne répondit pas.

— J'ai tant changé ? finit-elle par lâcher.

Et comme je ne trouvais aucune réponse appropriée, elle ouvrit son dossier, arracha une feuille, la mit dans sa bouche et commença à la mâcher calmement, sans se départir de ce petit air narquois.

Et, soudain, la mémoire d'une salle d'examens se raviva et avec elle les mille souvenirs d'un incroyable été, c'était il y a quinze ans.

La jeune femme recracha la boulette de papier dans sa main et soupira.

— Ça y est, tu me reconnais enfin ?

Les portes de l'ascenseur s'ouvraient sur le hall, je restais immobile, bras ballants ; la cabine repartit vers le dernier étage.

— Il t'en aura fallu du temps, j'espérais t'avoir marqué un peu plus que ça, ou alors j'ai vraiment vieilli...

— Non, bien sûr que non, mais ta couleur de cheveux...

— J'avais vingt ans, j'en changeais souvent à l'époque, ça m'a passé. Toi, tu n'as pas changé, quelques rides peut-être, mais tu as toujours ce regard perdu dans le vide.

— C'est tellement inattendu, te retrouver ici... après toutes ces années.

— Je reconnais que dans un ascenseur ce n'est pas banal. On refait un aller-retour à travers les étages ou tu m'emmènes dîner ?

Et sans attendre la réponse, Keira laissa tomber son dossier, plongea dans mes bras et m'embrassa. Ce baiser avait le goût du papier mâché ; c'est exactement cela, un vrai baiser de papier où j'avais jadis rêvé d'écrire les sentiments que je lui portais. Il y a des premiers baisers qui font basculer votre vie. Même si l'on refuse de se l'avouer, c'est ainsi. Ces premiers baisers vous cueillent, sans prévenir. Parfois cela arrive au second baiser, même s'il ne vient que quinze ans après le premier.

Chaque fois que les portes se rouvraient sur le hall, l'un de nous appuyait sur le bouton et resserrait son étreinte.

Au sixième voyage, le gardien de la tour nous attendait, bras croisés. Son ascenseur n'était pas une chambre d'hôtel, sinon il n'y aurait pas de caméra à l'intérieur ; nous étions priés de quitter les lieux. J'entraînai Keira par la main et nous nous retrouvâmes sur le parvis désert, aussi confus l'un que l'autre.

— Je suis désolée, je n'ai pas réfléchi... c'est l'ivresse de cette victoire.

— Et moi celle de ma défaite, répondis-je.

— Je suis désolée, Adrian, je suis tellement maladroite.

— Eh bien, si Walter était là, il nous trouverait au moins un point commun. Tu veux bien essayer une nouvelle fois ?

— Quoi donc ?

— Ma maladresse, ta victoire, ma défaite, je te laisse choisir.

Keira effleura mes lèvres d'un baiser, puis elle me supplia de quitter l'endroit sinistre où nous nous trouvions.

— Viens, allons marcher un peu, lui dis-je, de l'autre côté de la Tamise il y a un parc magnifique...

— Est-ce qu'il y a des bœufs dans ton parc ?

— Je ne crois pas. Pourquoi ?

— Je pourrais en bouffer un, tellement j'ai faim. Je n'ai rien avalé depuis ce matin, emmène-moi dans un pub où l'on sert encore quelque chose à dîner.

Je me souvenais d'un restaurant que nous fréquentions souvent à l'époque ; j'ignorais s'il existait toujours mais je donnai l'adresse au chauffeur de taxi.

Pendant que nous roulions le long de la Tamise, Keira prit ma main. Je n'avais pas ressenti de tendresse depuis longtemps. À cet instant, j'oubliai tout de mon échec, de la distance qui s'était résolument établie ce soir entre Londres où je vivrais désormais et le plateau d'Atacama, où mes rêves étaient restés.

*

Amsterdam

L'homme qui descendait de la rame du tramway pour remonter à pied le canal Singel avait l'allure anonyme de n'importe quel individu revenant de son bureau. Hormis l'heure tardive, hormis la chaînette qui reliait la poignée de sa sacoche à son propre poignet, hormis le pistolet suspendu au holster sous son veston. Arrivé place Magna, il s'arrêta au feu afin de s'assurer que personne ne le suivait. Dès que le signal passa au vert, l'homme s'élança sur la chaussée. Faisant fi des klaxons, il se faufila entre un bus et une camionnette, força deux berlines à piler et évita de justesse un motocycliste qui l'insulta copieusement. Sur le trottoir d'en face, il accéléra le pas jusqu'à la place Dam, traversa l'esplanade et se faufila à l'intérieur de la Nouvelle Église par la porte latérale. Le majestueux bâtiment portait un drôle de nom pour un édifice qui datait du quinzième siècle. L'homme n'avait guère le temps d'admirer la somptueuse nef, il poursuivit son chemin jusqu'au transept, dépassa le tombeau de l'amiral de Ruyter, bifurqua devant celui du commodore Jan Van Galen et se dirigea vers l'absidiole. Il sortit une clé de sa poche, fit tourner le loquet d'une petite porte située au fond de la chapelle et descendit l'escalier dérobé qui se trouvait derrière.

Cinquante marches plus bas, il pénétra dans le long couloir qui s'étirait devant lui. Le souterrain creusé sous la Grande Place permet à celui qui connaît le moyen d'y accéder de se rendre de la Nouvelle Église jusqu'au palais de Dam. L'homme se hâta, l'étroit souterrain l'oppressait chaque fois qu'il devait l'emprunter, l'écho de ses pas ne faisait qu'augmenter son malaise. Plus il avançait, plus la lumière se raréfiait, seules les deux extrémités du corridor étaient pourvues d'un éclairage sommaire. L'homme sentit ses mocassins s'imprégner de l'eau saumâtre qui stagnait sur le sol. Au milieu du passage, il se retrouva dans un noir absolu. À cet endroit, il savait qu'il lui faudrait parcourir cinquante pas en ligne droite, la concavité du caniveau central servant de guide dans l'obscurité.

Enfin, la distance se réduisait, un autre escalier apparaissait devant lui. Les marches étaient glissantes et il fallait s'accrocher à la cordelette de chanvre qui longeait le mur. En haut de la volée, l'homme se trouva face à une première porte en bois armée de lourdes barres de fer forgé. Deux poignées rondes se superposaient ; pour libérer la serrure, il fallait savoir actionner un mécanisme vieux de trois siècles. L'homme fit tourner la poignée haute de quatre-vingt-dix degrés sur la droite, pivoter la basse de quatre-vingt-dix degrés sur la gauche et les tira toutes deux à lui. Un déclic se fit entendre, le pêne était débloqué. Il aboutit enfin dans une antichambre au rez-de-chaussée du palais de Dam. Le bâtiment, né de l'imagination de Jacob Van Campen, avait été érigé au milieu du dix-septième siècle, il faisait alors office d'hôtel de ville. Les Amstellodamois n'hésitaient pas à le considérer comme la huitième merveille du monde. Une statue d'Atlas domine la grande salle du palais, sur le sol trois gigantesques cartes en marbre représentent, pour l'une un hémisphère occidental, pour l'autre un hémisphère oriental et pour la troisième une carte des étoiles.

Jan Vackeers fêterait bientôt ses soixante-seize ans, il en paraissait dix de moins. Il entra dans la Burgerzaal[1], foula la Voie lactée, marcha sur l'Océanie, traversa l'océan Atlantique d'une enjambée et poursuivit son

1. Nom donné à la grande salle du palais de Dam.

chemin vers l'antichambre où l'attendait son rendez-vous.

— Quelles sont les nouvelles ? demanda-t-il en entrant.

— Surprenantes, monsieur. Notre Française bénéficie d'une double nationalité. Son père était anglais, un botaniste qui a passé une grande partie de sa vie en France. Rentré sur ses terres natales en Cornouailles, juste après son divorce, il y est mort d'un arrêt cardiaque en 1997. Le certificat de décès et l'autorisation d'inhumer figurent au dossier.

— Et la mère ?

— Décédée elle aussi. Elle était enseignante en sciences humaines à la faculté d'Aix-en-Provence. Elle fut tuée en juin 2002, dans un accident de voiture. Le chauffard qui l'a percutée avait 1,6 gramme d'alcool dans le sang.

— Épargnez-moi les détails sordides ! demanda Jan Vackeers.

— Une sœur, de deux ans son aînée, elle travaille dans un musée parisien.

— Fonctionnaire du gouvernement français ?

— En quelque sorte.

— Il faudra en tenir compte. Venez-en à cette jeune archéologue, s'il vous plaît.

— Elle s'est rendue à Londres pour se présenter devant le jury de la Fondation Walsh.

— Et, comme nous le souhaitions, elle a remporté la dotation, n'est-ce pas ?

— Pas exactement, monsieur, le membre du jury qui travaille pour nous a fait tout son possible, mais la présidente n'était pas influençable. Votre protégée partage son prix avec un autre candidat.

— Est-ce que cela sera suffisant pour qu'elle reparte en Éthiopie ?

— Un million de livres sterling, c'est une somme qui devrait largement lui suffire à poursuivre ses recherches.

— Parfait. Avez-vous d'autres choses à m'apprendre ?

— Votre jeune archéologue a fait la connaissance d'un homme au cours de la cérémonie. Ils ont poursuivi leur soirée dans un petit restaurant et à l'heure qu'il est, tous deux...

— Je pense que cela ne nous concerne pas, interrompit Vackeers. À moins que vous m'annonciez demain qu'elle renonce à ses projets de voyage parce qu'ils ont eu un coup de foudre l'un pour l'autre. Ce qu'elle fait de ses nuits lui appartient.

— C'est que, monsieur, nous avons aussitôt pris nos renseignements ; l'homme en question est un astrophysicien qui dépend de l'Académie des sciences britannique.

Vackeers avança jusqu'à la fenêtre pour contempler la place en contrebas. Il la trouva encore plus belle de nuit que de jour. Amsterdam était sa ville et il l'aimait plus que toute autre. Il en connaissait chaque ruelle, chaque canal, chaque édifice.

— Je n'aime pas beaucoup ce genre d'imprévu, reprit-il. Astrophysicien, dites-vous ?

— Rien ne prouve qu'elle l'entretienne de ce qui nous préoccupe.

— Non, mais c'est une éventualité que nous ne pouvons écarter. J'imagine qu'il serait préférable de nous intéresser aussi à ce scientifique.

— Il sera difficile de le surveiller sans attirer l'attention de nos amis Anglais. Comme je vous le disais, c'est un membre de l'Académie des sciences de Sa Majesté.

— Faites votre possible, mais ne prenez aucun risque. Nous ne voulons surtout pas éveiller l'attention là-bas. D'autres informations à me communiquer ?

— Tout se trouve dans le dossier que vous m'avez demandé.

L'homme ouvrit sa sacoche et remit une large enveloppe en kraft à son interlocuteur.

Vackeers la décacheta. Des photos de Keira prises à Paris, devant l'immeuble de Jeanne, au jardin des Tuileries, quelques-unes volées alors qu'elle faisait des courses rue des Lions-Saint-Paul ; enfin une série prise depuis son arrivée à la gare de Saint-Pancras, à la terrasse d'une épicerie italienne sur Bute Street et à travers la vitrine d'un restaurant de Primrose Hill où on la voyait dîner en compagnie d'Adrian.

— Ce sont les dernières photographies qui nous sont parvenues avant que je quitte mon poste.

Vackeers parcourut rapidement les premières lignes du rapport et referma le dossier.

— Vous pouvez y aller, merci, nous nous verrons demain.

L'homme salua Vackeers et quitta l'antichambre du palais. Dès qu'il fut parti, une porte s'ouvrit, un autre homme entra dans la pièce et sourit à Vackeers.

— Cette rencontre fortuite avec cet astrophysicien, elle est peut-être à notre avantage, dit-il en s'approchant.

— Je croyais que vous teniez à ce que tout cela reste le plus confidentiel possible, deux cavaliers que nous ne contrôlons pas, cela fait beaucoup sur un seul échiquier !

— Ce à quoi je tiens le plus, c'est qu'elle se mette à chercher, sans se douter que nous l'aidons un peu.

— Ivory, vous êtes conscient que si quelqu'un venait à soupçonner ce que nous faisons, les conséquences pour nous deux seraient…

— Délicates. C'est le mot que vous cherchiez ?

— Non, j'allais plutôt dire désastreuses.

— Jan, nous sommes deux à croire en la même chose, et ce, depuis des années. Imaginez les conséquences, si nous sommes dans le vrai !

— Je le sais, Ivory, je le sais. C'est bien pour cela que je prends autant de risques à mon âge.

— Avouez que cela vous amuse un peu ; après tout, nous n'aurions jamais espéré redevenir actifs. Et l'idée de tirer les ficelles du jeu n'est pas pour vous déplaire, à moi non plus d'ailleurs.

— Admettons, soupira Vackeers en s'asseyant derrière le grand bureau en acajou. Quel est le prochain mouvement que vous envisagez ?

— Laissons faire le cours des choses, si elle réussit à intéresser cet astrophysicien, alors elle est encore plus maligne que je l'imaginais.

— Combien de temps nous donnez-vous avant que Londres, Madrid, Berlin ou Pékin prennent connaissance de la partie qui s'engage ?

— Oh, ils vont tous très vite comprendre la partie qui se joue. Les Américains se sont déjà manifestés. L'appartement de la sœur de notre archéologue a été visité ce matin.

— Quels imbéciles !

— C'est leur façon d'adresser un message.

— À notre attention ?

— À la mienne. Ils sont furieux que j'aie laissé l'objet nous échapper et encore plus en colère que j'aie eu le toupet de le faire analyser sur leur propre territoire.

— C'était assez culotté de votre part, mais je vous en prie, Ivory, l'heure n'est pas à la provocation. Nous ne savons pas où nous allons, ne laissez pas votre ressentiment envers ceux qui vous ont écarté influencer votre jugement. Je vous accompagne dans cette folle aventure, mais ne nous faites pas courir de risques inutiles.

— Il est presque minuit, je crois qu'il est temps de nous dire bonsoir Jan, retrouvons-nous ici dans trois jours, à la même heure, nous verrons comment les choses ont évolué et nous ferons le point.

Les deux amis se séparèrent. Vackeers fut le premier à quitter l'antichambre. Il retraversa la grande salle et descendit dans les sous-sols du bâtiment.

Les entrailles du palais de Dam sont un véritable labyrinthe. Treize mille six cent cinquante-neuf piles de bois soutiennent l'édifice. Vackeers se faufila à travers cette étrange forêt de madriers, pour en resurgir dix minutes plus tard par une petite porte ouvrant sur la cour d'une maison bourgeoise à trois cents mètres de là. Ivory, qui partit cinq minutes après lui, avait emprunté un autre chemin.

*

Londres

Le restaurant n'existait plus que dans mes souvenirs, mais j'avais trouvé un endroit plein de charme qui lui ressemblait et Keira jura reconnaître le lieu où je l'emmenais autrefois. Au cours du dîner, elle tenta de me raconter ce qu'il était advenu de sa vie depuis notre séparation. Mais comment raconter quinze ans d'existence en quelques heures ? La mémoire est aussi paresseuse qu'hypocrite, elle ne retient que les meilleurs et les pires souvenirs, les temps forts, jamais la mesure du quotidien, qu'elle efface. Plus j'entendais Keira me parler, plus je retrouvais dans sa voix cette clarté qui m'avait tant séduit, ce regard vif dans lequel il m'arrivait de m'abîmer certains soirs, ce sourire qui avait bien failli me faire renoncer à mes projets ; et pourtant, en l'écoutant, j'avais bien du mal à me souvenir du temps où elle était repartie vivre en France.

Keira avait toujours su ce qu'elle voulait faire ; ses études achevées, elle s'était rendue d'abord en Somalie, comme simple stagiaire. Puis elle avait passé deux ans au Venezuela, à travailler sous les ordres d'une sommité de l'archéologie, dont le comportement autoritaire frisait le despotisme. À la suite d'une réprimande, elle lui avait dit ses quatre vérités et avait démissionné. Deux ans de petits boulots sur des fouilles en France, où la construction d'une voie ferrée à grande vitesse avait mis au jour un important site paléontologique. Le tracé du TGV avait été dévié et Keira avait rejoint l'équipe à l'œuvre sur ce chantier, prenant au fil des mois de plus en plus de responsabilités. Remarquée pour la qualité de son travail, elle obtint une bourse et rejoignit la vallée de l'Omo en Éthiopie. Elle y travailla d'abord comme adjointe du directeur de recherches ; ce dernier tomba malade, elle prit la tête des opérations et déplaça le site de cinquante kilomètres.

Quand elle me parlait de son séjour en Afrique, je sentais combien elle y avait été heureuse. J'eus la bêtise de lui demander pourquoi elle était rentrée. Sa mine s'assombrit et elle me raconta le triste épisode d'une tempête qui avait ruiné ses efforts, détruit tout son travail, mais sans laquelle je ne l'aurais probablement jamais revue. Je n'ai jamais trouvé le courage de lui avouer combien j'avais béni ce désastre météorologique.

Lorsque Keira me demanda ce que j'avais fait de ma vie, je me retrouvai bien incapable de le lui dire. Je lui décrivis du mieux possible les paysages chiliens tentant de distiller un peu de cette beauté dont elle avait éclairé son exposé devant les membres du jury de la Fondation Walsh ; je lui parlai de ceux avec qui j'avais partagé tant d'années de travail, de leur fraternité, et pour lui éviter de me poser la question du pourquoi de mon retour à Londres, je lui révélai sans détour le stupide accident dont j'avais été victime pour avoir voulu grimper trop haut dans les montagnes.

— Tu vois, nous n'avons aucun regret à avoir, dit-elle. Moi, je creuse la terre, toi, tu observes les étoiles, nous n'étions pas vraiment faits l'un pour l'autre.

— Ou le contraire, ai-je balbutié. Après tout, nous courons après la même chose toi et moi.

J'avais réussi à l'étonner.

— Tu cherches à dater la genèse de l'humanité, et moi je fouille le fin fond des galaxies, pour savoir comment est né l'Univers, ce qui a permis l'apparition de la vie et s'il en existe ailleurs, sous d'autres formes que celles que nous connaissons ; nos démarches comme nos intentions ne sont pas si éloignées. Et qui sait si les réponses à nos questions ne sont pas complémentaires ?

— C'est une façon de voir les choses, peut-être qu'un jour, grâce à toi, je grimperai à bord d'une navette spatiale, débarquerai sur une planète inconnue et partirai à la recherche des squelettes des premiers petits hommes verts !

— Depuis le premier jour où nous nous sommes vus, et encore maintenant, tu as toujours pris un malin plaisir à te moquer de moi.

— C'est un peu vrai, mais c'est ma façon d'être, s'excusa-t-elle. Je ne voulais pas minimiser l'importance de ton travail. C'est ton envie d'établir à tout prix des similitudes entre nos métiers que je trouve charmante, ne m'en veux pas.

— Tu serais bien étonnée et tu ferais moins ta maligne si je t'apprenais que les étoiles ont servi à certains de tes confrères pour dater des sites archéologiques. Et si tu ignores ce qu'est la datation astronomique, je te préparerai une antisèche !

Keira me regarda bizarrement, je voyais bien dans ses yeux qu'elle préparait un mauvais coup.

— Qui te dit que je trichais ?

— Pardon ?

— Le jour où nous nous sommes rencontrés dans cet amphithéâtre, la feuille que j'ai avalée était peut-être une page blanche. Il ne t'est jamais venu à l'idée que j'avais manigancé ce numéro pour attirer ton attention ?

— Tu aurais pris le risque de te faire exclure de la salle, juste pour attirer mon attention ? Et tu voudrais que je te croie ?

— Je ne courais aucun risque, j'avais passé mes examens la veille.

— Menteuse !

— Je t'avais repéré dans les couloirs de la faculté, et tu me plaisais. Ce jour-là j'accompagnais une amie qui, elle, passait vraiment ses partiels. Elle avait un trac fou, et alors que je la réconfortais devant les portes de l'amphi, je t'ai vu avec ta bouille de pion irrésistible et ta veste trop grande pour toi. Je suis allée m'asseoir à une place libre dans la rangée que tu surveillais, et tu connais la suite…

— Tu aurais fait tout cela, juste pour me rencontrer ?

— Ce serait flatteur pour ton ego, n'est-ce pas ? me lança Keira tout en me faisant du pied sous la table.

Je me souviens encore avoir rougi, comme un enfant que l'on surprend perché sur un tabouret devant l'armoire à confitures. J'étais plutôt mal à l'aise mais il était hors de question de le lui montrer.

— Tu as triché ou pas ? demandai-je.

— Je ne te le dirai pas ! Les deux scénarios sont possibles, je te laisse choisir. Soit tu mets en doute mon honnêteté et tu fais de moi une vraie allumeuse, soit tu préfères la version antisèche, et cela fait de moi une horrible tricheuse. Je te laisse le reste de la soirée pour décider, maintenant parle-moi de tes datations astronomiques.

En étudiant l'évolution de la position du Soleil au fil des temps, Sir Norman Lockyer avait réussi à dater le site de Stonehenge et ses mystérieux dolmens.

De millénaire en millénaire, la position du Soleil au zénith varie. À midi, le Soleil se trouve à quelques degrés à l'est de la position qu'il occupait dans les temps préhistoriques.

À Stonehenge, le zénith était marqué par une allée médiane et les menhirs avaient été positionnés à intervalles réguliers le long de cet axe. Le reste du raisonnement relevait d'un savant calcul mathématique. Je pensais perdre Keira avant la fin de mes explications, mais elle semblait sincèrement intéressée par ce que je lui racontais.

— Tu es encore en train de te moquer de moi, tout cela n'a aucun intérêt pour toi, n'est-ce pas ?

— Non, bien au contraire ! m'assura-t-elle. Si je vais un jour à Stonehenge, je ne verrai plus les choses de la même manière.

Le restaurant fermait, nous étions les derniers clients et le serveur, en éteignant les lumières au fond de la salle, nous fit comprendre qu'il était temps de quitter les lieux. Nous avons marché une bonne heure dans les rues de Primrose Hill, continuant d'évoquer les meilleurs moments d'un lointain été. Je proposai à Keira de la raccompagner à son hôtel, mais lorsque nous montâmes dans le taxi, elle préféra me déposer chez moi. « En tout bien tout honneur », avait-elle ajouté.

En chemin, elle joua à deviner comment était aménagé mon intérieur.

— Très masculin, trop, dit-elle en visitant le rez-de-chaussée. Je ne dis pas que cela n'a pas de charme, mais ça sent la garçonnière.

— Qu'est-ce que tu reproches à ma maison ?

— Où se trouve la chambre dans ton piège à filles ?

— Au premier.

— C'est bien ce que je disais, reprit Keira en montant l'escalier.

Lorsque j'entrai dans la pièce, elle m'attendait sur le lit.

Nous n'avons pas fait l'amour ce soir-là. En apparence tout s'y prêtait, mais, certains soirs de votre vie, quelque chose s'impose de bien plus fort que le désir. La peur d'une maladresse, la peur d'être surpris dans ses sentiments, la peur du lendemain et des jours qui suivront.

Nous avons parlé toute la nuit. Tête contre tête, main dans la main, comme deux étudiants qui n'auraient pas vieilli, mais nous avions vieilli et Keira finit par s'endormir à mes côtés.

L'aube n'était pas levée. J'entendis un bruit de pas, presque aussi légers que ceux d'un animal. J'ouvris les yeux et la voix de Keira me supplia de les refermer. Depuis le seuil de la porte, elle me regardait et je compris qu'elle s'en allait.

— Tu ne m'appelleras pas, n'est-ce pas ?

— Nous n'avons pas échangé nos numéros, seulement des souvenirs, et c'est peut-être mieux comme ça, murmura-t-elle.

— Pourquoi ?

— Je vais repartir en Éthiopie, tu rêves de tes montagnes chiliennes, cela fait une sacrée distance, tu ne trouves pas ?

— Il y a quinze ans, j'aurais mieux fait de te croire au lieu de t'en vouloir, tu avais raison, il n'est resté que de bons souvenirs.

— Alors cette fois tâche de ne pas m'en vouloir.

— Je te promets de faire mon possible. Et si…

— Non, ne dis rien d'autre, c'était une belle soirée, Adrian. Je ne sais pas si la plus belle chose qui me soit arrivée hier était de remporter ce prix ou de te revoir, et je ne veux surtout pas essayer de le savoir ; je t'ai laissé un mot sur la table de nuit, tu le liras quand tu te réveilleras. Rendors-toi et n'entends pas le bruit de la porte quand je la refermerai.

— Tu es ravissante dans cette lumière.

— Il faut que tu me laisses partir, Adrian.

— Peux-tu me promettre quelque chose ?

— Tout ce que tu voudras.

— Si nos chemins se recroisaient, promets-moi que tu ne m'embrasseras pas.

— Je te le promets, dit-elle.

— Fais bonne route, je te mentirais si je te disais que tu ne me manqueras pas.

— Alors ne le dis pas. Toi aussi, fais bonne route.

J'entendis le craquement de chacune des marches quand elle descendit l'escalier, le grincement des charnières quand elle referma la porte de ma maison, par la fenêtre entrouverte de ma chambre le bruit de ses pas tandis qu'elle s'éloignait dans la ruelle. Bien longtemps plus tard j'appris qu'elle s'était arrêtée quelques mètres plus loin, pour s'asseoir sur un petit muret ; qu'elle avait guetté le lever du jour et que cent fois elle avait failli faire demi-tour ; qu'elle rebroussait chemin, vers cette chambre où je cherchais en vain à retrouver le sommeil, quand un taxi passa.

*

— Se peut-il vraiment qu'une cicatrice vieille de quinze ans se rouvre aussi promptement qu'une couture qu'on arrache ? Les traces des amours mortes ne s'effacent-elles donc jamais ?

— Vous posez la question à un abruti qui est éperdument amoureux d'une femme, sans jamais avoir été capable de trouver le courage de le lui avouer. Cela appelle deux réflexions de ma part que je vais m'empresser de vous livrer. La première, je ne suis pas certain, compte tenu de ce que je viens de vous dire, d'être la personne la plus qualifiée pour vous répondre ; la deuxième, et toujours compte tenu de ce que je viens de vous dire, est que je me vois mal vous blâmer de ne pas avoir trouvé les mots justes pour la convaincre de rester. Ah, attendez, il m'en vient une troisième. Quand vous décidez de vous gâcher le week-end, le moins que l'on puisse dire, c'est que vous n'y allez pas avec le dos de la cuillère. Entre ce prix qui nous est passé sous le nez et vos retrouvailles fortuites, vous avez mis le paquet !

— Merci Walter.

Je n'avais pas pu me rendormir, et pourtant je m'étais forcé à rester au lit le plus longtemps possible, sans ouvrir les yeux, sans rien écouter des bruits alentour, je m'étais inventé une histoire. Une histoire où Keira serait descendue dans la cuisine préparer une tasse de thé. Nous aurions partagé le petit déjeuner, débattant du reste de la journée à venir. Londres nous aurait appartenu. J'aurais passé un habit de touriste, joué à redécouvrir ma propre ville, m'émerveillant devant les couleurs vives des maisons qui contrastent si bien avec le gris du ciel.

J'aurais revisité avec elle tous les lieux que nous connaissions, comme une première fois. Le lendemain, nous aurions repris notre promenade, au rythme d'un dimanche quand les heures passent plus lentement. Nos mains ne se seraient pas quittées, et qu'importe si dans cette histoire Keira serait partie à la fin du week-end. Chaque instant vécu en aurait bien valu la peine.

L'odeur de sa peau collait à mes draps. Dans le salon, le canapé portait encore la trace du moment où elle s'y était assise. Une petite mort m'était entrée dans le sang et se promenait maintenant dans la maison vide.

Keira n'avait pas menti, sur la table de nuit, je trouvais un petit mot, un seul. « Merci. »

À midi, j'avais appelé Walter à la rescousse et l'ami qu'il était devenu avait sonné à ma porte une demi-heure plus tard.

— J'aimerais avoir une bonne nouvelle à vous annoncer pour vous changer les idées, mais je n'en ai pas, et puis en plus on annonce de la pluie. Cela étant, il faudrait songer à vous habiller, je ne crois pas que rester planté là dans cet affreux pyjama soit très utile et la vue de vos mollets ne risque pas d'embellir ma journée.

Pendant que je me préparais une tasse de café, Walter monta au premier « aérer la chambre », avait-il dit en grimpant l'escalier. Il redescendit quelques instants plus tard, la mine réjouie.

— Finalement, j'ai quand même une bonne nouvelle pour vous, enfin, le temps nous dira si elle est si bonne que cela.

Et il brandit fièrement le collier que Keira portait la veille.

— Ah, surtout ne dites rien, enchaîna-t-il, si vous ne savez pas à votre âge ce qu'est un acte manqué, alors votre cas est encore plus désespéré que le mien. Une femme qui laisse un bijou chez un homme ne peut avoir que deux intentions. La première, qu'une autre femme en fasse la découverte et l'agrémente d'une belle scène de ménage ; mais maladroit comme vous l'êtes, vous avez dû lui répéter au moins dix fois qu'il n'y avait personne dans votre vie.

— Et la seconde ? demandai-je.

— Qu'elle compte revenir sur les lieux du crime !

— L'idée qu'elle soit distraite et l'ait simplement oublié ne vous semble pas plus simple ? dis-je en lui reprenant le collier des mains.

— Oh ! que non, une boucle d'oreille passe encore, une bague, admettons, mais un collier avec un pendentif de cette taille-là... ou alors vous m'avez caché que votre amie était myope comme une taupe, ce qui, en un sens, expliquerait comment vous avez pu la séduire.

D'un geste vif, Walter me reprit le pendentif et le soupesa.

— Ne me dites pas qu'elle ne s'est pas aperçue qu'il manquait une demi-livre autour de son cou, cette chose est suffisamment lourde pour qu'on ne l'abandonne pas innocemment.

Je sais que c'est idiot, que je n'avais plus l'âge de me comporter comme un jeune premier amouraché d'une passagère de la nuit, mais ce que venait de dire Walter me fit un bien fou.

— Vous reprenez des couleurs. Adrian, vous avez plutôt vécu heureux ces quinze dernières années, vous n'allez pas me dire qu'une toute petite soirée de rien du tout vous laisserait abattu plus longtemps qu'un week-end ? J'ai une sacrée faim, et je connais dans votre quartier un endroit où les brunchs sont fameux. Habillez-vous, bon sang, je viens de vous dire que je mourais de faim !

*

St. Mawes, Cornouailles

Le convoi repartit par l'unique voie de chemin de fer. Les rares passagers descendus du train avaient quitté la gare de Falmouth. Keira traversa l'aire de triage où de vieux wagons de marchandises rouillaient à quelques encablures de la mer. Elle poursuivit son chemin, pénétra la zone portuaire et marcha jusqu'au dock d'où partait le ferry. Elle avait quitté Londres depuis cinq heures et la capitale lui semblait déjà très loin. Une corne de brume lui fit accélérer le pas, un matelot tournait une manivelle, sur le quai, la passerelle commençait à se relever ; Keira fit de grands gestes, cria pour qu'on l'attende ; la manivelle tourna en sens inverse et Keira s'agrippa au bras du moussaillon qui la hissait à bord. Le temps de gagner la proue du navire, le ferry dépassait la grande grue et tirait un bord pour remonter contre le courant. L'estuaire de St. Mawes était encore plus beau que dans ses souvenirs. On apercevait déjà le château fort, avec sa forme si particulière de feuille de trèfle ; plus loin, les petites maisons blanc et bleu, qui s'enchevêtraient, se disputant chacune leur place sur la colline. Keira caressa la rambarde décrépie par les embruns, elle emplit ses poumons. L'odeur de sel se mélangeait au parfum de gazon fraîchement tondu porté par le vent depuis la terre ferme. Le capitaine donna de la corne et le gardien du phare agita la main. Ici, les gens se connaissent et se saluent quand ils se croisent. L'allure ralentit, on lança les amarres et le tribord du navire vint frotter contre la pierre du quai.

Keira prit le chemin qui longeait la côte jusqu'à l'entrée du village ; elle remonta la ruelle escarpée en direction de l'église, levant la tête pour admirer les corniches, où les fleurs s'étalaient à foison devant les fenêtres de chaque habitation. Elle poussa la porte du Victory, la salle du pub était vide, elle s'installa au comptoir et commanda une crêpe.

— Les touristes se font rares en cette saison, vous n'êtes pas du coin ? questionna l'aubergiste en servant une bière à Keira.

— Je ne suis pas d'ici mais pas tout à fait étrangère non plus, puisque mon père est enterré derrière l'église.

— Qui était votre père ?

— Un homme merveilleux. Il s'appelait William Perkins.

— Je ne me souviens pas de lui, répondit l'aubergiste, désolé. Qu'est-ce qu'il faisait de son vivant ?

— Il était botaniste.

— Vous avez encore de la famille au village ?

— Non, seulement la tombe de papa.

— Et vous nous arrivez d'où avec ce petit accent ?

— De Londres et de France.

— Vous avez fait ce long voyage pour lui rendre visite ?

— En quelque sorte, oui.

— Eh bien l'addition sera pour moi, à la mémoire de William Perkins, botaniste et homme bon, dit l'aubergiste en déposant une assiette devant Keira.

— À la mémoire de mon père, reprit-elle, en levant sa pinte.

Son déjeuner avalé, Keira remercia l'aubergiste et poursuivit sa route vers le sommet de la colline. Elle arriva enfin devant l'église, la contourna et ouvrit le portail en fer forgé.

Il n'y avait guère plus de cent âmes qui reposaient dans le petit cimetière de St. Mawes. La tombe de William Perkins se trouvait au bout d'une travée, adossée au mur d'enceinte. Une glycine mauve grimpait le long des vieilles pierres, donnant un peu d'ombre sous son feuillage. Keira s'assit sur la dalle et effleura du doigt les lettres gravées. La peinture à la feuille d'or avait presque entièrement disparu, une mousse verte poussait sur la stèle.

— Je sais, je ne suis pas venue depuis longtemps, bien trop longtemps, mais je n'ai pas besoin d'être ici pour penser à toi. Tu m'avais dit qu'en son temps le chagrin de l'absence s'efface devant la mémoire des souvenirs heureux. Quand cesseras-tu de me manquer autant ?

« Je voudrais que nos conversations reprennent, continuer à pouvoir te poser mille questions, entendre les mille réponses que tu me donnais, même quand tu les inventais. Je voudrais encore sentir ma main dans la tienne, marcher à tes côtés comme lorsque nous allions voir la marée quand elle recule vers le large.

« Je me suis disputée avec Jeanne ce matin. C'était de ma faute, comme chaque fois. Elle était furieuse que je ne l'aie pas appelée hier soir pour lui annoncer la bonne nouvelle ; hier soir, tu aurais été fier de moi, papa, fier de ta fille. J'ai présenté mes travaux devant une fondation et j'ai remporté le premier prix, ex æquo, mais tu aurais été fier quand même, toi qui as toujours eu le goût du partage. Je voudrais que tu reviennes, que tu me prennes dans tes bras et que nous repartions ensemble marcher jusqu'au petit port, je voudrais entendre le son de ta voix, me rassurer dans ton regard, comme autrefois.

Keira se tut un instant, parce qu'elle pleurait.

— Si tu savais comme je m'en veux de ne pas t'avoir rendu visite plus souvent quand tu étais en vie, si tu savais comme je le regrette. Mais je ne l'ai pas fait, et je t'entends me dire qu'il fallait bien que je vive ma vie, mais tu faisais partie de ma vie, papa.

« Je ne voulais pas que tu sois contrarié, alors je me suis réconciliée avec Jeanne. J'ai appliqué tes conseils à la lettre, je l'ai rappelée deux fois pour m'excuser. Et puis, je me suis disputée de nouveau avec elle quand je lui ai dit que je venais te voir, même si je ne te vois pas. Elle aurait voulu être là. Tu nous manques à toutes les deux.

« Tu sais, avec ce prix que j'ai gagné, je vais pouvoir repartir en Éthiopie. Je suis venue te le dire, parce que, si tu voulais me rendre visite, je serai dans la vallée de l'Omo. Pas besoin de t'indiquer le chemin, de là où tu es, je suis sûre que tu le trouveras. Viens dans le vent, ne souffle pas trop fort, mais viens, je t'en prie.

« Je fais un métier que j'aime, celui pour lequel tu me poussais à étudier et réussir, mais je suis seule et tu me manques. Est-ce que maman et toi vous êtes réconciliés là-haut ?

Keira se pencha pour embrasser la pierre ; puis elle se releva et quitta le cimetière, les épaules lourdes. En redescendant vers le petit port de St. Mawes, elle appela Jeanne et, lorsqu'elle fondit en larmes, sa sœur la consola longuement.

*

De retour à Paris, les deux sœurs célébrèrent le succès de Keira. Deux soirées de fête entre filles se succédèrent ; la seconde s'acheva à 5 heures du matin, alors qu'une équipe du Samu social raisonnait Jeanne. Passablement éméchée, elle voulait absolument se fiancer avec un certain Jules, clochard qui avait élu domicile dans une galerie commerciale des Champs-Élysées ; le plus long souvenir que Keira garda de ces deux nuits de festivités fut celui des quarante-huit heures de migraine qui suivirent.

*

Il y a des journées illuminées de petites choses, de riens du tout qui vous rendent incroyablement heureux ; un après-midi à chiner, un jouet qui surgit de l'enfance sur l'étal d'un brocanteur, une main qui s'attache à la vôtre, un appel que l'on n'attendait pas, une parole douce, votre enfant qui vous prend dans ses bras sans rien vous demander d'autre qu'un moment d'amour. Il y a des journées illuminées de petits moments de grâce, une odeur qui vous met l'âme en joie, un rayon de soleil qui entre par la fenêtre, le bruit de l'averse alors qu'on est encore au lit, les trottoirs enneigés ou l'arrivée du printemps et ses premiers bourgeons.

Ce samedi matin, la concierge de Jeanne avait apporté trois lettres à Keira. L'archéologie est un métier académique où chacun contribue, par ses connaissances, à la découverte tant espérée. La réussite sur le terrain dépend de la compétence de tous, elle est le fruit d'un travail d'équipe. Lorsque Keira apprit que les trois collègues qu'elle avait sollicités se réjouissaient de partir avec elle en Éthiopie, elle fit des bonds de joie dans l'appartement.

Ce matin-là, pendant qu'elle flânait dans les allées d'un marché, le vendeur de quatre-saisons dit à Jeanne qu'il la trouvait ravissante et ce matin-là, Jeanne rentra chez elle avec un panier bien trop rempli et la mine radieuse.

À midi, Jan Vackeers et Ivory déjeunaient dans un petit restaurant d'Amsterdam. La sole commandée par Ivory était cuite à la perfection, Jan se régalait de voir la gourmandise de son ami à ce point satisfaite. Les péniches se croisaient le long du canal et la terrasse où les deux vieux compères avaient pris place était baignée de soleil. Ils se remémorèrent de bons souvenirs et s'abandonnèrent à quelques fous rires.

À 13 heures, Walter se promenait dans Hyde Park. Un bouvier bernois assis au pied d'un grand chêne fixait un écureuil qui sautait de branche en branche. Walter s'approcha du chien et lui caressa la tête. Lorsque la propriétaire de l'animal le rappela, Walter resta stupéfait. Miss Jenkins était tout aussi surprise que lui de cette rencontre inopinée et elle engagea la conversation la première. Elle ignorait qu'il aimait les chiens, Walter dit que lui aussi en avait un, même si ce dernier passait la plupart de son temps chez sa mère. Ils firent une centaine de pas ensemble avant de se saluer courtoisement devant les grilles du parc ; Walter passa le reste de l'après-midi, assis sur une chaise, à contempler les fleurs d'un églantier.

À 14 heures, je rentrais d'une promenade. J'avais trouvé aux puces de Camden un vieux boîtier d'appareil photo et je me réjouissais à l'idée de passer ma soirée à le démonter et à le nettoyer. Sous ma porte, je trouvai une carte postale qu'avait glissée le facteur. La photo représentait le petit port de pêche d'Hydra, île sur laquelle vit ma mère. Elle l'avait postée six jours plus tôt. Ma mère a horreur du téléphone, elle n'écrit pas souvent et, quand elle prend la plume, sa prose n'est pas prolixe. Le texte était d'une simplicité déconcertante : « Quand est-ce que tu viens me voir ? » Deux heures plus tard, je ressortais de l'agence de voyages qui se trouve à deux rues de chez moi, avec un billet d'avion en poche pour la fin du mois.

Ce samedi soir, Keira, trop affairée aux préparatifs de son expédition, décommanda son dîner avec Max.

Après s'être regardée longuement dans le miroir de la salle de bains, Jeanne se décida à jeter les dernières lettres de Jérôme qu'elle conservait dans le tiroir de son bureau.

Walter, qui était allé rendre visite à son libraire, lisait une encyclopédie sur les chiens, apprenant par cœur la page concernant le bouvier bernois.

Jan Vackeers accordait à Ivory une revanche aux échecs.

Quant à moi, après avoir scrupuleusement nettoyé l'appareil photo acheté le matin même, je m'installais à mon bureau, avec une bière glacée et un sandwich que j'avais particulièrement bien préparé. Je commençai à rédiger une lettre à ma mère pour l'avertir de mon arrivée et reposai aussitôt le stylo, me réjouissant de lui faire une surprise.

Il est des journées faites de petits riens, des journées dont on se souvient longtemps, sans que l'on puisse vraiment savoir pourquoi.

*

J'avais informé Walter de mon départ. Mes cours ne commençaient qu'à la rentrée et personne à l'Académie ne remarquerait mon absence. J'avais acheté biscuits, thés et moutardes anglaises dont ma mère raffole, bouclé ma valise, refermé la porte de ma maison, un taxi me conduisit à l'aéroport. J'arriverais à Athènes au milieu de l'après-midi, à temps pour rejoindre le port du Pirée et embarquer à bord de la navette maritime qui me conduirait en une heure sur l'île d'Hydra.

Comme à l'accoutumée, l'ambiance à Heathrow était chaotique à souhait. Mais lorsqu'on a volé jusqu'aux confins de l'Amérique du Sud, plus rien ne vous surprend en matière de voyage. Coup de chance, mon vol était à l'heure. Après le décollage, le pilote annonça que nous survolerions la France, avant de faire cap vers la Suisse, le nord de l'Italie, l'Adriatique et enfin la Grèce. Je n'y étais pas retourné depuis longtemps et j'étais heureux d'avoir décidé de rendre visite à ma mère. Nous survolions maintenant Paris, le ciel était clair et les passagers qui, comme moi, étaient assis du bon côté de la cabine, bénéficiaient d'une splendide vue de la capitale, on voyait même la tour Eiffel.

*

Paris

Keira supplia Jeanne de l'aider à boucler sa valise.

— Je ne veux plus que tu t'en ailles.

— Je vais rater mon avion, dépêche-toi, je t'en prie Jeanne ce n'est pas le moment !

Le départ se fit dans la précipitation. À bord du taxi qui roulait vers Orly, Jeanne ne disait pas un mot.

— Tu vas faire la tête jusqu'à ce que nous soyons séparées ?

— Je ne fais pas la tête. Je suis triste, c'est tout, bougonna Jeanne.

— Je te promets que je téléphonerai, régulièrement.

— Promesse de Gascon ! Quand tu seras là-bas, rien n'existera en dehors de ton travail. Et puis tu me l'as assez répété, pas de cabines, pas de réseau...

— Personne n'a jamais prouvé que les Gascons ne tenaient pas leurs promesses.

— Jérôme est gascon !

— Jeanne, ces deux derniers mois ont été merveilleux et rien de ce qui m'arrive n'aurait existé sans toi. Ce voyage, c'est à toi que je le dois, tu es...

— Je sais, l'idiote que tu n'aurais échangée pour aucune autre au monde, mais tu préfères quand même passer tes journées en compagnie de tes squelettes dans la vallée de l'Omo, plutôt qu'avec ta sœur soi-disant irremplaçable. Oh, et puis je suis la dernière des imbéciles, je m'étais juré de ne pas te faire cette scène, j'ai répété cent fois hier dans ma chambre toutes les paroles heureuses que je devais te dire.

Jeanne fixa longuement Keira.

— Qu'est-ce qu'il y a ?

— Rien, je m'imprègne de ta frimousse avant de ne plus la voir.

— Arrête ça, Jeanne, tu vas me donner le cafard. Viens me rendre visite !

— J'ai déjà du mal à boucler mes fins de mois, je devrais parler tout de suite à mon banquier d'un petit voyage en Éthiopie, il serait ravi. Qu'as-tu fait de ton collier ?

Keira passa la main autour de son cou.

— C'est une longue histoire.

— Je t'écoute.

— J'ai retrouvé une ancienne connaissance à Londres, par hasard.

— Et tu lui as donné ce pendentif auquel tu tenais tant ?

— Je te l'ai dit, Jeanne, c'est une longue histoire.

— Comment s'appelle-t-il ?

— Adrian.

— Tu l'as emmené voir papa ?

— Non, bien sûr que non.

— Remarque, si ce mystérieux Adrian peut écarter Max de tes pensées, béni soit-il.

— Qu'est-ce que tu as contre Max ?

— Rien !

Keira regarda attentivement sa sœur.

— « Rien », ou « Rien, bien au contraire » ? demanda-t-elle.

Jeanne ne répondit pas à la question.

— Mais je suis la reine des connes..., souffla Keira. « Je n'ai pas eu de nouvelles de Max depuis ta rupture », « Max a mis du temps à s'en remettre, ne rouvre pas des plaies si c'est pour te barrer ensuite », « Je ne devrais pas te le dire mais Max était à ce dîner », tu es raide dingue de lui !

— N'importe quoi !

— Regarde-moi droit dans les yeux Jeanne !

— Qu'est-ce que tu voulais que je te dise ? Que je me suis retrouvée seule au point de m'amouracher d'un ex de ma petite sœur ? Je ne sais même pas si c'est de lui dont je me suis éprise ou du couple que vous formiez, ou de l'idée d'un couple tout court.

— Max est tout à toi, ma Jeanne, mais ne sois pas déçue quand même, c'est un mauvais coup !

Jeanne accompagna sa sœur jusqu'au comptoir d'enregistrement. Une fois les bagages de Keira avalés par le tapis roulant, elles allèrent prendre un dernier café. Jeanne avait la gorge bien trop nouée pour parler et Keira n'était pas mieux. Elles se tinrent par la main, chacune dans ses pensées et son silence. Elles se séparèrent devant les guichets de la police de l'air. Jeanne serra Keira dans ses bras et éclata en sanglots.

— Je te promets de t'appeler chaque semaine, dit Keira en larmes.

— Tu ne tiendras pas ta promesse, mais je t'écrirai et tu m'écriras aussi. Tu me raconteras tes journées, moi les miennes ; tes lettres feront des pages et des pages et celles que je t'enverrai à peine quelques lignes parce que je n'aurai pas grand-chose à te raconter. Tu m'enverras des photos de ton fleuve magnifique, je t'enverrai des cartes postales du métro. Je t'aime, petite sœur, prends soin de toi et, surtout, reviens-moi vite.

Keira s'éloigna à reculons ; elle tendit son passeport et sa carte d'embarquement au policier derrière la vitre de sa guérite. Le contrôle passé, elle se retourna pour faire un dernier signe à sa sœur, mais Jeanne était déjà partie.

Il est des journées faites de petits riens et qui vous laissent le vague à l'âme, de moments de solitude dont on se souvient longtemps, très longtemps.

*

Athènes

Le port du Pirée à la fin du jour est aussi animé qu'une ruche. Les passagers à peine descendus des files interminables d'autocars, de minibus ou de taxis se précipitent de quai en quai. Les amarres claquent au gré du vent, rythmant le ballet des bateaux qui accostent ou appareillent. La navette reliant Hydra avait gagné le large. La mer était formée ; assis à l'avant je fixai la ligne d'horizon ; en dépit de mes origines grecques, je n'ai jamais eu le pied marin.

Hydra est une île hors du temps, il n'existe que deux moyens de s'y déplacer, à pied ou à dos d'âne. Les maisons du village accrochées à la montagne surplombent le petit port de pêche ; on y accède par des ruelles escarpées. Hors de la saison touristique, tout le monde se connaît ici, et il est impossible de débarquer sans qu'un visage familier vous sourie, vous serre dans ses bras, et crie à qui voudra l'entendre que vous êtes revenu au pays. Le jeu consistait pour moi à gagner la maison de mon enfance avant que la rumeur de mon arrivée ait grimpé la colline. Je ne sais pas pourquoi je voulais tant faire cette surprise à ma mère. Peut-être était-ce parce que j'avais ressenti dans son courrier laconique, non un reproche, mais plutôt un appel.

Le vieux Kalibanos qui fait commerce d'ânes se réjouissait de me confier une de ses plus belles bêtes. La chose est difficile à croire, mais il existe deux sortes d'ânes à Hydra, ceux qui avancent d'un pas lent et ceux qui trottent à belle allure. Les seconds s'échangent pour le double du prix des premiers et les monter est bien plus difficile qu'il n'y paraît. L'âne a son caractère, si l'on veut qu'il aille dans la direction souhaitée, il faut savoir se faire accepter de lui.

— Ne lui laisse aucun répit, avait supplié Kalibanos, il est aussi rapide que feignant ; quand tu te trouveras dans le virage, juste avant d'arriver chez ta mère, tire les rênes à gauche, sinon il ira dévorer les fleurs sur le mur de ma cousine et cela fera encore des histoires.

Je promis de faire de mon mieux, Kalibanos m'ordonna de lui confier mon bagage, il le ferait livrer plus tard. Il tapota sur sa montre, me donnant moins de quinze minutes pour arriver là-haut avant que maman apprenne que j'étais sur l'île.

— Et encore, tu as la chance que le téléphone de ta tante soit en panne !

Tante Elena tient sur le port un petit magasin de cartes postales et de souvenirs, elle parle sans cesse, la plupart du temps pour ne rien dire, mais son rire est le plus communicatif que je connaisse, et elle rit en permanence.

Aussitôt lancé, je retrouvais les réflexes de mon enfance. Je ne dirais pas que j'avais fière allure, mon âne dodelinait généreusement du postérieur, mais j'avançais à bon train et la beauté des lieux m'émerveillait comme chaque fois que je revenais. Je n'ai pas grandi ici, je suis né à Londres et y ai toujours vécu, mais à toutes les vacances, nous réinvestissions la demeure familiale de ma mère, avant qu'elle s'y installe pour de bon à la mort de mon père.

Je m'appelle Adrian, sauf ici, où l'on m'appelle toujours Adrianos.

*

Addis-Abeba

L'appareil venait de se poser sur l'aéroport de Bolé, il alla s'arrimer au terminal flambant neuf qui faisait la fierté de la ville. Keira et son équipe durent patienter de longues heures avant que leur matériel soit enfin dédouané. Trois minibus les attendaient. Le coordinateur que Keira avait contacté au début de la semaine avait tenu sa promesse. Les chauffeurs chargèrent caisses, tentes et bagages dans les deux premiers véhicules, l'équipe embarqua à bord du troisième ; les moteurs toussèrent, les embrayages craquèrent, annonçant le début de la folle équipée. On passa le rond-point qui célèbre la coopération sino-africaine, le fronton de la gare centrale d'Addis-Abeba est d'ailleurs marqué d'une sculpture représentant le drapeau rouge et l'étoile de la Chine ; le convoi emprunta la grande avenue qui traverse la capitale, d'est en ouest. La circulation était dense et l'équipage épuisé ne tarda pas à s'endormir, insensible au chaos environnant, à peine réveillé par les soubresauts du véhicule quand une roue s'enfonçait dans une ornière.

La vallée de l'Omo est à cinq cent cinquante kilomètres à vol d'oiseau, le triple par la route, et le goudron disparaît au milieu du voyage pour laisser place à la terre puis à la piste.

Ils passèrent Addis, Tefki, Tulu Bolo, le convoi s'arrêta à Giyon à la tombée du jour. On déchargea le matériel pour l'embarquer aussitôt à bord de deux longs véhicules tout-terrain. Keira jubilait, son organisation était parfaite et les membres de son équipe semblaient heureux, en dépit de la fatigue qui augmentait.

À Welkite, les chauffeurs des 4 × 4 renoncèrent à continuer. On passerait la nuit ici.

Une famille les accueillit. L'équipage mangea de bonne grâce le repas qui lui était offert : un plat de *wat*. Tout le monde s'endormit sur les nattes disposées dans la pièce principale.

Keira fut la première éveillée. Sortie sur le perron de la maison, elle regardait les alentours. La ville était principalement composée de maisons blanches aux toitures de tôle ondulée. Les toits de Paris étaient loin, Jeanne lui manquait, et elle se demanda soudain pourquoi elle s'était embarquée dans cette aventure. La voix d'Éric, un de ses collègues, la sortit de ses pensées.

— On est bien loin du périphérique, n'est-ce pas ?

— Je me faisais la même remarque, mais si tu crois être arrivé au bout du monde, attends encore un peu, il se trouve à cinq cents kilomètres d'ici, répondit Keira.

— Je suis impatient d'y être et de me mettre au travail.

— La première chose sera de nous faire accepter par les villageois.

— Cela t'inquiète ?

— Nous sommes un peu partis comme des voleurs après la tempête.

— Mais vous n'avez rien volé, donc tu n'as pas de raison de t'en faire, conclut Éric en tournant les talons.

C'était la première fois que le pragmatisme de son collègue étonnait Keira, et c'était loin d'être la dernière. Elle haussa les épaules et se rendit près des véhicules pour aller vérifier le bon harnachement du matériel.

À 7 heures du matin, le convoi reprit la route. La banlieue de Welkite passée, les maisons cédèrent la place à des huttes aux toits de paille pointus. Le paysage changea radicalement une heure plus tard, quand Keira et son équipe entrèrent dans la vallée de Gibe.

Premier contact avec la rivière, ils traversèrent le pont du Duc qui surplombait le majestueux cours d'eau avec lequel Keira renouait enfin. À sa demande, les deux 4 × 4 s'arrêtèrent.

— Quand devons-nous arriver au camp ? demanda l'un de ses collègues.

— Nous aurions pu le descendre, dit Éric en regardant le cours d'eau au fond du précipice.

— Oui, nous aurions pu. En vingt jours, ou plus si les hippopotames sont capricieux et refusent de nous laisser passer ; et nous perdrions probablement la moitié de notre matériel dans les courants, répondit Keira. Nous aurions aussi pu prendre un petit avion jusqu'à Jimma, mais pour une seule journée de gagnée, c'est trop cher.

Éric regagna le 4 × 4 sans faire de commentaires. Sur leur gauche, le fleuve traversait les prairies, avant de s'enfoncer dans la jungle.

Le convoi repartit, soulevant un épais nuage de poussière dans son sillage. La route était de plus en plus sinueuse et les gorges à franchir chaque fois plus vertigineuses. À midi, on passa Abelti et la descente vers Asendako commença. Le voyage n'en finissait plus, seule Keira semblait tenir bon. Enfin les voitures entrèrent dans Jimma. Ils y passeraient leur seconde nuit ; demain, Keira retrouverait la vallée de l'Omo.

*

Hydra

— Heureusement que ta tante m'a téléphoné de chez l'épicier pour me prévenir que tu avais débarqué sur le port. Tu voulais que je fasse un arrêt cardiaque ?

Voilà les premiers mots de ma mère quand j'entrai dans sa maison. C'était sa façon à elle de m'accueillir et sa façon, aussi, de me faire le reproche de ces longs mois d'absence.

— Elle a le regard encore vif, ta tante, je ne suis pas certaine que je t'aurais reconnu si je t'avais vu en ville ! Montre-toi à la lumière que je te voie. Tu as maigri et tu as mauvaise mine.

Je m'attendais encore à deux ou trois remarques de sa part avant qu'elle accepte enfin de m'ouvrir ses bras.

— Il paraît que ta valise n'est pas très lourde, je suppose que tu ne restes que quelques jours ?

Et quand je lui confiai mon envie de passer plusieurs semaines ici, ma mère se détendit enfin et m'embrassa tendrement. Je lui jurai qu'elle n'avait pas changé, elle me tapota la joue en me traitant de menteur, mais accepta le compliment. Elle s'affaira aussitôt en cuisine, faisant l'inventaire de tout ce qui lui restait de farine, sucre, lait, œufs, viande et légumes.

— Je peux savoir ce que tu fais ? demandai-je.

— Figure-toi que j'ai un fils qui débarque à l'improviste, après plus de deux années sans avoir rendu une seule visite à sa mère et, comme il s'est débrouillé pour arriver en fin de journée, il me reste une heure à peine pour préparer une fête.

— Je veux juste dîner en tête à tête avec toi, laisse-moi t'emmener sur le port.

— Et moi je voudrais avoir trente ans de moins et être débarrassée à jamais de mes rhumatismes !

Maman fit claquer ses doigts et se frotta le bas du dos.

— Eh bien, tu vois, ça n'a pas marché, j'en conclus que nos souhaits ne seront pas exaucés aujourd'hui. Nous ferons donc un banquet digne de cette famille et de sa réputation ; si tu crois que ton arrivée sur l'île est passée inaperçue !

Inutile d'essayer de la raisonner, sur ce point comme sur tout autre d'ailleurs. Tout le monde au village aurait parfaitement compris que nous passions la soirée seuls ensemble, mais célébrer mon arrivée comptait beaucoup pour ma mère, et je me refusais à la priver de ce plaisir.

Les voisins apportèrent du vin, du fromage et des olives, les femmes dressèrent la table, les hommes accordèrent leurs instruments de musique. On but, dansa et chanta jusque tard dans la nuit et j'eus une petite explication en privé avec ma tante pour la remercier de sa discrétion. Elle me jura qu'elle ne voyait pas de quoi je parlais.

Lorsque je me réveillai le lendemain, ma mère était déjà debout depuis longtemps. Tout était rangé et la maison avait retrouvé son allure de tous les jours.

— Qu'est-ce que tu comptes faire ici pendant plusieurs semaines ? avait demandé maman en me servant un café.

Je la forçai à s'asseoir avec moi.

— Ne pas me faire servir du matin au soir serait déjà un bon début. Je suis venu m'occuper de toi, pas le contraire.

— T'occuper de moi ? La belle affaire ! Cela fait des années que j'ai pris l'habitude de m'occuper de moi toute seule ; à part Elena qui vient étendre le linge, et que j'aide en retour à son magasin, je n'ai besoin de personne.

Sans tante Elena, ma mère se sentirait beaucoup plus seule. Et pendant que je prenais mon petit déjeuner, je l'entendais défaire ma valise et ranger mes affaires.

— Je te vois hausser les épaules ! dit-elle depuis la fenêtre de ma chambre.

Je passai cette première journée de vacances à renouer avec les paysages de l'île. L'âne de Kalibanos me guidait le long des sentes. Je m'arrêtai dans une crique, profitant de ce qu'elle était déserte pour plonger dans la mer et en ressortir aussi vite, frigorifié. Je déjeunai avec ma mère et ma tante sur le port et les écoutai raconter des histoires de famille, souvenirs que l'une et l'autre ressassaient inlassablement. Arrive-t-il un moment de la vie où le bonheur est passé, où l'on n'attend plus rien ? Est-ce cela que vieillir ? Lorsque aujourd'hui ne parle que d'hier, quand le présent n'est plus qu'un trait de nostalgie que l'on cache pudiquement par des éclats de rire ?

— Qu'est-ce que tu as à nous regarder comme ça ? demanda ma tante en séchant ses yeux.

— Rien… Est-ce que, lorsque je serai rentré à Londres, vous déjeunerez toutes les deux à cette même table en vous remémorant ce repas d'aujourd'hui comme un bon souvenir ?

— Évidemment ! Pourquoi poses-tu une question aussi idiote ? demanda Elena.

— Parce que je me demande aussi pourquoi vous ne profiteriez pas maintenant de cette belle journée au lieu d'attendre que je sois reparti ?

— Ton fils a trop longtemps manqué de soleil, dit Elena à ma mère. Je ne comprends plus un mot de ce qu'il dit.

— Moi si, dit ma mère en me souriant, et je crois qu'il n'a pas tout à fait tort. Arrêtons avec ces vieilles histoires et parlons d'avenir. Tu as des projets, Elena ?

Ma tante nous regarda à tour de rôle, ma mère et moi.

— Je vais repeindre le mur du magasin à la fin du mois, juste avant le début de la saison, annonça-t-elle avec le plus grand sérieux. Le bleu a pâli, vous ne trouvez pas ?

— Si, je me le disais justement, et voilà un sujet qui va passionner Adrianos, ajouta ma mère en m'adressant un clin d'œil.

Cette fois Elena se demanda si l'on se payait sa tête, et je lui jurai qu'il n'en était rien. Nous avons discuté pendant deux heures du bleu qu'il faudrait choisir pour la devanture de son magasin. Maman alla même tirer de sa sieste le marchand de couleurs pour lui confisquer une gamme de teintes ; et pendant que nous les appliquions au mur pour choisir celle qui conviendrait le mieux, c'est sur le visage de ma mère que je vis des couleurs se réinventer.

Deux semaines passèrent pendant lesquelles nous vivions au gré de ce soleil qui m'avait tant manqué, de la chaleur qui grimpait de jour en jour. Juin passait lentement et nous vîmes débarquer les premiers touristes.

Je me souviens de ce matin-là, comme si c'était hier, nous étions un vendredi. Maman était entrée dans la chambre où je lisais, profitant de la fraîcheur que les persiennes avaient su préserver. Je dus poser mon livre puisqu'elle se tenait debout, bras croisés, devant moi. Elle me dévisageait sans rien dire ; avec un drôle d'air, de surcroît.

— Qu'est-ce qu'il y a ?

— Rien, répondit-elle.

— Tu es juste descendue me regarder lire ?

— Je suis venue te porter du linge.

— Mais tu n'as rien dans les mains !

— J'ai dû l'oublier en chemin.

— Maman ?

— Adrian, depuis quand portes-tu des colliers ?

Lorsque ma mère m'appelle Adrian, c'est que quelque chose de sérieux la tracasse.

— Ne fais pas l'innocent ! ajouta-t-elle.

— Je n'ai pas la moindre idée de ce dont tu parles. Ma mère jeta un regard noir vers le tiroir de ma table de nuit.

— Je te parle de celui que j'ai trouvé dans ta valise et que j'ai rangé là.

J'ouvris le tiroir en question et trouvai le pendentif que Keira avait oublié à Londres ; pourquoi l'avais-je emmené ? Je ne le savais pas moi-même.

— C'est un cadeau !

— On t'offre des colliers maintenant ? Et pas n'importe lequel. C'est assez original comme cadeau. Qui a été aussi généreux avec toi ?

— Une amie. Je suis arrivé il y a deux semaines, pourquoi t'intéresses-tu soudain à ce collier ?

— Parle-moi d'abord de cette amie, qui offre des bijoux à un homme, je cesserai peut-être de m'intéresser à ton collier.

— Ce n'était pas vraiment un cadeau, elle l'a oublié chez moi.

— Alors pourquoi me dis-tu que c'est un cadeau, si c'est un oubli ? Il y a d'autres choses que tu as oublié de me dire ?

— Mais, maman, où veux-tu en venir ?

— Tu peux m'expliquer qui est l'énergumène qui vient de débarquer de la navette d'Athènes et qui fait le tour des commerces du port en demandant après toi ?

— Quel énergumène ?

— Tu vas répondre à chacune de mes questions par une autre question ? C'est agaçant à la fin.

— Je ne sais pas de qui tu parles.

— Tu ne sais pas à qui est ce collier, tu ne sais pas me décrire celle qui te l'aurait d'abord offert mais qui l'a finalement oublié chez toi, et tu ne sais pas non plus qui est ce Sherlock Holmes en short sur le port, qui en est à sa cinquième bière et demande à tous les passants s'ils te connaissent ? C'est la énième fois que l'on me téléphone à son sujet et figure-toi que moi non plus je ne sais pas quoi dire !

— Un Sherlock Holmes en short ?

— Avec short en flanelle, chemisette et casquette à carreaux, ne lui manque que la pipe !

— Walter !

— Donc tu le connais !

J'enfilai une chemise, et me précipitai à la porte, priant pour que mon âne n'ait pas rongé la corde qui le retenait à l'arbre devant la maison ; il avait pris cette sale habitude depuis le début de la semaine, pour aller se promener à sa guise dans le champ du voisin et courtiser une ânesse qui n'avait d'ailleurs rien à faire de ses avances.

— Walter est un collègue de travail, j'ignorais totalement qu'il comptait nous rendre visite.

— Nous ? Ne me mêle pas à ça, s'il te plaît Adrian !

Je ne comprenais vraiment rien à l'énervement de ma mère qui d'ordinaire était la plus accueillante des femmes ; ni cette petite réflexion qu'elle me fit, alors que je refermais la porte de la maison : « Ton ex-femme aussi était une collègue ! »

C'était bien Walter qui avait débarqué une heure plus tôt sur l'île et qui se trouvait assis à la terrasse du restaurant voisin du magasin d'Elena.

— Adrian ! s'exclama-t-il, en me voyant.

— Que faites-vous là, Walter ?

— Comme je le disais à ce charmant aubergiste, sans vous, l'Académie n'est plus l'Académie. Vous me manquiez, mon ami !

— Vous avez dit au propriétaire de cet établissement que je vous manquais ?

— Tout à fait, et c'est la vérité vraie.

J'éclatai de rire. J'eus tort, car Walter prit cela comme une marque de contentement de le voir ici, et cinq ou six bières aidant, il se leva pour me serrer dans ses bras. Je vis, par-dessus son épaule, tante Elena rappeler ma mère.

— Walter, je ne vous attendais pas…

— Mais moi non plus, je ne m'attendais pas à venir ici. Il pleuvait, il pleuvait, il n'a cessé de pleuvoir depuis votre départ ; j'en ai eu assez de la grisaille, et puis j'avais besoin de vos conseils, mais nous en reparlerons plus tard. Alors, je me suis dit : Pourquoi ne pas aller passer quelques jours au soleil ? Pourquoi est-ce toujours les autres qui partent et pas moi ? Cette fois, je me suis écouté, j'ai sauté sur une promotion affichée dans la vitrine d'une agence de voyages et me voilà !

— Pour combien de temps ?

— Une petite semaine, mais il n'est pas question de m'imposer, je vous rassure, j'ai pris mes dispositions. La promotion incluait une chambre dans un charmant petit hôtel, quelque part ici, je ne sais pas bien où, conclut-il essoufflé en me tendant sa réservation.

J'accompagnais Walter à travers les ruelles de la vieille ville, maudissant ce déjeuner où j'avais commis l'imprudence de lui confier le nom de l'île où je m'exilais.

— Quel beau pays que le vôtre, Adrian, c'est tout simplement magnifique. Ces murs blancs, ces volets bleus, cette mer, même les ânes sont merveilleux !

— C'est l'heure de la sieste, Walter, si vous pouviez parler un peu moins fort, ces ruelles sont terriblement sonores.

— Mais bien sûr, chuchota-t-il, bien entendu.

— Et puis-je vous suggérer de changer de tenue ?

Walter se regarda de bas en haut, l'air étonné.

— Quelque chose ne va pas ?

— Déposons votre valise et allons nous occuper de cela.

J'ignorais que pendant que j'aidais Walter à se trouver une tenue plus discrète au bazar du port, Elena rappela maman pour lui raconter que je faisais du shopping avec mon ami.

Les Grecs sont d'un naturel accueillant, je n'allais pas faire mentir leur réputation et j'invitai Walter à dîner en ville. Je me souvins que Walter avait sollicité mes conseils. À la terrasse du restaurant, je lui demandai en quoi je pouvais lui être utile.

— Vous vous y connaissez en chiens ? me demanda-t-il.

Et il me raconta l'épisode de sa promenade fugace avec Miss Jenkins quelques semaines plus tôt à Hyde Park.

— Cette rencontre a changé bien des choses, maintenant, chaque fois que nous nous saluons, je lui demande des nouvelles d'Oscar, c'est le nom de son bouvier bernois, et, chaque fois, elle m'assure qu'il va bien ; mais en ce qui nous concerne, nous en sommes au même point.

— Pourquoi ne l'invitez-vous pas à un concert ou à un spectacle de music-hall ? Les théâtres de Covent Garden ne vous laissent que l'embarras du choix.

— Comment une idée aussi judicieuse ne m'est-elle pas venue ?

Walter regarda longuement la mer et soupira.

— Je ne saurai jamais comment m'y prendre !

— Lancez-vous, faites votre invitation, elle en sera très touchée, croyez-moi.

Walter fixa à nouveau la mer et soupira encore.

— Et si elle refuse ?

Tante Elena arriva, elle se planta devant nous, attendant que je fasse les présentations. Walter l'invita à notre table. Elena ne se fit pas prier et s'assit avant même que je me lève pour lui tendre une chaise. Elena avait un humour insoupçonné lorsqu'elle n'était pas en compagnie de maman. Elle prit la parole et ne la rendit plus, racontant presque toute sa vie à Walter. Nous fîmes la fermeture du restaurant. Je raccompagnai mon ami à son hôtel et rentrai sur le dos de mon âne, jusqu'à la maison. Maman veillait sous le patio, nettoyant son argenterie à 1 heure du matin !

Le lendemain, le téléphone sonna vers 16 heures. Ma mère vint me chercher sur la terrasse, elle m'annonça, l'air suspicieux, que mon ami voulait me parler.

Walter me proposait une promenade en fin d'après-midi ; je voulais terminer mon livre et l'invitait à se joindre à nous pour la soirée. Je descendis faire quelques courses au village et m'arrangeai avec Kalibanos pour qu'il passe chercher Walter à son hôtel vers 9 heures et le conduise chez nous. Maman resta silencieuse, se contentant de dresser le couvert et d'inviter ma tante à ce dîner qui avait l'air de la contrarier.

— Qu'est-ce que tu as ? lui demandai-je en l'aidant à mettre la table.

Maman posa les assiettes et croisa les bras, ce qui n'augurait rien de bon.

— Deux ans d'absence pendant lesquels tu n'as presque pas donné de tes nouvelles et la seule personne que tu présentes à ta mère c'est ton Sherlock Holmes ? Quand vas-tu enfin songer à mener une vie normale ?

— Tout dépend de ce que tu entends par normale ?

— J'aimerais avoir pour seul souci que mes petits-enfants n'aillent pas se faire mal sur les rochers.

Ma mère n'avait jamais manifesté une telle envie. Je lui présentai une chaise pour qu'elle s'y asseye et lui préparai un verre d'ouzo, comme elle l'aime, sans eau avec un seul glaçon. Je la regardais tendrement, réfléchissant à deux fois à ce que j'allais lui dire.

— Tu veux des petits-enfants maintenant ? Tu m'as toujours soutenu le contraire, tu me disais que m'avoir élevé te suffisait amplement, tu te défendais d'être l'une de ces femmes qui veulent à tout prix, quand leur progéniture quitte le nid, rejouer la partition en habit de grand-mère.

— Eh bien je suis devenue l'une de ces femmes, il n'y a que les imbéciles qui ne changent jamais d'avis, non ? La vie passe si vite Adrianos, tu as eu tout ton temps pour t'amuser avec tes camarades. Le moment n'est plus de rêver à demain. À ton âge, demain c'est aujourd'hui ; et, au mien, comme tu as pu le constater, aujourd'hui est devenu hier.

— Mais j'ai tout mon temps ! protestai-je.

— On ne vend pas les salades quand elles sont fanées !

— Je ne sais pas ce qui t'inquiète, ni pourquoi tu t'inquiètes, mais je ne doute pas de rencontrer un jour la femme idéale.

— Est-ce que j'ai l'air d'une femme idéale ? Et pourtant ton père et moi avons vécu quarante très belles années ensemble. Ce n'est ni la femme ni l'homme qui doivent être idéaux mais ce qu'ils veulent partager ensemble. Une grande histoire d'amour, c'est la rencontre de deux donneurs. As-tu trouvé cela dans ta vie ?

J'avouai que ce n'était pas le cas. Maman passa sa main sur ma joue et me sourit.

— L'as-tu seulement cherché ?

Elle se leva sans avoir touché à son verre et retourna à la cuisine, me laissant seul sur la terrasse.

*

Vallée de l'Omo

Les matins pâles de la vallée de l'Omo révèlent des paysages de marais et de savane isolés par des hauts plateaux. Toute trace de la tempête avait disparu. Les villageois avaient rebâti ce que le vent avait endommagé. Des singes colobus se balançaient de branche en branche, faisant à peine plier les arbres à leur passage.

Les archéologues dépassèrent un village de la tribu Qwegu, et un peu plus en aval atteignirent enfin celui des Mursis.

Guerriers et enfants jouaient sur la rive.

— Avez-vous déjà vu quelque chose d'aussi beau que les peuples de l'Omo ? demanda Keira à ses compagnons de voyage.

Sur leurs peaux bronze aux reflets rouges, ils avaient dessiné des peintures de maître. Les Mursis réussissent d'instinct ce que certains grands peintres passent leur vie à chercher. Du bout des doigts ou de la pointe d'un roseau effilé, ils saisissent l'ocre rouge, ou tout autre pigment que les terres volcaniques leur offrent pour se parer de couleurs, le vert, le jaune, le gris de la cendre. Une petite fille sortie d'un tableau de Gauguin riait avec un jeune guerrier revisité par Rothko.

Devant tant de splendeur, les collègues de Keira restèrent silencieux, émerveillés.

Si l'humanité a vraiment un berceau, le peuple de l'Omo semblait y vivre encore.

Tous les villageois se mirent à courir à leur rencontre. Au milieu de ceux qui dansaient pour manifester leur joie, Keira ne cherchait qu'un visage, une seule tête. Elle l'aurait reconnu parmi cent autres, même sous un masque d'ocre ou d'argile elle aurait reconnu ses traits, mais Harry n'était pas venu l'accueillir.

*

Hydra

À 9 heures précises, j'entendis les braiments d'un âne sur le petit chemin. Ma mère ouvrit la porte de la maison et accueillit Walter. Son costume semblait avoir souffert.

— Il est tombé trois fois ! soupira Kalibanos, pourtant, je lui avais réservé la plus docile de mes bêtes, dit-il en repartant, vexé de n'avoir su mener sa mission à bien.

— On pourra dire ce que l'on veut, protesta Walter, mais on est loin des chevaux de Sa Majesté. Aucune tenue dans les virages, ni aucune discipline.

— Qu'est-ce qu'il dit ? chuchota Elena.

— Qu'il n'aime pas nos ânes ! répondit ma mère en nous guidant vers la terrasse.

Walter fit mille compliments sur la décoration, il n'avait, jura-t-il, jamais rien vu d'aussi beau. Il s'émerveilla devant le sol en galets. À table, Elena ne cessa de le questionner sur ses fonctions à l'Académie, sur la façon dont nous nous étions connus. J'ignorais jusqu'à ce jour les talents de diplomate de mon collègue. Tout au long du dîner, il complimenta la cuisine qui lui était servie. Au moment des desserts, il interrogea ma mère sur la manière dont elle avait rencontré mon père. Maman est intarissable sur ce sujet. La fraîcheur du soir fit frissonner Elena. Nous quittâmes la terrasse pour nous installer dans le salon, le temps de boire les cafés blancs que maman avait préparés. Je fus surpris de découvrir sur la console près de la fenêtre, le collier de Keira qui avait mystérieusement voyagé du tiroir de ma table de nuit jusqu'ici. Walter suivit mon regard et s'exclama joyeusement :

— Mais je reconnais ce pendentif !

— Je n'en doute pas un seul instant ! répondit ma mère en lui présentant une boîte de chocolats.

Walter ne comprit pas pourquoi ma mère jubilait en disant cela, et je dois dire que cela m'échappait aussi.

Elena était fatiguée, il était trop tard pour qu'elle redescende jusqu'au village, et, comme elle le faisait souvent, elle alla s'installer pour la nuit dans la chambre d'amis. Maman se retira en même temps qu'elle, saluant Walter et m'invitant, lorsque nous aurions terminé nos verres, à le raccompagner. Elle craignait qu'il s'égare sur le chemin du retour, mais Walter jura que cela n'était vraiment pas nécessaire. Les conditions climatiques en décidèrent autrement.

Je me suis toujours étonné de la conjonction de petites choses qui décident du cours de votre vie. Personne ne voit les pièces du puzzle qui s'assemblent, inéluctablement, et qui conduiront à un bouleversement.

Walter et moi discutions depuis une bonne heure quand un orage arriva de la mer. Je n'en avais pas connu de tel depuis fort longtemps. Walter m'aida à fermer portes et fenêtres et nous reprîmes tranquillement le fil de notre conversation pendant que le tonnerre se déchaînait au-dehors.

Il n'était pas question de laisser mon ami rentrer par un temps pareil. Elena occupait la chambre d'ami, je lui proposai le canapé du salon et une couverture pour la nuit. Après l'avoir installé, je saluai Walter et me retirai, suffisamment fatigué pour que le sommeil me cueille aussitôt. Mais l'orage avait redoublé d'intensité, j'avais beau fermer les yeux, la foudre était si violente que même les paupières closes, je pouvais voir les éclairs illuminer la pièce.

Walter surgit en caleçon dans ma chambre, dans un état d'effervescence que je ne lui connaissais pas. Il me secoua, me supplia de me lever et de le suivre. J'ai d'abord pensé qu'il avait vu un serpent, mais une telle chose ne s'était jamais produite dans notre maison. Il fallut que je le retienne à mon tour par les épaules pour qu'il consente à me parler.

— Venez, je vous en supplie, vous n'en croirez pas vos yeux.

Je n'avais d'autre choix que de le suivre. Le salon était plongé dans l'obscurité, Walter me guida jusqu'à la fenêtre. Je compris rapidement son émerveillement. Chaque fois qu'un éclair striait le ciel, la mer s'illuminait comme un gigantesque miroir.

— Vous avez bien fait de me tirer du lit. Je dois avouer que le spectacle est de toute beauté.

— Quel spectacle ? me demanda Walter.

— Eh bien, celui-ci, juste devant nous, ce n'est pas pour voir ça que vous m'avez réveillé ?

— Parce que vous dormiez avec un tel raffut ? On dit que Londres est bruyante, mais Hydra sous la pluie n'a rien à lui envier. Non, ce n'est pas pour cela que je vous ai sorti du lit.

La foudre crépitait dans le ciel et je ne trouvais pas très judicieux de rester aussi près des fenêtres, mais Walter insistait pour que je reste là sans bouger. Il prit le pendentif que ma mère avait abandonné sur la console et le présenta devant la fenêtre, le tenant du bout des doigts.

— Maintenant, regardez bien ce qui va se produire, me dit-il toujours plus agité.

Le tonnerre se mit à gronder et, lorsqu'un nouvel éclair fendit le ciel, la lumière vive de la foudre traversa le pendentif. Des millions de petits points lumineux s'imprimèrent sur le mur du salon, de manière si intense qu'il fallut quelques secondes pour que l'image s'efface de nos rétines.

— N'est-ce pas tout simplement stupéfiant ? Je n'arrivais pas à dormir, enchaîna Walter, je me suis approché de la fenêtre, pourquoi ai-je eu envie de tripoter ce collier, je n'en sais rien, mais je l'ai fait. Et alors que je l'étudiais de plus près, le phénomène dont vous venez d'être témoin s'est produit.

J'avais beau examiner à mon tour le pendentif à la clarté d'une lampe que je venais d'allumer, aucun trou n'était visible à l'œil nu.

— De quoi s'agit-il à votre avis ?

— Je n'en ai aucune idée, répondis-je à Walter.

Quant à moi, j'ignorais qu'à cet instant précis, ma mère qui était descendue de sa chambre pour comprendre la cause d'un tel raffut dans son salon, y remontait à pas de loup, après nous avoir vus Walter et moi, en caleçon, devant la fenêtre qui donne sur la mer, s'échangeant à tour de rôle le collier de Keira, à la lumière des éclairs.

Le lendemain, au cours du dîner, maman demanda à Walter ce qu'il pensait des sectes ; et avant même que l'un de nous deux puisse répondre, elle se leva de table et alla ranger sa cuisine.

Assis sur la terrasse qui domine la baie d'Hydra, j'échangeais avec Walter quelques souvenirs d'enfance liés à cette maison. Ce soir-là, le ciel était transparent, la voûte céleste limpide.

— Je ne veux pas dire de bêtise, annonça Walter en regardant au-dessus de nous, mais ce que je vois là ressemble fort à...

— Cassiopée, dis-je en l'interrompant ; et, juste à côté, c'est la galaxie d'Andromède. La Voie lactée où se trouve notre planète est irrémédiablement attirée par Andromède. Il est hélas probable qu'elles entrent en collision dans quelques millions d'années.

— En attendant votre fin du monde, j'allais vous dire...

— Et un peu plus à droite, c'est Persée, et puis bien sûr l'étoile du Nord, et j'espère que vous voyez la magnifique nébuleuse...

— Allez-vous cesser de me couper la parole à la fin ! Si je réussissais à placer deux mots sans que vous me récitiez votre abécédaire des étoiles, je pourrais vous faire remarquer que tout cela me fait sacrément penser à ce que nous avons vu sur le mur, hier soir pendant l'orage.

Nous nous regardâmes tous deux, aussi stupéfaits l'un que l'autre. Ce que venait de dire Walter relevait de la fantaisie, de l'absurde, et pourtant sa constatation était assez troublante. À bien y repenser, ces points, en quantité phénoménale que la lumière intense de la foudre avait projetés au travers du pendentif ressemblaient à s'y méprendre aux étoiles qui brillaient au-dessus de nos têtes.

Mais comment reproduire le phénomène ? J'avais beau approcher le pendentif d'une ampoule, rien ne se passait.

— L'intensité d'une simple lampe est insuffisante, affirma Walter qui devenait soudain plus scientifique que moi.

— Où voulez-vous trouver une source de lumière aussi puissante que celle d'un éclair ?

— Le phare du port, peut-être ! s'exclama Walter.

— Son faisceau est trop large ! Nous ne pourrions pas le diriger vers un mur.

Je n'avais pas envie de me coucher, aussi raccompagnai-je Walter à son hôtel, une promenade à dos d'âne me ferait le plus grand bien et puis je voulais poursuivre cette conversation.

— Procédons avec méthode, dis-je à Walter dont la monture trottinait à quelques mètres derrière moi. Quelle sont les sources de lumière assez puissantes pour nous être utiles, où les trouver ?

— Lequel de nous deux est Sancho Pança et lequel Don Quichotte ? me demanda-t-il alors qu'il rapprochait son âne à hauteur du mien.

— Vous trouvez ça drôle ?

— Ce faisceau vert qui s'élevait dans le ciel de Greenwich, vous vous souvenez, c'est vous qui me l'avez montré, il était plutôt puissant, non ?

— Un laser ! Voilà exactement ce qu'il nous faut !

— Demandez donc à votre mère si elle n'aurait pas un laser dans sa cave, on n'est jamais à l'abri d'un coup de bol.

Je ne relevai pas le sarcasme de mon camarade et donnai un tout petit coup de talon à mon âne qui accéléra le pas.

— Et susceptible en plus ! cria Walter tandis que je m'éloignais de lui.

Je l'attendis dans le virage suivant.

— Il y a bien un laser dans le département de spectroscopie de l'Académie, dit Walter essoufflé en me rejoignant. Mais c'est un très vieux modèle.

— Il s'agit probablement d'un laser à rubis, son faisceau rouge ne nous conviendra pas, j'en ai bien peur. Il nous faudrait un appareil plus puissant.

— Et puis, de toute façon, il se trouve à Londres et même pour percer le mystère de votre pendentif, je ne renoncerais pour rien au monde à mon séjour sur cette île. Réfléchissons encore. Qui utilise des lasers de nos jours ?

— Les chercheurs en physique moléculaire, les médecins et particulièrement les ophtalmos.

— Vous n'auriez pas un ami ophtalmo du côté d'Athènes ?

— Non, pas que je sache.

Walter se gratta le front et proposa de passer quelques appels depuis son hôtel. Il connaissait le responsable de l'unité de physique à l'Académie, celui-ci pourrait peut-être nous aiguiller. Nous nous quittâmes sur ces résolutions.

Le lendemain matin, Walter m'appela pour me demander de le rejoindre au plus vite sur le port. Je le retrouvai à la terrasse d'un café, en pleine conversation avec Elena ; il ne me prêta aucune attention lorsque je m'assis à leur table.

Pendant que ma tante continuait de lui raconter une anecdote sur mon enfance, Walter me tendit négligemment un bout de papier. Je dépliai la feuille et lus :

INSTITUTE OF ELECTRONIC STRUCTURE AND LASER,
FOUNDATION FOR RESEARCH AND
TECHNOLOGY – HELLAS,
GR-711 10 HERAKLION, GREECE.
CONTACT DR MAGDALENA KARI.

— Comment avez-vous fait ?

— C'est bien le minimum pour un Sherlock Holmes, non ? Ne prenez pas ce faux air d'innocent, votre tante a tout balancé. J'ai pris la liberté de contacter cette Magdalena auprès de qui nous avons tous deux été recommandés par l'un de mes confrères à l'Académie, annonça triomphalement Walter. Elle nous attend ce soir ou demain et m'a assuré qu'elle ferait de son mieux pour nous aider. Son anglais est parfait, ce qui ne gâche rien.

Héraklion se trouve à deux cent trente kilomètres à vol d'oiseau. À moins de naviguer dix heures, le moyen le plus simple pour y accéder était encore de remonter vers Athènes et, de là, prendre un petit avion qui nous déposerait en Crête. En partant maintenant, nous pourrions arriver en fin d'après-midi.

Walter salua Elena. J'avais juste le temps de remonter à la maison prévenir ma mère que je m'absentais vingt-quatre heures et préparer un sac, avant d'embarquer à bord de la navette.

Maman ne me posa aucune question, elle se contenta de me souhaiter bon voyage, d'un ton un peu pincé. Elle me rappela alors que je me trouvais sur le seuil de la porte et me tendit un panier qui contenait de quoi déjeuner pendant la traversée.

— Ta tante m'avait prévenue de ton départ, il faut bien que ta mère serve encore à quelque chose. File, puisque tu dois t'en aller !

Walter m'attendait sur le quai. La navette quitta le port d'Hydra et mit le cap vers Athènes. Après un quart d'heure de mer, je décidai de sortir de la cabine pour aller prendre l'air, Walter me regarda, amusé.

— Ne me dites pas que vous avez le mal de mer.

— Alors, je ne vous le dis pas ! répondis-je en abandonnant mon fauteuil.

— Vous ne verrez pas d'inconvénient à ce que je finisse les sandwichs de votre mère, ils sont délicieux, ce serait un sacrilège de les laisser !

Au Pirée, un taxi nous conduisit vers l'aéroport. Cette fois, ce fut Walter qui n'en menait pas large pendant que notre chauffeur zigzaguait sur l'autoroute.

Heureusement pour nous, il y avait encore de la place à bord du petit avion qui assurait la liaison avec la Crête. À 18 heures, nous débarquions sur le tarmac d'Héraklion. Walter s'émerveilla en posant le pied sur l'île.

— Mais comment peut-on être grec et s'exiler en Angleterre ? Vous aimez donc la pluie à ce point ?

— Je vous rappelle que, ces dernières années, je me trouvais plutôt sous les latitudes chiliennes, je suis un homme de tous les pays, chaque nation a ses attraits.

— Oui, enfin il y a quand même trente-cinq degrés de différence entre ici et là-bas !

— Peut-être pas autant, mais il est vrai que le climat...

— Je parlais du taux d'alcool entre notre bière anglaise et cet ouzo que votre tante m'a fait goûter tout à l'heure, dit Walter en me coupant la parole.

Il héla un taxi, me fit signe de monter le premier et donna l'adresse au chauffeur. Pas une seconde je n'aurais imaginé jusqu'où ce voyage me conduirait.

Le Dr Magdalena Kari nous accueillit derrière les grilles de l'institut où un vigile nous avait demandé de bien vouloir patienter.

— Pardonnez-nous, ces mesures de sécurité sont bien inamicales, dit Magdalena en faisant signe au gardien de nous laisser entrer. Nous sommes obligés de prendre toutes les mesures nécessaires, le matériel dont nous disposons ici est classé sensible.

Magdalena nous guida à travers le parc qui entourait l'imposant bâtiment en béton. Une fois dans l'immeuble, nous dûmes nous plier à de nouvelles contraintes sécuritaires. On échangea nos papiers d'identité contre deux badges où figurait la mention « visiteur » en gros caractères ; Magdalena signa une main courante et nous entraîna vers son bureau. Je pris la parole le premier ; je ne sais pas quel instinct me poussa à ne pas tout lui raconter, à minimiser le but de notre déplacement et le pourquoi de l'expérimentation que nous souhaitions mener. Magdalena écouta avec beaucoup d'attention l'exposé, pourtant décousu, que je lui faisais. Walter était perdu dans ses pensées. Peut-être à cause de la ressemblance entre notre hôtesse et Miss Jenkins, qui me surprit aussi.

— Nous avons plusieurs lasers, dit-elle, hélas, il m'est impossible d'en mettre un à votre disposition sans autorisation préalable ; cela va prendre du temps.

— Nous avons fait un long voyage et nous devons repartir dès demain, supplia Walter, sorti de sa rêverie.

— Je vais voir ce que je peux faire, mais je ne peux rien vous promettre, s'excusa Magdalena en nous demandant d'attendre quelques instants.

Elle nous laissa seuls dans son bureau, nous priant de n'en sortir sous aucun prétexte. Il nous était interdit de circuler dans l'enceinte de l'établissement sans être accompagnés.

L'attente dura quinze bonnes minutes. Magdalena revint accompagnée du Pr Dimitri Mikalas, qui se présenta à nous en qualité de directeur du centre de recherches. Il s'installa dans le fauteuil de Magdalena et nous pria courtoisement de lui expliquer ce que nous attendions de lui. Cette fois, Walter prit la parole. Je ne l'avais jamais vu aussi peu loquace. Était-il mû par le même instinct que moi un peu plus tôt ? Il se contenta de se recommander de plusieurs collègues de l'Académie, chacun avait un titre impressionnant mais je n'avais jamais entendu parler de la plupart d'entre eux.

— Nous entretenons d'excellents rapports avec l'Académie des sciences britannique, et je serais très embarrassé de ne pas pouvoir répondre favorablement à la demande de deux de ses éminents membres. Surtout quand ces derniers ont de pareils appuis. Je dois faire quelques contrôles d'usage, dès que vos identités me seront confirmées, je vous donnerai accès à l'un de nos lasers, afin que vous puissiez procéder à vos expérimentations. Nous en avons justement un qui sort de maintenance. Il ne devait être opérationnel que demain. Vous pourrez en disposer à votre guise toute la nuit. Magdalena restera avec vous pour en assurer le bon fonctionnement.

Nous avons remercié chaleureusement le professeur pour la générosité de son accueil, ainsi que Magdalena qui acceptait de nous consacrer sa soirée. Ils nous abandonnèrent, le temps d'aller faire leurs vérifications.

— Croisons les doigts pour qu'ils ne contrôlent pas tous les noms que je leur ai donnés, me chuchota Walter à l'oreille, la moitié de la liste est bidon.

Un peu plus tard, Magdalena revint nous chercher et nous escorta jusqu'à la salle où se trouvait le laser que nous convoitions.

Je n'aurais jamais imaginé pouvoir utiliser un appareil aussi magnifique que celui que nous découvrîmes en pénétrant dans ce sous-sol. Je pouvais voir dans le regard quasi maternel que Magdalena posait sur ce laser, combien elle était fière de le manipuler. Elle s'installa derrière le pupitre de commandes et actionna plusieurs interrupteurs.

— Bien, me dit-elle, si nous laissions maintenant les courtoisies de rigueur et que vous me disiez enfin ce que vous attendez vraiment de ce petit bijou de technologie. Tout à l'heure dans mon bureau, je n'ai pas cru une seconde à vos explications aussi décousues qu'incompréhensibles, et le Pr Mikalas doit être bien préoccupé en ce moment, pour ne pas vous avoir tout simplement congédiés.

— Je ne sais pas ce que nous cherchons exactement, repris-je aussitôt, sinon à reproduire un phénomène dont nous avons été témoins. Quelle est la puissance de ce petit bijou ? demandai-je à Magdalena.

— 2,2 mégawatts, répondit-elle la voix pleine d'orgueil.

— Sacrée ampoule ! Presque trente-sept mille fois la puissance de celles qui se trouvent dans le salon de votre mère, me susurra Walter, ravi de la promptitude de son calcul.

Magdalena arpenta la pièce ; en repassant devant la console elle appuya sur un nouvel interrupteur et l'appareil se mit à bourdonner. L'énergie fournie par les électrons du courant électrique commençait à stimuler les atomes de gaz contenus dans le tube en verre. Les photons ne tarderaient pas à entrer en résonance entre les deux miroirs situés à chaque extrémité du tube, permettant au processus de s'amplifier ; dans quelques instants le faisceau serait assez puissant pour traverser la paroi semi-transparente du miroir.

— Il est presque opérationnel, placez donc l'objet que vous voulez analyser devant la sortie du faisceau et laissez-moi terminer mes réglages, nous tirerons des conclusions plus tard, dit-elle.

Je sortis le pendentif de ma poche, le positionnai en bonne place sur un socle et attendis.

Magdalena avait bridé la puissance de l'instrument, elle libéra le rayon qui ricocha sur le pendentif, comme si la surface de ce dernier lui était totalement imperméable. Je profitai de ce qu'elle était en train de vérifier les paramètres qui défilaient sur son écran de contrôle, pour tourner la molette et amplifier l'intensité du laser. Magdalena se retourna vers moi et me fustigea du regard.

— Qui vous a autorisé à faire cela ? me dit-elle en repoussant ma main.

J'attrapai la sienne et la suppliai de me laisser faire. Alors que j'amplifiais la puissance du faisceau, je vis la stupéfaction dans le regard de Magdalena. Sur le mur venait de s'imprimer la même série impressionnante de points que celle que nous avions vue par une nuit d'orage.

— Qu'est-ce que c'est que ça ? murmura Magdalena stupéfaite.

Walter éteignit la lumière et les points sur le mur se mirent à scintiller.

— On dirait bien que cela ressemble à des étoiles, dit-il d'une voix qui trahissait sa joie.

Tout comme nous, Magdalena n'en croyait pas ses yeux. Walter plongea la main dans sa poche et en sortit un petit appareil photo numérique.

— Les vertus du tourisme ! dit-il en appuyant sur le déclencheur. Il prit une bonne dizaine de photos. Magdalena coupa le faisceau et se tourna vers moi.

— Quelle est la fonction de cet objet ?

Mais avant que je tente de lui fournir une quelconque explication, Walter ralluma la lumière.

— Vous en savez autant que nous. Nous avons juste constaté ce phénomène et voulions le reproduire, voilà tout.

Walter avait discrètement rangé son appareil photo dans sa poche. Le Pr Dimitri Mikalas entra dans la pièce et referma la porte derrière lui.

— Phénoménal ! dit-il en me souriant.

Il avança près du socle où le pendentif était posé et s'en empara.

— Il y a une coursive d'observation, me dit-il en désignant les vitrages que je n'avais pas vus en haut de la pièce. Je n'ai pas pu résister à l'envie de regarder ce que vous faisiez.

Le professeur fit tourner le pendentif dans le creux de sa main et l'approcha de son œil pour essayer de voir au travers. Il se retourna vers moi.

— Vous ne voyez pas d'objection à ce que j'étudie cet étrange objet cette nuit ? Bien entendu, je vous le restituerai à la première heure demain matin.

Était-ce l'arrivée inopinée d'un gardien de la sécurité ou le ton qu'avait emprunté le Pr Mikalas qui fit réagir ainsi Walter ? Je ne le saurai jamais ; mais ce dernier fit un pas vers le professeur et lui allongea une droite stupéfiante. Dimitri Mikalas s'étala de tout son long et je n'eus d'autre choix que de m'occuper du garde qui avait sorti sa matraque et s'apprêtait à assener un mauvais coup à Walter. Magdalena poussa un hurlement, Walter se pencha vers Mikalas qui se tordait de douleur et lui reprit l'objet ; quant à moi, mon uppercut n'avait pas été suffisant pour assommer le gardien, et nous roulions sur le sol, comme deux gosses qui se chamaillent en cherchant à prendre le dessus. Walter mit un terme à la bagarre. Il attrapa le gardien par l'oreille et le souleva avec une force inouïe. Ce dernier lâcha prise en hurlant tandis que Walter me regardait furieux.

— Rendez-vous utile et passez-lui les menottes qui pendent à sa ceinture, je ne vais quand même pas lui arracher le lobe !

Je m'exécutai et attachai le gardien ainsi que Walter me l'avait demandé.

— Vous ne savez pas ce que vous faites, gémit le professeur.

— Non, je vous l'ai dit tout à l'heure, nous n'en avons pas la moindre idée, répondit Walter. Comment sort-on d'ici ? demanda-t-il à Magdalena. Ne m'obligez pas à utiliser la manière forte avec vous, j'aurais horreur de lever la main sur une femme.

Magdalena le regarda fixement, refusant de lui répondre. J'ai bien cru que Walter allait la gifler et je m'interposai. Walter hocha la tête et m'ordonna de le suivre. Il prit le combiné du téléphone qui se trouvait sur le pupitre et l'arracha de la console. Puis il ouvrit la porte du sous-sol, jeta un coup d'œil et m'entraîna dans sa fuite. Le couloir était désert, Walter referma la porte à clé derrière nous, estimant que nous avions cinq minutes à peine avant que l'alerte soit donnée.

— Mais qu'est-ce qui vous a pris ? demandai-je.

— On en discutera plus tard, répondit-il en se mettant à cavaler.

L'escalier, devant nous, grimpait vers le rez-de-chaussée. Walter s'arrêta sur le palier, reprit son souffle et poussa la porte qui s'ouvrait sur le hall. Il se présenta devant le gardien qui, en échange de nos badges, nous restitua nos passeports. Nous marchions vers la sortie quand un talkie-walkie se mit à crachouiller ; Walter me regarda.

— Vous n'avez pas confisqué sa radio au garde ?

— J'ignorais qu'il en avait une.

— Alors courez !

Nous avons piqué un sprint dans le parc, visant les grilles et priant pour que personne ne nous barre le passage. Le vigile n'eut pas le temps de réagir. Alors qu'il sortait de sa guérite et tentait de nous interpeller, Walter lui assena un coup d'épaule digne d'un rugbyman et l'envoya valdinguer dans les roses, au sens propre du terme. Mon camarade appuya sur le bouton qui commandait le portail et nous détalâmes comme des lapins.

— Walter, qu'est-ce qui vous a pris, bon sang ?

— Pas maintenant ! hurla-t-il, alors que nous dévalions un escalier qui nous rapprochait des bas quartiers de la ville.

La rue défilait à toute vitesse et l'allure de Walter ne faiblissait pas. Une autre ruelle en pente raide dans laquelle nous nous enfonçâmes, un virage sec et nous atterrîmes sur une avenue, évitant de justesse une moto qui passait en trombe. Je n'avais jamais visité la Crète à ce rythme-là.

— Par ici, me cria Walter alors qu'une voiture de police remontait vers nous, toutes sirènes hurlantes.

À l'abri d'une porte cochère, je repris un peu de souffle et Walter m'entraîna à nouveau dans une course folle.

— Le port, où se trouve le port ? me demanda-t-il.

— Par là, répondis-je en désignant une petite rue sur notre gauche.

Walter me tira par le bras, et cette fuite, dont je ne comprenais toujours pas le sens, reprit.

La zone portuaire était en vue, Walter ralentit le pas ; sur le trottoir, deux policiers ne semblaient pas nous porter plus d'attention que cela. Un ferry en partance pour Athènes se trouvait à quai, des voitures y embarquaient déjà tandis que les passagers attendaient leur tour derrière une billetterie.

— Allez nous acheter deux places, ordonna Walter. Je fais le guet.

— Vous voulez rentrer à Hydra par la mer ?

— Vous préférez vous frotter aux contrôles de sécurité de l'aéroport ? Non, alors allez donc prendre ces billets au lieu de discuter.

Je revins quelques instants plus tard ; le ferry voyagerait une bonne partie de la nuit et j'avais réussi à obtenir une cabine avec deux couchettes. De son côté, Walter avait acheté une casquette à un marchand ambulant et un drôle de chapeau qu'il me tendit.

— N'embarquons pas en même temps, laissez s'intercaler une dizaine de passagers entre nous, si la police est à nos trousses elle cherche deux hommes qui voyagent ensemble ; et mettez donc ce ridicule chapeau, il vous ira comme un gant ! Rejoignons-nous sur le pont avant du navire, dès qu'il aura largué les amarres.

J'exécutai les instructions de Walter à la lettre et le retrouvai une heure plus tard, au lieu du rendez-vous.

— Walter, je dois vous avouer que vous m'avez sacrément impressionné. Entre votre fulgurant coup de poing et cette course-poursuite à travers la ville, je ne m'attendais pas du tout à cela… Est-ce que vous pouvez enfin m'expliquer pourquoi vous avez assommé ce professeur ?

— Mais c'est qu'il va m'engueuler en plus ! Lorsque nous sommes entrés dans le bureau de cette Magdalena, quelque chose m'a tout de suite intrigué. Le confrère qui nous avait recommandés m'avait confié avoir fait ses études avec elle. Or le collègue en question part à la retraite dans deux mois et la femme qui s'est présentée à nous avait à peine trente-cinq ans. À Hydra, j'avais aussi consulté l'annuaire du centre et le directeur n'est absolument pas ce professeur qui pourtant en revendiquait le titre. Étrange, non ?

— Admettons, mais de là à lui briser la mâchoire !

— Ce sont plutôt mes phalanges que j'ai esquintées, si vous saviez ce que j'ai mal à la main !

— Et où avez-vous appris à vous battre comme ça ?

— Vous n'avez jamais connu le pensionnat, n'est-ce pas ? Ni les brimades, ou les châtiments corporels, pas plus que les bizutages ?

J'avais eu la chance d'avoir des parents qui ne se seraient séparés de leur fils pour rien au monde.

— C'est bien ce que je pensais, reprit Walter.

— Était-ce nécessaire de réagir avec autant d'emportement, il suffisait de nous en aller.

— Il y a des moments, Adrian, où vous devriez redescendre un peu de vos étoiles ! Quand ce Dimitri vous a demandé s'il pouvait vous emprunter le pendentif, il l'avait déjà mis dans sa poche. Je ne crois pas que l'arrivée du vigile vous aurait laissé beaucoup le choix, et je doute fort que vous ayez revu votre précieux objet de sitôt. Un dernier détail, et pas des moindres, au cas où vous ayez encore quelques reproches à me faire : ce professeur que j'ai un peu bousculé me semblait moins étonné que nous du résultat de notre expérience. J'ai peut-être réagi un peu fort, mais je suis certain d'avoir eu raison.

— Nous voilà maintenant comme deux fugitifs et je me demande bien quelles seront les suites de cette affaire.

— Nous le verrons à la descente de ce navire, mais je ne serais pas étonné qu'il y en ait quelques-unes.

*

Athènes

— Comment va le professeur ? demanda la voix dans le combiné.

— Une fracture de la mandibule, une torsion des ligaments du cou, mais pas de traumatisme crânien, répondit la femme.

— Je n'avais pas prévu qu'ils réagiraient de la sorte. Je crains que désormais la partie se complique.

— Rien de tout cela n'était prévisible, monsieur.

— Et l'objet nous a filé entre les doigts, ce qui est encore plus regrettable. Aucune idée de l'endroit où se trouvent nos deux fugitifs ?

— Ils ont embarqué à bord d'un ferry qui relie Héraklion à Athènes, ils débarqueront demain matin.

— Avons-nous quelqu'un à bord ?

— Oui, cette fois la chance était de notre côté. Un de nos hommes les a repérés sur le port ; sans instruction, il ne les a pas interpellés, mais il a eu la présence d'esprit de monter sur le navire. J'ai reçu un message alors que le bateau appareillait. Que puis-je faire d'autre ?

— Vous avez fait ce qu'il fallait. Débrouillez-vous pour que cet incident passe inaperçu, le professeur aura fait une mauvaise chute dans l'escalier. Ordonnez au chef de la sécurité qu'aucune mention de ce regrettable épisode ne soit portée dans les mains courantes de l'institut, il n'est pas question qu'à son retour de vacances le directeur découvre quoi que ce soit.

— Vous pouvez compter sur moi, monsieur.

— Il serait aussi peut-être temps de faire changer le nom qui figure sur la porte de votre bureau. Magdalena est décédée il y a six mois et cela commence à être de très mauvais goût.

— Peut-être mais cela nous aura été fort utile aujourd'hui !

— Au vu des résultats, je n'en jurerais pas, répondit l'homme en reposant le combiné sur son socle.

*

Amsterdam

Jan Vackeers s'approcha de la fenêtre pour réfléchir quelques instants. La situation le contrariait bien plus qu'il ne voulait se l'avouer. Il décrocha à nouveau son téléphone et composa un numéro à Londres.

— Je voulais vous remercier de votre appel hier, Sir Ashton ; hélas, l'opération à Héraklion a échoué.

Vackeers fit un rapport détaillé à son interlocuteur des événements qui s'étaient déroulés quelques heures plus tôt.

— Nous souhaitions la plus grande discrétion.

— Je le sais et croyez bien que j'en suis désolé, répondit Vackeers.

— Pensez-vous que nous soyons compromis ? demanda Sir Ashton.

— Non, je ne vois pas comment un lien quelconque pourrait être établi. Ce serait leur accorder trop d'intelligence.

— Vous m'avez demandé de mettre sur écoute téléphonique deux membres de l'Académie des sciences, j'ai accédé à votre requête, relayé celle-ci à Athènes, et cela en dérogeant à toutes les procédures d'usage. J'ai eu l'obligeance de vous informer que l'un d'entre eux sollicitait un confrère pour obtenir un accès privilégié au centre de recherches d'Héraklion. J'ai fait en sorte que sa requête aboutisse et, à votre demande, vous ai laissé pleins pouvoirs pour mener à bien la suite des opérations. Le lendemain, une bagarre éclate dans les sous-sols et nos deux lascars s'enfuient ; vous ne croyez toujours pas qu'ils risquent de se poser quelques questions ?

— Pouvions-nous rêver meilleure opportunité de récupérer cet objet ? Ce n'est pas de ma faute si Athènes a raté son coup. Paris, New York et le nouveau Zurich sont désormais sur le qui-vive, je crois qu'il est temps de tous nous réunir et de décider en commun de ce que nous devons faire. À agir de la sorte, nous allons finir par provoquer exactement ce que nous souhaitons empêcher.

— Eh bien moi, je vous suggère le contraire et d'être plus discret, Vackeers. Je ne donne pas longtemps avant que la rumeur de cet incident ne s'ébruite. Faites le nécessaire pour que cela ne soit pas le cas. Sinon, je ne réponds plus de rien.

— Qu'entendez-vous par là ?

— Vous m'avez très bien compris, Vackeers.

On frappa à la porte de son bureau. Vackeers mit un terme à la conversation.

— Je ne vous dérange pas ? demanda Ivory en entrant dans la pièce.

— Pas le moins du monde.

— J'ai cru vous entendre parler.

— Je dictais un courrier à mon assistante.

— Tout va bien ? Vous avez mauvaise mine.

— Ce vieil ulcère qui me fait souffrir.

— Je suis désolé de l'apprendre. Êtes-vous toujours partant pour une partie d'échecs chez vous ce soir ?

— Je crains de devoir y renoncer, je vais me reposer.

— Je comprends, répondit Ivory, une autre fois peut-être ?

— Dès demain, si vous le souhaitez.

— Alors à demain, cher ami.

Ivory referma la porte et emprunta le couloir qui menait vers la sortie, il fit demi-tour et s'arrêta devant le bureau de l'assistante de Vackeers. Il poussa la porte et constata que la pièce était vide, ce qui à presque 21 heures ne l'étonnait pas plus que cela.

*

Mer Égée

Le ferry filait à bonne allure sur la mer calme, je dormais profondément sur la couchette supérieure de la cabine quand Walter me réveilla. J'ouvris les yeux, le jour n'était pas encore levé.

— Qu'est-ce que vous voulez, Walter ?

— Cette côte dont nous nous rapprochons, c'est quoi ?

— Comment voulez-vous que je le sache ? Je ne suis pas nyctalope !

— Vous êtes d'ici, oui ou non ?

Je me levai à contrecœur et m'approchai du hublot. Il n'était pas difficile de reconnaître la forme en croissant de l'île de Milos ; pour en avoir le cœur net, il suffirait de monter sur le pont et vérifier qu'Antimilos, un îlot inhabité, se présentait à bâbord.

— Le navire s'y arrête ? demanda Walter.

— Je mentirais si je vous disais que j'ai une carte de fidélité sur cette liaison maritime, mais la terre se rapprochant de plus en plus, j'imagine que nous faisons escale à Adamas.

— C'est une grande ville ?

— Je dirais plutôt un grand village.

— Alors levez-vous, c'est là que nous descendons.

— Qu'est-ce que nous allons faire à Milos ?

— Demandez-moi plutôt ce que je préfère que nous ne fassions pas en arrivant à Athènes.

— Walter, vous croyez vraiment qu'on guette notre arrivée au Pirée ? Nous ne savons même pas si cette voiture de police était à nos trousses ou si elle passait simplement par là. Je crois que vous accordez bien trop d'importance à ce fâcheux épisode.
— Alors vous m'expliquerez pourquoi quelqu'un a essayé deux fois d'entrer dans la cabine pendant que vous dormiez.
— Rassurez-moi, vous n'avez pas aussi assommé cette personne ?
— Je me suis contenté d'ouvrir la porte, mais la coursive était déserte, l'individu avait déjà filé.
— Ou il est entré dans la cabine d'à côté après s'être aperçu de son erreur !
— Deux fois de suite ? Permettez-moi d'en douter. Rhabillez-vous et descendons discrètement dès que le navire sera à quai. Nous attendrons sur le port et prendrons le prochain bateau pour Athènes.
— Même si celui-ci ne part que la nuit prochaine ?
— Nous avions prévu de passer la nuit à Héraklion, non ? Si vous avez peur que votre mère s'inquiète de notre retard, nous l'appellerons dès que le jour sera levé.

Je ne savais pas si les inquiétudes de Walter étaient fondées, ou si ce dernier trouvait du plaisir dans l'aventure que nous avions vécue la veille, et cherchait par quelque artifice à la prolonger un peu plus. Et pourtant, lorsque la passerelle se releva, je vis cet homme qui nous regardait fixement depuis le pont supérieur et que Walter me montrait. Je ne suis pas sûr que mon collègue ait eu raison de lui faire un bras d'honneur alors que le ferry s'éloignait du quai.

Nous nous sommes installés à la terrasse d'un bar de pêcheurs qui ouvrait ses portes dès qu'accostait le premier ferry, il était 6 heures du matin et le soleil se levait derrière la colline. Un petit avion grimpa dans le ciel et changea de cap au-dessus du port avant de filer vers le large.
— Il y a un aéroport par ici ? demanda Walter.

— Une piste, oui, si ma mémoire est bonne, mais je crois que seuls les avions postaux et quelques appareils privés l'utilisent.

— Allons-y ! Si par chance nous pouvions embarquer sur l'un d'eux, nous sèmerions définitivement nos poursuivants.

— Walter, je crois que vous êtes en pleine crise de paranoïa, je ne pense pas une seconde que quiconque nous poursuive.

— Adrian, malgré toute l'amitié que je vous porte, laissez-moi vous dire que vous m'emmerdez sérieusement !

Walter régla les deux cafés que nous avions consommés et je n'eus plus qu'à lui montrer la route qui conduisait vers le petit aérodrome.

Nous voilà, Walter et moi sur le bord de la route, à faire du stop. La première demi-heure ne fut pas très concluante, le soleil faisait briller les pierres blanches et la chaleur montait.

Un groupe de jeunes semblait s'amuser de notre situation. Nous devions avoir l'air de deux touristes égarés et ils furent plutôt surpris quand je les appelai à notre aide, en grec, ne faisant aucun cas de leurs moqueries. Le plus âgé d'entre eux voulut monnayer son assistance, mais Walter qui avait tout compris de la situation fut suffisamment convaincant pour que deux selles de mobylettes s'offrent à nous comme par enchantement.

Nous sommes partis, agrippés à nos pilotes respectifs ; à cette vitesse et à ce degré d'inclinaison dans les virages, je ne trouve pas d'autre mot pour qualifier ceux qui nous conduisaient sur les routes sinueuses. Nous filions vers le petit aérodrome de l'île. Devant nous s'étendait un grand marais salant ; derrière, une piste de goudron s'étirait d'est en ouest, le tarmac était désert. Le plus dégourdi de ceux qui nous avaient accompagnés m'indiqua que l'appareil qui livrait le courrier tous les deux jours était déjà reparti, nous venions de le rater.

— C'est certainement celui que nous avons vu tout à l'heure, dis-je.

— Quelle perspicacité ! répondit Walter.

— Il y a toujours l'avion médical, si vous êtes si pressés, me confia le plus jeune de la bande.

— Quel avion ?

— Le médecin qui vient quand quelqu'un tombe gravement malade, il a son propre coucou. Dans la cahute là-bas, il y a un téléphone pour l'appeler, mais c'est seulement en cas d'urgence. Quand mon cousin a eu une crise d'appendicite, il est venu le chercher en une demi-heure.

— Je crois que je commence à avoir très mal au ventre, me dit Walter à qui je venais de traduire la conversation.

— Vous n'allez quand même pas déranger un toubib et dérouter son appareil pour gagner Athènes ?

— Si je décède d'une péritonite, vous porterez la responsabilité de ma mort toute votre vie ! Lourd fardeau ! gémit Walter en tombant à genoux.

Les gamins se mirent à rire. Les simagrées de Walter étaient irrésistibles.

Le plus âgé me montra le vieux combiné téléphonique vissé à la paroi de ce qui faisait office de tour de contrôle. Une cahute en bois, avec une chaise, une table et un poste de radio VHF qui devait dater de la guerre. Il refusa de passer l'appel, si notre supercherie était découverte il en prendrait pour son grade et il préférait éviter la trempe que son père ne manquerait pas de lui administrer. Walter se releva pour lui tendre quelques billets, de quoi convaincre notre nouvel ami qu'une bonne fessée n'était pas si terrible.

— Et maintenant vous corrompez des enfants. De mieux en mieux !

— J'allais vous demander de partager cette somme, mais si vous m'avouez que vous vous amusez autant que moi, je prends tout à ma charge !

Je n'avais pas besoin de mentir et je sortis mon portefeuille pour participer au prix du mensonge. Le garçon décrocha le combiné, fit tourner la manivelle et expliqua au médecin que son aide était requise au plus vite. Un touriste se tordait de douleur, on l'avait conduit jusqu'à la piste, il n'avait plus qu'à venir le chercher.

Une demi-heure plus tard, nous entendîmes le ronronnement d'un moteur qui se rapprochait. Soudain, Walter n'eut plus besoin de simuler un quelconque mal à l'estomac pour se jeter ventre à terre ; le petit Pipercub nous avait survolés en rase-mottes. L'appareil fit un virage sur l'aile avant de s'aligner dans l'axe de la piste, sur laquelle il rebondit trois fois avant de s'immobiliser.

— Je comprends mieux maintenant le terme de « coucou » ! soupira Walter.

L'avion fit demi-tour et se rapprocha de nous. Une fois à notre hauteur, le pilote coupa le moteur, l'hélice continua de tourner encore quelques instants, les pistons toussotèrent et le calme revint. Les gamins étaient tous attentifs à la scène qui allait se dérouler. Pas un ne pipait mot.

Le pilote descendit de son avion, ôta sa casquette en cuir, ses lunettes et nous salua. Le Dr Sophie Schwartz, soixante-dix ans passés, avait l'allure élégante d'une Amelia Earhart. Elle nous demanda dans un anglais presque parfait, bien que teinté d'un léger accent allemand, lequel de nous deux était malade.

— Lui ! s'exclama Walter en me désignant du doigt.

— Vous n'avez pas l'air très souffrant jeune homme ? Que vous arrive-t-il ?

J'étais pris de court, et il m'était impossible d'entretenir le mensonge de Walter. J'avouai tout de notre situation à cette doctoresse qui m'interrompit le temps d'allumer sa cigarette.

— Si je comprends bien, me dit-elle, vous avez dérouté mon avion médical, parce que vous aviez besoin d'un transport privé jusqu'à Athènes ? Vous ne manquez pas de toupet !

— C'est moi qui ai eu cette idée, souffla Walter.

— Ça ne change pas grand-chose à votre irresponsabilité, jeune homme ! lui dit-elle en écrasant son mégot sur le goudron.

— Je vous présente toutes mes excuses, dit Walter d'un air penaud.

Les enfants qui assistaient à la scène, sans comprendre ce qui se disait, semblaient se régaler du spectacle.

— Vous êtes recherchés par la police ?

— Non, jura Walter, nous sommes deux scientifiques de la Royal Academy de Londres et nous nous trouvons dans une situation délicate. Nous ne sommes pas malades, c'est vrai, mais nous avons besoin de votre aide, supplia-t-il.

La doctoresse sembla soudain se détendre.

— L'Angleterre, Dieu que j'aime ce pays. J'étais follement admirative de Lady Di, quelle tragédie !

Je vis Walter se signer et je me demandai où s'arrêteraient ses talents de comédien.

— Le problème, reprit la doctoresse, c'est que mon avion n'est équipé que de deux sièges, dont le mien.

— Et les blessés, comment faites-vous pour les évacuer ? demanda Walter.

— Je suis un médecin volant, pas une ambulance. Si vous êtes disposés à vous serrer, je pense pouvoir décoller quand même.

— Pourquoi quand même ? interrogea Walter, inquiet.

— Parce que nous serons un peu plus lourds que le maximum toléré, mais la piste n'est pas aussi courte qu'elle paraît. En partant pleins gaz et freins serrés, nous aurons probablement assez de vitesse pour nous envoler.

— Et dans le cas contraire ? demandai-je.

— Plouf ! répondit la doctoresse.

Dans un grec cette fois dénué de tout accent, elle ordonna aux enfants de s'éloigner et nous invita à la suivre. En faisant le tour de son avion pour effectuer sa visite prévol, elle se livra un peu à nous.

Son père était un juif allemand, sa mère italienne. Pendant la guerre, ils s'étaient installés sur une petite île grecque. Les villageois les avaient cachés ; après l'armistice ils n'avaient jamais voulu quitter l'île.

— Nous avons toujours vécu ici ; quant à moi, je n'ai jamais pensé m'installer ailleurs. Connaissez-vous dans le monde plus beau paradis que ces îles ? Papa était pilote, maman infirmière, allez chercher pourquoi je suis devenue médecin volant ! À vous maintenant ; si vous m'expliquiez ce que vous fuyez vraiment. Oh, et puis, après tout, cela ne me regarde pas et vous n'avez pas l'air bien méchants. De toute façon, on va bientôt m'ôter ma licence, alors toutes les occasions de voler sont bonnes à prendre. Vous me paierez mon carburant, voilà tout.

— Pourquoi vont-ils vous enlever votre licence ? s'inquiéta Walter.

La doctoresse continuait d'inspecter son avion.

— Chaque année, un pilote doit effectuer une visite médicale et tester son acuité visuelle. Jusqu'à présent, c'était un vieil ami ophtalmo, et très complaisant, qui s'en chargeait, il feignait gentiment d'ignorer que je connais par cœur le tableau d'examen, y compris la dernière ligne où les lettres sont devenues bien trop petites pour moi. Mais il a pris sa retraite et je ne vais plus pouvoir tromper mon monde bien longtemps. Ne faites pas cette tête-là, même les yeux fermés, je pourrais encore faire voler ce vieux Piper ! dit la doctoresse en partant dans un grand éclat de rire.

Elle préférait ne pas se poser à Athènes. Pour atterrir sur un aéroport international, il faut demander une autorisation par radio, passer un contrôle de police à l'arrivée, elle aurait beaucoup trop de formulaires à remplir. En revanche, elle connaissait, à Porto Éli, un petit terrain abandonné dont la piste était encore praticable. De là, nous n'aurions plus qu'à prendre un bateau-taxi jusqu'à Hydra.

Walter s'assit le premier, je me calais du mieux que je le pouvais sur ses genoux. La ceinture n'était pas assez grande pour nous sécuriser tous les deux, nous devrions nous passer d'elle. Le moteur toussa, l'hélice se mit à tournoyer lentement avant d'accélérer dans un crachement de fumée. Sophie Schwartz tapota sur la carlingue pour nous faire comprendre que nous allions bientôt décoller. Le vacarme était tel que c'était bien le seul moyen de communiquer. L'appareil remonta lentement la piste, fit demi-tour pour se mettre face au vent, le moteur grimpa en régime. L'avion tremblait si fort que je m'attendais à le voir se disloquer avant le décollage. Notre pilote libéra les freins et le goudron commença à défiler sous les roues. Nous étions presque arrivés au bout de la piste quand enfin l'avant se souleva et nous quittâmes la terre ferme. Sur le tarmac, les enfants agitaient leurs mains en signe d'au revoir. Je hurlais à Walter d'en faire de même, pour les remercier, mais il me hurla à son tour qu'il faudrait probablement une clé à molette, à notre arrivée, pour desserrer ses doigts de la ferrure à laquelle il s'accrochait.

Je n'avais encore jamais vu l'île de Milos comme ce matin-là, nous survolions la mer à quelques centaines de mètres d'altitude, l'avion n'avait pas de verrière, le vent sifflait entre les haubans et je ne m'étais jamais senti aussi libre.

*

Amsterdam

Il fallut quelques instants à Vackeers avant de s'accoutumer à la pénombre des sous-sols ; il y a encore quelques années, ses yeux s'en accommodaient aussitôt, mais il avait vieilli. Lorsqu'il jugea y voir suffisamment clair pour parcourir le dédale de poutres qui soutenaient le bâtiment, il avança prudemment sur les passerelles de bois posées à quelques dizaines de centimètres au-dessus de l'eau, insensible au froid et à l'humidité qu'entretenait le canal souterrain. Vackeers connaissait bien les lieux, il se trouvait maintenant à la verticale de la grande salle ; lorsqu'il se situa sous les cartes en marbre, il appuya sur une clé de soutènement fichée dans un madrier et attendit que le mécanisme opère. Deux planches pivotèrent, ouvrant un chemin qui permettait maintenant de rejoindre le mur du fond. Une porte, jusque-là invisible dans l'obscurité, se détachait de l'uniformité de la brique. Vackeers referma à clé derrière lui et alluma la lumière.

Une table en métal et un fauteuil composaient le mobilier ; pour tout matériel, la salle était équipée d'un écran plat et d'un ordinateur. Vackeers s'installa devant le clavier et regarda sa montre. Un signal sonore le prévint que la conférence venait de débuter.

— Bonjour messieurs, pianota Vackeers sur le clavier de son ordinateur. Vous savez pourquoi nous sommes réunis aujourd'hui.

— MADRID : Je croyais ce dossier clos depuis des années ?

— Amsterdam : Nous le pensions tous, mais certains événements récents rendaient nécessaire la recomposition de cette cellule. Cette fois, il serait préférable qu'aucun de nous ne cherche à défier les autres.

— Rome : L'époque n'est plus la même.

— Amsterdam : Heureux de vous l'entendre dire, Lorenzo.

— Berlin : Qu'attendez-vous de nous ?

— Amsterdam : Une mise en commun de nos moyens, et que chacun applique les décisions que nous serons amenés à prendre.

— Paris : La lecture de votre rapport laisse entendre qu'Ivory aurait vu juste il y a trente ans, je me trompe ? Ne devrions-nous pas l'inviter à se joindre à nous ?

— Amsterdam : Cette découverte semble en effet corroborer les théories d'Ivory mais je pense préférable de le tenir à l'écart. Il reste imprévisible dès que l'on aborde le sujet qui nous réunit aujourd'hui.

— Londres : Il existe donc bien un second objet, en tout point identique au nôtre ?

— Athènes : Sa forme est différente mais leur appartenance commune est désormais certaine. Si l'épisode d'hier soir fut un incident regrettable, il nous en a apporté la preuve irréfutable. Et nous aura révélé une propriété que nous ignorions. L'un des nôtres a pu la constater de visu.

— Rome : Celui qui s'est fait casser la figure ?

— Amsterdam : Celui-là même.

— Paris : Pensez-vous qu'il y ait d'autres objets ?

— Amsterdam : Ivory en est convaincu, mais la vérité est que nous n'en savons rien. Notre préoccupation du moment est de récupérer celui qui vient d'apparaître et non de savoir s'il en existe d'autres.

— Boston : En êtes-vous bien certain ? Comme vous l'avez rappelé, nous n'avions pas accordé de crédit aux mises en garde d'Ivory, et nous nous sommes trompés. Je veux bien que nous octroyions des fonds et des ressources humaines pour récupérer cet objet mais je préférerais savoir où nous mettons les pieds. Je doute que nous soyons encore là dans trente ans !

— AMSTERDAM : Cette découverte est purement accidentelle.

— BERLIN : Ce qui veut dire que d'autres accidents pourraient se produire !

— MADRID : à bien y réfléchir, je ne crois pas que nous ayons intérêt à tenter quoi que ce soit maintenant. Amsterdam, votre première tentative s'est soldée par un échec, un second raté éveillerait l'attention. De plus, rien ne nous prouve que celui ou celle qui détient cet objet sache de quoi il s'agit. Nous n'en sommes d'ailleurs nous-mêmes toujours pas certains. Ne ravivons pas un feu que nous ne pourrions éteindre ensuite.

— ISTANBUL : Madrid et Amsterdam expriment deux positions divergentes. Je me range aux côtés de Madrid, et vous propose de ne rien faire d'autre que de les observer, tout du moins pour l'instant. Nous nous réunirons à nouveau si la situation venait à évoluer.

— PARIS : J'adhère au point de vue de Madrid.

— AMSTERDAM : C'est une erreur. Si nous réunissions les deux objets, nous pourrions peut-être en apprendre plus.

— NEW DELHI : Mais justement, Amsterdam, nous ne voulons pas en apprendre plus, s'il y a une chose sur laquelle nous sommes tous d'accord depuis trente ans, c'est bien celle-ci !

— LE CAIRE : New Delhi a tout à fait raison.

— LONDRES : Nous devrions confisquer cet objet et clore ce dossier au plus vite.

— AMSTERDAM : Londres a raison. Celui qui le détient est un éminent cosmologue, le hasard a voulu qu'il lui soit remis par une archéologue, croyez-vous, compte tenu de leurs compétences respectives, qu'ils mettront beaucoup de temps avant de découvrir la vraie nature de ce qu'ils ont entre les mains ?

— TOKYO : À condition toutefois qu'ils y réfléchissent de concert ; sont-ils toujours en contact, l'un et l'autre ?

— AMSTERDAM : Non, pas à l'heure où nous nous parlons.

— TEL-AVIV : Alors je suis d'accord avec Le Caire, attendons.

— BERLIN : Je pense comme vous, Tel-Aviv.

— TOKYO : Moi de même.

— ATHÈNES : Vous souhaitez donc que nous les laissions libres de leurs mouvements ?

— BOSTON : Appelons cela une liberté surveillée.

Puisque rien d'autre n'était à l'ordre du jour, la séance fut levée. Vackeers éteignit son écran, de fort mauvaise humeur. La réunion ne s'était pas conclue comme il l'aurait souhaité, mais il avait été le premier à demander que s'unissent les forces de ses alliés, il respecterait donc la décision prise à la majorité.

*

Hydra

Le bateau-taxi nous avait déposés en fin de matinée. Walter et moi devions avoir piètre allure pour que ma tante fasse une tête pareille en nous voyant. Elle abandonna son fauteuil pliant et la terrasse de son magasin pour se précipiter à notre rencontre.

— Vous avez eu un accident ?

— Pourquoi ? demanda Walter en remettant un peu d'ordre sur son crâne.

— Vous vous êtes regardés ?

— Disons que le voyage fut un peu plus mouvementé que prévu, mais nous nous sommes plutôt amusés, enchaîna Walter d'un ton jovial. Cela étant, une tasse de café me ferait le plus grand bien. Et deux aspirines pour me libérer de ces crampes qui me font horriblement mal aux jambes, vous n'avez pas idée à quel point votre neveu est lourd.

— Quel est le rapport entre le poids de mon neveu et vos jambes, Walter ?

— Aucun, jusqu'à ce qu'il soit assis sur mes genoux pendant une bonne heure.

— Et pourquoi Adrian était-il assis sur vos genoux ?

— Parce que, hélas, il n'y avait qu'un seul siège pour s'envoyer en l'air ! Bon, ce petit café, vous le prenez avec nous ?

Ma tante déclina l'invitation, elle avait des clients, dit-elle en s'éloignant. Walter et moi nous regardâmes étonnés, son magasin était plus vide que jamais.

— Je dois avouer que nous faisons assez négligés, dis-je à Walter.

Je levai la main pour attirer l'attention du serveur, sortis le pendentif de ma poche et le posai sur la table.

— Si j'avais imaginé une seconde que cette chose nous causerait autant de problèmes...

— À votre avis, à quoi sert-il ? me demanda Walter.

J'étais sincère en lui disant que je n'en avais pas la moindre idée ; que pouvaient donc bien représenter tous ces points qui apparaissaient quand on l'approchait d'une source de lumière vive ?

— Et pas n'importe quels points, reprit Walter, ils scintillent !

Oui, les points scintillaient, mais de là à en tirer des conclusions trop hâtives, il y avait un pas qu'un scientifique rigoureux ne se serait pas autorisé à franchir. Le phénomène dont nous avions été témoins pouvait aussi bien être accidentel.

— La porosité, invisible à l'œil nu est si infime qu'il faut une lumière extrêmement puissante pour qu'elle passe à travers la matière. Un peu comme la paroi d'un barrage qui perdrait de son étanchéité sous l'effet d'une trop forte pression de l'eau.

— Ne m'aviez-vous pas dit que votre amie archéologue n'avait rien pu vous apprendre quant à la provenance ou l'âge de cet objet ? Vous avouerez que c'est tout de même étrange.

Je ne me souvenais pas que Keira fût aussi intriguée que nous l'étions en ce moment et le fis remarquer à Walter.

— Cette jeune femme abandonne chez vous un collier qui a la curieuse faculté que nous connaissons, le bel hasard ! On tente de nous dérober son pendentif, nous devons nous enfuir comme deux innocents poursuivis par les forces du mal, mais vous n'y voyez toujours que le hasard ? Ce doit être ce que l'on appelle la rigueur scientifique ! Pourriez-vous au moins regarder de plus près les photos que j'ai eu le génie de prendre à Héraklion et me dire si ces images vous font penser à autre chose qu'à un gros plan d'un morceau de gruyère ?

Walter posa son appareil numérique sur la table où nous prenions notre petit déjeuner. Je fis défiler les images, leur taille était bien trop petite pour que je puisse me faire une idée sérieuse. Avec la plus grande attention et la meilleure volonté du monde, je ne voyais que des points ; rien qui me permît d'affirmer qu'il s'agissait d'étoiles, d'une quelconque constellation, ou même d'un amas stellaire.

— Ces photographies ne me prouvent rien, je suis désolé.

— Alors tant pis pour mes vacances, rentrons à Londres ! s'exclama Walter. Je veux en avoir le cœur net. Une fois à l'Académie nous transférerons ces photos sur un ordinateur et vous pourrez les étudier dans de bonnes conditions.

Je n'avais aucune envie de quitter Hydra, mais Walter était si passionné par cette énigme que je ne voulais pas le décevoir. Il s'était tant investi pendant que je préparais mon grand oral, que j'aurais été un ingrat de le laisser partir seul. Restait à remonter à la maison et annoncer à ma mère mon départ anticipé.

Maman me dévisagea, constata l'état de mes vêtements, les griffures sur mes avant-bras, et baissa les épaules, comme si le monde venait de s'y abattre.

Je lui expliquai pourquoi Walter et moi devions rentrer à Londres, lui promis que ce voyage ne serait qu'un aller-retour, et que je serais revenu avant la fin de la semaine.

— Si j'ai bien compris, me dit-elle, tu veux rentrer à Londres pour copier sur ton ordinateur des photos que vous avez prises avec ton ami ? Tu ne trouverais pas plus simple d'aller au magasin de ta tante ? Elle vend même des appareils jetables, si les photos sont ratées, hop, tu les mets à la poubelle !

— Nous avons peut-être découvert quelque chose d'important qui nous concerne, Walter et moi, et nous devons en avoir le cœur net.

— Si vous aviez besoin de vous prendre tous les deux en photo pour en avoir le cœur net, tu n'avais qu'à poser la question à ta mère, je t'aurais dit tout de suite !

— Mais de quoi tu parles ?

— De rien, continue à me prendre pour une andouille !

— J'ai besoin d'être à mon bureau, ici je n'ai pas le matériel nécessaire et je ne comprends pas pourquoi tu as l'air aussi contrariée ?

— Parce que j'aurais voulu que tu me fasses confiance, tu crois que je t'aimerais moins si tu me disais la vérité ? Mais même si tu m'avouais aimer cet âne au bout du jardin, tu serais quand même mon fils Adrian !

— Maman, tu es sûre que tu vas bien ?

— Moi, oui, toi, j'en doute ; retourne à Londres puisque c'est si important, je serai peut-être encore en vie quand tu reviendras, qui sait ?

Quand ma mère me faisait une scène de tragédie grecque, c'est que quelque chose la perturbait sérieusement. Mais je préférais ne pas imaginer ce qui la tracassait, tant la seule idée qui me vint en tête me parut grotesque.

Ma valise faite, je retrouvai Walter sur le port. Ma mère avait tenu à nous accompagner. Elena la rejoignit sur le quai, et elles nous firent de grands signes quand la navette prit la mer. Bien plus tard j'appris que maman avait demandé à ma tante si elle pensait que j'allais faire le voyage assis sur les genoux de Walter. J'ignorais que je ne reverrai pas Hydra de sitôt.

*

Amsterdam

Jan Vackeers regarda l'heure à sa montre, Ivory n'était toujours pas là et il s'en inquiéta. Son partenaire d'échecs était d'une ponctualité sans faille et ce retard ne lui ressemblait pas. Il s'approcha de la table roulante, vérifia le plateau-repas qu'il avait fait préparer. Il picorait quelques fruits secs qui décoraient l'assiette de fromage quand on sonna à l'entrée de sa suite, la partie allait enfin pouvoir commencer. Vackeers ouvrit la porte, son majordome lui présenta une enveloppe posée sur un plateau d'argent.

— Ceci vient d'arriver, monsieur.

Vackeers se retira dans ses appartements pour prendre connaissance du pli qu'on venait de lui remettre. Sur un bristol, quelques mots rédigés à la plume :

Désolé de devoir vous faire faux bond, une obligation de dernière minute m'oblige à quitter Amsterdam, je reviendrai bientôt. Amicalement,

Ivory,

P-S : Échec et pat, ce n'est que partie remise.

Vackeers relut trois fois le post-scriptum, se demandant ce qu'Ivory voulait suggérer par cette petite phrase qui, venant de lui, ne pouvait être anodine. Il ignorait où son ami se rendait, et il était maintenant trop tard pour le faire surveiller. Quant à demander à ses alliés de prendre le relais… C'était lui qui avait insisté pour qu'on laisse

Ivory à l'écart, comment leur expliquer que ce dernier avait peut-être un tour d'avance ?

Échec et pat, ainsi que l'avait écrit Ivory. Vackeers sourit en rangeant le bristol dans sa poche.

*

Aéroport de Schiphol, Amsterdam. À cette heure tardive, seuls quelques appareils reliant les grandes capitales européennes étaient encore au sol.

Ivory tendit sa carte d'embarquement à l'hôtesse et emprunta la passerelle. Il s'installa au premier rang, boucla sa ceinture et regarda par le hublot. Dans une heure trente, il se poserait sur le petit aéroport de la City. Une voiture l'attendrait à l'arrivée, sa chambre était réservée au Dorchester, tout était en ordre. Vackeers avait dû recevoir le petit mot qu'il lui avait adressé, et cette seule pensée le fit sourire.

Ivory ferma les yeux, la nuit serait longue et chaque minute de sommeil était bonne à prendre.

*

Aéroport d'Athènes

Walter tenait à tout prix à rapporter un souvenir de Grèce à Miss Jenkins. Il acheta une bouteille d'ouzo au duty free, une deuxième, au cas où la première se briserait, dit-il, et une troisième pour se faire un cadeau. Dernier appel, nos deux noms résonnèrent dans les haut-parleurs, la voix n'était pas très affable et j'appréhendais déjà le regard accusateur des passagers quand nous entrerions dans la cabine. Au terme d'une course folle dans les couloirs, nous arrivâmes juste à temps pour essuyer le savon que nous passa le chef de bord à la porte d'embarquement puis quelques réprimandes alors que nous remontions la carlingue vers les deux seules places encore libres, au dernier rang. Le décalage horaire avec l'Angleterre nous ferait gagner une heure, nous devrions arriver vers minuit à Heathrow. Walter dévora le repas qui nous avait été servi, et le mien que je lui offris volontiers. Une fois les plateaux ramassés, l'hôtesse abaissa la lumière de la cabine. Je collai mon visage au hublot et profitai du spectacle. Voir le ciel depuis une altitude de dix mille mètres est pour un astronome un merveilleux moment. L'étoile Polaire brillait devant moi, je vis Cassiopée, et je devinais Céphée à sa droite. Je me retournai vers Walter qui piquait un petit roupillon.

— Vous avez votre appareil photo sur vous ?

— Si c'est pour prendre des photos souvenirs dans cet avion, la réponse est non. Entre ce que je viens de manger et la distance qui nous sépare de la rangée de devant, je dois avoir l'air d'une baleine dans une boîte de conserve.

— Non, Walter, ce n'est pas pour vous photographier.

— Dans ce cas, si vous avez un outil qui vous permette d'atteindre ma poche, il est à vous, moi, je ne peux pas bouger.

Je dois reconnaître que nous étions serrés comme des sardines, et attraper l'appareil ne fut pas une mince affaire. Dès que je l'eus en main, je revisitai la série d'images prises à Héraklion. Une idée me traversa l'esprit, insensée, et je restai perplexe en regardant à nouveau à travers le hublot.

— Je crois que nous avons bien fait de rentrer à Londres, dis-je à Walter en glissant son appareil dans ma poche.

— Eh bien, attendez de prendre votre petit déjeuner demain matin à la terrasse pluvieuse d'un pub, et on verra si vous penserez la même chose.

— Vous serez toujours le bienvenu à Hydra.

— Vous allez me laisser dormir à la fin, vous croyez que je ne vous vois pas vous marrer chaque fois que vous me réveillez ?

*

Londres

J'avais déposé Walter en taxi et, arrivé chez moi, je me précipitai sur mon ordinateur. Après avoir chargé les photos, je les regardai attentivement et me décidai à déranger un vieil ami, qui vivait à des milliers de kilomètres d'ici. Je lui adressai un courrier électronique, auquel je joignis les clichés pris par Walter, en lui demandant ce qu'ils évoquaient pour lui. Je reçus aussitôt un petit mot de sa part, Erwan se réjouissait de me lire. Il me promit d'étudier les images que je venais de lui envoyer et de me répondre dès que possible. Un radiotélescope d'Atacama était encore tombé en panne et il avait du pain sur la planche.

J'eus de ses nouvelles trois jours plus tard, au beau milieu de la nuit. Pas par courriel cette fois, mais par téléphone, et Erwan avait une voix que je ne lui connaissais pas.

— Comment as-tu réussi un tel prodige ? s'exclama-t-il sans même me dire bonjour.

Comme je ne savais quoi lui répondre, Erwan me posa une autre question, qui me surprit encore plus.

— Si tu rêvais du Nobel, tu as toutes tes chances cette année ! Je n'ai pas la moindre idée de la façon dont tu as pu procéder pour réussir une pareille modélisation, mais cela relève du prodige ! Si tu m'as envoyé ces images pour m'en boucher un coin, alors là, bravo, c'est fait !

— Qu'est-ce que tu as vu, Erwan, dis-le-moi !

— Tu sais très bien ce que j'ai vu, ne cherche pas les flatteries, c'est assez bluffant comme ça. Maintenant tu vas me dire comment tu as réussi ce coup de maître ou tu veux continuer à me faire enrager ? M'autorises-tu à partager ces images avec nos amis d'ici ?

— Surtout pas ! suppliai-je Erwan.

— Je comprends, soupira-t-il, je suis déjà honoré que tu m'aies accordé ta confiance en me laissant voir cette merveille avant de faire ton communiqué officiel. Quand publieras-tu la nouvelle ? Je suis certain qu'avec ça dans les mains tu as gagné ton passeport pour nous rejoindre, même si je me doute aussi que tu as désormais l'embarras du choix ; toutes les équipes astronomiques voudront t'avoir parmi elles.

— Erwan, je t'en supplie, décris-moi ce que tu as vu !

— Tu es las de te le répéter en boucle, tu veux me l'entendre dire ? Je te comprends, mon vieux, à ta place je serais aussi excité. Mais donnant-donnant, tu m'expliques d'abord comment tu as fait.

— Comment j'ai fait quoi ?

— Ne te moque pas de moi et ne me dis pas que tu y es arrivé par hasard.

— Erwan, parle le premier, s'il te plaît.

— Cela m'aura pris trois jours pour deviner où tu m'emmenais. Ne me fais pas dire ce que je n'ai pas dit, j'ai reconnu très vite les constellations du Cygne, de Pégase et de Céphée, même si les magnitudes ne collaient pas, si les angles étaient faux et les distances absurdes. Si tu croyais me piéger aussi facilement tu t'es trompé. Je me suis demandé à quel jeu tu jouais, pourquoi tu avais rapproché toutes ces étoiles et selon quelles équations. J'ai cherché ce qui t'avait amené à les positionner ainsi, et c'est ce qui m'a mis la puce à l'oreille. J'ai un peu triché, je te l'avoue, je me suis servi de nos ordinateurs et leur ai infligé deux jours d'intenses calculs, mais, quand le résultat est tombé, je n'ai eu aucun regret d'avoir mobilisé ces ressources. J'avais vu juste, sauf que bien sûr, je ne pouvais pas deviner ce qui se trouvait au centre de ces incroyables images.

— Et qu'as-tu vu Erwan ?
— La nébuleuse du Pélican.
— Et pourquoi cela t'excite autant ?
— Parce qu'elle est telle que l'on pouvait la voir depuis la Terre, il y a quatre cents millions d'années !

Mon cœur battait la chamade, je sentais mes jambes se dérober ; parce que rien de tout cela n'avait de sens. Ce qu'Erwan venait de me révéler était simplement absurde. Qu'un objet, aussi mystérieux fût-il, soit capable de projeter un fragment du ciel était déjà difficile à comprendre ; que ce ciel soit tel qu'on pouvait le voir depuis la Terre il y a presque un demi-milliard d'années relevait de l'impossible.

— Adrian, je t'en prie, maintenant dis-moi comment tu as fait pour obtenir une modélisation aussi parfaite ?

Je n'ai pu répondre à mon ami Erwan.

*

— Je sais, j'ai été votre répétiteur pendant plusieurs semaines et je devrais probablement me souvenir de tout ce que vous m'avez appris, mais depuis notre échec à Londres, les semaines ont été suffisamment mouvementées pour que je ne me sente nullement coupable de quelques oublis.

— Une nébuleuse est un berceau d'étoiles, un nuage diffus, composé de gaz et de poussières, situé dans l'espace entre deux galaxies, répondis-je laconiquement à Walter, c'est là qu'elles prennent vie.

J'avais l'esprit ailleurs, mes pensées se situaient à des milliers de kilomètres de Londres, vers la pointe est de l'Afrique, là où se trouvait celle qui avait oublié chez moi son étrange pendentif. La question qui me hantait était de savoir s'il s'agissait vraiment d'un oubli. Lorsque je posai la question à Walter, il hocha la tête en me traitant de doux naïf.

Le surlendemain, alors que je me rendais à l'Académie, je fis une rencontre singulière. J'étais venu chercher un café dans l'un de ces nouveaux établissements qui avaient envahi la capitale pendant mon séjour au Chili. Quel que soit le quartier ou la rue, la décoration y est toujours identique, les pâtisseries les mêmes, et il faut se munir d'un diplôme en langues extravagantes pour pouvoir y passer commande tant les combinaisons de cafés et thés sont variées et leurs appellations étranges.

Un homme s'approcha de moi alors que j'attendais au comptoir mon « Skinny Cap with wings » (traduisez cappuccino à emporter). Il régla ma consommation et me demanda si j'acceptais de lui consacrer quelques instants ; il voulait s'entretenir avec moi d'un sujet qui retiendrait, selon lui, toute mon attention. Il m'entraîna vers la salle et nous nous installâmes dans deux fauteuils club, deux copies de mauvaise facture, mais assez confortables. L'homme me fixa longuement, avant de prendre la parole.

— Vous travaillez à l'Académie des sciences, n'est-ce pas ?

— Oui, c'est exact, mais à qui ai-je l'honneur ?

— Je vous vois souvent ici le matin. Londres est une grande capitale mais chaque quartier est un village, c'est ce qui préserve le charme de cette si grande ville.

Je n'avais pas le souvenir d'avoir déjà croisé mon interlocuteur, mais je suis d'un naturel distrait et je ne voyais pas de raison de mettre sa parole en doute.

— Je vous mentirais en vous disant que notre rencontre est tout à fait fortuite, reprit-il. Je souhaitais vous aborder depuis quelque temps.

— Voilà qui semble chose faite, que puis-je pour vous ?

— Croyez-vous à la destinée, Adrian ?

Le fait qu'un inconnu vous appelle par votre prénom suscite généralement une certaine inquiétude, ce fut le cas pour moi.

— Appelez-moi Ivory puisque je me suis autorisé à vous appeler Adrian. Peut-être ai-je abusé de ce privilège qu'accorde mon âge.

— Que voulez-vous ?

— Nous avons deux points en commun… Tout comme vous, je suis un scientifique. Vous avez l'avantage d'être jeune et d'avoir de longues années pour vivre de votre passion. Je ne suis qu'un vieux professeur qui relit des livres poussiéreux pour passer le temps.

— Qu'enseigniez-vous ?

— L'astrophysique, ce qui est assez proche de votre discipline, n'est-ce pas ?

J'acquiesçai d'un signe de tête.

— Vos travaux au Chili devaient être passionnants, je regrette que vous ayez dû en revenir. J'imagine combien travailler sur le site d'Atacama doit cruellement vous manquer.

Je trouvais que cet homme en savait un peu trop sur mon compte, et sa sérénité apparente ne venait pas tempérer mes inquiétudes.

— Ne soyez pas suspicieux. Si je vous connais un peu, c'est parce que, d'une certaine façon, j'étais là quand vous avez présenté vos travaux devant les membres de la Fondation Walsh.

— D'une certaine façon ?

— Disons qu'à défaut d'être membre du jury je faisais partie du comité de sélection. J'ai lu attentivement votre dossier. S'il n'avait tenu qu'à moi, vous auriez gagné ce prix. À mes yeux, vos travaux étaient ceux qui méritaient le plus d'être encouragés.

Je le remerciai du compliment et lui demandai en quoi je pouvais lui être utile.

— Ce n'est pas vous qui pouvez m'être utile, Adrian, vous verrez, c'est tout le contraire. Cette jeune femme avec laquelle vous avez quitté la soirée, celle qui a remporté le prix…

Cette fois, je me sentais franchement mal à l'aise et perdais un peu de mon calme.

— Vous connaissez Keira ?

— Oui, bien sûr, répondit mon étrange interlocuteur en trempant ses lèvres dans sa tasse de café. Pourquoi n'êtes-vous plus en contact ?

— Je crois que ceci est d'ordre privé, répliquai-je sans chercher à cacher plus longtemps que sa conversation ne m'était pas agréable.

— Je ne voulais pas être indiscret et je vous prie d'accepter mes excuses, si ma question vous a offensé en quelque manière que ce soit, reprit mon interlocuteur.

— Vous m'aviez dit, monsieur, que nous avions deux points en commun, quel est le second ?

L'homme sortit de sa poche une photographie qu'il fit glisser sur la table. C'était un vieux Polaroid, dont les couleurs passées prouvaient qu'il ne datait pas d'hier.

— Je serais prêt à parier que ceci ne vous est pas totalement étranger, dit l'homme.

Je détaillai la photo, sur laquelle figurait un objet de forme presque rectangulaire.

— Savez-vous ce qu'il y a de plus intrigant à son sujet ? C'est que nous sommes incapables de le dater. Les méthodes les plus sophistiquées restent muettes, impossible de donner un âge à cet objet. Trente ans que je me pose la question et l'idée de quitter ce monde sans connaître la réponse me hante. C'est idiot, mais cela me tracasse quand même. J'ai beau me raisonner encore et encore, me dire que lorsque je serai mort, cela n'aura plus aucune importance, rien n'y fait, j'y pense du matin au soir et du soir au matin.

— Et quelque chose vous laisse entendre que je pourrais vous aider ?

— Vous n'écoutez pas, Adrian, je vous ai déjà dit que c'est moi qui allais vous aider et non le contraire. Il est important de vous concentrer sur ce que je vous dis. Cette énigme finira tôt ou tard par occuper toutes vos pensées ; lorsque vous vous déciderez à vous y intéresser vraiment s'ouvriront devant vous les portes d'un incroyable voyage, un périple qui vous conduira plus loin que vous ne l'auriez jamais soupçonné. Je me doute bien qu'à cet instant j'ai pour vous l'apparence d'un vieux fou, mais votre jugement changera. Rares sont ceux qui ont assez de folie pour entreprendre de réaliser leurs rêves, la société leur fait souvent payer une telle originalité. La société est craintive et jalouse, Adrian, mais est-ce un motif suffisant pour renoncer ? N'est-ce pas une vraie raison de vivre que de bousculer les acquis, déranger les certitudes ? N'est-ce pas cela la quintessence de l'esprit scientifique ?

— Vous avez pris des risques que la société vous a fait payer, monsieur Ivory ?

— Je vous en prie, ne m'appelez pas monsieur. Laissez-moi partager avec vous une information qui vous passionnera, j'en suis certain. L'objet qui se trouve sur cette photographie, il possède une autre propriété, tout aussi originale que la première, c'est d'ailleurs celle-ci qui va vous amuser le plus. Lorsqu'on le soumet à une forte source de lumière, il projette une étrange série de points. Est-ce que cela vous rappelle quelque chose ?

L'expression de mon visage dut certainement trahir mon émotion, l'homme me regarda en souriant.

— Vous voyez, que je ne vous avais pas menti, c'est bien moi qui vous suis utile.

— Où l'avez-vous trouvé ?

— C'est une trop longue histoire. L'important est que vous sachiez qu'il existe, cela vous servira plus tard.

— De quelle façon ?

— En vous évitant de perdre un temps fou à vous demander si celui que vous possédez est un simple accident de la nature. Cela vous protégera aussi de l'aveuglement dont l'homme est capable quand il a peur de voir la réalité en face. Einstein disait que deux choses sont infinies, l'Univers et la bêtise humaine, et qu'il n'avait aucun doute quant à la deuxième.

— Qu'avez-vous appris au sujet de l'exemplaire que vous possédez ? demandai-je.

— Je ne l'ai pas possédé, je me suis contenté de l'étudier et j'en sais très peu de chose, hélas. Et puis je ne veux surtout pas vous les dire. Non que je ne vous fasse pas confiance, sinon, pourquoi serais-je là ? Mais le hasard ne suffit pas. Dans le meilleur des cas, il ne sert qu'à éveiller la curiosité de l'esprit scientifique. Seuls l'ingéniosité, la méthode et le culot conduisent à la découverte ; je ne veux pas orienter vos futures recherches. Je préfère vous laisser libre de tout a priori.

— Quelles recherches ? demandai-je à cet homme dont les suppositions commençaient à m'agacer sérieusement.

— M'autorisez-vous une dernière question, Adrian ? Quel futur vous attend dans cette prestigieuse Académie de sciences ? Une chaire d'enseignant ? une classe de brillants élèves, chacun convaincu de la supériorité de son intelligence ? Une liaison fougueuse avec la plus jolie fille de l'amphithéâtre ? J'ai vécu tout ça, et je ne me souviens d'aucun visage. Mais je parle, je parle et ne vous laisse pas répondre à ma question. Alors, ce futur ?

— Enseigner ne sera qu'une étape de ma vie, je repartirai tôt ou tard à Atacama.

Je me souviens d'avoir dit cela comme un gamin à la fois fier de connaître sa leçon sur le bout des doigts et furieux d'être confronté à sa propre ignorance.

— J'ai commis une erreur stupide dans ma vie, Adrian. Je ne l'ai jamais reconnu et, pourtant, la seule idée de m'en entretenir avec vous me fait déjà un bien énorme. J'ai cru que je pourrais tout faire tout seul. Quelle prétention et quelle perte de temps !

— En quoi cela me regarde-t-il ? Mais qui êtes-vous ?

— Je suis le reflet de l'homme que vous risquez de devenir. Et si je pouvais vous épargner ça, j'aurais la sensation de vous avoir été utile et je me souviendrais de votre visage. Vous êtes celui que j'étais il y a bien des années. C'est étrange, vous savez, de se contempler dans le miroir du temps qui est passé. Avant de vous quitter, je voudrais vous communiquer une autre information, peut-être plus intéressante encore que la photographie que je vous ai montrée. Keira travaille sur un terrain de fouilles situé à cent vingt kilomètres au nord-est du lac de Turkana. Vous vous demandez pourquoi je vous dis cela ? Parce que lorsque vous prendrez la décision de vous rendre en Éthiopie pour la retrouver, cela vous fera aussi gagner beaucoup de temps. Le temps est précieux, Adrian, terriblement précieux. J'ai été enchanté de faire votre connaissance.

Je fus surpris par sa poignée de main, franche et affectueuse, presque tendre. Il se retourna au seuil de la porte et refit quelques pas dans ma direction.

— J'ai un petit service à vous demander, me dit-il, lorsque vous verrez Keira, ne lui dites rien de notre rencontre, cela vous desservirait. Keira est une femme que j'estime beaucoup, mais son caractère n'est pas toujours facile. Si j'avais quarante années de moins, je serais déjà dans l'avion assis à votre place.

Cette conversation m'avait plus que troublé. Je restai frustré de n'avoir su poser les questions qui s'imposaient, et il m'aurait fallu les noter tant elles étaient nombreuses.

Walter passa devant la vitrine du café, il me fit un signe, poussa la porte de l'établissement et vint me rejoindre.

— Vous en faites une tête ! dit-il en s'asseyant dans le fauteuil qu'avait libéré l'étrange Ivory. J'ai beaucoup réfléchi cette nuit, enchaîna-t-il, cela tombe bien que je vous trouve ici, il faut absolument qu'on parle.

— Je vous écoute.

— Vous cherchiez un prétexte pour revoir votre amie ? Si, si, ne discutez pas, vous cherchiez un prétexte pour revoir votre amie ! Je pense qu'il ne serait pas idiot d'aller lui demander les vraies raisons pour lesquelles elle a abandonné son pendentif sur votre table de nuit. Le hasard a bon dos, mais à ce point-là !

Il est des journées faites de petites conversations qui finissent par vous pousser à prendre certaines décisions.

— Bien sûr, j'aimerais vous accompagner en Éthiopie, reprit Walter, mais je n'irai pas !

— Mais ai-je dit que j'allais en Éthiopie ?

— Non, mais vous allez y aller quand même.

— Pas sans vous.

— Impossible, Hydra a englouti le reste de mes économies.

— Si ça ne tient qu'à cela, je vous offre le billet.

— Et puisque moi je vous dis qu'il n'en est pas question. Votre générosité vous honore, mais ne me mettez pas pour autant dans une situation délicate.

— Ce n'est pas de la générosité, dois-je vous rappeler ce qui me serait arrivé à Héraklion sans vous ?

— Ne me dites pas que vous voulez m'embaucher comme garde du corps, je le prendrais très mal. Je ne suis pas qu'un tas de muscles, j'ai un diplôme d'expertise comptable et de direction des ressources humaines !

— Walter, ne vous faites pas prier, venez !

— C'est une très mauvaise idée, et ce pour plusieurs raisons.

— Donnez-m'en une seule et je vous fiche la paix !

— Bien, alors imaginez la carte postale suivante. Paysage : vallée de l'Omo. Heure : petit matin ou milieu de journée, comme vous préférez. Compte tenu de ce que vous m'en avez dit, le paysage est splendide. Le décor justement : un terrain de fouilles archéologiques. Personnages principaux : Adrian et l'archéologue en charge du site. Maintenant, écoutez bien la scène ; vous allez voir, c'est délicieux. Notre Adrian arrive dans une jeep, il est un peu poisseux mais reste joli gaillard. L'archéologue entend la voiture, elle pose sa truelle et son petit marteau, enlève ses lunettes...

— Je ne crois pas qu'elle en porte !

— ... N'enlève pas ses lunettes, mais, en revanche, se redresse pour découvrir que le visiteur inattendu n'est autre que l'homme qu'elle a quitté à Londres, non sans regrets. L'émotion est visible sur son visage.

— J'ai compris le tableau, où voulez-vous en venir ?

— Taisez-vous et laissez-moi terminer ! L'archéologue et son visiteur marchent l'un vers l'autre, chacun ignore ce qu'il dira. Et là, patatras, personne n'a prêté attention à ce qui passait en arrière-plan. Près de la jeep, le bon Walter, en short de flanelle et casquette à carreaux, et qui en a ras le bol de brûler au soleil pendant que les deux nigauds s'embrassent au ralenti, demande à qui voudra bien enfin l'écouter ce qu'il faut faire des bagages. Vous ne trouvez pas que cela gâche franchement la scène ? Et, maintenant, vous êtes résolu à partir seul ou je vous refais un dessin ?

Walter avait fini par me convaincre d'entreprendre ce voyage, même si je crois que j'en avais déjà pris la décision.

Le temps d'obtenir un visa et d'organiser mon arrivée, j'embarquai à Heathrow pour atterrir dix heures plus tard à Addis-Abeba.

Le même jour, un certain Ivory, qui n'était pas non plus tout à fait étranger à ce voyage, se rendit à Paris.

*

Aux membres de la commission,

Notre sujet s'est envolé ce jour, à destination d'Addis-Abeba. Inutile de préciser ce que cela suppose. Sans associer nos amis chinois qui conservent un certain nombre d'intérêts en Éthiopie, il nous sera difficile de poursuivre notre surveillance. Je propose que nous nous réunissions dès demain.

Cordialement,

Amsterdam.

Jan Vackeers repoussa le clavier de son ordinateur et se repencha sur le dossier que lui avait remis l'un de ses collaborateurs. Il regarda une énième fois cette photo de la vitrine d'un café londonien. On y voyait Ivory prenant un petit déjeuner en compagnie d'Adrian.

Vackeers alluma son briquet, posa la photographie dans un cendrier et y mit le feu. Quand elle acheva de se consumer, il referma le dossier et grommela :

— Je ne sais pas combien de temps je pourrai continuer à taire à nos collègues la partie que vous jouez en solo. Que Dieu vous garde !

*

Ivory attendait patiemment dans la file de taxis à l'aéroport d'Orly.

Quand arriva son tour, il s'installa à l'arrière du véhicule et remit un petit morceau de papier au chauffeur. Y figurait l'adresse d'une imprimerie qui se trouvait non loin du boulevard de Sébastopol. La circulation était fluide, il y serait en une demi-heure.

*

Dans son bureau, à Rome, Lorenzo lut le courrier de Vackeers, il décrocha son téléphone et demanda à sa secrétaire de le rejoindre.

— Nous avons encore des contacts actifs en Éthiopie ?

— Oui, monsieur, deux personnes sur place. Je viens justement de réactualiser le dossier africain pour votre réunion au cabinet du ministère des Affaires étrangères la semaine prochaine.

Lorenzo tendit à sa secrétaire une photographie et un horaire griffonné sur une feuille de papier.

— Contactez-les. Qu'ils m'informent des déplacements, rencontres et conversations de cet homme qui débarquera à Addis-Abeba sur un vol en provenance de Londres demain matin. C'est un sujet britannique, la discrétion est de mise. Dites à nos hommes de renoncer à leur surveillance plutôt que de se faire repérer. Ne faites mention de cette requête dans aucun dossier, je souhaite qu'elle reste pour l'instant la plus confidentielle possible.

La secrétaire récupéra les documents que Lorenzo lui présentait et se retira.

*

Éthiopie

L'escale à l'aéroport d'Addis-Abeba n'avait duré qu'une heure. Le temps de faire tamponner mon passeport, de récupérer mon bagage et j'embarquai à bord d'un petit avion, direction l'aérodrome de Jinka.

Les ailes de ce vieux coucou étaient si rouillées, que je me demandais comment il pouvait encore voler. La verrière du cockpit était maculée d'huile. À l'exception du compas, dont l'aiguille gigotait, tous les cadrans du tableau de bord semblaient inertes. Le pilote n'avait pas l'air de s'en inquiéter outre mesure. Quand le moteur toussait, il se contentait de tirer légèrement sur la manette des gaz ou de la repousser, à la recherche du régime qui semblait le mieux convenir. Il avait l'air de voler autant à vue qu'à l'oreille.

Mais, sous les ailes défraîchies de ce vieux zinc, défilaient dans un vacarme effrayant les plus beaux paysages de l'Afrique.

Les roues rebondirent sur la piste en terre, avant que nous nous immobilisions au milieu d'une épaisse traînée de poussière. Des gamins s'étaient précipités vers nous et je redoutais que l'un d'entre eux se fasse happer par l'hélice. Le pilote se pencha vers moi pour ouvrir ma portière, jeta mon sac au-dehors et je compris que nos routes se séparaient ici.

À peine avais-je posé le pied à terre que son avion fit demi-tour, j'eus juste le temps de me retourner pour le voir s'éloigner au-dessus de la cime des eucalyptus.

Je me retrouvai seul au milieu de nulle part, et je regrettai amèrement de n'avoir su convaincre Walter de m'accompagner. Assis sur un vieux fût d'huile, mon sac à mes pieds, je regardai la nature sauvage environnante, le soleil déclinait et je réalisai que je n'avais pas la moindre idée de l'endroit où je passerais la nuit.

Un homme en maillot de corps effiloché vint à ma rencontre et me proposa son aide, c'est en tout cas ce que je crus comprendre. Lui expliquer que j'étais à la recherche d'une archéologue qui travaillait non loin d'ici me demanda des prouesses d'inventivité. Je me suis souvenu de ce jeu que nous pratiquions en famille où il fallait mimer une situation ou simplement un mot afin de le faire deviner aux autres. Je n'ai jamais gagné à ce jeu ! Et me voici en train de faire semblant de creuser la terre, de m'enthousiasmer devant un vulgaire bout de bois comme si j'avais découvert un trésor ; mon interlocuteur semblait si affligé que je finis par renoncer. L'homme haussa les épaules et s'en alla.

Il réapparut dix minutes plus tard, accompagné d'un jeune garçon qui me parla d'abord en français, puis en anglais et enfin en mélangeant un peu des deux langues. Il m'apprit que trois équipes d'archéologues étaient à pied d'œuvre dans la région. L'une travaillait à soixante-dix kilomètres au nord de ma position, une deuxième dans la vallée du Rift au Kenya, et une troisième, arrivée depuis peu, avait repris un campement à près de cent kilomètres au nord-est du lac Turkana. J'avais enfin localisé Keira, il ne me restait plus qu'à trouver le moyen de la rejoindre.

Le jeune garçon me proposa de le suivre. L'homme qui était venu m'accueillir voulait bien m'héberger pour la nuit. Je ne savais comment le remercier et je le suivis, en m'avouant que si un Éthiopien, perdu dans les rues de Londres comme je l'étais ici ce soir, m'avait demandé son chemin, je n'aurais probablement pas eu la générosité de lui offrir mon toit. Différence de culture ou préjugés, dans les deux cas, je me sentis bien stupide.

Mon hôte partagea son dîner avec moi, le jeune garçon resta en notre compagnie. Il ne cessait de me dévisager. J'avais posé ma veste sur un tabouret et, sans aucune gêne, il s'amusa à en fouiller les poches. Il y trouva le pendentif de Keira et le remit aussitôt à sa place. J'eus soudain l'impression que ma présence ne le réjouissait plus et sans rien dire, il quitta la hutte.

Je dormis sur une natte et me réveillai à l'aube. Après avoir avalé l'un des meilleurs cafés que j'avais bu de ma vie, j'allai me promener près du petit terrain d'aviation, cherchant le moyen de poursuivre mon voyage. L'endroit ne manquait pas de charme, mais je n'allais pas pour autant m'y éterniser.

J'entendis un bruit de moteur dans le lointain. Un nuage de poussière enveloppait un gros 4 × 4 qui roulait dans ma direction. Le véhicule tout-terrain s'immobilisa devant la piste, deux hommes en descendirent. Tous deux étaient italiens, la chance me souriait, ils parlaient un anglais très convenable et avaient l'air plutôt sympathique. Pas plus étonnés que cela de me voir ici, ils me demandèrent où je me rendais. Je leur montrai du doigt un point sur la carte qu'ils avaient dépliée sur le capot de leur voiture et ils me proposèrent aussitôt de me rapprocher de ma destination.

Leur présence, plus encore que la mienne, semblait importuner le jeune garçon. Était-ce un relent de la période où l'Éthiopie fut colonisée par l'Italie ? Je n'en savais rien, mais mes deux miraculeux guides ne lui plaisaient décidément pas.

Après avoir chaleureusement remercié mon hôte, j'embarquai à bord du 4 × 4. Tout au long du trajet, mes deux Italiens me posèrent mille questions, sur mon métier, la vie à Atacama comme à Londres et sur les raisons de mon voyage en Éthiopie. Je n'avais pas vraiment envie de disserter sur ce dernier point et me contentais de leur dire que je venais rejoindre une femme ; ce qui pour deux Romains justifiait d'aller jusqu'au bout du monde. À mon tour je les interrogeai sur leur présence ici. Ils exportaient des tissus, dirigeaient une société à Addis-Abeba et, amoureux de l'Éthiopie, ils exploraient le pays chaque fois que l'occasion s'offrait à eux.

Il était difficile de localiser de façon précise l'endroit où je voulais me rendre et rien ne garantissait que l'on puisse y accéder par la route. Le chauffeur proposa de me déposer dans un village de pêcheurs sur les berges de l'Omo, il me serait facile de monnayer ma place à bord d'une embarcation qui descendait la rivière. J'aurais ainsi de meilleures chances de trouver le campement archéologique que je cherchais. Ils avaient l'air de bien connaître la région, je m'en remis à eux et suivis leurs conseils. Celui qui ne conduisait pas offrit ses services de traducteur. Depuis le temps qu'il était ici, il avait acquis quelques rudiments dans la pratique des dialectes éthiopiens et se faisait fort de trouver un pêcheur qui voudrait bien me prendre à bord de sa pirogue.

Au milieu de l'après-midi, je disais au revoir à mes accompagnateurs, la frêle embarcation dans laquelle je venais de monter s'éloigna de la rive et se laissa porter par le courant.

Retrouver Keira n'était pas aussi simple que mes amis italiens l'avaient supposé. La rivière Omo se divise en de nombreux bras, chaque fois que la pirogue s'engageait sur une voie navigable plutôt qu'une autre, je me demandais si nous n'allions pas dépasser le campement sans l'avoir vu.

J'aurais voulu profiter de la splendeur des paysages, j'en découvrais de nouveaux à chaque méandre, mais mon esprit était occupé à chercher les mots que je pourrais dire à Keira si je la retrouvais, ceux qui expliqueraient le but de ma visite, chose dont je n'étais pas certain moi-même.

La rivière s'enfonçait vers des falaises de terre brunâtre qui interdisaient tout écart de navigation. Le piroguier veillait à nous maintenir au milieu du cours d'eau. Une nouvelle vallée s'ouvrit à nous, et j'aperçus enfin au sommet d'une petite colline le campement que j'espérais tant découvrir.

Nous accostâmes sur une rive de sable et de boue. Je récupérai mon sac, saluai le pêcheur qui m'avait accompagné jusqu'ici et m'engageai sur un petit chemin frayé entre les hautes herbes. J'y croisai un Français qui s'étonna de ma présence. Je lui demandai si une certaine Keira travaillait par là, il pointa du doigt le nord et retourna à ses occupations.

Un peu plus en amont, je dépassai un village de tentes et arrivai à l'orée du terrain de fouilles archéologiques.

On avait creusé la terre en carrés, des piquets et des cordelettes délimitaient les côtés de chaque trou. Les deux premiers que j'observai étaient vides, mais j'aperçus deux hommes qui travaillaient dans un troisième. Un peu plus loin, d'autres brossaient délicatement le sol avec des pinceaux. D'où je me trouvais, on aurait pu croire qu'ils peignaient. Personne ne me prêtait attention et je continuais d'avancer sur le chemin de ronde que formaient les talus entre chaque excavation, tout du moins jusqu'à ce que dans mon dos une bordée d'injures m'arrête. L'un de mes concitoyens, son anglais était parfait, demanda en hurlant qui était l'imbécile qui se promenait au milieu des fouilles. Il me suffisait de balayer rapidement l'horizon pour deviner que l'imbécile en question ne pouvait être que moi.

Difficile d'imaginer meilleur préambule à des retrouvailles qui me rendaient déjà fébrile. Se faire traiter de crétin au milieu de nulle part n'est pas à la portée du premier venu. Une dizaine de têtes surgirent des trous, telle une tribu de suricates émergeant de leur tanière à l'annonce d'un danger. Un homme de forte corpulence m'ordonna, cette fois en allemand, de ficher le camp immédiatement.

Je ne maîtrise pas vraiment l'allemand, mais très peu de vocabulaire suffisait pour comprendre qu'il ne plaisantait pas. Et puis soudain, au beau milieu de tous ces regards accusateurs, apparut celui de Keira, qui venait à son tour de se redresser…

… Et rien ne se déroula comme Walter l'avait prédit !

— Adrian ? lança-t-elle effarée.

Deuxième moment d'intense solitude. Quand Keira me demanda ce que je pouvais bien faire ici – sa surprise dépassant de loin l'éventuel plaisir de me revoir – la perspective de lui répondre au milieu de ce petit monde hostile eut pour effet de me plonger dans un profond mutisme. Je restais là, pétrifié, avec l'impression d'avoir pénétré un champ de mines dont les artificiers guettaient le moment de me faire partir en fumée.

— Surtout ne bouge pas ! m'ordonna Keira en venant à ma rencontre.

Elle s'approcha de moi et me guida jusqu'à la sortie de la zone de fouilles.

— Tu ne te rends pas compte de ce que tu viens de faire ! Tu débarques de nulle part, avec tes gros sabots, tu aurais pu piétiner des ossements d'une importance inestimable.

— Dis-moi que je n'ai rien fait de tel, suppliai-je en bafouillant.

— Non, mais tu aurais pu, c'est presque pareil. Est-ce que tu me vois débouler dans ton observatoire et tripoter tous les boutons du télescope ?

— Je crois que j'ai bien saisi que tu étais en colère.

— Je ne suis pas en colère, tu es irresponsable, ce n'est pas la même chose.

— Bonjour, Keira.

J'aurais évidemment pu trouver une phrase plus originale, plus pertinente que « bonjour Keira », mais ce fut la seule qui me vint à l'esprit.

Elle me regarda de pied en cap. Je guettais le moment où elle allait enfin se détendre, au moins un court instant.

— Qu'est-ce que tu fiches ici, Adrian ?

— C'est une longue histoire, et je viens de faire un voyage encore plus long ; si tu avais un petit peu de temps à me consacrer, je pourrais te l'expliquer.

— Oui, mais pas maintenant, comme tu peux le constater, je suis en plein milieu de ma journée de travail.

— Je n'avais pas ton numéro de téléphone en Éthiopie, ni même celui de ta secrétaire pour prendre rendez-vous. Je vais redescendre vers la rivière et aller me reposer entre un cocotier et un bananier. Si tu as un moment, passe me voir.

Sans lui laisser le temps de me répondre, je tournai les talons et repartis dans la direction d'où j'étais venu. J'avais quand même ma fierté !

— Il n'y a pas de cocotiers, ni de bananiers par ici, grand ignare ! entendis-je dans mon dos.

Je me retournai, Keira venait vers moi.

— Je reconnais que ce n'était pas terrible comme accueil, je suis désolée, pardonne-moi.

— Tu es libre à déjeuner ? lui demandai-je.

Je devais avoir un don particulier ce jour-là pour poser des questions stupides. Au moins, cela avait fait rire Keira. Elle me prit par le bras et m'entraîna vers le campement. Elle m'invita à entrer dans sa tente, ouvrit une glacière, sortit deux bouteilles de bière et m'en tendit une.

— Bois, elle n'est déjà pas très fraîche, elle sera chaude dans cinq minutes. Tu es là pour longtemps ?

Se retrouver ici, seuls tous les deux sous sa tente, était si étrange que cela nous parut presque incongru. Alors nous avons quitté la tente pour aller marcher le long de la rivière. En me promenant sur cette berge, je comprenais mieux combien il avait dû être difficile pour Keira d'abandonner un pareil endroit.

— Je suis très touchée que tu sois venu jusqu'ici Adrian. Ce week-end à Londres était un merveilleux moment, merveilleux mais…

Il fallait que je l'interrompe, je n'avais surtout pas envie d'entendre ce qu'elle allait dire, je l'avais imaginé bien avant d'embarquer à Londres. Enfin, peut-être pas avec autant de lucidité, mais là n'était pas la question.

Pourquoi lui ai-je répondu si vite qu'elle se trompait sur mes intentions, alors que c'était tout le contraire ?

J'étais venu jusqu'ici, animé par le désir de la revoir, d'entendre sa voix, de reconnaître son regard, même hostile, de la toucher, avec le rêve impérieux de la serrer contre moi, de goûter encore à sa peau, mais je n'avouais rien de cela. Nouvelle idiotie de ma part ou fierté masculine mal placée, la vérité c'est que je ne voulais pas être éconduit, une seconde fois, pour ne pas dire une troisième.

— Ma présence ici n'a rien de romantique, Keira, ajoutai-je pour enfoncer le clou. Il faut que je te parle de quelque chose.

— Cela doit être très sérieux pour que tu sois venu d'aussi loin.

Voilà le genre de mystère à côté duquel estimer la profondeur de l'Univers se limite pour moi à une simple équation mathématique. Il y a quelques minutes à peine, Keira semblait particulièrement contrariée à l'idée que j'aie entrepris ce périple pour venir la retrouver, et maintenant que je lui affirmais le contraire, elle en semblait tout aussi fâchée.

— Je t'écoute ! dit-elle les deux mains campées sur les hanches. Sois bref, il faut que je rejoigne mon équipe.

— Si tu préfères, cela peut attendre ce soir. Je ne tiens pas à m'imposer ; de toute manière je ne peux pas repartir aujourd'hui, il n'y a que deux vols par semaine qui relient Londres à Addis-Abeba et le prochain ne décolle que dans trois jours.

— Tu restes le temps que tu veux, cet endroit est ouvert à chacun, hormis mon terrain de fouilles où j'aimerais mieux que tu n'ailles pas te promener sans quelqu'un pour te guider.

J'en fis la promesse. Je la laissai terminer sa journée. Nous nous retrouverions dans quelques heures et nous aurions la soirée entière pour parler.

— Installe-toi dans ma tente, dit-elle en remontant le chemin. Ne me regarde pas comme ça, nous n'avons plus quinze ans. Si tu passes la nuit à la belle étoile, tu te feras dévorer par les mygales. Je t'aurais bien fait dormir avec les garçons, mais leurs ronflements sont plus redoutables encore que la morsure de ces araignées.

Nous avons dîné en compagnie de l'équipe. L'hostilité des archéologues à mon égard avait cessé, dès lors que je n'étais plus cet éléphant qui se promenait innocemment au milieu de leurs fouilles ; ils furent plutôt très accueillants au cours du repas, ravis je crois de voir une nouvelle tête qui, de surcroît, leur délivrait des nouvelles fraîches de l'Europe. J'avais gardé dans mon sac un journal trouvé dans l'avion, ce dernier fit sensation. Chacun se le disputa et celui qui se l'appropria dut en faire la lecture aux autres. Difficile de réaliser combien ces nouvelles banales du quotidien revêtent soudain une telle importance pour ceux qui sont éloignés de chez eux.

Keira profita que son groupe se soit réuni autour d'un feu pour m'entraîner à l'écart.

— À cause de toi, ils seront crevés demain, me reprocha-t-elle en les regardant, tous absorbés par la lecture du journal. Les journées sont harassantes, chaque minute de travail compte. Nous vivons au rythme du soleil, en temps normal l'équipe dormirait déjà.

— Alors j'imagine que ce soir n'est pas un soir normal.

S'ensuivit un instant de silence où chacun de nous regardait ailleurs.

— Il faut que je t'avoue que rien n'a vraiment été normal pour moi depuis quelques semaines, repris-je. Et cette succession d'anormalités n'est pas sans rapport avec ma présence ici.

Je sortis le pendentif de ma poche et le lui tendis.

— Tu as oublié ceci sur ma table de nuit, je suis venu te le rendre.

Keira prit son collier au creux de sa main et le regarda longuement, elle avait un beau sourire.

— Il n'est pas revenu, me dit-elle.

— Qui ça ?

— Celui qui me l'a offert.

— Il te manque à ce point ?

— Pas une journée ne passe sans que je pense à lui et me sente coupable de l'avoir abandonné.

Je n'avais pas prévu ça, et il me fallut beaucoup d'efforts pour trouver une repartie qui ne trahisse pas mon désarroi.

— Si tu l'aimes à ce point, tu trouveras bien un moyen de le lui faire savoir ; il te pardonnera, quoi que tu aies fait.

Je préférais ne rien savoir de plus sur celui qui avait conquis le cœur de Keira, et encore moins être celui qui les raccommoderait, mais je lisais une telle tristesse dans ses yeux.

— Tu devrais peut-être lui écrire ?

— En trois ans, j'ai réussi à lui apprendre à bien parler le français, quelques rudiments d'anglais, mais pas encore à lire. Et puis je ne sais pas où le trouver, répondit Keira en haussant les épaules.

— Il ne sait pas lire ?

— Tu es vraiment venu jusqu'ici juste pour me rapporter ce collier ?

— Et toi, tu l'as vraiment oublié chez moi ?

— Qu'est-ce que cela peut bien faire, Adrian ?

— Ce n'est pas n'importe quel pendentif, Keira. Est-ce qu'au moins tu le savais ? Il a une propriété pour le moins étrange. Quelque chose que je devais partager avec toi, quelque chose de bien plus important que tu ne pourrais l'imaginer.

— À ce point-là ?

— Où ton ami se l'est-il procuré ? Qui le lui a vendu ?

— Mais dans quel monde vis-tu, Adrian ? Il ne se l'est pas procuré, il l'a trouvé dans le cratère d'un volcan éteint, à un peu plus d'une centaine de kilomètres d'ici. Pourquoi es-tu si fébrile, qu'est-ce qu'il y a de si important ?

— Sais-tu ce qui se produit lorsque l'on approche ton pendentif d'une source de lumière vive ?

— Oui, je crois que je le sais. Bon, écoute, Adrian. Lorsque je suis rentrée à Paris, j'ai voulu en savoir un peu plus sur ce collier, par pure curiosité. Aidée d'un ami, nous avons essayé de le dater, mais sans succès. Et puis un soir, pendant un orage assez terrifiant d'ailleurs, la lumière est passée au travers et j'ai vu des tas de petits points lumineux s'afficher sur le mur du salon où je me trouvais. Un peu plus tard, en regardant par la fenêtre, j'ai trouvé une certaine ressemblance entre ce qui était apparu sur ce mur et ce que je voyais dans le ciel. Le hasard a voulu que nos routes se croisent quelque temps plus tard. Ce matin-là, à Londres, quand je suis repartie de chez toi, j'avais envie de te laisser une lettre, mais je n'ai pas trouvé les mots. Alors je t'ai laissé ce collier, en me disant que, s'il y avait quelque chose à découvrir à son sujet, cela relevait de ton domaine et non du mien. Si ce que tu as vu t'intrigue ou te passionne, j'en suis ravie. Je te laisse ce pendentif, fais-en ce que tu voudras. J'ai beaucoup de travail ici. Remporter ce prix, diriger cette équipe et mériter la confiance qui m'a été accordée est une lourde responsabilité, je n'aurai pas une troisième chance, tu comprends ? C'est très généreux de ta part d'être venu jusqu'ici pour partager ton histoire, mais c'est à toi de mener l'enquête. Moi, je creuse la terre et je n'ai pas le temps d'avoir la tête dans les étoiles.

Il y avait un grand caroubier devant nous, j'allai m'asseoir à son pied et invitai Keira à venir à mes côtés.

— Pourquoi es-tu ici ? lui demandai-je.

— Tu plaisantes ?

Comme je ne lui répondais pas, elle me regarda amusée.

— J'adore patauger dans la boue, dit-elle, et comme il y en a beaucoup par ici, je me régale !

— Ne te moque pas, je ne te demande pas ce que tu fais, je veux que tu m'expliques pourquoi ici en Éthiopie, plutôt qu'ailleurs.

— Ça aussi, c'est une très longue histoire.

— J'ai toute la nuit devant moi.

Keira hésita un temps. Elle se leva pour aller chercher un bout de bois et revint s'asseoir à mes côtés.

— Il y a très longtemps de cela, me dit-elle en dessinant un grand cercle sur le sable, les continents étaient tous réunis.

Elle dessina un autre cercle à l'intérieur du premier.

— L'ensemble formait une sorte d'immense et unique continent, entouré d'océans, le supercontinent de Pangée. La planète fut secouée de terribles tremblements de terre, les plaques tectoniques se mirent en mouvement. Le supercontinent se sépara en deux parties, la Laurasie au nord et le Gondwana au sud. Puis l'Afrique se détacha, devenant une île presque à part entière. Non loin de là où nous sommes, sous l'effet d'une pression irrésistible, s'éleva une barrière de montagnes. Ces nouveaux sommets ne furent pas sans effet sur le climat. Leurs cimes retenaient les nuages. Sans pluie, la désertification des terres de l'est commença.

« Les singes qui vivaient dans les arbres, bien à l'abri des prédateurs, virent leur habitat se réduire comme peau de chagrin. Moins d'arbres, moins de fruits, la nourriture commença à manquer et l'espèce fut menacée de disparaître. Écoute bien, c'est là que l'histoire prend son sens.

« Plus à l'ouest, à l'opposé d'une vallée où désormais ne poussaient plus que de hautes herbes, la forêt perdurait. Du haut des quelques arbres qui subsistaient encore, les singes pouvaient voir ces terres où la nourriture restait abondante. Tu vois, la règle de l'évolution c'est de s'adapter à son environnement pour survivre, et l'instinct de survie est plus fort que tout. Alors, bravant leur peur, les singes quittèrent les frondaisons. De l'autre côté de la plaine se trouvait un éden où ils ne manqueraient plus de rien.

« Voici donc nos singes en route. Mais lorsque l'on se déplace à quatre pattes à travers les hautes herbes, on ne voit pas grand-chose. Ni la direction vers laquelle on va, ni les dangers qui vous guettent. Qu'aurais-tu fait à leur place ?

— Je ne sais pas, répondis-je, envoûté par sa voix.

— Comme eux, tu te serais probablement dressé sur tes pattes arrière pour voir au loin et tu serais retombé à quatre pattes pour poursuivre le voyage ; et, à nouveau, tu te serais redressé pour vérifier ton cap avant de reprendre ton chemin, et ainsi de suite, jusqu'à ce que tu trouves l'exercice fastidieux, que tu en aies assez de te lever, de te baisser. En avançant ainsi à l'aveuglette, tu déviais sans cesse de la direction que tu t'étais fixée. Il fallait tracer une ligne droite, sortir de cette plaine hostile où, nuit après nuit, les prédateurs attaquaient tes semblables, gagner rapidement la forêt et ses fruits appétissants. Alors, un beau jour, pour aller plus vite, une fois dressé sur tes pattes arrière, tu aurais tenté de rester debout.

« Bien sûr ta démarche aurait été maladroite, douloureuse, car ni ton squelette ni tes muscles n'étaient adaptés à cette posture, mais tu aurais résisté, comprenant que ta survie dépendait de ta capacité à atteindre ta destination. Le nombre de singes morts d'épuisement en chemin ou décimés par les fauves t'aurait convaincu de l'urgence à aller de l'avant, toujours plus vite. Qu'un seul couple atteigne son but et l'espèce serait sauvée. Sans le savoir, au milieu de cette plaine, tu n'étais déjà plus ce singe qui, hier encore, sautait de branche en branche, courait à quatre pattes lors de ses brèves escapades au sol ; sans le savoir tu étais déjà un petit homme, Adrian, puisque tu marchais. Tu avais renoncé aux attributs de ton espèce pour en inventer une autre, humaine. Ces singes, qui avaient réussi l'improbable pari de gagner les terres fertiles de l'autre côté de la plaine, étaient nos ancêtres. Et peu importe si ce que je vais te raconter fait encore bondir certains scientifiques, dans ce domaine la vérité fait rarement l'unanimité quand elle apparaît.

« Il y a vingt ans, d'éminents confrères découvrirent les restes de Lucy. Son squelette devint une star. Lucy avait trois millions d'années, et tout le monde s'accordait à la considérer comme la grand-mère de l'humanité, mais tout le monde se trompait. Quelques décennies plus tard, d'autres chercheurs mirent au jour les restes d'*Ardipithecus Kadabba*. Il avait cinq millions d'années et l'implantation de ses ligaments comme la structure de son bassin et de sa colonne vertébrale nous prouvaient que lui aussi était un bipède. Lucy était déchue de son statut.

« Plus récemment, une équipe découvrit les ossements fossilisés d'une troisième famille de bipèdes. Encore plus anciens. Les Orrorins vivaient il y a six millions d'années.

Cette découverte bouleversa tout ce que l'on croyait savoir jusque-là. Car non seulement, les Orrorins marchaient mais ils étaient encore plus proches de nous. L'évolution génétique ne connaît pas de retour en arrière. Voilà qui renvoyait tout ce qui avait été considéré comme grands-parents de l'humanité au simple rang de cousins éloignés et repoussait le moment supposé de la séparation entre la lignée des singes et celle des hominidés. Mais qui pourrait encore prétendre de façon certaine qu'avant les Orrorins d'autres ne les précédaient pas ? Mes collègues cherchent la réponse à l'ouest et moi je suis partie à l'est, dans cette vallée, au pied de ces montagnes, parce que je crois de toutes mes forces que l'ancêtre de l'homme a bien plus de sept ou huit millions d'années et que ses restes se trouvent quelque part sous nos pieds. Tu sais maintenant pourquoi je suis en Éthiopie.

— Dans tes estimations les plus folles, Keira, quel âge donnes-tu au premier de nos ancêtres ?

— Je n'ai pas de boule de cristal, même dans mes rêves les plus fous. Ce n'est qu'en faisant une découverte que je pourrai répondre à ta question. Ce que je sais, c'est que tous les hommes sur terre portent un gène identique. Quelle que soit la couleur de notre peau, nous descendons tous d'un même être.

La fraîcheur avait fini par nous chasser de la colline. Keira m'installa un lit de camp sous sa tente, elle m'offrit une couverture et souffla la bougie qui nous éclairait. J'avais beau réfuter cette idée de toutes mes forces, le fait d'être près d'elle me rendait heureux, même si nous ne partagions pas le même lit. Nous étions dans le noir absolu, je l'entendis se retourner.

— Il y a vraiment des mygales par ici ? demandai-je.

— Je n'en ai encore jamais vu, me dit-elle. Bonne nuit, Adrian, je suis contente que tu sois là.

*

Rome

Ivory s'était installé au comptoir d'une cafétéria située au centre de l'aéroport de Fiumicino. Il regarda l'heure à la pendule juste au-dessus de lui et replongea dans la lecture du *Corriere della Sera*.

Un homme s'assit sur le tabouret à côté de lui.

— Désolé, Ivory, la circulation est encore pire que d'habitude. Que puis-je faire pour vous ?

— Presque rien, mon cher Lorenzo, si ce n'est partager avec moi les informations que vous possédez.

— Qu'est-ce qui vous laisse supposer que je possède des informations pouvant vous concerner ?

— Très bien, jouons à ce jeu de la façon la plus fair-play qui soit. Je vais donc commencer le premier et vous dire tout ce que je sais. Par exemple, que la cellule s'est recomposée, que celui sur lequel tous vos yeux sont braqués se trouve à l'heure actuelle en Éthiopie, qu'il y a rejoint la jeune archéologue ; je sais également que la Chine a de nombreux intérêts économiques là-bas, elle y a gardé de précieux appuis, et je suis encore assez futé pour deviner que les autres doivent s'interroger sur la nécessité de convier les Chinois autour de leur table. Voyons, que pourrais-je bien vous apprendre d'autre ? Que l'Italie a gardé elle aussi quelques contacts en Éthiopie ? Et que, si vous êtes le même homme que celui que j'ai connu, vous avez dû activer un ou plusieurs de vos agents ? Je cherche, je cherche, attendez, j'ai sûrement d'autres petites choses à vous raconter. Ah oui, vous n'avez tenu personne informé de vos projets, histoire de garder la mainmise, et peut-être même de prendre le contrôle des opérations le moment voulu.

— Vous n'êtes pas venu jusqu'ici pour porter des accusations aussi grotesques, j'imagine qu'un entretien téléphonique aurait fait l'affaire.

— Savez-vous, Lorenzo, quelle est de nos jours la plus grande force dans votre métier ?

— Je suis certain que vous allez me l'apprendre.

— Ne dépendre d'aucune technologie. Ni téléphone, ni ordinateur, ni carte bancaire. Souvenez-vous comme l'espionnage était une affaire complexe quand ces saloperies n'existaient pas encore. Aujourd'hui, il n'y a plus aucun plaisir à pratiquer cet art. Le premier crétin qui allume son téléphone mobile se fait géolocaliser par une batterie de satellites en quelques minutes à peine. Rien ne remplacera jamais un bon espresso pris avec un vieil ami dans l'anonymat d'un café d'aéroport.

— Vous ne m'avez toujours pas dit ce que vous vouliez.

— Vous avez raison, j'allais presque l'oublier. Il fut une époque où je vous ai rendu quelques services, n'est-ce pas ? Mais je ne ferai pas appel à votre gratitude, je ne dis pas que cela ne viendra pas un jour, mais ce que je souhaite aujourd'hui ne justifie pas que je me défausse de ce genre d'atout, ce serait trop cher payé. Non, vraiment, tout ce que je vous demande est de me donner les moyens d'avoir un léger coup d'avance sur les autres. Je ne leur dirai rien de vos manigances, en contrepartie, informez-moi de ce qui se passe dans la vallée de l'Omo. Je vais être très magnanime, lorsque nos tourtereaux s'envoleront vers d'autres contrées, ce sera mon tour de vous renseigner. Reconnaissez qu'avoir un fou invisible sur l'échiquier est un atout majeur pour celui qui l'a dans son camp.

— Je ne joue qu'au poker, Ivory, je ne suis pas familier des règles des échecs. Qu'est-ce qui vous laisse entendre qu'ils quitteront l'Éthiopie ?

— Ah, s'il vous plaît, Lorenzo, pas de ça entre nous, ne me prenez pas pour un imbécile. Si vous pensiez vraiment que notre astronome était simplement parti conter fleurette à sa douce, vous n'auriez pas dépêché vos hommes sur place.

— Mais je n'ai jamais rien fait de tel !

Ivory régla sa consommation et se leva. Il tapota l'épaule de son voisin.

— J'ai été heureux de vous revoir, Lorenzo. Saluez votre charmante épouse.

Le vieux professeur se baissa pour ramasser son sac et s'éloigna. Lorenzo le rattrapa aussitôt.

— OK, mes hommes l'ont pris en filature à l'aéroport d'Addis-Abeba, il avait affrété un petit coucou pour se rendre à Jinka. La jonction s'est faite là-bas.

— Vos hommes sont entrés en contact avec lui ?

— De façon tout à fait anonyme. Ils l'ont pris en stop et en ont profité pour implanter un mouchard dans son bagage, un petit émetteur à moyenne portée. Sa conversation avec cette jeune archéologue dont vous parliez montre qu'il n'a pas encore compris de quoi il retourne, mais il n'est pas loin de la vérité, ce n'est qu'une question de temps ; il a découvert certaines propriétés de l'objet.

— Lesquelles ? demanda Ivory.

— Des propriétés que nous ne connaissions pas, nous n'avons pas tout entendu, je vous l'ai dit, le mouchard est dans son bagage. Il s'agirait d'une projection de points lorsque l'on approche l'objet d'une source de lumière vive, répondit Lorenzo sans marquer plus d'intérêt que cela.

— Quel genre de points ?

— Il a parlé d'une nébuleuse, une histoire de Pélican, j'imagine que c'est une expression anglaise.

— Quel ignare vous faites, mon pauvre ami ; la nébuleuse du Pélican se trouve dans la constellation du Cygne, non loin de l'étoile de Deneb. Comment n'avais-je pas pensé à cela plus tôt !

L'excitation soudaine d'Ivory était telle que Lorenzo sursauta.

— Voilà qui a l'air de sacrément vous enthousiasmer.

— Il y a de quoi, cette information confirme toutes mes suppositions.

— Ivory, vous vous êtes mis à l'écart de la communauté avec vos suppositions ; je veux bien vous donner un petit coup de main en souvenir du passé, mais pas me discréditer avec vos âneries.

Ivory empoigna Lorenzo par la cravate. Il resserra le nœud si vite que ce dernier n'eut pas le temps de réagir, l'air lui manquait déjà et son visage s'empourprait à vue d'œil.

— Jamais, vous m'entendez, ne me traitez jamais de la sorte ! Âne, vous dites ? C'est vous qui êtes des ânes, apeurés d'approcher la vérité, comme l'étaient les plus obscurs religieux il y a six siècles. Vous êtes aussi indignes qu'eux des responsabilités qui vous sont confiées. Bande d'incapables !

Des voyageurs étonnés par la scène s'étaient arrêtés. Ivory relâcha son étreinte et leur adressa un sourire rassurant. Les passants reprirent leur chemin et le barman retourna à ses occupations. Lorenzo avait promptement desserré le col de sa chemise et inspirait de grandes bouffées d'air.

— La prochaine fois que vous faites une chose pareille, je vous tue ! dit Lorenzo en essayant de refouler une quinte de toux.

— À condition que vous y arriviez, petit prétentieux ! Mais nous nous sommes assez disputés comme cela, ne me manquez plus de respect, voilà tout.

Lorenzo reprit place sur son tabouret et commanda un grand verre d'eau.

— Que font donc nos tourtereaux en ce moment ? reprit Ivory.

— Je vous l'ai déjà dit, ils sont encore à mille lieues de se douter de quoi que ce soit.

— À mille ou à cent lieues ?

— Écoutez-moi, Ivory, si j'étais en charge des opérations, je leur aurais confisqué l'objet en question depuis longtemps, de gré ou de force, et le problème serait réglé.

J'imagine d'ailleurs que tôt ou tard cette décision qu'un certain nombre de nos amis préconisent sera prise à l'unanimité.

— Je vous invite à ne jamais voter en ce sens et à user de votre influence pour que les autres en fassent de même.

— Vous n'allez pas aussi me dicter ma conduite.

— Vous redoutiez que mes âneries vous discréditent, qu'en serait-il si la communauté apprenait que nous nous sommes rencontrés ? Bien sûr, vous pourriez le nier, mais à votre avis combien de caméras de surveillance nous ont filmés depuis que nous discutons ? Je suis même certain que notre petite altercation n'est pas passée inaperçue. Je vous l'ai dit, cette abondance de technologies est une vraie saloperie.

— Pourquoi faites-vous cela, Ivory ?

— Parce que, justement, vos amis seraient bien capables de voter à l'unanimité une proposition aussi stupide que celle que vous évoquiez, et il n'est pas question que quiconque lève le petit doigt sur nos deux tourtereaux qui vont peut-être enfin entreprendre ces recherches que vous avez tous eu peur de mener jusque-là.

— C'est précisément ce que nous cherchions à éviter depuis que le premier objet a été découvert.

— Maintenant il y en a un deuxième et ce ne sera pas le dernier. Alors, vous et moi ferons tout notre possible pour permettre à nos protégés d'aboutir. La primauté du savoir, n'est-ce pas ce qui vous anime ?

— C'est celle qui vous anime vous, Ivory, pas moi.

— Allons, Lorenzo, personne n'est dupe, même dans cette assemblée de gens bien respectables.

— Si vos deux tourtereaux, comme vous les appelez, comprenaient la portée de leur découverte et la rendaient publique, réalisez-vous le danger qu'ils feraient courir au monde ?

— De quel monde parlez-vous ? Celui où les dirigeants des nations les plus puissantes ne peuvent plus se réunir sans provoquer d'émeutes ? Celui où les forêts s'effacent pendant que les glaces de l'Arctique fondent comme neige au soleil ? Celui où la majorité des êtres humains crève de faim et de soif alors qu'une minorité vacille au son de la cloche de Wall Street ? Celui, terrorisé par des groupuscules fanatiques qui assassinent au nom de dieux imaginaires ? Quel est celui de ces mondes qui vous fait le plus peur ?

— Vous êtes devenu fou, Ivory !

— Non, je veux savoir. C'est pour cela que vous m'avez tous mis à la retraite. Pour ne pas avoir à vous regarder dans un miroir. Vous pensez être un honnête homme, parce que vous allez à l'église le dimanche, mais aux putes le samedi ?

— Vous croyez être un saint, peut-être ?

— Les saints n'existent pas mon pauvre ami. Seulement, je ne bande plus depuis longtemps, ce qui me protège d'une certaine hypocrisie.

Lorenzo scruta longuement Ivory, il posa son verre sur le comptoir et se leva de son tabouret.

— Vous serez le premier averti de ce que j'apprendrai. Je vous donne un jour d'avance, rien de plus. C'est à prendre ou à laisser. Considérez que cela efface toutes mes dettes envers vous. Ce n'est pas si cher payé, il n'y a pas d'atout au poker.

Lorenzo s'en alla, Ivory jeta un nouveau coup d'œil à la pendule au-dessus du bar ; le vol d'Amsterdam décollait dans quarante-cinq minutes, il n'avait pas de temps à perdre.

*

Vallée de l'Omo

Keira dormait encore, je me levai et sortis de la tente en faisant le moins de bruit possible. Le campement était silencieux. J'avançai jusqu'au bout de la colline. En contrebas, la rivière Omo était enveloppée d'une brume légère. Quelques pêcheurs s'affairaient déjà auprès de leurs pirogues.

— C'est beau, n'est-ce pas ? dit Keira dans mon dos.

— Tu as fait des cauchemars cette nuit, lui dis-je en me retournant. Tu t'agitais dans tous les sens en poussant de petits cris.

— Je ne me souviens de rien. Peut-être ai-je rêvé de notre conversation d'hier soir ?

— Keira, pourrais-tu me conduire jusqu'à l'endroit où ton pendentif a été trouvé ?

— Pourquoi, à quoi cela servirait-il ?

— Besoin de relever une position exacte, j'ai un pressentiment.

— Je n'ai pas encore pris mon thé. Suis-moi, j'ai faim, nous en discuterons devant un petit déjeuner.

De retour dans la tente, j'enfilai une chemise propre et vérifiai dans mon sac que j'avais bien emporté tout le matériel dont j'avais besoin.

Le pendentif de Keira nous avait dévoilé un morceau de ciel qui ne correspondait pas à celui de notre époque. J'avais besoin de connaître l'endroit précis où cet objet avait été abandonné par celui qui s'en était servi le dernier. La voûte étoilée que l'on peut observer par nuit claire change de jour en jour. Le ciel de mars n'est pas le même que celui d'octobre. Une série de calculs me permettrait peut-être de savoir en quelle saison ce ciel vieux de quatre cents millions d'années avait été relevé.

— D'après ce que m'a dit Harry, il l'a découvert sur l'île centrale au milieu du lac Turkana. C'est un ancien volcan éteint. Son limon est fertile et les agriculteurs vont de temps à autre y chercher de quoi nourrir leurs terres. C'est lors d'un voyage avec son père qu'il l'a trouvé.

— Si ton ami est introuvable, son père est-il dans les parages ?

— Harry est un enfant, Adrian, orphelin de ses deux parents.

J'avais dû trahir mon étonnement, car Keira me regarda en hochant la tête.

— Tu n'avais pas imaginé que lui et moi…

— J'avais imaginé que ton Harry était plus vieux que cela, voilà tout.

— Je ne peux te donner plus de précisions sur le lieu de sa découverte.

— Je ne suis pas au mètre près. Tu m'accompagnerais jusque là-bas ?

— Non, sûrement pas ; aller et revenir prendra au moins deux jours et je ne peux pas laisser mon équipe en plan. J'ai des obligations ici.

— Si tu te foulais la cheville, tout s'arrêterait, non ?

— Je me ferais poser une attelle et je continuerais mon travail.

— Personne n'est indispensable.

— Mon boulot m'est indispensable, si tu préfères voir les choses dans ce sens-là. Nous avons un 4 × 4, j'ai retenu la leçon de ma dernière expérience. Je peux te le confier si tu veux, et je devrais bien te trouver au village quelqu'un pour te servir de guide. Si tu pars maintenant, tu atteindras le lac en fin d'après-midi. Ce n'est pas si loin, mais la piste qui y mène est presque impraticable d'un bout à l'autre ; tu devras rouler très lentement. Ensuite il te faudra trouver une embarcation pour rejoindre l'île du centre. Je ne sais pas combien d'heures tu comptes y passer mais si tu ne traînes pas, tu devrais pouvoir être de retour demain soir. Cela te laissera juste le temps de repartir vers Addis-Abeba pour attraper ton avion.

— Nous ne nous serons pas beaucoup vus.

— Puisque tu dois impérativement te rendre sur le lac, ce n'est de la faute de personne.

Je masquai mon humeur maussade du mieux que je le pus et remerciai Keira pour la voiture. Elle m'accompagna jusqu'au village et alla s'entretenir avec le chef. Vingt minutes plus tard, nous repartions avec lui. Cela faisait longtemps qu'il n'avait pas eu l'occasion d'aller visiter le lac Turkana ; à son âge il ne pouvait plus faire le voyage par le fleuve et il était ravi de profiter d'un véhicule. Il promit de me conduire jusqu'à la berge en face du volcan. Une fois là-bas, il nous trouverait facilement une pirogue. Le temps pour lui de préparer quelques affaires et de raccompagner Keira à son campement, nous prendrions aussitôt la route.

Keira descendit du 4 × 4 et en fit le tour pour venir s'accouder à ma portière.

— Ne tarde pas trop, que nous ayons encore un petit moment à passer ensemble avant ton retour. J'espère que tu trouveras ce que tu cherches.

Ce que j'étais venu chercher ici se trouvait juste sous mes yeux, mais il me faudrait encore un peu de temps avant de l'avouer.

Le moment de partir était arrivé, je m'apprêtai à remonter le petit chemin qui reliait la piste au campement. La boîte de vitesses craqua, Keira me conseilla d'enfoncer la pédale d'embrayage en bout de course. Alors que la voiture commençait à reculer, Keira se mit à courir et arriva à ma hauteur.

— Tu pourrais retarder ton départ de quelques minutes ?

— Oui, bien sûr, pourquoi ?

— Pour que je prévienne Éric de prendre la direction des fouilles jusqu'à demain et que je prépare un sac. Tu me fais vraiment faire n'importe quoi.

Le chef du village s'était assoupi sur la banquette arrière, il ne se rendit même pas compte que Keira nous avait rejoints.

— On l'emmène quand même ? demandai-je.

— Il serait assez indélicat de le laisser sur le bord de la route.

— Et puis il te servira de chaperon, ajoutai-je.

Keira m'administra un coup sur l'épaule et me fit signe d'avancer.

Elle n'avait pas exagéré, la piste était une succession de nids-de-poule, je m'accrochai au volant, essayant de contrôler la direction et de ne pas m'enliser dans une ornière. En une heure nous avions parcouru à peine dix kilomètres ; à ce train-là, la journée ne suffirait pas pour arriver à bon port.

Une secousse plus forte que les autres réveilla notre passager. Le chef du village s'étira et nous désigna un sentier à peine visible dans un virage, je compris à ses gesticulations qu'il voulait emprunter un raccourci. Keira m'incita à suivre ses recommandations. La piste s'était totalement effacée, nous grimpions le flanc d'une colline. Soudain, apparut devant nous une vaste plaine aux reflets dorés par le soleil. Sous nos roues, le sol s'était adouci et je pus enfin accélérer un peu. Quatre heures plus tard, le chef me demanda de m'arrêter. Il descendit de la voiture et s'éloigna.

Keira et moi le suivîmes. Nous avons marché dans les pas de notre guide jusqu'au bord d'une petite falaise. Le vieil homme nous montra le delta du fleuve en contrebas, le majestueux lac Turkana s'étendait sur plus de deux cents kilomètres ; de ses trois îlots volcaniques, seul celui situé au nord était visible, il faudrait encore rouler un long moment avant d'atteindre notre destination.

Sur la rive kenyane, des colonies de flamants roses s'envolaient en formant de longues courbes gracieuses dans le ciel. Les lagunes de gypse donnaient aux eaux du lac une teinte ambre qui, plus loin, virait au vert. Je comprenais mieux maintenant pourquoi on le surnommait le lac de Jade.

Après être remontés à bord du 4 × 4, nous avons repris un sentier de caillasse pour gagner la partie septentrionale du lac.

À part un troupeau d'antilopes, l'endroit était désert. Nous avons parcouru des kilomètres sans croiser âme qui vive. Par endroits, les terres blanchies par les salines reflétaient la lumière, au point de nous éblouir. Ailleurs, un semblant de végétation avait gagné sur le désert ; dans un paysage d'herbes hautes, se dressa la tête d'un bufflon égaré.

Un panneau planté au milieu de nulle part nous indiqua que nous étions entrés au Kenya. Nous traversâmes un village de nomades, quelques maisons en terre séchée témoignaient de ce que certains s'y étaient sédentarisés. Pour contourner un plateau rocheux, la piste s'éloignait de la berge et, pendant quelque temps, nous perdîmes le lac de vue, cette piste aride semblait ne jamais finir.

— Nous allons bientôt arriver à Koobi Fora, dit Keira.

Koobi Fora était un site archéologique découvert par Richard Leakey, anthropologiste dont Keira admirait le travail. Il y avait mis au jour des centaines de fossiles parmi lesquels des squelettes d'australopithèques ainsi que quantité d'outils en pierre. Mais la découverte la plus importante avait été celle des restes d'un *Homo habilis*, l'ancêtre le plus direct de l'homme, qui vivait il y a environ deux millions d'années. Alors que nous dépassions le terrain de fouilles, Keira tourna la tête, et je devinai qu'elle rêvait à ce moment-là que des voyageurs passent un jour devant un site qui serait marqué par une de ses découvertes.

Une heure plus tard, nous arrivions presque au terme du voyage.

Quelques pêcheurs se trouvaient sur le bord du lac. Le chef s'entretint avec eux et, comme il nous l'avait promis, il réussit à nous faire embarquer dans un canoë à moteur. Il préféra rester sur la rive. Il avait fait ce long voyage pour contempler ce paysage magique une dernière fois dans sa vie.

Alors que nous nous éloignions de la côte, j'aperçus une traînée de poussière dans le lointain, certainement une voiture, mais mon regard se détourna vers l'île du centre, celle que l'on appelait aussi l'île au drôle de visage, parce que trois de ses cratères formaient le dessin d'une paire d'yeux et d'une bouche. Des cratères, l'îlot en comptait douze au total. Chacun des trois principaux renfermait en son centre un petit lac. À peine débarqués sur une plage de sable noir, Keira me fit escalader une paroi abrupte. La terre de basalte s'effritait sous nos pieds. Il nous fallut presque une heure pour atteindre le sommet du volcan. À trois cents mètres d'altitude, la vue plongeante était impressionnante. Je ne pouvais m'empêcher d'imaginer que, sous ces eaux calmes, sommeillait un monstre d'une puissance dévastatrice incalculable.

Pour me rassurer, Keira m'indiqua que la dernière manifestation volcanique remontait à des temps lointains, mais elle ajouta, l'air moqueur, qu'en 1974 le cratère avait connu de violents relents, pas une éruption à proprement parler, mais des tourments suffisants pour que des nuages de vapeur de soufre soient visibles depuis les rives du grand lac. Étaient-ce ces soubresauts qui avaient fait resurgir des entrailles de la Terre le pendentif qu'elle portait autour du cou ? Et si tel était le cas, depuis combien de temps y reposait-il ?

— C'est ici qu'Harry l'a trouvé, me dit Keira. Cela t'aide-t-il ?

Je sortis de mon sac à dos le GPS que j'avais emmené et relevai la position qu'il indiquait. Nous nous trouvions à 3° 29' au nord du point équatorial et à 36° 04' de son est.

— Tu as trouvé ce que tu cherchais ?

— Pas encore, lui répondis-je, il faudra que de retour à Londres je fasse toute une série de calculs.

— Pour quoi faire ?

— Pour vérifier la correspondance entre la voûte céleste que nous pouvons observer d'ici et celle que ton pendentif nous a dévoilée. J'obtiendrai peut-être ainsi de précieuses informations.

— Et tu ne pouvais pas trouver ces coordonnées sur une carte ?

— Si, mais ce n'est pas comme être sur le terrain.

— En quoi est-ce si différent ?

— Ce n'est pas pareil, voilà tout.

Et, en disant cela, j'ai rougi, comme un imbécile. « Maladroit que vous êtes », m'aurait dit Walter s'il avait été là.

Le soleil déclinait, il nous fallait redescendre vers la plage de sable noir et rejoindre notre embarcation. Ce soir, nous dormirions dans le village nomade que nous avions croisé en route.

Alors que nous approchions de la rive, Keira et moi avons remarqué que quelque chose ne tournait pas rond. Le 4 × 4 était toutes portières ouvertes et le chef du village avait disparu.

— Il doit se reposer à l'intérieur, dit Keira pour se rassurer, mais nous étions tous deux inquiets.

Les pêcheurs nous abandonnèrent sur la berge et reprirent aussitôt le large pour rentrer chez eux avant la tombée de la nuit. Keira se précipita vers la voiture et je la suivis pour constater que le pire s'était produit.

Le chef du village était allongé sur le sol, face contre terre. Un mince filet de sang déjà noirci s'était écoulé de sa tête pour disparaître entre des cailloux. Keira se pencha sur lui, elle le retourna avec mille précautions, mais ses yeux vitreux ne laissaient planer aucun doute sur son sort. Keira s'agenouilla et je la vis pleurer pour la première fois.

— Il a sans doute fait un malaise et il est tombé, nous n'aurions jamais dû le laisser seul, dit-elle en sanglotant.

Je la pris dans mes bras et nous restâmes ainsi à veiller le corps de cet homme dont la mort me touchait étrangement.

La nuit d'un bleu profond resplendissait sur nous et sur le dernier sommeil d'un vieux chef de tribu. J'espérais que, cette nuit-là, une étoile de plus luirait dans le ciel.

— Demain matin il faudra prévenir les autorités.

— Surtout pas, me dit Keira, ici nous sommes en territoire kenyan, si la police s'en mêle, ils garderont le corps le temps de mener une enquête. S'ils l'autopsiaient, ce serait un outrage terrible pour la tribu ; nous devons le ramener auprès des siens, il doit être enterré dans les vingt-quatre heures. Son village voudra l'honorer comme il se doit, c'est un personnage important pour eux, il est leur guide, leur savoir et leur sagesse. Il ne faut pas enfreindre leurs rites. Le seul fait qu'il soit mort en terre étrangère sera déjà un drame. Beaucoup y verront une forme de malédiction.

Nous l'avons enveloppé d'une couverture et lorsque nous l'installâmes à l'arrière du 4 × 4, je remarquai des traces de pneus à côté de notre véhicule. Je repensai à la traînée de poussière que j'avais aperçue un peu plus tôt quand nous étions partis vers l'île du centre. Se pouvait-il que la mort de ce vieux chef ne fût pas le seul fait d'un malaise et d'une mauvaise chute ? Que s'était-il vraiment passé en notre absence ? Pendant que Keira se recueillait, j'étudiais le sol à l'aide d'une lampe de poche trouvée dans la boîte à gants. Des marques de semelles entouraient notre voiture et il y en avait trop pour que ce soit les nôtres. Étaient-ce celles des pêcheurs qui nous avaient accompagnés ? Pourtant, je n'avais pas le souvenir qu'ils se soient éloignés de leur embarcation et j'aurais volontiers juré que nous étions allés à leur rencontre. Je préférai ne pas m'en entretenir avec Keira ; elle était suffisamment triste, je ne voulais pas l'inquiéter avec des suspicions sans autre fondement que quelques marques de gomme et de chaussures sur le sol poussiéreux de la rive du lac.

Nous avons dormi quelques heures à même le sol.

À l'aube, Keira prit le volant. Nous remontions vers la vallée de l'Omo quand elle murmura :

— Mon père est parti de la même manière. J'étais allée faire des courses, quand je suis revenue, je l'ai trouvé gisant sur le perron de la maison.

— Je suis désolé, bafouillai-je maladroitement.

— Tu sais, le plus terrible n'était pas de le voir là, allongé sur les marches, la tête en bas, les pieds devant la porte ; non, le plus terrible est venu après. Quand ils ont emmené son corps, je suis retournée dans sa chambre et j'ai vu les draps froissés. J'ai deviné les gestes qu'il avait faits en se levant ce matin-là, ses derniers pas au saut du lit. Je l'ai imaginé marchant vers le rideau qu'il avait entrouvert pour voir le temps qu'il faisait. C'était pour lui un rituel et cela comptait plus que toutes les nouvelles qu'il pourrait lire dans son journal. J'ai trouvé sa tasse de café dans l'évier de la cuisine, le beurre était encore sur la table auprès d'un morceau de pain à moitié entamé.

« C'est en regardant les objets du quotidien, tel un couteau à beurre, que l'on se rend compte que quelqu'un est parti et qu'il ne reviendra plus ; un stupide couteau à beurre qui taille à jamais des tranches de solitude dans votre vie.

En écoutant Keira, je réalisai pourquoi j'avais emmené son collier en Grèce, pourquoi il n'avait jamais quitté ma poche depuis le jour où elle l'avait laissé sur ma table de nuit avant de s'en aller.

Nous sommes arrivés au village en fin de journée. Lorsque Keira sortit de la voiture, les Mursis comprirent que quelque chose de grave était arrivé. Ceux qui se trouvaient sur la place centrale s'immobilisèrent aussitôt. Keira les regardait en pleurant, mais aucun d'eux ne s'approcha pour tenter de la consoler. J'ouvris la portière arrière et pris le corps du vieux chef dans mes bras. Je le déposai sur le sol et baissai la tête en signe de recueillement. Une longue plainte parcourut l'assemblée ; les femmes levèrent les bras au ciel et se mirent à crier. Les hommes s'étaient rapprochés du corps de leur chef. Son fils souleva la couverture et caressa lentement le front de son père. Le visage serré, il se redressa et nous fixa durement. Je compris dans son regard que nous n'étions plus les bienvenus. Qu'importait pour eux ce qui s'était passé, leur vieux chef était parti avec nous vivant et nous le leur ramenions mort. Je sentais l'hostilité à notre égard grandir à chaque instant. Je pris Keira par le bras et la guidai lentement vers la voiture.

— Ne te retourne pas, lui dis-je.

Alors que nous entrions dans le 4 × 4, les villageois se massèrent autour de nous, encerclant le véhicule. Une lance ricocha sur le capot, une deuxième arracha le rétroviseur, et Keira eut juste le temps de me hurler de me baisser, quand une troisième vint fendre le pare-brise. J'avais enclenché la marche arrière, la voiture bondit, je redressai, effectuai un demi-tour et fonçai hors du village.

La horde en colère ne nous avait pas suivis. Dix minutes plus tard, nous arrivions au campement. En voyant l'état du 4 × 4 et la pâleur de Keira, Éric s'inquiéta et je lui fis le récit de nos mésaventures. Toute l'équipe d'archéologues se réunit autour d'un feu pour décider de la conduite à tenir.

Chacun s'accordait à prédire que l'avenir du groupe était compromis. Je me proposai de retourner dès le lendemain au village, je m'entretiendrai « en gentleman » avec le fils du chef et lui expliquerai que nous n'étions pour rien dans la triste disparition de son père.

Mes propos avaient mis Éric en colère et montraient à quel point j'étais ignorant de la gravité de la situation. Nous n'étions pas à Londres, vociféra-t-il, la colère des villageois ne s'apaiserait pas autour d'une tasse de thé. Le fils du chef voudrait un coupable et il ne donnait pas longtemps avant que le campement fasse l'objet de représailles.

— Il faut vous mettre tous les deux à l'abri, dit Éric. Vous devez partir.

Keira se leva et s'excusa auprès de ses collègues, elle ne se sentait pas bien. En passant devant moi elle me pria d'aller dormir ailleurs, elle avait besoin de rester seule. Je quittai l'assemblée pour la suivre.

— Tu peux être fier de toi, tu viens de tout foutre en l'air, me dit-elle sans ralentir le pas.

— Mais bon sang, Keira, ce n'est pas moi qui ai tué ce vieillard !

— Nous ne pouvons même pas expliquer aux siens de quoi il est mort et je vais devoir abandonner mes fouilles pour éviter un carnage général. Tu as ruiné mon travail, mes espoirs, je viens de perdre toute légitimité et Éric doit se réjouir de prendre ma succession. Si je ne t'avais pas accompagné sur ton île maudite, rien de tout cela ne serait arrivé. Tu as raison, ce n'est pas de ta faute mais de la mienne !

— Mais enfin, qu'est-ce que vous avez tous ?! Pourquoi se comporter en coupables ? Cet homme est mort de vieillesse, il voulait voir son lac une dernière fois et nous lui avons offert de réaliser une de ses dernières volontés. Je vais retourner au village, dès ce soir, et j'irai m'entretenir avec eux.

— En quelle langue ? Tu parles le mursi maintenant ?

Confronté à mon impuissance, je me tus.

— Demain matin, je te reconduirai à l'aéroport, je resterai une semaine à Addis-Abeba, en espérant que les choses se calment ici ; nous partirons au lever du jour.

Keira entra dans sa tente, sans même un bonsoir.

Je n'avais aucune envie de rejoindre le groupe. Les archéologues continuaient de débattre de leur sort, autour du feu de camp. Les bribes de conversations qui me parvenaient me prouvaient que Keira avait deviné ce qui se passerait, Éric affirmait déjà son autorité auprès des autres. Quelle place retrouverait-elle à son retour ? Je suis allé m'asseoir sur la colline pour regarder le fleuve. Tout était si calme. Je me sentais seul et responsable de ce qui arrivait.

Une heure s'était écoulée, j'entendis des pas derrière moi. Keira s'assit à mes côtés.

— Je n'arrive pas à me calmer. J'ai tout perdu ce soir, je n'ai plus de boulot, plus de crédibilité, plus d'avenir, tout s'est envolé. Le Shamal m'a chassée d'ici une première fois, et toi, Adrian, tu auras été comme une deuxième tempête.

J'ai remarqué que, généralement, lorsqu'une femme vous appelle par votre prénom au beau milieu d'une conversation, c'est qu'elle a quelque chose à vous reprocher.

— Tu crois au destin, Keira ?

— Oh, je t'en prie, pas maintenant, tu vas sortir de ta poche un jeu de tarots et me tirer les cartes ?

— Moi, je n'y ai jamais cru, j'ai même détesté la seule idée qu'il existe une destinée ; parce que ce serait nier notre libre arbitre, la possibilité que nous avons de faire des choix et de décider de notre futur.

— Je ne suis pas vraiment en état d'écouter ta philosophie à deux balles.

— Je ne crois pas au destin mais je me suis toujours interrogé sur le hasard. Si tu savais le nombre de découvertes qui ne se seraient pas faites sans son petit coup de pouce.

— J'ai de l'aspirine si tu veux, Adrian.

— Tu es ici parce que tu rêves de trouver la trace du premier des humains, c'est bien cela ? Je t'ai posé la question hier et tu as éludé la réponse. Dans tes rêves les plus fous, quel âge aurait cet homme zéro ?

Je crois que Keira me répondit plus par dépit que par conviction.

— Si le premier humain avait quinze ou seize millions d'années, je ne serais pas plus étonnée que cela, me dit-elle.

— Et si je te faisais gagner trois cent quatre-vingt-cinq millions d'années, d'un coup d'un seul, qu'en dirais-tu ?

— Que tu as pris trop de soleil aujourd'hui.

— Alors laisse-moi formuler cela autrement. Ce pendentif impossible à dater et dont nous ne connaissons pas la composition, crois-tu encore qu'il soit juste un accident de la nature ?

J'avais fait mouche, Keira me regardait fixement et je vis sur son visage une expression qui me surprit.

— Ce fameux soir d'orage, quand ces millions de points lumineux sont apparus à la faveur d'un éclair, ce que tu as vu sur le mur était en réalité la nébuleuse du Pélican, un berceau d'étoiles situé entre deux galaxies.

— Vraiment ? demanda Keira étonnée.

— Oui, vraiment, et ce n'est pas tout. Ce bout de ciel projeté par ton pendentif n'est pas identique à celui que tu vois au-dessus de nous. Celui-là remonte à quatre cents millions d'années. À quoi cela correspond-il dans ton échelle géologique ? lui demandai-je.

— À l'apparition de la vie sur terre, me répondit-elle, abasourdie.

— J'ai de bonnes raisons de croire qu'il existe d'autres objets identiques à celui que tu portes autour du cou. S'ils ont tous à peu près la même taille, et si mes calculs sont exacts, alors il en faudrait quatre autres pour projeter un ciel complet. Drôle de puzzle, non ?

— Il est impossible qu'une carte du ciel ait été établie il y a quatre cents millions d'années, Adrian !

— Tu me disais toi-même qu'il y a encore vingt ans, tout le monde croyait que le plus vieux de nos ancêtres avait seulement trois millions d'années. Imagine un instant que nous réunissions tous les fragments manquants, et je ne sais pas encore comment, mais que nous prouvions qu'il y a quatre cents millions d'années une carte du ciel fut façonnée avec une précision digne de moyens d'observation que nous ne pouvons même pas supposer, quelles conclusions en tirerais-tu ?

Keira resta sans voix face à la portée d'une telle découverte.

Je n'aurais jamais pensé que la mort d'un vieil homme la forcerait à quitter ses fouilles, mais j'avais espéré depuis mon départ de Londres la convaincre de me suivre.

Nous sommes restés tous les deux silencieux, à scruter le ciel, jusque tard dans la nuit.

Nous nous accordâmes quelques heures de sommeil et fîmes nos adieux au campement dès l'aube. Toute l'équipe se réunit autour du 4 × 4 pour nous dire au revoir. Ainsi qu'il avait été convenu, Keira me déposerait à l'aéroport d'Addis-Abeba, elle resterait en ville le temps que les esprits s'apaisent. Éric dirigerait les recherches pendant son absence. Elle l'appellerait régulièrement en guettant le signal du retour.

Au cours du voyage qui dura deux jours, nous n'avons cessé de nous interroger sur le mystérieux pendentif. Quel était le sens de sa présence dans cet ancien volcan au centre du lac Turkana ? Quelqu'un l'avait-il volontairement laissé à cet endroit, pourquoi, et, surtout, quand ?

Nous savions chacun qu'il en existait au moins un autre exemplaire aux propriétés similaires, même si nous n'en avions pas parlé. Cinq fragments devaient s'assembler pour former un ciel complet. Mais la question qui nous hantait désormais, était de savoir où ils se trouvaient et comment nous pourrions mettre la main dessus.

Il y a encore quelques mois, alors que je vivais sur le plateau d'Atacama, je n'aurais jamais imaginé devoir unir mes compétences d'astrophysicien à celles d'une paléontologue, en quête d'une découverte improbable.

Nous entamions notre deuxième journée de route quand Keira se souvint d'un article qu'elle avait lu dans une revue quelques années plus tôt. C'est à ce vague souvenir que nous devons le périple qui nous attendait. Avons-nous ensuite agi par instinct scientifique, suivi un pressentiment ? Je suis bien incapable de le dire. Mais tout commença quand Keira me demanda si j'avais déjà entendu parler d'un objet datant de l'âge de bronze ressemblant à un astrolabe et qui avait été découvert en Allemagne. Tout astronome digne de ce nom connaissait l'existence du disque de Nebra. Des fouilleurs clandestins l'avaient mis au jour en Haute-Saxe à la fin du vingtième siècle. L'objet pesait environ deux kilos, il avait la forme d'un bouclier circulaire de trente centimètres de diamètre, sur lequel se détachaient, en plaques d'or incrustées, un croissant de lune et des points que l'on devinait être des corps célestes. Sa constitution était si incroyable que les archéologues pensèrent d'abord à l'œuvre d'un faussaire. Mais une datation rigoureuse finit par confirmer qu'il avait bien trois mille six cents ans. Quelques épées et ornements trouvés au même endroit avérèrent son authenticité. Outre son âge, le disque de Nebra avait deux particularités pour le moins singulières. Les points qui figuraient sur le disque ressemblaient aux Pléiades, une série d'étoiles qui apparurent dans le ciel de l'Europe à cette époque. La seconde particularité était la présence sur le côté droit d'un arc de 82°. Quatre-vingt-deux degrés correspondant exactement à l'écart entre le point où le soleil se levait à Nebra au moment du solstice d'été et celui où il se levait au moment du solstice d'hiver. Quant à la fonction du disque, plusieurs hypothèses avaient été émises : il pouvait avoir été destiné à l'agriculture, le solstice d'été annonçait le début des semences, l'apparition des Pléiades dans le ciel, les moissons. Autre possibilité, le disque de Nebra était un outil d'enseignement et de transmission de la connaissance astronomique ; dans les deux cas, il attestait que le savoir de l'homme en la matière était infiniment plus avancé à cette époque que nous le supposions.

Le disque de Nebra était la plus ancienne représentation du ciel connue à ce jour ; tout du moins jusqu'à ce que le pendentif que Keira caressait entre ses doigts apparaisse sur l'île centrale du lac de Turkana...

— Quel lien pourrait-il y avoir entre le disque de Nebra et mon pendentif ?

— Je n'en sais rien, mais je pense que cela vaut le coup d'aller faire un petit tour en Allemagne, répondis-je joyeusement.

Plus nous nous rapprochions de la capitale et plus je sentais Keira se fermer. Était-ce la possibilité d'une découverte majeure qui m'empêchait de ressentir la fatigue du voyage ou l'idée que je réussirais à convaincre Keira d'entreprendre ces recherches avec moi ? Hélas, l'excitation qui m'animait ne semblait pas partagée ; chaque fois qu'un panneau annonçait la distance nous séparant d'Addis-Abeba, Keira redevenait songeuse et se perdait dans ses pensées.

Cent fois, je me suis abstenu de l'interroger et, cent fois, suis retourné à ma solitude, me contentant de suivre la route.

Nous avions garé le 4 × 4 sur le parking de l'aéroport, Keira m'avait suivi dans le terminal. Un vol pour Francfort partait le lendemain. Au comptoir de la compagnie aérienne, j'avais acheté deux billets, mais Keira m'entraîna à l'écart.

— Je ne pars pas avec toi, Adrian.

Sa vie se trouvait ici, disait-elle et elle n'était pas prête à un tel renoncement. Dans quelques semaines, un mois au plus, le calme serait revenu dans la vallée, elle retournerait à son travail.

J'avais beau arguer que la découverte que nous ferions peut-être un jour ensemble relevait du merveilleux, elle me répétait que cette quête était la mienne et non la sienne. Je compris au ton de sa voix qu'elle était résolue, qu'il ne me servait à rien d'insister.

Il nous restait une soirée à passer à Addis-Abeba avant mon départ, je lui demandai une ultime faveur, nous trouver un restaurant digne de ce nom ; un endroit d'où je ne rassortirais pas l'estomac à l'envers.

Il m'en coûta beaucoup de prétendre ignorer que nous serions séparés le lendemain, mais pourquoi gâcher le peu de temps qu'il nous restait à partager ?

Je tins bon tout au long du dîner, et pas une fois au cours de la promenade que nous fîmes en retournant vers l'hôtel, je n'ai succombé à la tentation de la faire changer d'avis.

Alors que je la raccompagnais jusqu'à sa chambre, Keira me prit dans ses bras et posa sa tête sur mon épaule. Elle me murmura à l'oreille qu'elle tiendrait la promesse que je lui avais demandé de me faire à Londres. Elle ne m'embrassa pas.

Je détestais l'idée d'adieux à l'aéroport ; la soirée de la veille avait été suffisamment triste et il était inutile d'en rajouter. Au petit matin, je quittai l'hôtel après avoir glissé un mot sous la porte de la chambre de Keira. Je me souviens encore d'y avoir écrit combien j'étais désolé de lui avoir causé tant de problèmes. Que j'espérais du fond du cœur qu'elle retrouverait au plus vite cette vie qu'elle s'était si courageusement construite. J'avouais aussi l'égoïsme de ma démarche, et, après avoir suffisamment témoigné de ma culpabilité, je lui confiais que si j'ignorais tout de ce qui m'attendait, j'avais déjà fait une découverte ô combien importante : sa présence m'avait rendu heureux. Je me doutais bien que cet aveu était maladroit, et mon stylo hésita maintes fois au-dessus de la feuille avant de coucher ces quelques mots sur le papier, mais qu'importe puisqu'ils étaient sincères.

Le hall du terminal était bondé, à croire que l'Afrique tout entière avait décidé de voyager ce matin-là. La file d'embarquement de mon vol n'en finissait plus. Après une longue attente, je me retrouvai assis au dernier rang de l'avion. Alors que les portes de la cabine se refermaient, je me demandai si je n'aurais pas mieux fait de rentrer à Londres, de mettre un terme à ce qui n'était peut-être après tout qu'une vaste chimère. L'hôtesse annonça un peu de retard, sans pour autant en expliquer la cause.

Et puis soudain dans la coursive, parmi des passagers qui rangeaient leurs affaires dans les compartiments à bagages, je vis Keira traînant un sac qui devait peser le même poids qu'elle. Elle négocia avec mon voisin d'échanger leur fauteuil, il accepta de bon gré et elle s'assit à côté de moi en soupirant.

— Quinze jours, tu m'entends, dit-elle en bouclant sa ceinture, dans deux semaines, où que nous soyons, tu me remets dans un avion pour Addis-Abeba. Promis ?

J'ai promis.

Quinze jours pour découvrir la vérité sur son pendentif, deux semaines pour réunir ce que quatre cents millions d'années avaient séparé, me semblaient un pari impossible à tenir, mais peu m'importait ; l'appareil accélérait sur la piste, Keira était assise à côté de moi ; la tête posée contre le hublot, elle avait fermé les yeux et ces quinze jours à venir seraient bien plus que ce que, hier encore, j'aurais espéré. Au cours des huit heures de vol, elle ne fit jamais la moindre allusion au courrier que j'avais glissé sous la porte de sa chambre d'hôtel, plus tard non plus d'ailleurs.

*

Francfort

Trois vingt kilomètres nous séparaient de Nebra. Bien que fourbu par le voyage, je louai une voiture, avec l'espoir d'arriver à destination avant la fin de l'après-midi.

Ni Keira ni moi n'avions imaginé que cette petite ville de campagne était devenue aussi populaire. Le lieu où avait été déterré le fameux disque céleste avait revêtu l'aspect d'un centre d'attractions touristiques. Une imposante tourelle en béton s'élevait au milieu de la plaine. Depuis le socle de la structure aussi inclinée que la tour de Pise, filaient deux lignes sur le sol, chacune censée représenter les axes solaires des solstices. Le complexe était complété d'un gigantesque bâtiment en bois et verre construit en haut de la colline, une sorte de musée qui défigurait le paysage.

La visite du site dédié au disque de Nebra ne nous apprit rien de bien palpitant. À quelques kilomètres de là, le cœur du village, avec ses ruelles pavées, les vestiges de son château et ses jolies façades, avait pour mérite de renouer avec une certaine authenticité, à condition toutefois d'ignorer les devantures de magasins qui proposaient à foison tee-shirts, vaisselle, et reproductions en tout genre à l'effigie du disque.

— Je devrais peut-être penser à faire des fouilles au parc Astérix, me lança Keira.

Je me présentai à l'hôtelier qui venait de nous remettre les clés de sa dernière chambre libre et, après que j'eus fait état de nos qualités professionnelles respectives, celui-ci accéda à ma demande et promit de nous organiser le lendemain un entretien privé avec le conservateur du site archéologique de Nebra.

*

Moscou

Place Loubianka, deux mondes étrangers se côtoient, d'un côté le grand immeuble à la façade orangée qu'occupait le KGB, de l'autre le palais du Jouet.

Ce matin-là, Vassily Yourenko avait dû renoncer à prendre son petit déjeuner au café Pouchkine et cela le mettait de mauvaise humeur. Après avoir rangé sa vieille Lada le long d'un trottoir, il avait attendu que le grand magasin ouvre ses portes. Au rez-de-chaussée, le manège illuminé faisait ses premiers tours de la journée, mais aucun enfant n'était encore monté sur les chevaux de bois. Vassily s'était abstenu de tenir la rambarde de l'escalator, trop crasseuse à son goût. À l'étage, il s'était arrêté devant un stand où l'on trouvait les plus belles répliques de poupées gigognes. Cet assemblage de figurines emboîtées les unes dans les autres l'amusait toujours. Dans sa jeunesse, sa sœur en possédait une collection qui n'aurait pas de prix aujourd'hui ; mais sa sœur reposait depuis trente ans au cimetière Novodiévitchi et la merveilleuse collection n'était plus qu'un lointain souvenir. La vendeuse le gratifia d'un large sourire et d'une vue peu ragoûtante sur ses mâchoires édentées. Yourenko détourna le regard. La babouchka attrapa une poupée aux couleurs vives, tête rouge et corps jaune, elle l'enfouit dans un sac en papier et demanda mille roubles à son client. Yourenko paya et s'éloigna. Un peu plus tard, il s'installa à la table d'un café, gratta la peinture qui recouvrait la troisième et la cinquième poupée et recopia les chiffres qui étaient apparus. Il prit le métro, descendit station Ploshchad Vosstaniya et emprunta le long couloir qui mène à la gare de Moscou.

À la consigne il se dirigea vers le casier désigné par la troisième poupée, composa sur le cadran du verrou le numéro indiqué sur la cinquième et récupéra l'enveloppe qui se trouvait à l'intérieur. Elle contenait un billet d'avion, un passeport, un numéro de téléphone en Allemagne ainsi que trois photographies ; sur l'une figurait le portrait d'un homme, sur une autre celui d'une femme et sur la dernière, les deux mêmes débarquant d'un avion. Au dos de la photo on avait griffonné leurs noms. Yourenko rangea l'enveloppe dans sa poche et regarda l'horaire qui figurait sur le billet d'avion. Il avait deux heures devant lui pour arriver à l'aéroport de Sheremetyevo. Il essaya de se souvenir s'il avait garé sa voiture sur un emplacement autorisé, mais il était trop tard pour s'en soucier.

*

Rome

Lorenzo s'était accoudé au balcon de son bureau. Le mégot de sa cigarette dégringola dans la rue en contrebas. Il le regarda rouler jusqu'au caniveau, referma les fenêtres et décrocha son téléphone.

— Nous avons eu un petit problème en Éthiopie. Ils ont quitté le pays, annonça Lorenzo.

— Où sont-ils ?

— Nous avons perdu leur trace à Francfort.

— Que s'est-il passé ?

— Ceux qui assuraient leur filature ont joué de malchance. Vos deux protégés se sont rendus au lac Turkana en compagnie d'un chef de village qui leur servait de guide. Mes hommes ont voulu le questionner pour savoir ce que les deux autres étaient allés faire sur une petite île au milieu du lac, il y a eu un accident.

— Quel genre d'accident ?

— Le vieillard s'en est pris à eux, il a fait une mauvaise chute.

— Qui est au courant ?

— Je vous avais garanti la primeur de mes informations, mais, compte tenu de la tournure des événements, je ne peux vous laisser plus de la journée avant de les contacter. Et il va falloir que j'explique pourquoi mes hommes suivaient vos deux zozos.

Lorenzo n'eut pas le loisir de saluer Ivory, il avait déjà raccroché.

— Qu'en pensez-vous ? demanda Vackeers qui se tenait dans le fauteuil juste en face de lui.

— Ivory ne sera pas dupe bien longtemps, je le soupçonne même d'avoir deviné que vous êtes déjà informé, c'est un vieux renard, vous ne le piégerez pas comme ça.

— Ivory est un vieil ami et je ne cherche pas à le piéger, je veux juste l'empêcher de nous manipuler. Nos objectifs sont divergents, nous ne pouvons pas le laisser mener la danse.

— Eh bien, si vous voulez mon opinion, au moment même où nous parlons, je parie qu'il dirige l'orchestre.

— Qu'est-ce qui vous fait penser cela ?

— L'homme qui attend en bas, dans la rue, je serais prêt à parier aussi qu'il vous a pris en filature à la sortie de votre bureau.

— Depuis Amsterdam ?

— Pour qu'il se rende visible de façon aussi grossière, soit c'est un incapable, soit votre vieil ami vous envoie un message, quelque chose du genre « ne me prenez pas pour un imbécile, Vackeers, je sais où vous vous trouvez ». Et vu que ce type a réussi à vous suivre jusqu'ici sans que vous le remarquiez, je pencherais plutôt pour cette seconde hypothèse.

Vackeers se leva d'un bond et se rendit à la fenêtre. Mais l'homme dont venait de parler Lorenzo s'éloignait déjà.

*

Haute-Saxe

— Tu devrais mettre ta ceinture, les routes sont étroites.

Keira ouvrit la vitre en grand et fit comme si elle ne m'avait pas entendu. Il m'est arrivé parfois au cours de ce voyage d'avoir envie d'ouvrir la portière et de la pousser au-dehors.

Le conservateur du musée de Nebra nous accueillit à bras ouverts. L'homme était si fier de sa collection qu'il nous en détailla chaque pièce. Épées, boucliers, fers de lances, tout y passa ; nous dûmes écouter l'histoire de ses cent trésors avant qu'il nous présente enfin le disque.

L'objet était remarquable. Son apparence n'avait rien en commun avec le pendentif de Keira, mais nous étions tous deux fascinés par sa beauté et par l'ingéniosité de celui qui l'avait conçu. Comment à l'âge de bronze, l'homme avait-il pu réaliser une telle prouesse technique ? Le conservateur nous convia à la cafétéria et nous demanda en quoi il pouvait nous être utile. Keira lui montra son collier et je confiai à notre interlocuteur ses propriétés particulières. Passionné par ce que je venais de lui révéler, il me questionna sur son âge et je lui répondis que nous n'en savions rien.

L'homme avait consacré dix années de sa vie à l'étude du disque de Nebra, notre objet l'intriguait au plus haut point. Il se souvenait vaguement d'avoir lu quelque chose qui pourrait nous intéresser. Il lui fallait remettre de l'ordre dans ses pensées autant que dans ses archives. Il nous proposa de nous retrouver le soir-même et de dîner en notre compagnie. D'ici là, il essaierait de faire de son mieux pour nous aider dans nos recherches. Nous avions l'après-midi libre. À l'hôtel deux ordinateurs étaient mis à la disposition de la clientèle, j'en profitai pour envoyer de mes nouvelles à Walter et adresser quelques mails à des confrères, jonglant entre ce que je m'autorisais à révéler et ce que je préférais leur cacher afin de ne pas passer pour un illuminé.

*

Francfort

Aussitôt descendu de l'avion, Vassily s'était rendu successivement devant les quatre comptoirs de location de voitures qui se trouvaient dans le terminal international. Il avait présenté une photo à chacun des employés, demandant s'il reconnaissait le couple qu'il leur montrait. Trois d'entre eux avaient répondu par la négative, le quatrième indiqua que ce genre d'information était confidentiel. Vassily savait désormais que ceux qu'il cherchait n'avaient pas pris un taxi pour se rendre en ville et, bien plus important, auprès de qui ils avaient loué une voiture. Rompu à ce genre d'exercice, il s'éloigna vers une cabine téléphonique d'où il appela l'employé qu'il venait de quitter ; dès que celui-ci décrocha, il lui expliqua dans un allemand presque parfait qu'un accident s'était produit sur l'aire de stationnement et que sa présence était requise dans les plus brefs délais. Vassily épia l'homme qui raccrochait, furieux, et se précipitait vers les ascenseurs menant aux sous-sols. Dès que l'employé eut disparu, Vassily retourna vers le comptoir, se pencha sur le clavier du terminal et bientôt l'imprimante crépita. Vassily s'éloigna avec un double du contrat de location d'Adrian en poche.

Après avoir composé le numéro de téléphone trouvé dans l'enveloppe à la consigne de la gare de Moscou, il savait que la Mercedes grise immatriculée KA PA 521 avait été filmée par les caméras de surveillance de l'autoroute B43, puis par celles de l'autoroute A5 dans la direction de Hanovre ; cent vingt-cinq kilomètres plus loin on retrouvait le véhicule sur l'A7 où il avait emprunté la sortie 86. À cent dix kilomètres de là, la Mercedes filait à cent trente kilomètres à l'heure sur l'A71, un peu plus tard elle se trouvait sur une nationale en direction de Weimar. Faute de dispositif de surveillance sur les routes de moindre importance, la voiture semblait s'être évanouie dans la nature, mais grâce à la caméra d'un feu rouge elle réapparut à un carrefour de Rothenberga.

Vassily loua une grosse berline et quitta l'aéroport de Francfort, suivant scrupuleusement l'itinéraire qu'il avait recopié.

Ce jour-là, la chance était de son côté, une seule route se prolongeait depuis l'endroit où la Mercedes avait été vue pour la dernière fois. Ce n'est que quinze kilomètres plus tard, en traversant Saulach qu'il fut confronté à un choix d'itinéraire. L'avenue Karl Marx filait en direction de Nebra, alors qu'une route sur sa gauche partait vers Bûcha. Suivre Karl Marx ne lui disait rien de bon, il alla vers Bûcha ; la route s'enfonçait dans un sous-bois, avant de resurgir à travers un paysage de vastes champs de colza.

À Memleben, alors qu'il arrivait près d'une rivière, Vassily changea d'avis ; rouler vers l'est ne le tentait plus, il donna un coup de volant et tourna brusquement dans Thomas Muntzer Strasse. L'itinéraire qu'il avait emprunté devait être triangulaire puisqu'à nouveau un panneau indiquait la ville de Nebra. Lorsqu'il vit sur sa droite le parking d'un musée d'archéologie, Vassily ouvrit sa vitre et s'offrit sa première cigarette de la journée. Le chasseur flairait ses proies dans les parages, il ne lui faudrait plus bien longtemps avant de les localiser.

*

Le conservateur du musée nous avait rejoints à notre hôtel. Pour l'occasion, il avait revêtu un costume en velours côtelé, une chemise à carreaux et une cravate en tricot. Même avec nos vêtements rescapés d'un périple en Afrique, nous avions plus élégante allure que lui. Il nous emmena dans une auberge et attendit que Keira et moi soyons assis pour nous demander gaiement comment nous nous étions connus.

— Nous sommes amis depuis l'école ! répondis-je.

Keira m'administra un franc coup de pied sous la table.

— Adrian est plus qu'un ami, c'est presque un guide pour moi ; d'ailleurs il m'emmène souvent en voyage pour me distraire, dit-elle en labourant mes orteils de son talon.

Le conservateur préféra changer de sujet. Il appela la serveuse et commanda notre repas.

— J'ai peut-être quelque chose qui va vous intéresser, nous dit-il. Lorsque j'effectuais mes recherches sur le disque de Nebra, et Dieu sait combien j'ai pu en faire, je suis tombé sur un document à la Bibliothèque nationale. J'ai cru un temps qu'il m'aiderait dans mes travaux, c'était une fausse piste, mais peut-être pas en ce qui vous concerne. J'ai eu beau chercher tout l'après-midi dans mes dossiers, je n'ai pas pu remettre la main dessus, mais je me souviens assez bien de son contenu. C'est un texte rédigé en guèze, une très ancienne langue africaine dont les caractères sont relativement proches de l'alphabet grec.

L'intérêt de Keira sembla soudain s'éveiller.

— Le guèze, reprit-elle, est un langage sémitique qui a servi au développement de l'amliarique en Éthiopie et du tigrinia en Èrythrée. Les écritures qui donnèrent naissance au guèze datent d'à peu près trois mille ans. Le plus étonnant est en effet la ressemblance non seulement de l'alphabet mais aussi de certaines vocalises entre le guèze et le grec ancien. Selon les croyances de l'Église éthiopienne orthodoxe, le guèze fut une révélation divine faite à Énos. Dans le livre de la Génèse, Énos est fils de Seth, père de Kenan et petit-fils d'Adam, en hébreu, Enosh suggère la notion d'humanité. Dans la Bible orthodoxe éthiopienne, Énos est né au cours de la trois cent vingt-cinquième année de la création du monde, qui remonterait au trente-huitième siècle avant Jésus-Christ, période antédiluvienne dans la mythologie hébraïque. Quoi, qu'est-ce qu'il y a ?

J'avais dû regarder Keira bizarrement car elle s'était interrompue dans son récit avant d'ajouter qu'elle était soulagée que je remarque enfin que son principal métier ne consistait pas à m'aider à réécrire le *Guide du routard*.

— Vous souvenez-vous de ce que révélait ce texte rédigé en guèze ? demanda Keira au conservateur du musée.

— Entendons-nous bien, si l'écrit originel est en guèze, celui que j'ai eu entre les mains est bien plus récent, c'est une retranscription qui ne date que du cinquième ou sixième siècle avant l'ère chrétienne. Si ma mémoire est bonne, on y parle d'un disque céleste, d'une sorte de carte dont chaque morceau aurait servi de guide au peuplement du monde. La traduction est assez confuse, elle ouvre la porte à de multiples interprétations. Mais, au cœur de ce texte, se trouve le mot « réunification », ça je m'en souviens très bien, et cette notion est étrangement connexe à celle d'une division. Impossible de savoir si l'une ou l'autre prédisent l'avènement ou la destruction du monde. Il s'agit probablement d'un écrit plus ou moins religieux, une prophétie de plus, j'imagine. De toute façon, il était bien trop ancien pour faire référence au disque de Nebra. Il faudrait que vous vous rendiez à la DNB[1]. Consultez le texte et faites-vous votre propre idée. Je ne veux pas vous donner de faux espoirs, la probabilité que cet écrit ait un quelconque rapport avec l'objet que vous portez autour du cou est assez infime, mais à votre place j'irais quand même voir, on ne sait jamais.

— Et comment retrouver ce document ? La Bibliothèque nationale est immense.

— Je suis certain de l'avoir consulté dans les locaux de Francfort, il m'est arrivé plusieurs fois de me rendre à l'établissement de Munich et à celui de Leipzig, mais je suis sûr qu'en ce qui concerne ce manuscrit, c'était bien à

1. Bibliothèque nationale allemande.

Francfort. D'ailleurs, maintenant cela me revient, il se trouvait dans un codex, mais lequel ? Tout cela remonte à une dizaine d'années. Il faudrait vraiment que je range mes affaires. Je vais m'y atteler dès ce soir et, si je découvre quelque chose, je vous appellerai aussitôt.

Après que le conservateur nous eut laissés, Keira et moi décidâmes de rentrer à pied. La vieille ville de Nebra ne manquait pas de charme et une promenade nous aiderait à digérer ce repas trop copieux.

— Je suis désolé, je crois que je t'ai entraînée dans une aventure qui n'a ni queue ni tête.

— Tu plaisantes, j'espère, me répondit Keira. Tu ne vas pas te dégonfler quand ça commence à devenir intéressant ? Je ne sais pas quels sont tes plans pour demain matin, mais moi je vais à Francfort.

Nous traversions tranquillement une petite place avec une ravissante fontaine en son centre quand surgit une voiture aux phares aveuglants.

— Merde, ce con fonce droit sur nous ! hurlai-je à Keira.

J'eus tout juste le temps de la pousser dans le renfoncement d'une porte cochère, le bolide me frôla et dérapa au milieu de la place avant de filer par la grande rue. Si ce dingue avait voulu nous ficher la trouille de notre vie, il avait réussi son coup. Je n'avais même pas eu le temps de relever sa plaque d'immatriculation. J'aidai Keira à se redresser, elle me regarda stupéfaite ; avait-elle rêvé ou ce type avait-il délibérément tenté de nous écraser ? Je dois dire que sa question me laissa perplexe.

Je lui proposai de l'emmener boire un remontant. Elle avait eu son compte d'émotions et préférait rentrer à l'hôtel. En arrivant à notre étage, je fus étonné de trouver le palier plongé dans l'obscurité. Qu'une ampoule ait rendu l'âme passe encore, mais le couloir tout entier... Cette fois, ce fut Keira qui eut la présence d'esprit de me retenir.

— N'y va pas.

— Notre chambre est au bout de ce couloir, nous n'avons pas vraiment le choix.

— Descends avec moi à la réception, ne joue pas au héros maintenant, il y a quelque chose qui cloche, je le sens.

— Les plombs ont sauté, voilà ce qui cloche !

Mais je sentais Keira inquiète et nous sommes redescendus.

Le réceptionniste s'excusa et s'excusa encore, cela ne s'était jamais produit. C'était d'autant plus étrange que l'étage et le rez-de-chaussée dépendaient du même fusible et visiblement, ici, tout était éclairé. Il attrapa une lampe de poche, nous demanda d'attendre dans le hall et promit de revenir dès qu'il aurait réparé la panne.

Keira m'entraîna vers le bar, finalement, un petit schnaps lui permettrait peut-être de trouver le sommeil.

Cela faisait déjà vingt minutes que notre réceptionniste était parti.

— Reste ici, je vais voir ce qui se passe et, si je ne suis pas de retour dans cinq minutes, appelle la police.

— Je viens avec toi.

— Non, tu restes ici, Keira, pour une fois tu m'écoutes, ou un de ces jours, je vais vraiment finir par ouvrir la portière. Et ne dis rien, je me comprends très bien !

Je me sentais coupable d'avoir laissé ce concierge partir seul, alors que Keira avait pressenti un danger auquel je n'avais pas cru. J'ai grimpé l'escalier à l'affût du moindre bruit qui trahirait une présence ; j'ai appelé par tous les prénoms allemands que je connaissais, avancé à tâtons dans l'obscurité du couloir et j'ai d'abord trouvé la lampe de poche, en marchant dessus, et puis notre réceptionniste allongé sur le sol. Sa tête baignait dans une flaque de sang s'égouttant d'une méchante plaie au crâne. La porte de notre chambre était ouverte, la fenêtre aussi. Nos bagages avaient été vidés, toutes nos affaires étaient éparpillées. Mais à part un peu de mon amour-propre, on ne nous avait rien dérobé.

L'officier de police relut ma déclaration ; je n'avais rien d'autre à ajouter. J'ai apposé ma signature au bas du document, Keira a fait de même et nous avons quitté le commissariat.

L'hôtelier nous avait aidés à nous reloger dans un autre établissement de la ville. Ni elle ni moi n'arrivions à nous endormir. La violence de cet épisode nous avait rapprochés. Cette nuit-là, dans le lit où nous nous blottissions dans les bras l'un de l'autre, Keira rompit sa promesse, nous nous sommes embrassés.

Ce n'était pas à proprement parler le contexte romantique dont j'avais rêvé, mais l'inattendu révèle parfois des trésors inespérés ; en s'endormant, Keira prit ma main dans la sienne et ce geste de tendresse était plus irrésistible qu'un baiser.

Le lendemain matin, nous prenions un petit déjeuner à la terrasse d'une brasserie.

— Il faut que je te confie quelque chose. Ce n'est pas la première fois qu'il m'arrive de vivre une mésaventure comme celle d'hier. J'en viens à me demander si la porte de notre chambre a été forcée par un simple cambrioleur et je m'interroge aussi sur ce chauffard qui a failli nous écraser.

Keira a posé son croissant, elle m'a fixé du regard et j'ai pu lire dans ses yeux autre chose que de l'étonnement.

— Tu sous-entends que quelqu'un en a après nous ?

— En tout cas, après ton pendentif ; avant que je m'intéresse à lui, ma vie était plus calme... à part une crise d'hypoxie en haute altitude.

Et je fis le récit à Keira de ce qui nous était arrivé à Walter et à moi à HéraMion, la façon dont ce professeur avait voulu s'emparer de son collier, comment Walter l'en avait dissuadé et la course-poursuite qui s'était ensuivie.

Keira s'est moquée de moi, elle a éclaté de rire et, pourtant, je ne voyais rien de drôle dans ce que je venais de lui raconter.

— Vous avez cassé la figure à un type parce qu'il voulait garder mon collier quelques heures pour l'étudier, vous avez assommé et menotté un agent de sécurité, vous

vous êtes barrés comme des voleurs et vous pensiez être au cœur d'une conspiration ?

Je crois que Keira se moquait également de Walter, ça ne me réconfortait pas plus que cela, mais un peu tout de même.

— Et pendant que tu y es, la mort du vieux chef mursi n'était pas non plus un accident ?

Je n'ai rien répondu.

— Tu divagues. Comment aurait-on su où nous étions ? reprit-elle.

— Je n'en sais rien, je ne veux rien exagérer, mais je pense que nous devrions être un peu plus sur nos gardes.

Le conservateur du musée nous aperçut de loin, il se précipita vers nous. Nous l'invitâmes à s'asseoir.

— J'ai appris, dit-il, la terrible mésaventure qui vous est arrivée cette nuit. C'est épouvantable, la drogue fait des ravages en Allemagne. Pour le prix d'une dose d'héroïne, les jeunes sont prêts à commettre n'importe quel crime. Nous avons eu plusieurs vols à l'arraché, quelques chambres d'hôtels cambriolées, comme en connaissent tous les lieux où affluent les touristes, mais jusque-là jamais de violences.

— C'était peut-être un vieux qui voulait sa dose, les vieux sont plus méchants, répondit Keira d'un ton sec.

Je lui donnai un discret coup de genou sous la table.

— Pourquoi toujours tout mettre sur le dos des jeunes ? reprit-elle.

— Parce que les personnes âgées sautent plus difficilement par la fenêtre du premier étage d'un hôtel pour prendre la fuite, répondit le conservateur du musée.

— Vous couriez gaillardement tout à l'heure et vous n'êtes pas un perdreau de l'année, répliqua Keira, plus entêtée que jamais.

— Je ne pense pas que monsieur le conservateur du musée soit venu visiter notre chambre hier soir, dis-je en ricanant pour sauver la situation.

— Ce n'est pas non plus ce que je suggérais, répondit Keira.

— Je crains d'avoir perdu le fil de la conversation, intervint le conservateur. Malgré tous ces tracas, j'ai quand même deux bonnes nouvelles. La première est que le réceptionniste est hors de danger. La seconde, c'est que j'ai retrouvé la cote du codex à la Bibliothèque nationale. Cela me travaillait, j'ai passé une bonne partie de la nuit à ouvrir boîtes et cartons et j'ai fini par mettre la main sur un petit carnet où j'indexais toutes les documentations que je consultais dans le temps. Une fois à la bibliothèque, vous demanderez la référence suivante, dit-il en nous tendant un petit bout de papier. Ce genre d'ouvrage est trop ancien et bien trop fragile pour être accessible au grand public, mais vos qualités professionnelles vous y donneront accès. Je me suis permis d'adresser une télécopie à ma consœur, conservatrice de la bibliothèque de Francfort, vous y serez bien accueillis.

Nous avons remercié notre hôte de tout le mal qu'il s'était donné et nous avons quitté Nebra, laissant derrière nous de bons et de mauvais souvenirs.

Keira fut peu diserte pendant le trajet. De mon côté, je pensais à Walter, espérant qu'il répondrait au courriel que je lui avais adressé. Nous sommes arrivés en fin de matinée à la Bibliothèque nationale.

Le bâtiment de facture récente s'élevait sur deux niveaux. À l'arrière, la façade en verre bordait un grand jardin. Nous nous sommes présentés à l'accueil et, quelques instants plus tard, une femme en tailleur strict vint à notre rencontre. Elle se présenta sous le nom d'Helena Weisbeck et nous invita à la suivre jusqu'à son bureau. Elle nous y offrit du café et des biscuits secs. Nous n'avions pas pris le temps de déjeuner, Keira les dévora.

— Décidément ce codex commence à m'intriguer, il y a des années que personne ne s'y était intéressé et voilà qu'aujourd'hui vous êtes les seconds à vouloir le consulter.

— Quelqu'un d'autre est venu vous rendre visite ? demanda Keira.

— Non, mais j'ai reçu une demande par courrier électronique ce matin. Le livre en question ne se trouve plus ici, il est archivé à Berlin. Nous n'avons entre ces murs que des documents plus récents. Mais ces textes, ainsi que bien d'autres ouvrages, ont été numérisés afin d'assurer leur pérennité. Vous auriez pu vous aussi m'en faire la demande par courriel, je vous aurais transmis une copie des pages qui vous intéressent.

— Puis-je savoir qui a fait une demande similaire à la nôtre ?

— Elle émanait de la direction générale d'une université étrangère, je ne peux pas vous en dire plus, je me suis contentée de signer l'autorisation. C'est ma secrétaire qui a traité la requête et elle est partie déjeuner.

— Vous ne vous souvenez pas de quel pays dépendait cette université ?

— La Hollande, me semble-t-il, oui, je crois bien qu'il s'agissait de l'université d'Amsterdam. En tout cas, elle émanait d'un professeur, mais je ne me souviens pas de son nom, je signe tellement de papiers chaque jour, nos sociétés deviennent de véritables hydres administratives.

La conservatrice nous tendit une enveloppe en kraft, à l'intérieur se trouvait un fac-similé en couleurs du document que nous recherchions. Le manuscrit était bien rédigé en langage guèze ; Keira l'étudia avec la plus grande attention. La conservatrice toussota et nous indiqua que l'exemplaire qu'elle venait de nous remettre était à nous. Nous pouvions en disposer comme bon nous semblait. Nous l'avons remerciée avant de quitter les lieux.

De l'autre côté de la rue se trouvait un immense cimetière, il me rappelait celui d'Old Brompton, à Londres, où j'allais souvent me promener. Ce n'est pas qu'un cimetière, c'est aussi un très joli parc boisé, un paysage inattendu et paisible au milieu d'une grande métropole.

Nous sommes allés nous asseoir sur un banc ; un ange d'albâtre perché sur son piédestal semblait nous épier. Keira lui fit un petit signe de la main et se pencha sur le texte. Elle compara les signes avec la traduction anglaise assez sommaire qui l'accompagnait. Le texte avait aussi été traduit en grec, en arabe, en portugais et en espagnol, mais ce que nous lisions en anglais comme en français n'avait aucun sens :

Sous les trigones étoilés, j'ai confié aux mages le disque des facultés, dissocié les parties qui conjuguent les colonies.

Qu'ils y restent celés sous les piliers de l'abondance. Qu'aucun ne sache où l'apogée se trouve, la nuit de l'un est gardienne du prélude.

Que l'homme ne l'éveille, à la jonction des temps imaginaires se dessine l'aboutissement de l'aire.

— Nous voilà bien avancés ! dit Keira en remettant le document dans son enveloppe ; je ne sais absolument pas ce que cela veut dire et je suis incapable de le traduire moi-même. Où est-ce que le conservateur du musée de Nebra nous a dit avoir trouvé ce codex ?

— Il ne nous l'a pas dit. Simplement qu'il remontait au cinquième ou sixième siècle avant notre ère. Et il nous a précisé que le manuscrit en question était lui-même une retranscription d'un texte encore plus ancien.

— Alors nous sommes dans une belle impasse.

— Tu n'as personne dans tes relations qui serait capable de jeter un œil à ce texte ?

— Si, je connais quelqu'un qui pourrait nous aider, mais il habite Paris.

Keira avait dit cela sans grand enthousiasme, comme si cette perspective semblait la contrarier.

— Adrian, je ne peux pas continuer ce voyage, je n'ai plus un centime et nous ne savons pas où nous allons, ni même pourquoi.

— J'ai quelques économies de côté et je suis encore assez jeune pour ne pas avoir à me soucier de ma retraite. Nous partageons cette aventure, Paris n'est pas bien loin, nous pouvons même y aller en train si tu préfères.

— Justement, Adrian, tu as dit partager et je n'ai plus les moyens de partager quoi que ce soit.

— Faisons un pacte si tu veux. Imaginons que je mette la main sur un trésor, je te promets de déduire la moitié de nos frais de la part qui te reviendra.

— Et si c'était moi qui le trouvais ton trésor, c'est quand même moi l'archéologue !

— Alors, j'aurais gagné au change.

Keira finit par accepter que nous nous rendions à Paris.

*

Amsterdam

La porte s'ouvrit brusquement. Vackeers sursauta et ouvrit d'un geste sec le tiroir de son bureau.

— Tirez-moi dessus, pendant que vous y êtes ! Vous m'avez déjà planté un couteau dans le dos, nous ne sommes plus à cela près.

— Ivory ! Vous auriez pu frapper, j'ai passé l'âge de vivre ce genre de frayeur, répondit Vackeers en repoussant son arme au fond du tiroir.

— Vous avez drôlement vieilli, vos réflexes ne sont plus ce qu'ils étaient, mon pauvre.

— Je ne sais pas ce qui vous met dans une telle colère, mais si vous commenciez par vous asseoir, nous pourrions peut-être avoir une explication décente entre personnes civilisées.

— Arrêtez avec vos bonnes manières, Vackeers ; je pensais pouvoir vous faire confiance.

— Si vous le pensiez vraiment, vous ne m'auriez pas fait suivre à Rome.

— Je ne vous ai jamais fait suivre, je ne savais même pas que vous vous étiez rendu à Rome.

— Vraiment ?

— Vraiment.

— Alors si ce n'était pas vous, c'est encore plus inquiétant.

— On a essayé d'attenter à la vie de nos protégés et c'est inadmissible !

— Tout de suite les grands mots ! Ivory, si l'un de nous avait voulu les tuer, ils seraient déjà morts, on a essayé de les intimider, tout au plus, il n'a jamais été question de les mettre en danger.

— Mensonges !

— Cette décision était stupide, je vous l'accorde, mais elle n'est pas de mon fait, et je m'y suis opposé. Lorenzo a pris de fâcheuses initiatives ces derniers jours. D'ailleurs, si cela peut vous consoler, je lui ai fait savoir combien nous étions en désaccord avec sa façon d'agir. C'est précisément pour cela que je me suis rendu à Rome. Il n'empêche que notre assemblée est très préoccupée par la tournure que prennent les événements. Il faut que vos protégés, comme vous les appelez, cessent de s'agiter à travers le monde. Nous n'avons eu aucun drame à déplorer jusqu'à présent, mais je redoute que nos amis n'en viennent à des moyens plus radicaux si les choses continuent ainsi.

— Parce que la mort d'un vieux chef de tribu n'est pas un drame pour vous ? Mais dans quel monde vivez-vous ?

— Dans un monde qu'ils pourraient mettre en danger.

— Je croyais que personne n'accordait de crédit à mes théories ? Je vois que, finalement, même les imbéciles changent d'avis.

— Si la communauté adhérait complètement à vos théories, il n'y aurait pas eu que l'émissaire de Lorenzo pour croiser le chemin de vos deux scientifiques. Le conseil ne veut courir aucun risque, si vous tenez tant que cela à vos deux chercheurs, je vous suggère vivement de les dissuader de poursuivre leur enquête.

— Je ne vais pas vous mentir, Vackeers, nous avons passé de longues soirées à jouer ensemble aux échecs ; je gagnerai cette partie, seul contre tous s'il le faut. Prévenez la cellule qu'ils sont déjà mat. Qu'ils essaient une autre fois d'attenter à la vie de ces scientifiques, et ils perdront inutilement une pièce importante de leur jeu.

— Laquelle ?

— Vous, Vackeers.

— Vous me flattez, Ivory.
— Non, je n'ai jamais sous-estimé mes amis, c'est pour cela que je suis toujours en vie. Je rentre à Paris, inutile de me faire suivre.

Ivory se leva et quitta le bureau de Vackeers.

*

Paris

La ville avait bien changé depuis ma dernière visite. On y voyait des vélos partout, s'ils n'avaient pas été tous identiques, je me serais cru à Amsterdam. Voilà bien une étrangeté des Français, ils sont incapables d'unifier la couleur de leurs taxis, mais, pour les bicyclettes, ils ont tous acheté le même modèle. Décidément, je ne les comprendrai jamais.

— C'est parce que tu es anglais, me répondit Keira, la poésie de mes concitoyens vous échappera toujours, à vous les Britanniques.

Je ne voyais pas beaucoup de poésie dans ces bicyclettes grises, mais il fallait reconnaître que la ville avait embelli ; si la circulation y était encore plus infernale que dans mes souvenirs, les trottoirs s'étaient élargis, les façades avaient blanchi, seuls les Parisiens semblaient ne pas avoir changé en vingt ans. Traversant au feu vert, se bousculant sans jamais s'excuser... L'idée de faire la queue leur semblait totalement étrangère. Gare de l'Est, nous nous étions fait doubler deux fois dans la file de taxis.

— Paris est la plus belle ville du monde, reprit Keira, ça ne se discute pas, c'est un fait.

La première chose qu'elle voulut faire en arrivant fut de rendre visite à sa sœur. Elle me supplia de ne rien lui raconter de ce qui s'était passé en Éthiopie. Jeanne était de nature inquiète, surtout en ce qui concernait Keira, pas question donc de lui parler des tensions qui avaient obligé sa petite sœur à quitter momentanément la vallée de l'Omo ; Jeanne serait bien capable d'aller s'allonger dans la passerelle de l'avion pour empêcher Keira d'y retourner. Il fallait maintenant inventer une histoire pour justifier notre présence à Paris ; je lui proposai de dire qu'elle était venue me rendre visite ; Keira me répondit que sa sœur ne croirait jamais un tel bobard. J'ai fait comme si cela ne m'avait pas vexé et, pourtant, c'était le cas.

Elle passa un appel à Jeanne, se gardant bien de lui révéler que nous faisions route vers elle. Mais après que le taxi nous eut déposés au musée, Keira appela sa sœur depuis son portable et lui demanda d'aller à la fenêtre de son bureau voir si elle reconnaissait la personne qui lui faisait des signes dans le jardin. Jeanne descendit en moins de temps qu'il ne fallait pour le dire et nous rejoignit à la table où nous avions pris place. Elle serra si fort sa sœur dans ses bras que je crus que Keira allait étouffer. J'aurais voulu à ce moment avoir un frère à qui j'aurais pu faire ce genre de surprise. Je pensai à Walter, à notre amitié naissante.

Jeanne m'inspecta de la tête aux pieds, elle me salua, je la saluai à mon tour. Elle me demanda, très intriguée, si j'étais anglais. Mon accent ne laissait planer aucun doute sur la question, mais par courtoisie je me sentis obligé de lui répondre que c'était bien le cas.

— Vous êtes un Anglais d'Angleterre, donc ? demanda Jeanne.

— Tout à fait, répondis-je prudemment.

Jeanne rougit presque.

— Je voulais dire un Anglais d'Angleterre de Londres ?

— Absolument.

— Je vois, dit Jeanne.

Je ne résistai pas à l'envie de l'interroger sur ce qu'elle voyait exactement, et pourquoi ma réponse l'avait fait sourire ?

— Je me demandais ce qui avait bien pu arracher Keira à sa maudite vallée, dit-elle, maintenant, je comprends mieux...

Keira me foudroya du regard. J'allais m'éclipser, elles devaient avoir des tas de choses à se dire, mais Jeanne insista pour que je reste en leur compagnie. Nous avons partagé un très agréable moment pendant lequel Jeanne ne cessa de m'interroger sur mon métier, ma vie en général, et je fus presque gêné qu'elle semblât s'intéresser plus à moi qu'à sa sœur. Keira finit d'ailleurs par en prendre ombrage.

— Je peux vous laisser tous les deux si je dérange, je repasserai à Noël, dit-elle alors que Jeanne voulait savoir, pour je ne sais quelle raison, si j'avais accompagné Keira sur la tombe de leur père.

— Nous ne sommes pas encore assez intimes, dis-je en taquinant un peu Keira.

Jeanne espérait que nous resterions la semaine entière, elle faisait déjà des projets de dîners, de week-end. Keira lui avoua que nous n'étions là que pour un jour ou deux, tout au plus. Lorsqu'elle nous demanda, déçue, où nous nous rendions, Keira et moi échangeâmes des regards confus, nous n'en avions pas la moindre idée. Jeanne nous invita chez elle.

Pendant le repas, Keira réussit à joindre au téléphone cet homme que nous devions retrouver, celui qui pourrait peut-être nous éclairer sur le texte découvert à Francfort. Rendez-vous fut pris pour le lendemain matin.

— Je crois qu'il serait mieux que j'y aille seule, me suggéra Keira en regagnant le salon.

— Où cela ? demanda Jeanne.

— Voir un de ses amis, répondis-je, un confrère archéologue si j'ai bien compris. Nous avons besoin de son aide pour interpréter un texte écrit dans une langue ancienne africaine.

— Quel ami ? interrogea Jeanne qui semblait plus curieuse que moi.

Keira ne répondit pas et se proposa d'aller chercher le plateau de fromages, ce qui annonçait le moment du dîner que je redoutais le plus. Pour nous les Anglais, le camembert restera à jamais une énigme.

— Tu ne vas pas voir Max, j'espère ? cria Jeanne pour que Keira l'entende depuis la cuisine.

Keira s'abstint de répondre.

— Si tu as un texte à interpréter, j'ai tout les spécialistes nécessaires au musée, poursuivit Jeanne sur le même ton.

— Mêle-toi de ce qui te regarde, grande sœur, dit Keira en réapparaissant dans le salon.

— Qui est ce Max ?

— Un ami que Jeanne aime beaucoup !

— Si Max est un ami, moi je suis une bonne sœur, répondit Jeanne.

— Il y a des moments où j'en viens à me le demander, dit Keira.

— Puisque Max est un ami, il sera ravi de rencontrer Adrian. Les amis d'amis sont des amis, n'est-ce pas ?

— Quelle est la partie de « mêle-toi de ce qui te regarde » qui t'a échappé, Jeanne ?

Le moment était propice à ce que j'intervienne et j'informai Keira que je l'accompagnerais le lendemain à son rendez-vous. Si j'avais réussi à mettre un terme à une querelle naissante entre les deux sœurs, j'avais aussi réussi à agacer Keira, qui me fit la tête le reste de la soirée et m'offrit pour lit le canapé du salon.

Le matin suivant, nous sommes partis en métro, direction boulevard de Sébastopol ; l'imprimerie de Max se trouvait dans une rue adjacente. Il nous reçut très aimablement et nous invita dans son bureau situé sur la mezzanine. J'ai toujours été émerveillé par l'architecture des vieux bâtiments industriels construits à l'époque d'Eiffel, les assemblages de poutrelles sorties des aciéries de Lorraine sont uniques au monde.

Max se pencha sur notre document, il attrapa un bloc-notes, un crayon à papier et se mit au travail avec une aisance qui ne manqua pas de me fasciner. On aurait dit un musicien déchiffrant une partition et la jouant aussitôt.

— Cette traduction est truffée d'erreurs, je ne dis pas que la mienne sera parfaite, il me faudrait du temps, mais je trouve déjà ici et là des fautes impardonnables. Approchez-vous, nous dit-il, je vais vous montrer.

Le crayon posé sur la feuille, il parcourait le texte, nous indiquant les équivalences grecques qu'il jugeait erronées.

— Ce ne sont pas des « mages » dont on parle ici, mais des magistères. Le mot « abondance » est une stupide erreur d'interprétation, il faut lire à la place « infinité ». Abondance et infinité peuvent avoir des sens voisins mais c'est le second terme qu'il convient d'utiliser dans ce cas. Un peu plus bas, ce n'est pas non plus le mot « homme » qu'il faut lire mais le mot « personne ».

Il repoussa ses lunettes sur le bout de son nez. Le jour où à mon tour je serai obligé d'en porter, il faudra que je me souvienne de ne jamais faire ce geste, c'est fou comme cela vous vieillit soudainement. Si l'érudition de ce Max forçait le respect, la façon dont il reluquait Keira m'exaspérait au plus haut point ; j'avais l'impression d'être le seul à m'en apercevoir, elle, faisait comme si de rien n'était, ce qui m'agaçait encore plus.

— Je pense qu'il y a aussi quelques erreurs de conjugaison et je ne suis pas certain que l'ordonnancement des phrases soit exact, ce qui bien sûr dénature complètement l'interprétation du texte. Je ne fais ici qu'un travail liminaire, mais par exemple le segment « sous les trigones étoilés » n'est pas situé au bon endroit. Il faut inverser les mots et le rattacher à la fin de la phrase à laquelle il appartient. Un peu comme en anglais, n'est-il pas ?

Max avait certainement voulu agrémenter son cours magistral d'un trait d'humour, je m'abstins de tout commentaire. Il arracha la feuille du bloc et nous la tendit. À notre tour, Keira et moi nous penchâmes sur sa traduction, pour lire et, cette fois, sans lunettes :

J'ai dissocié la table des mémoires, confié aux magistères des colonies les parties qu'elle conjugue.

Sous les trigones étoilés que restent celées les ombres de l'infinité. Qu'aucun ne sache où l'apogée se trouve, la nuit de l'un garde l'origine. Que personne ne l'éveille, à la réunion des temps imaginaires, se dessinera la fin de l'aire.

— C'est sûr que vu comme ça, c'est beaucoup plus clair !

À défaut d'avoir fait sourire Max, ma pique avait amusé Keira.

— Dans des écrits aussi anciens que celui-ci, l'interprétation de chaque mot compte autant que la traduction.

Max se leva pour aller photocopier le document, il nous promit d'y consacrer son week-end et demanda à Keira où il pourrait la joindre ; elle lui donna le numéro de téléphone de Jeanne. Max voulut savoir jusqu'à quand elle restait à Paris, Keira répondit qu'elle n'en savait rien. J'avais la désagréable impression d'être invisible. Heureusement, un chef de service appela Max, il y avait un problème sur une machine. J'en profitai pour déclarer que nous avions suffisamment abusé de sa gentillesse et que le moment était venu de le laisser retourner travailler. Max nous raccompagna.

— Au fait, dit-il sur le pas de la porte, pourquoi ce texte t'intéresse ? Il a un rapport avec tes recherches en Éthiopie ?

Keira me regarda discrètement et mentit à Max en lui disant qu'un chef de tribu le lui avait remis. Quand il me demanda si j'aimais autant qu'elle la vallée de l'Omo, Keira affirma sans aucune gêne que j'étais l'un de ses plus précieux collaborateurs.

Nous sommes allés prendre un café dans une brasserie du Marais. Keira n'avait pas dit un mot depuis que nous avions quitté Max.

— Il est drôlement calé pour un imprimeur.

— Max était mon professeur d'archéologie, il a changé de carrière.

— Pourquoi ?

— Éducation bourgeoise, il n'avait pas le goût de l'aventure ni du terrain, et puis, à la mort de son père, il a repris l'affaire familiale.

— Vous êtes restés longtemps ensemble ?

— Qui te dit que nous avons été ensemble ?

— Je sais que mon français laisse à désirer, mais le mot « liminaire » fait-il partie du vocabulaire courant ?

— Non, pourquoi ?

— Quand on utilise des formules aussi compliquées pour dire des choses simples, c'est généralement que l'on ressent le besoin de se donner de l'importance, ce que les hommes ont la faiblesse de faire quand ils ont envie de plaire. Ton imprimeur archéologue a une très haute opinion de lui-même, ou alors il cherche encore à t'impressionner. Et ne me dis pas que j'ai tort !

— Et toi, ne me dis pas que tu es jaloux de Max, ce serait pathétique.

— Je n'ai aucune raison d'être jaloux de qui que ce soit, puisque je suis tantôt l'un de tes amis, tantôt l'un de tes précieux collaborateurs. N'est-il pas ?

Je demandai à Keira pourquoi elle avait menti à Max.

— Je ne sais pas, ça m'est venu comme ça.

Je préférais parler d'autre chose que de Max. J'avais surtout envie que nous nous éloignions le plus tôt possible de son imprimerie, de son quartier et de Paris ; je proposai à Keira de rendre visite à l'une de mes connaissances londoniennes qui pourrait peut-être nous aider à décrypter ce texte, une personne bien plus érudite que son imprimeur.

— Pourquoi n'en as-tu pas parlé plus tôt, me dit-elle ?

— Parce que je n'y avais pas pensé, voilà.

Après tout Keira n'avait pas le monopole du mensonge !

Pendant que Keira faisait ses adieux à Jeanne et récupérait quelques affaires, j'en profitai pour appeler Walter. Après avoir pris de ses nouvelles, je lui demandai un service qui lui parut pour le moins étrange.

— Vous voudriez que je vous trouve quelqu'un à l'Académie, qui s'y connaisse en dialectes africains ? Vous avez fumé quelque chose d'illicite Adrian ?

— L'affaire est assez délicate, mon cher Walter, je me suis engagé un peu vite, nous prenons le train dans deux heures et arrivons ce soir à Londres.

— Quelle heureuse nouvelle, enfin pour la seconde partie de votre phrase tout du moins ; pour le marabout que je dois vous dénicher, c'est plus compliqué. Ai-je entendu *nous* ?

— Vous l'avez entendu.

— Ne vous avais-je pas dit qu'il était judicieux que vous partiez seul en Éthiopie ? Vous avez en moi un vrai ami, Adrian, je vais essayer de vous trouver votre sorcier.

— Walter, c'est d'un traducteur en guèze ancien dont j'ai besoin.

— C'est bien ce que je dis, et moi d'un magicien pour lui mettre la main dessus ! Dînons ensemble ce soir, appelez-moi dès que vous arriverez à Londres, je verrai ce que je peux faire d'ici là.

Et Walter raccrocha.

*

De l'autre côté de la Manche

L'Eurostar filait à travers la campagne anglaise, nous étions sortis du tunnel depuis quelque temps. Keira s'était assoupie sur mon épaule. Elle avait dormi une bonne partie du voyage. Quant à moi, une colonie de fourmis avait envahi mon avant-bras, mais je n'aurais bougé pour rien au monde, de peur de la réveiller.

Alors que le train ralentissait à l'approche de la gare d'Ashford, Keira s'étira avec une certaine grâce, du moins jusqu'à ce qu'elle éternue à trois reprises et assez fort pour faire sursauter presque tout le wagon.

— C'est un héritage paternel, dit-elle en s'excusant, je n'ai jamais rien pu y faire. On est encore loin ?

— Une petite demi-heure.

— Nous n'avons aucune certitude que ce document soit lié en quoi que ce soit avec mon pendentif, n'est-ce pas ?

— Non, en effet, mais, d'une manière plus générale, je me suis toujours interdit d'avoir des certitudes.

— Pourtant, tu veux croire qu'il existe une relation entre les deux, reprit-elle.

— Keira, lorsque nous cherchons dans l'infiniment grand un point infiniment petit, une source de lumière aussi éloignée soit-elle, lorsque nous guettons un bruit venu du fin fond de l'univers, il n'y a qu'une chose dont nous soyons certains : notre envie de découvrir. Et je sais qu'il en est de même pour toi quand tu fouilles la terre.

Alors oui, nous n'avons encore rien trouvé nous permettant d'affirmer que nous avançons dans la bonne direction, hormis cet instinct commun qui nous pousse à le croire, ce qui est déjà pas mal, non ?

Je n'avais pas l'impression d'avoir dit quelque chose de très important, le paysage de la gare d'Ashford n'était pas spécialement romantique, et je me demande encore pourquoi à ce moment précis plutôt qu'un autre, Keira se retourna, posa ses mains sur mes joues et m'embrassa comme elle ne l'avait encore jamais fait.

J'ai repensé pendant des mois à cet instant de ma vie, non seulement parce qu'il reste à jamais l'un de mes meilleurs souvenirs, mais aussi parce que j'ai cherché en vain à comprendre ce que j'avais bien pu faire pour provoquer pareil élan. J'ai même, plus tard, trouvé le culot de le lui demander, et je n'ai eu pour toute réponse qu'un sourire. Et finalement, je m'en suis toujours contenté. Cela m'autorise à me reposer souvent cette question, à revivre ce baiser, gare d'Ashford par une jolie fin d'après-midi d'été.

*

Paris

Ivory déplaça le cavalier sur l'échiquier en marbre qui trônait dans son salon. Il en possédait de très anciens, le plus beau de sa collection se trouvait dans sa chambre, un modèle persan entièrement de couleur ivoire et qui datait du sixième siècle. C'est un ancien jeu indien, le chaturanga, jeu des quatre rois, qui donna sa table aux échecs. Un carré de huit cases sur huit, dont la somme des carrés de soixante-quatre cases expliquait la marche du temps et des siècles. L'opposition du noir et du blanc arriva plus tardivement. Indiens, Perses et Arabes jouaient sur un quadrillage unicolore, parfois sur une grille tracée à même le sol. Avant de devenir un jeu profane, le diagramme de l'échiquier servit de plan dans l'Inde védique à la création des temples et des cités. Il symbolisait l'ordre cosmique et les quatre cases centrales correspondaient au Dieu créateur.

Le grincement du télécopieur tira Ivory de sa rêverie. Il se dirigea vers la bibliothèque où se trouvait l'appareil et arracha la feuille de papier qui venait de s'imprimer.

Un texte rédigé dans une très ancienne langue africaine, suivi d'une traduction. Son auteur le priait de l'appeler dès qu'il en aurait pris connaissance, ce que fit aussitôt Ivory.

— Elle est venue me voir aujourd'hui, dit la voix dans le téléphone.

— Elle était seule ?

— Non, un bellâtre anglais l'accompagnait. Vous avez pu jeter un œil au document ?

— Je viens de le faire à l'instant, vous avez effectué vous-même cette traduction ?

— Du mieux que j'ai pu, vu les délais.

— C'est du beau travail, considérez que vos problèmes de trésorerie appartiennent au passé.

— Puis-je vous demander pourquoi Keira vous intéresse à ce point et quelle est l'importance de ce texte ?

— Pas si vous souhaitez que l'argent promis vienne renflouer dès demain les comptes de votre imprimerie.

— J'ai cherché à la joindre tout à l'heure. Sa sœur, avant de me raccrocher au nez, m'a appris que Keira était partie à Londres. Puis-je vous rendre un autre service, monsieur ?

— Comme nous en étions convenus, me prévenir si elle reprend contact avec vous.

La communication achevée, Ivory retourna s'asseoir dans son salon. Le texte en main, il mit ses lunettes et commença à son tour à en affiner la traduction. Dès la première ligne, il y apporta certaines modifications.

*

Londres

L'idée de passer quelques jours chez moi n'était pas pour me déplaire. Keira profitait d'une douce fin de journée pour aller flâner dans les rues de Primrose Hill ; dès que je fus seul, j'appelai Walter.

— Je vous préviens, Adrian, avant que vous me disiez quoi que ce soit, sachez que j'ai fait de mon mieux. Apprenez que l'on ne trouve pas un traducteur de guèze ancien au marché de Pimlico, pas plus qu'à celui de Camden et, j'ai vérifié, ils ne sont pas non plus répertoriés dans les pages jaunes.

Je retenais mon souffle, l'idée d'avouer à Keira que j'avais bluffé dans le seul but de l'éloigner de ce Max qui lui tournait autour ne me réjouissait pas.

— Vous ai-je dit que vous aviez de la chance de m'avoir comme ami, Adrian ? J'ai réussi à mettre la main sur une personne d'une qualité rare, qui pourra certainement vous aider. Je suis d'une perspicacité qui m'étonne moi-même. Imaginez que je me suis entretenu de votre problème avec une amie, dont un parent proche se rend chaque dimanche à l'Église orthodoxe éthiopienne de Sainte-Marie-de-Sion. Cette personne est intervenue auprès d'un prêtre, un saint homme dont l'érudition est paraît-il sans limites. Ce père n'est pas simplement un homme d'Église, il est aussi un historien et un très grand philosophe. Réfugié politique en Angleterre depuis vingt ans, il est reconnu comme l'un des plus grands spécialistes dans la matière qui vous intéresse. Nous avons rendez-vous avec lui demain matin. Et maintenant vous pouvez dire : « Walter, vous êtes génial. »

— Qui est cette amie à qui nous devons ce service inestimable ?

— Miss Jenkins, répondit Walter presque confus.

— Voilà une nouvelle qui me ravit doublement, vous êtes génial, Walter.

Trop heureux de renouer avec lui, je l'invitai à passer la soirée à la maison. Au cours du dîner, Keira et Walter apprirent à mieux se connaître. Nous lui fîmes, à tour de rôle, le récit de nos aventures et mésaventures dans la vallée de l'Omo, celles vécues à Nebra, sans oublier les épisodes de Francfort et de Paris. Nous lui avons présenté le texte trouvé à la Bibliothèque nationale allemande, et la traduction de Max. Il la lut avec la plus grande attention sans pour autant en comprendre le sens. Chaque fois que Walter me rejoignait dans la cuisine, ou chaque fois que nous nous retrouvions seuls à table, il m'avouait trouver Keira formidable, épatante et délicieuse, j'en conclus qu'il était sous le charme et il est vrai que Keira avait un charme fou.

Ce que Walter avait omis de nous dire, c'était qu'il nous faudrait assister à toute la cérémonie avant de pouvoir nous entretenir avec le prêtre. Je l'avoue, je m'y étais rendu ce dimanche matin, en traînant des pieds, mes rapports avec Dieu étant assez distants depuis mon enfance, et pourtant le moment fut particulièrement émouvant. La beauté des chants me saisit tout autant que la sincérité du recueillement. Dans cette église, tout semblait n'être que bonté. La cérémonie achevée, pendant que les lieux se vidaient, le prêtre vint nous chercher et nous invita à le suivre jusqu'à l'autel.

Il était de petite taille, le dos terriblement voûté, peut-être sous le poids des confessions des hommes, ou par un passé qui avait connu guerres et génocides. Rien de ce qui est mauvais ne semblait exister en lui. Impossible de soutenir son regard. Sa voix grave et envoûtante aurait suffi à vous donner l'envie de le suivre, n'importe où.

— C'est un document pour le moins surprenant, nous dit-il après l'avoir relu deux fois.

À mon grand étonnement, il n'avait porté aucune attention aux traductions qui l'accompagnaient.

— Êtes-vous certain de son authenticité ? demanda-t-il.

— Oui.

— Le problème qui se pose ici n'est pas celui de la traduction mais plutôt de l'interprétation. On ne traduit pas une poésie mot à mot, n'est-ce pas ? Il en est de même pour les écritures anciennes. Il est facile de faire dire à peu près ce que l'on veut à un texte sacré ; les hommes ne se privent d'ailleurs pas d'en pervertir la parole bienveillante et de la détourner pour s'attribuer indûment des pouvoirs et obtenir ce qu'ils veulent de leurs fidèles. Les Écritures saintes ne menacent, ni ne commandent, elles indiquent un chemin et laissent à l'homme le choix de trouver celui qui le guidera, non dans sa vie, mais vers la vie. Ceux qui prétendent comprendre et perpétuer la parole de Dieu ne l'entendent pas toujours ainsi et abusent de la naïveté de ceux qu'ils se plaisent à gouverner.

— Pourquoi nous dites-vous cela, mon père ? demandai-je.

— Parce que je préférerais connaître vos intentions avant de vous instruire plus avant sur la nature de ce texte.

J'expliquai que j'étais astrophysicien, Keira archéologue, et le prêtre me surprit en nous confiant que notre association n'était pas sans conséquences.

— Vous cherchez tous deux quelque chose dont la compréhension est redoutable, êtes-vous certains d'être prêts à affronter les réponses que vous pourriez trouver au cours de votre route ?

— Qu'y a-t-il de redoutable ? demanda Keira.

— Le feu est un allié précieux pour l'homme, mais il est dangereux pour l'enfant qui ne sait pas l'utiliser. Il en est de même pour certaines connaissances. À l'échelle de l'humanité, les hommes ne sont encore que des enfants ; regardez notre monde et voyez combien nous manquons encore d'éducation.

Walter promit que Keira et moi étions tout à fait respectables et dignes de confiance. Cela fit sourire le prêtre.

— Que connaissez-vous vraiment de l'Univers, monsieur l'astrophysicien ? me demanda-t-il.

Sa question n'avait rien d'arrogant, il n'y avait dans le ton de sa voix aucune suffisance, mais avant que je ne puisse répondre, il regarda Keira avec bienveillance et lui demanda :

— Vous qui pensez que mon pays est le berceau de l'humanité, vous êtes-vous déjà demandé pourquoi ?

Nous espérions tous deux pouvoir lui fournir des réponses savantes et pertinentes, mais il nous posa aussitôt une troisième question.

— Croyez-vous que votre rencontre soit fortuite, imaginez-vous possible qu'un tel document puisse arriver entre vos mains par le seul fait du hasard ?

— Je ne sais pas mon père, balbutia Keira.

— Vous qui êtes archéologue, mademoiselle, croyez-vous que l'homme ait découvert le feu ou que le feu lui soit apparu, quand arriva le moment où il en fut ainsi ?

— Je crois que l'intelligence naissante de l'homme lui a permis d'apprivoiser le feu.

— Vous appelleriez cela la providence, alors ?

— Si je croyais en Dieu, probablement.

— Vous ne croyez pas en Dieu mais c'est vers un homme d'Église que vous vous tournez pour essayer de percer un mystère dont la portée vous échappe. N'oubliez pas ce paradoxe, je vous en prie, il faudra vous en souvenir le moment venu.

— Quel moment ?

— Quand vous aurez compris où vous mène cette route, car vous n'en savez rien, ni l'un ni l'autre. Sinon feriez-vous ce chemin ? J'en doute.

— Mon père, je ne comprends pas de quoi vous nous parlez, pouvez-vous nous éclairer quant à la signification de ce texte ? me risquai-je à demander.

— Vous n'avez pas répondu à ma question, monsieur l'astrophysicien, que savez-vous de l'Univers ?

— Beaucoup de choses, je vous l'assure, répondit Walter à ma place, j'ai été son élève pendant quelques semaines et vous n'imaginez pas la masse de connaissances qu'il m'a fallu assimiler, et je n'ai pas pu me souvenir de tout.

— Des chiffres, des noms d'étoiles, des situations, des distances, des mouvements, tout cela ne sont que des constatations ; vous et vos collègues commencez à entrevoir, mais qu'avez-vous compris ? Sauriez-vous me dire ce qu'est l'infiniment grand ou l'infiniment petit ? Connaissez-vous l'origine, devinez-vous la fin ? Savez-vous qui nous sommes, ce que cela veut dire que d'être un humain ? Sauriez-vous expliquer à un enfant de six ans ce qu'est l'intelligence dont parlait mademoiselle, celle qui aurait permis à l'homme d'apprivoiser le feu ?

— Pourquoi à un enfant de six ans ?

— Parce que, si vous ne savez pas expliquer un concept à un enfant de six ans, c'est que vous n'en connaissez pas le sens !

Le prêtre avait pour la première fois haussé le ton et l'écho de sa voix résonna entre les murs de l'église Sainte-Marie.

— Nous sommes tous des enfants de six ans sur cette petite planète, dit-il en se calmant.

— Non, je ne peux répondre à aucune de ces questions, mon père, personne ne le peut.

— Pas encore, mais si ces réponses vous étaient offertes, vous sentiriez-vous prêts, l'un comme l'autre à les entendre ?

L'homme avait soupiré en disant cela, comme pris de chagrin.

— Vous souhaitez que j'éclaire votre route ? Il n'y a que deux façons de comprendre ce qu'est la lumière, deux moyens d'avancer vers elle. L'homme n'en connaît qu'un.

C'est pour cela que Dieu lui est si important. À l'enfant de six ans qui vous aurait demandé ce qu'est l'intelligence, vous auriez pu répondre d'un seul mot : l'amour. Voilà une pensée dont la portée nous échappera encore longtemps. Cette frontière que vous vous apprêtez à franchir, il n'y aura pas de retour en arrière possible. Lorsque vous saurez, il sera trop tard pour renoncer. C'est pour cela que je vous repose encore une fois ma question. Êtes-vous prêts à dépasser les limites de votre propre intelligence, à prendre le risque d'abandonner votre condition humaine, comme on abandonne l'enfance ? Comprenez-vous que voir son père n'est pas pour autant le connaître ? Accepteriez-vous d'être orphelins de celui qui vous a élevés à cette condition d'homme ?

Ni Keira ni moi n'avons répondu à ce singulier personnage. J'aurais aimé pouvoir comprendre ce que sa sagesse tentait de nous révéler, deviner de quoi il voulait tant nous protéger. Si seulement j'avais su !

Il se pencha sur la feuille, soupira à nouveau et nous regarda fixement Keira et moi.

— Voici comment il faut lire cette écriture, nous dit-il.

Le vitrail de la nef se fendit d'un minuscule éclat, neuf millimètres de diamètre à peine. Le projectile traversa l'église à la vitesse de mille mètres par seconde. La balle transperça la nuque, sectionna la veine jugulaire, avant de venir s'écraser sur la deuxième vertèbre cervicale du prêtre. L'homme ouvrit la bouche à la recherche d'un peu d'air et s'effondra aussitôt.

Nous n'avions entendu ni coup de feu, ni même le bruit de l'éclatement du vitrail au-dessus de la nef. Si du sang ne s'était échappé de sa bouche, si ce même sang ne s'était mis à ruisseler le long de son cou, nous aurions cru que le prêtre faisait un malaise. Keira bondit en arrière, Walter la força à se baisser avant de l'entraîner vers les portes de l'église.

Le prêtre gisait face contre terre, sa main tremblait, et moi je restais là, tétanisé devant la mort qui l'emmenait. Je me suis agenouillé et l'ai retourné. Ces yeux fixaient la croix, il me sembla qu'il souriait. Il tourna la tête et vit la flaque de sang qui se formait autour de lui. À son regard, je compris qu'il voulait que je m'approche.

— Les pyramides cachées, murmura-t-il dans un ultime souffle de vie, la connaissance, l'autre texte. Si un jour vous le trouviez, alors laissez-le dormir, je vous en prie, il est encore trop tôt pour le réveiller, ne commettez pas l'irréparable.

Ce furent là ses derniers mots.

Seul sous cette nef désertée, j'entendis au loin la voix de Walter qui me suppliait de le rejoindre. D'un geste de la main, je fermai les yeux du prêtre, ramassai le texte entaché de son sang ; hébété, je sortis de l'église.

Keira était assise sur les marches du parvis, elle me regardait, incrédule et tremblante, espérant peut-être que je lui dise que tout ceci n'était qu'un cauchemar, que d'un claquement de doigts je la ramènerai à la réalité, mais ce fut Walter qui se chargea de le faire.

— Partons d'ici, vous m'entendez ? Il est temps de vous ressaisir, vous vous laisserez aller plus tard. Bon sang, Adrian, occupez-vous de Keira et filons, si le tueur est encore dans les parages, il n'aura guère envie de laisser trois témoins derrière lui, et nous sommes à découvert !

— Si on avait voulu nous tuer, nous serions déjà morts.

J'aurais mieux fait de me taire, un morceau de pierre vola en éclats à mes pieds. Je pris Keira par le bras et l'entraînai vers la rue, Walter à nos trousses. Nous courions tous trois à perdre haleine. Un taxi passa au bout de Cooper Lane ; Walter hurla, les feux arrière de la voiture s'illuminèrent. Le chauffeur nous demanda notre destination et nous répondîmes en chœur : le plus loin possible !

De retour chez moi, Walter me supplia de changer de chemise, celle que je portais était maculée du sang du prêtre, Keira n'avait pas meilleure allure que moi, ses vêtements aussi étaient tachés. Je l'entraînai vers la salle de bains. Elle ôta son pull, laissa glisser son pantalon et entra sous la douche avec moi.

Je me souviens de lui avoir lavé les cheveux, comme pour la délivrer d'une souillure qui nous collait à la peau. Elle posa sa tête sur mon torse, la chaleur de l'eau ranimait nos corps glacés. Keira leva la tête, elle me dévisageait. J'aurais voulu prononcer des paroles apaisantes, seules mes mains tentaient de la rassurer, quelques caresses pour effacer l'horreur que nous avions partagée.

De retour dans le salon, j'offris des vêtements à Walter.

— Il faut tout arrêter, murmura Keira, le chef du village, maintenant ce prêtre, qu'avons-nous fait, Adrian ?

— Le meurtre de cet homme n'a rien à voir avec votre périple, affirma Walter en nous rejoignant dans la pièce. C'est un réfugié politique, ce n'est pas le premier attentat dont il a été la cible. Miss Jenkins m'avait parlé de lui avant que nous le rencontrions, il donnait des conférences, se battait pour la paix, œuvrait à la réconciliation des communautés ethniques en Afrique de l'Est. Les hommes de paix ont beaucoup d'ennemis. Nous nous sommes trouvés au mauvais endroit au mauvais moment.

Je proposai d'aller nous présenter à la police, notre témoignage pourrait peut-être les aider dans leur enquête. Il fallait retrouver les salauds qui avaient fait ça.

— Témoigner de quoi ? demanda Walter, vous avez vu quelque chose ? Nous n'irons nulle part ! Vos empreintes sont partout, Adrian, cent personnes nous ont aperçus à la messe, et nous étions les derniers à nous trouver en compagnie du père avant qu'on l'assassine.

— Walter n'a pas tort, poursuivit Keira, nous avons commencé par prendre la fuite, ils voudront savoir pourquoi.

— Parce qu'on nous a tiré dessus, ce n'est pas suffisant comme raison ? dis-je en m'emportant. Si cet homme était menacé, comment se fait-il que le gouvernement ne lui ait pas assuré une protection ?

— Peut-être n'en voulait-il pas ? suggéra Walter.

— De quoi voulez-vous que la police nous suspecte ? Je ne vois rien qui puisse nous relier à ce meurtre.

— Moi si ! murmura Keira. J'ai passé pas mal d'années dans le pays de cet homme, l'Éthiopie. J'ai travaillé dans des régions frontalières où vivent ses ennemis, cela pourrait suffire aux enquêteurs pour me soupçonner d'avoir entretenu des contacts avec les commanditaires de ce crime. Ajoute à cela que si on me demande pourquoi j'ai quitté précipitamment la vallée de l'Omo, que veux-tu que je réponde ? Que la disparition d'un chef de village qui m'accompagnait m'a obligée à ficher le camp du pays ? Qu'après avoir ramené son corps à sa tribu, j'ai fui comme une criminelle, sans avoir rapporté sa mort à la police kenyane ? Que nous étions ensemble quand ce vieil homme est décédé, comme nous l'étions lorsque ce prêtre a été assassiné ? Tu as raison, les flics vont adorer notre histoire ! Si nous allions maintenant au commissariat, je ne suis pas certaine que nous soyons rentrés pour le dîner !

De toutes mes forces je voulais nier ce scénario catastrophique auquel pourtant Walter adhérait.

— La police scientifique établira très vite que le coup de feu a été tiré depuis l'extérieur, nous n'avons aucune raison d'être inquiétés, insistai-je en vain.

Walter faisait les cent pas, la mine renfrognée. Il se dirigea vers la console où je rangeais les bouteilles d'alcool et se servit un double scotch.

— Keira a énuméré toutes les raisons qui feront de vous des coupables idéaux. De ceux dont les autorités pourraient se satisfaire, afin de boucler rapidement une enquête dont l'issue apaisera les esprits. La police pourrait être ravie d'annoncer au plus vite qu'elle a déjà interpellé les assassins du prêtre et, plus encore, que ceux-ci sont des Européens.

— Mais enfin pourquoi ? C'est absurde.

— Pour éviter l'embrasement du quartier dans lequel il vivait et prévenir toute émeute communautaire, répondit Keira avec bien plus de maturité politique que je n'en avais.

— Bon, ne voyons pas non plus tout en noir, reprit Walter, reste la possibilité que nous soyons innocentés de tout. Cela dit, ceux qui vont jusqu'à tuer un homme d'Église ne doivent pas être du genre à s'embarrasser de témoins ; je ne donne pas cher de notre peau, si nos visages apparaissent en couverture des tabloïds.

— Ça, c'est ce que vous appelez ne pas voir « tout en noir » ?

— Ah non, si vous voulez vraiment assombrir le tableau, je vous parlerai de nos carrières respectives. En ce qui concerne Keira, ajoutez à la mort du chef du village, celle de ce prêtre et je ne la vois pas de si tôt retourner travailler en Éthiopie. Quant à nous, Adrian, je vous laisse imaginer les réactions des membres du conseil à l'Académie si nous nous trouvions impliqués dans une affaire aussi macabre. Croyez-moi, la seule chose à faire est de tenter d'oublier tout ça et d'attendre le retour au calme.

Après ces dernières paroles de Walter, nous sommes restés tous les trois assis à nous regarder dans le plus grand silence. Les choses finiraient peut-être par s'apaiser, mais nous savions tous qu'aucun de nous n'oublierait cette terrible matinée. Il me suffisait de fermer les yeux pour revoir le regard de ce prêtre mourant dans mes bras, ce regard si paisible alors que la vie le quittait. Je me remémorai ses dernières paroles : « Les pyramides cachées, la connaissance, l'autre texte. Si un jour vous le trouvez, alors laissez-le dormir, je vous en prie. »

*

Adrian, tu parles dans ton sommeil.

Je sursautai et me redressai dans le lit.

— Je suis désolée, murmura Keira, je ne voulais pas te faire peur.

— C'est moi qui suis désolé, je devais faire un cauchemar.

— Tu as de la chance, au moins tu dormais, je n'arrive pas à fermer l'œil.

— Tu aurais dû me réveiller plus tôt.

— J'aimais te regarder.

La pièce baignait dans une semi-pénombre, il faisait trop chaud dans cette chambre ; je me levai pour ouvrir la fenêtre. Keira me suivit du regard. La clarté de la nuit dévoilait les formes de son corps, elle repoussa le drap et me sourit.

— Viens te recoucher, me dit-elle.

Sa peau avait le goût du sel, elle prenait à la pliure des seins un parfum d'ambre et de caramel ; son nombril était si finement creusé que j'aimais y promener mes lèvres ; mes doigts effleurèrent son ventre, j'en embrassais la moiteur. Keira resserra ses jambes autour de mes épaules, ses pieds caressaient mon dos. Elle posa une main sur mon menton pour me guider jusqu'à sa bouche. Par la fenêtre, on entendait un étourneau ; l'oiseau semblait accorder son chant aux rythmes de nos souffles. Quand il se taisait, la respiration de Keira s'arrêtait ; ses bras s'arrachaient aux miens, et elle repoussait mon corps pour s'y raccrocher aussitôt.

Le souvenir de cette nuit me hante encore, comme celui d'un moment d'intimité où nous chassions la mort ; je savais déjà qu'aucune autre compagne ne m'offrirait semblable étreinte, et cette pensée me fit peur.

Le jour se levait dans la rue calme ; nue, Keira avança jusqu'à la fenêtre.

— Nous devrions quitter Londres, me dit-elle.

— Pour aller où ?

— Là où la campagne s'abîme dans la mer, au bout de la Cornouailles, connais-tu St. Mawes ?

Je ne m'y étais jamais rendu.

— Cette nuit, tu disais des choses étranges en dormant, reprit-elle.

— Je rêvais aux derniers mots que le prêtre m'a dits avant de partir.

— Il n'est pas parti, il est mort ! Pas plus que mon père n'est parti pour un long voyage, comme le disait ce pasteur qui célébrait la messe de funérailles. Mourir est le mot juste, il n'est nulle part ailleurs que dans sa tombe.

— Enfant, je croyais que chaque étoile était une âme qui brillait dans le ciel.

— Depuis la nuit des temps, cela ferait beaucoup d'étoiles dans ton ciel.

— Il y en a des centaines de milliards, bien plus que la planète n'a jamais compté d'habitants.

— Alors qui sait ? Mais je crois que je m'emmerderais drôlement à clignoter dans la froideur de l'espace.

— C'est une façon de voir les choses. Je ne sais pas ce qui nous attend après, je n'y pense pas souvent.

— Moi, sans cesse. Cela doit être inhérent à mon métier. Chaque fois que je déterre un ossement, je m'interroge. J'ai du mal à accepter que la seule chose qui subsiste de toute une existence soit un bout de fémur ou une molaire.

— Ce ne sont pas seulement des ossements qui restent de nous, Keira, mais le souvenir de ce que nous avons été. Chaque fois que je pense à mon père, chaque fois que je rêve de lui, je l'arrache à la mort, comme quelqu'un que l'on tire du sommeil.

— Alors le mien doit en avoir assez, dit Keira, je ne le laisse pas dormir souvent.

Keira avait envie de se rendre en Cornouailles, nous quittâmes la maison sur la pointe des pieds. Nous avions laissé un mot à Walter qui dormait profondément dans le salon, lui promettant de revenir très vite. Ma vieille voiture nous attendait dans son garage, elle démarra au quart de tour ; à midi, nous roulions à travers la campagne anglaise, toutes vitres ouvertes. Keira chantait à tue-tête, réussissant l'incroyable exploit de couvrir le bruit du vent qui sifflait dans l'habitacle.

À treize kilomètres de Salisbury nous aperçûmes au loin les monolithes de Stonehenge dont les silhouettes épaisses se découpaient sur la ligne d'horizon.

— Tu l'as déjà visité ? demandai-je à Keira.

— Et toi ?

J'ai des amis parisiens qui n'ont jamais mis les pieds sur la tour Eiffel, d'autres, new-yorkais, qui ne sont jamais montés en haut de l'Empire State Building, je suis anglais et j'avouai ne m'être jamais rendu sur ce site que viennent pourtant visiter des touristes du monde entier.

— Si cela peut te rassurer, moi aussi j'ai fait l'impasse, me confia Keira. Si on y allait ?

Je savais que l'accès à ce monument vieux de plus de quatre mille ans était fortement réglementé. Aux heures d'ouverture, les visiteurs se promènent le long d'un chemin balisé, avançant au rythme imposé par les roulements d'un sifflet dans lequel s'époumone vaillamment un guide, il leur est strictement interdit de s'en écarter. Je doutais fort que nous ayons le droit de nous y balader librement, même à la tombée du jour.

— Tu viens de le dire, la nuit ne va pas tarder à tomber, le soleil sera couché d'ici une heure et je ne vois pas une âme qui vive aux alentours, reprit Keira, que l'interdit semblait amuser plus que tout.

Après les moments pénibles que nous avions vécus la veille, nous avions bien le droit de nous distraire un peu. On ne se fait pas tirer dessus tous les jours. Je donnai un coup de volant et m'engageai sur le petit chemin qui rejoignait le promontoire où se dressaient les monolithes. Une haie de fils de fer interdisait d'aller plus loin. Je coupai le moteur, Keira descendit de la voiture et avança sur le parking désert.

— Viens, c'est un jeu d'enfant de passer par là, me dit-elle, enjouée.

Il suffisait de se baisser au ras du sol pour se faufiler sous la clôture. Je me demandai si une alarme détecterait notre intrusion, mais je ne voyais aucune installation de ce genre, pas plus que de caméra de surveillance. De toute façon, il était trop tard, Keira m'attendait de l'autre côté.

Le site était bien plus impressionnant que je ne l'avais imaginé. La première enceinte de dolmens formait un cercle de cent dix mètres de diamètre. Par quel prodige les hommes avaient-ils pu bâtir pareil édifice ? Autour de nous s'étendait un paysage de plaine sans le moindre rocher alentour. Chaque dolmen de la première ceinture extérieure devait peser plusieurs dizaines de tonnes, comment les avait-on acheminés jusqu'ici, comment les avait-t-on dressés ?

— Le deuxième cercle mesure quatre-vingt-dix-huit mètres de diamètre, me dit Keira. Il a été tracé au cordeau, ce qui pour l'époque est assez incroyable. Le troisième anneau est composé de cinquante-six cavités, baptisées les trous d'Aubrey, elles sont toutes disposées de façon régulière. On y a retrouvé du charbon de bois et des ossements calcinés ; ce sont probablement des chambres d'incinération. Une sorte d'enclos funéraire.

Je regardais Keira, éberlué.

— Comment sais-tu tout cela ?

— Je suis archéologue, pas crémière, sinon je t'aurais expliqué comment on transforme le lait en fromage !

— Et ta culture s'étend aux sites archéologiques du monde entier ?

— Enfin, Adrian, Stonehenge, quand même ! On apprend cela à l'école.

— Tu te souviens de tout ce que l'on t'a enseigné à l'école ?

— Non, mais de ce que je viens de lire à l'instant sur le petit panneau qui est juste derrière moi, oui. Allez, viens, je te faisais marcher.

Nous progressions vers le centre de la structure monumentale et franchissions le cercle extérieur des pierres bleues. J'ai appris plus tard qu'à l'origine, soixante-quinze monolithes de grès bleuté le composaient, soixante-quinze monstres dont le plus gros devait peser cinquante tonnes. Les pierres avaient été assemblées en charpente, mais comment avait-on dressé les orthostates et hissé les linteaux ? Silencieux, nous admirions l'incroyable prodige. Le soleil déclinait, étirant ses rayons qui passèrent sous les portiques. Et soudain, pendant un court instant, l'unique dolmen allongé au centre se mit à scintiller ; son éclat était incomparable.

— Certains pensent que Stonehenge fut érigé par des druides, dit Keira.

Je me souvenais d'avoir lu quelques articles dans des revues de vulgarisation scientifique. Stonehenge avait attisé la curiosité de bien des esprits, et tant de théories, des plus folles aux plus cartésiennes, avaient été évoquées. Mais où se trouvait la vérité ? Nous étions au début du XXIe siècle, près de quatre mille huit cents ans après que les premiers travaux eurent commencé, quarante-huit siècles après que les premiers remblais eurent été creusés et personne ne pouvait expliquer le sens de cette construction ; pourquoi les hommes qui vivaient ici il y a plus de quatre mille ans s'étaient-ils donné tant de peine pour construire cet ouvrage ? Combien d'entre eux y avaient sacrifié leur vie ?

— Certains croient qu'il y a une raison astronomique à l'alignement des pierres. Le positionnement des blocs permettait de déterminer les solstices d'hiver et d'été.

— Comme le disque de Nebra ? me demanda Keira.

— Oui, comme le disque de Nebra, répondis-je songeur, mais en bien plus grand.

Elle scruta le ciel, on ne voyait pas d'étoiles ce soir-là, un épais front nuageux recouvrait la mer. Elle se retourna brusquement vers moi.

— Peux-tu me répéter les dernières paroles du prêtre ?

— Je commençais juste à l'oublier, tu es certaine de vouloir repenser à cela ?

Elle n'avait pas besoin de me répondre, il me suffisait de la regarder pour reconnaître cet air si particulier qu'elle avait quand elle était déterminée.

— Il parlait de pyramides cachées, d'un autre texte, de quelqu'un qu'il fallait laisser dormir... si nous comprenions. Mais comprendre quoi, je n'en sais fichtre rien !

— Trigones et pyramides, cela se ressemble, non ? demanda Keira.

— D'un point de vue géométrique, oui.

— Ne dit-on pas aussi que les pyramides étaient liées aux étoiles ?

— Si, en ce qui concerne les pyramides mayas, on parle de temple de la Lune et de temple du Soleil, c'est toi l'archéologue, tu devrais savoir cela mieux que moi.

— Mais les pyramides mayas ne sont pas cachées, reprit-elle pensive.

— Il y a beaucoup de sites archéologiques auxquels on attribue, à tort ou à raison, des fonctions astronomiques. Stonehenge était peut-être un gigantesque disque de Nebra, mais il n'a pas la forme d'une pyramide. Reste à savoir où pourraient bien se trouver celles qui n'auraient pas encore été découvertes ?

— Là, répondit Keira, le jour où l'on aura retourné tous les déserts du monde, fouillé toutes les jungles imaginables et exploré les profondeurs des océans, je pourrai peut-être répondre à ta question.

Un éclair fendit le ciel, le tonnerre se mit à gronder quelques secondes plus tard.

— Tu as un parapluie ? me demanda Keira.

— Non.

— Tant mieux.

*

Madrid

L'appareil s'était posé sur l'aéroport de Barajas en fin d'après-midi. Un avion privé parmi d'autres qui venait se ranger sur l'aire de stationnement. Le visage fermé, Vackeers descendit le premier de la passerelle. Lorenzo qui avait embarqué lors d'une escale à Rome lui emboîtait le pas, Sir Ashton fut le dernier à sortir de la cabine. Une limousine les attendait devant le terminal réservé aux jets d'affaires. La voiture les conduisit dans le centre-ville. Ils entrèrent dans l'une des deux tours obliques érigées de part et d'autre de la place de l'Europe.

Isabel Marquez, alias Madrid, les accueillit dans une salle de réunion dont les stores étaient baissés.

— Berlin et Boston nous rejoindront un peu plus tard, dit-elle, Moscou et Rio ne devraient plus tarder, ils ont rencontré de mauvaises conditions météorologiques en route.

— Nous avons été nous-mêmes assez secoués, répondit Sir Ashton.

Il se dirigea vers une console où se trouvait un plateau de rafraîchissements et se servit un grand verre d'eau.

— Combien serons-nous ce soir ?

— Si l'orage qui arrive ne force par les autorités à fermer l'aéroport, treize de nos amis siégeront autour de cette table.

— Ainsi, l'opération d'avant-hier s'est soldée par un échec, dit Lorenzo en se laissant choir dans un fauteuil.

— Pas tout à fait, rétorqua Sir Ashton, ce prêtre en savait peut-être plus que nous ne le supposions.

— Comment votre homme a-t-il fait pour rater sa cible ?

— Elle se trouvait à deux cents mètres et il visait avec une lunette thermique, que voulez-vous que je vous dise : *Errare humanum est.*

— Sa maladresse a entraîné la mort d'un homme d'Église, je trouve votre trait d'humour latin d'assez mauvais goût. J'imagine que ceux que vous visiez sont désormais sur leurs gardes.

— Nous n'en savons rien, mais nous avons momentanément relâché la bride et n'exerçons plus qu'une surveillance lointaine.

— Reconnaissez plutôt que vous avez perdu leur trace.

Isabel Marquez s'interposa entre Sir Ashton et Lorenzo.

— Nous ne sommes pas réunis ici pour nous disputer mais pour nous accorder sur la marche à suivre. Attendons que tout le monde soit présent et tâchons d'œuvrer ensemble. Nous avons de graves décisions à prendre.

— Cette réunion était inutile, nous savons très bien quelles sont les décisions à prendre, grogna Sir Ashton.

— Tout le monde ne partage pas cet avis, Sir Ashton, déclara la femme qui venait d'entrer dans la salle de réunion.

— Bienvenue parmi nous, Rio !

Isabel se leva pour accueillir son invitée.

— Moscou n'est pas avec vous ?

— Je suis là, dit Vassily en entrant à son tour.

— Nous n'allons pas attendre indéfiniment les absents, commençons ! reprit Sir Ashton.

— Si vous voulez, mais nous ne voterons aucune décision sans que cette assemblée soit au complet, répondit Madrid.

Sir Ashton s'assit au bout de la table à la droite de Lorenzo, Vassily avait pris place à sa gauche, Paris occupait le fauteuil suivant, Vackeers se trouvait en face de lui ; dans la demi-heure qui suivit, Berlin, Boston, Pékin, Le Caire, Tel-Aviv, Athènes et Istanbul les rejoignirent ; la cellule était au complet.

Isabel commença par remercier chacun de ceux qui étaient présents ce soir-là. La situation était suffisamment grave pour justifier cette convocation. Certains avaient déjà eu dans le passé à siéger ensemble pour débattre du même dossier, d'autres comme Rio, Tel-Aviv ou Athènes, remplaçaient leur prédécesseur.

— Des initiatives individuelles ont mal tourné. Nous ne pourrons piloter nos deux chercheurs que par une coopération et une communication sans faille.

Athènes protesta ; l'incident d'Héraklion était imprévisible. Lorenzo et Sir Ashton se regardèrent sans faire de commentaire.

— Je ne vois pas en quoi cette mission s'est soldée par un échec, affirma Moscou. À Nebra, il n'était pas question de les éliminer, mais de leur faire peur.

— Pourriez-vous tous revenir au problème qui nous réunit, demanda Isabel. Nous savons désormais que les théories de l'un de nos confrères, dont l'entêtement à vouloir nous convaincre lui valut, en d'autres temps, d'être mis à l'écart, n'étaient probablement pas aussi absurdes que nous le pensions, poursuivit-elle.

— Nous préférions tous croire qu'il se trompait, parce que cela nous arrangeait bien ! lâcha Berlin. Si nous ne lui avions pas refusé les crédits qu'il réclamait à l'époque, nous n'en serions pas là aujourd'hui. Tout serait sous contrôle.

— Ce n'est pas parce qu'un autre fragment a surgi de je ne sais où, que ce vieux fou d'Ivory a raison sur tout, s'exclama Sir Ashton.

— Quoi qu'il en soit, Sir Ashton, s'emporta Rio, personne ne vous avait autorisé à attenter à la vie de ce scientifique.

— Depuis quand faut-il demander une permission pour agir sur son propre territoire et de surcroît à l'encontre de l'un de ses ressortissants ? Serait-ce une nouvelle règle communautaire qui m'aurait échappé ? Que nos amis allemands fassent appel à Moscou pour intervenir chez eux, après tout, voilà qui les regarde, mais ne venez pas me donner de leçon chez moi.

— Arrêtez, je vous en prie ! cria Isabel.

Athènes se leva et toisa l'assemblée.

— Cessons de faire semblant et gagnons du temps. Nous savons désormais qu'il n'existe pas un, mais au moins deux fragments identiques et probablement complémentaires. De toute évidence, n'en déplaise à Sir Ashton, Ivory avait vu juste. Nous ne pouvons plus ignorer maintenant qu'il puisse exister d'autres fragments, mais nous ne savons pas où. La situation est la suivante : nous concevons aisément le danger encouru si ces objets venaient à être réunis et si la population prenait connaissance de ce qu'ils peuvent révéler. En revanche, ils peuvent encore nous apprendre beaucoup de choses. Nous avons aujourd'hui sous la main un couple de scientifiques qui semblent, je dis bien semblent, sur la piste des autres fragments. Espérons qu'en dépit de certaines initiatives regrettables, ils ne se doutent pas que nous les surveillons. Nous pouvons les laisser poursuivre leurs recherches, cela ne nous coûtera rien. S'ils réussissent, il nous suffira de les intercepter le moment voulu et de récupérer leur travail. Sommes-nous prêts à prendre le risque éventuel qu'ils nous échappent, ce qui est peu probable si nous coordonnons nos moyens ainsi que le suggère Madrid, ou préférons-nous comme le souhaite Sir Ashton, mettre un terme immédiat à leur soif de découverte ? Nous ne parlons pas simplement de l'assassinat de deux éminents scientifiques. Préférons-nous rester dans l'ignorance de peur que ce qu'ils trouvent remette en cause un certain ordre du monde ? Choisirons-nous d'être dans le camp de ceux qui voulaient brûler Galilée ?

— Les travaux de Galilée ou Copernic n'eurent aucune conséquence comparable à celles que pourraient provoquer les découvertes de votre astrophysicien et son amie archéologue, rétorqua Pékin.

— Aucun de vous n'est en mesure d'y faire face, pas plus que d'y préparer son pays. Nous devons dissuader ces chercheurs dans les plus brefs délais, quels que soient les moyens à mettre en œuvre pour cela, récusa Sir Ashton.

— Athènes a émis un point de vue raisonnable que nous devons considérer. Depuis trente ans que nous est apparu ce premier fragment, nous nous nourrissons de suppositions. Dois-je rappeler que nous avons longtemps cru qu'il était unique ? Ensemble, cet astrophysicien et cette archéologue ont des chances incomparables d'aboutir à quelque chose de probant. Jamais nous n'aurions eu l'idée de réunir deux personnalités dont les compétences respectives aussi éloignées s'avèrent si complémentaires. L'idée de les laisser poursuivre leurs recherches, sous haute surveillance, me paraît plus que judicieuse. Nous ne serons pas là éternellement ; si nous nous débarrassons d'eux, puisque c'est de cela dont nous débattons ce soir, que ferons-nous ensuite ? Attendre que surgissent d'autres fragments ? Et quand bien même cela se produirait dans un siècle ou deux, qu'est-ce que cela changerait dans le fond ? N'avez-vous pas envie d'appartenir à la génération qui connaîtra enfin la vérité ? Laissons-les faire, nous interviendrons le moment venu, proposa Rio.

— Je crois que tout est dit, votons maintenant pour l'une ou l'autre des motions, conclut Isabel.

— Pardonnez-moi, intervint Pékin. Quelles sont les garanties que nous nous accordons les uns aux autres ?

— Que voulez-vous dire ?

— Qui d'entre nous jugera que le moment est venu d'intercepter nos deux scientifiques ? Admettons qu'Ivory ait vu juste jusqu'au bout, qu'il y ait bien cinq ou six fragments, qui en sera le gardien quand ils seront réunis ?

— C'est une bonne question, je pense qu'elle mérite d'être débattue, approuva Le Caire.

— Nous ne nous mettrons jamais d'accord, vous le savez tous pertinemment, protesta Sir Ashton, raison de plus pour ne pas nous engager dans cette aventure irresponsable.

— Bien au contraire. Pour une fois nous serons tous liés, reprit Tel-Aviv, que l'un trahisse et nous devrons affronter ensemble la même catastrophe. Si l'énigme résolue par la réunification des fragments venait à éclater au grand jour, le problème serait le même dans chacun de nos pays, nos équilibres et nos intérêts pareillement compromis, y compris pour celui qui aurait rompu le pacte.

— Je connais un moyen de nous protéger de cela.

Tous les regards de l'assemblée se tournèrent vers Vackeers.

— Une fois que nous aurons en main la preuve de ce que nous supposons tous, je propose que chacun des fragments soit à nouveau dispersé. Un par continent, de cette façon, nous saurons qu'ils ne pourront jamais plus être réunis.

Isabel reprit la parole.

— Nous devons voter, que décidez-vous ?

Personne ne bougea.

— Laissez-moi reformuler la chose ainsi, quels sont ceux qui souhaitent que nous mettions un terme au voyage des deux jeunes scientifiques ?

Sir Ashton leva le bras, Boston l'imita, Berlin hésita et finit par lever la main, Paris se joignit au vote ainsi que Lorenzo. Vackeers soupira et ne bougea pas.

Cinq voix contre huit, la motion était rejetée. Furieux, Sir Ashton quitta la table.

— Vous ne mesurez pas les risques que vous nous faites encourir en jouant ainsi aux apprentis sorciers. J'espère que vous savez ce que vous faites.

— Sir Ashton, devons-nous entendre que vous comptez faire cavalier seul ? demanda Isabel.

— Je respecterai la décision de ce conseil, mes services seront à la disposition de la communauté pour surveiller vos deux électrons libres et, croyez-moi, ils ne seront pas de trop.

Sir Ashton quitta la salle. Peu après son départ, Isabel Marquez leva la séance.

*

Londres

Keira avait renoncé à St. Mawes. Une autre fois, avait-elle dit. Nous avions regagné Londres au milieu de la nuit, en piteux état. L'orage ne nous avait pas épargnés, nous étions trempés, mais Keira avait eu raison sur un point, nous avions passé un moment inoubliable à Stonehenge.

Je crois qu'une histoire se tisse ainsi, d'une succession de petits instants, jusqu'à vous donner un jour le goût d'un futur à deux.

La maison était déserte, cette fois c'était Walter qui nous avait laissé un petit mot. Il nous demandait de le contacter dès notre retour.

Nous le rejoignîmes le lendemain à l'Académie, je fis visiter les lieux à Keira qui s'émerveilla en pénétrant dans la bibliothèque. Walter nous y retrouva pour nous révéler un fait troublant. Aucun journal ne s'était fait l'écho de l'assassinat du prêtre, la presse semblait avoir totalement occulté l'incident.

— Je ne sais pas quelles conclusions en tirer, annonça Walter, l'air grave.

— Peut-être est-ce une volonté de leur part de ne pas enflammer les esprits ?

— Vous avez déjà vu nos tabloïds renoncer à divulguer quoi que ce soit qui leur fasse vendre du papier ? s'étonna Walter.

— Ou bien la police a tout simplement étouffé l'affaire en attendant d'avancer dans son enquête.

— Dans tous les cas, j'ai meilleur espoir de nous en tirer si les choses restent confidentielles.

Keira nous regarda à tour de rôle, elle leva la main, comme pour nous demander l'autorisation de parler.

— Il ne vous est pas venu à l'esprit que ce ne soit pas le prêtre qu'on ait visé dans cette église ?

— Bien sûr que si, confia Walter, je ne cesse de me poser la question, mais pourquoi vous en voudrait-on à ce point ?

— À cause de mon pendentif !

— Cela pourrait répondre éventuellement à la question du pourquoi, reste à essayer de comprendre à qui profiterait le crime ?

— À celui qui voudrait s'en emparer, reprit Keira. Je n'ai jamais eu l'occasion de vous le dire, mais l'appartement de ma sœur a été cambriolé. Je n'avais pas fait de lien avec moi, mais maintenant...

— Maintenant tu te demandes aussi si ce chauffard à Nebra n'a pas essayé volontairement de nous écraser ?

— Souviens-toi, Adrian, c'est l'impression que j'avais eue sur le moment.

— Calmons-nous, intervint Walter. Je reconnais que tout ça est assez troublant, de là à vous croire la cible d'un cambriolage, dit-il à Keira, ou conclure qu'on ait voulu attenter à vos vies... restons raisonnables.

Walter disait cela pour nous rassurer. La preuve m'en fut donnée quand, peu après, il insista pour que nous quittions Londres, le temps que les choses s'apaisent.

Keira restait fascinée par le nombre d'ouvrages que contenait la bibliothèque de l'Académie, elle en parcourait les allées et demanda l'autorisation à Walter de sortir un livre de son rayonnage.

— Pourquoi tu lui demandes ça à lui ?

— Je ne sais pas, dit-elle en s'amusant de moi, Walter me semble avoir ici plus d'autorité que toi.

Mon collègue me regarda d'un air qui ne cherchait en rien à masquer sa satisfaction, bien au contraire. Je m'approchai de Keira et m'installai à une table en face d'elle. Nous voir assis ainsi réveilla d'autres souvenirs. Le temps n'efface pas tout, certains instants restent intacts en nos mémoires, sans que l'on sache pourquoi ceux-là plus que d'autres. Peut-être sont-ce là quelques confidences subtiles que la vie nous livre en silence.

Je récupérai une feuille d'un bloc-notes oublié sur une table, la roulai en boule et commençai à la mâcher en faisant le plus de bruit possible ; j'en pris une autre et sans relever la tête Keira me dit avec un sourire au coin des lèvres.

— Avale, je te défends de recracher !

Je lui demandai ce qu'elle lisait.

— Un truc sur les pyramides, je n'avais jamais vu cet ouvrage auparavant.

Cette fois, elle nous regarda, Walter et moi, comme si nous étions deux gamins impatients.

— Vous allez me faire un grand plaisir tous les deux en allant vous promener, ou pourquoi pas travailler si cela vous arrive de temps en temps, mais surtout laissez-moi lire ce livre tranquille. Allez ouste, débarrassez-moi le plancher et je ne veux revoir aucun de vous deux avant l'heure de fermeture. C'est compris ?

Nous sommes partis faire l'école buissonnière, ainsi qu'on nous l'avait demandé.

*

Paris

Une *partita* de Bach résonnait dans l'appartement. Assis dans son salon, une tasse de thé en main, Ivory jouait seul une partie d'échecs. On sonna à la porte. Il regarda sa montre, se demandant qui pouvait bien lui rendre visite ; il n'attendait personne. Il s'approcha de l'entrée à pas feutrés, souleva le couvercle de la boîte en acajou sur la console, prit le revolver qu'elle contenait et le glissa dans la poche de sa robe de chambre.

— Qui est-ce ? demanda-t-il en se tenant à l'écart de la porte.

— Un vieil ennemi.

Ivory reposa le revolver à sa place et ouvrit la porte.

— Quelle surprise !

— Nos parties d'échecs me manquaient mon cher, vous me laissez entrer ?

Ivory céda le passage à Vackeers.

— Vous jouiez seul ? dit-il en s'asseyant dans le fauteuil en vis-à-vis de l'échiquier.

— Oui, et je n'arrivais pas à me battre, c'est lassant.

Vackeers déplaça le fou blanc de Cl en G5, menaçant le cavalier noir.

Ivory avança aussitôt un pion d'H7 en H6.

— Qu'est-ce qui vous amène ici Vackeers, vous n'êtes pas venu d'Amsterdam juste pour essayer de me prendre un cavalier ?

— J'arrive de Madrid ; la commission s'est réunie hier, répondit Vackeers en s'emparant du cheval noir.

— Qu'ont-ils décidé ? interrogea Ivory.

La reine en D8 vint croquer le fou blanc en F6.

— De laisser vos deux protégés poursuivre leurs recherches et de s'emparer de leurs travaux quand ils auront atteint leur but, s'ils l'atteignent.

Le cavalier blanc quitta son camp et se positionna en C3.

— Ils l'atteindront, dit laconiquement Ivory en avançant le pion en B7 vers la case B5.

— En êtes-vous sûr ? demanda Vackeers.

Le second fou blanc glissa de C4 vers B3.

— Aussi certain que vous allez perdre cette partie. Cette décision du conseil n'a pas dû vous satisfaire.

Le pion noir qui gardait la tour en A7 avança de deux cases et se posa en A5.

— Détrompez-vous, je crois même être celui qui les a convaincus. Certains autour de la table auraient préféré mettre un terme à cette aventure, et de façon assez radicale, je dois dire.

Le pion blanc qui veillait sur la tour se déplaça d'A2 vers A3.

— Il n'y a que les imbéciles qui ne changent pas d'avis, n'est-ce pas ? dit Ivory en faisant glisser son fou de F8 en C5.

— Sir Ashton a fait abattre un prêtre à Londres, un accident.

Le cavalier blanc permuta de G1 en F3.

— Un accident ? Ils ont assassiné un prêtre par accident ?

Un pion noir glissa de D7 en D6.

— Votre astrophysicien était la véritable cible.

Reine blanche de D1 en D2.

— Quelle action déplorable, je parle de Sir Ashton, pas de votre dernier coup, quoique !

Le fou noir glissa de C8 en E6.

— Je crains que notre ami anglais n'accepte pas la résolution prise à Madrid. Je le soupçonne de vouloir agir seul dans son coin.

Le fou blanc s'empara de son cousin noir.

— Il s'opposerait à la volonté du groupe ? Voilà qui est assez grave. Je fus mis à la retraite pour bien moins. Pourquoi êtes-vous venu me dire cela ? C'est avec les autres que vous auriez dû partager vos inquiétudes !

Le pion noir mangea le fou blanc qui s'était aventuré imprudemment en E6.

— Ce ne sont là que des suppositions, je ne peux pas accuser ouvertement Sir Ashton, sans preuve. Mais si nous attendons d'avoir des éléments à charge contre lui, j'ai bien peur qu'il soit trop tard pour votre jeune amie. Vous ai-je dit que Sir Ashton voulait l'éliminer elle aussi ?

Roque du roi blanc et de la tour.

— J'ai toujours détesté son arrogance. Qu'attendez-vous de moi, Vackeers ?

Pion noir de G7 en G5.

— Je n'aime pas ce froid qui s'est installé entre nous. Je vous l'ai dit, nos parties d'échecs me manquent.

Vackeers avança un pion blanc de H2 en H3.

— Cette partie que nous sommes en train de jouer n'est pas la nôtre, vous le savez et vous savez aussi comment elle se termine. Ce n'est pas tant que vous m'ayez tenu à l'écart à Amsterdam qui m'a blessé, c'est que vous ayez imaginé que je ne me rendrais pas compte de votre double jeu.

Le cavalier noir quitta B 8 et se déplaça de trois cases pour atterrir en D7.

— Vous tirez des conclusions trop hâtives, mon ami, sans moi, nous ne serions pas aussi bien informés.

Le cavalier blanc se replia de F3 en H2.

— Si nos deux scientifiques se trouvent dans la ligne de mire de Sir Ashton, il faut les protéger. Ce ne sera pas facile, surtout en Angleterre. Il faut les inciter à partir au plus vite, reprit Ivory en avançant de H6 en H5 le pion noir qui gardait la seconde tour.

— Après ce qu'ils viennent de vivre, il ne sera pas aisé de les faire sortir de leur tanière.

Vackeers avança son pion blanc de G2 en G3.

— Je connais un moyen de leur faire quitter Londres, dit Ivory en déplaçant son roi d'une case.

— Comment comptez-vous procéder ?

À son tour, le roi blanc avança d'une case.

Le pion noir en D6 passa à l'attaque en D5. Ivory regarda fixement Vackeers.

— Vous ne m'avez toujours pas dit ce qui vous a fait changer d'avis. Il y a peu, vous auriez tout fait pour les empêcher d'aller plus loin.

— Pas au point de tuer deux innocents, Ivory ; ce ne sont pas mes méthodes.

Pion blanc de F2 en F3.

— Épargner deux vies n'est pas ce qui vous motive, Vackeers, je veux vous entendre m'avouer ce que vous avez véritablement sur le cœur.

Repli du cavalier noir de D7 en F8.

— Je suis comme vous, Ivory, je vieillis, et je veux savoir. L'envie de comprendre est enfin devenue plus forte que la peur. Hier au cours de cette réunion, Rio a demandé si nous voulions être de ceux qui connaîtront la vérité ou si nous choisirions de la laisser aux générations à venir. Rio n'a pas tort, la vérité finira bien par éclater, demain ou dans cent ans, qu'est-ce que cela change ? Je ne me vois pas finir mes jours dans l'habit d'un vieil inquisiteur, confia Vackeers.

Le cavalier blanc se replia de C3 en E2. Le cavalier noir repartit à l'assaut de l'échiquier et vint se placer à côté de sa reine. Vackeers avança un pion blanc de C2 en C3.

— Si vous connaissez vraiment le moyen de protéger cet astrophysicien et son amie archéologue, alors faites-le, Ivory, mais agissez maintenant.

La tour noire glissa d'A8 en G8.

— Elle s'appelle Keira.

Vackeers avança un pion de D3 en D4. Le fou noir recula de C5 en B6. Un pion blanc mangea un pion noir en E5. La reine noire le vengea aussitôt, détruisant celui qui s'était aventuré trop près d'elle. Vingt-trois coups se jouèrent ainsi sans que ni Ivory ni Vackeers se parlent.

— Si vous êtes enfin prêt à admettre le bien-fondé de mes théories, si vous acceptez de faire ce que je vous dis, alors ensemble, nous avons peut-être une chance de contrecarrer les plans de cet imbécile de Sir Ashton.

Ivory souleva sa tour et la reposa en H4.

— Vous êtes échec et mat Vackeers, mais vous le saviez dès le cinquième coup.

Ivory se leva et alla chercher dans un tiroir de son secrétaire le texte en guèze, dont il avait achevé la traduction tard dans la nuit.

*

Londres

Keira n'avait pas quitté la bibliothèque de l'Académie. Nous étions venus la rechercher pour l'emmener dîner, mais elle souhaitait que nous la laissions finir ses lectures seule. C'est à peine si elle daigna lever la tête lorsqu'elle nous chassa d'un geste de la main.

— Dînez entre garçons, j'ai du travail, allez, fichez-moi le camp.

Walter eut beau lui dire que c'était l'heure de fermeture, elle ne voulait rien entendre ; il fallut que mon collègue sollicite la bienveillance du veilleur de nuit pour que Keira reste étudier autant de temps qu'elle le voulait. Elle promit de me rejoindre chez moi un peu plus tard.

À 5 heures du matin, elle n'était toujours pas là. Je me relevai et pris ma voiture, inquiet.

Le hall de l'Académie était désert. Le gardien dormait dans sa guérite. Il sursauta en me voyant.

Keira n'avait pas pu sortir de l'établissement, les portes d'accès étaient verrouillées et sans un passe, elle n'aurait pas pu les ouvrir.

J'accélérai le pas dans le corridor qui menait à la grande bibliothèque, le gardien me suivit.

Keira ne remarqua même pas ma présence ; depuis les portes vitrées, je la regardai, absorbée dans sa lecture. De temps en temps, elle annotait un cahier. Je toussotai pour annoncer ma présence, elle me regarda et sourit.

— Il est tard ? demanda-t-elle en s'étirant.

— Ou tôt, c'est selon. Le jour se lève.

— Je crois que j'ai très faim, dit-elle en refermant son ouvrage.

Elle rangea ses notes, remit le livre à sa place dans un rayonnage et, s'accrochant à mon bras, me demanda si je voulais bien l'emmener prendre un petit déjeuner.

Traverser la ville dans le silence des premières heures du matin est féerique. Nous croisâmes la camionnette d'un laitier qui débutait sa tournée ; à Londres, tout n'avait pas encore changé.

Je me garai dans Primrose Hill. Le rideau de fer d'un salon de thé venait de se lever et la patronne installait ses premières tables en terrasse. Elle accepta de nous servir.

— Qu'est-ce qu'il avait de si captivant, ce livre, pour t'occuper ainsi toute la nuit ?

— Je me suis souvenue que le prêtre ne t'avait pas parlé de pyramides à découvrir, mais de pyramides cachées, ce n'est pas la même chose. Cela m'a intriguée et j'ai consulté plusieurs ouvrages à ce sujet.

— Pardonne-moi, mais la différence m'échappe.

— Il y a trois endroits dans le monde où seraient cachées des pyramides. En Amérique centrale, certains temples furent découverts et aussitôt oubliés, la nature les recouvre à nouveau ; en Bosnie, des images satellites ont révélé la présence de pyramides, on ne sait toujours pas qui les a construites, ni pour quelles raisons ; et en Chine, là c'est une tout autre histoire.

— Il y a des pyramides en Chine ?

— On les compte par centaines. Elles étaient totalement inconnues du monde occidental jusque dans les années 1910. La plupart d'entre elles se trouvent dans la province de Shaanxi, dans un rayon de cent kilomètres autour de la ville de Xi'an. Les premières furent découvertes en 1912 par Fred Meyer Schroder et Oscar Maman, d'autres furent révélées en 1913 par la mission Segalen. En 1945, un pilote de l'armée américaine qui effectuait un vol entre l'Inde et la Chine aurait pris, en survolant les monts Qinling, une photo aérienne de ce qu'il baptisa la pyramide blanche. On n'a jamais pu la situer depuis avec précision, mais elle serait bien plus grande que la pyramide de Kheops. Un article à son sujet fut publié dans une édition du *New York Sunday News* au printemps 1947.

« Contrairement à leurs cousines mayas, ou égyptiennes, les pyramides chinoises, pour la grande majorité d'entre elles, ne sont pas construites en pierre, mais en terre et en argile. On sait que comme en Égypte, elles servaient de sépultures aux empereurs et familles des grandes dynasties.

« Les pyramides ont toujours fasciné les esprits, elles ont donné naissance à pas mal d'hypothèses farfelues. Pendant des milliers d'années, elles furent les plus grands édifices construits sur terre, qu'il s'agisse de la pyramide rouge de la nécropole de Dahshur sur la rive ouest du Nil, ou de la pyramide de Kheops, la seule des sept merveilles de l'Ancien Monde à exister encore. Une chose est cependant troublante : les pyramides les plus importantes furent toutes érigées à peu près à la même époque, sans que personne comprenne comment des civilisations si distantes les unes des autres aient reproduit partout un modèle architectural similaire.

— On voyageait peut-être plus à cette époque qu'on ne le suppose, m'aventurai-je à suggérer.

— Justement, ce que tu dis n'est peut-être pas si absurde que cela. J'ai consulté à la bibliothèque un article paru dans l'*Encyclopedia Britannica* de 1911. Les liens entre l'Égypte et l'Éthiopie remontent à la vingt-deuxième dynastie des pharaons ; à partir de la vingt-cinquième dynastie, il arriva même que les deux pays soient placés sous la même autorité ; la capitale des deux empires était alors située à Napata, dans le nord de l'actuel Soudan. Les premiers témoignages de relations entre l'Éthiopie et l'Égypte sont encore plus anciens. Trois mille ans avant notre ère, des commerçants parlent du pays de Pount, les terres au sud de la Nubie. Le premier voyage connu au pays de Pount a eu lieu sous le règne du pharaon Sahourê. Mais écoute bien ça, des fresques du quinzième siècle avant Jésus-Christ retrouvées sur le sanctuaire de Deir el-Bahari, dépeignent un groupe de nomades rapportant des encens, de l'or, de l'ivoire, de l'ébène, mais surtout de la myrrhe. Or nous savons que, dès les premières dynasties, les Égyptiens étaient amateurs de myrrhe. Ce qui laisse présager que les échanges avec l'Éthiopie remontent aux plus anciennes époques de l'Égypte.

— Quel est le rapport entre tout cela et ta pyramide chinoise ?

— J'y viens. Ce que nous cherchons à établir, c'est le rapport pouvant exister entre ce texte et mon pendentif. Cet écrit en guèze ancien nous parle de pyramides. Souviens-toi de la troisième phrase du texte : *Qu'aucun ne sache où l'apogée se trouve, la nuit de l'une est gardienne du prélude.* Max nous l'a dit, il ne s'agit pas ici de faire une traduction littérale mais d'interpréter le texte. Le mot « prélude » peut signifier l'« origine ». Ce qui donne la phrase suivante : *Qu'aucun ne sache où l'apogée se trouve, la nuit de l'une est gardienne de l'origine.*

— C'est en effet plus joli comme ça, mais je suis désolé, je ne vois toujours pas où tu veux en venir.

— Nous avons trouvé mon pendentif au milieu d'un lac à quelques kilomètres du triangle d'Ilemi, le fameux pays de Pount, la frontière entre l'Éthiopie, le Kenya et le Soudan. Sais-tu comment les Égyptiens appelaient le pays de Pount ?

Je n'en avais pas la moindre idée, Keira me regarda fièrement et se rapprocha de moi.

— Ils l'appelaient « Ta Nétérou » ce qui signifie la « Terre des dieux », ou encore le « pays de l'origine ». C'est aussi dans cette région que se trouve le Nil Bleu, la source du Nil ; il suffit de descendre le fleuve pour arriver à la première et la plus ancienne des pyramides égyptiennes, la pyramide de Djoser, à Saqqarah. C'est peut-être par cette voie navigable que mon pendentif est arrivé au milieu du lac Turkana. Maintenant, revenons à la

Chine, j'y ai consacré la seconde moitié de ma nuit. Si le témoignage de ce pilote américain est authentique – l'existence de cette pyramide blanche est toujours controversée –, celle qu'il aurait photographiée culminerait à plus de trois cents mètres, elle serait alors la plus haute au monde.

— Tu veux que nous nous rendions en Chine dans les monts Qinling ?

— C'est peut-être ce que nous suggère ce texte rédigé en langue guèze. Les pyramides cachées... Amérique centrale, Bosnie ou Chine ! J'opterais pour la plus haute de toutes, c'est un pari, une chance sur trois ! Mais trente-trois pour cent de chances, pour un chercheur, c'est déjà énorme, et puis je fais confiance à mon instinct.

J'avais du mal à comprendre ce revirement de comportement de la part de Keira. Il y a peu, elle ne cessait de me répéter, à la première occasion, combien l'Éthiopie lui manquait. Je savais qu'elle s'était souvent retenue d'appeler Éric, le collègue qui la remplaçait dans ses fonctions. Plus les jours passaient, plus je redoutais le moment où elle m'annoncerait que tout était redevenu normal dans la vallée de l'Omo, et qu'elle allait repartir. Voilà pourtant qu'elle me proposait de s'éloigner plus encore de sa chère Afrique et de ses fouilles.

J'aurais dû me réjouir à l'idée d'entreprendre ce périple en Chine avec elle, partager son enthousiasme, mais lorsqu'elle me suggéra ce voyage, le projet m'inquiéta pour de multiples raisons.

— Tu reconnaîtras quand même, lui dis-je, que nous cherchons une aiguille dans une botte de foin. Et ta botte de foin se trouve en Chine !

— Qu'est-ce qui t'arrive ? Tu n'es pas obligé de venir, Adrian ; si tu préfères enseigner à tes gentils élèves, reste à Londres, je comprendrai, au moins, toi tu as ta vie ici.

— Qu'est-ce que ça veut dire, moi au moins j'ai ma vie ici ?

— Ça veut dire que j'ai eu Éric au téléphone hier, que la police éthiopienne est venue au campement et que si j'y remettais les pieds maintenant ce serait pour répondre à une convocation devant un juge. Cela signifie que grâce à ce petit aller-retour au lac Turkana où j'ai eu la belle idée de t'accompagner, je viens d'être chassée de mes fouilles pour la seconde fois en moins d'un an ! Je n'ai plus de boulot, nulle part où aller, et dans quelques mois je devrai rendre des comptes à cette fondation qui m'a confié une fortune. Qu'est-ce que tu me proposes comme alternative ? Rester à Londres à faire des ménages en attendant que tu rentres du boulot ?

— Tu as été cambriolée à Paris, notre chambre a été dévalisée en Allemagne, on a assassiné un prêtre sous nos yeux, et ne me dis pas que tu ne t'interroges pas sur les causes de la mort du chef du village. Tu ne trouves pas que nous avons eu assez de problèmes depuis que nous nous intéressons à ce maudit pendentif ? Et si c'était toi qui avais reçu la balle de ce tireur ? Si le chauffard de Nebra n'avait pas raté son coup ? Tu es aussi inconsciente que Walter !

— Mon métier est hasardeux Adrian, il faut prendre des risques en permanence. Tu crois que ceux qui ont découvert le squelette de Lucy avaient à leur disposition le plan du cimetière ou des coordonnées GPS tombées du ciel ? Bien sûr que non ! dit-elle en s'emportant. L'instinct, voilà ce qui fait la race des découvreurs, le flair, comme chez les grands flics.

— Mais tu n'es pas flic, Keira.

— Fais comme tu veux, Adrian, si tu as la trouille, j'irai seule. Si nous arrivons à prouver que mon pendentif a vraiment quatre cents millions d'années, te rends-tu compte de la portée de cette découverte ? Est-ce que tu réalises tout ce que cela implique ? Les bouleversements que cela provoquera ? Je serais prête à fouiller toutes les bottes de foin de la Terre pour y arriver, si on m'en donne la chance. Souviens-toi, c'est toi qui m'as proposé de me faire gagner trois cent quatre-vingt-cinq millions d'années dans la quête de nos origines. Et tu voudrais que maintenant je baisse les bras ? Tu renoncerais à voir le premier instant de la création de l'Univers, au seul motif que le télescope qui te permettrait ce prodige serait difficile d'accès ? Tu as failli crever à cinq mille mètres d'altitude dans le seul espoir d'aller regarder tes étoiles de plus près. Reste dans ta petite vie pluvieuse et sans risque, c'est ton droit, la seule chose que je te demande c'est de me donner un coup de main, je n'ai pas les moyens de financer ce voyage, mais je te promets de tout te rembourser un jour.

Je n'ai rien dit, parce que j'étais furieux, furieux de l'avoir entraînée dans cette histoire, furieux de me sentir coupable de la perte de son travail, et incapable de l'éloigner des dangers que je pressentais. J'ai ressassé cent fois cette terrible dispute, repensé cent fois à ce moment où j'ai eu peur de la perdre en la décevant. Je suis encore plus furieux aujourd'hui qu'hier d'avoir eu cette lâcheté.

J'étais allé voir Walter, comme on va chercher un ami pour lui demander du secours. Si je n'arrivais pas à dissuader Keira d'entreprendre ce voyage, peut-être trouverait-il les mots pour lui faire entendre raison. Mais, cette fois, il me refusa son aide. Il était même plutôt content que nous quittions Londres. Au moins, me dit-il, personne ne penserait à nous chercher en Chine. Et puis il ajouta que le point de vue de Keira était légitime ; il me provoqua en me demandant si j'avais perdu tout goût de l'aventure. N'avais-je pas pris des risques inconsidérés sur le plateau d'Atacama ? Si lui aussi s'y mettait !

— Oui, mais c'est moi qui les courais ces risques, pas elle !

— Arrêtez de jouer les saint-bernard, Adrian, Keira est une grande fille, avant de vous connaître, elle vivait seule au milieu de l'Afrique, entourée de lions, de tigres, de léopards et je ne sais quels autres voisins. Aucun ne l'a dévorée jusque-là ! Alors, le côté « je m'inquiète de tout » est charmant chez votre mère, mais pour un garçon de votre âge, c'est, comment dire, un peu trop tôt !

J'ai pris les billets. L'agence que Walter m'avait recommandée, celle qui s'était si bien occupée de son voyage en Grèce, nous avait prévenus qu'il faudrait au moins dix jours pour obtenir nos visas. J'espérais que ce sursis me donnerait le temps de faire changer Keira d'avis, mais on nous appela le surlendemain ; nous avions beaucoup de chance, l'ambassade de Chine avait déjà traité nos dossiers, nos passeports nous attendaient. Tu parles d'une chance !

*

Londres

Le repas tirait à sa fin, Vackeers avait passé un agréable déjeuner en compagnie de son confrère, il se demandait néanmoins s'il n'avait pas commis une faute de goût en l'invitant à dîner dans un restaurant chinois, mais, après tout, la table était l'une des plus réputées de Londres et Pékin semblait s'être régalé.

— Nous effectuerons une surveillance rapprochée et discrète, lui assura-t-il. Que les autres ne s'inquiètent de rien, nous sommes très efficaces.

Vackeers n'en doutait pas une seconde ; dans sa jeunesse, il avait travaillé quelques années à la frontière birmane, il savait que la discrétion chinoise était loin d'être une légende. Lorsque leurs commandos faisaient une incursion en territoire étranger, on ne les entendait ni arriver ni repartir, seuls les corps de leurs victimes témoignaient qu'ils étaient venus rendre visite à leurs voisins.

— Le plus drôle, dit Pékin, c'est que je me trouverai dans le même avion que nos deux scientifiques. Lorsqu'ils passeront la douane, leurs bagages seront inspectés, une opération de pure formalité et tout à fait bienveillante, mais qui nous permettra de poser des mouchards sur certaines de leurs affaires. Nous avons piégé le GPS de la voiture de location qui leur sera remise à leur arrivée. Avez-vous fait ce qu'il fallait de votre côté ?

— Sir Ashton était bien trop heureux de rendre ce service, expliqua Vackeers. Il redoute cette opération à un point que je ne soupçonnais pas ; il aurait fait dérober les bijoux de la reine si on lui avait assuré que c'était là le moyen le plus sûr de ne pas perdre la piste de nos deux scientifiques. Les choses se dérouleront ainsi : au moment où leur tour viendra, les portiques de sécurité à Heathrow seront réglés au plus haut niveau de sensibilité. Pour les franchir sans tout faire sonner, l'astrophysicien n'aura d'autre choix que de placer tous ses effets personnels sur le tapis de la machine à rayons X. Pendant qu'il sera fouillé par un agent particulièrement méticuleux, les services de Sir Ashton piégeront sa montre.

— Et l'archéologue ? Ne risque-t-elle pas de se rendre compte de quelque chose ?

— Elle aussi sera très occupée pendant ce temps-là. Dès qu'ils seront équipés, Sir Ashton vous fournira la fréquence des émetteurs. Ce qui m'inquiète un peu je dois vous l'avouer, puisque, de ce fait, il les possédera, lui aussi.

— Rassurez-vous, Amsterdam, ce genre d'appareil est de courte portée. Sir Ashton a peut-être les moyens de soudoyer tout le personnel qu'il souhaite en territoire anglais, mais dès lors que nos deux scientifiques seront arrivés dans mon pays, je doute qu'il puisse apprendre quoi que ce soit. Vous pouvez compter sur nous, les rapports sur leurs activités parviendront quotidiennement à l'ensemble de l'organisation sans que Sir Ashton en ait eu la primeur.

Le téléphone de Vackeers émit deux petits signaux stridents. Il lut le message qui venait de lui être adressé et s'excusa auprès de son hôte, il avait un autre rendez-vous.

Vackeers sauta dans un taxi et demanda à être conduit à South Kensington. La voiture le déposa sur Bute Street, devant la vitrine de la petite librairie française. Sur le trottoir d'en face, ainsi que le message l'en avait informé, une jeune femme lisait *Le Monde*, en prenant un café à la terrasse d'une épicerie.

Vackeers s'installa à la table voisine, commanda un thé et déplia un quotidien. Il y resta quelques instants, régla sa consommation et se leva, oubliant sa lecture sur la table.

Keira s'en rendit compte, attrapa le journal, appela l'homme qui s'éloignait, mais il avait déjà tourné le coin de la rue. Vackeers avait tenu la promesse qu'il avait faite à Ivory, il serait de retour ce soir à Amsterdam.

En reposant le quotidien sur la table, Keira aperçut une lettre qui en dépassait. Elle la tira légèrement et sursauta quand elle découvrit son prénom sur l'enveloppe.

Chère Keira,

Pardonnez-moi de ne pouvoir vous remettre en main propre ces quelques mots, mais pour des raisons qui seraient fastidieuses à vous expliquer, il est préférable que je ne sois pas aperçu en votre compagnie. Ce n'est pas pour vous inquiéter que je vous écris, mais, bien au contraire, pour vous féliciter et vous délivrer des nouvelles qui vous satisferont. Je suis ravi de découvrir que la fascinante légende de Tikkun Olamu, dont je vous entretenais dans mon bureau, aura fini par éveiller votre attention. Je sais qu'il vous est arrivé de penser, lorsque nous discutions à Paris, que j'étais trop vieux pour avoir gardé toute ma raison. Si je regrette les événements qui vous sont arrivés ces dernières semaines, ils auront eu le mérite, peut-être, de vous avoir fait réviser votre jugement à mon égard.

Je vous promettais de belles nouvelles, les voici. Je crois savoir qu'un texte très ancien a croisé votre chemin, figurez-vous que j'en connaissais l'existence, mais c'est grâce à vous et à votre pendentif que j'ai pu enfin progresser dans la compréhension de cet écrit qui longtemps me laissa interdit. J'en continue d'ailleurs toujours la transcription. À ce sujet, le document qui est en votre possession est incomplet, il y manque une ligne ; elle fut effacée du manuscrit. J'en ai retrouvé la trace dans une très ancienne bibliothèque d'Égypte, en parcourant une traduction dont je vous épargnerai la lecture car elle n'était pas de si bonne qualité. Si je ne peux être à vos côtés comme je l'aimerais, je ne saurais pour autant résister à l'envie de vous aider, chaque fois que cela me sera possible.

La phrase manquante dit cela : « Le lion dort sur la pierre de la connaissance. »

Tout cela reste bien mystérieux, n'est-ce pas ? Pour moi aussi. Mais mon instinct me dit que cette information pourrait peut-être un jour vous être précieuse. Beaucoup de lions dorment au pied des pyramides, n'oubliez pas que certains sont plus sauvages que d'autres, plus épris de liberté. Les plus solitaires vivent loin de la meute ; j'imagine que je ne vous apprends rien, vous avez l'habitude des lions, vous qui connaissez si bien l'Afrique. Soyez prudente, chère amie, vous n'êtes pas seule à vous passionner pour la légende de Tikkun Olamu. Et quand bien même elle ne serait qu'une légende... je sais que certains rêves, souvent les plus fous, conduisent aux découvertes les plus surprenantes. Faites un bon voyage. Je me réjouis que vous l'entrepreniez.

Votre dévoué, Ivory.

P-S : Ne parlez à personne de ce courrier, pas même à vos proches. Relisez-le pour ne rien oublier et détruisez-le.

Keira fit ce qu'Ivory lui avait demandé. Elle relut deux fois la lettre et n'en parla à personne, même pas à moi, tout du moins pas avant longtemps. Mais, au lieu de la détruire, elle la replia et la rangea dans sa poche.

Nous avons fait nos adieux à Walter et ce vendredi-là, je m'en souviens comme si c'était hier, nous avons embarqué à bord d'un vol long-courrier qui décollait à 20 h 35 pour Pékin.

Le passage à la sécurité fut un enfer. Je me fis le serment d'éviter désormais, et chaque fois que je le pourrais, de voyager au départ d'Heathrow. Furieuse du traitement qui nous était infligé par des employés trop zélés, Keira avait fini par s'emporter. J'avais réussi in extremis à la calmer, juste avant qu'on nous menace de nous faire entièrement déshabiller pour une fouille encore plus approfondie.

Le vol décolla à l'heure et une fois notre altitude de croisière atteinte, Keira finit par se détendre. Je profitai des dix heures de vol, pour tenter d'apprendre quelques mots de vocabulaire qui me permettraient de dire bonjour, au revoir, s'il vous plaît ou merci. Bonjour à qui, merci de quoi… je n'en savais rien.

Je renonçai assez vite à mes cours de chinois accéléré et me replongeai dans des lectures plus en accord avec mes goûts littéraires.

— Qu'est-ce que tu lis ? m'avait demandé Keira au beau milieu du voyage.

Je lui montrai la couverture et énonçai le titre de l'ouvrage : *Traité sur les émissions de particules à la périphérie des galaxies*.

Elle marmonna un genre de « Mmm » dont le sens m'échappa.

— Quoi ?

— Ça a l'air vraiment passionnant ton livre, dit-elle, je crois que le film était encore mieux, ils vont même faire une suite…

Elle se retourna et éteignit la petite lumière au-dessus de son fauteuil.

*

Pékin

Nous étions arrivés en début d'après-midi, épuisés autant par le voyage que par le décalage horaire. Les formalités douanières se passèrent sans trop d'encombre, un petit contrôle de routine, effectué par des gens bien plus charmants qu'au départ. J'avais réservé par l'intermédiaire de l'agence de voyages un 4 × 4 de fabrication locale. Le contrat était déjà préétabli à nos noms au comptoir de location situé dans le hall de l'aéroport et un véhicule flambant neuf nous attendait sur le parking.

Heureusement, notre voiture était équipée d'un GPS ; il n'est pas facile de se diriger en Chine, les noms d'avenues sont illisibles pour des Occidentaux. J'entrai les coordonnées de l'hôtel où j'avais réservé une chambre, il ne me restait plus qu'à suivre la petite flèche qui me guiderait vers le centre-ville.

La circulation était dense. Soudain apparut sur notre droite l'enceinte de la Cité interdite. Un peu plus loin sur notre gauche, se dressait le mémorial du Guide du peuple, plus loin encore, la place Tian'anmen évoquait de tristes souvenirs. Nous venions de dépasser le dôme du Théâtre national dont la modernité architecturale se distinguait dans le paysage urbain.

— Tu es fatigué ? me demanda Keira.

— Pas plus que cela.

— Alors si nous continuions directement vers Xi'an ?

Je partageais son impatience, mais mille kilomètres nous séparaient de notre destination, une nuit à Pékin nous ferait le plus grand bien.

Impossible d'être si proche de la Cité interdite et de ne pas la visiter. Nous fîmes une courte halte à notre hôtel pour changer de vêtements. Depuis la chambre, j'entendais l'eau couler dans la salle de bains où Keira se douchait et le bruit de ce ruissellement me rendit soudain heureux, effaçant les inquiétudes qui avaient failli me faire renoncer à ce voyage avec elle.

— Tu es là ? me demanda-t-elle à travers la porte.

— Oui, pourquoi ?

— Pour rien…

J'avais peur que nous nous perdions dans le dédale de rues qui se ressemblaient toutes. Un taxi nous déposa dans le parc de Jingshan.

Je n'avais jamais vu une aussi belle roseraie. Devant nous, un pont de pierre enjambait un bassin. Comme cent autres touristes dans la journée, nous l'avons emprunté, comme cent autres touristes, nous nous sommes promenés dans les allées du parc. Keira me prit par le bras.

— Je suis heureuse d'être ici, me dit-elle.

Si l'on pouvait figer le temps, je l'arrêterais à ce moment précis. Si l'on pouvait revenir en arrière, c'est là que je retournerais, devant un rosier blanc, dans une allée du parc de Jinghsan.

Nous entrâmes dans la Cité par la porte du Nord. Il me faudrait noircir cent pages de ce cahier pour décrire toutes les beautés qui s'offraient à nos yeux ; les pavillons anciens, où tant de dynasties se succédèrent, le jardin impérial où se promenaient jadis les courtisanes, le temple rouge des myriades du printemps, les toitures aux ondulations insensées sur lesquelles semblaient fureter quelques dragons en or, les hérons de bronze fixant le ciel, figés dans leur éternité, les escaliers de marbre ciselés comme de la dentelle. Assis sur un banc, près d'un grand arbre, un très vieux couple de Chinois était pris, nous ne savions pour quelle raison, d'un fou rire incontrôlable ; nous ne comprenions aucun des mots qu'ils échangeaient, encore moins ce qui les faisait tant rire, seuls leurs regards nous permettaient de deviner la complicité qui les unissait.

Je veux croire qu'aujourd'hui encore, au milieu de la Cité interdite, ils reviennent sur ce banc et rient toujours ensemble.

Cette fois la fatigue eut raison de nous. Keira ne tenait plus sur ses jambes et je n'étais guère plus vaillant. Nous retournâmes vers l'hôtel.

Nous avons dormi sans compter les heures. Un petit déjeuner vite avalé et nous quittâmes Pékin. Une longue route nous attendait et je doutais qu'une seule journée suffise pour accomplir le périple d'une traite.

À la ville succéda la campagne, la plaine paraissait ne jamais finir et les montagnes que l'on apercevait à l'horizon ne se rapprochaient toujours pas. Trois cents kilomètres s'étiraient derrière nous, de temps à autre nous traversions des villes industrielles poussées au milieu de nulle part, et qui altéraient la monotonie du relief. Nous nous sommes arrêtés à Shijiazhuang pour refaire le plein de carburant. À la station-service, Keira décida d'acheter un sandwich, vaguement inspiré du hot dog, à cela près qu'il était impossible d'identifier le genre de saucisse qu'il contenait. J'avais refusé d'y goûter, Keira en avalait chaque bouchée avec une délectation que je suspectais d'être exagérée. Cinquante kilomètres plus tard, ma passagère ayant changé de couleur, je me garai de toute urgence sur le bas-côté. Pliée en deux, Keira se précipita derrière un talus ; elle remonta dans la voiture dix minutes plus tard en m'interdisant tout commentaire.

Pour lutter contre la nausée – dont j'ai promis de taire la cause – elle prit le volant. En arrivant à Yangquan, nous étions au kilomètre 400, Keira repéra au sommet d'une colline un petit village de pierre qui lui semblait abandonné. Elle me supplia de quitter la route et d'emprunter le chemin de terre qui y menait. J'en avais assez de l'asphalte et il était grand temps que les quatre roues motrices de notre véhicule servent à quelque chose.

Un chemin cabossé nous conduisit jusqu'à l'entrée du hameau. Keira avait raison, plus personne ne vivait par ici, la plupart des maisons étaient en ruine, même si certaines avaient conservé leur toiture. L'atmosphère lugubre des lieux n'invitait pas à la visite, mais Keira se faufilait déjà à travers les anciennes ruelles, et je n'eus d'autre choix que de la suivre dans ce village fantôme. Au centre de ce qui devait être jadis la place principale, se trouvaient un abreuvoir et une bâtisse en bois, qui semblaient avoir mieux résisté aux assauts du temps. Keira s'assit sur les marches.

— Qu'est-ce que c'est ? demandai-je.

— Un ancien temple confucéen. Les disciples de Confucius étaient nombreux dans la Chine ancienne, la sagesse du Maître a guidé bien des générations.

— On entre ? proposai-je.

Keira se releva et s'approcha de la porte. Il lui suffit de la pousser légèrement pour qu'elle s'ouvre.

— On entre ! me répondit-elle.

L'intérieur était vide, quelques pierres sur le sol reposaient entre de mauvaises herbes.

— Qu'a-t-il bien pu se passer pour que ce village soit déserté ?

— La source d'eau se sera tarie ou une épidémie aura décimé les habitants, je n'en sais rien. Ce site doit avoir au moins mille ans, quel dommage de l'avoir laissé dans cet état.

L'attention de Keira fut attirée par un petit carré de terre au fond du temple. Elle s'agenouilla et commença de creuser délicatement à mains nues. De sa main droite elle extrayait méticuleusement les cailloux, les repoussant de sa main gauche sur le côté. J'aurais pu réciter tous les préceptes de Confucius dans l'ordre où il les avait énoncés, elle ne m'aurait pas accordé la moindre attention.

— Je peux savoir ce que tu fais ?

— Tu vas peut-être le découvrir dans quelques instants.

Et soudain, au milieu de la terre qu'elle avait retournée, apparut la fine courbure d'une coupe en bronze. Keira changea de position, assise en tailleur, elle passa près d'une heure à libérer le vase du limon séché qui le retenait prisonnier. Et puis, comme par enchantement, elle souleva la coupe et me la présenta.

— Et voilà, dit-elle radieuse et ravie.

J'étais ébahi, pas seulement par la beauté déjà visible de cet objet encore terreux, mais par la magie qui l'avait fait surgir ainsi de l'oubli.

— Comment as-tu fait, comment as-tu pu savoir qu'elle se trouvait là ?

— J'ai un don très particulier pour trouver des aiguilles dans les bottes de foin, me dit-elle en se redressant, même quand les bottes de foin sont en Chine, voilà qui devrait te rassurer, non ?

J'ai dû la supplier longtemps avant qu'elle accepte de me révéler son secret. À l'endroit où Keira s'était mise à creuser, les herbes étaient plus courtes, la végétation plus rare, et bien moins verte que partout ailleurs.

— C'est généralement le cas lorsqu'un objet est enfoui dans la terre, me confia-t-elle.

Keira épousseta la coupe.

— Elle ne date pas d'hier, me dit-elle, en la reposant délicatement sur une pierre.

— Tu la laisses ici ?

— Elle ne nous appartient pas, c'est l'histoire des gens de ce village qui s'est écrite ici. Quelqu'un la trouvera et en fera ce que bon lui semble, allez viens, nous avons d'autres bottes de foin à fouiller !

À Linfen, le paysage changea ; la ville était l'une des dix plus polluées du monde et le ciel prit soudain une couleur d'ambre, un nuage nauséabond et toxique obscurcissait le ciel. Je repensais à la clarté des nuits sur le plateau d'Atacama, se pouvait-il que ces deux endroits appartiennent à la même planète ? Quelle folie s'était emparée de l'homme pour qu'il dénature à ce point son environnement ? De ces deux atmosphères, d'Atacama ou de Linfen, laquelle régnerait un jour ? Nous avions fermé les fenêtres, Keira toussait toutes les cinq minutes et devant moi la route me paraissait floue tant les yeux me piquaient.

— C'est infernal cette odeur, s'était plainte Keira, prise d'une nouvelle quinte de toux.

Elle s'était retournée vers la banquette, fouillant son bagage à la recherche d'un vêtement en coton pour nous confectionner des masques de fortune. Elle poussa un petit cri.

— Qu'est-ce qu'il y a ? demandai-je.

— Rien, je me suis piquée avec un trac dans la doublure de mon sac. Sûrement une aiguille ou une agrafe.

— Tu saignes ?

— Un peu, me dit-elle toujours penchée sur son sac.

Je conduisais et la visibilité était trop mauvaise pour que je ne garde pas les deux mains sur le volant.

— Regarde dans la boîte à gants, il y a une trousse de secours, tu trouveras des pansements.

Keira ouvrit le compartiment, prit la trousse de premiers soins et en sortit une petite paire de ciseaux.

— Tu t'es vraiment blessée ?

— Non, je n'ai rien du tout, mais je veux savoir quelle est cette saloperie qui m'a piquée. J'ai payé ce sac une petite fortune !

La voilà maintenant qui se livrait à toute une gymnastique pour fouiller son bagage.

— Je peux savoir ce que tu fais ? demandai-je alors que je venais de recevoir un coup de genou dans les côtes.

— Je découds.

— Tu découds quoi ?

— Cette saleté de doublure, tais-toi et conduis.

J'entendis Keira grommeler :

— Mais qu'est-ce que c'est que ce truc ?

Il lui fallut gesticuler dans tous les sens pour se rasseoir à sa place. Quand elle y parvint enfin, elle tenait entre ses doigts une petite broche métallique qu'elle me montra triomphalement.

— C'est une sacrée aiguille, me dit-elle.

La chose ressemblait à s'y méprendre à une broche publicitaire, un genre de pin's, sauf que celle-ci était grise et terne et ne comportait aucune inscription.

Keira l'observa de plus près et je la vis blêmir.

— Qu'y a-t-il ?

— Rien, me répondit-elle, alors que son expression prouvait le contraire. C'est probablement un outil de couture oublié dans la doublure du sac.

Keira me fit signe de me taire, puis de me garer sur le bas-côté dès que possible.

Nous nous éloignions de la périphérie de Linfen. La route commençait à former un lacet au fur et à mesure que nous nous élevions le long de la montagne. À trois cents mètres d'altitude, nous laissâmes derrière nous la nappe de pollution, et soudain, comme si nous avions percé un nuage, nous avons retrouvé un semblant de ciel bleu.

À la sortie d'un virage, une petite aire de stationnement me permit de me garer. Keira abandonna la broche sur le tableau de bord, elle sortit de la voiture et m'indiqua de la suivre.

— Tu as vraiment l'air bizarre, lui dis-je en la rejoignant.

— Ce qui est bizarre, c'est d'avoir trouvé un putain de mouchard dans mon sac.

— Un quoi ?

— Ce n'est pas une aiguille à tricoter, je sais de quoi je te parle, c'est un micro.

Je n'avais pas une grande expérience en matière d'espionnage et j'avais du mal à croire ce qu'elle me disait.

— Nous allons retourner dans la voiture, tu le regarderas de plus près et tu constateras par toi-même.

Ce que je fis. Et Keira avait raison, il s'agissait bien d'un petit émetteur. Nous ressortîmes de la voiture pour nous entretenir à l'abri d'oreilles indiscrètes.

— Tu as une idée, demanda Keira, de la raison pour laquelle on a caché un micro dans mon sac ?

— Les autorités chinoises sont avides d'informations concernant les étrangers qui circulent sur leur territoire, c'est peut-être une procédure ordinaire pour tous les touristes ? suggérai-je.

— Il doit y avoir vingt millions de visiteurs qui se rendent chaque année en Chine, tu penses qu'ils s'amusent à poser autant de micros dans leurs bagages ?

— Je n'en sais rien, peut-être qu'ils font cela de façon aléatoire.

— Ou pas ! Si tel était le cas, nous ne serions pas les premiers à le découvrir, la presse occidentale se serait fait l'écho de ces pratiques.

— C'est peut-être tout récent ?

J'avais dit cela pour la rassurer, mais en mon for intérieur je trouvais cette situation aussi étrange que dérangeante. J'essayai de me remémorer les conversations que nous avions tenues à bord de la voiture et ne me souvins de rien qui aurait pu nous mettre dans une situation embarrassante, hormis peut-être les considérations de Keira sur la saleté et la puanteur qui régnaient dans les villes industrielles que nous avions traversées, et celles sur la nourriture douteuse consommée à midi.

— Eh bien maintenant que l'on a trouvé cette chose, nous allons l'abandonner ici et reprendre la route tranquillement, proposai-je.

— Non, gardons-le avec nous, il suffira de dire le contraire de ce que nous pensons, de mentir sur la direction que nous prenons et, ainsi, c'est nous qui manipulerons ceux qui nous espionnent.

— Et notre intimité là-dedans ?

— Adrian, ce n'est pas le moment de faire ton Anglais, ce soir nous inspecterons aussi ton sac, s'ils ont plombé le mien, je ne vois pas pourquoi ils t'auraient épargné.

Je retournai d'un pas pressé vers la voiture, déversai le maigre contenu de mon bagage directement dans le coffre, je le jetai ensuite au loin, il ferait certainement le bonheur du premier passant. Puis je repris ma place derrière le volant et balançai le mouchard par la fenêtre.

— Si j'ai envie de te dire que j'aime tes seins, je ne tiens pas à ce qu'un fonctionnaire lubrique de la Stasi chinoise en profite !

Je redémarrai avant que Keira ait eu le temps de répondre quoi que ce soit.

— Tu avais l'intention de me dire que tu aimais mes seins ?

— Absolument !

Les cinquante kilomètres suivants furent parcourus dans le plus grand silence.

— Et si un jour on devait m'en enlever un, ou les deux ?

— Eh bien je fantasmerai sur ton nombril, je n'ai pas dit que je n'aimais que tes seins !

Les cinquante autres kilomètres se poursuivirent dans le même silence.

— Tu peux me faire une liste de ce que tu aimes chez moi ? reprit Keira.

— Oui, mais pas maintenant.

— Quand ?

— Le moment venu.

— Et ce sera quand, le moment venu ?

— Quand je te ferai la liste de ce que j'aime en toi !

La nuit commençait à tomber, et je sentais la fatigue me gagner. L'appareil de navigation indiquait qu'il restait un peu plus de cent cinquante kilomètres à parcourir avant d'arriver à Xi'an. Mes paupières étaient lourdes et je peinais à garder les yeux ouverts. Keira n'était pas en meilleure forme, sa tête contre la vitre, elle dormait d'un profond sommeil. Dans un virage, la voiture fit une légère embardée. Il suffit d'une seconde d'inattention pour foutre sa vie en l'air, je tenais suffisamment à celle de ma passagère pour ne prendre aucun risque. Quoi que nous soyons partis chercher, cela pourrait bien attendre une nuit de plus. Je me garai à l'orée d'un petit chemin qui croisait notre route, coupai le moteur et je m'endormis aussitôt.

*

Londres

La Jaguar bleu marine traversa le pont de Westminster, contourna la place du Parlement, longea le bâtiment du Trésor public et bifurqua vers St. James Park. Le chauffeur se rangea le long d'une allée cavalière, son passager descendit et marcha vers le parc.

Sir Ashton s'installa sur un banc près d'un lac où s'abreuvait un pélican. Un jeune homme se dirigeait vers lui, il vint s'asseoir à son côté.

— Quelles sont les nouvelles ? demanda Sir Ashton.

— Ils ont passé une première nuit à Pékin et se trouvent maintenant à cent cinquante kilomètres de Xi'an, où ils semblent se diriger. Lorsque j'ai quitté le bureau pour venir vous rejoindre, ils devaient dormir, la voiture n'a pas bougé depuis plus de deux heures.

— Il est 17 heures chez nous, 22 heures pour eux, c'est probable. Avez-vous appris ce qu'ils vont faire à Xi'an ?

— Nous n'en savons rien pour l'instant. Ils ont parlé une ou deux fois d'une pyramide blanche.

— Cela explique pourquoi ils sont dans cette province, mais je doute qu'ils la découvrent.

— De quoi s'agit-il ?

— D'une fantaisie inventée par un pilote américain, nos satellites n'ont jamais repéré la pyramide en question. Avez-vous d'autres choses à me dire ?

— Les Chinois ont perdu deux émetteurs.

— Comment ça perdu ?

— Ils ont cessé de fonctionner.

— Vous pensez qu'ils ont été découverts ?

— C'est une possibilité, monsieur, mais notre contact sur place croit plutôt à une panne matérielle. J'espère avoir d'autres informations demain.

— Vous retournez à votre bureau ?

— En effet, monsieur.

— Envoyez un message à Pékin de ma part. Remerciez-le et dites-lui que le silence est toujours de rigueur. Il comprendra. Enfin, activez les protocoles d'un départ imminent pour la Chine, si je juge que cela devient nécessaire, je préfère que nous soyons prêts.

— Dois-je annuler vos engagements de la semaine ?

— Surtout pas !

Le jeune homme salua Sir Ashton et s'éloigna dans l'allée.

Sir Ashton appela son majordome et lui demanda de préparer une valise. Qu'elle contienne les effets dont il aurait besoin pour un voyage de deux ou trois jours.

*

Province de Shaanxi

On frappait au carreau, je sursautai en découvrant dans la nuit le visage d'un vieil homme avec un baluchon sur l'épaule, et qui me souriait. Je baissai ma vitre, l'homme posa sa joue sur ses deux mains jointes et me fit comprendre qu'il voulait que je le laisse monter à bord de notre voiture. Il faisait froid, ce marcheur grelottait, je repensai à cet Éthiopien qui m'avait recueilli un jour. J'ouvris la portière, poussai nos sacs sur le plancher. L'homme me remercia et s'installa sur la banquette arrière. Il ouvrit son baluchon et me proposa de partager les quelques biscuits qui constituaient son dîner. J'en pris un, parce que cela semblait vraiment lui faire plaisir. Nous ne pouvions échanger aucun mot, mais nos regards suffisaient. Il m'en offrit un autre pour Keira. Elle dormait profondément, je le posai sur le tableau de bord devant elle. L'homme semblait heureux. Après avoir partagé ce maigre repas, il s'allongea, ferma les yeux, je fis de même.

La pâleur du jour me réveilla le premier. Keira s'étira et je lui fis signe de ne pas faire de bruit, nous avions un invité qui se reposait sur la banquette arrière.

— Qui est-ce ? chuchota-telle.

— Je n'en ai pas la moindre idée. Un mendiant probablement, il marchait seul sur ce chemin, la nuit était glaciale.

— Tu as bien fait de lui donner la chambre d'amis. Où sommes-nous ?

— Au milieu de nulle part, et à cent cinquante kilomètres de Xi'an.

— J'ai faim, me dit Keira.

Je lui désignai le biscuit. Elle le prit, le renifla, hésita un instant et l'avala d'une seule bouchée.

— J'ai toujours très faim, dit-elle, j'ai envie d'une douche et d'un vrai petit déjeuner.

— Il est encore tôt, mais nous trouverons bien un endroit sur la route où manger quelque chose.

L'homme s'éveilla. Il remit un peu d'ordre dans sa tenue et salua Keira en joignant ses deux mains. Elle le salua de la même façon.

— Idiot, c'est un moine bouddhiste, me dit-elle. Il doit faire un pèlerinage.

Keira s'efforça de communiquer avec notre passager, ils échangèrent une multitude de signes. Keira se retourna vers moi, satisfaite, mais je ne savais pas de quoi.

— Démarre, nous allons le déposer.

— Tu veux me dire qu'il t'a donné l'adresse de l'endroit où il va et que tu as compris tout de suite ?

— Monte ce chemin et fais-moi confiance.

Le 4 × 4 penchait dans tous les sens, nous grimpions vers la cime d'une colline. La campagne était belle, Keira semblait guetter quelque chose. Au sommet du col, le chemin bifurquait, redescendant vers un sous-bois de pins et de mélèzes. À la sortie du bois le chemin s'effaçait. L'homme assis derrière moi me fit signe de m'arrêter et de couper le moteur. Nous devions maintenant marcher. Au bout d'une sente, nous découvrîmes un ruisseau, l'homme nous le fit longer pour aller traverser un gué à une centaine de mètres plus loin. Nous grimpâmes le flanc d'une nouvelle colline et soudain apparut devant nous le toit d'un monastère.

Six moines vinrent à notre rencontre. Ils s'inclinèrent devant notre guide et nous prièrent de les suivre.

On nous conduisit dans une grande salle aux murs blancs, dépourvue de tout mobilier. Seuls quelques tapis recouvraient le sol en terre. On nous apporta du thé, du riz et des mantous – des petits pains de farine de blé.

Après nous avoir déposé ces mets, les moines s'étaient retirés, nous laissant seuls, Keira et moi.

— Tu peux me dire ce que nous faisons ici ? demandai-je.

— On voulait un petit déjeuner, non ?

— Je pensais à un restaurant, pas un monastère, chuchotai-je.

Notre guide entra dans la pièce, il avait abandonné ses guenilles et portait maintenant une longue toge rouge ceinturée d'une écharpe en soie finement brodée. Les six moines qui nous avaient accueillis le suivaient, ils s'assirent en tailleur derrière lui.

— Merci de m'avoir raccompagné, nous dit-il en s'inclinant.

— Vous ne nous aviez pas dit que vous parliez un français aussi parfait, s'étonna Keira.

— Je n'ai pas le souvenir d'avoir dit quoi que ce soit la nuit dernière, pas plus que ce matin. J'ai fait le tour du monde et étudié votre langue, dit-il à Keira. Que cherchez-vous par ici ? demanda l'homme.

— Nous sommes des touristes, nous visitons la région, répondis-je.

— Vraiment ? Il faut dire que la province de Shaanxi regorge de merveilles à découvrir. Il y a plus de mille temples dans cette région. La saison est favorable au tourisme. Les hivers sont particulièrement durs ici. La neige est belle mais elle rend tout plus difficile. Vous êtes les bienvenus. Une salle d'eau est à votre disposition, vous pourrez y faire une toilette. Mes disciples vous ont installé des nattes dans la pièce voisine, reposez-vous et profitez de cette journée. Nous vous servirons un repas à midi ; quant à moi, je vous retrouverai plus tard. Je dois vous laisser, il me faut rendre compte de mon voyage et méditer.

L'homme se retira. Les six moines se levèrent et sortirent avec lui.

— Tu crois que c'est leur chef ? demandai-je à Keira.

— Je ne pense pas que ce soit le bon terme, la hiérarchie est plus spirituelle que formelle chez les bouddhistes.

— Il avait l'air d'un simple mendiant sur la route.

— Être démuni, c'est le propre de ces moines, ne rien posséder d'autre que la pensée.

Après nous être rafraîchis, nous sommes allés marcher dans la campagne alentour. Au pied d'un saule, nous nous sommes tous deux laissé gagner par la douceur qui régnait en ces lieux, hors du temps, loin de la civilisation.

La journée passa. Quand vint la nuit, je montrai à Keira les étoiles qui apparaissaient dans le ciel. Notre moine nous rejoignit et vint s'asseoir près de nous.

— Ainsi vous êtes féru d'astronomie, me dit-il.

— Comment le savez-vous ?

— Simple question d'observation. Au crépuscule, les hommes regardent d'ordinaire le soleil se coucher derrière la ligne de l'horizon, vous consultiez le ciel. C'est une discipline qui me passionne, moi aussi. Difficile de faire chemin vers la sagesse sans penser à la grandeur de l'Univers et s'interroger sur l'infini.

— Je ne suis pas ce que l'on peut appeler quelqu'un de sage, mais je me pose ces questions depuis mon enfance.

— Enfant, vous n'étiez que sagesse, dit le moine, même adulte, c'est toujours la voix de l'enfant qui vous guide, je suis heureux que vous l'entendiez encore.

— Où sommes-nous ? demanda Keira.

— Dans un ermitage, un lieu privé et qui vous protège.

— Nous n'étions pas en danger, répondit Keira.

— Ce n'est pas ce que j'ai dit, répliqua le moine, mais dans le cas contraire, vous seriez ici en sécurité, à condition toutefois de respecter nos règles.

— Lesquelles ?

— Nous n'en avons que quelques-unes, je vous rassure : entre autres se lever avant le lever du jour, travailler la terre pour mériter la nourriture qu'elle nous offre, n'attenter à aucune forme de vie, humaine ou animale, mais je suis certain que vous n'aviez pas de pareilles intentions, ah, et j'allais oublier, ne pas mentir.

Le moine se tourna vers Keira.

— Ainsi votre compagnon est astronome et vous, comment occupez-vous votre vie ?

— Je suis archéologue.

— Une archéologue et un astronome, jolie rencontre.

Je regardais Keira, les paroles du moine semblaient entièrement l'absorber.

— Et ce voyage touristique que vous effectuez, vous a-t-il permis de découvrir de nouvelles choses ?

— Nous ne sommes pas des touristes, avoua Keira.

Je lui lançai un regard désapprobateur.

— On a dit, pas de mensonge ici ! dit-elle avant de poursuivre. Nous sommes plutôt...

— Des explorateurs ? questionna le moine.

— En quelque sorte, oui.

— Que cherchez-vous ?

— Une pyramide blanche.

Le moine éclata de rire.

— Qu'est-ce qu'il y a de si drôle ? interrogea Keira.

— L'avez-vous trouvée votre pyramide blanche ? s'enquit le moine, les yeux toujours illuminés de cette humeur joyeuse qui le gagnait.

— Non, nous devons aller jusqu'à Xi'an, nous pensons qu'elle se trouve devant nous, sur notre route.

Le moine rit de plus belle.

— Mais enfin qu'est-ce que j'ai dit de drôle ?

— Je doute que vous trouviez cette pyramide à Xi'an, mais vous n'avez pas tout à fait tort, elle se trouve néanmoins sur votre route, devant vous, ajouta le moine plus hilare encore.

— Je crois qu'il se moque de nous, me dit Keira qui commençait à s'agacer de cette situation.

— Pas le moins du monde, je vous le promets, lui dit le moine.

— Alors expliquez-moi pourquoi vous riez dès que j'ouvre la bouche.

— Je vous en prie, ne dites pas à mes disciples que je me suis tant amusé en votre compagnie, pour le reste je vous jure de tout vous expliquer demain. Il est temps de me retirer pour aller méditer. Je vous retrouverai à l'aube. Ne soyez pas en retard.

Le moine se leva, il nous salua et nous pouvions deviner en le voyant s'éloigner qu'il riait toujours sur le chemin qui menait au monastère.

*

Nous avons dormi profondément. Keira me tira d'un rêve.

— Viens, me dit-elle, il est l'heure, j'entends les moines dans la cour, le jour ne va pas tarder à se lever.

À l'entrée de la pièce qui nous servait de chambre, on avait déposé de quoi nous restaurer. Un disciple nous guida vers la pièce d'eau, nous signifiant par quelques gestes de nous laver les mains et le visage avant de toucher à la nourriture qui nous était offerte. La toilette achevée, il nous proposa de nous asseoir et de profiter du repas, dans le recueillement.

Nous quittâmes l'enceinte de l'ermitage et avançâmes à travers champs, vers ce saule où nous avions rendez-vous. Le moine nous y attendait déjà.

— J'espère que votre nuit fut bonne.

— J'ai dormi comme un bébé, répondit Keira.

— Ainsi vous cherchez une pyramide blanche ? Que savez-vous sur elle ?

— D'après mes informations, dit Keira, elle culminerait à plus de trois cents mètres, ce qui en ferait la plus grande pyramide du monde.

— Elle est même bien plus haute que cela, dit le moine.

— Alors elle existe vraiment ? demanda Keira.

Le moine sourit.

— Oui, d'une certaine manière, elle existe.

— Où se trouve-t-elle ?

— Comme vous l'avez dit hier vous-même, elle est juste devant vous.

— Pardonnez-moi, mais je ne suis pas très douée pour les devinettes, alors si vous aviez un petit indice de plus, je vous en serais infiniment reconnaissante.

— Que voyez-vous à l'horizon ? demanda le moine.

— Des montagnes.

— C'est la chaîne des monts Qinling. Savez-vous comment se nomme la plus importante montagne, celle que nous voyons là, en face de nous ?

— Je l'ignore, répondit Keira.

— Hua Shan ; elle est belle, n'est-ce pas ? C'est l'une de nos cinq montagnes sacrées. Son histoire est riche d'enseignements. Il y a un peu plus de deux mille ans, un temple taoïste fut construit au pied du versant ouest. Ce temple était occupé par des sages, ils croyaient que le dieu des mondes cachés habitait les sommets. Kou Quianzhi, un moine du cinquième siècle, fonda l'ordre céleste du Nord, il jura y avoir fait une découverte majeure, une révélation, disait-il. Le mont Hua compte cinq pics, l'est, l'ouest, le nord, le sud et le pic du centre, mais comment décririez-vous sa forme générale ?

— Pointue, répondit Keira.

— Je vous invite à ouvrir vos yeux, regardez bien Hua Shan et réfléchissez encore.

— Elle est triangulaire, dis-je au moine.

— En effet, elle l'est. Et au début du mois de décembre, la plus haute cime se pare d'un magnifique manteau de neige. Dans le temps, ces neiges étaient éternelles, mais, de nos jours, elles fondent à la fin du printemps pour ne réapparaître qu'en hiver. Je regrette que vous ne puissiez rester plus longtemps pour découvrir le mont Hua en cette saison, le paysage qu'il nous offre est d'une beauté incomparable. Maintenant, une dernière question, quelle est la couleur de la neige ?

— Blanche..., murmura Keira qui commençait à comprendre ce que le moine tenait tellement à nous faire découvrir par nous-mêmes.

— Votre pyramide blanche se trouve devant vous, vous comprenez mieux pourquoi j'ai tant ri, en vous écoutant hier.

— Il faut absolument que nous nous y rendions ! dit Keira.

— Cette montagne est particulièrement dangereuse, reprit le moine. Il existe bien un chemin taillé dans la roche le long de chaque versant, c'est le chemin sacré. Il conduit au sommet le plus haut, non seulement du mont Hua mais aussi des cinq montagnes sacrées de Chine, on le nomme le pilier des Nuages.

— Vous avez dit pilier ? interrogea Keira.

— Oui, c'est ainsi que l'on appelait ce sommet dans les temps anciens. Êtes-vous vraiment certains de vouloir vous y rendre ? S'engager sur le chemin sacré est périlleux.

Il me suffisait de regarder Keira pour comprendre que, quels que soient les risques, nous grimperions vers les cimes du mont Hua. Elle était plus résolue que jamais. Le moine nous décrivit avec mille détails ce qui nous attendait. Quinze kilomètres d'escaliers taillés dans la montagne conduisaient à une première arête ; de là, des passerelles pitonnées à la paroi rocheuse permettaient le franchissement de précipices et le contournement des différents versants. Le chemin sacré permettait aux plus téméraires, aux plus déterminés, à ceux qui, portés par une foi inébranlable, l'empruntaient, d'atteindre le temple de Dieu construit à deux mille six cents mètres d'altitude, au sommet du pic nord.

— Le moindre faux pas, le moindre écart est fatal. Faites attention à la glace qui même en cette saison recouvre souvent les plus hautes marches en pierre. Veillez à ne pas glisser, rares sont les endroits où vous trouverez à quoi vous raccrocher. Si l'un de vous chutait, que l'autre ne s'aventure pas à tenter de le sauver, vous seriez deux à vous précipiter dans l'abîme.

Nous avions été prévenus, mais le moine ne chercha pas à nous décourager. Il nous invita à changer de vêtements, nous pouvions laisser nos affaires ici. La voiture ne craignait rien là où elle était restée, à l'orée du sous-bois. Au milieu de la matinée, nous avons embarqué à bord d'une charrette tractée par un âne. Le disciple qui en tenait les rênes nous conduisit jusqu'à la route. Il arrêta une camionnette qui passait par là, s'entretint avec le chauffeur et nous fit installer à l'arrière. Une heure plus tard, la camionnette s'arrêta à mi-hauteur du flanc de la montagne. Le conducteur désigna un passage au milieu d'une forêt de pins.

Nous nous sommes aventurés à travers bois. Keira vit au loin les marches dont nous avait parlé le moine. Les trois heures qui suivirent furent bien plus éprouvantes que je ne l'aurais pensé. Plus nous grimpions, plus les marches me semblaient hautes, et ce n'était pas qu'une impression, la pente se raidissait. Désormais ce n'était pas un escalier que nous gravissions mais plutôt une échelle de pierre qui montait presque à la verticale. Regarder vers le bas aurait été une pure folie, la seule façon de progresser était de fixer les cimes.

La première partie de l'ascension nous conduisit vers les Marches du Paradis. Le long d'une crête, elles avaient repris une assiette presque horizontale et je compris pourquoi on les avait baptisées ainsi : quiconque glissait ici, allait directement au paradis.

L'ascension reprit un peu plus loin.

— Je n'aurais jamais dû, dit Keira en s'accrochant à la paroi.

— Tu n'aurais jamais dû quoi ?

— T'entraîner ici. J'aurais mieux fait d'écouter ce moine, il nous avait pourtant prévenus que c'était dangereux.

— Je ne l'ai pas plus écouté que toi, à ce que je sache, et puis ce n'est pas le moment de discuter, souviens-toi de ce qu'il nous a dit, la moindre inattention est fatale, alors concentre-toi.

Nous abordions maintenant le plateau de Canglong. À cet endroit, quelques pins parasols parsemaient la montagne, ils disparurent alors que nous franchissions la passe de Jinsud.

— As-tu au moins une idée de ce que nous cherchons ? demandai-je à Keira.

— Pas la moindre mais je sais que je trouverai le moment venu.

Nos muscles étaient endoloris, je ne sentais plus mes jambes ; trois fois nous avions failli dévisser, trois fois nous avions retrouvé notre équilibre de justesse. Le soleil atteignait son zénith, au bout de la passe, deux voies s'offraient à nous. L'une menait vers le pic ouest, l'autre vers le nord. Des planches reposant sur des pitons fichés dans la paroi permettaient de poursuivre l'ascension. Comme nous l'avait dit le moine, rien d'autre que nos mains pour s'y accrocher.

— Le paysage est grandiose mais ne regarde pas en bas, supplia Keira.

— Je n'en avais pas l'intention.

À cet endroit de l'escalade, je sentis le danger plus présent que jamais. Le vent s'était levé, nous forçant à nous recroqueviller pour ne pas nous laisser entraîner dans le vide. Combien de temps devrions-nous rester ainsi ? Je n'en savais rien, mais si la météo devait se dégrader, nous n'aurions aucune chance de nous en sortir une fois la nuit tombée.

— Tu veux rebrousser chemin ? me demanda Keira.

— Non, pas maintenant, et puis je te connais, tu recommencerais demain et je ne referais pour rien au monde ce que nous venons de parcourir.

— Alors attendons que ça se calme.

Keira et moi étions blottis l'un contre l'autre. Une anfractuosité dans la roche nous offrait un abri précaire. Le vent soufflait en rafales ; au loin, nous pouvions voir les cimes des pins se courber chaque fois qu'une bourrasque venait frapper la montagne.

— Je suis sûre que cette saleté de vent va finir par se calmer, me dit Keira.

Je ne pouvais pas imaginer que nous finirions ici, qu'un quotidien, à Londres comme à Paris, relaterait en quelques lignes la mort de deux touristes imprudents partis en randonnée sur le mont Hua. J'entendais encore la voix de Walter quand il me disait à quel point j'étais maladroit et je ne lui en aurais pas voulu s'il avait réitéré cette critique à cet instant précis. Keira avait des crampes dans les jambes, et la douleur devenait insupportable.

— Je n'en peux plus, il faut que je me relève, dit-elle, et le temps que je réalise ce qui était en train de se passer, son pied glissa. Elle poussa un cri bref et dévissa vers l'abîme. J'ai bondi, je ne sais toujours pas aujourd'hui par quel miracle je n'ai pas perdu l'équilibre. Je l'ai saisie par le col de sa veste, et ai rattrapé son bras de justesse. Elle se balançait dans le vide ; le vent redoublait, nous giflant violemment. Je l'entends encore hurler.

— Adrian, ne me lâche pas !

J'avais beau tenter de la hisser de toutes mes forces, le vent l'entraînait. Elle s'accrochait à la paroi. Allongé sur le rebord, je tirai sur ses vêtements.

— Il faut que tu m'aides un peu, lui criai-je. Pousse avec tes pieds, bon sang !

La manœuvre était périlleuse. Pour avoir une chance de s'en sortir, il fallait qu'elle trouve le courage de lâcher une main et de s'accrocher à moi.

Si le dieu des mondes cachés existe, il avait entendu la prière de Keira. Le vent cessa.

Elle desserra les doigts de sa main droite, se balança dans le vide et réussit à s'agripper à moi. Cette fois, je pus la remonter sur la passerelle.

Il nous fallut une bonne heure pour retrouver un semblant de calme. La peur n'avait pas disparu, mais redescendre maintenant était aussi effrayant que de continuer à grimper. Keira se redressa lentement et m'aida à faire comme elle. En découvrant la falaise qui nous attendait, la peur revint, plus forte encore. Comment avais-je été assez stupide pour ne pas avoir dit oui à Keira tout à l'heure, quand elle m'avait proposé de faire demi-tour ? Fallait-il que je sois complètement inconscient pour nous avoir entraînés dans une aventure aussi folle ? Keira devait penser comme moi, elle leva la tête et évalua la distance qui nous séparait encore du sommet. Le temple qui devait se trouver en haut du pic était encore bien loin. Une échelle métallique grimpait à la verticale. Si les barreaux n'avaient été aussi glissants, si la vallée ne s'étendait pas à deux mille mètres sous nos pieds, ce n'aurait été qu'une simple échelle, composée tout de même de cinq cents barreaux. Notre salut se trouvait à cent cinquante mètres au-dessus de nos têtes. L'important était de garder son sang-froid. Keira me demanda si je pouvais maintenant lui réciter la liste des choses que j'aimais en elle.

— Ce serait vraiment le moment, me dit-elle. Je ne serais pas contre le fait de me changer les idées.

J'aurais voulu en être capable, la liste était assez longue pour la tenir en haleine jusqu'à ce que nous ayons rejoint ce maudit temple, mais regarder où mes mains s'accrochaient était la seule chose dont j'étais capable. Nous continuâmes d'escalader dans le plus grand silence.

Nous n'étions pas au bout de nos peines. Il nous restait une longue passerelle à franchir, elle ne devait guère faire plus d'un pied de large.

Il était presque 6 heures, le soir approchait et j'indiquai à Keira que si le monastère n'était pas en vue d'ici une demi-heure, nous devrions sérieusement commencer à chercher un abri pour la nuit. Ce que je venais de dire était absurde, nous longions une falaise et il n'y avait aucun abri, ni devant ni derrière.

Keira commençait à mieux apprivoiser son vertige. Ses gestes devenaient plus souples, elle gagnait en agilité. Peut-être réussissait-elle mieux que moi à faire taire sa peur.

Et puis enfin, derrière le versant que nous grimpions, apparut la longue crête qui s'étirait vers l'extrême pointe de la montagne. Un plateau surplombant la vallée d'où surgit, comme dans un rêve, un monastère au toit rouge.

Épuisée, Keira s'agenouilla sur la pente douce à l'ombre des grands pins. L'air était si pur qu'il nous brûlait la gorge.

Le temple était impressionnant. Sa base était taillée dans la roche, sa façade s'élevait sur deux étages et comptait six grandes fenêtres. Un escalier menait jusqu'à l'entrée. Au-devant d'une cour étroite était érigée une pagode dont l'avancée du toit versait aussi un peu d'ombre. Je repensai à la difficulté du chemin qui nous avait permis d'accéder jusque-là et me demandai par quel miracle, l'homme avait pu construire ici un tel édifice. Les bois qui ceinturaient les ouvertures avaient-ils été sculptés sur place avant d'être assemblés ?

— On y est arrivés, dit Keira les yeux pleins de larmes.

— Oui, nous y sommes arrivés.

— Regarde derrière toi, me dit-elle.

Je me retournai et vit une sculpture en pierre, un étrange dragon coiffé d'une épaisse crinière.

— C'est un lion, dit-elle, un lion solitaire et, sous sa patte... ce globe !

Keira pleurait, je la pris dans mes bras.

— Mais de quoi parles-tu ?

Elle sortit une lettre de sa poche, la déplia et me lut : *Le lion dort sur la pierre de la connaissance.*

Nous nous sommes rapprochés de la statue. Keira s'était penchée pour mieux l'étudier. Elle examina la sphère sur laquelle le lion posait sa patte, comme un gardien fier.

— Tu vois quelque chose ?

— De fines rainures autour du globe, rien d'autre, mais je dois passer à côté de l'essentiel. La pierre est rongée par l'érosion.

Je regardai le soleil décliner à l'horizon, il était bien trop tard pour envisager de redescendre maintenant. Il nous faudrait passer la nuit ici. Le temple nous abriterait du froid ; mais il était ouvert au vent et je redoutais que nous gelions pendant la nuit. Laissant Keira penchée sur ce globe qui retenait toute son attention, je m'aventurai vers les pins qui se dressaient sur la crête. Je ramassai à leur pied toutes les branches mortes que je pouvais rapporter et quelques pommes qui exhalaient un parfum de résine. De retour dans la cour, je commençai à préparer un feu.

— Je suis trop fatiguée, me dit Keira en me rejoignant. Et puis j'ai froid, ajouta-t-elle en se frottant les mains devant les premières flammes. Et si tu me dis que tu as quelque à chose à manger, je t'épouse !

J'avais conservé précieusement des biscuits secs que le moine avait glissés dans ma poche avant que nous le quittions. J'attendis un peu avant de lui en offrir un.

Nous avions trouvé refuge dans une pièce mieux protégée du vent. Nous étions épuisés par notre périple et il ne nous fallut pas longtemps pour trouver le sommeil.

Le cri d'un aigle nous réveilla aux premières heures du jour. Nous étions frigorifiés. Mes poches étaient aussi vides que nos estomacs, la soif commençait à se faire sentir. La route serait aussi dangereuse au retour qu'à l'aller, même si cette fois la gravité jouerait en notre faveur. Keira aurait voulu soulever la patte du lion, lui confisquer ce globe pour pouvoir l'étudier à loisir. Mais le fauve, figé, le gardait comme un trésor.

Il ne restait plus grand-chose du feu de la veille, nous manquions de bois pour le raviver, pourtant l'accord des lieux était si parfait, que je me refusai de toucher à la moindre branche. Keira regarda les cendres. Elle se précipita et s'agenouilla pour écarter les braises encore incandescentes.

— Aide-moi à récupérer des morceaux de charbon de bois qui ne soient pas brûlants, il m'en faudrait deux ou trois.

Elle en attrapa un, gros comme un fusain, et retourna en courant vers le lion. Puis elle commença à noircir la pierre ronde que le lion défendait farouchement. Je la regardai, dubitatif. Le vandalisme n'était pas dans ses habitudes, c'était même plutôt le contraire ; quelle mouche l'avait piquée pour qu'elle aille maculer de la sorte cette pierre si ancienne ?

— Tu n'as jamais fait d'antisèches à l'école ? me dit-elle en me regardant.

Je n'allais quand même pas passer aux aveux le premier, ce serait un comble, compte tenu des circonstances de notre première rencontre.

— Dois-je comprendre par là que tu te confesses enfin ? demandai-je en reprenant mes airs de pion.

— Pas le moins du monde, je ne te parlais pas de moi.

— Je n'ai pas le souvenir d'avoir fraudé, non. Et quand bien même je l'aurais fait, si tu crois que je te le dirais, tu peux toujours rêver.

— Bon, un jour je t'échangerai cet aveu contre la fameuse liste des choses qui te plaisent en moi. Mais, pour l'instant, prends un morceau de charbon et viens m'aider à noircir cette pierre.

— À quoi joues-tu ?

Alors que Keira appliquait méticuleusement la suie sur la pierre, je vis soudain apparaître une série de traits. C'était comme ce jeu que nous faisions à l'école. Il fallait graver des lettres sur une feuille avec l'aiguille d'un compas, passer dessus la pointe d'un crayon gras pour voir se révéler les mots incrustés dans le papier.

— Regarde, me dit Keira, plus fébrile que jamais.

Sur ce fond noir, nous avons vu apparaître une série de chiffres entrecroisés de lignes et de points. Cette pierre si précieusement gardée par le lion était un genre de sphère armillaire, témoignant de l'incroyable savoir astronomique de ceux qui l'avaient réalisée, des siècles et des siècles avant notre ère.

— Qu'est-ce que c'est ? demanda Keira.

— Une sorte de mappemonde, mais, au lieu de représenter la Terre, il s'agit de la sphère céleste, en d'autres mots, la représentation des deux ciels au-dessus de nos têtes, celui visible depuis l'hémisphère Nord et celui qui est visible depuis l'hémisphère Sud.

La découverte que venait de faire Keira était magnifique, il fallait que je lui en explique chaque détail.

— Autour de cette ligne médiane que tu vois, ce grand cercle est l'intersection du plan équatorial avec la sphère, on l'appelle l'équateur céleste, il partage la sphère en deux parties : nord et sud. On peut projeter n'importe quel point de la Terre sur la sphère céleste ; tous les astres peuvent y être représentés, y compris le Soleil.

Je lui montrai ici les deux cercles polaires, les tropiques, l'écliptique, le chemin parcouru par le Soleil, jalonné par les constellations zodiacales ; là, les colures des solstices et des équinoxes.

— Quand le Soleil croise le plan équatorial, c'est-à-dire au moment des équinoxes, la durée du jour est égale à la durée de la nuit. L'autre cercle que tu vois là est la projection de la trajectoire du Soleil sur la sphère. Ici, c'est *Ursae minoris*, l'étoile alpha, plus connue sous le nom d'étoile Polaire, elle est tellement proche du pôle nord céleste qu'elle semble immobile dans le ciel. Cet autre grand cercle est un méridien céleste.

Cette représentation était si complète que je lui avouai n'avoir jamais rien vu de tel de ma vie. Les premières sphères armillaires avaient été mises au point par les Grecs dès le troisième siècle avant Jésus-Christ, mais les incrustations gravées sur cette pierre étaient bien plus anciennes.

Keira avait retourné la lettre qu'elle conservait dans sa poche et en utilisa le verso pour reproduire les inscriptions figurant sur la sphère. Elle avait un sacré coup de crayon.

— Qu'est-ce que tu fais ? me dit-elle en relevant la tête de son dessin.

Je lui montrai un petit appareil photo que j'avais dissimulé dans ma poche depuis notre arrivée en Chine, je ne sais pas pourquoi je n'avais pas osé lui avouer plus tôt que je rêvais d'immortaliser certains moments de notre voyage.

— C'est quoi ? demanda-t-elle alors qu'elle le savait très bien.

— Une idée de ma mère… un appareil photo jetable.

— Qu'est-ce que ta mère vient faire là-dedans ? Tu l'as depuis longtemps ?

— Je l'ai acheté à Londres avant de partir. Considère cela comme un accessoire de camouflage. A-t-on jamais vu des touristes sans appareil photo ?

— Et tu t'en es déjà servi ?

Je mens terriblement mal, autant passer tout de suite aux aveux.

— Je t'ai photographiée deux ou trois fois, pendant que tu dormais, et puis lorsque tu as été malade sur le bord de l'autoroute, et chaque fois que tu ne me prêtais pas attention. Ne fais pas cette tête-là, je voulais juste rapporter quelques souvenirs.

— Il reste combien de photos dans cet appareil ?

— En fait, c'est le deuxième de son genre, j'en ai déjà terminé un, sur celui-là, la pellicule est vierge.

— Tu en as acheté combien de tes trucs jetables ?

— Quatre... cinq, peut-être.

J'étais assez embarrassé et je souhaitais mettre un terme au plus vite à cette discussion. Je m'approchai du lion et commençai à photographier la pierre ronde, multipliant des gros plans de chaque détail.

Nous avions réuni assez de matière pour pouvoir reconstituer l'ensemble des informations gravées sur la pierre. J'avais mesuré ses dimensions à l'aide de la ceinture de mon pantalon, afin d'avoir un rapport d'échelle lorsque nous serions rentrés. En assemblant les prises de vue que je venais de faire et les dessins de Keira, à défaut de l'original, nous aurions à notre disposition une copie fidèle. Le moment de quitter la montagne sacrée était venu. En regardant la position du Soleil, j'estimai qu'il devait être environ 10 heures du matin, si la descente se faisait sans encombre, nous aurions regagné le monastère avant la fin de la journée.

*

Nous sommes arrivés fourbus. Les disciples nous avaient préparé tout ce dont nous avions besoin. De l'eau chaude pour nous laver, un repas à base de bouillon pour nous réhydrater et du riz en quantité pour reprendre des forces. Le moine ne vint pas ce soir-là. Les disciples nous expliquèrent qu'il méditait, on ne pouvait pas le déranger.

Nous l'avons retrouvé le matin suivant. Hormis quelques écorchures, des ampoules aux mains et aux pieds notre forme était plus qu'honorable.

— Êtes-vous satisfaits de votre périple sur la pyramide blanche ? demanda le moine en s'approchant de nous. Avez-vous trouvé ce que vous cherchiez ?

Keira m'interrogea du regard, fallait-il mettre cet homme dans la confidence ? La veille de notre départ, il m'avait témoigné de l'intérêt qu'il portait à l'astronomie. Comment le tenir à l'écart de cette fascinante découverte ? Peut-être pourrait-il nous éclairer davantage. Je lui dis que nous avions trouvé quelque chose de plus incroyable encore que ce que nous avions imaginé. J'avais piqué sa curiosité, mais, pour lui expliquer de quoi il s'agissait, j'avais besoin de faire développer mes photos, ce qu'elles lui révéleraient serait bien plus parlant que toutes mes explications.

— Vous m'intriguez, nous dit-il. Mais je patienterai et attendrai que vous ayez fait tirer ces photographies que vous voulez me montrer. Mes disciples vous conduiront à votre voiture. Repartez vers l'est, à soixante-dix kilomètres, vous arriverez à Lingbao ; c'est l'une de ces villes modernes qui ont poussé comme des mauvaises herbes ces dernières années, vous trouverez là-bas tout ce dont vous avez besoin.

La carriole nous ramena au 4 × 4. Deux heures après avoir quitté le moine, nous arrivions dans le centre-ville de Lingbao. Sur la grande avenue commerçante, les magasins d'électronique destinés autant aux Chinois qu'aux touristes se succédaient. Nous choisîmes l'un d'entre eux au hasard. Je confiai l'appareil photo jetable à l'employé du rayon qui nous intéressait et, un quart d'heure plus tard, ce dernier nous remettait contre cent yuans, un jeu des vingt-quatre photos prises sur le mont Hua, ainsi qu'une petite carte électronique sur laquelle elles avaient été digitalisées.

— Tu aurais pu en profiter pour faire développer celles que tu as prises pendant que je dormais ou que je vomissais sur le bord de la route... pour ton album.

— Figure-toi que je n'y ai pas pensé, lui répondis-je d'un ton aussi ironique.

Une drôle de machine attira mon attention. L'appareil était composé d'un écran, d'un clavier et pourvu de fentes de différentes tailles où l'on pouvait insérer le genre de carte que l'employé m'avait remise. En introduisant quelques pièces de monnaie, on pouvait envoyer ses photographies par Internet n'importe où dans le monde. Décidément, l'Asie regorge d'ingéniosité dans le domaine technologique.

J'invitai Keira à me suivre et, en quelques minutes, j'envoyai un courriel à mes deux amis, Erwan à Atacama et Martyn en Angleterre. Je demandai à chacun d'eux d'étudier ces images avec la plus grande attention et de bien vouloir me dire ce qu'elles leur inspiraient ainsi que leurs éventuelles conclusions. Keira n'avait pas de photos à envoyer à Jeanne, elle se contenta d'un petit mot, où elle prétendit se trouver dans la vallée de l'Omo, lui assurant que tout allait bien et qu'elle lui manquait.

Nous avons profité de ce passage en ville pour acheter quelques produits de première nécessité. Keira voulait absolument du shampoing ; nous avons passé près d'une heure à chercher la marque qui lui conviendrait, je lui fis remarquer qu'une heure, c'était peut-être un peu long juste pour du shampooing. Si elle ne m'avait pas tiré par le bras, rétorqua-t-elle, nous serions encore dans le magasin d'électronique !

Nous avions eu notre compte de riz, de bouillon et de galettes, et ni Keira ni moi n'avons pu résister devant la vitrine d'un fast-food où l'on servait de vrais hamburgers, avec frites et fromage fondant. Cinq cents calories l'unité, me dit-elle, en ajoutant aussitôt que c'étaient cinq cents calories de pur plaisir.

Après le déjeuner, nous sommes directement repartis au monastère. Cette fois notre moine n'était pas en séance de méditation et il semblait même guetter notre retour avec impatience.

— Alors ces photos ?, nous dit-il.

Je lui montrai les clichés et lui expliquai comment nous avions procédé pour faire apparaître la sphère céleste incrustée dans la pierre.

— C'est en effet une impressionnante découverte que vous venez de faire. Avez-vous pensé à remettre la pierre dans son état d'origine ?

— Oui, dit Keira, nous l'avons nettoyée avec des feuilles aussi trempées que nous par la rosée du matin.

— Sage décision. Comment êtes-vous arrivés jusqu'à ce lion ? demanda le moine.

— C'est une longue histoire, une histoire aussi longue que ce voyage.

— Quelle en sera la prochaine étape ?

— Là où se situe le morceau jumeau de celui-ci, dit Keira en montrant son pendentif au moine. Et nous pensons que la sphère céleste découverte sur le mont Hua devrait nous aider à le localiser. De quelle manière ? Nous l'ignorons encore, mais, avec un peu de temps, nous finirons peut-être par y voir plus clair.

— Quelle est la véritable fonction de ce très bel objet ? interrogea le moine en étudiant de près le pendentif de Keira.

— C'est un fragment d'une carte du ciel qui fut établie il y a bien plus longtemps que la sphère céleste que nous avons trouvée sous la patte du lion.

Le moine nous fixa tous les deux, droit dans les yeux.

— Suivez-moi, nous dit-il en nous entraînant à l'écart du monastère.

Il nous conduisit jusqu'au saule au pied duquel nous avions déjà discuté ensemble et nous demanda de nous asseoir. Acceptions-nous en échange de son hospitalité de lui raconter cette longue histoire qui le passionnait ? Nous nous sentions ses obligés, et avons accédé à sa demande de bonne grâce.

— Si je comprends bien, conclut-il, l'objet que vous portez autour du cou serait une carte du ciel tel qu'il apparaissait il y a quatre cents millions d'années ; ce qui, vous en conviendrez, paraît impossible. Vous me dites qu'il existerait d'autres fragments de cette carte aujourd'hui incomplète et qu'en les réunissant vous en prouveriez l'authenticité ?

— C'est exactement cela.

— Êtes-vous certains que c'est la seule chose que cela prouverait ? Avez-vous réfléchi aux implications de votre découverte, à toutes les vérités établies en ce monde qui seraient aussitôt remises en cause ?

J'avouai que nous n'avions pas eu beaucoup de temps pour en faire l'inventaire, mais si la réunification des fragments devait nous permettre d'en apprendre plus sur l'origine de l'humanité et, qui sait, peut-être même sur la naissance de l'Univers, alors cette découverte serait inestimable.

— En êtes-vous si sûrs ? nous demanda le moine. Vous êtes-vous demandé pourquoi la nature avait choisi d'effacer de nos mémoires tous les souvenirs de la première enfance ? Pourquoi nous ignorions tout de nos premiers instants sur Terre ?

Keira et moi étions bien incapables de répondre à la question que le moine nous avait posée.

— Avez-vous la moindre idée des difficultés qu'une âme doit braver pour s'unir à un corps et donner naissance à la vie sous la forme que nous lui connaissons ? Vous qui êtes astronome, j'imagine combien vous êtes passionné par la création de l'Univers, par ces premiers instants, ce fameux Big Bang, cette explosion phénoménale d'énergie qui donna naissance à la matière. Croyez-vous que les premiers instants d'une vie soient si différents ? Ne serait-ce pas juste une question d'échelle ? L'Univers infiniment grand, et nous, infiniment petits. Et si ces deux naissances étaient quelque part similaires ? Pourquoi l'homme va-t-il toujours chercher si loin ce qui est si près de lui ?

« Peut-être la nature a-t-elle choisi d'effacer le souvenir de nos premiers instants et de nous protéger en nous interdisant de nous remémorer les souffrances endurées pour prendre possession de la vie. Et, qui sait, afin que jamais nous ne puissions trahir le secret de ces premiers instants ? Je me demande souvent ce qu'il adviendrait de l'humanité si nous comprenions véritablement ce processus ? L'homme se prendrait-il alors pour un dieu ? Qu'est-ce qui le retiendrait de tout détruire s'il savait créer la vie à loisir ? Quel respect accorderions-nous à la vie, si nous percions le mystère de sa création ?

« Il ne m'appartient pas de vous dire d'arrêter ce voyage, pas plus que de juger votre démarche. Notre rencontre n'était peut-être pas fortuite. Cet Univers qui vous inspire tant possède des qualités insoupçonnables et nous sommes loin d'avoir la plus petite idée de ce qu'est vraiment le hasard. Je vous demande seulement de réfléchir tout au long de votre chemin, à ce que vous entreprenez réellement. Si ce voyage vous a déjà permis de vous rencontrer, alors peut-être était-ce là son premier dessein, peut-être que la sagesse serait de vous en tenir là.

Le moine nous rendit les photographies. Il se leva, nous salua et repartit vers le monastère.

Le lendemain, nous sommes retournés à Lingbao. Nous avions repéré un cybercafé, où nous avons pu nous connecter à Internet et lire nos courriers respectifs. Keira reçut des nouvelles de sa sœur, et moi de mes amis astrophysiciens qui tous deux me demandaient de les appeler au plus vite.

Je joignis Erwan en premier.

— Je ne sais pas sur quel coup tu es cette fois, me dit-il, mais tu commences vraiment à m'intriguer. Je ne sais pas non plus pourquoi je passe tant d'heures à bosser pour toi alors que tu ne me dis rien, mais j'imagine que c'est parce que je suis ton ami. Cela étant, je t'attends ici de pied ferme avec des explications, et tu me paieras aussi un bon repas pour la deuxième nuit blanche consécutive que tu m'imposes.

— Qu'as-tu découvert, Erwan ?

— Ta sphère céleste est réglée sur un axe précis. J'ai fait une triangulation, croisé les coordonnées équatoriales, l'équateur et le méridien de ta sphère armillaire pour déterminer l'ascension droite et la déclinaison. J'ai passé plusieurs heures à chercher quelle étoile était pointée, mais je n'ai rien trouvé, mon vieux. J'ai vu que tu avais aussi demandé à ton ami Martyn de se pencher sur la question, vois avec lui s'il a découvert quelque chose, en ce qui me concerne, je sèche.

Après avoir raccroché avec Erwan, j'appelai Martyn. Il se réveillait à peine et je m'excusai de le déranger au saut du lit.

— C'est une sacrée charade que tu m'as envoyée, mon vieux. Si tu croyais m'avoir comme ça, j'ai déjoué ton piège.

Je le laissais parler, sentant mon cœur battre plus fort à chaque instant.

— Bien sûr, reprit Martyn, n'ayant pas les coordonnées horaires pour mesurer les angles, je me suis demandé à quel jeu tu jouais. C'est un sublime modèle de sphère armillaire. La plus complète que j'aie jamais vue et, surtout, elle est exacte. Incroyablement précise d'ailleurs. Bon, venons-en au fait. Je me suis demandé quelle étoile elle pointait, jusqu'à ce que je comprenne ce dont il s'agissait. Ce n'est pas dans le ciel que cette sphère nous indique un point, mais au contraire depuis le ciel qu'elle désigne un point sur la Terre. Seul hic, j'ai entré les coordonnées horaires actuelles, et d'après mes calculs ce point se trouve au milieu de nulle part, en pleine mer d'Andaman, au sud de la Birmanie.

— Aurais-tu les moyens de refaire tes calculs en modifiant les coordonnées horaires de façon qu'elles aient environ trois mille cinq cents ans ?

— Pourquoi cette date en particulier ? demanda Martyn.

— Parce que c'est l'âge de la pierre sur laquelle j'ai trouvé ces coordonnées.

— Il faut que je recalcule beaucoup de paramètres, je vais essayer de libérer un ordinateur, mais je ne te promets rien, donne-moi jusqu'à demain.

Je remerciai mon ami pour tout le mal qu'il se donnait et rappelai aussitôt Erwan afin de le tenir au courant et de le soumettre au même exercice que celui que j'avais imposé à Martyn. Erwan râla un peu, mais il était dans sa nature de râler toujours un peu, et il me promit, lui aussi, de me donner de ses nouvelles le lendemain.

J'informai Keira des progrès accomplis en si peu de temps. Je me souviens combien nous étions heureux, combien nous étions enthousiastes, tous deux enivrés par la promesse qui nous attendait. Nous n'avions rien écouté des mises en garde prodiguées par le moine. Seule la science comptait, et le besoin de nourrir notre appétit de découverte était plus fort que tout.

— Je n'ai pas envie de retourner dans notre *Bed and Breakfast* monacal, me dit Keira. Ce n'est pas que notre hôte soit désagréable, bien au contraire, mais ses leçons de morale finissent par être un peu pénibles. Puisque nous devons attendre demain, si nous jouions vraiment aux touristes toi et moi ? La Rivière Jaune est près d'ici, allons la voir, tu pourras faire tes photos, même quand je te prête attention, car si tu nous trouves un petit coin tranquille pour se baigner, je compte te prêter beaucoup plus d'attention que tu ne le soupçonnes.

Cet après-midi-là, nous nous sommes baignés nus dans la rivière. Keira était heureuse et moi tout autant qu'elle. J'avais oublié le plateau d'Atacama, Londres et la douceur de mon quartier quand la pluie ruisselle sur les toits de Primrose Hill, j'avais oublié Hydra, ma mère, tante Elena, Kalibanos et ses ânes à deux vitesses. J'avais oublié que j'avais probablement perdu toute chance d'enseigner l'an prochain à l'Académie, mais tout cela m'était bien égal. Keira était dans mes bras, nous faisions l'amour dans les eaux claires de la Rivière Jaune et rien d'autre ne comptait.

*

Nous ne sommes pas rentrés au monastère ; nous avions décidé de trouver une chambre d'hôtel à Lingbao. Keira rêvait d'un bon bain et moi d'un bon dîner.

Une soirée en amoureux à Lingbao ; de l'écrire me fait encore sourire. Nous marchions dans les rues de cette ville improbable. Keira s'était piquée au jeu des photos. Au bord de la rivière, nous avions presque fini la pellicule d'un appareil, Keira en avait acheté un autre pour nous photographier cette fois dans les rues de la ville. Elle préférait que nous ne les fassions pas développer ici, cela gâcherait tout le plaisir de revisiter ces instants quand nous serions rentrés à Londres, m'avait-elle dit.

À la terrasse d'un restaurant, Keira me demanda si j'allais enfin lui réciter la liste de ce que j'aimais chez elle. Je lui demandai à mon tour si elle était disposée à me dire si oui ou non elle trichait dans cette salle d'examen où nous nous étions rencontrés la première fois. Elle refusa, et je lui répondis que, dans ce cas, la fameuse liste resterait encore secrète.

Le confort du lit de cette chambre d'hôtel nous fit oublier la rudesse des nattes au monastère. Mais nous n'avons pas beaucoup dormi cette nuit-là.

Douze heures nous séparaient du Chili. Il était 10 heures du matin à Lingbao, 10 heures du soir à Atacama. J'appelai Erwan.

Il y avait encore un problème sur un télescope, et je compris que je le dérangeai au milieu d'une intervention de maintenance. Il prit quand même mon appel et m'expliqua que, pendant que je me la coulais douce en Chine, il se trouvait allongé sur une passerelle métallique, en train de se battre avec un écrou qui lui résistait. Je l'entendis pousser un cri et prononcer une bordée d'injures. Il venait de s'entailler le doigt, il était furieux.

— J'ai fait tes calculs, me dit-il, je ne sais pas pourquoi je m'emmerde à ce point, je te préviens, c'est la dernière fois ! Tes coordonnées se trouvent toujours en mer d'Andaman, mais avec les corrections que j'ai effectuées, cette fois, tu seras sur la terre ferme. Tu as de quoi noter ?

Je pris un stylo et une feuille de papier et vérifiai, fébrile, que la plume fonctionnait.

— 13° 26' 50" de latitude Nord, 94° 15' 52" de longitude Est. J'ai vérifié pour toi, c'est l'île de Narcondam, quatre kilomètres sur trois et pas âme qui vive. Quant à la position exacte des coordonnées, elles t'amèneront dans le cul d'un volcan ; je t'ai gardé la bonne nouvelle pour la fin, il est éteint ! Maintenant, j'ai du boulot et je te laisse à ton riz et à tes baguettes.

Erwan raccrocha, avant même que je puisse le remercier. Je consultai l'heure à ma montre, Martyn travaillait toujours de nuit, mon impatience était telle que je me risquai à le réveiller.

Il me communiqua les mêmes coordonnées.

Keira m'attendait dans la voiture. Je lui ai tout raconté de mes conversations téléphoniques. Et quand elle m'a demandé où nous allions, je me suis amusé à entrer dans l'appareil de navigation du tableau de bord, les chiffres qu'Erwan et Martyn m'avaient communiqués : 13° 26' 50" N, 94° 15' 52" E, avant de lui révéler que notre prochaine escale se trouvait au sud de la Birmanie, sur une île baptisée le Puits de l'enfer.

L'île de Narcondam se situait à dix heures de navigation depuis la pointe sud de la Birmanie. Nous avions étudié sur une carte les différents moyens de nous y rendre, mais tous les chemins ne mènent pas à Rangoon. Nous sommes entrés dans une agence de voyages pour demander conseil à l'employé qui parlait un anglais relativement correct.

En deux heures de route, nous pouvions atteindre Xi'an, prendre l'avion du soir pour Hanoi et attendre le surlendemain le vol régulier qui reliait Rangoon deux fois par semaine. Une fois arrivés dans le sud de la Birmanie, il nous faudrait trouver un bateau. Dans le meilleur des cas, nous mettrions trois à quatre jours pour arriver sur l'île.

— Il doit bien y avoir un moyen plus simple et plus rapide. Si nous retournions jusqu'à Pékin ?

L'agent de voyages ne perdait pas un mot de notre conversation. Il se pencha sur son comptoir et nous demanda si nous avions des devises étrangères. J'avais appris depuis longtemps à toujours voyager avec des dollars en poche. Nombreux sont les pays du monde où quelques billets verts à l'effigie de Benjamin Franklin règlent bien des problèmes. L'employé nous parla de l'un de ses amis, un ancien pilote de chasse de l'armée de l'air chinoise qui avait racheté à son ancien employeur un vieux Lisunov.

Il offrait ses services aux touristes en mal de sensations. Les baptêmes de l'air qu'il proposait sur cette version russe du DC3 servaient en réalité de couverture à un trafic de marchandises en tout genre.

En Asie du Sud, nombreuses étaient les compagnies clandestines qui employaient d'anciens pilotes en retraite de l'armée, à qui leurs pensions paraissaient un peu maigres. Drogue, alcool, armes, devises transitaient au nez et à la barbe des autorités douanières, entre la Thaïlande, la Chine, la Malaisie et la Birmanie. Les appareils qui assuraient ces vols ne répondaient à aucune norme en vigueur, mais qui s'en serait soucié ? L'agent de voyages nous assura qu'il pouvait nous arranger le coup. Bien mieux que de se poser à Rangoon d'où nous devrions encore prendre la mer pour dix bonnes heures de bateau à l'aller comme au retour, son ami pilote pouvait nous faire atterrir à Port Blair, capitale des îles Andaman et Nicobar. Depuis Port Blair, l'îlot où nous voulions nous rendre ne serait plus qu'à soixante-dix milles marins. Un client entra dans l'agence, nous laissant quelques minutes de réflexion.

— On a failli y rester dans la montagne, tu veux qu'on tente notre chance dans un vieux zinc pourri ? demandai-je à Keira.

— On peut aussi être optimistes et voir le bon côté des choses ; si on ne s'est pas rompu le cou, alors que nous étions suspendus comme deux andouilles à deux mille cinq cents mètres au-dessus du vide, qu'est-ce qu'on risque à bord d'un avion, aussi déglingué soit-il ?

Le point de vue de Keira dénotait en effet un certain optimisme, mais il n'était pas totalement dénué de sens. Voyager de cette façon n'était pas sans danger – nous n'avions aucune idée de la nature de la cargaison qui voyagerait avec nous, ni même des risques que nous encourrions si notre appareil se faisait intercepter par les gardes-côtes indiens – mais dans l'hypothèse où tout se déroulerait bien, nous accosterions dès le lendemain soir sur l'île de Narcondam.

Le client était ressorti de l'agence, nous étions à nouveau seuls avec notre homme. Je lui remis deux cents dollars à titre d'arrhes ; il regardait sans cesse ma montre, j'en déduisis donc qu'elle paierait sa commission ; je l'enlevai de mon poignet, il la mit aussitôt au sien, il était fou de joie. Je promis de donner à son ami pilote tout ce que j'avais en poche, s'il nous menait à bon port. La moitié payable à l'aller, l'autre au retour.

L'affaire était conclue. Il ferma la porte de son agence et nous fit sortir avec lui par l'arrière-boutique. Une motocyclette était garée dans la cour, il grimpa dessus, installa Keira au milieu, il me restait un petit bout de selle et le porte-bagages pour appuyer mes mains. La motocyclette pétarada dans la courette et nous quittâmes la ville pour nous retrouver un quart d'heure plus tard, filant à toute berzingue sur une route de campagne. Le petit terrain d'aviation, d'où nous devions décoller, n'était qu'une piste en terre tracée au milieu d'un champ avec son vieux hangar rouillé où dormaient deux coucous. Le plus gros serait le nôtre.

Le pilote avait la tête d'un flibustier. Je l'aurais bien vu jouer un rôle dans *La Canonnière du Yang-Tsé*. Le visage buriné, une grande balafre sur la joue, il avait vraiment l'air d'un pirate des mers du Sud. Notre agent de voyages d'un genre un peu particulier s'entretint avec lui. L'homme l'écouta sans broncher, il vint à ma rencontre et tendit la main pour que je lui règle son dû. Satisfait, il me montra une dizaine de caisses au fond du hangar et me fit comprendre que, si je voulais que nous décollions, j'avais tout intérêt à lui donner un coup de main. Chaque fois que je lui passais un colis et que je voyais disparaître la cargaison à l'arrière de la carlingue, j'essayai de ne pas penser au genre de marchandises qui voyageraient avec nous.

Keira s'était installée à la place du copilote et moi sur le fauteuil du navigateur. Plutôt affable, notre pilote flibustier se pencha vers Keira et lui dit, dans un anglais rudimentaire, que l'appareil sur lequel nous volions datait de l'après-guerre. Ni Keira ni moi n'eûmes le culot de lui demander de quelle guerre il parlait.

Il nous demanda de boucler nos ceintures ; je m'excusai de ne pas respecter cette consigne de sécurité, celle qui devait équiper mon fauteuil avait disparu. Le tableau de bord s'illumina, ou plutôt quelques cadrans, tandis que sur d'autres les aiguilles restaient inertes. Le pilote tira deux manettes, repoussa une série de boutons – il avait l'air de connaître son affaire – et les deux moteurs Pratt & Whitney – la marque était inscrite sur les capots – crachèrent une épaisse fumée. Une gerbe de flammes jaillit et les hélices se mirent à tournoyer. La queue de l'appareil pivota ; glissant comme si nous étions sur de la glace, l'avion s'aligna sur la piste. Le bruit dans le cockpit devint assourdissant, tout tremblait. Je regardai par un hublot notre agent de voyages qui nous faisait de grands signes, je n'ai jamais haï quelqu'un autant que ce type. Secoués comme des pruniers, nous prîmes de la vitesse. La fin de la piste se rapprochait de manière assez inquiétante. Je sentis soudain la queue de l'avion se soulever, enfin nous nous élevions dans les airs. Je suis certain que nous avons taillé de quelques centimètres la cime des arbres que nous laissions derrière nous, mais, de minute en minute, nous prenions de l'altitude.

Le pilote nous expliqua que nous ne volerions pas très haut, de façon à ne pas entrer dans le rayon de couverture des radars. Il avait dit cela en souriant, j'en conclus qu'il ne fallait pas s'inquiéter plus que cela.

Pendant la première heure de vol, nous survolâmes une plaine ; le pilote grimpa un peu alors que se dessinait un léger relief devant nous, deux heures plus tard, nous nous trouvions au nord-est du Yunnan. Il changea de cap et vira plus au sud. La route serait plus longue, mais le mieux pour sortir de Chine était de longer la frontière du Laos, la surveillance aérienne y étant quasi inexistante. Je ne peux pas dire que, jusque-là, le vol fut vraiment confortable, mais ce n'était rien en comparaison de ce qui arriva quand nous entrâmes dans une zone de turbulences alors que nous survolions le Mékong. À l'approche du fleuve, le pilote fit piquer l'appareil du nez pour voler à fleur d'eau. Keira trouvait cela magnifique. Peut-être le paysage l'était-il, je n'en savais rien, mes yeux étaient rivés sur l'altimètre. Je me demande bien pourquoi, puisque chaque fois que notre pilote tapotait dessus, l'aiguille gigotait et retombait aussitôt. Nous survolerions le Laos pendant quinze minutes avant d'entrer en territoire birman. Deux autres cadrans retinrent toute mon attention, les jauges de carburant. D'après ce que je voyais, les réservoirs n'étaient plus qu'au quart. Je demandai à notre pilote dans combien de temps il pensait arriver. Il dressa fièrement deux doigts et replia à moitié le troisième. Compte tenu du carburant consommé depuis notre départ, s'il nous restait vraiment deux heures et demie de vol, nous allions logiquement tomber en panne sèche avant d'avoir atteint notre destination. Je partageai mes déductions arithmétiques avec Keira qui se contenta de hausser les épaules. Je ne voyais que des montagnes et aucun endroit où nous aurions pu nous poser pour un éventuel ravitaillement. J'avais oublié que l'agent de voyages avait précisé que son ami était un ancien pilote de chasse. Alors que nous passions entre deux cols, l'avion s'inclina avant d'effectuer un décrochage sur l'aile qui nous souleva l'estomac. Les moteurs criaient, la carlingue tremblait à tout-va, l'avion reprit une assiette presque normale et nous vîmes apparaître devant le cockpit un semblant de route le long d'une rizière. Keira ferma les yeux ; l'avion toucha le sol comme une fleur et s'immobilisa. Le pilote coupa le contact, défit sa ceinture et me demanda de le suivre. Il m'entraîna à l'arrière de la carlingue, desserra les sangles qui retenaient deux grands fûts et me fit comprendre que je devais maintenant l'aider à les faire rouler jusque sous les ailes. Rien à redire, le service à bord regorgeait d'inventivité ! Je poussai mon fût vers l'aile droite quand j'aperçus une traînée de poussière s'élever au bout de la route. Deux jeeps roulaient vers nous. Arrivés à notre hauteur, quatre hommes en descendirent. Ils échangèrent quelques mots avec notre pilote ainsi qu'une liasse de billets dont je n'eus pas le temps d'identifier la devise et déchargèrent en quelques minutes les caisses que nous avions mis beaucoup plus de temps que cela à embarquer. Ils repartirent comme ils étaient venus, sans nous saluer, ni nous avoir aidés à refaire le plein.

L'opération de remplissage des réservoirs se fit à l'aide d'une petite pompe électrique et prit une bonne demi-heure. Keira en profita pour se dégourdir les jambes. On remonta les fûts vides à l'arrière de l'avion, nous en aurions besoin au retour, et chacun reprit sa place à bord. Même nuage de fumée noirâtre, mêmes crachements de flammes, les hélices tournèrent à nouveau, et l'avion s'éleva dans les airs, passant de justesse entre les deux cols où nous avions piqué du nez un peu plus tôt.

Le survol de la Birmanie se fit sans encombre, à une altitude plus basse encore pour éviter de nous faire repérer. Le pilote nous indiqua que nous devrions atteindre la côte d'ici peu, et nous découvrîmes bientôt l'immensité bleue de la mer d'Andaman. L'avion prit un cap plus au sud. Nous volions au ras des vagues. Les gardes-côtes indiens étaient bien plus vigilants que leurs voisins birmans. Keira me montra un point à l'horizon. Le pilote regarda le GPS portable accroché par une sangle au tableau de bord, un modèle plus robuste et plus précis que ceux que l'on pouvait acheter pour équiper une automobile.

— Terre, cria le pilote dans l'habitacle.

Nous changeâmes à nouveau de cap pour contourner la côte est de l'île, et après avoir effectué un premier passage en rase-mottes, l'avion se posa docilement au milieu d'un champ.

Port Blair était à dix minutes de marche à travers la campagne. Le pilote récupéra ses affaires et nous accompagna. Il connaissait une petite auberge qui louait des chambres. Nous avions le reste de la journée pour faire notre excursion en mer, le vol retour était fixé au lendemain matin. Le pilote voulait impérativement repasser la frontière chinoise à midi. Quand les radaristes déjeunaient, ils ne surveillaient pas leurs écrans de contrôle.

*

Port Blair

Nous nous remettions du voyage, attablés à la terrasse d'un glacier où nous avions convié notre pilote.

Au début du dix-neuvième siècle, Port Blair devint le point d'ancrage des navires de guerre de la Royale qui convoyaient ses soldats vers le front de la première guerre anglo-birmane. Les équipages des bateaux qui accostèrent furent régulièrement attaqués par les natifs de l'île qui se rebellaient contre l'envahisseur. Lorsque l'empire colonial anglais commença à se déliter, les rébellions indiennes fournirent au gouvernement de Sa Majesté plus de prisonniers que ses geôles ne pouvaient en accueillir. Un pénitencier fut construit au-dessus du port où nous nous trouvions. Combien de brimades infligèrent mes concitoyens aux habitants de cette île, et combien de sévices firent-ils subir à ceux qu'ils détenaient ? Tortures, traitements cruels et pendaisons étaient le lot quotidien des prisonniers du pénitencier ; prisonniers, dont la plupart étaient retenus pour de seuls motifs politiques. L'indépendance de l'Inde mit un terme à ces abominations. Au beau milieu de la mer d'Andaman, Port Blair est devenu un lieu de villégiature pour les touristes indiens. Devant nous, deux enfants se régalaient d'un cornet de glace tandis que leurs mamans chinaient dans les magasins à la recherche d'un chapeau ou d'une serviette de plage. En jetant un coup d'œil à ce pénitencier, dont les murs s'élèvent toujours au-dessus du port, je me demandais qui se souvenait encore de ceux qui étaient morts ici au nom de la liberté.

À la fin du repas, notre pilote nous aida à trouver une embarcation qui nous mènerait jusqu'à Narcondam. Un loueur de bateaux accepta de nous confier l'une de ses vedettes rapides. Coup de chance, il acceptait aussi les cartes de crédit. Keira me fit remarquer qu'à ce train-là ce voyage finirait par me ruiner et elle avait raison.

Avant de prendre le large, je demandai à notre pilote s'il acceptait de me confier son appareil de navigation, je prétextais ne pas connaître la région et craindre que le compas de bord ne me suffise pas. L'idée de me prêter son GPS ne l'enchantait pas, il m'expliqua que, si je le perdais, nous ne pourrions pas regagner la Chine. Je promis d'y faire très attention.

La météo était idéale et la mer d'huile ; avec les deux moteurs de trois cents chevaux qui équipaient notre hors-bord, nous accosterions sur l'île du Puits de l'enfer dans deux heures tout au plus.

Keira s'était assise à la proue du bateau. Une jambe de chaque côté du bastingage, elle profitait du soleil et de la douceur du vent. À quelques miles des côtes, la mer se forma et la força à me rejoindre dans le poste de pilotage. Le bateau filait, sautant sur la crête des vagues. Il était 18 heures au soleil quand nous vîmes apparaître les côtes de Narcondam. Je contournai le minuscule îlot et repérai une plage au fond d'une crique où je pus échouer le hors-bord sur le sable.

Au pied du volcan, Keira ouvrit la marche. Il nous fallait encore grimper sept cents mètres à travers des buissons avant d'en atteindre le sommet. Ce n'était pas une mince affaire. J'allumai le GPS et entrai les coordonnées qu'Erwan et Martyn m'avaient fournies.

*

Londres

13° 26' 50" N, 94° 15' 52" E.

Sir Ashton replia la feuille de papier que lui avait remis son assistant.

— Qu'est-ce que cela veut dire ?

— Je ne sais pas, monsieur, et je dois vous avouer que c'est à n'y rien comprendre. Leur véhicule est garé dans une rue de Lingbao, au nord de la Chine et il n'en a pas bougé depuis hier matin. Ils ont simplement entré ces coordonnées dans le GPS de bord, mais je doute fort qu'ils rejoignent cette destination par la route.

— Et pourquoi donc ?

— Parce que cela les conduirait sur une petite île située au milieu de la mer d'Andaman ; même avec un 4 × 4, il n'est pas facile d'y accéder en voiture.

— Qu'est-ce qu'elle a de particulier cette île ?

— Justement rien, monsieur, il ne s'agit que d'un minuscule îlot volcanique. À part quelques oiseaux, il est totalement inhabité.

— Et ce volcan est en activité ?

— Non, monsieur, il n'a connu aucune éruption depuis plus de quatre mille ans.

— Ont-ils quitté la Chine pour se rendre sur cet îlot de malheur ?

— Non, pas encore, monsieur, nous avons vérifié auprès de toutes les compagnies aériennes, aucune trace d'eux ; de plus, d'après le mouchard que nous avons placé dans la montre de l'astrophysicien, ils sont toujours dans le centre-ville de Lingbao.

Sir Ashton repoussa son fauteuil et se leva.

— La plaisanterie a assez duré ! Réservez-moi une place sur le premier vol pour Pékin. Qu'une voiture et deux hommes m'attendent à l'arrivée. Il est grand temps de mettre un terme à tout cela avant qu'il ne soit trop tard.

Sir Ashton prit son chéquier dans le tiroir de son bureau et sortit un stylo de la poche de son veston.

— Vous réglerez mon billet avec votre propre carte de crédit, je vous laisse inscrire sur ce chèque la somme qu'il faudra pour vous rembourser. Je préfère que l'on ne sache pas où je me rends. Si l'on cherche à me joindre, notez le message, dites que je suis souffrant et que je me repose chez des amis à la campagne.

*

Île du Puits de l'enfer

J'avais calculé que la nuit tomberait dans quatre heures. Je préférais ne pas reprendre la mer dans l'obscurité, ce qui ne nous laissait pas beaucoup de temps devant nous. Keira fut la première à gagner le sommet.

— Dépêche-toi, c'est magnifique, me dit-elle.

Je pressai le pas pour la rejoindre. Elle n'avait pas exagéré, une végétation luxuriante recouvrait le cratère. Un toucan que nous avions dérangé s'éleva dans les airs. Je vérifiai mon appareil de navigation, sa précision était de l'ordre de cinq mètres. Le point qui clignotait approchait du centre de l'écran, nous n'étions plus très loin du but.

Je regardai le paysage en contrebas et découvris que je pouvais me passer du GPS emprunté à notre pilote. Au beau milieu du volcan, on distinguait une petite parcelle de terre, où les herbes n'avaient pas poussé.

Keira s'y précipita. Je n'eus pas le droit d'approcher.

Agenouillée, elle grattait la terre. Elle prit une pierre saillante, traça un carré et commença de creuser ; ses doigts retournèrent la poussière, encore et encore.

Une heure s'était écoulée, sans que jamais Keira ait cessé de creuser. Un petit monticule s'était formé à ses côtés. Elle était épuisée, son front ruisselait de sueur, je voulais prendre la relève mais elle m'ordonna de rester à distance ; et puis, soudain, elle cria mon nom de toutes ses forces.

Dans ses mains brillait un fragment d'une matière aussi lisse et dure que l'ébène, sa forme presque triangulaire en empruntait la teinte. Keira ôta le collier qu'elle portait autour du cou, elle approcha son pendentif et les deux morceaux s'attirèrent avant de s'unir pour n'en former plus qu'un.

Aussitôt joints, ils changèrent de couleur. Du noir de l'ébène, elle vira au bleu de la nuit. Soudain se mirent à scintiller à la surface des fragments réunis des millions de points, des millions d'étoiles, telles qu'elles apparaissaient dans le ciel, il y a quatre cents millions d'années.

Je sentais sous mes doigts la chaleur de l'objet. Les points brillaient de plus en plus et, parmi eux, un plus que les autres. Était-ce l'étoile du premier jour, celle que je guettais depuis l'enfance, celle que j'étais parti chercher en m'exilant sur les hauts plateaux chiliens ?

Keira posa délicatement l'objet sur le sol. Elle me serra dans ses bras et m'embrassa. Il faisait encore plein jour, et pourtant, à nos pieds, brillait la plus belle nuit que nous ayons jamais vue.

Il ne fut pas facile de séparer à nouveau les fragments. Nous avions beau tirer de toutes nos forces chacun sur un morceau, rien n'y faisait.

Puis le scintillement baissa d'intensité et disparut. Cette fois, il suffit d'un léger effort pour les dissocier. Keira remit son collier autour du cou, et moi l'autre morceau dans le fond de ma poche.

Nous nous regardions l'un l'autre, chacun se demandant ce qui se produirait, si un jour nous réussissions à réunir les cinq fragments.

*

Lingbao, Chine

Le Lisunov se posa sur la piste et roula jusqu'à son hangar. Le pilote aida Keira à descendre de l'appareil. Je lui remis mes derniers dollars et le remerciai de nous avoir ramenés sains et saufs. Notre agent de voyages nous attendait avec sa motocyclette. Il nous déposa à notre voiture, et nous demanda si nous étions contents de notre voyage. Je lui promis que je ne manquerais pas de recommander son agence. Ravi, il se courba gracieusement pour nous saluer et retourna vers sa boutique.

— Tu as encore la force de conduire ? me demanda Keira en bâillant.

Je n'osai pas lui avouer que je m'étais assoupi alors que nous survolions le Laos.

Je tournai la clé de contact et le moteur du 4 × 4 démarra.

Il nous fallait aller chercher les affaires que nous avions laissées au monastère. Nous en profiterions pour remercier le moine de son accueil. Nous passerions une dernière nuit là-bas et repartirions vers Pékin dès le lendemain. Nous voulions rentrer à Londres au plus vite, impatients de voir l'image que le nouveau fragment projetterait une fois exposé à la lumière d'un laser. Quelles constellations allions-nous découvrir ?

Alors que nous roulions le long de la Rivière Jaune, je réfléchissais à toutes les vérités que cet étrange objet nous révélerait. J'avais bien quelques idées en tête, mais avant d'en faire part à Keira je préférais attendre d'être à Londres et constater le phénomène de mes propres yeux.

— Dès demain, j'appelle Walter, dis-je à Keira. Il sera aussi excité que nous.

— Il faudra que je pense à appeler Jeanne, me répondit-elle.

— Quelle est la plus longue période où tu es restée sans lui donner de nouvelles ?

— Trois mois ! avoua Keira.

Une grosse berline nous collait au train. Son conducteur avait beau me faire des appels de phares pour que je le laisse me doubler, la route en lacet était trop étroite. D'un côté la paroi de la montagne, de l'autre le lit de la Rivière Jaune, je lui fis un signe de la main, je me rabattrais pour le laisser passer dès que cela serait possible.

— Ce n'est pas parce que l'on n'appelle pas quelqu'un, qu'on ne pense pas pour autant à cette personne, reprit Keira.

— Alors pourquoi ne pas l'appeler ? lui demandai-je.

— Parfois, la distance empêche de trouver les mots justes.

*

Paris

Ivory aimait ce moment de la semaine où il se rendait au marché place d'Aligre. Il y connaissait chacun des commerçants, Annie la boulangère, Marcel le fromager, Étienne le boucher, M. Gérard, ce quincaillier qui, depuis vingt ans, avait toujours sur son étal une nouveauté sensationnelle. Ivory aimait Paris, l'île où il vivait au milieu de la Seine, et le marché, place d'Aligre, avec sa structure en forme de coque de bateau à l'envers.

En rentrant chez lui, il posa son cabas sur la table de la cuisine, rangea méticuleusement ses maigres courses et gagna son salon en croquant une carotte. Le téléphone sonna.

— Je voulais partager avec vous une information qui me contrarie, dit Vackeers.

Ivory reposa la carotte sur la table basse et écouta son partenaire d'échecs.

— Nous avons eu une réunion ce matin, nos deux scientifiques intriguent beaucoup la communauté. Ils se trouvent à Lingbao, une petite ville en Chine, ils n'en ont pas bougé depuis plusieurs jours. Personne ne comprend ce qu'ils sont allés faire là-bas, mais ils ont rentré dans leur GPS des coordonnées pour le moins étranges.

— Lesquelles ? demanda Ivory.

— Une petite île sans grand intérêt, au milieu de la mer d'Andaman.

— Y a-t-il un volcan sur cette île ? demanda Ivory.

— Oui, en effet, comment le savez-vous ?

Ivory ne répondit pas.

— Qu'est-ce qui vous contrarie, Vackeers ?

— Sir Ashton s'est fait porter malade, il n'a pas assisté à la réunion. Je ne suis pas le seul que cela inquiète, personne n'est dupe de son hostilité à l'encontre de la motion votée par notre assemblée.

— Avez-vous des raisons de penser qu'il soit plus informé que nous ?

— Sir Ashton a beaucoup d'amis en Chine, répondit Vackeers.

— Lingbao, vous avez dit ?

Ivory remercia Vackeers de son appel. Il retourna s'appuyer au balcon et resta là quelques instants à réfléchir. Le repas qu'il voulait se préparer devrait attendre. Il se rendit dans sa chambre et s'assit derrière l'écran de son ordinateur. Il réserva une place à bord d'un vol qui partait pour Pékin à 19 heures et une correspondance pour Xi'an. Puis il prépara un sac de voyage et appela un taxi.

*

Route de Xi'an

— Tu devrais le laisser nous doubler.

Je partageais l'avis de Keira, mais la voiture qui nous suivait roulait trop vite pour que je freine et la route était toujours trop étroite pour qu'elle puisse passer. Le conducteur impatient devrait attendre encore un peu, je décidai d'ignorer ses coups de klaxon. À la sortie d'un virage, alors que la route grimpait, il se rapprocha dangereusement et je vis la calandre de la berline grossir dans mon rétroviseur.

— Mets ta ceinture, dis-je à Keira, ce con va finir par nous envoyer dans le ravin.

— Ralentis, Adrian, je t'en supplie.

— Je ne peux pas ralentir, il nous colle au train !

Keira se retourna et regarda par la lunette arrière.

— Ils sont malades de rouler comme ça !

Les pneus crissèrent et le 4 × 4 fit une embardée. Je réussis à contrôler la direction et appuyai sur l'accélérateur pour semer ces dingues.

— Ce n'est pas possible, ils en ont après nous, dit Keira, le type au volant vient de me faire un geste assez malsain.

— Arrête de les regarder et accroche-toi. Tu es attachée ?

— Oui.

Ma ceinture n'était pas bouclée mais il m'était impossible de lâcher le volant.

Nous ressentîmes un choc violent qui nous projeta en avant. Nos poursuivants jouaient aux autos tamponneuses, les roues arrière de la voiture chassèrent de côté et la paroi de la montagne griffa la portière de Keira. Elle serrait si fort la dragonne que ses phalanges en devenaient blanches. Le 4 × 4 s'accrochait tant bien que mal à la route, nous étions ballotés à chaque virage. Un nouveau coup de bélier nous poussa de travers, la voiture qui nous poursuivait s'éloigna enfin dans le rétroviseur, mais à peine avais-je réussi miraculeusement à nous remettre dans l'axe de la route, que la berline se rapprochait. Le salaud regagnait du terrain. L'aiguille de mon compteur approchait les soixante-dix miles, une vitesse intenable sur une route de montagne aussi sinueuse. Jamais nous n'arriverions à passer le prochain tournant.

— Freine, Adrian, je t'en supplie.

Le troisième coup fut encore plus violent, l'aile droite mordit la roche, le phare éclata sous l'impact. Keira s'enfonça dans son fauteuil. Le 4 × 4 se mit en travers et partit en tête-à-queue. Je vis le parapet exploser quand nous le percutâmes ; un instant j'eus l'impression que nous nous soulevions de terre, que nous étions immobiles, suspendus dans les airs, et puis les roues avant plongèrent dans le précipice. Un premier tonneau nous renversa sur le toit, la voiture glissait le long de la pente vers la rivière. On heurta un rocher, un nouveau tonneau nous reposa sur les roues, le toit s'était enfoncé et la glissade vers l'abîme continuait sans que je ne puisse plus rien y faire. Le tronc d'un pin se rapprochait à toute vitesse, le 4 × 4 repartit de travers, évitant l'arbre de justesse ; rien ne semblait pouvoir nous arrêter. Nous filions vers un talus, la calandre s'éleva vers le ciel, la voiture fit un vol plané et j'entendis un énorme bruit sourd, suivi d'une violente secousse. Le 4 × 4 venait de plonger dans les eaux de la Rivière Jaune.

Je me tournai aussitôt vers Keira, elle avait une vilaine entaille au front, elle saignait, mais elle était consciente. La voiture flottait, cela ne durerait pas, l'eau submergeait déjà le capot.

— Il faut sortir d'ici, criai-je à Keira.

— Je suis coincée, Adrian.

Sous le choc, le siège passager était sorti de ses rails, la poignée de sa ceinture était inaccessible. Je tirai dessus de toutes mes forces mais rien n'y faisait. J'avais dû me briser les côtes, chaque fois que je respirais, une violente douleur irradiait dans ma poitrine, j'avais un mal de chien, mais l'eau montait et il fallait libérer Keira de son étau.

L'eau montait toujours, nous la sentions à nos pieds, le pare-brise commençait à disparaître.

— Barre-toi, Adrian, barre-toi tant qu'il est temps.

Je me retournai pour trouver de quoi déchirer cette maudite ceinture. La douleur fut fulgurante, j'avais le souffle court, mais je ne renoncerais pas. Je me penchai sur les genoux de Keira pour essayer d'ouvrir la boîte à gants. Elle posa sa main sur ma nuque et caressa mes cheveux.

— Je ne sens plus mes jambes, tu ne pourras pas me sortir d'ici, murmura-t-elle, maintenant il faut que tu t'en ailles.

J'ai pris sa tête entre mes mains et nous nous sommes embrassés. Je n'oublierais jamais le goût de ce baiser.

Keira a regardé son pendentif et elle a souri.

— Prends-le, m'a-t-elle dit. On ne s'est pas donné tout ce mal pour rien.

J'ai refusé qu'elle l'ôte de son cou, je ne partirais pas, je resterais ici avec elle.

— J'aurais voulu revoir Harry une dernière fois, dit-elle.

L'eau continuait d'envahir l'habitacle, le courant nous entraînait lentement.

— Dans cette salle d'examens, je ne trichais pas, me dit-elle. Je voulais juste attirer ton attention, parce que tu me plaisais déjà. À Londres, j'ai fait demi-tour au bout de ta rue ; si un taxi n'était pas passé par là, je serais revenue me coucher près de toi ; mais j'ai eu peur, peur d'être déjà trop amoureuse, parce que, tu sais, j'étais déjà bien trop amoureuse de toi.

Nous nous sommes serrés dans les bras l'un de l'autre. La voiture continuait de s'enfoncer. La lumière du jour finit par disparaître. L'eau nous recouvrait maintenant jusqu'aux épaules. Keira frissonnait, la peur avait fait place à la tristesse.

— Tu m'avais promis une liste, il faut te dépêcher de me la dire maintenant.

— Je t'aime.

— Alors c'est une jolie liste, tu ne pouvais pas en trouver de plus belle.

Je resterai avec toi mon amour, jusqu'au bout je suis resté avec toi, et encore après. Je ne t'ai jamais quittée. Je t'ai embrassée alors que les eaux de la Rivière Jaune nous submergeaient, et t'ai donné mon dernier souffle. Cet air dans mes poumons était ton air. Tu as fermé les yeux quand l'eau a recouvert nos visages ; j'ai gardé les miens ouverts jusqu'au tout dernier instant. J'étais parti chercher des réponses à mes questions d'enfant au plus profond de l'Univers, vers les étoiles les plus lointaines, et tu étais là, juste à coté de moi. Tu as souri, tes bras se sont agrippés à mes épaules et je n'ai plus senti aucune douleur, mon amour. Ton étreinte s'est défaite, et ce furent là mes derniers instants de toi, mes derniers souvenirs, mon amour, j'ai perdu connaissance en te perdant.

*

Hydra

Je noircis les pages de ce cahier depuis Hydra, assis sur cette terrasse, d'où je regarde souvent la mer.

J'ai repris conscience dans un hôpital de Xi'an, cinq jours après l'accident. Des pêcheurs, m'a-t-on dit, m'ont sauvé la vie en me sortant in extremis du 4 × 4 qu'ils avaient vu plonger dans la rivière. La voiture a dérivé ; le corps de Keira n'a pas été retrouvé. C'était il y a trois mois. Pas un jour ne passe sans que je pense à elle. Pas une nuit mes yeux ne se ferment sans qu'elle dorme à mes côtés. Je n'ai jamais connu pareille douleur que celle de son absence. Ma mère ne s'inquiète plus de rien, comme si elle devinait qu'il ne fallait plus rien ajouter au chagrin qui avait envahi notre maison. Le soir, nous dînons ensemble sur cette terrasse d'où j'écris. J'écris, car c'est le seul moyen qui me reste de faire revivre Keira. J'écris parce que chaque fois que je parle d'elle, elle est là, comme une ombre fidèle. Je ne sentirai plus jamais l'odeur de sa peau quand elle dormait collée à moi, je n'entendrai plus ses éclats de rire quand elle riait de mes maladresses, je ne la verrai plus fouiller la terre à la recherche d'un trésor, ni jamais plus manger ces friandises qu'elle avalait comme si on allait les lui confisquer, mais j'ai mille souvenirs d'elle et mille souvenirs de nous. Il me suffit de fermer les paupières pour qu'elle réapparaisse.

De temps à autre, tante Elena vient nous rendre visite. La maison est plutôt vide et les voisins se font discrets.

Quelquefois, Kalibanos passe sur le chemin qui longe la propriété, pour voir son âne, dit-il, mais je sais que ce n'est pas vrai. Nous nous asseyons sur un banc et ensemble nous regardons la mer. Lui aussi a aimé, c'était il y a longtemps. Ce n'est pas une rivière de Chine qui a emporté sa femme, juste une maladie, mais la douleur que nous partageons est la même et j'entends dans ses silences qu'il l'aime encore.

Demain Walter arrivera de Londres, il m'appelle chaque semaine depuis que je suis ici. Je n'ai pas pu retourner à Londres. Marcher dans ma ruelle où les pas de Keira résonnent encore, pousser la porte de la maison, celle de la chambre où nous avons dormi, est au-dessus de mes forces. Keira avait raison, le plus petit détail réveille la douleur.

Keira était une femme éblouissante, décidée, parfois têtue, elle dévorait la vie avec un appétit sans pareil. Elle aimait son métier et respectait ceux qui travaillaient avec elle. Elle avait un instinct infaillible et une très grande humilité. Elle a été mon amie, mon amante, la femme que j'ai aimée. J'ai compté les jours que nous avons passés ensemble, même s'ils sont peu nombreux, je sais qu'ils suffiront à remplir le reste de ma vie, je voudrais maintenant que le temps passe très vite.

Lorsque vient la nuit, je regarde le ciel et je le vois différemment. Peut-être qu'une nouvelle étoile est née dans une constellation lointaine. Je repartirai un jour à Atacama et je la trouverai dans la lentille de ce grand télescope, où qu'elle soit dans l'immensité du ciel je la trouverai et lui donnerai son nom.

Je t'écrirai cette liste mon amour, mais plus tard, car, pour cela, il me faudra ma vie entière.

Walter est arrivé par la navette de midi. Je suis allé le chercher au port. Nous sommes tombés dans les bras l'un de l'autre et nous avons pleuré comme deux gamins. Tante Elena était sur le pas de la porte de son magasin, et, quand le cafetier d'à côté lui a demandé ce que nous avions tous deux, elle lui a répondu d'aller s'occuper de sa clientèle, même si la terrasse du café était déserte.

Walter n'avait rien oublié de la façon de monter sur un âne. En route, il n'est tombé que deux fois, et la première, ce n'était pas vraiment de sa faute ; quand nous sommes arrivés, maman l'a accueilli comme si un second fils entrait dans sa maison. Elle lui a soufflé à l'oreille, croyant que je n'entendais pas, qu'il aurait quand même pu lui dire plus tôt. Walter lui a demandé de quoi elle parlait. Elle a haussé les épaules et murmuré le prénom de Keira.

Walter est un drôle de bonhomme. Tante Elena est venue se joindre à notre table, au cours du dîner, il l'a tellement fait rire que j'ai fini par en sourire. Ce sourire-là a ravivé les couleurs de la vie sur le visage de ma mère. Elle s'est levée, sous prétexte de débarrasser la table et, en passant à ma hauteur, elle a caressé ma joue.

Le lendemain matin, et pour la première fois depuis la mort de mon père, elle m'a parlé de son chagrin. Elle aussi n'a pas fini d'écrire sa liste. Et puis, elle m'a dit cette phrase que je n'oublierai jamais. Perdre quelqu'un qu'on a aimé est terrible, mais le pire serait de ne pas l'avoir rencontré.

*

La nuit est tombée sur Hydra. Tante Elena dort dans la chambre d'amis, maman s'est retirée dans la sienne. J'ai préparé le canapé du salon pour Walter. Nous buvons un verre d'ouzo sur la terrasse.

Il me demande comment je vais et je lui réponds que je vais du mieux que je peux. Je suis en vie. Walter me dit combien il est heureux de me voir. Il me dit aussi qu'il a quelque chose pour moi, un colis envoyé à mon attention à l'Académie. Il vient de Chine.

C'est une grande boîte en carton, postée de Lingbao. Elle contient les affaires que nous avions laissées au monastère. Un pull que portait Keira, une brosse à cheveux, quelques affaires et deux pochettes de photos.

— Il y avait deux appareils jetables, me dit Walter d'une voix hésitante. J'ai pris la liberté de vous les faire développer. Je ne savais pas s'il fallait vous donner tout ceci maintenant, c'est peut-être trop tôt.

J'ai ouvert la première pochette. Keira m'avait prévenu, le plus petit détail ravive la douleur. Walter a eu la délicatesse de me laisser seul. Il est allé se coucher. J'ai passé une grande partie de la nuit à regarder ces souvenirs que Keira et moi aurions dû découvrir à notre retour à Londres. Parmi ces photos, il y avait celles de cette journée où nous nous étions baignés nus dans la Rivière Jaune.

Le lendemain, j'ai conduit Walter au port, j'avais apporté les photos avec moi. À la terrasse du café, je les lui ai montrées, il fallait que je lui raconte l'histoire de chacune d'elles. L'histoire que Keira et moi avions vécue, de Pékin jusqu'à l'île de Narcondam.

— Ainsi vous avez fini par trouver ce deuxième fragment.

— Le troisième, lui répondis-je. Ceux qui ont assassiné Keira en possèdent un aussi.

— Ce n'est peut-être pas eux qui ont provoqué cet accident ?

J'ai pris l'objet dans ma poche et le lui ai présenté.

— Quelle incroyable chose, a-t-il murmuré. Quand vous trouverez le courage de rentrer à Londres, il faudra l'étudier.

— Non, cela ne servirait plus à rien, il en manquera toujours un, il repose au fond d'une rivière.

Walter reprit la pochette de photos et les regarda une à une en y portant la plus grande attention. Il en posa deux, côte à côte sur la table et m'adressa une étrange question.

Sur les deux clichés, Keira se baignait, je reconnaissais l'endroit. Sur l'une des photographies, me fit-il remarquer, l'ombre des arbres qui bordent la rivière s'allongeait à droite, sur l'autre, elle se trouvait à gauche. Sur la première, le visage de Keira était intact, sur la seconde, elle avait une grande cicatrice au front. Mon cœur s'est arrêté.

— Vous m'aviez bien dit que la voiture avait été emportée par le fleuve et que l'on n'avait pas retrouvé son corps, n'est-ce pas ? Alors, je ne veux pas éveiller en vous des espoirs qui se révéleraient cruels, mais je crois néanmoins que vous devriez repartir au plus tôt en Chine, me souffla Walter.

J'ai fait ma valise le matin même. La navette d'Athènes partait à midi, et nous avons réussi à l'attraper juste à temps. J'avais trouvé un vol qui reliait Pékin en fin de journée. Je partais vers la Chine, Walter rentrait à Londres, nos départs étaient presque à la même heure.

À l'aéroport, il me fit promettre de l'appeler dès que j'en saurais plus.

Alors que nous nous disions au revoir dans la coursive, il chercha sa carte d'embarquement. Il fouillait ses poches et me regarda avec un drôle d'air.

— Ah, me dit-il, j'allais oublier. Un coursier a déposé ceci pour vous à l'Académie. Décidément, j'aurai joué au facteur jusqu'au bout. Cela vous fera de la lecture en vol.

Il me remit une enveloppe cachetée sur laquelle figurait mon nom et me conseilla vivement de courir si je ne voulais pas rater mon avion.

*

Deuxième cahier

Le commandant de bord venait de nous autoriser à détacher nos ceintures de sécurité. L'hôtesse poussait son chariot dans l'allée, servant des rafraîchissements aux passagers des premiers rangs.

Je pris dans ma poche la lettre que Walter m'avait confiée et la décachetai.

Cher Adrian,

Nous n'avons pas eu l'occasion de nous connaître vraiment et je le déplore, tout comme je déplore les tragiques événements que vous avez vécus en Chine. J'ai eu la chance de côtoyer Keira. C'était une femme formidable et j'imagine combien votre chagrin doit être grand. Ce ne sont pas des pêcheurs qui vous ont secourus mais des moines qui se baignaient dans la rivière au moment où votre véhicule s'y est précipité. Vous vous demandez comment je sais cela ? Vous ne pouvez pas vous en souvenir, vous étiez encore inconscient, mais je suis venu vous rendre visite à l'hôpital. C'est moi qui ai fait le nécessaire pour assurer votre rapatriement de Chine dès que votre état de santé l'a permis. Pourquoi ? Parce que je me sens un peu responsable de ce qui vous est arrivé. Je suis un vieil homme qui, comme vous, en d'autres temps, se passionna pour les recherches que vous avez entreprises tous deux. Il m'est arrivé d'aider Keira quand je le pouvais, de la convaincre de ne pas renoncer, et je devine que sans elle, vous voudrez tout arrêter. Je sais qu'elle aurait souhaité que vous poursuiviez. Il le faut Adrian. Il serait si injuste qu'elle ait sacrifié sa vie pour rien. Ce que vous découvrirez peut-être dépasse de loin le cadre de votre seule existence et, j'en suis certain, finira par répondre aux questions que vous vous posez depuis toujours.

Au cours de ces nombreuses années de recherches, j'ai découvert un autre texte qui n'est peut-être pas sans rapport avec la quête que vous poursuivez. Il s'agit d'un écrit que peu de gens ont pu consulter.

Si je n'ai pas réussi à vous faire changer d'avis, alors ne lisez pas ce feuillet que je joins à ma lettre, je vous en supplie. Il n'est pas sans risque d'en prendre connaissance. Je compte sur votre sens de l'honneur que je sais indéfectible. Dans le cas contraire, lisez, et je suis certain qu'un jour vous comprendrez.

La vie a bien plus d'imagination que nous tous réunis, elle est parfois porteuse de petits miracles, tout est possible, il suffit d'y croire de toutes ses forces.

Bonne route Adrian,
Votre dévoué
Ivory.

Je rouvris la pochette de photos pour regarder une fois encore celle qui nourrissait en moi le fol espoir que Keira puisse être encore en vie.

Je dépliai le second feuillet de la lettre d'Ivory...

« Il est une légende qui raconte qu'un enfant dans le ventre de sa mère connaît tout du mystère de la Création, de l'origine du monde jusqu'à la fin des temps. À sa naissance, un messager passe au-dessus de son berceau et pose un doigt sur ses lèvres pour que jamais il ne dévoile le secret qui lui fut confié, le secret de la vie. Ce doigt posé qui efface à jamais la mémoire de l'enfant laisse une marque. Cette marque nous l'avons tous au-dessus de la lèvre supérieure, sauf moi.

Le jour où je suis né, le messager a oublié de me rendre visite, et je me souviens de tout. »

En repliant la lettre d'Ivory, je me suis souvenu de cette conversation avec Keira au cours d'une soirée passée à la belle étoile, alors que nous faisions route vers la Cornouailles.

— Adrian, tu ne t'es jamais demandé d'où nous venions ? N'as-tu jamais rêvé de découvrir si la vie était le fruit d'un hasard ou de la main de Dieu ? Quel sens donner à notre évolution ? Sommes-nous juste une étape vers une autre civilisation ?

— Et toi, Keira, n'as-tu jamais rêvé savoir où commence l'aube ?

*

Le vol qui décollait d'Athènes pour Londres accusait une bonne heure de retard. Enfin la passerelle se rétracta. Un téléphone sonna. L'hôtesse réprimanda le passager assis en première classe qui prenait cet appel, mais ce dernier promit d'être bref.

— Comment a-t-il réagi en voyant les photos ?

— Comment auriez-vous réagi à sa place ?

— Vous lui avez remis la lettre ?

— Oui, à l'heure qu'il est, il doit être en train de la lire.

— J'en conclus donc qu'il est reparti. Je vous remercie, Walter, vous avez fait du bon travail.

— Je vous en prie, Ivory, c'est un honneur de travailler avec vous.

*

La mer Égée s'effaçait sous les ailes de mon avion, dans dix heures, j'arriverai en Chine…

Le premier jour

Carte de l'Éthiopie avec le lac Turkana (S.-O. de l'Éthiopie), frontière naturelle entre le Soudan et le Kenya, ainsi que la vallée de l'Omo. C'est là qu'ont lieu les fouilles dirigées par Keira.

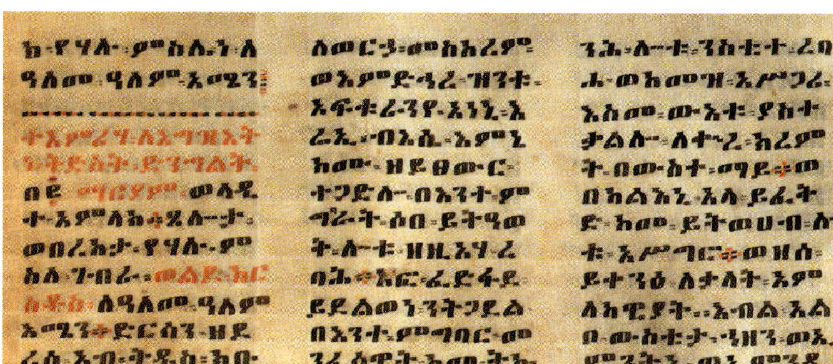

Détail de l'écriture guèze : manuscrit éthiopien vers 1650 - *Les miracles de Marie et vie de Jésus et de saint Takla Haymanot, ermite copte.* L'écriture guèze joue un rôle capital dans l'histoire qui nous est racontée.

Le volcan Navbiotum, situé sur la rive sud du lac Turkana au Kenya, à l'extrémité du Grand Rift Valley d'Afrique. La vallée est une région volcanique réputée active.

Intérieur de la *Burgerzaal* du Palais Op de Dam. Construit entre 1648 et 1655 afin de servir comme hôtel de ville à Amsterdam, il est utilisé comme Palais royal depuis 1808.

Détails du pavement du sol du Palais Op De Dam,
avec une carte du monde

Le disque de Nebra pèse à peu près 2 kg et fait 32 cm de diamètre. Il a été mis au jour illégalement en 1999 à Nebra-sur-Unstrut en Saxe-Anhalt, avec d'autres objets constituant un dépôt cultuel. Il pourrait s'agir d'une représentation du ciel pour un observateur qui se serait situé en Allemagne à l'apparition des Pléiades il y a 3 600 ans. Ce serait jusqu'à ce jour la représentation de la voûte céleste la plus ancienne jamais retrouvée.

Stonehenge, dont le nom signifie *les pierres suspendues*, est un monument mégalithique érigé entre −2800 et −1100, du Néolithique à l'âge du bronze. L'ensemble du site de Stonehenge et le cromlech d'Avebury sont inscrits au patrimoine mondial de l'Unesco. Le site attire un million de visiteurs par an.

Mont Hua Shan, province du Shaanxi. Ici, le temple du piton Sud, la plus haute des cinq montagnes du lieu.

Carte touristique des monts Hua.

Une vue de la *via ferrata*.

Une sphère armillaire : une modélisation basée sur la sphère céleste pour en montrer le mouvement apparent des étoiles autour de la Terre et du Soleil dans l'écliptique.

La première nuit

Illustration en trois globes terrestres du développement des continents.

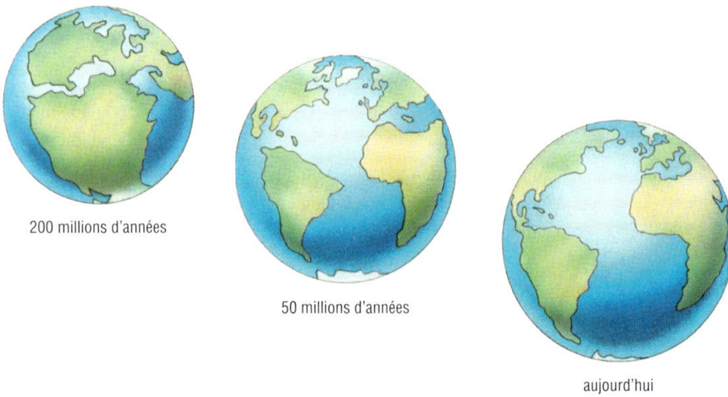

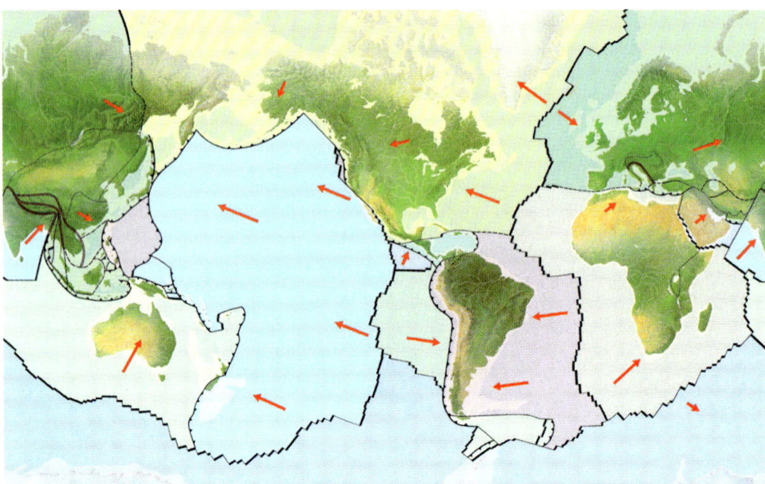

La surface de la Terre est divisée en plaques tectoniques : des plaques rocheuses glissent sur d'autres plus fluides. Les flèches rouges indiquent la direction principale du mouvement des plaques.

Pangée, du grec ancien signifiant *toutes les terres* est le nom donné au supercontinent par le météorologue et astronome allemand Alfred Wegener. Dans son ouvrage publié en 1915, *La Genèse des continents et des océans*, il décrit la Pangée comme rassemblant la quasi-totalité des terres émergées de la fin du Carbonifère jusqu'au Jurassique.

Novosibirsk, stèle balbal, Turk. Les stèles turks, appelées *balbals*, sont répandues, à partie du ve siècle de notre ère, sur une aire immense. Elles représentent des guerriers sous une forme schématisée tenant souvent une coupe à la main.

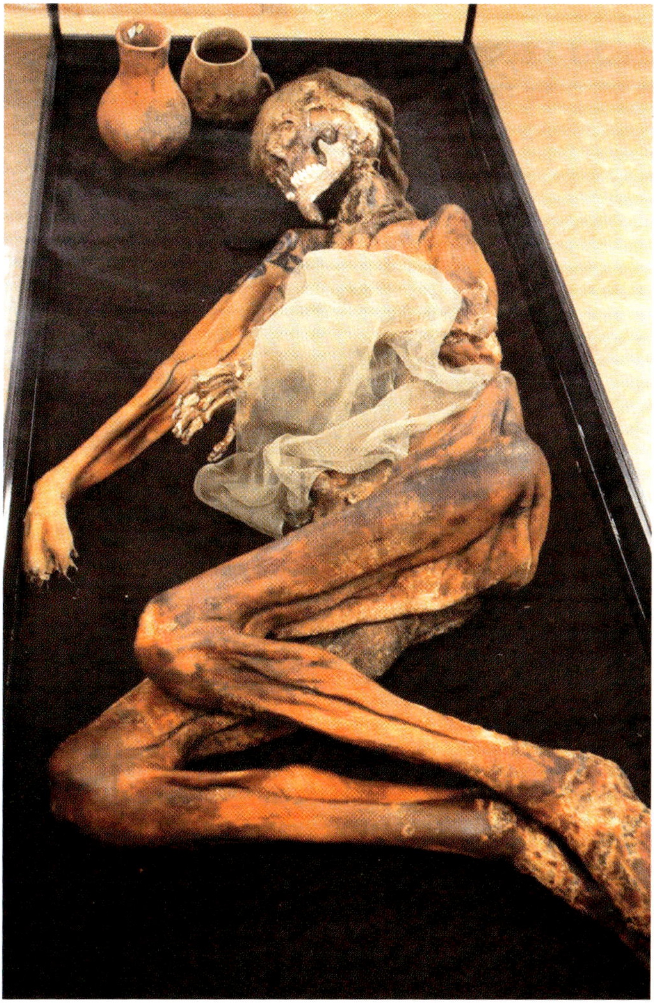

© Vladimir Zinin / Corbis

Le 16 avril 2004, à Novosibirsk en Russie, fut découvert le corps extrêmement bien conservé d'un homme sur le plateau d'Ukok, dans les montagnes de Gorny. La découverte est due à Vyacheslav Molodin de l'Académie des Sciences russe.

LE CHEMIN DE FER DU TRANSSIBÉRIEN
et autres voies ferrées principales de Russie

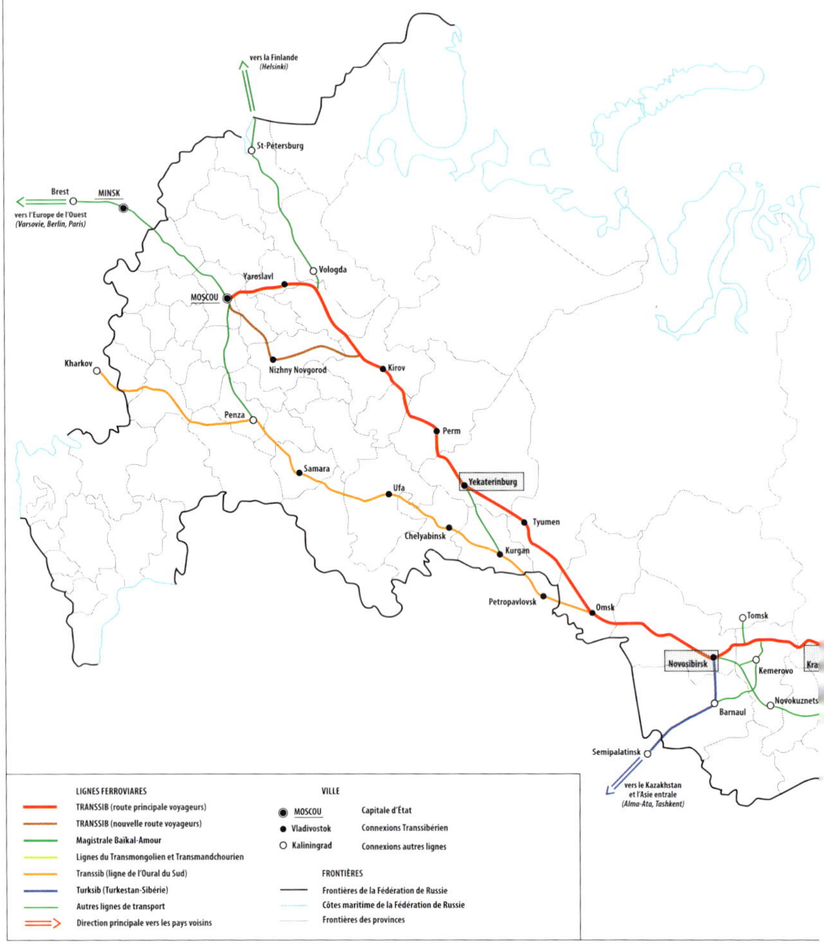

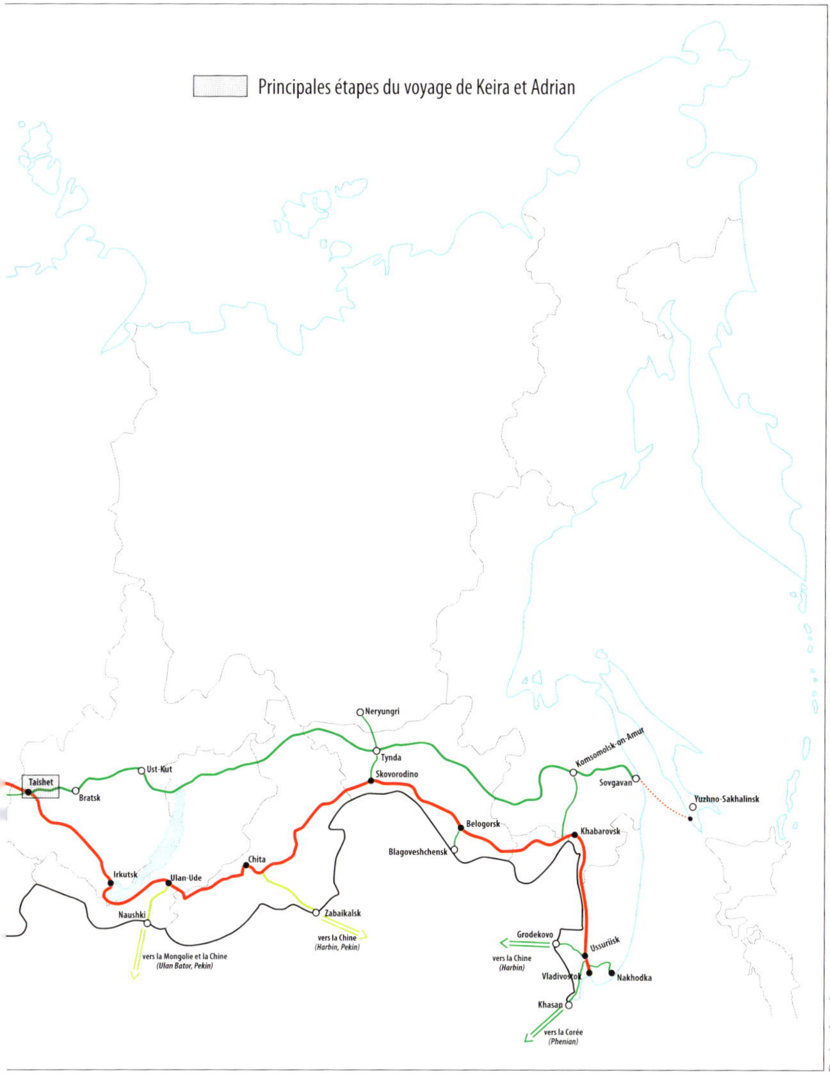
Principales étapes du voyage de Keira et Adrian
Neryungri
Tynda
Ust-Kut
Taishet
Bratsk
Skovorodino
Komsomolsk-on-Amur
Sovgavan
Yuzhno-Sakhalinsk
Belogorsk
Khabarovsk
Blagoveshchensk
Chita
Irkutsk
Ulan-Ude
Naushki
Zabaikalsk
vers la Chine
(Harbin, Pekin)
vers la Mongolie et la Chine
(Ulan Bator, Pekin)
Grodekovo
Ussuriisk
vers la Chine
(Harbin)
Vladivostok
Nakhodka
Khasan
vers la Corée
(Phenian)

Échelle des temps géologiques. L'échelle des temps géologiques est un schéma chronologique qui relie les différentes couches de l'écorce terrestre au temps. Elle est utilisée par les scientifiques spécialistes de la Terre pour décrire la durée et les relations entre les événements s'étant produits durant l'Histoire de la Terre.

La première nuit

À Pauline et à Louis.
Et à Rafaël.

« Chacun de nous a en lui un peu de Robinson avec un nouveau monde à découvrir et un Vendredi à rencontrer. »

Eléonore WOOLFIELD

« Cette histoire est vraie, puisque je l'ai inventée. »

Boris VIAN

Je m'appelle Walter Glencorse, je suis gestionnaire à l'Académie royale des sciences de Londres. J'ai rencontré Adrian il y a un peu moins d'un an alors que ce dernier était rapatrié d'urgence en Angleterre du site astronomique d'Atacama au Chili, où il explorait le ciel à la recherche de l'étoile originelle.

Adrian est un astrophysicien de grand talent, et au fil des mois nous sommes devenus de véritables amis.

Parce qu'il ne rêvait que d'une seule chose, poursuivre ses travaux sur l'origine de l'Univers, et parce que je me trouvais dans une situation professionnelle embarrassante, ma gestion budgétaire étant désastreuse, je l'ai convaincu de se présenter devant les membres d'une fondation scientifique qui organisait, à Londres, un concours généreusement doté.

Nous avons révisé la présentation de son projet des semaines entières au cours desquelles une belle amitié s'est nouée entre lui et moi, mais j'ai déjà dit que nous étions amis, n'est-ce pas ?

Nous n'avons pas gagné ce concours et le prix fut attribué à une jeune femme, une archéologue aussi impétueuse que déterminée. Elle menait une campagne de fouilles dans la vallée de l'Omo en Éthiopie lorsqu'une tempête de sable détruisit son campement et la força à rentrer en France.

Le soir où tout a commencé, elle aussi se trouvait à Londres dans l'espoir de remporter la dotation et de repartir en Afrique poursuivre ses recherches sur l'origine de l'humanité.

Les hasards de la vie sont étranges, Adrian avait rencontré dans le passé cette jeune archéologue, Keira ; ils avaient vécu un amour d'été mais ne s'étaient jamais revus depuis.

L'une fêtait sa victoire, l'autre son échec, ils passèrent la nuit ensemble et Keira repartit au matin, laissant à Adrian le souvenir ravivé d'une ancienne idylle et un étrange pendentif ramené d'Afrique ; une sorte de pierre trouvée dans le cratère d'un volcan par un petit garçon éthiopien, Harry, que Keira avait recueilli et auquel elle s'était profondément attachée.

Après le départ de Keira, Adrian découvrit, par une nuit d'orage, des propriétés étonnantes à ce pendentif. Lorsqu'une source de lumière vive, comme la foudre par exemple, le traverse, il projette des millions de petits points lumineux.

Adrian ne tarda pas à comprendre de quoi il s'agissait. Aussi étonnant que cela puisse paraître, ces points correspondaient à une carte de la voûte céleste ; mais pas n'importe laquelle, un fragment du ciel, une représentation des étoiles telles qu'elles se trouvaient au-dessus de la Terre il y a de cela quatre cents millions d'années.

Fort de cette découverte extraordinaire, Adrian partit retrouver Keira dans la vallée de l'Omo.

Hélas, Adrian et Keira n'étaient pas seuls à s'intéresser à cet étrange objet. Lors d'un séjour à Paris où elle rendait visite à sa sœur, Keira fit la connaissance d'un vieux professeur d'ethnologie, un certain Ivory. Cet homme me contacta et finit par me convaincre de la façon la plus vile, je l'avoue, à encourager Adrian à poursuivre ses recherches.

En échange de mes services, il me remit une petite somme d'argent et me promit de faire une généreuse donation à l'Académie si Adrian et Keira aboutissaient dans leurs travaux. J'ai accepté ce marché. J'ignorais alors qu'Adrian et Keira avaient à leurs trousses une organisation secrète qui, à l'opposé d'Ivory, ne voulait à aucun prix qu'ils atteignent leur but et découvrent d'autres fragments.

Car Keira et Adrian, éclairés par ce vieux professeur, apprirent vite que l'objet trouvé dans l'ancien volcan n'était pas unique en son genre. Quatre ou cinq autres semblables se trouvaient quelque part sur cette planète. Ils prirent la décision de les retrouver.

Cette quête les entraîna d'Afrique en Allemagne, d'Allemagne en Angleterre, d'Angleterre à la frontière du Tibet, puis, volant clandestinement au-dessus de la Birmanie, jusqu'à l'archipel d'Andaman, où Keira déterra sur l'île de Narcondam une seconde pierre comparable à la sienne.

Sitôt les deux fragments réunis, un étrange phénomène se produisit : ils s'attirèrent comme deux aimants, prirent une couleur d'un bleu inouï et se mirent à scintiller de mille éclats. Encore plus motivés par cette nouvelle découverte, Adrian et Keira repartirent en Chine, en dépit des avertissements et menaces que leur adressait l'organisation secrète.

Parmi ses membres, qui tous se font appeler par un nom de grande ville, un Lord anglais, Sir Ashton, fait cavalier seul, décidé coûte que coûte à mettre un terme au voyage de Keira et d'Adrian.

Qu'ai-je fait en les poussant à continuer ? Pourquoi n'ai-je pas compris le message lorsqu'un prêtre fut assassiné sous nos yeux ? Pourquoi n'ai-je pas réalisé la gravité de la situation, pourquoi n'ai-je pas dit alors au professeur Ivory de se débrouiller sans moi ? Comment n'ai-je pas prévenu Adrian qu'il était manipulé par ce vieil homme… et par moi, qui me dis être son ami.

Alors qu'ils s'apprêtaient à quitter la Chine, Adrian et Keira furent victimes d'un terrible attentat. Sur une route de montagne, une voiture précipita leur 4 × 4 dans un ravin. Il s'abîma dans les eaux de la rivière Jaune. Adrian fut sauvé de la noyade par des moines qui se trouvaient sur la berge au moment de l'accident, mais le corps de Keira ne réapparut pas.

Rapatrié de Chine après sa convalescence, Adrian refusa de reprendre son travail à Londres. Meurtri par la disparition de Keira, il alla trouver refuge dans sa maison d'enfance sur la petite île grecque d'Hydra. Adrian est né de père anglais et de mère grecque.

Trois mois passèrent. Pendant qu'il souffrait de l'absence de celle qu'il aimait, je rongeais mon frein, fou de culpabilité, lorsque je reçus à l'Académie un colis envoyé anonymement de Chine à son intention.

À l'intérieur, se trouvaient les affaires que Keira et lui avaient abandonnées dans un monastère et une série de photos sur lesquelles je reconnus aussitôt Keira. Elle portait au front une étrange cicatrice. Une cicatrice que je n'avais jamais vue jusque-là. J'en informai Ivory, qui finit par me convaincre qu'il s'agissait peut-être d'une preuve que Keira avait survécu.

Cent fois, j'ai voulu me taire, laisser Adrian en paix ; mais comment lui cacher pareille chose ?

Alors, je me suis rendu à Hydra et, à nouveau à cause de moi, Adrian, plein d'espoir, s'envola pour Pékin.

Si j'écris ces lignes, c'est avec l'intention de les remettre un jour à Adrian, lui faisant ainsi l'aveu de ma culpabilité. Je prie chaque soir qu'il puisse les lire et me pardonner le mal que je lui ai fait.

À Athènes, ce 25 septembre,
Walter Glencorse
Gestionnaire à l'Académie royale des sciences.

Cahier d'Adrian

Mer de Beaufort
Baie d'Hudson
Baie de Baffin
Groenland
Océan Atlantique
Amazone
Pérou
Océan Pacifique
Source de l'Amazone
Atacama
Chili

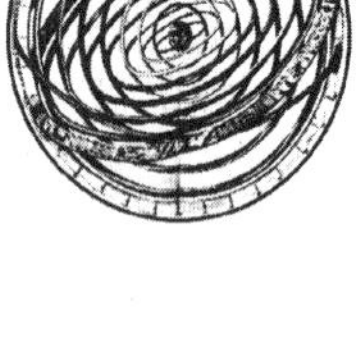

Océan Glacial Arctique
Détroit de Béring
Mer de Kara
Mer Blanche
Russie
Islande
Norvège
Îles Féroé
Île de Yell
Ienisseï
Angara
Man-Pupu-Nyor
Sibérie
Lac Baïkal
Ob
Irkoutsk
Moscou
Londres
Amsterdam
Paris
Mongolie
Pékin
Chine
Mont Hua Shan
Athènes
Île Hydra
Monastère de Garther
Nil
Birmanie
Île Narcondam
Vallée de l'Omo
Ethiopie
lac Turkana
Océan Indien

Chambre 307. La première fois que j'ai dormi ici, je n'avais prêté aucune attention à la vue, j'étais heureux à l'époque et le bonheur rend distrait. Je suis assis devant ce petit bureau, face à la fenêtre, Pékin s'étend devant moi et je ne me suis jamais senti aussi perdu de ma vie. La seule idée de tourner la tête vers le lit m'est insupportable. Ton absence est entrée en moi comme une petite mort qui ne cesse de creuser son chemin. Une taupe dans le ventre. J'ai bien tenté de l'anesthésier en arrosant copieusement mon petit déjeuner de baijiu, mais même l'alcool de riz n'y fait rien.

Dix heures d'avion sans fermer l'œil, il faut que je dorme avant de prendre la route. Quelques instants d'inconscience, c'est tout ce que je demande, un moment d'abandon où je ne verrai plus défiler ce que nous avons vécu ici.

Tu es là ?

Tu m'avais posé cette question à travers la porte de la salle de bains, c'était il y a quelques mois. Je n'entends plus aujourd'hui que le clapotis des gouttes d'eau qui fuient d'une robinetterie usée et claquent contre la faïence d'un lavabo défraîchi.

Je repousse la chaise, enfile un pardessus et quitte l'hôtel. Un taxi me dépose dans le parc de Jingshan. Je traverse la roseraie et emprunte le pont de pierre qui enjambe un bassin.

Je suis heureuse d'être ici.

Je l'étais aussi. Si seulement j'avais su vers quel destin nous nous précipitions, inconscients, épris de découvertes. *Si l'on pouvait figer le temps, je l'arrêterais à ce moment précis. Si l'on pouvait revenir en arrière, c'est là que je retournerais…*

Je suis revenu à l'endroit où j'avais formé ce vœu, devant ce rosier blanc, dans une allée du parc de Jingshan. Mais le temps ne s'est pas arrêté.

J'entre dans la Cité interdite par la porte nord et me dirige à travers les allées, avec quelques souvenirs de toi pour seuls guides.

Je cherche un banc de pierre près d'un grand arbre, un récif singulier où, il n'y a pas si longtemps, avait pris place un couple de très vieux Chinois. Peut-être qu'en les retrouvant je connaîtrais un certain apaisement, j'avais cru lire dans leur sourire la promesse d'un avenir pour nous deux ; peut-être riaient-ils simplement du sort qui nous attendait.

J'ai fini par trouver ce banc, inoccupé. Je m'y suis allongé. Les branches d'un saule se balancent dans le vent et leur danse indolente me berce. Les yeux fermés, ton visage m'apparaît intact et je m'endors.

Un policier me réveille, me priant de quitter les lieux. La nuit tombe, les visiteurs ne sont plus les bienvenus.

De retour à l'hôtel, je retrouve ma chambre. Les lumières de la ville repoussent l'obscurité. J'ai arraché la couverture du lit, l'ai étendue à même le sol et m'y suis blotti. Les phares des voitures dessinent de drôles de motifs au plafond. À quoi bon perdre davantage de temps, je ne dormirai plus.

J'ai pris mon bagage, réglé ma note à la réception et récupéré mon véhicule dans le parking.

Le GPS de bord m'indique la direction de Xi'an. À l'approche des villes industrielles, la nuit s'efface et reparaît dans la noirceur des campagnes.

Je me suis arrêté à Shijiazhuang pour faire un plein de carburant, sans acheter de nourriture. Tu m'aurais traité de lâche, tu n'aurais peut-être pas eu tort, mais je n'ai pas faim alors pourquoi tenter le diable.

Cent kilomètres plus tard, je repère le petit village abandonné au sommet d'une colline. J'emprunte le chemin cabossé, décidé à aller y regarder le soleil se lever sur la vallée. On dit que les lieux conservent la mémoire des instants vécus par ceux qui s'y sont aimés, c'est peut-être une lubie, mais j'ai besoin d'y croire ce matin-là.

Je parcours les ruelles fantômes et dépasse l'abreuvoir de la place principale. La coupe que tu avais trouvée dans les ruines du temple confucéen a disparu. Tu l'avais prédit, quelqu'un l'a emportée et a dû en faire ce que bon lui semblait.

Je m'assieds sur un rocher au bord de la falaise et je guette le jour, il est immense ; puis je reprends la route.

La traversée de Linfen est aussi nauséabonde qu'au cours du premier voyage, un nuage de pollution âcre me brûle la gorge. Je prends dans ma poche le morceau d'étoffe avec lequel tu nous avais confectionné des masques de fortune. Je l'ai retrouvé dans les affaires que l'on m'a réexpédiées en Grèce ; nulle trace de ton parfum n'y subsiste, mais en le posant sur ma bouche, je revois chacun de tes gestes.

En traversant Linfen tu t'étais plainte :

C'est infernal cette odeur...

... mais tout t'était prétexte à râler. À présent, je voudrais encore entendre tes reproches.

C'est alors que nous passions par ici que tu t'étais piqué le doigt en fouillant ton bagage et avais découvert un micro caché dans ton sac. J'aurais dû prendre, ce soir-là, la décision de rebrousser chemin ; nous n'étions pas préparés à ce qui nous attendait, nous n'étions pas des aventuriers, seulement deux scientifiques qui se comportaient comme des gamins inconscients.

La visibilité est toujours aussi mauvaise, et il me faut chasser ces mauvaises pensées pour me concentrer sur la route.

Je me souviens, en sortant de Linfen, je m'étais rangé sur le bas-côté et m'étais contenté de me débarrasser du micro, sans me soucier du danger qu'il représentait, seulement préoccupé par cette intrusion dans notre intimité. C'était là que je t'avais fait l'aveu que je te désirais, là que je m'étais refusé à te dire tout ce que j'aimais en toi, par pudeur plus que par jeu.

Je me rapproche de l'endroit où l'accident s'est produit, là où des assassins nous ont poussés dans un ravin, et mes mains tremblent.

Tu devrais le laisser nous doubler.

La moiteur perle à mon front.

Ralentis, Adrian, je t'en supplie.

Les yeux me piquent.

Ce n'est pas possible, ils en ont après nous.

Tu es attachée ?

Et tu avais répondu oui à cette question en forme d'injonction. Le premier choc nous avait projetés en avant. Je revois tes doigts serrer la dragonne, si fort que tes phalanges en ont pâli. Combien de coups de pare-chocs avons-nous reçus avant que les roues ne viennent heurter le parapet, avant que nous ne glissions dans l'abîme ?

Je t'ai embrassée alors que les eaux de la rivière Jaune nous submergeaient, j'ai plongé mes yeux dans les tiens alors que nous nous noyions, je suis resté avec toi jusqu'au dernier instant, mon amour.

Les lacets s'enchaînent, à chaque virage je m'efforce de contrôler des gestes trop nerveux, de ramener la voiture dans le droit chemin. Ai-je dépassé l'embranchement où un petit sentier mène jusqu'au monastère ? Depuis mon départ pour la Chine ce lieu occupe toutes mes pensées. Le lama qui nous y avait accueillis est ma seule connaissance en ces terres étrangères. Qui, sinon lui, pourra me fournir une piste pour te retrouver, me donner une information qui viendra conforter le mince espoir que tu sois en vie ? Une photo de toi avec une cicatrice au front, ce n'est pas grand-chose, un petit bout de papier que je sors de ma poche cent fois par jour. Je reconnais sur ma droite l'entrée du chemin. J'ai freiné trop tard, la voiture dérape et je fais marche arrière.

Les roues du 4 × 4 s'enfoncent dans la boue automnale. Il a plu toute la nuit. Je me range à l'entrée d'un sous-bois et continue à pied. Si mes souvenirs sont intacts, je traverserai un gué et grimperai le flanc d'une seconde colline ; au sommet, j'apercevrai alors le toit du monastère.

Il m'a fallu une petite heure de marche pour y arriver. En cette saison, le ruisseau est plus haut et le franchir n'a pas été une mince affaire. De grosses pierres rondes dépassaient à peine des eaux tumultueuses, leur surface était glissante. Si tu m'avais vu en équilibre dans cette position peu élégante, je devine que tu te serais moquée de moi.

Cette pensée me donne le courage de continuer.

La terre grasse colle sous mes pas et j'ai la sensation de reculer plus que d'avancer. Bien des efforts sont nécessaires pour atteindre le sommet. Trempé, boueux, je dois avoir l'apparence d'un vagabond et je m'interroge sur l'accueil que me réserveront les trois moines qui viennent à ma rencontre.

Sans un mot, ils m'enjoignent de les suivre. Nous arrivons devant la porte du monastère et celui qui n'a cessé de vérifier en chemin que je ne leur faussais pas compagnie me conduit dans une petite salle. Elle ressemble à celle où nous avons dormi. Il m'invite à m'asseoir, remplit une écuelle d'eau claire, s'agenouille devant moi, me lave les mains, les pieds et le visage. Puis il m'offre un pantalon en lin, une chemise propre et quitte la pièce ; je ne le reverrai plus du reste de l'après-midi.

Un peu plus tard, un autre moine vient m'apporter de quoi me restaurer ; il étend une natte sur le sol, je comprends alors que cet endroit sera aussi ma chambre pour la nuit.

Le soleil décline et, quand ses dernières lueurs disparaissent par-delà la ligne d'horizon, celui que j'étais venu rencontrer se présente enfin.

— Je ne sais pas ce qui vous ramène ici, mais à moins que vous ne m'annonciez votre intention de faire une retraite, je vous serais reconnaissant de repartir dès demain. Nous avons eu assez d'ennuis comme cela à cause de vous.

— Avez-vous eu des nouvelles de Keira, la jeune femme qui m'accompagnait ? L'avez-vous revue ? dis-je, anxieux.

— Je suis désolé de ce qui vous est arrivé à tous deux, mais si quelqu'un vous a laissé entendre que votre amie avait survécu à ce terrible accident, c'est un mensonge. Je ne prétends pas être informé de tout ce qui se passe dans la région, mais cela, croyez-moi, je le saurais.

— Ce n'était pas un accident ! Vous nous aviez expliqué que votre religion vous interdisait le mensonge, alors je vous repose ma question, avez-vous la certitude que Keira est morte ?

— Inutile de hausser le ton en ces lieux, cela n'aura aucun effet sur moi, ni sur nos disciples d'ailleurs. Je n'ai pas de certitude, comment en aurais-je ? Le fleuve n'a pas restitué le corps de votre amie, c'est tout ce que je sais. Compte tenu de la vitesse des courants et de la profondeur du fleuve, cela n'a rien d'étonnant. Pardon de devoir insister sur ce genre de détails, j'imagine qu'ils sont pénibles à entendre, mais vous m'avez interrogé.

— Et la voiture, l'a-t-on retrouvée ?

— Si la réponse vous importe vraiment, c'est une question qu'il faudra poser aux autorités, même si je vous le déconseille fortement.

— Pourquoi ?

— Je vous ai dit que nous avions eu des ennuis, mais cela ne semble pas vous intéresser plus que cela.

— Quel genre d'ennuis ?

— Croyez-vous que votre accident soit resté sans conséquence ? La police spéciale a mené son enquête. La disparition d'une ressortissante étrangère en territoire chinois n'est pas un fait anodin. Et, comme les autorités n'aiment guère nos monastères, nous avons eu droit à des visites d'un genre plutôt désagréable. Nos moines ont été interrogés avec force, nous avons reconnu vous avoir hébergés, puisqu'il nous est interdit de mentir. Vous comprendrez que nos disciples ne voient pas d'un très bon œil votre retour parmi nous.

— Keira est vivante, vous devez me croire et m'aider.

— C'est votre cœur qui parle, je comprends la nécessité de vous raccrocher à cet espoir, mais, en refusant de faire face à la réalité, vous entretenez une souffrance qui vous rongera de l'intérieur. Si votre amie avait survécu, elle serait réapparue quelque part et nous en aurions été avisés. Tout se sait dans ces montagnes. Je crains hélas que la rivière ne l'ait gardée prisonnière, j'en suis sincèrement peiné et je me joins à votre chagrin. Je vois maintenant pourquoi vous avez entrepris ce voyage et je suis confus d'être celui qui doit vous ramener à la raison. Il est difficile de faire son deuil sans un corps à enterrer, sans une tombe où se recueillir, mais l'âme de votre amie est toujours près de vous, elle y restera tant que vous la chérirez.

— Ah, je vous en prie, épargnez-moi ces foutaises ! Je ne crois ni en Dieu, ni en un ailleurs meilleur qu'ici.

— C'est votre droit le plus strict ; mais pour un homme sans lumières, vous voilà bien souvent dans l'enceinte d'un monastère.

— Si votre Dieu existait, rien de tout cela ne serait arrivé.

— Si vous m'aviez écouté alors que je vous conseillais de ne pas entreprendre ce périple sur le mont Hua Shan, vous auriez évité le drame qui vous touche aujourd'hui. Puisque vous n'êtes pas venu faire une retraite, il est inutile de prolonger votre séjour ici. Reposez-vous cette nuit et partez. Je ne vous chasse pas, cela n'est pas en mon pouvoir, mais je vous serais reconnaissant de ne pas abuser de notre hospitalité.

— Si elle a survécu, où pourrait-elle se trouver ?

— Rentrez chez vous !

Le moine se retire.

J'ai passé presque toute la nuit les yeux grands ouverts à chercher une solution. Cette photographie ne peut pas mentir. Durant les dix heures de vol d'Athènes à Pékin, je n'ai cessé de la regarder et je continue encore à la lueur d'une bougie. Cette cicatrice à ton front est une preuve que je voudrais irréfutable. Incapable de dormir, je me relève sans faire de bruit, je fais coulisser le panneau en feuille de riz qui sert de porte. Une faible lumière me guide, j'avance dans un couloir vers une salle où dorment six moines. L'un d'eux a dû sentir ma présence, car il se retourne sur sa couche et inspire profondément, heureusement il ne se réveille pas. Je poursuis mon chemin, enjambe à pas feutrés les corps allongés à même le sol, pour aboutir dans la cour du monastère. La lune est aux deux tiers pleine ce soir, il y a un puits au centre de la cour, je m'assieds sur le rebord.

Un bruit me fait sursauter, une main se pose sur ma bouche, étouffant toute parole. Je reconnais mon lama, il me fait signe de le suivre. Nous quittons le monastère et marchons à travers la campagne jusqu'au grand saule où il se retourne enfin pour me faire face.

Je lui présente la photographie de Keira.

— Quand comprendrez-vous que vous nous mettez tous en danger, et vous le premier ? Vous devez repartir, vous avez fait assez de dégâts comme cela.

— Quels dégâts ?

— Ne m'avez-vous pas dit que votre accident n'en était pas un ? Pourquoi pensez-vous que je vous entraîne à l'écart du monastère ? Je ne peux plus faire confiance à personne. Ceux qui s'en sont pris à vous ne manqueront pas leur coup une seconde fois si vous leur en offrez l'opportunité. Vous n'êtes pas très discret et je crains que votre présence dans la région n'ait déjà été repérée ; le cas contraire serait un miracle. Pourvu qu'il dure le temps que vous regagniez Pékin et repreniez un avion.

— Je n'irai nulle part avant d'avoir retrouvé Keira.

— C'était avant qu'il fallait la protéger, il est trop tard maintenant. Je ne sais pas ce que votre amie et vous avez découvert, et je ne veux pas le savoir, mais une fois encore, je vous en conjure, allez-vous-en !

— Donnez-moi un indice, aussi infime soit-il, une piste à suivre et je vous promets d'être parti au lever du jour.

Le moine me regarde fixement et se tait ; il fait demi-tour et repart vers le temple, je le suis. De retour dans la cour, silencieux, il me raccompagne à ma chambre.

Il fait déjà grand jour, le décalage horaire et la fatigue du voyage ont eu raison de moi. Il doit être près de midi quand le lama entre dans la pièce avec un bol de riz et un bouillon, disposés sur une planchette en bois.

— Si l'on me surprenait en train de vous servir votre petit déjeuner au lit, on m'accuserait de vouloir transformer ce lieu de prière en chambre d'hôtes, dit-il en souriant. Voilà de quoi vous nourrir avant de reprendre la route. Car vous reprenez bien la route aujourd'hui, n'est-ce pas ?

J'acquiesce de la tête. Inutile de m'obstiner, je n'obtiendrai plus rien de lui.

— Alors bon retour, dit le lama avant de se retirer.

En soulevant le bol de bouillon, je découvre un papier plié en quatre. D'instinct, je le glisse dans le creux de ma main et le fais discrètement passer dans ma poche. Mon repas avalé, je m'habille. Je meurs d'impatience de lire ce que le lama m'a écrit mais deux disciples attendent devant ma porte et me reconduisent à l'orée du bois.

En me quittant, ils me remettent un colis empaqueté dans du papier kraft, noué par une ficelle de chanvre. Une fois au volant, j'attends que les moines s'éloignent pour déplier le billet et prendre connaissance du texte qui m'est destiné.

Si vous renoncez à suivre mes recommandations, sachez que j'ai entendu dire qu'un jeune moine était entré au monastère de Garther quelques semaines après votre accident. Cela est probablement sans rapport avec votre quête, mais il est assez rare que ce temple accueille de nouveaux disciples. Il est venu à mes oreilles que celui-ci ne semblait pas heureux de sa retraite. Personne ne peut me dire qui il est. Si vous décidez de vous entêter et de poursuivre cette enquête déraisonnable, roulez vers Chengdu. Une fois là-bas, je vous recommande d'y abandonner votre véhicule. La région vers laquelle vous vous dirigerez ensuite est très pauvre et votre 4 × 4 attirerait une attention dont vous préférerez vous passer. À Chengdu, revêtez les habits que je vous ai fait remettre, ils vous aideront à vous fondre plus aisément parmi les habitants de la vallée. Prenez un autocar en direction du mont Yala. Je ne sais que vous conseiller ensuite, il est impossible pour un étranger de pénétrer dans le monastère de Garther, mais qui sait, peut-être que la chance vous sourira.

Soyez prudent, vous n'êtes pas seul. Et surtout, brûlez ce papier.

Huit cents kilomètres me séparent de Chengdu, il me faudra neuf heures pour y arriver.

Le message du lama ne me laisse pas beaucoup d'espoir, il a très bien pu écrire ces lignes dans le seul but de m'éloigner, mais je ne le crois pas capable d'une telle cruauté. Combien de fois sur la route de Chengdu vais-je me reposer la question…

À ma gauche, la chaîne de montagnes étend ses ombres effrayantes sur la vallée grise et poussiéreuse. La route traverse la plaine d'est en ouest. Devant moi, les cheminées de deux hauts fourneaux s'imposent au milieu du paysage.

Liuzhizhen, carrières à ciel ouvert, ciel sombre sur des parcelles de champs, champs d'extraction minière, paysages d'une tristesse infinie, vestiges d'anciennes usines abandonnées.

Il pleut, il n'a cessé de pleuvoir et les essuie-glaces peinent à chasser l'eau qui ruisselle, la route est glissante. Lorsque je double un camion, les chauffeurs me regardent étrangement. Il ne doit pas y avoir beaucoup de touristes qui circulent dans cette région.

Deux cents kilomètres derrière moi, encore six heures de route. Je voudrais appeler Walter, lui demander de me rejoindre ; la solitude m'oppresse, je ne la supporte plus. J'ai perdu l'égoïsme de ma jeunesse dans les eaux troubles de la rivière Jaune. Un regard dans le rétroviseur, mon visage a changé. Walter me dirait que c'est la fatigue, mais je sais que j'ai passé un cap, il n'y aura pas de retour en arrière. J'aurais voulu connaître Keira plus tôt, ne pas avoir perdu toutes ces années à croire que le bonheur était dans ce que j'accomplissais. Le bonheur est plus humble, il est dans l'autre.

Au bout de la plaine s'élève devant moi une barrière de montagnes. Un panneau indique, en caractères occidentaux, que Chengdu est encore à six cent soixante kilomètres. Un tunnel, l'autoroute pénètre dans la roche, impossible désormais d'écouter la radio, qu'importe, ces mélodies de pop asiatique me sont insupportables. Les ponts qui surplombent de profonds canyons s'enchaînent sur deux cent cinquante kilomètres. Je m'arrêterai dans une station-service à Guangyuan.

Le café n'y est pas si mauvais.

Une boîte de biscuits posée à côté de moi, je reprends la route.

Chaque fois que je m'enfonce vers un étroit vallon, je découvre de minuscules hameaux. Il est 20 heures passées quand j'arrive à Mianyang. Dans cette cité de sciences et hautes technologies, la modernité est saisissante. Au bord d'une rivière se dressent de longues tours de verre et d'acier. La nuit tombe et la fatigue me pèse. Je devrais m'arrêter pour dormir, reprendre des forces. J'étudie la carte ; une fois arrivé à Chengdu, rejoindre le monastère de Garther en autocar prendra plusieurs heures. Même avec la meilleure volonté, je n'y arriverai pas ce soir.

J'ai trouvé un hôtel. J'y ai laissé la voiture et je marche le long de la promenade cimentée qui borde la rivière. La pluie a cessé. Quelques restaurants servent à dîner sur des terrasses humides, chauffées par des lampes à gaz.

La nourriture est un peu trop grasse à mon goût. Au loin, un avion décolle dans un bruit assourdissant ; il s'élève au-dessus de la ville et vire au sud. Probablement le dernier vol du soir. Où vont ses passagers assis derrière ces hublots illuminés ? Londres et Hydra sont si loin. Coup de cafard. Si Keira est vivante, pourquoi ce silence ? Pourquoi serait-elle restée sans donner signe de vie ? Que lui est-il arrivé qui justifie de disparaître ainsi ? Ce moine a peut-être raison, je dois être fou pour entretenir une telle illusion. Le manque de sommeil exacerbe les idées noires, et la noirceur de la nuit me gagne. Mes mains sont moites, cette moiteur pénètre mon corps tout entier. Je frissonne, j'ai chaud, j'ai froid ; le serveur s'approche de moi et je devine qu'il me demande si tout va bien. Je voudrais lui répondre, mais je n'arrive pas à articuler le moindre mot. Je continue d'éponger ma nuque avec ma serviette de table, mon dos ruisselle de sueur et la voix de ce serveur me paraît de plus en plus lointaine ; la lumière de la terrasse devient diaphane, tout tourne autour de moi puis, le néant.

L'éclipse se dissipe, peu à peu le jour renaît, j'entends des voix, deux, trois ? On me parle dans une langue que je ne comprends pas. Une fraîcheur se pose sur mon visage, il faut que j'ouvre les yeux.

Les traits d'une vieille femme. Elle caresse ma joue, me fait comprendre que le pire est passé. Elle humecte mes lèvres et me murmure des mots que je devine rassurants.

Je sens des picotements, le sang circule à nouveau dans mes veines. J'ai fait un malaise. La fatigue, une maladie qui couve ou quelque chose que je n'aurais pas dû manger, je suis trop faible pour réfléchir. On m'a allongé sur un canapé en moleskine dans l'arrière-salle du restaurant. Un homme a rejoint la vieille dame qui s'occupe de moi, son mari. Lui aussi me sourit, il a le visage encore plus fripé qu'elle.

J'essaie de leur parler, je voudrais les remercier.

Le vieil homme approche une tasse de ma bouche et me force à boire. Le breuvage est amer, mais la médecine chinoise a des vertus insoupçonnées, alors je me laisse faire.

Ce couple de Chinois ressemble tant à celui que Keira et moi avons croisé un jour dans le parc de Jingshan, on croirait leurs jumeaux, et cette impression me rassure.

Mes paupières se ferment, je sens le sommeil me gagner.

Dormir, attendre de reprendre des forces, c'est ce que j'ai de mieux à faire, alors j'attends.

*

Paris

Ivory faisait les cent pas dans son salon. La partie d'échecs n'évoluait pas en sa faveur et Vackeers venait de déplacer son cavalier, mettant sa reine en danger. Il s'approcha de la fenêtre, écarta le rideau et regarda le bateau-mouche qui descendait la Seine.

— Voulez-vous que nous en parlions ? demanda Vackeers.

— De quoi ? répondit Ivory.

— De ce qui vous préoccupe à ce point.

— J'ai l'air préoccupé ?

— Votre façon de jouer le laisse supposer, à moins que vous ne souhaitiez me faire gagner ; dans ce cas, l'ostentation avec laquelle vous m'offrez cette victoire est presque insultante, je préférerais que vous me disiez ce qui vous tracasse.

— Rien, j'ai peu dormi la nuit dernière. Dire qu'avant je pouvais rester deux jours sans sommeil. Qu'avons-nous fait à Dieu pour mériter un châtiment aussi cruel que de vieillir ?

— Sans vouloir nous flatter, en ce qui nous concerne, je trouve que Dieu a été plutôt clément.

— Ne m'en voulez pas. Il serait peut-être préférable que nous mettions un terme à cette soirée. De toute façon, vous m'aurez mis mat en quatre coups.

— Trois ! Vous êtes donc encore plus soucieux que je ne l'imaginais, mais je ne veux pas vous forcer la main. Je suis votre ami, vous me parlerez de ce qui vous préoccupe quand bon vous semblera.

Vackeers se leva et se dirigea vers le vestibule. Il enfila son imperméable et se retourna, Ivory regardait toujours par la fenêtre.

— Je repars demain pour Amsterdam, venez y passer quelques jours, la fraîcheur des canaux vous aidera peut-être à retrouver le sommeil. Vous êtes mon hôte.

— Je croyais préférable que nous ne soyons pas aperçus ensemble.

— Le dossier est clos, nous n'avons plus de raison de jouer à ces jeux compliqués. Et puis cessez de culpabiliser ainsi, vous n'êtes pas responsable. Nous aurions dû deviner que Sir Ashton prendrait les devants. Je suis tout aussi désolé que vous de la façon dont cette affaire s'est achevée, mais vous n'y pouvez plus rien.

— Tout le monde se doutait que Sir Ashton interviendrait tôt ou tard et cette hypocrisie arrangeait tout le monde. Vous le savez autant que moi.

— Je vous promets, Ivory, que si j'avais soupçonné ses méthodes expéditives, j'aurais fait ce qui était en mon pouvoir pour l'en empêcher.

— Et qu'est-ce qui était en votre pouvoir ?

Vackeers regarda fixement Ivory, puis il baissa les yeux.

— Mon invitation à Amsterdam tient toujours, venez quand vous le souhaitez. Une dernière chose : notre partie de ce soir, je préfère qu'elle ne soit pas inscrite dans notre tableau de scores. Bonsoir, Ivory.

Ivory ne répondit pas. Vackeers referma la porte de l'appartement, entra dans l'ascenseur et appuya sur le bouton du rez-de-chaussée. Ses pas résonnèrent sur les pavés du hall, il tira à lui la lourde porte cochère et traversa la rue.

La nuit était douce, Vackeers marcha le long du quai d'Orléans et se retourna vers la façade de l'immeuble ; au cinquième étage, les lumières du salon d'Ivory venaient de s'éteindre. Il haussa les épaules et continua sa promenade. Lorsqu'il tourna au coin de la rue Le Regrattier, deux appels de phares rapides le guidèrent vers une Citroën garée le long du trottoir. Vackeers ouvrit la portière passager et s'installa à bord. Le conducteur posa sa main sur la clé de contact, mais Vackeers interrompit son geste.

— Attendons quelques instants, si vous le voulez bien.

Les deux hommes restèrent silencieux. Celui qui était au volant prit un paquet de cigarettes de sa poche, en porta une à ses lèvres et craqua une allumette.

— Qu'est-ce qui vous intéresse autant, pour que nous restions ici ?

— Cette cabine, juste en face de nous.

— Qu'est-ce que vous racontez ? Il n'y a pas de cabine sur ces quais.

— Soyez gentil d'écraser cette cigarette.

— Le tabac vous gêne, maintenant ?

— Non, mais le bout incandescent, oui.

Un homme avançait le long du quai, il s'accouda au parapet.

— C'est Ivory ? demanda le chauffeur de Vackeers.

— Non, c'est le pape !

— Il parle tout seul ?

— Il téléphone.

— À qui ?

— Vous faites exprès d'être aussi con ? S'il ressort de chez lui au beau milieu de la nuit pour passer un appel depuis les quais, c'est probablement pour que personne ne sache avec qui il s'entretient.

— Alors à quoi cela sert-il de rester en planque, si nous ne pouvons pas entendre sa conversation ?

— À vérifier une intuition.

— Et on peut y aller, maintenant que vous avez vérifié votre intuition ?

— Non, ce qui va se passer après m'intéresse aussi.

— Parce que vous avez une idée de ce qui va se passer après ?

— Ce que vous êtes bavard, Lorenzo ! Dès qu'il aura raccroché, il jettera la puce de son portable dans la Seine.

— Et vous comptez plonger dans le fleuve pour aller la récupérer ?

— Vous êtes vraiment idiot, mon pauvre ami.

— Si au lieu de m'insulter vous m'expliquiez ce que nous attendons ?

— Vous allez le découvrir dans quelques instants.

*

Londres

La sonnerie du téléphone retentit dans un petit appartement sur Old Brompton Road. Walter se leva de son lit, passa une robe de chambre et entra dans son salon.

— Voilà, voilà, cria-t-il en s'approchant du guéridon où se trouvait l'appareil.

Il reconnut immédiatement la voix de son interlocuteur.

— Toujours rien ?

— Non monsieur, je suis rentré d'Athènes en fin d'après-midi. Quatre jours seulement se sont écoulés depuis qu'il est là-bas, j'espère que nous aurons bientôt de bonnes nouvelles.

— Je le souhaite aussi, mais je ne peux m'empêcher d'être inquiet, je n'ai pas fermé l'œil de la nuit. Je me sens impuissant et j'ai horreur de ça.

— Pour tout vous dire, monsieur, je n'ai pas beaucoup dormi non plus ces derniers temps.

— Vous pensez qu'il est en danger ?

— On me dit le contraire, qu'il faut être patient, mais c'est dur de le voir ainsi. Le diagnostic est réservé, il s'en est fallu de peu.

— Je veux savoir si quelqu'un a fomenté ce coup. Je m'y attelle. Quand retournerez-vous à Athènes ?

— Demain soir, au plus tard après-demain si je n'ai pas réussi à boucler tout ce que je dois faire à l'Académie.

— Appelez-moi dès que vous y serez et essayez de vous reposer d'ici là.

— Vous de même, monsieur. À demain, j'espère.

*

Paris

Ivory se débarrassa de la puce de son portable et retourna sur ses pas. Vackeers et son chauffeur se tassèrent dans leurs fauteuils, par réflexe, mais, à cette distance, il était peu probable que celui qu'ils observaient puisse les voir. La silhouette d'Ivory disparut à l'angle de la rue.

— C'est bon maintenant, nous pouvons y aller ? demanda Lorenzo. J'ai passé la soirée à croupir ici et j'ai faim.

— Non, pas encore.

Vackeers entendit le ronronnement d'un moteur qui venait de démarrer. Deux phares balayèrent le quai. Une voiture s'arrêta à l'endroit où Ivory se tenait quelques instants plus tôt. Un homme en sortit et s'avança jusqu'au parapet. Il se pencha pour observer la berge en contrebas, haussa les épaules et remonta à bord. Les pneus crissèrent et la voiture s'éloigna.

— Comment saviez-vous ? demanda Lorenzo.

— Un sale pressentiment. Et maintenant que j'ai vu la plaque du véhicule, c'est encore pire.

— Qu'est-ce qu'elle a, cette plaque ?

— Vous le faites exprès ou vous vous donnez du mal pour égayer ma soirée ? Ce véhicule appartient au corps diplomatique anglais, vous avez besoin que je vous fasse un dessin ?

— Sir Ashton fait suivre Ivory ?

— Je crois que j'en ai assez vu et entendu pour ce soir, auriez-vous l'amabilité de me raccompagner à mon hôtel ?

— Bon, Vackeers, ça suffit, je ne suis pas votre chauffeur. Vous m'avez demandé de rester en planque dans cette voiture en m'expliquant qu'il s'agissait d'une mission importante, je me suis gelé pendant deux heures alors que vous sirotiez un cognac bien au chaud, et tout ce que j'ai pu constater, c'est que votre ami est allé, pour je ne sais quelle raison, jeter une puce téléphonique dans la Seine et qu'une voiture des services consulaires de Sa Majesté l'a épié faire ce geste dont la portée m'échappe encore. Alors ou vous rentrez à pied, ou vous m'expliquez de quoi il retourne.

— Compte tenu de l'obscurité dans laquelle vous semblez vous trouver, mon cher ROME, je vais tenter d'éclairer votre lanterne ! Si Ivory se donne la peine de sortir à minuit pour aller téléphoner en dehors de chez lui, c'est qu'il prend certaines précautions. Si les Anglais planquent en bas de son immeuble, c'est que l'affaire qui nous a occupés ces derniers mois n'est pas aussi classée que nous voulions tous le supposer. Vous me suivez jusque-là ?

— Ne me prenez pas pour plus bête que je ne le suis, dit Lorenzo en démarrant.

La voiture s'engagea sur les quais et franchit le pont Marie.

— Si Ivory est aussi prudent, c'est qu'il a un tour d'avance, reprit Vackeers. Et moi qui croyais avoir gagné la partie ce soir, décidément, il me surprendra toujours.

— Que comptez-vous faire ?

— Rien pour l'instant, et pas un mot sur ce que vous avez appris ce soir. Il est trop tôt. Si nous prévenons les autres, chacun intriguera dans son coin, comme par le passé personne ne fera plus confiance à personne. Je sais que je peux compter sur MADRID. Et vous, ROME, de quel côté serez-vous ?

— Pour l'instant, il me semble que je me trouve juste à votre gauche, cela devrait répondre en partie à votre question, non ?

— Il faut que nous localisions au plus vite cet astrophysicien. Je parierais qu'il n'est plus en Grèce.

— Remontez interroger votre ami. Si vous l'asticotez, il vous lâchera peut-être le morceau.

— Je le soupçonne de ne pas en savoir beaucoup plus que nous, il a dû perdre sa trace. Il avait l'esprit ailleurs. Je le connais depuis trop longtemps pour être dupe, il a manigancé quelque chose. Avez-vous toujours accès à vos contacts en Chine ? Pouvez-vous les solliciter ?

— Tout dépend de ce que l'on attend d'eux et de ce que nous sommes prêts à leur donner en échange.

— Essayez de savoir si notre Adrian aurait récemment atterri à Pékin, s'il a loué un véhicule et si, par chance, il a utilisé sa carte de crédit pour retirer de l'argent, payer une note d'hôtel ou je ne sais quoi.

Ils n'échangèrent plus un mot. Paris était désert, Lorenzo déposa Vackeers dix minutes plus tard devant l'hôtel Montalembert.

— Je ferai de mon mieux avec les Chinois, mais c'est à charge de revanche, dit-il en se garant.

— Attendons de voir les résultats, avant que vous me présentiez la note, mon cher ROME. À bientôt et merci pour la balade.

Vackeers descendit de la Citroën et entra dans l'hôtel. Il demanda sa clé au réceptionniste, ce dernier se pencha derrière son comptoir et lui remit également une enveloppe.

— On a déposé ce pli pour vous, monsieur.

— Il y a combien de temps ? demanda Vackeers étonné.

— Un chauffeur de taxi me l'a remise il y a quelques minutes à peine.

Intrigué, Vackeers s'éloigna vers l'ascenseur. Il attendit d'être dans sa suite au quatrième étage pour décacheter la lettre.

Mon cher ami,

Je crains, hélas, de ne pouvoir répondre à votre charmante invitation de vous rejoindre à Amsterdam. Ce n'est pas l'envie qui m'en manque, ni celle de rattraper ma conduite de ce soir aux échecs, mais comme vous le soupçonniez, certaines affaires me retiennent à Paris.

J'espère néanmoins vous revoir très prochainement. J'en suis d'ailleurs persuadé.

Votre dévoué et ami,

Ivory

P.-S. : À propos de ma petite promenade nocturne, vous m'aviez habitué à plus de discrétion. Qui fumait à vos côtés dans cette belle Citroën noire, ou peut-être était-elle bleu marine ? Ma vue baisse de jour en jour…

Vackeers replia la lettre et ne put réfréner un sourire. La monotonie de ses journées lui pesait. Il le savait, cette opération serait probablement la dernière de sa carrière, et l'idée qu'Ivory ait trouvé un moyen, quel qu'il soit, de relancer la machine n'était pas pour lui déplaire, bien au contraire. Vackeers s'assit devant le petit bureau de sa suite, décrocha le téléphone et composa un numéro en Espagne. Il s'excusa auprès d'Isabel de la déranger si tard dans la nuit, mais il avait toutes les raisons de penser qu'un rebondissement s'était produit et ce qu'il avait à lui dire ne pouvait attendre jusqu'au lendemain.

*

Mianyang, Chine

Je me suis éveillé aux premières heures du matin. La vieille dame qui m'a tenu compagnie toute la nuit est assoupie dans un gros fauteuil. Je repousse le plaid dont elle m'a recouvert et me redresse. Elle ouvre les yeux, m'adresse un regard bienveillant et pose un doigt sur ses lèvres, comme pour me demander de ne pas faire de bruit. Puis elle se lève et va chercher une théière posée sur un poêle en fonte. Une cloison pliante sépare la pièce où nous nous trouvons du restaurant ; autour de moi, je découvre les membres de sa famille qui dorment sur des matelas au sol. Deux hommes d'une trentaine d'années sont installés près de l'unique fenêtre. Je reconnais celui qui m'a servi à dîner hier soir et son frère qui œuvrait en cuisine. Leur sœur cadette, qui doit avoir vingt ans, dort encore sur une couchette près du poêle à charbon ; le mari de ma logeuse de fortune est allongé sur une table, un oreiller sous la tête, une couverture jusqu'aux épaules. Il porte un pull et une veste en laine épaisse. J'ai occupé le canapé-lit que le couple déplie chaque soir pour y dormir. Chaque soir, cette famille repousse quelques tables du restaurant pour transformer l'arrière-salle en dortoir. Je me sens terriblement gêné de m'être ainsi imposé dans leur intimité, si d'intimité on peut parler. Qui, dans mon quartier de Londres, aurait ainsi sacrifié son lit pour le laisser à un étranger ?

La vieille dame me sert un thé fumé. Nous ne pouvons communiquer que par gestes.

Je prends ma tasse et me faufile vers la salle. Elle repousse la cloison derrière moi.

La promenade est déserte, j'avance jusqu'au parapet qui longe la rivière et regarde le cours d'eau filer vers l'ouest. Le fleuve baigne dans une brume matinale. Une petite embarcation aux allures de jonque y glisse lentement. Un batelier sur le pont avant m'adresse un signe que je lui retourne aussitôt.

J'ai froid, j'enfonce mes mains dans mes poches et sens la photo de Keira sous mes doigts.

Pourquoi à ce moment précis resurgit le souvenir de notre soirée à Nebra ? Je me souviens de cette nuit passée avec toi, mouvementée certes, mais qui nous avait tant rapprochés.

Je partirai tout à l'heure vers le monastère de Garther, je ne sais pas combien de temps il me faudra encore pour y arriver, ni comment j'y entrerai, mais qu'importe, c'est la seule piste pour te retrouver… si tu es encore en vie.

Pourquoi est-ce que je me sens si faible ?

Une cabine téléphonique sur la promenade, à quelques pas de moi. J'ai envie d'entendre la voix de Walter. La cabine a un look kitsch des années soixante-dix. L'appareil accepte les cartes de crédit. Dès que je compose des chiffres sur le clavier, j'entends un signal de ligne occupée, il doit être impossible de joindre un pays étranger depuis cet endroit. Après deux nouvelles tentatives, je renonce.

Il est temps d'aller remercier mes hôtes, de régler la note de mon dîner de la veille et de reprendre la route. Ils ne veulent pas que je les paie. Je les remercie maintes fois et les quitte.

Fin de matinée, j'arrive enfin à Chengdu. La métropole est polluée, agitée, agressive. Pourtant, entre les tours et les grands ensembles immobiliers, de petites maisons décrépies ont survécu. Je cherche le chemin de la gare routière.

Jinli Street, attrape-touristes, j'aurai peut-être la chance de croiser des compatriotes qui me renseigneront.

Parc Nanjiao, la flore est belle, des barques surgies d'une autre époque naviguent paisiblement sur un lac, à l'ombre de saules mélancoliques.

Je repère un jeune couple dont l'allure me fait deviner qu'il s'agit d'Américains. Ces deux étudiants m'expliquent qu'ils sont venus parfaire leur formation à Chengdu dans le cadre d'un échange universitaire.

Ravis d'entendre quelqu'un parler leur langue, ils m'indiquent que la gare se trouve à l'opposé de la ville. La jeune femme prend un bloc dans son sac à dos et rédige une note qu'elle me tend. Elle calligraphie le chinois de façon parfaite. J'en profite pour lui demander d'inscrire aussi le nom du monastère de Garther.

J'avais laissé ma voiture dans un parking à ciel ouvert. J'y retrouve les vêtements que m'avait donnés le lama, me change à l'intérieur du véhicule, et fourre dans un sac un pull et quelques effets. Je choisis de laisser le 4 × 4 sur place et de prendre un taxi.

Le chauffeur lit la note que je lui montre et me dépose une demi-heure plus tard à la gare routière de Wuguiqiao. Je me présente à un guichet avec le précieux billet rédigé en chinois, le préposé me remet un titre de transport contre vingt yuans et m'indique le quai n° 12, puis il agite la main, m'invitant à me presser si je ne veux pas rater le départ du bus.

L'autocar n'est pas de toute fraîcheur, je suis le dernier à y grimper et je ne trouve de place qu'au fond, coincé entre une femme de forte corpulence et une cage en bambou qu'occupent trois canards en grande forme. Les pauvres seront probablement laqués en arrivant à destination, mais comment les prévenir du triste sort qui les attend ?

Nous traversons un pont qui enjambe la rivière Funan et nous élançons sur une voie rapide dans de grands craquements de boîte de vitesses.

Le car s'arrête à Ya'an, un passager descend. Je n'ai aucune idée de la durée du voyage, qui me paraît interminable. Je montre ma petite note calligraphiée à ma voisine et désigne ma montre. Elle tapote sur le cadran la marque des six heures. J'arriverai donc presque à la fin du jour. Où dormirai-je ce soir ? Je n'en sais rien.

La route serpente vers les massifs montagneux. Si Garther se trouve en haute altitude, la nuit y sera glaciale, il me faudra trouver un hébergement au plus vite.

Plus le paysage devient aride, plus je me sens en proie au doute. Qu'est-ce qui aurait bien pu pousser Keira à venir se perdre en des lieux si retranchés ? Seule la quête d'un fossile aurait pu l'entraîner jusqu'aux confins du monde, je ne vois pas d'autre explication.

Vingt kilomètres plus loin, l'autocar s'immobilise devant un pont en bois. L'ouvrage est suspendu par deux filins d'acier en fort mauvais état. Le chauffeur ordonne à tous les passagers de descendre, il faut alléger sa machine pour réduire les risques. Par la vitre, je regarde le ravin à franchir et loue la sagesse de notre conducteur.

Assis sur la banquette arrière, je serai le dernier à sortir. Je me lève, l'autobus est presque vide. Du pied, je repousse la tige de bambou qui retient la porte de la cage où s'agitent les volatiles, livrés à leur sort. Leur liberté se trouve au bout de la coursive à droite ; ils peuvent aussi choisir de couper en passant sous les fauteuils, à eux de voir. Les trois canards m'emboîtent gaiement le pas. Chacun choisit son chemin, un par l'allée, un autre par la rangée de fauteuils de droite, le troisième coupe à gauche ; pourvu qu'ils me laissent sortir avant eux, sinon on m'accusera de complicité d'évasion ! Après tout qu'importe, leur propriétaire est déjà sur le pont, elle s'accroche au bastingage et avance, yeux mi-clos, pour lutter contre le vertige.

Ma traversée n'est guère plus vaillante que la sienne. Une fois le pont franchi, les passagers se font un devoir de guider, à grand renfort de cris et gesticulations, leur courageux chauffeur qui roule au ralenti sur les lattes de bois chancelantes. Des craquements inquiétants se font entendre, les câbles grincent, le tablier se balance dangereusement mais tient bon, et quinze minutes plus tard, chacun peut regagner sa place. Sauf moi. J'ai profité de l'occasion pour occuper le siège libéré au deuxième rang. Le bus redémarre, deux canards manquent à l'appel, le troisième réapparaît hélas au milieu de l'allée et va bêtement se jeter entre les mollets de sa fermière.

Alors que nous passons Dashencun, je ne peux m'empêcher de sourire tandis que mon ancienne voisine remonte la coursive à quatre pattes, cherchant en vain les deux volatiles qui se sont volatilisés. Elle nous quittera à Duogong, de fort mauvaise humeur ; difficile de l'en blâmer.

Shabacun, Tianquan, villes et villages se succèdent dans la langueur du voyage ; nous suivons le cours d'une rivière, le bus continue de grimper vers des hauteurs vertigineuses. Je ne dois pas être complètement rétabli, je suis parcouru de frissons. Bercé par le ronflement du moteur, je réussis par instants à m'assoupir jusqu'à ce qu'une secousse vienne me tirer de mon sommeil.

Sur notre gauche, le glacier de Hailuogou effleure les nuages. Nous approchons de la fameuse passe de Zheduo, point culminant du parcours. À près de quatre mille trois cents mètres, je sens battre mon cœur dans mes tempes et la migraine revient. Je repense à Atacama. Qu'est devenu mon ami Erwan ? Cela fait si longtemps que je n'ai pris de ses nouvelles. Si je n'avais pas eu ce malaise au Chili quelques mois auparavant, si je n'avais pas enfreint les consignes de sécurité qui nous avaient été données, si j'avais écouté Erwan, je ne serais pas ici et Keira n'aurait pas disparu dans les eaux troubles de la rivière Jaune.

Je me souviens que pour me consoler de mon chagrin, ma mère m'avait dit à Hydra : « Perdre quelqu'un qu'on a aimé est terrible, mais le pire serait de ne pas l'avoir rencontré. » Elle pensait alors à mon père ; la chose prend un tout autre sens lorsque l'on se sent responsable de la mort de celle qu'on aime.

Le lac de Moguecuo reflète sur le miroir de ses eaux calmes les cimes enneigées. Nous avons regagné un peu de vitesse en replongeant vers la vallée de Xin-duqiao.

À l'opposé du désert d'Atacama, tout n'est que végétation luxuriante. Des troupeaux de yacks paissent au milieu des herbes grasses. Ormes et bouleaux blancs s'accordent dans cette vaste prairie encaissée au milieu des montagnes. Nous sommes redescendus en dessous des quatre mille mètres et ma migraine me laisse un peu tranquille. Et puis, soudain, le bus s'arrête. Le chauffeur se retourne vers moi, il est temps de descendre. En dehors de la route, je ne vois qu'un chemin pierreux qui file dans la direction du mont Gongga Shan. Le chauffeur agite les bras et grommelle quelques mots ; j'en déduis qu'il me prie d'aller poursuivre mes réflexions de l'autre côté de la porte en accordéon qu'il vient d'ouvrir, laissant pénétrer l'air glacial.

Mon sac à mes pieds, les joues saisies par le froid, je regarde, grelottant, mon autocar s'éloigner, jusqu'à disparaître au loin dans un tournant.

Je me retrouve seul, dans cette vaste plaine où le vent remonte les collines. Paysages hors du temps dont les terres ont adopté la couleur de l'orge mondé et du sable… mais je n'y vois aucune trace du monastère que je cherche. Il sera impossible de dormir à la belle étoile sans mourir gelé. Il faut marcher. Vers où ? Je n'en sais rien, mais il n'y a d'autre salut que d'avancer pour résister à l'engourdissement dû au froid.

Dans l'espoir absurde de fuir devant la nuit, je cours à petites foulées, allant de coteau en coteau vers le soleil couchant.

Au loin, j'aperçois la toile noire d'une tente de nomades, telle une providence.

Au milieu de cette immense plaine, une enfant tibétaine vient vers moi. Elle doit avoir trois ans, peut-être quatre, un petit bout de rien du tout avec ses joues rouges comme deux pommes et ses yeux qui brillent. L'inconnu que je suis ne l'effraie pas, et personne ne semble craindre quoi que ce soit pour elle, elle est libre d'aller où bon lui semble. Elle éclate de rire, s'amusant de ma différence, et son rire emplit la vallée. Elle ouvre les bras en grand, se met à courir dans ma direction, s'arrête à quelques mètres et repart vers les siens. Un homme sort de la tente et vient à ma rencontre. Je lui tends la main, il joint les siennes, s'incline et m'invite à le suivre.

De grands pans de toile noire soutenus par des pitons en bois forment un chapiteau. À l'intérieur, l'habitation est vaste. Sur un réchaud en pierre où crépitent des fagots de bois sec, une femme prépare une sorte de ragoût, le fumet imprègne tout l'espace. L'homme me fait signe de m'asseoir, il me sert un godet d'alcool de riz et trinque avec moi.

Je partage le repas de cette famille nomade. Le silence n'est troublé que par les éclats de rire de la petite fille aux joues rouges comme des pommes. Elle finit par s'endormir, blottie contre sa mère.

La nuit tombée, le nomade m'entraîne hors de la tente. Il s'assied sur une pierre et m'offre une cigarette qu'il a roulée entre ses doigts. Ensemble, nous regardons le ciel. Cela faisait longtemps que je ne l'avais pas contemplé ainsi. Je repère l'une des plus belles constellations que nous offre l'automne à l'est d'Andromède. Je pointe le doigt vers les étoiles et la nomme à mon hôte. « Persée », dis-je à voix haute. L'homme suit mon regard et répète « Persée » ; il rit, avec les mêmes éclats que sa fille, des éclats vifs comme ceux qui illuminent la voûte céleste au-dessus de nos têtes.

J'ai dormi sous leur tente, à l'abri du froid et des vents. Au petit matin, je tends mon papier à mon hôte ; il ne sait pas lire et n'y prête aucune attention ; le jour se lève et il a maintes tâches à accomplir.

L'aidant à ramasser du petit bois, je m'aventure à prononcer le mot « Garther », changeant chaque fois de prononciation dans l'espoir de trouver celle qui le ferait réagir. Rien n'y fait, il reste imperturbable.

Après le ramassage du bois, nous sommes de corvée d'eau. Le nomade me tend une outre vide, en passe une par-dessus son épaule et me montre comment l'ajuster, puis nous empruntons une piste qui part vers le sud.

Nous avons marché deux bonnes heures. Du haut de la colline, je repère une rivière qui coule au milieu de hautes herbes. Le nomade l'atteint bien avant moi. Lorsque je le rejoins, il se baigne déjà. J'ôte ma chemise et plonge à mon tour. La température de l'eau est saisissante, cette rivière doit trouver sa source dans l'un des glaciers que l'on aperçoit au loin.

Le nomade maintient son outre sous l'eau. J'imite ses gestes, les deux besaces se gonflent, j'ai beaucoup de mal à porter la mienne jusqu'à la berge.

De retour sur la terre ferme, il arrache une touffe de hautes herbes et se frotte vigoureusement le corps. Une fois sec, il se rhabille et s'assied pour prendre un peu de repos. « Persée », dit le nomade en levant le doigt vers le ciel. Puis sa main me désigne une anse de la rivière, en aval à quelques centaines de mètres de nous. Une vingtaine d'hommes s'y baignent, une quarantaine d'autres labourent la terre, chacun pousse un soc en traçant de longs sillons parfaitement rectilignes. Tous portent des tenues que je reconnais aussitôt.

— Garther ! souffle mon compagnon de route.

Je le remercie et m'élance déjà vers les moines, mais le nomade se lève et me saisit par le bras. Ses traits se sont assombris. D'un signe de tête, il m'enjoint de ne pas y aller. Il me tire par la manche et me montre le chemin du retour. Je peux lire la peur sur son visage, alors j'obéis et remonte la pente en le suivant. En haut de la colline, je me retourne vers les moines. Ceux qui, plus tôt, se lavaient dans la rivière ont remis leurs tuniques et repris leur travail, traçant de drôles de sillons, oscillant comme les courbes d'un gigantesque électrocardiogramme. Les moines disparaissent de ma vue alors que nous redescendons l'autre versant du coteau. Dès que je le pourrai, je fausserai compagnie à mon hôte et retournerai dans ce vallon.

Si je suis le bienvenu dans cette famille de nomades, je dois selon leur tradition mériter ma ration quotidienne de nourriture.

La femme a quitté sa tente et m'a conduit jusqu'au troupeau de yacks qui paissent dans un champ. Je n'ai prêté aucune attention au récipient qu'elle trimbalait en fredonnant, jusqu'au moment où elle s'est agenouillée devant l'un de ces étranges quadrupèdes et a commencé à le traire. Quelques instants plus tard, elle me cède sa place, jugeant que la leçon a suffisamment duré. Elle me laisse là, et le regard qu'elle porte vers le seau en s'en allant me fait comprendre que je ne dois revenir qu'une fois ce dernier bien rempli.

Rien ne se déroulera aussi simplement qu'elle l'a supposé. Manque d'assurance de ma part ou mauvais caractère de cette fichue vache asiatique, qui n'a de toute évidence aucunement l'intention de se laisser tripoter les mamelons par le premier inconnu de passage, chaque fois que ma main avance vers ses pis, la bête avance d'un pas, ou recule… J'use de tous les stratagèmes, tentative de séduction, sermon autoritaire, supplique, fâcherie, bouderie, elle n'en a rien à faire.

Celle qui vient à mon secours n'a que quatre ans. Je n'en tire aucune gloire, bien au contraire, mais c'est ainsi.

La petite fille aux joues rondes et rouges comme deux pommes apparaît soudain au milieu des champs ; je crois qu'elle est là depuis longtemps à se réjouir du spectacle et elle a dû se retenir tout autant avant de laisser échapper le bel éclat de rire qui a trahi sa présence. Comme pour s'excuser de s'être moquée de moi, elle s'approche, me tance d'un léger coup d'épaule, attrape d'un geste vif le pis du yack et rit à nouveau de bon cœur, quand le lait se met à gicler dans le seau. C'était donc aussi simple que cela, je dois relever le défi qu'elle me lance en me poussant vers le flanc du yack. Je m'agenouille, elle me regarde agir et applaudit quand je réussis enfin à faire couler quelques gouttes de lait. Elle s'allonge dans l'herbe, bras croisés, et reste ainsi à me surveiller. En dépit de son très jeune âge, sa présence a quelque chose de rassurant. Cet après-midi est un moment paisible et joyeux. Un peu plus tard, nous redescendons tous deux vers le campement.

Deux autres tentes ont été montées près de celle où j'ai dormi la nuit dernière, trois familles sont désormais réunies autour d'un grand feu. Alors que je regagne le campement en compagnie de ma petite visiteuse, les hommes viennent à notre rencontre ; mon hôte me fait signe de poursuivre mon chemin. Je suis attendu par les femmes, eux s'en vont regrouper le bétail. Je me sens vexé d'être tenu à l'écart d'une mission bien plus virile que celle que l'on m'a confiée.

Le jour s'achève, je regarde le soleil, il fera nuit dans une heure tout au plus. Je n'ai qu'une idée en tête, fausser compagnie à mes amis nomades pour aller espionner ce qui se passe dans la vallée en contrebas. Je veux suivre ces moines qui vont reprendre le chemin de leur monastère. Mais l'homme qui m'a accueilli revient au moment même où ces pensées occupent mon esprit. Il embrasse sa femme, soulève sa fille et la serre dans ses bras avant d'entrer dans la tente. Il en ressort quelques instants plus tard, sa toilette faite, et me surprend alors que je me suis installé à l'écart, fixant la ligne d'horizon. Il vient s'asseoir à mes côtés et m'offre une de ses cigarettes. Je refuse en le remerciant. Il allume la sienne et regarde à son tour le sommet de la colline, silencieux. Je ne sais pourquoi l'envie me vient de lui montrer ton visage. Probablement parce que tu me manques à en crever ; parce que c'est un bon prétexte pour regarder encore cette photo de toi. Elle est ce que j'ai de plus précieux à partager avec lui.

Je la sors de ma poche et la lui montre. Il me sourit en me la rendant. Puis il exhale une longue bouffée, écrase son mégot entre ses doigts et me quitte.

La nuit tombée, nous partageons un ragoût avec les deux autres familles qui se sont jointes à nous. La petite fille s'assied à mes côtés, ni son père ni sa mère ne semblent fâchés de notre complicité. Au contraire, sa maman caresse la chevelure de l'enfant et me donne son prénom. Elle s'appelle Rhitar. J'apprendrai plus tard que l'on nomme ainsi un enfant lorsque son aîné est mort, afin de conjurer le mauvais sort. Est-ce pour gommer le chagrin d'un drame joué avant sa naissance que Rhitar rit aussi clairement, est-ce pour rappeler à ses parents qu'elle a ramené la joie dans leur foyer ? Rhitar s'est assoupie sur les genoux de sa mère et, même dans son sommeil qui paraît si profond, elle sourit.

Le repas achevé, les hommes passent d'amples pantalons, les femmes défont les manches droites de leurs tuniques et les laissent se balancer au vent. Chacun se tient par la main pour former un cercle, hommes d'un côté, femmes de l'autre. Tous chantent, les femmes agitent leurs manches et, lorsque le chant s'arrête, les danseurs poussent un grand cri en chœur. La ronde repart alors dans l'autre sens, le rythme s'accélère. On court, on saute, on crie et chante jusqu'à épuisement. Je suis convié à ce ballet joyeux et me laisse emporter dans l'ivresse d'un alcool de riz et d'une ronde tibétaine.

Une main me secoue l'épaule, j'ouvre les yeux et reconnais dans la pénombre le visage de mon nomade. En silence, il me demande de le suivre hors de la tente. La plaine immense baigne dans la lumière cendrée d'une nuit qui tire à sa fin. Mon hôte a récupéré mon paquetage et le porte à l'épaule. Je ne sais rien de ses intentions, mais je devine qu'il me conduit là où nos routes vont se séparer. Nous avons repris la piste empruntée la veille. Il ne dit pas un mot du voyage. Nous marchons une bonne heure et, lorsque nous atteignons le sommet de la plus haute colline, il bifurque sur sa droite. Nous traversons un sous-bois d'ormes et de noisetiers, dont il semble connaître chaque sente, chaque escarpement. Quand nous en sortons, la pâleur du jour n'est pas encore apparue. Mon guide s'allonge sur le sol et m'ordonne de faire de même ; il me recouvre de feuilles mortes et d'humus et me montre comment me camoufler. Nous restons ainsi silencieux, tels deux guetteurs, mais je n'ai aucune idée de ce que nous guettons. J'imagine qu'il m'a emmené braconner et je me demande quel animal nous pouvons traquer, nous n'avons aucune arme. Peut-être vient-il relever des pièges.

Je suis bien loin du compte, mais il me faudra patienter une bonne heure encore avant de comprendre pourquoi il m'a entraîné jusqu'ici.

Le jour se lève enfin. Dans l'aube naissante se dessine devant nous le mur d'enceinte d'un gigantesque monastère, presque une ville forte.

— Garther, murmure mon complice, prononçant ce mot pour la seconde fois.

Une nuit, je lui avais offert le nom d'une étoile accrochée dans le ciel qui surplombait sa plaine, un matin, le nomade tibétain me rendait la pareille, nommant ce lieu que j'avais espéré découvrir plus que n'importe quel astre dans l'immensité de l'Univers.

Mon compagnon de route me fait signe de ne surtout pas bouger, il semble terrorisé que nous nous fassions repérer. Je ne vois aucune raison de s'inquiéter, le temple est à plus de cent mètres. Mais, à présent que mes yeux s'accommodent à la pénombre, je peux deviner sur les remparts du monastère les silhouettes d'hommes en tunique qui marchent le long d'un chemin de ronde.

Quel danger peuvent-ils guetter ? Cherchent-ils à se protéger d'une escouade chinoise qui viendrait les persécuter jusqu'en ces lieux retranchés ? Je ne suis pas leur ennemi. S'il ne tenait qu'à moi, je me dresserais sur-le-champ et courrais vers eux. Mais mon guide pose son bras sur le mien et me retient fermement.

Les portes du monastère viennent de s'ouvrir, une colonne de moines ouvriers prend la route qui descend vers les vergers à l'est. Les lourdes portes se referment derrière eux.

Le nomade se lève brusquement et se replie vers le sous-bois. À l'abri des grands ormes, il me remet mon paquetage et je comprends qu'il me dit au revoir. Je prends ses mains et les serre dans les miennes. Ce geste d'affection le fait sourire, il me fixe un instant, se retourne et s'en va.

Je n'ai jamais connu solitude plus profonde qu'en ces hautes plaines, quand, descendu de l'autocar de Chengdu, je marchais, fuyant la nuit, fuyant le froid. Il suffit parfois d'un regard, d'une présence, d'un geste, pour que naisse l'amitié, par-delà les différences qui nous retiennent et nous effraient ; il suffit d'une main tendue pour que s'imprime la mémoire d'un visage que jamais le temps n'effacera. Aux derniers instants de ma vie, je veux revoir intact le visage de ce nomade tibétain et celui de sa petite fille aux joues rouges comme deux pommes d'api.

Avançant à la lisière du bois, je suis à bonne distance le cortège des moines ouvriers qui fait route vers le creux du vallon. De là où je me situe, je peux aisément les épier, j'en compte une bonne soixantaine. Comme la veille, ils commencent par se dévêtir et se baigner dans les eaux claires avant de se mettre au travail.

La matinée passe. Alors que le soleil est déjà haut, je sens le froid me gagner et cette terrible moiteur qui suinte dans mon dos. Mon corps est secoué de tremblements. Je fouille mon paquetage et découvre un sac de viande séchée, cadeau de mon nomade. J'en grignote la moitié et garde de quoi me nourrir pour le soir. Lorsque les moines seront repartis, je courrai m'abreuver à la rivière ; en attendant, il faudra m'arranger de la soif que le sel de la viande aiguise.

Pourquoi ce voyage décuple-t-il mes sensations – faim, froid, chaleur, extrême fatigue ? Je rends l'altitude responsable de ces maux. Je passe le reste de l'après-midi à chercher un moyen d'entrer à l'intérieur du monastère. Les idées les plus folles me hantent, suis-je en train de perdre la raison ?

À 6 heures, les moines cessent leur travail et prennent le chemin du retour. Dès qu'ils disparaissent derrière la crête d'un coteau, je quitte ma cachette et cours à travers champs. Je plonge dans la rivière et j'y bois tout mon saoul.

De retour sur la berge, je réfléchis à l'endroit où passer la nuit. Dormir dans le sous-bois ne me tente guère.

Retourner vers la plaine et mes amis nomades serait un aveu d'échec et, pis encore, ce serait abuser de leur générosité. Me nourrir deux soirs de suite a déjà dû leur coûter beaucoup.

Je repère enfin une anfractuosité sur le flanc du coteau. J'y creuserai ma tanière ; bien blotti sous la terre et recouvert de mon paquetage, je pourrai y survivre à la nuit. En attendant que la noirceur ait envahi le ciel, je finis le reste de viande séchée et guette la venue de la première étoile, comme on guette celle d'une amie qui vous aidera à chasser les mauvaises pensées.

La nuit tombe. Parcouru d'un énième frisson, je m'endors.

Combien de temps s'est écoulé avant que des frôlements me réveillent ? Quelque chose s'approche de moi. Résister à la peur ; si un animal sauvage chasse dans les parages, inutile de lui servir de proie ; j'aurai plus de chance de lui échapper, caché dans mon trou, que zigzaguant dans l'obscurité. Sages pensées, mais difficiles à mettre en pratique quand le cœur s'emballe. De quel prédateur peut-il s'agir ? Et qu'est-ce que je fiche là, accroupi dans ce trou terreux à des milliers de kilomètres de chez moi ? Qu'est-ce que je fiche là, tête crasseuse, doigts gelés, nez coulant, qu'est-ce que je fiche là égaré en ces terres étrangères, courant derrière le fantôme d'une femme dont je suis fou alors qu'elle ne comptait pas dans ma vie il y a six mois encore ? Je veux retrouver Erwan et mon plateau d'Atacama, la douceur de ma maison et les rues de Londres, je veux être ailleurs, ne pas me faire déchiqueter les entrailles par une saleté de loup. Ne pas bouger, ne pas trembler, ne plus respirer, fermer les paupières pour éviter que la lune vive ne se reflète dans le blanc de mes yeux. Sages pensées, impossibles à mettre en pratique quand la peur vous empoigne par le col et vous secoue violemment. J'ai l'impression d'avoir douze ans, d'avoir perdu toutes défenses, toute assurance. J'aperçois une torche, alors peut-être n'est-ce qu'un maraudeur qui veut s'en prendre à mes maigres affaires. Et qu'est-ce qui m'interdirait de me défendre ?

Il faut sortir de ce trou, quitter la nuit et affronter le danger. Je n'ai pas parcouru tout ce chemin pour me laisser détrousser par un voleur ou dépecer comme un vulgaire gibier.

J'ai ouvert les yeux.

La torche avance en direction de la rivière. Celui qui la tient à bout de bras sait parfaitement où il va ; ses pas assurés ne redoutent aucun piège, aucune ornière. Le flambeau est planté dans la terre grasse d'un talus. Deux ombres apparaissent à la lueur de sa flamme. L'une à peine plus fine que l'autre, deux corps dont les silhouettes font penser à des adolescents. L'un s'immobilise, l'autre gagne la berge, ôte sa tunique et entre dans l'eau froide. À la peur succède un espoir. Ces deux moines ont peut-être bravé l'interdit pour venir se baigner à la faveur de la nuit, ces deux voleurs de temps sauront peut-être m'aider à pénétrer dans l'enceinte de la ville forte. Je rampe dans les herbes, m'approchant de la rivière, et subitement je retiens mon souffle.

De ce corps gracile, aucune forme ne m'est étrangère. Le dessin des jambes, la rondeur des fesses, la courbure du dos, le ventre, les épaules, la nuque, ce port de tête fier.

Tu es là, te baignant nue dans une rivière semblable à celle où je t'ai vue mourir. Ton corps dans la clarté de lune est comme une apparition, je t'aurais reconnue entre mille autres. Tu es là, à quelques mètres seulement ; mais comment t'approcher ? Comment me présenter à toi dans un pareil état sans te faire peur, sans que tu cries et donnes l'alerte ? La rivière te recouvre jusqu'aux hanches, tes mains en puisent l'eau pour la laisser glisser sur ton visage. À mon tour j'avance vers la rivière, à mon tour je rince mes joues à l'eau vive pour en ôter la terre.

Le moine qui t'accompagne m'en laisse le loisir, puisqu'il te tourne le dos. Il se tient à bonne distance, par crainte peut-être de poser ses yeux sur ta nudité. La poitrine tambourinant, la vue trouble, je m'approche encore. Tu reviens vers la grève droit vers moi. Quand tes yeux croisent mon regard, tu interromps ton pas, ta tête s'incline de côté, tu me scrutes, passes devant moi et poursuis ton chemin, comme si je n'avais pas existé.

Ton regard était absent, pire que cela, ce n'était pas ton regard que j'ai vu dans tes yeux. Tu as remis ta tunique, en silence, comme si aucun mot ne pouvait sortir de ta gorge, et tu es retournée vers celui qui t'avait escortée jusqu'ici. Ton compagnon de route a repris la torche et vous avez remonté la sente. Je vous ai suivis sans vous laisser suspecter ma présence, une fois peut-être, au roulement d'un caillou sous mes pieds, le moine s'est retourné, puis vous avez repris votre marche. En arrivant devant le monastère vous avez longé la muraille, dépassé les grandes portes et j'ai vu vos silhouettes disparaître dans un fossé. La flamme vacillait, puis elle s'est éteinte. J'ai attendu autant que je le pouvais, transi de froid. Enfin, je me suis élancé vers le renfoncement où vous aviez disparu, espérant y trouver un passage, je n'ai trouvé qu'une petite porte en bois, solidement fermée. Je me suis accroupi, le temps de recouvrer mes esprits, et j'ai regagné ma cache à l'orée du bois comme un animal.

Plus tard dans la nuit. Une sensation d'étouffement me sort de la torpeur dans laquelle je me suis enfoncé. Mes membres sont engourdis. La température a chuté brutalement. Impossible de bouger mes doigts pour délier le nœud qui ferme mon sac et attraper de quoi me couvrir. L'épuisement ralentit mes gestes. Me reviennent en mémoire ces histoires d'alpinistes que la montagne berce lentement avant de les endormir à jamais. Nous sommes à quatre mille mètres, par quelle insouciance ai-je cru pouvoir survivre à la nuit ? Je vais crever, dans un petit bois de noisetiers et d'ormes, du mauvais côté d'un mur, à quelques mètres de toi. On dit qu'au moment de mourir s'ouvre devant soi un tunnel obscur au bout duquel brille une lumière. Je ne vois rien de tel, mon seul éblouissement sera de t'avoir aperçue te baignant à la rivière.

Dans un dernier soubresaut de conscience, je sens des mains m'empoigner et me soulever de mon trou. On me traîne, impossible de me redresser, impossible de relever la tête pour voir ceux qui m'emmènent. On me soutient par les bras, nous avançons sur un sentier et je sens bien que je perds souvent connaissance. La dernière image dont je me souvienne est celle du mur d'enceinte et d'une grande porte s'ouvrant devant nous.

Tu es peut-être morte et je te rejoins enfin.

*

Athènes

— Si vous n'étiez pas aussi inquiet, vous n'auriez pas pris le risque de venir jusqu'ici. Et ne me dites pas que vous m'avez convié à dîner parce que vous redoutiez de passer la soirée seul. Je suis certain que le service en chambre du King George est bien meilleur que ce restaurant chinois. Je trouve d'ailleurs assez indélicat d'avoir choisi cette table, compte tenu des circonstances.

Ivory regarda longuement Walter, il prit une rondelle de gingembre confit et en offrit une à son invité.

— Je suis comme vous, je commence à trouver le temps long. Le pire est de ne rien pouvoir faire.

— Savez-vous oui ou non si Ashton est derrière tout ça ? demanda Walter.

— Je n'ai aucune certitude. Je n'arrive pas à imaginer qu'il soit allé jusque-là. La disparition de Keira aurait dû lui suffire. À moins qu'il n'ait appris l'existence du voyage d'Adrian et qu'il n'ait choisi de prendre les devants. C'est un miracle qu'il n'ait pas atteint son but.

— Il s'en est fallu de peu, grommela Walter. Croyez-vous que le lama ait informé Ashton au sujet de Keira ? Mais pourquoi aurait-il fait ça ? Si son intention n'était pas d'aider Adrian à la retrouver, alors pourquoi renvoyer ses affaires ?

— Rien ne prouve de façon certaine que le lama soit directement à l'origine de ce petit cadeau. Quelqu'un de son entourage a très bien pu subtiliser l'appareil, photographier notre amie archéologue alors qu'elle se baignait dans la rivière et remettre les choses à leur place, sans que personne se soit rendu compte de quoi que ce soit.

— Qui serait ce messager et pourquoi aurait-il pris de tels risques ?

— Il suffit que l'un des moines de la communauté ait été témoin de sa baignade et qu'il se soit refusé à ce que l'on trahisse les principes auxquels il a juré de se conformer.

— Quels principes ?

— Ne jamais mentir en est un, mais il se peut que notre lama, forcé au secret, ait incité l'un de ses disciples à jouer les messagers.

— Là, monsieur, je ne vous suis plus.

— Vous devriez apprendre les échecs, Walter, il ne suffit pas d'avoir un coup d'avance pour gagner mais trois ou quatre, anticiper est la condition de la victoire. Revenons à notre lama ; il est peut-être tiraillé entre deux préceptes qui dans une situation particulière pourraient ne plus se concilier. Ne pas mentir et ne rien faire qui puisse nuire à une vie. Imaginons que la survie de Keira dépende du fait qu'on la croie morte ; voilà qui plongerait notre sage dans un grand embarras. S'il dit la vérité, il met sa vie en danger et contredit ainsi ce qu'il y a de plus sacré dans sa croyance. D'un autre côté, s'il ment, en laissant croire qu'elle est morte alors qu'elle est vivante, le voilà qui enfreint un autre précepte. Fâcheux, n'est-ce pas ? Aux échecs on appelle cela « être pat ». Mon ami Vackeers déteste cela.

— Comment vos parents ont-ils fait pour engendrer un esprit aussi tordu que le vôtre ? demanda Walter en attrapant à son tour une rondelle de gingembre dans la coupelle.

— Je crains que mes parents n'y soient pour rien, j'aurais bien aimé leur accorder ce mérite, mais je ne les ai pas connus. Si cela ne vous ennuie pas, je vous raconterai mon enfance un autre jour, ce n'est pas de moi qu'il s'agit pour l'instant.

— Vous supposez que notre lama, confronté à un tel dilemme, a incité l'un de ses disciples à révéler la vérité, tandis que lui-même protégeait la vie de Keira en se taisant ?

— Ce qui nous intéresse dans ce raisonnement n'est pas le lama. J'espère que cela ne vous a pas échappé ?

Walter fit une moue qui ne laissait guère planer de doute sur la réponse à cette question. Le raisonnement d'Ivory lui échappait totalement.

— Vous êtes affligeant, mon vieux, reprit le vieux professeur.

— Je suis peut-être affligeant, mais c'est moi qui ai remarqué la particularité de la photo mise en évidence sur le dessus de la pile, moi qui l'ai comparée aux autres et qui en ai tiré les conclusions que nous connaissons.

— Je vous le concède, mais comme vous venez de le dire, elle était au-dessus de la pile !

— J'aurais mieux fait de me taire, comme votre lama. Nous ne serions pas là à guetter des nouvelles d'Adrian, en priant pour qu'il puisse encore nous en donner.

— Au risque de me répéter, cette photo se trouvait au-dessus de la pile ! Difficile de croire à une simple coïncidence, c'était assurément un message. Reste à savoir si Ashton a réussi à en prendre connaissance en même temps que nous.

— Ou un message que nous voulions voir à tout prix ! Nous l'aurions trouvé dans du marc de café que nous lui aurions accordé autant d'importance. Vous auriez ressuscité Keira pour pousser Adrian à poursuive vos travaux...

— Ah ! je vous en prie, ne soyez pas grossier ! Vous préféreriez le voir gâcher ses talents à se morfondre sur son île, dans l'état pitoyable que nous lui avons connu ? reprit Ivory en haussant le ton à son tour. Me croyez-vous assez cruel pour l'avoir envoyé à la recherche de son amie si je ne la pensais pas sincèrement en vie ? Vous me prenez pour un monstre ?

— Ce n'est pas que je voulais dire, rétorqua Walter avec la même véhémence.

Leur brève altercation avait attiré l'attention de clients qui dînaient à une table voisine. Walter poursuivit en baissant la voix.

— Vous aviez dit que ce n'était pas le lama qui nous intéressait, alors qui d'autre, sinon lui ?

— Celui qui a mis la vie d'Adrian en danger, celui qui redoutait qu'il retrouve Keira, celui qui, dans pareil cas, serait prêt à tout. Cela vous fait-il penser à quelqu'un ?

— Vous n'avez pas besoin d'être hautain, je ne suis pas votre subalterne.

— Refaire la toiture de l'Académie coûte une vraie fortune et je trouve que le généreux bienfaiteur qui équilibre miraculeusement votre budget, évitant de révéler à vos employeurs la médiocrité de votre gestion, mérite quelques égards, non ?

— C'est bon, j'ai compris le message. Vous accusez donc Sir Ashton !

— Est-ce qu'il sait Keira vivante ? Possible. Est-ce qu'il s'est refusé à courir le moindre risque ? Probable. Je dois avouer que si ce raisonnement m'était venu plus tôt, je n'aurais pas envoyé Adrian ainsi en première ligne. Maintenant, ce n'est plus seulement pour Keira que je m'inquiète, mais surtout pour lui.

Ivory régla l'addition et quitta la table. Walter récupéra leurs pardessus au portemanteau et le rejoignit dans la rue.

— Tenez, votre imperméable, vous alliez l'oublier.

— Je passerai demain, dit Ivory en faisant signe à un taxi.

— Est-ce bien prudent ?

— Je suis déjà venu jusqu'ici, et puis je me sens responsable, il faut que je le voie. Quand aurons-nous ses prochains rapports d'analyses ?

— Il en vient chaque matin. Les résultats s'améliorent, le pire semble derrière nous, mais une rechute est toujours possible.

— Appelez-moi à mon hôtel le moment venu, surtout pas avec votre portable, mais depuis une cabine.

— Vous pensez vraiment que ma ligne est sur écoute ?

— Je n'en ai aucune idée, mon cher Walter. Bonne nuit.

Ivory grimpa dans son taxi. Walter décida de rentrer à pied. L'air d'Athènes était encore doux en cette fin d'automne, un vent léger parcourait la ville, un peu de fraîcheur l'aiderait à se remettre les idées en place.

En arrivant à son hôtel, Ivory demanda au concierge que l'on fasse monter dans sa chambre le jeu d'échecs qui se trouvait au bar ; à cette heure de la nuit, il doutait qu'un autre client en eût l'usage.

Une heure plus tard, assis dans le petit salon de sa suite, Ivory abandonna la partie qu'il jouait contre lui-même et alla se coucher. Allongé dans son lit, bras croisés derrière la nuque, il passait en revue tous les contacts qu'il avait noués en Chine au cours de sa carrière. La liste était longue, mais ce qui le contrariait dans cet inventaire d'un genre particulier était qu'aucun de ceux dont il se souvenait n'était encore en vie. Le vieil homme ralluma la lumière et repoussa la couverture qui lui tenait trop chaud. Il s'assit sur le bord du lit, enfila ses chaussons et se contempla dans la porte en miroir de la penderie.

« Ah ! Vackeers, pourquoi ne puis-je pas compter sur vous alors que j'en aurais tant besoin ? Parce que tu ne peux compter sur personne, vieil imbécile, parce que tu es incapable de faire confiance à qui que ce soit ! Regarde où te conduit cette belle arrogance. Tu es seul et tu rêves encore de mener la danse. »

Il se leva et commença à faire les cent pas dans sa chambre.

« Si c'est un empoisonnement, vous le paierez très cher, Ashton. »

Il envoya valdinguer l'échiquier.

Le fait de se mettre en colère pour la seconde fois de la soirée le fit longuement réfléchir. Ivory regarda les pièces éparpillées sur la moquette, le fou noir et le fou blanc se tenaient côte à côte. À 1 heure du matin, il décida d'enfreindre une règle qu'il s'était fixée, il décrocha le téléphone et composa un numéro à Amsterdam. Lorsque

Vackeers décrocha, il entendit son ami lui poser une question pour le moins singulière. Un poison pouvait-il provoquer les symptômes d'une pneumonie aiguë ?

Vackeers n'en savait rien, mais il promit de se renseigner dans les plus brefs délais. Élégance ou preuve d'amitié, il ne demanda aucune explication à Ivory.

*

Monastère de Garther

Deux hommes me soutiennent, tandis qu'un troisième me frotte vigoureusement le torse. Assis sur une chaise, les pieds dans une bassine d'eau tiède, j'ai repris quelques forces et réussi presque à me tenir debout. On m'a ôté mes vêtements humides et crasseux et passé un genre de sarong. Mon corps retrouve une température presque normale, même s'il m'arrive encore de grelotter. Un moine entre dans la pièce et dépose sur le sol un bol de bouillon et un autre de riz. En portant le liquide à mes lèvres, je me rends compte à quel point je suis faible. À peine ce repas avalé, je m'allonge sur une natte et sombre dans le sommeil.

Au petit matin, un autre moine vient me chercher et me prie de le suivre. Nous remontons une coursive sous des arcades. Tous les dix mètres, des portes ouvrent sur de grandes salles où des disciples suivent l'enseignement de leurs maîtres. Je me croirais dans un collège religieux de ma vieille Angleterre ; nouvelle aile de ce gigantesque quadrilatère, immense galerie, tout au bout on me fait entrer dans une pièce dépourvue de mobilier.

J'y reste seul, cloîtré une bonne partie de la matinée. Une fenêtre donne sur l'esplanade intérieure du monastère, j'y vois un étrange spectacle. Un gong vient de sonner midi, une centaine de moines arrivent en colonnes, s'asseyent à égale distance les uns des autres, et se recueillent. Je ne peux m'empêcher d'imaginer Keira, dissimulée sous l'une de ces tuniques. Si le souvenir de ce que j'ai vécu la nuit dernière est bien réel, elle doit se trouver cachée dans ce temple, peut-être même quelque part dans cette cour, parmi ces moines tibétains réunis dans leurs prières. Pour quelle raison la retient-on ? Je ne pense qu'à la retrouver et l'emmener loin d'ici.

Un rai de lumière balaie le sol, je me retourne, un moine se tient sur le pas de la porte ; un disciple passe devant lui et avance jusqu'à moi, la tête dissimulée sous une capuche. Il la relève, je n'en crois pas mes yeux.

Tu portes une longue cicatrice au front, elle n'enlève rien à ton charme. Je voudrais te prendre dans mes bras mais tu fais un pas en arrière. Tu as les cheveux courts et le teint plus pâle que d'ordinaire. Te regarder sans pouvoir te toucher est la plus cruelle des pénitences, te sentir si proche et ne pouvoir te serrer contre moi, une frustration d'une violence insoutenable. Tu me fixes, sans me laisser t'approcher, comme si le temps des étreintes était révolu, comme si ta vie avait emprunté un chemin sur lequel je n'étais plus le bienvenu. Et, si je devais en douter, tes mots sont encore plus blessants que la distance que tu m'imposes.

— Il faut que tu t'en ailles, murmures-tu d'une voix blanche.

— Je suis venu te chercher.

— Je ne t'ai rien demandé, il faut que tu repartes et que tu me laisses en paix.

— Tes fouilles, les fragments… tu peux renoncer à nous, mais pas à cela !

— Ce n'est plus la peine, c'est mon pendentif qui m'a menée ici, j'y ai trouvé bien plus que ce que je cherchais ailleurs.

— Je ne te crois pas ; ta vie n'est pas dans ce monastère perdu au bout du monde.

— Question de perspective, le monde est rond, tu le sais mieux que quiconque. Quant à ma vie, j'ai failli la perdre par ta faute. Nous étions inconscients. Il n'y aura pas de seconde chance. Va-t'en, Adrian !

— Pas tant que je n'aurai pas tenu la promesse que je t'ai faite. J'ai juré de te rendre à ta vallée de l'Omo.

— Je n'y retournerai pas ! Rentre à Londres, ou ailleurs, mais va-t'en loin d'ici.

Tu as remis ta capuche, baissé la tête, et tu repars à pas lents. Au dernier moment, tu te retournes vers moi, le visage fermé.

— Tes affaires sont propres, me lances-tu en regardant le sac que le moine a déposé. Tu peux passer la nuit ici, mais, demain matin, tu t'en iras.

— Et Harry ? Tu renonces aussi à Harry ?

J'ai vu une larme luire sur ta joue et j'ai compris l'appel silencieux que tu m'adressais.

— Cette petite porte qui donne dans les fossés, t'ai-je demandé, celle que tu empruntes pour te rendre la nuit à la rivière, où se trouve-t-elle ?

— Au sous-sol, juste en dessous de nous, mais n'y va pas, je t'en prie.

— À quelle heure s'ouvre-t-elle ?

— À 23 heures, réponds-tu avant de t'en aller.

J'ai passé le reste de la journée enfermé dans cette pièce où je t'ai revue pour te perdre aussitôt. J'ai passé le reste de la journée à tourner en rond comme un forcené.

Le soir, un moine vient me chercher, et me conduit dans la cour, je suis autorisé à y faire quelques pas au grand air après que les disciples ont achevé leur dernière prière. Il fait déjà assez frais et je comprends que la nuit sera la véritable gardienne de cette prison. Il est impossible de traverser la plaine sans y mourir de froid, j'en ai fait l'expérience. Mais quel que soit le risque, il faudra bien que je trouve une solution.

Je profite de la promenade qui m'est accordée pour repérer les lieux. Le monastère s'élève sur deux niveaux, trois en comptant les sous-sols dont Keira m'a parlé. Vingt-cinq fenêtres s'ouvrent sur la cour intérieure. De hautes arcades bordent les coursives du rez-de-chaussée. À chaque angle se trouve un escalier de pierre en colimaçon. Je recompte mes pas. Pour atteindre l'un d'eux depuis ma cellule, il me faudrait cinq ou six minutes au plus, à condition de ne croiser personne en chemin.

Mon dîner avalé, je me couche sur ma natte et fais semblant de dormir. Mon gardien ne tarde pas à se mettre à ronfler. La porte n'est pas fermée à clé, personne ne songerait à quitter ce lieu au milieu de la nuit.

La galerie est déserte. Les moines qui se promènent sur les toits le long du chemin de ronde ne peuvent me voir, il fait trop sombre pour qu'ils m'aperçoivent sous les arcades. Je longe les murs.

22 h 50 à ma montre. Si Keira m'a bien donné rendez-vous, si j'ai correctement interprété son message, il me reste dix minutes pour trouver le moyen de gagner les sous-sols et retrouver cette petite porte entrevue depuis le bois où je me cachais hier.

22 h 55, j'ai enfin atteint l'escalier. Une porte en condamne l'accès, solidement fermée par un crochet de fer. Il faut réussir à le soulever sans bruit, une vingtaine de moines dorment dans une pièce tout près de là. La porte grince sur ses gonds, je l'entrouvre et me faufile.

À tâtons dans le noir, je descends les marches, aux pierres usées et glissantes. Garder l'équilibre n'est pas simple et je n'ai aucune idée de la distance qui me sépare encore des profondeurs du monastère.

Les aiguilles phosphorescentes de ma montre marquent presque 23 heures. Je sens enfin la terre meuble sous mes pieds ; à quelques mètres, une torchère fichée dans le mur éclaire faiblement un passage. Un peu plus loin, j'en aperçois une autre, je continue. J'entends soudain des bruissements dans mon dos, j'ai à peine le temps de me retourner qu'une volée de chauves-souris virevolte autour de moi. Plusieurs fois leurs ailes me frôlent tandis que leurs ombres tremblent dans l'écho lumineux de la torchère. Il faut aller de l'avant, il est déjà 23 h 05, j'ai pris du retard et je ne vois toujours pas la petite porte. Ai-je emprunté un mauvais chemin ?

Il n'y aura pas de seconde chance, a dit Keira ; je ne peux pas m'être trompé, pas maintenant.

Une main agrippe mon épaule et m'attire de côté dans un renfoncement. Cachée sous une alcôve, Keira me prend dans ses bras et me serre contre elle.

— Dieu que tu m'as manqué, murmures-tu.

Je ne te réponds pas, je prends ton visage dans mes mains et nous nous embrassons. Ce long baiser a un goût de terre et de poussière, une senteur de sel et de sueur. Tu poses ta tête sur mon torse, je caresse tes cheveux, tu pleures.

— Tu dois partir, Adrian, il faut que tu t'en ailles, tu nous mets tous les deux en danger. La condition de ta survie était que l'on me croie morte ; si l'on apprend que tu es ici, que nous nous sommes revus, ils te tueront.

— Les moines ?

— Non, dis-tu en hoquetant, eux sont nos alliés, ils m'ont sauvée de la rivière Jaune, soignée et cachée ici. Je parle de ceux qui ont voulu nous assassiner, Adrian, ils ne renonceront pas. Je ne sais pas ce que nous avons fait, ni pourquoi ils nous pourchassent, ils ne reculeront devant rien pour nous empêcher de continuer nos recherches. S'ils nous savent réunis, ils nous retrouveront. Ce lama que nous avions rencontré, celui qui se moquait de nous alors que nous cherchions la pyramide blanche, c'est lui qui nous a tirés d'affaire… et je lui ai fait une promesse.

*

Athènes

Ivory sursauta. On avait sonné à sa porte. Un garçon d'étage lui remit une télécopie urgente, quelqu'un avait appelé la réception pour demander qu'elle lui soit remise aussitôt. Ivory prit l'enveloppe, remercia le jeune homme, attendit qu'il se soit éloigné et décacheta le pli.

ROME lui demandait de l'appeler dans les plus brefs délais depuis une ligne sécurisée.

Ivory s'habilla à la hâte et descendit dans la rue. Il acheta une carte de téléphone au kiosque en face de l'hôtel pour joindre Lorenzo depuis une cabine voisine.

— J'ai de drôles de nouvelles.

Ivory retint sa respiration et écouta attentivement son interlocuteur.

— Mes amis en Chine ont retrouvé la trace de votre archéologue.

— Vivante ?

— Oui, mais elle n'est pas près pour autant de rentrer en Europe.

— Pourquoi cela ?

— Vous allez avoir du mal à avaler la pilule, elle a été arrêtée et incarcérée.

— C'est absurde ! Pour quel motif ?

Lorenzo, alias ROME, compléta un puzzle dont bien des pièces manquaient encore à Ivory. Les moines du mont Hua Shan se trouvaient sur la berge de la rivière Jaune quand le 4 × 4 d'Adrian et Keira s'y était précipité. Trois d'entre eux avaient plongé pour les remonter des eaux tourbillonnantes. Adrian fut sorti de la voiture le premier et conduit d'urgence à l'hôpital par des ouvriers qui passaient en camion. Ivory connaissait la suite, il était venu en Chine s'occuper de lui et avait fait le nécessaire pour le rapatrier. Pour Keira, les choses s'étaient présentées autrement. Les moines avaient dû s'y reprendre à trois fois avant de la libérer de la carcasse qui dérivait. Quand ils l'avaient ramenée sur la terre ferme, le camion était déjà parti. Ils l'emmenèrent inconsciente jusqu'au monastère. Le lama apprit très vite que les commanditaires de cette tentative d'assassinat appartenaient à une triade de la région, dont les ramifications s'étendaient jusqu'à Pékin. Il cacha Keira et subit les violences infligées par les individus qui vinrent lui rendre visite quelques jours plus tard. Il jura que si ses disciples avaient bien plongé pour tenter de sauver ces Occidentaux de la noyade, ils n'avaient rien pu faire pour la jeune femme qui avait péri. Les trois moines qui l'avaient secourue souffrirent le même interrogatoire, aucun ne parla. Keira resta dix jours comateuse, une infection retarda sa guérison, mais les moines vinrent à bout de son mal.

Lorsqu'elle fut rétablie et en état de voyager, le lama la fit envoyer loin de son monastère où l'on risquait encore de la chercher. Il avait prévu de la déguiser en moine le temps que les choses se calment.

— Et que s'est-il passé ensuite ? interrogea Ivory.

— Là, vous n'allez pas le croire, répondit Lorenzo, car, hélas, le plan du lama ne s'est pas du tout déroulé comme il l'avait prévu.

La conversation dura encore dix minutes. Lorsque Ivory raccrocha, sa carte téléphonique était épuisée. Il se précipita à son hôtel, boucla son bagage et sauta dans un taxi. De son portable, il appela Walter en route pour le prévenir qu'il le rejoignait.

Ivory arriva une demi-heure plus tard au pied du grand bâtiment perché sur la colline d'Athènes. Il prit l'ascenseur jusqu'au troisième étage et se précipita dans le couloir à la recherche de la chambre 307. Il frappa à la porte et entra. Walter écouta, bouche bée, ce qu'Ivory lui raconta.

— Voilà, mon cher Walter, vous savez tout, ou presque.

— Dix-huit mois ? C'est épouvantable ! Vous avez une idée de la façon de la faire libérer ?

— Non, pas la moindre. Mais voyons le côté positif des choses, nous avons maintenant l'assurance qu'elle est en vie.

— Je me demande comment Adrian accueillera cette information, j'ai peur que cela ne l'atteigne encore plus.

— Je serais déjà tellement soulagé qu'il puisse l'apprendre, répondit Ivory en soupirant. Quelles sont les nouvelles à son sujet ?

— Aucune hélas, sinon que tout le monde semble optimiste, on me dit que ce n'est plus que l'affaire d'un jour, peut-être même de quelques heures, avant de pouvoir lui parler.

— Souhaitons que cet optimisme soit justifié. Je rentre à Paris aujourd'hui, je dois trouver le moyen de sortir Keira de cette situation. Occupez-vous d'Adrian ; si la chance vous permet de vous entretenir avec lui, ne lui dites encore rien.

— Je ne pourrai pas tenir le sort de Keira secret, c'est impossible, il m'étranglerait vif.

— Je ne pensais pas à cela. Ne lui faites pas partager nos soupçons, c'est encore trop tôt ; j'ai mes raisons. À bientôt, Walter, je reprendrai contact avec vous.

*

Garther

— Quelle promesse as-tu faite à ce lama ?

Tu me regardes, désolée, et tu hausses les épaules. Tu m'apprends que ceux qui ont attenté à nos vies reprendraient leur chasse même au-delà des frontières, s'ils apprenaient que tu as survécu. S'ils ne pouvaient mettre la main sur toi, je serais le premier dont ils se chargeraient. En échange de tous les services qu'il nous a rendus, le lama t'a demandé de lui donner deux ans de ta vie. Deux années d'une retraite, que tu pourrais mettre à profit pour réfléchir et décider de la suite à donner à ton existence. « Il n'y aura pas de seconde chance, t'a-t-il dit. Deux ans pour faire le point sur une vie que l'on a failli perdre, ce n'est pas un si mauvais marché. » Lorsque la situation serait apaisée, le lama trouverait le moyen de te faire repasser la frontière.

— Deux ans pour sauver nos deux vies, c'est tout ce qu'il m'a demandé, et j'ai accepté le pacte. J'ai tenu le coup, parce que tu étais hors de danger. Si tu savais combien de fois dans cette retraite j'ai imaginé tes journées, revisité les endroits où nous nous sommes promenés ; si tu savais combien de moments j'ai passés dans ta petite maison de Londres... J'ai peuplé mes journées de chacun de ces instants imaginaires.

— Je te promets que...

— Plus tard, Adrian, me dis-tu en posant ta main sur ma bouche. Demain, tu partiras. Il me reste dix-huit mois à patienter. Ne t'inquiète pas pour moi, la vie ici n'est pas si pénible que cela, je suis au grand air, j'ai du temps pour réfléchir, beaucoup de temps. Ne me regarde pas comme si j'étais une sainte ou une illuminée. Et ne te prends pas pour plus important que tu ne l'es ; je ne fais pas ça pour toi, mais pour moi.

— Pour toi ? Qu'est-ce que tu y gagnes ?

— Ne pas te perdre une deuxième fois. Si je n'avais pas signalé ta présence aux moines, tu aurais péri dans la forêt la nuit dernière.

— C'est toi qui les as prévenus ?

— Je n'allais pas te laisser mourir de froid !

— Promesse de lama ou pas, on fiche le camp d'ici. Je t'emmène, de gré ou de force, même si je dois t'assommer.

Pour la première fois depuis longtemps, je revois ton sourire, un vrai sourire. Tu poses ta main sur ma joue et la caresses.

— D'accord, fichons le camp ; de toute façon, je ne tiendrais pas si je te voyais partir. Et je te haïrais de me laisser ici.

— Combien de temps avant que tes geôliers se rendent compte que tu n'es plus dans ta cellule ?

— Mais ce ne sont pas des geôliers, je suis libre de circuler où bon me semble.

— Et ce moine qui t'accompagnait à la rivière, ce n'était pas pour te surveiller ?

— Pour m'escorter, au cas où il m'arriverait quelque chose en chemin. Je suis la seule femme de ce monastère, alors pour faire ma toilette je vais chaque nuit à la rivière. Enfin, je l'ai fait tout l'été et depuis le début de l'automne, mais hier soir c'était ma dernière sortie.

J'ai ouvert mon paquetage, sorti un pull-over, un pantalon et te les ai tendus.

— Qu'est-ce que tu fais ?

— Enfile ces vêtements, nous partons tout de suite.

— L'expérience d'hier ne t'a donc pas suffi ? Il doit faire zéro dehors, il fera moins dix dans une heure. Nous n'avons aucune chance de traverser cette plaine de nuit.

— Pas plus que de la traverser en plein jour sans se faire repérer ! Une heure de marche, tu crois que nous pouvons survivre ?

— Le premier village est à une heure… en voiture ! Et nous n'en avons pas.

— Je ne te parle pas d'un village, mais d'un campement nomade.

— Si ton campement est nomade, il peut très bien s'être déplacé.

— Il sera là, et ceux qui l'occupent nous aideront.

— On ne va pas se disputer, va pour ton campement de nomades ! as-tu dit en enfilant le pull et le pantalon.

— Où se trouve cette fichue porte pour sortir d'ici ? t'ai-je demandé.

— Juste devant toi… On n'est pas près d'arriver !

Aussitôt dehors, je t'entraîne vers le bois, mais tu me tires par le bras et me conduis sur le sentier menant à la rivière.

— Pas la peine de nous perdre au milieu de ces arbres, il nous reste peu de temps avant que le froid nous saisisse.

Tu connais la région mieux que moi, j'obéis et te laisse guider la marche. À la rivière je reconnaîtrai le sentier qui grimpe vers la colline. Il nous faudra dix minutes pour y arriver, trois quarts d'heure de plus pour franchir le col et atteindre la grande vallée où se trouve le campement. Cinquante-cinq minutes et nous serons tirés d'affaire.

La nuit est plus glaciale que je ne l'avais supposé. Je frissonne déjà et la rivière n'est pas encore en vue. Tu ne me parles pas, tout entière concentrée sur la route à suivre. Je ne peux pas te reprocher ce silence, tu as probablement raison de préserver tes forces, alors que je sens les miennes s'épuiser à chaque pas.

Lorsque nous arrivons au bout de la plaine que cultivent les moines dans la journée, je m'inquiète de t'avoir entraînée dans cette situation. Voilà déjà plusieurs minutes que je lutte contre l'engourdissement.

— Je n'y arriverai jamais, me dis-tu, haletante.

Un voile blanchâtre s'échappe de ta bouche à chaque mot que tu prononces. Je te serre contre moi et te frictionne le dos. Je voudrais t'embrasser, mais mes lèvres sont gelées… et puis tu me rappelles à l'ordre.

— Nous n'avons pas une minute à perdre, il ne faut pas rester immobiles, conduis-nous au plus vite vers ton campement ou nous allons mourir congelés.

J'ai si froid que mon corps tout entier tremble.

Le flanc de la colline paraît s'allonger au fur et à mesure de notre ascension. Tenir bon, encore quelques efforts, dix minutes au plus et nous atteindrons le sommet ; de là, par cette nuit claire, nous verrons certainement les tentes dans le lointain. La seule idée de la chaleur qui y règne nous redonnera courage et force. Je sais que, une fois le col gagné, redescendre vers le creux du vallon nous demandera tout au plus un quart d'heure ; et même si nous avons atteint nos limites, il me suffira d'appeler au secours. Avec un peu de chance, mes amis nomades entendront mes cris dans la nuit.

Tu tombes trois fois, trois fois je t'aide à te relever, à la quatrième ton visage est d'une pâleur effrayante. Tes lèvres ont bleui, comme lorsque tu te noyais devant moi dans les eaux de la rivière Jaune. Je te soulève, passe mon bras sous ton aisselle et te porte.

En chemin, je te hurle de tenir bon, et t'interdis de fermer les yeux.

— Arrête de me crier dessus, gémis-tu. C'est déjà assez pénible comme cela. Je t'avais dit qu'il ne fallait pas, tu n'as pas voulu m'écouter.

Cent mètres, il nous reste cent mètres avant d'atteindre la crête. J'accélère le pas et je sens que tu te fais plus légère, tu as recouvré quelques forces.

— Le dernier souffle, me dis-tu, un ultime sursaut avant la mort. Allez, dépêche-toi au lieu de me regarder avec cette mine déconfite. Je ne te fais plus rire ?

Tu crânes, tes lèvres engourdies peinent à articuler. Pourtant, tu te redresses, me repousses et te remets en marche, seule, me précédant.

— Tu traînes, Adrian, tu traînes !

Cinquante mètres ! Tu me distances, j'ai beau pousser sur mes jambes, je n'arrive plus à te rejoindre ; tu arriveras en haut bien avant moi.

— Tu viens, oui ? Allez, dépêche-toi !

Trente mètres ! Le col n'est plus très loin, tu y es presque. Il faut que je l'atteigne avant toi, je veux être le premier à voir le campement qui nous sauvera la vie.

— Tu n'y arriveras pas si tu traînes, je ne peux plus revenir te chercher, accélère, Adrian, presse-toi !

Dix mètres ! Tu as atteint le haut de la colline, tu t'y tiens droite comme un bâton, mains sur les hanches. Je te vois de dos, tu contemples la vallée, sans un mot. Cinq mètres ! Mes poumons vont éclater. Quatre mètres ! Ce ne sont plus des tremblements mais des spasmes qui me secouent tout entier. Plus de force, je dévisse et je tombe. Tu ne me portes aucune attention. Il faut que je me relève, plus que deux ou trois mètres, mais la terre est si douce, et le ciel si beau sous la pleine lune. Je sens la brise caresser mes joues et me bercer.

Tu te penches vers moi. Une terrible quinte de toux m'arrache la poitrine. La nuit est blanche, si blanche que l'on y voit comme de jour. Ce doit être le froid, je suis ébloui. La luminosité est presque insupportable.

— Regarde, dis-tu en désignant la vallée, je te l'avais dit, tes amis sont partis. Il ne faut pas leur en vouloir, Adrian, ce sont des nomades, amis ou pas, ils ne restent jamais longtemps au même endroit.

J'ouvre péniblement les yeux ; au milieu de la plaine, en lieu et place du campement que j'espérais tant, je vois au loin les contreforts du monastère. Nous avons tourné en rond, nous sommes revenus sur nos pas. Pourtant, c'est impossible, nous ne sommes pas dans le même vallon, je ne vois pas le sous-bois.

— Je suis désolée, murmures-tu, ne m'en veux pas. J'avais promis, on ne peut pas se défaire d'une promesse. Tu m'avais juré de me ramener à Addis-Abeba, si tu pouvais tenir parole, tu le ferais, n'est-ce pas ? Regarde comme tu souffres de ton impuissance, alors, comprends-moi. Tu me comprends, n'est-ce pas ?

Tu m'embrasses le front. Tes lèvres sont glacées. Tu souris et tu t'éloignes. Tes pas semblent si assurés, comme si le froid n'avait soudain plus aucune emprise sur toi. Tu avances calmement dans la nuit, marchant vers le monastère. Je n'ai plus la force de te retenir, ni celle de te rejoindre. Je suis prisonnier de mon corps qui refuse tout mouvement, comme si mes bras et mes jambes étaient entravés par de solides liens. Impuissant, comme tu l'as dit avant de m'abandonner. Lorsque tu arrives devant le mur d'enceinte, les deux immenses portes du monastère s'ouvrent, tu te retournes une dernière fois et tu y pénètres.

Tu es bien trop loin pour que je t'entende et pourtant le son clair de ta voix arrive jusqu'à moi.

— Sois patient, Adrian. Nous nous retrouverons peut-être. Dix-huit mois, ce n'est pas si terrible quand on s'aime. Ne crains rien, tu t'en sortiras, tu as cette force en toi et puis quelqu'un vient, il est presque là. Je t'aime, Adrian, je t'aime.

Les lourdes portes du temple de Garther se referment sur ta frêle silhouette.

Je hurle ton nom dans la nuit, je hurle comme un loup pris au piège et qui voit venir la mort à lui. Je me débats, tire de toutes mes forces, malgré mes membres engourdis. Je crie et crie encore quand j'entends au milieu de la plaine déserte une voix me dire : « Calmez-vous, Adrian. » Cette voix m'est familière, c'est celle d'un ami. Walter répète une nouvelle fois cette phrase qui n'a aucun sens.

— Bon sang, Adrian, calmez-vous à la fin. Vous allez finir par vous blesser !

*

Athènes, Centre hospitalo-universitaire, service des infections pulmonaires

— Bon sang, Adrian, calmez-vous à la fin. Vous allez finir par vous blesser !

J'ai ouvert les yeux, voulu me redresser, mais j'étais attaché. Le visage de Walter était penché sur moi, il avait l'air totalement dérouté.

— Vous êtes vraiment de retour parmi nous ou vous traversez un nouvel épisode de délire ?

— Où sommes-nous ? murmurai-je.

— D'abord, répondez à une petite question : à qui êtes-vous en train de vous adresser, qui suis-je ?

— Enfin, Walter, vous êtes devenu complètement abruti ou quoi ?

Walter se mit à applaudir. Je ne comprenais rien à son excitation. Il se précipita vers la porte et cria dans le couloir que j'étais réveillé, et cette nouvelle semblait le mettre en joie. Il resta la tête penchée au-dehors et se retourna, tout dépité.

— Je ne sais pas comment vous faites pour vivre dans ce pays, on dirait que la vie s'interrompt à l'heure du déjeuner. Pas même une infirmière, on croit rêver. Ah oui, je vous ai promis de vous dire où nous étions. Nous sommes au troisième étage de l'hôpital d'Athènes, au service des infections pulmonaires, chambre 307. Lorsque vous le pourrez, il faudra venir contempler la vue, c'est assez joli. Depuis votre fenêtre on voit la rade, c'est rare pour un hôpital de jouir d'un tel panorama. Votre mère et votre délicieuse tante Elena ont retourné ciel et terre pour que l'on vous mette dans une chambre individuelle. Les départements administratifs n'ont pas eu une seconde de répit. Votre délicieuse tante et votre mère sont deux saintes femmes, croyez-moi.

— Qu'est-ce que je fais ici, et pourquoi suis-je attaché ?

— Comprenez que la décision de vous sangler ne s'est pas prise de bon cœur, mais vous avez connu quelques épisodes de delirium suffisamment violents pour que l'on juge plus prudent de vous protéger de vous-même. Et puis les infirmières en avaient assez de vous retrouver par terre au milieu de la nuit. Vous êtes drôlement agité dans votre sommeil, c'est à peine croyable ! Bon, je suppose que je n'en ai pas le droit, mais étant donné que tout le monde fait la sieste, je me considère comme la seule autorité compétente et je vais vous libérer.

— Walter, vous allez me dire pourquoi je suis dans une chambre d'hôpital ?

— Vous ne vous souvenez de rien ?

— Si je me souvenais de quoi que ce soit, je ne vous poserais pas la question !

Walter se dirigea vers la fenêtre et regarda au-dehors.

— J'hésite, dit-il, songeur. Je préférerais que vous ayez récupéré des forces, nous parlerons ensuite, promis.

Je me suis redressé sur mon lit, ma tête tournait, Walter se précipita pour m'empêcher de tomber.

— Vous voyez ce que je vous dis, allez, allongez-vous et calmez-vous. Votre mère et votre délicieuse tante se sont fait un sang d'encre, alors soyez gentil d'être éveillé quand elles viendront vous rendre visite en fin d'après-midi. Pas de fatigue inutile. Zou ! c'est un ordre ! En l'absence des médecins, des infirmières et d'Athènes tout entière qui roupille, c'est moi qui commande !

J'avais la bouche sèche, Walter me tendit un verre d'eau.

— Doucement, mon vieux, vous êtes sous perfusion depuis très longtemps, je ne sais pas si vous êtes autorisé à boire. Ne faites pas le malade difficile, je vous en prie !

— Walter, je vous donne une minute pour me dire dans quelles circonstances je suis arrivé ici ou j'arrache tous ces tubes !

— Je n'aurais jamais dû vous détacher !

— Cinquante secondes !

— Ce n'est pas bien de votre part ce petit chantage, vous me décevez beaucoup, Adrian !

— Quarante !

— Dès que vous aurez vu votre mère !

— Trente !

— Alors aussitôt que les médecins seront passés et m'auront confirmé votre rétablissement.

— Vingt !

— Mais vous êtes d'une impatience insupportable, cela fait des jours et des jours que je vous veille, vous pourriez me parler autrement, quand même !

— Dix !

— Adrian ! hurla Walter, retirez-moi immédiatement cette main de votre perfusion ! Je vous avertis, Adrian, une goutte de sang sur ces draps blancs et je ne réponds plus de rien.

— Cinq !

— Bon, vous avez gagné, je vais tout vous dire, mais soyez certain que je vous en tiendrai rigueur.

— Je vous écoute, Walter !

— Vous n'avez aucun souvenir de rien ?

— De rien.

— De mon arrivée à Hydra ?

— Ça, oui, je m'en souviens.

— Du café que nous avons bu à la terrasse du bistrot voisin du magasin de votre délicieuse tante ?

— Aussi.

— De la photo de Keira que je vous ai montrée ?

— Bien sûr que je m'en souviens.

— C'est bon signe… Et ensuite ?

— C'est assez vague, nous avons pris la navette d'Athènes, nous nous sommes salués à l'aéroport, vous rentriez à Londres, je partais en Chine. Mais je ne sais même plus si c'était la réalité ou un long cauchemar.

— Non, non, je vous rassure, c'était tout à fait réel, vous avez pris l'avion, même si vous n'êtes pas allé bien loin, mais reprenons à partir de mon arrivée à Hydra. Oh, et puis à quoi bon perdre du temps, j'ai deux nouvelles à vous annoncer !

— Commencez par la mauvaise.

— Impossible ! Sans connaître d'abord la bonne, vous ne comprendrez rien à la mauvaise.

— Alors puisque je n'ai pas le choix, allons pour la bonne…

— Keira est vivante, ce n'est plus une hypothèse mais une certitude !

J'ai bondi dans mon lit.

— Eh bien voilà, le principal étant dit, que pensez-vous d'une petite pause, un entracte en attendant votre maman, ou les docteurs, ou les deux d'ailleurs ?

— Walter, cessez ces simagrées, quelle est la mauvaise nouvelle ?

— Une chose à la fois, vous m'avez demandé ce que vous faisiez ici, alors laissez-moi vous l'expliquer. Apprenez quand même que vous avez fait dérouter un 747, ce n'est pas à la portée de tout le monde. Vous ne devez la vie qu'à la présence d'esprit d'une hôtesse de l'air. Une heure après le décollage de votre avion, vous avez fait un sérieux malaise. Il est probable que, depuis votre grand plongeon dans la rivière Jaune, vous deviez trimbaler une bactérie, vous avez fait une infection pulmonaire carabinée. Mais revenons à ce vol pour Pékin. Vous aviez l'air de dormir paisiblement, assis à votre place, mais alors qu'elle vous apportait un plateau-repas, l'hôtesse en question fut frappée par la pâleur de vos traits et la sueur qui perlait à votre front. Elle essaya de vous réveiller, sans succès. Vous respiriez difficilement et votre pouls était très faible. Devant la gravité de la situation, le pilote fit demi-tour et l'on vous transféra d'urgence ici. J'ai appris la nouvelle le lendemain de mon arrivée à Londres, je suis revenu aussitôt.

— Je ne suis jamais arrivé en Chine ?

— Eh bien non, j'en suis désolé.

— Et Keira, où est-elle ?

— Elle a été sauvée par les moines qui vous avaient accueillis près de cette montagne dont j'ai oublié le nom.

— Hua Shan !

— Si vous le dites ! Elle a été soignée, mais hélas, à peine guérie, elle a été interpellée par les autorités. Huit jours après son arrestation, elle comparaissait devant un tribunal et était jugée pour avoir pénétré et circulé en territoire chinois sans papiers, et donc sans autorisation gouvernementale.

— Mais elle ne pouvait pas avoir de papiers sur elle, ils se trouvaient dans la voiture au fond de la rivière !

— Nous sommes bien d'accord. Hélas, je crains que l'avocat commis d'office ne se soit guère attardé sur ce genre de détails au cours de sa plaidoirie. Keira a été condamnée à dix-huit mois de prison ferme ; elle est incarcérée à Garther, un ancien monastère transformé en pénitencier, dans la province du Sichuan, non loin du Tibet.

— Dix-huit mois ?

— Oui, et d'après nos services consulaires, avec lesquels je me suis entretenu, ça aurait pu être pire.

— Pire ? Dix-huit mois, Walter ! Vous vous rendez compte de ce que c'est que de passer dix-huit mois dans une geôle chinoise ?

— Une geôle est une geôle, mais sur le fond je reconnais que vous avez raison.

— On tente de nous assassiner et c'est elle qui se retrouve derrière les barreaux ?

— Pour les autorités chinoises, elle est coupable. Nous irons plaider sa cause auprès des ambassades et demanderons leur aide, nous ferons tout ce qui est possible. Je vous aiderai autant que je le pourrai.

— Vous croyez vraiment que nos ambassades vont se mouiller et risquer de compromettre leurs intérêts économiques pour la faire libérer ?

Walter retourna à la fenêtre.

— Je crains que ni sa peine ni la vôtre n'émeuvent grand monde. Je redoute qu'il ne faille s'armer de patience et prier pour qu'elle supporte le mieux possible sa sentence. Je suis sincèrement désolé, Adrian, je sais combien cette situation est terrible, mais… qu'est-ce que vous faites avec votre perfusion ?

— Je me tire d'ici. Il faut que j'aille à la prison de Garther, je dois lui faire savoir que je vais me battre pour sa libération.

Walter se précipita sur moi et me tint les deux bras avec une force contre laquelle je ne pouvais pas lutter dans mon état.

— Écoutez-moi bien, Adrian, vous n'aviez plus aucune défense immunitaire en arrivant ici, l'infection gagnait du terrain d'heure en heure, de façon redoutable. Vous avez déliré des jours durant, traversant des épisodes de fièvre qui auraient pu vous tuer plusieurs fois. Les médecins ont dû vous plonger quelque temps dans un coma artificiel, afin de protéger votre cerveau. Je suis resté à votre chevet, alternant les tours de garde avec votre maman et votre délicieuse tante Elena. Votre mère a vieilli de dix ans en dix jours, alors cessez vos gamineries et comportez-vous en adulte !

— C'est bon, Walter, j'ai compris la leçon, vous pouvez me lâcher.

— Je vous préviens que si je vois votre main s'approcher de ce cathéter, vous prenez la mienne dans la figure !

— Je vous promets de ne pas bouger.

— J'aime mieux ça, j'en ai soupé de vos délires ces derniers temps.

— Vous n'avez pas idée de l'étrangeté de mes rêves.

— Croyez-moi, entre le suivi de votre courbe de température et les repas immondes de la cafétéria, j'ai eu le loisir d'écouter pas mal de vos inepties. Seul réconfort dans cet enfer, les gâteaux que m'apportait votre délicieuse tante Elena.

— Excusez-moi, Walter, mais qu'est-ce que c'est que ce nouveau genre avec Elena ?

— Je ne vois pas de quoi vous parlez !

— De ma « délicieuse » tante ?

— J'ai le droit de trouver votre tante délicieuse, non ? Elle a un humour délicieux, sa cuisine est délicieuse, son rire est délicieux, sa conversation est délicieuse, je ne vois pas où est le problème !

— Elle a vingt ans de plus que vous...

— Ah, bravo, belle mentalité, je ne vous savais pas aussi étriqué ! Keira en a dix de moins que vous, mais, dans ce sens-là, ça ne gêne pas ? Sectaire, voilà ce que vous êtes !

— Vous n'êtes pas en train de me dire que vous êtes tombé sous le charme de ma tante ? Et Miss Jenkins dans tout ça ?

— Avec Miss Jenkins, nous en sommes toujours à discuter de nos vétérinaires respectifs, reconnaissez que question sensualité, ce n'est pas le nirvana.

— Parce que, avec ma tante, question sensualité... ? Surtout ne me répondez pas, je ne veux rien savoir !

— Et vous, ne me faites pas dire ce que je n'ai pas dit ! Avec votre tante, nous parlons de tas de choses et nous nous amusons beaucoup. Vous n'allez quand même pas nous reprocher de nous distraire un peu, après tous les tracas que vous nous avez causés. Ce serait un comble, tout de même.

— Faites ce que bon vous semble. De quoi je me mêle, après tout...

— Heureux de vous l'entendre dire.

— Walter, j'ai une promesse à tenir, je ne peux pas rester sans rien faire ; il faut que j'aille chercher Keira en Chine, je dois la ramener dans la vallée de l'Omo, je n'aurais jamais dû l'en éloigner.

— Commencez par vous rétablir et nous verrons ensuite. Vos médecins ne vont plus tarder, je vous laisse vous reposer, je dois aller faire quelques courses.

— Walter ?
— Oui ?
— Qu'est-ce que je disais dans mon délire ?
— Vous avez nommé Keira mille sept cent soixante-trois fois, enfin, ce chiffre reste approximatif, j'ai dû en rater quelques-unes ; en revanche, vous ne m'avez appelé que trois fois, c'est assez vexant. Enfin, vous disiez surtout des choses incohérentes. Entre deux crises de convulsions, il vous arrivait d'ouvrir les yeux, le regard perdu dans le vide, c'était assez terrifiant, et puis vous replongiez dans l'inconscience.

Une infirmière entra dans ma chambre. Walter se sentit soulagé.

— Enfin, vous êtes réveillé, me dit-elle en changeant ma perfusion.

Elle m'enfonça un thermomètre dans la bouche, enroula un tensiomètre autour de mon bras et nota sur une feuille les constantes qu'elle relevait.

— Les médecins passeront vous voir tout à l'heure, dit-elle.

Son visage et sa corpulence me rappelaient vaguement quelqu'un. Quand elle sortit de la pièce en dodelinant du bassin, je crus reconnaître la passagère d'un autocar qui filait sur la route de Garther. Un membre du service d'entretien nettoyait le couloir, il passa devant ma porte et nous adressa un grand sourire, à Walter et à moi. Il portait un pull et une grosse veste en laine et ressemblait comme deux gouttes d'eau au mari d'une restauratrice, rencontrée dans mes délires fiévreux.

— Ai-je eu de la visite ?
— Votre mère, votre tante et moi. Pourquoi cette question ?
— Pour rien. J'ai rêvé de vous.
— Mais quelle horreur ! Je vous ordonne de ne jamais révéler cela !
— Ne soyez pas stupide. Vous étiez en compagnie d'un vieux professeur que j'ai rencontré à Paris, une relation de Keira, je ne sais plus où se trouve la frontière entre rêve et réalité.

— Ne vous inquiétez pas, les choses se remettront petit à petit à leur place, vous verrez. Pour ce vieux professeur, je suis désolé, je n'ai aucune explication. Mais je n'en toucherai pas un mot à votre tante qui pourrait se vexer d'apprendre que vous la voyez en vieillard dans vos songes.

— La fièvre, j'imagine.

— Probablement, mais je ne suis pas certain que cela lui suffise... Maintenant, reposez-vous, nous avons trop parlé. Je reviendrai en début de soirée. Je vais aller téléphoner à notre consulat et les harceler pour Keira, je le fais tous les jours à heure fixe.

— Walter ?

— Quoi encore ?

— Merci.

— Tout de même !

Walter sortit de la chambre, je tentai de me lever. Mes jambes chancelaient, mais en prenant appui, d'abord au dossier du fauteuil près de mon lit, puis à la table roulante, enfin au radiateur, je réussis à rejoindre la fenêtre.

C'est vrai que la vue était belle. L'hôpital, accroché à la colline, surplombait la baie. Au loin, on pouvait apercevoir le Pirée. Je l'avais vu tant de fois depuis mon enfance, ce port, sans jamais vraiment le regarder, le bonheur rend distrait. Aujourd'hui, depuis la fenêtre de la chambre 307, à l'hôpital d'Athènes, je le regarde différemment.

En bas dans la rue, je vois Walter entrer dans une cabine téléphonique. Il doit certainement passer son appel au consulat.

Sous ses airs maladroits, c'est un type formidable, j'ai de la chance de l'avoir comme ami.

*

Paris, île Saint-Louis

Ivory se leva et décrocha le téléphone.

— Quelles sont les nouvelles ?

— Une bonne et une autre, plus contrariante.

— Alors, commencez par la deuxième.

— C'est bizarre...

— Quoi ?

— Cette manie de choisir toujours la mauvaise nouvelle en premier... Je vais commencer par la bonne, sans elle l'autre n'aurait aucun sens ! La fièvre est tombée ce matin et il a recouvré ses esprits.

— C'est en effet une merveilleuse nouvelle, qui me ravit. Je me sens libéré d'un poids énorme.

— C'est surtout un énorme soulagement, sans Adrian tout espoir de voir vos recherches se poursuivre se serait évanoui, n'est-ce pas ?

— Je m'inquiétais vraiment de son sort. Croyez-vous sinon que j'aurais pris le risque de venir lui rendre visite ?

— Vous n'auriez peut-être pas dû. Je crains que nous n'ayons parlé un peu trop près de son lit, il semble qu'il ait perçu quelques bribes de nos conversations.

— Il s'en souvient ? demanda Ivory.

— Des réminiscences trop imprécises pour qu'il y accorde de l'importance, je l'ai convaincu qu'il délirait.

— C'est une maladresse impardonnable, j'ai été imprudent.

— Vous vouliez le voir sans être vu, et puis les médecins nous avaient certifié qu'il était inconscient.

— La médecine est une science encore approximative. Vous êtes certain qu'il ne se doute de rien ?

— Rassurez-vous, il a d'autres choses à l'esprit.

— C'était cela, la nouvelle contrariante dont vous vouliez m'entretenir ?

— Non, ce qui me préoccupe c'est qu'il est résolu à se rendre en Chine. Je vous l'avais dit, il ne restera jamais dix-huit mois à attendre Keira les bras croisés. Il préférera les passer sous la fenêtre de sa cellule. Tant qu'elle sera retenue, vous ne l'intéresserez à rien d'autre qu'à sa libération. Dès qu'il obtiendra l'autorisation de sortir, il s'envolera pour Pékin.

— Je doute qu'il obtienne un visa.

— Il irait à Garther en traversant le Bhoutan à pied, s'il le fallait.

— Il faut qu'il reprenne ses recherches, je ne pourrai jamais attendre dix-huit mois.

— Il m'a dit exactement la même chose au sujet de la femme qu'il aime ; je crains que, comme lui, vous ne deviez patienter.

— Dix-huit mois ont une tout autre valeur à mon âge, j'ignore si je peux me targuer d'avoir une telle espérance de vie.

— Voyons, vous êtes en pleine forme. Et puis la vie est mortelle dans cent pour cent des cas, reprit Walter, je pourrais me faire écraser par un bus en sortant de cette cabine.

— Retenez-le coûte que coûte, dissuadez-le d'entreprendre quoi que ce soit dans les prochains jours. Ne le laissez surtout pas entrer en contact avec un consulat, encore moins avec les autorités chinoises.

— Pourquoi cela ?

— Parce que la partie à jouer demande de la diplomatie et on ne peut pas dire qu'il brille en ce domaine.

— Puis-je savoir ce que vous avez en tête ?

— Aux échecs on appelle cela un roque ; je vous en dirai plus dans un jour ou deux. Au revoir, Walter, et faites attention en traversant la rue…

La conversation achevée, Walter sortit de la cabine et alla se dégourdir les jambes.

*

Londres, St. James Square

Le taxi noir s'arrêta devant l'élégante façade victorienne d'un hôtel particulier. Ivory en descendit, régla le chauffeur, récupéra son bagage et attendit que la voiture s'éloigne. Il tira sur une chaîne qui pendait au côté droit d'une porte en fer forgé. Un carillon retentit, Ivory entendit des pas s'approcher et un majordome lui ouvrit. Ivory remit à ce dernier un bristol sur lequel il avait inscrit son nom.

— Auriez-vous l'obligeance de dire à votre employeur que je souhaiterais être reçu, il s'agit d'un sujet relativement urgent.

Le majordome regrettait que son maître ne soit pas en ville, et craignait que celui-ci ne soit injoignable.

— J'ignore si Sir Ashton se trouve dans sa résidence du Kent, son relais de chasse ou chez l'une de ses maîtresses, et, pour tout vous dire, je m'en fiche complètement. Ce que je sais, c'est que si je devais repartir sans l'avoir vu, votre maître, ainsi que vous l'appelez, pourrait vous en tenir rigueur très longtemps. Aussi, je vous invite à le contacter ; je vais faire le tour de votre noble pâté de maisons et lorsque je reviendrai sonner à cette porte, vous me communiquerez l'adresse où il souhaite que je le retrouve.

Ivory descendit les quelques marches du perron vers la rue et alla se promener, son petit bagage à la main. Dix minutes plus tard, alors qu'il flânait devant les grilles d'un square, une luxueuse berline se rangea le long du trottoir. Un chauffeur en sortit et lui ouvrit la porte, il avait reçu l'ordre de le conduire à deux heures de Londres.

La campagne anglaise était aussi belle que dans les plus vieux souvenirs d'Ivory, pas aussi vaste ni aussi verdoyante que les pâturages de sa terre natale, la Nouvelle-Zélande, mais il fallait avouer que le paysage qui défilait devant lui était bien plaisant tout de même.

Confortablement assis à l'arrière, Ivory profita du trajet pour prendre un peu de repos. Il était à peine midi lorsque le crissement des pneus sur le gravier le tira de sa rêverie. La voiture remontait une majestueuse allée bordée de haies d'eucalyptus parfaitement taillées. Elle s'arrêta sous un porche, aux colonnes envahies de rosiers grimpants. Un employé de maison le conduisit à travers la demeure, jusqu'au petit salon où l'attendait son hôte.

— Cognac, bourbon, gin ?

— Un verre d'eau fera l'affaire, bonjour Sir Ashton.

— Vingt ans que nous ne nous sommes revus ?

— Vingt-cinq, et ne me dites pas que je n'ai pas changé, voyons les choses en face, nous avons tous les deux vieilli.

— Ce n'est pas le sujet qui vous amène ici, j'imagine.

— Figurez-vous que si ! Combien de temps nous accordez-vous ?

— À vous de me le dire, c'est vous qui vous êtes invité.

— Je parlais du temps qu'il nous reste sur cette Terre. À nos âges, dix ans, tout au plus ?

— Que voulez-vous que j'en sache, et puis je n'ai pas envie de penser à cela.

— Quel domaine magnifique, reprit Ivory en regardant le parc qui s'étendait derrière les grandes fenêtres. Votre résidence du Kent n'aurait, paraît-il, rien à envier à celle-ci.

— Je féliciterai mes architectes de votre part. Était-ce, cette fois, l'objet de votre visite ?

— L'ennui, avec toutes ces propriétés, c'est qu'on ne peut pas les emmener dans sa tombe. Cette accumulation de richesses obtenue au prix de tant d'efforts, de sacrifices, devenus vains au dernier jour. Même en garant votre belle Jaguar devant le cimetière, entre nous, intérieur cuir et boiseries, la belle affaire !

— Mais ces richesses, mon cher, seront transmises aux générations qui nous succéderont, tout comme nos pères nous les ont transmises.

— Bel héritage en ce qui vous concerne, en effet.

— Ce n'est pas que votre compagnie me soit désagréable, mais j'ai un emploi du temps très chargé, alors si vous me disiez où vous voulez en venir.

— Voyez-vous, les temps ont changé, je m'en faisais la réflexion pas plus tard qu'hier en lisant les journaux. Les grands argentiers se retrouvent derrière les barreaux et croupissent jusqu'à la fin de leur vie dans des cellules étroites. Adieu palaces, et luxueux domaines, neuf mètres carrés au grand maximum, et encore, dans le carré VIP ! Et pendant ce temps-là, leurs héritiers gaspillent leurs deniers, tentant de changer de nom pour se laver de la honte léguée par leurs parents. Le pire, c'est que plus personne n'est à l'abri, l'impunité est devenue un luxe hors de prix, même pour les plus riches et les plus puissants. Les têtes tombent les unes après les autres, c'est à la mode. Vous le savez mieux que moi, les politiques n'ont plus d'idées, et quand ils en ont elles ne sont plus recevables. Alors, quoi de mieux pour masquer la carence de vrais projets de société que d'alimenter la vindicte populaire ? L'extrême richesse des uns est responsable de la pauvreté des autres, tout le monde sait ça aujourd'hui.

— Vous n'êtes pas venu m'emmerder chez moi pour me faire part de votre prose révolutionnaire ou de votre soif de justice sociale ?

— Prose révolutionnaire ? Là, vous vous méprenez, il n'y a pas plus conservateur que moi. Justice, en revanche, vous m'honorez.

— Allez aux faits, Ivory, vous commencez à sérieusement m'ennuyer.

— J'ai un marché à vous proposer, quelque chose de juste, comme vous le dites. Je vous échange la clé de la cellule où vous pourriez finir vos jours si je postais au *Daily News* ou à l'*Observer* le dossier que je détiens sur vous, contre la liberté d'une jeune archéologue. Vous voyez maintenant de quoi je veux parler ?

— Quel dossier ? Et de quel droit venez-vous me menacer jusqu'ici ?

— Trafic d'influence, prise illégale d'intérêt, financements occultes à la Chambre des députés, conflits d'intérêts dans vos diverses sociétés, abus de biens sociaux, évasion fiscale, vous êtes un phénomène, mon vieux, rien ne vous arrête, même commanditer l'assassinat d'un scientifique ne vous pose aucun problème. Quel genre de poison a utilisé votre tueur à gages pour vous débarrasser d'Adrian, et comment le lui a-t-il inoculé ? Dans une boisson consommée à l'aéroport, dans le verre qu'on lui a servi avant le décollage ? Ou s'agit-il d'un poison de contact ? Une légère piqûre pendant la fouille au moment de franchir la sécurité ? Vous pouvez me le dire, maintenant, je suis curieux de le savoir !

— Vous êtes ridicule, mon pauvre vieux.

— Embolie pulmonaire à bord d'un long-courrier en partance pour la Chine. Le titre est un peu long pour un polar, surtout que le crime est loin d'être parfait !

— Vos accusations gratuites et infondées ne me font ni chaud ni froid, fichez le camp d'ici avant que je vous fasse mettre dehors.

— De nos jours, la presse écrite n'a plus le temps de vérifier ses informations, la rigueur éditoriale d'antan se consume sur l'autel des titres à gros tirages. On ne peut pas les blâmer, la concurrence est rude à l'heure d'Internet. Un lord comme vous, mis sur la sellette, ça doit sacrément faire vendre ! Ne croyez pas qu'en raison de votre âge vous ne verriez pas l'aboutissement des travaux d'une commission d'enquête. Le vrai pouvoir n'est plus dans les prétoires, ni dans les assemblées, les journaux alimentent les procès, fournissent les preuves, font témoigner les victimes ; les juges n'ont plus qu'à prononcer la sentence. Quant aux relations, on ne peut plus compter sur personne. Aucune autorité ne prendrait le risque de se compromettre, surtout pour l'un de ses membres. Trop peur de la gangrène. La justice est indépendante désormais, n'est-ce pas là toute la noblesse de nos démocraties ? Regardez ce financier américain responsable de la plus grande escroquerie du siècle, en deux, trois mois, tout était réglé.

— Qu'est-ce que vous me voulez, bon sang ?

— Mais vous n'écoutez pas ? Je viens de vous le dire, usez de votre pouvoir pour faire libérer cette archéologue. J'aurai de mon côté la bonté de taire aux autres ce que vous avez manigancé contre elle et son ami, pauvre fou ! Si je révélais que non content d'avoir tenté de l'assassiner vous l'avez fait emprisonner, vous seriez viré du conseil et remplacé par quelqu'un de plus respectable.

— Vous êtes totalement ridicule et j'ignore de quoi vous parlez.

— Alors il ne me reste plus qu'à vous saluer, Sir Ashton. Puis-je encore abuser de votre générosité ? Si votre chauffeur pouvait me raccompagner, au moins jusqu'à une gare ; ce n'est pas que je craigne la marche, mais, s'il m'arrivait quelque chose en chemin alors que je suis venu vous rendre visite, cela serait du plus mauvais effet.

— Ma voiture est à votre disposition, faites-vous reconduire où bon vous semblera, partez d'ici !

— C'est très généreux de votre part, ce qui m'incite à l'être moi aussi. Je vous laisse réfléchir jusqu'à ce soir, je suis descendu au Dorchester, n'hésitez pas à m'y appeler. Les documents confiés ce matin à mon messager ne seront portés à leurs destinataires que demain, à moins que je ne le fasse rappeler d'ici là, bien entendu. Je vous assure qu'au vu de ce que l'on peut y découvrir, ma requête est plus que raisonnable.

— Si vous croyez pouvoir me faire chanter de façon aussi grossière, vous commettez une grave erreur.

— Qui parle de chantage ? Je ne tire aucun profit personnel de ce petit marché. Belle journée, n'est-ce pas ? Je vous laisse en profiter pleinement.

Ivory reprit son bagage et retraversa seul le couloir qui menait à la porte d'entrée. Le chauffeur grillait une cigarette près de la roseraie, il se précipita vers la berline et ouvrit la portière à son passager.

— Finissez de fumer tranquillement, mon ami, lui dit Ivory en le saluant, j'ai tout mon temps.

Depuis la fenêtre de son bureau, Sir Ashton regarda Ivory monter à l'arrière de sa Jaguar et fulmina alors qu'elle s'éloignait dans l'allée. Une porte dérobée dans la bibliothèque s'ouvrit et un homme entra dans la pièce.

— J'en ai le souffle coupé, je dois vous avouer que je ne m'attendais pas à cela.

— Ce vieux con est venu me menacer chez moi, mais pour qui se prend-il ?

L'invité de Sir Ashton ne répondit pas.

— Quoi ? Qu'est-ce que vous avez à faire cette tête ? Vous n'allez pas vous y mettre vous aussi ! tempêta Sir Ashton. Si cette chose sénile ose m'accuser publiquement de quoi que ce soit, un bataillon d'avocats l'écorchera vif, je n'ai strictement rien à me reprocher. Vous me croyez, j'espère ?

L'invité de Sir Ashton prit un carafon en cristal et se servit un grand verre de porto qu'il but d'un trait.

— Vous allez dire quelque chose, oui ou merde ? s'emporta Sir Ashton.

— À choisir, je préférerais vous dire merde, au moins notre amitié n'en souffrirait que quelques jours, quelques semaines tout au plus.

— Foutez-moi le camp, Vackeers, sortez d'ici, vous et votre arrogance.

— Je vous assure qu'il n'y en avait aucune. Je suis vraiment désolé de ce qui vous arrive, à votre place je ne sous-estimerais pas Ivory ; comme vous l'avez dit, il est un peu fou, ce qui le rend d'autant plus dangereux.

Et Vackeers se retira sans rien ajouter.

*

Londres, hôtel Dorchester, milieu de soirée

Le téléphone sonna, Ivory ouvrit les yeux et regarda l'heure à la pendule posée sur la cheminée. La conversation fut brève. Il attendit quelques instants avant de passer à son tour un appel, depuis son téléphone mobile.

— Je voulais vous remercier. Il a appelé, je viens de raccrocher ; vous avez été d'une aide précieuse.

— Je n'ai pas fait grand-chose.

— Si, bien au contraire. Que diriez-vous d'une partie d'échecs ? À Amsterdam, chez vous, jeudi prochain, vous êtes partant ?

Une fois sa conversation terminée avec Vackeers, Ivory passa un dernier appel. Walter écouta attentivement les instructions qu'il lui donnait et ne manqua pas de le féliciter pour ce coup de maître.

— Ne vous faites pas trop d'illusions, Walter, nous ne sommes pas au bout de nos peines. Même si nous réussissions à faire rentrer Keira, elle ne serait pas pour autant hors de danger. Sir Ashton ne renoncera pas, je l'ai violemment bousculé, et sur son terrain de surcroît, mais je n'avais pas le choix. Croyez-en mon expérience, il prendra sa revanche dès qu'il en aura l'occasion. Surtout que cela reste entre nous, inutile d'inquiéter Adrian pour l'instant, qu'il ne sache rien sur ce qui l'a conduit à l'hôpital.

— Et, en ce qui concerne Keira, comment dois-je lui présenter les choses ?

— Inventez, composez, dites que cela vient de vous.

*

Athènes, le lendemain

Elena et maman avaient passé la matinée à mon chevet ; comme chaque jour depuis mon hospitalisation, elles avaient pris la première navette qui partait d'Hydra à 7 heures. Arrivées au Pirée à 8 heures, elles avaient couru pour attraper l'autobus qui les avait déposées une demi-heure plus tard devant l'hôpital. Après avoir avalé un petit déjeuner à la cafétéria, elles étaient entrées dans ma chambre, chargées de victuailles, de fleurs et de vœux de bon rétablissement que m'adressaient les gens du village. Comme chaque jour, elles repartiraient en fin d'après-midi, reprendraient leur bus et embarqueraient au Pirée à bord de la dernière navette maritime pour rentrer chez elles. Depuis que j'étais tombé malade, Elena n'avait pas ouvert son magasin, maman passait son temps en cuisine et les mets préparés avec autant d'amour que d'espoir venaient améliorer le quotidien des infirmières qui veillaient sur la santé de son fils.

Il était déjà midi et je crois bien que leurs conversations incessantes m'épuisaient encore plus que les séquelles de cette sale pneumonie.

Mais lorsqu'on frappa à la porte, elles se turent toutes les deux. Je n'avais encore jamais assisté à ce phénomène, aussi surprenant que si le chant des cigales s'interrompait au milieu d'une journée ensoleillée. En entrant, Walter remarqua mon air ahuri.

— Quoi, qu'est-ce qu'il y a ? dit-il.

— Rien, rien du tout.

— Mais si, je le vois bien, vous faites tous une drôle de tête.

— Absolument pas, nous discutions avec ma délicieuse tante Elena et ma mère, quand vous êtes entré, c'est tout.

— De quoi discutiez-vous ?

Ma mère prit aussitôt la parole.

— J'étais en train de dire que cette maladie aurait peut-être des séquelles inattendues.

— Ah oui ? demanda Walter inquiet, qu'ont dit les médecins ?

— Oh, eux, ils ont dit qu'il pourrait sortir la semaine prochaine ; mais ce que dit sa mère, c'est que son fils est devenu un peu crétin, voilà le bilan médical si vous voulez tout savoir. Vous devriez aller prendre un café avec ma sœur, Walter, pendant que je vais dire quelques mots à Adrian.

— J'en serais heureux, mais il faut d'abord que je m'entretienne avec lui, n'en prenez pas ombrage, mais je dois lui parler d'homme à homme.

— Alors puisque les femmes ne sont plus les bienvenues, dit Elena en se levant, sortons !

Elle entraîna ma mère, nous laissant seuls, Walter et moi.

— J'ai d'excellentes nouvelles, dit-il en s'asseyant sur le bord de mon lit.

— Commencez quand même par la mauvaise.

— Il nous faut un passeport dans les six jours et il est impossible de l'obtenir en l'absence de Keira !

— Je ne comprends pas de quoi vous me parlez.

— Je m'en doutais bien, mais vous m'avez demandé de commencer par la mauvaise, ce pessimisme systématique est agaçant à la fin. Bon, écoutez-moi, car quand je vous dis que j'ai une bonne nouvelle à vous annoncer, c'en est une. Vous avais-je dit que j'avais quelques relations bien placées au conseil d'administration de notre Académie ?

Walter m'expliqua que notre Académie avait entrepris des programmes de recherches et d'échanges avec certaines grandes universités chinoises. Je l'ignorais. Il m'apprit aussi que de voyage en voyage, certains liens avaient fini par se nouer à différents échelons de la hiérarchie diplomatique. Walter me confia avoir réussi, grâce à ses relations, à mettre en route une mécanique silencieuse, dont les rouages n'avaient cessé de tourner... D'une étudiante chinoise achevant son doctorat à l'Académie et dont le père était un juge ayant les faveurs du pouvoir, à quelques diplomates travaillant au service des visas délivrés par Sa Majesté, en passant par la Turquie, où un consul ayant mené une grande partie de sa carrière à Pékin y connaissait encore quelques hauts dignitaires, les rouages continuèrent de cliqueter, de pays en pays, de continent en continent, jusqu'à ce qu'un ultime déclic se produise dans la province du Sichuan. Les autorités locales, devenues bienveillantes, s'interrogeaient depuis peu, se demandant si l'avocat qui avait défendu une jeune Occidentale n'aurait pas manqué de vocabulaire au moment des entretiens préalables à son procès. Quelques problèmes d'interprétation avec sa cliente pouvaient expliquer qu'il ait omis de dire au juge chargé de l'affaire que la ressortissante étrangère condamnée pour défaut de papiers avait, en fait, un passeport en bonne et due forme. La bonne volonté étant de rigueur et le magistrat promu, Keira serait graciée sous réserve que l'on présentât rapidement cette nouvelle preuve à la cour de Chengdu. Il n'y aurait plus qu'à aller la chercher pour la reconduire au-dehors des frontières de la république populaire.

— Vous êtes sérieux ? demandai-je en me levant d'un bond et en prenant Walter dans mes bras.

— J'ai l'air de plaisanter ? Vous auriez pu avoir la courtoisie de remarquer que pour ne pas faire durer votre supplice plus longtemps, je n'ai même pas pris le temps de respirer !

J'étais si heureux que je l'entraînai dans une valse folle. Nous dansions encore au milieu de ma chambre d'hôpital quand ma mère entra. Elle nous regarda tous les deux et referma la porte.

On l'entendit soupirer longuement dans le couloir et ma tante Elena lui dire : « Tu ne vas pas recommencer ! »

La tête me tournait un peu et je dus regagner mon lit.

— Quand, quand sera-t-elle libre ?

— Ah, vous avez donc oublié l'autre petite nouvelle que vous aviez pourtant choisi d'entendre en premier. Je vais donc vous la répéter. Le magistrat chinois accepte de libérer Keira si nous présentons son passeport dans les six jours. Ce précieux sésame reposant au fond d'une rivière, il nous en faudrait un tout neuf. En l'absence de l'intéressée, et dans des délais aussi courts, cela relève de l'impossible. Vous comprenez mieux notre problème maintenant ?

— Six jours, c'est tout ce dont nous disposons ?

— Comptez-en un pour atteindre la cour de justice de Chengdu, cela ne nous en laisse plus que cinq pour faire fabriquer un nouveau passeport. À moins d'un miracle je ne vois pas comment nous pouvons faire.

— Ce passeport, est-ce qu'il faut absolument qu'il soit neuf ?

— Au cas où votre infection pulmonaire aurait aussi contaminé votre cerveau, je vous ferai remarquer que je ne porte pas un képi de douanier sur la tête ! J'imagine que du moment que c'est un document en cours de validité, cela doit faire l'affaire, pourquoi ?

— Parce que Keira jouit d'une double nationalité, française et anglaise. Et mon cerveau étant intact, merci de vous en être soucié, je me souviens très bien que nous sommes entrés en Chine avec son passeport britannique, c'est sur ce dernier qu'étaient apposés nos visas, c'est moi qui suis allé les rechercher à l'agence. Elle l'avait toujours sur elle. Quand nous avons trouvé le micro, nous avions retourné son sac et son passeport français n'y était pas, j'en suis certain.

— Heureuse nouvelle, mais où se trouve-t-il ? Sans vouloir jouer les rabat-joie, nous avons vraiment très peu de temps pour mettre la main dessus.

— Aucune idée…

— Le moins que l'on puisse dire, c'est que nous voilà beaucoup plus avancés. Je vais passer un ou deux appels avant de revenir vous voir. Votre tante et votre mère attendent dehors et je ne voudrais pas que nous passions pour des mufles.

Walter sortit de ma chambre, maman et tante Elena entrèrent aussitôt. Ma mère s'installa dans le fauteuil, elle alluma la télévision accrochée au mur en face de mon lit et ne m'adressa pas la parole, ce qui fit sourire Elena.

— Il est charmant ce Walter, n'est-ce pas ? dit ma tante en prenant place au bout de mon lit.

Je lui adressai un regard appuyé. Devant maman, le moment n'était peut-être pas le plus propice pour parler de cela.

— Et plutôt bel homme, tu ne trouves pas ? reprit-elle en ignorant mes suppliques.

Sans se détourner de l'écran, ma mère répondit à ma place.

— Et plutôt jeune, si tu veux mon avis ! Mais faites comme si je n'étais pas là ! Après une conversation entre hommes, quoi de plus naturel qu'un aparté entre tante et neveu ; les mères, ça ne compte pas ! Dès que cette émission sera terminée, j'irai faire la causette avec les infirmières. Qui sait, elles auront peut-être des nouvelles de mon fils.

— Tu comprends pourquoi on parle de tragédie grecque, me dit Elena en jetant un regard en coin à ma mère qui nous tournait toujours le dos, les yeux rivés sur la télévision dont elle avait coupé le son pour ne rien perdre de notre discussion.

La chaîne diffusait un documentaire sur les tribus nomades qui peuplaient les hauts plateaux tibétains.

— La barbe, c'est au moins la cinquième diffusion, soupira maman en éteignant le poste. Eh bien, pourquoi fais-tu cette tête ?

— Il y avait une petite fille dans ce documentaire ?

— Je n'en sais rien, peut-être, pourquoi ?

Je préférais ne pas lui répondre. Walter frappa à la porte. Elena lui proposa d'aller à la cafétéria, pour laisser sa sœur profiter un peu de son fils, prétexta-t-elle en se levant. Walter ne se le fit pas répéter.

— Pour que je profite un peu de mon fils, tu parles ! s'exclama ma mère dès que la porte fut refermée. Tu devrais la voir, depuis que tu es tombé malade et que ton ami est là, on dirait une jouvencelle. C'est ridicule.

— Il n'y a pas d'âge pour avoir un coup de cœur, et puis si cela la rend heureuse.

— Ce n'est pas le fait d'avoir un coup de cœur qui la rend heureuse, mais que quelqu'un la courtise.

— Et toi, tu pourrais penser à refaire ta vie, non ? Tu portes le deuil depuis assez longtemps. Ce n'est pas parce que tu laisses entrer quelqu'un dans ta maison que tu chasseras pour autant papa de ton cœur.

— C'est toi qui me dis ça ? Il n'y aura jamais qu'un seul homme dans ma maison, et cet homme, c'est ton père. Même s'il repose au cimetière, il est bien présent, je lui parle tous les jours en me levant, je lui parle dans ma cuisine, sur la terrasse quand je m'occupe des fleurs, sur le chemin quand je descends au village, et le soir encore en me couchant. Ce n'est pas parce que ton père n'est plus là que je suis seule. Elena, ce n'est pas pareil, elle n'a jamais eu la chance de rencontrer un homme comme mon mari.

— Raison de plus pour la laisser flirter, tu ne crois pas ?

— Je ne m'oppose pas au bonheur de ta tante, mais j'aimerais mieux que ce ne soit pas avec un ami de mon fils. Je sais que je suis peut-être vieux jeu, mais j'ai le droit d'avoir des défauts. Elle n'avait qu'à s'enticher de cet ami de Walter qui est venu te rendre visite.

Je me redressai sur mon lit. Ma mère en profita aussitôt pour remettre mes oreillers en place.

— Quel ami ?

— Je ne sais pas, je l'ai aperçu dans le couloir il y a quelques jours, tu n'étais pas encore réveillé. Je n'ai pas eu l'occasion de le saluer, il est parti alors que j'arrivais. En tout cas, il avait belle allure, le teint ambré, je l'ai trouvé très élégant. Et puis au lieu d'avoir vingt ans de moins que ta tante, il en avait autant de plus.

— Et tu n'as aucune idée de qui c'était ?

— Je l'ai à peine croisé. Maintenant, repose-toi et reprends des forces. Changeons de sujet, j'entends nos deux tourtereaux glousser dans le couloir, ils ne vont pas tarder à entrer.

Elena venait chercher maman, il était temps de s'en aller si elles ne voulaient pas rater la dernière navette d'Hydra. Walter les raccompagna jusqu'aux ascenseurs et me rejoignit quelques instants plus tard.

— Votre tante m'a raconté deux ou trois épisodes de votre enfance, elle est hilarante.

— Si vous le dites !

— Quelque chose vous tracasse, Adrian ?

— Maman m'a dit vous avoir vu il y a quelques jours en compagnie d'un ami qui serait venu me rendre visite, qui était-ce ?

— Votre mère doit se tromper, c'était probablement un visiteur qui me demandait son chemin, d'ailleurs maintenant que je vous en parle, cela me revient, c'est exactement cela, un vieux monsieur qui cherchait une parente, je l'ai dirigé vers le bureau des infirmières.

— Je crois avoir une piste pour mettre la main sur le passeport de Keira.

— Voilà qui est bien plus intéressant, je vous écoute.

— Sa sœur, Jeanne, pourrait peut-être nous aider.

— Et vous savez comment joindre cette Jeanne ?

— Oui, enfin, non, dis-je plutôt gêné.

— Oui ou non ?

— Je n'ai jamais trouvé le courage de l'appeler pour lui parler de l'accident.

— Vous n'avez pas donné de nouvelles de Keira à sa sœur, pas un appel depuis trois mois ?

— Lui apprendre au téléphone qu'elle était morte m'était impossible, et aller à Paris au-dessus de mes forces.

— Quelle lâcheté ! C'est lamentable, vous imaginez dans quel état d'inquiétude elle doit se trouver ? Comment se fait-il d'ailleurs qu'elle ne se soit pas manifestée ?

— Il n'était pas rare que Jeanne et Keira restent un long moment sans se donner de nouvelles.

— Eh bien, je vous invite à reprendre contact avec elle au plus vite, et quand je dis au plus vite, je parle d'aujourd'hui même !

— Non, il faut que j'aille la voir.

— Ne soyez pas ridicule, vous êtes cloué au lit et nous n'avons pas de temps à perdre, rétorqua Walter en me tendant le combiné du téléphone. Arrangez-vous avec votre conscience et passez cet appel maintenant.

Me débrouiller avec ma conscience, j'essayai tant bien que mal ; dès que Walter me laissa seul dans ma chambre, je trouvai le numéro du musée du quai Branly. Jeanne était en réunion, on ne pouvait pas la déranger. Je refis le numéro et le refis encore, jusqu'à ce que la standardiste me fasse remarquer qu'il était inutile de la harceler. Je devinai que Jeanne n'était pas pressée de me parler, qu'elle me rendait complice du silence de Keira et m'en voulait à moi aussi de ne pas lui avoir donné de nouvelles. Je rappelai une dernière fois et expliquai à cette réceptionniste qu'il fallait que je parle à Jeanne de toute urgence, c'était une question de vie ou de mort pour sa sœur.

— Il est arrivé quelque chose à Keira ? s'inquiéta Jeanne d'une voix chancelante.

— Il nous est arrivé quelque chose à tous les deux, répondis-je le cœur lourd. J'ai besoin de vous, Jeanne, maintenant.

Je lui racontai notre histoire, minimisai l'épisode tragique de la rivière Jaune, lui parlai de notre accident sans m'attarder sur les circonstances dans lesquelles il s'était produit. Je lui promis que Keira était hors de danger, lui expliquai qu'à cause d'une stupide histoire de papiers elle avait été arrêtée et était retenue en Chine. Je n'ai pas prononcé le mot prison, je sentais bien qu'à chacune de mes phrases Jeanne encaissait les coups ; plusieurs fois elle retint ses sanglots, et plusieurs fois je dus, moi aussi, contenir mon émotion. Je ne suis pas doué pour les mensonges, vraiment pas doué. Jeanne comprit très vite que la situation était bien plus préoccupante que ce que je voulais lui avouer. Elle me fit jurer et jurer encore que sa petite sœur était en bonne santé. Je lui promis de la lui ramener saine et sauve, et lui expliquai que pour cela il me fallait mettre la main sur son passeport dans les plus brefs délais. Jeanne ignorait où il pouvait se trouver, mais elle quittait son bureau sur-le-champ, et retournerait son appartement de fond en comble s'il le fallait ; elle me rappellerait au plus vite.

En raccrochant, j'eus un cafard noir. Reparler à Jeanne avait ravivé le manque, le poids de l'absence de Keira, ravivé le chagrin tout simplement.

Jamais Jeanne n'avait traversé Paris aussi vite. Elle brûla trois feux sur les quais, évita de justesse une camionnette, fit une embardée sur le pont Alexandre-III, réussissant à reprendre, in extremis, le contrôle de sa petite voiture sous une huée de klaxons. Elle emprunta tous les couloirs de bus, grimpa sur un trottoir le long d'un boulevard trop encombré, faillit renverser un cycliste, mais elle arriva miraculeusement sans dommage en bas de chez elle.

Dans le hall de son immeuble, elle frappa à la porte de la loge et supplia la concierge de venir lui donner un coup de main. Mme Hereira n'avait jamais vu Jeanne dans un tel état. L'ascenseur était retenu par des livreurs au troisième étage, elles grimpèrent l'escalier quatre à quatre. Lorsqu'elles furent arrivées dans l'appartement, Jeanne ordonna à Mme Hereira de fouiller le salon et la cuisine, pendant qu'elle s'occupait des chambres. Il ne fallait rien laisser au hasard, ouvrir tous les placards, vider les tiroirs, retrouver le passeport de Keira, où qu'il soit.

En une heure, elles avaient mis l'appartement à sac. Aucun cambrioleur n'aurait su créer un tel désordre. Les livres de la bibliothèque jonchaient le sol, les vêtements étaient éparpillés d'une pièce à l'autre, elles avaient retourné les fauteuils, même le lit était défait. Jeanne commençait à perdre espoir quand elle entendit Mme Hereira hurler depuis l'entrée. Elle s'y précipita. La console qui faisait office de bureau était sens dessus dessous, mais la concierge agitait victorieusement le petit livret à couverture bordeaux. Jeanne la serra dans ses bras et l'embrassa sur les deux joues.

Walter était rentré à son hôtel quand Jeanne me rappela, j'étais seul dans ma chambre. Nous sommes restés longtemps au téléphone ; je la fis parler de Keira, j'avais besoin qu'elle comble son absence en me livrant quelques souvenirs de leur enfance. Jeanne se prêta de bonne grâce à mon exigence, je crois qu'elle lui manquait autant qu'à moi. Elle me promit de m'envoyer le passeport par courrier express. Je lui dictai mon adresse, à l'hôpital d'Athènes, elle finit alors par me demander comment j'allais.

Le surlendemain, la visite des médecins dura plus longtemps que d'ordinaire. Le chef du service de pneumologie s'interrogeait encore sur mon cas. Personne ne s'expliquait comment une infection pulmonaire si virulente avait pu se déclarer sans aucun signe avant-coureur. Il est vrai que j'étais en parfaite santé en montant à bord de l'avion. Le médecin m'assura que si cette hôtesse de l'air n'avait pas eu la présence d'esprit d'alerter le commandant de bord et si ce dernier n'avait pas rebroussé chemin, je serais probablement mort avant d'atteindre Pékin. Son équipe n'y comprenait rien, il ne s'agissait pas d'un virus et, de toute sa carrière, il n'avait rien vu de pareil. L'essentiel, dit-il en haussant les épaules, était que j'avais bien réagi aux traitements. Nous n'étions pas passés loin du pire, mais j'étais tiré d'affaire. Quelques jours de convalescence et je pourrais bientôt reprendre une vie normale. Le chef de service me promit de me libérer sous huitaine. Il quittait tout juste ma chambre quand le passeport de Keira arriva. Je décachetai l'enveloppe qui contenait le précieux sauf-conduit et trouvai un petit mot de Jeanne.

« Ramenez-la au plus vite, je compte sur vous, elle est mon unique famille. »

Je repliai la note et ouvris le passeport. Keira paraissait un peu plus jeune sur cette photo d'identité. Je décidai de m'habiller.

Walter entra dans la chambre et me surprit en caleçon et chemise, il me demanda ce que j'étais en train de faire.

— Je pars la chercher et n'essayez pas de m'en dissuader, ce serait peine perdue.

Non seulement il n'essaya pas, mais au contraire il m'aida à m'évader. Il s'était suffisamment plaint que l'hôpital soit désert à l'heure où Athènes faisait la sieste pour ne pas en tirer profit maintenant que la situation était à notre avantage. Il fit le guet dans le couloir pendant que je regroupais mes effets et il m'escorta jusqu'aux ascenseurs, veillant à ce qu'en route nous ne croisions aucun membre du service hospitalier.

En passant devant la chambre voisine, nous rencontrâmes une petite fille qui se tenait debout, toute seule, sur le pas de la porte. Elle portait un pyjama tacheté de coccinelles et adressa un petit signe de la main à Walter.

— Tu es là, coquine, dit-il en s'approchant d'elle. Ta maman n'est pas encore arrivée ?

Walter se retourna vers moi et je compris qu'il connaissait bien ma voisine de chambre.

— Elle est venue vous rendre des petites visites, me dit-il en jetant de grands clins d'œil complices à l'enfant.

À mon tour je m'agenouillai pour lui dire bonjour. Elle me regarda, l'air malicieux, et éclata de rire. Elle avait les joues rouges comme des pommes.

Nous arrivions au rez-de-chaussée, tout se déroulait pour le mieux. Nous avions bien croisé un brancardier dans l'ascenseur, mais celui-ci ne nous avait prêté aucune attention particulière. Lorsque les portes de la cabine s'ouvrirent sur le hall de l'hôpital, nous tombâmes sur ma mère et tante Elena. Et là ce fut une autre affaire, notre tentative d'évasion vira au cauchemar. Maman commença par hurler en me demandant ce que je faisais debout. Je la pris par le bras et la suppliai de me suivre dehors sans faire d'esclandre. Je lui aurais demandé de danser le sirtaki au milieu de la cafétéria que j'aurais eu plus de chances de la convaincre.

— Les médecins l'ont autorisé à faire une petite promenade, dit Walter, voulant rassurer ma mère.

— Et pour une petite promenade, il se balade avec son sac de voyage ? Vous voulez peut-être aussi me trouver un lit en gériatrie, pendant que vous y êtes, tempêta-t-elle.

Elle se retourna vers deux ambulanciers qui passaient par là et je devinai aussitôt ses intentions : me faire ramener dans ma chambre, de force s'il le fallait.

Je regardai Walter, cela suffit pour que nous nous comprenions. Maman se mit à vociférer, nous nous lançâmes dans un sprint vers les portes du hall et réussîmes à les franchir avant que la sécurité ait réagi aux injonctions de ma mère, qui exigeait à cor et à cri que l'on me rattrape.

Je n'étais pas au mieux de ma forme. Au coin de la rue, je sentis ma poitrine me brûler et fus saisi d'une violente quinte de toux. Je peinais à respirer, mon cœur battait à tout rompre et je dus m'arrêter pour reprendre mon souffle. Walter se retourna et vit deux agents de sécurité courir dans notre direction. Sa présence d'esprit releva du génie. Il se précipita vers les gardiens en claudiquant et déclara, l'air contrit, qu'il venait d'être violemment bousculé par deux types qui avaient détalé dans la rue adjacente. Pendant que les vigiles s'y précipitaient, Walter héla un taxi et me fit signe de le rejoindre.

Il ne dit pas un mot du trajet, je m'inquiétai de le voir soudainement silencieux, sans comprendre ce qui le plongeait dans cet état.

Sa chambre d'hôtel devint notre quartier général, nous y préparerions mon voyage. Le lit était assez grand pour que nous le partagions. Walter avait installé un polochon dans le sens de la longueur, pour délimiter nos territoires. Pendant que je me reposais, il passait ses journées au téléphone ; de temps à autre, il sortait, s'aérer, disait-il. C'était à peu près les seuls mots qu'il daignait prononcer, il m'adressait à peine la parole.

Je ne sais par quel prodige, mais il obtint de l'ambassade de Chine qu'on me délivre un visa sous quarante-huit heures. Je le remerciai cent fois. Depuis notre évasion de l'hôpital, il n'était plus le même.

Un soir, alors que nous dînions dans la chambre, Walter avait allumé la télévision, se refusant toujours à converser avec moi, j'attrapai la télécommande et éteignis le poste.

— Qu'est-ce que vous avez à me faire la tête ?

Walter m'arracha la télécommande des mains et ralluma l'écran.

Je me levai, ôtai la fiche de courant de la prise murale et me plantai face à lui.

— Si j'ai fait quelque chose qui vous a déplu, réglons ça une fois pour toutes.

Walter me regarda longuement et partit sans un mot s'isoler dans la salle de bains. J'avais beau tambouriner à la porte, il refusait de m'ouvrir. Il réapparut quelques minutes plus tard en pyjama, me prévenant que, si les motifs à carreaux provoquaient le moindre sarcasme de ma part, j'irais dormir sur le palier, puis il se glissa dans les draps et éteignit la lumière sans me souhaiter bonsoir.

— Walter, dis-je dans le noir, qu'est-ce que j'ai fait, qu'est-ce qui se passe ?

— Il se passe que, par moments, vous aider devient pesant.

Le silence s'installa à nouveau et je me rendis compte que je ne l'avais pas beaucoup remercié pour tout le mal qu'il s'était donné ces derniers temps. Cette ingratitude l'avait certainement blessé et je m'en excusai. Walter me répondit qu'il se fichait bien de mes excuses. Mais si je trouvais le moyen, ajouta-t-il, de nous faire pardonner notre conduite inadmissible, à l'hôpital, à l'égard de ma mère, et surtout de ma tante, il m'en serait reconnaissant. Sur ce, il se retourna et se tut.

Je rallumai la lumière et me redressai dans le lit.

— Quoi encore ? demanda Walter.

— Vous avez vraiment le béguin pour Elena ?

— Qu'est-ce que ça peut bien vous faire ? Vous ne pensez qu'à Keira, vous ne vous souciez que de votre propre histoire, il n'y en a jamais que pour vous. Quand ce ne sont pas vos recherches et vos stupides fragments, c'est votre santé ; quand ce n'est plus votre santé, c'est de votre archéologue qu'il s'agit et, chaque fois, on appelle le bon Walter à la rescousse. Walter par-ci, Walter par-là, mais si j'essaie de me confier à vous, vous m'envoyez sur les roses. N'allez pas me dire maintenant que mes émois vous intéressent, alors que la seule fois où j'ai voulu m'ouvrir à vous, vous vous êtes moqué de moi !

— Je vous assure que ce n'était pas mon intention.

— Eh bien, c'est raté ! On peut dormir maintenant ?

— Non, pas tant que nous n'aurons pas fini cette discussion.

— Mais quelle discussion ? s'emporta Walter, il n'y a que vous qui parlez.

— Walter, vous êtes réellement épris de ma tante ?

— Je suis contrarié de l'avoir contrariée en vous aidant à quitter ainsi l'hôpital, cela vous va comme réponse ?

Je me frottai le menton et réfléchis quelques instants.

— Si je m'arrangeais pour vous disculper totalement et vous faire pardonner, vous cesseriez de m'en vouloir ?

— Faites-le, nous verrons bien !

— Je m'en occupe dès demain, à la première heure.

Les traits de Walter s'étaient détendus, j'eus même droit à un petit sourire et il se retourna en éteignant la lumière.

Cinq minutes plus tard, il ralluma et se redressa d'un bond sur le lit.

— Pourquoi ne pas s'excuser ce soir ?

— Vous voulez que j'appelle Elena à cette heure-ci ?

— Il n'est que 10 heures. Je vous ai obtenu un visa pour la Chine en deux jours, vous pourriez bien m'obtenir le pardon de votre tante en un soir, non ?

Je me relevai et appelai ma mère. J'écoutai ses remontrances durant un bon quart d'heure, sans pouvoir placer un mot. Quand elle fut à court de vocabulaire, je lui demandai si, quelles que soient les circonstances, elle ne serait pas allée chercher mon père au bout du monde s'il avait été en danger. Je l'entendis réfléchir. Nul besoin de la voir pour savoir qu'elle souriait. Elle me souhaita bon voyage et me pria de ne pas m'attarder en route. Pendant mon séjour en Chine, elle préparerait quelques plats dignes de ce nom pour accueillir Keira à notre retour.

Elle allait raccrocher quand je repensai à la raison de mon appel, et je lui demandai de me passer Elena. Ma tante s'était déjà retirée dans la chambre d'amis, mais je suppliai ma mère d'aller l'appeler.

Elena avait trouvé notre évasion follement romantique. Walter était un ami rare pour avoir pris autant de risques. Elle me fit promettre de ne jamais répéter à ma mère ce qu'elle venait de me dire.

Je rejoignis Walter qui faisait les cent pas dans la salle de bains.

— Alors ? me dit-il, inquiet.

— Alors, je crois que ce week-end, pendant que je volerai pour Pékin, vous pourrez naviguer vers Hydra. Ma tante vous attendra à dîner sur le port, je vous conseille de lui commander une moussaka, c'est son péché mignon, mais cela reste entre nous, je ne vous ai rien dit.

Sur ce, épuisé, j'éteignis la lumière.

Le vendredi de cette même semaine, Walter m'accompagna à l'aéroport. L'avion décolla à l'heure. Alors que l'appareil s'élevait dans le ciel d'Athènes, je regardai la mer Égée s'effacer sous les ailes et j'éprouvai une étrange sensation de déjà-vu. Dans dix heures, j'arriverais en Chine...

*

Pékin

Dès les formalités douanières réglées, je repris un vol en correspondance pour Chengdu.

J'y étais attendu à l'aéroport par un jeune traducteur dépêché par les autorités chinoises. Il me conduisit à travers la ville jusqu'au palais de justice. Assis sur un banc inconfortable, je passai de longues heures à attendre que le juge en charge du dossier de Keira veuille bien me recevoir. Chaque fois que je piquais du nez – je n'avais pas fermé l'œil depuis une vingtaine d'heures – mon accompagnateur me donnait un coup de coude ; chaque fois je le voyais soupirer pour me faire comprendre qu'il trouvait inacceptable ma conduite en ces lieux. En fin d'après-midi, la porte devant laquelle nous patientions s'ouvrit enfin. Un homme de forte corpulence sortit du bureau, une pile de dossiers sous le bras, sans m'accorder la moindre attention. Je me levai d'un bond et lui courus après, au grand dam de mon traducteur qui ramassa ses affaires à la hâte et se précipita derrière moi.

Le juge s'arrêta pour me toiser, comme si j'étais un animal étrange. Je lui expliquai le but de ma visite, il était convenu que je lui présente le passeport de Keira pour qu'il invalide le jugement prononcé à son encontre et signe sa levée d'écrou. Le traducteur officiait du mieux possible, sa voix mal assurée trahissait combien il redoutait l'autorité de celui à qui je m'adressais. Le juge était impatient. Je n'avais pas rendez-vous et il n'avait pas de temps à me consacrer. Il partait le lendemain à Pékin, où il avait été muté, et il avait encore beaucoup de travail.

Je lui barrai le passage et, la fatigue n'aidant pas, je perdis un peu mon calme.

— Vous avez besoin d'être cruel et indifférent pour vous faire respecter ? Rendre la justice ne vous suffit pas ? demandai-je au juge.

Mon traducteur changea de couleur. Sa pâleur était inquiétante, il bafouilla, refusa catégoriquement de traduire mes propos et m'entraîna à l'écart.

— Vous avez perdu la raison ? Savez-vous à qui vous vous adressez ? Si je traduis ce que vous venez de dire, c'est nous qui dormirons ce soir en prison.

Je me fichais bien de ces mises en garde, je le repoussai et repartis en courant vers le juge qui nous avait faussé compagnie. À nouveau, je me plaçai devant son chemin.

— Ce soir, quand vous déboucherez une bonne bouteille de champagne pour célébrer votre promotion, dites à votre épouse que vous êtes devenu un personnage si puissant, si important, que le sort d'une innocente n'a plus de raison de venir inquiéter votre conscience. Pendant que vous vous régalerez de petits-fours, ayez une pensée pour vos enfants, parlez-leur du sens de l'honneur, de la morale, de la respectabilité, du monde que leur père leur léguera, un monde où des femmes innocentes peuvent croupir en prison parce que des juges ont mieux à faire que de rendre la justice, dites tout cela de ma part à votre famille, j'aurai l'impression de participer un peu à la fête, et Keira aussi !

Cette fois, mon traducteur me tira de force, me suppliant de me taire. Pendant qu'il me sermonnait, le juge nous regarda et s'adressa enfin à moi.

— Je parle couramment votre langue, j'ai étudié à Oxford. Votre traducteur n'a pas tort, vous manquez certainement d'éducation, mais non d'un certain toupet.

Le juge regarda sa montre.

— Donnez-moi ce passeport et attendez ici, je vais m'occuper de vous.

Je lui tendis le document qu'il m'arracha des mains avant de repartir d'un pas pressé vers son bureau. Cinq minutes plus tard, deux policiers surgissaient dans mon dos ; j'eus à peine le temps de me rendre compte de leur présence que j'étais menotté et emmené *manu militari*. Mon traducteur, dans tous ses états, me suivit, jurant de prévenir mon ambassade dès le lendemain. Les policiers lui ordonnèrent de s'éloigner, j'échouai à bord d'une fourgonnette où l'on m'avait poussé sans ménagement. Trois heures d'une route cahoteuse, et j'arrivai dans la cour de la prison de Garther qui n'avait rien des grandeurs du monastère que j'avais imaginé dans mes pires cauchemars.

On me confisqua mon sac, ma montre, la ceinture de mon pantalon. Libéré de mes menottes, je fus conduit sous bonne escorte jusqu'à une cellule où je fis la connaissance de mon codétenu. Il devait avoir une bonne soixantaine d'années, totalement édenté, pas l'ombre d'un chicot sur ses mâchoires. J'aurais bien voulu savoir quel crime il avait commis pour être enfermé ici, mais la conversation s'annonçait difficile. Il occupait la couchette supérieure, je pris donc celle du bas, ce qui m'était égal, jusqu'à ce que je voie un rat bien gras se balader dans le couloir. J'ignorais le sort qui m'était réservé, mais Keira et moi étions réunis dans ce bâtiment et cette pensée me permit de tenir bon dans cet établissement, dont la seule étoile était rouge et cousue sur la casquette des matons.

Une heure plus tard, on ouvrit la porte, je suivis mon compagnon de cellule, emboîtant le pas à une longue file de prisonniers, qui descendaient en rythme l'escalier menant au réfectoire. Nous arrivâmes dans une immense salle où la pâleur de ma peau fit sensation. Les taulards attablés m'observèrent, j'imaginais le pire, mais après s'être amusés de moi, chacun d'eux replongea le nez dans son assiette. Le bouillon, où flottaient du riz et un rogaton de viande, m'invita au régime, sans regret. Profitant que toutes les têtes étaient baissées, je regardai vers la longue grille nous séparant de la partie du réfectoire où dînaient les femmes. Mon cœur se mit à battre plus fort, Keira devait se trouver quelque part au milieu des rangées de prisonnières qui soupaient à quelques mètres de nous. Comment la prévenir de ma présence sans me faire repérer par les gardes ? Parler était interdit, mon voisin de table avait fait les frais d'un coup de badine sur la nuque pour avoir demandé à son voisin de lui passer la salière. J'envisageai la punition dont j'hériterais, mais, n'y tenant plus, je me dressai d'un bond, criai « Keira » au beau milieu du réfectoire et me rassis aussitôt.

Plus un tintement de couverts, plus un bruit de mastication. Les matons scrutèrent la salle, sans bouger. Aucun d'eux n'avait réussi à localiser celui qui avait osé enfreindre la règle. Ce silence de plomb dura quelques instants et j'entendis soudain une voix familière appeler « Adrian ».

Tous les prisonniers tournèrent la tête vers les prisonnières et toutes les prisonnières regardèrent en direction des prisonniers, même les gardiens et gardiennes firent de même ; de chaque côté de la grande salle, on s'observait.

Je me levai, avançai vers la grille, toi aussi. De table en table, nous marchions l'un vers l'autre, dans le plus grand silence.

Les gardes étaient si stupéfaits qu'aucun ne bougea.

Les prisonniers crièrent « Keira » en chœur, les prisonnières leur répondirent « Adrian » à l'unisson.

Tu n'étais plus qu'à quelques mètres. Tu avais une mine de papier, tu pleurais, moi aussi. Nous nous approchâmes de la grille, si forts de cet instant tant attendu qu'aucun de nous ne se souciait du bâton qui guettait. Nos mains se joignirent à travers les barreaux, nos doigts enlacés, je collai mon visage à la grille et ta bouche se posa sur la mienne. Je t'ai dit « Je t'aime » dans la cantine d'une prison chinoise, tu as murmuré que tu m'aimais aussi. Et puis tu m'as demandé ce que je faisais là. Je venais te libérer. « Depuis l'intérieur de la prison ? » m'as-tu répondu. Il est vrai que, sous l'empire de l'émotion, je n'avais pas réfléchi à ce détail. Je n'ai pas eu le temps d'y penser, un coup derrière la cuisse me fit plier les genoux, un second sur les reins me plaqua au sol. On t'emmena de force, tu hurlais mon nom ; on m'emmena, je hurlais le tien.

*

Hydra

Walter s'excusa auprès d'Elena, les circonstances étaient particulières, il n'aurait jamais laissé son portable allumé s'il n'attendait sous peu des informations de Chine. Elena le supplia de prendre cet appel. Walter se leva et s'éloigna de la terrasse du restaurant, faisant quelques pas vers le port. Ivory venait aux nouvelles.

— Non, monsieur, toujours rien. Son avion s'est posé à Pékin, c'est déjà ça ! Si mes calculs sont exacts, à l'heure qu'il est, il a dû rencontrer le juge et je l'imagine en route vers la prison, peut-être même sont-ils déjà réunis. Laissons-les tous les deux profiter d'une intimité méritée. Vous imaginez combien ils doivent être heureux de s'être retrouvés ! Je vous promets de vous téléphoner dès qu'il m'aura contacté.

Walter raccrocha et retourna à table.

— Hélas, dit-il à Elena, ce n'était qu'un collègue de l'Académie qui avait besoin d'une information.

Ils reprirent leur conversation devant le dessert qu'Elena leur avait commandé.

*

Prison de Garther

Mon insolence au cours du repas m'avait attiré la sympathie de mes codétenus. Alors que je retournais dans ma cellule, encadré par deux gardes, j'eus droit à quelques tapes amicales des prisonniers qui regagnaient leurs quartiers. Mon voisin de geôle m'offrit une cigarette, ce qui devait représenter, ici, un cadeau d'une grande valeur. Je l'allumai de bonne grâce, mais, souvenir d'une infection pulmonaire récente, je fus saisi d'une quinte de toux, ce qui fit beaucoup rigoler mon nouveau camarade.

La planche de bois qui servait de literie était recouverte d'une paillasse à peine plus épaisse qu'une couverture. La douleur des coups de bâton se raviva à son contact, mais j'étais si fatigué qu'à peine allongé je m'endormis. J'avais revu Keira et son visage m'accompagna au long de cette nuit sordide.

Le matin suivant, nous fûmes réveillés par un gong qui résonna dans toute l'enceinte de la prison. Mon codétenu descendit de sa couchette. Il enfila son pantalon et ses chaussettes accrochées au montant du lit.

Un gardien ouvrit la porte de notre cellule, mon voisin prit sa gamelle et sortit dans le couloir ; le garde m'ordonna de ne pas bouger. Je compris que mon comportement de la veille m'avait interdit de cantine. La tristesse m'envahit, j'avais compté les heures pour revoir Keira au réfectoire, il me faudrait attendre.

La matinée passant, je m'inquiétai de la punition qui lui était réservée. Elle était déjà si pâle... et me voilà, moi l'athée, à genou devant mon lit, priant le bon Dieu comme un enfant, pour que Keira ait échappé au cachot.

J'entendis les voix des prisonniers dans la cour. Ce devait être l'heure de la promenade. J'en étais privé. Je restai là, rongé d'inquiétude quant au sort de Keira. Je grimpai sur un tabouret pour me hisser à la hauteur de la lucarne, espérant la voir. Les détenus marchaient en rangs, avançant vers un préau. En équilibre sur la pointe des pieds, j'ai glissé, et me suis retrouvé par terre ; le temps de me relever, la cour était vide.

Le soleil était haut dans le ciel, il devait être midi. On n'allait quand même pas me laisser crever de faim juste pour m'apprendre la discipline. Je ne comptais pas sur mon traducteur pour nous sortir de là. J'eus une pensée pour Jeanne, je l'avais appelée avant de décoller d'Athènes et lui avais promis de lui donner des nouvelles aujourd'hui. Elle comprendrait peut-être qu'il m'était arrivé quelque chose, peut-être alerterait-elle nos ambassades d'ici quelques jours.

Le moral au plus bas, j'entendis des pas dans le couloir. Un garde entra dans ma cellule et me força à le suivre. Nous traversâmes la passerelle, descendîmes les escaliers métalliques et je me retrouvai dans le bureau où l'on avait hier confisqué mes affaires. On me les rendit, me fit signer un formulaire et, sans que je comprenne ce qui m'arrivait, on me poussa dans la cour. Cinq minutes plus tard, les portes du pénitencier se refermaient derrière moi, j'étais libre. Une voiture était stationnée sur le parking visiteurs, la portière s'ouvrit et mon traducteur avança vers moi.

Je le remerciai d'avoir réussi à me faire sortir et m'excusai d'avoir douté de lui.

— Je n'y suis pour rien, me dit-il. Après que les policiers vous ont embarqué, le juge est ressorti de son bureau et m'a demandé de venir vous rechercher ici à midi. Il m'a également demandé de vous dire qu'il espérait qu'une nuit en prison vous aurait appris la politesse. Je ne fais que traduire.

— Et Keira ? demandai-je aussitôt.

— Retournez-vous, me répondit calmement mon traducteur.

Je vis les portes se rouvrir et tu es apparue. Tu portais ton baluchon à l'épaule, tu l'as posé à terre et tu as couru vers moi.

Jamais je n'oublierai ce moment où nous nous sommes enlacés devant la prison de Garther. Je te serrais si fort que tu faillis étouffer, mais tu riais et nous tournions ensemble, ivres de joie. Le traducteur avait beau tousser, trépigner, supplier pour nous rappeler à l'ordre, rien n'aurait su interrompre notre étreinte.

Entre deux baisers, je t'ai demandé pardon, pardon de t'avoir entraînée dans cette folle aventure. Tu as posé ta main sur ma bouche pour me faire taire.

— Tu es venu, tu es venu me chercher ici, as-tu murmuré.

— Je t'avais promis de te ramener à Addis-Abeba, tu te souviens ?

— C'est moi qui t'avais arraché cette promesse, mais je suis drôlement contente que tu l'aies tenue.

— Et toi, comment as-tu fait pour tenir tout ce temps ?

— Je ne sais pas, ça a été long, horriblement long, mais j'en ai profité pour réfléchir, je n'avais que ça à faire. Tu ne me ramèneras pas tout de suite en Éthiopie, parce que je crois savoir où trouver le prochain fragment et il n'est pas en Afrique.

Nous sommes montés à bord de la voiture du traducteur. Il nous a ramenés à Chengdu où nous avons pris tous les trois l'avion.

À Pékin, tu as menacé notre traducteur de ne pas quitter le pays s'il ne nous déposait pas à un hôtel où tu pourrais te doucher. Il a regardé sa montre et nous a donné une heure, rien qu'à nous.

Chambre 409. Je n'ai prêté aucune attention à la vue, je te l'ai dit, le bonheur rend distrait. Assis derrière ce petit bureau, face à la fenêtre, Pékin s'étend devant moi et je m'en fiche complètement, je ne veux rien voir d'autre que ce lit où tu te reposes. De temps en temps, tu ouvres les yeux et tu t'étires, tu me dis n'avoir jamais réalisé à quel point il est bon de se prélasser dans des draps propres. Tu serres l'oreiller dans tes bras et me le jettes à la figure, j'ai encore envie de toi.

Le traducteur doit être ivre de rage, cela fait bien plus d'une heure que nous sommes ici. Tu te lèves, je te regarde marcher vers la salle de bains, tu me traites de voyeur, je ne cherche aucune excuse. Je remarque les cicatrices dans ton dos, d'autres sur tes jambes. Tu te retournes et je comprends dans tes yeux que tu ne veux pas que l'on en parle, pas maintenant. J'entends ruisseler la douche, le bruit de l'eau me redonne des forces et t'interdit d'entendre cette toux qui revient comme un mauvais souvenir. Certaines choses ne seront plus comme avant, en Chine j'ai perdu de cette indifférence qui me rassurait tant. J'ai peur d'être seul dans cette chambre, même quelques instants, même séparé de toi par une simple cloison, mais je ne crains plus de me l'avouer, je n'ai plus peur de me lever pour aller te rejoindre et je ne crains plus de te confier tout cela.

À l'aéroport, j'ai tenu une autre promesse ; aussitôt nos cartes d'embarquement imprimées, je t'ai emmenée vers une cabine téléphonique et nous avons appelé Jeanne.

Je ne sais pas laquelle de vous deux a commencé, mais au milieu de ce grand terminal tu t'es mise à pleurer. Tu riais et sanglotais.

L'heure tourne et il faut s'en aller. Tu dis à Jeanne que tu l'aimes, que tu la rappelleras dès ton arrivée à Athènes.

Quand tu as raccroché, tu as éclaté à nouveau en sanglots et j'ai eu tant de peine à te consoler.

Notre traducteur semblait plus épuisé que nous. Nous avons franchi le contrôle des passeports, et je l'ai vu enfin soulagé. Il devait être si heureux d'être débarrassé de nous qu'il ne cessait de nous saluer par-delà la vitre.

Il faisait nuit quand nous sommes montés à bord. Tu as posé ta tête contre le hublot et tu t'es endormie avant même que l'avion décolle.

Alors que nous amorcions notre descente vers Athènes, nous avons traversé une zone de turbulences. Tu as pris ma main, tu la serrais très fort, comme si cet atterrissage t'inquiétait. Alors, pour te distraire, j'ai sorti le fragment que nous avions découvert sur l'île de Narcondam, je me suis penché vers toi et je te l'ai montré.

— Tu m'as dit que tu avais une idée de l'endroit où se trouvait l'un des autres fragments.

— Les avions sont vraiment faits pour résister à ce genre de secousses ?

— Tu n'as aucune raison de t'inquiéter. Alors, ce fragment ?

De ta main libre – l'autre serrait la mienne de plus en plus fort – tu as sorti ton pendentif. Nous avons hésité à les rapprocher et y avons renoncé au moment où un trou d'air nous en ôta l'envie.

— Je te raconterai tout ça lorsque nous serons au sol, as-tu supplié.

— Donne-moi au moins une piste ?

— Le Grand Nord, quelque part entre la baie de Baffin et la mer de Beaufort, cela fait quelques milliers de kilomètres à explorer, je t'expliquerai pourquoi, mais d'abord, tu me feras visiter ton île.

*

Hydra

À Athènes, nous avons pris un taxi, deux heures plus tard nous embarquions sur la navette d'Hydra. Tu t'étais installée dans la cabine, tandis que j'avais rejoint le pont arrière.

— Ne me dis pas que tu as le mal de mer…

— J'aime profiter du grand air.

— Tu frissonnes, mais tu as envie d'être au grand air ? Avoue que tu as le mal de mer, pourquoi ne dis-tu pas la vérité ?

— Parce que ne pas avoir le pied marin est presque une tare pour un Grec et je ne vois pas ce qu'il y a de drôle.

— J'ai connu quelqu'un qui se moquait de moi il n'y a pas si longtemps parce que j'avais le mal de l'air…

— Je ne me moquais pas, répondis-je penché à la balustrade.

— Ton visage est vert-de-gris et tu trembles, rentrons dans la cabine, tu vas finir par tomber vraiment malade.

Nouvelle quinte de toux, je te laissai m'entraîner à l'intérieur, je sentais bien que la fièvre était revenue, seulement je ne voulais pas y penser, j'étais heureux de te ramener chez moi et je voulais que rien ne vienne gâcher ce moment.

J'avais attendu que nous arrivions sur le Pirée pour prévenir ma mère ; alors que la navette accostait à Hydra, j'imaginais déjà ses reproches. Je l'avais suppliée de ne pas préparer de fête, nous étions épuisés et ne rêvions que d'une seule chose, dormir tout notre saoul.

Maman nous accueillit dans sa maison. C'est la première fois que je t'ai vue intimidée. Elle nous trouvait à tous deux des mines épouvantables. Elle nous prépara un repas léger sur la terrasse. Tante Elena avait choisi de rester au village, pour nous laisser seuls tous les trois. Une fois à table, maman te harcela de questions, j'avais beau lui faire les gros yeux pour qu'elle te laisse en paix, rien n'y fit. Tu te prêtas au jeu et lui répondis de bonne grâce. J'eus une nouvelle quinte de toux qui mit un terme à la soirée. Maman nous conduisit jusqu'à ma chambre. Les draps sentaient bon la lavande, nous nous endormîmes en entendant le ressac de la mer contre les falaises.

Au petit matin, tu te levas sur la pointe des pieds. Ton séjour en prison t'avait fait perdre l'habitude des grasses matinées. Je t'entendis quitter la chambre, mais je me sentais trop faible pour te suivre. Tu parlais avec ma mère dans la cuisine, vous aviez l'air de bien vous entendre, je me rendormis aussitôt.

J'appris plus tard que Walter avait débarqué sur l'île en fin de matinée.

Elena l'avait appelé la veille pour le prévenir de notre arrivée et il avait aussitôt pris l'avion. Il me confia un jour qu'à force d'allers-retours entre Londres et Hydra, mes péripéties avaient sérieusement entamé ses économies.

En début d'après-midi, Walter, Elena, Keira et ma mère entrèrent dans ma chambre. Ils avaient tous la mine décomposée en me regardant terrassé sur mon lit, brûlant de fièvre. Ma mère m'appliqua sur le front une compresse trempée dans une décoction de feuilles d'eucalyptus. L'un de ses vieux remèdes qui ne suffirait pas à vaincre le mal qui me gagnait. Quelques heures plus tard, je reçus la visite d'une femme que je ne pensais jamais revoir, mais Walter avait l'habitude de tout noter et le numéro de téléphone d'une doctoresse, pilote à ses heures, était venu se glisser dans les pages de son petit carnet noir. Le Dr Sophie Schwartz s'assit sur mon lit et prit ma main.

— Cette fois hélas vous ne jouez pas la comédie, vous avez une température de cheval, mon pauvre ami.

Elle écouta mes poumons et diagnostiqua aussitôt une rechute de l'infection pulmonaire dont ma mère lui avait parlé. Elle aurait préféré qu'on m'évacue sur-le-champ à Athènes mais la météo ne le permettait pas. Une tempête se levait, la mer était démontée et même son petit avion ne redécollerait pas. De toute façon, je n'étais pas en état de voyager.

— À la guerre comme à la guerre, dit-elle à Keira, il faudra composer avec les moyens du bord.

La tempête dura trois jours. Soixante-douze heures durant lesquelles le Meltem souffla sur l'île. Le vent puissant des Cyclades faisait plier les arbres, la maison craquait et le toit perdit quelques tuiles. Depuis ma chambre, j'entendais les vagues se fracasser contre les falaises.

Maman avait installé Keira dans la chambre d'amis, mais dès que les lumières s'éteignaient, Keira venait me rejoindre et se couchait près de moi. Pendant les rares moments de repos qu'elle s'octroyait, la doctoresse prenait la relève et me veillait. Bravant sa peur, Walter grimpait la colline à dos d'âne deux fois par jour pour me rendre visite. Je le voyais entrer dans ma chambre, trempé des pieds à la tête. Il s'asseyait sur une chaise et me racontait combien il bénissait cette tempête. La maison d'hôtes où il avait pris ses habitudes avait vu une partie de sa toiture arrachée. Elena s'était aussitôt proposée de l'héberger. J'étais furieux d'avoir gâché les premiers instants de Keira sur l'île, mais leur présence à tous me fit prendre conscience que ma solitude des hauts plateaux d'Atacama appartenait désormais à un passé révolu.

Au quatrième jour, le Meltem se calma et la fièvre s'en alla avec lui.

*

Amsterdam

Vackeers relisait un courrier. On frappa deux petits coups à la porte ; n'attendant aucune visite, il ouvrit machinalement le tiroir de son bureau et y glissa la main. Ivory entra, la mine sombre.

— Vous auriez pu me faire savoir que vous étiez en ville, j'aurais envoyé une voiture vous chercher à l'aéroport.

— J'ai pris le Thalys, j'avais de la lecture en retard.

— Je n'ai rien fait préparer à dîner, reprit Vackeers en refermant discrètement le tiroir.

— Je vois que vous êtes toujours aussi serein, souffla Ivory.

— Je reçois peu de visites au palais et encore moins sans en avoir été prévenu. Allons souper, nous irons jouer ensuite.

— Je ne suis pas venu pour croiser le fer aux échecs, mais pour vous parler.

— Quel ton sérieux ! Vous avez l'air bien préoccupé, mon ami.

— Pardonnez-moi d'arriver ainsi sans m'être annoncé, mais j'avais mes raisons et je souhaiterais m'en entretenir avec vous.

— Je connais une table discrète dans un restaurant, non loin d'ici ; je vous y emmène, nous discuterons en marchant.

Vackeers enfila sa gabardine. Ils traversèrent la grande salle du palais de Dam ; en passant sur le gigantesque planisphère gravé dans le sol en marbre, Ivory s'arrêta pour regarder la carte du monde dessinée sous ses pieds.

— Les recherches vont reprendre, dit-il solennellement à son ami.

— Ne me dites pas que vous en êtes surpris, il me semble que vous avez tout fait pour cela.

— J'espère ne pas avoir à le regretter.

— Pourquoi cet air sinistre ? Je ne vous reconnais pas, vous d'ordinaire si heureux de bousculer l'ordre établi. Vous allez provoquer une belle pagaille, vous devriez être aux anges. Je me demande d'ailleurs ce qui vous motive le plus dans cette aventure, découvrir la vérité sur l'origine du monde ou prendre votre revanche sur certaines personnes qui vous ont blessé dans le passé ?

— J'imagine qu'au début c'était un peu des deux, mais je ne suis plus seul dans cette quête et ceux que j'ai impliqués ont risqué leur vie et la risquent encore.

— Et cela vous effraie ? Alors vous avez pris un sacré coup de vieux ces derniers temps.

— Je ne suis pas effrayé mais confronté à un dilemme.

— Ce n'est pas que ce somptueux hall me déplaise, mon cher, mais je trouve que nos voix y résonnent un peu trop pour une conversation de ce genre. Sortons, si vous le voulez bien.

Vackeers avança vers l'extrémité ouest de la salle jusqu'à une porte dérobée dans le mur en pierre et descendit un escalier conduisant aux sous-sols du palais de Dam. Il guida Ivory le long des passerelles en bois qui surplombaient le canal souterrain. L'endroit était humide, la marche parfois glissante.

— Faites attention où vous mettez les pieds, je ne voudrais pas que vous tombiez dans cette eau sale et froide. Suivez-moi, poursuivit Vackeers en allumant une lampe torche.

Ils passèrent devant le madrier où un rivet commandait un mécanisme que Vackeers actionnait quand il voulait rejoindre la salle informatique. Il ne s'y arrêta pas et poursuivit son chemin.

— Voilà, dit-il à Ivory, encore quelques pas et nous aboutirons dans une courette. Je ne sais pas si on a pu vous voir entrer dans le palais, mais soyez assuré que personne ne vous verra en ressortir.

— Quel étrange labyrinthe, je ne m'y ferai jamais.

— Nous aurions pu prendre le passage vers la Nouvelle Église, mais il est encore plus humide et nous aurions eu les pieds trempés.

Vackeers poussa une porte, quelques marches, et ils se retrouvèrent à l'air libre. Un vent glacial les saisit, Ivory releva le col de son manteau. Les deux vieux amis remontèrent à pied Hoogstraat, la rue qui longe le canal.

— Alors, qu'est-ce qui vous inquiète ? reprit Vackeers.

— Mes deux protégés se sont retrouvés.

— C'est plutôt une bonne nouvelle. Après le coup pendable que nous avons joué à Sir Ashton, nous devrions fêter l'événement au lieu d'afficher ces mines d'enterrement.

— Je doute qu'Ashton en reste là.

— Vous y êtes allé un peu fort en le provoquant chez lui, je vous avais suggéré plus de discrétion.

— Nous n'avions pas le temps, il fallait que la jeune archéologue retrouve la liberté au plus vite. Elle avait suffisamment croupi derrière des barreaux.

— Ces barreaux avaient le mérite de la tenir hors de portée d'Ashton et par conséquence de protéger aussi votre astrophysicien.

— Ce dingue s'en est également pris à lui.

— En avez-vous la preuve ?

— J'en suis certain, il l'a fait empoisonner ! J'ai vu de grandes quantités de belladone dans les allées de la propriété d'Ashton. Le fruit de cette plante provoque de graves complications pulmonaires.

— Je suis certain que beaucoup de gens ont de la belladone qui pousse dans leur campagne sans être pour autant des empoisonneurs en série.

— Vackeers, nous savons tous les deux de quoi cet homme est capable, j'ai peut-être agi de façon impétueuse, mais pas sans discernement, je pensais sincèrement...

— Vous pensiez qu'il était temps que vos recherches reprennent ! Écoutez-moi, Ivory, je comprends vos motifs, mais poursuivre vos travaux n'est pas sans danger. Si vos protégés se remettent en quête d'un nouveau fragment, je serai tenu d'en informer les autres. Je ne peux prendre indéfiniment le risque de me voir accuser de trahison.

— Pour l'instant, Adrian a fait une sale rechute, Keira et lui se reposent en Grèce.

— Souhaitons que ce repos dure le plus longtemps possible.

Ivory et Vackeers empruntèrent un pont qui enjambait le canal. Ivory s'y arrêta et s'accouda à la balustrade.

— J'aime cet endroit, soupira Vackeers, je crois que c'est celui que je préfère de tout Amsterdam. Regardez comme les perspectives y sont belles.

— J'ai besoin de votre aide, Vackeers, je vous sais fidèle et je ne vous demanderai jamais de trahir le groupe, mais, comme par le passé, des alliances se formeront tôt ou tard. Sir Ashton comptera ses ennemis...

— Vous aussi vous les compterez, et comme vous ne siégez plus autour de la table vous souhaiteriez que je sois votre porte-parole, celui qui convaincra le plus grand nombre, c'est bien ce que vous attendez de moi ?

— Cela et un peu plus encore, soupira Ivory.

— Quoi d'autre ? s'étonna Vackeers.

— J'ai besoin d'avoir accès à des moyens dont je ne dispose plus.

— Quel genre de moyens ?

— Votre ordinateur, pour accéder au serveur.

— Non, je ne suis pas d'accord, nous nous ferions repérer aussitôt et je serais compromis.

— Pas si vous acceptiez de brancher un petit objet derrière votre terminal.

— Quel genre d'objet ?

— Un appareil qui permet d'ouvrir une liaison aussi discrète qu'indétectable.

— Vous sous-estimez le groupe. Les jeunes informaticiens qui y travaillent sont recrutés parmi les meilleurs, ce sont même pour certains d'anciens hackers redoutables.

— Tous deux nous jouons mieux aux échecs que n'importe quel jeune d'aujourd'hui, faites-moi confiance, dit Ivory en tendant un petit boîtier à Vackeers.

Vackeers regarda l'objet avec un certain dégoût.

— Vous voulez me mettre sur écoute ?

— Je veux juste me servir de votre code pour accéder au réseau, je vous assure que vous ne risquez rien.

— Si l'on me suspecte, je risque d'être arrêté et traduit en justice.

— Vackeers, puis-je ou non compter sur vous ?

— Je vais réfléchir à ce que vous me demandez, et je vous ferai connaître ma réponse dès que j'aurai pris ma décision. Votre petite histoire m'a ôté tout appétit.

— Je n'avais pas très faim non plus, confia Ivory.

— Tout cela en vaut-il vraiment la peine ? Quelles sont leurs chances d'aboutir, le savez-vous seulement ? demanda Vackeers en soupirant.

— Seuls, ils n'en ont guère, mais si je mets à leur disposition les informations que j'ai accumulées en trente années de recherches, alors il n'est pas impossible qu'ils découvrent les fragments manquants.

— Parce que vous avez une idée de l'endroit où ils se trouvent ?

— Vous voyez, Vackeers, il y a peu, vous doutiez même de leur existence et, aujourd'hui, vous vous souciez de l'endroit où ils sont cachés.

— Vous n'avez pas répondu à ma question.

— Je crois que c'est tout le contraire.

— Alors où sont-ils ?

— Le premier fut découvert au centre, le deuxième au sud, le troisième à l'est, je vous laisse deviner où pourraient être les deux derniers. Réfléchissez à ma requête, Vackeers, je sais qu'elle n'est pas anodine et qu'elle vous coûte, mais je vous l'ai dit, j'ai besoin de vous.

Ivory salua son ami et s'éloigna ; Vackeers lui courut après.

— Et notre partie d'échecs, vous ne comptez pas partir comme ça ?

— Vous pouvez nous préparer une petite collation chez vous ?

— Je dois avoir du fromage et quelques toasts.

— Alors avec un verre de bon vin, cela fera l'affaire et préparez-vous à perdre, vous me devez une revanche !

*

Athènes

Keira et moi étions assis sur la terrasse. Grâce aux soins prodigués par la doctoresse, je reprenais des forces et pour la première fois j'avais passé une nuit sans tousser. Mon visage avait retrouvé des couleurs qui rassuraient presque ma mère. La doctoresse avait profité de son séjour forcé pour examiner Keira et lui prescrire décoctions de plantes et compléments de vitamines. La prison lui avait laissé quelques séquelles.

La mer était calme, le vent était tombé, le petit avion de notre médecin pourrait redécoller aujourd'hui.

Nous nous retrouvions à la table du petit déjeuner où maman avait préparé un repas avec autant d'attention que si cette doctoresse avait été reine. Pendant cette période où je n'avais pas été au mieux, elles avaient passé ensemble des heures entières à partager histoires et souvenirs entre la cuisine et le salon. Maman s'était passionnée pour les aventures de cette femme, médecin volant, qui se rendait d'île en île au chevet de ses malades. En partant, la doctoresse me fit promettre de prolonger de quelques jours au moins ma convalescence avant d'envisager de faire quoi que ce soit d'autre ; conseil que ma mère lui fit répéter deux fois au cas où je n'aurais pas bien entendu. Elle la raccompagna jusqu'au port, nous laissant enfin quelques moments d'intimité.

Dès que nous fûmes seuls, Keira vint s'asseoir à mes côtés.

— Hydra est une île charmante, Adrian, ta maman est une femme merveilleuse, j'adore tout le monde ici, mais...

— Moi aussi je n'en peux plus, dis-je en l'interrompant. Je rêve de ficher le camp avec toi. Cela te rassure ?

— Oh oui ! soupira Keira.

— Nous nous sommes fait la belle d'une prison chinoise, je pense que nous devrions réussir à nous échapper d'ici sans trop de difficultés.

Keira regarda le large.

— Qu'est-ce qu'il y a ?

— J'ai rêvé d'Harry cette nuit.

— Tu veux retourner là-bas ?

— Je veux le revoir. Ce n'est pas la première fois que je rêve de lui, Harry est souvent venu me rendre visite dans mes nuits à la prison de Garther.

— Repartons dans la vallée de l'Omo si c'est ce que tu souhaites, je t'avais promis de t'y raccompagner.

— Je ne sais même pas si j'y aurais encore ma place, et puis il y a nos recherches.

— Elles nous ont déjà assez coûté, je ne veux plus te faire courir de risques.

— Sans vouloir faire ma maligne, je suis revenue plus en forme de Chine que toi. Mais j'imagine que la décision de poursuivre ou non nous appartient à tous deux.

— Tu connais mon point de vue.

— Où se trouve ton fragment ?

Je me levai et allai le chercher dans le tiroir de ma table de nuit où je l'avais rangé en arrivant à la maison. Quand je revins sur la terrasse, Keira ôta son collier et posa son pendentif sur la table. Elle rapprocha les deux morceaux et, dès qu'ils furent réunis, le phénomène dont nous avions été témoins sur l'île de Narcondam se reproduisit.

Les fragments prirent la couleur bleue de l'azur et se mirent à briller avec une intensité rare.

— Tu veux que nous en restions là ? me demanda Keira en fixant les objets dont le scintillement diminuait. Si je retournais dans la vallée de l'Omo sans avoir percé ce mystère, je ne pourrais plus faire mon travail correctement ; je passerais mes journées à penser à ce que cet objet nous révélerait si nous en réunissions tous les morceaux. Et puis, promesse pour promesse, tu m'en as fait une autre : me faire gagner des centaines de milliers d'années dans mes recherches. Si tu crois que cette proposition est tombée dans l'oreille d'une sourde !

— Je sais ce que je t'ai promis, Keira, mais c'était avant qu'un prêtre soit assassiné sous nos yeux, avant que nous manquions de tomber dans un ravin, avant que nous soyons catapultés du haut d'une falaise dans le lit d'une rivière, avant que tu fasses un séjour dans une prison chinoise, et puis avons-nous seulement la moindre idée de la direction dans laquelle chercher ?

— Je te l'ai dit, le Grand Nord ; rien encore de très précis mais c'est déjà une piste.

— Pourquoi là plutôt qu'ailleurs ?

— Parce que je pense que c'est ce que nous indique ce texte écrit en langage guèze, je n'ai cessé d'y réfléchir pendant que je croupissais à Garther. Il faut que nous retournions à Londres, je dois pouvoir étudier depuis la grande bibliothèque de l'Académie, j'ai besoin d'accéder à certains ouvrages, et je dois aussi reparler à Max, j'ai des questions à lui poser.

— Tu veux retourner voir ton imprimeur ?

— Ne fais pas cette tête, tu es ridicule ; et puis je n'ai pas dit que je voulais le voir mais lui parler. Il a travaillé sur la retranscription de ce manuscrit, s'il a fait la moindre découverte, ses informations seront bonnes à prendre, je veux surtout vérifier quelque chose avec lui.

— Alors rentrons, Londres nous offrira une bonne raison de quitter Hydra.

— Si c'était possible, je ferais bien un saut à Paris.

— Pour voir Max, donc ?

— Pour voir Jeanne ! Et puis aussi pour aller rendre visite à Ivory.

— Je croyais que le vieux professeur avait quitté son musée et qu'il était parti en voyage.

— Moi aussi je suis partie en voyage et puis, tu vois, j'en suis revenue ; qui sait, lui aussi peut-être ?

Keira alla préparer ses affaires, et moi ma mère à l'idée de notre départ. Walter fut désolé d'apprendre que nous quittions l'île. Il avait épuisé son solde de congés pour les deux années à venir mais il espérait encore passer le week-end à Hydra. Je l'invitai à ne rien changer à ses plans, je le retrouverais avec plaisir la semaine suivante à l'Académie où j'avais décidé de me rendre, moi aussi. Cette fois, je ne laisserais pas Keira effectuer seule ses recherches, surtout depuis qu'elle m'avait annoncé vouloir passer d'abord à Paris. Je nous pris donc deux billets pour la France.

*

Amsterdam

Ivory s'était assoupi sur le canapé du salon. Vackeers avait posé une couverture sur lui et s'était retiré dans sa chambre. Il avait passé une bonne partie de la nuit à ressasser dans son lit des pensées qui l'empêchaient de trouver le sommeil. Son vieux complice sollicitait son aide, mais lui rendre service impliquait de se compromette. Les quelques mois à venir seraient les derniers de sa carrière, être surpris en plein délit de trahison ne l'enthousiasmait guère. Au petit matin, il alla préparer le petit déjeuner. Le sifflement de la bouilloire réveilla Ivory.

— La nuit a été courte, n'est-ce pas ? dit-il en s'installant à la table de la cuisine.

— C'est le moins que l'on puisse dire, mais pour une joute d'une telle qualité, cela en valait la peine, répondit Vackeers.

— Je ne me suis pas rendu compte que je m'étais endormi, c'est bien la première fois que cela m'arrive, je suis désolé de m'être ainsi imposé chez vous.

— Cela n'a aucune importance, j'espère que ce vieux Chesterfield ne vous aura pas trop esquinté le dos.

— Je crois que je suis plus vieux que lui, ricana Ivory.

— Vous vous flattez, c'est un canapé que j'ai hérité de mon père.

Un silence s'installa. Ivory regarda fixement Vackeers, but sa tasse de thé, croqua dans une biscotte et se leva.

— Je n'ai que trop abusé de votre hospitalité, je vais vous laisser faire votre toilette. Je dois regagner mon hôtel.

Vackeers ne dit rien et regarda à son tour Ivory se diriger vers l'entrée.

— Merci pour cette excellente soirée, mon ami, reprit Ivory en récupérant son pardessus, nous avons des mines épouvantables mais je dois reconnaître que nous n'avions pas aussi bien joué depuis longtemps.

Il boutonna sa gabardine et mit les mains dans ses poches. Vackeers ne disait toujours rien.

Ivory haussa les épaules et ouvrit le loquet ; c'est alors qu'il remarqua un mot posé en évidence sur le petit guéridon à côté de la porte ; Vackeers ne le quittait pas des yeux. Ivory hésita, prit le mot et découvrit une séquence de chiffres et de lettres. Vackeers continuait de le fixer, assis sur sa chaise dans la cuisine.

— Merci, murmura Ivory.

— De quoi ? grogna Vackeers. Vous n'allez quand même pas me remercier d'avoir profité de mon hospitalité pour fouiller dans mes tiroirs et me dérober le code d'accès à mon ordinateur.

— Non, en effet, je n'aurai pas ce toupet-là.

— Vous m'en voyez rassuré.

Ivory referma la porte derrière lui. Il avait juste le temps de repasser à son hôtel pour y récupérer ses affaires et reprendre le Thalys. Dans la rue, il fit signe à un taxi.

Vackeers faisait les cent pas dans son appartement, allant de l'entrée au salon. Il posa sa tasse de thé sur le guéridon et se dirigea vers le téléphone.

— AMSTERDAM à l'appareil, dit-il dès que son correspondant eut pris l'appel. Prévenez les autres, nous devons organiser une réunion ; ce soir, 20 heures, conférence téléphonique.

— Pourquoi ne le faites-vous pas vous-même en passant par le réseau informatique comme nous en avons l'habitude ? demanda LE CAIRE.

— Parce que mon ordinateur est en panne.

Vackeers raccrocha et alla se préparer.

*

Paris

Keira s'était précipitée chez Jeanne, j'avais préféré les laisser seules, profiter pleinement de ces instants. Je me souvenais de l'existence d'un antiquaire dans le Marais qui vendait les plus beaux appareils d'optique de la capitale, je recevais ses catalogues une fois par an à mon domicile londonien. La plupart des pièces présentées étaient bien au-dessus de mes moyens, mais regarder ne coûtait rien et j'avais trois heures à tuer.

Le vieil antiquaire était installé derrière son bureau, il nettoyait un splendide astrolabe quand j'entrai dans sa boutique. Il ne me prêta d'abord aucune attention, jusqu'à ce que je tombe en arrêt devant une sphère armillaire d'une facture exceptionnelle.

— Ce modèle que vous regardez, jeune homme, a été fabriqué par Gualterus Arsenius, Gauthier Arsenius si vous préférez. Certains disent que son frère Regnerus travaillait avec lui à la mise au point de cette petite merveille, déclara l'antiquaire en se levant.

Il s'approcha de moi et ouvrit la vitrine, me présentant le précieux objet.

— Il s'agit d'un des plus beaux ouvrages sortis des ateliers flamands du XVIe siècle. Plusieurs constructeurs portèrent le nom d'Arsenius. Ils n'ont fabriqué que des astrolabes et des sphères armillaires. Gauthier était un parent du mathématicien Gemma Frisius dont l'un des traités publié à Anvers en 1553 contient le plus ancien

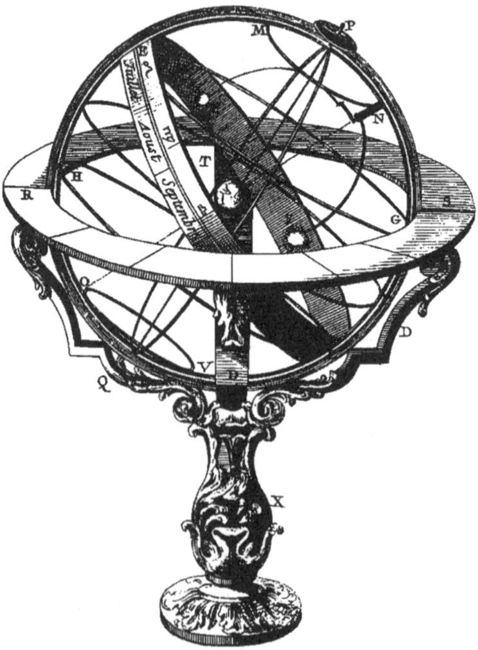

Sphère armillaire

exposé des principes de la triangulation, et une méthode de détermination des longitudes. Ce que vous regardez est vraiment une pièce rarissime, son prix est en conséquence.

— C'est-à-dire ?

Inestimable, s'il s'agissait de l'original bien sûr, reprit l'antiquaire en rangeant l'astrolabe dans sa vitrine. Hélas celui-ci n'est qu'une copie, probablement réalisée vers la fin du XVIIIe siècle par un riche marchand hollandais soucieux d'impressionner son entourage. Je m'ennuie, dit l'antiquaire en soupirant, accepteriez-vous une tasse de café ? Cela fait si longtemps que je n'ai pas eu le plaisir de parler avec un astrophysicien.

— Comment connaissez-vous mon métier ? demandai-je, stupéfait.

— Peu de gens savent manipuler avec autant d'aisance ce genre d'instrument, et vous n'avez pas la tête d'un marchand, alors pas besoin d'être très perspicace pour deviner ce que vous faites. Quel type d'objet êtes-vous venu chercher dans ma boutique ? J'ai quelques pièces dont les prix sont beaucoup plus raisonnables.
— Je vais probablement vous décevoir mais je ne m'intéresse qu'aux vieux boîtiers d'appareils photo.
— Quelle étrange idée, mais il n'est jamais trop tard pour commencer une nouvelle collection ; tenez, laissez-moi vous présenter quelque chose qui va vous passionner, j'en suis certain.
Le vieil antiquaire se dirigea vers une bibliothèque dont il sortit un gros ouvrage relié en cuir. Il le posa sur son bureau, ajusta ses lunettes et tourna les pages avec d'infinies précautions.
— Voilà, dit-il, regardez, ceci est le dessin d'une sphère armillaire remarquablement fabriquée. Nous la devons à Erasmus Habermel, constructeur d'instruments de mathématiques de l'empereur Rodolphe II.
Je me penchai sur la gravure et découvris avec surprise une reproduction qui ressemblait à ce que Keira et moi avions découvert sous la patte d'un lion en pierre en haut du mont Hua Shan. Je m'assis sur la chaise que me tendait l'antiquaire et étudiai de plus près cet étonnant dessin.
— Voyez, me dit l'antiquaire en se penchant par-dessus mon épaule, comme la précision de ce travail est stupéfiante. Ce qui m'a toujours fasciné avec les sphères armillaires, ajouta-t-il, ce n'est pas tant qu'elles permettent d'établir une position des astres dans le ciel à un instant donné, mais plutôt ce qu'elles ne nous montrent pas et que nous devinons pourtant.
Je relevai la tête de son précieux livre et le regardai, curieux de ce qu'il allait me dire.
— Le vide et son ami le temps ! conclut-il, joyeux. Quelle étrange notion que le vide. Le vide est empli de choses qui nous sont invisibles. Quant au temps qui passe et qui change tout, il modifie la course des étoiles, berce le cosmos d'un mouvement permanent. C'est lui qui anime

la gigantesque araignée de la vie qui se promène sur la toile de l'Univers. Intrigante dimension que ce temps dont nous ignorons tout, vous ne trouvez pas ? Vous m'êtes sympathique avec votre air étonné d'un rien, je vous laisse cet ouvrage au prix qu'il m'a coûté.

L'antiquaire se pencha à mon oreille pour me souffler la somme qu'il espérait pour son livre. Keira me manquait, j'ai acheté le livre.

— Revenez me voir, me dit l'antiquaire en me raccompagnant sur le pas de sa porte, j'ai d'autres merveilles à vous montrer, vous ne perdrez pas votre temps, je vous l'assure, dit-il gaiement.

Il referma à clé derrière moi et je le vis, par-delà la vitrine, disparaître dans son arrière-boutique.

Je me retrouvai dans la rue avec ce gros livre sous le bras, me demandant bien pourquoi je l'avais acheté. Mon portable vibra dans ma poche. Je décrochai et entendis la voix de Keira. Elle me proposait de la retrouver un peu plus tard chez Jeanne qui se réjouissait de nous accueillir pour la soirée et pour la nuit. Je dormirais sur le canapé du salon tandis que les deux sœurs partageraient le lit. Et comme si ce programme ne suffisait pas à embellir ma fin de journée, elle m'annonça qu'elle allait rendre visite à Max. L'atelier de l'imprimeur n'était pas loin de chez Jeanne, à pied elle y serait en dix minutes. Elle ajouta qu'elle avait vraiment à cœur de vérifier quelque chose avec lui et me promit de m'appeler aussitôt que cela serait fait.

Je suis resté de marbre, lui ai dit que je me réjouissais du dîner qui nous attendait et nous avons raccroché.

À l'angle de la rue des Lions-Saint-Paul, je ne savais ni que faire, ni où aller.

Combien de fois ai-je rouspété de devoir grappiller les minutes, de ne jamais pouvoir m'octroyer un instant de loisir. En cette fin d'après-midi, marchant le long des quais de la Seine, j'avais l'étrange et désagréable sensation d'être pris entre deux moments de la journée qui refusaient de se conjuguer. Les flâneurs doivent savoir comment faire. J'en ai vu souvent, installés sur des bancs, lisant ou rêvassant, je les ai aperçus au détour d'un parc ou d'un square, sans jamais m'interroger sur leur sort. J'aurais bien envoyé un message à Keira mais je me l'interdisais. Walter me l'aurait fortement déconseillé. J'aurais voulu la rejoindre à l'imprimerie de Max. De là, nous aurions pu nous rendre ensemble chez Jeanne, lui acheter des fleurs en chemin. Voilà exactement ce dont je rêvais alors que mes pas m'entraînaient vers l'île Saint-Louis. Ce rêve, aussi simple fût-il à réaliser, aurait certainement été mal interprété. Keira m'aurait accusé d'être jaloux, et ce n'est pas mon genre, enfin...

J'allai m'installer sous la banne d'un petit bistrot situé à l'angle de la rue des Deux-Ponts. J'ouvris mon livre et me plongeai dans la lecture en guettant ma montre. Un taxi s'arrêta devant moi, un homme en descendit. Il portait un imperméable et tenait un petit bagage à la main. Il s'éloigna d'un pas pressé sur le quai d'Orléans. J'étais certain d'avoir déjà vu son visage, sans pour autant me souvenir dans quelles circonstances. Sa silhouette disparut derrière une porte cochère.

*

Keira s'était assise à l'angle du bureau.

— Le fauteuil est plus confortable, dit Max en relevant les yeux du document qu'il étudiait.

— J'ai perdu l'habitude du moelleux ces derniers mois.

— Tu as vraiment passé trois mois en prison ?

— Je te l'ai déjà dit, Max. Concentre-toi sur ce texte et dis-moi ce que tu en penses.

— Je pense que depuis que tu fréquentes ce type qui, soi-disant, n'était qu'un collègue, ta vie ne ressemble plus à rien. Je ne comprends même pas que tu continues à le voir après ce qui t'est arrivé. Enfin merde, il a ruiné tes recherches, sans parler de la dotation que tu avais obtenue pour tes travaux. Ce genre de cadeau ne se représente pas deux fois. Et toi tu as l'air de trouver tout cela normal.

— Max, pour les leçons de morale j'ai une sœur professionnelle en la matière ; je t'assure qu'en y mettant le meilleur de toi-même, tu ne lui arriverais pas à la cheville. Alors ne perds pas ton temps. Que penses-tu de ma théorie ?
— Et si je te réponds, qu'est-ce que tu feras ? Tu iras en Crète sonder la Méditerranée, tu nageras jusqu'en Syrie ? Tu fais n'importe quoi, tu agis n'importe comment. Tu aurais pu y laisser ta peau, en Chine, tu es totalement inconsciente.
— Oui, totalement, mais comme tu le vois ma peau va bien ; enfin, je ne dis pas qu'un peu de crème...
— Ne sois pas insolente, s'il te plaît.
— Mmm, mon Max, j'aime bien quand tu reprends ce ton professoral avec moi. Je crois que c'est ce qui me séduisait le plus quand j'étais ton élève, mais je ne suis plus ton élève. Tu ne sais rien d'Adrian, et tu ignores tout du voyage que nous avons entrepris, alors si le petit service que je te demande te coûte trop, ce n'est pas grave, rends-moi ce papier et je te laisse.

— Regarde-moi droit dans les yeux et explique-moi en quoi ce texte va t'aider d'une façon quelconque dans les recherches que tu mènes depuis tant d'années ?
— Dis-moi, Max, tu n'étais pas professeur d'archéologie ? Combien d'années avais-tu consacrées à devenir chercheur, puis enseignant avant de devenir imprimeur ? Tu peux me regarder droit dans les yeux et m'expliquer en quoi ton nouveau métier a un quelconque rapport avec ce que tu as accompli dans le passé ? La vie est pleine d'imprévus, Max. Je me suis fait débarquer deux fois de ma vallée de l'Omo, peut-être était-il temps que je me pose des questions sur mon avenir.
— Tu t'es entichée de ce type à ce point-là pour dire des âneries pareilles ?
— Ce type, comme tu dis, est peut-être bourré de défauts, il est distrait, parfois lunaire, gauche comme ce n'est pas permis, mais il a quelque chose que je n'ai jamais connu avant. Il m'entraîne, Max. Depuis que je le connais ma vie

ne ressemble en effet plus à rien, il me fait rire, il me touche, me provoque, et il me rassure.
— Alors c'est encore pire que je ne le pensais. Tu l'aimes.
— Ne me fais pas dire ce que je n'ai pas dit.
— Tu l'as dit, et si tu ne t'en rends pas compte c'est que tu es sotte à en crever.
Keira se leva du bureau et avança vers la verrière qui surplombait l'imprimerie. Elle regarda les rotatrices entraînant les longs rouleaux de papier dans un rythme effréné. Le staccato des plieuses résonnait jusqu'à la mezzanine. Elles s'arrêtèrent et le silence se fit dans l'atelier qui fermait.
— Ça te perturbe ? reprit Max. Et ta belle liberté ?
— Est-ce que tu peux étudier ce texte, oui ou non ? murmura-t-elle.
— Je m'y suis penché cent fois sur ton texte, depuis ta dernière visite. C'était ma façon de penser à toi en ton absence.
— Max, je t'en prie.
— De quoi ? d'avoir encore des sentiments pour toi ? Qu'est-ce que ça peut bien te faire, c'est mon problème, pas le tien.
Keira se dirigea vers la porte du bureau ; elle tourna la poignée et se retourna.
— Reste ici, andouille ! ordonna Max. Viens te rasseoir sur le coin de mon bureau, je vais te dire ce que j'en pense de ta théorie. Je me suis peut-être trompé. L'idée que l'élève surpasse son professeur ne me plaît pas beaucoup, mais je n'avais qu'à continuer d'enseigner. Il est possible que dans ton texte, le mot « apogée » ait pu se confondre avec « hypogée », ce qui en change le sens évidemment. Les hypogées sont ces sépultures, ancêtres des tombeaux, érigées par les Égyptiens et les Chinois, à une différence près : s'il s'agit aussi de chambres funéraires auxquelles on accède par un couloir, les hypogées sont construits sous la terre et non au cœur d'une pyramide ou d'un quelconque édifice. Je ne t'apprends peut-être rien en te disant cela, mais il y a au moins une chose qui collerait dans cette interprétation. Ce manuscrit en guèze date probablement

du IVe ou Ve millénaire avant notre ère. Ce qui nous place en pleine protohistoire, en pleine naissance des peuples asianiques.

— Mais les Sémites qui seraient à l'origine du texte en guèze n'appartenaient pas aux peuples asianiques. Enfin, si mes souvenirs de fac sont encore bons.

— Tu étais plus attentive en cours que je ne le supposais ! Non, en effet, leur langue était afro-asiatique, apparentée à celle des Berbères et des Égyptiens. Ils sont apparus dans le désert de Syrie au VIe millénaire avant Jésus-Christ. Mais ils se sont certainement côtoyés, les uns pouvant rapporter l'histoire des autres. Ceux qui t'intéressent, dans le cadre de ta théorie, appartiennent à un peuple dont je vous ai peu parlé en cours, les Pélasges des Hypogées. Au début du IVe millénaire, des Pélasges partis de Grèce vinrent s'installer en Italie du Sud. On les retrouve en Sardaigne. Ils poursuivirent leur route jusqu'en Anatolie, d'où ils prirent la mer pour aller fonder une nouvelle civilisation sur les îles et côtes de la Méditerranée. Rien ne prouve qu'ils n'aient pas continué leur traversée vers l'Égypte en passant par la Crète. Ce que j'essaie de te dire, c'est que les Sémites ou leurs ancêtres ont très bien pu relater dans ce texte un événement qui appartient à l'histoire des Pélasges des Hypogées.

— Tu crois que l'un de ces Pélasges aurait pu remonter le Nil, jusqu'au Nil Bleu ?

— Jusqu'en Éthiopie ? J'en doute ; quoi qu'il en soit, un pareil voyage ne pourrait être l'œuvre d'un seul, mais d'un groupe. Sur deux ou trois générations, ce périple aurait pu être mené à son terme. Cela étant, je pencherais plutôt pour qu'il ait été accompli dans l'autre sens, depuis la source jusqu'au delta. Quelqu'un a peut-être apporté ton mystérieux objet aux Pélasges. Il faut que tu m'en dises plus, Keira, si tu veux vraiment que je t'aide.

Keira se mit à parcourir la pièce de long en large.

— Il y a de cela quatre cents millions d'années, cinq fragments constituaient un unique objet dont les propriétés sont stupéfiantes.

— Ce qui est ridicule, Keira, reconnais-le. Aucun être vivant n'était suffisamment évolué pour façonner une quelconque matière. Tu sais bien, comme moi, que c'est impossible ! s'insurgea Max.
— Si Galilée avait prétendu qu'on enverrait un jour un radiotélescope aux confins de notre système solaire, on l'aurait brûlé vif avant qu'il ait terminé sa phrase, si Ader avait prétendu qu'on marcherait sur la Lune, on aurait réduit son aéronef en allumettes avant qu'il ait quitté le sol. Il y a encore vingt ans, tout le monde affirmait que Lucy était notre plus vieille ancêtre et si tu avais émis l'idée à cette époque que la mère de l'humanité avait dix millions d'années, on t'aurait viré de ton poste à la fac !
— Il y a vingt ans, j'y étudiais encore !
— Bref, si je devais énoncer toutes les choses déclarées impossibles et devenues réalités, il faudrait que nous passions plusieurs nuits ensemble pour en faire la liste.
— Une seule me comblerait déjà de bonheur...
— Tu es grossier, Max ! Ce dont je suis certaine, c'est que quatre ou cinq mille ans avant notre ère, quelqu'un a découvert cet objet. Pour des raisons que je ne m'explique pas encore, sauf peut-être la peur que suscitèrent ses propriétés, celui ou ceux qui le trouvèrent décidèrent, à défaut de pouvoir le détruire, d'en séparer les morceaux. Et c'est bien ce que semble nous révéler la première ligne du manuscrit.
J'ai dissocié la table des mémoires, confié aux magistères des colonies les parties qu'elle conjugue...
— Sans vouloir t'interrompre, « table des mémoires » fait très probablement référence à une connaissance, un savoir. Si je me prête à ton jeu, je te dirai qu'on a peut-être dissocié cet objet pour que chacun de ses fragments porte une information, aux confins du monde.
— Possible, mais ce n'est pas ce que suggère la fin du document. Pour en avoir le cœur net, reste à savoir où ces fragments ont été dispersés. Nous en possédons deux, un troisième a été trouvé, mais il y en a encore d'autres. Maintenant écoute, Max, je n'ai cessé de penser à ce texte en guèze pendant mon séjour en prison, plus précisément

(Source : National Geographic)

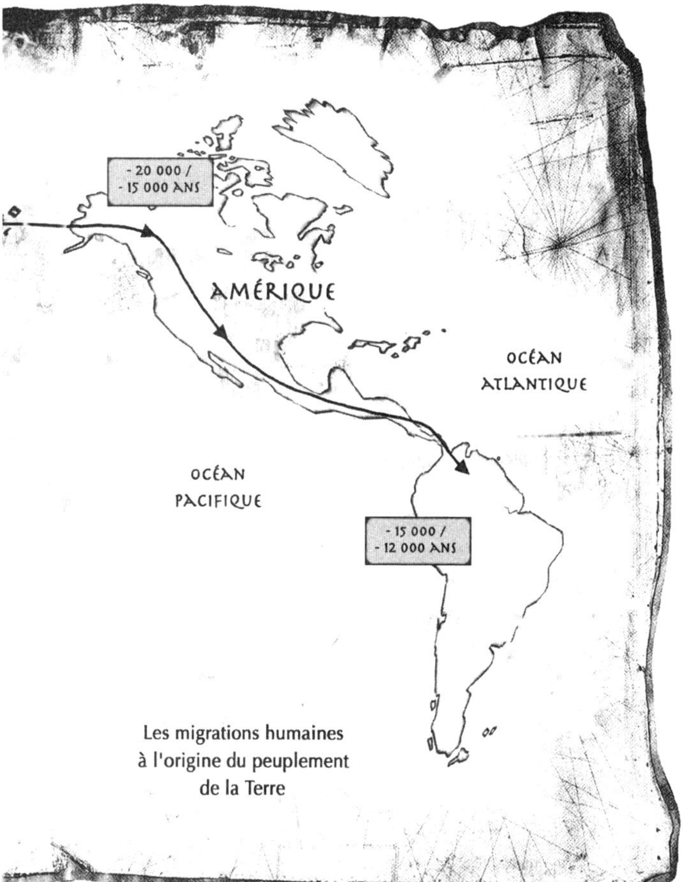

Les migrations humaines
à l'origine du peuplement
de la Terre

à un mot contenu dans la deuxième partie de la phrase : « confié aux magistères des colonies ». Selon toi, qui sont ces magistères ?

— Des érudits. Probablement des chefs de tribus. Le magistère est un maître, si tu préfères.

— Tu as été mon magistère ? demanda Keira sur un ton ironique.

— Quelque chose comme ça, oui.

— Alors voilà ma théorie, cher magistère, reprit Keira. Un premier fragment est réapparu dans un volcan au milieu d'un lac à la frontière entre l'Éthiopie et le Kenya. Nous en avons trouvé un autre, également dans un volcan, cette fois sur l'île de Narcondam dans l'archipel d'Andaman. Ce qui nous en fait un au sud et un à l'est. Chacun des deux se trouvait à quelques centaines de kilomètres de la source ou de l'estuaire de fleuves majeurs. Le Nil et le Nil Bleu pour l'un, l'Irrawaddy et le Yang Tsé pour l'autre.

— Et donc ? interrompit Max.

— Acceptons que pour une raison que je ne peux encore expliquer, cet objet ait bien été volontairement dissocié en quatre ou cinq morceaux, chacun déposé en un point de la planète. L'un est retrouvé à l'est, l'autre au sud, le troisième, qui fut en fait le premier à avoir été découvert il y a vingt ou trente ans…

— Où est-il ?

— Je n'en sais rien. Cesse de m'interrompre tout le temps Max, c'est agaçant. Je serais prête à parier que les deux objets restants se trouvent au nord pour l'un, à l'ouest pour l'autre.

— Je ne voudrais surtout pas t'agacer, je sens que je t'énerve assez comme ça, mais le nord et l'ouest, c'est assez vaste…

— Bon, si c'est pour que tu te moques de moi, je préfère rentrer.

Keira se leva d'un bond et se dirigea pour la seconde fois vers la porte du bureau de Max.

— Arrête, Keira ! Cesse de te comporter en petit chef, toi aussi tu es agaçante, bon sang. C'est un monologue ou une conversation ? Allez, poursuis ton raisonnement, je ne t'interromprai plus.

Keira retourna s'asseoir à côté de Max. Elle prit une feuille de papier et dessina un planisphère en y représentant grossièrement les grandes masses continentales.

— Nous connaissons les grandes routes empruntées au cours des premières migrations qui peuplèrent la planète. Partant depuis l'Afrique, une première colonie traça une voie vers l'Europe, une deuxième alla vers l'Asie, poursuivit Keira en dessinant une grande flèche sur la feuille de papier, et se scinda à la verticale de la mer d'Andaman. Certains continuèrent vers l'Inde, traversèrent la Birmanie, la Thaïlande, le Cambodge, le Vietnam, l'Indonésie, les Philippines, la Nouvelle-Guinée et la Papouasie, et arrivèrent jusqu'en Australie ; d'autres, dit-elle en dessinant une nouvelle flèche, filèrent vers le nord, traversant la Mongolie et la Russie, remontant la rivière Yana vers le détroit de Béring. En pleine période glaciaire, cette troisième colonie contourna le Groenland, longea les côtes glacées pour arriver, il y a quinze à vingt mille ans, sur les côtes comprises entre l'Alaska et la mer de Beaufort. Puis ce fut la descente du continent nord-américain jusqu'au Monte Verde où la quatrième colonie arriva il y a douze à quinze mille ans d'aujourd'hui[1]. Ce sont peut-être ces mêmes routes qu'ont reprises ceux qui transportèrent les fragments, il y a quatre mille ans. Une tribu de messagers partit vers Andaman qui termina son périple sur l'île de Narcondam, une autre s'en alla vers la source du Nil, jusqu'à la frontière entre le Kenya et l'Éthiopie.

— Tu en conclus que deux autres de ces « peuples messagers » auraient gagné l'ouest et le nord, pour aller acheminer les autres fragments ?

1. *Sources :* Susan Anton, New York University ; Alison Brooks, George Washington University ; Peter Forster, University of Cambridge ; James F. O'Connell, University of Utah ; Stephen Oppenheimer, Oxford ; Spencer Wells, National Géographie Society ; Ofer Bar-Yisef, Harvard University.

— Le texte dit : *J'ai confié aux magistères des colonies les parties qu'elle conjugue*. Chaque groupe de messagers, puisqu'un tel voyage ne pouvait être accompli sur une seule génération, est allé porter un morceau semblable à mon pendentif aux magistères des premières colonies.

— Ton hypothèse se tient, ce qui ne veut pas dire qu'elle est juste. Souviens-toi de ce que je t'ai appris à la faculté, ce n'est pas parce qu'une théorie semble logique qu'elle est pour autant avérée.

— Et tu m'as dit aussi que ce n'est pas parce que l'on n'a pas trouvé quelque chose que cette chose n'existe pas !

— Qu'est-ce que tu attends de moi, Keira ?

— Que tu me dises ce que tu ferais à ma place, répondit-elle.

— Je ne posséderai jamais la femme que tu es devenue, mais je vois que je garderai toujours une part de l'élève que tu as été. C'est déjà ça.

Max se leva et se mit à son tour à arpenter son bureau.

— Tu m'emmerdes avec tes questions, Keira, je ne sais pas ce que je ferais à ta place ; si j'avais été doué pour ce genre de devinettes j'aurais abandonné les salles poussiéreuses de l'université pour exercer mon métier, au lieu de l'enseigner.

— Tu avais peur des serpents, tu détestais les insectes et tu redoutais le manque de confort, cela n'a rien à voir avec ta capacité de raisonnement, Max, tu étais juste un peu trop embourgeoisé, ce n'est pas une tare.

— Apparemment, pour te plaire, si !

— Arrête avec ça et réponds-moi ! Qu'est-ce que tu ferais à ma place ?

— Tu m'as parlé d'un troisième fragment découvert il y a trente ans, je commencerais par essayer de savoir où il a été trouvé exactement. Si c'est dans un volcan à quelques dizaines ou centaines de kilomètres d'une grande rivière, à l'ouest ou au nord, alors ce serait là une information qui viendrait étayer ton raisonnement. Si, au contraire, il a été découvert en pleine Beauce ou au milieu d'un champ de patates dans la campagne anglaise, ton hypothèse est à mettre à la poubelle et tu peux tout recommencer à zéro. Voilà ce que je ferais avant de repartir je ne sais où. Keira, tu cherches un caillou planqué quelque part sur la planète, c'est utopique !

— Parce que passer sa vie au milieu d'une vallée aride pour retrouver des ossements vieux de centaines de milliers d'années, sans rien d'autre que son intuition, ce n'est pas une utopie ? Chercher une pyramide enfouie sous le sable au milieu d'un désert n'est pas aussi une utopie ? Notre métier n'est qu'une gigantesque utopie, Max, mais c'est pour chacun de nous un rêve de découvertes que nous essayons tous de transformer en réalité !

— Ce n'est pas la peine de te mettre dans cet état. Tu m'as demandé ce que je ferais à ta place, je t'ai répondu. Cherche où ce troisième fragment a été mis au jour et tu sauras si tu es sur la bonne voie.

— Et si c'est le cas ?

— Reviens me voir et nous réfléchirons ensemble à la route que tu dois emprunter pour poursuivre ton rêve. Maintenant, il faut que je te dise quelque chose qui va peut-être encore t'agacer.

— Quoi ?

— Tu ne vois pas le temps passer en ma compagnie, et je m'en réjouis, mais il est 21 h 30, j'ai très faim, je t'emmène dîner ?

Keira regarda sa montre et bondit.

— Jeanne, Adrian, merde !

Il était presque 10 heures du soir quand Keira sonna à la porte de l'appartement de sa sœur.

— Tu n'as pas l'intention de manger ? questionna Jeanne en lui ouvrant.

— Adrian est là ? demanda Keira en regardant pardessus l'épaule de sa sœur.

— À moins qu'il ait le don de se téléporter, je ne vois pas comment il serait arrivé jusqu'ici.

— Je lui avais donné rendez-vous…

— Et tu lui avais communiqué le code de l'immeuble ?
— Il n'a pas appelé ?
— Tu lui as donné le numéro de la maison ?
Keira resta muette.
— Dans ce cas, il a peut-être laissé un message à mon bureau, mais j'en suis partie assez tôt pour te préparer un repas que tu trouveras… dans la poubelle. Trop cuit, tu ne m'en voudras pas !
— Mais où est Adrian ?
— Je le croyais avec toi, je pensais que vous aviez décidé de passer la soirée en amoureux.
— Mais non, j'étais avec Max…
— De mieux en mieux, et je peux savoir pourquoi ?
— Pour nos recherches Jeanne, ne commence pas. Mais comment je vais le retrouver ?
— Appelle-le !
Keira se précipita sur le téléphone et tomba sur ma messagerie vocale. J'avais quand même un minimum d'amour-propre ! Elle me laissa un long message… « Je suis désolée, je n'ai pas vu le temps passer, je suis impardonnable mais c'était passionnant, j'ai des choses formidables à te raconter, où es-tu ? Je sais qu'il est 10 heures passées mais rappelle-moi, rappelle-moi, rappelle-moi ! » Puis un deuxième où cette fois elle me communiqua le numéro de sa sœur à son domicile. Un troisième où elle s'inquiétait vraiment de ne pas avoir de mes nouvelles. Un quatrième où elle s'énervait un peu. Un cinquième où elle m'accusait d'avoir mauvais caractère. Un sixième vers 3 heures du matin, et un dernier où elle raccrocha sans un mot.

J'avais dormi dans un petit hôtel de l'île Saint-Louis. Aussitôt mon petit déjeuner avalé, je me fis déposer en taxi en bas de chez Jeanne. Le code était toujours en fonction, j'avisai un banc sur le trottoir d'en face, m'y installai et lus mon journal.

Jeanne sortit de son immeuble peu de temps après. Elle me reconnut et se dirigea vers moi.

— Keira s'est fait un sang d'encre !

— Eh bien nous étions deux !

— Je suis désolée, dit Jeanne, moi aussi je suis furieuse contre elle.

— Je ne suis pas furieux, répliquai-je aussitôt.

— Vous êtes bien bête !

Sur ce, Jeanne me salua et fit quelques pas avant de revenir vers moi.

— Son entrevue d'hier soir avec Max était strictement professionnelle, mais je ne vous ai rien dit !

— Auriez-vous la gentillesse de me donner le code de votre porte cochère ?

Jeanne le griffonna sur un papier et partit travailler.

Je suis resté sur ce banc à lire mon journal jusqu'à la dernière page ; puis je me suis rendu dans une petite boulangerie au coin de la rue où j'ai acheté quelques viennoiseries.

Keira m'ouvrit la porte, les yeux encore embués de sommeil.

— Mais où étais-tu ? demanda-t-elle en se frottant les paupières. J'étais morte d'inquiétude !

— Croissant ? Pain au chocolat ? Les deux ?

— Adrian…

— Prends ton petit déjeuner et habille-toi, il y a un Eurostar qui part vers midi, nous pouvons encore l'attraper.

— Je dois d'abord aller voir Ivory, c'est très important.

— En fait, il y a un Eurostar toutes les heures, alors… allons voir Ivory.

Keira nous fit du café et me raconta l'exposé qu'elle avait fait à Max. Pendant qu'elle m'expliquait sa théorie, je repensais à cette petite phrase de l'antiquaire au sujet des sphères armillaires. Je ne savais pas pourquoi mais j'aurais voulu appeler Erwan pour lui en parler. Ma distraction passagère n'échappa pas à Keira qui me rappela à l'ordre.

— Tu veux que je t'accompagne voir ce vieux professeur ? dis-je en me raccrochant au fil de sa conversation.

— Tu peux me dire où tu as passé la nuit ?

— Non, enfin je pourrais, mais je ne te le dirai pas, répondis-je avec un grand sourire aux lèvres.

— Ça m'est complètement égal.

— Alors n'en parlons plus… Et cet Ivory, c'est là que nous en étions, n'est-ce pas ?

— Il n'est pas revenu au musée, mais Jeanne m'a donné le numéro de son domicile. Je vais l'appeler.

Keira se dirigea vers la chambre de sa sœur, où se trouvait le téléphone ; elle se retourna vers moi.

— Tu as dormi où ?

Ivory avait accepté de nous recevoir chez lui. Il habitait un appartement élégant sur l'île Saint-Louis… à deux pas de mon hôtel. Lorsqu'il nous ouvrit sa porte, je reconnus l'homme qui, la veille, était descendu d'un taxi alors que je feuilletais mon livre à la terrasse d'un bistrot. Il nous fit entrer dans son salon et nous proposa thé et café.

— C'est un plaisir de vous revoir tous les deux, que puis-je faire pour vous ?

Keira alla droit au but, elle lui demanda s'il savait où avait été découvert le fragment dont il lui avait parlé au musée.

— Si vous me disiez d'abord pourquoi cela vous intéresse ?

— Je pense avoir progressé sur l'interprétation du texte en langage guèze.

— Voilà qui m'intrigue au plus haut point, qu'avez-vous appris ?

Keira lui expliqua sa théorie sur les peuples des Hypogées. Au IVe ou V^e millénaire avant notre ère, des hommes avaient trouvé l'objet dans sa forme intacte et l'avaient dissocié. Selon le manuscrit, des groupes s'étaient constitués pour aller en porter les différents morceaux aux quatre coins du monde.

— C'est une merveilleuse hypothèse, s'exclama Ivory, peut-être pas dénuée de sens. À cela près que vous n'avez aucune idée de ce qui aurait pu motiver ces voyages, aussi périlleux qu'improbables.

— J'ai ma petite idée, répondit Keira.

En s'appuyant sur ce qu'elle avait appris de Max, elle suggéra que chaque morceau témoignait d'une connaissance, d'un savoir qui se devait d'être révélé.

— Là, je ne suis pas d'accord avec vous, je pencherais même plutôt pour le contraire, rétorqua Ivory. La fin du texte laisse toutes les raisons de penser qu'il s'agissait d'un secret à garder. Lisez vous-même. *Que restent celées les ombres de l'infinité.*

Et tandis qu'Ivory débattait avec Keira, les « ombres de l'infinité » me firent repenser à mon antiquaire du Marais.

— Ce n'est pas tant ce que nous montrent les sphères armillaires qui est intrigant, mais plutôt ce qu'elles ne nous montrent pas et que nous devinons pourtant, murmurai-je.

— Pardon ? demanda Ivory en se tournant vers moi.

— Le vide et le temps, lui dis-je.

— Qu'est-ce que tu racontes ? demanda Keira.

— Rien, une idée sans rapport avec votre conversation, mais qui me traversait l'esprit.

— Et où pensez-vous trouver les morceaux manquants ? reprit Ivory.

— Ceux que nous avons en notre possession ont été découverts dans le cratère d'un volcan, à quelques dizaines de kilomètres d'un fleuve majeur. L'un à l'est, l'autre au sud, je pressens que les autres sont cachés dans des endroits similaires à l'ouest et au nord.

— Vous avez ces deux fragments sur vous ? insista Ivory dont l'œil pétillait.

Keira et moi échangeâmes un regard en coin, elle ôta son pendentif, je sortis celui que je gardais précieusement dans la poche intérieure de ma veste, nous les déposâmes sur la table basse. Keira les assembla et ils reprirent cette couleur bleu vif qui nous surprenait toujours autant ;

mais, cette fois, je notai que le scintillement était moins éclatant, comme si les objets perdaient de leur rayonnement.

— C'est stupéfiant ! s'exclama Ivory, plus encore que tout ce que j'avais imaginé.

— Qu'est-ce que vous aviez imaginé ? demanda Keira, intriguée.

— Rien, rien de particulier, bafouilla Ivory, mais reconnaissez que ce phénomène est étonnant, surtout quand on connaît l'âge de cet objet.

— Maintenant, vous voulez bien nous dire à quel endroit fut découvert le vôtre ?

— Ce n'est pas le mien, hélas. Il fut trouvé il y a trente ans dans les Andes péruviennes, mais malheureusement pour votre théorie, ce n'était pas dans le cratère d'un volcan.

— Où alors ? demanda Keira.

— À environ cent cinquante kilomètres au nord-est du lac Titicaca.

— Dans quelles circonstances ? demandai-je.

— Une mission menée par une équipe de géologues hollandais ; ils remontaient vers la source du fleuve Amazone. L'objet fut repéré à cause de sa forme singulière, dans une grotte où les scientifiques s'étaient protégés du mauvais temps. Il n'aurait pas attiré plus d'attention que cela, si le chef de cette mission n'avait été témoin du même phénomène que vous. Au cours de cette nuit d'orage, les éclairs de la foudre provoquèrent la fameuse projection de points lumineux sur l'une des parois de sa tente. L'événement le marqua d'autant plus qu'il se rendit compte au lever du jour que la toile était devenue perméable à la lumière. Des milliers de petits trous s'y étaient formés. Les orages étant fréquents dans cette région, notre explorateur reproduisit l'expérience plusieurs fois et en déduisit qu'il ne pouvait s'agir d'un simple caillou. Il rapporta le fragment et le fit étudier de plus près.

— Est-il possible de rencontrer ce géologue ?

— Il est mort quelques mois plus tard, une chute idiote au cours d'une autre expédition.

— Où se trouve le fragment qu'il avait découvert ?

— Quelque part en lieu sûr, mais où ? Je n'en ai aucune certitude.

— Ça ne colle pas pour le volcan, mais, en revanche, il se trouvait bien à l'ouest.

— Oui, c'est le moins que l'on puisse dire.

— Et à quelques dizaines de kilomètres d'un affluent de l'Amazone.

— C'est tout aussi exact, reprit Ivory.

— Deux hypothèses sur trois qui se vérifient, ce n'est déjà pas si mal, dit-elle.

— Je crains que cela ne vous aide pas beaucoup pour découvrir les autres morceaux. Deux d'entre eux furent mis au jour accidentellement. Et en ce qui concerne le troisième, vous avez eu beaucoup de chance.

— Je me suis retrouvée pendue dans le vide à deux mille cinq cents mètres d'altitude, nous avons survolé la Birmanie au ras du sol à bord d'un avion qui n'avait plus que ses ailes pour en mériter le nom, j'ai manqué de me noyer et Adrian de mourir d'une pneumonie, ajoutez à cela trois mois de prison en Chine, je ne vois vraiment pas où vous voyez de la chance là-dedans !

— Je ne voulais pas minimiser vos talents respectifs. Laissez-moi réfléchir quelques jours à votre théorie, je vais me replonger dans mes lectures, si j'y retrouve la moindre information pouvant contribuer à votre enquête, je vous appellerai.

Keira nota mon numéro de téléphone sur une feuille de papier et la tendit à Ivory.

— Où comptez-vous vous rendre ? demanda ce dernier en nous raccompagnant à sa porte.

— À Londres. Nous avons, nous aussi, quelques recherches à faire.

— Alors, bon séjour en Angleterre. Une dernière chose avant de vous laisser : vous aviez raison tout à l'heure, la chance ne vous a guère accompagnés dans vos voyages, aussi, je vous recommande la plus grande prudence et, pour commencer, ne montrez à personne ce phénomène dont j'ai été le témoin tout à l'heure.

Nous avons quitté le vieux professeur, récupéré mon sac à l'hôtel, où Keira ne fit aucun commentaire sur la soirée de la veille, et je l'ai accompagnée au musée pour qu'elle aille embrasser Jeanne avant notre départ.

*

Londres

Je ne leur avais pas prêté plus d'attention que cela sur le quai de la gare du Nord, quand ils m'avaient bousculé sans s'excuser, mais c'est en me rendant à la voiture-bar que je remarquai à nouveau ce couple pour le moins étrange. De prime abord, juste un jeune Anglais et sa copine, aussi mal fagotés l'un que l'autre. Alors que je m'approchais du comptoir, le garçon me dévisagea bizarrement, son amie et lui remontèrent la rame vers la motrice. Le train s'arrêterait à Ashford une quinzaine de minutes plus tard, j'en déduisis qu'ils allaient chercher leurs affaires avant de débarquer. Le préposé à la restauration rapide – et compte tenu de l'interminable file d'attente pour arriver à lui, je me demandais ce qu'il y avait de vraiment rapide dans cette restauration – regarda s'éloigner les deux jeunes au crâne rasé en soupirant.

— La coupe de cheveux ne fait pas le moine, lui dis-je en me commandant un café. Ils sont peut-être sympathiques, une fois qu'on les connaît ?

— Peut-être, répondit le serveur d'un ton dubitatif, mais ce gars a passé tout le voyage à se curer les ongles avec un cutter, et la fille à le regarder faire. Pas très motivant pour engager la conversation !

Je réglai ma consommation et retournai à ma place. Alors que j'entrais dans la voiture où Keira s'était assoupie, je croisai à nouveau les deux loustics qui traînaient près du compartiment à bagages où nous avions laissé nos sacs. Je m'approchai d'eux, le garçon fit un signe à la fille qui se retourna et me barra le chemin.

— C'est occupé, me lança-t-elle sur un ton arrogant.

— Je vois, lui dis-je, mais occupé à quoi ?

Le garçon s'interposa et sortit son cutter de sa poche, prétendant ne pas avoir aimé le ton sur lequel je m'étais adressé à sa copine.

J'ai passé pas mal de temps dans ma jeunesse à Ladbroke Grave où vivait mon meilleur copain de collège ; j'ai connu les trottoirs réservés à certaines bandes, les carrefours qu'il nous était interdit de traverser, les cafés où il ne faisait pas bon aller jouer au baby-foot. Je savais que ces deux lascars cherchaient la bagarre. Si je bougeais, la fille me sauterait dans le dos pour me bloquer les bras pendant que son copain me dérouillerait. Une fois qu'ils m'auraient mis à terre, ils me termineraient à coups de pied dans les côtes. L'Angleterre de mon enfance n'était pas faite que de jardins aux pelouses tendres, et de ce côté-là les temps n'avaient pas beaucoup changé. Il est toujours assez compliqué de laisser agir son instinct quand on a des principes, j'ai retourné une gifle magistrale à la fille qui alla s'allonger illico sur les bagages en se tenant la joue. Stupéfait, le garçon bondit devant moi, faisant passer sa lame d'une main à l'autre. Il était temps d'oublier l'adolescent en moi pour laisser toute sa place à l'adulte que je suis censé être devenu.

— Dix secondes, lui dis-je, dans dix secondes je te confisque ton cutter et, si je l'attrape, tu descends à poil de ce train ; ça te tente, ou tu le remets dans ta poche et on en reste là ?

La fille se releva, furieuse, et revint me défier ; son copain était de plus en plus nerveux.

— Larde cet enfoiré, cria-t-elle. Plante-le, Tom !

— Tom, tu devrais faire preuve de plus d'autorité sur ta copine, range ce truc avant que l'un de nous deux se blesse.

— Je peux savoir ce qui se passe ? demanda Keira qui arriva dans mon dos.

— Une petite dispute, répondis-je en la forçant à reculer.

— Tu veux que j'appelle de l'aide ?

Les deux jeunes ne s'attendaient pas à voir venir du renfort ; le train ralentissait, je pouvais voir par la portière le quai de la gare d'Ashford. Tom entraîna sa copine, nous menaçant toujours de son cutter. Keira et moi restâmes immobiles, ne quittant pas des yeux l'arme qui zigzaguait devant nous.

— Cassez-vous ! dit le garçon.

Dès l'arrêt, il se précipita sur le quai, détalant à toutes jambes avec son amie.

Keira resta sans voix ; les passagers qui voulaient descendre nous forcèrent à nous pousser. Nous retournâmes à nos places, et le convoi s'ébranla de nouveau. Keira voulait que je prévienne la police, mais il était bien trop tard, nos deux loubards avaient dû se faire la belle et mon portable se trouvait dans mon sac. Je me levai pour aller vérifier qu'il y était toujours. Keira m'aida à inspecter nos deux bagages ; le sien était intact, le mien avait été ouvert ; à part un peu de désordre, tout semblait être là. Je repris mon téléphone et mon passeport et les glissai dans ma veste. L'incident était oublié en arrivant à Londres.

J'éprouvai une immense joie devant la porte de ma petite maison et trépignai d'impatience à l'idée d'y entrer. Je cherchai mes clés dans mes poches, j'étais pourtant certain de les avoir en quittant Paris. Heureusement ma voisine m'aperçut depuis sa fenêtre. Les vieilles habitudes ne se perdant pas, elle m'offrit de passer par son jardin.

— Vous savez où se trouve l'échelle, me dit-elle, je suis en plein repassage, ne vous inquiétez pas, je refermerai quand j'aurai fini.

Je la remerciai et enjambai, quelques instants plus tard, la palissade. N'ayant toujours pas fait réparer la porte de derrière – peut-être valait-il mieux que j'y renonce –, j'appliquai un petit coup sec sur la poignée et entrai enfin. J'allai ouvrir à Keira qui m'attendait dans la rue.

Nous passâmes le reste de l'après-midi à faire quelques emplettes dans le quartier. L'étal d'un marchand de quatre-saisons attira Keira, elle y remplit un panier de victuailles, de quoi tenir un siège. Hélas, ce soir-là, nous n'eûmes pas le temps de dîner.

J'étais affairé en cuisine, coupant scrupuleusement des courgettes en petit dés, comme Keira me l'avait ordonné, tandis qu'elle préparait une sauce, se refusant à m'en donner la recette. Le téléphone sonna. Pas mon portable, mais la ligne de la maison. Keira et moi nous regardâmes, intrigués. Je me rendis dans le salon et décrochai le combiné.

— C'est donc vrai, vous êtes rentrés !

— Nous sommes arrivés tout à l'heure, mon cher Walter.

— Merci d'avoir eu la gentillesse de me prévenir, c'est vraiment très aimable à vous.

— Nous descendons à peine du train...

— C'est tout de même un monde que j'apprenne votre arrivée par l'intermédiaire d'un coursier de Fédéral Express, vous n'êtes pas Tom Hanks à ce que je sache !

— C'est un coursier qui vous a prévenu de notre retour ? Quelle étrange chose... !

— Figurez-vous que l'on a fait déposer à l'Académie un pli à votre attention, enfin pas tout à fait à votre attention d'ailleurs, le prénom de votre amie est écrit sur l'enveloppe et en dessous : « À vos bons soins ». La prochaine fois, demandez que l'on m'adresse directement votre courrier ; il est aussi précisé : « À remettre de tout urgence ». Puisque je suis devenu votre facteur attitré, souhaitez-vous que je dépose ce pli chez vous ?

— Ne quittez pas, j'en parle à Keira !

— Une enveloppe à mon nom, expédiée à ton Académie ? Qu'est-ce que c'est que cette histoire ? demanda-t-elle.

Je n'en savais pas plus, je lui demandai si elle souhaitait que Walter nous l'apporte comme il le proposait si gentiment.

Keira me fit de grands gestes et je n'eus pas de mal à comprendre que c'était la dernière chose dont elle avait envie. À ma gauche, Walter soufflant dans mon oreille, à ma droite, Keira me faisant les gros yeux, et, entre eux deux, moi, dans l'embarras. Puisqu'il fallait trancher, je priai Walter de bien vouloir m'attendre à l'Académie, pas question de lui faire traverser Londres, je viendrais chercher le pli. Je raccrochai, soulagé d'avoir trouvé un compromis épatant ; mais en me retournant, je compris que Keira ne partageait pas mon enthousiasme. Je lui promis qu'il ne me faudrait pas plus d'une heure pour faire l'aller-retour. J'enfilai un imperméable, pris le double de mes clés dans le tiroir du bureau et remontai dans ma ruelle, vers le petit box où dormait ma voiture.

En m'y installant, je renouai avec l'enivrante odeur de vieux cuir. Alors que je sortais du box, il me fallut appuyer brutalement sur la pédale du frein pour ne pas écraser Keira qui se tenait devant mes phares, droite comme un piquet. Elle contourna la calandre et vint s'asseoir à la place du passager.

— Ça pouvait peut-être attendre demain, cette lettre, non ? dit-elle en claquant la portière.

— Il y a écrit « Urgent » sur l'enveloppe… au feutre rouge, a précisé Walter. Mais je peux tout à fait y aller seul, tu n'es pas obligée…

— C'est à moi que cette lettre est adressée, et toi tu meurs d'envie de voir ton pote, alors fonce.

Il n'y a que les lundis soir où l'on circule à peu près correctement dans les rues de Londres. Il nous fallut à peine vingt minutes pour arriver à l'Académie. En chemin, il se mit à pleuvoir, l'une de ces lourdes averses qui tombent souvent sur la capitale. Walter nous attendait devant la porte principale, le bas de son pantalon était trempé, son veston aussi, et il faisait sa mine des mauvais jours. Il se pencha à la portière et nous tendit le pli. Je ne pouvais même pas lui proposer de le raccompagner chez lui, ma voiture, un coupé, n'ayant que deux sièges. Nous avions quand même décidé d'attendre qu'il trouve un taxi. Dès qu'il en passa un, Walter me salua froidement, ignora Keira et s'en alla. Nous nous retrouvâmes, assis dans cette voiture sous une pluie battante, l'enveloppe posée sur les genoux de Keira.

— Tu ne l'ouvres pas ?

— C'est l'écriture de Max, murmura-t-elle.

— Ce type doit être télépathe !

— Pourquoi dis-tu ça ?

— Je le suspecte d'avoir vu que nous étions en train de nous préparer un petit dîner en amoureux, et d'avoir attendu le moment où ta sauce était parfaitement à point, pour t'envoyer une lettre et foutre en l'air notre soirée.

— Ce n'est pas drôle…

— Peut-être, mais reconnais que si nous avions été dérangés par une de mes anciennes maîtresses, tu n'aurais pas pris la chose avec autant d'humour.

Keira passa sa main sur l'enveloppe.

— Et quelle ancienne maîtresse pourrait t'écrire ? demanda-t-elle.

— Ce n'est pas ce que j'ai dit.

— Réponds à ma question !

— Je n'ai pas d'anciennes maîtresses !

— Tu étais puceau quand nous nous sommes rencontrés ?

— Ce que je veux dire c'est qu'à la fac, moi, je n'ai couché avec aucune de mes maîtresses !

— C'est très délicat, cette petite remarque.

— Tu décachettes cette enveloppe, oui ou non ?

— Tu as dit : « dîner en amoureux », j'ai bien entendu ?

— Il est possible que j'aie dit cela.

— Tu es amoureux de moi, Adrian ?

— Ouvre cette enveloppe, Keira !

— Je vais prendre ça pour un oui. Ramène-nous chez toi et montons directement dans ta chambre. J'ai beaucoup plus envie de toi que d'une poêlée de courgettes.

— Je vais prendre ça pour un compliment ! Et cette lettre ?

— Elle attendra demain matin, et Max aussi.

Cette première soirée à Londres réveilla bien des souvenirs. Après l'amour, tu t'endormis ; les volets de la chambre étaient entrouverts ; assis, je te regardais, écoutant ta respiration paisible. Je pouvais voir sur ton dos des cicatrices que le temps n'effacerait jamais. Je les effleurais de mes doigts. La chaleur de ton corps réveilla le désir, aussi intact qu'aux premiers ébats du soir. Tu gémis, j'ôtai ma main, mais tu la rattrapas, me demandant d'une voix étouffée de sommeil pourquoi j'avais interrompu cette caresse. Je posai mes lèvres sur ta peau, mais tu t'étais déjà rendormie. Alors je t'ai confié que je t'aimais.

— Moi aussi, as-tu murmuré.

Ta voix était à peine audible, mais ces deux mots me suffirent à te rejoindre dans ta nuit.

Écrasés de fatigue, nous n'avions pas vu passer le matin, il était presque midi quand je rouvris les yeux. Ta place dans le lit était vide, je te rejoignis dans la cuisine. Tu avais passé une de mes chemises, enfilé une paire de chaussettes prise dans l'un de mes tiroirs. De ces aveux que nous nous étions faits la veille était née comme une gêne, une pudeur momentanée qui nous éloignait. Je t'ai demandé si tu avais lu la lettre de Max. Du regard, tu me l'as désignée sur la table, l'enveloppe était encore intacte. Je ne sais pas pourquoi mais à cet instant j'aurais voulu que tu ne l'ouvres jamais. Je l'aurais volontiers rangée dans un tiroir où nous l'aurions oubliée. Je ne voulais pas que cette course folle reprenne, je rêvais de passer du temps avec toi, seuls dans cette maison, sans autre raison d'en sortir que d'aller flâner le long de la Tamise, chiner chez les brocanteurs de Camden, se régaler de scones dans l'un des petits cafés de Notting Hill, mais tu as décacheté l'enveloppe et rien de tout cela n'a existé.

Tu as déplié la lettre et tu me l'as lue, peut-être pour me montrer que depuis hier, tu n'avais plus rien à me cacher.

Keira,

J'ai tristement vécu ta visite à l'imprimerie. Je crois que depuis que nous nous sommes revus aux Tuileries, les sentiments que je croyais éteints se sont à nouveau ravivés.

Je ne t'ai jamais dit combien notre séparation fut douloureuse, combien j'ai souffert de ton départ, de tes silences, de ton absence, peut-être plus encore de te savoir heureuse, insouciante de ce que nous avons été. Mais il fallait se rendre à l'évidence, si tu es une femme dont la seule présence suffit à donner plus de bonheur qu'un homme ne peut en espérer, ton égoïsme et tes absences laissent à jamais un vide. J'ai fini par comprendre qu'il est vain de vouloir te retenir, personne ne le peut ; tu aimes sincèrement, mais tu n'aimes qu'un temps. Quelques saisons de bonheur c'est déjà bien, même si le temps des cicatrices est long pour ceux que tu délaisses.

Je préfère que nous ne nous revoyions plus. Ne me donne pas de tes nouvelles, ne viens pas me rendre visite quand tu passes à Paris. Ce n'est pas ton ancien professeur qui te l'ordonne, mais l'ami qui te le demande.

J'ai beaucoup réfléchi à notre conversation. Tu étais une élève insupportable, mais je te l'ai déjà dit, tu as de l'instinct, une qualité précieuse dans ton métier. Je suis fier du parcours que tu as accompli, même si je n'y suis pour rien, n'importe quel professeur aurait détecté le potentiel de l'archéologue que tu es devenue. La théorie que tu m'as exposée n'est pas impossible, j'ai même envie d'y croire et tu approches peut-être d'une vérité dont le sens nous échappe encore. Suis la voie des Pélasges des Hypogées, qui sait si elle te mènera quelque part.

Dès que tu as quitté mon atelier, je suis rentré chez moi, j'ai rouvert des livres fermés depuis des années, ressorti mes cahiers archivés, parcouru mes notes. Tu sais combien je suis maniaque, comme tout est classé et ordonné dans mon bureau où nous avons passé de si beaux moments. J'ai retrouvé dans un carnet la trace d'un homme dont les recherches pourraient t'être utiles. Il a consacré sa vie à étudier les grandes migrations des peuples, a écrit de nombreux textes sur les Asianiques, même s'il n'en a publié que très peu, se contentant de donner des conférences dans quelques salles obscures, dont l'une où je me suis trouvé il y a longtemps. Lui aussi avait des idées novatrices sur les voyages entrepris par les premières civilisations du bassin méditerranéen. Il comptait bon nombre de détracteurs, mais dans notre domaine, qui n'en a pas ? Il y a tant de jalousie chez nos confrères. Cet homme dont je te parle est un grand érudit, j'ai pour lui un infini respect. Va le voir, Keira. J'ai appris qu'il s'était retiré à Yell, une petite île de l'archipel des Shetland à la pointe nord de l'Écosse. Il paraît qu'il y vit reclus et refuse de parler de ses travaux à quiconque, c'est un homme blessé ; mais peut-être que ton charme réussira à le faire sortir de sa tanière et à le faire parler.

Cette fameuse découverte à laquelle tu aspires depuis toujours, celle que tu rêves de baptiser de ton prénom, est peut-être enfin à ta portée. J'ai confiance en toi, tu arriveras à tes fins.

Bonne chance.

Max

Keira replia la lettre et la rangea dans son enveloppe. Elle se leva, déposa la vaisselle de son petit déjeuner dans l'évier et ouvrit le robinet.

— Tu veux que je te prépare un café ? demanda-t-elle en me tournant le dos.

Je ne répondis pas.

— Je suis désolée, Adrian.

— Que cet homme soit encore amoureux de toi ?

— Non, de ce qu'il dit de moi.

— Tu te reconnais dans la femme qu'il décrit ?

— Je ne sais pas, peut-être plus maintenant, mais sa sincérité me dit qu'il doit y avoir un fond de vérité.

— Ce qu'il te reproche c'est de trouver moins difficile de faire du mal à celui qui t'aime que d'écorner ton image.

— Toi aussi tu penses que je suis une égoïste ?

— Je ne suis pas celui qui a écrit cette lettre. Mais poursuivre sa vie en se disant que puisque l'on va bien l'autre ira bien aussi, que tout n'est qu'une question de temps, est peut-être lâche. Ce n'est pas à toi l'anthropologue que je vais expliquer le merveilleux instinct de survie de l'homme.

— Le cynisme te va mal.

— Je suis anglais, j'imagine que c'est dans mes gènes. Changeons de sujet, si tu veux bien. Je vais marcher jusqu'à l'agence de voyages, j'ai envie de prendre l'air. Tu veux aller à Yell, n'est-ce pas ?

Keira décida de m'accompagner. Le départ était fixé au lendemain. Nous ferions escale à Glasgow avant d'atterrir à Sumburgh sur l'île principale de l'archipel des Shetland. Un ferry nous conduirait ensuite à Yell.

Nos billets en poche, nous sommes allés faire un tour sur King's Road. J'ai mes habitudes dans le quartier, j'aime remonter cette grande avenue commerçante jusqu'à Sydney Street pour aller me promener ensuite dans les allées du Chelsea Farmer's Market. C'est là que nous avions donné rendez-vous à Walter. Cette longue promenade m'avait mis en appétit.

Après avoir scrupuleusement étudié le menu et passé commande d'un hamburger à deux étages, Walter se pencha à mon oreille.

— L'Académie m'a remis un chèque pour vous, l'équivalent de six mois de solde.

— En quel honneur ? demandai-je.

— Ça c'est la mauvaise nouvelle. Compte tenu de vos absences répétées, votre poste ne sera plus qu'honoraire, vous n'êtes plus titularisé.

— Je suis viré ?

— Non, pas exactement, j'ai plaidé votre cause du mieux que j'ai pu, mais nous sommes en pleine période de restrictions budgétaires et le conseil d'administration a été sommé de supprimer toutes les dépenses inutiles.

— Dois-je en conclure qu'aux yeux du conseil je suis une dépense inutile ?

— Adrian, les administrateurs ne connaissent même pas votre visage, vous n'avez pratiquement pas mis les pieds à l'Académie depuis votre retour du Chili, il faut les comprendre.

Walter afficha une mine encore plus sombre.

— Quoi encore ?

— Il faut que vous libériez votre bureau, on m'a demandé de vous faire renvoyer vos affaires chez vous, quelqu'un doit l'occuper dès la semaine prochaine.

— Ils ont déjà recruté mon remplaçant ?

— Non, ce n'est pas exactement cela, disons qu'ils ont attribué la classe qui vous était destinée à l'un de vos collègues dont l'assiduité est sans faille ; il a besoin d'un lieu où préparer ses cours, corriger ses copies, recevoir ses élèves... Votre bureau lui convient parfaitement.

— Puis-je savoir qui est ce charmant collègue qui me met à la porte pendant que j'ai le dos tourné ?

— Vous ne le connaissez pas, il n'est à l'Académie que depuis trois ans.

Je compris à la dernière phrase de Walter que l'administration me faisait payer aujourd'hui la liberté dont j'avais abusé. Walter était mortifié, Keira évitait mon regard. Je pris le chèque, bien décidé à l'encaisser dès aujourd'hui. J'étais furieux et je ne pouvais m'en prendre qu'à moi-même.

— Le Shamal a soufflé jusqu'en Angleterre, murmura Keira.

Cette petite allusion aigre-douce au vent qui l'avait chassée de ses fouilles éthiopiennes témoignait que la tension de notre discussion du matin n'était pas encore tout à fait retombée.

— Que comptez-vous faire ? me demanda Walter.

— Eh bien, puisque je suis au chômage, nous allons pouvoir voyager.

Keira bataillait avec un morceau de viande qui lui résistait, je crois qu'elle se serait volontiers attaquée à la porcelaine de son assiette pour ne pas participer à notre conversation.

— Nous avons eu des nouvelles de Max, dis-je à Walter.

— Max ?

— Un vieil ami de ma petite amie...

La tranche de rosbif ripa sous la lame du couteau de Keira et parcourut une distance non négligeable avant d'atterrir entre les jambes d'un serveur.

— Je n'avais pas très faim, dit-elle, j'ai pris mon petit déjeuner tard.

— C'est la lettre que je vous ai remise hier ? questionna Walter.

Keira avala une gorgée de bière de travers et toussa bruyamment.

— Mais continuez, continuez, faites comme si je n'étais pas là..., dit-elle en s'essuyant la bouche.

— Oui, c'est la lettre en question.

— Et elle a un rapport avec vos projets de voyage ? Vous allez loin ?

— Au nord de l'Écosse, dans les Shetland.

— Je connais très bien le coin, j'y passais mes vacances dans ma jeunesse, mon père nous emmenait en famille à Whalsay. C'est une terre aride, mais magnifique en été, il n'y fait jamais chaud, papa détestait la chaleur. L'hiver y est rude, mais papa adorait l'hiver, quoique nous n'y soyons jamais allés en cette saison. Sur quelle île vous rendez-vous ?

— À Yell.

— J'y suis allé aussi, à la pointe nord se trouve la maison la plus hantée du Royaume-Uni. Windhouse, c'est une ruine qui comme son nom l'indique est battue par les vents. Mais pourquoi là-bas ?

— Nous allons rendre visite à une connaissance de Max.

— Ah oui, et que fait cet homme ?

— Il est à la retraite.

— Bien sûr, je comprends, vous partez au nord de l'Écosse pour rencontrer l'ami à la retraite d'un vieil ami de Keira. La chose doit avoir un sens. Je vous trouve bien bizarres tous les deux, vous ne me cachez rien ?

— Vous saviez qu'Adrian a un caractère de merde, Walter ? demanda soudain Keira.

— Oui, répondit-il, je l'avais remarqué.

— Alors si vous le savez, nous ne vous cachons rien d'autre.

Keira me demanda de lui confier les clés de la maison, elle préférait rentrer à pied et nous laisser terminer, entre hommes, cette passionnante conversation. Elle salua Walter et sortit du restaurant.

— Vous vous êtes disputés, c'est cela ? Qu'est-ce que vous avez encore fait, Adrian ?

— Mais c'est incroyable tout de même, pourquoi est-ce que ce serait de ma faute ?

— Parce que c'est elle qui a quitté la table et pas vous, voilà pourquoi. Donc, je vous écoute, qu'est-ce que vous avez encore fait ?

— Mais rien du tout, bon sang, à part écouter stoïquement la prose amourachée du type qui lui a écrit cette lettre.

— Vous avez lu la lettre qui lui était adressée ?

— C'est elle qui me l'a lue !

— Et bien cela prouve au moins son honnêteté, et je croyais que ce Max était un ami ?

— Un ami qu'elle a eu tout nu dans son lit il y a quelques années.

— Dites donc, mon vieux, vous n'étiez pas vierge non plus quand vous l'avez rencontrée. Vous voulez que je vous rappelle ce que vous m'avez confié ? Votre premier mariage, votre docteur, votre rouquine qui servait dans un bar…

— Je n'ai jamais été avec une rouquine qui servait dans un bar !

— Ah bon ? Alors c'était moi. Peu importe, ne me dites pas que vous êtes assez stupide pour être jaloux de son passé ?

— Eh bien, je ne vous le dis pas !

— Mais enfin, bénissez ce Max au lieu de le détester.

— Je ne vois vraiment pas pourquoi.

— Mais parce que s'il n'avait pas été assez crétin pour la laisser partir, aujourd'hui, vous ne seriez pas ensemble.

Je regardai Walter, intrigué ; son raisonnement n'était pas totalement dénué de sens.

— Bon, offrez-moi un dessert et vous irez vous excuser ensuite ; qu'est-ce que vous pouvez être maladroit !

La mousse au chocolat devait être succulente, Walter me supplia de lui laisser le temps d'en prendre une autre. Je crois qu'il cherchait en fait à prolonger le moment que nous passions ensemble pour me parler de tante Elena ou plutôt pour que je lui parle d'elle. Il avait le projet de l'inviter à passer quelques jours à Londres et voulait savoir si, selon moi, elle accepterait son invitation. Je n'avais, de mémoire, jamais vu ma tante s'aventurer au-delà d'Athènes, mais plus rien ne m'étonnait et, depuis quelque temps, tout appartenait au domaine du possible. Je recommandai cependant à Walter de procéder avec délicatesse. Il me laissa lui prodiguer mille conseils et finit par me confier, presque confus, qu'il lui en avait déjà fait la demande et qu'elle lui avait répondu qu'elle rêvait de visiter Londres. Tous deux avaient prévu d'organiser ce voyage à la fin du mois.

— Alors pourquoi cette conversation puisque vous connaissez déjà sa réponse ?

— Parce que je voulais m'assurer que vous n'en seriez pas fâché. Vous êtes le seul homme de la famille, il était normal que je vous demande l'autorisation de fréquenter votre tante.

— Je n'ai pas l'impression que vous me l'ayez vraiment demandé, ou alors cela m'aura échappé.

— Disons que je vous ai sondé. Lorsque je vous ai interrogé pour savoir si j'avais mes chances, si j'avais senti la moindre hostilité dans votre réponse…

— … vous auriez renoncé à vos projets ?

— Non, avoua Walter, mais j'aurais supplié Elena de vous convaincre de ne pas m'en vouloir. Adrian, il y a seulement quelques mois nous nous connaissions à peine, depuis je me suis attaché à vous et je ne voudrais prendre aucun risque de vous froisser, notre amitié m'est terriblement précieuse.

— Walter, lui dis-je en le regardant dans le blanc des yeux.

— Quoi ? Vous pensez que ma relation avec votre tante est inconvenante, c'est cela ?

— Je trouve merveilleux que ma tante trouve enfin, en votre compagnie, ce bonheur qu'elle a si longtemps guetté. Vous aviez raison à Hydra, si c'était vous qui aviez vingt ans de plus qu'elle, personne n'y trouverait à redire, cessons de nous embarrasser de ces préjugés hypocrites de bourgeoisie de province.

— Ne blâmez pas la province, je crains qu'à Londres on ne voie pas cela d'un très bon œil, non plus.

— Rien ne vous oblige à vous embrasser fougueusement sous les fenêtres du conseil d'administration de l'Académie… Quoique l'idée ne me déplairait pas, pour tout vous dire.

— Alors, j'ai votre consentement ?

— Vous n'en aviez pas besoin !

— D'une certaine façon, si, votre tante préférerait de beaucoup que ce soit vous qui parliez de son petit projet de voyage à votre mère… enfin, elle a précisé : à condition que vous soyez d'accord.

Mon téléphone vibra dans ma poche. Le numéro de mon domicile s'affichait sur l'écran, Keira devait s'impatienter. Elle n'avait qu'à rester avec nous.

— Vous ne décrochez pas ? demanda Walter inquiet.

— Non, où en étions-nous ?

— À la petite faveur que votre tante et moi espérons de vous.

— Vous voulez que j'informe ma mère des frasques de sa sœur ? J'ai déjà du mal à lui parler des miennes, mais je ferai de mon mieux, je vous dois bien cela.

Walter prit mes mains et les serra chaleureusement.

— Merci, merci, merci, dit-il en me secouant comme un prunier.

Le téléphone vibra à nouveau, je le laissai sur la table où je l'avais posé et me retournai vers la serveuse pour lui commander un café.

*

Paris

Une petite lampe éclairait le bureau d'Ivory. Le professeur remettait ses notes à jour. Le téléphone sonna. Il ôta ses lunettes et décrocha.

— Je voulais vous informer que j'ai remis votre pli à sa destinataire.

— L'a-t-elle lu ?

— Oui, ce matin même.

— Et comment ont-ils réagi ?

— Il est encore trop tôt pour vous répondre…

Ivory remercia Walter. Il passa un autre appel et attendit que son correspondant décroche.

— Votre lettre est arrivée à bon port, je voulais vous en remercier. Vous aviez bien écrit tout ce que je vous avais indiqué ?

— J'ai recopié chacun de vos mots, je me suis simplement autorisé à y ajouter quelques lignes.

— Je vous avais demandé de ne rien changer !

— Alors pourquoi ne pas l'avoir envoyée vous-même, pourquoi ne pas lui avoir dit tout cela de vive voix ? Pourquoi vous servir de moi comme intermédiaire ? Je ne comprends pas à quoi vous jouez.

— J'aimerais tellement que ce ne soit qu'un jeu. Elle vous accorde bien plus de crédit qu'à moi, bien plus qu'à quiconque d'ailleurs, et je ne cherche pas à vous flatter en vous disant cela, Max. Vous avez été son professeur, pas moi. Lorsque je l'appellerai dans quelques jours pour corroborer les informations qu'elle obtiendra à Yell, elle n'en sera que plus convaincue. Ne dit-on pas que deux avis valent mieux qu'un ?

— Pas quand ces deux avis émanent de la même personne.

— Mais nous sommes les seuls à le savoir, n'est-ce pas ? Si vous êtes mal à l'aise, dites-vous bien que je fais cela pour leur sécurité. Prévenez-moi dès qu'elle vous rappellera. Elle le fera, j'en suis sûr. Et, comme convenu, débrouillez-vous maintenant pour être injoignable. Demain, je vous communiquerai un nouveau numéro où me contacter. Bonne nuit, Max.

*

Londres

Nous sommes partis à la première heure. Keira titubait de sommeil. Elle se rendormit dans le taxi et je dus la secouer en arrivant à Heathrow.

— J'aime de moins en moins l'avion, dit-elle tandis que l'appareil prenait son envol.

— C'est fâcheux pour une exploratrice, tu as l'intention de gagner le Grand Nord à pied ?

— Il y a le bateau...

— En hiver ?

— Laisse-moi dormir.

Nous avions trois heures d'escale à Glasgow. J'aurais voulu emmener Keira visiter la ville, mais le temps ne s'y prêtait vraiment pas. Keira s'inquiétait du décollage dans des conditions météorologiques qui s'annonçaient de moins en moins favorables. Le ciel virait au noir, de gros nuages obscurcissaient l'horizon. D'heure en heure, une voix annonçait les retards et invitait les passagers à prendre leur mal en patience. Un orage impressionnant vint détremper la piste, la plupart des vols étaient annulés, mais le nôtre faisait partie des rares encore accrochés au tableau des départs.

— À combien tu évalues les chances que ce vieil homme nous reçoive ? demandai-je alors que la buvette fermait.

— À combien tu évalues nos chances d'arriver sains et saufs dans les Shetland ? demanda Keira.

— Je ne pense pas qu'ils nous feront courir des risques inutiles.

— Ta confiance en l'homme me fascine, répondit Keira.

L'averse s'éloignait ; profitant d'une courte accalmie, une hôtesse nous enjoignit de gagner la porte d'embarquement au plus vite. Keira s'engagea sur la passerelle à contrecœur.

— Regarde, lui dis-je en pointant un doigt par un hublot, il y a une éclaircie, nous allons passer dedans et éviter la crasse.

— Et ton éclaircie nous suivra jusqu'à l'endroit où il faudra redescendre sur terre ?

Le côté positif des turbulences qui nous secouèrent pendant les cinquante-cinq minutes que durèrent ce vol fut que Keira ne quitta pas mon bras.

Nous sommes arrivés sur l'archipel des Shetland en milieu d'après-midi, sous une pluie battante. L'agence m'avait conseillé de louer une voiture à l'aéroport. Nous parcourûmes soixante miles de route à travers des plaines où paissaient des troupeaux de moutons. Les animaux vivant en liberté, les éleveurs ont pour habitude de teindre la laine de leur bétail afin de le distinguer des élevages voisins. Cela donne à cette campagne de bien jolies couleurs qui contrastent avec le gris du ciel. À Toft, nous embarquâmes à bord du ferry qui naviguait vers Ulsta, un petit village sur la côte orientale de Yell ; le reste de l'île n'est pratiquement peuplé que de hameaux.

J'avais préparé notre voyage et une chambre nous attendait dans un *Bed and Breakfast* à Burravoe, le seul de l'île, je crois.

Le *Bed and Breakfast* en question était une ferme avec une chambre mise à disposition des rares visiteurs qui venaient se perdre ici.

Yell est l'une de ces îles du bout du monde, une lande de terre longue de trente-cinq kilomètres et large d'à peine douze. Neuf cent cinquante-sept personnes y vivent, le compte est précis, chaque naissance ou décès affecte sensiblement la démographie des lieux. Loutres, phoques gris ou sternes arctiques sont ici largement majoritaires.

Le couple d'éleveurs qui nous reçut paraissait au demeurant charmant, à ceci près que leur accent ne me permettait pas de saisir toute leur conversation. Le dîner était servi à 6 heures et à 7 heures, Keira et moi nous retrouvâmes dans notre chambre, avec deux bougies pour tout éclairage. Le vent soufflait en rafales au-dehors, les volets claquaient, les pales d'une éolienne rouillée grinçaient dans la nuit et la pluie vint battre les carreaux. Keira se blottit contre moi, mais aucune chance que nous fassions l'amour ce soir-là.

J'eus moins de regrets que nous nous soyons endormis tôt car le réveil fut rudement matinal. Bêlements de moutons, grognements de cochons, caquètements de volailles en tout genre, ne manquait au tableau que le mugissement d'une vache, mais les œufs, le bacon et le lait de brebis qui nous furent servis au petit déjeuner avaient un goût que je n'ai hélas jamais retrouvé depuis. La fermière nous demanda ce qui nous amenait ici.

— Nous sommes venus rendre visite à un anthropologue qui a pris sa retraite sur l'île, un certain Yann Thornsten, vous le connaissez ? demanda Keira.

La fermière haussa les épaules et quitta la cuisine. Keira et moi nous regardâmes, interloqués.

— Tu m'as demandé hier quelles étaient les chances que ce type nous reçoive ? Je viens de réviser mes prévisions à la baisse, lui soufflai-je.

Une fois le petit déjeuner avalé, je me dirigeai vers l'étable afin d'aller rendre visite au mari de notre fermière. Lorsque je l'interrogeai sur le dénommé Yann Thornsten, l'éleveur fit une grimace.

— Il vous attend ?

— Pas exactement, non.

— Alors il vous recevra à coups de fusil. Le Hollandais est un sale type, ni bonjour, ni au revoir, c'est un solitaire. Lorsqu'il vient au village une fois par semaine pour faire ses courses, il ne parle à personne. Il y a deux ans, la famille qui habite la ferme à côté de chez lui a eu un problème. La femme a accouché en pleine nuit et cela ne s'est pas bien passé. Il fallait aller chercher le docteur et la voiture de son mari ne voulait pas démarrer. Le gars a traversé la lande pour aller lui demander de l'aide, un kilomètre sous la pluie, le Hollandais lui a tiré dessus à la carabine. Le bébé n'a pas survécu. Je vous le dis, c'est un sale bonhomme. Il n'y aura que le curé et le menuisier le jour où on l'emmènera au cimetière.

— Pourquoi le menuisier ? demandai-je.

— Parce que c'est lui le propriétaire du corbillard, et c'est son cheval qui le tracte.

Je relatai ma conversation à Keira et nous décidâmes d'aller faire une balade le long de la côte, le temps de mettre au point une stratégie d'approche.

— Je vais y aller seule, déclara Keira.

— Et puis quoi encore, pas question !

— Il ne tirera pas sur une femme, il n'a aucune raison de se sentir menacé. Écoute, les histoires de mauvais voisinage sont légion sur les îles, cet homme n'est certainement pas le monstre que l'on nous décrit. J'en connais plus d'un qui tirerait sur une silhouette s'approchant de sa maison au beau milieu de la nuit.

— Tu as d'étranges fréquentations !

— Tu me déposes devant sa propriété et je fais le reste à pied.

— Sûrement pas !

— Il ne tirera pas sur moi, crois-moi, j'ai plus peur du vol retour que de rencontrer cet homme.

L'échange d'arguments se poursuivit le temps de la promenade. Nous marchions le long des falaises, découvrant des petites criques sauvages. Keira s'enticha d'une loutre, l'animal n'était pas farouche et semblait même s'amuser de notre présence, nous suivant à quelques mètres de distance. À force de jouer, il nous entraîna pendant plus d'une heure ; le vent était glacial, mais il ne pleuvait pas et la marche était agréable. En route, nous avons rencontré un homme qui revenait de la pêche. Nous lui avons demandé notre chemin.

Son accent était encore pire que celui de nos hôtes.

— Où allez-vous ? grommela-t-il dans sa barbe.

— À Burravoe.

— C'est à une heure de marche, derrière vous, dit-il en s'éloignant.

Keira me laissa sur place et lui emboîta le pas.

— C'est une belle région, dit-elle en le rejoignant.

— Si on veut, répondit l'homme.

— Les hivers doivent être rudes, j'imagine, poursuivit-elle.

— Vous avez beaucoup d'autres conneries de ce genre à me dire ? Je dois aller préparer mon repas.

— Monsieur Thornsten ?

— Je connais personne de ce nom, dit l'homme en accélérant le pas.

— Il n'y a pas grand monde sur l'île, j'ai du mal à vous croire.

— Croyez ce que vous voulez et foutez-moi la paix. Vous vouliez que je vous indique votre chemin, vous êtes en train de lui tourner le dos, alors faites demi-tour et vous serez dans la bonne direction.

— Je suis archéologue. Nous sommes venus de loin pour vous rencontrer.

— Archéologue ou pas, ça m'est totalement égal, je vous ai dit que je ne connaissais pas votre Thornsten.

— Je vous demande juste de me consacrer quelques heures, j'ai lu vos travaux sur les grandes migrations du paléolithique et j'ai besoin de vos lumières.

L'homme s'immobilisa et toisa Keira.

— Vous avez la tête d'une emmerdeuse et j'ai pas envie qu'on m'emmerde.

— Et vous, vous avez la tête d'un type aigri et détestable.

— Je suis bien d'accord, répondit l'homme en souriant, raison de plus pour que ni vous ni moi ne fassions connaissance. En quelle langue je dois vous dire de me laisser tranquille ?

— Essayez le hollandais ! J'imagine que peu de gens dans le coin ont un accent comme le vôtre.

L'homme tourna le dos à Keira et s'en alla. Elle le suivit et le rattrapa aussitôt.

— Faites votre tête de mule, ça m'est bien égal, je vous suivrai jusque chez vous s'il le faut. Vous ferez quoi lorsque nous arriverons devant votre porte, vous me chasserez à coups de fusil ?

— C'est les fermiers de Burravoe qui vous ont raconté ça ? Ne croyez pas toutes les saloperies que vous entendrez sur l'île, les gens s'emmerdent ici, ils ne savent plus quoi inventer.

— La seule chose qui m'intéresse, continua-t-elle, c'est ce que vous avez à me dire, et rien d'autre.

Pour la première fois, l'homme sembla s'intéresser à moi. Il ignora momentanément Keira et fit un pas dans ma direction.

— Elle est toujours aussi chiante ou j'ai droit à un traitement de faveur ?

Je n'aurais pas formulé la chose ainsi, mais je me contentai d'un sourire et lui confirmai que Keira était d'une nature assez déterminée.

— Et vous, vous faites quoi dans la vie à part la suivre ?

— Je suis astrophysicien.

Son regard changea soudain, ses yeux d'un bleu profond s'ouvrirent un peu plus grands.

— J'aime bien ça, les étoiles, souffla-t-il, elles m'ont guidé autrefois...

Thornsten regarda le bout de ses chaussures et envoya un caillou valdinguer en l'air.

— J'imagine que vous devez les aimer vous aussi, si vous faites ce métier ? reprit-il.

— Je l'imagine, répondis-je.

— Suivez-moi, j'habite au bout du chemin. Je vous offre de quoi vous désaltérer, vous me parlez un peu du ciel et ensuite vous me laissez tranquille, marché conclu ?

Nous avons échangé une poignée de main qui valait bien une promesse.

Un tapis usé sur le sol en bois, un vieux fauteuil devant la cheminée, le long d'un mur deux bibliothèques croulant sous les livres et la poussière, dans un coin un lit en fer forgé recouvert d'un vieux patchwork, une lampe et une table de nuit, voilà de quoi était composée la pièce principale de cette humble demeure. Notre hôte nous installa autour de sa table de cuisine ; il nous offrit un café noir, dont l'amertume n'avait rien à envier à la couleur. Il alluma une cigarette en papier maïs et nous regarda fixement tous les deux.

— Qu'est-ce que vous êtes venus chercher exactement ? dit-il en soufflant l'allumette.

— Des informations sur les premières migrations humaines qui ont transité par le Grand Nord pour arriver jusqu'en Amérique.

— Ces flux migratoires sont très controversés, le peuplement du continent américain est beaucoup plus complexe qu'il n'y paraît. Mais tout cela est dans les livres, vous n'aviez pas besoin de vous déplacer.

— Croyez-vous possible, reprit Keira, qu'un groupe ait pu quitter le bassin méditerranéen pour gagner le détroit de Béring et la mer de Beaufort en passant par le Pôle ?

— Sacrée balade, ricana Thornsten. Selon vous, ils auraient fait le voyage en avion ?

— Ce n'est pas la peine de le prendre de haut, je vous demande juste de répondre à ma question.

— Et à quelle époque aurait eu lieu cette épopée, d'après vous ?

— Entre quatre et cinq mille ans avant notre ère.

— Jamais entendu parler d'une telle chose, pourquoi ce moment-là en particulier ?

— Parce que c'est celui qui m'intéresse.

— Les glaces étaient bien plus formées qu'elles ne le sont aujourd'hui et l'océan plus petit ; en se déplaçant au gré des saisons favorables, oui, cela aurait été possible. Maintenant, jouons cartes sur table, vous dites avoir lu mes travaux, je ne sais pas comment vous avez réussi ce prodige car j'ai très peu publié et vous êtes bien trop jeune pour avoir assisté à l'une des rares conférences que j'ai données sur ce sujet. Si vous vous êtes vraiment penchée sur mes écrits, vous venez de me poser une question dont vous connaissiez la réponse avant de venir, puisque ce sont précisément les théories que j'ai défendues. Elles m'ont valu d'être relégué au ban de la Société des archéologues ; alors à mon tour de vous poser deux questions. Qu'est-ce que vous êtes vraiment venus chercher chez moi et dans quel but ?

Keira avala sa tasse de café cul sec.

— D'accord, dit-elle, jouons cartes sur table. Je n'ai jamais rien lu de vous, j'ignorais encore l'existence de vos travaux la semaine dernière. C'est un ami professeur qui m'a recommandé de venir vous voir, me disant que vous pourriez me renseigner sur ces grandes migrations qui ne font pas l'unanimité chez nos confrères. Mais j'ai toujours cherché là où les autres avaient renoncé. Et, aujourd'hui, je cherche un passage par lequel des hommes auraient pu traverser le Grand Nord au IVe ou Ve millénaire.

— Pourquoi auraient-ils entrepris ce voyage ? demanda Thornsten. Qu'est-ce qui les aurait poussés à risquer leur vie ? C'est la question clé, jeune fille, lorsqu'on prétend s'intéresser aux migrations. L'homme ne migre que par nécessité, parce qu'il a faim ou soif, parce qu'il est persécuté, c'est son instinct de survie qui le pousse à se déplacer. Prenez votre exemple, vous avez quitté votre nid douillet pour venir dans cette vieille baraque parce que vous aviez besoin de quelque chose, non ?

Keira me regarda, cherchant dans mes yeux la réponse à une question que je devinais. Fallait-il ou non accorder notre confiance à cet homme, prendre le risque de lui montrer nos fragments, les réunir à nouveau pour qu'il assiste au phénomène ? J'avais remarqué que, chaque fois que nous le faisions, l'intensité diminuait. Je préférai en économiser l'énergie, et faire en sorte que le moins de monde possible soit au courant de ce que nous tentions de découvrir. Je lui fis un signe de tête qu'elle comprit, elle se retourna vers Thornsten.

— Alors ? insista-t-il.

— Pour aller porter un message, répondit Keira.

— Quel genre de message ?

— Une information importante.

— Et à qui ?

— Aux magistères des civilisations établies sur chacun des grands continents.

— Et comment auraient-ils pu deviner qu'à de pareilles distances d'autres civilisations que la leur existaient ?

— Ils ne pouvaient en avoir la certitude, mais je ne connais pas d'explorateur qui sache au moment du départ ce qu'il trouvera à l'arrivée. Cependant, ceux auxquels je pense avaient croisé suffisamment de peuples différents du leur pour supposer qu'il en existait d'autres vivant sur des terres lointaines. J'ai déjà la preuve que trois voyages de ce genre furent entrepris à la même époque et sur des distances considérables. L'un vers le sud, l'autre vers l'est jusqu'en Chine, un troisième vers l'ouest. Ne reste que le nord pour confirmer ma théorie.

— Vous avez vraiment la preuve que de tels voyages ont eu lieu ? interrogea Thornsten, méfiant.

Sa voix avait changé. Il rapprocha sa chaise de Keira et posa sa main sur la table, raclant le bois du bout des ongles.

— Je ne vous mentirais pas, affirma Keira.

— Vous voulez dire, pas deux fois de suite ?

— Tout à l'heure, je voulais vous apprivoiser, on dit que vous n'êtes pas d'un abord facile.

— Je vis reclus mais je ne suis pas un animal !

Thornsten fixa Keira. Ses yeux étaient cernés de rides et son regard si profond qu'il était difficile de le soutenir ; il se leva et nous laissa seuls un instant.

— Nous parlerons ensuite de vos étoiles, je n'ai pas oublié notre marché, cria-t-il depuis le salon.

Il revint avec un long tube dont il sortit une carte qu'il déplia sur la table. Il en cala les angles récalcitrants avec nos tasses de café et un cendrier.

— Voilà, dit-il en désignant le nord de la Russie sur le grand planisphère. Si ce voyage a réellement existé, plusieurs voies s'offraient à vos messagers. L'une, en remontant par la Mongolie et la Russie pour atteindre le détroit de Béring, comme vous le suggériez. À cette époque, les peuples sumériens avaient déjà mis au point des embarcations assez robustes pour pouvoir longer la route des icebergs et atteindre la mer de Beaufort, même si rien ne prouve qu'ils y soient jamais allés. Autre route possible, en passant par la Norvège, les îles Féroé, l'Islande, puis en traversant ou en longeant la côte du Groenland, la baie de Baffin, ils auraient pu arriver en mer de Beaufort. À condition toutefois d'avoir pu survivre à des températures polaires, de s'être nourris de pêche en route, sans s'être eux-mêmes fait dévorer par les ours, mais tout est possible.

— Possible ou plausible ? insista Keira.

— J'ai défendu la thèse que de tels voyages avaient été entrepris par des hommes d'origine caucasienne plus de vingt mille ans avant notre ère ; j'ai aussi prétendu que la civilisation des Sumériens n'était pas apparue sur les rives de l'Euphrate et du Tigre simplement parce qu'ils avaient appris à entreposer l'épeautre et personne ne m'a cru.

— Pourquoi me parlez-vous des Sumériens ? demanda Keira.

— Parce que cette civilisation est l'une des premières, sinon la première, à avoir élaboré l'écriture, l'une des premières à s'être dotée d'un outil permettant aux hommes de noter leur langue. Avec l'écriture, les Sumériens ont inventé l'architecture et mis au point des bateaux dignes de ce nom. Vous cherchez les preuves d'un grand voyage ayant eu lieu il y a des millénaires, et vous espérez tomber dessus comme si, par enchantement, le petit Poucet avait semé des cailloux ? Vous êtes d'une naïveté affligeante. Quel que soit ce que vous cherchez réellement, si cela a existé, c'est dans les textes que vous en trouverez les traces. Vous voulez maintenant que je vous en dise un peu plus ou vous avez encore l'intention de m'interrompre pour ne rien dire ?

Je pris la main de Keira et la serrai dans la mienne, une façon à moi de la supplier de le laisser poursuivre son récit.

— Certains soutiennent que les Sumériens se sont sédentarisés sur l'Euphrate et le Tigre, parce que l'épeautre y poussait en abondance et qu'ils avaient appris à stocker cette céréale. Ils pouvaient conserver les récoltes qui les nourriraient pendant les saisons froides et infertiles et n'avaient plus besoin de vivre en nomades pour se procurer leur nourriture quotidienne. C'est ce que je vous expliquais, la sédentarisation témoigne que l'homme passe de l'état de survie à l'état de vie. Et, dès qu'il se sédentarise, il entreprend d'améliorer son quotidien, c'est là et seulement là que commencent à évoluer les civilisations. Qu'un incident géographique ou climatique vienne détruire cet ordre, que l'homme ne trouve plus son pain quotidien et le voilà aussitôt qui reprend la route. Exodes ou migrations, mêmes combats, même motif, celui de l'éternelle survie de l'espèce. Mais les connaissances des Sumériens étaient déjà bien trop développées pour qu'il se soit agi de simples fermiers soudainement sédentarisés. J'ai avancé la théorie selon laquelle leur civilisation remarquablement évoluée était née de la réunion de plusieurs groupes, chacun porteur de sa propre culture. Les uns venant du sous-continent indien, d'autres arrivés par la mer en longeant le littoral iranien et enfin un troisième groupe venu de l'Asie Mineure. Azov, Noire, Égée et Méditerranée, ces mers n'étaient guère éloignées les unes des autres, quand elles n'étaient pas communicantes. Ce sont tous ces migrants qui se sont unis pour fonder cette extraordinaire civilisation. Si un peuple a pu entreprendre le voyage dont vous me parlez, ce ne peut être qu'eux ! Et, si tel est le cas, alors ils l'auront raconté. Retrouvez les tablettes de ces écritures et vous aurez la preuve que ce que vous cherchez existe.

— *J'ai dissocié la table des mémoires*..., souffla Keira à voix basse.

— Qu'est-ce que vous dites ? interrogea Thornsten.

— Nous avons retrouvé un texte qui commence par cette phrase : *J'ai dissocié la table des mémoires.*

— Quel texte ?

— C'est une longue histoire, mais il fut rédigé en langage guèze et non en sumérien.

— Mais que vous êtes sotte ! tempêta Thornsten en tapant du poing. Cela ne veut pas dire pour autant qu'il ait été retranscrit à l'époque même du périple dont vous me parlez. Vous avez étudié, oui ou merde ? Les histoires se transmettent de génération en génération, elles franchissent les frontières, les peuples les transforment et se les approprient. Ignorez-vous le nombre de ces emprunts retrouvés dans l'Ancien comme dans le Nouveau Testament ? Des morceaux d'histoires, volés à d'autres civilisations bien plus anciennes que le judaïsme ou le christianisme qui les ont accommodées. L'archevêque anglican James Ussher, primat d'Irlande, publia entre 1625 et 1656 une chronologie qui situait la naissance de l'Univers au dimanche 23 octobre de l'an 4004 avant Jésus-Christ, quelle belle foutaise ! Dieu avait créé le temps, l'espace, les galaxies, les étoiles, le Soleil, la Terre et les animaux, l'homme et la femme, l'enfer et le paradis. La femme créée à partir d'une côte de l'homme !

Thornsten éclata de rire. Il se leva pour aller chercher une bouteille de vin, il la déboucha, en servit trois verres et les posa sur la table. Il but le sien d'un trait et se resservit aussitôt.

— Si vous saviez le nombre de crétins qui croient encore que les hommes ont une côte de moins que les femmes, vous en ririez toute la nuit... et pourtant, cette fable est inspirée d'un poème sumérien, elle est née d'un simple jeu de mots. La Bible est truffée de ces emprunts, dont le fameux déluge et son arche de Noé, un autre conte écrit par les Sumériens. Alors, oubliez vos peuples des Hypogées, vous faites fausse route. Ils n'auront été au mieux que des relais, des rapporteurs ; seuls les Sumériens auraient pu concevoir les embarcations capables du périple dont vous me parlez, ils ont tout inventé ! Les Égyptiens ont tout copié d'eux, l'écriture dont ils se sont inspirés pour leurs hiéroglyphes, l'art naval et celui de bâtir des villes en brique. Si votre voyage a bien eu lieu, c'est là qu'il a commencé ! affirma Thornsten en désignant l'Euphrate.

Il se leva et se dirigea vers le salon.

— Restez là, je vais vous chercher quelque chose et je reviens.

Pendant le court instant où nous étions seuls dans la cuisine, Keira se pencha sur la carte et suivit du doigt le parcours du fleuve. Elle sourit et me confia à voix basse :

— Le Shamal, c'est là qu'il prend naissance, à l'endroit précis que Thornsten nous a désigné. C'est drôle d'imaginer qu'il m'a chassée de la vallée de l'Omo pour que finalement je revienne à lui.

— Le bruissement d'ailes du papillon..., répondis-je en haussant les épaules. Si le Shamal n'avait pas soufflé, nous ne serions en effet pas ici.

Thornsten reparut dans la cuisine avec une autre carte, détaillant de façon plus précise l'hémisphère Nord.

— Quelle était la réelle position des glaces à cette époque ? Quelles voies s'étaient refermées, quelles autres s'étaient ouvertes ? Tout n'est que supposition. Mais la seule chose qui confirmera votre théorie sera de retrouver des preuves de ces passages sinon au point d'arrivée, au moins à l'endroit où vos messagers se seront arrêtés. Rien ne dit qu'ils aient atteint leur but.

— Laquelle de ces deux voies prendriez-vous si vous vouliez suivre leurs traces ?

— Je crains qu'il n'en reste guère, de traces, à moins que...

— À moins que quoi ? demandai-je.

C'était la première fois que je m'autorisais à participer à cette conversation ; Thornsten se retourna vers moi, comme s'il remarquait enfin ma présence.

— Vous avez parlé d'un premier voyage accompli jusqu'en Chine, ceux qui y sont arrivés auraient pu poursuivre leur route vers la Mongolie, et, dans ce cas, le chemin le plus logique aurait été de remonter vers le lac Baïkal. De là, il leur aurait suffi de se laisser porter par la rivière Angara, jusqu'à ce qu'elle se jette dans le fleuve Ienisseï ; son estuaire se trouve en mer de Kara.

— C'était donc faisable ! s'enthousiasma Keira.

— Je vous conseille de vous rendre à Moscou. Présentez-vous à la Société des archéologues et essayez d'obtenir l'adresse d'un certain Vladenko Egorov. C'est un vieil alcoolique, qui vit reclus comme moi dans une bicoque, quelque part, je crois, autour du lac Baïkal. En vous recommandant de moi et en lui rendant les cent dollars que je lui dois depuis trente ans... il devrait vous recevoir.

Thornsten fouilla dans la poche de son pantalon et en sortit un billet de dix livres sterling roulé en boule.

— Il faudra que vous m'avanciez les cent dollars... Egorov est l'un des rares archéologues russes encore en vie, du moins je l'espère, à avoir pu mener des recherches sous couvert de son gouvernement à l'époque où tout était interdit. Il a dirigé pendant quelques années la Société des archéologues et en sait beaucoup plus qu'il n'a jamais voulu l'avouer. Du temps de Khrouchtchev, il n'était pas bon de trop briller et encore moins d'avoir ses propres théories sur les origines du peuplement de la Mère Patrie. Si des fouilles ont révélé des traces du passage de vos migrants près de la mer de Kara, au IVe ou V^{e} millénaire, il en aura été informé. Je ne vois que lui pour vous dire si, oui ou non, vous êtes sur la bonne voie. Bon, maintenant que la nuit est tombée, s'exclama Thornsten en tapant à nouveau du poing sur la table, je vais vous prêter de quoi ne pas vous les geler et sortons. Le ciel est clair ce soir ; depuis le temps que je regarde ces fichues étoiles, il y en a quelques-unes sur lesquelles j'aimerais pouvoir enfin mettre un nom.

Il prit deux parkas au portemanteau et nous les lança.

— Enfilez ça, dès que nous en aurons fini, je nous ouvrirai des bocaux de harengs dont vous me direz des nouvelles !

On ne se dédit pas d'une promesse, encore moins lorsque l'on se trouve au bout du monde et que la seule âme qui vive à dix kilomètres à la ronde se promène à vos côtés, avec un fusil chargé.

— Ne me regardez pas comme si j'avais l'intention de vous farcir le derrière de chevrotine. Cette lande est sauvage, on ne sait jamais quels bestiaux on peut y croiser la nuit. D'ailleurs, ne vous éloignez pas de moi. Allez, regardez donc celle-ci qui scintille là-haut et dites-moi comment elle s'appelle !

Nous sommes restés un long moment à nous promener dans la nuit. De temps en temps, Thornsten tendait la main et me désignait une étoile, une constellation ou encore une nébuleuse. Je les lui nommais, y compris quelques-unes invisibles à nos yeux. Il semblait vraiment heureux, ce n'était plus tout à fait le même homme que celui que nous avions rencontré en fin d'après-midi.

Les harengs ne furent pas si mauvais, la chair des pommes de terre qu'il fit cuire dans la cendre apaisa la brûlure du sel. Au cours du dîner, Thornsten ne quitta pas Keira des yeux, il devait y avoir bien longtemps qu'une aussi jolie femme n'était entrée dans sa maison, si tant est qu'il en ait accueilli une un soir, dans cet endroit loin de tout. Un peu plus tard, devant la cheminée, tandis que nous goûtions une gnôle qui nous emporta le palais et la gorge, Thornsten se pencha à nouveau sur la carte qu'il avait étalée sur le tapis et fit signe à Keira de venir s'asseoir par terre, à côté de lui.

— Dites-moi ce que vous cherchez vraiment !

Keira ne lui répondit pas. Thornsten lui prit les mains et en regarda les paumes.

— La terre ne leur a pas fait de cadeaux.

Il tourna les siennes et les montra à Keira.

— Elles aussi ont creusé, il y a longtemps.

— Dans quel coin du monde avez-vous fouillé ? demanda Keira.

— Peu importe, c'était il y a vraiment longtemps.

Tard dans la soirée, il nous conduisit jusqu'à sa grange où il nous fit monter à bord de son pick-up. Il nous déposa à deux cents mètres de la ferme où nous dormions. Nous avons regagné notre chambre à pas de loup et à la lueur d'un briquet qu'il nous avait vendu pour cent dollars... tout rond. Un vieux Zippo qui en valait au moins le double, jura-t-il en nous souhaitant de faire bonne route.

Je venais de souffler la bougie et je tentais de me réchauffer dans ces draps glacés et humides, quand Keira se retourna vers moi pour me poser une drôle de question.

— Tu te souviens de m'avoir entendu lui parler des peuples des Hypogées ?

— Je ne sais plus, peut-être... pourquoi ?

— Parce que, avant de nous demander d'aller payer ses dettes à son vieil ami russe, il m'a dit : « Laissez tomber vos peuples des Hypogées, vous faites fausse route. » J'ai beau ressasser toute notre conversation, je suis presque certaine de ne jamais les avoir mentionnés.

— Tu as dû le faire sans t'en rendre compte. Vous avez beaucoup bavardé tous les deux.

— Tu t'es ennuyé ?

— Non, pas le moins du monde, c'est un drôle de type, plutôt passionnant. Ce que j'aurais aimé savoir, c'est pourquoi un Hollandais est venu s'exiler sur une île aussi retranchée du nord de l'Écosse.

— Moi aussi. Nous aurions dû lui poser la question.

— Je ne suis pas certain qu'il y aurait répondu.

Keira frissonna et vint se blottir contre moi. Je réfléchissais à sa question. J'avais beau revisiter sa conversation avec Thornsten, je ne revoyais pas en effet à quel moment elle avait parlé des peuples des Hypogées. Mais cette question ne semblait déjà plus la troubler, sa respiration était régulière, elle s'était endormie.

*

Paris

Ivory se promenait sur la berge. Il repéra un banc près d'un grand saule et alla s'y asseoir. Une brise glaciale soufflait le long de la Seine. Le vieux professeur remonta le col de son manteau et se frictionna les bras. Son téléphone vibra dans sa poche, il avait guetté cet appel toute la soirée.

— C'est fait !

— Ils vous ont trouvé sans trop de difficultés ?

— Votre amie est peut-être la brillante archéologue dont vous m'avez vanté les mérites, mais avant que ces deux-là n'arrivent jusqu'à chez moi, on aurait pu voir venir la fin de l'hiver. J'ai fait en sorte de croiser leur route…

— Comment les choses se sont-elles déroulées ?

— Exactement comme vous me l'aviez demandé.

— Et vous croyez…

— Que je les ai convaincus ? Oui, je le pense.

— Je vous remercie, Thornsten.

— Pas de quoi, je considère que nous sommes quittes désormais.

— Je ne vous ai jamais dit que vous m'étiez redevable de quoi que ce soit.

— Vous m'avez sauvé la vie, Ivory. Je rêvais depuis longtemps de m'acquitter de cette dette envers vous. Mon existence n'a pas été drôle tous les jours dans cet exil forcé, mais elle aura été moins ennuyeuse qu'au cimetière.

— Allons, Thornsten, cela ne sert à rien de reparler de tout cela.

— Oh que si, et je n'en ai pas fini, vous allez m'écouter jusqu'au bout. Vous m'avez tiré des griffes de ces types qui voulaient ma peau quand j'ai trouvé ce maudit caillou en Amazonie. Vous m'avez sauvé d'un attentat à Genève, si vous ne m'aviez pas prévenu, si vous ne m'aviez pas donné les moyens de disparaître...

— Tout cela, c'est de la vieille histoire, l'interrompit Ivory d'une voix triste.

— Pas si vieille que cela ; sinon, vous ne m'auriez pas adressé vos deux brebis égarées pour que je les remette dans le droit chemin ; mais avez-vous pesé les risques que vous leur faites courir ? Vous les envoyez à l'abattoir et vous le savez très bien. Ceux qui se sont donné autant de mal pour essayer de me tuer feront de même avec eux s'ils s'approchent trop près du but. Vous avez fait de moi votre complice et depuis que je les ai laissés, j'ai le cœur à l'envers.

— Il ne leur arrivera rien, je vous l'assure, les temps ont changé.

— Ah oui, alors pourquoi je croupis encore ici ? Et quand vous aurez obtenu ce que vous voulez, eux aussi vous les aiderez à changer d'identité ? Eux aussi devront aller s'enterrer dans un trou perdu pour qu'on ne les retrouve jamais ? C'est ça votre plan ? Quoi que vous ayez fait pour moi dans le passé, nous sommes quittes, c'est tout ce que je voulais vous dire. Je ne vous dois plus rien.

Ivory entendit un déclic, Thornsten avait mis fin à leur conversation. Il soupira et jeta son téléphone dans la Seine.

*

Londres

De retour à Londres, il nous fallut patienter quelques jours avant d'obtenir nos visas pour la Russie. Le chèque que les administrateurs m'avaient généreusement octroyé pour solde de tout compte avait le mérite de me permettre de continuer à financer ce voyage. Keira occupait l'essentiel de son temps à la grande bibliothèque de l'Académie ; grâce à Walter j'y avais conservé mes entrées. Mon travail consistant principalement à aller lui chercher dans les rayonnages les ouvrages qu'elle me réclamait et à aller les ranger à leur place quand elle n'en avait plus besoin, je commençais à sérieusement m'ennuyer. J'avais pris un après-midi de congé et m'étais installé devant mon ordinateur afin de reprendre contact avec deux amis chers auxquels je n'avais pas donné de nouvelles depuis longtemps. J'envoyai un courriel sous forme d'énigme à Erwan. Je savais que, lorsqu'il le découvrirait, la seule lecture de mon adresse lui ferait prononcer une bordée d'injures. Il refuserait probablement de me lire, mais avant que vienne le soir, la curiosité l'emporterait. Il rallumerait son écran, et serait forcé par sa nature à réfléchir à la question que je lui posais.

Aussitôt après avoir appuyé sur la touche « envoi » du clavier, je décrochai mon téléphone et appelai Martyn à l'observatoire de Jodrell.

Je fus surpris de la froideur de son accueil, sa façon de me parler ne lui ressemblait pas du tout. D'une voix à peine aimable, il me dit qu'il avait beaucoup de travail et il me raccrocha presque au nez. Cette conversation avortée me laissa une sale impression. Martyn et moi avions toujours entretenu des rapports cordiaux, souvent complices, et je ne pouvais comprendre son attitude. Peut-être avait-il des problèmes personnels qu'il ne voulait pas partager.

Vers 17 heures, j'avais traité mon courrier, payé mes factures en retard, déposé une boîte de chocolats à ma voisine pour la remercier des services qu'elle me rendait à longueur d'année, et je décidai d'aller faire un tour à l'épicerie qui se trouvait au coin de ma rue pour remplir le réfrigérateur.

Je me promenais à travers les rayons de la supérette quand le gérant s'approcha de moi, sous prétexte de venir regarnir une étagère de boîtes de conserve.

— Ne vous retournez pas tout de suite, il y a un type qui vous observe depuis le trottoir d'en face.

— Pardon ?

— Ce n'est pas la première fois, je l'avais déjà remarqué quand vous êtes venu la dernière fois. Je ne sais pas dans quel pétrin vous vous êtes fourré, mais fiez-vous à mon expérience, celui-là c'est du Canada Dry.

— Ce qui signifie ?

— Il a l'air d'un flic, le comportement d'un flic, mais ce n'en est pas un, croyez-moi, ce genre de type, c'est de la racaille pur jus.

— Comment pouvez-vous le savoir ?

— J'ai des cousins derrière les barreaux, rien de méchant, trafic de marchandises malencontreusement tombées du camion.

— Je pense que vous devez faire erreur, dis-je en regardant par-dessus son épaule.

— Comme vous voulez, mais, si vous changez d'avis, ma remise, au fond du magasin, est ouverte. Il y a une porte qui donne dans la cour. De là, vous pouvez passer par l'immeuble voisin et ressortir dans la rue de derrière.

— C'est très gentil à vous.

— Depuis le temps que vous faites vos courses ici..., ça m'ennuierait de perdre un client fidèle.

Le commerçant retourna derrière son comptoir. L'air de rien, je m'approchai d'un tourniquet près de la vitrine, y choisis un journal et en profitai pour jeter un œil vers la rue. Le patron du magasin n'avait pas tort, au volant d'une voiture garée le long du trottoir d'en face, un homme semblait bien me surveiller. Je décidai d'en avoir le cœur net. Je sortis et avançai droit vers lui. Alors que j'étais en train de traverser la chaussée, j'entendis rugir le moteur de sa berline qui démarra en trombe.

De l'autre côté de la rue, le patron de la supérette me regardait en haussant les épaules. Je retournai lui régler mes achats.

— Je dois avouer que c'est assez étrange, dis-je en lui tendant ma carte de crédit.

— Vous n'avez rien fait d'illégal ces derniers temps ? me demanda-t-il.

La question me parut assez incongrue, mais elle m'avait été posée avec une telle bienveillance que je ne m'en sentis nullement offusqué.

— Pas que je sache, non, répondis-je.

— Vous devriez laisser vos courses ici et foncer chez vous.

— Pourquoi ça ?

— Ce loustic m'avait l'air d'être en planque, peut-être pour assurer une couverture.

— Quelle couverture ?

— Pendant que vous êtes là, on est certain que vous n'êtes pas ailleurs, si vous voyez ce que je veux dire.

— Et où ne serais-je pas ?

— Chez vous, par exemple !

— Vous croyez que... ?

— Que si vous continuez à bavasser comme ça, vous arriverez trop tard ? Sans aucun doute !

Je pris mon sac de provisions et rentrai rapidement. La maison était telle que je l'avais laissée, aucune trace d'effraction sur la porte et rien à l'intérieur qui ne vienne corroborer les suppositions de mon épicier. Je déposai mes courses dans la cuisine et décidai d'aller chercher Keira à l'Académie.

*

Keira s'étirait en bâillant et se frottait les yeux, signe qu'elle avait assez travaillé pour la journée. Elle referma le livre qu'elle étudiait et alla le ranger en bonne place sur une étagère. Elle quitta la bibliothèque, passa saluer Walter à son bureau et s'engouffra dans le métro.

*

Ciel gris, crachin, trottoirs luisants, un vrai soir d'hiver à Londres. La circulation était épouvantable. Quarante-cinq minutes d'embouteillages avant d'arriver à destination et dix de plus pour trouver une place de stationnement. Je verrouillais la portière de ma voiture, lorsque je vis Walter sortir de l'Académie. Lui aussi m'avait aperçu, il traversa la rue et vint à ma rencontre.

— Vous avez le temps d'aller prendre un verre ? me demanda-t-il.

— Laissez-moi aller chercher Keira à la bibliothèque et nous vous rejoignons au pub.

— Ah, j'en doute, elle est partie il y a une bonne demi-heure, peut-être même un peu plus.

— Vous en êtes sûr ?

— Elle est venue me dire bonsoir, nous avons bavardé quelques instants dans mon bureau. Alors, cette bière ?

Je regardai ma montre, c'était la pire heure pour retraverser Londres, j'appellerais Keira dès que nous serions à l'abri pour la prévenir que je rentrerais un peu plus tard.

Le pub était bondé, Walter donna du coude pour arriver jusqu'au comptoir ; il commanda deux pintes et m'en tendit une par-dessus l'épaule d'un homme qui avait réussi à se faufiler entre nous. Walter m'entraîna vers le fond de la salle, une table se libérait. Nous nous y installâmes au milieu d'un brouhaha difficilement supportable.

— Alors, c'était bien, ce petit voyage en Écosse ? cria Walter.

— Formidable... si vous aimez les harengs. Je croyais qu'il faisait froid à Atacama, mais l'atmosphère de Yell est encore plus glaciale et tellement humide !

— Vous y avez trouvé ce que vous cherchiez ?

— Keira semblait enthousiaste, c'est déjà cela, je crains que nous ne devions repartir bientôt.

— Cette histoire va finir par vous ruiner, hurla Walter.

— C'est déjà fait !

Mon portable vibrait au fond de ma poche, je le pris et le collai à mon oreille.

— Tu as fouillé dans mes affaires ? me demanda Keira d'une voix à peine audible.

— Non, évidemment, pourquoi aurais-je fait une chose pareille ?

— Tu n'as pas ouvert mon sac, tu en es sûr ? chuchota-t-elle.

— Tu viens de me poser la question, la réponse est toujours non.

— Tu avais laissé une lumière allumée dans la chambre ?

— Non plus, je peux savoir ce qu'il se passe ?

— Je crois que je ne suis pas seule dans la maison...

Mon sang se glaça d'un coup.

— Sors de là, Keira ! hurlai-je. Fiche le camp tout de suite, cours jusqu'à l'épicerie au coin d'Old Brompton, ne te retourne pas et attends-moi là-bas, tu m'entends ? Keira, tu m'entends ?

La communication avait été coupée ; avant que Walter ait le temps de comprendre quoi que ce soit, je traversai la salle du pub, bousculant tout sur mon passage, et me précipitai au-dehors. Un taxi était coincé dans les embouteillages, une moto s'apprêtait à le dépasser, je me jetai presque sous ses roues et forçai le motocycliste à s'arrêter. Je lui expliquai qu'il s'agissait d'une question de vie ou de mort et promis de le dédommager s'il me conduisait sur-le-champ au croisement d'Old Brompton et de Cresswell

Garden ; il me fit grimper en selle, enclencha une vitesse et accéléra.

Les rues défilaient à toute berzingue, Old Marylebone, Edgware Road, Marble Arch, le carrefour giratoire était noir de monde, autobus et taxis semblaient imbriqués dans une partie de dominos inextricable. Mon pilote grimpa sur le trottoir ; je n'avais pas eu souvent l'occasion de faire de la moto, mais j'essayais de l'accompagner de mon mieux dès que nous nous inclinions dans un virage. Dix minutes d'une course interminable ; la traversée de Hyde Park se fit sous une pluie battante, nous remontions Carriage Drive entre deux files de voitures, nos genoux frôlant parfois leurs carrosseries. Serpentine, Exhibition Road, le rond-point de la station de métro de South Kensington, enfin, Old Brompton se profilait, plus encombrée encore que les précédentes avenues. À l'intersection de Queens Gate Mews, le motard accéléra encore et franchit le carrefour alors que le feu virait de l'orange au rouge. Une camionnette avait anticipé le vert, le choc semblait inévitable. La moto se coucha sur le flanc, son pilote s'accrocha au guidon, je partis en toupie sur le dos, filant vers le trottoir. Impression fugace, je crus voir les visages immobiles des passants, témoins horrifiés de la scène. Par chance, ma course s'arrêta sans trop de heurts contre les pneus d'un camion à l'arrêt. Secoué mais intact, je me redressai, le motard se tenait déjà sur ses jambes et tentait de relever sa moto. Juste le temps de lui faire un geste pour le remercier, ma ruelle se trouvait encore à une bonne centaine de mètres. Je criais pour que les gens s'écartent, bousculant un couple et me faisant insulter. Enfin, j'aperçus l'épicerie et priai pour que Keira m'y attende.

Le patron sursauta en me voyant surgir ainsi dans sa boutique, j'étais en nage, haletant, je dus m'y reprendre à deux fois pour qu'il comprenne ce que je lui demandais. Inutile d'attendre sa réponse, il n'y avait qu'une cliente et elle se trouvait au fond du magasin ; je remontai l'allée au pas de course et la pris tendrement dans mes bras. La jeune femme poussa un cri et m'administra deux bonnes gifles, peut-être trois, je n'eus pas le temps de les compter. Le patron décrocha son téléphone et, tandis que je ressortais de chez lui, je lui demandai de prévenir la police, qu'elle se rende au plus vite au 24 Cresswell Place.

J'y retrouvai Keira, assise sur le parapet devant ma porte.

— Qu'est-ce que tu as ? Tes joues sont écarlates, tu es tombé ? me demanda-t-elle.

— Sur quelqu'un qui te ressemblait… de dos, lui répondis-je.

— Ta veste est complètement déchirée, mais qu'est-ce qui t'est arrivé ?

— J'allais te poser la même question.

— Je crains que nous ayons eu de la visite pendant notre absence, dit Keira. J'ai trouvé mon sac ouvert dans le salon, le cambrioleur était encore là quand je suis entrée, j'ai entendu des pas à l'étage.

— Tu l'as vu partir ?

Une voiture de police se rangea devant nous, deux officiers en sortirent. Je leur expliquai que nous avions de bonnes raisons de penser qu'un cambrioleur se trouvait chez moi. Ils nous ordonnèrent de nous tenir à l'écart et entrèrent explorer les lieux.

Les policiers ressortirent quelques minutes plus tard, bredouilles. Si cambrioleur il y avait eu, ce dernier avait dû s'enfuir par le jardin. Le premier étage n'est pas bien haut dans ces anciennes maisonnettes, à peine deux mètres, et un gazon épais sous les fenêtres amortit la chute. Je repensai à cette poignée que je n'avais toujours pas fait réparer. Le voleur était probablement entré par l'arrière.

Il fallait dresser l'inventaire de ce qui avait été dérobé et retourner au commissariat signer une plainte. Les policiers promirent de faire une ronde et de me tenir au courant s'ils arrêtaient quelqu'un.

Keira et moi inspectâmes chaque pièce. Ma collection d'appareils photographiques était intacte, le portefeuille que je laissais toujours dans le vide-poche de l'entrée se trouvait à sa place, rien n'avait été dérangé. Alors que j'examinais ma chambre, Keira m'appela depuis le rez-de-chaussée.

— La porte du jardin est verrouillée, me dit-elle. C'est moi qui l'ai fermée hier soir. Alors comment ce type est entré ?

— Tu es sûre qu'il y avait quelqu'un ?

— À moins que ta maison ne soit hantée, j'en suis absolument certaine.

— Alors par où a pénétré ce mystérieux voleur ?

— Mais je n'en sais rien du tout, Adrian !

Je promis à Keira que plus rien ne viendrait troubler le dîner en amoureux dont nous avions été privés la veille. L'important était qu'il ne lui soit rien arrivé, mais j'étais inquiet. Réminiscence de mauvais souvenirs de Chine. Je rappelai Walter pour partager mes préoccupations, sa ligne était occupée.

*

Amsterdam

Chaque fois que Vackeers passait par la grande salle du palais de Dam, il s'émerveillait de la beauté des planisphères gravés dans le sol en marbre, même si sa préférence allait au troisième dessin, celui qui représentait une gigantesque carte des étoiles. Il sortit dans la rue et traversa la place. La nuit était déjà tombée, les réverbères venaient de s'allumer et les eaux calmes des canaux de la ville reflétaient leur halo. Il remonta Hoogstraat pour rentrer chez lui. Une grosse cylindrée était garée sur un trottoir à la hauteur du numéro 22. Une femme poussait un landau, elle fit un sourire à Vackeers qui le lui rendit en poursuivant son chemin.

Le motard abaissa sa visière, son passager arrière aussi. Le moteur rugit et la moto s'élança dans la contre-allée.

Deux jeunes amoureux s'enlaçaient, adossés contre un arbre. Une camionnette en double file bloquait la circulation. Seuls les vélos réussissaient à se faufiler.

Le passager arrière de la moto empoigna la matraque dissimulée dans la manche de son blouson.

La jeune femme qui poussait le landau se retourna, le couple cessa de s'embrasser.

Vackeers traversait un pont quand soudain il sentit une terrible morsure au milieu du dos. Il eut le souffle coupé, l'air n'arrivait plus à ses poumons. Vackeers tomba à genoux, tenta de se raccrocher à un réverbère, en vain, il s'effondra face contre terre. Il sentit le goût du sang dans sa bouche et pensa s'être mordu la langue en chutant. Jamais il n'avait autant souffert. À chaque inspiration, l'air lui brûlait les poumons. Ses reins déchirés saignaient abondamment, l'hémorragie interne compressait le cœur, un peu plus de seconde en seconde.

Un étrange silence l'entourait. Il réussit à réunir le peu de forces qui lui restaient et releva la tête. Des passants se précipitaient à son secours ; il entendit le hurlement d'une sirène dans le lointain.

La femme au landau n'était plus là. Le couple d'amoureux avait disparu, le passager arrière de la moto lui fit un bras d'honneur et la grosse cylindrée tourna le coin de la rue.

Vackeers agrippa son portable au fond de sa poche. Il appuya sur une touche, approcha péniblement l'appareil de son oreille et laissa un message sur le répondeur d'Ivory.

« C'est moi, chuchota-t-il, je crains que notre ami anglais n'ait guère apprécié le tour que nous lui avons joué. »

Une quinte de toux l'empêcha de poursuivre ; du sang coulait de sa bouche, il en ressentit la tiédeur et cela lui fit du bien ; il avait froid, la douleur se faisait de plus en plus vive. Vackeers grimaça.

« Nous ne pourrons, hélas, plus jouer ensemble, cela va me manquer, mon cher, et j'espère qu'à vous aussi. »

Nouvelle quinte, nouvelle brûlure insoutenable, le téléphone lui glissa des doigts, il le rattrapa de justesse.

« Je me réjouis du petit cadeau que je vous ai offert la dernière fois que nous nous sommes vus, faites-en bon usage. Vous allez me manquer, mon vieil ami, bien plus que nos parties. Soyez extrêmement prudent et prenez soin de vous… »

Vackeers sentit ses forces l'abandonner, il effaça le numéro qu'il venait de composer. Sa main se desserra lentement, il ne vit et n'entendit plus rien, sa tête retomba sur le bitume.

*

Paris

Ivory rentrait dans son appartement parisien, après une représentation théâtrale qui l'avait profondément ennuyé. Il accrocha son manteau dans l'entrée et alla chercher dans le réfrigérateur ce qu'il pourrait bien grignoter. Il sortit une assiette de fruits, se servit un verre de vin et se rendit dans le salon. Installé dans le canapé, il desserra les lacets de ses chaussures et allongea ses jambes qui le faisaient souffrir. Il chercha la télécommande de la télévision et remarqua la petite diode qui clignotait sur son répondeur. Intrigué, il se leva et appuya sur une touche. Il reconnut aussitôt la voix d'un vieil ami.

À la fin du message, Ivory sentit ses jambes se dérober. Il se raccrocha à la bibliothèque, entraînant quelques vieux livres qui tombèrent sur le parquet ciré. Il reprit son équilibre et serra les mâchoires, aussi fort qu'il le pouvait. Rien n'y fit, les larmes roulaient sur ses joues. Il eut beau les chasser du revers de la main, il ne put bientôt contenir les sanglots qui le secouaient tandis qu'il se retenait toujours à la bibliothèque.

Il attrapa un vieux traité d'astronomie, en tourna la couverture pour regarder la page de garde, où était reproduite en filigrane une carte des étoiles datant du XVIIe siècle ; il relut la dédicace qui lui était adressée.

Je sais que cet ouvrage vous plaira, il n'y manque rien puisque tout s'y trouve, même le témoignage de notre amitié.

Votre dévoué partenaire d'échecs,
Vackeers

Au petit matin, Ivory boucla sa valise ; il referma derrière lui la porte de son appartement et se rendit à la gare afin de prendre le premier train en partance pour Amsterdam.

*

Londres

L'agence m'avait appelé au début de la matinée, nos visas étaient enfin prêts, je pouvais venir récupérer nos passeports. Keira dormait profondément, je décidai de m'y rendre et d'acheter en route du lait et du pain frais. Il faisait froid, les pavés de Cresswell Place étaient glissants. En arrivant au coin de la rue, je fis un petit signe à l'épicier qui me retourna mon bonjour d'un clin d'œil, quand mon téléphone sonna. Keira n'avait pas dû lire le petit mot que je lui avais laissé dans la cuisine. À mon grand étonnement, j'entendis la voix de Martyn.

— Je suis désolé pour l'autre jour, dit-il.

— Ne le soyez pas, je m'inquiétais de ce qui vous était arrivé pour que vous soyez de si mauvaise humeur.

— J'ai failli perdre ma place, Adrian ; à cause de vous, enfin de cette petite visite que vous m'avez rendue à l'observatoire et des quelques recherches que j'ai faites pour vous avec les moyens dont nous disposons à Jodrell.

— Mais enfin, qu'est-ce que vous me racontez ?

— Sous prétexte que j'avais laissé entrer quelqu'un qui ne faisait pas partie du personnel, votre ami Walter en l'occurrence, ils m'ont menacé de me licencier en invoquant une faute professionnelle grave.

— Mais qui ça « ils » ?

— Ceux qui financent l'observatoire, notre gouvernement.

— Enfin, Martyn, cette visite était parfaitement anodine, et puis Walter et moi sommes tous deux membres de l'Académie, cela n'a aucun sens !

— Si, Adrian, c'est pour cela que j'ai mis du temps avant de vous rappeler, et pour cela aussi que je le fais ce matin depuis une cabine. On m'a clairement fait comprendre qu'il m'était désormais interdit de répondre à la moindre de vos sollicitations et que l'accès à nos locaux vous était strictement défendu. Je n'ai appris votre licenciement qu'hier. Je ne sais pas ce que vous avez trafiqué, mais bon sang, Adrian, on ne peut pas virer un type comme vous, pas comme ça, ou alors c'est que ma carrière ne tient qu'à un fil, vous êtes dix fois plus compétent que moi !

— C'est très gentil de votre part, Martyn, et bien trop flatteur, mais si cela peut vous rassurer, vous êtes bien le seul à le penser. Je ne sais pas ce qui se passe, on ne m'a pas dit que j'étais viré, mais seulement que j'avais momentanément perdu ma titularisation.

— Ouvrez les yeux, Adrian, ils vous ont tout bonnement foutu dehors. J'ai reçu deux appels vous concernant, je n'ai même plus l'autorisation de vous parler au téléphone, nos supérieurs ont perdu la tête.

— À force de manger du rôti tous les dimanches et des *fish and chips* à longueur d'année, c'était inévitable, répondis-je d'un ton pince-sans-rire.

— Il n'y a rien de drôle à tout cela, Adrian, qu'est-ce que vous allez devenir ?

— Ne vous inquiétez pas, Martyn, je n'ai aucune proposition de poste en vue, et presque plus d'argent à la banque, mais, depuis quelque temps, je me réveille auprès de la femme que j'aime, elle me surprend, me fait rire, me bouscule et me passionne, son enthousiasme me fascine à longueur de journée et le soir quand elle se déshabille, elle me fait terriblement… comment dire… elle m'émeut ;

vous voyez que je ne suis pas à plaindre et, sans vouloir fanfaronner, je vous le dis sincèrement, je n'ai jamais été aussi heureux de ma vie.

— J'en suis ravi pour vous, Adrian. Je suis votre ami, je me sens coupable d'avoir cédé aux pressions et coupé tout contact avec vous. Comprenez-moi, je ne peux pas me permettre de perdre ma place, je n'ai personne dans mon lit le soir, et je n'ai que la passion de mon métier pour m'accompagner dans la vie. Si d'aventure vous aviez besoin de me parler, laissez-moi un message au bureau sous le nom de Gilligan, et c'est moi qui vous rappellerai dès que je le pourrai.

— Qui est ce Gilligan ?

— Mon chien, un merveilleux basset artésien ; hélas, j'ai dû le faire piquer l'an dernier. À bientôt, Adrian.

Je venais de raccrocher après une conversation qui m'avait laissé songeur, quand une voix dans mon dos me fit sursauter au milieu de la rue.

— Tu penses vraiment tout ça de moi ?

Je me retournai et vis Keira ; elle avait encore emprunté un de mes pulls et passé mon manteau sur ses épaules.

— J'ai trouvé ton petit mot dans la cuisine, j'ai eu envie de te rejoindre à l'agence pour que tu m'emmènes prendre un petit déjeuner ; il n'y a que des légumes dans ton frigo, et les courgettes au réveil… Tu avais l'air tellement pris par ta conversation, je me suis approchée doucement pour te surprendre en plein bavardage avec ta maîtresse.

Je l'entraînai vers un café où l'on servait de délicieux croissants, les passeports attendraient.

— Alors comme ça le soir, quand je me déshabille, je te fais bander ?

— Tu n'as pas d'affaires à toi, ou mes vêtements ont un truc particulier qui t'attire ?

— Avec qui étais-tu au téléphone pour parler de moi de façon si détaillée ?

— Un vieil ami. Je sais que tu vas trouver ça étrange, mais en fait il s'inquiétait que j'aie perdu mon travail.

Nous sommes entrés dans le café, et tandis que Keira se goinfrait d'un deuxième croissant aux amandes, je me demandais s'il était judicieux de partager avec elle mes inquiétudes, et ces dernières n'avaient aucun rapport avec ma situation professionnelle.

Après-demain, nous serions dans l'avion pour Moscou, l'idée de s'éloigner de Londres n'était pas pour me déplaire.

*

Amsterdam

Il n'y avait pour ainsi dire presque personne ce matin-là dans ce cimetière, presque personne pour suivre le fourgon funéraire qui convoyait un long cercueil verni. Un homme et une femme marchaient à pas lents derrière le corbillard. Aucun prêtre n'officiait devant la tombe, quatre employés municipaux firent descendre le cercueil au bout de longues cordes. Quand il toucha le fond, la femme lança une rose blanche et une poignée de terre, l'homme qui l'accompagnait fit de même. Ils se saluèrent et chacun repartit dans des directions opposées.

*

Londres

Sir Ashton regroupa la série de photographies alignées sur son bureau. Il les rangea dans une pochette et referma le rabat du dossier.

— Vous êtes très belle sur ces photos, Isabel. Le deuil vous va à merveille.

— Ivory n'est pas dupe.

— Je l'espère bien, il s'agissait de lui adresser un message.

— Je ne sais pas si vous avez…

— Je vous ai demandé de choisir entre Vackeers et les deux jeunes scientifiques, vous avez choisi le vieillard ! Ne venez pas maintenant me faire des reproches.

— Était-ce bien nécessaire ?

— Je ne comprends même pas que vous vous posiez encore la question ! Suis-je le seul à véritablement mesurer les conséquences de ses actes ? Vous rendez-vous compte de ce qu'il adviendrait si ses deux protégés arrivaient à leurs fins ? Croyez-vous que l'enjeu ne vaille pas de sacrifier les dernières années d'un vieillard ?

— Je sais, Ashton, vous me l'avez déjà dit.

— Isabel, je ne suis pas un vieux fou sanguinaire, mais quand la raison d'État l'exige, je n'hésite pas. Aucun de nous, vous y compris, n'hésite. La décision que nous avons prise sauvera peut-être quantité de vies, à commencer par celle de ces deux explorateurs, si toutefois Ivory se décide enfin à renoncer. Ne me regardez pas comme ça, Isabel, je n'ai jamais agi autrement que dans l'intérêt du plus grand nombre, ma carrière ne m'ouvrira peut-être pas les portes du paradis, mais…

— Je vous en prie, Ashton, ne soyez pas sarcastique, pas aujourd'hui. J'aimais vraiment beaucoup Vackeers.

— Je l'appréciais également, même si nous avons eu parfois nos mots. Je le respectais et je veux espérer que ce sacrifice qui me coûte autant qu'à vous aura les résultats escomptés.

— Ivory semblait terrassé hier matin, je ne l'avais jamais vu dans un tel état, il a pris dix ans en une nuit.

— S'il pouvait en prendre dix de plus et passer de vie à trépas, cela nous arrangerait bien.

— Alors pourquoi ne pas l'avoir sacrifié, lui, au lieu de s'en être pris à Vackeers ?

— J'ai mes raisons !

— Ne me dites pas qu'il a réussi à se protéger de vous, je vous croyais intouchable ?

— Si Ivory venait à décéder, cela redoublerait les motivations de cette archéologue. Elle est impétueuse et trop futée pour croire à un accident. Non, je suis certain que vous avez fait le bon choix, nous avons retiré le pion qu'il fallait ; mais je vous préviens, si la suite des événements vous donnait tort, si les recherches continuaient, je n'ai pas besoin de vous nommer les deux prochains qui se retrouveraient dans notre ligne de mire.

— Je suis certaine qu'Ivory aura compris le message, soupira Isabel.

— Dans le cas contraire, vous en seriez la première avertie, vous êtes la seule à qui il accorde encore sa confiance.

— Notre petit numéro à Madrid était bien réglé.

— Je vous ai permis d'accéder à la tête du conseil, vous me deviez bien cela.

— Je n'agis pas par reconnaissance envers vous, Ashton, mais parce que je partage votre point de vue. Il est trop tôt pour que le monde sache, bien trop tôt. Nous ne sommes pas prêts.

Isabel prit sa sacoche et se dirigea vers la porte.

— Devons-nous récupérer le fragment qui nous appartient ? demanda-t-elle avant de sortir.

— Non, il est parfaitement en sécurité là où il se trouve, peut-être encore plus maintenant que Vackeers est mort. Et puis, personne ne saurait comment y accéder, c'est bien ce que nous souhaitions. Il a emporté son secret dans la tombe, c'est parfait ainsi.

Isabel hocha la tête et quitta Sir Ashton. Pendant que le majordome la raccompagnait à la porte de l'hôtel particulier, le secrétaire de Sir Ashton entra dans son bureau une enveloppe à la main. Ashton la décacheta et releva la tête.

— Quand ont-ils obtenu ces visas ?

— Avant-hier, monsieur, à l'heure qu'il est, ils doivent se trouver dans l'avion, en fait non, rectifia le secrétaire en regardant sa montre, ils se sont déjà posés à Sheremetyevo.

— Comment se fait-il que nous n'ayons pas été avertis plus tôt ?

— Je n'en sais rien, je diligenterai une enquête si vous le souhaitez. Voulez-vous que je rappelle votre invitée, elle est encore dans nos murs ?

— N'en faites rien. En revanche, prévenez nos hommes sur place. Ces deux oiseaux ne doivent en aucun cas voler au-delà de Moscou. J'en ai plus qu'assez. Qu'ils abattent la fille ; sans elle, l'astrophysicien est inoffensif.

— Après la fâcheuse expérience que nous avons connue en Chine, vous êtes sûr de vouloir agir de la sorte ?

— Si je pouvais me débarrasser d'Ivory, je n'hésiterais pas une seconde, mais c'est impossible, et je ne suis pas certain que cela réglerait définitivement notre problème. Agissez comme je vous l'ai demandé, et dites à nos hommes de ne pas lésiner sur les moyens, cette fois je préfère l'efficacité à la discrétion.

— Dans ce cas, devons-nous prévenir nos amis russes ?

— Je m'en chargerai.

Le secrétaire se retira.

Isabel remercia le majordome qui lui ouvrait la portière du taxi. Elle se retourna pour regarder la majestueuse façade de la demeure londonienne de Sir Ashton. Elle demanda au chauffeur de la conduire à l'aéroport de la City.

Assis sur un banc dans le petit parc qui se situait juste en face de la maison victorienne, Ivory regarda la voiture s'éloigner. Une pluie fine s'était mise à tomber, il s'appuya sur son parapluie pour se redresser et s'en alla à son tour.

*

Moscou

La chambre de l'hôtel Intercontinental sentait le tabac froid. À peine arrivée, et en dépit d'une température qui frisait le zéro, Keira avait ouvert la fenêtre en grand.

— Je suis désolé, c'est la seule de libre.

— Ça pue le cigare, c'est infernal.

— Et de mauvaise qualité, ajoutai-je. Veux-tu que nous changions d'hôtel ? Sinon, je peux demander des couvertures supplémentaires ou des anoraks ?

— Ne perdons pas de temps, allons tout de suite à la Société des archéologues ; plus tôt nous aurons mis la main sur cet Egorov et plus tôt nous serons partis d'ici. Dieu que les parfums de la vallée de l'Omo me manquent.

— Je t'ai promis que nous y retournerions un jour, dès que tout cela sera terminé.

— Je me demande parfois si tout cela, comme tu dis, finira un jour, grommela Keira en refermant la porte.

— Tu as l'adresse de la Société des archéologues ? lui demandai-je dans l'ascenseur.

— Je ne sais pas pourquoi Thornsten continue à l'appeler ainsi, la Société des archéologues a été rebaptisée Académie des sciences à la fin des années cinquante.

— Académie des sciences ? Quel joli nom, je pourrais peut-être m'y trouver un job, on ne sait jamais.

— À Moscou ? Et puis quoi encore !

— Tu sais, à Atacama, j'aurais très bien pu travailler au sein d'une délégation russe, les étoiles s'en foutent complètement.

— Bien sûr, et puis ce serait pratique pour tes rapports, il faudra que tu me montres comment tu tapes sur un clavier en cyrillique.

— Avoir raison, c'est un besoin ou une obsession chez toi ?

— Les deux ne sont pas incompatibles ! On y va maintenant ?

Le vent était glacial, nous nous engouffrâmes dans un taxi. Keira expliqua tant bien que mal notre destination au chauffeur et, comme il ne comprenait pas un mot, elle déplia un plan de la ville et pointa l'adresse sur la carte. Ceux qui parlent du peu d'amabilité des chauffeurs de taxi parisiens n'ont jamais tenté leur chance à Moscou. Le gel hivernal s'était déjà formé dans les rues. Cela ne semblait pas gêner pour autant notre conducteur, sa vieille Lada chassait fréquemment de l'arrière, mais d'un petit coup de volant il la remettait dans l'axe.

Keira se présenta à l'entrée de l'Académie, elle déclina son identité et sa fonction d'archéologue. Le gardien la dirigea vers le secrétariat administratif. Une jeune assistante de recherches, parlant un anglais très convenable, nous reçut fort aimablement. Keira lui expliqua que nous cherchions à entrer en contact avec un certain professeur Egorov qui avait dirigé la Société des archéologues dans les années cinquante.

La jeune femme s'en étonna, elle n'avait jamais entendu parler d'une telle société, et les fichiers de l'Académie des sciences ne remontaient pas au-delà de sa date de création, en 1958. Elle nous demanda de patienter et revint une demi-heure plus tard en compagnie de l'un de ses supérieurs, l'homme devait avoir une bonne soixantaine d'années. Il se présenta et nous demanda de l'accompagner jusqu'à son bureau. La jeune femme, qui répondait au prénom de Svetlana, tout à fait ravissante au demeurant, nous salua avant de s'éloigner. Keira me donna un coup de pied dans le mollet en me demandant si j'avais besoin de son aide pour obtenir ses coordonnées.

— Je ne vois pas de quoi tu parles, soupirai-je en me frottant le tibia.

— Prends-moi pour une conne !

Le bureau où nous entrâmes aurait fait pâlir d'envie Walter, une grande fenêtre laissait entrer une belle lumière, de gros flocons tombaient derrière la vitre.

— Ce n'est pas la meilleure saison pour nous rendre visite, déclara l'homme en nous invitant à nous asseoir. Ils prévoient une belle tempête de neige pour cette nuit, demain matin au plus tard.

L'homme ouvrit un Thermos et nous servit un verre de thé fumé.

— J'ai peut-être retrouvé la trace de votre Egorov, nous dit-il, puis-je savoir pour quelles raisons vous souhaitez le rencontrer ?

— Je fais des recherches sur les migrations humaines en Sibérie au IVe millénaire, on m'a laissé entendre qu'il connaissait bien le sujet.

— C'est possible, dit l'homme, même si j'émettrais quelques réserves.

— Pourquoi cela ? demanda Keira.

— La Société des archéologues était un nom d'emprunt attribué à une branche très particulière des services secrets. Pendant la période soviétique, les scientifiques n'étaient pas moins surveillés que les autres, bien au contraire. Sous couvert de cette charmante appellation, cette cellule avait mission de recenser les travaux entrepris dans le domaine de l'archéologie et plus particulièrement d'inventorier et de confisquer tout ce qui pouvait sortir de terre, beaucoup de choses ont disparu… La corruption et l'appât du gain, ajouta l'homme devant notre air étonné. La vie était dure dans ce pays, elle l'est toujours aujourd'hui, mais comprenez qu'à l'époque une pièce d'or retrouvée dans des fouilles pouvait assurer des mois de survie à son propriétaire, et il en était de même pour les fossiles qui passaient plus facilement les frontières que les hommes. Depuis le règne de Pierre le Grand qui fut le véritable initiateur des recherches archéologiques en Russie, notre patrimoine n'a cessé d'être pillé. La belle organisation mise en place par Khrouchtchev pour le protéger se solda, hélas, par un des plus grands trafics d'antiquités jamais vus. À peine excavés, les trésors que renfermait notre terre étaient partagés entre les apparatchiks et filaient alimenter les collections des riches musées occidentaux, quand ils n'étaient pas vendus à des particuliers. Tout le monde se servait le long de la chaîne, de l'archéologue de base au chef de mission, en passant par les agents de la Société des archéologues qui étaient censés les surveiller. Votre Vladenko Egorov aura probablement été l'un des plus gros poissons de ces sinistres réseaux où tous les coups étaient permis, y compris tuer, cela va sans dire. Si nous parlons bien du même homme, celui que vous comptez interroger est un ancien criminel qui ne doit sa liberté qu'aux personnalités influentes encore au pouvoir, de très bons clients qui devaient se désoler qu'il prenne sa retraite. Si vous voulez vous mettre à dos tous les archéologues honnêtes de ma génération, il suffit de leur citer son nom. Aussi, avant de vous donner son adresse, je voulais savoir quel genre d'objet vous espériez faire sortir de Russie. Je suis certain que cela intéressera la police au plus haut point, à moins que vous ne préfériez le leur dire vous-même ? questionna l'homme en décrochant son téléphone.

— Vous vous trompez, il ne s'agit certainement pas de notre Egorov, c'est un homonyme ! cria Keira en posant sa main sur le cadran du téléphone.

Même moi, je n'arrivais pas à en croire un mot. Notre hôte sourit et recomposa le numéro qu'il était en train de faire.

— Arrêtez, bon sang, croyez-vous que si je m'adonnais au trafic d'antiquités, je viendrais demander l'adresse de mon négociant à l'Académie des sciences ? J'ai l'air bête à ce point-là ?

— Je dois avouer que cela manque de subtilité, dit l'homme en reposant le combiné. Qui vous a recommandée à lui et dans quel but ? reprit-il.

— Un vieil archéologue, et pour les motifs que je vous ai sincèrement expliqués.

— Alors il s'est bien foutu de vous. Mais je peux peut-être vous renseigner ou vous mettre en relation avec l'un de nos spécialistes en la matière. Plusieurs de nos collaborateurs s'intéressent aux migrations humaines qui peuplèrent la Sibérie. Nous préparons même un colloque sur ce sujet qui se tiendra l'été prochain.

— J'ai besoin de rencontrer cet homme, pas de retourner à la fac, répondit Keira. Je cherche des preuves et votre pseudo-trafiquant les a peut-être eues dans son escarcelle.

— Puis-je voir vos passeports ? Si je dois vous aider à entrer en relation avec ce genre d'individu, je veux au moins signaler votre nom aux douanes, ne le prenez pas mal, c'est une façon de me protéger. Quoique vous soyez venue chez nous, je ne veux en aucun cas y être associé et encore moins être accusé de complicité. Alors donnant-donnant, une photocopie de vos pièces d'identité et je vous révèle l'adresse que vous cherchez.

— Je crains que nous ne devions revenir, dit Keira, nous avons remis nos passeports à l'hôtel en arrivant tout à l'heure et nous ne les avons pas encore récupérés.

— C'est la vérité, dis-je en me mêlant à la conversation, ils sont au Métropole, appelez la réception si vous ne nous croyez pas, ils peuvent peut-être vous en faxer les premières pages.

On frappa à la porte, un jeune homme échangea quelques mots avec notre interlocuteur.

— Excusez-moi, dit-il, je reviens dans un instant. En attendant, servez-vous du téléphone sur le bureau et faites-moi faxer vos documents à ce numéro.

Il griffonna une série de chiffres sur une feuille de papier et me la tendit avant de sortir. Keira et moi restâmes seuls.

— Quel enfoiré, ce Thornsten !

— En même temps, plaidai-je en sa faveur, il n'avait aucune raison de nous balancer le passé de son ami et puis rien ne dit qu'il a participé à son trafic.

— Et les cent dollars, tu crois que c'était pour acheter des bonbons ? Tu sais ce que ça représente, cent dollars des années soixante-dix ? Passe cet appel, qu'on s'en aille d'ici, ce bureau me met mal à l'aise.

Comme je ne bougeais pas, Keira décrocha elle-même le téléphone, je lui repris le combiné des mains pour le reposer sur son socle.

— Je n'aime pas ça du tout, mais alors pas du tout du tout, dis-je.

Je me levai et avançai vers la fenêtre.

— Je peux savoir ce que tu fais ?

— Je repensais à cette corniche sur le mont Hua Shan, à deux mille cinq cents mètres, tu t'en souviens ? Tu te sentirais capable de recommencer avec seulement deux étages sous tes pieds ?

— De quoi me parles-tu ?

— Je pense que notre hôte est allé accueillir les flics sur le perron de l'Académie, et je suppose qu'ils viendront nous arrêter dans quelques minutes. Leur voiture est garée dans la rue, juste en dessous, un modèle Ford avec une belle rampe de gyrophares sur le toit. Ferme le verrou de la porte et suis-moi !

Je rapprochai une chaise du mur, ouvris la fenêtre et évaluai la distance qui nous séparait de l'escalier de secours situé à l'angle du bâtiment. La neige rendrait glissante la surface de la corniche, mais nous aurions plus de prises entre les pierres de taille de la façade que sur les parois lisses du mont Hua Shan. J'aidais Keira à grimper sur le rebord et la suivais. Alors que nous nous engagions sur le parapet, j'entendis tambouriner à la porte du bureau ; je ne donnais pas longtemps avant que l'on ne découvre notre escapade.

Keira se déplaçait le long du mur avec une agilité déconcertante, vent et neige freinaient sa progression, mais elle tenait bon et moi aussi. Quelques minutes plus tard, nous nous aidâmes l'un l'autre à enjamber le garde-corps de l'escalier de secours. Restait encore à descendre une cinquantaine de marches en fer forgé, recouvertes de verglas. Keira s'étala de tout son long sur la plate-forme du premier étage, elle se rattrapa à la balustrade et jura en se relevant. L'employé du service de nettoyage qui astiquait le grand couloir de l'Académie fut sidéré en nous voyant passer de l'autre côté de la vitre, je lui adressai un petit signe rassurant et rattrapai Keira. La dernière partie de l'escalier se composait d'une échelle, coulissant jusqu'au trottoir. Keira tira sur la chaîne libérant les crochets qui la retenaient, mais le mécanisme était grippé, et nous coincés à trois mètres au-dessus du sol ; bien trop haut pour tenter quoi que ce soit sans risquer de se briser les jambes. Je me souvenais d'un copain de collège qui, sautant du premier étage pour faire le mur, s'était retrouvé allongé sur le macadam avec les deux tibias sortant à angle droit de ses mollets ; ce souvenir, même fugace, me fit renoncer à la tentation de me prendre pour James Bond ou pour sa doublure. À force de coups de poing, j'essayais de briser la glace qui retenait l'échelle, tandis que Keira sautait dessus à pieds joints en hurlant des « Tu vas céder, salope ! »... je la cite au mot près ! Cela fit son effet, la glace céda d'un coup et je vis Keira, accrochée aux barreaux de l'échelle, dégringoler vers la rue à une vitesse vertigineuse.

Elle se releva sur le trottoir en râlant. La tête de notre hôte venait d'apparaître à la fenêtre de son bureau, lui aussi avait l'air furieux. Je rejoignis Keira et nous détalâmes comme deux voleurs vers une bouche de métro à cent mètres de nous. Keira courut dans le souterrain et remonta l'escalier qui grimpait de l'autre côté de l'avenue. À Moscou, bon nombre d'automobilistes s'improvisent taxis pour arrondir des fins de mois difficiles. Il suffit de lever la main pour qu'une voiture s'arrête et, si l'on arrive à s'accorder sur le prix, le marché est conclu. Pour vingt dollars le conducteur d'une Zil accepta de nous prendre à son bord.

J'avais testé son niveau d'anglais en lui disant avec un grand sourire que sa voiture sentait très fort la chèvre, qu'il ressemblait comme deux gouttes d'eau à mon arrière-grand-mère et enfin qu'avec des mains comme les siennes, se mettre les doigts dans le nez ne devait pas être une mince affaire. Comme il m'avait répondu trois fois « Da », j'en avais conclu que je pouvais parler à Keira en toute tranquillité.

— Qu'est-ce qu'on fait maintenant ? lui demandai-je.

— On récupère nos affaires à l'hôtel et on essaie de prendre un train avant que la police nous mette la main dessus. Après la prison chinoise, je préfère encore tuer quelqu'un plutôt que de retourner en taule.

— Et où allons-nous ?

— Au lac Baïkal, Thornsten en a parlé.

La voiture se rangea devant le Métropole-Intercontinental. Nous nous précipitâmes à la réception où une charmante hôtesse nous restitua nos passeports. Je la priai de préparer la note, m'excusant de devoir écourter ainsi notre séjour, et en profitai pour lui demander s'il lui était possible de nous réserver deux couchettes à bord du Transsibérien. Elle se pencha vers moi pour me dire à voix basse que deux policiers venaient tout juste de lui faire imprimer la liste des ressortissants anglais descendus à l'hôtel. Ils étaient installés sur une banquette dans le hall, en train de consulter le listing. Elle ajouta que son petit ami était britannique, qu'il l'emmenait vivre à Londres où ils se marieraient au printemps. Je la félicitai de cette excellente nouvelle et elle me chuchota « *God Save the Queen* » en me faisant un grand clin d'œil complice.

J'entraînai Keira vers l'ascenseur, lui promis deux fois en chemin que je n'avais pas flirté avec la réceptionniste, et lui expliquai pourquoi nous avions très peu de temps pour déguerpir d'ici.

Nos bagages pliés, nous allions quitter la chambre quand le téléphone sonna. La jeune femme de l'accueil me confirma que nous avions deux places en voiture 7 dans le Transsibérien qui partait de la gare centrale à 23 h 24. Elle me communiqua la référence de notre réservation, nous n'avions plus qu'à retirer les billets à la gare, elle les avait facturés sur notre note et avait débité ma carte de crédit. En traversant le bar, nous pourrions quitter l'hôtel sans avoir à passer le hall…

*

Londres

Le journal de la nuit défilait sur l'écran, Ivory éteignit la télévision et s'approcha de la fenêtre. La pluie avait cessé, un couple sortait du Dorchester, la femme monta dans un taxi, l'homme attendit que la voiture s'éloigne avant de retourner vers l'hôtel. Une vieille dame promenait son chien sur Park Lane, elle salua le voiturier en le dépassant.

Ivory abandonna son poste d'observation, ouvrit le minibar, prit un ballotin de chocolats, en défit l'emballage et le reposa sur la table basse. Il se rendit dans la salle de bains, fouilla sa trousse de toilette, attrapa le tube de somnifères, fit glisser un comprimé dans le creux de sa main et se regarda dans le miroir.

« Vieil abruti, tu ignorais sans doute la nature de la mise ? Tu ne savais pas à quel jeu tu jouais ? »

Il avala le cachet, se servit un verre d'eau au robinet du lavabo et retourna dans le salon s'installer devant l'échiquier.

Il donna un nom à chacun des pions adverses, ATHÈNES, ISTANBUL, LE CAIRE, MOSCOU, PÉKIN, RIO, TEL-AVIV, BERLIN, BOSTON, PARIS, ROME et baptisa le roi « LONDRES » et sa reine « MADRID » et envoya valdinguer toutes les pièces de son camp sur le tapis, hormis celle qu'il avait baptisée « AMSTERDAM ». Celle-ci, il l'enroula dans son mouchoir et la rangea délicatement au fond de sa poche. Le roi noir recula d'une case, le cavalier et le pion ne bougèrent pas, mais Ivory fit avancer les deux fous jusqu'à la troisième ligne. Il contempla l'échiquier, ôta ses chaussures, s'allongea sur le canapé et éteignit la lumière.

*

Madrid

La réunion venait de s'achever, les convives se regroupaient autour du buffet. La main d'Isabel frôla subrepticement celle de Sir Ashton qui avait particulièrement brillé ce soir-là. Si, lors du dernier conseil, le plus grand nombre de voix s'était prononcé en faveur de la poursuite des recherches, le lord anglais avait cette fois réussi à faire basculer une majorité de participants dans son camp et l'allié le plus précieux du moment acceptait de coopérer pleinement : Moscou mettrait tous les moyens en son pouvoir pour localiser et interpeller les deux scientifiques. On les renverrait à Londres par le premier avion et aucun visa de séjour ne leur serait désormais accordé. Ashton aurait préféré des mesures plus radicales, mais ses confrères n'étaient pas encore prêts à voter ce genre de motion. Pour apaiser les consciences de chacun, Isabel avait émis une idée qui fit l'unanimité. Si l'on n'avait pu jusque-là dissuader ces deux chercheurs par la force, alors pourquoi ne pas les détourner de leur quête en leur faisant à chacun des propositions qu'ils ne pourraient refuser, des propositions qui les éloigneraient *de facto* l'un de l'autre ? La coercition n'était pas toujours la meilleure méthode à employer. La présidente de séance raccompagna ses invités jusqu'au pied de la tour. Un convoi de limousines quitta la place de l'Europe et prit la direction de l'aéroport de Barajas ; Moscou avait offert à Sir Ashton de lui faire bénéficier de son avion privé, mais le lord avait encore quelques affaires à régler en Espagne.

*

Moscou

Il y avait à mon sens beaucoup trop de policiers dans la gare Iaroslav pour y considérer la situation comme normale. Que nous nous dirigions vers les quais, vers les rangées de petits commerçants ambulants ou vers la consigne, ils étaient là, par grappes de quatre, scrutant la foule. Keira sentit mon inquiétude et me rassura.

— Nous n'avons quand même pas dévalisé une banque ! dit-elle. Qu'un flic mène son enquête jusqu'à notre hôtel est une chose, de là à imaginer qu'ils ont bouclé les gares et les aéroports comme si nous étions deux grands criminels, merde, n'exagérons rien ! Et puis comment pourraient-ils savoir que nous sommes ici ?

Je regrettais d'avoir réservé nos billets par l'intermédiaire de l'Intercontinental. Si l'inspecteur qui nous filait avait mis la main sur un double de notre facture, et j'avais de bonnes raisons de penser que c'était le cas, je ne lui donnais pas dix minutes pour faire parler la réceptionniste. Je ne partageais donc pas l'optimisme de Keira et redoutais que les forces de l'ordre soient là pour nous. La rangée de machines où retirer les titres de transport ne se trouvait qu'à quelques mètres. Je jetai un rapide coup d'œil vers les guichets ; si j'avais raison, les employés devaient déjà être sur le qui-vive et ils signaleraient les premiers étrangers qui se présenteraient à eux.

Un cireur de chaussures déambulait devant nous, portant son matériel en bandoulière, à la recherche d'un quidam à qui lustrer les chaussures. Cela faisait plusieurs fois qu'il passait devant moi en reluquant mes bottes, je lui fis un petit signe et lui proposai un marché d'un autre genre.

— Qu'est-ce que tu fais ? me demanda Keira.

— Je vérifie quelque chose.

Le cireur empocha les dollars que je lui avais offerts à titre d'acompte. Dès qu'il aurait retiré nos billets de train au distributeur et nous les aurait remis, je lui paierais le solde promis.

— C'est dégueulasse de compromettre ce type en l'envoyant faire tes courses.

— Il ne court aucun risque puisque nous ne sommes pas de dangereux criminels !

Alors que notre cireur venait de taper la référence de notre réservation sur l'écran du distributeur, j'entendis grésiller les talkies-walkies de plusieurs policiers, une voix hurlait des instructions dont je pressentais hélas le sens. Keira comprit ce qui se passait et ne put s'empêcher de crier au cireur de chaussures de ficher le camp ; j'eus à peine le temps de la prendre par le bras et de la repousser fermement vers un recoin. Quatre hommes en uniforme nous dépassèrent et se mirent à courir en direction de la rangée des billetteries automatiques. Keira était tétanisée, nous ne pouvions plus grand-chose pour le cireur qui était déjà menotté, je la rassurai, la police le garderait quelques heures au plus, mais d'ici quelques minutes, il donnerait notre signalement.

— Enlève ton manteau ! ordonnai-je à Keira, tout en ôtant le mien.

Je rangeai nos deux vêtements dans le sac, lui tendis un pull-over épais et en passai un autre. Puis je l'entraînai vers la consigne en la prenant par la taille. Je l'embrassai et lui demandai de m'attendre derrière une colonne. Elle écarquilla les yeux en me voyant repartir droit vers les distributeurs. Mais c'était justement l'endroit où les policiers nous chercheraient le moins. Je me faufilai, m'excusai poliment auprès d'un officier pour qu'il me laisse passer, et me dirigeai vers une machine qui heureusement pour moi offrait aux touristes des instructions en anglais. Je réservai deux places à bord d'un train, réglai le prix en espèces et retournai chercher Keira.

Au poste central de sécurité de la gare, les employés qui surveillaient les transactions des terminaux ne prêteraient aucune attention à celle que je venais d'effectuer.

— Qu'est-ce que nous allons faire en Mongolie ? s'inquiéta Keira en regardant le billet que je lui tendais.

— Nous allons prendre le Transsibérien comme prévu et, une fois à bord, j'expliquerai au contrôleur que nous nous sommes trompés et je lui paierai la différence s'il le faut.

La partie n'était pas gagnée pour autant, il nous restait à accéder aux wagons. Les policiers ne devaient disposer que d'un simple signalement, au pire une photo tirée d'une photocopie de nos passeports, mais l'étau ne tarderait pas à se resserrer dès que nous nous approcherions du train. Inutile d'attirer l'attention, les forces de l'ordre cherchaient un couple, Keira marcha cinquante mètres devant moi. Le Transsibérien numéro 10 en partance pour Irkoutsk quittait la gare à 23 h 24, nous n'avions plus beaucoup de temps devant nous. L'agitation donnait au lieu des allures de village de campagne par jour de marché. Caisses de volailles, étals de fromages et de viande séchée, victuailles en tous genres se mêlaient aux valises, malles et paquetages qui encombraient le quai. Les voyageurs du vieux train qui traverserait le continent asiatique en six jours tentaient de se frayer un chemin à travers le capharnaüm des marchands installés dans la gare. On se chamaillait, s'invectivait en toutes sortes de langues, chinois, russe, mandchourien, mongol. Quelques gamins vendaient à la sauvette des lots d'articles de première nécessité. Bonnets, écharpes, rasoirs, brosses à dents et dentifrices. Un policier repéra Keira et s'approcha d'elle, j'accélérai le pas et le bousculai en m'excusant platement. Le policier me sermonna mais, quand il se retourna vers la foule, Keira avait disparu de son champ de vision, du mien aussi d'ailleurs.

Une voix annonça dans les haut-parleurs le départ imminent du train, les voyageurs encore à quai se bousculèrent un peu plus. Les contrôleurs étaient débordés. Toujours aucune trace de Keira. Je m'étais laissé entraîner dans une queue devant le wagon numéro 7 ; j'apercevais par les fenêtres le couloir surpeuplé où chacun cherchait la place qui lui était attribuée, mais je ne retrouvais toujours pas le visage de Keira. Mon tour était venu de grimper sur le marchepied, un dernier coup d'œil vers le quai, et je n'avais plus d'autre choix que de me laisser porter par le flot humain qui se pressait à l'intérieur du wagon. Si Keira n'était pas à bord, je redescendrais au premier arrêt et trouverais bien un moyen de revenir à Moscou. Je regrettai que nous ne nous soyons pas donné un point de rendez-vous au cas où nous nous serions perdus et je commençais déjà à réfléchir à l'endroit qui lui viendrait à l'esprit. Je remontai la coursive, un policier arrivait en sens inverse. Je me glissai dans un compartiment, il ne me prêta pas plus d'attention que cela. Chacun s'installait à bord, les deux employées de la compagnie responsables du wagon avaient bien d'autres choses à faire pour l'instant que de vérifier les billets. Je pris place à côté d'un couple d'Italiens, le compartiment voisin était occupé par des Français et je croiserais quantité de compatriotes au cours de ce voyage. Ce train attirait à longueur d'année nombre de touristes étrangers, la chose était tout à notre avantage. Le convoi s'ébranla lentement, quelques policiers parcouraient encore le quai déserté, la gare de Moscou s'effaça bientôt, laissant place à un paysage de banlieue, gris et sinistre.

Mes voisins me promirent de veiller sur mon sac, je les quittai pour partir à la recherche de Keira. Je ne la trouvai ni dans la voiture suivante, ni dans celle d'après. À la banlieue succédait déjà la plaine. Le train filait à vive allure. Troisième voiture, toujours pas de Keira. Traverser les couloirs encombrés demandait une certaine patience. En seconde classe l'animation était déjà à son comble, les Russes avaient débouché bières et bouteilles de vodka et l'on trinquait à grand renfort de chansons et de cris. La voiture-restaurant était tout aussi animée.

Un groupe s'était formé, six Ukrainiens à la carrure imposante levaient leur verre en criant : « Vive la France ! » Je m'approchai et découvris Keira, passablement éméchée.

— Ne me regarde pas comme ça, dit-elle, ils sont très sympathiques !

Elle se poussa pour me faire une place autour de la table et m'expliqua que ses nouveaux compagnons de voyage l'avaient aidée à embarquer, faisant de leur corps rempart à un policier qui s'intéressait un peu trop à sa physionomie. Sans eux, il l'aurait interpellée. Alors, difficile de ne pas les remercier en leur payant à boire. Je n'avais encore jamais vu Keira dans cet état, je remerciai ses nouveaux camarades et tentai de la convaincre de me suivre.

— J'ai faim et nous sommes dans la voiture-restaurant, et puis j'en ai assez de courir, assieds-toi et mange !

Elle nous commanda un plat de pommes de terre et de poisson fumé, avala deux autres verres de vodka et s'écroula un quart d'heure plus tard sur mon épaule.

Aidé par l'un des six gaillards, je l'ai portée jusqu'à mon compartiment. Nos voisins italiens s'amusèrent de la situation. Allongée sur sa couchette, elle maugréa quelques mots inaudibles et se rendormit aussitôt.

J'ai passé une partie de cette première nuit à bord du Transsibérien à regarder le ciel par la vitre. À chaque extrémité du wagon se trouvait un petit local où officiait une *provonitsas*. L'employée responsable du wagon se tenait à longueur de journée devant un samovar, offrant eau chaude et thé. J'allai me servir et en profitai pour me renseigner sur la durée du voyage jusqu'à Irkoutsk. Il nous faudrait trois jours et quatre nuits, celle-ci comprise, pour parcourir les quatre mille cinq cents kilomètres qui nous en séparaient.

*

Madrid

Sir Ashton reposa son téléphone portable sur la table du salon ; il desserra la ceinture de sa robe de chambre et retourna vers le lit.

— Quelles sont les dernières nouvelles ? demanda Isabel en refermant son journal.

— Ils ont été repérés à Moscou.

— Dans quelles circonstances ?

— Ils se sont rendus à l'Académie des sciences pour y prendre des renseignements sur un ancien trafiquant d'antiquités. Le directeur a trouvé cela suspect et en a informé la police.

Isabel se redressa dans le lit et alluma une cigarette.

— On les a arrêtés ?

— Non. La police a remonté leur piste jusqu'à l'hôtel où ils étaient descendus mais elle est arrivée trop tard.

— A-t-on perdu leur trace ?

— À vrai dire, je n'en sais rien, ils ont essayé d'embarquer à bord du Transsibérien.

— Essayé ?

— Les Russes ont interpellé un type qui retirait des billets en leur nom.

— Alors ils sont à bord ?

— La gare grouillait de policiers, mais personne ne les a vus monter dans le train.

— S'ils se sentent traqués, ils ont pu vouloir diriger leurs poursuivants vers une fausse piste. Il ne faut pas que la police russe se mêle de nos affaires, cela ne fera que nous compliquer la tâche.

— Je doute que nos scientifiques soient aussi futés que vous le supposez, je pense qu'ils sont à bord de ce train, le type qu'ils recherchent habite sur le lac Baïkal.

— Pourquoi veulent-ils rencontrer ce trafiquant d'antiquités ? Quelle étrange idée, vous croyez qu'il…

— … qu'il est en possession d'un des fragments ? Non, nous l'aurions appris depuis longtemps, mais, s'ils se donnent autant de mal pour aller le voir, c'est que ce type doit détenir des informations qui leur seront précieuses.

— Eh bien, mon cher, il ne vous reste plus qu'à faire taire ce bonhomme avant qu'ils arrivent à lui.

— Ce n'est pas aussi simple que cela ; l'individu en question est un ancien du Parti et, compte tenu de ses antécédents, s'il vit une retraite dorée dans une datcha au bord d'un lac c'est qu'il bénéficie de sérieuses protections. À moins de dépêcher quelqu'un, nous ne trouverons personne sur place pour se risquer à entreprendre quoi que ce soit contre cet homme.

Isabel écrasa son mégot dans le cendrier de la table de nuit, attrapa le paquet de cigarettes et en ralluma une.

— Avez-vous un autre plan pour empêcher cette rencontre ?

— Vous fumez trop, ma chère, répondit Sir Ashton en ouvrant la fenêtre. Vous connaissez mes projets mieux que personne, Isabel, mais vous avez proposé au conseil une alternative qui nous fait perdre du temps.

— Pouvons-nous, oui ou non, les intercepter ?

— MOSCOU me l'a promis ; nous sommes convenus qu'il était préférable que nos proies se sentent un peu moins sur leurs gardes. Intervenir à bord d'un train n'est pas aussi facile qu'il y paraît. Et puis, quarante-huit heures de répit devraient leur donner l'impression d'être passés au travers des mailles du filet. MOSCOU dépêchera une équipe qui se chargera d'eux à leur arrivée à Irkoutsk. Mais compte tenu des résolutions prises devant le conseil, ses hommes se contenteront de les interpeller et de les remettre à bord d'un avion pour Londres.

— Ce que j'ai proposé au conseil avait pour mérite de faire pencher les voix en faveur d'un arrêt des recherches, sans compter que cela vous lavait de tout soupçon concernant Vackeers ; cela étant désormais acquis, les choses ne sont pas obligées de se dérouler telles que prévues...

— Dois-je comprendre que vous ne seriez pas hostile à des mesures plus radicales ?

— Comprenez ce que bon vous semble mais arrêtez de faire les cent pas, vous me donnez le tournis.

Ashton alla refermer la fenêtre, ôta sa robe de chambre et se glissa sous les draps.

— Vous ne rappelez pas vos services ?

— C'est inutile, le nécessaire est fait, j'en avais déjà pris la décision.

— De quel genre de décision parlez-vous ?

— Intervenir avant nos amis russes. L'affaire sera réglée demain lorsque le train repartira de Iekaterinbourg. Je préviendrai ensuite MOSCOU par courtoisie, pour qu'il ne dépêche pas inutilement ses hommes.

— Le conseil sera furieux d'apprendre que vous avez ignoré les résolutions votées ce soir.

— Je vous laisse le soin de composer à votre guise un petit numéro pour l'occasion. Vous condamnerez mon sens de l'initiative ou mon incapacité à me plier aux règles ; vous me ferez la morale, je présenterai mes excuses en jurant que mes hommes ont agi de leur propre chef et, croyez-moi, dans une quinzaine de jours, personne n'en parlera plus. Votre autorité sera sauve et nos problèmes résolus, que demander de mieux ?

Ashton éteignit la lumière...

*

Transsibérien

Keira avait passé la journée allongée sur sa couchette, terrassée par la migraine. Je m'étais bien gardé de lui faire le moindre reproche quant à ses excès de la veille, y compris quand elle m'avait supplié de l'achever pour que la douleur cesse. Toutes les demi-heures, je me rendais au bout du wagon, où la responsable du samovar me remettait gentiment des compresses tièdes que je retournais aussitôt lui appliquer sur le front. Dès qu'elle se rendormait, je collais mon visage à la fenêtre et regardais défiler la campagne. De temps à autre, le convoi longeait un village de maisons construites en rondins de bouleau. Quand il s'arrêtait dans des petites gares, les fermiers du coin se pressaient sur le quai pour vendre aux voyageurs leurs produits locaux, salades de pommes de terre, crêpes au tvarok, confitures, beignets de chou ou de viande. Ces arrêts ne duraient jamais longtemps, puis le train repartait à travers les grandes plaines désertiques de l'Oural. En fin d'après-midi, Keira commença à se sentir un peu mieux. Elle avala un thé et grignota quelques fruits secs. Nous nous rapprochions d'Iekaterinbourg où nos voisins italiens nous quitteraient pour prendre un autre train, vers Oulan-Bator.

— J'aurais tellement aimé visiter cette ville, soupira Keira, l'église du Sang versé, il paraît qu'elle est magnifique.

Étrange nom pour une église, mais elle avait été construite sur les ruines de la villa Ipatiev où l'empereur Nicolas II, sa femme Alexandra Federova et leurs cinq enfants avaient été exécutés en juillet 1918.

Nous n'aurions hélas pas le temps de faire du tourisme, le train ne s'arrêterait qu'une demi-heure, pour changer de locomotive, m'avait confié la responsable de notre wagon. Nous pourrions toujours aller nous dégourdir les jambes et acheter de quoi manger, cela ferait du bien à Keira.

— Je n'ai pas faim, gémit-elle.

La banlieue apparut, pareille à celle de toutes les grandes villes industrielles, le train s'arrêta en gare.

Keira accepta de quitter sa couchette pour aller faire quelques pas. La nuit était tombée, sur le quai les babouchkas vendaient leurs marchandises à la criée. De nouvelles têtes montaient à bord, deux policiers faisaient une ronde, leur attitude décontractée me rassura, nos ennuis semblaient être restés à Moscou, nous en étions déjà éloignés de plus de mille cinq cents kilomètres.

Aucun sifflet ne prévenait du départ, seul le mouvement de la foule faisait comprendre qu'il était temps de remonter dans le wagon. J'avais acheté une caisse d'eau minérale et quelques pirojkis que je fus seul à déguster. Keira était retournée s'allonger sur sa couchette et elle se rendormit. Mon repas avalé, je me couchai à mon tour, le balancement du train, le bruit régulier de ses boggies m'entraînèrent dans un profond sommeil.

Il était 2 heures du matin, heure de Moscou, quand j'entendis un drôle de bruit à la porte, quelqu'un essayait d'entrer dans notre compartiment. Je me levai et tirai le rideau, passai la tête mais il n'y avait personne, le couloir était désert, anormalement désert, même la provonitsas avait abandonné son samovar.

Je refermai le loquet et décidai de réveiller Keira, quelque chose clochait. Elle sursauta ; je mis ma main sur sa bouche et lui fis signe de se lever.

— Qu'est-ce qu'il y a ? chuchota-t-elle.

— Je n'en sais encore rien, mais habille-toi vite.

— Pour aller où ?

La question n'était pas dénuée de sens. Nous étions enfermés dans un compartiment de six mètres carrés, le wagon-restaurant se trouvait à six voitures de la nôtre et l'idée de nous y rendre ne m'enchantait guère. Je vidai ma valise, rembourrai nos deux couchettes de nos affaires et les recouvris des draps. Puis j'aidai Keira à grimper sur le porte-bagages, éteignis la lumière et me glissai à ses côtés.

— Tu peux me dire à quoi on joue ?

— Ne fais pas de bruit, c'est tout ce que je te demande.

Dix minutes passèrent, j'entendis à nouveau cliqueter le loquet. La porte de notre compartiment coulissa, quatre coups secs claquèrent et elle se referma. Nous restâmes blottis l'un contre l'autre un long moment, jusqu'à ce que Keira me prévienne qu'une crampe à la jambe la ferait bientôt hurler de douleur. Nous abandonnâmes notre cachette, Keira voulut rallumer le plafonnier, je l'en empêchai et entrebâillai le rideau pour laisser entrer la lumière du clair de lune. Nous blêmîmes en découvrant nos literies transpercées de deux trous, à l'endroit où nos corps endormis auraient dû se trouver. On s'était introduit dans notre cabine pour nous tirer dessus. Keira s'agenouilla devant sa couchette et passa son doigt à travers la déchirure du drap.

— C'est terrifiant…, murmura-t-elle.

— En effet, j'ai bien peur que la literie soit foutue !

— Mais merde, enfin, pourquoi cet acharnement ? Nous ne savons même pas ce que nous cherchons, et encore moins si nous le trouverons un jour, alors…

— Il est probable que ceux qui nous en veulent en sachent plus que nous. Maintenant, il faut rester calmes pour sortir de ce piège. Et nous avons intérêt à réfléchir vite.

Notre meurtrier était dans le train, et il y resterait au moins jusqu'au prochain arrêt, à moins qu'il ne décide d'attendre que l'on découvre nos corps pour s'assurer de la réussite de sa mission. Dans le premier cas nous avions tout intérêt à rester tapis dans notre cabine, dans le second, il était plus judicieux de descendre avant lui. Le convoi ralentissait, nous devions approcher d'Omsk, l'escale suivante aurait lieu au petit matin, lorsque le train entrerait en gare de Novossibirsk.

Mon premier réflexe fut de chercher un moyen de condamner la porte, ce que je fis en passant la ceinture de mon pantalon autour de la poignée et en la reliant au montant de l'échelle qui permettait d'accéder aux porte-bagages. Le cuir était assez solide pour empêcher désormais quiconque de la faire coulisser. Puis j'ordonnai à Keira de se baisser afin que nous puissions tous deux surveiller le quai sans se faire repérer.

Le convoi s'immobilisa. De notre position, il était difficile de voir qui en descendait, et nous n'avons rien vu qui nous laisse espérer que le tueur avait quitté le bord.

Pendant les heures qui suivirent, nous refîmes nos paquetages, à l'affût du moindre bruit. À 6 heures du matin, nous entendîmes des cris. Les voyageurs des compartiments voisins sortirent dans le couloir. Keira se leva d'un bond.

— Je n'en peux plus d'être cloîtrée ici ! dit-elle en libérant la poignée.

Elle ouvrit la porte et me lança ma ceinture.

— On sort ! Il y a trop de monde dehors pour que nous risquions quoi que ce soit.

Un passager avait découvert la responsable du wagon, gisant inanimée au pied de son samovar, avec une méchante plaie au front. Sa collègue, qui assurait le service de jour, nous ordonna de regagner nos couchettes, la police monterait à Novossibirsk. En attendant, chacun devait s'enfermer dans son compartiment.

— Retour à la case départ ! fulmina Keira.

— Si les flics inspectent les cabines, nous avons intérêt à cacher nos draps, dis-je en remettant ma ceinture, ce n'est pas le moment d'éveiller l'attention.

— Tu crois que ce type rôde encore dans les parages ?

— Je n'en sais rien, mais, maintenant, il ne pourra rien tenter.

En gare de Novossibirsk, les passagers furent interrogés tour à tour par deux inspecteurs, personne n'avait rien vu. La jeune provonitsas fut emmenée en ambulance et remplacée par une autre employée de la compagnie. Il y avait suffisamment d'étrangers dans ce train pour que notre présence n'attire aucune attention particulière de la part des autorités. Rien que dans notre wagon se trouvaient des Néerlandais, des Italiens, des Allemands et même un couple de Japonais, nous n'étions que deux Anglais parmi eux. On releva nos identités, les inspecteurs redescendirent et le convoi repartit.

Nous traversâmes une zone de marécages gelés, le relief se rehaussa de montagnes enneigées, auxquelles succédèrent à nouveau les plaines de la Sibérie. En milieu de journée, le train s'engagea sur un long pont métallique enjambant la majestueuse rivière Ienisseï ; l'arrêt à Novossibirsk dura une demi-heure. J'aurais préféré que nous ne quittions pas notre cabine, mais Keira ne tenait plus en place. La température sur le quai devait avoisiner les moins dix degrés. Nous avons profité de notre petite escapade pour acheter de quoi nous restaurer.

— Je ne vois rien de louche, dit Keira en croquant à pleines dents dans un beignet de légumes.

— Pourvu que cela dure jusqu'à demain matin.

Les passagers regagnaient les voitures, je jetai un dernier coup d'œil autour de nous et aidai Keira à se hisser sur le marchepied. La nouvelle provonitsas me cria de nous presser et la portière se referma derrière moi.

Je suggérai à Keira que nous passions notre dernière soirée à bord du Transsibérien au wagon-restaurant. Russes et touristes y trinquaient toute la nuit ; plus il y aurait de monde, plus nous serions en sécurité. Keira accueillit ma proposition avec soulagement. Nous trouvâmes une table que nous partageâmes avec quatre Hollandais.

— À Irkoutsk, comment va-t-on mettre la main sur notre type ? Le lac Baïkal s'étend sur plus de six cents kilomètres.

— Une fois là-bas, nous essaierons de dénicher un café Internet et nous ferons quelques recherches, avec un peu de chance nous trouverons la trace de notre homme.

— Parce que tu sais faire des recherches en cyrillique, toi ?

Je regardai Keira, son sourire narquois me rappelait combien je la trouvais ravissante. Nous aurions peut-être en effet besoin de faire appel aux services d'un interprète.

— À Irkoutsk, reprit-elle en se moquant de moi, nous irons voir un chamane, il nous en apprendra bien plus sur la région et ses habitants que tous les moteurs de recherche de ton Internet de malheur !

Et pendant que nous dînions, Keira m'expliqua pourquoi le lac Baïkal était devenu un haut lieu de la paléontologie. La découverte au début du XXIe siècle de campements du paléolithique avait permis d'établir la présence d'hommes de Transbaïkalie ayant peuplé la Sibérie vingt-cinq mille ans avant notre ère. Ils savaient utiliser un calendrier et accomplissaient déjà des rites religieux.

— L'Asie est le berceau du chamanisme. Dans ces régions, poursuivit Keira, le chamanisme est considéré comme la religion originelle de l'homme. Selon la mythologie, le chamanisme est même né avec la création de l'Univers et le premier chamane était le fils du Ciel. Tu vois, nos deux métiers sont liés depuis la nuit des temps. Les mythes cosmogoniques sibériens sont nombreux. On a retrouvé dans la nécropole de l'île aux Rennes sur l'Onega une sculpture d'os datant du Ve millénaire avant notre ère. Elle représente une coiffure chamanique décorée d'un museau d'élan. La coiffe était portée par un officiant s'élevant vers le monde céleste, entouré de deux femmes.

— Pourquoi me racontes-tu tout cela ?

— Parce que, ici, comme dans tous les villages boudâtes, si tu veux apprendre quelque chose, il faut demander audience à un chamane. Maintenant tu peux me dire pourquoi tu me tripotes sous la table ?

— Je ne te tripote pas !

— Alors qu'est-ce que tu fais ?

— Je cherche le guide touristique que tu as dû planquer quelque part. Ne me dis pas que tu connaissais autant de choses sur les chamanes, je ne te croirais pas !

— Ne sois pas idiot, rit Keira alors que je glissais mes mains derrière ses hanches. Il n'y a aucun livre sous mes fesses ! J'ai de bonnes raisons de connaître ma leçon par cœur, et il n'y a rien non plus entre mes seins, ça suffit, Adrian !

— Quelles raisons ?

— J'ai traversé une phase très mystique quand j'étais à la fac, j'étais très... chamanisée. Encens, pierres magnétiques, danses, extases, transes, enfin, une période de ma vie assez New Age si tu vois ce que je veux dire, et je t'interdis de te moquer. Adrian, arrête, tu me chatouilles, personne n'irait cacher un bouquin à cet endroit.

— Et comment allons-nous trouver un chamane ? dis-je en me redressant.

— Le premier gamin dans la rue te dira où vit le chamane du coin, fais-moi confiance. Quand j'avais vingt ans, j'aurais adoré faire ce voyage. Pour certains le paradis se trouvait à Katmandou, moi, c'était ici que je rêvais de venir.

— Vraiment ?

— Oui, vraiment ! Maintenant je n'ai rien contre le fait que tu approfondisses tes fouilles, mais alors retournons dans la cabine.

Je ne me le fis pas répéter. Au petit matin, j'avais inspecté très minutieusement le corps de Keira... je n'ai jamais trouvé la moindre antisèche sur elle !

*

Londres

Sir Ashton était installé à la table de la salle à manger, il lisait le journal du matin en prenant son thé. Son secrétaire particulier entra dans la pièce, lui présentant un téléphone portable sur un plateau en argent. Ashton prit l'appareil, écouta ce que son correspondant lui annonçait et reposa le téléphone sur le plateau. Le secrétaire aurait dû, selon l'usage, se retirer sur-le-champ, mais il semblait vouloir ajouter quelque chose et attendait que Sir Ashton s'adresse à lui.

— Quoi encore ? Puis-je prendre mon petit déjeuner sans être importuné ?

— Le chef de la sécurité souhaite s'entretenir avec vous dans les plus brefs délais, monsieur.

— Eh bien, qu'il vienne me voir cet après-midi.

— Il est dans le couloir, monsieur, il paraît que c'est urgent.

— Le chef de la sécurité est chez moi à 9 heures du matin, qu'est-ce que c'est que cette histoire ?

— J'imagine, monsieur, qu'il préfère vous en parler lui-même, il n'a rien voulu me dire, hormis qu'il devait vous voir au plus vite.

— Alors faites-le entrer au lieu de bavasser, ce que c'est agaçant, et faites-nous servir un thé à bonne température, et non cette lavasse tiède à laquelle j'ai eu droit. Allez, dépêchez-vous puisque c'est urgent !

Le secrétaire se retira, laissant la place au chef de la sécurité.

— Que me voulez-vous ?

Le chef de la sécurité remit une enveloppe scellée à Sir Ashton. Il la décacheta et découvrit une série de photographies. Il reconnut Ivory, assis sur un banc dans le petit parc en face de sa maison.

— Qu'est-ce que cet imbécile fait là ? questionna Ashton en se rendant à la fenêtre.

— Elles ont été prises hier en fin d'après-midi, monsieur.

Ashton laissa tomber le rideau et se tourna vers le chef de la sécurité.

— Si ce vieux fou prend plaisir à nourrir les pigeons en face de chez moi, c'est son problème, j'espère que vous ne m'avez pas dérangé à cette heure matinale pour une raison aussi stupide.

— A priori, l'opération en Russie s'est achevée comme vous l'aviez demandé.

— Eh bien, pourquoi ne pas avoir commencé par cette excellente nouvelle ? Voulez-vous une tasse de thé ?

— Je vous remercie, monsieur, mais je dois me retirer, j'ai beaucoup à faire.

— Attendez une seconde, pourquoi avez-vous dit « a priori » ?

— Notre émissaire a dû quitter le train plus tôt que prévu ; il est cependant certain d'avoir mortellement atteint ses deux cibles.

— Alors vous pouvez disposer.

*

Irkoutsk

Nous n'étions pas mécontents d'abandonner le Transsibérien. Hormis cette dernière nuit passée à bord, nous n'en garderions pas de très bons souvenirs. En traversant la gare, je regardai attentivement autour de nous, rien ne semblait suspect. Keira repéra un jeune garçon qui vendait des cigarettes à la sauvette. Elle lui proposa dix dollars en échange d'un petit service : nous conduire chez le chamane. Le garçon ne comprenait pas un mot de ce que Keira lui demandait, mais il nous amena jusqu'à sa maison. Son père possédait un petit atelier de tannerie dans une ruelle de la vieille ville.

Je fus frappé par la diversité ethnique de l'endroit. Une multitude de communautés se côtoyaient dans la plus parfaite harmonie. Irkoutsk, ville au passé singulier avec ses vieilles maisons de bois qui penchent et s'enfoncent dans la terre avant de mourir faute d'entretien, Irkoutsk et son vieux tram sans station, qui s'arrête au milieu de la rue, Irkoutsk et ses vieilles Bouriates avec leur éternel fichu de laine noué au menton, leur cabas autour du bras… Ici, chaque vallée et chaque montagne a son esprit, on vénère le ciel et avant de boire de l'alcool on en verse quelque gouttes sur la table pour trinquer avec les dieux. Le tanneur nous accueillit dans sa modeste demeure. Dans un anglais rudimentaire il nous expliqua que sa famille vivait là depuis trois siècles. Son grand-père était pelletier à l'époque où les Bouriates négociaient encore des fourrures dans les comptoirs marchands de la ville, mais tout cela appartenait au passé, un passé révolu. Désormais, zibelines, hermines, loutres et renards avaient disparu, le petit atelier situé à quelques pas de la chapelle de Saint-Paraskeva ne produisait plus que des cartables en cuir qui se vendaient difficilement au bazar voisin. Keira demanda à notre hôte s'il connaissait un moyen d'obtenir une audience auprès d'un chamane. Le meilleur selon lui se trouvait à Listvianka, une petite ville au bord du lac Baïkal. Un minibus nous permettrait de nous y rendre à moindres frais. Les taxis étaient hors de prix, nous dit-il, et guère plus confortables. Il nous offrit un repas ; il n'est, en ces terres souvent meurtries par la folle oppression des uns, qu'une seule loi, celle de l'hospitalité. Une viande maigre bouillie, quelques pommes de terre, un thé au beurre et une tranche de pain. Ce déjeuner d'hiver dans l'atelier d'un tanneur à Irkoutsk, je m'en souviens encore.

Keira avait apprivoisé l'enfant, ensemble ils jouaient à répéter des mots qui leur étaient à chacun inconnus, en anglais ou en russe, et ils riaient sous le regard attendri de l'artisan. Au début de l'après-midi, le garçon nous conduisit jusqu'à l'arrêt de l'autocar. Keira voulut lui remettre les dollars promis mais il les refusa. Alors elle dénoua son écharpe et la lui offrit. Il l'enroula autour de son cou et partit en courant. Au bout de la rue, il se retourna et agita l'étoffe en signe d'au revoir. Je savais bien à ce moment que Keira avait le cœur lourd, combien Harry lui manquait, je devinais qu'elle revoyait ses yeux dans le regard de chaque enfant que nous croisions en route. Je la pris dans mes bras, mes gestes étaient maladroits mais elle posa sa tête sur mon épaule. Je sentis sa tristesse et lui rappelai à l'oreille la promesse que je lui avais faite. Nous retournerions dans la vallée de l'Omo et, quel que soit le temps que cela nous prendrait, elle reverrait Harry.

Le minibus longeait la rivière, bordant des paysages de steppes. Des femmes marchaient au bord de la route, portant leurs enfants endormis dans leurs bras. Au cours du voyage, Keira m'en apprit un peu plus sur les chamanes et la visite qui nous attendait.

— Le chamane est un guérisseur, un sorcier, un prêtre, un magicien, un devin, voire un possédé. Il est chargé de traiter certaines maladies, de faire venir le gibier ou faire tomber la pluie, parfois même de retrouver un objet perdu.

— Dis-moi, ton chamane, il ne pourrait pas nous diriger directement sur notre fragment, cela éviterait d'aller voir cet Egorov et ça nous ferait gagner du temps.

— Je vais y aller seule !

Le sujet était sensible et la plaisanterie n'était pas de mise. J'écoutai donc attentivement ce qu'elle m'expliquait.

— Pour entrer en contact avec les esprits, le chamane se met en transe. Ses convulsions témoignent qu'un esprit est entré dans son corps. Lorsque sa transe s'achève, il s'écroule et entre en catalepsie. C'est un moment intense pour l'assemblée, il n'est jamais sûr que le chamane retourne parmi les vivants. Lorsqu'il revient à lui, il raconte son voyage. Parmi ses voyages, il y en a un qui devrait te plaire, celui que le chamane fait vers le cosmos. On l'appelle le vol magique. Le chamane côtoie le « clou du ciel » et passe au travers de l'étoile Polaire.

— Tu sais que nous avons juste besoin d'une adresse, nous pouvons peut-être nous contenter de lui demander un service réduit.

Keira se tourna vers la vitre du bus, sans plus m'adresser la parole.

*

Listvianka…

… est une ville entièrement bâtie en bois, comme bien des villages de Sibérie ; même l'église orthodoxe est construite en bouleau. La maison du chamane ne dérogeait pas à la règle. Nous n'étions pas les seuls à lui rendre visite ce jour-là. J'avais espéré que nous n'aurions qu'à échanger quelques mots avec lui, un peu comme on vient interroger le maire d'un petit village sur une famille du coin dont on recherche la trace, mais il nous fallut assister d'abord à l'office qui venait de commencer.

Nous prîmes place dans une pièce parmi cinquante autres personnes assises en rond sur des tapis. Le chamane entra, vêtu d'un costume de cérémonie. L'assemblée était silencieuse. Une jeune femme, elle devait avoir à peine vingt ans, était allongée sur une natte. Elle souffrait visiblement d'un mal qui lui donnait une terrible fièvre. Son front ruisselait de sueur et elle gémissait. Le chamane prit un tambour. Keira, qui m'en voulait encore, m'expliqua – bien que je ne lui eusse rien demandé – que l'accessoire était indispensable au rituel et que le tambour avait une double identité sexuelle, la peau était mâle et le cadre femelle. J'eus la bêtise de rire et reçus aussitôt une claque derrière la tête.

Le chamane commença par chauffer la peau du tambour en la caressant de la flamme d'une torchère.

— Avoue que c'est quand même plus compliqué que d'appeler les renseignements, chuchotai-je à l'oreille de Keira.

Le chamane leva les mains, son corps commença à onduler au rythme des roulements du tambour. Son chant était envoûtant, j'avais perdu toute envie d'être ironique, Keira était entièrement absorbée par la scène qui se déroulait sous nos yeux. Le chamane entra en transe, son corps était secoué de spasmes violents. Au cours de la cérémonie, le visage de la jeune femme se métamorphosa, comme si la fièvre retombait, les couleurs réapparaissaient sur ses joues. Keira était fascinée, je l'étais tout autant. Le roulement de tambour cessa et le chamane s'écroula. Personne ne parlait, pas un bruit pour troubler le silence. Nos yeux étaient rivés sur son corps inerte et il en fut ainsi pendant un long moment. Quand l'homme revint à lui et se redressa, il s'approcha de la jeune femme, apposa ses mains sur son visage et lui demanda de se lever. Debout, bien que vacillante, elle semblait être guérie du mal qui tout à l'heure encore la terrassait. L'assemblée acclama le chamane, la magie avait opéré.

Je n'ai jamais su de quels réels pouvoirs jouissait cet homme et ce dont je fus témoin ce jour-là dans la demeure du chamane de Listvianka restera à jamais pour moi un mystère.

La cérémonie terminée, les gens se dispersèrent, Keira aborda le chamane et lui demanda audience ; il l'invita à s'asseoir et à lui poser les questions pour lesquelles elle était venue à sa rencontre.

Il nous apprit que l'homme que nous cherchions était un notable de la région. Un bienfaiteur qui donnait beaucoup d'argent pour les pauvres, pour la construction des écoles, il avait même financé la réfection d'un dispensaire qui depuis avait pris des airs de petit hôpital. Le chamane hésitait à nous confier son adresse, s'inquiétant de nos intentions. Keira promit que nous voulions simplement obtenir quelques informations. Elle expliqua son métier et en quoi Egorov pouvait nous être utile. Sa quête était strictement scientifique.

Le chamane regarda attentivement le pendentif de Keira et l'interrogea sur sa provenance.

— C'est un objet très ancien, lui confia-t-elle sans aucune retenue, un fragment d'une carte des étoiles dont nous cherchons les parties manquantes.

— Quel âge a cet objet ? interrogea le chamane en demandant à le voir de plus près.

— Des millions d'années, répondit Keira en le lui tendant.

Le chamane caressa délicatement le pendentif et, aussitôt, son visage se ferma.

— Vous ne devez pas poursuivre votre voyage, dit-il d'une voix grave.

Keira se retourna vers moi. Qu'est-ce qui inquiétait soudain cet homme ?

— Ne le gardez pas auprès de vous, vous ne savez pas ce que vous faites, reprit-il.

— Vous avez déjà vu un tel objet ? demanda Keira.

— Vous ne comprenez pas ce que cela implique ! dit le chamane.

Son regard s'était encore assombri.

— J'ignore de quoi vous voulez parler, répondit Keira en reprenant son pendentif, nous sommes des scientifiques...

— ... des ignorants ! Savez-vous seulement comment le monde tourne ? Vous voulez prendre le risque de remettre ses équilibres en cause ?

— Mais de quoi parlez-vous ? s'insurgea Keira.

— Allez-vous-en d'ici ! L'homme que vous souhaitez rencontrer habite à deux kilomètres d'ici, dans une datcha rose avec trois tourelles, vous ne pourrez pas la manquer.

Des jeunes patinaient sur le lac Baïkal à l'écart du rivage où les vagues saisies par l'hiver avaient gelé, formant des sculptures aux allures effrayantes. Prisonnier des glaces, un vieux cargo à la coque rouillée gisait sur son flanc. Keira avait enfoui ses mains dans ses poches.

— Que tentait de nous dire cet homme ? me demanda-t-elle.

— Je n'en ai pas la moindre idée, c'est toi l'experte en chamanisme. Je pense que la science l'inquiète, voilà tout.

— Sa peur ne me paraissait pas irrationnelle et il semblait savoir de quoi il parlait… comme s'il voulait nous prévenir d'un danger.

— Keira, nous ne sommes pas des apprentis sorciers. Il n'y a de place ni pour la magie ni pour l'ésotérisme dans nos disciplines. Nous suivons tous deux une démarche purement scientifique. Nous disposons de deux fragments d'une carte que nous cherchons à compléter, rien de plus.

— D'une carte qui selon toi fut établie il y a quatre cents millions d'années et nous ignorons tout de ce qu'elle nous révélerait si nous la complétions…

— Lorsque nous l'aurons complétée, nous pourrons alors envisager de façon scientifique qu'une civilisation disposait d'un savoir astronomique en des temps où nous pensions qu'il n'était pas possible qu'elle existe sur la Terre. Une telle découverte remettra bien des choses en perspective sur l'histoire de l'humanité. N'est-ce pas ce qui te passionne depuis toujours ?

— Et toi, qu'est-ce que tu espères ?

— Que cette carte me montre une étoile qui me soit encore inconnue, ce serait déjà formidable. Pourquoi fais-tu cette tête ?

— J'ai la trouille, Adrian, jamais mes recherches ne m'avaient confrontée à la violence des hommes et je ne comprends toujours pas les motivations de ceux qui nous en veulent autant. Ce chamane ignorait tout de nous, la façon dont il a réagi au contact de mon pendentif, c'était… effrayant.

— Mais tu te rends compte de ce que tu lui as révélé et de ce que cela implique pour lui ? Cet homme est un oracle, son pouvoir et son aura reposent sur son savoir et l'ignorance de ceux qui le vénèrent. Nous débarquons chez lui, en lui brandissant sous le nez le témoin d'une connaissance qui dépasse de loin les siennes. Tu le mets en danger. Je ne m'attends pas à meilleure réaction des membres de l'Académie, si nous leur faisions pareille révélation. Qu'un médecin gagne un village reculé du monde où la modernité n'est jamais parvenue, qu'il soigne un malade avec des médicaments, les autres verraient en lui un sorcier aux pouvoirs infinis. L'homme vénère celui dont le savoir le dépasse.

— Merci de la leçon, Adrian, c'est notre ignorance qui me fait peur, pas celle des autochtones.

Nous arrivions devant la datcha rose, elle était telle que le chamane l'avait décrite et il avait dit vrai, impossible de la confondre avec une autre maison tant son architecture était ostentatoire. Celui qui vivait là n'avait rien fait pour cacher sa richesse, au contraire, il l'affichait, gage de son pouvoir et de sa réussite.

Deux hommes, Kalachnikov en bandoulière, gardaient l'entrée de la propriété. Je me présentai et demandai à être reçu par le maître des lieux. Nous venions de la part de Thornsten, un de ses anciens amis, qui nous avait mandatés pour acquitter une dette. Le vigile nous ordonna d'attendre devant la porte. Keira sautillait sur place pour se réchauffer, sous le regard amusé du second garde qui la reluquait d'une façon fort déplaisante à mon goût. Je la pris dans mes bras et lui frictionnai le dos. L'homme revint quelques instants plus tard, nous eûmes droit à une fouille en règle et, enfin, on nous laissa entrer dans la fastueuse demeure d'Egorov.

Les sols étaient en marbre de Carrare, les murs recouverts de boiseries importées d'Angleterre, nous expliqua notre hôte en nous accueillant dans son salon. Quant aux tapis, ils provenaient d'Iran, des pièces de grande valeur, affirma-t-il.

— Je croyais ce salopard de Thornsten mort depuis longtemps, s'exclama Egorov en nous servant de la vodka. Buvez ! dit-il, cela vous réchauffera.

— Désolée de vous décevoir, répliqua Keira, mais il se porte comme un charme.

— Tant mieux pour lui, répondit Egorov, alors vous êtes venus m'apporter l'argent qu'il me doit ?

Je sortis mon portefeuille et tendis cent dollars à notre hôte.

— Voilà, dis-je en posant l'unique billet sur la table, vous pouvez vérifier, le compte y est.

Egorov regarda la coupure verte avec mépris.

— C'est une plaisanterie, j'espère !

— C'est la somme exacte qu'il nous a demandé de vous remettre.

— C'est ce qu'il me devait il y a trente ans ! En monnaie constante, sans compter les intérêts, il faudrait la multiplier par cent pour que nous soyons quittes. Je vous donne deux minutes pour foutre le camp d'ici avant de regretter d'être venus vous moquer de moi.

— Thornsten nous a dit que vous pourriez nous aider, je suis archéologue et j'ai besoin de vous.

— Désolé, je ne m'occupe plus d'antiquités depuis longtemps, les matières premières sont bien plus lucratives. Si vous avez fait ce voyage dans l'espoir de m'acheter quelque chose, vous vous êtes déplacés pour rien. Thornsten s'est foutu autant de vous que de moi. Reprenez ce billet et allez-vous-en.

— Je ne comprends pas votre animosité à son égard, il parlait de vous en des termes très respectueux et semblait même vous vouer une certaine admiration.

— Ah bon ? demanda Egorov, flatté par le propos de Keira.

— Pourquoi vous devait-il de l'argent ? Cent dollars, cela représentait une certaine somme dans cette région, il y a trente ans, ajouta Keira.

— Thornsten n'était qu'un intermédiaire, il agissait pour le compte d'un acheteur à Paris. Un homme qui voulait acquérir un manuscrit ancien.

— Quel genre de manuscrit ?

— Une pierre gravée retrouvée dans une tombe gelée en Sibérie. Vous devez savoir aussi bien que moi que nombre de ces sépultures furent mises au jour dans les années cinquante, toutes regorgeaient de trésors parfaitement conservés par les glaces.

— Et toutes furent minutieusement pillées.

— Hélas, oui, répondit Egorov en soupirant. La cupidité des hommes est terrible, n'est-ce pas ? Dès qu'il est question d'argent, il n'y a plus aucun respect pour les beautés du passé.

— Et, bien sûr, vous occupiez votre temps à traquer ces pilleurs de tombes, n'est-ce pas ? poursuivit Keira.

— Vous avez un joli derrière, mademoiselle, et un charme certain, mais n'abusez pas trop de mon hospitalité.

— Vous avez vendu cette pierre à Thornsten ?

— Je lui ai refourgué une copie ! Son commanditaire n'y a vu que du feu. Comme je savais qu'il ne me paierait pas, je me suis contenté de lui remettre une reproduction, mais de fort bonne qualité. Reprenez cet argent, offrez-vous un bon repas et dites à Thornsten que nous sommes quittes.

— Et vous avez toujours l'originale ? demanda Keira en souriant.

Egorov la regarda de bas en haut, s'attardant sur les courbes de son anatomie ; il sourit à son tour et se leva.

— Puisque vous êtes venus jusqu'ici, suivez-moi, je vais vous montrer de quoi il s'agissait.

Il se rendit jusqu'à la bibliothèque qui agrémentait les murs de son salon. Il y prit une boîte recouverte de cuir fin, l'ouvrit et la remit en place.

— Ce n'est pas dans celle-ci, mais où ai-je bien pu la mettre ?

Il examina trois autres caissettes du même genre, une quatrième et une cinquième dont il sortit un objet empaqueté dans un voile de coton. Il dénoua la ficelle qui l'entourait et nous présenta une pierre de vingt centimètres sur vingt qu'il posa délicatement sur son bureau avant de nous inviter à nous rapprocher. La surface patinée était incrustée d'écritures ressemblant à des hiéroglyphes.

— C'est du sumérien, cette pierre a plus de six mille ans. Le commanditaire de Thornsten aurait mieux fait de me la payer à l'époque, son prix était encore tout à fait abordable. Il y a trente ans, j'aurais vendu le cercueil de

Sargon pour quelques centaines de dollars, aujourd'hui cette pierre est inestimable et paradoxalement invendable d'ailleurs, sauf à un particulier qui la garderait secrètement. Ce genre d'objet ne peut plus circuler librement, les temps ont changé, le trafic d'antiquités est devenu bien trop dangereux. Je vous l'ai dit, le commerce de matières premières rapporte bien plus avec beaucoup moins de risques.

— Quelle est la signification de ces gravures ? demanda Keira, fascinée par la beauté de la pierre.

— Pas grand-chose, il s'agit probablement d'un poème, ou d'une ancienne légende, mais celui qui voulait l'acheter semblait y accorder une grande importance. Je dois avoir une traduction. Voilà, je l'ai ! dit-il en fouillant la caissette.

Il remit à Keira une feuille de papier qu'elle me lut à voix haute.

Il est une légende qui raconte que l'enfant dans le ventre de sa mère connaît tout du mystère de la Création, de l'origine du monde jusqu'à la fin des temps. À sa naissance, un messager passe au-dessus de son berceau et pose un doigt sur ses lèvres pour que jamais il ne dévoile le secret qui lui fut confié, le secret de la vie…

Comment cacher ma stupéfaction en entendant ces mots qui résonnaient dans ma tête et me rappelaient les ultimes souvenirs d'un voyage avorté. Ces derniers mots que j'avais lus à bord d'un avion en partance pour la Chine, avant de perdre connaissance et qu'il ne fasse demi-tour. Keira avait interrompu sa lecture, inquiète de me voir si troublé. Je pris mon portefeuille dans ma poche, en sortit une feuille de papier que je dépliai devant elle. Je lus à mon tour à voix haute la fin de ce texte étrange.

… Ce doigt posé qui efface à jamais la mémoire de l'enfant laisse une marque. Cette marque, nous l'avons tous au-dessus de la lèvre supérieure, sauf moi.

Le jour où je suis né, le messager a oublié de me rendre visite, et je me souviens de tout.

Keira et Egorov me regardèrent tour à tour, aussi étonnés que je l'étais. Je leur expliquai dans quelles circonstances ce document m'était parvenu.

— C'est ton ami, le professeur Ivory, qui me l'a fait remettre, juste avant que je parte te chercher en Chine.

— Ivory ? Qu'est-ce qu'il vient faire là-dedans ? demanda Keira.

— Mais c'est le nom de ce salaud qui ne m'a jamais payé ! s'exclama Egorov. Lui aussi je le croyais mort depuis longtemps.

— C'est une manie chez vous de vouloir enterrer tout le monde ? répondit Keira. Et je doute fort qu'il ait quoi que ce soit à voir avec votre lamentable commerce de pillages de tombes.

— Je vous dis que votre professeur, soi-disant insoupçonnable, est précisément l'homme qui me l'a achetée, et je vous prie de ne pas me contredire, je n'ai pas l'habitude qu'une petite péronnelle mette ma parole en doute. J'attends vos excuses !

Keira croisa les bras et lui tourna le dos. Je l'attrapai par l'épaule et lui ordonnai de s'exécuter sur-le-champ ! Elle me fustigea du regard et grommela un « Désolée » à notre hôte qui, heureusement, sembla s'en contenter et accepta de nous en dire plus.

— Cette pierre fut trouvée dans le nord-ouest de la Sibérie, au cours d'une campagne d'excavation de tombes gelées. La région en regorge. Les sépultures protégées par le froid depuis des millénaires étaient remarquablement bien conservées. Il faut remettre les choses dans leur contexte, à l'époque tous les programmes de recherches dépendaient de l'autorité du comité central du Parti. Les archéologues touchaient des salaires de misère pour travailler dans des conditions extrêmement difficiles.

— Nous ne sommes pas mieux lotis en Occident et on ne pille pas les terrains de fouilles pour autant !

J'aurais préféré que Keira garde ce genre de remarque pour elle.

— Tout le monde trafiquait pour subvenir à ses besoins, reprit-il. Parce que j'occupais un poste un peu plus élevé dans la hiérarchie du Parti, rapports, autorisations et allocations de ressources passaient par moi, et j'étais chargé de trier parmi les découvertes ce qui représentait un intérêt suffisant pour être transféré à Moscou et ce qui pouvait rester dans la région. Le Parti était le premier à piller les républiques de la Fédération des trésors qui leur revenaient de droit, nous ne faisions que prendre une sorte de petite commission au passage. Quelques objets n'arrivaient pas jusqu'à Moscou et finissaient par enrichir les collections d'acheteurs occidentaux. C'est ainsi qu'un jour j'ai fait la connaissance de votre ami Thornsten. Il agissait pour le compte de ce professeur Ivory, passionné par tout ce qui touchait aux civilisations scythes et sumériennes. Je savais que je ne serais jamais payé, j'avais dans nos équipes un épigraphiste talentueux, je lui ai fait faire une reproduction de la pierre sur un bloc de granit. Maintenant, si vous me disiez ce qui vous amène chez moi, je suppose que vous n'avez pas traversé l'Oural pour me rendre cent dollars ?

— Je suis les traces de nomades qui auraient entrepris un long voyage, quatre mille ans avant notre ère.

— Pour aller d'où à où ?

— Partis d'Afrique, ils ont atteint la Chine, cela j'en ai la preuve ; ensuite, tout n'est qu'hypothèses. Je suppose qu'ils ont bifurqué vers la Mongolie, traversé la Sibérie, en remontant le fleuve Ienisseï jusqu'à la mer de Kara.

— Sacré voyage, et dans quel but vos nomades auraient-ils parcouru tous ces kilomètres ?

— Pour franchir la route des Pôles et atteindre le continent américain.

— Cela ne répond pas vraiment à ma question.

— Pour porter un message.

— Et vous pensiez que je pourrais vous aider à démontrer l'existence d'une telle aventure ? Qui vous a mis cette idée en tête ?

— Thornsten, il prétend que vous étiez un spécialiste des civilisations sumériennes, je suppose que la pierre que vous venez de nous montrer confirme ce qu'il nous a dit.

— Comment avez-vous rencontré Thornsten ? demanda Egorov d'un air malicieux.

— Par l'intermédiaire d'un ami qui nous a recommandé d'aller le voir.

— C'est assez amusant.

— Je ne vois pas ce qu'il y a de si amusant à cela ?

— Et votre ami ne connaît pas Ivory ?

— Pas que je sache, non !

— Vous seriez prête à jurer qu'ils ne se sont jamais rencontrés ?

Egorov tendit son téléphone à Keira, la défiant du regard.

— Soit vous êtes idiote, soit vous êtes l'un comme l'autre d'une naïveté déconcertante. Appelez cet ami et posez-lui la question !

Keira et moi regardions Egorov, sans comprendre où il voulait en venir. Keira prit l'appareil, composa le numéro de Max et s'éloigna – ce qui, je dois l'avouer, m'agaça au plus haut point ; et elle revint quelques instants plus tard, la mine défaite.

— Tu connais donc son numéro par cœur..., dis-je.

— Ce n'est pas du tout le moment.

— Il t'a demandé de mes nouvelles ?

— Il m'a menti. Je lui ai posé la question sans détour et il m'a juré qu'il ne connaissait pas Ivory, mais je sens qu'il m'a menti.

Egorov se rendit vers sa bibliothèque, parcourut les rayonnages et en sortit un grand livre.

— Si je comprends bien, reprit-il, votre vieux professeur vous envoie dans les pattes d'un ami qui vous adresse à Thornsten, qui, lui-même, vous renvoie vers moi. Et, comme par hasard, il y a trente ans, ce même Ivory cherchait à acquérir cette pierre que je possède sur laquelle est incrusté un texte en sumérien, texte dont il vous avait déjà remis une retranscription. Tout cela, bien sûr, n'est que pure coïncidence...

— Qu'est-ce que vous sous-entendez ? demandai-je.

— Vous êtes deux marionnettes dont Ivory tire les ficelles à sa guise, il vous fait aller du nord au sud et d'est en ouest, selon son bon vouloir. Si vous n'avez pas encore compris qu'il vous a instrumentalisés, alors, vous êtes encore plus bêtes que je ne le supposais.

— Je pense que nous avons bien compris que vous nous preniez pour deux imbéciles, siffla Keira, sur ce point vous avez été assez clair, mais pourquoi ferait-il une chose pareille ? Qu'est-ce qu'il aurait à y gagner ?

— Je ne sais pas ce que vous cherchez exactement, mais je suppose que le résultat doit l'intéresser au plus haut point. Vous êtes en train de poursuivre une œuvre qu'il a laissée inachevée. Enfin, il ne faut pas être très intelligent pour comprendre que vous travaillez pour lui sans même vous en rendre compte.

Egorov ouvrit le grand livre et déplia une carte ancienne de l'Asie.

— Cette preuve que vous espériez trouver, reprit-il, elle est sous vos yeux, c'est la pierre sur laquelle figure ce texte en sumérien. Votre Ivory espérait que je l'avais encore, et il s'est arrangé pour vous faire arriver jusqu'à moi.

Egorov s'assit derrière son bureau et nous invita à prendre place dans deux gros fauteuils en vis-à-vis.

— Les recherches archéologiques en Sibérie débutèrent au XVIIIe siècle, à l'initiative de Pierre le Grand. Jusque-là, les Russes n'avaient accordé aucun intérêt à leur passé. Lorsque je dirigeais la branche sibérienne de l'Académie, je m'arrachais les cheveux pour convaincre les autorités de sauvegarder des trésors inestimables ; je ne suis pas le vulgaire trafiquant que vous imaginez. Certes, j'avais mes réseaux, mais grâce à eux j'ai sauvé des milliers de pièces et j'en ai fait restaurer tout autant qui, sans moi, auraient été vouées à la destruction. Croyez-vous que cette pierre sumérienne existerait toujours si je n'avais pas été là ? Elle aurait probablement servi, au milieu de cent autres, à étayer le mur d'une caserne ou à remblayer un chemin. Je ne dis pas ne pas avoir trouvé quelques avantages à ce petit commerce, mais j'ai toujours agi en sachant ce que je faisais. Je ne vendais pas les vestiges de notre Sibérie à n'importe qui.

Bon, en tout cas, ce professeur ne vous aura pas fait perdre votre temps. Plus que quiconque en Russie, j'ai en effet étudié les civilisations sumériennes et j'ai toujours été convaincu qu'ils avaient voyagé bien au-delà des distances supposées. Personne n'accordait le moindre crédit à mes théories, on m'a traité d'illuminé et d'incapable. L'artefact que vous cherchez, attestant que vos nomades ont bien atteint le Grand Nord, est sous vos yeux. Et savez-vous à quand remonte le texte qui y est gravé ? À l'an 4004 avant notre ère. Constatez par vous-mêmes, dit-il en désignant une ligne plus petite que les autres en haut de la pierre, c'est une datation formelle. Maintenant, pourriez-vous partager avec moi les raisons pour lesquelles ils auraient, selon vous, tenté d'atteindre le continent américain ? Car j'imagine que, si vous êtes ici, c'est que vous les connaissez.

— Je vous l'ai dit, répéta Keira, pour porter un message.

— Merci, je ne suis pas sourd, mais quel message ?

— Je n'en sais rien, il était destiné aux magistères de civilisations anciennes.

— Et vous croyez que vos messagers ont atteint leur but ?

Keira se pencha sur la carte, elle pointa du doigt le mince passage du détroit de Béring, puis son index glissa le long de la côte sibérienne.

— Je n'en sais rien, dit-elle à voix basse, c'est bien pour cela que j'ai tant besoin de suivre leurs traces.

Egorov attrapa la main de Keira et la déplaça lentement sur la carte.

— Man-Pupu-Nyor, dit-il en la reposant à l'est de la chaîne de l'Oural, sur un point situé au nord de la république des Komis. Le site des Sept Géants de l'Oural, c'est là que vos messagers des magistères ont fait leur dernière halte.

— Comment le savez-vous ? demanda Keira.

— Parce que c'est à cet endroit précis, en Sibérie occidentale, que la pierre a été trouvée. Ce n'est pas le fleuve Ienisseï que vos nomades descendaient, mais l'Ob, et ce n'est pas vers la mer de Kara qu'ils se dirigeaient, mais vers la mer Blanche. Pour gagner leur destination, la route de la Norvège était plus courte, plus accessible.

— Pourquoi avez-vous dit « leur dernière halte » ?

— Parce que j'ai de bonnes raisons de croire que leur voyage s'est arrêté là. Ce que je vais vous confier, nous ne l'avons jamais révélé. Il y a trente ans, nous menions une campagne de fouilles dans cette région. À Man-Pupu-Nyor, sur un vaste plateau situé au sommet d'une montagne battue par les vents, s'élèvent sept piliers de pierre de trente à quarante-deux mètres de hauteur chacun. Ils ont l'apparence d'immenses menhirs. Six forment un demi-cercle, le septième semble regarder les six autres. Les Sept Géants de l'Oural représentent un mystère qui n'a toujours pas livré son secret. Personne ne sait pourquoi ils sont là, et l'érosion ne peut être seule responsable d'une telle architecture. Ce site est l'équivalent russe de votre Stonehenge, à ceci près que les rocs y sont de taille sans commune mesure.

— Pourquoi n'avoir rien dévoilé ?

— Aussi étrange que cela puisse vous paraître, nous avons tout recouvert et remis le site dans l'état où nous l'avions trouvé. Nous avons volontairement effacé toute trace de notre passage. À cette époque, le Parti se fichait de nos travaux. Ce que nous avions mis au jour aurait été ignoré par les fonctionnaires incompétents de Moscou. Au mieux, nos extraordinaires découvertes auraient été archivées sans aucune analyse, sans aucun soin pour les préserver. Elles auraient fini par pourrir dans de simples caisses, oubliées dans les sous-sols d'un quelconque bâtiment.

— Et qu'aviez-vous trouvé ? demanda Keira.

— Quantité de restes humains datant du IVe millénaire, une cinquantaine de corps parfaitement conservés par les glaces. C'est parmi eux que se trouvait la pierre sumérienne, enfouie dans leur tombeau. Les hommes dont vous suivez la trace se sont laissé emprisonner par l'hiver et la neige, ils sont tous morts de faim.

Keira se retourna vers moi, au comble de l'excitation.

— Mais c'est une découverte majeure ! Personne n'a jamais pu prouver que les Sumériens avaient voyagé aussi loin ; si vous aviez publié vos travaux avec de telles preuves à l'appui, la communauté scientifique internationale vous aurait acclamé.

— Vous êtes charmante mais bien trop jeune pour savoir de quoi vous parlez. À supposer que la portée de cette découverte ait eu la moindre résonance auprès de nos supérieurs, nous aurions été aussitôt déportés dans un goulag et nos travaux auraient été attribués à des apparatchiks du Parti. Le mot « international » n'existait pas en Union soviétique.

— C'est pour cela que vous avez tout réenfoui ?

— Qu'auriez-vous fait à notre place ?

— Presque tout réenfoui... si je peux me permettre, lançai-je. J'imagine que cette pierre n'est pas le seul objet que vous avez rapporté dans vos bagages...

Egorov me lança un sale regard.

— Il y avait aussi quelques effets personnels ayant appartenu à ces voyageurs, nous en avons très peu gardé, il était vital pour chacun de nous de rester le plus discret possible.

— Adrian, me dit Keira, si le périple des Sumériens s'est achevé dans ces conditions, alors il est probable que le fragment se trouve quelque part sur le plateau de Ma-Pupu-Nyor.

— Man-Pupu-Nyor, rectifia Egorov, mais vous pouvez aussi dire Manpupuner, c'est ainsi que les Occidentaux le prononcent. De quel fragment parlez-vous ?

Keira me regarda, puis, sans attendre de réponse à une question qu'elle ne m'avait pas posée, elle ôta son collier, montra son pendentif à Egorov et lui raconta à peu près tout de la quête que nous avions entreprise.

Passionné par ce que nous lui expliquions, Egorov nous garda à dîner, et, comme la soirée se prolongeait, il mit aussi une chambre à notre disposition, ce qui tombait bien, nous avions totalement oublié de penser à nous loger.

Au cours du repas qui nous fut servi dans une pièce dont la taille faisait plus penser à un terrain de badminton qu'à une salle à manger, Egorov nous assaillit de questions. Lorsque je finis par lui révéler ce qui se produisait quand on réunissait les objets, il nous supplia de le laisser assister au phénomène. Il était difficile de lui refuser quoi que ce soit. Keira et moi rapprochâmes nos deux fragments et ils reprirent aussitôt leur couleur bleutée, même si celle-ci était encore plus pâle que la dernière fois. Egorov écarquilla les yeux, son visage semblait avoir rajeuni, et lui, si calme jusque-là, était excité comme un gamin à la veille de Noël.

— Que se passerait-il, selon vous, si tous les fragments étaient réunis ?

— Je n'en ai pas la moindre idée, répondis-je avant Keira.

— Et vous êtes tous les deux certains que ces pierres ont quatre cents millions d'années ?

— Ce ne sont pas des pierres, répondit Keira, mais oui, nous sommes certains de leur ancienneté.

— Leur surface est poreuse, elle est incrustée de millions de micro-perforations. Lorsque les fragments sont soumis à une très forte source de lumière, ils projettent une carte des étoiles dont le positionnement correspond exactement à celui que l'on trouvait dans le ciel à cette période, poursuivis-je. Si nous avions un laser assez puissant à notre disposition, je pourrais vous en faire la démonstration.

— J'aurais beaucoup aimé voir cela, mais, désolé, je n'ai pas ce genre d'appareil chez moi.

— Le contraire m'aurait inquiété, lui confiai-je.

Le dessert consommé – un gâteau spongieux fortement alcoolisé –, Egorov quitta la table et se mit à arpenter la pièce.

— Et vous pensez, poursuivit-il aussitôt, que l'un des fragments manquants pourrait se trouver sur le site des Sept Géants de l'Oural ? Oui, bien sûr que vous le pensez, quelle question !

— J'aimerais tant pouvoir vous répondre ! reprit Keira.

— Naïve et optimiste ! Vous êtes vraiment charmante.

— Et vous…

Je lui administrai un léger coup de genou sous la table, avant qu'elle termine sa phrase.

— Nous sommes en hiver, reprit Egorov, le plateau de Man-Pupu-Nyor est balayé par des vents si froids et secs que la neige arrive à peine à rester au sol. La terre est gelée, vous comptez mener vos fouilles avec deux petites pelles et une poêle à métaux ?

— Arrêtez avec ce ton condescendant, c'est exaspérant. Et puis pour votre gouverne, les fragments ne sont pas en métal, rétorqua-t-elle.

— Ce n'est pas un détecteur de métaux pour amateurs en quête de pièces perdues sous la plage que je vous propose, rétorqua Egorov, mais un projet bien plus ambitieux…

Egorov nous fit passer au salon, la pièce n'avait rien à envier à la salle à manger. Le sol en marbre avait laissé place à un parquet de chêne, le mobilier venait d'Italie et de France. Nous nous installâmes dans de confortables canapés en face d'une cheminée monumentale où crépitait un feu trop nourri. Les flammes léchaient le fond de l'âtre, s'élevant à de belles hauteurs.

Egorov proposa de mettre à notre disposition une vingtaine d'hommes et tout le matériel dont Keira aurait besoin pour ses fouilles. Il lui promit plus de moyens que ce dont elle avait jamais disposé jusque-là. La seule contrepartie à cette aide inespérée était qu'il soit associé à toutes ses découvertes.

Keira lui précisa qu'il n'y avait aucun gain financier en perspective. Ce que nous rêvions de trouver n'avait pas de valeur marchande, mais seulement un intérêt scientifique. Egorov s'offusqua.

— Qui vous parle d'argent ? dit-il en colère. C'est vous qui n'avez que ce mot à la bouche. Vous ai-je parlé d'argent, moi ?

— Non, répondit Keira confuse – et je la croyais sincère –, mais nous savons tous les deux que les moyens que vous m'offrez représentent un énorme investissement et jusqu'ici j'ai croisé peu de philanthropes dans ma carrière, dit-elle en s'en excusant presque.

Egorov ouvrit une boîte à cigares et nous la présenta. Je faillis me laisser tenter, mais le regard noir de Keira m'en dissuada.

— J'ai consacré la plus grande partie de ma vie à des travaux d'archéologie, reprit Egorov, et ce, dans des conditions bien plus pénibles que celles que vous connaîtrez jamais. J'ai risqué ma peau, tant physiquement que politiquement, j'ai sauvé quantité de trésors, je vous en ai déjà expliqué les circonstances, et la seule reconnaissance que ces salopards de l'Académie des sciences m'accordent est de me considérer comme un vulgaire trafiquant. Comme si les choses avaient tant changé aujourd'hui ! Quels hypocrites ! Voilà bientôt trois décennies que l'on me salit. Si votre projet aboutit, j'y gagnerai bien plus que de l'argent. Le temps où l'on enterrait les morts avec leurs biens est révolu, je n'emmènerai dans ma tombe ni ces tapis persans ni les peintures du XIXe qui ornent les murs de ma maison. Je vous parle de me rendre une certaine respectabilité. Il y a trente ans, si nous n'avions pas eu peur de nos supérieurs, la publication de nos travaux, comme vous le disiez à juste titre, aurait fait de moi un scientifique reconnu et respecté. Je ne passerai pas deux fois à côté de la chance qui m'est offerte. Aussi, si vous êtes d'accord, nous mènerons cette campagne ensemble, et si nous trouvons de quoi corroborer vos théories, si la bonne fortune nous sourit, alors nous présenterons à la communauté scientifique le produit de nos découvertes. Ce petit marché vous convient, oui ou non ?

Keira hésita. Il était difficile dans la situation où nous nous trouvions de tourner le dos à un allié de ce genre. J'estimais à sa juste valeur la protection que nous offrirait cette association. Si Egorov voulait bien emmener aussi les deux gorilles en armes qui nous avaient accueillis chez lui, nous aurions du répondant la prochaine fois que quelqu'un voudrait attenter à nos vies. Keira échangea de nombreux regards avec moi. La décision nous appartenait à tous deux, mais, galanterie oblige, je voulais qu'elle se prononce en premier.

Egorov fit un grand sourire à Keira.

— Redonnez-moi ces cent dollars, lui dit-il sur un ton très sérieux.

Keira sortit le billet, Egorov l'empocha aussitôt.

— Voilà, vous avez contribué au financement du voyage, nous sommes désormais associés ; maintenant que les questions d'argent qui semblaient tant vous préoccuper sont réglées, pouvons-nous, entre scientifiques, nous concentrer sur les détails de notre organisation afin de réussir cette prodigieuse campagne de fouilles ?

Ils s'installèrent autour de la table basse. Une heure durant, ils établirent une liste de tous les équipements dont ils auraient besoin. Je dis « ils » car je me sentais exclu de leur conversation. Je profitai d'ailleurs qu'ils m'ignorent pour aller étudier de plus près les rayonnages de la bibliothèque. J'y trouvai de nombreux ouvrages d'archéologie, un ancien manuel d'alchimie du XVIIe siècle, un autre d'anatomie tout aussi ancien, l'œuvre complète d'Alexandre Dumas, une édition originale du *Rouge et le Noir*. La collection de livres que je balayais du regard devait valoir une véritable fortune. Un étonnant traité d'astronomie du XIVe siècle m'occupa pendant que Keira et Egorov faisaient leurs devoirs.

Remarquant enfin mon absence, il était tout de même près de 1 heure du matin, Keira vint me chercher ; elle eut le toupet de me demander ce que je faisais. J'en déduisis que la question avait valeur de reproche et je la rejoignis devant la cheminée.

— C'est fabuleux, Adrian, nous aurons tout le matériel nécessaire, nous allons pouvoir procéder à des fouilles de grande ampleur. Je ne sais pas combien de temps cela nous prendra, mais avec un tel équipement, si le fragment se trouve vraiment quelque part entre ces menhirs, nous avons de grandes chances de le trouver.

Je parcourus la liste qu'elle avait établie avec Egorov, truelles, spatules, fils à plomb, pinceaux, GPS, mètres, piquets de carroyage, grilles de relevés, tamis, balances, appareils de mesures anthropométriques, compresseurs, aspirateurs, groupes électrogènes et torchères pour travailler de nuit, tentes, marqueurs, appareils photographiques, rien ne semblait manquer à ce fastueux inventaire digne d'un magasin spécialisé. Egorov décrocha le téléphone posé sur un guéridon. Quelques instants plus tard, deux hommes entrèrent dans son salon, il leur remit la liste et ils se retirèrent sur-le-champ.

— Tout sera prêt demain avant midi, dit Egorov en s'étirant.

— Comment allez-vous acheminer tout cela ? osai-je demander.

Keira se retourna vers Egorov qui me regarda, l'air triomphal.

— C'est une surprise. En attendant, il est tard et nous avons besoin de sommeil, je vous retrouverai au petit déjeuner ; soyez prêts, nous partirons en fin de matinée.

Un garde du corps nous conduisit jusqu'à nos appartements. La chambre d'amis avait des allures de palace. Je n'en avais jamais fréquenté mais je doutais que l'on puisse faire plus vaste que celle où nous dormirions ce soir. Le lit était si grand que l'on pouvait s'y allonger dans la longueur aussi bien que dans la largeur. Keira bondit sur l'épais duvet et m'invita à l'y rejoindre. Je ne l'avais pas vue aussi heureuse depuis… à bien y penser, je ne l'avais jamais vue aussi heureuse. J'avais risqué plusieurs fois ma vie, parcouru des milliers de kilomètres pour la retrouver. Si j'avais su, je me serais contenté de lui offrir une pelle et un tamis ! Après tout, il ne tenait qu'à moi d'apprécier la chance que j'avais, il suffisait de peu de chose pour combler de joie la femme que j'aimais. Elle s'étira de tout son long, ôta son pull, défit son soutien-gorge et me fit signe d'un air aguicheur de ne pas traîner. Je n'en avais pas l'intention.

*

Kent

La Jaguar roulait à vive allure sur la petite route qui menait au manoir. Assis à l'arrière, à la lumière de la veilleuse du plafonnier, Sir Ashton parcourait un dossier. Il le referma en bâillant. Le téléphone de bord sonna, son chauffeur annonça un appel en provenance de Moscou et le lui passa.

— Nous n'avons pas réussi à intercepter vos amis en gare d'Irkoutsk, je ne sais pas comment ils ont fait, mais ils ont échappé à la vigilance de nos hommes, expliqua Moscou.

— Fâcheuse nouvelle ! s'agaça Ashton.

— Ils sont sur le lac Baïkal dans la demeure d'un trafiquant d'antiquités, reprit MOSCOU.

— Alors qu'attendez-vous pour les interpeller ?

— Qu'ils en ressortent. Egorov a ses appuis dans la région, sa datcha est protégée par une petite armée, je ne souhaite pas qu'une simple arrestation tourne au bain de sang.

— Je vous ai connu moins précautionneux.

— Je sais que vous avez du mal à vous y faire, mais nous avons tout de même des lois dans notre pays. Si mes hommes interviennent et que ceux d'Egorov ripostent, il sera difficile d'expliquer aux autorités fédérales les raisons d'un tel assaut au milieu de la nuit, surtout sans avoir demandé de mandat au préalable. Après tout, d'un point de vue légal, nous n'avons rien à reprocher à ces deux scientifiques.

— Leur présence dans la maison d'un trafiquant d'antiquités n'est pas suffisante ?

— Non, ce n'est pas un délit. Soyez patient. Dès qu'ils sortiront de leur tanière, nous les cueillerons sans que cela fasse le moindre bruit. Je vous promets de vous les expédier par avion demain soir.

La Jaguar fit une sérieuse embardée, Ashton glissa sur la banquette et faillit en lâcher le combiné. Il se rattrapa à l'accoudoir, se redressa et cogna à la vitre de séparation pour manifester son mécontentement à son chauffeur.

— Une question, poursuivit Moscou : vous n'auriez pas tenté quelque chose sans me prévenir, par hasard ?

— À quoi faites-vous allusion ?

— À un petit incident qui s'est produit dans le Transsibérien. Une employée de la compagnie a été violemment frappée à la tête. Elle se trouve encore à l'hôpital, avec un sérieux traumatisme crânien.

— Je suis désolé de l'apprendre, mon cher. Frapper une femme est un acte indigne.

— Si votre archéologue et son ami ne s'y étaient pas trouvés, je ne douterais pas de votre sincérité, mais il s'avère que cette agression inqualifiable s'est produite dans le wagon qu'ils occupaient. J'imagine que je dois voir là une coïncidence et rien d'autre ? Vous ne vous seriez jamais autorisé à agir dans mon dos et encore moins sur mon territoire, n'est-ce pas ?

— Bien sûr que non, répondit Ashton, le seul fait que vous le suggériez m'offense.

La voiture se balança à nouveau violemment. Ashton ajusta son nœud papillon et cogna une nouvelle fois sur la vitre en face de lui. Quand il reprit le téléphone en main, MOSCOU avait raccroché.

Ashton appuya sur un bouton, la cloison vitrée s'abaissa derrière le fauteuil de son chauffeur.

— Vous avez fini de me secouer ainsi ? Et puis pourquoi conduisez-vous aussi vite ? Nous ne sommes pas sur un circuit automobile, que je sache !

— Non, monsieur, mais nous descendons une côte dont la pente n'est pas négligeable et les freins ont lâché ! Je fais de mon mieux, mais je vous invite à boucler votre ceinture, je crains de devoir nous faire avaler un fossé dès que cela sera possible, si je veux arrêter cette satanée berline.

Ashton leva les yeux au ciel et fit ce que son chauffeur lui avait demandé. Ce dernier réussit à aborder convenablement le virage suivant mais il n'eut d'autre choix que de quitter la route et de s'enfoncer dans un champ afin d'éviter le camion qui arrivait en face.

La berline immobilisée, le chauffeur ouvrit la portière de Sir Ashton et s'excusa du désagrément. Il n'y comprenait rien, la voiture sortait de révision, il était allé la chercher au garage juste avant de prendre la route. Ashton lui demanda s'il y avait une lampe de poche à bord, le chauffeur ouvrit la trousse de secours et lui en présenta une aussitôt.

— Eh bien, allez voir sous le châssis ce qui s'est passé, bon sang ! ordonna Ashton.

Le chauffeur enleva sa veste et s'exécuta. Il n'était pas aisé de se faufiler sous le véhicule mais il y parvint en passant par l'arrière. Il reparut quelques instants plus tard, crotté des pieds à la tête, et annonça, fort embarrassé, que le carter du circuit de freinage avait été perforé.

Ashton eut un moment de doute, il était impensable que quelqu'un s'en prenne à lui de façon aussi délibérée et grossière. Puis il repensa à la photographie que lui avait montrée son chef de la sécurité. Assis sur son banc, Ivory semblait fixer l'objectif et, de surcroît, il souriait.

*

Paris

Ivory compulsait pour la énième fois le livre offert par son défunt partenaire d'échecs. Il revint à la page de garde et relut encore et encore la dédicace :

Je sais que cet ouvrage vous plaira, il n'y manque rien puisque tout s'y trouve, même le témoignage de notre amitié.

Votre dévoué partenaire d'échecs,
Vackeers

Il n'y comprenait rien. Il regarda l'heure à sa montre et sourit. Il enfila son pardessus, noua une écharpe autour de son cou et descendit faire sa promenade nocturne le long des berges de la Seine.

Quand il atteignit le pont Marie, il appela Walter.

— Vous avez essayé de me joindre ?

— Plusieurs fois, mais sans succès, je désespérais de vous parler. Adrian m'a appelé d'Irkoutsk, il semble qu'ils aient eu des ennuis en route.

— Quel genre d'ennuis ?

— Plutôt fâcheux puisqu'on a tenté de les assassiner.

Ivory regarda vers le fleuve, essayant du mieux qu'il le pouvait de conserver son calme.

— Il faut les faire rentrer, reprit Walter. Il va finir par leur arriver quelque chose et je ne me le pardonnerai pas.

— Moi non plus, Walter, je ne me le pardonnerai pas. Savez-vous s'ils ont rencontré Egorov ?

— Je le suppose, ils partaient à sa recherche lorsque nous avons raccroché. Adrian semblait terriblement inquiet. Si Keira n'était pas aussi décidée, il aurait sûrement rebroussé chemin.

— Il vous a dit en avoir l'intention ?

— Oui, il a évoqué ce souhait plusieurs fois, et j'ai eu bien du mal à ne pas l'encourager en ce sens.

— Walter, ce n'est plus qu'une question de jours, de quelques semaines au plus, nous ne pouvons pas reculer, pas maintenant.

— Vous n'avez aucun moyen de les protéger ?

— Je contacterai MADRID dès demain, elle seule peut avoir une influence sur Ashton. Je ne doute pas une seconde qu'il soit derrière ce nouvel acte barbare. Je me suis arrangé pour lui faire passer un petit message ce soir, mais je ne pense pas que cela suffise.

— Alors laissez-moi dire à Adrian de revenir en Angleterre, n'attendons pas qu'il soit trop tard.

— Il est déjà trop tard, Walter, je vous l'ai déjà dit, nous ne pouvons pas reculer.

Ivory raccrocha. Perdu dans ses pensées, il rangea son téléphone dans la poche de son manteau et rentra chez lui.

*

Russie

Un majordome entra dans notre chambre et tira les rideaux, il faisait beau, la lumière vive du jour nous éblouit.

Keira enfouit sa tête sous les draps. Le majordome posa un plateau de petit déjeuner au pied du lit, nous indiquant qu'il était presque 11 heures ; nous étions attendus à midi dans le hall, bagages faits. Puis il se retira.

Je vis réapparaître le front de Keira et ses yeux qui lorgnèrent la corbeille de viennoiseries ; elle tendit le bras, attrapa un croissant et l'engloutit en trois bouchées.

— On ne pourrait pas rester ici un ou deux jours ? gémit-elle en avalant le thé que je venais de lui servir.

— Rentrons à Londres, je t'invite une semaine dans un palace… et nous ne sortirons pas de la chambre.

— Tu n'as pas envie de continuer, n'est-ce pas ? Nous sommes en sécurité avec Egorov, dit-elle en s'attaquant à un morceau de brioche.

— Je trouve que tu accordes bien vite ta confiance à ce type. Hier, nous ne le connaissions pas, et nous voilà aujourd'hui ses associés, je ne sais ni où nous allons, ni ce qui nous attend.

— Moi non plus, mais je sens que nous approchons du but.

— De quel but, Keira, les tombes sumériennes ou les nôtres ?

— OK, dit-elle en chassant les draps, se levant d'un bond. Rentrons ! Je vais expliquer à Egorov que nous renonçons et, si ses gardes du corps nous laissent sortir, on sautera dans un taxi direction l'aéroport, puis on prendra le premier avion pour Londres. Je ferai un petit crochet par Paris pour aller pointer au chômage. Au fait... vous avez droit aux allocations chômage en Angleterre ?

— Ce n'est pas la peine d'être cynique ! D'accord, continuons, mais fais-moi d'abord une promesse : si le moindre danger se présente à nouveau, nous arrêtons tout.

— Définis-moi ce que tu appelles danger, dit-elle en se rasseyant sur le lit.

Je pris son visage entre mes mains et lui répondit :

— Lorsque quelqu'un essaie de vous assassiner, on est en danger ! Je sais que ton appétit de découverte est plus fort que tout, mais il faudrait que tu prennes conscience des risques que nous encourons avant qu'il soit trop tard.

Egorov nous attendait dans le hall de la maison. Il portait une longue pèlerine en fourrure blanche et une chapka sur la tête. Si j'avais rêvé de rencontrer Michel Strogoff, mon vœu était exaucé. Il nous remit bonnets, gants et chapeaux et deux parkas fourrées sans comparaison avec nos manteaux.

— Il fait vraiment très froid là où nous nous rendons, équipez-vous, nous partons dans dix minutes, mes hommes s'occuperont de vos bagages. Suivez-moi et descendons au parking.

L'ascenseur s'arrêta au second niveau où une collection de voitures allant du coupé sport à la limousine présidentielle était rangée en bon ordre.

— Je vois que vous ne faites pas que dans le commerce de vieilleries, dis-je à Egorov.

— Non, en effet, me répondit-il en ouvrant la portière.

Deux berlines nous précédaient, deux autres fermaient la marche. Nous sortîmes en trombe dans la rue et le cortège emprunta la route qui longeait le lac.

— Si je ne m'abuse, dis-je un peu plus tard, la Sibérie occidentale est à trois mille kilomètres d'ici, vous avez prévu un arrêt pour pisser ou nous y allons d'une traite ?

Egorov fit signe à son chauffeur, la voiture freina brusquement. Il se retourna vers moi.

— Vous avez décidé de m'emmerder longtemps ? Si ce voyage vous ennuie, vous pouvez encore descendre.

Keira me lança un regard plus noir que les eaux du lac, je présentai mes excuses à Egorov qui me tendit la main. Comment refuser une poignée de main quand on est entre gentlemen ? La voiture repartit, personne ne dit mot pendant la demi-heure qui suivit. La route s'enfonça dans une forêt enneigée. Nous arrivâmes un peu plus tard à Koty, un charmant petit village. Le convoi ralentit et emprunta un chemin de traverse au bout duquel nous découvrîmes deux hangars, invisibles depuis la route. Les voitures garées, Egorov nous invita à le suivre. À l'intérieur des bâtiments stationnaient deux hélicoptères, de ces très gros modèles que l'armée russe utilise pour transporter troupes et matériel. J'en avais déjà vu de semblables dans des reportages sur la guerre que l'URSS avait menée en Afghanistan, mais jamais d'aussi près.

— Vous n'allez encore pas me croire, dit Egorov en avançant vers le premier appareil, mais je les ai gagnés au jeu.

Keira me regarda, amusée, et s'engagea sur l'échelle qui grimpait vers la cabine.

— Quel genre de type êtes-vous vraiment ? demandai-je à Egorov.

— Un allié, me dit-il en me tapant dans le dos, et je ne désespère pas de finir par vous en convaincre. Vous montez ou vous préférez rester dans ce hangar ?

L'habitacle faisait penser à celui d'un avion de ligne tant il était vaste. Des chariots élévateurs grimpaient par le hayon arrière, déposant de grandes caisses dans la soute où les hommes d'Egorov les arrimaient solidement. Le compartiment équipé de sièges pouvait accueillir vingt-cinq passagers. Le Mil Mi-26 était équipé d'un moteur de onze mille deux cent quarante chevaux et cela semblait enorgueillir son propriétaire autant que s'il s'était agi d'un élevage d'alezans. Nous ferions quatre escales pour nous ravitailler en carburant. Avec notre charge d'emport, l'appareil avait un rayon d'action de six cents kilomètres, trois mille nous séparaient de Man-Pupu-Nyor que nous atteindrions onze heures plus tard. Les élévateurs rebroussèrent chemin, les hommes d'Egorov vérifièrent une dernière fois les sangles qui retenaient les caisses de matériel, puis la porte de la soute remonta et l'appareil fut tracté à l'extérieur du hangar.

La turbine se mit à siffler, dans l'habitacle le bruit devint assourdissant lorsque les huit pales du rotor se mirent à tourner.

— On s'y habitue, cria Egorov, profitez du spectacle, vous allez découvrir la Russie comme peu de gens l'ont vue.

Le pilote se retourna pour nous faire un signe de la main et la lourde machine s'éleva. À cinquante mètres du sol, l'avant s'inclina et Keira se colla au hublot.

Après une heure de vol, Egorov nous montra la ville d'Ilanski, au loin sur notre gauche, puis ce serait Kansk et Krasnoïarsk dont nous resterions éloignés pour éviter d'entrer dans la couverture radar des contrôleurs aériens. Notre pilote paraissait connaître son affaire, nous ne survolions que des étendues blanches qui semblaient infinies. De temps à autre, une rivière gelée sillonnait la terre d'un filet argenté comme un coup de fusain tracé sur une feuille de papier.

Premier ravitaillement le long de la rivière Uda ; la ville d'Atagay se trouvait à quelques kilomètres de l'endroit où notre hélicoptère se posa. C'est de là qu'étaient partis les deux camions-citernes qui remplissaient nos réservoirs.

— Tout est question d'organisation, nous dit Egorov en regardant ses hommes s'agiter autour de l'hélicoptère. Il n'y a pas de place pour l'improvisation quand il fait moins vingt au-dehors. Si le ravitaillement n'était pas au rendez-vous et que nous restions cloués au sol, nous crèverions ici en quelques heures.

Nous profitâmes de l'escale pour aller nous dégourdir les jambes, Egorov avait raison, le froid était intenable.

On nous fit remonter à bord, les camions s'éloignaient déjà sur une piste qui filait vers la forêt. La turbine se remit à siffler et nous reprîmes de l'altitude, laissant sous la carlingue les traces de notre passage que le vent effacerait bientôt.

J'avais connu des turbulences en avion, mais encore jamais en hélicoptère. Ce n'était pas mon baptême de l'air dans ce genre de machine ; à Atacama, il m'était arrivé plusieurs fois d'en prendre un pour regagner la vallée, mais pas dans de telles conditions. Une tempête de neige venait vers nous. Nous fûmes secoués pendant un bon moment, l'appareil se balançait dans tous les sens, mais je ne lisais aucune inquiétude sur le visage d'Egorov et j'en conclus que nous ne risquions rien. Et puis, un peu plus tard, alors que l'appareil était secoué plus fort encore, je me demandai si face à la mort, Egorov accepterait de montrer sa peur. Lorsque le calme revint, après le deuxième ravitaillement, Keira piqua un somme, appuyée contre mon épaule.

Je la pris dans mes bras pour qu'elle soit dans une position plus confortable et je surpris dans le regard d'Egorov une sorte de tendresse à notre égard, une bienveillance qui m'étonna. Je lui adressai un sourire mais il se détourna vers le hublot et feignit de ne pas m'avoir vu.

Troisième atterrissage. Cette fois, pas question de descendre, la tempête avait repris et l'on n'y voyait rien. Il était trop risqué de s'éloigner de l'hélicoptère, ne serait-ce que de quelques mètres. Egorov était inquiet, il se leva et se rendit dans la cabine de pilotage. Il se pencha vers la vitre du cockpit et s'adressa au pilote en russe. Échanges de paroles dont je ne comprenais pas le sens. Il revint quelques instants plus tard et s'assit en face de nous.

— Il y a un problème ? s'inquiéta Keira.

— Si les camions n'arrivent pas à nous dénicher dans cette soupe blanche, nous aurons en effet un sérieux problème.

Je me penchai à mon tour au hublot, la visibilité était au plus bas. Le vent soufflait en rafales, chaque nouvelle bourrasque soulevait ses paquets de neige.

— L'hélicoptère ne risque pas de givrer ? demandai-je.

— Non, répondit Egorov, les entrées d'air des moteurs sont équipées de réchauffeurs pour assurer le dégivrage lors des missions à de très basses températures.

Un rayon jaune balaya la cabine, Egorov se releva et constata avec soulagement qu'il s'agissait des puissants phares des camions de ravitaillement. Le plein de carburant demanda la mobilisation de tous les hommes. Dès que les réservoirs furent remplis, le pilote remit sa machine en route, il fallut attendre que la température s'élève avant de décoller. La tempête dura deux heures encore. Keira ne se sentait pas bien, je la rassurais du mieux que je le pouvais, mais nous étions prisonniers de cette boîte de sardines, et plus secoués qu'à bord d'un chalutier par jour de grosse mer. Enfin, le ciel s'éclaircit.

— C'est souvent comme ça lorsque l'on survole la Sibérie en cette saison, nous dit Egorov. Le pire est derrière nous. Reposez-vous, il reste encore quatre heures de vol et, une fois arrivés, nous aurons besoin de toutes les bonnes volontés pour installer le campement.

On nous avait proposé un repas, mais nos estomacs avaient été trop malmenés pour accepter la moindre nourriture. Keira posa sa tête sur mes genoux et se rendormit. C'était ce qu'il y avait de mieux à faire pour tuer le temps. Je me repenchai vers le hublot.

— Nous ne sommes qu'à six cents kilomètres de la mer de Kara, nous dit Egorov en désignant le nord. Mais, croyez-moi, nos Sumériens ont mis plus de temps que nous pour arriver jusque-là !

Keira se redressa et tenta à son tour d'apercevoir quelque chose. Egorov l'invita à se rendre dans la cabine de pilotage. Le copilote lui céda sa place et l'installa dans son fauteuil. Je la rejoignis et me tins juste derrière elle. Elle était fascinée, éblouie et heureuse, et de la voir ainsi effaçait toutes mes réticences à poursuivre ce voyage. Cette aventure que nous vivions ensemble nous laisserait des souvenirs fabuleux et je me dis que finalement, pour cela, les risques en valaient bien la peine.

— Si un jour tu racontes cela à tes enfants, ils ne te croiront pas ! criai-je à Keira.

Elle ne se retourna pas mais me répondit avec cette petite voix que je lui connaissais bien.

— C'est ta façon de me dire que tu voudrais des enfants ?

*

Hôtel Baltschug Kempinski

De l'autre côté du pont qui enjambait la Moscova et rejoignait la place Rouge, MOSCOU prenait un thé en compagnie d'une jeune femme qui n'était pourtant pas la sienne. Le hall du palace était bondé. Les serveurs en uniforme slalomaient entre les fauteuils, portant thé et petits gâteaux aux touristes ou hommes d'affaires qui se côtoyaient en ce lieu élégant et convoité de la ville.

Un homme s'installa au comptoir ; il fixa MOSCOU, attendant que son regard croise le sien. En l'apercevant, ce dernier s'excusa auprès de son invitée et le rejoignit au bar.

— Qu'est-ce que vous fichez là ? demanda-t-il en prenant place sur le tabouret voisin.

— Je suis désolé de vous déranger, monsieur. Il a été impossible d'intervenir ce matin.

— Vous êtes des incapables, j'ai promis à LONDRES que l'affaire serait réglée ce soir, je pensais que vous veniez m'apprendre qu'ils étaient à bord d'un avion en route pour l'Angleterre.

— Nous n'avons pas pu agir car ils sont sortis de la propriété d'Egorov sous bonne escorte, avant de s'envoler avec lui en hélicoptère.

MOSCOU était furieux de se sentir à ce point impuissant. Tant qu'Egorov et ses hommes nous protégeaient, il lui était impossible d'intervenir sans provoquer une effusion de sang.

— Où vont-ils avec cet hélicoptère ?

— Egorov a déposé un plan de vol ce matin, il devait se poser à Lesosibirsk, mais l'appareil a dévié de sa route et a disparu peu après des écrans radars.

— Si seulement il avait pu s'écraser !

— Ce n'est pas impossible, monsieur, il y a eu une très forte tempête de neige.

— Ils ont pu se poser le temps que votre tempête s'éloigne.

— Elle s'est éloignée et l'appareil n'a pas réapparu sur les écrans.

— Alors cela veut dire que le pilote s'est débrouillé pour voler sous la couverture des radars et que nous les avons perdus.

— Pas tout à fait, monsieur, j'ai envisagé cette possibilité, deux camions-citernes emportant douze mille litres de carburant ont quitté Pyt-Lakh en début d'après-midi et n'ont regagné leur base que quatre heures après. S'ils ont procédé au ravitaillement de l'hélicoptère d'Egorov, cela a dû s'effectuer à mi-chemin avec Khanty-Mansiïsk, soit précisément à deux heures de route de Pyt-Lakh.

— Cela ne nous dit pas vers quelle destination volait cet hélicoptère.

— Non, mais j'ai poursuivi mes calculs, le Mil Mi-26 a un rayon d'action de six cents kilomètres, et c'est un maximum avec les vents contraires rencontrés en chemin. Depuis leur départ, ils ont dû tirer une ligne droite pour arriver à l'endroit où ils se sont posés dans ces délais. S'ils continuent sur la même radiale, et compte tenu de leur rayon d'action, ils arriveront juste avant la nuit en république des Komis, quelque part autour de Vouktyl.

— Avez-vous la moindre idée de ce qui les pousse à se rendre là-bas ?

— Pas encore, monsieur, mais pour avoir parcouru près de trois mille kilomètres et fait onze heures de vol, ils doivent avoir de sérieuses raisons. En faisant décoller un Sikorsky de Iekaterinbourg demain matin, nous pourrons commencer des rotations à partir de midi pour les localiser.

— Non, procédons autrement, il ne faut surtout pas qu'ils nous repèrent, ils nous échapperaient aussitôt. Cherchez où ils ont pu se poser. Faites interroger les gens de la région par les services de police locaux, que l'on sache si quelqu'un a vu ou entendu cet hélicoptère. Lorsque vous en saurez plus, appelez-moi sur mon portable, même au milieu de la nuit. Faites aussi préparer une équipe d'intervention, si ces imbéciles se sont cachés dans un coin suffisamment isolé, alors nous pourrons intervenir sans aucune retenue.

*

Site de Man-Pupu-Nyor

Le pilote annonça que nous étions en approche. Nous regagnâmes nos sièges et le copilote son poste de pilotage, mais Egorov nous invita à nous relever pour découvrir à travers le cockpit ce qui se profilait au loin.

Au nord de l'Oural, sur un haut plateau qui se confond avec la ligne d'horizon, se dressent sept colosses de pierre. Ils ont l'apparence de géants figés dans leur marche. La nature, dit-on, les a façonnés pendant deux cents millions d'années, nous offrant l'un des plus impressionnants héritages géologiques de la planète. Les sept colosses n'impressionnent pas seulement par leur taille, mais aussi par leur positionnement. Six totems tournés en demi-cercle vers le septième qui leur fait face. En cette saison, ils portent un épais manteau blanc qui semble les protéger du froid.

Je me retournai vers Egorov, il était visiblement ému.

— Je ne pensais pas revenir un jour ici, souffla-t-il. J'y ai beaucoup de souvenirs.

L'hélicoptère perdait de l'altitude. De grosses volutes de neige se soulevaient au fur et à mesure que nous nous rapprochions du sol.

— En mansi, Man-Pupu-Nyor signifie « la petite montagne des dieux », reprit Egorov. Dans le temps, l'accès à ce site était exclusivement réservé aux chamanes du peuple mansi. Il y a beaucoup de légendes au sujet des Sept Géants de l'Oural. La plus répandue raconte qu'une dispute aurait éclaté entre un chamane et six colosses surgis de l'enfer pour traverser la chaîne de montagnes. Le chamane les aurait transformés en ces monstres de pierre, mais son sort l'aurait également affecté ; il serait prisonnier à l'intérieur du septième bloc de pierre, celui qui fait face aux autres. En hiver, le plateau est inaccessible sans un entraînement de haut niveau, à moins d'arriver par les airs.

L'hélicoptère se posa, le pilote coupa les turbines et nous n'entendions plus que le sifflement du vent qui venait frapper la carlingue.

— Allons-y, ordonna Egorov, nous n'avons pas de temps à perdre.

Ses hommes défirent les sangles autour des grandes caisses arrimées dans la soute et commencèrent à en dévisser les panneaux. Les deux premières contenaient six motoneiges, chacune pouvant transporter trois passagers. D'autres caissons contenaient des attelages recouverts d'épaisses toiles imperméables. Quand le hayon de l'hélicoptère bascula vers l'arrière, un vent glacial pénétra dans l'habitacle. Egorov nous fit signe de nous presser, chacun devait être à son poste si l'on voulait avoir installé le campement avant la nuit.

— Vous savez conduire ces engins ? me demanda-t-il.

J'avais traversé Londres à moto, certes… à l'arrière. Avec un ski et une chenille la stabilité ne pouvait qu'être renforcée. Je répondis oui d'un signe de tête. Egorov devait douter de mes aptitudes, il leva les yeux au ciel alors que je cherchais sur le côté le kick pour lancer le moteur et il me montra où se trouvait le démarreur électrique.

— Il n'y a pas de position neutre sur ces machines ni d'embrayage, et l'on n'accélère pas en tournant la poignée mais en appuyant sur la gâchette qui se trouve sous le frein. Vous êtes certain que vous savez conduire ?

Je hochai la tête et invitai Keira à grimper sur la selle. Pendant que je patinais sur la neige – le temps de me familiariser avec ce nouvel engin –, les équipes d'Egorov installaient déjà les rampes d'éclairage, délimitant le périmètre de notre campement. Lorsqu'ils lancèrent les deux groupes électrogènes, une grande partie du plateau se retrouva éclairée comme en plein jour. Trois hommes emportaient sur leur dos des bonbonnes reliées à des perches qui pulvérisaient de grandes gerbes de feu. En temps de guerre, j'aurais vu là des lance-flammes, mais Egorov les appelait des « chauffeuses ». Les hommes balayèrent le sol à l'aide de ces puissantes torchères. Une fois la glace ramollie, une dizaine de baraquements en toile furent dressés dans un parfait alignement. Leur revêtement était fait d'un matériau isotherme grisâtre et l'ensemble prit très vite l'aspect d'une base lunaire. Dans un environnement qui lui était pourtant totalement étranger, Keira avait retrouvé ses réflexes d'archéologue. L'un des abris servirait de laboratoire. Elle y organisait déjà l'agencement de son outillage, tandis que les deux hommes qui lui avaient été adjoints vidaient des caisses qui contenaient plus de matériel qu'elle n'en avait jamais vu. Je fus assigné au tri, les inscriptions étaient en caractères cyrilliques, je me débrouillais comme je pouvais, et ne tenais aucun compte des reproches qui m'étaient adressés lorsque je rangeais une truelle dans le tiroir réservé aux spatules.

À 21 heures, Egorov apparut dans notre baraquement et nous convia à la cantine. Mon amour-propre en prit un coup quand je constatai que pendant que j'avais rangé le contenu d'une petite dizaine de cartons, le cuisinier avait réussi à monter une cuisine de campagne, digne d'une installation militaire.

Un repas chaud nous fut servi. Les hommes d'Egorov parlaient entre eux, ne nous prêtant aucune attention. Nous dînâmes à la table du patron, la seule où la bière avait été remplacée par un vin rouge de grande qualité. À 22 heures, le travail reprit. Suivant les instructions de Keira, une dizaine d'hommes installaient le carroyage sur le terrain de fouilles. À minuit, une cloche tinta ; fin des premières opérations, le campement était opérationnel, tout le monde alla se coucher.

Keira et moi bénéficiions de deux lits de camp situés à l'écart au fond d'un cantonnement qui en abritait dix autres. Seul Egorov avait droit à une tente individuelle.

Le silence se fit, interrompu par les ronflements des hommes qui s'endormirent aussitôt. Je vis Keira se lever et venir vers moi.

— Pousse-toi, murmura-t-elle en se faufilant dans mon sac de couchage, on va se tenir chaud.

Elle s'assoupit, épuisée par la soirée que nous venions de passer.

Le vent soufflait de plus en plus fort, par intermittence la toile de notre tente se gonflait.

*

Hôtel Baltschug Kempinski

Une lueur bleue clignotait sur la table de nuit. MOSCOU attrapa son téléphone portable et en fit coulisser le rabat.

— Nous les avons localisés.

La jeune femme qui dormait à côté de lui se retourna dans le lit, sa main se posa sur le visage de MOSCOU, il la repoussa, se leva et se rendit dans le petit salon de la suite qu'il occupait avec sa maîtresse.

— Comment souhaitez-vous procéder ? reprit son interlocuteur.

MOSCOU attrapa un paquet de cigarettes abandonné sur le canapé, en alluma une et s'approcha de la fenêtre ; les eaux de la rivière auraient dû être gelées, mais l'hiver n'avait pas encore emprisonné la Moscova.

— Organisez une opération de sauvetage, répondit MOSCOU. Vous direz à vos hommes que les deux Occidentaux qu'ils doivent libérer sont des scientifiques de grande valeur et qu'ils ont pour mission de les récupérer sains et saufs. Qu'ils soient sans pitié pour les preneurs d'otages.

— Malin. Et en ce qui concerne Egorov ?

— S'il survit à l'assaut, tant mieux pour lui, dans le cas contraire, qu'on l'enterre avec ses comparses. Ne laissez aucune trace derrière vous. Dès que nos sujets seront en sécurité, je vous rejoindrai. Traitez-les avec considération, mais que personne ne s'entretienne avec eux avant mon arrivée, et j'ai bien dit personne.

— Le territoire où nous devrons intervenir est particulièrement hostile. J'ai besoin de temps pour préparer une opération d'une telle envergure.

— Divisez ce temps par deux et rappelez-moi quand tout sera fini.

*

Man-Pupu-Nyor

Premier lever de soleil, la tempête avait cessé au milieu de la nuit. Le sol était recouvert de neige, Keira et moi sortîmes de notre tente, habillés comme deux Esquimaux en vadrouille. Quelques mètres seulement nous séparaient de la cantine, mais, en y arrivant, j'avais l'impression d'avoir déjà brûlé toutes les calories accumulées pendant la nuit. Il faisait une température polaire. Egorov nous assura que d'ici quelques heures, l'air deviendrait plus sec et la brûlure du froid se ferait moins sentir. Le petit déjeuner avalé, Keira se mit au travail, je l'accompagnai dans ses travaux. Il lui fallait s'adapter à ces conditions. Un des hommes d'Egorov lui servait de chef de camp et de traducteur. Il parlait un anglais relativement correct. Le terrain des fouilles avait été délimité. Keira fit un tour d'horizon et regarda attentivement les colosses de pierre. Il était vrai que ces géants étaient impressionnants. Je me demandai si la nature était seule responsable des formes qu'ils avaient prises. Deux cents millions d'années pendant lesquelles pluies et vents n'avaient cessé de les sculpter.

— Tu crois vraiment qu'un chamane est prisonnier à l'intérieur ? me demanda Keira en s'approchant du totem solitaire.

— Qui sait... ? lui répondis-je. On ignore toujours quelle est la part de vérité dans les légendes.

— J'ai l'impression qu'ils nous observent.

— Les géants ?

— Non, les hommes d'Egorov ! Ils ont l'air comme ça de ne pas nous prêter attention, mais je vois bien qu'ils nous surveillent à tour de rôle. C'est stupide, où veulent-ils que nous allions ?

— C'est bien ce qui m'inquiète, nous sommes en liberté conditionnelle au milieu de ce paysage hostile, et totalement dépendants de ton nouveau copain. Si nous trouvons notre fragment, qu'est-ce qui nous garantit qu'il ne va pas s'en emparer et nous abandonner ici ?

— Il n'aurait aucun intérêt à faire cela, il a besoin de notre caution scientifique.

— À condition que ses motivations soient vraiment celles qu'il nous a exposées.

Nous changeâmes de conversation, Egorov venait à notre rencontre.

— J'ai relu mes carnets de l'époque, nous devrions retrouver les premières tombes dans cette zone, dit-il en désignant l'espace compris entre les deux derniers géants de pierre. Commençons à creuser, le temps presse.

La mémoire d'Egorov était sacrément vive, ou, tout du moins, ses anciennes notes remarquablement bien tenues. Dès midi, les fouilles aboutirent à une première découverte qui laissa Keira sans voix.

Nous avions passé la matinée à retourner et à déblayer le terrain sur une profondeur de quatre-vingts centimètres environ, quand soudain apparurent au grand jour les vestiges d'une sépulture. Keira racla le sol, révélant un pan de tissu noir. Elle en préleva quelques fibres à l'aide d'une petite pince et les disposa dans trois tubes en verre qu'elle reboucha aussitôt. Puis elle poursuivit son travail, écartant la glace avec minutie. Un peu plus loin, les hommes d'Egorov répétaient les mêmes gestes qu'elle.

— Si ce sont bien des Sumériens, c'est tout simplement fabuleux ! s'exclama-t-elle en se redressant. Un groupe entier de Sumériens au nord-ouest de l'Oural, tu te rends compte, Adrian, de la portée de cette découverte ? Et leur état de conservation est exceptionnel. Nous allons pouvoir étudier la façon dont ils s'habillaient, ce qu'ils mangeaient.

— Je croyais qu'ils étaient morts de faim !

— Leurs organes desséchés nous révéleront les traces des bactéries liées à leur alimentation, leurs os, les stigmates des maladies dont ils étaient affectés.

J'avais fui ses explications peu appétissantes, en allant nous chercher un Thermos de café. Keira réchauffa ses doigts contre la tasse, voilà déjà deux heures qu'elle travaillait sur la glace. Son dos la faisait souffrir mais elle s'agenouilla à nouveau et se remit à la tâche.

En fin de journée, onze tombeaux avaient été dégagés. Les corps qui s'y trouvaient étaient momifiés par le froid et la question de leur préservation se posa aussitôt. Keira en parla à l'heure du repas avec Egorov.

— Comment comptez-vous faire pour les protéger ?

— Avec la température qui règne, ils ne craignent rien pour l'instant. Nous allons les entreposer sous une tente non chauffée. D'ici deux jours, je ferai héliporter des containers étanches et nous acheminerons deux corps jusqu'à Petchora. Je pense qu'il est important qu'ils restent en république des Komis. Il n'y a aucune raison que les membres de l'académie de Moscou mettent la main dessus ; s'ils veulent les voir, ils n'auront qu'à faire le voyage.

— Et que ferons-nous des autres ? Vous aviez parlé de cinquante tombes, mais rien ne prouve que ce plateau n'en compte pas plus.

— Nous filmerons celles que nous aurons ouvertes et les refermerons jusqu'à ce que nous ayons annoncé à la communauté scientifique, preuves à l'appui, les résultats spectaculaires de nos découvertes. Alors, nous régulariserons les fouilles auprès des autorités compétentes et prendrons avec elles les dispositions nécessaires. Je ne veux pas que l'on me soupçonne d'être venu piller quoi que ce soit. Mais je vous rappelle que ce n'est pas la seule chose que nous sommes venus chercher ici. Ce n'est pas le nombre des sépultures de glace qui nous intéresse, mais de trouver celle qui renferme votre fragment. Il faut passer moins de temps sur chaque corps, c'est ce qu'il y a autour qui doit mobiliser votre attention.

Je vis Keira songeuse, elle repoussa son assiette, le regard perdu dans le vide.

— Qu'est-ce qu'il y a ? lui demandai-je.

— Ces hommes sont morts de froid et de faim, c'est la nature qui les a ensevelis. Ils ne devaient certainement plus avoir la force de creuser les tombes de ceux morts avant eux. Et puis, hormis les enfants et les plus vieux, ils ont tous dû décéder à peu de temps d'écart.

— Où voulez-vous en venir ? interrogea Egorov.

— Réfléchissez… Vous avez parcouru des milliers de kilomètres pour aller porter un message – un voyage effectué sur plusieurs générations. Maintenant, imaginez que vous êtes les derniers survivants de cette incroyable aventure… Vous prenez conscience que vous êtes pris au piège et n'arriverez pas au terme du voyage. Que faites-vous ?

Egorov me regarda comme si je détenais la réponse… C'était bien la première fois que je l'intéressais ! Je me resservis une portion de ragoût, assez dégueulasse d'ailleurs, mais cela me faisait gagner du temps.

— Eh bien, dis-je la bouche pleine, réfléchissant encore, en tout cas…

— Si vous aviez parcouru ces milliers de kilomètres pour porter un message, m'interrompit Keira, si vous aviez sacrifié votre vie, vous ne feriez pas tout votre possible pour qu'il arrive à ses destinataires ?

— Dans ce cas, l'idée de l'enterrer ne serait pas très judicieuse, dis-je en regardant triomphalement Egorov.

— Exactement ! s'exclama Keira, et donc, vous utiliseriez vos dernières forces pour l'exposer dans un endroit où il puisse être découvert.

Egorov et Keira se levèrent d'un bond, ils enfilèrent leurs parkas et se précipitèrent au-dehors ; dans le doute, je leur emboîtai le pas.

Les équipes s'étaient déjà remises à l'ouvrage.

— Mais où ? demanda Egorov en balayant du regard le paysage.

— Je ne suis pas spécialiste en archéologie, comme vous deux, dis-je en toute humilité, mais si j'étais en train de mourir de froid, ce qui est d'ailleurs le cas, et si je voulais empêcher un objet d'être enseveli... Le seul endroit possible s'impose devant nous de façon plutôt évidente.

— Les géants de pierre, dit Keira. Le fragment doit se trouver incrusté sur l'un des totems !

— Je ne voudrais surtout pas jouer les rabat-joie, mais la hauteur moyenne de ces blocs de pierre étant d'environ cinquante mètres et leur diamètre de dix, soit $\pi \times 10 \times 50$, cela fait une surface de 1 571 mètres carrés par totem à explorer, sans compter les anfractuosités et à condition d'avoir réussi au préalable à faire fondre la neige qui les recouvre et de trouver un moyen de s'y hisser pour mettre en œuvre ce projet que je qualifierais de faramineux.

Keira me regarda étrangement.

— Quoi, qu'est-ce que j'ai dit ?

— Tu es rabat-joie !

— Il n'a pas tort, reprit Egorov. Nous n'avons pas les moyens de libérer les géants de leur manteau de glace, il faudrait monter de gigantesques échafaudages et nous aurions besoin de dix fois plus d'hommes. C'est impossible.

— Attendez, intervint Keira. Réfléchissons encore.

Elle se mit à marcher le long du carroyage.

— Je suis celui qui porte le fragment, dit-elle à voix haute. Mes compagnons et moi sommes bloqués sur ce plateau où nous avons eu l'imprudence de grimper pour voir au loin la direction à prendre. Les parois de la montagne ont gelé et nous ne pouvons plus redescendre. Pas de gibier, pas de végétation, aucune nourriture, je comprends que nous allons mourir de faim. Ceux qui se sont éteints sont déjà recouverts de neige. J'ai conscience que mon tour viendra bientôt, alors je décide d'utiliser le peu de force qu'il me reste pour escalader l'un de ces colosses et y incruster dans la pierre le fragment dont je suis responsable. J'ai l'espoir qu'un jour quelqu'un le trouvera et poursuivra le voyage.

— C'est très vivant comme description, dis-je à Keira, je suis déjà plein d'empathie pour ce héros qui a sacrifié sa vie, mais cela ne nous dit pas lequel de ces géants il a choisi, ni de quel côté il a grimpé.

— Il faut arrêter les fouilles au milieu du plateau et consacrer tous nos efforts à creuser au pied des colosses ; si nous y trouvons un corps, c'est que nous touchons au but.

— Qu'est-ce qui vous fait penser cela ? demanda Egorov.

— Moi aussi, je suis pleine d'empathie pour cet homme, dit Keira, et si j'avais mené ma mission jusqu'aux limites de ma résistance physique, une fois le fragment incrusté dans la pierre, voyant mes amis morts, je me serais laissée tomber dans le vide pour abréger mes souffrances.

Egorov se fia à l'instinct de Keira, il ordonna à ses hommes d'abandonner leurs recherches et de se regrouper, il avait de nouvelles instructions à leur donner.

— Où souhaitez-vous que nous commencions ? demanda Egorov à Keira.

— Connaissez-vous le mythe des Sept Sages ? répondit Keira à Egorov.

— Les Abgals ? Ces Sept Sages sont des êtres mi-hommes mi-poissons que l'on retrouve dans plusieurs civilisations antiques sous la forme de dieux civilisateurs. L'heptade des gardiens du Ciel et de la Terre qui apportent le savoir aux êtres humains. Vous souhaitiez mettre à l'épreuve mes connaissances sumériennes ?

— Non, mais selon vous, si les Sumériens avaient cru reconnaître dans ces colosses les sept Abgals…

— Alors, interrompit-il, ils auraient forcément choisi le premier d'entre eux, celui qui guidait leur marche.

— C'est le colosse qui fait face aux six autres ? demandai-je.

— Oui, ils l'appelaient Adapa, répondit Egorov.

Egorov ordonna à ses hommes de se regrouper au pied du totem géant et de commencer à creuser. Je me pris à espérer que l'héroïque Sumérien qui avait escaladé le colosse se soit cassé la figure et soit retombé avec le fragment en main. Cette hypothèse n'avait rien de scientifique, mais si elle était avérée, nous gagnerions beaucoup de temps et puis, on n'est jamais à l'abri d'un coup de chance ! Je soupçonnais Keira d'avoir eu la même idée que moi, car elle supplia les hommes d'Egorov de ne pas se hâter et d'explorer le sol avec la plus grande minutie.

Il nous faudrait encore patienter, il tombait plus de neige que nous ne pouvions en déblayer et les conditions météorologiques se dégradaient d'heure en heure. Une nouvelle tempête se leva, plus redoutable que la précédente, elle nous contraignit à interrompre les recherches. J'étais fourbu, épuisé et ne rêvais que d'un bain chaud et d'un matelas douillet. Egorov autorisa chacun à prendre du repos ; dès que le temps se calmerait, il sonnerait le rappel, même si cela devait être au milieu de la nuit. Keira était dans un état d'excitation rare et fulminait contre cette tempête qui l'empêchait de poursuivre ses travaux. Elle voulut quitter notre tente pour rejoindre le laboratoire et commencer à y étudier les premiers prélèvements. Il me fallut user de beaucoup de psychologie pour l'en dissuader. On ne voyait pas à cinq mètres, s'aventurer dehors, dans ces conditions, relevait de l'inconscience. Elle finit par m'écouter et accepta de venir s'allonger à mes côtés.

— Je crois que je suis maudite, dit-elle.

— Ce n'est qu'une tempête de neige, en plein hiver et au milieu de la Sibérie, je ne crois pas que l'on puisse parler de malédiction. Je suis sûr que la météo s'améliorera demain.

— Egorov m'a laissé entendre que cela pourrait durer plusieurs jours, râla Keira.

— Tu as une mine de papier mâché, tu devrais te reposer, et même si cela devait durer quarante-huit heures, ce ne serait pas la fin du monde. Les découvertes que tu as faites ce matin sont inestimables.

— Pourquoi toujours t'exclure ? Sans toi, nous ne serions jamais ici et rien de ce que nous avons vécu ne serait arrivé.

Je repensai aux événements de ces dernières semaines et cette remarque, au demeurant généreuse, me laissa perplexe. Keira se blottit contre moi. Je restai longtemps éveillé à l'écouter respirer. Au-dehors, les assauts du vent redoublaient, je bénissais secrètement cette mauvaise météo, pour le répit qu'elle nous accordait et ces quelques instants d'intimité.

Le jour suivant fut presque aussi noir que la nuit. La tempête avait gagné en intensité. Il n'était plus question de quitter sa tente sans s'être encordé. Pour rejoindre la cantine, il fallait marcher en se guidant avec une puissante lampe torche, luttant contre des bourrasques d'une violence inouïe. En fin d'après-midi, Egorov nous informa que le pire était passé. La dépression ne s'étendait pas au-delà de la région où nous nous trouvions, et les vents du nord ne tarderaient plus à la chasser. Il espérait reprendre les travaux dès le lendemain. Keira et moi tentions d'évaluer les quantités de neige qu'il nous faudrait déblayer avant de progresser à nouveau. Il n'y avait rien d'autre à faire pour tuer le temps que de jouer aux cartes. Keira abandonna plusieurs fois la partie pour aller vérifier l'évolution de la tempête et chaque fois je la voyais revenir, peu rassurée.

À 6 heures du matin, je fus réveillé par des bruits de pas frôlant notre tente. Je me levai doucement, descendis délicatement la double fermeture Éclair de la toile et passai la tête à travers le sas. La tempête avait laissé place à une neige fine qui tombait sous un ciel gris ; mon regard se porta vers les colosses de pierre qui réapparaissaient enfin dans l'aube. Mais quelque chose d'autre attira mon attention, dont j'aurais préféré ne jamais être témoin. Au pied du géant de pierre esseulé censé renfermer le corps d'un antique chamane gisait celui d'un de mes contemporains, au milieu d'une mare de sang qui souillait la neige.

Surgissant de la paroi montagneuse avec une agilité déconcertante, une trentaine d'individus en combinaison blanche avançaient vers nous, en encerclant le campement. L'un de nos gardes du corps sortit, je le vis s'immobiliser, stoppé net par une balle qui l'avait atteint en pleine poitrine. Il eut juste le temps de tirer un coup de feu avant de s'écrouler.

L'alerte était donnée. Les hommes d'Egorov qui bondirent hors de leur tente furent fauchés par des tirs d'une précision quasi militaire. Ce fut une hécatombe. Ceux restés à l'abri avaient pris position et ripostaient avec des fusils à pompe dont la portée semblait peu efficace. Le combat se poursuivait, nos assaillants gagnaient du terrain, se rapprochant de nous en rampant. Deux d'entre eux furent touchés.

Les coups de feu avaient réveillé Keira, elle se redressa d'un bond sur son lit et vit ma mine blafarde. Je lui ordonnai de s'habiller sur-le-champ. Pendant qu'elle enfilait ses chaussures, j'évaluai notre situation : aucun espoir de fuite, impossible de se faufiler par l'arrière, la toile de notre tente était trop solidement ancrée. Cédant à la panique, je pris une pelle et commençai à creuser. Keira s'approcha du sas que j'avais laissé ouvert, je me retournai et la ramenai violemment à l'intérieur.

— Ils tirent à bout portant sur tout ce qui bouge, reste éloignée des parois et aide-moi !

— Adrian, la glace est dure comme du bois, tu perds ton temps. Qui sont ces types ?

— Je n'en sais rien, ils n'ont pas eu la courtoisie de décliner leur identité avant de nous mitrailler !

Nouvelle série de tirs, en rafales cette fois. Je n'en pouvais plus de rester impuissant et je fis ce que je venais précisément d'interdire à Keira. Passant à nouveau la tête au-dehors, je fus témoin d'une véritable boucherie. Les hommes en blanc s'approchèrent d'une tente, glissèrent au ras du sol un câble leur permettant de voir à l'intérieur ; quelques secondes plus tard, ils vidaient leurs chargeurs sur la toile et passaient à l'habitation suivante.

Je refermai la fermeture Éclair, me rapprochai de Keira et me recroquevillai sur elle pour la protéger du mieux que je le pouvais.

Elle redressa la tête, sourit tristement et posa un baiser sur mes lèvres.

— C'est terriblement chevaleresque de ta part, mon amour, mais je crains que cela ne serve pas à grand-chose. Je t'aime et je ne regrette rien, me dit-elle en m'embrassant à nouveau.

Il n'y avait plus rien d'autre à faire que d'attendre notre tour. Je la serrai dans mes bras et lui murmurai que, moi non plus, je ne regrettais rien. Nos confidences amoureuses furent interrompues par l'intrusion brutale de deux hommes armés de fusils d'assaut. Je resserrai mon étreinte autour de Keira et fermai les yeux.

*

Pont de Luzhkov

Le canal Vodootvodny était gelé. Une dizaine de patineurs le remontaient, glissant à bonne allure sur l'épaisse couche de glace. MOSCOU se rendait à pied jusqu'à son bureau. Une Mercedes noire le suivait à distance. Il prit son téléphone portable et appela LONDRES.

— L'intervention est terminée, dit-il.

— Vous avez une voix étrange, les choses se sont-elles déroulées comme nous l'espérions ?

— Pas vraiment, les conditions étaient difficiles.

Ashton retint son souffle, attendant que son interlocuteur lui livre la suite des événements.

— Je crains, reprit MOSCOU, de devoir rendre des comptes plus tôt que prévu. Les équipes d'Egorov se sont vaillamment défendues, nous avons perdu des hommes.

— Je me fiche de vos hommes, rétorqua Ashton, dites-moi ce qu'il est advenu de nos scientifiques !

MOSCOU raccrocha et héla son chauffeur, la voiture arriva à sa hauteur, le garde du corps descendit lui ouvrir la portière. MOSCOU s'installa à l'arrière du véhicule qui repartit à vive allure. Le téléphone de bord sonna à plusieurs reprises mais il refusa de prendre l'appel.

Après une courte halte à son bureau, MOSCOU se fit conduire à l'aéroport de Sheremetyevo, où un appareil privé l'attendait devant le terminal d'aviation d'affaires ; la voiture traversa la ville, sirène hurlante, se faufilant dans les embouteillages. Il soupira et consulta sa montre, il n'arriverait à Iekaterinbourg que dans trois heures.

*

Man-Pupu-Nyor

Les hommes qui avaient fait intrusion dans notre tente nous avaient entraînés précipitamment à l'extérieur. Le plateau des Sept Géants de l'Oural était jonché de corps ensanglantés. Seul Egorov semblait avoir survécu à l'attaque, il gisait ventre à terre, poignets et chevilles menottés. Six hommes équipés de fusils en bandoulière assuraient sa garde. Il releva la tête pour nous adresser un ultime regard, mais il reçut aussitôt un violent coup de pied sur la nuque. Nous entendîmes le bruit sourd d'un rotor, la neige se souleva devant nous, et nous vîmes apparaître à flanc de montagne la carlingue d'un puissant hélicoptère qui s'élevait à la verticale de la paroi. Il se posa à quelques mètres de nous. Les deux assaillants qui nous escortaient nous tapèrent cordialement dans le dos et nous guidèrent vers l'appareil au pas de course. Alors qu'on nous hissait à bord, l'un d'entre eux nous fit un signe, pouce levé vers le ciel, comme pour nous féliciter. La porte se referma et l'hélicoptère prit aussitôt son envol. Le pilote effectua une rotation au-dessus du campement, Keira se pencha au hublot pour y jeter un dernier coup d'œil.

— Ils sont en train de tout détruire, dit-elle en se rasseyant, la mine décomposée.

Je regardai à mon tour et constatai le terrible spectacle. Une dizaine d'hommes en combinaison blanche refermaient les tombes sumériennes, y glissant les corps inertes des hommes d'Egorov, d'autres commençaient déjà à démonter les tentes. Aucun mot ne pouvait consoler Keira.

Il y avait six membres d'équipage à bord de l'appareil, aucun d'entre eux ne nous adressa la parole. On nous offrit des boissons chaudes et des sandwichs, mais nous n'avions ni faim ni soif. Je pris la main de Keira et la retins fermement dans la mienne.

— Je ne sais pas où ils nous conduisent, me dit-elle, mais je crois bien que, cette fois, c'est la fin de nos recherches.

Je la pris par l'épaule et la serrai contre moi, lui rappelant que nous étions en vie.

Après deux heures de vol, l'homme assis devant nous nous pria de remettre nos ceintures de sécurité. L'appareil amorçait une descente. Dès que les roues touchèrent le sol, la portière s'ouvrit. Nous étions devant un hangar à l'écart d'un aéroport de taille moyenne ; un biréacteur portant drapeau russe sur la dérive et dépourvu de toute immatriculation y stationnait. Alors que nous nous en approchions, une passerelle s'abaissa. À l'intérieur de la cabine, deux hommes en costume bleu marine nous attendaient. Le moins corpulent se leva et nous accueillit avec un grand sourire.

— Heureux de vous trouver sains et saufs, nous dit-il dans un parfait anglais. Vous devez être épuisés, nous allons décoller immédiatement.

Les réacteurs se mirent en route. Quelques instants plus tard, l'appareil se positionnait sur la piste et décollait.

— Iekaterinbourg, une bien jolie ville, nous dit l'homme alors que l'avion prenait de l'altitude. Dans une heure trente, nous nous poserons à Moscou. De là, nous vous mettrons dans un avion de ligne pour Londres. Vous avez deux places réservées en classe affaires. Ne me remerciez pas, avec les épreuves que vous avez endurées ces derniers jours, c'était la moindre des choses. Deux scientifiques de votre rang méritent les meilleurs égards. En attendant, je vous demanderai de bien vouloir me confier vos passeports.

L'homme les rangea dans la poche de son veston et ouvrit un compartiment qui renfermait un minibar. Il nous servit de la vodka ; Keira but son verre cul sec et le tendit à nouveau pour qu'il la resserve. Elle avala la seconde rasade de la même manière, sans dire un mot.

— Pourriez-vous nous donner quelques explications ? demandai-je à notre hôte.

Il remplit nos verres et leva le sien pour trinquer.

— Nous nous réjouissons d'avoir pu vous délivrer des mains de vos ravisseurs.

Keira recracha la vodka qu'elle s'apprêtait à avaler.

— Nos ravisseurs ? Quels ravisseurs ?

— Vous avez eu de la chance, reprit notre hôte, les hommes qui vous retenaient avaient la réputation d'être extrêmement dangereux ; nous sommes intervenus à temps, vous devez une fière chandelle à nos équipes qui ont pris beaucoup de risques pour vous. Nous regrettons de lourdes pertes dans nos rangs. Deux de nos meilleurs agents ont sacrifié leur vie pour sauver les vôtres.

— Mais personne ne nous retenait ! s'emporta Keira, nous étions là-bas de notre plein gré et entreprenions des fouilles prodigieuses que vos hommes ont ruinées.

Nous avons assisté à un véritable carnage, une barbarie sans nom, comment osez-vous... ?

— Nous savons que vous participiez à des fouilles illégales, entreprises par des malfaiteurs aux seules fins d'un pillage sans vergogne des trésors de la Sibérie. Egorov appartient à la mafia russe, mademoiselle, vous l'ignoriez ? Deux scientifiques jouissant de réputations aussi honorables ne pouvaient être associés à de tels actes criminels sans y avoir été contraints par la force, sans avoir été menacés par leurs ravisseurs d'être exécutés sommairement à la première tentative de rébellion. Vos visas attestent d'ailleurs que vous êtes entrés en Russie en qualité exclusive de touristes et nous sommes flattés que vous ayez choisi notre pays pour vous divertir. Je suis certain que si vous aviez eu la moindre intention de travailler sur notre sol, vous auriez certainement agi dans un cadre légal, cela s'entend, n'est-ce pas ? Vous connaissez mieux que quiconque les risques encourus par les pilleurs qui s'en prennent à notre patrimoine national. Les peines varient de dix à vingt ans de prison, selon la gravité des faits. Sommes-nous désormais d'accord sur la version que je vous ai exposée ?

Sans attendre, je lui confirmai que nous n'avions rien à objecter. Keira resta silencieuse, un temps seulement, puis elle ne put s'empêcher de s'inquiéter du sort qui attendait Egorov, ce qui fit sourire notre hôte.

— Cela, mademoiselle, dépendra entièrement de sa volonté ou non de collaborer à l'enquête qui sera menée. Mais n'ayez pas de remords à son sujet, je peux vous assurer que le personnage était peu recommandable.

L'homme s'excusa de ne pas pouvoir discuter plus longtemps avec nous, il avait du travail. Il prit un dossier dans sa sacoche et s'y plongea jusqu'à notre arrivée.

L'appareil amorça sa descente vers la capitale. Une fois au sol, l'homme nous conduisit à bord d'une voiture jusqu'au pied d'une passerelle arrimée à un avion de la British Airways.

— Deux choses avant que vous partiez. Ne revenez pas en Russie, nous ne pourrions plus assurer votre sécurité. Et maintenant, écoutez bien ce que j'ai à vous dire, car ce faisant j'enfreins une règle, mais vous m'êtes sympathiques et celui que je trahis me l'est beaucoup moins. Vous êtes attendus à Londres, et je crains que le genre de promenade qui vous sera proposée ne soit en rien comparable avec le voyage très agréable que nous venons de faire ensemble. Aussi, si j'étais vous, je m'abstiendrais de traîner à Heathrow ; une fois la douane passée, je filerais au plus vite. Si vous trouviez d'ailleurs le moyen de ne pas passer par la douane, ce serait encore mieux.

L'homme nous rendit nos passeports et nous invita à emprunter la passerelle. Une hôtesse nous installa à nos places respectives. Son parfait accent anglais était divin et je la remerciai pour la gentillesse de son accueil.

— Tu veux son numéro de téléphone ? me demanda Keira en bouclant sa ceinture.

— Non, mais si tu pouvais convaincre le type assis de l'autre côté de la travée de te prêter son portable, ce serait formidable.

Keira me regarda, étonnée, puis se retourna vers son voisin qui tapait un message sur le clavier de son téléphone. Elle lui fit un numéro de charme tout à fait indécent et me tendit deux minutes après l'appareil en question.

*

Londres

Le Boeing 767 se posa à Heathrow quatre heures après notre départ de Moscou. Il était 22 h 30 heure locale, la nuit serait peut-être notre alliée. L'avion se rangea sur une aire de parking à l'écart du terminal. Je vis par le hublot deux autobus qui attendaient au pied de la passerelle, je priai Keira de prendre son temps, nous descendrions avec la seconde vague de passagers.

Nous grimpâmes à bord de l'autobus, j'invitai Keira à rester près de la porte, j'avais glissé ma chaussure entre les soufflets pour empêcher le verrouillage du cran de sécurité. Le bus roulait sur le tarmac, il s'engagea dans un tunnel passant sous les pistes, le chauffeur dut marquer l'arrêt pour laisser passer un engin qui tractait des chariots à bagages. C'était maintenant ou jamais. Je repoussai brusquement la porte en accordéon et tirai Keira par la main. Une fois dehors, nous courûmes dans la pénombre du tunnel vers le convoi qui s'éloignait et sautâmes sur l'un des containers. Keira se retrouva plaquée contre deux grosses valises, et moi allongé sur des sacs. À bord de l'autobus, les passagers témoins de notre escapade restèrent bouche bée, je suppose qu'ils tentèrent d'avertir le chauffeur, mais notre petit train s'éloignait déjà dans la direction opposée et entra quelques instants plus tard dans les sous-sols du terminal. À cette heure tardive, il n'y avait plus grand monde dans la zone de déchargement ; seules deux équipes travaillaient, mais elles se trouvaient loin de nous et ne pouvaient nous voir. Le tracteur serpentait entre les rampes de chargement des bagages.

J'aperçus un monte-charge à quelques mètres de nous et choisis ce moment pour abandonner notre cachette. Hélas, en arrivant devant l'élévateur, je constatai que le bouton d'appel était verrouillé par une serrure ; sans clé, il était impossible de le manœuvrer.

— Tu as une idée pour sortir d'ici ? demanda Keira.

Je regardai aux alentours et ne vis qu'un entrelacs de tapis roulants dont la plupart étaient à l'arrêt.

— Là-bas ! s'exclama Keira en désignant une porte. C'est une sortie de secours.

Je craignais qu'elle soit condamnée, mais la chance était avec nous et nous nous retrouvâmes au bas d'un escalier.

— Ne cours plus, dis-je à Keira. Sortons d'ici en faisant comme si tout était normal.

— Nous n'avons pas de badge, me fit-elle remarquer, si nous croisons quelqu'un, nous n'aurons pas du tout l'air normal.

Je regardai ma montre, le bus avait sans doute atteint le terminal. À 23 heures, il n'y aurait pas grand monde à la douane et le dernier passager de notre vol ne tarderait pas à se présenter devant le contrôle de l'immigration. Je nous donnais peu de temps avant que ceux qui nous attendaient comprennent que nous leur avions échappé.

En haut des marches, une autre porte nous barrait la route ; Keira repoussa la barre transversale, une sirène hurla.

Nous débouchons dans le terminal entre deux tapis de livraison de bagages, dont l'un tourne à vide. Un manutentionnaire nous aperçoit et reste interdit. Le temps qu'il donne l'alerte, je prends Keira par la main et nous courons à toutes jambes. Un coup de sifflet. Surtout ne pas se retourner, continuer de courir. Il faut atteindre les portes coulissantes qui donnent sur le trottoir. Keira trébuche et pousse un cri, je l'aide à se relever et l'entraîne. Encore plus vite. Derrière nous, les pas d'une cavalcade, des coups de sifflet de plus en plus proches. Ne pas s'arrêter, ne pas céder à la peur, la liberté n'est plus qu'à quelques mètres. Keira est à bout de souffle. Sortie du terminal, un taxi à l'arrêt, nous y grimpons et supplions le chauffeur de démarrer.

— Où allez-vous ? demande-t-il en se retournant.

— Foncez ! Nous sommes en retard, supplie Keira, haletante.

Le chauffeur démarra. Je m'interdis de me retourner, imaginant nos poursuivants rager sur le trottoir en voyant notre « black cab » s'éloigner.

— Nous ne sommes pas au bout de nos peines, soufflai-je à Keira.

— Allez vers le terminal 2, dis-je au chauffeur.

Keira me regarda, stupéfaite.

— Fais-moi confiance, je sais ce que je fais.

Au second rond-point, je demandai au taxi de bien vouloir s'arrêter. Je prétextai que ma femme était enceinte et avait une terrible nausée. Il freina aussitôt. Je lui remis un billet de vingt livres et lui dis que nous allions prendre l'air sur le bas-côté. Inutile de nous attendre, j'avais l'habitude de ce genre de malaise, ça pouvait durer, nous finirions à pied.

— C'est dangereux de se promener par ici, nous dit-il, faites attention aux camions, il en arrive de partout.

Il s'éloigna en nous faisant un petit signe de la main, ravi du montant qu'il avait empoché pour la course.

— Et maintenant que j'ai accouché, me lança Keira, qu'est-ce qu'on fait ?

— On attend ! lui répondis-je.

— Qu'est-ce qu'on attend ?

— Tu verras !

*

Kent

— Comment ça, ils vous ont échappé ? Vos hommes n'étaient pas à la sortie de cet avion ?

— Si, monsieur, ce sont vos deux scientifiques qui ne s'y trouvaient pas.

— Qu'est-ce que vous me racontez, mon contact m'a assuré les avoir lui-même fait embarquer à bord de ce vol.

— Je n'avais nullement l'intention de mettre sa parole en doute, mais les deux sujets que nous devions interpeller ne se sont pas présentés au contrôle de la police de l'air. Nous étions six à les guetter, il leur était impossible de passer au travers des mailles du filet.

— Vous allez peut-être m'expliquer qu'ils ont sauté en parachute au-dessus de la Manche ? hurla Sir Ashton dans le combiné.

— Non, monsieur. L'avion devait être arrimé à une passerelle mais, au dernier moment, l'appareil a été dirigé vers une aire de parking ; nous n'avions pas été prévenus. Les deux individus se sont échappés du bus qui assurait la liaison vers le terminal où nous les attendions. Nous n'y sommes vraiment pour rien, ils ont fui par les sous-sols.

— Vous pouvez d'ores et déjà avertir les responsables de la sécurité d'Heathrow que des têtes vont tomber !

— Je n'en doute pas, monsieur.

— Pathétiques crétins ! Foncez immédiatement à leur domicile au lieu de bavasser, ratissez-moi la ville, vérifiez tous les hôtels, débrouillez-vous comme vous le voulez, mais arrêtez-les cette nuit si vous tenez encore un tant soit peu à votre emploi. Je vous laisse jusqu'au matin pour me les retrouver, vous m'entendez ?

L'interlocuteur de Sir Ashton renouvela ses excuses et promit de remédier au cuisant échec de l'opération dont il avait la charge, et ce dans les plus brefs délais.

*

Rond-point du Concorde, Heathrow

La Fiat 500 se rangea le long du trottoir. Le conducteur se pencha et ouvrit la portière.

— Ça fait une heure que je tourne, rouspéta Walter en rabattant le siège pour que je puisse me glisser à l'arrière.

— Vous n'aviez pas plus petit comme voiture ?

— Dites donc, vous ne manquez pas d'air. Vous me demandez de venir vous chercher sur un rond-point au milieu de nulle part, à une heure incongrue, et en plus vous râlez ?

— Je disais juste qu'il est heureux que nous n'ayons pas eu des bagages.

— J'imagine que si vous en aviez eu, vous m'auriez donné rendez-vous devant le terminal comme tous les gens normaux au lieu de m'obliger à en faire dix fois le tour en vous attendant !

— Vous allez vous chamailler longtemps ? interrompit Keira.

— Je suis enchanté de vous revoir, lui répondit Walter en lui tendant la main. Comment s'est passé votre petit voyage ?

— Mal ! répondit-elle. On y va ?

— Volontiers, mais où ?

Je m'apprêtais à demander à Walter de nous ramener chez moi, mais deux voitures de police nous dépassèrent toutes sirènes hurlantes et je jugeai finalement l'idée peu judicieuse. Quels que soient nos ennemis, j'avais de bonnes raisons de penser qu'ils connaissaient l'adresse de mon domicile.

— Alors, où allons-nous ? s'enquit Walter.

— Je n'en ai pas la moindre idée.

Walter emprunta l'autoroute.

— Je veux bien rouler toute la nuit, nous dit-il, mais il faudra penser à refaire le plein.

— C'est à vous cette petite voiture ? demanda Keira. Elle est charmante.

— Je suis bien content qu'elle vous plaise, je viens de l'acheter.

— À quelle occasion ? demandai-je à Walter, je croyais que vous étiez fauché.

— C'est précisément une occasion, et puis votre délicieuse tante arrive vendredi, alors j'ai sacrifié mes dernières économies pour pouvoir la promener dans la ville comme il se doit.

— Elena vient vous rendre visite ce week-end ?

— Oui, je vous en avais parlé, vous l'aviez oublié ?

— Nous avons eu une semaine un peu chargée, lui répondis-je, ne m'en veuillez pas si j'avais l'esprit ailleurs.

— Je sais où nous pouvons aller, dit Keira. Walter, il serait en effet préférable que vous vous arrêtiez à une station-service pour refaire le plein.

— Puis-je vous demander quelle direction je dois prendre ? demanda-t-il. Je vous préviens, je veux être rentré demain au plus tard, j'ai rendez-vous chez le coiffeur !

Keira jeta un coup d'œil au crâne dégarni de Walter.

— Oui, je sais, dit-il en levant les yeux au ciel. Mais il faut que je me débarrasse de cette mèche ridicule, et puis j'ai lu un article dans le *Times* ce matin, on y dit que les chauves ont un pouvoir sexuel supérieur à la norme !

— Si vous avez une paire de ciseaux, je peux m'en occuper tout de suite, proposa Keira.

— Hors de question, je ne sacrifierai mes derniers cheveux que dans les mains d'un professionnel. Allez-vous me dire où je dois vous conduire ?

— À St. Mawes, en Cornouailles, répondit Keira. Là-bas, nous serons en sécurité.

— Auprès de qui ? demanda Walter.

Keira resta silencieuse. Je devinai la réponse à la question qu'il avait posée et je lui demandai s'il accepterait de me laisser le volant.

Profitant des six heures de trajet, je fis le récit de nos aventures en Russie à Walter. Il fut atterré d'apprendre ce qui nous était arrivé dans le Transsibérien et sur le plateau de Man-Pupu-Nyor. Il m'interrogea plusieurs fois sur l'identité de ceux qui avaient voulu nous tuer, mais je ne pouvais pas lui apprendre grand-chose à ce sujet, je n'en savais rien. Ma seule certitude était que leur volonté de nous nuire trouvait sa raison dans l'objet que nous cherchions.

Keira ne dit mot du voyage. Lorsque nous arrivâmes à St. Mawes au lever du jour, elle nous fit arrêter dans une ruelle qui grimpait vers le cimetière, devant une petite auberge.

— C'est là, dit-elle.

Elle salua Walter, descendit de la voiture et s'éloigna.

— Quand nous reverrons-nous ? me demanda Walter.

— Profitez de votre week-end avec Elena, et ne vous inquiétez pas pour nous. Je crois que quelques jours de repos nous feront le plus grand bien.

— C'est un endroit tranquille, dit Walter en regardant la façade du Victory. Vous y serez bien, j'en suis sûr.

— Je l'espère.

— Elle en a pris un sacré coup…, me dit Walter en désignant Keira qui remontait la ruelle à pied.

— Oui, ces derniers jours ont été particulièrement pénibles, et puis elle est très marquée par l'arrêt brutal des recherches. Nous étions vraiment près du but.

— Mais vous êtes vivants, et c'est l'essentiel. Au diable ces fragments, il faut arrêter tout cela, vous avez pris beaucoup trop de risques. C'est un miracle que vous vous en soyez sortis.

— Si ce n'était qu'une chasse au trésor, Walter, les choses seraient bien plus faciles, mais il ne s'agissait pas d'un jeu d'adolescents. En réunissant tous les fragments nous aurions probablement fait une découverte sans précédent.

— Vous allez me reparler de votre première étoile ? Eh bien qu'elle reste là-haut dans le ciel et vous sur la Terre, en bonne santé, c'est tout ce que je souhaite.

— C'est très généreux de votre part, Walter, mais nous aurions peut-être trouvé le moyen d'entrevoir les tout premiers instants de l'Univers, appris enfin d'où nous venons, qui étaient les premiers hommes à peupler notre planète. Keira s'est nourrie de cet espoir toute sa vie. Et, aujourd'hui, sa déception est immense.

— Alors foncez la rejoindre au lieu de rester là à discuter avec moi. Si les choses sont telles que vous me les décrivez, elle a besoin de vous. Occupez-vous d'elle et oubliez vos recherches insensées.

Walter me serra dans ses bras et relança le moteur de sa Fiat 500.

— Vous n'êtes pas trop fatigué pour reprendre la route ? lui demandai-je, penché à la portière.

— Fatigué de quoi ? J'ai dormi à l'aller.

Je regardai la voiture s'éloigner sur la corniche qui longeait le bord de mer, ses feux arrière disparurent derrière une maison à l'autre bout du village.

Keira n'était plus là, je la cherchai et montai la côte. En haut de la ruelle, la grille d'un cimetière était entrouverte, j'entrai et parcourus l'allée centrale. L'endroit n'était pas bien grand, une centaine d'âmes tout au plus reposaient dans le cimetière de St. Mawes. Keira était agenouillée au bout d'une travée, près d'un mur où grimpaient les bois entrelacés d'une glycine.

— Au printemps, elle donne de belles fleurs mauves, dit Keira sans relever la tête.

Je regardai la tombe, la peinture à la feuille d'or était presque effacée, mais le nom de William Perkins apparaissait encore.

— Jeanne m'en voudra de t'avoir amené ici sans lui en avoir parlé.

Je passai mon bras autour d'elle et restai silencieux.

— J'ai parcouru le monde pour lui prouver de quoi j'étais capable, et je ne suis arrivée qu'à revenir ici, les mains vides et le cœur lourd. Je crois que c'est lui que je cherche depuis toujours.

— Je suis certain qu'il est fier de toi.

— Il ne me l'a jamais dit.

Keira épousseta la pierre et prit ma main.

— J'aurais voulu que tu le connaisses, c'était un homme si pudique, si solitaire à la fin de sa vie. Quand j'étais petite fille, je le bombardais de questions auxquelles il s'efforçait toujours de répondre. Quand le problème était trop difficile, il se contentait de sourire et m'emmenait me promener sur la grève. Le soir, je me relevais sur la pointe des pieds et je le trouvais assis à la table de la cuisine, plongé dans son encyclopédie. Le lendemain, au petit déjeuner, il revenait vers moi, et me disait l'air de rien : *Tu m'as posé une question hier, nous avons dû changer de conversation et j'ai oublié de te donner la réponse, la voici...*

Keira frissonna. J'enlevai mon manteau et l'en revêtis.

— Tu ne m'as jamais rien dit de ton enfance, Adrian.

— Parce que je suis aussi pudique que ton père, et puis je n'aime pas beaucoup parler de moi.

— Il faudra que tu fasses un effort, me dit Keira. Si nous devons faire un bout de chemin ensemble, je ne veux pas qu'il y ait de silences entre nous.

Keira me guida jusqu'à l'auberge. La salle à manger du Victory était encore déserte, le patron de l'établissement nous installa à une table près de la baie vitrée et nous servit un copieux petit déjeuner. Je crus deviner une certaine complicité entre Keira et lui. Puis il nous accompagna à une chambre à l'étage, elle donnait sur le petit port de St. Mawes. Nous étions les seuls clients de son établissement, même en hiver l'endroit avait un charme fou. Je m'avançai à la fenêtre, la marée était basse, les bateaux de pêcheurs reposaient sur le flanc. Un homme marchait sur la grève, tenant son petit garçon par la main. Keira vint s'accouder à la balustrade, juste à côté de moi.

— Mon père me manque aussi, lui dis-je, il m'a toujours manqué, même lorsqu'il était en vie. Nous n'arrivions pas à communiquer, c'était un homme de grande qualité, mais qui travaillait trop pour se rendre compte qu'il avait un fils. Le jour où il s'en est aperçu, je venais de quitter la maison. Nous sommes passés tout près l'un de l'autre, sans jamais réussir à vraiment se voir. Mais je ne peux pas me plaindre, ma mère m'a donné toute la tendresse et l'amour du monde.

Keira me regarda longuement, et elle me demanda pourquoi j'avais voulu devenir astrophysicien.

— Dans mon enfance, lorsque nous étions à Hydra, ma mère et moi avions un rituel avant l'heure du coucher. Nous nous installions côte à côte à la fenêtre, comme nous deux en ce moment, et regardions le ciel ensemble. Maman inventait des noms aux étoiles. Un soir, je lui ai demandé comment le monde était né, pourquoi le jour se levait chaque matin, si la nuit viendrait toujours. Maman m'a regardé et m'a dit : *Il y a autant de mondes différents qu'il y a de vies dans l'univers ; mon monde à moi a commencé le jour où tu es né, au moment où je t'ai tenu dans mes bras*. Depuis l'enfance, je rêve de savoir où commence l'aube.

Keira se retourna vers moi et posa ses bras autour de mon cou.

— Tu seras un merveilleux papa.

*

Londres

— Je revendrai ma voiture dès lundi, je vous rembourserai et je m'achèterai une paire de bottes, au diable la toiture de mon bureau, je n'irai pas plus loin. Je ne ferai rien de plus pour les convaincre de continuer. Ne comptez plus sur moi pour vous aider. Chaque matin, quand je me regarde dans la glace, je me sens sale de trahir la confiance d'Adrian. Ce n'est pas la peine d'insister, rien de ce que vous pourrez me dire ne me fera changer d'avis. J'aurais dû vous envoyer balader depuis longtemps. Et si vous entreprenez quoi que ce soit pour les inciter à reprendre la route, je leur dirai tout, même si finalement je ne sais presque rien de vous.

— Vous parlez tout seul, Walter ? demanda tante Elena.

— Non, pourquoi ?

— Je vous assure, vous sembliez murmurer quelque chose, vos lèvres bougeaient toutes seules.

Le feu passa au rouge. Walter freina et se tourna vers Elena.

— Je dois passer un appel important ce soir et je répétais mon texte.

— Rien de grave ?

— Non, non, je vous assure, bien au contraire.

— Vous ne me cachez rien ? Si vous avez quelqu'un d'autre dans votre vie, quelqu'un de plus jeune, je veux dire, je peux le comprendre, mais je préférerais le savoir, voilà tout.

Walter se rapprocha d'Elena.

— Je ne vous cache absolument rien, je ne me permettrais pas de faire une chose pareille. Et il n'est aucune femme que je trouverais plus désirable que vous.

Aussitôt après cet aveu, les joues de Walter s'empourprèrent, il devint rouge pivoine et se mit à bégayer.

— J'aime beaucoup votre nouvelle coiffure, répondit tante Elena. Il me semble que le feu est vert et que l'on klaxonne derrière nous, vous devriez démarrer. Je suis tellement heureuse d'aller visiter le palais de Buckingham. Vous croyez que nous aurons la chance d'y apercevoir la reine ?

— Peut-être, répondit Walter, si elle sort de chez elle, on ne sait jamais…

*

St. Mawes

Nous avions dormi une grande partie de la journée. Lorsque je rouvris les rideaux, le ciel prenait déjà des couleurs crépusculaires.

Nous étions affamés. Keira connaissait un salon de thé à quelques rues de l'auberge, elle en profita pour me faire découvrir le village. En regardant les petites maisons blanches accrochées à la colline je me pris à rêver d'en habiter une un jour. Moi qui avais passé ma vie à courir la planète, se pouvait-il que ce soit dans ce petit village de Cornouailles que je finisse par me poser ? Je regrettais cette distance qui s'était installée avec Martyn, il aurait certainement apprécié de venir me rendre visite de temps à autre. Nous serions allés prendre une bière sur le port, nous rappelant quelques bons souvenirs.

— À quoi penses-tu ? me demanda Keira.

— À rien de particulier, répondis-je.

— Tu avais l'air bien loin, on a dit « pas de silences entre nous ».

— Si tu veux tout savoir, je m'interrogeais sur ce que nous ferons la semaine prochaine, et celles qui suivront.

— Parce que tu as une idée de ce que nous ferons la semaine prochaine ?

— Aucune !

— Moi si !

Keira me fit face. Elle pencha la tête de côté ; quand elle fait cela, c'est qu'elle a quelque chose d'important à me dire. Certaines personnes prennent un ton solennel pour vous annoncer de grandes nouvelles, Keira, elle, penche la tête de côté.

— Je veux avoir une explication avec Ivory. Mais j'ai besoin que tu sois complice d'un petit mensonge…

— Quel genre ?

— Je veux lui faire croire que nous avons réussi à quitter la Russie avec le troisième fragment.

— Dans quel but ? À quoi cela nous servirait ?

— À lui faire avouer où se trouve celui qui fut découvert en Amazonie.

— Il nous a dit l'ignorer.

— Il nous a dit pas mal de choses, et il nous en a surtout caché beaucoup d'autres, ce vieux bonhomme. Egorov n'avait pas tout à fait tort quand il accusait Ivory de nous avoir manipulés comme deux marionnettes. Si nous lui faisons croire que nous avons trois fragments en notre possession, il ne résistera pas à l'envie de compléter le puzzle. Je suis certaine qu'il en sait plus que ce qu'il veut bien avouer.

— J'en viens à me demander si tu n'es pas encore plus manipulatrice que lui.

— Il est bien plus doué que moi et je ne serais pas fâchée de prendre ma petite revanche.

— Soit, imaginons que nous réussissions à le convaincre de ce mensonge, et supposons qu'il nous dise où se trouve le quatrième morceau, il manquerait toujours celui qui repose quelque part sur le plateau de Man-Pupu-Nyor, la carte des étoiles resterait incomplète. Alors à quoi bon se donner tout ce mal ?

— Ce n'est pas parce qu'il manque une pièce à un puzzle que l'on ne peut pas se représenter l'image entière. Lorsque nous découvrons des restes fossilisés, ils sont rarement au complet, pour ne pas dire jamais. Mais, à partir d'un nombre suffisant d'ossements, nous devinons quels sont les éléments absents et réussissons à reconstituer le squelette, voire l'ensemble du corps. Alors, ajoute le fragment d'Ivory aux deux que nous possédons, et peut-être pourras-tu comprendre ce que cette carte est censée nous révéler. De toute façon, à moins que tu ne m'annonces vouloir passer le restant de ta vie dans ce petit village et consacrer tes journées à la pêche, je ne vois pas d'autres solutions.

— Quelle drôle d'idée !

De retour à l'hôtel, Keira commença par appeler sa sœur. Elles passèrent un long moment au téléphone. Keira ne lui raconta rien de notre aventure en Russie, elle se contenta de lui dire que nous étions tous les deux à St. Mawes et qu'elle viendrait peut-être bientôt à Paris. Je préférais les laisser discuter seules. Je redescendis au bar de l'auberge et commandai une bière en l'attendant. Elle me retrouva une heure plus tard. Je posai mon journal et lui demandai si elle avait pu parler à Ivory.

— Il nie en bloc avoir eu la moindre influence sur nos recherches, il s'est presque offusqué lorsque je lui ai suggéré qu'il se jouait de moi depuis le premier jour où je l'avais rencontré au musée. Il avait l'air sincère mais je ne suis pas convaincue pour autant.

— Tu lui as dit que nous avions rapporté un troisième fragment de Russie ?

Keira prit mon verre de bière et hocha la tête en le buvant d'un trait.

— Il t'a crue ?

— Il a aussitôt cessé de me faire des reproches, et il était impatient de nous voir.

— Comment feras-tu pour entretenir le mensonge lorsque nous le rencontrerons ?

— Je lui ai dit que nous avions mis l'objet en lieu sûr et que je ne le lui montrerais que lorsqu'il nous en aurait appris davantage sur le fragment découvert en Amazonie.

— Et qu'est-ce qu'il t'a répondu ?

— Qu'il avait une idée de l'endroit où il se trouvait, mais qu'il ne savait pas comment y accéder. Il m'a proposé que nous l'aidions à résoudre une énigme.

— Quel genre d'énigme ?

— Il ne voulait pas en parler par téléphone.

— Il va venir ici ?

— Non, il nous a donné rendez-vous dans quarante-huit heures à Amsterdam.

— Comment veux-tu que nous nous rendions à Amsterdam ? Je ne suis pas pressé de retourner à Heathrow, si nous repassons la frontière nous avons toutes les chances de nous faire arrêter.

— Je sais, je lui ai raconté ce qui nous était arrivé, il nous conseille de prendre un ferry pour la Hollande. Il prétend que par bateau, en venant d'Angleterre, les contrôles sont moins risqués.

— Et où prend-on un ferry pour Amsterdam ?

— À Plymouth, c'est à une heure et demie d'ici en voiture.

— Mais nous n'avons pas de voiture.

— Il y a une liaison en autocar. Pourquoi es-tu aussi réticent ?

— Combien de temps dure la traversée ?

— Douze heures.

— C'est bien ce que je craignais.

Keira prit un air contrit et me tapota tendrement la main.

— Qu'est-ce qu'il y a ? lui demandai-je.

— En fait, dit-elle, embarrassée, ce ne sont pas tout à fait des ferries, mais plutôt des cargos. La plupart acceptent de prendre des passagers, mais cargo ou ferry, on s'en fiche, non ?

— Du moment qu'il y a un pont à l'avant où je pourrai mourir de mal de mer pendant les douze heures de traversée, en effet, on s'en fiche !

L'autocar partait à sept heures du matin. Le propriétaire de l'auberge nous avait préparé des sandwichs pour la route. Avant de nous quitter il promit à Keira d'aller nettoyer la tombe de son père dès le retour du printemps. Il espérait nous revoir et nous garderait la même chambre si nous le prévenions suffisamment à l'avance.

Au port de Plymouth, nous nous rendîmes à la capitainerie. L'officier de port nous indiqua qu'un vraquier battant pavillon anglais appareillait dans une heure pour

Amsterdam. Son chargement était en train de se terminer. Il nous envoya sur le quai 5.

Le commandant nous réclama cent livres sterling chacun, à lui remettre en espèces. La somme acquittée, il nous invita à suivre la coursive extérieure jusqu'au carré. Une cabine était à notre disposition dans les quartiers de l'équipage. Je lui expliquai que je préférais m'installer sur le pont, à l'avant ou à l'arrière, là où je dérangerais le moins.

— Comme vous voudrez, mais il va faire sacrément froid lorsque nous aurons pris la mer, et la traversée dure vingt heures.

Je me retournai vers Keira.

— Tu m'avais parlé de douze heures au plus ?

— Sur un navire ultrarapide, peut-être, reprit le commandant dans un grand éclat de rire, mais sur ce genre de vieux rafiot, on dépasse rarement les vingt nœuds, et encore, par vent favorable. Si vous avez le mal de mer, restez dehors ! Pas question de saloper mon bateau ! Et couvrez-vous.

— Je te jure que je n'en savais rien, me dit Keira en croisant les doigts dans son dos.

Le vraquier appareilla. Peu de houle sur la Manche, mais la pluie était du voyage. Keira m'avait tenu compagnie pendant plus d'une heure avant de retourner à l'intérieur du navire, il faisait vraiment trop froid. Le second capitaine eut pitié de moi, il envoya son lieutenant de passerelle me porter un ciré et des gants. L'homme en profita pour griller une cigarette sur le pont et, pour me changer les idées, il engagea la conversation.

Trente hommes œuvraient à bord, officiers, mécaniciens, maître d'équipage, cuisiniers, matelots de pont. Le lieutenant m'expliqua que le chargement des vraquiers était une opération très complexe dont dépendait la sécurité du voyage. Dans les années quatre-vingt, cent navires comme celui-ci avaient coulé si rapidement qu'aucun marin ne put en réchapper. Six cent cinquante hommes avaient ainsi péri en mer. Le plus grand danger qui nous guettait était que la cargaison glisse. Le bateau prenait alors de la gîte, se couchait sur le flanc et chavirait. Les pelleteuses que je voyais brasser le grain dans les cales manœuvraient pour empêcher que cela se produise. Ce n'était pas le seul danger qui nous guettait, ajouta-t-il en tirant une bouffée de cigarette. Si l'eau entrait par les grandes écoutilles à cause d'une vague un peu trop haute, le poids ajouté dans les cales pouvait briser la coque en deux. Même topo, le navire sombrerait en quelques instants. Cette nuit, la Manche était calme, à moins d'un coup de vent imprévu nous ne risquions rien de ce genre. Le lieutenant de passerelle jeta son mégot par-dessus bord et retourna à son travail, me laissant tout seul, songeur.

Keira vint me rendre plusieurs fois visite, me suppliant de la rejoindre dans sa cabine. Elle m'apporta des sandwichs que je refusai et un Thermos de thé. Vers minuit, elle alla se coucher, après m'avoir répété que j'étais ridicule de rester ici et que j'allais y laisser ma peau. Serré dans mon ciré, recroquevillé au pied du mât où scintillait le feu de tête, je m'assoupis, bercé par le bruit de l'étrave qui fendait la mer.

Keira me réveilla au début de la matinée. J'étais allongé, bras en croix sur le pont avant. J'avais tout de même un peu faim mais mon appétit s'envola dès que j'entrai dans la cambuse. Une odeur de poisson et de friture rance se mêlait à celle du café. J'eus un haut-le-cœur et me précipitai au-dehors.

— Ce sont les côtes hollandaises que tu vois au loin, me dit Keira en me rejoignant, ton calvaire tire à sa fin.

Cette appréciation était toute relative, il fallut encore patienter quatre heures avant que la corne de brume retentisse et que je sente les machines ralentir l'allure. Le navire mit cap vers la terre et entra peu de temps après dans le chenal qui remontait jusqu'au port d'Amsterdam.

Dès que le bateau fut à quai, nous quittâmes le bord. Un officier des douanes nous attendait au pied de la passerelle, il examina rapidement nos passeports, fouilla nos sacs qui ne contenaient que les quelques affaires achetées dans une boutique de St. Mawes, et nous autorisa à passer.

— Où va-t-on ? demandai-je à Keira.
— Prendre une douche !
— Et ensuite ?
Elle regarda sa montre.
— Nous avons rendez-vous à 18 heures avec Ivory dans un café…
Elle sortit un papier de sa poche.
— … sur la place du palais de Dam, dit-elle.

*

Amsterdam

Nous avions pris une chambre au Grand Hôtel Krasnapolsky. Ce n'était pas l'établissement le meilleur marché de la ville, mais il avait le mérite de se situer à cinquante mètres de l'endroit où nous devions nous rencontrer. En fin d'après-midi, Keira m'entraîna sur la grande place, où nous nous mêlâmes à la foule. Une longue file d'attente s'étirait devant le musée de Madame Tussaud, quelques touristes se restauraient à la terrasse de l'Europub sous des chaufferettes à gaz, mais Ivory n'était pas parmi eux. Je fus le premier à l'apercevoir. Il nous rejoignit à la table où nous nous étions installés, juste derrière la vitrine.

— Je suis si heureux de vous voir, dit-il en s'asseyant. Quel voyage !

Keira le battait froid, et le vieux professeur sentit aussitôt qu'il n'arrivait pas en terrain conquis.

— Vous m'en voulez ? lui dit-il avec un petit air goguenard.

— Pourquoi vous en voudrais-je ? Nous avons failli tomber dans un ravin, je me suis presque noyée dans une rivière, j'ai passé quelques semaines aux frais de la princesse dans une prison en Chine, on nous a tiré dessus dans un train et nous avons été délogés de Russie par un commando militaire qui a abattu une vingtaine d'hommes sous nos yeux. Je vous fais grâce des conditions extrêmes dans lesquelles nous avons voyagé ces derniers mois, avions pourris, voitures déglinguées, autobus bringuebalants, sans oublier le petit tracteur à bagages où je me suis retrouvée coincée entre deux Samsonite. Et pendant que vous nous promeniez à votre guise, je suppose que vous attendiez tranquillement dans votre appartement douillet que nous nous soyons chargés de toutes les sales besognes ? Vous avez commencé à vous foutre de moi le jour où vous m'avez accueillie dans votre bureau au musée ou c'est venu un peu plus tard ?

— Keira, dit Ivory sur un ton sentencieux, nous avons déjà eu cette conversation au téléphone avant-hier. Vous vous méprenez, je n'ai peut-être pas encore eu l'occasion de tout vous expliquer, mais jamais je ne vous ai manipulée. Au contraire, je n'ai pas cessé de vous protéger. C'est vous qui avez décidé d'entreprendre ces recherches. Je n'ai pas eu à vous convaincre, je me suis contenté de vous signaler certains faits. Quant aux risques que vous avez encourus tous deux... Sachez que pour rapatrier Adrian de Chine comme pour vous faire sortir de prison, j'en ai moi-même pris beaucoup. Et j'y ai perdu un ami très cher qui a payé votre libération de sa vie.

— Quel ami ? demanda Keira.

— Son bureau se situait dans le palais qui est en face de nous, répondit Ivory d'une voix triste. C'est pour cela que je vous ai demandé de me retrouver ici... Vous avez vraiment rapporté un troisième fragment de Russie ?

— Donnant-donnant, reprit Keira. Je vous ai dit que je vous le montrerais lorsque vous nous auriez tout dit de celui qui fut trouvé en Amazonie. Je sais que vous savez où il se trouve et n'essayez pas de me convaincre du contraire !

— Il est devant vous, soupira Ivory.

— Arrêtez avec vos devinettes, professeur, j'ai assez joué et vous, vous avez assez joué avec moi. Je ne vois aucun fragment sur la table.

— Ne soyez pas idiote, relevez les yeux et regardez en face de vous.

Nos regards se tournèrent vers le palais qui s'élevait de l'autre côté de la place.

— Il est dans ce bâtiment ? demanda Keira.

— Oui, j'ai toutes les raisons de le croire, mais je ne sais pas où précisément. Cet ami qui est mort en avait la garde, mais il a emmené dans la tombe les clés de l'énigme qui nous permettraient de mettre la main dessus.

— Comment en êtes-vous si sûr ? demandai-je à mon tour.

Ivory se pencha vers la sacoche qui était à ses pieds, il en ouvrit le rabat et sortit un gros livre qu'il posa sur la table. La couverture attira tout de suite mon attention, il s'agissait d'un très vieux manuel d'astronomie. Je le pris entre les mains et en feuilletai les pages.

— C'est un magnifique ouvrage.

— Oui, répondit Ivory, et c'est une édition originale. C'est un cadeau de cet ami, j'y tiens beaucoup, mais regardez surtout la dédicace qu'il m'a laissée.

Je revins au début du livre et lus à voix haute le message écrit à la plume sur la page de garde.

Je sais que cet ouvrage vous plaira, il n'y manque rien puisque tout s'y trouve, même le témoignage de notre amitié.

Votre dévoué partenaire d'échecs,

Vackeers

— La résolution de l'énigme est cachée dans ces quelques mots. Je sais que Vackeers essayait de me dire quelque chose. Il ne s'agit en aucun cas d'une phrase anodine. Mais quel est le sens de tout cela, je l'ignore.

— Comment pourrions-nous vous aider, nous n'avons jamais rencontré ce Vackeers.

— Et croyez bien que je le regrette, vous l'auriez beaucoup apprécié, c'était un homme d'une intelligence rare. Ce livre étant un traité d'astronomie, je me suis dit que vous, Adrian, pourriez peut-être y comprendre quelque chose.

— Il comporte près de six cents pages, fis-je remarquer. Si je dois y trouver quelque chose, ce ne sera pas l'affaire de quelques heures. Une première étude approfondie me demandera plusieurs jours. Vous n'avez aucun autre indice, rien qui puisse nous guider ? Nous ne savons même pas quoi chercher dans ce livre.

— Suivez-moi, dit Ivory en se levant, je vais vous conduire en un lieu auquel personne n'a accès, enfin presque personne. Seul Vackeers, son secrétaire particulier et moi-même en connaissions l'existence. Vackeers savait que j'avais découvert sa cachette, mais il feignait de l'ignorer, cette délicatesse était un témoignage d'amitié de sa part, je suppose.

— N'est-ce pas précisément ce qu'il vous dit dans cette dédicace ? demanda Keira.

— Si, soupira Ivory, c'est bien pour cela que nous sommes ici.

Il régla l'addition, nous le suivîmes sur la grande place, Keira ne prêtait aucune attention à la circulation, elle faillit se faire renverser par un tramway qui avait pourtant fait maintes fois retentir sa cloche. Je la rattrapai de justesse.

Ivory nous fit entrer dans l'église par la porte latérale, nous traversâmes la somptueuse nef jusqu'au transept. J'admirais le tombeau de l'amiral De Ruyter lorsqu'un homme en costume sombre nous rejoignit dans l'absidiole.

— Merci d'être venu au rendez-vous, chuchota Ivory, pour ne pas déranger les quelques personnes qui se recueillaient.

— Vous étiez son seul ami, je sais que M. Vackeers aurait voulu que je réponde à votre demande. Je compte sur votre discrétion, j'irais au-devant de sérieux problèmes si j'étais découvert.

— Soyez sans crainte, répondit Ivory en lui tapant amicalement sur l'épaule. Vackeers avait beaucoup d'estime pour vous, il vous appréciait énormément. Lorsqu'il me parlait de vous, je sentais dans sa voix… comment dire… de l'amitié, oui, c'est exactement cela, Vackeers vous avait accordé son amitié.

— Vraiment ? demanda l'homme sur un ton touchant de sincérité.

Il sortit une clé de sa poche, fit tourner le loquet d'une petite porte située au fond de la chapelle et nous descendîmes un escalier qui se trouvait juste derrière. Cinquante marches plus bas, nous pénétrâmes dans un long couloir.

— Ce souterrain passe sous la grande place et rejoint directement le palais de Dam, nous dit l'homme. L'endroit est assez sombre et cela empire à mesure que l'on avance, ne vous éloignez pas de moi.

Nous n'entendions que l'écho de nos pas et plus nous marchions, plus la lumière se raréfiait ; bientôt nous fûmes dans l'obscurité la plus totale.

— Cinquante pas et nous reverrons la lumière, nous dit notre guide, suivez le caniveau central pour ne pas trébucher. Je sais, l'endroit n'est pas très agréable, j'ai horreur de l'emprunter.

Un nouvel escalier apparut devant nous.

— Faites attention, les marches sont glissantes, accrochez-vous à la corde de chanvre qui longe le mur.

En haut de la volée, nous nous retrouvâmes devant une porte en bois, armée de lourdes barres de fer. L'assistant de Vackeers manipula deux grosses poignées et un mécanisme libéra le pêne. Nous aboutîmes dans une antichambre au rez-de-chaussée du palais. Trois cartes immenses étaient gravées dans le marbre blanc de la grande salle. L'une représentait l'hémisphère occidental, une deuxième, l'hémisphère oriental et la troisième, une carte des étoiles d'une précision stupéfiante. Je m'avançai pour la regarder de plus près. Je n'avais encore jamais eu l'occasion de passer en une seule enjambée de Cassiopée à Andromède, et sautiller de galaxie en galaxie était assez amusant. Keira toussota pour me rappeler à l'ordre. Ivory et son guide me regardaient, consternés.

— C'est par là, nous dit l'homme en costume sombre.

Il ouvrit une autre porte et nous redescendîmes un escalier qui conduisait vers les sous-sols du palais. Il nous fallut quelques instants pour nous accommoder de nouveau à la pénombre. Devant nous, un réseau de passerelles surplombait l'eau d'un canal souterrain.

— Nous sommes à la verticale de la grande salle, indiqua l'homme, faites attention où vous posez les pieds, l'eau du canal est glaciale et j'en ignore la profondeur.

Il s'approcha d'un madrier et appuya sur une clé de soutènement en fer forgé. Deux planches pivotèrent, ouvrant un chemin qui permettait de rejoindre le mur du fond. Ce n'est qu'en s'en approchant au plus près que l'on pouvait alors apercevoir une porte dissimulée dans la pierre et invisible dans l'obscurité. L'homme nous fit entrer dans une pièce. Il alluma la lumière. Une table en métal et un fauteuil composaient le mobilier. Un écran plat était accroché au mur, un clavier d'ordinateur était posé sur la table.

— Voilà, je ne peux vous aider davantage, dit le secrétaire de Vackeers. Comme vous pouvez le constater, il n'y a pas grand-chose ici.

Keira alluma l'ordinateur, l'écran s'illumina.

— L'accès est protégé, dit Keira.

Ivory sortit un papier de sa poche et le lui tendit.

— Essayez ce code. J'avais profité d'une partie d'échecs à son domicile pour le lui subtiliser.

Keira pianota sur le clavier, elle tapa sur la touche de validation, l'accès à l'ordinateur de Vackeers nous fut accordé.

— Et maintenant ? dit-elle.

— Maintenant, je n'en sais rien, répondit Ivory. Regardez ce que contient le disque dur, peut-être trouverons-nous quelque chose qui nous dirigera vers le fragment.

— Le disque dur est vide, je ne vois qu'un programme de communication. Cet ordinateur devait servir exclusivement de poste de vidéoconférence. Il y a une petite caméra au-dessus de l'écran.

— Non, c'est impossible, dit Ivory, cherchez encore, je suis certain que la clé de l'énigme s'y trouve.

— Désolée de vous contredire, mais il n'y a rien, aucune donnée !

— Remontez sur la racine et recopiez la dédicace : *Je sais que cet ouvrage vous plaira, il n'y manque rien puisque tout s'y trouve, même le témoignage de notre amitié. Votre dévoué partenaire d'échecs, Vackeers.*

L'écran afficha « commande inconnue ».

— Il y a quelque chose qui cloche, dit Keira, regardez, le disque est vide et pourtant le volume est à moitié plein. Il y a une partition cachée. Avez-vous la moindre idée d'un autre mot de passe ?

— Non, rien qui me vienne à l'esprit, répondit Ivory.

Keira regarda le vieux professeur, elle se pencha sur le clavier et tapa « Ivory ». Une nouvelle fenêtre s'ouvrit sur l'écran.

— Je crois que j'ai trouvé le témoignage d'amitié dont il vous parlait, mais il nous manque encore un code.

— Je ne le possède pas, soupira Ivory.

— Réfléchissez, pensez à quelque chose qui vous liait l'un à l'autre.

— Je ne vois pas, nous avions tant de choses en commun, comment faire le tri dans tous ces souvenirs. Je ne sais pas, essayez « Échecs ».

La ligne « commande inconnue » s'inscrivit à nouveau sur l'écran.

— Essayez encore, dit Keira, pensez à quelque chose de plus sophistiqué, une chose à laquelle seuls vous deux pouviez penser.

Ivory se mit à parcourir la pièce, mains dans le dos, marmonnant à voix basse.

— Il y avait bien cette partie que nous avons rejouée cent fois…

— Quelle partie ? demandai-je.

— Une joute célèbre qui opposa deux grands joueurs au XVIIIe siècle, François André Danican Philidor contre le capitaine Smith. Philidor était un très grand maître des échecs, probablement le plus grand de son temps. Il publia un livre, *Analyse du jeu d'échecs*, qui fut longtemps considéré comme une référence en la matière. Essayez de taper son nom.

L'accès à l'ordinateur de Vackeers nous restait interdit.

— Parlez-moi de ce Danican Philidor, demanda Keira.

— Avant de venir s'installer en Angleterre, reprit Ivory, il jouait en France au café de la Régence, le lieu était l'endroit où l'on rencontrait les plus importants joueurs d'échecs.

Keira tapa « Régence » et « café de la Régence »… rien ne se produisit.

— Il était l'élève de M. de Kermeur, poursuivit Ivory.

Keira tapa « Kermeur », sans succès.

Une fois encore, l'écran nous dénia l'accès. Ivory releva soudain la tête.

— Philidor devint célèbre en battant le Syrien Philippe Stamma, non, attendez, sa notoriété fut définitivement acquise lorsqu'il remporta un tournoi où il joua les yeux bandés sur trois plateaux simultanés, et contre trois adversaires différents. Il réalisa cet exploit au Club des échecs de St. James Street, à Londres.

Keira tapa « St. James Street ». Nouvel échec… sans vouloir faire de jeu de mots.

— Peut-être que nous ne suivons pas la bonne piste, peut-être devrions-nous nous intéresser à ce capitaine Smith ? Ou alors, je ne sais pas… Quelles sont les dates de naissance et de décès de votre Philidor ?

— Je n'en suis plus bien sûr, seule sa carrière de joueur d'échecs nous intéressait, Vackeers et moi.

— Quand eut lieu exactement cette partie entre le capitaine Smith et son copain Philidor ? demandai-je.

— Le 13 mars 1790.

Keira tapa la séquence de chiffres « 13031790 ». Nous fûmes stupéfaits. Une ancienne carte céleste apparut sur l'écran. À juger de son degré de précision et des erreurs que j'y voyais, elle devait dater du XVIIe ou du XVIIIe siècle.

— C'est tout à fait incroyable, s'exclama Ivory.

— C'est une sublime gravure, reprit Keira, mais elle ne nous indique toujours pas où se trouve ce que nous cherchons.

L'homme en costume sombre releva la tête.

— C'est la carte qui est incrustée dans le hall du palais, au rez-de-chaussée, dit-il en s'approchant de l'écran.

Enfin, à quelques détails près, elle lui ressemble beaucoup.

— Vous en êtes certain ? demandai-je.

— J'ai dû passer dessus un bon millier de fois, cela fait dix ans que je suis au service de M. Vackeers, et il me donnait toujours rendez-vous dans son bureau au premier étage.

— En quoi celle-ci est-elle différente ? demanda Keira.

— Ce ne sont pas tout à fait les mêmes dessins, nous dit-il, les lignes qui relient les étoiles entre elles ne sont pas positionnées de la même façon.

— Quand fut construit ce palais ? demandai-je.

— Il a été achevé en 1655, répondit l'homme en costume sombre.

Keira tapa aussitôt les quatre chiffres. La carte affichée sur l'écran se mit à tourner et nous entendîmes un bruit sourd qui semblait venir du plafond.

— Qu'est-ce qu'il y a au-dessus de nous ? demanda Keira.

— La Burgerzaal, la grande salle où se trouvent les cartes incrustées dans la dalle en marbre, répondit l'homme.

Nous nous précipitâmes tous les quatre vers la porte. L'homme en costume sombre nous invita à la prudence alors que nous courions sur le dédale de poutres posées à quelques centimètres du canal souterrain. Cinq minutes plus tard, nous arrivions dans le hall du palais de Dam. Keira se rua vers la carte gravée dans le sol qui représentait la voûte céleste. Elle effectuait une lente rotation dans le sens inverse des aiguilles d'une montre. Après avoir accompli un demi-cercle, elle s'immobilisa. Soudain, sa partie centrale se souleva de quelques centimètres au-dessus de la dalle. Keira plongea la main dans l'interstice qui était apparu et en sortit triomphalement le troisième fragment, semblable aux deux que nous possédions.

— Je vous en supplie, dit l'homme en costume sombre, il faut remettre tout cela comme c'était. Si demain, à l'ouverture du palais, on découvre le hall dans cet état, ce serait tragique pour moi !

Mais notre guide n'eut pas à s'inquiéter longtemps. À peine avait-il parlé que le couvercle de cette cavité secrète redescendit dans son enclave, la carte se mit à tourner en sens inverse et reprit sa position originelle.

— Et maintenant, dit Ivory, où est le quatrième fragment que vous avez rapporté de Russie ?

Keira et moi échangeâmes un regard, nous étions aussi embarrassés l'un que l'autre.

— Je ne veux surtout pas jouer les trouble-fête, insista l'homme en costume sombre, mais si vous pouviez discuter de tout cela en dehors de l'enceinte du palais, cela m'arrangerait beaucoup. Je dois encore aller fermer le bureau de M. Vackeers. La ronde des gardiens va commencer, il faut vraiment que vous partiez.

Ivory prit Keira par le bras.

— Il a raison, dit-il, sortons d'ici, nous avons la nuit devant nous pour discuter.

*

De retour à l'hôtel Krasnapolsky, Ivory nous demanda de le suivre jusqu'à sa chambre.

— Vous m'avez menti, n'est-ce pas ? dit-il en refermant la porte. Oh, je vous en prie, ne me prenez pas pour un imbécile, j'ai bien vu vos deux mines déconfites tout à l'heure. Vous n'avez pas pu rapporter ce quatrième fragment de Russie.

— Non, en effet, répondis-je, en colère. Pourtant nous savions où il était, nous en étions même à quelques mètres, mais comme personne ne nous avait prévenus de ce qui nous attendait, comme vous vous étiez bien gardé de nous mettre en garde contre l'acharnement de ceux qui sont à nos trousses depuis que vous nous avez lancés sur la piste de ces fragments, nous avons faillis être tués, vous ne voulez pas en plus que je vous présente nos excuses !

— Vous êtes tous les deux irresponsables ! En nous rendant ici, vous m'avez fait bouger un pion, qui ne devait avancer qu'en dernier ressort. Croyez-vous que notre visite sera passée inaperçue ? L'ordinateur dans lequel nous avons pénétré appartient à un réseau des plus sophistiqués. À l'heure qu'il est, des dizaines d'informaticiens ont dû avertir leurs responsables de section que le terminal de Vackeers s'est allumé tout seul au milieu de la nuit, et je doute que quiconque veuille croire à son fantôme !

— Mais qui sont ces gens, bon sang ? criai-je à la face d'Ivory.

— Calmez-vous tous les deux, ce n'est pas le moment de régler vos comptes, intervint Keira. Vous hurler dessus ne nous fera pas avancer. Nous ne vous avons pas complètement menti, c'est moi qui ai convaincu Adrian de vous jouer ce tour. J'ai l'espoir que trois fragments nous révèlent suffisamment de choses pour progresser dans nos recherches, alors au lieu de vous chamailler que diriez-vous de les réunir ?

Keira ôta son pendentif, je pris le fragment qui se trouvait dans ma poche, dépliai le mouchoir dans lequel je l'avais protégé et nous les réunîmes avec celui que nous avions découvert sous la dalle du palais de Dam.

Ce fut pour nous trois une immense déception, rien ne se produisit. La lumière bleutée que nous espérions tant voir n'apparut pas. Pis encore, l'attraction magnétique qui jusque-là rapprochait les deux premiers éléments semblait avoir disparu. Ils ne restèrent même pas soudés les uns aux autres. Les objets étaient inertes.

— Nous voilà bien avancés ! râla Ivory.

— Comment est-ce possible ? demanda Keira.

— Je suppose qu'à force de les manipuler, nous avons fini par en épuiser l'énergie, répondis-je.

Ivory se retira dans sa chambre en claquant la porte, nous laissant tous les deux seuls dans le petit salon.

Keira ramassa les fragments et m'entraîna hors de la suite.

— J'ai faim, me dit-elle dans le couloir, restaurant ou room service ?

— Room service, répondis-je sans hésiter.

Keira se délassait dans un bain. J'avais disposé les fragments sur le petit bureau de notre chambre et les observais, me posant dix questions à la seconde. Fallait-il les exposer à la source d'une lumière vive pour les recharger ? Quelle énergie pourrait recréer la force qui les attirait l'un vers l'autre ? Je sentais bien que quelque chose échappait à mon raisonnement. J'étudiai de plus près celui que nous venions de découvrir. Le fragment triangulaire était semblable aux deux autres, leur épaisseur strictement identique. Je tournais l'objet dans ma main quand un détail sur la tranche attira mon attention. Il y avait une rainure à la périphérie, comme un sillon tracé, une encoche horizontale et circulaire. La régularité ne pouvait être accidentelle. Je rapprochai les trois fragments sur la table et en étudiai de plus près la section, la rainure se poursuivait de façon parfaite. Une idée me traversa l'esprit, j'ouvris le tiroir du bureau et trouvai ce que je cherchais, un crayon noir et un bloc-notes. J'arrachai une feuille de papier, posai dessus mes fragments et les réunis. Je commençai à longer la bordure extérieure avec la mine du crayon. Lorsque j'ôtai les fragments et regardai le dessin tracé sur la feuille, je découvris les trois quarts de la périphérie d'un cercle parfait.

Je me précipitai dans la salle de bains.

— Enfile un peignoir et rejoins-moi.

— Qu'est-ce qu'il y a ? demanda Keira.

— Dépêche-toi !

Elle arriva quelques instants plus tard, une serviette nouée autour de la taille, une autre enveloppant ses cheveux.

— Regarde ! lui dis-je en lui tendant mon dessin.

— Tu arrives presque à dessiner un rond, c'est épatant, et c'est pour ça que tu m'as fait sortir de mon bain ?

Je pris les fragments et les posai à leur place sur la feuille.

— Tu ne vois rien ?

— Si, il en manque toujours un !

— Ce qui est déjà une information d'une sacrée importance ! Jusque-là nous n'avons jamais su de combien de fragments cette carte était composée, mais en regardant cette feuille, tu l'as dit toi-même, la chose devient évidente, il n'en manque qu'un seul et non deux comme nous l'avons longtemps supposé.

— Mais il en manque tout de même un, Adrian, et ceux que nous possédons n'ont plus aucun pouvoir, alors est-ce que je peux retourner dans mon bain avant que l'eau soit glacée ?

— Tu ne vois rien d'autre ?

— Tu vas jouer longtemps aux devinettes ? Non, je ne vois qu'un trait de crayon, alors dis-moi ce qui échappe à mon intelligence, visiblement inférieure à la tienne !

— Ce qui est intéressant dans une sphère armillaire, ce n'est pas tant ce qu'elle nous montre que ce qu'elle ne nous montre pas, et que nous devinons !

— Ce qui signifie, en français ?

— Si les objets ne réagissent plus, c'est qu'il leur manque un conducteur, la cinquième pièce manquante du puzzle ! Ces fragments étaient sertis d'un anneau, un fil qui devait véhiculer un courant.

— Alors pourquoi les deux premiers s'illuminaient avant ?

— Parce qu'ils avaient accumulé de l'énergie grâce à la foudre. À force de les réunir, nous avons épuisé leurs réserves. Leur fonctionnement est élémentaire, il répond au principe qui s'applique à toute forme de courant, par un échange d'ions positifs et d'ions négatifs qui doivent pouvoir circuler.

— Il va falloir que tu m'éclaires un peu plus, dit Keira en s'asseyant à mes côtés, je ne sais même pas changer une ampoule.

— Un courant électrique est un déplacement d'électrons au sein d'un matériau conducteur. Du courant le plus puissant au plus infime, comme celui qui parcourt ton système nerveux, tout n'est que transfert d'électrons. Si nos objets ne réagissent plus, c'est parce que ce fameux conducteur est absent. Et ce conducteur est précisément la cinquième pièce manquante dont je te parlais, un anneau qui devait certainement entourer l'objet lorsqu'il était dans sa forme entière. Ceux qui en ont dissocié les fragments ont dû le briser. Il faut trouver un moyen d'en fabriquer un nouveau, de façon qu'il vienne s'ajuster parfaitement à la périphérie des fragments, alors je suis certain qu'ils retrouveront leur pouvoir luminescent.

— Et où faire fabriquer ton anneau ?

— Chez un restaurateur de sphères armillaires ! C'est à Anvers que les plus belles furent construites et je connais quelqu'un à Paris qui pourra nous renseigner.

— On en parle à Ivory ? me demanda Keira.

— Sans hésiter. Il ne faut surtout pas perdre de vue ce type qui nous a accompagnés au palais de Dam, il pourra nous rendre de grands services, je ne parle pas un mot de hollandais !

Je dus convaincre Keira de faire le premier pas. Elle appela Ivory et lui déclara que nous avions une révélation importante à lui faire. Le vieux professeur était déjà couché, mais il accepta de se relever et nous pria de le rejoindre dans sa suite.

Je lui exposai mon raisonnement, ce qui eut au moins pour effet de dissiper sa mauvaise humeur. Il préférait que j'évite d'appeler l'antiquaire du Marais auquel j'avais pensé plus tôt. Le temps pressait et il redoutait que nos ennuis ne recommencent très vite. Il accueillit positivement l'idée de se rendre à Anvers ; plus nous bougions, plus nous serions en sécurité. Il appela le secrétaire de Vackeers au milieu de la nuit et lui demanda de nous trouver l'artisan susceptible de restaurer un instrument d'astronomie très ancien. Le secrétaire de Vackeers promit d'effectuer des recherches et proposa de nous contacter le lendemain.

— Je ne voudrais pas être indiscrète, demanda Keira, mais est-ce que ce type a un nom, ou au moins un prénom ? Si nous devons le revoir demain, j'aimerais bien savoir à qui je m'adresse.

— Pour l'instant contentez-vous de Wim. Dans quelques jours, il s'appellera probablement « AMSTERDAM », et nous ne pourrons plus compter sur lui.

Le lendemain nous retrouvâmes celui qu'il fallait donc appeler Wim. Il portait le même costume et la même cravate que la veille. Alors que nous prenions un café à l'hôtel, il nous informa que nous n'aurions pas besoin de nous rendre à Anvers. À Amsterdam se trouvait un très vieil atelier d'horlogerie et son propriétaire passait pour être un descendant direct d'Erasmus Habermel.

— Qui est cet Erasmus Habermel ? demanda Keira.

— Le plus célèbre fabricant d'instruments scientifiques du XVIe siècle, répondit Ivory.

— Comment savez-vous cela ? demandai-je à mon tour.

— Je suis professeur, au cas où cela vous aurait échappé, pardonnez-moi d'être instruit.

— Je suis ravie que vous abordiez ce sujet, reprit Keira, vous étiez professeur de quoi au juste ? Nous nous sommes posé la question, Adrian et moi.

— Je suis heureux d'apprendre que ma carrière vous intéresse tous les deux, mais dites-moi, sommes-nous à la recherche d'un restaurateur d'anciens instruments astronomiques ou préférez-vous que l'on passe la journée sur mon curriculum vitae ? Bien... Alors, que disions-nous déjà au sujet d'Erasmus Habermel ? Puisque Adrian semble s'étonner de mon érudition, laissons-le parler, nous verrons bien s'il connaît sa leçon !

— Les instruments sortis des ateliers d'Habermel restent inégalés tant pour leur qualité d'exécution que pour leur beauté, repris-je en lançant un regard incendiaire à Ivory. La seule sphère armillaire que l'on ait retrouvée et qui lui soit attribuée se trouve à Paris, dans les collections de l'Assemblée nationale si je ne m'abuse. Habermel devait être en étroite relation avec les plus grands astronomes de son époque, Tycho Brahé et son assistant Johannes Kepler, ainsi que le grand horloger suisse Jost Btirgi. Il aurait aussi travaillé avec Gualterus Arsenius dont l'atelier se trouvait à Louvain. Ils ont fui ensemble la ville au moment de la grande épidémie de peste noire de 1580. Les ressemblances stylistiques entre les instruments d'Habermel et ceux d'Arsenius sont si évidentes que...

— Bien, l'élève Adrian nous a fait un sans-faute, dit sèchement Ivory, mais nous ne sommes pas là non plus pour l'écouter étaler son savoir. Ce qui nous intéresse est justement cette étroite connexion entre Habermel et Arsenius. J'ai donc pu apprendre, grâce à Wim, que l'un de ses descendants directs se trouve justement habiter Amsterdam, alors si vous n'y voyez pas d'inconvénient, je vous propose de fermer la salle de classe et d'aller au plus vite lui rendre visite. Allez chercher vos manteaux et retrouvons-nous dans le hall d'ici dix minutes !

Keira et moi quittâmes Ivory pour rejoindre notre chambre.

— Comment savais-tu tout ça au sujet de ce Habermel ? me demanda Keira dans l'ascenseur.

— J'ai potassé un livre acheté chez un antiquaire du Marais.

— Quand cela ?

— Le jour où tu m'as si élégamment abandonné pour passer une soirée avec ton Max et que j'ai dormi à l'hôtel, tu te souviens ? J'ai eu toute la nuit pour le lire !

Un taxi nous déposa tous les quatre dans une ruelle de la vieille ville. Au fond d'une impasse se trouvait un magasin d'horlogerie... Une grande verrière entourait l'atelier. De la cour, nous pouvions voir un vieil homme penché sur son établi, travaillant à la réparation d'une pendule. Le mécanisme qu'il assemblait avec une extrême minutie se composait d'une quantité impressionnante de pièces minuscules, parfaitement ordonnées devant lui. Lorsque nous poussâmes la porte une clochette tinta. L'homme releva la tête. Il portait de surprenantes lunettes qui lui grossissaient les yeux et lui donnaient l'air d'un étrange animal. L'endroit sentait le vieux bois et la poussière.

— Que puis-je faire pour vous ? nous demanda-t-il.

Wim expliqua que nous cherchions à faire fabriquer une pièce pour compléter un appareil très ancien.

— Quel genre de pièce ? demanda l'homme en ôtant ses drôles de lunettes.

— Un cercle, en laiton ou en cuivre, répondis-je.

L'homme se retourna et s'adressa à moi dans un anglais teinté d'accent germanique.

— Quel diamètre ?

— Je ne peux pas vous répondre avec précision.

— Pouvez-vous me montrer cet appareil ancien que vous souhaitez réparer ?

Keira s'avança près de l'établi, l'homme leva les bras au ciel en s'exclamant :

— Pas par là, malheureuse, vous allez tout déranger. Suivez-moi près de cette table, par ici, dit-il en désignant le centre de l'atelier.

Je n'avais jamais vu autant d'instruments d'astronomie. Mon antiquaire du Marais en aurait blêmi de jalousie. Astrolabes, sphères, théodolites, sextants reposaient sur des étagères, attendant de retrouver leur jeunesse d'antan.

Keira posa les trois fragments sur la table désignée par le vieil artisan, elle les assembla et recula d'un pas.

— Quel étrange appareil, dit le vieil homme. À quoi sert-il ?

— C'est un genre d'astrolabe, dis-je en m'avançant.

— De cette couleur et dans cette matière ? Je n'en ai jamais vu de semblable. On dirait presque de l'onyx, mais ce n'en est visiblement pas. Qui l'aurait fabriqué ?

— Nous n'en savons rien.

— Vous êtes de drôles de clients, vous ne savez pas qui l'a fabriqué, vous ne savez pas de quoi il est fait, vous ignorez même à quoi il sert mais vous voulez le réparer… comment réparer quelque chose si on ne sait pas comment cela marche ?

— Nous voulons le compléter, dit Keira. Si vous le regardez de près, vous constaterez qu'il y a une rainure sur la tranche de chacun des morceaux, nous sommes certains qu'un cerclage s'y insérait, probablement un alliage conducteur qui sertissait l'ensemble.

— Peut-être, dit l'homme, dont la curiosité semblait être piquée. Voyons, voyons, dit-il en relevant la tête.

Une multitude d'outils se balançaient au bout de longues ficelles pendues depuis le plafond.

— Je ne sais plus où mettre les choses ici, alors il faut bien innover, tiens, voilà justement ce que je cherchais !

L'artisan s'empara d'un long compas aux branches télescopiques reliées par un arc gradué. Il remit ses lunettes et se pencha à nouveau sur nos fragments.

— Comme c'est amusant, dit-il.

— Quoi donc ? demanda Keira.

— Le diamètre est de 31,4115 centimètres.

— Qu'y a-t-il de si amusant à cela ? demanda-t-elle.

— C'est exactement la valeur du nombre π, multiplié par dix. Pi est un nombre transcendant, vous ne l'ignoriez pas ? demanda le vieil horloger. Il est le rapport constant entre l'aire d'un disque et le carré de son rayon ou, si vous préférez, entre la circonférence d'un cercle et son rayon.

— J'ai dû sécher les cours le jour où l'on nous a appris ça, avoua Keira.

— Ce n'est pas très grave, dit l'horloger, mais je n'avais encore jamais vu d'instrument qui fasse si précisément ce diamètre. C'est très ingénieux. Vous n'avez pas la moindre idée de son utilité ?

— Non ! répondis-je pour réfréner les élans de sincérité auxquels Keira m'avait habitué.

— Fabriquer un cerclage n'est pas très compliqué, je devrais pouvoir réaliser ce travail pour disons deux cents florins, ce qui représente…

L'homme ouvrit un tiroir et en sortit une calculette.

— … quatre-vingt-dix euros, pardonnez-moi, je n'arrive toujours pas à m'habituer à cette nouvelle monnaie.

— Quand sera-t-il prêt ? demandai-je.

— Il faut que je termine de remonter l'horloge sur laquelle je travaillais quand vous êtes arrivés. Elle doit retrouver sa place sur le frontispice d'une église et le curé m'appelle presque tous les jours pour savoir où j'en suis. J'ai aussi trois montres anciennes à réparer, je pourrais me pencher sur votre objet à la fin du mois, cela vous irait-il ?

— Mille florins si vous vous y mettez tout de suite ! dit Ivory.

— Vous êtes si pressé que cela ? demanda l'artisan.

— Plus encore, répondit Ivory, je double la somme si le cerclage est prêt ce soir !

— Non, répondit l'horloger, mille florins suffisent amplement, et puis j'ai tant de retard sur le reste qu'un jour de plus ou de moins… Revenez vers 18 heures.

— Nous préférerions attendre ici, vous n'y voyez pas d'inconvénient ?

— Ma foi, si vous ne me dérangez pas dans mon travail, pourquoi pas. Après tout, un peu de compagnie ne peut pas me faire de mal.

Le vieil artisan se mit aussitôt à l'ouvrage. Il ouvrit ses tiroirs l'un après l'autre et choisit une tige de laiton qui sembla lui convenir. Il l'étudia attentivement, compara sa largeur à l'épaisseur de la tranche des fragments et nous annonça qu'elle devrait faire l'affaire. Il posa la tige sur son établi et commença à la façonner. À l'aide d'une roulette il creusa un sillon sur une face et, lorsqu'il retourna la tige, il nous présenta la nervure qui s'était formée de l'autre côté. Nous étions tous les trois fascinés par sa dextérité. L'artisan vérifia qu'elle s'ajustait bien dans la rainure des fragments, repassa la roulette, allant et venant pour approfondir son trait, et décrocha un gabarit qui pendait au bout d'une chaîne. À l'aide d'un tout petit marteau, il commença à courber la tige de laiton autour du galbe.

— Vous êtes vraiment le descendant d'Habermel ? demanda Keira.

L'homme releva la tête et sourit à Keira.

— Cela change-t-il quelque chose ? questionna-t-il.

— Non, mais tous ces anciens appareils dans votre atelier…

— Vous devriez me laisser travailler si vous voulez que je termine votre cerclage. Nous aurons tout le loisir de parler de mes ancêtres plus tard.

Nous restâmes dans un coin, sans dire un mot, nous contentant d'observer cet artisan dont l'habileté nous émerveillait. Il resta penché deux heures durant sur son établi, les outils s'agitaient dans ses mains avec autant de précision que s'il s'était agi d'instruments de chirurgie. Soudain, l'artisan fit pivoter son tabouret et se tourna vers nous.

— Je crois que nous y sommes, dit-il. Voulez-vous vous rapprocher ?

Nous nous penchâmes sur son établi ; le cercle était parfait, il le polit sur une brosse métallique qu'entraînait un tour pourvu d'un petit moteur et l'essuya ensuite avec un chiffon doux.

— Voyons si nos objets s'y conforment, dit-il en prenant le premier fragment.

Il positionna le deuxième, puis le troisième.

— De toute évidence, il en manque un, mais j'ai donné suffisamment de tension au cerclage pour que ces trois morceaux restent solidaires, à condition de ne pas les brutaliser, bien sûr.

— Oui, il en manque un, répondis-je en ayant du mal à cacher ma déception.

Contrairement à ce que j'avais espéré, aucun phénomène électrique ne s'était produit.

— Quel dommage, reprit l'artisan, j'aurais vraiment aimé voir cet appareil au complet, il s'agit bien d'un genre d'astrolabe, n'est-ce pas ?

— Tout à fait, répondit Ivory en mentant de façon éhontée.

Le vieux professeur déposa cinq cents euros sur l'établi et remercia.

— Qui l'a fabriqué, selon vous ? questionna l'artisan. Je n'ai pas le souvenir d'en avoir vu de pareil.

— Vous avez fait un travail prodigieux, répondit Ivory, vous avez des mains en or, je ne manquerai pas de vous recommander à ceux de mes amis qui auraient quelque objet précieux à faire restaurer.

— Du moment qu'ils ne sont pas aussi impatients que vous, ils seront les bienvenus, répondit l'artisan en nous raccompagnant à la porte de son atelier.

— Et maintenant, nous lança Ivory lorsque nous fûmes dans la rue, vous avez une autre idée pour me faire dépenser mon argent ? Je n'ai rien vu de bien transcendant jusque-là !

— Il nous faut un laser, annonçai-je. Un laser assez puissant pourrait apporter une énergie suffisante à recharger l'ensemble et puis nous obtiendrons une nouvelle projection de la carte. Qui sait si ce qui apparaîtra au travers du troisième fragment ne nous révélera pas quelque chose d'important.

— Un laser de forte puissance… rien que ça, et où voulez-vous que nous le trouvions ? demanda Ivory, exaspéré.

Wim, qui n'avait pas dit un mot de l'après-midi, fit un pas en avant.

— Il y en a un à l'université de Vrije, au LCVU, les départements de physique, d'astronomie et de chimie se le partagent.

— Le LCVU ? interrogea Ivory.

— Laser Center of Vrije University, répondit Wim, c'est le professeur Hogervorst qui l'a créé. J'ai fait mes études dans cette fac et j'ai bien connu Hogervorst ; il a pris sa retraite, mais je peux le joindre et lui demander d'intervenir en notre faveur pour que nous ayons accès aux installations du campus.

— Eh bien, qu'attendez-vous ? demanda Ivory.

Wim prit un petit carnet dans sa poche et en tourna nerveusement les pages.

— Je n'ai pas son numéro, mais je vais appeler l'université, je suis certain qu'ils savent comment le contacter.

Wim resta une demi-heure au téléphone, passant maints appels à la recherche du professeur Hogervorst. Il revint vers nous la mine défaite.

— J'ai réussi à obtenir le numéro de son domicile, ce ne fut pas une mince affaire. Hélas, son assistant n'a pu me le passer, Hogervorst est en Argentine, il a été invité à un congrès et ne rentrera qu'en début de semaine prochaine.

Ce qui a fonctionné une fois a toutes les raisons de fonctionner une deuxième fois. Je me souvins de la ruse de Walter lorsque nous avions voulu accéder à des équipements du même genre en Crète. Il s'était recommandé de l'Académie. Je pris le portable d'Ivory et appelai mon ami sur-le-champ. Il me salua d'une voix lugubre.

— Qu'est-ce qu'il se passe ? demandai-je.

— Rien !

— Si, j'entends bien qu'il y a quelque chose qui cloche, Walter, de quoi s'agit-il ?

— De rien, vous dis-je.

— Je me permets d'insister, vous n'avez pas l'air dans votre assiette.

— Vous m'appelez pour me parler vaisselle ?

— Walter, ne faites pas l'enfant, vous n'êtes pas dans votre état normal. Vous avez bu ?

— Et alors, j'ai le droit de faire ce que je veux, non ?

— Il n'est que 19 heures, où êtes-vous ?

— À mon bureau !

— Vous vous êtes bourré la gueule au bureau ?

— Je ne suis pas bourré, juste un peu pompette, oh ! et puis ne commencez pas avec vos leçons de morale, je ne suis pas en état de les entendre.

— Je n'avais pas l'intention de vous faire la morale, mais je ne raccrocherai pas avant que vous m'ayez expliqué ce qui ne va pas.

Un silence s'installa, j'entendis la respiration de Walter dans le combiné et devinai soudain un sanglot étouffé.

— Walter, vous pleurez ?

— Qu'est-ce que ça peut bien vous faire ? J'aurais préféré ne jamais vous rencontrer.

J'ignorais ce qui mettait Walter dans un tel état, mais sa remarque m'affecta profondément. Nouveau silence, nouveau sanglot. Cette fois, Walter se moucha bruyamment.

— Je suis désolé, ce n'est pas ce que je voulais dire.

— Mais vous l'avez dit. Qu'est-ce que je vous ai fait pour que vous m'en vouliez à ce point ?

— Vous, vous, vous, il n'y en a jamais que pour vous ! Walter par-ci, Walter par-là, car je suis certain que si vous me téléphonez c'est que vous avez besoin d'un service. Ne me dites pas que vous vouliez juste prendre de mes nouvelles ?

— C'est pourtant ce que j'essaie de faire, en vain, depuis que cette conversation a commencé.

Troisième silence, Walter réfléchissait.

— C'est vrai, soupira-t-il.

— Allez-vous enfin me dire ce qui vous affecte à ce point ?

Ivory s'impatientait, me faisant de grands gestes. Je m'éloignai et le laissai en compagnie de Keira et de Wim.

— Votre tante est repartie pour Hydra, et je ne me suis jamais senti aussi seul de ma vie, me confia Walter dans un nouveau sanglot.

— Votre week-end s'est bien passé ? demandai-je en priant pour que cela soit le cas.

— Mieux que cela encore, chaque moment fut idyllique, un accord parfait.

— Alors vous devriez être fou de bonheur, je ne comprends pas.

— Elle me manque, Adrian, vous n'imaginez pas combien elle me manque. Je n'avais jamais rien vécu de semblable. Jusqu'à ce que je rencontre Elena, ma vie sentimentale était un désert, clairsemé de quelques oasis qui se révélaient être des mirages, mais avec elle tout est vrai, tout existe.

— Je vous promets de ne pas répéter à Elena que vous la comparez à une palmeraie, cela restera entre nous.

Cette boutade avait dû faire sourire mon ami, je sentais que son humeur avait déjà changé.

— Quand devez-vous vous revoir ?

— Nous n'avons rien fixé, votre tante était terriblement troublée lorsque je l'ai reconduite à l'aéroport. Je crois qu'elle pleurait sur l'autoroute, vous connaissez sa pudeur, elle a regardé le paysage pendant tout le trajet. Quand même, je voyais bien qu'elle avait le cœur gros.

— Et vous n'avez pas fixé une date pour vous retrouver ?

— Non, avant de prendre son avion, elle m'a dit que notre histoire n'était pas raisonnable. Sa vie est à Hydra auprès de votre mère, a-t-elle ajouté, elle y a son commerce, et moi, ma vie se trouve à Londres, dans ce bureau sinistre à l'Académie. Deux mille cinq cents kilomètres nous séparent.

— Voyons, Walter, et vous me traitiez de maladroit ! Vous n'avez donc pas compris ce que ses paroles signifient ?

— Qu'elle préfère mettre un terme à notre histoire et ne plus jamais me revoir, dit Walter dans un sanglot.

Je laissai passer l'orage et attendis qu'il se calme pour lui parler.

— Pas du tout ! dus-je presque crier dans le combiné pour qu'il m'entende.

— Comment ça, pas du tout ?

— C'est même exactement le contraire. Ces mots voulaient dire « dépêchez-vous de me rejoindre sur mon île, je vous guetterai chaque matin à l'arrivée du premier bateau sur le port ».

Quatrième silence, si mes comptes étaient bons.

— Vous en êtes sûr ? demanda Walter.

— Certain.

— Comment cela ?

— C'est ma tante, pas la vôtre, à ce que je sache !

— Dieu merci ! Même fou d'amour, je ne pourrais jamais flirter avec ma tante, ce serait tout à fait indécent.

— Cela va de soi !

— Adrian, que dois-je faire ?

— Revendre votre voiture et prendre un billet d'avion pour Hydra.

— Mais quelle idée géniale ! s'exclama Walter qui avait retrouvé la voix que je lui connaissais.

— Merci, Walter.

— Je raccroche, je rentre chez moi, je me couche, je mets mon réveil à 7 heures et demain je me rends chez le garagiste et aussitôt après dans une agence de voyages.

— Avant cela, j'aurais une petite faveur à vous demander, Walter.

— Tout ce que vous voudrez.

— Vous vous souvenez de notre petite escapade en Crète ?

— Tu parles si je m'en souviens, quelle jolie course, quand j'y repense j'en rigole encore, si vous aviez vu votre tête lorsque j'ai assommé ce gardien...

— Je suis à Amsterdam et j'ai besoin d'avoir accès au même genre d'installations qu'en Crète, celles qui m'intéressent se trouvent sur le campus de l'université de Vrije. Croyez-vous pouvoir m'aider à y accéder ?

Dernier silence... Walter réfléchissait encore.

— Rappelez-moi dans une demi-heure, je vais voir ce que je peux faire.

Je retournai auprès de Keira. Ivory nous proposa d'aller dîner à l'hôtel. Il remercia Wim de son aide et le libéra pour la soirée. Keira me demanda des nouvelles de Walter, je lui répondis qu'il allait bien, très bien. Au cours du repas, je les abandonnai pour monter dans notre chambre. La ligne de Walter était occupée, je recomposai plusieurs fois le numéro ; enfin, il décrocha.

— Demain, à 9 h 30, vous avez rendez-vous au 1081 De Boelelaan, à Amsterdam. Soyez précis. Vous pourrez utiliser le laser pendant une heure, pas une minute de plus.

— Comment avez-vous réussi ce prodige ?

— Vous ne me croirez pas !

— Dites toujours !

— J'ai contacté l'université de Vrije, j'ai demandé à parler au responsable de permanence, je me suis fait passer pour le président de notre Académie. Je lui ai dit que j'avais besoin de parler de toute urgence à leur directeur général, qu'il le dérange à son domicile et que ce dernier me rappelle au plus tôt. Je lui ai donné le numéro de l'Académie, pour qu'il vérifie que ce n'était pas une plaisanterie, et celui de mon poste pour qu'il tombe directement sur moi. Puis ce fut un jeu d'enfant. Le directeur de la faculté d'Amsterdam, un certain professeur Ubach, m'a contacté un quart d'heure plus tard. Je l'ai chaleureusement remercié de m'appeler à cette heure tardive et lui ai appris que deux de nos plus distingués scientifiques se trouvaient actuellement en Hollande, qu'ils étaient sur le point d'achever des travaux nobélisables et qu'ils avaient besoin d'utiliser son laser pour vérifier quelques paramètres.

— Et il a accepté de nous accueillir ?

— Oui, j'ai ajouté qu'en échange de ce petit service, l'Académie doublerait son quota d'admission d'étudiants néerlandais et il a accepté. N'oubliez pas qu'il s'adressait tout de même au président de l'Académie royale des sciences ! Je me suis beaucoup amusé.

— Comment vous remercier, Walter ?

— Remerciez surtout la bouteille de bourbon que j'ai descendue ce soir, sans elle je n'aurais jamais été capable de tenir aussi bien mon rôle ! Adrian, faites attention à vous et revenez vite, vous aussi vous me manquez beaucoup.

— C'est tout à fait réciproque, Walter. De toute façon, je joue demain ma dernière carte, si mon idée ne fonctionne pas nous n'aurons d'autre choix que de tout abandonner.

— Ce n'est pas ce que je vous souhaite, même si je ne vous cache pas qu'il m'arrive parfois de l'espérer.

Après avoir raccroché, je retournai annoncer la bonne nouvelle à Keira et à Ivory.

*

Londres

Ashton sortit de table pour prendre la communication que son majordome était venu lui annoncer. Il s'excusa auprès de ses invités et se retira dans son bureau.

— Où en sommes-nous ? demanda-t-il.

— Ils passent la soirée tous les trois ensemble à leur hôtel. J'ai posté un homme dans une voiture, au cas où ils ressortiraient cette nuit, mais j'en doute. Je les rejoindrai demain matin et je vous rappellerai dès que j'en saurai plus.

— Ne les perdez surtout pas de vue.

— Vous pouvez compter sur moi.

— Je ne regrette pas d'avoir favorisé votre candidature, vous avez fait du bon travail pour une première journée dans vos nouvelles attributions.

— Merci, Sir Ashton.

— Je vous en prie, AMSTERDAM, passez une bonne soirée.

Ashton reposa le combiné sur son socle, referma la porte de son bureau et retourna auprès de ses convives.

*

Université de Vrije, Amsterdam

Wim nous avait retrouvés devant la porte du LCVU à 9 h 25. Même si tout le monde ici parlait couramment l'anglais, il nous servirait d'interprète, si besoin était. Le directeur de l'université de recherches nous accueillit en personne. Je fus surpris par l'âge du professeur Ubach, il devait avoir à peine une quarantaine d'années. Sa franche poignée de main et sa simplicité me mirent tout de suite en confiance. Depuis le début de cette aventure, je n'avais pas souvent eu l'occasion de rencontrer quelqu'un de bienveillant, et je décidai de lui confier le but des expérimentations que j'espérais pouvoir conduire grâce à ses installations. Sans détour je lui expliquai comment je souhaitais procéder et le résultat que j'escomptais obtenir.

— Vous êtes sérieux ? me demanda-t-il, stupéfait. Si vous n'étiez pas recommandé par le président de votre Académie en personne, je dois vous avouer que je vous aurais pris pour un illuminé. Si ce que vous dites est avéré, alors je comprends mieux pourquoi il m'a parlé de prix Nobel ! Suivez-moi, notre laser se trouve au fond du bâtiment.

Keira me regarda d'un air intrigué, je lui fis signe de ne rien dire. Nous empruntâmes un long couloir, le directeur se déplaçait dans son université sans attirer d'attention particulière parmi les chercheurs et étudiants qui croisaient son chemin.

— C'est ici, nous dit-il, en tapant un code d'accès sur un clavier situé près d'une double porte. Compte tenu de ce que vous venez de me raconter, je préfère que nous travaillions en équipe restreinte, je manipulerai moi-même le laser.

Le laboratoire était d'une modernité à faire pâlir d'envie tous les centres de recherches européens et l'appareil mis à notre disposition gigantesque. J'imaginais sa puissance, impatient de le voir à l'œuvre.

Un rail s'étirait dans l'axe du canon du laser. Keira m'aida à installer sur un sabot le cercle qui enserrait les fragments.

— Quelle est la largeur du faisceau dont vous avez besoin ? demanda Ubach.

— π par dix, répondis-je.

Le professeur se pencha sur son pupitre et entra la valeur que je venais de lui communiquer. Ivory se tenait près de lui. Le laser se mit à tourner lentement.

— Quelle intensité ?

— La plus forte possible !

— Votre objet va fondre en un instant, je ne connais pas de matériau capable de résister à une charge maximale.

— Faites-moi confiance !

— Tu sais ce que tu fais ? me chuchota Keira.

— Je l'espère.

— Je vous demanderai de venir vous placer derrière les vitres de protection, ordonna Ubach.

Le laser se mit à grésiller, l'énergie fournie par les électrons stimulaient les atomes de gaz contenus dans le tube en verre. Les photons entrèrent en résonance entre les deux miroirs situés à chaque extrémité du tube. Le processus s'amplifia, ce n'était plus qu'une question de secondes avant que le faisceau soit assez puissant pour traverser la paroi semi-transparente du miroir et que je sache enfin si je m'étais trompé.

— Vous êtes prêts ? demanda Ubach, aussi impatient que nous.

— Oui, répondit Ivory, nous sommes plus prêts que jamais, vous n'avez pas idée du temps que nous avons attendu pour assister à ce moment.

— Attendez ! criai-je. Avez-vous un appareil photo ?

— Nous avons beaucoup mieux que ça, répondit Ubach, six caméras enregistrent sur cent quatre-vingts degrés ce qui se produit au-devant du laser aussitôt qu'il est mis en action. Pouvons-nous procéder ?

Ubach poussa un levier, un faisceau d'une intensité exceptionnelle jaillit de l'appareil, frappant les trois fragments de plein fouet. Le cerclage entra en fusion, les fragments prirent une couleur bleue, un bleu plus vif encore que ce que Keira et moi avions vu jusqu'alors. Leur surface se mit à scintiller, de seconde en seconde leur luminescence augmentait et soudain des milliards de points vinrent s'imprimer sur le mur en face du laser. Chacun dans le laboratoire reconnut l'immensité de la voûte céleste qui nous éblouissait.

À la différence de la première projection dont nous avions été témoins, l'Univers qui s'affichait se mit à tourner en spirale, se repliant lentement sur lui-même. Sur leur socle, les fragments tournaient à toute vitesse à l'intérieur de l'anneau.

— C'est prodigieux ! souffla Ubach.

— C'est encore bien plus que cela, lui répondit Ivory, les larmes aux yeux.

— Qu'est-ce que c'est ? demanda le directeur de l'université.

— Le déroulé des tout premiers instants de l'Univers, répondis-je.

Nous n'étions pas au bout de nos surprises. L'intensité lumineuse des fragments redoubla, la vitesse de rotation ne cessait d'augmenter. La voûte céleste continuait de s'enrouler sur elle-même, elle s'immobilisa un court instant. J'avais espéré qu'elle irait au bout de sa course, nous livrant l'image du premier éclat d'étoile, du temps zéro que j'avais tant espéré découvrir, mais ce que je vis était d'une tout autre nature. L'image projetée grossissait maintenant à vue d'œil. Certaines étoiles disparaissaient, comme chassées sur les côtés du mur au fur et à mesure que nous avancions. L'effet visuel était saisissant, nous avions l'impression de voyager à travers les galaxies et nous nous rapprochions de l'une d'entre elles, que je reconnus.

— Nous sommes entrés dans notre Voie lactée, dis-je à mes voisins, et le voyage se poursuit.

— Vers où ? demanda Keira stupéfaite.

— Je n'en sais encore rien.

Sur leur socle, les fragments tournaient toujours plus vite, émettant un sifflement strident. L'étoile vers laquelle la projection se recentrait grossissait encore et encore. Notre Soleil apparut au centre, Mercure lui succéda.

La rapidité à laquelle évoluaient maintenant les fragments était impressionnante, le cercle qui les retenait avait fondu depuis longtemps mais plus rien ne semblait pouvoir les dissocier. Leur couleur changea, du bleu ils virèrent à l'indigo. Mon regard revint vers le mur. Nous avancions résolument vers la Terre dont nous pouvions déjà reconnaître les océans et trois des continents. La projection se centra sur l'Afrique qui grossissait à vue d'œil. La descente vers l'est du continent africain était vertigineuse. Le bruit strident émis par le tournoiement des fragments devenait à peine supportable, Ivory se boucha les oreilles. Ubach garda les mains sur la console, prêt à tout arrêter. Kenya, Ouganda, Soudan, Érythrée et Somalie disparurent du champ alors que nous progressions vers l'Éthiopie. La rotation des fragments ralentit et l'image gagna en netteté.

— Je ne peux pas laisser fonctionner le laser à cette puissance, supplia Ubach, il faut arrêter !

— Non ! hurla Keira. Regardez !

Un infime point rouge apparut au centre de l'image. Plus nous nous en approchions, plus il gagnait en intensité.

— Tout ce que nous voyons est filmé ? demandai-je.

— Tout, répondit Ubach, je peux couper maintenant ?

— Attendez encore, supplia Keira.

Le sifflement cessa, les fragments s'immobilisèrent ; sur le mur, le point d'une rougeur éclatante était devenu fixe. Le cadre de l'image s'était stabilisé. Ubach ne nous demanda pas notre avis, il abaissa le levier et le faisceau du laser s'éteignit. La projection persista sur le mur quelques secondes et disparut.

Nous étions ébahis, Ubach le premier, Ivory ne disait plus un mot. À le regarder ainsi, j'avais l'impression qu'il avait soudainement vieilli, non que le visage auquel j'étais habitué fût particulièrement jeune, mais ses traits avaient changé.

— Cela fait trente ans que je rêve de ce moment, me dit-il, vous rendez-vous compte ? Si vous saviez tous les sacrifices que j'ai faits pour ces objets, je leur ai même sacrifié mon seul ami. C'est étrange, je devrais être soulagé, comme libéré d'un poids énorme, et pourtant ce n'est pas le cas. Je voudrais tant avoir quelques années de moins, vivre encore assez longtemps pour aller au bout de cette aventure, savoir ce que représente ce point rouge que nous avons vu, ce qu'il nous révèle. C'est bien la première fois de ma vie que j'ai peur de mourir, vous me comprenez ?

Il alla s'asseoir et soupira, sans attendre ma réponse. Je retournai vers Keira, elle se tenait debout face au mur, fixant la surface redevenue blanche.

— Qu'est-ce que tu fais ? lui demandai-je.

— J'essaie de me souvenir, dit-elle, j'essaie de me remémorer ces instants que nous venons de vivre. C'est bien l'Éthiopie qui est apparue. Je n'ai pas retrouvé les reliefs de cette région que je connais si bien mais je n'ai pas rêvé, c'était l'Éthiopie. Tu as bien vu la même chose que moi, non ?

— Oui, la dernière image était centrée sur la corne de l'Afrique. As-tu pu identifier l'endroit que désignait ce point ?

— Pas de façon certaine, j'ai bien une idée en tête mais je ne sais pas si ce sont mes désirs qui s'expriment ou si c'est la réalité.

— Nous allons pouvoir le découvrir très vite, dis-je en me retournant vers Ubach.

— Où est Wim ? demandai-je à Keira.

— Je crois que l'émotion a été trop forte pour lui, il ne se sentait pas bien, il est sorti prendre l'air.

— Pouvez-vous nous projeter les dernières images enregistrées par vos caméras ? demandai-je à Ubach.

— Oui, bien sûr, répondit ce dernier en se relevant, il faut juste que j'allume le projecteur et ce fichu appareil se met en route quand il le veut.

*

Londres

— Où en sommes-nous ?

— Ce à quoi je viens d'assister ici est tout simplement incroyable, répondit Wim.

AMSTERDAM fit une description exhaustive à Sir Ashton des événements qui s'étaient déroulés dans la salle du laser de l'université de Vrije. Il raconta toute la scène dans le détail.

— Je vous envoie des hommes, reprit Ashton, il est urgent de mettre un terme à cela avant qu'il soit trop tard.

— Non, je suis désolé, tant qu'ils sont en territoire hollandais, ils sont sous ma seule responsabilité. C'est moi qui interviendrai le moment venu.

— Vous êtes un peu novice dans vos fonctions pour vous adresser à moi sur ce ton, AMSTERDAM !

— Je vous en prie, Sir Ashton, je compte assumer pleinement mon rôle et ce, sans aucune ingérence de la part d'un pays ami ou de l'un de ses représentants. Vous connaissez la règle, unis mais indépendants ! Chacun mène ses affaires chez lui comme il l'entend.

— Je vous préviens, qu'ils quittent vos frontières et je prendrai toutes les mesures qui sont en mon pouvoir pour les stopper.

— J'imagine que vous vous garderez bien d'en aviser le conseil. Je vous suis redevable, je ne vous dénoncerai pas, mais je ne vous couvrirai pas non plus. Comme vous me l'avez fait remarquer, je suis trop jeune dans mes nouvelles fonctions pour risquer de me compromettre.

— Je ne vous en demandais pas tant, répondit sèchement Ashton. Ne jouez pas à l'apprenti sorcier avec ces scientifiques, AMSTERDAM, VOUS ne mesurez pas les conséquences s'ils arrivaient à leur but, et ils sont déjà allés bien trop loin. Que comptez-vous faire d'eux puisque vous les avez sous la main ?

— Je leur confisquerai leur matériel et les ferai expulser vers leurs pays respectifs.

— Et Ivory, il est avec eux, n'est-ce pas ?

— Oui, je vous l'ai déjà dit, et que voulez-vous que je fasse, nous n'avons rien à lui reprocher, il est libre de circuler comme bon lui semble.

— J'ai une petite faveur à vous demander, prenez cela comme une façon de me remercier pour ce poste que vous semblez si heureux d'occuper.

*

Université de Vrije

Ubach avait allumé le projecteur suspendu au plafond. Les images filmées en haute définition par les caméras avaient été stockées sur le serveur de l'université, il nous faudrait attendre plusieurs heures avant que le logiciel de décompression finisse de les traiter. Keira et moi demandâmes que les calculateurs concentrent leurs efforts sur la dernière séquence à laquelle nous avions assisté. Ubach pianota sur son clavier et envoya une série d'instructions à l'ordinateur central. Les processeurs graphiques effectuaient leurs algorithmes tandis que nous attendions.

— Soyez patients, nous dit Ubach, cela ne va plus tarder. Le système est un peu lent le matin, nous ne sommes pas les seuls à le solliciter.

Enfin la lentille du projecteur commença à s'animer, elle projeta sur le mur les sept dernières secondes du déroulement que nous avaient dévoilé les fragments.

— Arrêtez-vous là, s'il vous plaît, demanda Keira à Ubach.

La projection se figea sur le mur, je m'attendais qu'elle perde en netteté, comme chaque fois que l'on fait un arrêt sur image, mais il n'en fut rien. Je compris mieux pourquoi il nous avait fallu patienter si longtemps pour visionner les sept dernières secondes. La résolution était telle que la quantité d'informations à traiter pour chaque image devait être colossale. Loin de partager mes préoccupations techniques, Keira s'approcha de la projection et l'observa attentivement.

— Je reconnais ces circonvolutions, dit-elle, ce trait qui serpente, cette forme qui fait penser à une tête, cette ligne droite, puis ces quatre boucles, c'est une partie de la rivière Omo, j'en suis presque certaine, mais il y a quelque chose qui cloche, là, dit-elle en désignant l'endroit où brillait le point rouge.

— Qu'est-ce qui ne va pas ? questionna Ubach.

— Si c'est bien la partie de l'Omo à laquelle je pense, on devrait y voir un lac, à droite sur cette image.

— Tu reconnais ce lieu ? demandai-je à Keira.

— Évidemment que je le reconnais, j'y ai passé trois ans de ma vie ! L'endroit que ce point désigne correspond à une minuscule plaine, encerclée d'un sous-bois en lisière de la rivière Omo. Nous avions même failli y entreprendre des fouilles, mais la position était trop au nord, trop éloignée du triangle d'Hemi. Ce que je te dis n'a aucun sens, si c'était bien l'endroit auquel je pense, le lac Dipa devrait apparaître.

— Keira, les fragments que nous avons trouvés ne composent pas seulement une carte. Ensemble, ils forment un disque qui contient probablement des milliards d'informations, même si, malheureusement pour nous, le morceau manquant contenait la séquence qui m'intéressait le plus, mais qu'importe pour l'instant. Ce disque mémoire nous a projeté une représentation de l'évolution du cosmos depuis ses tout premiers instants, jusqu'à l'époque où il fut enregistré. En ces temps reculés, le lac Dipa n'existait peut-être pas encore.

Ivory nous rejoignit et s'approcha du mur, examinant l'image attentivement.

— Adrian a raison, il faut que nous obtenions maintenant des coordonnées précises. Avez-vous dans vos serveurs une carte détaillée de l'Éthiopie ? demanda-t-il à Ubach.

— Je suppose que je dois pouvoir trouver cela sur Internet et la télécharger.

— Alors faites-le s'il vous plaît et essayez de voir si vous pourriez la superposer à cette image.

Ubach retourna derrière son pupitre. Il chargea la carte de la corne de l'Afrique et fit ce qu'Ivory lui avait demandé.

— À part une légère déviation du lit de la rivière, la correspondance est quasiment parfaite ! dit-il. Quelles sont les coordonnées de ce point ?

— 5° 10' 2" 67 de latitude nord, 36° 10' 1" 74 de longitude est.

Ivory se retourna vers nous.

— Vous savez ce qu'il vous reste à faire..., nous dit-il.

— Il faut que je libère ce laboratoire, nous dit Ubach, j'ai déjà décalé les travaux de deux chercheurs pour vous satisfaire. Je ne le regrette pas, mais je ne peux pas mobiliser cette salle plus longtemps.

Wim entra dans la pièce au moment même où Ubach venait de tout éteindre.

— J'ai raté quelque chose ?

— Non, répondit Ivory, nous nous apprêtions à partir.

Alors qu'Ubach nous amenait à son bureau, Ivory ne se sentit pas bien. Une sorte de vertige l'avait saisi. Ubach voulut appeler un médecin mais Ivory le supplia de n'en rien faire, il n'y avait pas de raison de s'inquiéter, c'était juste un coup de fatigue, assura-t-il. Il nous demanda si nous aurions la gentillesse de le raccompagner à son hôtel, il s'y reposerait et tout irait mieux. Wim proposa aussitôt de nous y conduire.

De retour au Krasnapolsky, Ivory le remercia et l'invita à nous retrouver autour d'un thé en fin d'après-midi. Wim accepta l'invitation et nous laissa. Nous soutînmes Ivory jusqu'à sa chambre, Keira déplia le couvre-lit et je l'aidai à s'allonger. Ivory croisa ses deux mains sur sa poitrine et soupira.

— Merci, dit-il.

— Laissez-moi appeler un médecin, c'est ridicule.

— Non, mais pourriez-vous me rendre un autre petit service ? demanda Ivory.

— Oui, bien sûr, répondit Keira.

— Allez regarder à la fenêtre, écartez discrètement le rideau et dites-moi si cet imbécile de Wim est bien parti.

Keira me regarda, intriguée, et s'exécuta.

— Oui, enfin, il n'y a personne devant l'hôtel.

— Et la Mercedes noire avec les deux abrutis à l'intérieur, garée juste en face, elle est toujours là ?

— Je vois en effet une voiture noire, mais d'ici je ne peux pas vous dire si elle est occupée.

— Elle l'est, croyez-moi ! répliqua Ivory en se levant d'un bond.

— Vous devriez rester allongé...

— Je n'ai pas cru une seconde au petit malaise de Wim tout à l'heure et je doute qu'il ait cru au mien, cela nous laisse peu de temps.

— Mais je pensais que Wim était notre allié ? dis-je, surpris.

— Il l'était jusqu'à ce qu'il soit promu. Ce matin, vous ne parliez plus à l'ancien assistant de Vackeers, mais à l'homme qui le remplace, Wim est leur nouvel AMSTERDAM. Je n'ai pas le temps de vous expliquer tout cela. Filez dans votre chambre et préparez vos bagages pendant que je m'occupe de vos billets. Retrouvez-moi ici dès que vous serez prêts, et dépêchez-vous, il faut que vous ayez quitté la ville avant que le piège se referme, s'il n'est pas déjà trop tard.

— Et nous allons où ? demandai-je.

— Où voulez-vous aller ? En Éthiopie bien sûr !

— Hors de question ! C'est trop dangereux. Si ces hommes, dont vous ne voulez toujours rien nous dire, sont à nos trousses, je ne remettrai pas la vie de Keira en danger, et ne cherchez pas à me convaincre du contraire !

— À quelle heure part cet avion ? demanda Keira à Ivory.

— Nous n'irons pas là-bas ! insistai-je.

— Une promesse est une promesse, si tu espérais que j'avais oublié celle-là, tu t'es trompé. Allez, dépêchons-nous !

Une demi-heure plus tard, Ivory nous fit sortir par les cuisines de l'hôtel.

— Ne traînez pas à l'aéroport, aussitôt le contrôle des passeports franchi, promenez-vous dans les boutiques, séparément. Je ne pense pas que Wim soit assez intelligent pour deviner le tour que nous lui jouons, mais on ne sait jamais. Et promettez-moi de me donner de vos nouvelles aussitôt que possible.

Ivory me remit une enveloppe et me fit jurer de ne pas l'ouvrir avant le décollage ; il nous adressa un petit geste amical alors que le taxi s'éloignait.

L'embarquement à l'aéroport de Schiphol se déroula sans encombre. Nous n'avions pas suivi les conseils d'Ivory et nous étions installés à la table d'une cafétéria pour passer un moment en tête à tête. J'avais profité de ce moment pour informer Keira de ma petite conversation avec le professeur Ubach. Au moment de notre départ, je lui avais demandé une dernière faveur : en échange de la promesse de l'informer de l'avancement de nos recherches, il avait accepté de garder le plus grand silence jusqu'à ce que nous publiions un rapport sur nos travaux. Il conserverait les enregistrements effectués dans son laboratoire et en adresserait une copie sur disque à Walter. Avant que nous nous envolions, j'avais prévenu ce dernier de garder sous clé un colis expédié d'Amsterdam, qu'il recevrait sous peu, et de ne surtout pas l'ouvrir avant notre retour d'Éthiopie. J'avais ajouté que, s'il nous arrivait quelque chose, il aurait carte blanche et pourrait en disposer à sa guise. Walter avait refusé d'entendre mes dernières recommandations, il était hors de question qu'il nous arrive quoi que ce soit, avait-il dit en me raccrochant au nez.

Durant le vol, Keira fut prise d'un remords, elle n'avait pas donné de ses nouvelles à sa sœur ; je lui promis que nous l'appellerions ensemble dès que nous serions posés.

*

Addis-Abeba

L'aéroport d'Addis-Abeba fourmillait de monde. Une fois les formalités de douane passées, je cherchai la guérite de la petite compagnie privée dont j'avais déjà utilisé les services. Un pilote accepta de nous conduire à Jinka moyennant six cents dollars. Keira me regarda, effarée.

— C'est une folie, allons-y par la route, tu es fauché, Adrian.

— Alors qu'il expirait son dernier souffle dans la chambre d'un hôtel parisien, Oscar Wilde a déclaré : « Je meurs au-dessus de mes moyens. » Puisque nous allons au-devant des pires emmerdements, laisse-moi être aussi digne que lui !

Je sortis de ma poche une enveloppe qui contenait une petite liasse de billets verts.

— D'où vient cet argent ? demanda Keira.

— Un cadeau d'Ivory, il m'a remis cette enveloppe juste avant que nous le quittions.

— Et tu l'as acceptée ?

— Il m'avait fait promettre de ne la décacheter qu'après avoir décollé ; à dix mille mètres d'altitude, je n'allais pas la jeter par la fenêtre…

Nous quittâmes Addis-Abeba, à bord d'un Piper. L'appareil ne volait pas très haut. Le pilote nous signala un troupeau d'éléphants qui migraient vers le nord, un peu plus loin des girafes gambadaient au milieu d'une vaste prairie. Une heure plus tard l'avion amorça sa descente. La courte piste du terrain de Jinka apparut devant nous. Les roues sortirent de la carlingue et rebondirent sur le sol, l'avion s'immobilisa et fit demi-tour en bout de piste. À travers le hublot j'aperçus une ribambelle de gamins se précipiter vers nous. Assis sur un vieux fût, un jeune garçon, plus âgé que les autres, regardait l'appareil rouler vers la case en paille qui faisait office de terminal aéroportuaire.

— J'ai l'impression de reconnaître ce petit bonhomme, dis-je à Keira en le désignant du doigt. C'est lui qui m'a aidé à te retrouver le jour où je suis venu te chercher ici.

Keira se pencha vers le hublot. En un instant, je vis ses yeux s'emplir de larmes.

— Moi, je suis certaine de le reconnaître, dit-elle.

Le pilote coupa les hélices. Keira descendit la première. Elle se fraya un chemin à travers la nuée d'enfants qui criaient et sautillaient autour d'elle, l'empêchant d'avancer. Le jeune garçon abandonna son tonneau et s'en alla.

— Harry ! hurla Keira, Harry, c'est moi.

Harry se retourna et se figea. Keira se précipita vers lui, passa la main dans sa chevelure ébouriffée, et le serra contre elle.

— Tu vois, dit-elle en sanglotant, j'ai tenu ma promesse.

Harry leva la tête.

— Tu en as mis du temps !

— J'ai fait de mon mieux, répondit-elle, mais je suis là maintenant.

— Tes amis ont tout reconstruit, c'est encore plus grand qu'avant la tempête, tu vas rester cette fois ?

— Je ne sais pas, Harry, je n'en sais rien.

— Alors tu repars quand ?

— Je viens juste d'arriver et tu veux déjà que je m'en aille ?

Le jeune garçon se libéra de l'étreinte de Keira et s'éloigna. J'hésitai un instant, courus derrière lui et le rattrapai.

— Écoute-moi, bonhomme, il ne s'est pas passé un jour sans qu'elle parle de toi, pas une nuit elle ne s'est endormie sans penser à toi, tu ne crois pas que cela mériterait que tu l'accueilles plus gentiment ?

— Elle est avec toi maintenant, alors pourquoi elle est revenue ? Pour moi ou pour fouiller encore dans la terre ? Rentrez chez vous, j'ai des choses à faire.

— Harry, tu peux refuser de le croire mais Keira t'aime, c'est comme ça. Elle t'aime, si tu savais à quel point tu lui as manqué. Ne lui tourne pas le dos. Je te le demande, d'homme à homme, ne la repousse pas.

— Laisse-le tranquille, murmura Keira en nous rejoignant ; fais ce que tu veux, Harry, je comprends. Que tu m'en veuilles ou non ne changera rien à l'amour que je te porte.

Keira ramassa son sac et avança vers la case en paille, sans se retourner. Harry hésita un instant et se précipita au-devant d'elle.

— Tu vas où ?

— Je n'en sais rien, mon vieux, je dois essayer de rejoindre Éric et les autres, j'ai besoin de leur aide.

Le jeune garçon enfonça ses mains dans ses poches et donna un coup de pied dans un caillou.

— Ouais, je vois, dit-il.

— Qu'est-ce que tu vois ?

— Que tu ne peux pas te passer de moi.

— Ça, mon grand, je le sais depuis le jour où je t'ai rencontré.

— Tu veux que je t'aide à aller là-bas, c'est ça ?

Keira s'agenouilla et le regarda droit dans les yeux.

— Je voudrais d'abord que nous fassions la paix, dit-elle en lui ouvrant les bras.

Harry hésita un instant et tendit la main, mais Keira cacha la sienne dans son dos.

— Non, je veux que tu m'embrasses.

— Je suis trop vieux pour ça maintenant, dit-il sur un ton très sérieux.

— Oui, mais pas moi. Tu vas me prendre dans tes bras, oui ou non ?

— Je vais réfléchir. En attendant, suis-moi, il faut que vous donniez quelque part, et puis demain, je te donnerai ma réponse.

— D'accord, dit Keira.

Harry me lança un regard de défi, et ouvrit la marche. Nous prîmes nos sacs et le suivîmes sur le chemin qui menait au village.

Un homme en maillot de corps effiloché se tenait devant son cabanon, il se souvenait de moi et me fit de grands signes.

— Je ne te savais pas si populaire dans le coin, me dit Keira en se moquant de moi.

— C'est peut-être parce que la première fois que je suis venu, je me suis présenté comme l'un de tes amis...

L'homme qui nous avait accueillis chez lui nous offrit deux nattes où dormir et de quoi nous restaurer.

Pendant le repas, Harry resta face à nous, sans quitter Keira des yeux, puis soudain il se leva et se dirigea vers la porte.

— Je reviendrai demain, dit-il en sortant de la maison.

Keira se précipita dehors, je la suivis, mais le jeune garçon s'éloignait déjà sur la piste.

— Laisse-lui un peu de temps, dis-je à Keira.

— Nous n'en avons pas beaucoup, me répondit-elle en rentrant dans la case, le cœur lourd.

Je fus réveillé à l'aube par le bruit d'un moteur qui se rapprochait. Je sortis sur le pas de la porte, une traînée de poussière précédait un 4 × 4. Le tout-terrain freina à ma hauteur et je reconnus aussitôt les deux Italiens qui m'avaient aidé lors de mon premier séjour.

— Quelle surprise, qu'est-ce qui vous ramène ici ? me demanda le plus costaud des deux en descendant de la voiture.

Son ton faussement amical éveilla en moi une certaine méfiance.

— Comme vous, lui répondis-je, l'amour du pays. Lorsqu'on y est venu une fois, il est difficile de résister à l'envie d'y revenir.

Keira me rejoignit sur le porche de la maison et passa son bras autour de moi.

— Je vois que vous avez retrouvé votre amie, dit le second Italien en avançant vers nous. Jolie comme elle est, je comprends que vous vous soyez donné autant de mal.

— Qui sont ces types, me chuchota Keira, tu les connais ?

— Je n'irais pas jusque-là, je les ai croisés quand je cherchais ton campement et ils m'ont donné un coup de main.

— Est-ce qu'il y a quelqu'un dans la région qui ne t'a pas aidé à me retrouver ?

— Ne les agresse pas, c'est tout ce que je te demande.

Les deux Italiens s'approchèrent.

— Vous ne nous invitez pas à entrer ? demanda le plus costaud, il est tôt mais il fait déjà drôlement chaud.

— Nous ne sommes pas chez nous et vous ne vous êtes pas présentés, répondit Keira.

— Lui c'est Giovanni et moi Marco, nous pouvons entrer maintenant ?

— Je vous l'ai dit, ce n'est pas chez nous, insista Keira sur un ton peu affable.

— Allons, allons, reprit celui qui se faisait appeler Giovanni, et l'hospitalité africaine, qu'en faites-vous ? Vous pourriez nous offrir un peu d'ombre et quelque chose à boire, je meurs de soif.

L'homme qui nous avait accueillis dans sa cabane se présenta sur le pas de sa porte et nous invita tous à entrer chez lui. Il posa quatre verres sur une caisse, nous servit du café et se retira, il partait pour les champs.

Le dénommé Marco reluquait Keira d'une façon qui me déplaisait grandement.

— Vous êtes archéologue, si je me souviens bien ? demanda-t-il à Keira.

— Vous êtes bien informé, répondit-elle, et, d'ailleurs, nous avons du travail, nous devons y aller.

— Décidément, vous n'êtes pas très accueillante. Vous pourriez être plus aimable ; après tout, c'est nous qui avons aidé votre ami à vous retrouver il y a quelques mois, il ne vous l'a pas dit ?

— Si, tout le monde dans le coin l'a aidé à me retrouver, et pourtant je n'étais pas perdue. Maintenant, excusez-moi d'être aussi directe, mais il faut vraiment que nous y allions, dit-elle sèchement en se levant.

Giovanni se leva d'un bond et lui barra la route, je m'interposai aussitôt.

— Qu'est-ce que vous nous voulez, enfin ?

— Mais rien, discuter avec vous, c'est tout, nous n'avons pas souvent l'occasion de croiser des Européens par ici.

— Maintenant que nous avons échangé quelques mots, laissez-moi passer, insista Keira.

— Rasseyez-vous ! ordonna Marco.

— Je n'ai pas l'habitude que l'on me donne des ordres, répondit Keira.

— Je crains que vous ne deviez changer vos habitudes. Vous allez vous rasseoir et vous taire.

Cette fois, la grossièreté de ce type dépassait les bornes, je m'apprêtais à en découdre avec lui quand il sortit un pistolet de sa poche et le braqua sur Keira.

— Ne jouez pas au petit héros, dit-il en ôtant la sûreté de son arme. Restez tranquilles et tout se passera bien. Dans trois heures, un avion arrivera. Nous sortirons tous les quatre de cette case et vous nous accompagnerez jusqu'à l'appareil sans faire de bêtises. Vous embarquerez gentiment, Giovanni vous escortera. Vous voyez, rien de très compliqué là-dedans.

— Et où ira cet avion ? demandai-je.

— Vous le verrez en temps voulu. Maintenant, puisque nous avons du temps à tuer, si vous nous racontiez ce que vous êtes venus faire ici.

— Rencontrer deux emmerdeurs qui nous menacent avec un revolver ! répondit Keira.

— Elle a son caractère, ricana Giovanni.

— « Elle » s'appelle Keira, lui répondis-je, vous n'avez pas besoin d'être grossier.

Nous restâmes deux heures durant à nous regarder. Giovanni se curait les dents avec une allumette, Marco, impassible, fixait Keira. Un bruit de moteur se fit entendre dans le lointain, Marco se leva et alla voir sur le perron.

— Deux 4 × 4 viennent par ici, dit-il en revenant. On reste bien sagement à l'intérieur, on attend que la caravane passe et le chien n'aboie pas, c'est clair ?

La tentation d'agir était forte, mais Marco tenait Keira en joue. Les voitures se rapprochaient, on entendit des freins crisser à quelques mètres de la maisonnette. Les moteurs s'arrêtèrent, s'ensuivit une série de claquements de portières. Giovanni s'approcha de la fenêtre.

— Merde, il y a une dizaine de types qui se dirigent vers nous.

Marco se leva et rejoignit Giovanni, sans pour autant cesser de viser Keira. La porte de la case s'ouvrit brusquement.

— Éric ? souffla Keira. Je n'ai jamais été aussi contente de te voir !

— Il y a un problème ? demanda son collègue.

Dans mes souvenirs, Éric n'était pas aussi baraqué mais j'étais ravi de me tromper. Je profitai que Marco se soit retourné pour lui envoyer un sérieux coup de pied à l'entrejambe. Je ne suis pas violent, mais lorsque je perds mon calme, je ne le fais pas à moitié. Le souffle coupé, Marco lâcha son pistolet, Keira l'envoya à l'autre bout de la pièce. Giovanni n'eut pas le temps de réagir, je lui retournai un coup de poing en pleine figure, ce qui fut aussi douloureux pour mon poignet que pour sa mâchoire. Marco se redressait déjà, mais Éric l'attrapa à la gorge et le plaqua contre le mur.

— À quoi vous jouez ici ? Et c'est quoi cette arme à feu ? cria Éric.

Tant qu'Éric n'aurait pas desserré l'étreinte autour de sa gorge, Marco aurait du mal à lui répondre ; il devenait de plus en plus pâle, je suggérai à Éric de cesser de le secouer violemment et de le laisser respirer un tout petit peu pour qu'il reprenne des couleurs.

— Arrêtez, je vais vous expliquer, supplia Giovanni. Nous travaillons pour le gouvernement italien, nous avions pour mission de reconduire ces deux énergumènes à la frontière. Nous n'allions pas leur faire de mal.

— Qu'est-ce que nous avons à voir avec le gouvernement italien ? demanda Keira, stupéfaite.

— Ça je n'en ai aucune idée, mademoiselle, et ça ne me regarde pas, nous avons reçu des instructions hier soir et nous ne savons rien d'autre que ce que je viens de vous dire.

— Vous avez fait des conneries en Italie ? nous demanda Éric en se tournant vers nous.

— Mais nous n'avons même pas mis les pieds en Italie, ces types disent n'importe quoi ! Et qu'est-ce qui prouve qu'ils sont vraiment ce qu'ils prétendent être ?

— Est-ce que nous vous avons malmenés ? Vous croyez que nous serions restés là à attendre si nous avions voulu vous descendre ? reprit Marco entre deux quintes de toux.

— Comme vous l'avez fait avec le chef de village au lac Turkana ? demandai-je.

Éric nous regarda tour à tour, Giovanni, Marco, Keira et moi. Il s'adressa à l'un des membres de son équipe et lui ordonna d'aller chercher des cordages dans la voiture. Le jeune homme s'exécuta et revint avec des sangles.

— Attachez ces deux types, et on se tire d'ici, ordonna Éric.

— Écoute, Éric, s'opposa l'un de ses collègues, nous sommes des archéologues, pas des flics. Si ces hommes sont vraiment des officiels italiens, pourquoi nous attirer des ennuis ?

— Ne vous inquiétez pas, dis-je, je vais m'en charger.

Marco voulut s'opposer au sort qui l'attendait mais Keira ramassa son arme et la lui pointa sur le ventre.

— Je suis très maladroite avec ce genre de truc, lui-dit-elle. Ainsi que mon camarade l'a fait remarquer, nous ne sommes que des archéologues et le maniement des armes à feu n'est pas notre fort.

Pendant que Keira les tenait en joue, Éric et moi attachâmes nos deux agresseurs. Ils se retrouvèrent dos à dos, pieds et mains liés. Keira rangea le revolver sous sa ceinture, s'agenouilla et s'approcha de Marco.

— Je sais que c'est moche, vous avez même le droit de me trouver lâche, je ne pourrais pas vous en faire le reproche, mais « elle » a un dernier truc à vous dire…

Et Keira lui retourna une gifle qui fit rouler Marco au sol.

— Voilà, maintenant nous pouvons y aller.

Alors que nous quittions la pièce, je pensai à ce pauvre homme qui nous avait accueillis ; en rentrant chez lui, il trouverait deux invités d'assez mauvaise humeur…

Nous grimpâmes à bord de l'un des deux 4 × 4. Harry nous attendait sur la banquette arrière.

— Tu vois que tu as besoin de moi, dit-il à Keira.

— Vous pouvez le remercier, c'est lui qui est venu nous prévenir que vous aviez des ennuis.

— Mais comment as-tu su ? demanda Keira à Harry.

— J'ai reconnu la voiture, personne n'aime ces hommes au village. Je me suis approché de la fenêtre et j'ai vu ce qui se passait, alors je suis allé chercher tes amis.

— Et comment as-tu fait pour aller jusqu'au terrain de fouilles en si peu de temps ?

— Le campement n'est pas très loin d'ici, Keira, répondit Éric. Après ton départ nous avons déplacé le périmètre des fouilles. Nous n'étions plus vraiment les bienvenus dans la vallée de l'Omo après la mort du chef du village, si tu vois ce que je veux dire. Et puis, de toute façon, nous n'avons rien trouvé à l'endroit où tu creusais. Entre l'insécurité ambiante et le ras-le-bol général, nous sommes allés plus au nord.

— Ah, dit Keira, je vois que tu as vraiment repris le contrôle des opérations.

— Tu sais combien de temps tu es restée sans nous donner de nouvelles ? Tu ne vas pas me faire la leçon.

— Je t'en prie, Éric, ne me prends pas pour une conne ; en déplaçant les fouilles tu effaçais toute trace de mes travaux et t'attribuais la paternité des découvertes que vous pouviez faire.

— Cette idée ne m'avait pas effleuré l'esprit, je crois que c'est toi qui as un problème d'ego, Keira, pas moi. Maintenant, tu vas nous expliquer pourquoi ces Italiens en avaient après vous ?

En route, Keira fit le récit à Éric de nos aventures depuis son départ d'Éthiopie. Elle lui raconta notre périple en Chine, ce que nous avions découvert sur l'île de Narcondam, fit l'impasse sur son séjour à la prison de Garther, lui parla des recherches que nous avions menées sur le plateau de Man-Pupu-Nyor et des conclusions auxquelles elle était arrivée quant à l'épopée entreprise par les Sumériens. Elle ne s'attarda ni sur l'épisode douloureux de notre départ de Russie, ni sur les désagréments de notre dernière nuit à bord du Transsibérien, mais elle lui décrivit dans les moindres détails le surprenant spectacle auquel nous avions assisté dans la salle du laser de l'université de Vrije.

Éric arrêta la voiture et se retourna vers Keira.

— Mais qu'est-ce que tu racontes ? Un enregistrement des premiers instants de l'Univers qui serait vieux de quatre cents millions d'années ? Et puis quoi encore ! Comment quelqu'un d'aussi instruit que toi peut avancer de telles absurdités ? Ce sont les tétrapodes du Dévonien qui ont enregistré ton disque ? C'est grotesque.

Keira n'essaya pas d'argumenter avec Éric ; du regard elle me dissuada d'intervenir, nous arrivions au campement.

Je m'attendais qu'elle soit fêtée par ses équipiers, heureux de la retrouver, il n'en fut rien ; comme s'ils lui en voulaient encore de ce qui était arrivé lors de notre voyage au lac Turkana. Mais Keira avait le commandement dans le sang. Elle attendit patiemment que la journée s'achève. Quand les archéologues abandonnèrent leur travail, elle se leva et demanda à son ancienne équipe de se réunir, elle souhaitait leur annoncer quelque chose d'important. Éric était manifestement furieux de son initiative, je lui rappelai à l'oreille que la dotation qui leur permettait à tous d'effectuer ces fouilles dans la vallée de l'Omo avait été attribuée à Keira et non à lui. Que la fondation Walsh apprenne qu'elle avait été mise à l'écart de ses recherches et les généreux bienfaiteurs du comité pourraient reconsidérer le versement des soldes à la fin du mois. Éric la laissa s'exprimer.

Keira avait attendu que le soleil disparaisse derrière la ligne d'horizon. Dès qu'il fit assez sombre, elle prit les trois fragments en notre possession et les rapprocha. Aussitôt réunis, ils reprirent la couleur bleutée qui nous avait tant émerveillés. L'effet produit sur les archéologues valait de loin toutes les explications qu'elle aurait pu leur donner. Même Éric fut troublé. Alors qu'un murmure parcourait l'assemblée, il fut le premier à applaudir.

— C'est un très bel objet, dit-il, bravo pour ce joli tour de magie, et votre collègue ne vous a pas tout dit, elle voudrait vous faire croire que ces joujoux lumineux ont quatre cents millions d'années, rien que ça !

Certains ricanèrent, d'autres pas. Keira grimpa sur une caisse.

— Est-ce que quelqu'un parmi vous a pu déceler en moi, dans le passé, le moindre signe d'un comportement fantaisiste ? Lorsque vous avez accepté cette mission au cœur de la vallée de l'Omo, de quitter famille et amis durant de longs mois, aviez-vous vérifié avec qui vous vous engagiez ? Y en a-t-il un parmi vous qui doutait de ma crédibilité avant de prendre l'avion ? Croyez-vous que je sois revenue pour vous faire perdre votre temps et me ridiculiser devant vous ? Qui vous a choisis, qui vous a sollicités, sinon moi ?

— Qu'attendez-vous de nous exactement ? demanda Wolfmayer, l'un des archéologues.

— Cet objet aux particularités stupéfiantes est aussi une carte, reprit Keira. Je sais que cela paraît difficile à croire, mais si vous aviez été témoins de ce que nous avons vu, vous n'en reviendriez pas. En quelques mois, j'ai appris à remettre en cause toutes mes certitudes, et quelle leçon d'humilité ! 5° 10' 2" 67 de latitude nord, 36° 10' 1" 74 de longitude est, c'est le point qu'elle nous indique.

Je vous demande de m'accorder votre confiance une semaine tout au plus. Je vous propose de charger tous les équipements nécessaires à bord de ces deux 4 × 4 et de partir avec moi dès demain pour aller y entreprendre des fouilles.

— Et pour trouver quoi ? protesta Éric.

— Je n'en sais encore rien, avoua Keira.

— Et voilà ! Non contente de nous avoir tous fait chasser de la vallée de l'Omo, notre grande archéologue nous demande de foutre en l'air huit jours de travail, et Dieu sait combien notre temps est compté, pour nous rendre je ne sais où afin d'aller chercher je ne sais quoi ! Mais de qui se moque-t-on ?

— Attends un peu, Éric, reprit Wolfmayer. Qu'avons-nous à perdre au juste ? Nous creusons depuis des mois et n'avons rien trouvé de bien concluant jusque-là. Et puis, Keira a raison sur un point, c'est auprès d'elle que nous nous sommes engagés, je suppose qu'elle ne prendrait pas le risque de se ridiculiser en nous entraînant avec elle, sans bonnes raisons.

— Soit, mais tu les connais, ses raisons ? s'insurgea Éric. Elle est incapable de nous dire ce qu'elle espère trouver. Savez-vous combien coûte une semaine de travail pour notre équipe ?

— Si tu fais allusion à nos salaires, reprit Karvelis, un autre confrère, cela ne devrait ruiner personne ; et puis, à ce que je sache, cet argent, c'est elle qui en est responsable. Depuis qu'elle est partie, nous faisons tous comme si de rien n'était, mais Keira est l'initiatrice de cette campagne de fouilles. Je ne vois pas pourquoi on ne lui accorderait pas quelques jours.

Normand, l'un des Français de l'équipe, demanda la parole.

— Les coordonnées que Keira nous communique sont plutôt précises ; même en déployant le carroyage sur une cinquantaine de mètres carrés, nous n'avons pas besoin de démonter nos installations ici. Peu de matériel devrait suffire, ce qui limite considérablement l'impact d'une petite semaine d'absence sur nos travaux en cours.

Éric se pencha vers Keira et lui demanda de s'entretenir avec elle en aparté. Ils firent quelques pas ensemble.

— Bravo, je vois que tu as conservé ton sens de l'à-propos, tu les as presque convaincus de te suivre. Après tout, pourquoi pas ? Mais je n'ai pas dit mon dernier mot, je peux mettre ma démission en jeu, les obliger à choisir entre nous deux ou au contraire te soutenir.

— Dis-moi ce que tu veux, Éric, j'ai fait une longue route et je suis fatiguée.

— Quoi que nous trouvions, si tant est que nous trouvions quelque chose, je veux partager avec toi l'attribution de la découverte. Je n'ai pas épargné ma sueur pendant ces longs mois où tu te la coulais douce en voyage, et je n'ai pas fait tout cela pour me voir relégué au simple rang d'assistant. J'ai pris ta relève quand tu nous as lâchés ; depuis ton départ c'est moi qui ai tout assumé ici. Si tu retrouves cette équipe soudée et opérationnelle, c'est à moi que tu le dois, je ne te laisserai pas débarquer sur un terrain dont j'ai désormais la responsabilité, pour que tu me relègues au second rang.

— Tu me parlais d'ego tout à l'heure ? Tu es épatant, Éric. Si nous faisons une découverte majeure, c'est l'équipe au complet qui en partagera le mérite, tu y seras associé, je te le promets, et Adrian aussi, car, crois-moi, il y aura contribué bien plus que quiconque ici. Je peux compter sur ton soutien maintenant que tu es rassuré ?

— Huit jours, Keira, je te donne huit jours et si nous faisons chou blanc, tu prends ton sac et ton copain et vous vous tirez d'ici.

— Je te laisse le soin de répéter ça à Adrian, je suis sûre qu'il va adorer…

Keira revint vers nous et grimpa à nouveau sur la caisse.

— L'endroit dont je vous parle se situe à trois kilomètres à l'ouest du lac Dipa. En prenant la piste demain au lever du jour, nous pouvons y être avant midi et nous mettre aussitôt au travail. Ceux qui veulent me suivre sont les bienvenus.

Un nouveau murmure parcourut l'assemblée. Karvelis sortit le premier du rang et se posta devant Keira. Alvaro, Normand et Wolfmayer le rejoignirent. Keira avait réussi son pari, bientôt ce fut toute l'équipe qui se groupa autour d'elle et d'Éric, qui ne la quittait plus d'une semelle.

Nous avions chargé le matériel juste avant le lever du soleil ; aux premières heures du matin, les deux 4 × 4 quittèrent le campement. Keira en conduisait un, Éric l'autre. Après avoir roulé trois heures sur la piste, nous abandonnâmes les véhicules en lisière d'un sous-bois que nous dûmes traverser en portant nos équipements à l'épaule. Harry ouvrait la marche, taillant à grands coups de machette les branchages qui gênaient notre progression. Je voulus l'aider mais il me dit de le laisser faire, sous prétexte que je risquais de me blesser !

Un peu plus loin s'ouvrit devant nous la clairière dont Keira m'avait parlé. Un cercle de terre de huit cents mètres de diamètre, situé au creux d'une boucle de la rivière Omo et qui prenait étrangement la forme d'un crâne humain.

Karvelis tenait son GPS à la main. Il nous guida jusqu'au centre de la clairière.

— 5° 10' 2" 67 de latitude nord, 36° 10' 1" 74 de longitude est, nous y sommes, dit-il.

Keira s'agenouilla et caressa la terre.

— Quel voyage incroyable pour finalement revenir jusqu'ici ! me dit-elle. Si tu savais ce que j'ai le trac.

— Moi aussi, lui confiai-je.

Alvaro et Normand commençaient à tracer le périmètre des fouilles, tandis que les autres montaient les tentes à l'ombre des bruyères géantes. Keira s'adressa à Alvaro.

— Inutile d'étendre le carroyage, concentrez-vous sur une zone de vingt mètres carrés tout au plus, c'est en profondeur que nous allons creuser.

Alvaro rembobina son fil et suivit les instructions de Keira. À la fin de l'après-midi, trente mètres cubes de terre avaient été extraits. Au fur et à mesure que les travaux progressaient, je voyais se dessiner une fosse. Alors que le soleil déclinait, nous n'avions encore rien trouvé. Les recherches s'interrompirent faute de lumière. Elles reprirent tôt le lendemain.

À 11 heures, Keira commença à manifester des signes de nervosité. Je m'approchai d'elle.

— Nous avons encore une semaine devant nous.

— Je ne crois pas que ce soit une question de jours, Adrian, nous avons des coordonnées très précises, elles sont justes ou fausses, il n'y a pas de demi-mesure. Et puis nous ne sommes pas équipés pour creuser au-delà de dix mètres.

— À combien sommes-nous ?

— À mi-chemin.

— Alors rien n'est encore perdu et je suis certain que plus nous creusons, plus nos chances augmentent.

— Si je me suis trompée, soupira Keira, nous aurons tout perdu.

— C'est le jour où notre voiture a plongé dans les eaux de la rivière Jaune que j'ai cru avoir tout perdu, dis-je en m'éloignant.

L'après-midi passa sans plus de résultats. Keira était allée prendre un peu de repos à l'ombre des bruyères. À 16 heures, Alvaro, qui avait disparu depuis longtemps dans les profondeurs du trou qu'il creusait sans relâche, poussa un hurlement qui retentit dans tout le campement. Quelques instants plus tard, Karvelis cria à son tour. Keira se leva et s'immobilisa, comme tétanisée.

Je la vis avancer lentement à travers la clairière, la tête d'Alvaro apparut, il souriait comme jamais je n'ai vu un homme sourire, Keira accéléra le pas et se mit à courir jusqu'à ce qu'une petite voix la rappelle à l'ordre.

— Combien de fois a-t-on dit de ne pas courir sur le terrain de fouilles ? dit Harry en la rejoignant.

Il la prit par la main et l'entraîna vers le rebord de la fosse où l'équipe se regroupait. Au fond du trou, Alvaro et Karvelis avaient trouvé des ossements. Les os fossilisés avaient forme humaine, l'équipe avait découvert un squelette presque intact.

Keira y rejoignit ses deux collègues et s'agenouilla. Les ossements apparaissaient à fleur de terre. Il faudrait encore de nombreuses heures avant de libérer celui qui gisait là de la gangue qui l'emprisonnait.

— Tu m'as donné du fil à retordre mais j'ai fini par te trouver, dit Keira en caressant délicatement le crâne qui émergeait. Il faudra te baptiser, plus tard, d'abord tu nous raconteras qui tu étais et, surtout, l'âge que tu as.

— Il y a quelque chose de pas net, dit Alvaro, je n'ai jamais vu des ossements humains fossilisés à ce point. Sans faire de mauvais jeu de mots, ce squelette est trop évolué pour son âge...

Je me penchai vers Keira et l'entraînai à l'écart des autres.

— Crois-tu que cette promesse que je t'avais faite ait pu se réaliser et que ces ossements soient aussi vieux que nous le pensons ?

— Je n'en sais encore rien, cela paraît tellement improbable, et pourtant... Seules des analyses poussées nous permettront de savoir si un tel rêve est devenu réalité. Mais je peux t'assurer que, si tel est le cas, c'est la plus grande découverte jamais faite sur l'histoire de l'humanité.

Keira retourna dans la fosse auprès de ses confrères. Les fouilles s'arrêtèrent au coucher du soleil et reprirent au matin suivant, mais plus personne ici ne pensait à compter les jours.

Nous n'étions pas au bout de nos peines, le troisième jour nous révéla une surprise encore plus grande. Depuis le matin, je voyais Keira œuvrer avec une minutie qui dépassait l'entendement. Millimètre par millimètre, maniant le pinceau telle une pointilliste, elle libérait les ossements de leur écrin terreux. Soudain, son geste s'arrêta net. Keira connaissait cette légère résistance au bout de son outil, il ne fallait pas forcer, m'expliqua-t-elle, mais contourner le relief qui s'imposait pour en appréhender les formes. Cette fois, elle n'arrivait pas à identifier ce qui se dessinait sous la fine brosse.

— C'est très étrange, me dit-elle, on dirait quelque chose de sphérique, peut-être une rotule ? Mais, au milieu du thorax, c'est pour le moins étonnant...

La chaleur était intenable, de temps à autre une goutte de sueur ruisselant de son front venait mouiller la poussière, alors je l'entendais vitupérer.

Alvaro avait fini sa pause, il proposa de prendre la relève. Keira était épuisée, elle lui céda la place en le suppliant d'agir avec la plus grande précaution.

— Viens, me dit-elle, la rivière n'est pas loin, traversons le sous-bois, j'ai besoin d'un bain.

La berge de l'Omo était sableuse, Keira se déshabilla et plongea sans m'attendre ; le temps d'enlever ma chemise et mon pantalon, je la rejoignis et la pris dans mes bras.

— Le paysage est assez romantique et se prête idéalement à des ébats amoureux, me dit-elle, ne crois pas que l'envie m'en manque, mais si tu continues à t'agiter comme ça, nous ne tarderons pas à avoir de la visite.

— Quel genre de visite ?

— Du genre crocodiles affamés. Viens, il ne faut pas traîner dans ces eaux, je voulais juste me rafraîchir. Allons nous sécher sur la terre ferme et retournons aux fouilles.

Je n'ai jamais su si son histoire d'alligators était véridique, ou s'il s'agissait d'un prétexte délicatement inventé pour lui permettre de retourner à ce travail qui l'obsédait plus que tout. Lorsque nous retournâmes près de la fosse, Alvaro nous attendait, ou plutôt, il attendait Keira.

— Qu'est-ce que nous déterrons ? dit-il à voix basse à Keira, pour que les autres n'entendent pas. Est-ce que tu en as la moindre idée ?

— Pourquoi fais-tu cette tête ? Tu as l'air inquiet.

— À cause de cela, répondit Alvaro en lui tendant ce qui ressemblait à un calot, ou une grosse bille d'agate.

— C'est bien ce sur quoi je travaillais avant d'aller me baigner ? demanda Keira.

— Je l'ai trouvée à dix centimètres des premières vertèbres dorsales.

Keira prit la bille entre ses doigts et l'épousseta.

— Donne-moi de l'eau, dit-elle, intriguée.

Alvaro ôta le bouchon de sa gourde.

— Attends, pas ici, sortons de la fosse.

— Tout le monde va nous voir..., chuchota Alvaro.

Keira sauta hors du trou, cachant la bille au creux de ses mains. Alvaro la suivit.

— Verse doucement, dit-elle.

Personne ne leur prêtait attention. De loin, ils avaient l'air de deux collègues se lavant les mains.

Keira frottait délicatement la bille, décollant les sédiments qui la recouvraient.

— Encore un peu, dit-elle à Alvaro.

— Qu'est-ce que c'est que ce truc ? demanda l'archéologue, aussi troublé que Keira.

— Redescendons.

À l'abri des regards, Keira nettoya la surface de la bille. Elle l'observa de plus près.

— Elle est translucide, dit-elle, il y a quelque chose à l'intérieur.

— Montre ! supplia Alvaro.

Il prit la bille dans ses doigts et la plaça dans l'axe du soleil.

— Là, on voit beaucoup mieux, dit-il, on dirait une sorte de résine. Tu crois que c'était un genre de pendentif ? Je suis complètement désarçonné, je n'ai jamais rien vu de pareil. Bon sang, Keira, quel âge a notre squelette ?

Keira récupéra l'objet et fit le même geste qu'Alvaro.

— Je crois que cet objet va peut-être nous apporter la réponse à ta question, dit-elle en souriant à son confrère. Tu te souviens du sanctuaire de San Gennaro ?

— Rafraîchis ma mémoire, s'il te plaît, demanda Alvaro.

— Saint Janvier était évêque de Bénévent, il est mort en martyr en 300 et quelques, près de Pouzzoles, pendant la grande persécution de Dioclétien. Je te fais grâce des détails qui nourrissent la légende de ce saint. Gennaro fut condamné à mort par Timothée, proconsul de Campanie. Après être sorti indemne du bûcher et avoir résisté aux lions qui refusèrent de le dévorer, Gennaro fut décapité. Le bourreau lui coupa la tête et un doigt. Comme l'usage le voulait à l'époque, une parente recueillit son sang et en remplit les deux burettes avec lesquelles il avait célébré sa dernière messe. Le corps de ce saint fut souvent déplacé. Au début du IVe siècle, lorsque la relique de l'évêque passa à Antignano, la parente qui avait conservé les fioles les approcha de la dépouille de l'évêque. Le sang séché qu'elles contenaient se liquéfia. Le phénomène se reproduisit en 1492 lorsque le corps fut ramené dans le Duomo San Gennaro, la chapelle qui lui est dédiée. Depuis, la liquéfaction du sang de Gennaro fait l'objet, chaque année, d'une cérémonie en présence de l'archevêque de Naples. Les Napolitains célèbrent le jour anniversaire de son exécution dans le monde entier. Le sang séché préservé dans deux ampoules hermétiques est présenté devant des milliers de fidèles, il se liquéfie et entre parfois même en ébullition.

— Comment sais-tu cela ? demandai-je à Keira.

— Pendant que tu lisais Shakespeare, moi je lisais Alexandre Dumas.

— Et comme pour San Gennaro, cette bille translucide que vous avez trouvée dans la fosse contiendrait le sang de celui qui y repose ?

— Il est possible que la matière rouge solidifiée que nous voyons à l'intérieur de cette bille soit du sang et, si c'est le cas, ce serait aussi un miracle. Nous pourrions presque tout apprendre de la vie de cet homme, son âge, ses particularités biologiques. Si nous pouvons faire parler son ADN, il n'aura plus de secrets pour nous. Maintenant nous devons emmener cet objet en lieu sûr et faire analyser son contenu par un laboratoire spécialisé.

— Qui comptes-tu charger d'une telle mission ? demandai-je.

Keira me fixa avec une intensité dans le regard qui trahissait ses intentions.

— Pas sans toi ! répondis-je avant même qu'elle parle. C'est hors de question.

— Adrian, je ne peux pas le confier à Éric, et si je quitte mon équipe une seconde fois, on ne me le pardonnera pas.

— Je me fiche de tes collègues, de tes recherches, de ce squelette et même de cette bille ! S'il t'arrivait quelque chose, je ne te le pardonnerais pas non plus ! Même pour la plus importante découverte scientifique qui soit, je ne partirai pas d'ici sans toi.

— Adrian, je t'en prie !

— Écoute-moi bien, Keira, ce que j'ai à dire me demande beaucoup d'efforts et je ne me répéterai pas. J'ai consacré la plus grande partie de ma vie à scruter les galaxies, à chercher les traces infimes des premiers instants de l'Univers. Je pensais être le meilleur dans mon domaine, le plus avant-gardiste, le plus culotté, je me croyais incollable et j'étais fier de l'être. Quand j'ai pensé t'avoir perdue, j'ai passé mes nuits, la tête levée vers le ciel, incapable de me souvenir du nom d'une seule étoile. Je me moque de l'âge de ce squelette, je me fiche de ce qu'il nous apprendra sur l'espèce humaine ; qu'il ait cent ans ou quatre cents millions d'années m'est totalement égal si tu n'es plus là.

J'avais totalement oublié la présence d'Alvaro qui toussota, un peu embarrassé.

— Je ne veux pas me mêler de vos histoires, dit-il, mais avec la découverte que tu viens de nous offrir, tu peux revenir dans six mois et nous demander de faire une course en sac de pommes de terre autour du Machu Picchu, je serais prêt à parier que tout le monde te suivrait, moi le premier.

Je sentis Keira hésiter, elle regarda les ossements dans le sol.

— *Madre de Dios !* cria Alvaro, après ce que vient de te dire cet homme, tu préfères passer tes nuits à côté d'un squelette ? Fiche le camp d'ici et reviens vite me dire ce que contient cette bille de résine !

Keira me tendit la main pour que je l'aide à sortir de son trou. Elle remercia Alvaro.

— File, je te dis ! Demande à Normand de te ramener à Jinka, tu peux lui faire confiance, il est discret. J'expliquerai tout aux autres quand tu seras partie.

Pendant que je regroupais nos affaires, Keira alla parler à Normand. Par chance, le reste du groupe avait délaissé le campement pour aller se rafraîchir à la rivière. Nous retraversâmes tous les trois le sous-bois et lorsque nous arrivâmes devant le 4 × 4, Harry nous y attendait, les bras croisés.

— Tu allais encore repartir sans me dire au revoir ? dit-il en toisant Keira.

— Non, cette fois, ce ne sera l'affaire que de quelques semaines. Je serai bientôt de retour.

— Cette fois, je n'irai plus t'attendre à Jinka, tu ne reviendras pas, je le sais, répondit Harry.

— Je te promets le contraire, Harry, je ne t'abandonnerai jamais ; la prochaine fois, je t'emmènerai avec moi.

— Je n'ai rien à faire dans ton pays. Toi qui passes ton temps à chercher les morts, tu devrais savoir que ma place est là où mes vrais parents sont enterrés, c'est ma terre ici. Va-t'en maintenant.

Keira s'approcha d'Harry.

— Tu me détestes ?

— Non, je suis triste et je ne veux pas que tu me voies triste, alors va-t'en.

— Moi aussi je suis triste, Harry, il faut que tu me croies, je suis revenue une fois, je reviendrai à nouveau.

— Alors peut-être que j'irai à Jinka, mais de temps en temps seulement.

— Tu m'embrasses ?

— Sur la bouche ?

— Non, pas sur la bouche, Harry, répondit Keira dans un éclat de rire.

— Alors je suis trop vieux maintenant, mais je veux bien que tu me serres dans tes bras.

Keira prit Harry dans ses bras, elle déposa un baiser sur son front et le garçon fila vers la forêt sans se retourner.

— Si tout va bien, dit Normand, nous arriverons à Jinka avant la navette postale, vous pourrez repartir à son bord, je connais le pilote. Vous devriez vous poser à temps à Addis-Abeba pour attraper l'avion de Paris, sinon il y a toujours le vol de Francfort qui part le dernier, celui-là vous êtes sûrs de l'avoir.

Alors que nous roulions sur la piste, je me tournai vers Keira, une question me trottait dans la tête.

— Qu'est-ce que tu aurais fait si Alvaro n'avait pas plaidé en ma faveur ?

— Pourquoi me demandes-tu cela ?

— Parce que quand j'ai vu ton regard aller de ce squelette à moi, je me suis demandé lequel de nous deux te plaisait le plus.

— Je suis dans cette voiture, cela devrait répondre à ta question.

— Mouais, grommelai-je en me retournant vers la route.

— C'est quoi ce « mouais »... tu en doutais ?

— Non, non.

— Si Alvaro ne m'avait pas parlé, j'aurais peut-être fait ma fière et je serais restée, mais, dix minutes après ton départ, j'aurais supplié quelqu'un de m'emmener à bord du second 4 × 4 pour te rattraper. Tu es content maintenant ?

*

Paris

Ce fut une course folle pour réussir à monter dans l'avion de Paris. Lorsque nous nous présentâmes au comptoir d'Air France, l'embarquement du vol était presque terminé. Heureusement il restait une dizaine de places libres et une hôtesse bienveillante accepta de nous faire traverser les filtres de sécurité en coupant la longue file des passagers qui attendaient leur tour. Avant que l'avion ait quitté le terminal, j'avais réussi à passer deux brefs appels téléphoniques, l'un à Walter que j'avais réveillé au milieu de sa nuit, l'autre à Ivory qui ne dormait pas. Annonçant notre retour en Europe, je leur avais posé la même question : où pouvions-nous trouver le laboratoire le plus compétent pour procéder à des tests complexes sur de l'ADN ?

Ivory nous pria de le rejoindre à son domicile dès notre arrivée. À 6 heures du matin un taxi nous conduisit de l'aéroport Charles-de-Gaulle à l'île Saint-Louis. Ivory nous ouvrit la porte en robe de chambre.

— Je ne savais pas exactement quand vous arriveriez, nous dit-il, je me suis laissé surprendre tardivement par le sommeil.

Il se retira dans la cuisine pour nous faire du café et nous invita à l'attendre dans le salon. Il revint avec un plateau dans les mains et s'assit dans un fauteuil en face de nous.

— Alors, qu'avez-vous trouvé en Afrique ? C'est à cause de vous si je n'ai pas dormi, impossible de fermer l'œil après votre appel.

Keira sortit la bille de sa poche et la présenta au vieux professeur. Ivory ajusta ses lunettes et examina attentivement l'objet.

— C'est de l'ambre ?

— Je n'en sais encore rien, mais les taches rouges à l'intérieur sont probablement du sang.

— Quelle merveille ! Où avez-vous trouvé cela ?

— À l'endroit précis indiqué par les fragments, répondis-je.

— Sur le thorax d'un squelette que nous avons exhumé, reprit Keira.

— Mais c'est une découverte majeure ! s'exclama Ivory.

Il se dirigea vers son secrétaire, ouvrit un tiroir et en sortit une feuille de papier.

— Voici l'ultime traduction que j'ai faite du texte en guèze, lisez.

Je pris le document qu'Ivory agitait sous mon nez et le lus à voix haute :

J'ai dissocié le disque des mémoires, confié aux maîtres des colonies les parties qu'il conjugue. Sous les trigones étoilés, que restent celées les ombres de l'infinité. Qu'aucun ne sache où l'hypogée se trouve. La nuit de l'un est gardienne de l'origine. Que personne ne l'éveille, à la réunion des temps imaginaires, se dessinera la fin de l'aire.

— Je crois que cette énigme prend désormais tout son sens, n'est-ce pas ? dit le vieux professeur. Grâce au bricolage d'Adrian à Vrije nous avons fait parler le disque qui nous a indiqué la position d'une tombe. Le fameux hypogée où il fut probablement découvert au IVe millénaire. Ceux qui en comprirent l'importance en dissocièrent les fragments et allèrent les porter aux quatre coins du monde.

— Dans quel but ? demandai-je, pourquoi un tel voyage ?

— Mais pour que personne ne retrouve le corps que vous avez mis au jour, celui sur lequel ils ont précisément trouvé le disque des mémoires. *La nuit de l'un est gardienne de l'origine*, souffla Ivory en grimaçant.

Le visage du vieux professeur était devenu pâle, une fine sueur perlait sur son front.

— Ça ne va pas ? demanda Keira.

— Je lui ai consacré toute mon existence, et vous l'avez enfin trouvé, personne ne voulait me croire, je vais très bien, je n'ai jamais été aussi bien de ma vie, dit-il avec un rictus aux lèvres.

Mais le vieux professeur posa sa main sur sa poitrine et se rassit dans son fauteuil, il était blanc comme un linge.

— Ce n'est rien, dit-il, un coup de fatigue. Alors, comment est-il ?

— Qui ? demandai-je.

— Mais ce squelette, bon sang !

— Complètement fossilisé et étrangement intact, répondit Keira qui s'inquiétait de l'état d'Ivory.

Le professeur gémit et se plia en deux.

— J'appelle les secours, dit Keira.

— N'appelez personne, ordonna le professeur, je vous dis que ça va passer. Écoutez-moi, nous avons peu de temps devant nous. Le laboratoire que vous cherchez se trouve à Londres, je vous ai griffonné l'adresse sur le bloc-notes qui est à l'entrée. Redoublez de prudence, s'ils apprennent ce que vous avez découvert, ils ne vous laisseront pas aller jusqu'au bout, ils ne reculeront devant rien. Je suis désolé de vous avoir mis en danger, mais il est trop tard maintenant.

— Qui sont ces gens ? demandai-je.

— Je n'ai plus le temps de vous expliquer, il y a plus urgent. Dans le petit tiroir de mon secrétaire, prenez l'autre texte, je vous en prie.

Ivory s'effondra sur le tapis.

Keira saisit le combiné du téléphone posé sur la table basse et composa le numéro du Samu, mais Ivory tira sur le fil et l'arracha.

— Partez d'ici, je vous en prie !

Keira s'agenouilla auprès de lui et passa un coussin sous sa tête.

— Il n'est pas question que nous vous laissions, vous m'entendez ?

— Je vous adore, vous êtes encore plus têtue que moi. Vous n'aurez qu'à laisser la porte ouverte, appelez les secours quand vous serez partis. Mon Dieu que cela fait mal, dit-il en se serrant la poitrine. Je vous en prie, continuez ce que je ne peux plus faire, vous touchez au but.

— Quel but, Ivory ?

— Ma chère, vous avez fait la découverte la plus sensationnelle qui soit, celle que tous vos confrères vous jalouseront. Vous avez trouvé l'homme zéro, le premier d'entre nous, et cette bille de sang que vous possédez en apportera la preuve. Mais vous verrez, si je ne me suis pas trompé, vous n'êtes pas au bout de vos surprises. Le second texte, dans mon secrétaire, Adrian le connaît déjà, ne l'oubliez pas, vous finirez tous les deux par comprendre.

Ivory perdit connaissance. Keira n'écouta pas ses dernières recommandations, pendant que je fouillais le secrétaire, elle appela les secours avec mon portable.

En sortant de l'immeuble, nous fûmes pris d'un remords.

— Nous n'aurions pas dû le laisser seul là-haut.

— Il nous a fichus à la porte…

— Pour nous protéger. Viens, on remonte.

Une sirène retentit dans le lointain, elle se rapprochait de seconde en seconde.

— Pour une fois écoutons-le, dis-je à Keira, ne traînons pas.

Un taxi remontait le quai d'Orléans, je l'arrêtai et lui demandai de nous conduire gare du Nord. Keira me regarda, étonnée, je lui montrai la feuille que j'avais arrachée sur le bloc-notes dans l'entrée de l'appartement d'Ivory, juste avant que nous en partions. L'adresse qu'il avait griffonnée se trouvait à Londres, British Society for Genetic Research, 10 Hammersmith Grove.

*

Londres

J'avais prévenu Walter de notre arrivée. Il vint nous chercher à la gare de St. Paneras ; il nous attendait à la descente des escalators, les mains derrière sa gabardine.

— Vous n'avez pas l'air de bonne humeur ? lui dis-je en le voyant.

— Figurez-vous que j'ai mal dormi, et on se demande à qui la faute !

— Je suis désolé de vous avoir réveillé.

— Vous n'avez pas bonne mine tous les deux, dit-il en nous regardant attentivement.

— Nous avons passé la nuit dans l'avion et ces dernières semaines n'étaient pas particulièrement reposantes. Bien, si nous y allions ? demanda Keira.

— J'ai trouvé l'adresse que vous m'aviez demandée, dit Walter en nous guidant vers la file des taxis. Au moins, mon sommeil n'aura pas été gâché pour rien, j'espère que cela en valait la peine.

— Vous n'avez plus votre petite voiture ? lui demandai-je en grimpant à bord du black cab.

— À la différence de certains que je ne nommerais pas, me répondit-il, j'écoute les conseils que me donnent mes amis. Je l'ai revendue et je vous réserve une surprise, mais plus tard. 10 Hammersmith Grove, dit-il au chauffeur. Nous allons à la Société anglaise de recherches génétiques, c'est l'endroit que vous cherchiez.

Je décidai de garder le papier d'Ivory au fond de ma poche et de ne pas en faire état à Walter...

— Alors ? demanda-t-il, puis-je savoir ce que nous allons faire là-bas, un test de paternité peut-être ?

Keira lui montra la bille, Walter la regarda attentivement.

— Bel objet, dit-il, et qu'est-ce que c'est que cette chose rouge au centre ?

— Du sang, répondit Keira.

— Beurk !

Walter avait réussi à nous obtenir un rendez-vous avec le docteur Poincarno, responsable de l'unité de paléo-ADN. L'Académie royale ouvrait bien des portes, alors pourquoi s'en priver, nous dit-il goguenard.

— Je me suis permis de décliner vos qualités respectives. Rassurez-vous, je ne me suis pas étendu sur la nature de vos travaux, mais, pour obtenir un entretien dans des délais aussi courts, il m'a fallu révéler que vous arriviez d'Éthiopie avec des choses extraordinaires à faire analyser. Je ne pouvais pas en dire plus puisque Adrian s'est bien gardé de me raconter quoi que ce soit !

— Les portes de notre avion se fermaient, j'avais très peu de temps, et puis j'ai eu l'impression de vous avoir réveillé...

Walter me lança un regard incendiaire.

— Vous allez me dire ce que vous avez découvert en Afrique, ou vous allez me laisser mourir idiot ? Avec le mal que je me donne pour vous, j'ai quand même le droit d'être un peu informé. Je ne suis pas que coursier, chauffeur, facteur...

— Nous avons trouvé un incroyable squelette, lui dit Keira en lui tapotant affectueusement le genou.

— Et c'est ce qui vous met dans un état pareil tous les deux ? Des ossements ? Vous avez dû être incarnés en chiens dans une vie antérieure. D'ailleurs vous avez un peu une tête d'épagneul, Adrian. Vous ne trouvez pas, Keira ?

— Et moi j'aurais une tête de cocker, selon vous ? lui demanda-t-elle en le menaçant avec son journal.

— Ne me faites pas dire ce que je n'ai pas dit !

Le taxi se rangea devant la Société anglaise de recherches génétiques. Le bâtiment était de facture moderne et les locaux d'un luxe assez remarquable. De longs couloirs donnaient accès à des salles d'examen suréquipées. Pipettes, centrifugeuses, microscopes électroniques, chambres froides, la liste semblait sans fin. Autour de ces appareillages modernes, une fourmilière de chercheurs en blouse rouge travaillaient dans un calme impressionnant. Poincarno nous fit visiter les locaux, nous expliquant le fonctionnement du laboratoire.

— Nos travaux ont de multiples débouchés scientifiques. Aristote disait : « Est vivant ce qui se nourrit, croit et dépérit de lui-même », on pourrait dire : « Est vivant tout ce qui enferme en lui des programmes, une sorte de logiciel ». Un organisme doit pouvoir se développer en évitant le désordre et l'anarchie, et pour construire quelque chose de cohérent il faut un plan. Où la vie cache-t-elle le sien ? Dans l'ADN. Ouvrez n'importe quel noyau de cellule, vous trouverez des filaments d'ADN qui portent toute l'information génétique d'une espèce en un immense message codé. L'ADN est le support de l'hérédité. En lançant de vastes campagnes de prélèvements cellulaires sur diverses populations du globe, nous avons établi des liens de parenté insoupçonnés et retracé, à travers les âges, les grandes migrations de l'humanité. L'étude ADN de milliers d'individus nous a aidés à décrypter le processus de l'évolution au fur et à mesure de ces migrations. L'ADN transmet une information de génération en génération, le programme évolue et nous fait évoluer. Nous descendons tous d'un être unique, n'est-ce pas ? Remonter jusqu'à lui revient à découvrir les sources de la vie. On retrouve chez les Inuits des liens héréditaires avec les peuples du nord de la Sibérie. C'est ainsi que nous apprenons aux uns et aux autres d'où sont partis leurs arrière-arrière-arrière-grands-parents... Mais nous étudions aussi l'ADN des insectes ou des végétaux. Nous avons récemment fait parler les feuilles d'un magnolia vieux de vingt millions d'années. Nous savons aujourd'hui extraire de l'ADN là où on n'imaginerait pas qu'il en reste le moindre picogramme.

Keira sortit la bille de sa poche et la tendit à Poincarno.

— C'est de l'ambre ? questionna-t-il.

— Je ne pense pas, plutôt une résine artificielle.

— Comment ça, artificielle ?

— C'est une longue histoire, pouvez-vous étudier ce qui est à l'intérieur ?

— À condition que nous arrivions à pénétrer la matière qui l'entoure. Suivez-moi ! dit Poincarno, qui regardait la bille, de plus en plus intrigué.

Le laboratoire baignait dans une pénombre rougeâtre. Poincarno alluma la lumière, les néons grésillèrent au plafond. Il s'installa sur un tabouret et plaça la bille entre les mâchoires d'un minuscule étau. Avec la lame d'un bistouri, il essaya d'en entailler la surface, sans résultat, il rangea son outil et le remplaça par une pointe diamant qui ne fut même pas capable de rayer la bille. Changement de salle et de méthodologie, cette fois ce fut au laser que le docteur s'attaqua à la bille, mais le résultat ne fut guère plus concluant.

— Bon, dit-il. Aux grands maux les grands remèdes, suivez-moi !

Nous entrâmes dans un sas où le docteur nous fit passer d'étranges combinaisons. Nous étions rhabillés de la tête aux pieds, lunettes, gants, calotte, rien ne dépassait.

— Nous allons opérer quelqu'un ? demandai-je derrière le masque collé sur ma bouche.

— Non, mais nous devons éviter de contaminer le prélèvement avec le moindre ADN étranger, le vôtre par exemple. Nous allons entrer dans une chambre stérile.

Poincarno s'assit sur un tabouret devant une cuve hermétiquement close. Il plaça la bille dans un premier compartiment qu'il referma. Puis il plongea ses mains dans deux manchons en caoutchouc et opéra depuis l'intérieur pour la faire passer dans la seconde chambre de la cuve, après qu'elle eut été nettoyée. Il posa la bille sur un socle et fit tourner une petite valve. Un liquide transparent envahit le compartiment.

— Qu'est-ce que c'est ? demandai-je.

— De l'azote liquide, répondit Keira.

— Moins 195,79 ° Celsius, ajouta Poincarno. La très basse température de l'azote liquide empêche le fonctionnement des enzymes susceptibles de dégrader l'ADN, l'ARN ou les protéines que l'on désire extraire. Les gants que j'utilise sont des isolants spécifiques pour prévenir des brûlures. L'enveloppe de la bille ne devrait pas tarder à se fissurer.

Il n'en fut rien, hélas. Mais Poincarno, de plus en plus intrigué par la chose, n'était pas prêt à renoncer.

— Je vais abaisser radicalement la température en utilisant de l'hélium 3. Ce gaz permet de se rapprocher du zéro absolu. Si votre objet résiste à un tel choc thermique, je baisse les bras, je n'aurai pas d'autre solution.

Poincarno fit tourner un petit robinet, rien d'apparent ne se produisit.

— Le gaz est invisible, nous dit-il. Attendons quelques secondes.

Walter, Keira et moi avions les yeux rivés sur la vitre de la cuve et retenions notre respiration. Nous ne pouvions accepter l'idée de rester ainsi impuissants, après tant d'efforts, devant l'écorce inviolable d'un si petit récipient. Mais, soudain, un minuscule impact se forma sur la paroi translucide. Une infime fracture striait la bille. Poincarno colla ses yeux sur les œilletons de son microscope électronique et manipula une fine aiguille.

— J'ai votre prélèvement ! s'exclama-t-il en se retournant vers nous. Nous allons pouvoir procéder aux analyses. Cela demandera quelques heures, je vous appellerai dès que nous aurons quelque chose.

Nous le laissâmes dans son laboratoire et ressortîmes par le sas stérile après avoir abandonné nos combinaisons.

Je proposai à Keira de rentrer à la maison. Elle me rappela les avertissements d'Ivory et me demanda si cela était bien prudent. Walter offrit de nous héberger, mais j'avais envie d'une douche et de vêtements propres. Nous nous quittâmes sur le trottoir, Walter prit le métro pour rejoindre l'Académie, Keira et moi grimpâmes dans un taxi en direction de Cresswell Place.

La maison était poussiéreuse, le réfrigérateur aussi vide que possible et les draps de la chambre tels que nous les avions laissés. Nous étions épuisés et, après avoir tenté de remettre un peu d'ordre, nous nous sommes endormis dans les bras l'un de l'autre.

La sonnerie du téléphone nous réveilla, je cherchai l'appareil à tâtons et décrochai, Walter semblait surexcité.

— Mais enfin qu'est-ce que vous fabriquez ?

— Figurez-vous que nous nous reposions, vous nous avez réveillés. Nous sommes quittes.

— Vous avez vu l'heure ? Cela fait quarante-cinq minutes que je vous attends au laboratoire, ce n'est pas faute de vous avoir appelés.

— Je n'ai pas dû entendre mon portable, qu'y a-t-il de si pressé ?

— Justement, le docteur Poincarno refuse de me le dire hors de votre présence, mais il m'a contacté à l'Académie en me demandant de venir au laboratoire de toute urgence, alors habillez-vous et rejoignez-moi.

Walter me raccrocha au nez. Je réveillai Keira et l'informai que nous étions vivement attendus au labo. Elle sauta dans son pantalon, enfila un pull et m'attendait déjà dans la rue alors que je refermais les fenêtres de la maison. Il était 19 heures environ lorsque nous arrivâmes à Hammersmith Grove. Poincarno faisait les cent pas dans le hall désert du laboratoire.

— Vous en avez mis du temps, grommela-t-il, suivez-moi dans mon bureau, il faut que nous parlions.

Il nous fit asseoir face à un mur blanc, tira les rideaux, éteignit la lumière et alluma un projecteur.

La première diapositive qu'il nous présenta ressemblait à une colonie d'araignées agglutinées sur leur toile.

— Ce que j'ai vu relève de l'absurdité la plus totale et j'ai besoin de savoir si tout cela est une gigantesque supercherie ou un canular de mauvais goût. J'ai accepté de vous recevoir ce matin en raison de vos qualités respectives et des recommandations de l'Académie royale, mais cela dépasse les bornes et je ne mettrai pas ma réputation en jeu pour donner un quelconque crédit à deux imposteurs qui me font perdre mon temps.

Keira et moi avions du mal à comprendre la véhémence de Poincarno.

— Qu'avez-vous découvert ? demanda Keira.

— Avant que je vous réponde, dites-moi où vous avez trouvé cette bille de résine et dans quelles circonstances.

— Au fond d'une sépulture située au nord de la vallée de l'Omo. Elle reposait sur le sternum d'un squelette humain fossilisé.

— Impossible, vous mentez !

— Écoutez, docteur, je n'ai pas plus de temps à perdre que vous, si vous pensez que nous sommes des imposteurs, libre à vous ! Adrian est un astrophysicien dont la réputation n'est plus à faire, quant à moi, j'ai aussi quelques mérites à faire valoir, alors si vous nous disiez de quoi vous nous accusez !

— Mademoiselle, vous pourriez tapisser les murs de mon bureau de vos diplômes que cela ne changerait rien. Que voyez-vous sur cette image ? dit-il en faisant apparaître une deuxième diapositive.

— Des mitochondries et des filaments d'ADN.

— Oui, en effet, c'est exactement cela.

— Et cela vous pose un problème ? demandai-je.

— Il y a vingt ans, nous avons réussi à prélever et à analyser l'ADN d'un charançon conservé dans de l'ambre. L'insecte venait du Liban, il avait été découvert entre Jezzine et Dar el-Beida où il s'était fait engluer dans de la résine. La pâte devenue pierre avait préservé son intégrité. Cet insecte avait cent trente millions d'années. Vous imaginez tout ce que nous avons pu apprendre de cette découverte qui constitue, à ce jour encore, le plus ancien témoignage d'un organisme complexe vivant.

— J'en suis ravi pour vous, dis-je, mais en quoi cela nous concerne ?

— Adrian a raison, intervint Walter, je ne vois toujours pas où est le problème.

— Le problème, messieurs, reprit sèchement Poincarno, c'est que l'ADN que vous m'avez demandé d'étudier serait trois fois plus ancien, c'est en tout cas ce que nous indique la spectroscopie. Il aurait même quatre cents millions d'années !

— Mais c'est une découverte fantastique, dis-je, plein d'enthousiasme.

— C'est aussi ce que nous pensions en début d'après-midi, même si certains de mes confrères que j'avais aussitôt appelés étaient dubitatifs. Les mitochondries que vous voyez sur cette troisième image sont dans un état si parfait que cela a suscité quelques interrogations. Mais soit, admettons que cette résine particulière, que nous n'avons toujours pas pu identifier, les ait protégées durant tout ce temps, ce dont je doute fort. Maintenant, regardez bien cette diapositive, c'est un grossissement au microscope électronique de la précédente photographie. Approchez-vous du mur, je vous en prie, je voudrais que vous ne ratiez ce spectacle sous aucun prétexte.

Keira, Walter et moi nous rapprochâmes, comme nous l'avait demandé Poincarno.

— Alors, que voyez-vous ?

— C'est un chromosome X, le premier homme était une femme ! annonça Keira visiblement bouleversée.

— Oui, de toute évidence, le squelette que vous avez trouvé est bien celui d'une femme et non d'un homme ; mais ne croyez pas que je sois en colère à cause de cela, je ne suis pas misogyne.

— Je ne comprends toujours pas, me chuchota Keira, c'est fantastique, te rends-tu compte, Ève est née avant Adam, dit-elle en souriant.

— L'ego des hommes va en prendre un sacré coup, ajoutai-je.

— Vous avez raison de faire de l'humour, reprit Poincarno, et il y a encore plus drôle ! Regardez de plus près et dites-moi ce que vous observez.

— Je n'ai pas envie de jouer aux devinettes, docteur, cette découverte est bouleversante, elle est pour moi l'aboutissement d'une décennie de travail et de sacrifices, alors dites-nous ce qui vous fâche, nous gagnerions tous du temps et j'ai cru comprendre que le vôtre était précieux.

— Mademoiselle, votre découverte serait extraordinaire si l'évolution acceptait le principe d'un retour en arrière, mais, vous le savez aussi bien que moi, la nature veut que nous progressions… et ne régressions pas. Or ces chromosomes que nous voyons ici sont bien plus élaborés que les vôtres et les miens !

— Et que les miens aussi ? demanda Walter.

— Plus évolués que ceux de tous les humains vivants aujourd'hui.

— Ah ! qu'est-ce qui vous fait dire cela ? poursuivit Walter.

— Cette petite partie ici, que nous appelons un allèle, des gènes localisés sur chaque membre d'une paire de chromosomes homologues. Ceux-ci ont été génétiquement modifiés, et je doute qu'une telle chose fût envisageable il y a quatre cents millions d'années. Si vous m'expliquiez maintenant la façon dont vous avez procédé pour mettre au point cette farce, à moins que vous ne préfériez que j'en réfère directement au conseil d'administration de l'Académie ?

Abasourdie, Keira s'assit sur une chaise.

— Dans quel but ces chromosomes ont-ils été modifiés ? demandai-je.

— La manipulation génétique n'est pas le sujet du jour, mais je vais répondre à votre question. Nous expérimentons ce genre d'intervention sur les chromosomes aux fins de prévenir les maladies héréditaires ou certains cancers, de provoquer des mutations et de nous permettre de faire face à des conditions de vie qui évoluent plus vite que nous. Intervenir sur les gènes c'est en quelque sorte rectifier l'algorithme de la vie, réparer certains désordres, dont ceux que nous provoquons ; bref, les intérêts médicaux sont infinis, mais ce n'est pas ce qui nous préoccupe ce soir. Cette femme que vous avez découverte dans votre vallée de l'Omo ne peut à la fois appartenir à un lointain passé et contenir dans son ADN les traces du futur. Maintenant dites-moi pourquoi une telle supercherie ? Vous rêviez tous deux au Nobel et espériez ma caution en me bernant de façon si grossière ?

— Il n'y a aucune supercherie, protesta Keira. Je comprends vos suspicions, mais nous n'avons rien inventé, je vous le jure. Cette bille que vous avez analysée, nous l'avons sortie de terre avant-hier et, croyez-moi, l'état de fossilisation des ossements qui l'accompagnaient ne pouvait être contrefait. Si vous saviez ce qu'il nous en a coûté de trouver ce squelette, vous ne douteriez pas une seconde de notre sincérité.

— Vous rendez-vous compte de ce que cela impliquerait si je vous croyais ? questionna le docteur.

Poincarno avait changé de ton et semblait soudainement disposé à nous écouter. Il se rassit derrière son bureau et ralluma la lumière.

— Cela signifie, répondit Keira, qu'Ève est née avant Adam et surtout que la mère de l'humanité est bien plus vieille que nous ne l'imaginions tous.

— Non, mademoiselle, pas seulement cela. Si ces mitochondries que j'ai étudiées sont réellement âgées de quatre cents millions d'années, cela présuppose bien d'autres choses que votre complice astrophysicien vous a certainement déjà expliquées, car j'imagine qu'avant de venir ici vous aviez rodé votre numéro à la perfection.

— Nous n'avons rien fait de tel, dis-je en me levant. Et de quelle théorie parlez-vous ?

— Allons, ne me prenez pas pour plus ignorant que je ne le suis. Les études que nous faisons dans nos métiers respectifs se rejoignent parfois, vous le savez très bien. De nombreux scientifiques s'accordent sur le fait que l'origine de la vie sur la Terre pourrait être le fruit de bombardements de météorites, n'est-ce pas, monsieur l'astrophysicien ? Et cette théorie s'est trouvée renforcée depuis que des traces de glycine ont été découvertes dans la queue d'une comète, vous n'êtes pas sans le savoir ?

— On a trouvé une plante dans la queue d'une comète ? demanda Walter effaré.

— Non, pas cette glycine-là, Walter, la glycine est le plus simple des acides aminés, une molécule essentielle à l'apparition de la vie. La sonde Stardust en a prélevé dans la queue de la comète Wild 2 alors qu'elle passait à trois cent quatre-vingt-dix millions de kilomètres de la Terre. Les protéines qui forment l'intégralité des organes, cellules et enzymes des organismes vivants sont formées de chaînes d'acides aminés.

— Et au grand bonheur des astrophysiciens, cette découverte est venue renforcer l'idée que la vie sur la Terre pouvait avoir trouvé son origine dans l'espace où elle serait plus répandue que l'on veut bien l'entendre, je n'exagère rien en disant cela ? reprit Poincarno en me coupant la parole. Mais de là à vouloir nous faire croire par de sinistres manipulations que la Terre ait été peuplée par des êtres aussi complexes que nous, cela relève de la folie.

— Qu'est-ce que vous suggérez ? demanda Keira.

— Je vous l'ai déjà dit, votre Ève ne peut appartenir au passé et être porteuse de cellules génétiquement modifiées, sauf si vous voulez nous faire avaler que le premier des humains, la première en l'occurrence, serait arrivé dans la vallée de l'Omo en provenance d'une autre planète !

— Je ne veux pas me mêler de ce qui ne me regarde pas, intervint Walter, mais si vous aviez raconté à mon arrière-grand-mère que l'on voyagerait de Londres à Singapour en quelques heures, volant à dix mille mètres d'altitude dans une boîte de conserve qui pèse cinq cent soixante tonnes, elle vous aurait dénoncé illico au médecin de son village et vous auriez été bon pour l'asile en moins de temps qu'il n'en faut pour le dire ! Je ne vous parle là ni de vols supersoniques, ni de se poser sur la Lune, et encore moins de cette sonde qui a su repêcher vos acides aminés dans la queue d'une comète à trois cent quatre-vingt-dix millions de kilomètres de la Terre ! Pourquoi faut-il toujours que les plus savants d'entre nous manquent autant d'imagination ?

Walter s'était mis en colère, il arpentait la pièce de long en large, personne à ce moment n'aurait risqué de l'interrompre. Il s'arrêta net et pointa un doigt rageur vers Poincarno.

— Vous, les scientifiques, passez votre temps à vous tromper. Vous reconsidérez en permanence les erreurs de vos pairs, quand ce ne sont pas les vôtres, et ne me dites pas le contraire, j'ai perdu mes cheveux à tenter d'équilibrer des budgets pour que vous ayez l'argent nécessaire à tout réinventer. Et pourtant, chaque fois qu'une idée novatrice se présente, c'est la même litanie : impossible, impossible et impossible ! C'est tout de même incroyable ! Parce que modifier des chromosomes était envisageable il y a cent ans ? Aurait-on accordé le moindre crédit à vos recherches ne serait-ce qu'au début du XXe siècle ? Pas mes administrateurs en tout cas… Vous seriez tout bonnement passé pour un illuminé et rien d'autre. Monsieur le docteur en génie génétique, je connais Adrian depuis des mois, et je vous interdis, vous m'entendez, de le soupçonner de la moindre forfaiture. Cet homme assis devant vous est d'une honnêteté… qui frise parfois la bêtise !

Poincarno nous regarda tour à tour.

— Vous êtes passé à côté de votre carrière, monsieur le gestionnaire de l'Académie des sciences, vous auriez dû être avocat ! Très bien, je ne dirai rien à votre conseil d'administration, nous allons poursuivre plus avant nos études sur ce sang. Je confirmerai ce que nous aurons découvert et strictement cela. Mon rapport fera mention des anomalies et incohérences que nous aurons révélées et se gardera bien d'émettre la moindre hypothèse, d'appuyer la moindre théorie. Il vous appartient de publier ce que bon vous semble, mais vous en assumerez seuls l'entière responsabilité. Si je lis dans la rédaction de vos travaux la moindre ligne me mettant en cause ou me prenant à témoin, je vous assignerai aussitôt, est-ce clair ?

— Je ne vous ai rien demandé de tel, répondit Keira. Si vous acceptez de certifier l'âge de ces cellules, d'attester scientifiquement qu'elles sont vieilles de quatre cents millions d'années, ce sera déjà une contribution énorme. Rassurez-vous, il est bien trop tôt pour que nous pensions à publier quoi que ce soit, et sachez que nous sommes, tout autant que vous, stupéfaits de ce que vous nous avez appris et encore incapables d'en tirer des conclusions.

Poincarno nous raccompagna jusqu'à la porte du laboratoire et promit de nous recontacter d'ici quelques jours.

Il pleuvait sur Londres ce soir-là, nous nous retrouvâmes, Walter, Keira et moi sur le trottoir détrempé d'Hammersmith Grove. Il faisait nuit et froid, nous étions tous épuisés par cette journée. Walter nous proposa d'aller dîner dans un pub voisin, il était difficile de le laisser seul.

Assis à une table près de la baie vitrée, il nous posa cent questions sur notre voyage en Éthiopie et Keira le lui raconta dans les moindres détails. Walter, captivé, sursauta quand elle lui fit le récit de la découverte du squelette. Face à un si bon public, elle ne ménageait pas ses effets, mon camarade frissonna plusieurs fois. Il y avait un côté grand enfant chez lui qu'elle appréciait beaucoup. De les regarder rire ainsi tous les deux me fit oublier tous les désagréments que nous avions vécus ces derniers mois.

Je demandai à Walter ce qu'il avait voulu dire tout à l'heure à Poincarno, la phrase exacte, si je m'en souvenais bien, était : « Adrian est d'une honnêteté qui frise parfois la bêtise… »

— Que vous alliez encore payer l'addition ce soir ! répondit-il en commandant une mousse au chocolat. Et ne montez pas sur vos grands chevaux, c'était un effet de manches, pour la bonne cause.

Je priai Keira de me remettre son pendentif, sortis les deux autres fragments de ma poche et les confiai à Walter.

— Pourquoi me donnez-vous cela ? Ils vous appartiennent, me dit-il, gêné.

— Parce que je suis d'une honnêteté qui frise parfois la bêtise, lui répondis-je. Si nos travaux aboutissent à une publication majeure, elle sera pour ma part faite au nom de l'Académie à laquelle j'appartiens, et je tiens à ce que vous y soyez associé. Cela vous permettra peut-être enfin de faire réparer cette toiture au-dessus de votre bureau. En attendant, gardez-les en lieu sûr.

Walter les rangea dans sa poche, je vis dans son regard qu'il était ému.

De cette incroyable aventure étaient nés un amour que je ne soupçonnais pas et une vraie amitié. Après avoir passé la plus grande partie de mon existence exilé dans les contrées les plus reculées du monde, à scruter l'Univers à la recherche d'une lointaine étoile, j'écoutais, dans un vieux pub d'Hammersmith, la femme que j'aime converser et rire avec mon meilleur ami. Ce soir-là, je réalisai que ces deux êtres, si près de moi, avaient changé ma vie.

Chacun de nous a en lui un peu de Robinson avec un nouveau monde à découvrir et, finalement, un Vendredi à rencontrer.

Le pub fermait, nous partîmes les derniers. Un taxi passait par là, nous le laissâmes à Walter, Keira avait envie de faire quelques pas.

L'enseigne s'éteignit derrière nous. Hammersmith Grove était silencieuse, plus un chat à l'horizon dans cette impasse. La gare du même nom était à quelques rues d'ici, nous trouverions certainement un taxi aux alentours.

Le moteur d'une camionnette vint briser le silence, le véhicule sortit de sa place de stationnement. Lorsqu'il arriva à notre hauteur, la portière latérale s'ouvrit et quatre hommes encagoulés en surgirent. Ni Keira ni moi n'eûmes le temps de comprendre ce qui nous arrivait. On nous empoigna violemment, Keira poussa un cri, mais il était déjà trop tard, nous fûmes projetés à l'intérieur du van alors que celui-ci redémarrait à toute vitesse.

Nous avions eu beau nous débattre – j'avais réussi à renverser l'un de mes assaillants, Keira avait presque crevé l'œil de celui qui tentait de la maintenir plaquée au sol –, nous fûmes ligotés et bâillonnés. On nous banda les yeux et fit inhaler un gaz soporifique. Ce fut, pour nous deux, le dernier souvenir d'une soirée qui avait pourtant bien commencé.

*

Lieu inconnu

Lorsque je repris conscience, Keira était penchée au-dessus de moi. Son sourire était pâle.

— Où sommes-nous ? lui demandai-je.

— Je n'en ai pas la moindre idée, me répondit-elle. Je regardai tout autour, quatre murs bétonnés, sans aucune ouverture hormis une porte blindée. Un néon au plafond diffusait une lumière blafarde.

— Qu'est-ce qui s'est passé ? questionna Keira.

— Nous n'avons pas écouté les recommandations d'Ivory.

— Nous avons dû dormir un long moment.

— Qu'est-ce qui te laisse croire ça ?

— Ta barbe, Adrian. Tu étais rasé de près quand nous avons dîné avec Walter.

— Tu as raison, nous devons être là depuis longtemps, j'ai faim et soif.

— Moi aussi, je suis assoiffée, répondit Keira. Elle se leva et alla tambouriner à la porte.

— Donnez-nous au moins à boire ! cria-t-elle. Nous n'entendîmes aucun bruit.

— Ne t'épuise pas. Ils viendront bien à un moment donné.

— Ou pas !

— Ne dis pas de bêtises, ils ne vont pas nous laisser crever de soif et de faim dans ce cachot.

— Je ne voudrais pas t'inquiéter, mais je n'ai pas eu l'impression que les balles qui nous visaient dans le Transsibérien étaient en caoutchouc. Mais pourquoi, pourquoi nous en veut-on à ce point ? gémit-elle en s'asseyant par terre.

— À cause de ce que tu as trouvé, Keira.

— En quoi des ossements, aussi vieux soient-ils, justifient-ils un tel acharnement ?

— Ce n'est pas n'importe quel squelette. Je ne crois pas que tu aies bien compris la raison du trouble de Poincarno.

— Cet imbécile qui nous accuse d'avoir falsifié l'ADN que nous lui avons fait étudier.

— C'est ce que je pensais, tu n'as pas tout saisi de la portée de ta découverte.

— Ce n'est pas *ma* découverte, mais la nôtre !

— Poincarno tentait de t'expliquer le dilemme auquel les analyses l'ont confronté. Tous les organismes vivants contiennent des cellules, une seule pour les plus simples, l'homme en possède plus de dix milliards, et toutes ces cellules se construisent sur le même modèle, à partir de deux matériaux de base, les acides nucléiques et les protéines. Ces briques du vivant sont elles-mêmes issues de la combinaison chimique dans l'eau de quelques éléments, le carbone, l'azote, l'hydrogène et l'oxygène. Voilà pour les certitudes sur le pourquoi de la vie, mais comment tout a commencé ? Là, les scientifiques envisagent deux scénarios. Soit la vie est apparue sur la Terre après une série de réactions complexes, soit des matériaux provenant de l'espace ont déclenché le processus de la vie sur la Terre. Tous les êtres vivants évoluent, ils ne régressent pas. Si l'ADN de ton Ève éthiopienne contient des allèles génétiquement modifiés, son corps est pour ainsi dire plus évolué que le nôtre, ce qui est donc impossible, sauf si…

— Sauf si quoi ?

— Sauf si ton Ève est morte sur la Terre sans pour autant y être née…

— C'est impensable !

— Si Walter était là, tu le mettrais en colère.

— Adrian, je n'ai pas passé dix ans de ma vie à chercher le chaînon manquant pour expliquer à mes pairs que le premier des humains est venu d'un autre monde.

— À l'heure où je te parle, six astronautes sont enfermés dans un caisson quelque part près de Moscou, en préparation d'un voyage vers Mars. Je n'invente rien. Aucune fusée à l'horizon, il ne s'agit aujourd'hui que d'une expérimentation organisée par l'Agence spatiale européenne et l'Institut russe des problèmes biomédicaux, afin de tester les capacités de l'homme à voyager dans l'espace sur de longues distances. L'aboutissement de ce projet baptisé Mars 500 est prévu dans quarante ans. Mais qu'est-ce qu'une quarantaine d'années dans l'histoire de l'humanité ? Six astronautes partiront vers Mars en 2050 comme le firent moins de cent ans plus tôt ceux qui posèrent les premiers pas de l'homme sur la Lune. Maintenant, imagine le scénario suivant : si l'un d'eux décédait sur Mars, que feraient les autres à ton avis ?

— Ils mangeraient son goûter !

— Keira, je t'en prie, sois sérieuse deux secondes !

— Désolée, le fait de me retrouver en cellule me rend nerveuse.

— Raison de plus pour que tu me laisses te changer les idées.

— Je ne sais pas ce que feraient les autres. Ils l'enterreraient je suppose.

— Exactement ! Je doute qu'ils aient envie de faire le voyage retour avec un corps en décomposition à bord. Donc, ils l'inhument. Mais sous la poussière de Mars, ils trouvent de la glace, comme dans le cas de ces tombes sumériennes sur le plateau de Man-Pupu-Nyor.

— Pas exactement, corrigea Keira, eux ont été ensevelis, mais il y a beaucoup de ces tombes de glace en Sibérie.

— Alors comme en Sibérie..., dans l'espoir qu'une autre mission reviendra, nos astronautes enterrent avec le corps de leur compagnon une balise et un échantillon de son sang.

— Pourquoi ?

— Pour deux raisons distinctes. Permettre de localiser la sépulture, en dépit des tempêtes qui peuvent bouleverser le paysage, et pouvoir identifier de façon certaine celui ou celle qui y repose... ainsi que nous l'avons fait. L'équipage repart, comme les astronautes qui firent les premiers pas de l'homme sur la Lune. Rien de scientifiquement extravagant à ce que je viens de te dire, nous n'avons finalement en un siècle appris qu'à voyager plus loin dans l'espace. Mais entre le premier vol d'Ader qui avait parcouru quelques mètres au-dessus du sol et le premier pas d'Armstrong sur la Lune, il ne s'est écoulé que quatre-vingts ans. Les progrès techniques, la connaissance qu'il aura fallu acquérir pour passer de ce petit vol à la possibilité d'arracher une fusée de plusieurs tonnes à l'attraction terrestre sont inimaginables. Bien, je poursuis, notre équipage est revenu sur la Terre et leur compagnon repose sous la glace de Mars. L'Univers se moque bien de tout cela et son expansion continue, les planètes de notre système solaire tournent autour de leur étoile, qui les réchauffe et les réchauffe encore. Dans quelques millions d'années, ce qui n'est pas beaucoup dans l'histoire de l'Univers, Mars se réchauffera, les glaces souterraines se mettront à fondre. Alors, le corps congelé de notre astronaute commencera à se décomposer. On dit que quelques graines suffisent à faire naître une forêt. Que des fragments d'ADN appartenant au corps de ton Ève éthiopienne se soient mélangés à l'eau lorsque notre planète sortait de sa période glaciaire et le processus de fertilisation de la vie commençait sur la Terre. Le programme que contenait chacune de ses cellules suffirait à faire le reste et il ne faudrait plus que quelques centaines de millions d'années supplémentaires pour que l'évolution aboutisse à des êtres vivants aussi complexes que l'Ève qui fut à leur origine... « La nuit de l'un est gardienne de l'origine. » D'autres avant nous avaient compris ce que je viens de te dire...

Le néon au-dessus de nous s'éteignit.

Nous étions dans le noir absolu.

Je pris la main de Keira.

— Je suis là, n'aie pas peur, nous sommes ensemble.

— Tu crois à ce que tu viens de me raconter, Adrian ?

— Je ne sais pas, Keira, si tu me demandes si un tel scénario est possible, ma réponse est oui. Tu me demandes s'il est probable ? Au regard des preuves que nous avons trouvées, la réponse est pourquoi pas. Comme dans toute enquête ou dans tout projet de recherches, il faut bien commencer par une hypothèse. Depuis l'Antiquité, ceux qui firent les plus grandes découvertes sont ceux qui eurent l'humilité de regarder les choses autrement. Au collège, notre professeur de sciences nous disait : *Pour découvrir, il faut sortir de son propre système. De l'intérieur, on ne voit pas grand-chose, en tout cas rien de ce qui se passe au-dehors.* Si nous étions libres et publiions de telles conclusions à l'appui des preuves dont nous disposons, nous susciterions différentes réactions, de l'intérêt comme de l'incrédulité ; sans compter la jalousie qui ferait crier à l'hérésie nombre de confrères. Et pourtant, tant de gens ont la foi, Keira, tant d'hommes croient en un Dieu, sans aucune preuve de son existence. Entre ce que nous ont appris les fragments, les ossements découverts à Dipa, et les extraordinaires révélations de ces analyses ADN, nous avons le droit de nous poser toutes sortes de questions sur la façon dont la vie est apparue sur la Terre.

— J'ai soif, Adrian.

— Moi aussi, j'ai soif.

— Tu crois qu'ils vont nous laisser mourir comme ça ?

— Je n'en sais rien, cela commence à faire long.

— Il paraît que c'est terrible de mourir de soif, au bout d'un certain temps, la langue se met à gonfler et on étouffe.

— Ne pense pas à ça.

— Tu regrettes ?

— D'être enfermé ici, oui, mais pas le moindre des instants que nous avons passés ensemble.

— Je l'aurai quand même trouvée, ma grand-mère de l'humanité, soupira Keira.

— Tu peux même dire que tu as trouvé son arrière-arrière-grand-mère, je n'ai pas encore eu l'occasion de te féliciter.

— Je t'aime, Adrian.

Je serrai Keira dans mes bras, cherchai ses lèvres dans le noir et l'embrassai. D'heure en heure, nos forces s'amenuisaient.

— Walter doit s'inquiéter.

— Il a pris l'habitude de nous voir disparaître.

— Nous ne sommes jamais partis sans le prévenir.

— Cette fois, il s'inquiétera peut-être de notre sort.

— Il ne sera pas le seul, nos recherches ne seront pas vaines, je le sais, souffla Keira. Poincarno poursuivra ses analyses sur l'ADN, mon équipe ramènera le squelette d'Ève.

— Tu veux vraiment la baptiser ainsi ?

— Non, je voulais l'appeler Jeanne. Walter a mis les fragments en lieu sûr, l'équipe de Vrije étudiera l'enregistrement. Ivory a ouvert une voie, nous l'avons suivie, d'autres continueront sans nous. Tôt ou tard, ensemble, ils recolleront les pièces du puzzle.

Keira se tut.

— Tu ne dis plus rien ?

— Je suis si fatiguée, Adrian.

— Ne t'endors pas, résiste.

— À quoi bon ?

Elle n'avait pas tort, mourir en s'endormant serait plus doux.

*

Le néon s'alluma, je n'avais aucune idée du temps qui s'était écoulé depuis que nous avions perdu connaissance. Mes yeux eurent du mal à s'accommoder à la lumière.

Devant la porte, deux bouteilles d'eau, des barres de chocolat et des biscuits.

Je secouai Keira, lui humectai les lèvres et la berçai en la suppliant d'ouvrir les yeux.

— Tu as préparé le petit déjeuner ? murmura-t-elle.

— Quelque chose comme ça, oui, mais ne bois pas trop vite.

Désaltérée, Keira se jeta sur le chocolat, nous partageâmes les biscuits. Nous avions recouvré quelques forces et elle reprenait des couleurs.

— Tu crois qu'ils ont changé d'avis ? me demanda-t-elle.

— Je n'en sais pas plus que toi, attendons.

La porte s'ouvrit. Deux hommes portant des cagoules entrèrent en premier, un troisième, tête nue, vêtu d'un costume en tweed fort bien coupé se présenta à nous.

— Debout et suivez-nous, dit-il.

Nous sortîmes de notre cellule et empruntâmes un long couloir.

— Là, nous dit l'homme, ce sont les douches du personnel, allez faire votre toilette, vous en avez besoin. Mes hommes vous escorteront jusqu'à mon bureau lorsque vous serez prêts.

— Puis-je savoir à qui nous avons l'honneur ? demandai-je.

— Vous êtes arrogant, j'aime bien cela, répondit l'homme. Je m'appelle Edward Ashton. À tout à l'heure.

*

Nous étions redevenus presque présentables. Les hommes d'Ashton nous escortèrent à travers une somptueuse demeure en pleine campagne anglaise. La cave où nous avions été enfermés se situait dans les sous-sols d'un bâtiment tout près d'une grande serre. Nous parcourûmes un jardin remarquablement entretenu, gravîmes les marches d'un perron et l'on nous fit entrer dans un immense salon aux murs recouverts de boiseries.

Sir Ashton nous y attendait, assis derrière un bureau.

— Vous m'aurez donné bien du fil à retordre.

— La réciproque est tout aussi vraie, répondit Keira.

— Je vois que vous non plus ne manquez pas d'humour.

— Je ne trouve rien de drôle à ce que vous nous avez fait subir.

— Ne vous en prenez qu'à vous-mêmes, ce n'est pas faute de vous avoir adressé maints avertissements, mais rien ne semblait pouvoir vous décider à arrêter vos recherches.

— Mais pourquoi aurions-nous dû renoncer ? demandai-je.

— S'il ne tenait qu'à moi, vous n'auriez plus le loisir de me poser la question, mais je ne suis pas seul décisionnaire.

Sir Ashton se leva et retourna derrière son bureau. Il appuya sur un commutateur, les panneaux boisés ornant les murs circulaires de la pièce se rétractèrent, dévoilant une quinzaine d'écrans qui s'allumèrent simultanément. Sur chacun d'eux apparut le visage d'un individu. Je reconnus aussitôt notre contact d'Amsterdam. Hommes et femme se présentèrent sous le nom d'emprunt d'une ville. ATHÈNES, BERLIN, BOSTON, ISTANBUL, LE CAIRE, MADRID, MOSCOU, NEW DELHI, PARIS, PÉKIN, ROME, RIO, TEL-AVIV, TOKYO.

— Mais qui êtes-vous ? interrogea Keira.

— Des représentants officiels de chacun de nos pays, nous sommes en charge du dossier qui vous concerne.

— Quel dossier ? demandai-je à mon tour.

La seule femme de cette assemblée fut la première à s'adresser à nous, elle se présenta sous le nom d'Isabel et nous posa une étrange question :

— Si vous aviez la preuve que Dieu n'existait pas, êtes-vous certain que les hommes voudraient la voir ? Et avez-vous bien mesuré les conséquences de la diffusion d'une telle nouvelle ? Deux milliards d'êtres humains vivent sur cette planète en dessous du seuil de pauvreté. La moitié de la population mondiale subsiste en se privant de tout. Vous êtes-vous demandé ce qui fait tenir debout ce monde si bancal, si déséquilibré ? C'est l'espoir ! L'espoir qu'il existe une force supérieure et bienveillante, l'espoir d'une vie meilleure après la mort. Appelez cet espoir Dieu ou foi, comme vous voudrez.

— Pardonnez-moi, madame, mais les hommes n'ont cessé de s'entretuer au nom de Dieu. Leur apporter la preuve qu'il n'existe pas les libérerait une fois pour toutes de la haine de l'autre. Regardez combien d'entre nous les guerres de Religion ont fait mourir, combien de victimes elles provoquent encore chaque année, combien de dictatures reposent sur un socle religieux.

— L'homme n'a pas eu besoin de croire en Dieu pour s'entretuer, rétorqua Isabel, mais pour survivre, pour faire ce que la nature lui commande et assurer la continuité de son espèce.

— Les animaux le font sans croire en Dieu, rétorqua Keira.

— Mais l'homme est le seul être vivant sur cette terre à avoir conscience de sa propre mort, mademoiselle, il est le seul à la redouter. Savez-vous à quand remontent les premiers signes de religiosité ?

— Il y a cent mille ans, près de Nazareth, répondit Keira, des *Homo sapiens* inhumèrent, probablement pour la première fois dans l'histoire de l'humanité, la dépouille d'une femme d'une vingtaine d'années. À ses pieds reposait aussi celle d'un enfant de six ans. Ceux qui découvrirent leur sépulture trouvèrent également autour de leurs squelettes quantité d'ocre rouge et d'objets rituels. Les deux corps étaient dans la position de l'orant. À la peine qui accompagnait la perte d'un proche était venue se greffer l'impérieuse nécessité d'honorer la mort..., conclut-elle en répétant mot à mot la leçon d'Ivory.

— Cent mille ans, reprit Isabel, mille siècles de croyances... Si vous apportiez au monde la preuve scientifique que Dieu n'a pas créé la vie sur la Terre, ce monde se détruirait. Un milliard et demi d'êtres humains vivent dans une misère intolérable, inacceptable, insupportable. Quel homme, quelle femme et quel enfant dans la souffrance accepterait sa condition s'il était privé d'espoir ? Qui le retiendrait de tuer son prochain, de s'emparer de ce dont il manque si sa conscience était libre de tout ordre transcendant ? La religion a tué, mais la foi a sauvé tant de vies, donné tant de forces aux plus démunis. Vous ne pouvez pas éteindre pareille lumière. Pour vous, scientifiques, la mort est nécessaire, nos cellules meurent afin que d'autres vivent, nous mourons pour laisser place à ceux qui doivent nous succéder. Naître, se développer et puis mourir est dans l'ordre des choses, mais pour le plus grand nombre, mourir n'est qu'une étape vers un ailleurs, un monde meilleur où tout ce qui n'est pas sera, où tous ceux qui ont disparu les attendent. Vous n'avez connu ni la faim ni la soif, pas plus que le dénuement, et vous avez poursuivi vos rêves, quels que soient vos mérites, vous avez eu cette chance. Mais avez-vous pensé à ceux qui n'ont pas eu une telle chance ? Seriez-vous assez cruels pour leur dire que leurs souffrances sur la Terre n'avait d'autre fin que l'évolution ?

J'avançai vers les écrans pour faire face à nos juges.

— Cette triste séance, dis-je, me fait penser à celle qu'a dû subir Galilée. L'humanité a fini par apprendre ce que ses censeurs voulaient cacher, et pourtant le monde ne s'est pas arrêté de tourner ! Bien au contraire. Lorsque l'homme libéré de ses peurs se décida à avancer vers l'horizon, c'est l'horizon qui a reculé devant lui. Que serions-nous aujourd'hui, si les croyants d'hier avaient réussi à interdire la vérité ? La connaissance fait partie de l'évolution de l'homme.

— Si vous révélez vos découvertes, le premier jour comptera des centaines de milliers de morts dans le quart-monde, la première semaine des millions dans le tiers-monde. La suivante débutera la plus grande migration de l'humanité. Un milliard d'êtres affamés traverseront les continents et prendront la mer pour aller s'emparer de tout ce qu'ils n'ont pas. Chacun tentera de vivre au présent ce qu'il réservait au futur. La cinquième semaine marquera le commencement de la première nuit.

— Si nos révélations sont si redoutables, pourquoi nous avoir libérés ?

— Nous n'avions pas l'intention de le faire, jusqu'à ce que votre conversation, dans votre cellule, nous apprenne que vous n'êtes plus seuls à savoir. Votre disparition soudaine pousserait les scientifiques qui vous ont côtoyés à achever vos travaux. Vous seuls désormais pouvez les arrêter. Vous êtes libres de partir et seuls face à la décision que vous prendrez. Depuis la découverte de la fission nucléaire, jamais un homme et une femme n'auront porté une telle responsabilité sur leurs épaules.

Les écrans s'éteignirent l'un après l'autre. Sir Ashton se leva et avança vers nous.

— Ma voiture est à votre disposition, mon chauffeur vous reconduira à Londres.

*

Londres

Nous passâmes quelques jours à la maison. Jamais Keira et moi n'étions restés aussi silencieux. Lorsque l'un ouvrait la bouche pour dire quelques mots, des banalités, il se taisait aussitôt. Walter avait laissé un message sur mon répondeur, furieux que nous ayons disparu sans lui avoir donné de nos nouvelles. Il nous imaginait à Amsterdam ou repartis en Éthiopie. J'essayai de le contacter mais il restait injoignable.

L'atmosphère à Cresswell Place était pesante. J'avais surpris une communication téléphonique entre Jeanne et Keira ; même avec sa sœur, elle n'arrivait pas à parler. Je décidai de changer d'air et de l'emmener à Hydra. Un peu de soleil nous ferait le plus grand bien.

*

Grèce

La navette d'Athènes nous déposa sur le port à 10 heures du matin. Depuis le quai, je pouvais voir tante Elena, elle portait un tablier et redonnait du bleu à la façade de son magasin à grands coups de pinceau.

Je posai nos valises et avançai vers elle pour lui faire une surprise, quand... Walter sortit de sa boutique, affublé de son short à carreaux, d'un chapeau ridicule et de lunettes de soleil deux fois trop grandes pour lui. Truelle à la main, il grattait le bois en chantant à tue-tête et terriblement faux l'air de *Zorba le Grec*. Il nous vit et se tourna vers nous.

— Mais où étiez-vous donc passés ? dit-il en se précipitant à notre rencontre.

— Nous étions enfermés à la cave ! lui répondit Keira en le prenant dans ses bras. Vous nous avez manqué, Walter.

— Qu'est-ce que vous fichez à Hydra en pleine semaine ? Vous ne devriez pas être à l'Académie ? lui demandai-je.

— Lorsque nous nous sommes vus à Londres, je vous ai dit que j'avais revendu ma voiture et que je vous réservais une surprise. Mais vous ne m'écoutez jamais !

— Je m'en souviens très bien, protestai-je. Mais vous ne m'avez pas dit quelle était cette surprise.

— Eh bien, j'ai décidé de changer de travail. J'ai confié le reste de mes petites économies à Elena et, comme vous pouvez le constater, nous retapons le magasin. Nous allons augmenter la surface des étals et j'espère bien lui faire doubler son chiffre d'affaires dès la saison prochaine. Vous n'y voyez pas d'inconvénient ?

— Je suis ravi que ma tante ait enfin trouvé un gestionnaire hors pair pour l'aider, dis-je en tapant sur l'épaule de mon ami.

— Vous devriez monter voir votre mère, elle doit déjà être au courant de votre arrivée, je vois Elena au téléphone...

Kalibanos nous prêta deux ânes, des « rapides », nous dit-il en nous les confiant. Maman nous accueillit comme il se doit sur l'île. Le soir, sans nous demander notre avis, elle organisa une grande fête à la maison. Walter et Elena étaient assis côte à côte, ce qui à la table de ma mère signifiait bien plus qu'être simples voisins.

À la fin du repas, Walter nous convoqua, Keira et moi, sur la terrasse. Il prit un petit paquet dans sa poche – un mouchoir entouré d'une ficelle – et nous le remit.

— Ces fragments sont à vous. J'ai tourné la page. L'Académie des sciences appartient désormais au passé et mon avenir est devant vous, dit-il en ouvrant les bras vers la mer. Faites-en ce que bon vous semble. Ah, une dernière chose ! ajouta-t-il en me regardant. J'ai laissé une lettre dans votre chambre. Elle est pour vous, Adrian, mais je préférerais que vous attendiez pour la lire. Disons une semaine ou deux...

Puis il tourna les talons et rejoignit Elena.

Keira prit le paquet et alla le ranger dans sa table de nuit.

Le matin suivant, elle me demanda de l'accompagner à la crique où nous nous étions baignés lors de son premier séjour. Nous nous installâmes au bout de la longue jetée en pierre qui avance sur la mer. Keira me tendit le paquet et me regarda fixement. Ses yeux étaient emplis de tristesse.

— Ils sont à toi, je sais ce que représente pour nous deux cette découverte, j'ignore si ces gens disent vrai, si leurs peurs sont fondées, je n'ai pas l'intelligence pour en juger. Ce que je sais, c'est que je t'aime. Si la décision de révéler ce que nous savons devait entraîner la mort d'un seul enfant, je ne pourrais plus nous regarder en face, ni vivre à tes côtés, alors même que tu me manquerais à en crever. Tu l'as dit plusieurs fois au cours de cet incroyable voyage, les décisions nous appartiennent à tous les deux. Alors prends ces fragments, et fais-en ce que tu veux. Quoi que tu décides, je respecterai toujours l'homme que tu es.

Elle me remit le petit paquet et se retira, me laissant seul.

Après le départ de Keira, je m'approchai de la barque qui reposait sur le sable de la crique, la repoussai vers l'eau et ramai vers le large.

À un mile des côtes, je défis la cordelette qui entourait le mouchoir de Walter et regardai longuement les fragments. Des milliers de kilomètres défilèrent devant mes yeux. Je revis le lac Turkana, l'île du centre, le temple au sommet du mont Hua Shan, le monastère de Xi'an et le lama qui nous avait sauvé la vie ; j'entendis le vrombissement de l'avion survolant la Birmanie, la rizière où nous nous étions posés pour refaire un plein, le clin d'œil du pilote lorsque nous arrivâmes à Port Blair, l'escapade en bateau vers l'île de Narcondam ; je revisitai Pékin, la prison de Garther, Paris, Londres et Amsterdam, la Russie et le haut plateau de Man-Pupu-Nyor, les merveilleuses couleurs de la vallée de l'Omo où le visage d'Harry m'apparut. Et dans chacun de ces souvenirs, le plus beau paysage était toujours le visage de Keira.

Je dépliai le mouchoir…

*

Alors que je regagnais la berge, mon portable sonna. Je reconnus la voix de l'homme qui s'adressait à moi.

— Vous avez pris une sage décision et nous vous en remercions, déclara Sir Ashton.

— Mais comment le savez-vous, je viens seulement…

— Depuis votre départ, vous n'avez jamais quitté la mire de nos fusils. Un jour peut-être… mais, croyez-moi, il est trop tôt, nous avons encore tant de progrès à accomplir.

Je raccrochai au nez d'Ashton, lançai rageusement mon portable vers le large et retournai à la maison, à dos d'âne.

Keira m'y attendait sur la terrasse. Je lui confiai le mouchoir vide de Walter.

— Je crois qu'il appréciera que ce soit toi qui le lui rendes.

Keira plia le mouchoir et m'entraîna vers notre chambre.

*

La première nuit

La maison dormait, Keira et moi prîmes mille précautions pour sortir sans faire le moindre bruit. À pas de loup, nous avancions vers les ânes pour les détacher. Ma mère sortit sur le perron et vint vers nous.

— Si vous allez sur la plage, ce qui est une pure folie en cette saison, prenez au moins ces serviettes, le sable est humide et vous allez attraper froid.

Elle nous tendit aussi deux lampes de poche et se retira.

Un peu plus tard, nous nous assîmes au bord de l'eau. La lune était pleine, Keira posa sa tête sur mon épaule.

— Tu n'as aucun regret ? me demanda-t-elle.

Je regardai le ciel et repensai à Atacama.

— Chaque être humain est composé de milliards de cellules, nous sommes des milliards d'humains à habiter cette planète, et toujours plus nombreux ; l'Univers est peuplé de milliards de milliards d'étoiles. Et si cet Univers dont je croyais connaître les limites n'était lui-même qu'une infime partie d'un ensemble encore plus grand ? Si notre Terre n'était qu'une cellule dans le ventre d'une mère ? La naissance de l'Univers est semblable à celle de chaque vie, le même miracle se reproduit, de l'infiniment grand à l'infiniment petit. Imagines-tu l'incroyable voyage qui consisterait à remonter jusqu'à l'œil de cette mère et voir au travers de l'iris ce que serait son monde ? La vie est un incroyable programme.

— Mais qui a élaboré ce programme aussi parfait, Adrian ?

*

Épilogue

Iris est née neuf mois plus tard. Nous ne l'avons pas baptisée, mais le jour de ses un an, alors que nous l'emmenions pour la première fois dans la vallée de l'Omo où elle rencontra Harry, sa mère et moi lui avons offert un pendentif...

Je ne sais pas ce qu'elle choisira de faire de sa vie, mais lorsqu'elle sera grande, si elle venait à me demander ce que représente cet étrange objet qu'elle porte autour du cou, je lui lirai les lignes d'un texte ancien qu'un vieux professeur m'avait confié.

Il est une légende qui raconte que l'enfant dans le ventre de sa mère connaît tout du mystère de la Création, de l'origine du monde jusqu'à la fin des temps. À sa naissance, un messager passe au-dessus de son berceau et pose un doigt sur ses lèvres pour que jamais il ne dévoile le secret qui lui fut confié, le secret de la vie. Ce doigt posé qui efface à jamais la mémoire de l'enfant laisse une marque. Cette marque, nous l'avons tous au-dessus de la lèvre supérieure, sauf moi.

Le jour où je suis né, le messager a oublié de me rendre visite, et je me souviens de tout...

À Ivory, avec toute notre reconnaissance,
Keira, Iris, Harry et Adrian.

Merci à

Pauline. Louis.

Susanna Lea et Antoine Audouard.

Emmanuelle Hardouin. Raymond, Danièle et Lorraine Levy.

Nicole Lattès, Leonello Brandolini, Antoine Caro, Elisabeth Villeneuve, Anne-Marie Lenfant, Arié Sberro, Sylvie Bardeau, Tine Gerber, Lydie Leroy, Joël Renaudat, et toutes les équipes des Éditions Robert Laffont.

Pauline Normand, Marie-Ève Provost.

Léonard Anthony, Romain Ruetsch, Danielle Melconian, Katrin Hodapp, Marie Garnero, Mark Kessler, Laura Mamelok, Lauren Wendelken, Kerry Glencorse, Moïna Macé.

Brigitte et Sarah Forissier.

Kamel, Carmen Varela.

Igor Bogdanov.

Retrouvez toute l'actualité de Marc Levy
www.marclevy.info
www.facebook.com/marc.levy.fanpage

Pour en savoir plus sur *La première nuit*
www.lapremierenuit-lelivre.com

Composé par Facompo
à Lisieux, Calvados

Imprimé en Italie par
La Tipografica Varese S.p.A.
en octobre 2012

POCKET – 12, avenue d'Italie – 75627 Paris cedex 13

Dépôt légal : novembre 2012
S23502/01